『十三五』國家重點圖書出版規劃項目

2011—2020年國家古籍整理出版規劃項目

2020年度國家出版基金資助項目

國家社會科學基金重大項目『國家圖書館藏未刊稿整理與研究』（13&ZD107）

國家出版基金項目
NATIONAL PUBLICATION FOUNDATION

國家圖書館藏未刊稿叢書

主編 劉玉才 陳紅彦

書札編

袁昶友朋書札（一）

（清）袁昶 輯
謝冬榮等 整理

鳳凰出版社

圖書在版編目（CIP）數據

袁昶友朋書札 /（清）袁昶輯；謝冬榮等整理. -- 南京：鳳凰出版社，2021.8
（國家圖書館藏未刊稿叢書 / 劉玉才，陳紅彦主編. 書札編）
ISBN 978-7-5506-3356-8

Ⅰ. ①袁…　Ⅱ. ①袁…②謝…　Ⅲ. ①書信集－中國－清代　Ⅳ. ①I264.9

中國版本圖書館CIP數據核字（2020）第261633號

書　　名　袁昶友朋書札
著　　者　（清）袁昶輯　謝冬榮等整理
責任編輯　王　劍　姜　嵩
裝幀設計　姜　嵩
出版發行　鳳凰出版社（原江蘇古籍出版社）
　　　　　發行部電話025-83223462
出版社地址　江蘇省南京市中央路165號，郵編：210009
出版社網址　http://www.fhcbs.com
照　　排　南京新華豐製版有限公司
印　　刷　南京凱德印刷有限公司
　　　　　江蘇省南京市江寧濱江開放區寶象路16號，郵編：211161
開　　本　787毫米×1092毫米　1/16
印　　張　110
版　　次　2021年8月第1版
印　　次　2021年8月第1次印刷
標準書號　ISBN 978-7-5506-3356-8
定　　價　2512.00圓（全六册）

《國家圖書館藏未刊稿叢書》編委會

主　編

劉玉才　陳紅彦

分主編

樊長遠　陳紅彦（日記編）

董馥榮　謝冬榮（書札編）

盧芳玉（金石題跋編）

田曉春（題贊手卷編）

孫　俊　林世田（中法漢學研究所編）

張學謙　王宣標（著作編）

委　員（以姓氏筆畫爲序）

王　劍　王宣標　卞惠興　田曉春　白謙慎　林世田

姜小青　陳紅彦　孫　俊　張學謙　董馥榮　樊長遠

劉玉才　薛龍春　盧芳玉　謝冬榮

序

中國國家圖書館以庋藏中國古籍善本宏富著稱，其中宋元舊槧、珍稀印本，向爲學界推重，頗獲利用。相較之下，約佔館藏善本總量三分之一的寫本類文獻，利用還遠遠不够，堪稱有待發掘的文獻寶藏。國圖藏寫本文獻以著作稿抄本爲主，兼及日記、書札、題跋、校語、文書檔案等類文字形式，因多爲唯一傳本，故有别於刊印文獻，具有獨特的文物、藝術和文獻價值。根據館方專家調查，〔一〕館藏宋元抄本即有十五部，明抄本則多達一千二百四十六部，其中一百七十餘部爲内府所抄。如宋仁宗親撰《洪範政鑒》，僅此一部内府抄本秘藏宫内，從無刊刻傳抄，彌足珍貴。明嘉靖間《永樂大典》抄本，世存殘卷亦以國圖收藏最夥。許多早期抄本與原本成書年代接近，而原本或有亡佚殘缺情形，抄本遂具有無可替代的校勘與輯佚價值。國圖所藏明清抄本中，著名學者、藏家抄本佔有相當比例，許多是影抄宋元舊本和珍稀本，僅毛晋汲古閣影抄本即有近八十部。在清抄本五千餘部中，還包括有盧文弨、鮑廷博、吴騫、翁方綱、陳鱣、黄丕烈、焦循、管庭芬、楊守敬、王國維等名家手稿本。著作類稿抄本之外，國家圖書館還藏有明清以至民國一百五十餘家日記稿抄本，三四百種書札文獻，數

〔一〕陳紅彦《國家圖書館藏抄本述略》，《國家圖書館學刊》，2016年第4期。

千款金石題跋，以及數量不菲的圖卷題詠、批校文字、文書檔案等類寫本文獻。上述寫本文獻，除部分著作抄本之外，大多未經刊行，均可歸爲未刊稿之列。

寫本文獻存量稀罕，往往具有孤本性質，加之多數未經整理，字迹辨識不易，閲覽亦不方便，這都成爲限制其發掘利用的重要原因。有鑒於此，我們組織國家圖書館古籍館與北京大學中文系合作的學術團隊，在對館藏寫本文獻全面調查的基礎上，首先選擇具有重要學術價值、讀者利用不便的未刊文獻，予以整理刊布。並在國家社科基金申請設立『國家圖書館藏未刊稿整理研究』重大課題，以保證整理研究工作的實施。經過課題組同人的共同努力，陸續完成部分階段性成果，今擬分作日記、書札、金石題跋、題贊手卷、中法漢學研究所、著作諸編，依次予以刊布。

《日記編》整理收録顔懋价、葉鈞、張廷濟、何紹基、趙宗建、黄彭年、江標七位清人未刊稿本日記。其中如黄彭年、江標，不僅參與過重大政治活動，在學術領域亦有較高成就，屬於政學兼通的重要歷史人物。黄彭年《黄陶樓先生日記》、江標《笘誃日記》所載均長達數十年，可稱一生行迹的詳盡記録，涉及朝章典故、交遊見聞、日常讀書生活等諸多内容，極其豐富。張廷濟《張叔未日記》、顔懋价《顔脩來日記》、葉鈞《壺中日記》、何紹基《東洲草堂日記》、雖然記述時間不長，但是内容各有所長，據之不僅可以考察日記主人的生平交遊，還可豐富清代學術史的場景。晚清藏書家趙宗建的《舊山樓日記》《非昔居士日記》《庚子非昔日記》，内容跨越清同治元年（1862）至光緒二十一年（1895）共三十多年的時間，記録了趙氏的日常生活、藏書收購及與衆多友人交遊情形，還有對圍剿太平軍的見聞記述，頗能反映江南地方士人的生活與眼界。

《書札編》從館藏各類書札文獻中選取黄彭年、趙宗建、張蔭桓、袁昶、王懿榮、吴重憙、繆荃孫、葉德輝等十餘家往還書札，予以整理刊布。因所涉人物都是晚清、民國間重要官員和學術文化界名流，書札内容豐富，且未經前人揭示，具有無可替代的文獻價值。如《黄子壽先生遺札》收録清光緒年間黄彭年在江蘇布政使任内與按察使朱之榛之間往來信件六十七通，涉及漕運與海運之流弊、來蘇流民之安置、正誼書院並藏書樓之籌建等諸多政務。黄彭年著述宏富，但大多未經刊布，本課題同時整理其日記、書札，預期將會推動學界對黄氏的深入研究。《趙宗建友朋書札》收録趙宗建光緒年間所撰詩歌、隨筆、抄經、墓誌銘、祝壽帖及其友人李芝綬、季錫疇的書札共一百四十餘件，不僅内容豐富，還可與《日記編》所收趙氏三種日記互相參照，促進學界對這位重要藏書家的全面研究。《袁昶友朋書札》收録劉履芬、丁丙、馮煦、孫詒讓、楊守敬、沈曾植、戴望、張謇、李文田、孫衣言、張鳴珂、張之洞、陸潤庠、王頌蔚、王懿榮、翁同龢等人信札二百餘通，袁昶親自整理粘貼爲十二巨册，涉及歷史人物衆多，堪稱是晚清學者的群體資料。《王懿榮往還書札》收録王懿榮與師友、親屬往還書札數百通，基本可以反映其後半生的主要經歷與交遊關係。王懿榮光緒年間授翰林院編修，三任國子監祭酒，博覽書史，精於鑒藏，與當世金石學者來往密切。書札所涉人物包括潘祖蔭、陳介祺、繆荃孫、吴大澂、盛昱、汪鳴鑾、孫汝梅、黄紹箕、吴重憙諸名流，以及女兒女婿等家人。書札内容多爲討論金石碑拓釋讀、古籍收藏、科舉學問，以及時務政治、爲人處世、家務瑣事，據之可以考察同光時期精英士大夫鑒藏金石之風尚，以及業餘生活趣味的豐富細節。《藝風堂同人尺牘》是晚清著名學者繆荃孫的友朋書札稿本集，收録惲祖翼、繆朝荃、劉炳照、吴慶坻、陳慶年等人致繆荃孫書札一百餘通。書札的撰寫時間多在光緒時期，内容比較廣泛，除家常瑣事之外，還涉及刻書、詩詞交往、方志編纂等方面，是研究繆荃孫學術交遊、晚清政治與文化教育的重要資料。葉德輝致松崎鶴雄書札（《郋園手札》）是著名學者葉德輝 1910 年至 1920 年間致日本學者松崎鶴雄的書信，涉及研治經學、小學等多方面内容，可稱現代中日學術交流史的重要文獻。

《書札編》收録書札出自名家之手，書法用箋考究，文獻價值之外，兼具有藝術觀賞價值，故採取録文整理與選擇影印結合的方式予以刊布。此外，我們還特邀白謙慎先生、薛龍春先生精選館藏十餘種名家尺牘，製作法書字帖，集爲《國家圖書館藏清代名家尺牘法書選刊》，以饗書法愛好者。

國圖收藏金石拓本豐富，題跋數量衆多。如宋元合璧拓本《廣政石經》即有名家題跋、批校百餘款，宋拓《嘉祐石經》亦有吴昌碩、丁晏、葉昌熾、沈曾植、羅振玉、陳寶琛、楊守敬、曹元忠、繆荃孫、柯劭忞等多人題跋和批校。《金石題跋編》甄選館藏金石題跋七十餘種，以拓本爲單位，撰寫提要，著録題名、拓本、裝幀、行款、書體、責任者、遞藏源流等項信息，並對題跋文字進行輯録整理，可爲金石證史、拓本源流研究、金石學者交遊研究提供全新的資料。

《題贊手卷編》率先刊布長達十六餘米的《明渤海孫氏積善堂題贊手卷》，該手卷是河北滄州孫楷第家族世守之寶，彙集明代前期朝廷重臣、翰苑侍從、書法名家四十三人的題贊墨迹，爲明代文化史、文學史、書法史研究的重要實物與文獻。諸家題贊，書法風格各異，可稱難得的藝術珍品。其中如明代第一大和尚姚廣孝的題贊，可能是其唯一的傳世手迹；而明初賢相『三楊』（楊士奇、楊榮、楊溥）和書法大家『二沈』（沈粲、沈度）的墨迹傳世甚罕，手卷所存可謂吉光片羽，彌足珍貴。此次刊布改卷裝爲經折裝，採用原版影印與題贊釋文相結合的整理方式，前半部分展示手卷原貌，後半部分爲題贊釋文、印章釋讀及題贊者小傳，既能滿足學術界對此珍貴文獻的研究需求，又可據之勾勒明初京師文化圈的面貌。

中法漢學研究所是法國中法教育基金委員會1941年在北京資助成立的漢學研究機構，設有民俗學組、語言歷史組、通檢組、圖書館、法文研究班等部門，開展文獻搜集整理和研究、翻譯工作。該研究所1953年撤離中國時，部分申請出關的圖書資料被中國政府徵購或没收，輾轉存藏於國家圖書館。《中法漢學研究所編》對其中曾毅公《五十年來之甲骨學》、陸翔《敦煌學著述考》、傅惜華《漢代畫像全集》三編、徐宗元《古今本竹書紀年合校》、柯昌泗《漢晉石刻略録》、羅常培《蒙古字韻跋》、魏建功《完全本王仁昫刊謬補缺切韻初次的討論》等未刊論著稿本以及神禡相關資料，進行整理研究，以求揭示這批珍貴稿本資料的學術價值，豐富敦煌學、甲骨學、民俗學等專題學術史，爲深入瞭解中法漢學研究所的學術活動，探究現代漢學研究史，提供文獻幫助。

著作稿抄本在國圖館藏寫本文獻中數量居多，近年頗有影印出版，加之閲覽方便，已漸爲學界所關注，因此未列爲本課題重點對象。不過考慮到有些著作稿抄本學術價值很高，甚至關涉重要學術論争，有必要予以刊布揭示，更便利學界研究，我們選擇方邁、王鳴盛、周廣業、孔廣栻、吴騫、王念孫、王引之、姚文田、李鋭、李文田等清代學者稿抄本予以影印，并分别撰寫研究解題。其中如李鋭《周易注疏校勘記》殘稿，是阮元主持纂修《十三經注疏校勘記》的重要文獻見證，有助於釐清當年校勘工作的緣起與修訂過程。《經義述聞》涉及王念孫、王引之父子著作權的争議，是清學研究界關注的熱門問題。爲便於展開深入研究，我們將國圖館藏《經義述聞》初刻、二刻、三刻所據稿本及《校書録》稿本合併影印。其餘諸家稿抄本，亦精彩紛呈，各有可觀。

以上未刊文獻，雖然形式有别，但是日記、書札、題跋及著作稿抄本内容多有關聯，甚至可以相互印證，子課題實際都是總課題的有機組成部分。我們希望通過對這批未刊文獻的發掘整理，爲學界提供第一手的資料，以推動明清以至近現代學術史研究的深入。在整理過程中，根據文獻樣式的不同，我們分别採取釋讀、點校、輯録、影印、解題、小傳等整理研究形式，以期最大限度地發揮未刊文獻的功用。因爲未刊文獻的隨意書寫特性，文字辨識、内容整理難度很高，整理成果想必仍有不少訛誤，期待學界同人不吝指正。此項整理研究工作得到國家圖書館古籍館、北京大學中文系的大力支持，浙江大學文化遺産研究院白謙慎先生、薛龍春教授在文字釋讀方面給予無私的幫助，鳳凰出版社慨允出版，謹表衷心感謝。

北京大學中文系、中國古文獻研究中心 劉玉才

二〇一八年五月

前言

《袁昶友朋書札》是晚清著名學者、曾任太常寺卿的袁昶輯録整理的友朋書札集。

袁昶（一八四六—一九〇〇），字爽秋，浙江桐廬人，光緒二年（一八七六）進士，授户部主事，充總理各國事務衙門章京；十八年，以員外郎出任徽寧池太廣道，二十四年遷陜西按察使，未就任，擢江寧布政使，後調補直隸布政使，内召，以三品京堂在總理各國事務衙門行走；二十五年補光禄寺卿，轉太常寺卿。二十六年義和團起，袁昶因主張『姦民不可縱，使臣不宜殺』，反對利用義和團攻打外國使館而被禍，與許景澄等人一起棄市。宣統時追謚忠節。著有《于湖小集》六卷、《安般簃集》十卷等。《清史稿》有傳，稱『昶嘗慨士鮮實學，輯農桑、兵、醫、輿地、治術、掌故諸書，爲《漸西村舍叢刻》』。

《袁昶友朋書札》共有十二册。另有『袁昶藏札人名録』一册，分别羅列各册的書札撰寫者。書名爲現整理者所擬，原書書衣墨筆題『知舊往還手札』『停雲留跡』等。書衣鈐有『袁昶』『袁永慕堂圖記』『忍默平直』等印。第十二册書衣有袁昶墨筆題『光緒戊戌中夏漸西頑似鄙叟署』，據此可知所收録書札的撰寫時間最晚當在光緒二十四年。

《袁昶友朋書札》收録信札七百餘通，涉及一百多人，如張文虎、左宗棠、曾紀澤、孫衣言、李慈銘、丁丙、譚獻、吴大澂、戴望、黎庶昌、張蔭桓、張之洞、薛福成、王先謙、許景澄、瞿鴻禨、沈曾植等等，幾乎涵蓋了晚清時期政治、經濟、軍事、文化等領域的絶大部分著名人物，此外還涉及金小棠、岡千仞、中島雄等朝鮮、日本人物；信札的内容十分豐富，既有日常交往、詩文唱和等應酬之作，也有涉及政治、軍事、學術等的交流、探討，如薛福成、唐景崧信札中談及中法戰争的情況，洪良品信札中涉及古文《尚書》的考辨等等。因此，《袁昶友朋書札》是研究晚清歷史方方面面的珍貴資料。

袁昶之子袁榮叟在一九四〇年商務印書館影印本《袁忠節公手札》書後的跋中提到：『先父昔嘗手輯友朋來函，裝潢成册，題曰停雲留跡，今猶藏諸雲間故廬。』袁榮叟所言『停雲留跡』當即指《袁昶友朋書札》。第七册第十二通信札旁有墨筆題『此張幼樵手札，以後一函筆跡證之，榮叟謹注』等字，説明袁榮叟曾經翻閲、整理此部書札集。只是不久以後，該書札集即從『雲間故廬』流出。

抗戰初期，鄭振鐸等人在上海成立『文獻保存同志會』，積極搶救流散的珍貴古籍。一九四〇年十二月二日，鄭振鐸先生在致張壽鏞先生的信中説：『申報館胡君介紹袁爽秋氏友朋函稿十二册（先送來樣本一册來），每册索一百元，經數次商議，已落價至一千元。此書關係頗大，且係編年者，於近代史料大有關係，菊老亦甚注意及之。似可購下。兹將樣本一册奉上，並請決定。』第二天的信中又説：『昨示奉悉，袁爽秋氏朋輩函稿，因原主來索取，已暫行退還。』（《搶救祖國文獻的珍貴記録——鄭振鐸先生書信集》第162–163頁）不過，半年後，這部書還是爲鄭振鐸先生所得。國圖藏有鄭振鐸先生保存的文獻保存同志會購書檔案，其中有一張一九四一年六月十六日張祖南收據，内稱『兹收到：鄭振鐸先生《袁氏藏札》價法幣陸佰元正。立此收據爲證，中華民國三十年六月十六日，張祖南。』張祖南，生平不詳，曾任職申報館。《袁昶友朋書札》究竟如何從袁榮叟處轉至張祖南之手，尚不得而知。文獻同志保存會搶救的古籍文獻，除部分幾經輾轉現在保存在臺灣外，大部分在建國後由政府主持撥交當時的北京圖書館、南京圖書館等機構。一九六一年北京圖書館的工作總結中提到：『在中文舊書方面，文化部撥交的鄭振鐸先生抗戰期間在上海搶救的一部分珍貴古籍中，有清人何焯、黄丕烈、顧廣圻等諸名家校跋的書籍和丁宴等人的手稿以及不少明清史料和明代戲曲等都是比較罕見和不可多得的。』（《北京圖書館館史資料彙編（二）》第723頁）《袁昶友朋書札》或爲其中之一。

近年來，國家圖書館的工作人員曾對《袁昶友朋書札》中的部分書札進行整理，陸續發表，先後有謝冬榮、石光明的《薛福成致袁昶書札五通》（《文獻》2006年第2期）以及張廷銀的《晚清藏書家丁丙致袁昶手札》（《文獻》2007年第4期）等。鳳凰出版社現將《袁昶友朋書札》全部彩色影印出版，讀者能够全面瞭解該書的内容，從而更好地加以利用。

考慮到篇幅問題，此次影印時將原書十二册合併爲六册。此外，編者還爲六册重新編訂了目録，每册之後又附録書札撰寫者的小傳，以便讀者參考。其中難免存在錯訛之處，敬請讀者予以批評指正。

編者

二〇二〇年九月

總目録

袁昶友朋書札（六）

目録

作者小傳（一）　　二九五

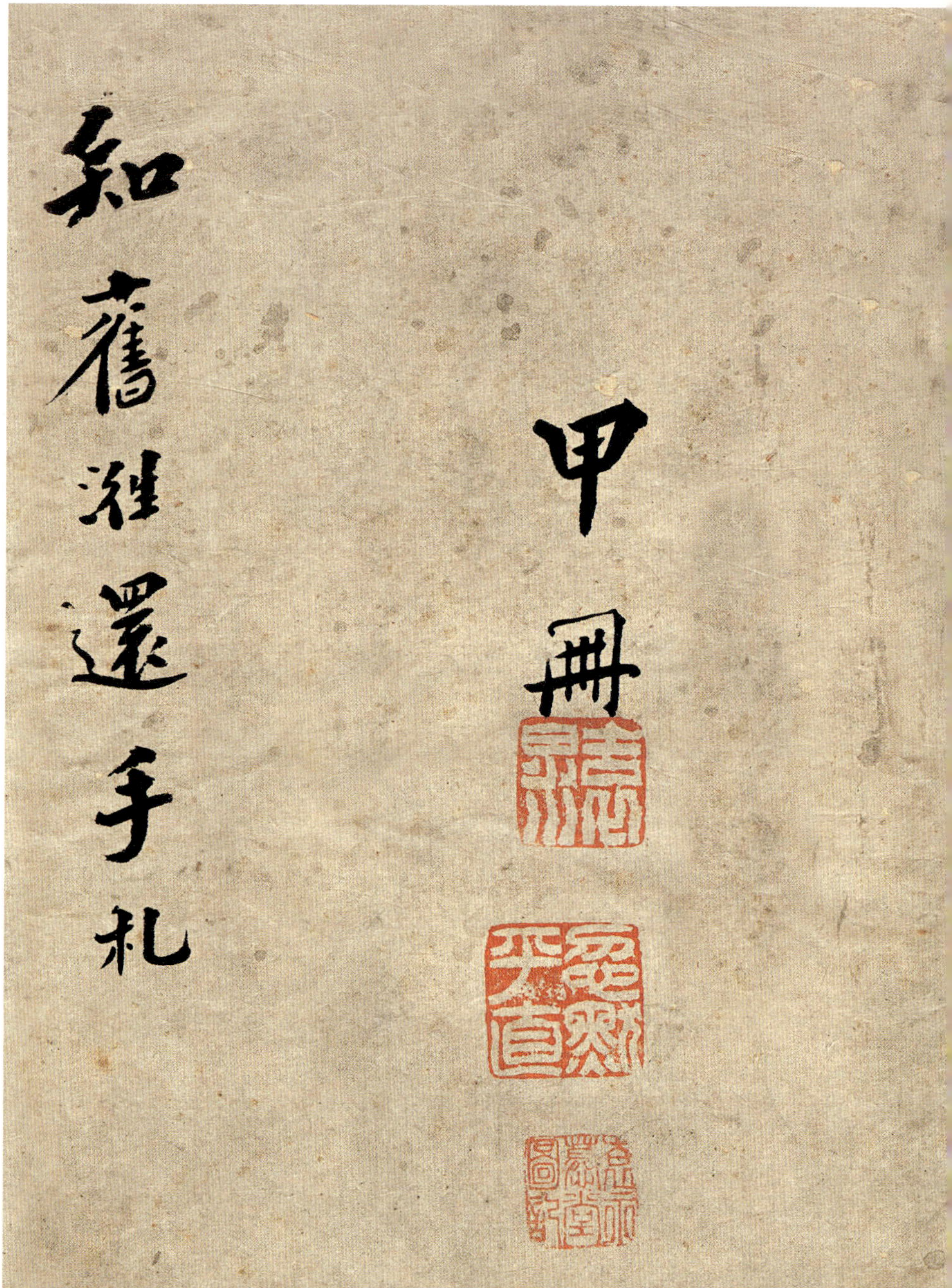
知舊往還手札
甲冊

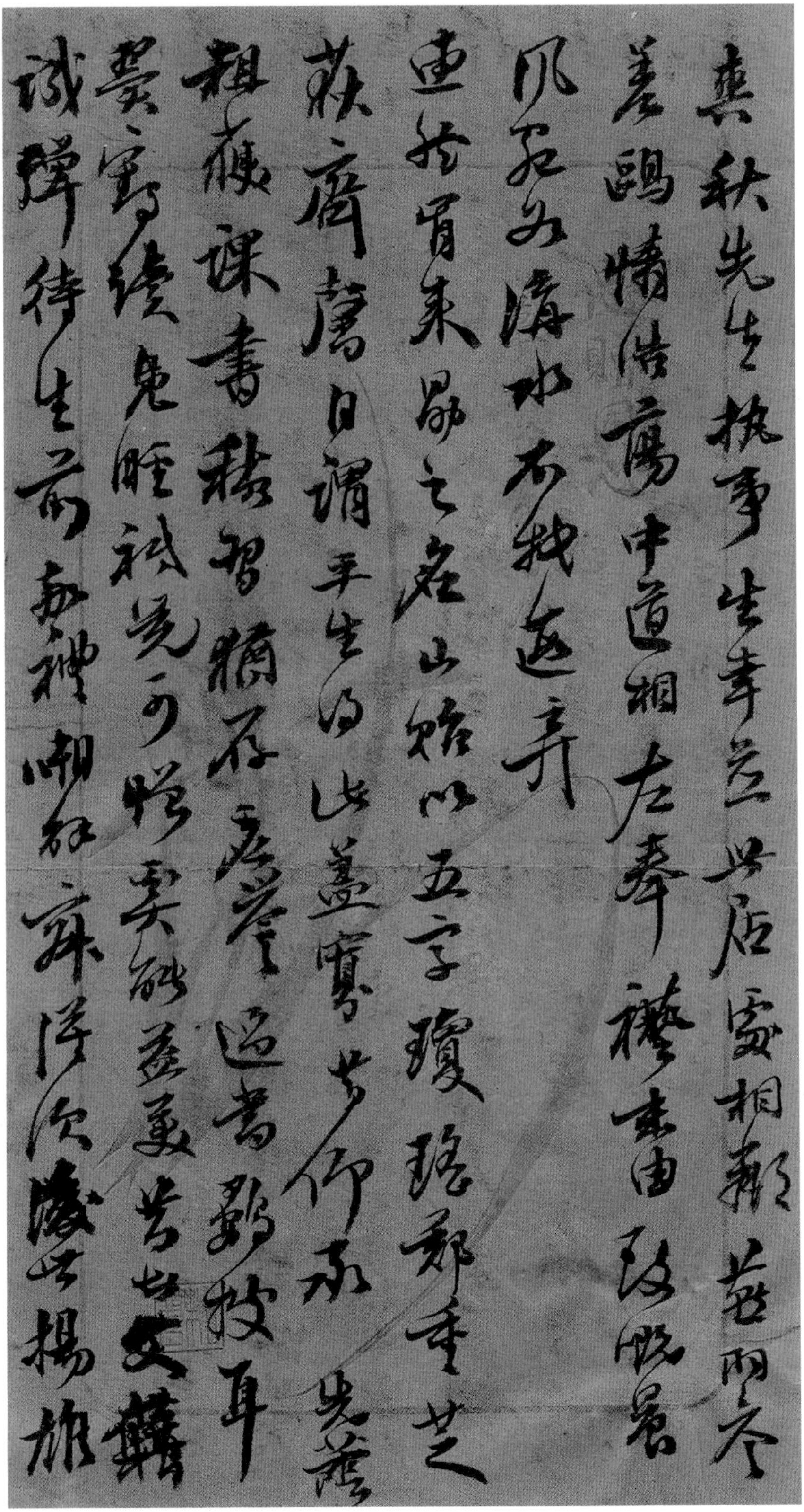

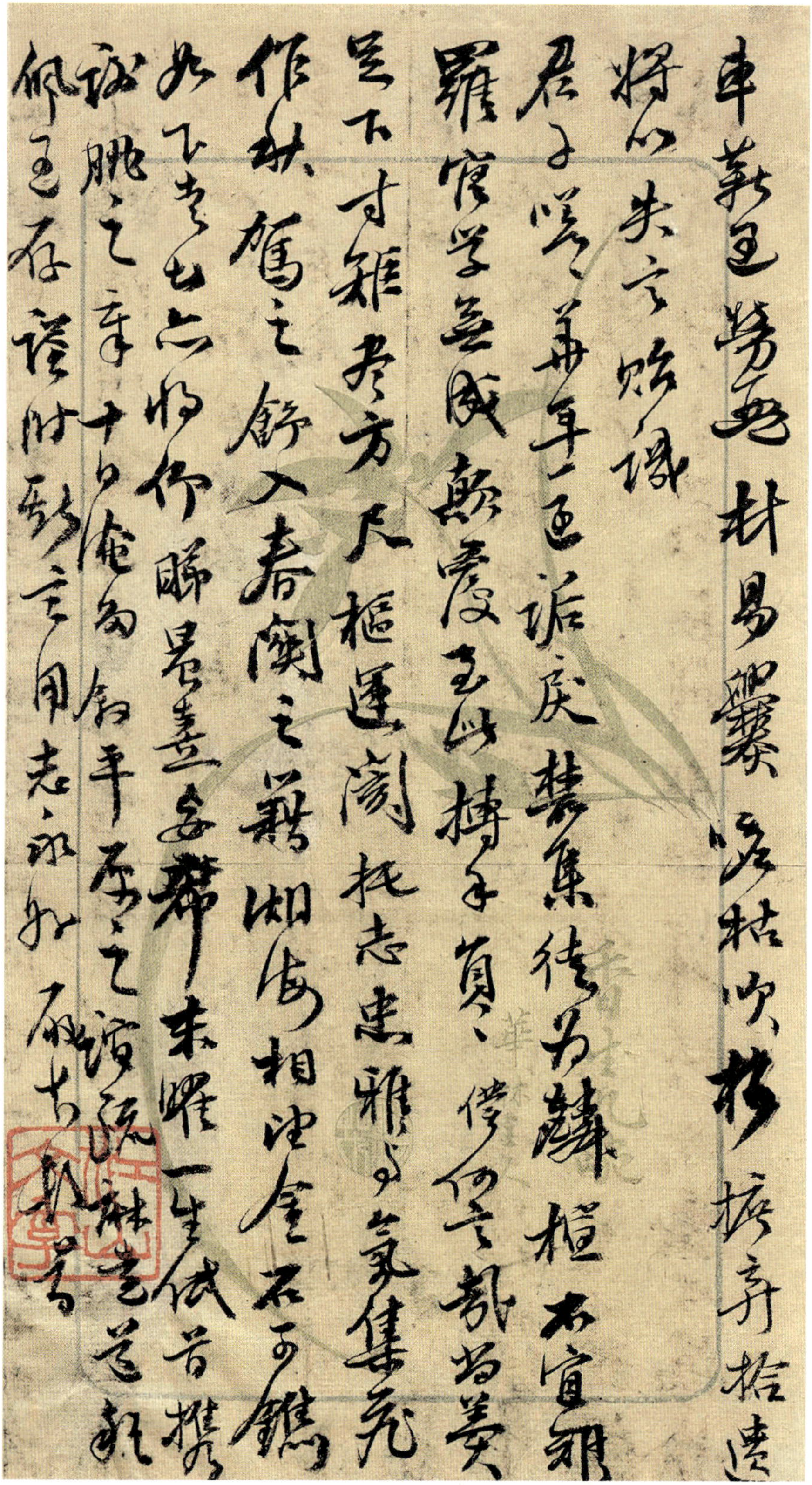

爽秋仁棣大人閣下：逕啟者，
承惠巨製，拜讀歎服無已。
棣何日由寓動身？今時兵過回院，晉何日
赴校耶？承示明後日為中秋，寓可須兩天日假，
且已以廿九早為跋，是晚即須過樣赴寓矣。
照序依行更為請。內子云蒙照兩不靜，夢真不及。
勿另謙。明以來紙待請家兼過，先生新之，謝之懷之，論之。
曉余　先生頗畏時可　共曉

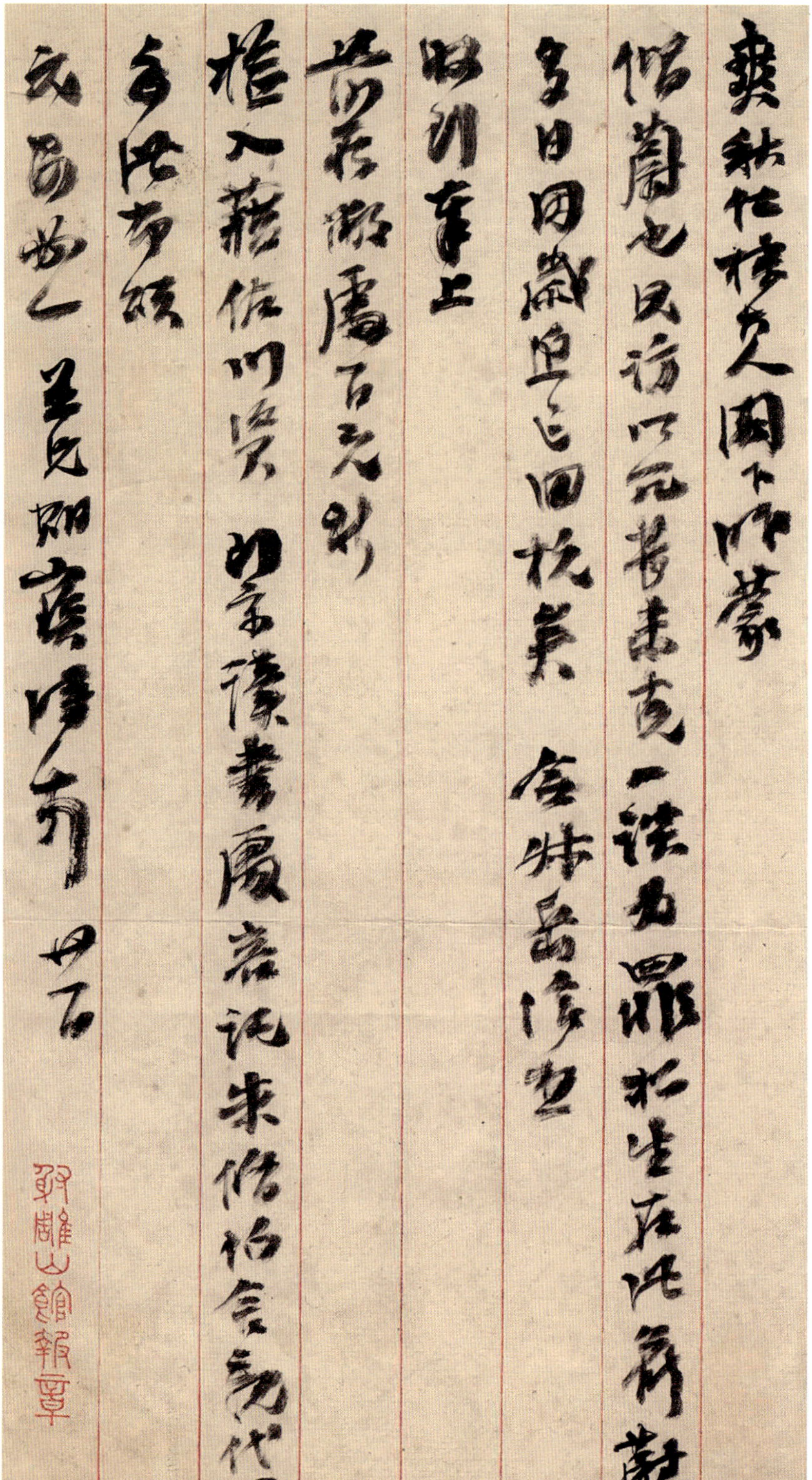

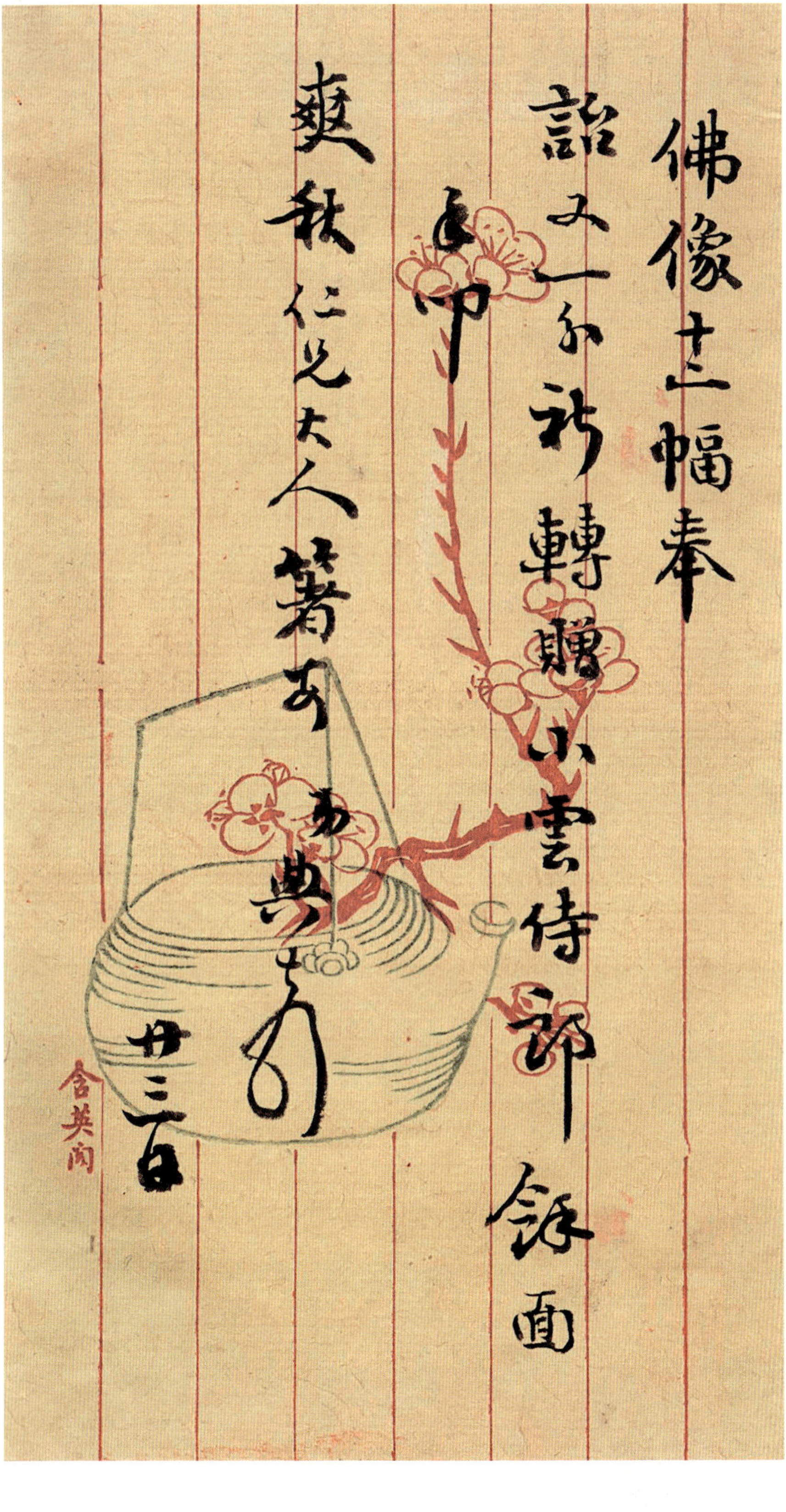
佛像十二幅奉
詒又一分祈轉贈小雲侍郎録面
上巾
夔秋仁兄大人著安　弟典頓首
廿三日

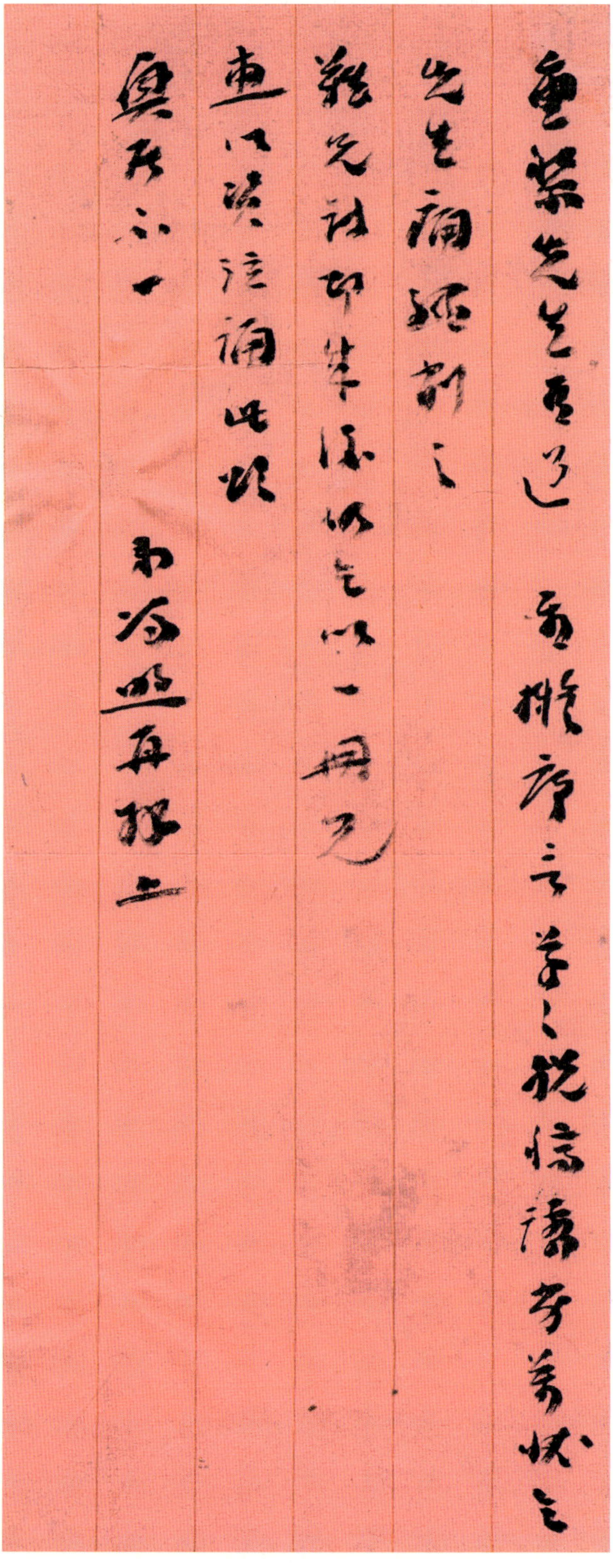

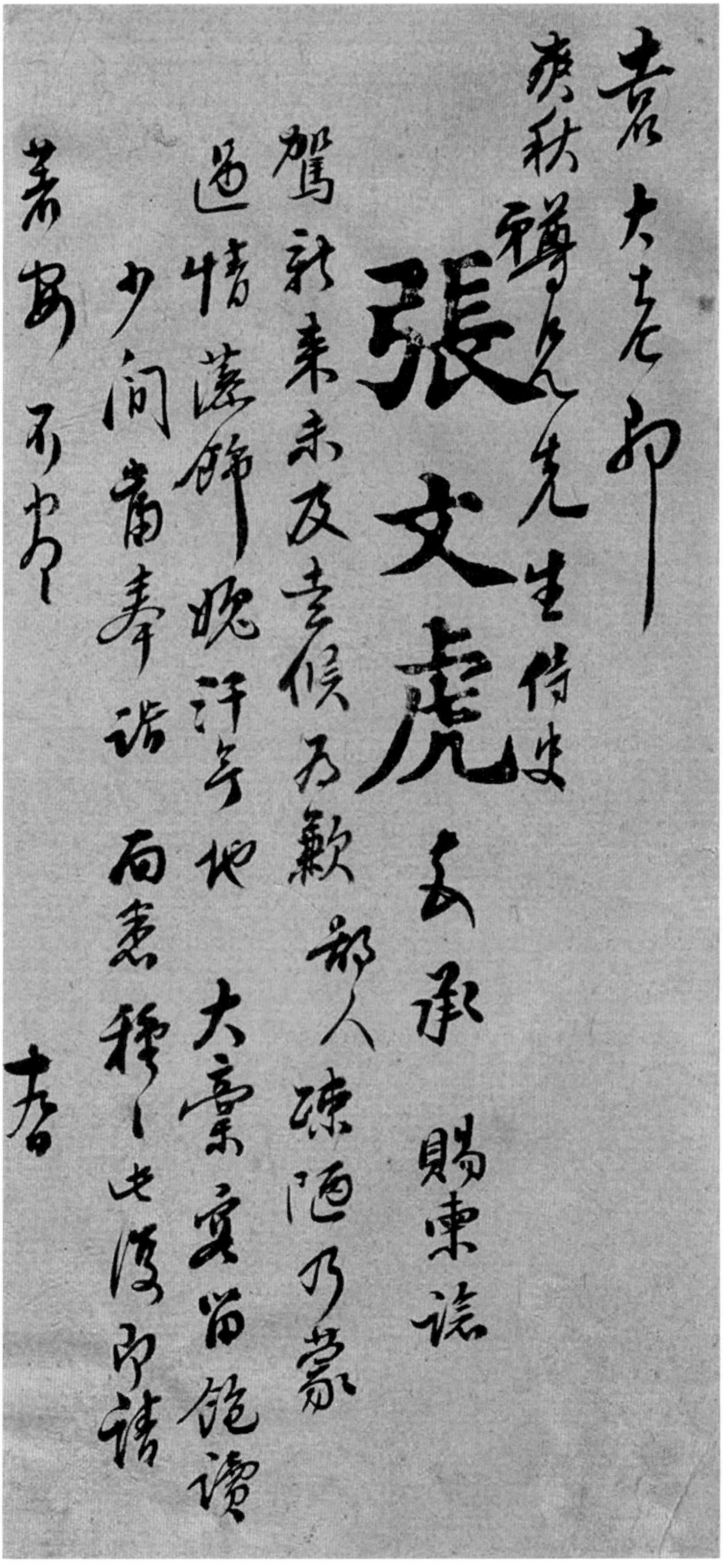

春大老爺
庚秋尊兄先生侍史
張文虎　多承　賜柬諭
駕新來未及走候爲歉　鄙人疎陋乃蒙
過情藻飾愧汗無地　大集容當飽讀
少間當奉詣　面悉種種先復即請
著安　不一一
名

爽牀仁兄同年侍史肅承
示大作渡齊河截句五章古色紛緼
伏案循誦無任欽佩嘗謂詩人之詩最
麗而音雅學人之詩文古而事博兼之
者其
執事乎唉詒讓竊有言者浮巍文士
隸木瓠宗村渢汝集即爲藥是[illegible]乃[illegible]

子雲齋文列傳訓纂自於吉降若李

長詁經景純注疋經術之外兼擅賦诵

大其選也

執事博綜小學故發為文章多涉詁

釋如

尊作第三章夕行山中不見鹿又疑是人

綢繆千萬語婉轉

十三行

天门闢吕鹿為麓而活其下曰麓通良由
精熟倉疋欣沙筆即是無意無必而自
今古也語讓宋稿詩詩體古今顯分區
昉酌字之道貴乎協體裁白之興昉
自初唐其體与樂府古詩不同何可不用
古訓唐代好古學者莫若昌黎其古

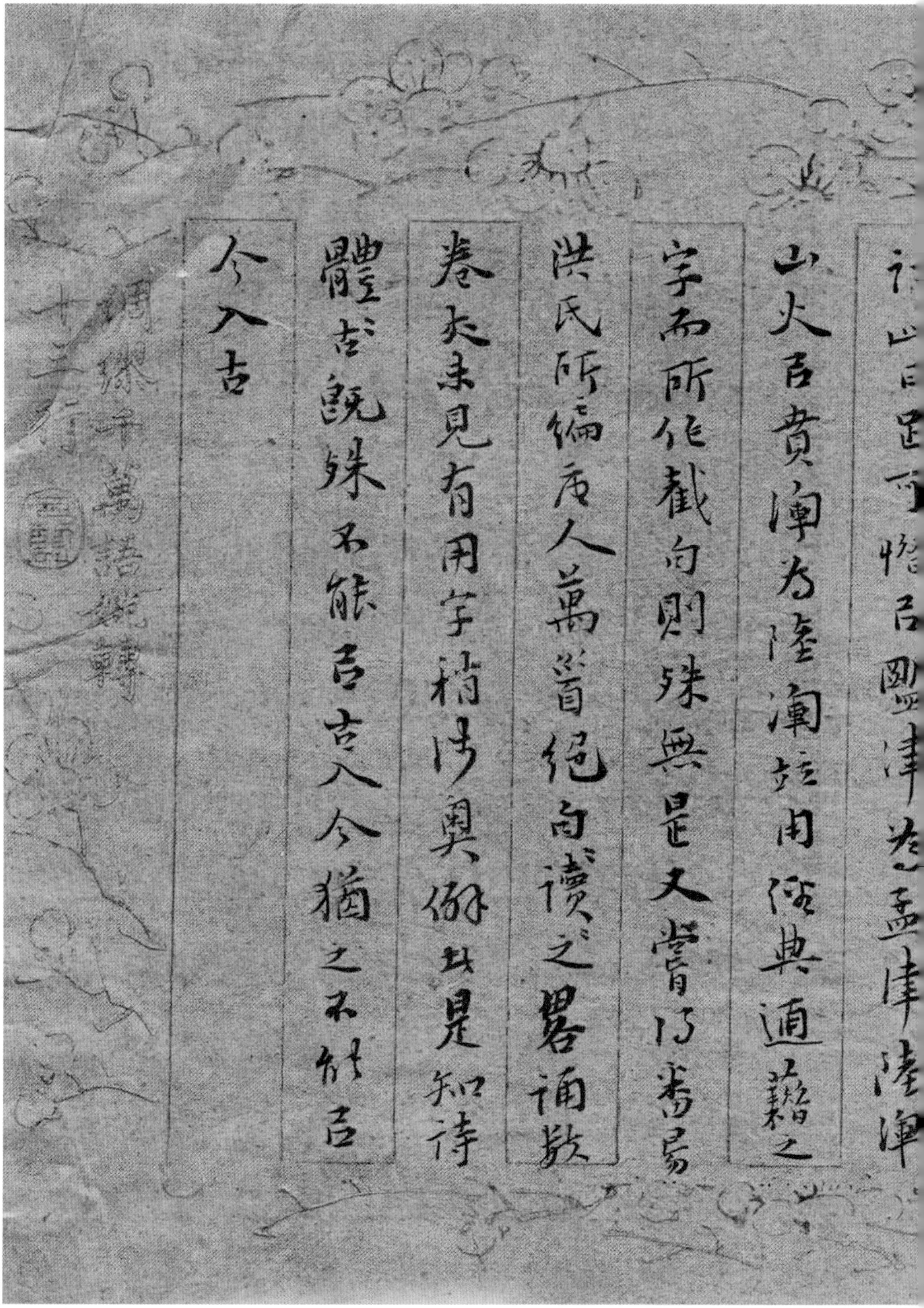
詩山谷[illegible]可惜谷盛律[illegible]孟律陸渾
山谷以賁渾為陸渾莊甫所與適藉之
字而所作截句則殊無是文嘗乃劣易
洪氏所編唐人萬首絕句讀之略誦數
卷殊未見有用字精法與例雖是知詩
體者既殊不能以古入今猶之不能以
今入古

執事之言通藉入載向無乃好古之過
與且既用通藉之字矣則宜亦用古均
今讀
尊作第四來言丱流与頭叶攷古音流
當入侯部流丱當入尤幽部顧江戴
段諸家之分均者其說皆如此雖弟此
也廣均流入十八尤頭入十九侯丱入二十幽

三均分隸眄隁最明自劉渊始許爲一
均耳今
執事吕通藉之字叶平水之均殆未見
其可也至于小徐大徐可省蓋乾嘉已
來古學大明人傳龤聲之説家有解
字之書鹿林辰之通若堯典異字爲證
綢繆千萬語婉轉
十三行

巍碑毛詩駁文偶好陸釋吾逮春妹
儀十四之任周易七六三之注證綴字之
士所能心識無勞箋釋也且即使微
奧難喻夫何誤不
大集風行之後世儻有施元之任淵
其人者致而注之不大善乎 詒讓 頓首
無識于詩文尤無所解

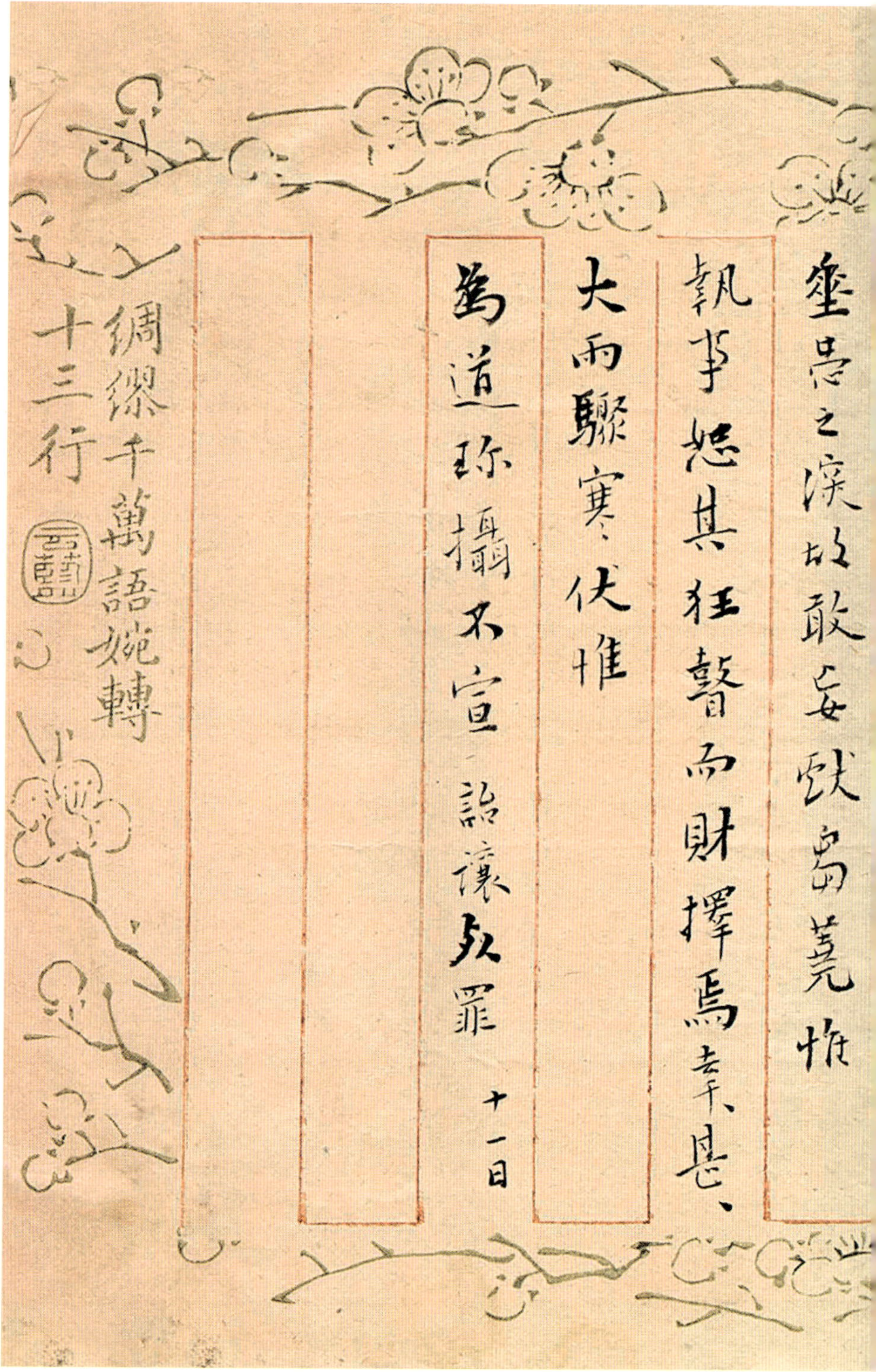

塗忌之深，故敢妄獻芻蕘，惟
執事恕其狂瞽而財擇焉，幸甚。
大雨驟寒，伏惟
為道珍攝。不宣。詒讓頓首 十一日

手示誦悉。尊叢即當檢讀，并爲轉達家君。如有副

雅屬也。所檢隸釋未見碑而錄者，凡此系甚詳，如需添入

大箸即當錄呈。手此敬覆，并頌

礙姝仁兄同年大人箸祉。年小弟[illegible]頓首

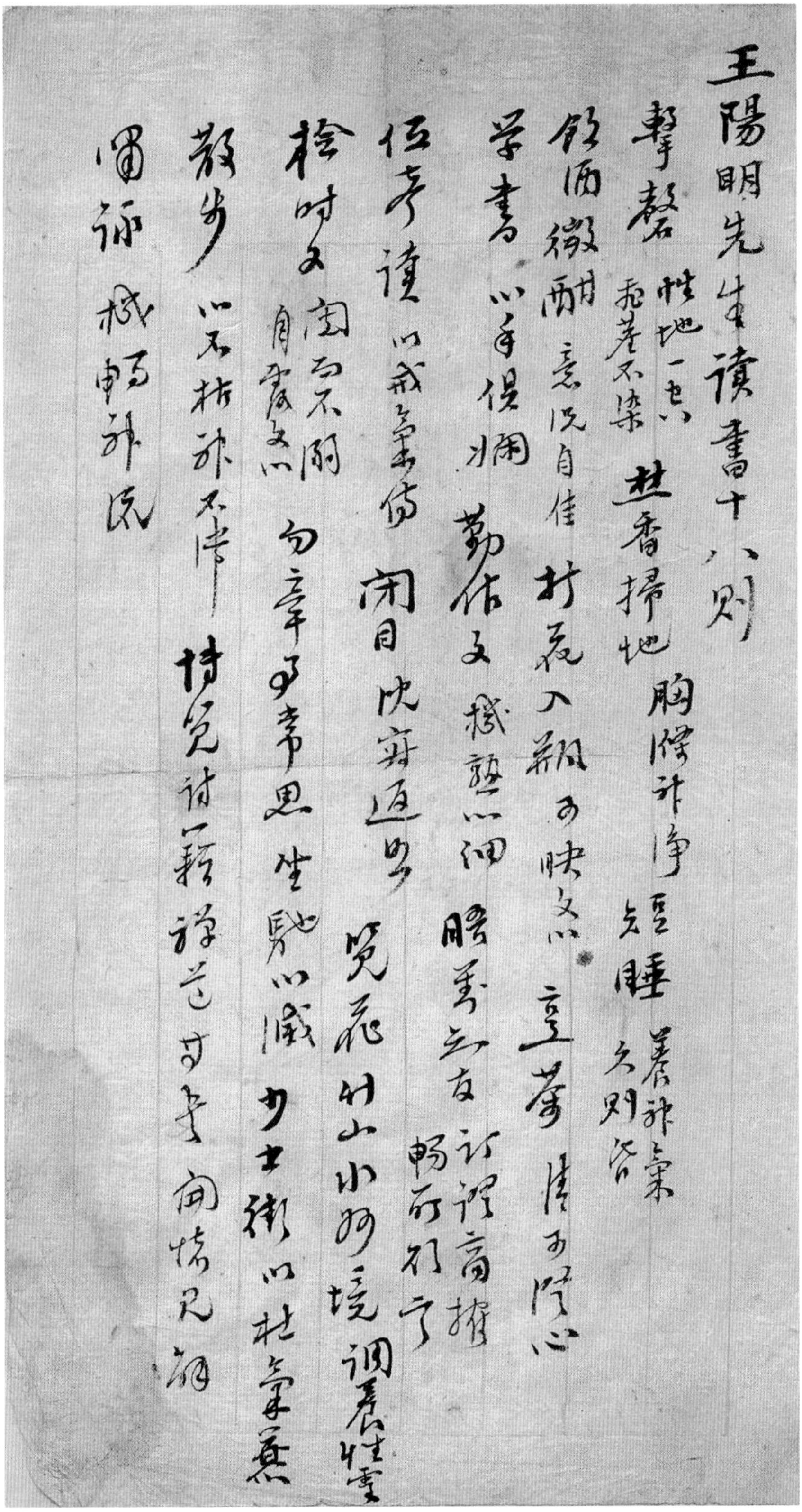

王陽明先生讀書十八則

擊磬 性地一點，飛塵不染。焚香掃地 胸襟淨。短睡 養神氣，久則昏。

飲酒微醺 意況自佳。打花入瓶 可映文心。烹茶 清可洗心。

學書 以手促捫。勤作文 樹藝以細。臨蔡之友 討證前據，暢所欲了。

高聲讀 以戒氣倦。閉目坐寐 逗出。覺花竹山水妙境 調養性靈。

檢時文 閱而不關，自露文心。句章可常思。坐默以識。力士衛以杜氣熏。

散步 以不拘形不滯。持覺討一轉 譯范可多 開懷見翔。

圍碁 機暢形流

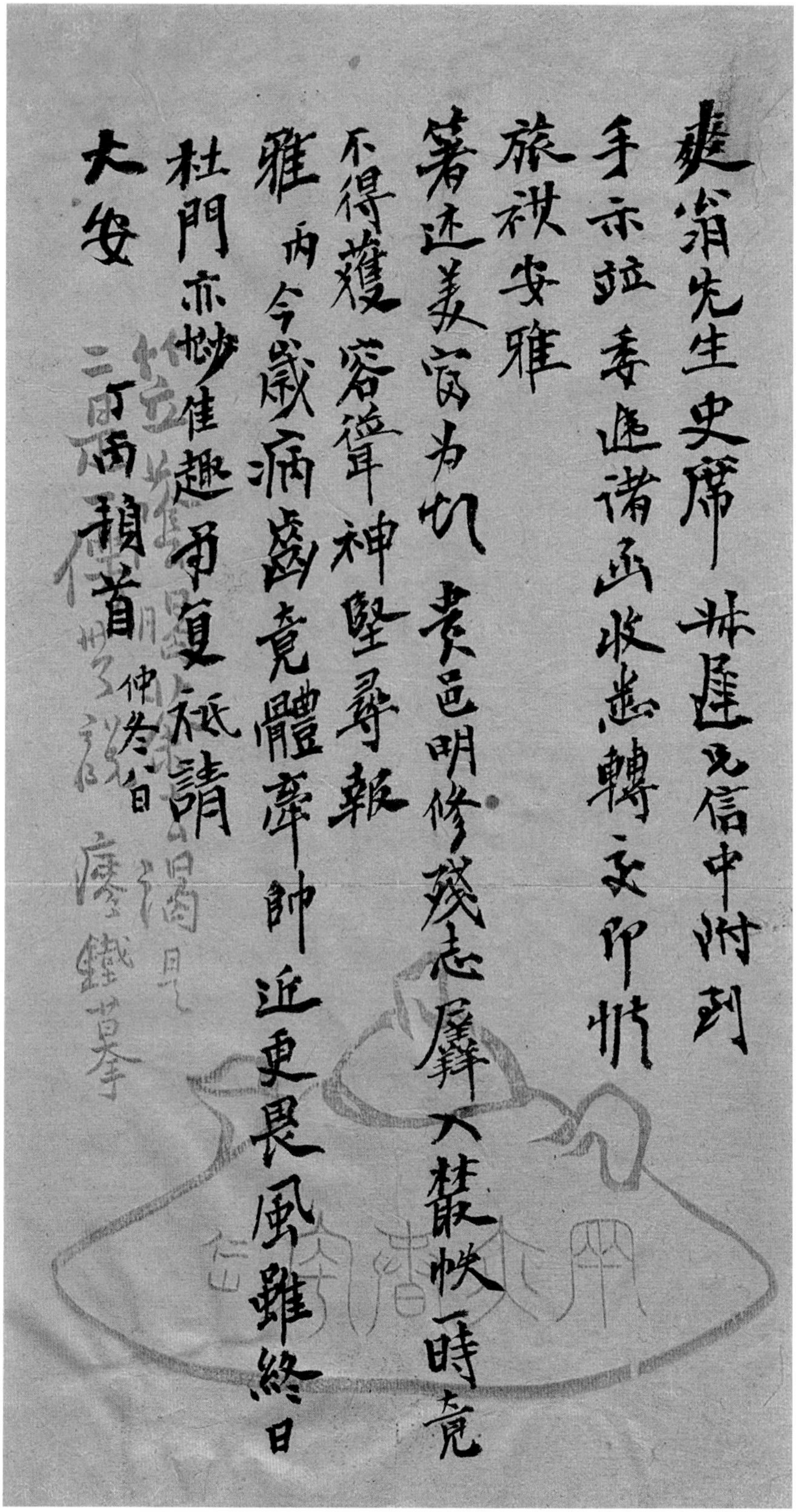

叚翁先生史席：昨匯兄信中附到
手示，並委追諸函，收悉，轉交印伯
旅祺安雅
著述美富為仰。貴邑明修殘志屢葺大帙，一時竟
不得獲，容聲神堅尋報
雅。仍今歲病齒，竟體聲帥，近更畏風，雖終日
杜門，亦少佳趣耳。復祇請
大安
丁丙頓首 仲冬六日

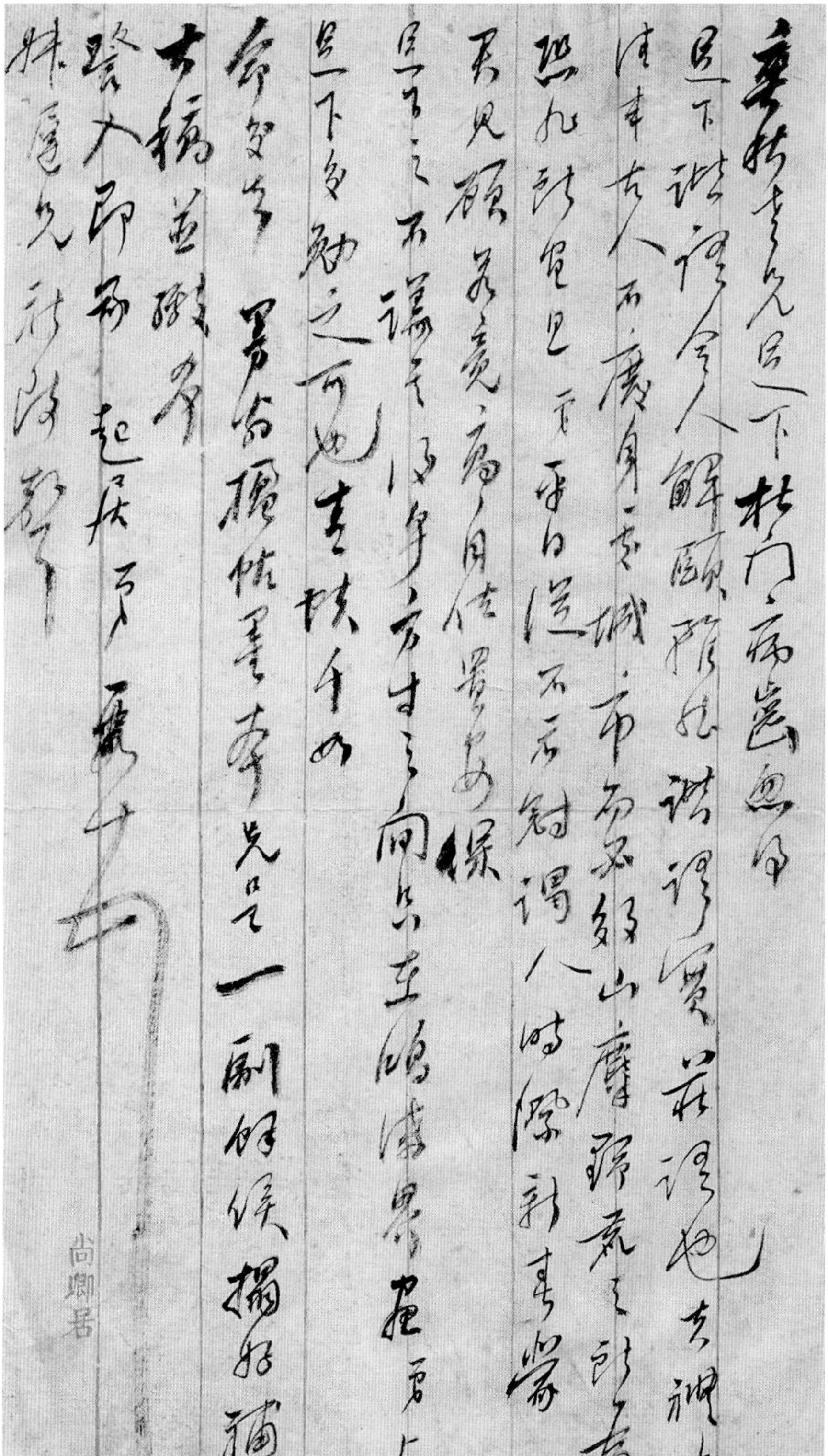

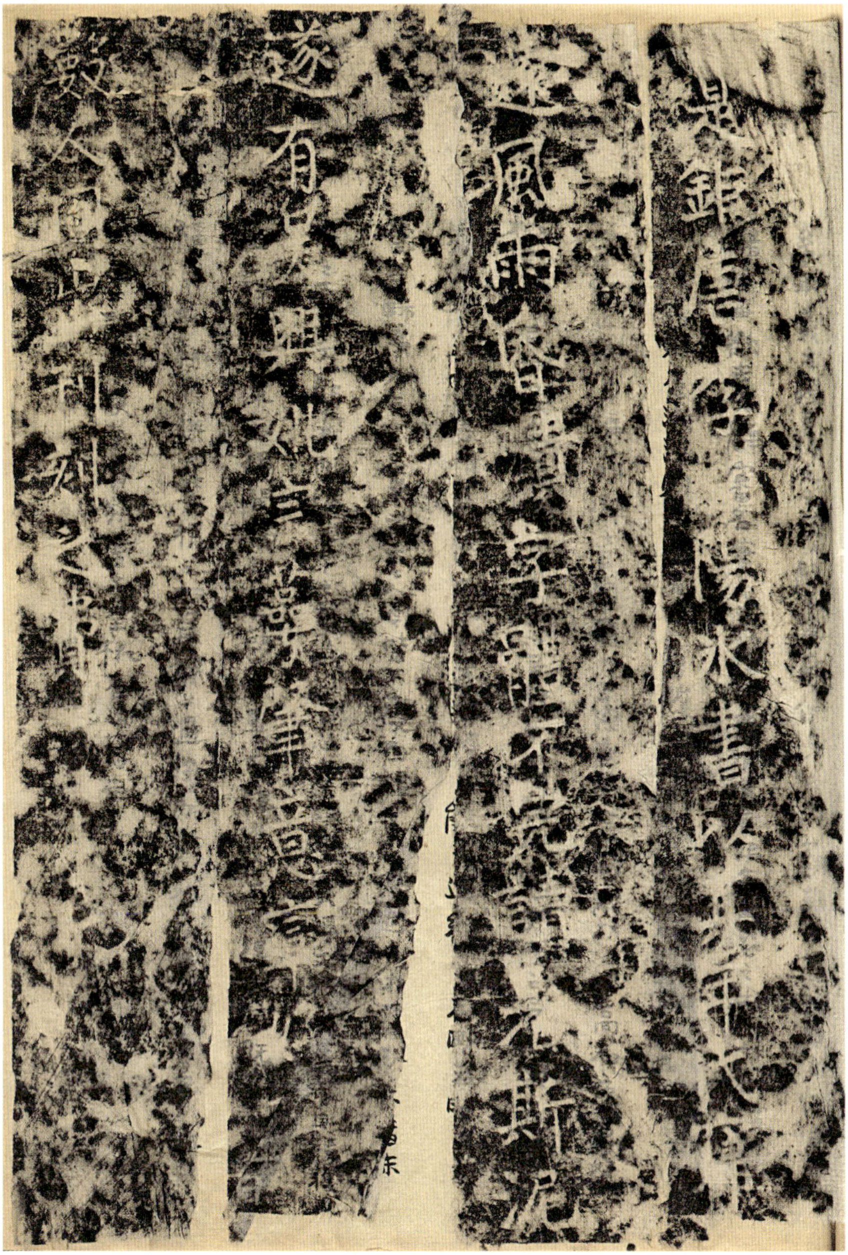

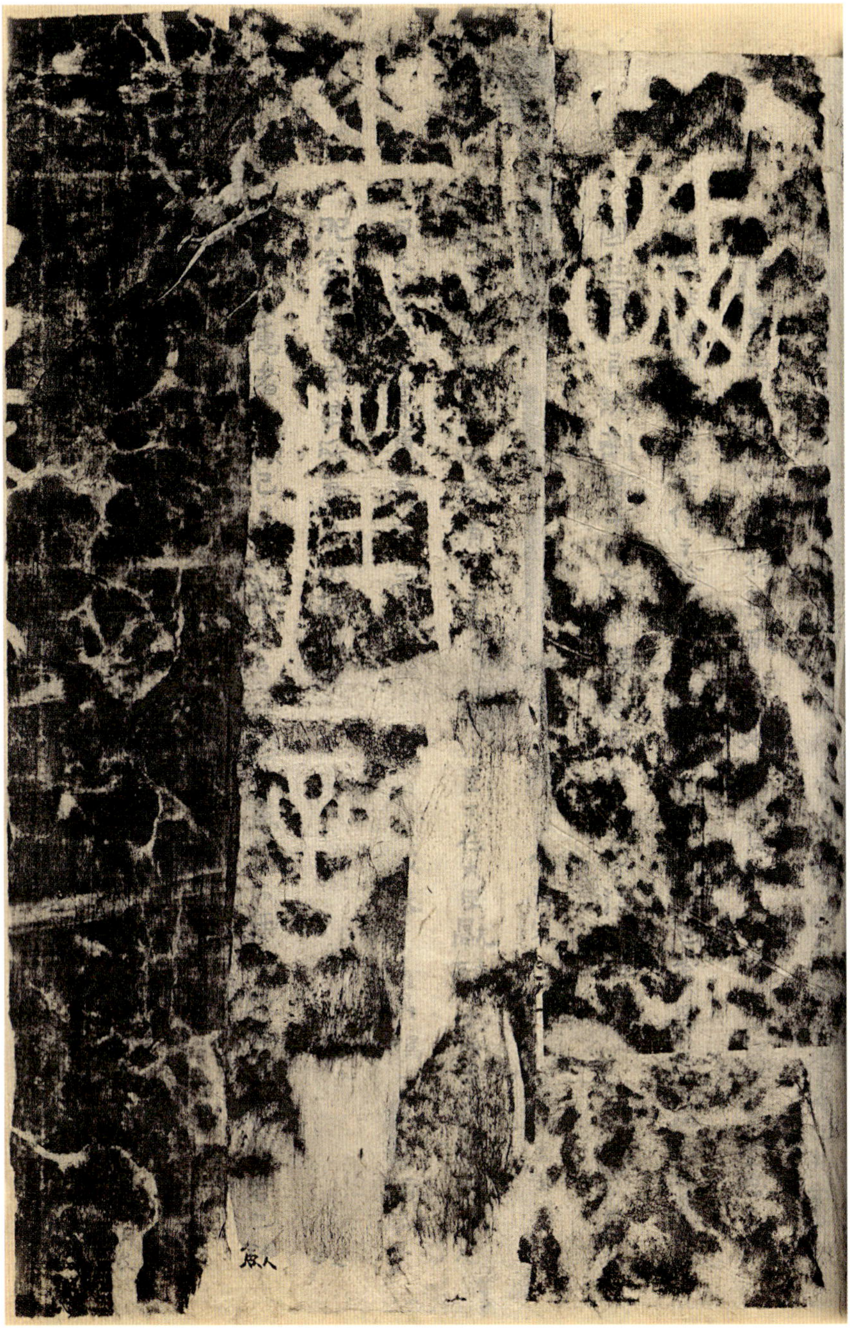

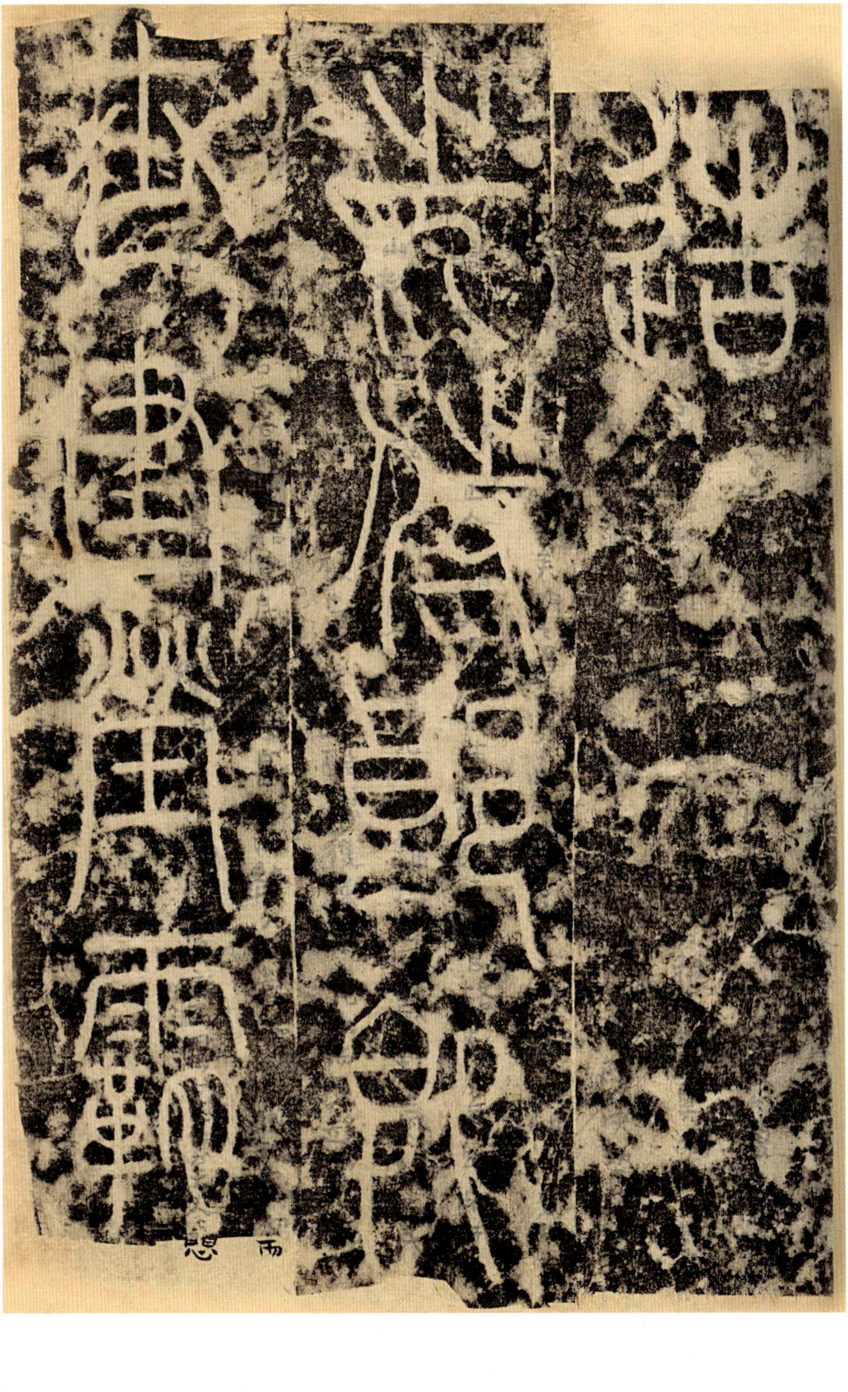

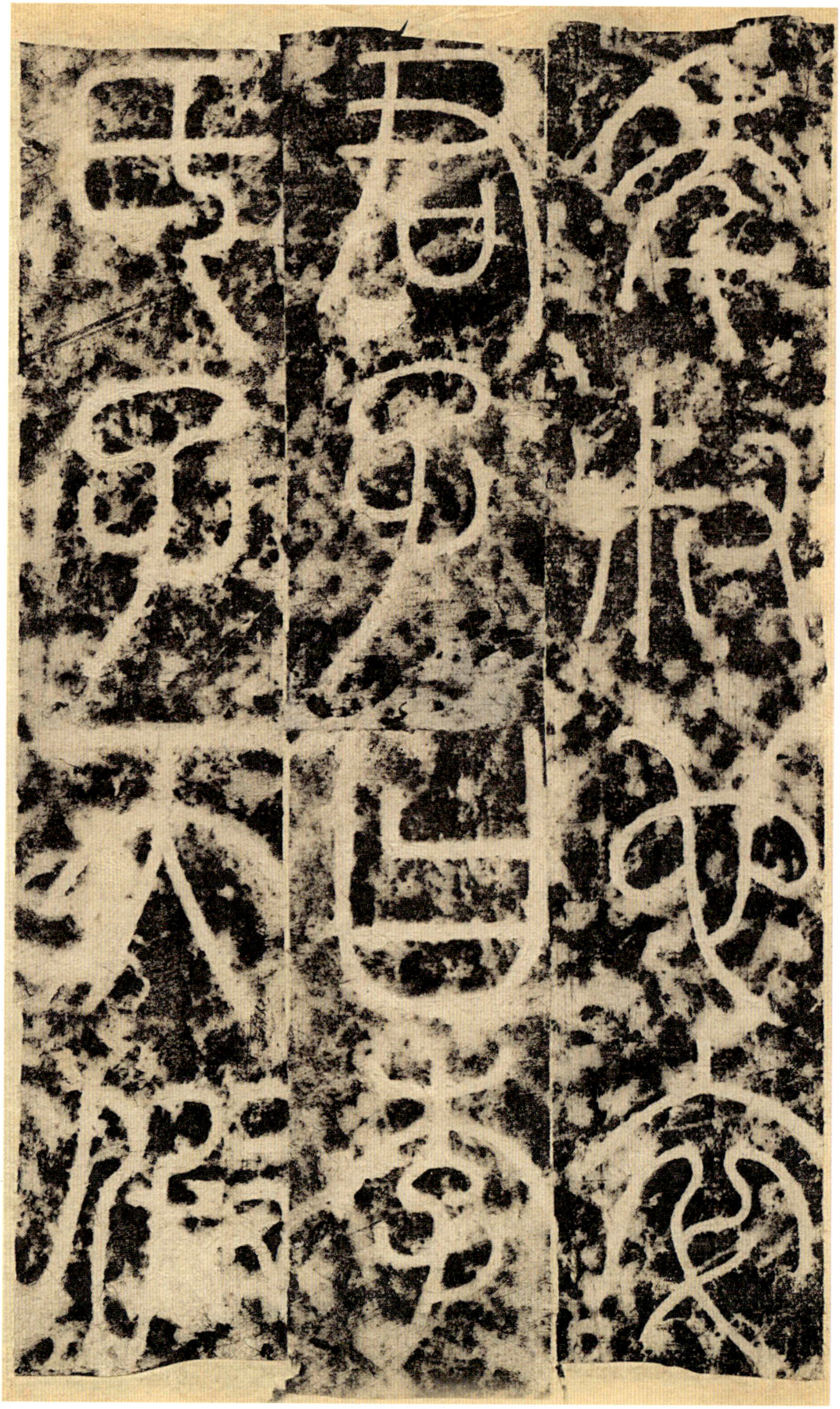

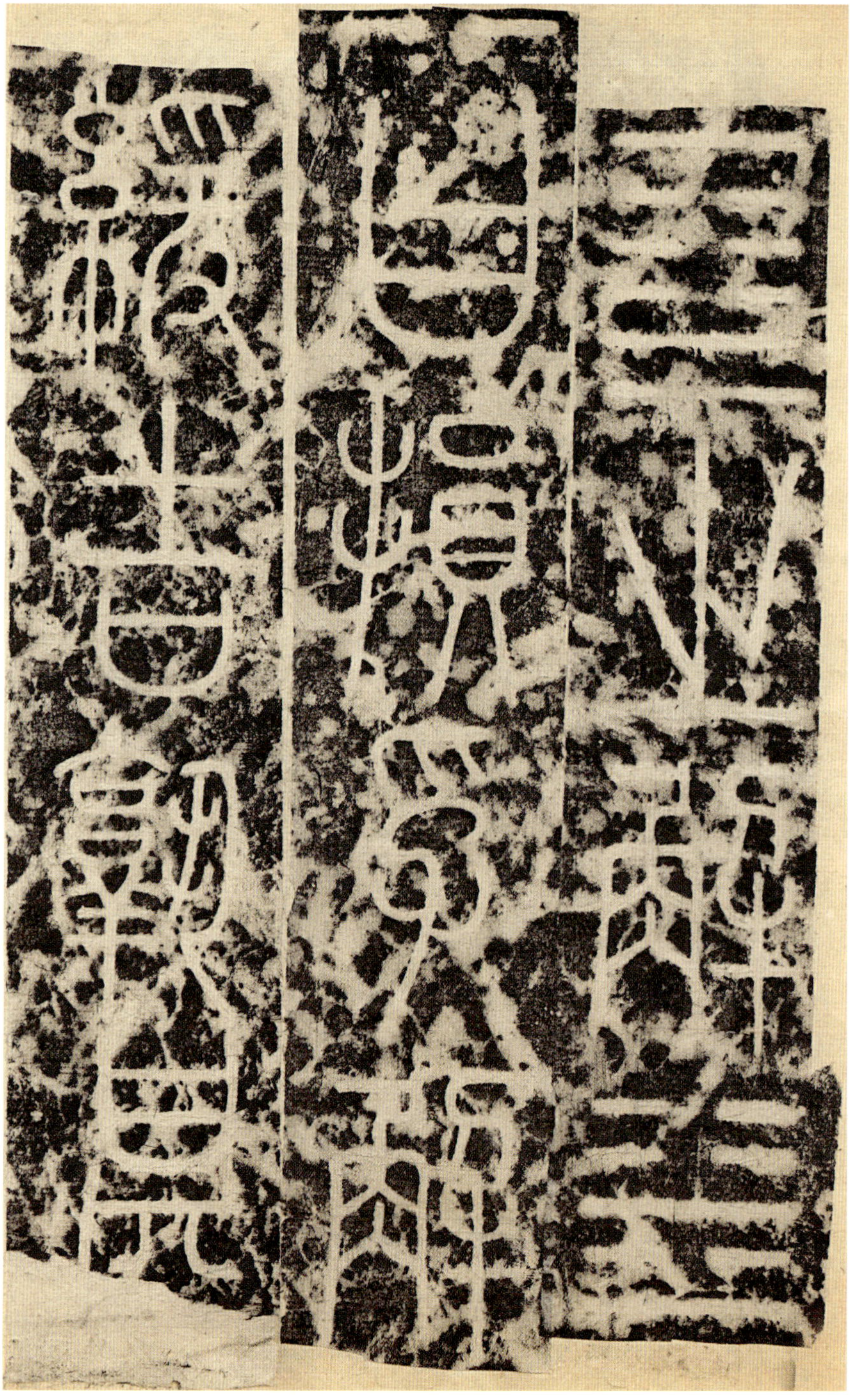

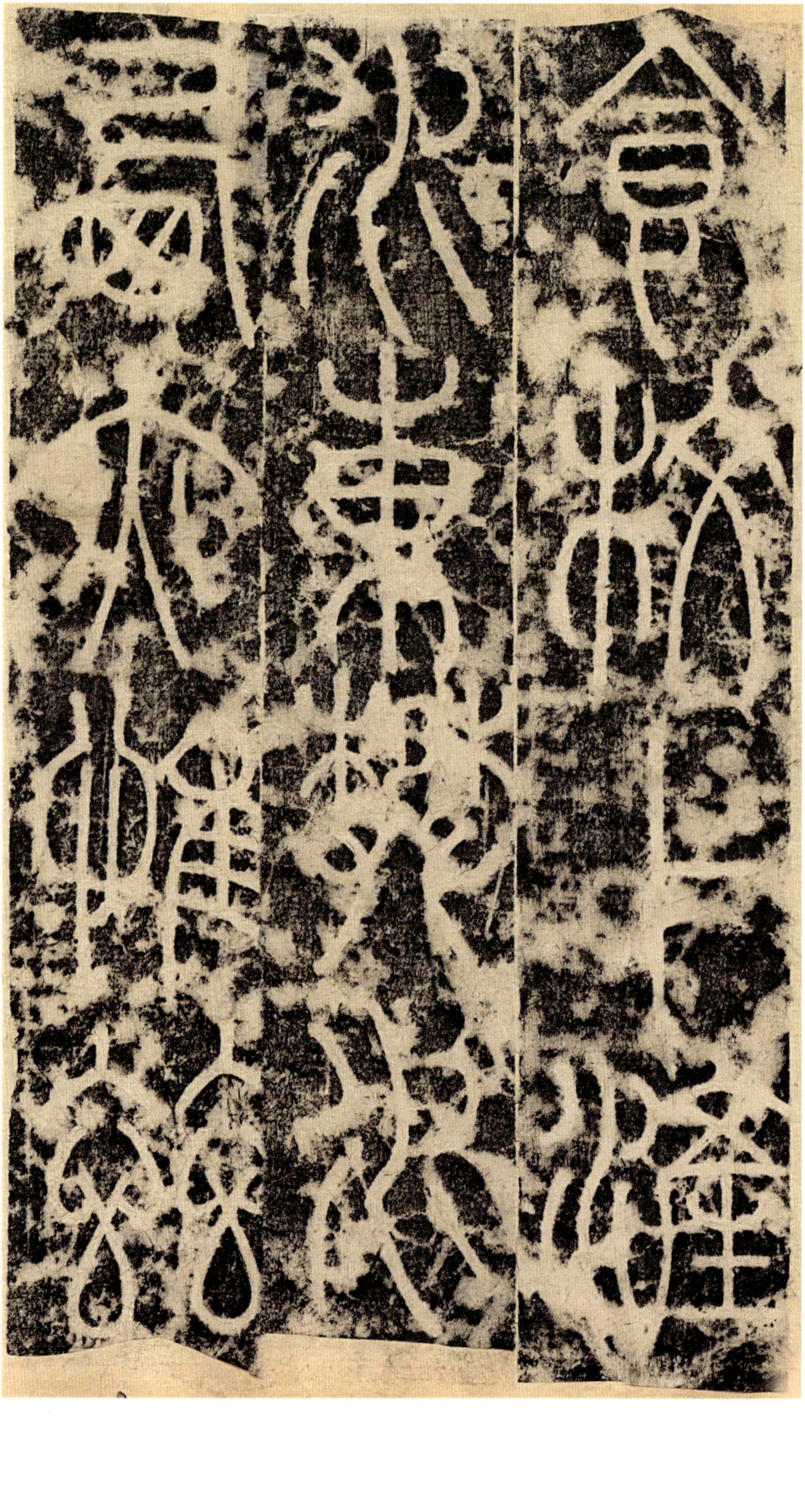

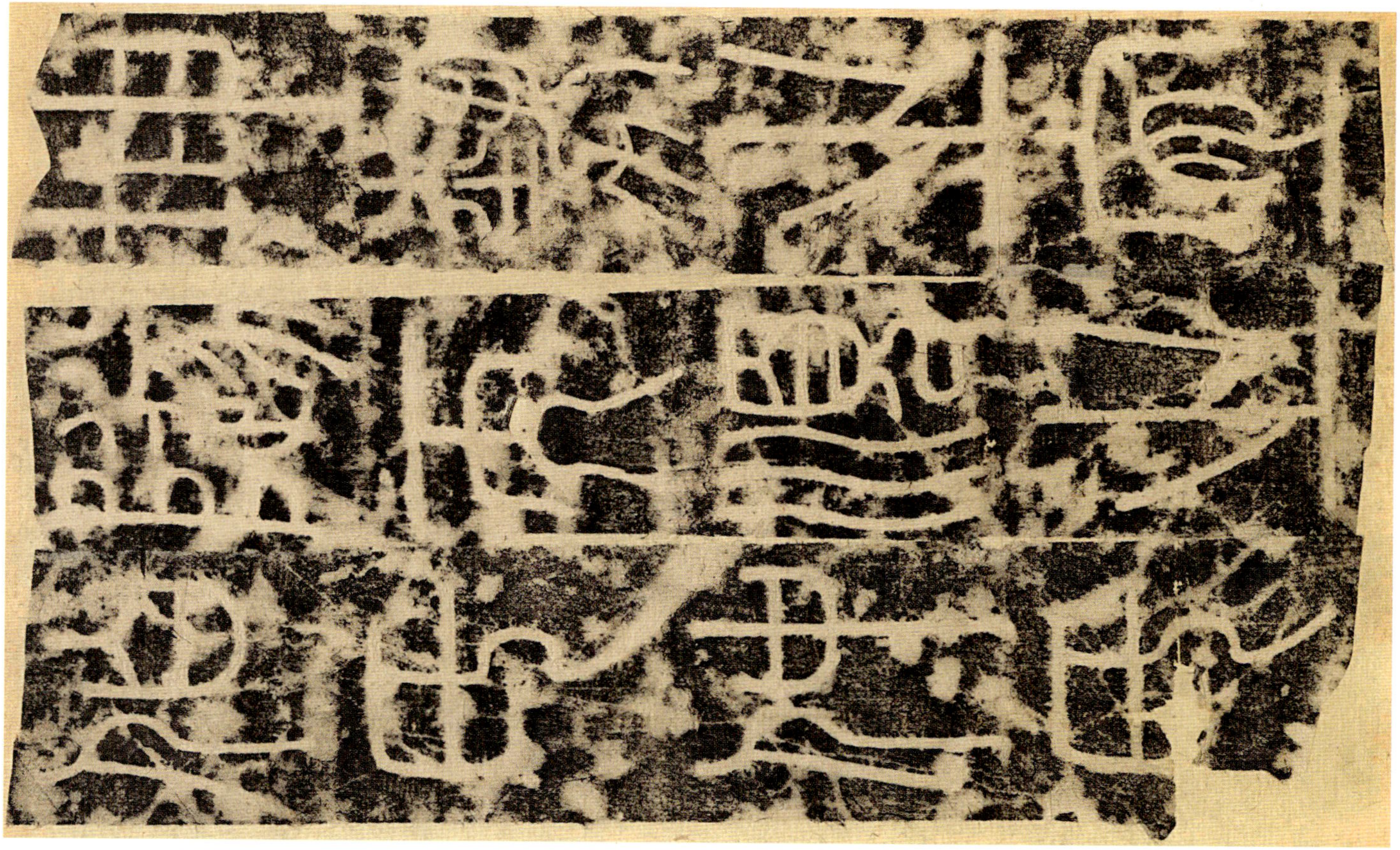

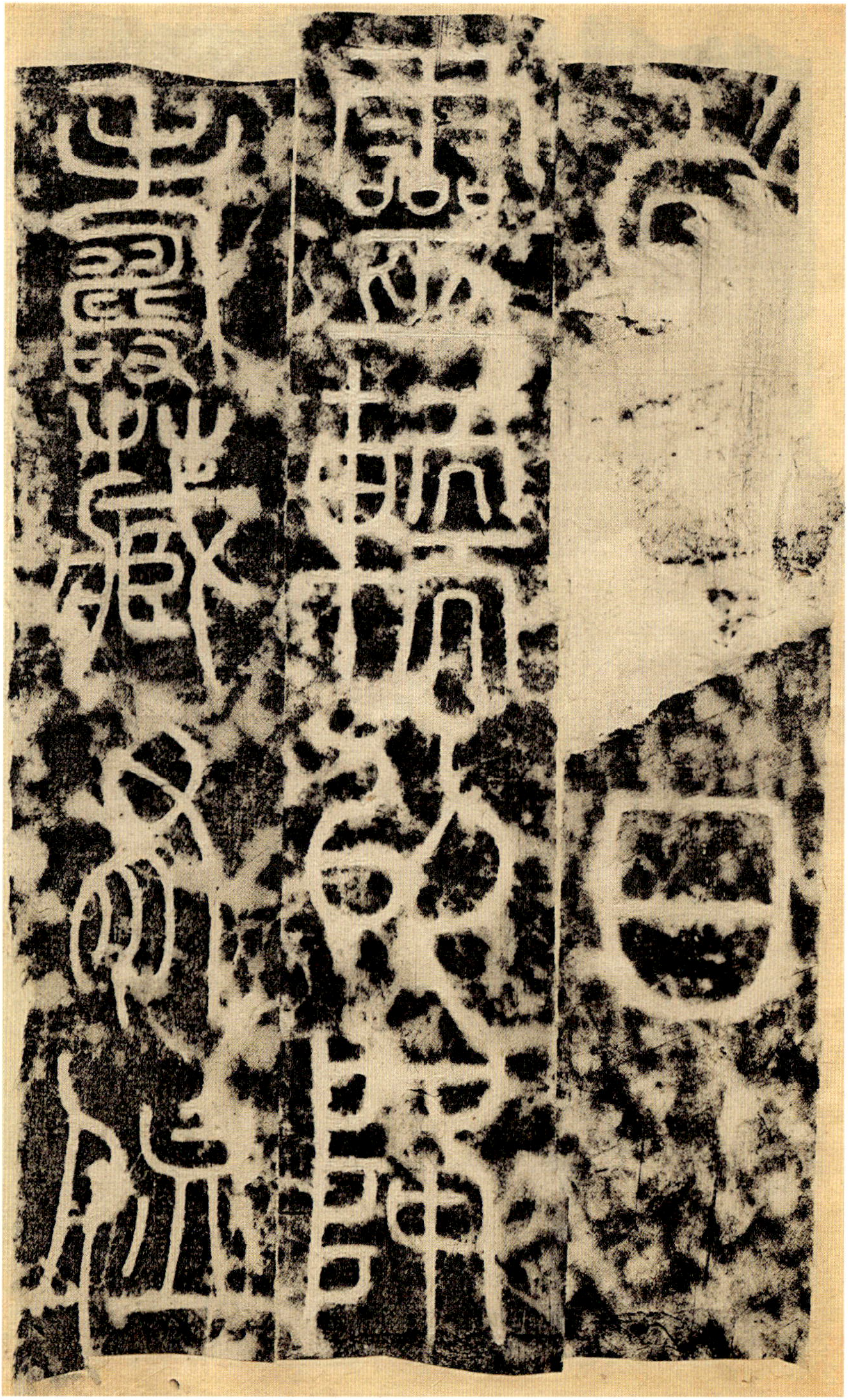

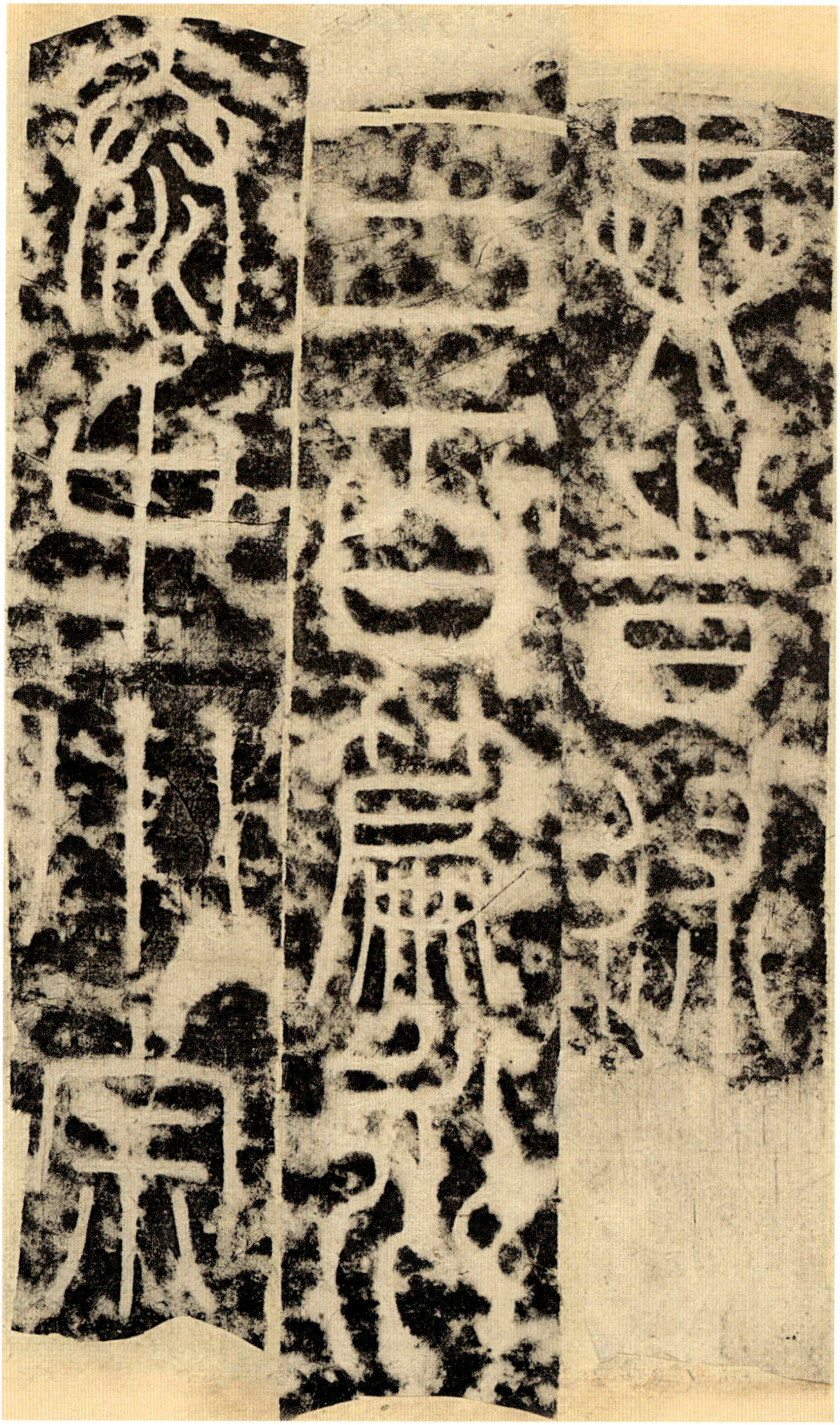

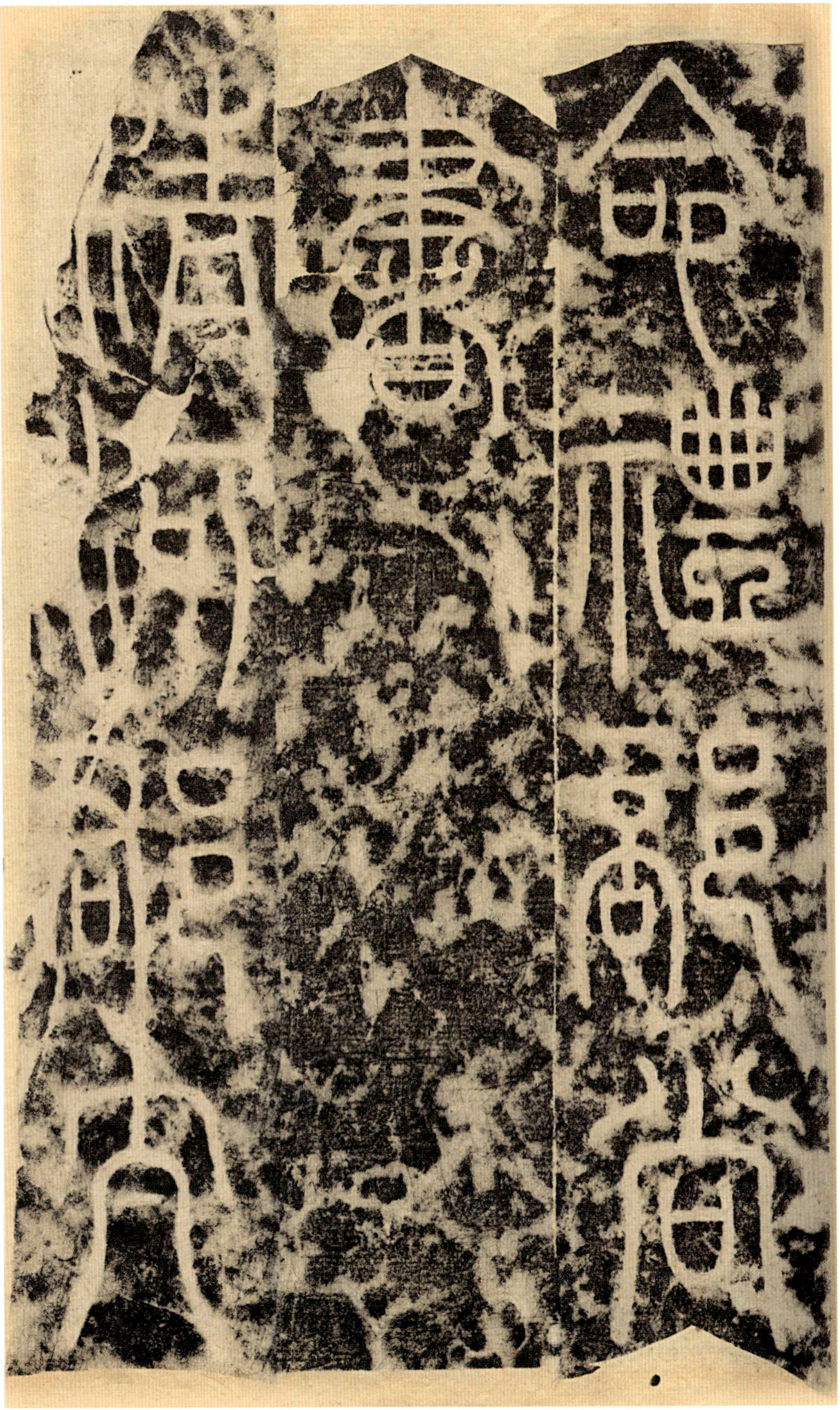

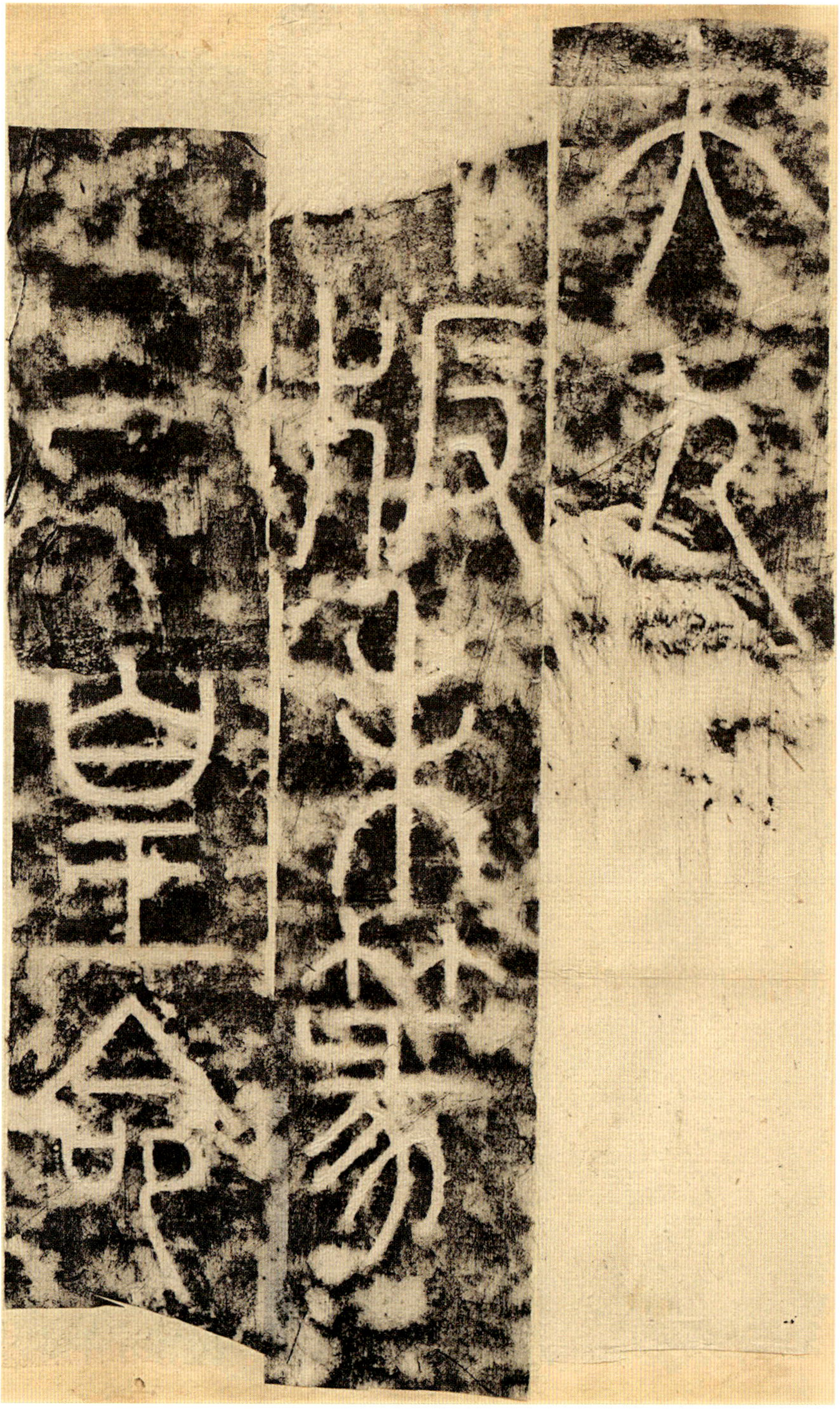

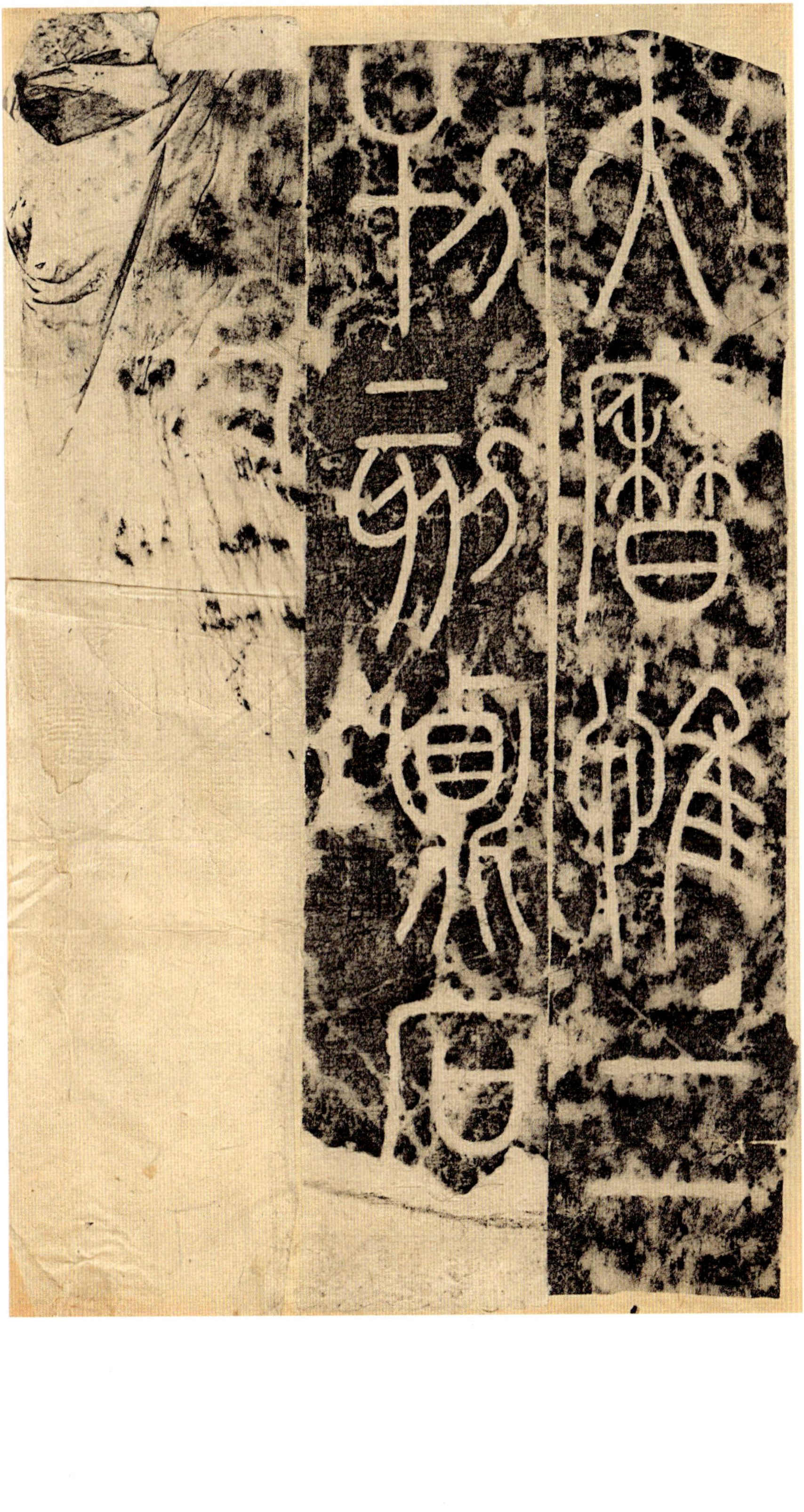

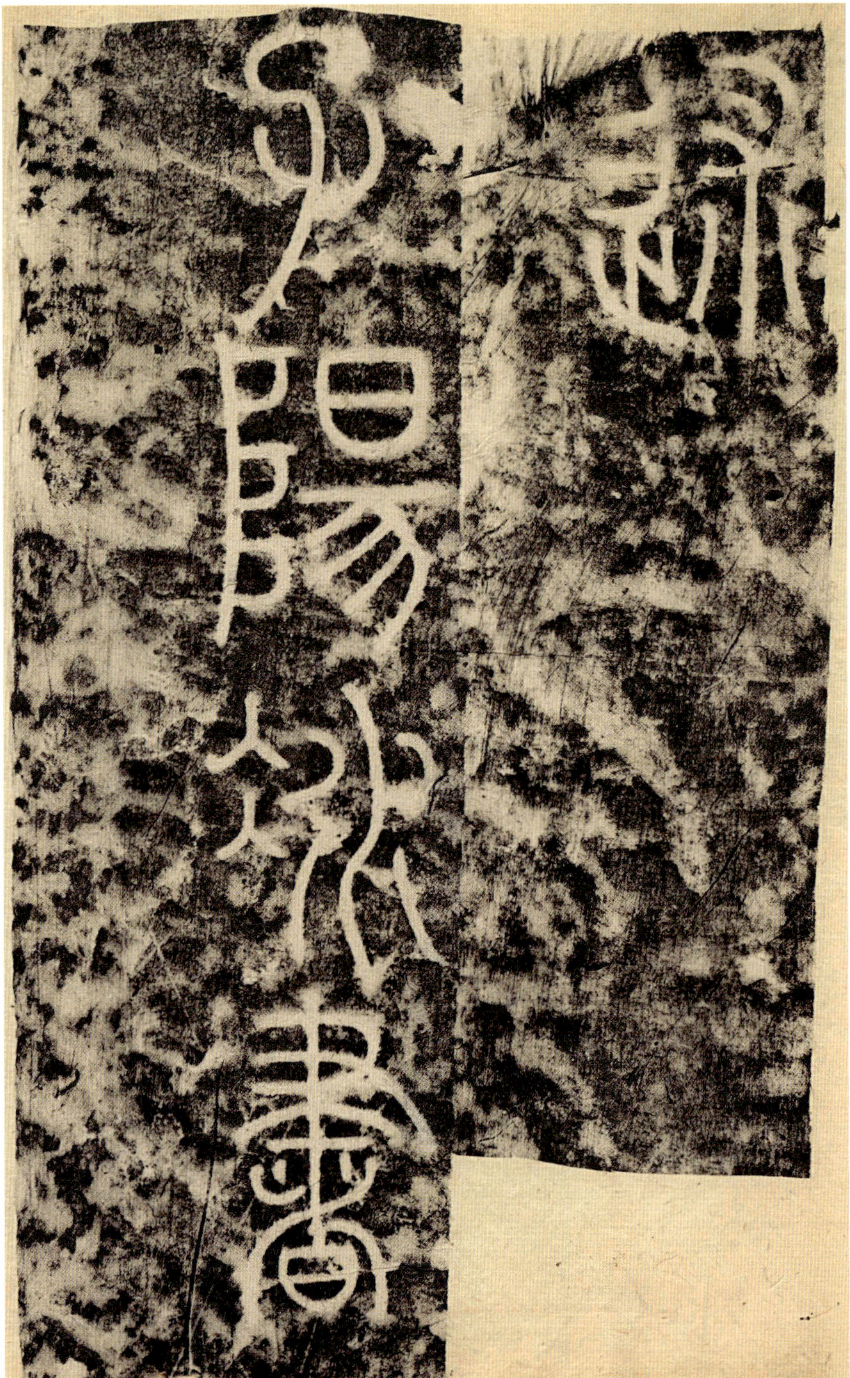

蘋秋仁弟大人如手：昨中揖別，忽又歲除，前日
特遣五哥回构（?）乞代段拳拳於澤
惠書，欣悉一是。此間人事日紛，來訪一局已無撤
近後勉強擁住書局，至二十日人等離，再來者
第二帝（?）中，思欲久留相待，頃形體還遠，未克不決
待來，至於友人相時，經遣鑒下同照顧之也，薩唐老
近日常入到相府，莊先生瀞澤者
刊刻年內不能完畢，新書所明歲開雕，有專請一務
而近日先生未了之難，埸（?）有詩學經進之事，每有所
作，難先生刻，最頗能自作，尋紙後日讀經世書外人
已了皆便老年，松翁抄是都慈，時未得元同一為

二子困守於此，亦無退路，意欲略省些一席，已極感
中丞師盛意，斷不敢再有陳請，惟據摘分賞，全賴以
爲自全之計，今此真無長策，全弟前業三徵，幽同
不千後語不能來，春仍擬回來，亦未可知，勤侍望後一
席仍是婢瑛，可以爲指畫之
委文仲疏信，當即酌退也，謝慰，寸此，敬請
著安
弟夫人月餘來好，有年，蘭徵四歲，不讀書，近日如何也
示及之
小兄陳豪頓首　廿七日
將運之兄均此道啟

爽秋仁弟大人閣下昨展
來緘猥承
飾歲情文周摯慚歉奚如就維
旅祉安和
箸祺淵邃
欽清名於淮海遍讀異書
馳偉譽於
廟廊即膺

勝選欽矚
光采靡有已時浙事大致如恒顧此輇材久忝
鉅任春冰虎尾時惕於懷肅緘復頌
春禧即請
箸安惟
照不宣

愚兄楊昌濬頓首

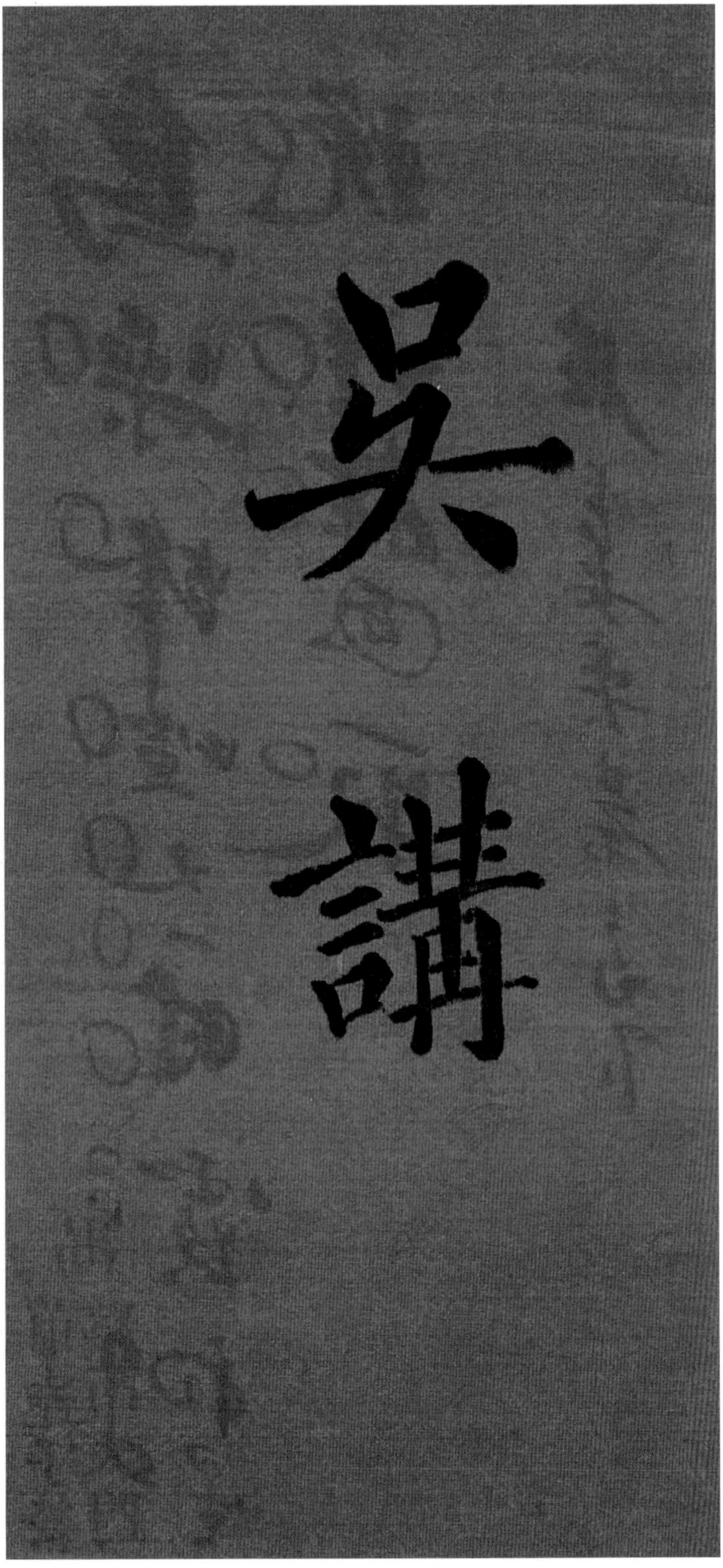
吳講

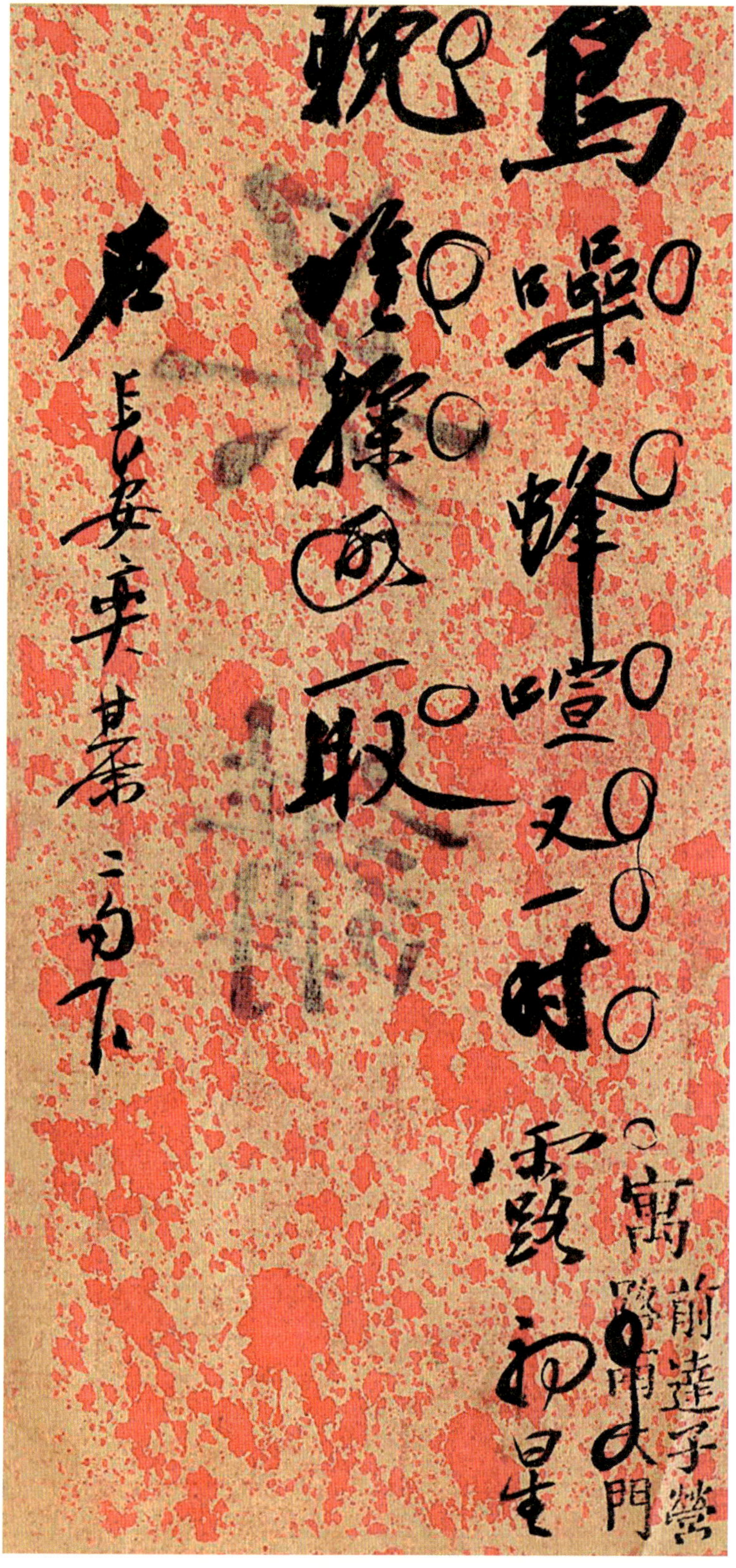

鳥噪蜂喧又一時
號躍擬一取
萬霞神星
前達子營
路南大門
居長安甚棠二句下

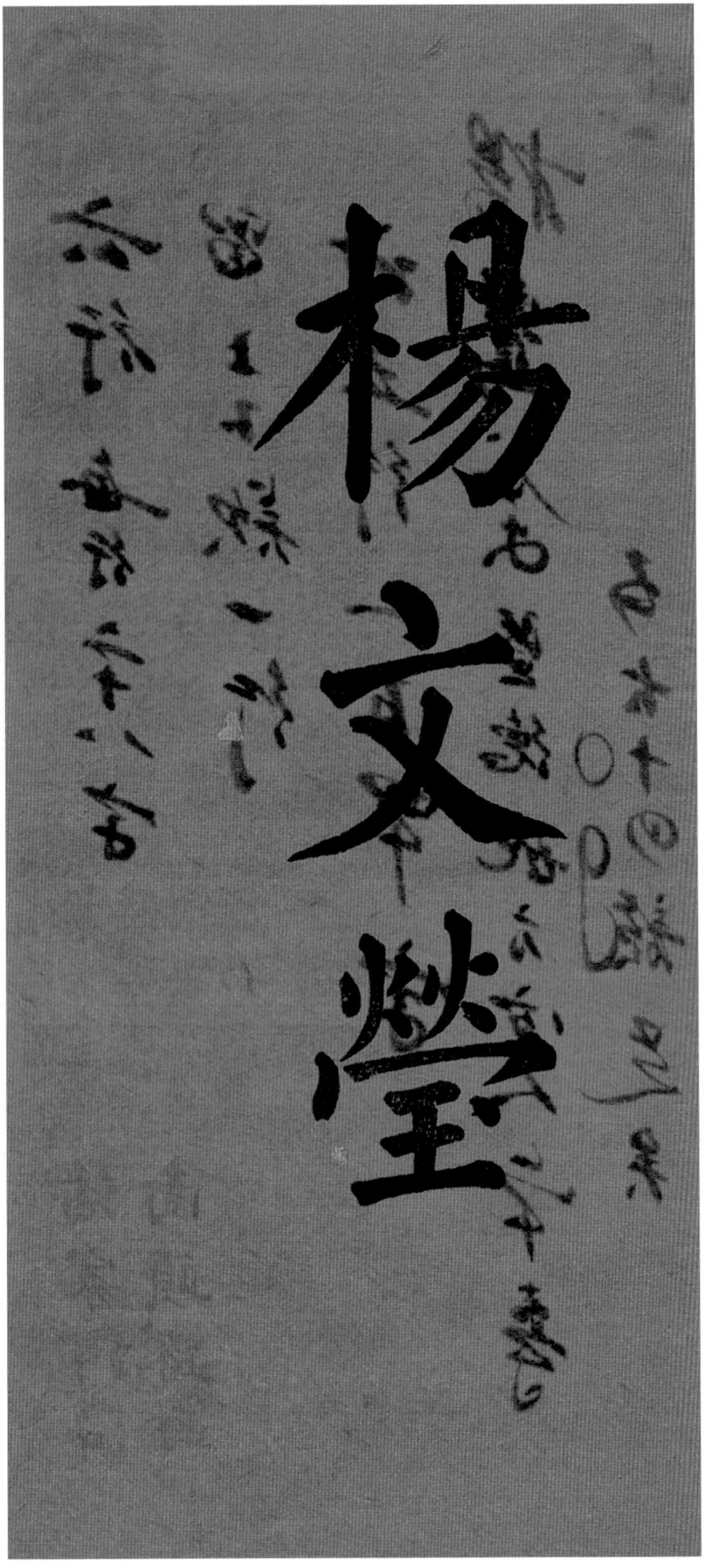
楊文瑩

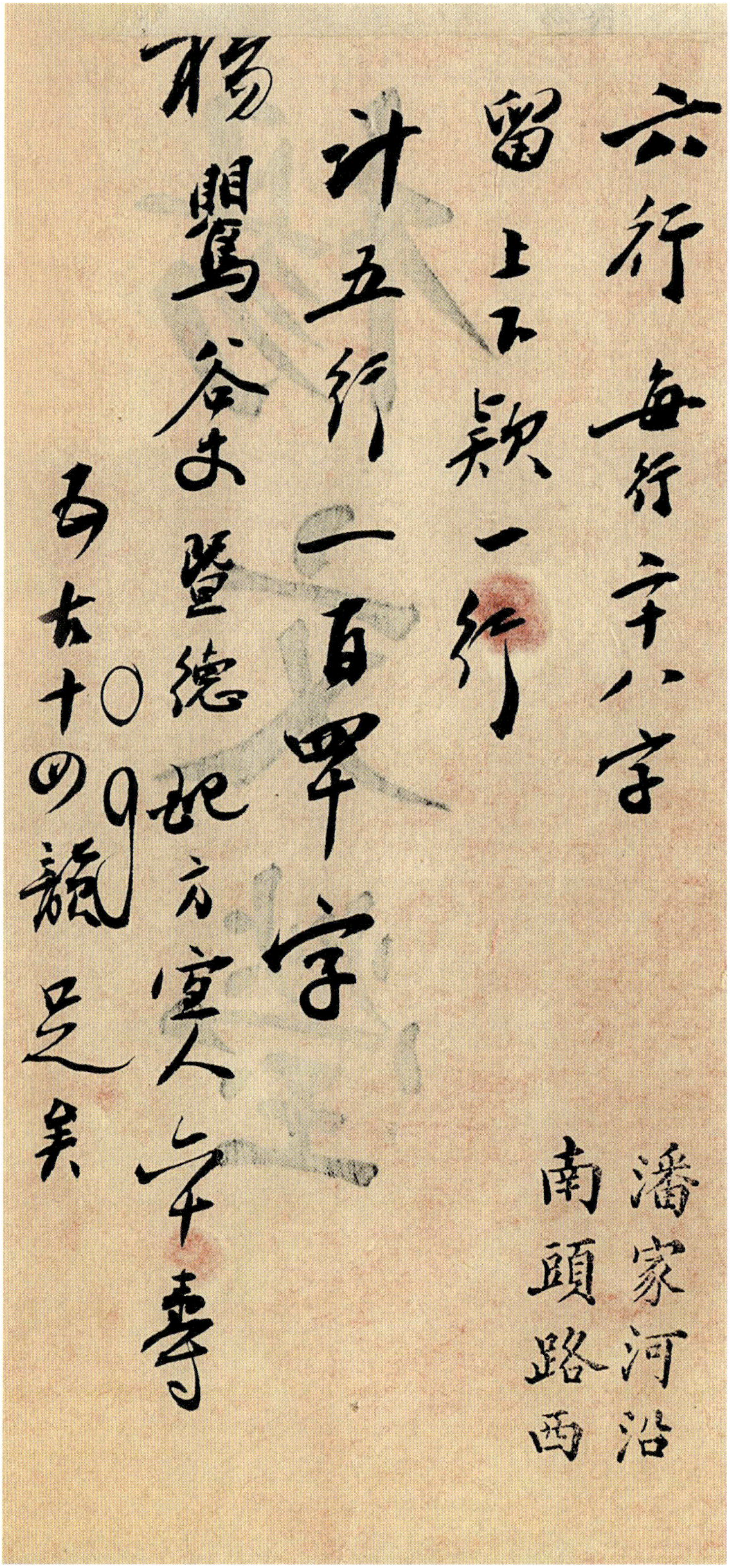
潘家河沿
南頭路西
六行每行廿八字
留上下款一行
計五行一百卌字
楊
翼鶚谷史暨德配方宜人六十壽
五古十四號足矣
〇9

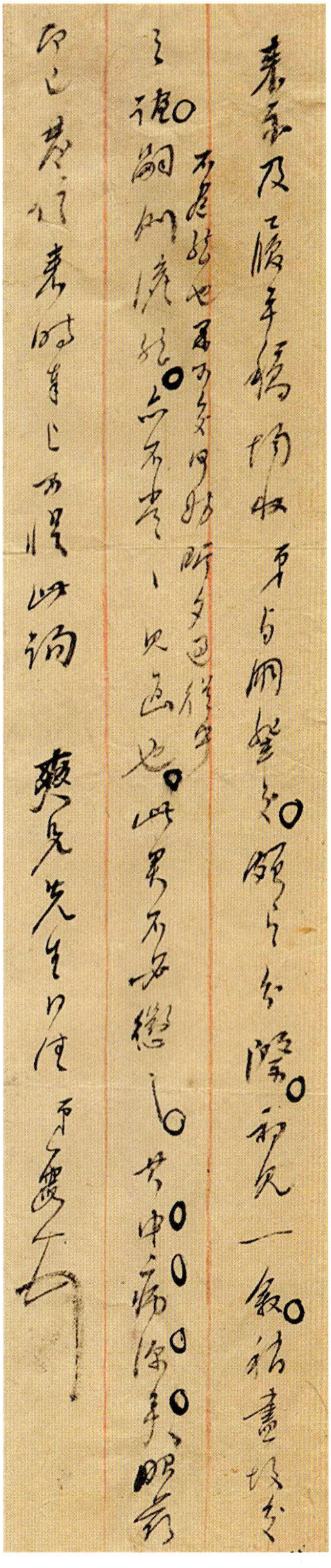

公輸之巧雖專明視萬必陳匠氏
庭寸義直從根氏生示能動兼
實般星經生家之孔鄭學是
息抑通磁引識之子美選皆
書追賸詞況詳邊孝先婿

石室洞安没患慕一門執奇

藉力耕天為菑研田能播星

中尺年至尉老中丰薦夷入中局義它誨

舍磨松烟遂手詩人集邦上

白戰共賭錯定筵後先文采

綠天牘有書經業　雲藍閣製

重黎仁兄大人尊右客冬
紅雲一朵冉冉從天外飛來盥誦臨風如續
舊游而親
蓮論也淮揚相閒僅三日程竟不能常侍
左右如弟者塵緣之絆終所不免塞途之累
更不堪述蒙
以經義慰贈欽佩無已惜鈍根人不能息心
體會耳　弟往返過淮祇召匆匆南旋未

暇枉顧蓬蓽歎甚此番風十里綠楊城
外之行何快如之令人想
李郭同舟眞天上人也弟湖湾守拙苟安目
前陶詩臨水愧游魚是之謂矣時深嚮往良
覿何時尚望
頻錫丹箴藉資蘭佩牽甚〻〻復頌
春禧惟希
雅鑒不既 弟丙燿謹叩 正月廿三日

雲藍閣製

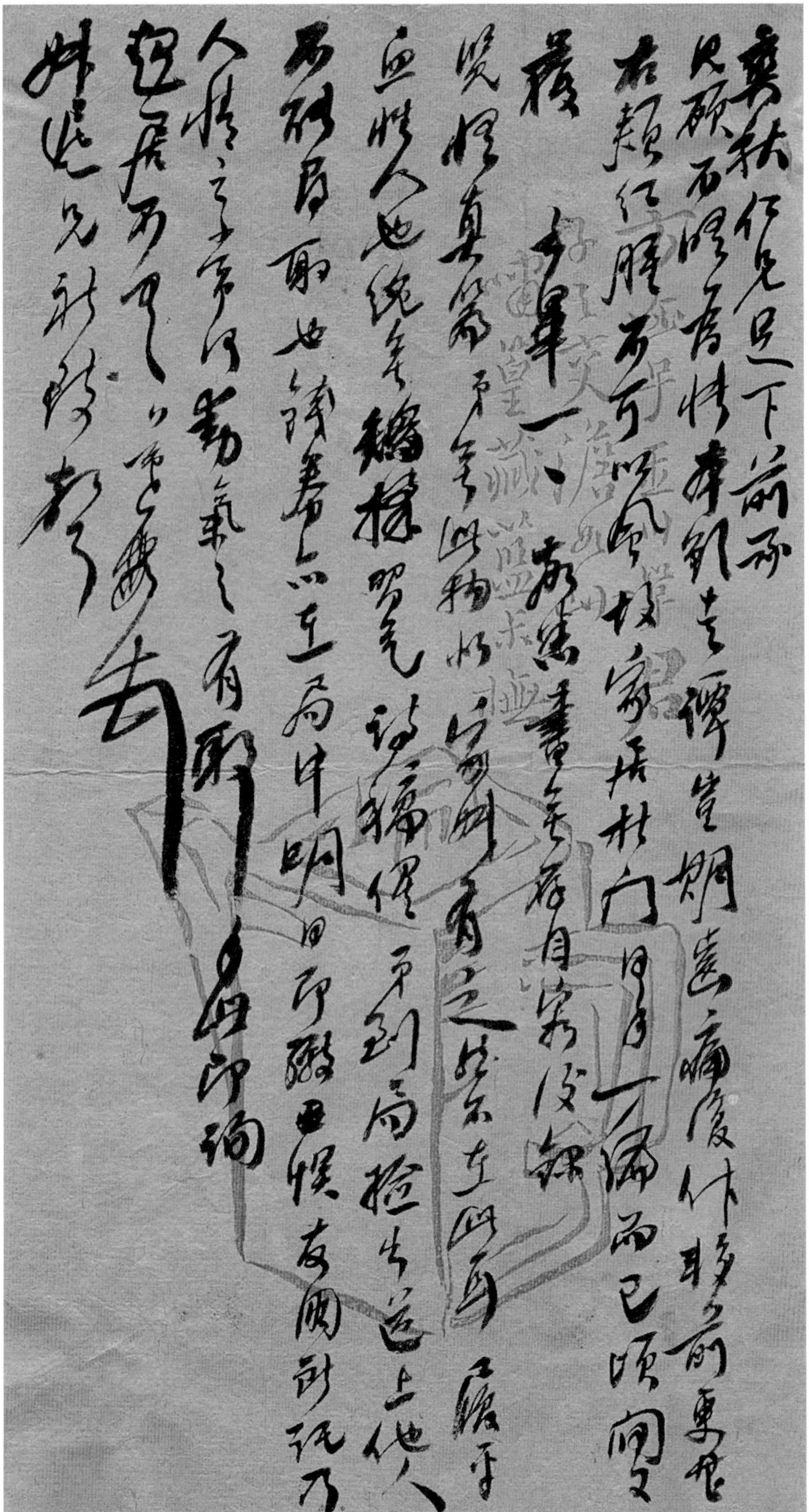

爽秋足下：得手畢，令人假企。弟于二月中忽患喉疾，其初甚殺，其後誤服薑附及諸發散藥與滋陰藥，兩不相宜也，至今竟至失音，大爲可慮。見杜生、汪君仲伊、吕仲杲猪膚湯法治之，亦未知能見效否也。論語注初印只五十部，已經告罄，俟董耐甘再印數好贈。問錢唐吳師機尚先曾在邗上行醫，能起沈疴，其人蹤跡今在何處，乞告我也。己卯四月廿六日，弟望頓上

爽秋尊兄同年先生侍右：客冬接
教，甚慰離索。別後相念之至，每謁薛師，得稔
起居。昨二舍弟回省，奉
手書，祇悉壹是，話知
貴體已臻康復，仍以
孫攝為要。義講習亦不可過餘也。舍弟近狀如恆，惟
學業不進，深負
厚望。書局一枝之藉，尚可暫安，惟府主已更，俯仰祇

增感悵羈孤飄泊，未知所歸耳。南史已寫錄，現尚
校刻錄未得。請假秋間當渡江暢聆
塵教。近子高臥疾纏綿，藥裹中樸老精神更健
於前，足臻老福。
為致兩函已轉交仲伊處，亦有道峯矣。地理韵編
係桂卿前局中刊刻者，購寄一部，乞
檢入，直一千，乞便還寓竭外署處為禱。此請
箸安。敘遲五兄均此。

弟劉壽曾頓首
四月廿五日

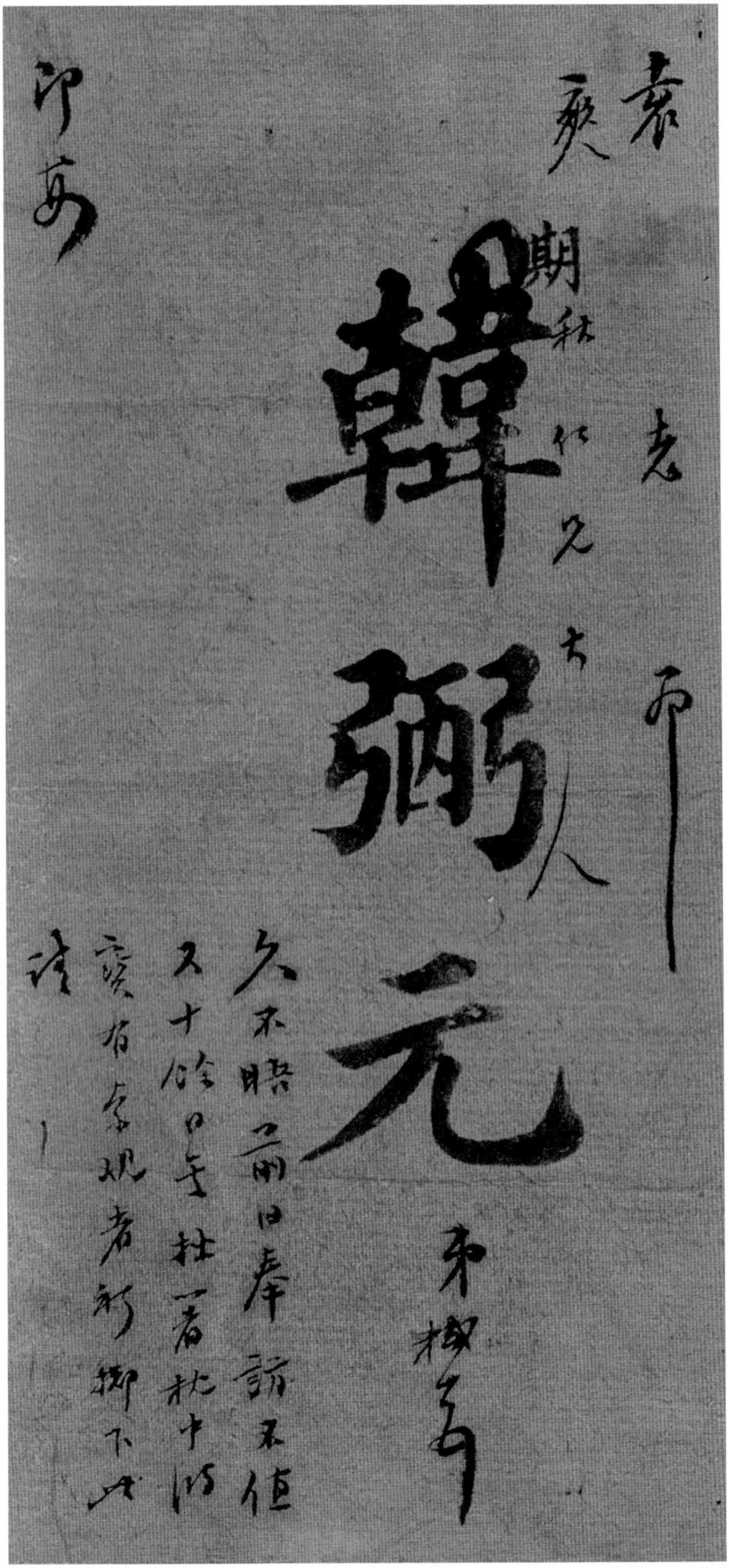

壽

志　再

韓弼元　期秋仁兄大人

東樵

久不晤面，日前奉訪不值，

又十餘日矣，杜門著述，

賓有索觀者，新擲下此

請

安

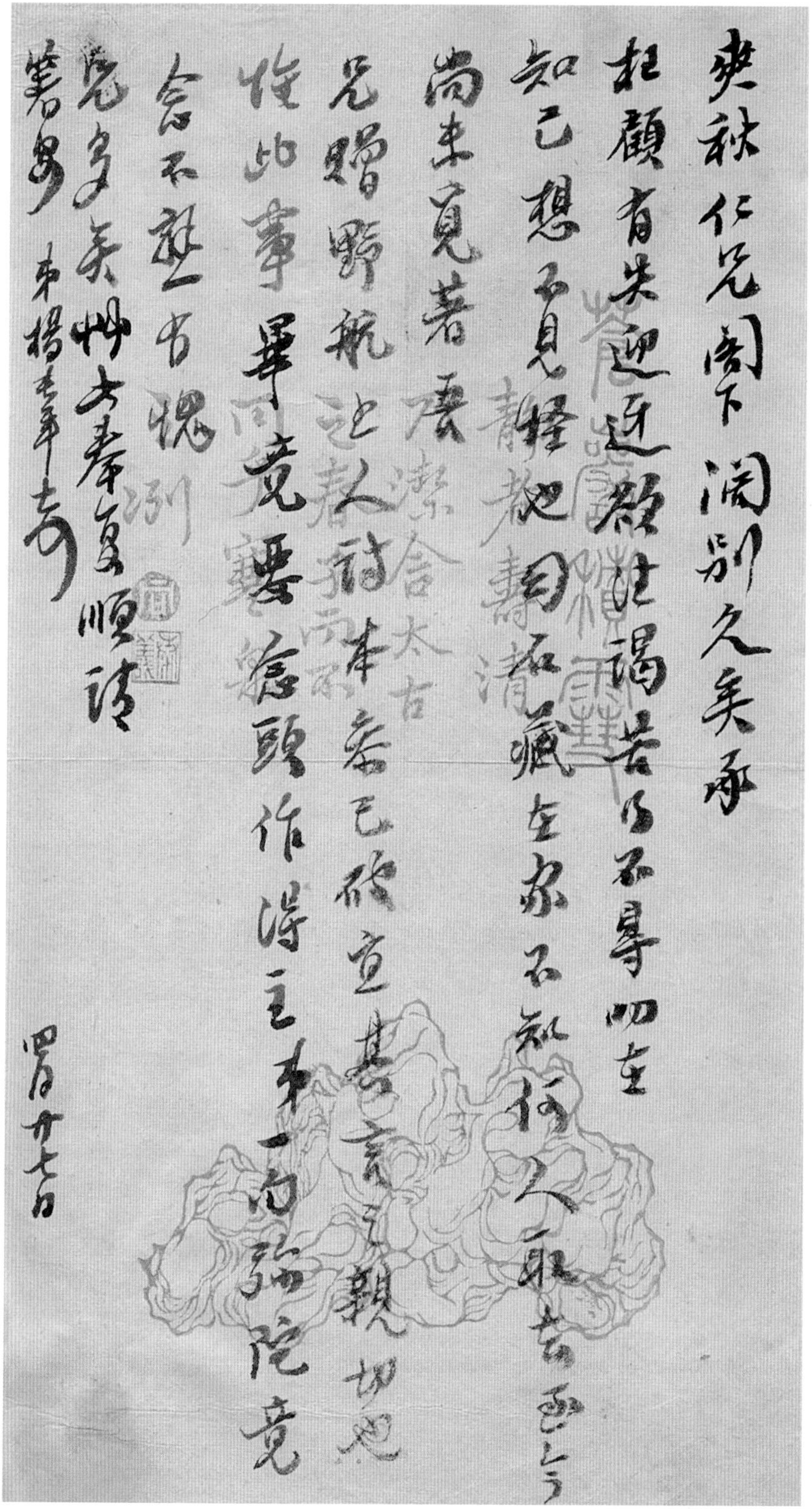
爽秋仁兄閣下：闊别久矣，承
枉顧，有失迎迓，歉甚。謁若乃不尋[illegible]
知己想不見怪也。向藏在家石[illegible]之取去[illegible]
尚未覓著。屢
兄贈野航道人詩，本要已代寫其意之親切也
惟此事畢竟要意題作得主一兩語[illegible]竟
念不疏，甚愧
兄多矣。此大奉復，順請
箸安。弟楊長年頓首
四月廿七日

適有舊雨將往上海，匆匆束裝結伴同發，不及請益。石公先生、禮園、豊山兩兄處均不克往矣。照例代為致意為感。留此。祗請

爽秋先生同年大人箸安

年愚弟鈺拜手

爽秋仁兄足下昨辱
損書極承
垂注推挹引前哲比儗所作則鄙拙所萬萬不敢當也
足下天姿卓犖東城潛告一得淺直即已心儀及讀
大著詩觚讀之音文之摩還固之學深去
雄才超世而當方軌古人表間抹逞來誰之
足下日課經史而外兼及諸子百家勤恣如古之篤學者益不得於流
輩并爭馳騁矣竊嘗謂文章之來如江河東下有滔滔之勢皆其

山毛生甫言七百年來文氣卑弱皆患於東唯山谷魯直甫爲尉之

劉之美計此言至今又三十年矣其後有言此事者生甫又謂班氏道健

深嚴非後世所及又多流傳亦罕

足下之文能剔抉癥迭寒色柔人任深顧

厚年所積極于閎肆而歸于平正篤實則難矣昆田不學而知爲文少壯

歲月消息於帖括之中及既攻涂而年已五十道未文亦有言人到五十

再不世理會文章時節此語實足之人也痛少年時頗不立漆末子

年五十歲後方將留意貴其文辭義美不在司馬文正歐陽文忠之下私謂

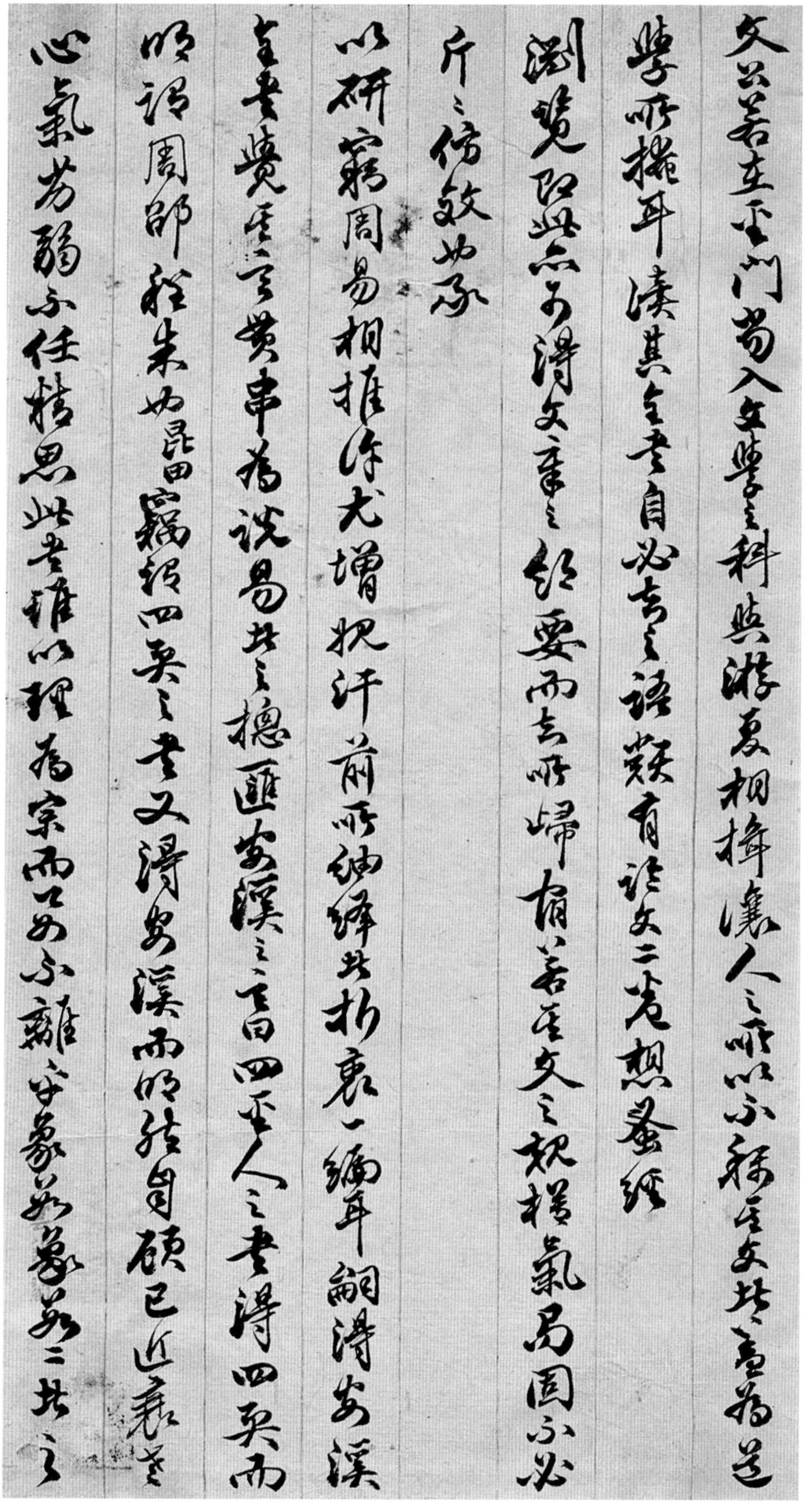

操壺飛精力不克炳燭之明絶無可情眼時遮眼聊以自娛而已

矣然何以裁答高先生之文彼此皆無可疑為之以互證其家

存不能無俗擾又有瑣細筆墨須爲裁答稽遲幸

恕不叙入夏涼燠不齊伏惟

爲道自重不宣

愚弟吳昆田頓首 五月三日

爽秋仁弟足下披誦
手書猥以節屆天中過加
奬飾
意氣懃懃若規僕以所不及者自顧疏拙奚㠯克承
即維
聲華茂美
文業豐隆遜聽之餘至深欣慰訓詁患在破碎説理

易於空陋學人流失

書中兩言蔽之具見

循習功深用心有獲至於文質相猶輕重固殊此中未

能無辨 梨洲先生著述宏富惟崑山顧氏可以抗席

明儒學案一編隱有主持而敘述特為詳晰宋元儒

學案吾鄉 何文安公曾任其事後來留版京師聞

即藏於亭林先生祠中此時謀刻不如謀修惟以南

北路縣一時未易輂致耳耑此布復順頌

節禧竝候

文祺

愚兄楊昌濬頓首

奕秋仁棣大人閣下：展誦
惠函，備承
存注，感泐無似。所諗
興居臻勝，
經誦擾懷，引企風前，既承且慰。去臘至甯，彼此
相左，未得一罄別悃，附以東渡之餞，竟不得達，
尤爲歉悵。拔簪之役，無可見長，藉此拋節哉。

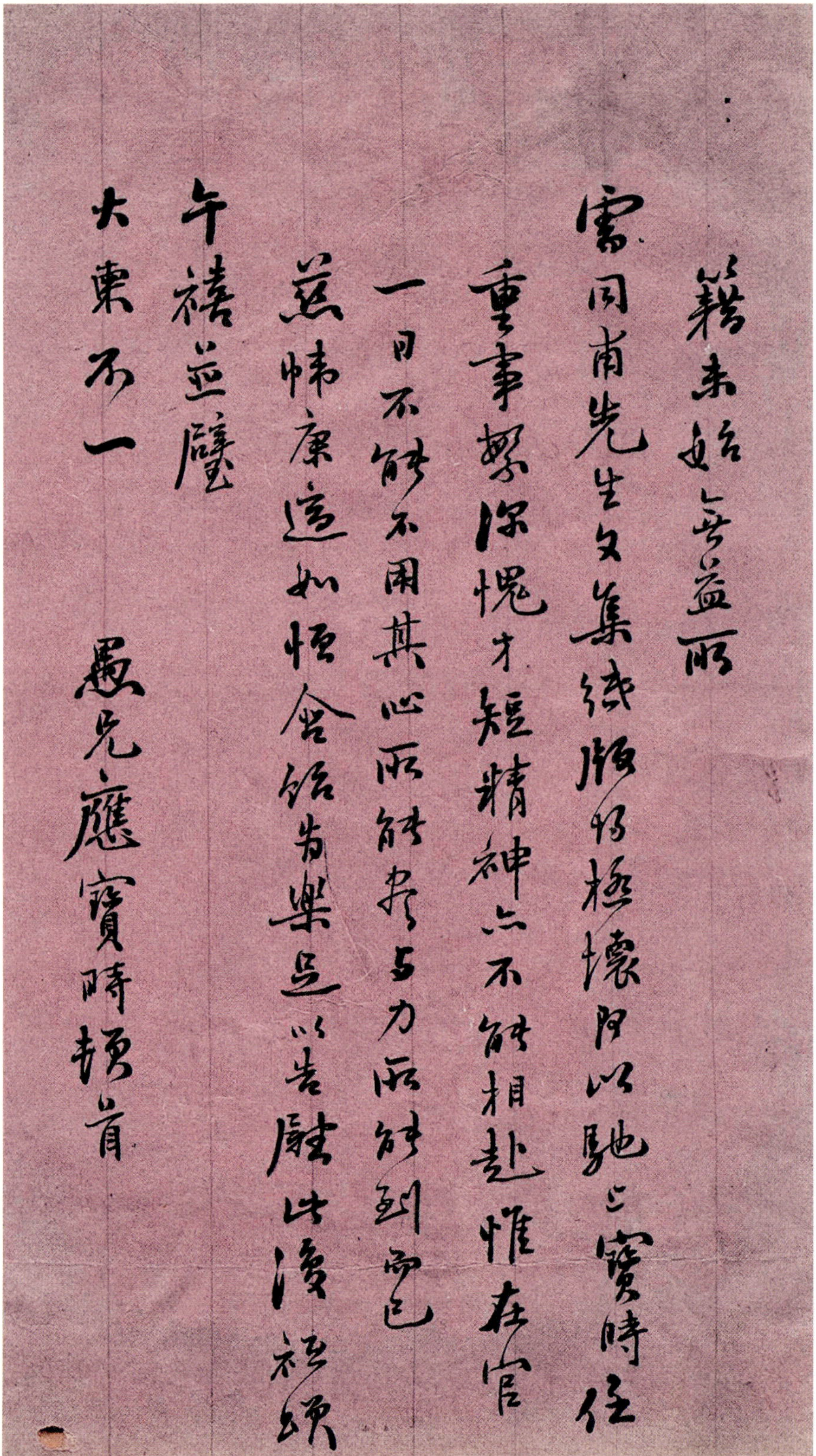
藉來殆無益耶

需用甫先生文集綫版，行極懷以馳，〻寶時任重事繁，深愧才短，精神亦不能相赴，惟在官一日，不能不用其心，所能者與力所能到而已。茲惟康適如恒，含飴為樂，並以告慰。此頌

午禧並璧

大東不一

愚兄應寶時頓首

與秋伯弟大人閣下：久未通信，飢渴之意無日無之。昨奉

手書，如親晤對。敬諗

勤味道腴，殫精著述，良慝私衷。揚州距樹陽縣

近，時歸去不？嫂嫂弟夫人年來身體何如，有無恙

夢之徵？老四讀書來請何師課讀，梁師處勿說，

而今年當與弟偕到　山中眠食時並無半字往識復

此次時局調停務令或嚴而迅速了

岑接屢緣核閱數類，多不少無有可干，不見惡

於人於職，底事何萬分為難。正二月向有舊主人

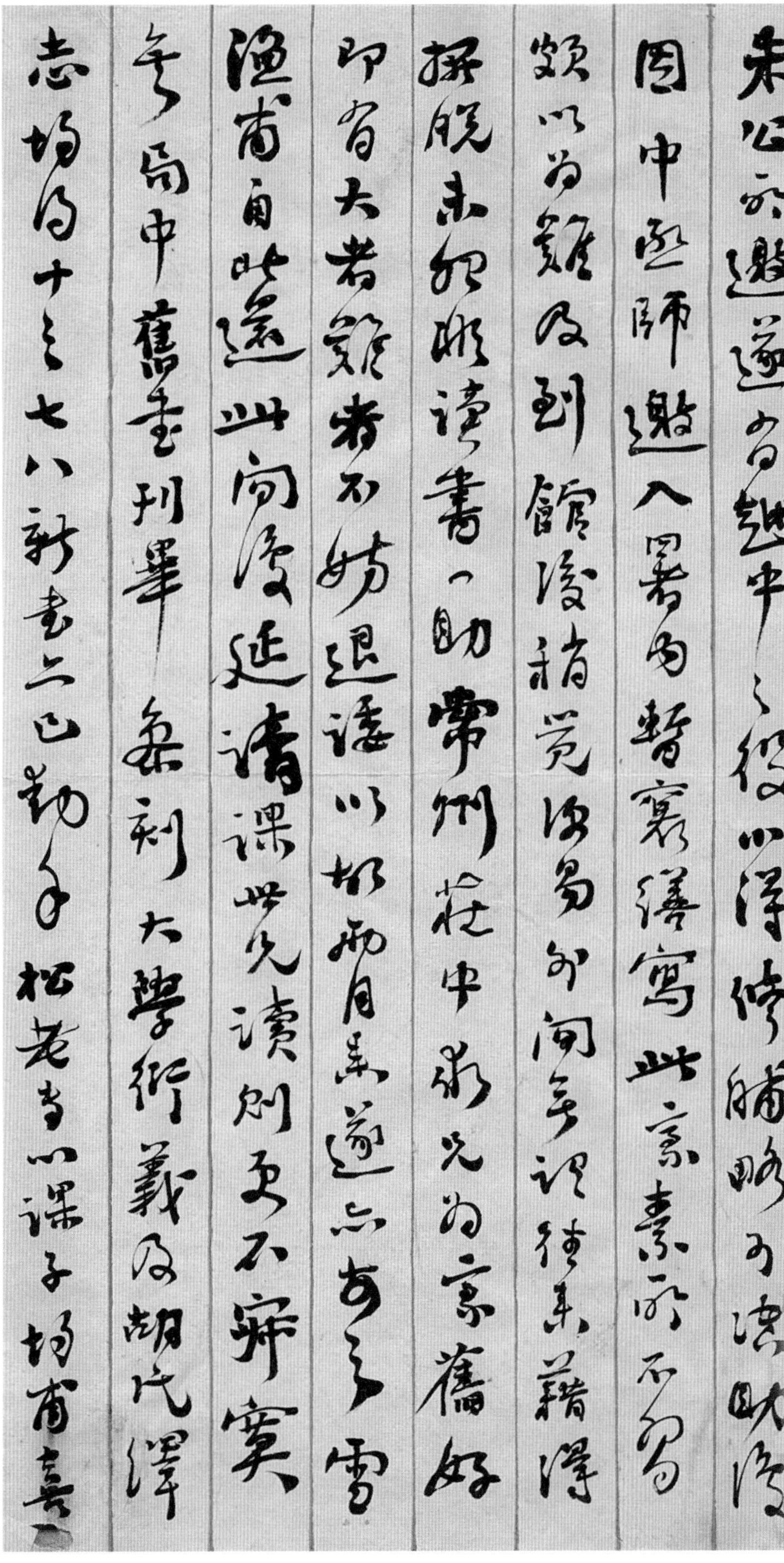

事經濟 仲修元月猶自時曩 高則荒齋 蟄伏學等
寸進 新有淮大＝表懇感特云內子多病時作時止韋
慈侍康綏善用自娛 何人自維達不能有所建立退
不能有所繫述日後百爲約務嚳＝有吾
弟都＝過聽＝寧賦中東信據高大言甘肅金有近
秋鄰清從七玉閣以所著漫遊氣最爲快事多此
本爲敬請
著安 科遲五哥同安 君如兄陳京頓
五月廿九日

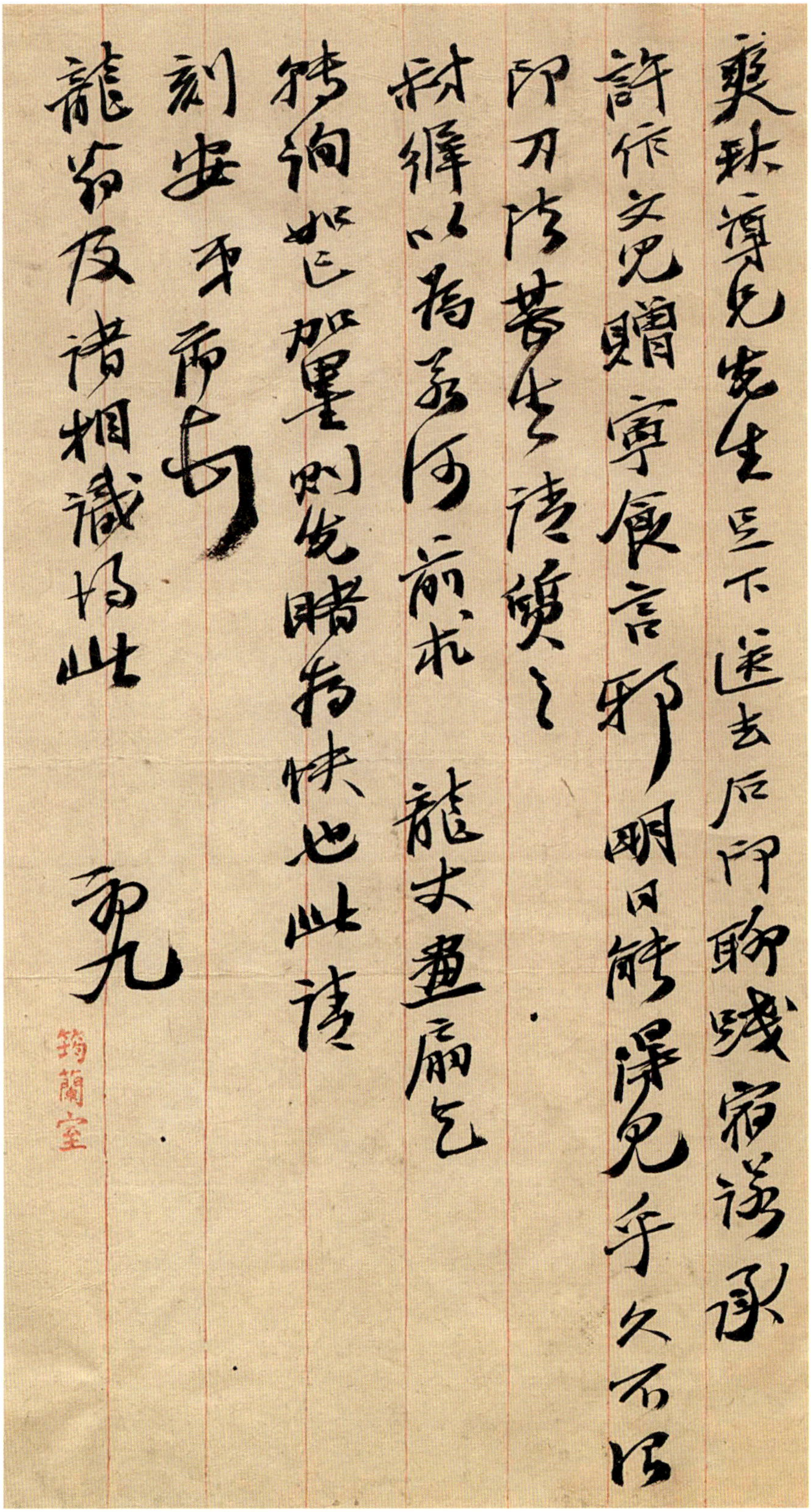

爽秋尊兄先生足下：送去后即聊踐宿諾，承
許作文見贈，寧有言耶？明日能得見乎？久不作
印刀，陸若生請續之
材繹以為若何？前札
龍丈畫扇乞
轉向姚加墨，則兌贈為快也。此請
刻安。弟節句
龍節友諸相識均此
雨九

筠蘭室

奕秋賢契足下：午節前由公遠旗處寄會文五十日來
未接回信，直至昨日始得手書，亦未提及會文收到與
否。恐中間擱有一信，爲洪本所誤也。頗疑回途消息(夏)，
前日尚作信至全打探，今始釋然。而身體康健，院
中俱平順。近值燈舫盛時，隔五日必至秦淮一游，興復
不淺。閱致穗姪信，殷懃殊至，但從無不秀歲試而能入
選拔場者，姑無論其文字之不通(適)也。穗姪本糊塗，得
足下信，將謂以爲真，徒被外人遙笑，以後請勿復言。安
徽學政被御史和潞属糾試，恐在臘底春初矣。寄
來律賦五部，請檢收。六月二十日　雨学

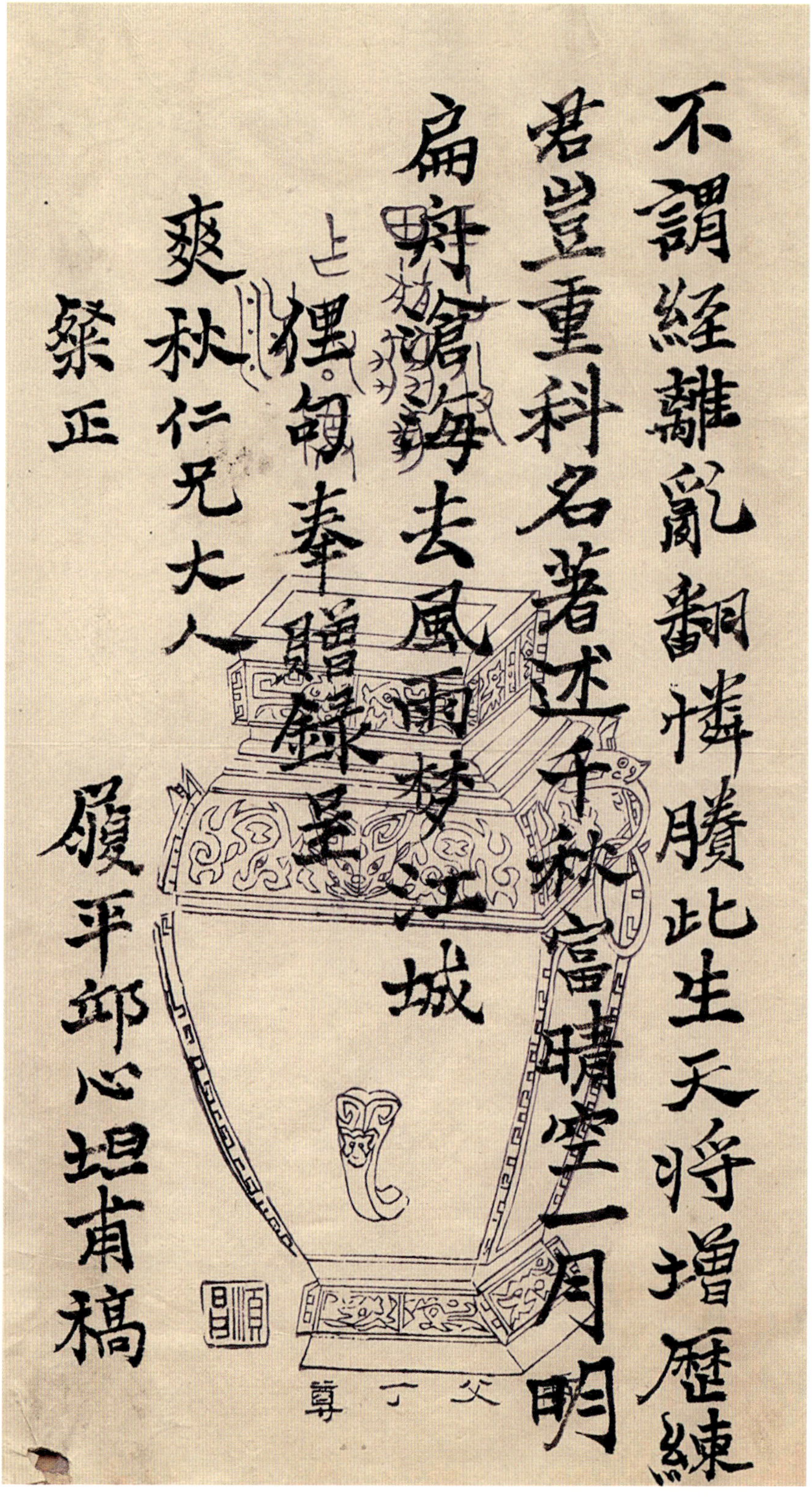
不謂經離亂，翻憐賸此生。天將增歷練，
君豈重科名。著述千秋富，晴窗一月明。
扁舟滄海去，風雨夢江城。
上
貍匋奉贈錄呈
爽秋仁兄大人
粲正
履平邱心坦甫稿

榆園雜興詩序

自桐君以西羣峯蜿蜒如修蛇衢婺歙三州之水環流其下凡九十六瀨嚴陵其一也亂盤涌匯爲江謝康樂詩所謂石淺水潺湲日落山照耀也上有東西釣臺高各數百仞與釣臺相對者曰蘆茨原林壑陰翳唐方干棲遁於是桐廬信詩人之國哉予與並世得二袁焉曰重黎先生昶與其從兄○潤○甫先生振業重黎於學無不窺左右采獲以得其詩搴芳樹執並閎且肆而先生一邱一壑泊兮無營不煩繩削勤與古會其晞康樂未知與何如過宕英則遠矣蓋重黎遂與勝流執騷壇牛耳者且三十年泊官

筆下望塞蓋茂益得瑚鏡元化揮作四窗故其詩鎔式經誥洞貫物理先生秉孤澹之操標蕭遠之旨提鍊翠驚自放於水瀹風漪之鄉故其詩澹遠乎中極比興之能事重黎之詩肆先生之詩醇所謂或少少殊其種其地之所蘊必傳於後一也予交重黎越一終運而不復識先生識先生詩於重黎許先生年且六十矣重黎屬一言弁簡端予謬點鈔籍不得攜遜相杯介一觴為先生壽曰予是編而景心之雖不能至心嚮往之它日與重黎一櫂園南從先生瀨上以詩歌相酬答客里之曜耶朱鳥之音耶先生其有以廣我矣壬辰春二月金壇馮煦

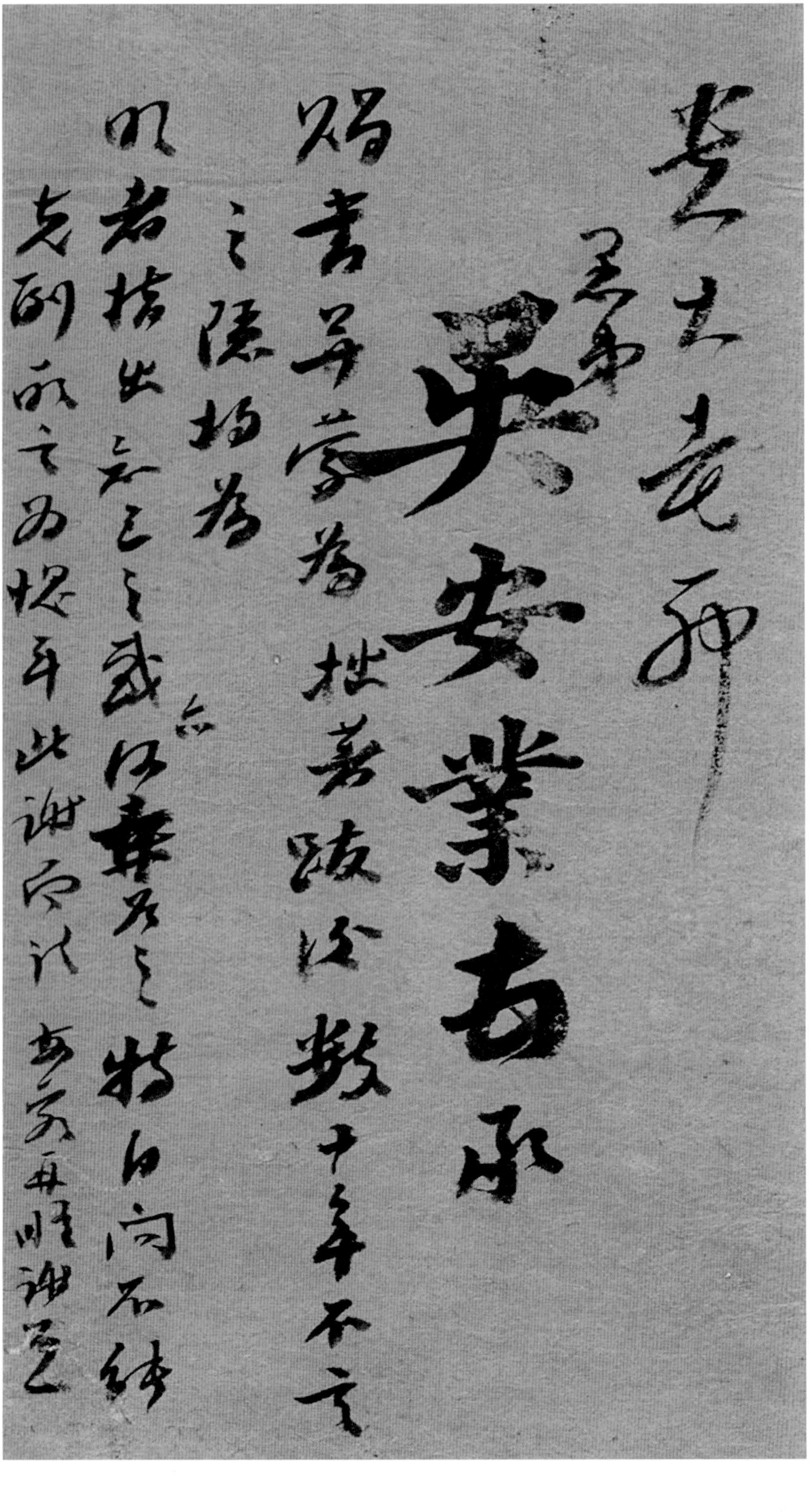

[illegible]
[illegible]
[illegible]
[illegible]
[illegible]
[illegible]
[illegible]
[illegible]
[illegible]
[illegible]
[illegible]

奕秋仁兄大人博雅：立秋後二日得
手書，如獲瓊瑰。近西亭君表來，時惠何必朝朝暮暮
行蹤。惟去秋舉子南旋者得詢
近狀，先年返滬，隆山方謂家近場鄉埋頭，賤不易成
狀談，亦占不已。
經覓，仍自道搖而不已，何日息搖也。近維
著作日增，頁帙順遂，懷老何幸，郎送去四後錯
亮采織女橫絲，舊照吳門息息，五載項女製衣鄉，韡芸蘭敬船以來衍
參兩有用之精神，長物瘦於隨風難鼓之年

念謂已愈，訪得藥水不及十日，較用寓中向館[illegible]
與談未識
老兄訪仲容雲之手啓，蔭生差使陸驛不能，又可[illegible]
補太史景卿新任袁澤，犀公家乙[illegible]仲仙
[illegible]閑戶在[illegible]不見一[illegible]
不出其鄉人獨樓手其後匯遞號亦惟安命
守分不事營求而已。道州多病，逐日[illegible]神積好
弟用心緒不佳，[illegible]書信明澤不一
兒之[illegible]復[illegible]
好音不至
弟恒頓首　七夕前二日

兩心若是久長時又何必朝朝暮暮
巧奴製箋
芸蘭摹[illegible]
織女機絲

爽秋尊兄大人侍史：五月中奉
惠書娓娓數千言，情深而文明，言約而旨遠，指陳
形勢利病，有老於吏事所不能言者，而論兵刑禮之
相通相濟，相爲盛衰，尤見
心得。鄙人置之案頭，暇嘗展讀，遇知文者輒出示
之。茲三四月來，未報一紙，
兄得毋疑且訝乎？弟來嚴將半載矣，官陋吏頑，土
瘠民貧，加以水旱盜賊，比歲疊見，暮春履任之時

民間尚謠言粟冠將起某日將發數月來謠稍稍
詰奸暴、清庶獄、議保甲，民志少定，謠言衰息，然中
間五月水溢，六月旱乾，祈禱告誠，幸免饑饉。七月間
壽昌糧局閙糧之事，樵重樵輕，用剛用柔，幾幾不免
來書所謂遠民、欺近民、慢之覆轍，日月退代，實
攻無閑而精力已積、憊矣。
執事所望於鄙人者遠且大，而鄙人之無所表見至
於如是，尚何言哉。書院為造士之地，前守湖時慨

慕安[illegible]先生經義治事之教有裨實用興復安
定書院重整規條每課以經訓及地方利病為問專
其膏火嚴其課程時士頗樂趨之未竟其事而去
蓮巖日亦甚有志於此以辱
明教於為切至惟察變舉書院中應課生員祇
十餘人時文律詩率未中程童生每一知文理者似
於學問二字中間相去為遠蓋兵燹後人不讀書諸習
文[illegible]膏火廩給又不足激引其以好為前賢之深風

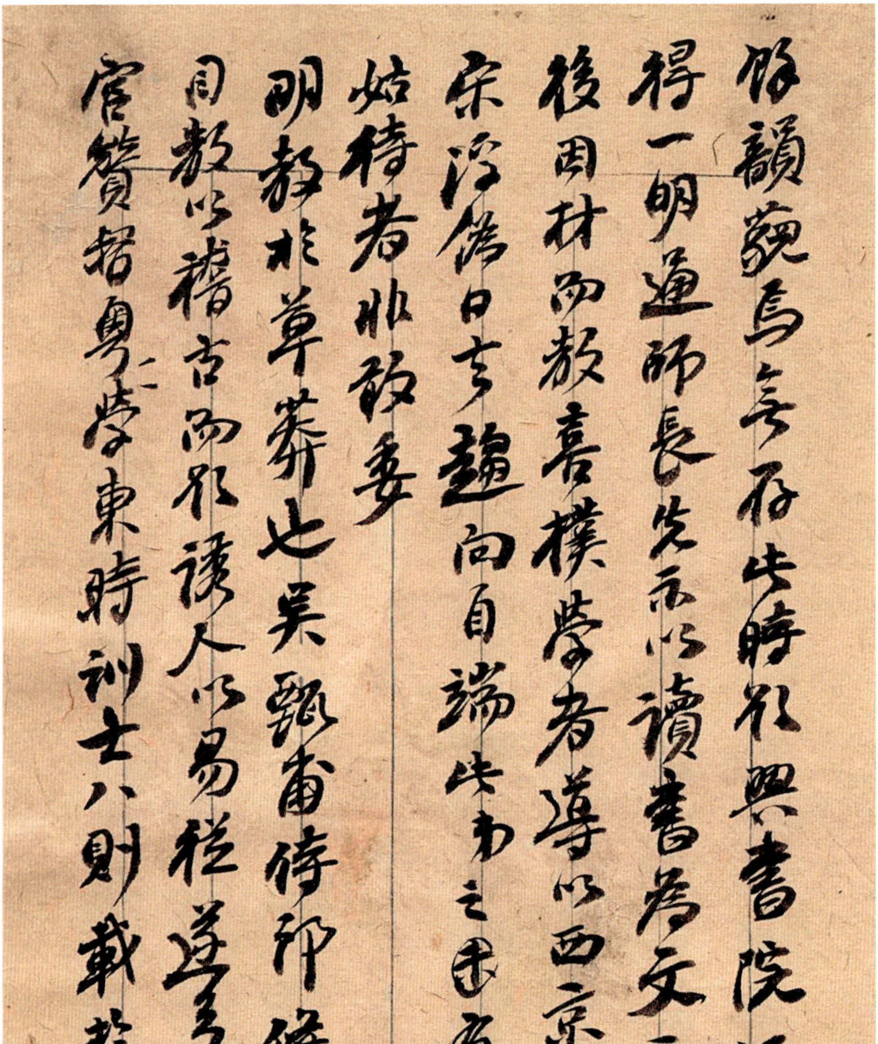
略顧窺焉今存此時於興書院須先尊經貴
得一明通師長先示以讀書爲文之道文理既明然
後因材而教喜樸學者導以西京研性理者示以兩
宋諸儒日方趨向自端此中之要有志未逮而講
姑待者非敢妄
明教非草莽之吳甄甫侍郎修教頗能徵引書
目教以稽古而不誤人以易從又多淺習語袁承鄭
官贊督粵學東時刊士八則載於吾拙閣集中其

論較爲明暢，雅無不免偏於詞章耳。此本修志
之撤嚴處，然亦未易舉行。修府縣志費閒局
方聞綴學如
林爭者纂修之選也。修府意乎？揚州書局前修
全唐文已讀否？江蘇諸書述學之外，別種已刊否？
鄧氏非已刊者？昉抄晉錄亦一目，久未作答。此由郡至省
自行，仍暇草草。敬叔雅祝
德業日進，靜養家風，便時惠尺一，以慰懷想。此頌
著安，不宣。緒、坐中宗原滿　手
九月朔日　桐廬白

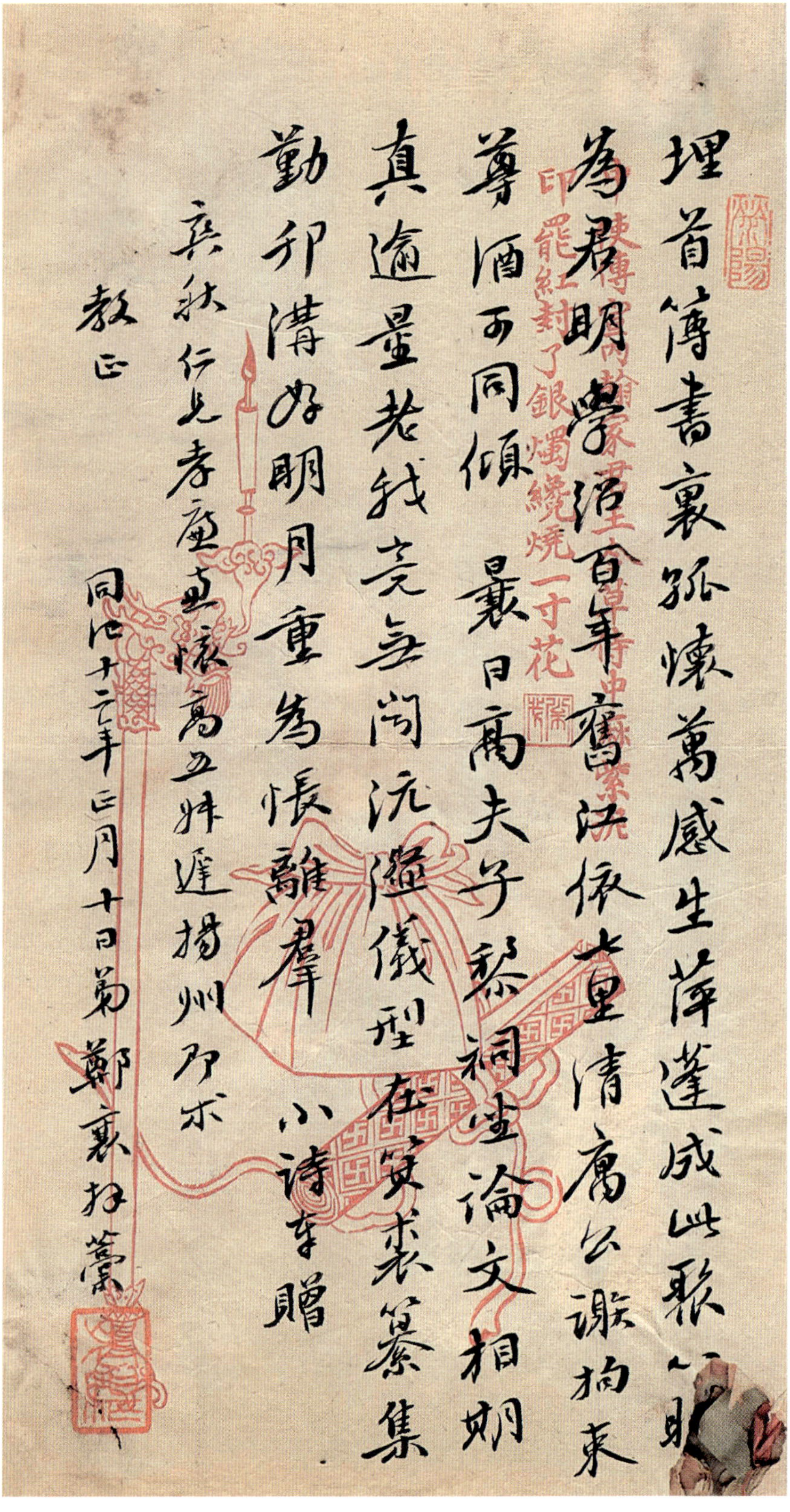

埋首簿書裏孤懷萬感生萍蓬成此聚心貺
為君明學溯百年舊江依古里清廣公謝拘束
尊酒可同傾　最日高夫子黎祠坐論文相期
真逾量老我竟無聞沆瀣儀型在安求袁篆集
勤卯溝好明月重為悵離群　小詩奉贈
宾秋仁兄孝廉並讓為五排遲揚州所求
教正
同治十二年正月十日弟鄭襄拜稿

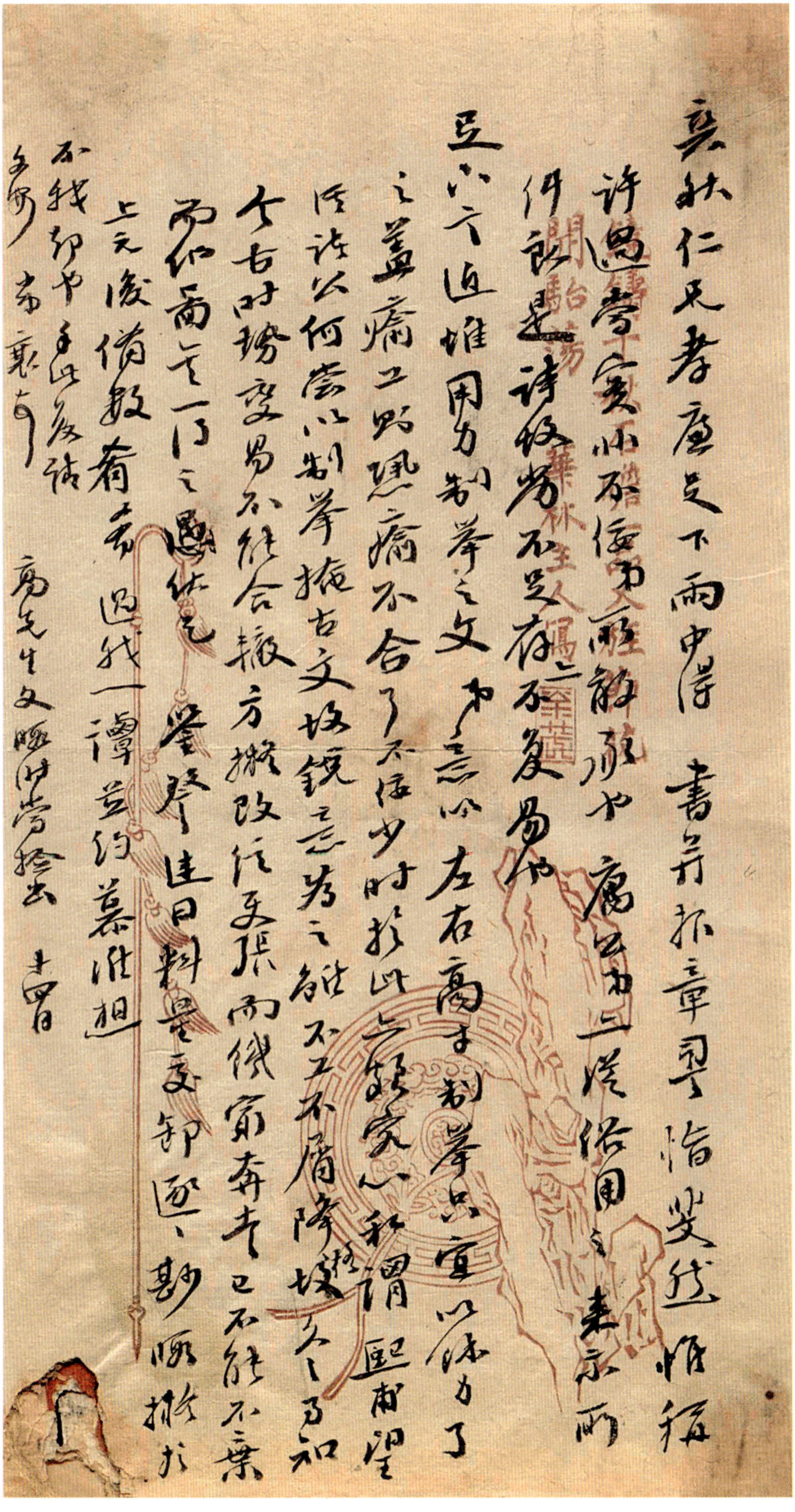
真秋仁兄孝廉足下 雨中得 書并拜章四首 惜受殘 惟稱
許過當 實不敢任 而雅韻殊絕也 廣公書之說 俗用之 未示所
作誠是 詩殺勞不足存 不復寫也
至以六一近推 因力制舉之文 如言於左右 高手制舉只宜以餘力了
之 蓋昌黎工於運思 癖不合了 不信 少時於此亦頗究心 私謂歐南望
侄諸公何嘗以制舉施古文 坡鏡之志爲之 能不工 不屑降格 久乃知
今古時殊 變易不能合轍 方撤改作 更張而織窮奇 者已不能不棄
而仍面之 一門之感久矣 鑒琴 佳日料畢 交卸匆匆 願撤於
上元後 備數肴者 過我一譚 並約慕淮相過
不我卻也 手此奉復 諸
希亮察 不
高先生文 廿四日

爽秋仁兄先生閣下：去冬奉

手示，得悉

旅况新正，惟

如意爲頌。承寄惠地陽韻兩截詩之函，弟客歲屢

抱采薪，精神委頓，秋試暫分襆被杭郡，訪與抄撮碑卷

小志，皆因此輟業。杭州志局頃有人慫恿，並議請徐丈宗

爲總纂，盦留生爲副纂，去冬并有人買舟造其家，固

知必能繼康熙錢事而起也。弟識見未陋，即有〻藏書

半為鄉志所採，此時文獻無徵，能持學者亦無以展其才

手。

高明以為然否？杭州尚刻書板

君處必有，坐得者無待贅奉。此外坊中不能持脫。金華

腿一隻，託由嚴江而下，畀沾桐君雲烟之味，聊以佐此一笑。

再頌印祺

大安不一

弟丙拜

四月廿二

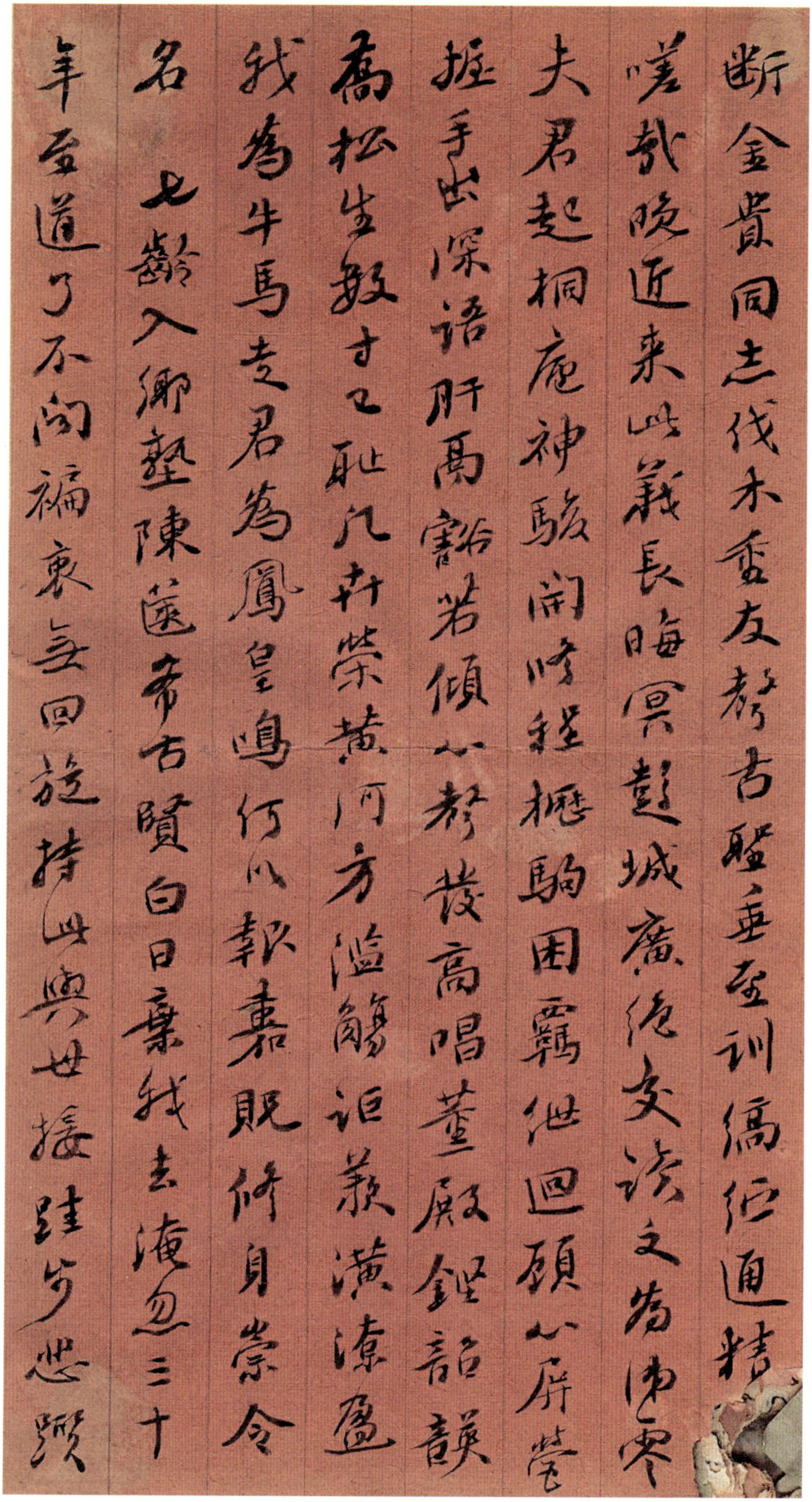
斷金貴同志，伐木重友聲。古聖垂至訓，篇經通精
嗟哉晚近來，此義長晦冥。彭城廣德交，談文為佛零
夫君起桐廬，神駿嘶時程。櫪驅困羈紲，迴頭心屏營
握手出深語，肝鬲豁若傾。心聲發高唱，董殿鏗韶韺
高松生數寸，乙恥凡卉榮。黃河方濫觴，詎羨潢潦盈
我為牛馬走，君為鳳皇鳴。何以報嘉貺，倚自崇令
名。七齡入鄉塾，陳蓬希古賢。白日棄我去，淹忽三十
年。吾道了不聞，褊衷無回旋。持此與世接，跬步些蹶

顛瓦丝七尺軀生理雖自全須且貴有酒狂性虞流
遷深身義今當平世蓋決潤頓就季主上一焉心煩
茸藥石蓋生我庭下決痼錮　去年我童止秋江生素
獨令我當去庭樹茁華滋薙莠五閱月彷彿賢位
則尸維欽來不虞奉面去心然疑大提攜鶩塵與子嘗行別
離別離何足道兩悲逢路歧南感世惟悴倚紈被感
施蓬蘭蕙慈作膏紫紱資葉葹皖山高直趙乙印水
流冰冰一飽各有營如饑辭世戰徽物崇奉性首

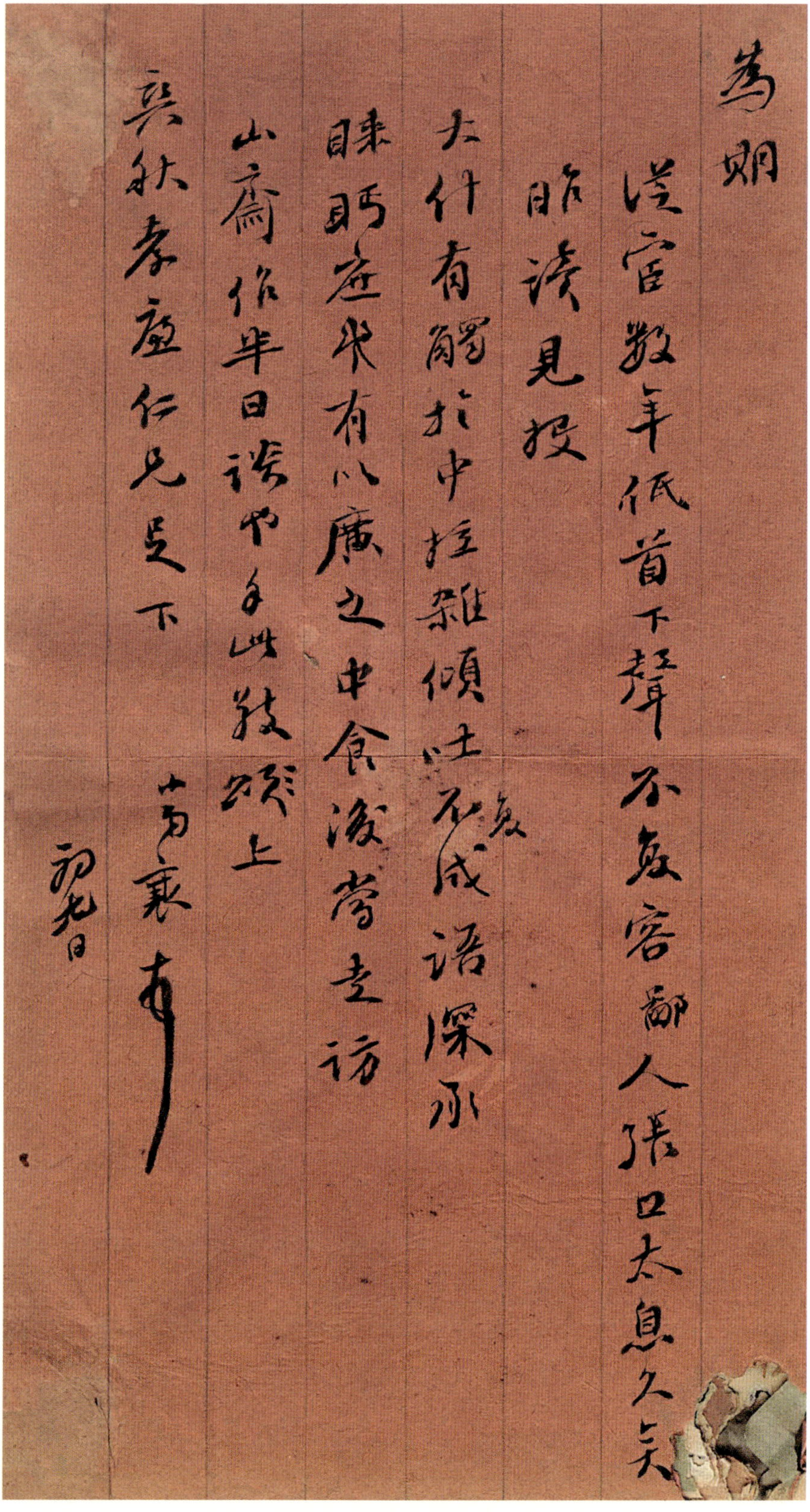

為娟
從宦數年，低首下聲，不復容鄙人張口太息久矣。
昨讀見投
大什，有觸於中，拉雜傾吐，不復成語，深承
睞眄，庭我有以廣之，中食後當走訪
山齋，作半日談也。手此敬頌
與秋孝廉仁兄足下
弟襄頓上
初九日

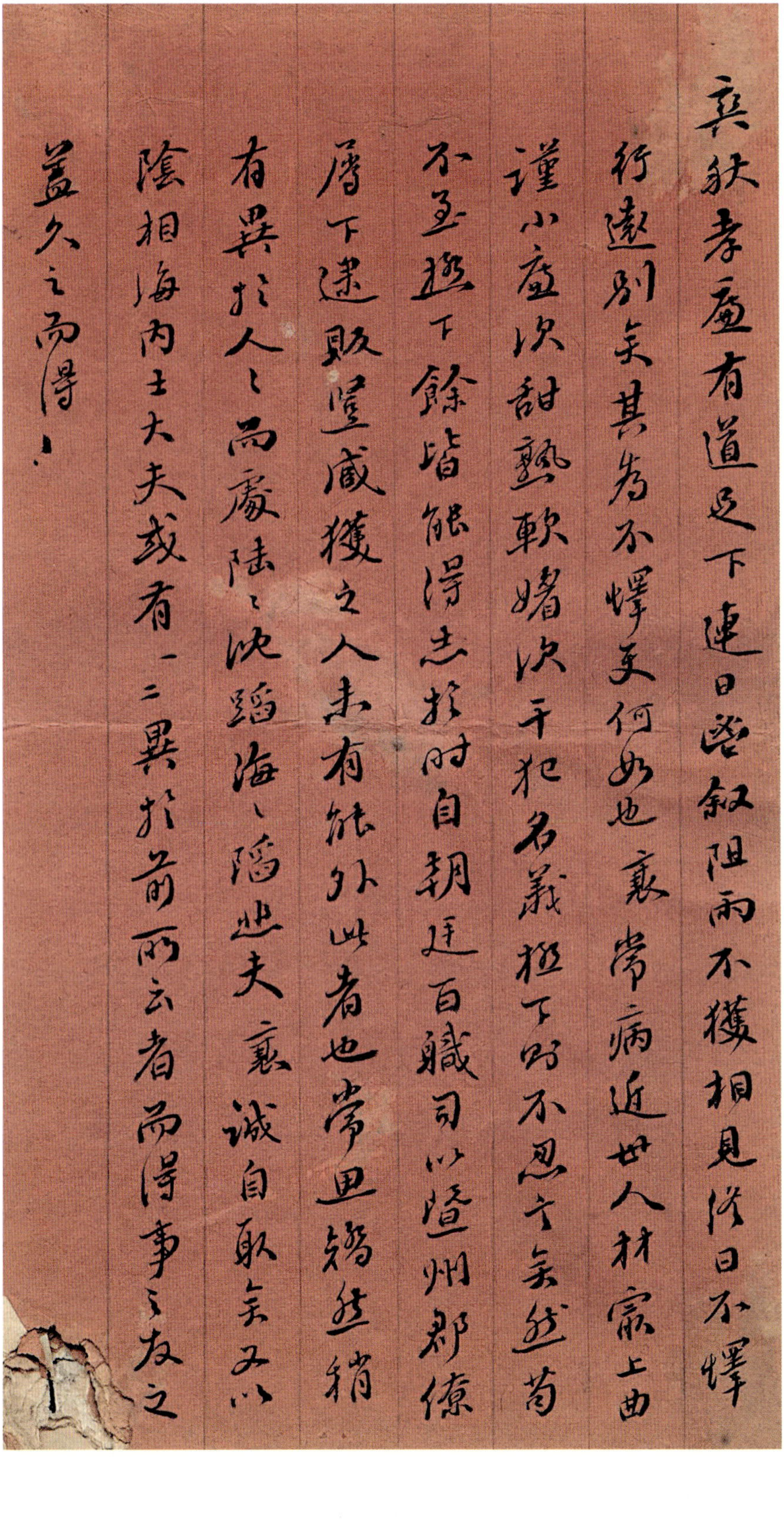
巽甫孝廉有道返下連日晤叙阻雨不獲相見後日不懌
行遂別矣其爲不懌更何如也襄常病近世人材家上由
謹小廉次甜熟軟媚次干犯名義擡下所不忍言矣然苟
不至擡下餘皆能得志於時自朝廷百職司以暨州郡僚
屬下逮販豎臧獲之人未有能外此者也常思矯然稍
有異於人人而處陸陸沈蹈海海蹈也夫襄識自取矣又以
陰相海內士大夫或有一二異於前所云者而得事之友之
蓋久之而得之

足下、與襄小有一日之雅，卒然見之，望而知其有異於人。

讀其詩文，聲琅琅如聽金石絲而不淫，睹而不靡，其爲好

學有道之文也。既而數數談，若深有不懌於時世者然，

後知

足下境之艱，遇之困，多與襄同，而其守道不變，雖小襄所

及，蓋亦其所應然爲者也。襄近爲要人所掎摭，然不能

無動於中，憂思抑塞，見於顏形，於寢寐。幸得與

左右過從，而又將別矣。冀

足下嘗循古人贈處（義）有以廣錢昌黎曰混混與世相處（濁）獨
其心追古人而從之足下之道其使吾然也蓋混混相濁
足下既能之矣如襄之不能者不重可然耶詩辭不能去
兩懷兩中無事聊爲及之兩事旦夕可了擬少遣情即策
蹇驢行矣朱黃集（門）謹以奉繳日內尚得一談否同治十
二年二月十二日襄白
謹空

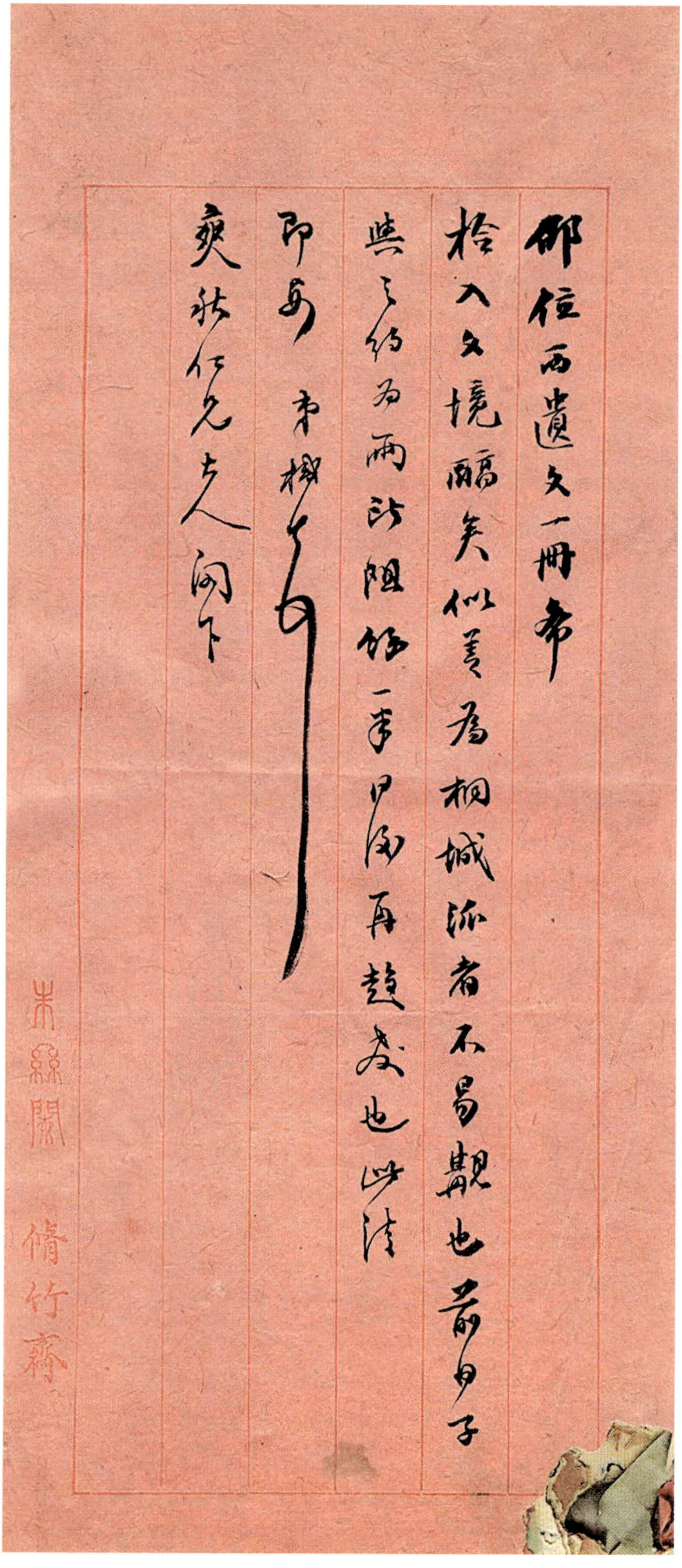
邵位西遺文一冊奉
拾入文境醇矣似義為桐城派者不易覯也前日子
與之約為兩訪阻雨一手明日再趁友也此請
即安　弟棫頓首
爽秋仁兄先生閣下

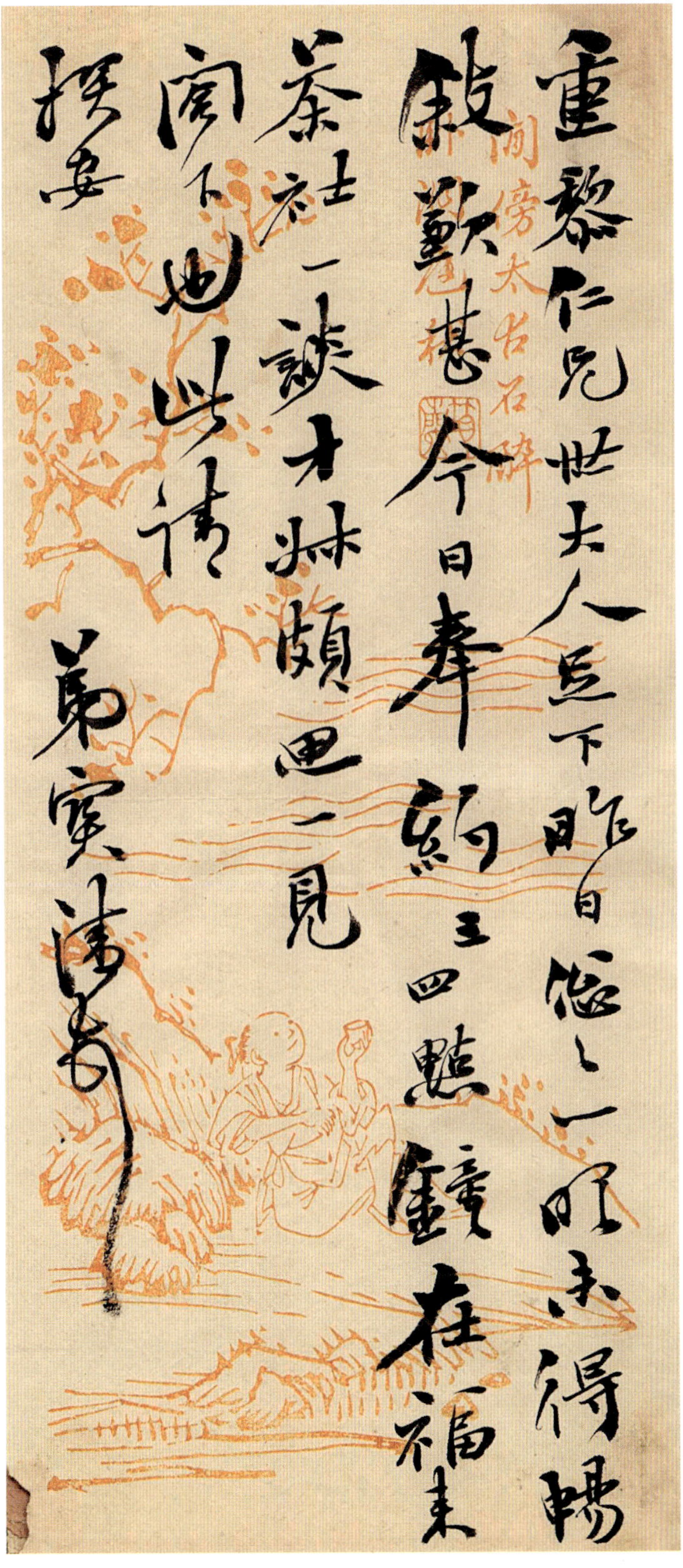
重黎仁兄世大人足下：昨日臨臨一晤，未得暢叙，歉甚。今日奉約三四點鐘在福來茶社一談，才妹頗思一見閣下也。此請
揆安
弟寅清

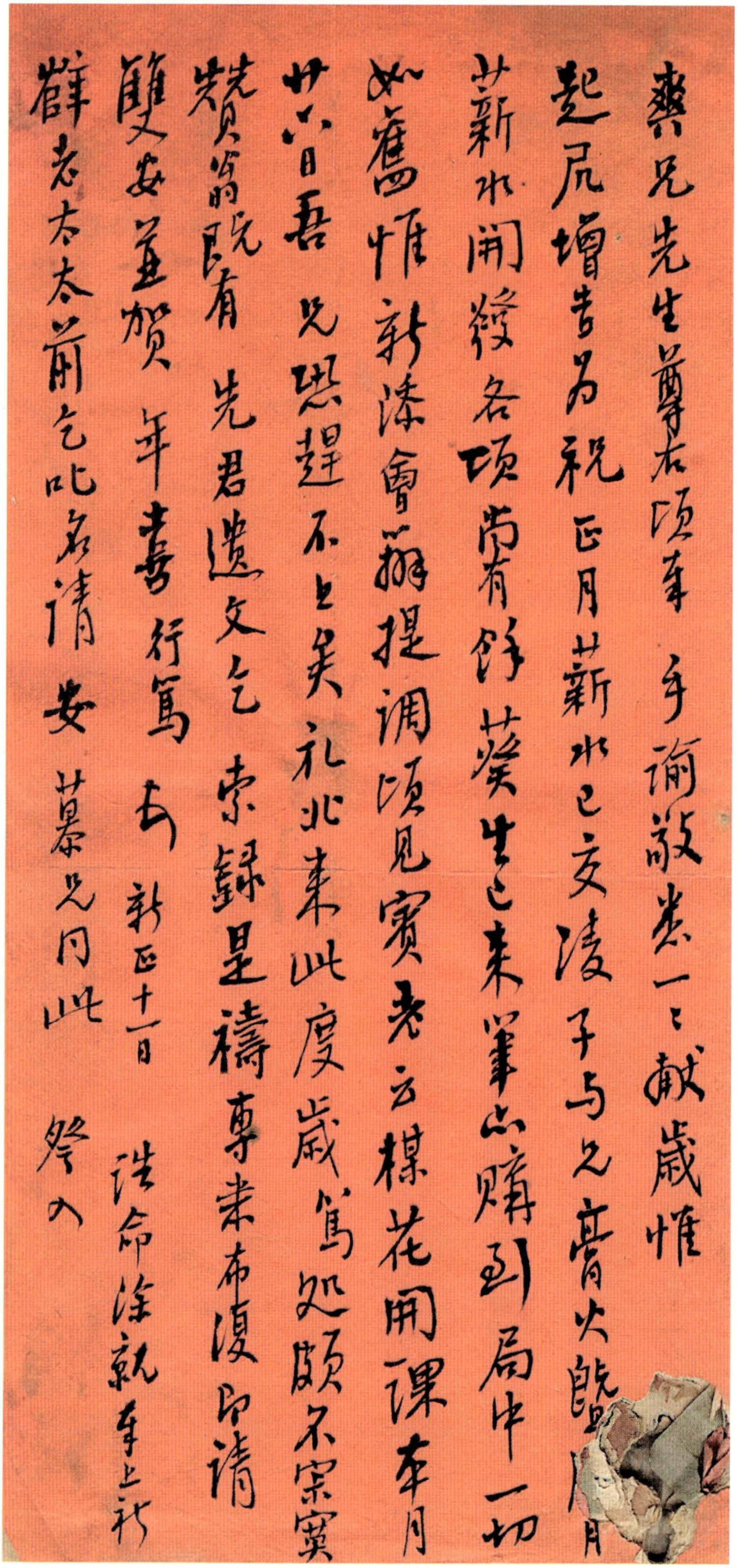

爽兄先生尊右：頃奉手諭，敬悉一一。獻歲惟
起居增吉為祝。正月廿薪水已交凌子与之(?)，齎(?)火臨月
廿薪水開發各項尚有餘。葵生已來，筆出購到，局中一切
如舊。惟新添會稽提調(?)。頃見實老，云棋花開課本月
廿六日，吾兄恐趕不上矣。札北來此度歲，篤處頗不寂寞。
贊翁既有先君遺文，乞索錄呈，禱。專來布復，即請
雙安，並賀年喜。行篤上。新正十一日。謹(?)命徐就年上祈(?)
群老太太前乞代名請安。慕兄同此。綮(?)八(?)

中黎仁兄同年師事：前月望後接奉
教，畢即擬作覆，行色悤悤，未暇非敢擱筆，皇恐何似。前又奉
手諭，敬審
籑祉康綏，蘿尉無量。承
示祭戲君文，伏誦深雲。此君必羊，悽上方荒鐘籍
言，嫂色碑牌，大以稿，大與弟有神契，皆論注稿不啻
為我大分覆說，國萬誤添此古千年以究下極正
見深同人，賺知為未畢大作，見闕下同誠化半記
一齊刻出，容兩次而為大名刷呈也。少觀氏武成有
正荷

鈔寫元咸咸以此付君者，成三統術詮，固有明徵，以
殷爲七成上篇，則鄙人所未敢。戴氏謂史公時取家語，
亦出周秘所載也。古文書則周書七十一篇之略也。其
錄並不出于汲冢，何得以史公不見逸周書字淺陋
之見致疑之。
大疋萬有以殺然也。拙著今冬校五紙繳到，謝
別紙所論已代稟家君，論述道邦省當心意通
譚，此後有便，倘薦再請，廣不致忘也。松生先生書一
函希詧，拙著先代爲寄，擬附沈漢集二部一束，聯一
封代詒。拙著尤爲荷，草此奉候晚的。
撰安不賜。年弟詒讓頓首。五月十二

丁酉春主人屢寄生書

爽秋仁兄同年大人閣下燕臺一別倏兩更歲籥矣
遥維
動定多福
著述日新進如所祝今歲
文從想仍駐淮南極馬梁相往還較便耶上人文之盛
高才媚學諒從不少以
執事樸索倜儻雖宦其間詩酒之豪友朋之樂當
令二十四橋風月為之增輝弟今年又僕僕滬江

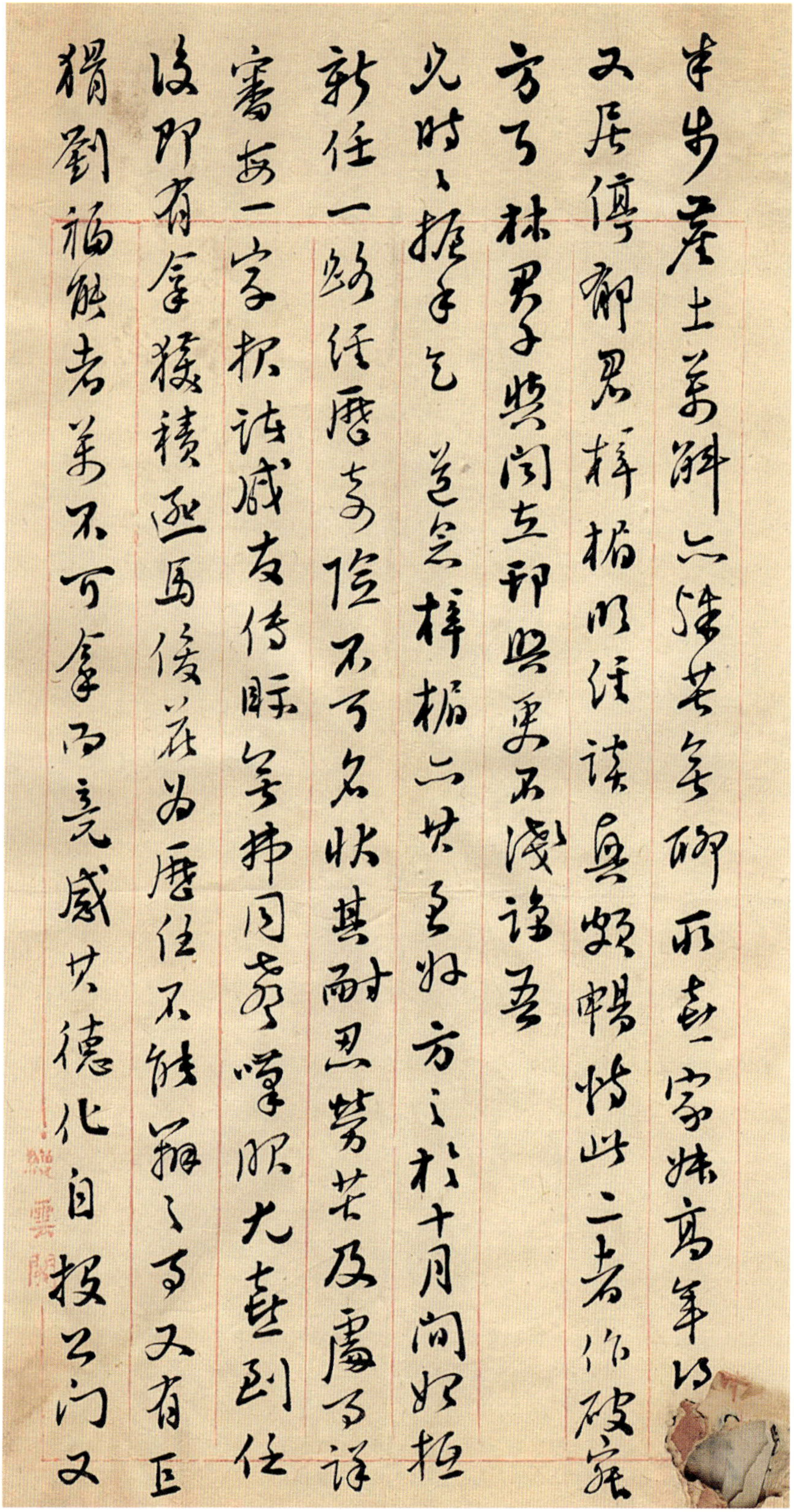
半步崖上萬斛亦陳若金卿兩甚一家姝高年以
又居停鄭君梓楣明經談真頻暢快此二者作破寂
方子林君子與閑立印與更不淺語吾
兄時時握手乞 道念梓楣亦其至好方之於十月間好極
新任一路經歷李俭不可名狀其耐思勞苦及處事詳
審安一字抑試感友傳睞筆拂同袁掌服大甚到任
後即有拿獲積匪多名後為歷任不能辦之事又有巨
猾劉福熊者莫不可拿而竟感其德化自投公門又

以正項所入之餘出爲地方之用，如城鄉各處創立義學等事，皆將次第爲之。閩役更正，大有頌聲。子長亦於今春委以西陵[?]此差，能做事，均無負[?]吾黨[?]先生光也。老兄北上之時，擬在今年抑俟來春？弟則今年能離抽身[?]已促[?]。龍門書院新拔以選者三人：黃[?]米生、何秋士、劉東來。耿齋老師及子勤師均健，惟鄒[?]師新喪耦，日內[?]仍附筆安[?]。壽松《穀梁補注》去年已集刻資數百金，要[?]已耗去矣。子英秋間大約入都。拉雜附此，不盡神馳，即請

元安

年弟張玉照[?]頓首

三月廿[?]

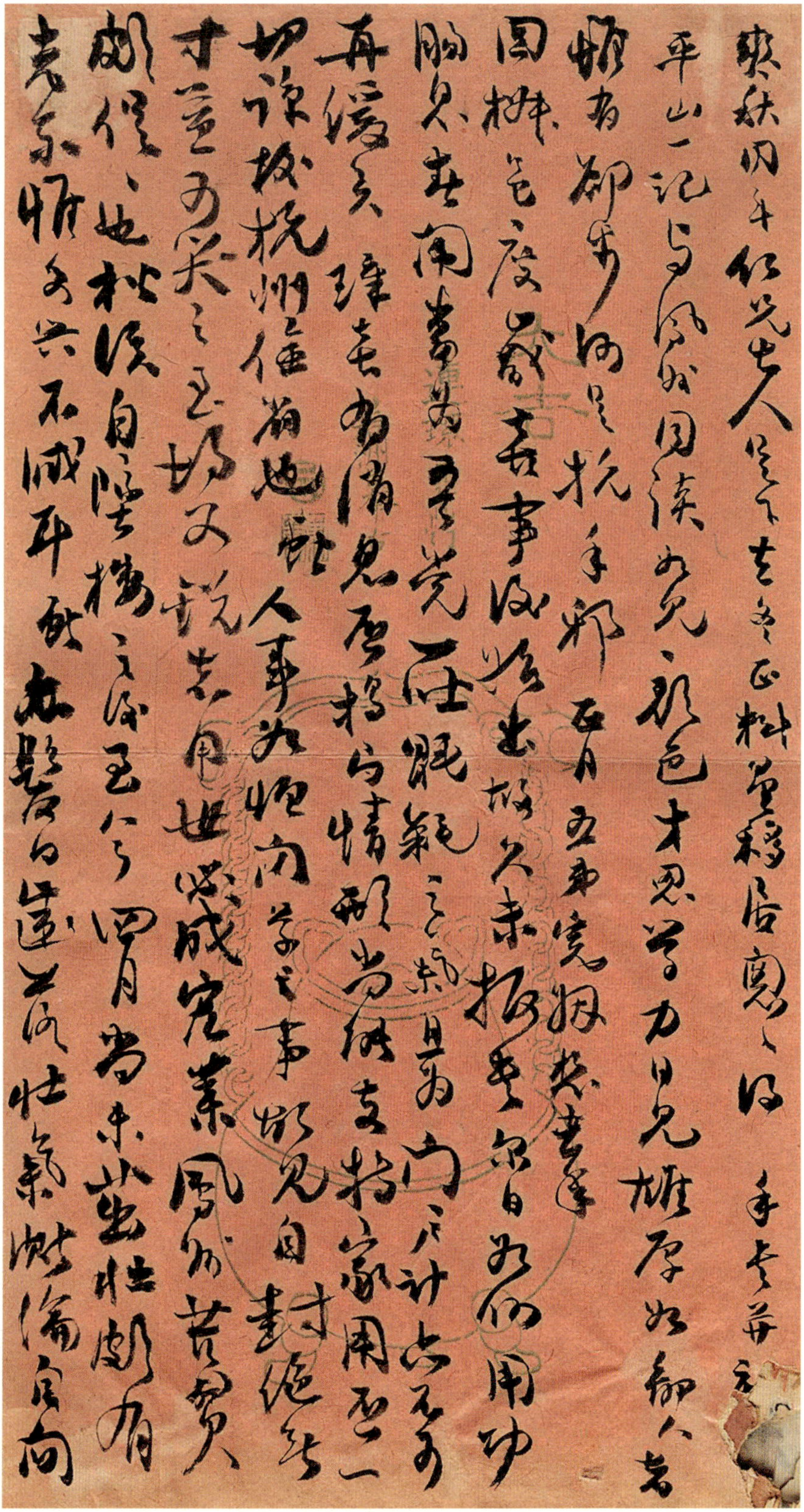

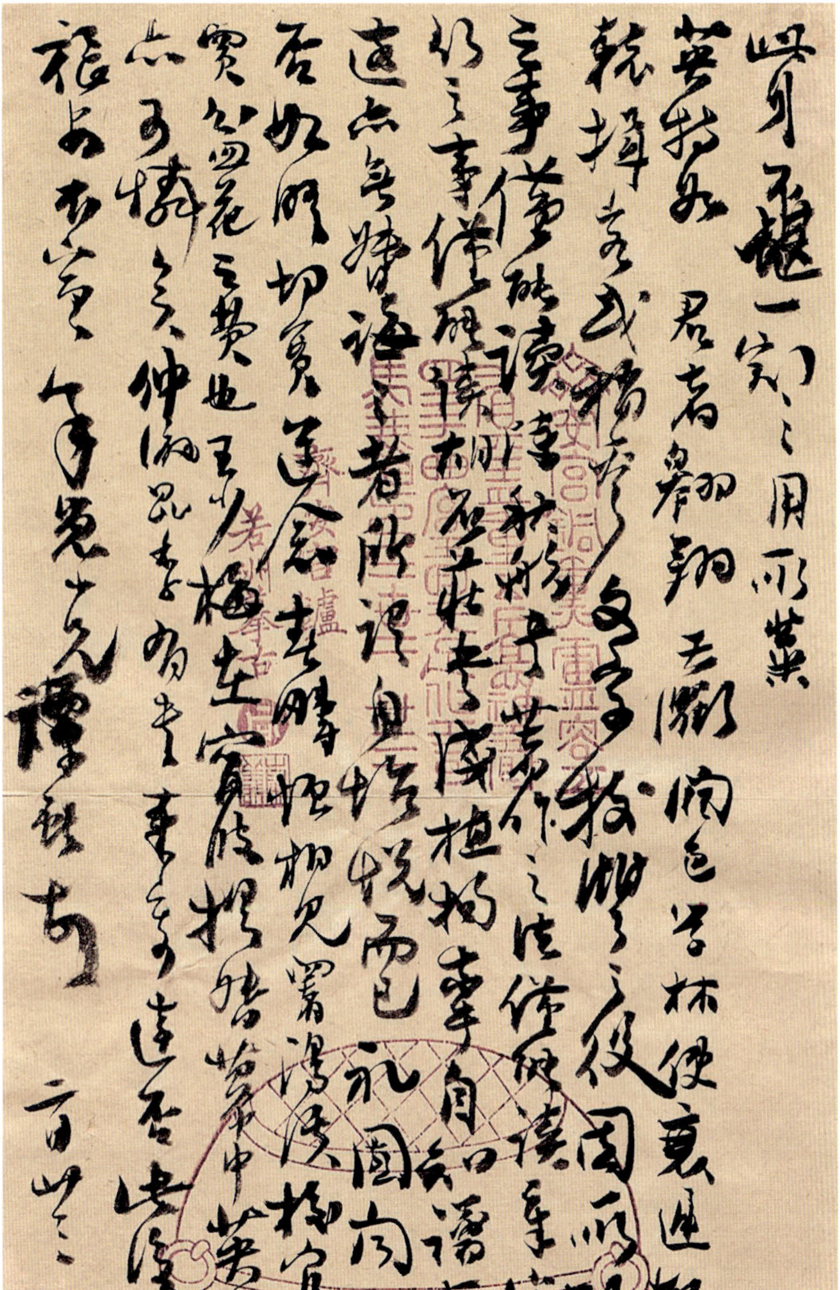

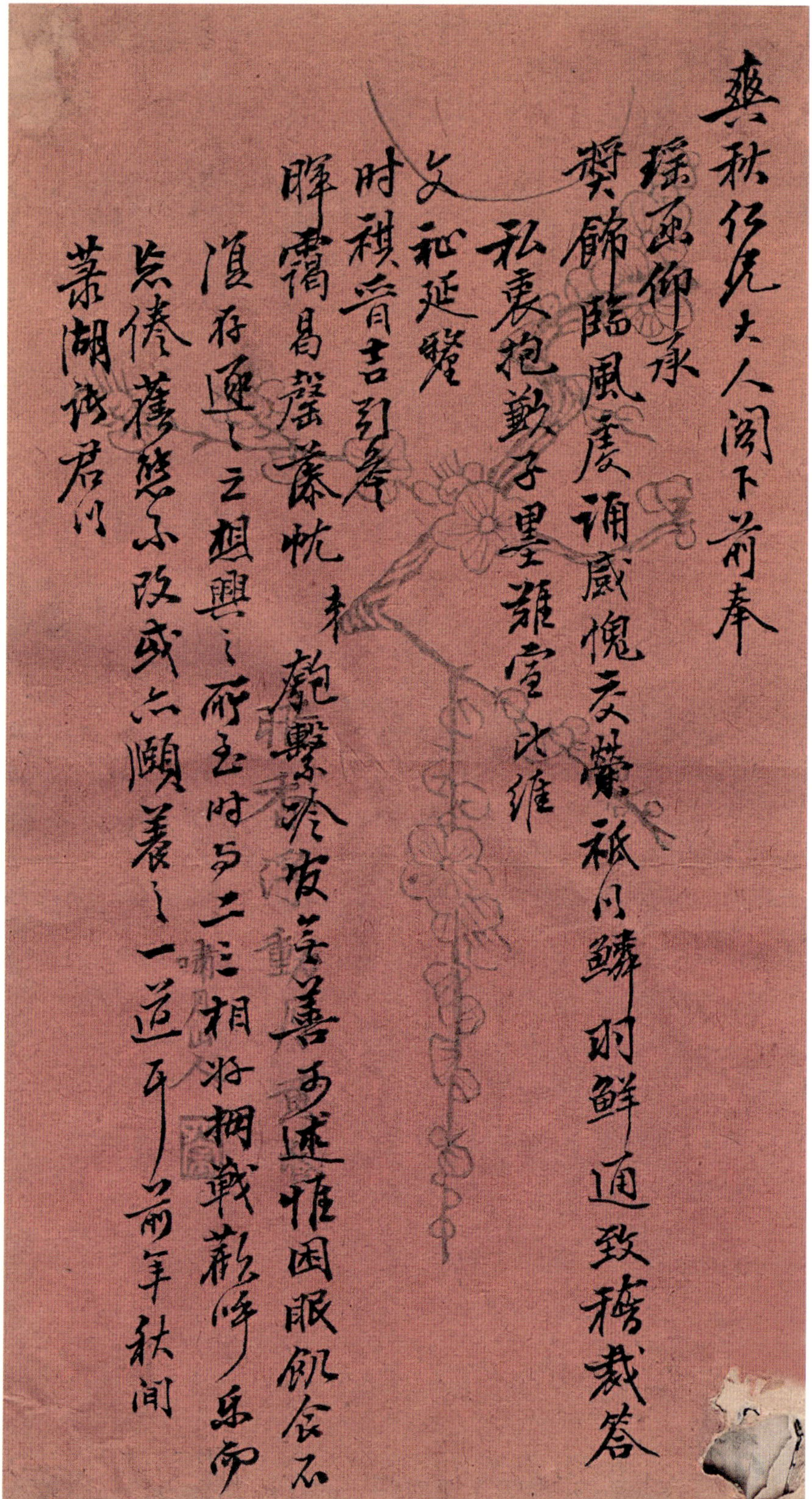

爽秋仁兄大人閣下：前奉
瑤函，仰承
獎飾，臨風展誦，感愧交縈。祗以鱗羽鮮通，致稽裁答，
私衷抱歉，子墨難宣。比維
文祉延釐，
時祺晉吉為頌。
睟靄昌罄，藻忱　來
匏繫冷官，善善而述。惟困眼飢食，不
復存遊遊之想，興之所至，時與二三相將，捆載嘯呼，樂而
忘倦，舊態不改，或亦頤養之一道耳。前年秋間
菉湖諸君以

文廟當未廢米時即下鄉於琢辛業各友不棄至輒座命
自客春至匠起手至今年春夏之交大約戟門兩廡及鄉
賢名宦祠并兩旁衙署均於第二集乃撥於六月搬入居
住房價千金于寺會而經費不敷必為告成即賞金
遠減别人有難須必于主者接奉者任知已矣庚子兩科
裁取新文已刊多有向來鄙屬者但弟自維庸劣中年歷
碌碌易至衰老遂此齒危髮落之秋豈復為老而無恥之再試
欲頭顱豈不哂其失笑耶
閣下天資學力超出庸流騰達飛黃前程正未可量專此明
道上特瞬看花未唯至靜聽好音而已嵩此布覆即請
大安不宣
愚弟宋頓首　佳明

庚午季秋雲屏題

礪秋仁兄同年大人閣下都門聚首忽忽兩年往在肆門接

手書備承

垂注殷拳感甚感甚鄙陋之言至無足道過蒙

不見吐棄輒復　盛及若將引而進諸交游之末臨風載

誦且幸且慚河務碌碌缺然久不報當弗罪也

足下秉資之異進學之勤非駑鈍所能仰跂萬一如處困而

能不失其所尤古君子自驗學力未嘗易視之變

足下首示及之足徵所學非徒向冊子上尋生活者欽服益復

雖名儒釋之辨以鄙見論之有異無同以其體言吾儒
性本於天是指其理釋氏性本於心是指其氣以其用言吾
儒道理不越倫常釋氏究竟要求出世其本既異末豈能同
全部藏經不出詖淫邪遁要亦無庸深辨但熟精四子之
書其理久將自見至所辨理字援據繁博（剖析精審）足以證惠戴諸
家之失然尚不免索諸語言文字之間而於是理未嘗實見
及之也大抵六經孔孟之言本自符合而道無或異羣言淆亂
自周秦間始矣漢一代鄭[illegible]稀見及因揆古聖者惟董江都

一人而已。幸生程朱之後，亦經孔孟之道既以大明，則夫擇焉不精，語焉不詳之弊已不足患。其爲功較易於漢唐間人無疑也。所患手空言理者，在託諸口語，而無躬行心得之實耳。日用常行飲食男女之際，何莫非理？推諸家國天下，皆有實蹟。禮特其著焉者，亦非一言禮即足以盡理也。弟知君及之，而行不遠，方自愧恨，蒙

足下虚己下問，輒忘其譾陋而率答至此，尚冀

恕其狂僭而惠教之，幸甚。回里三閱月，又將赴津，手此復請

箸安。伏惟珍重千萬。二月望夜，弟王炳頓首

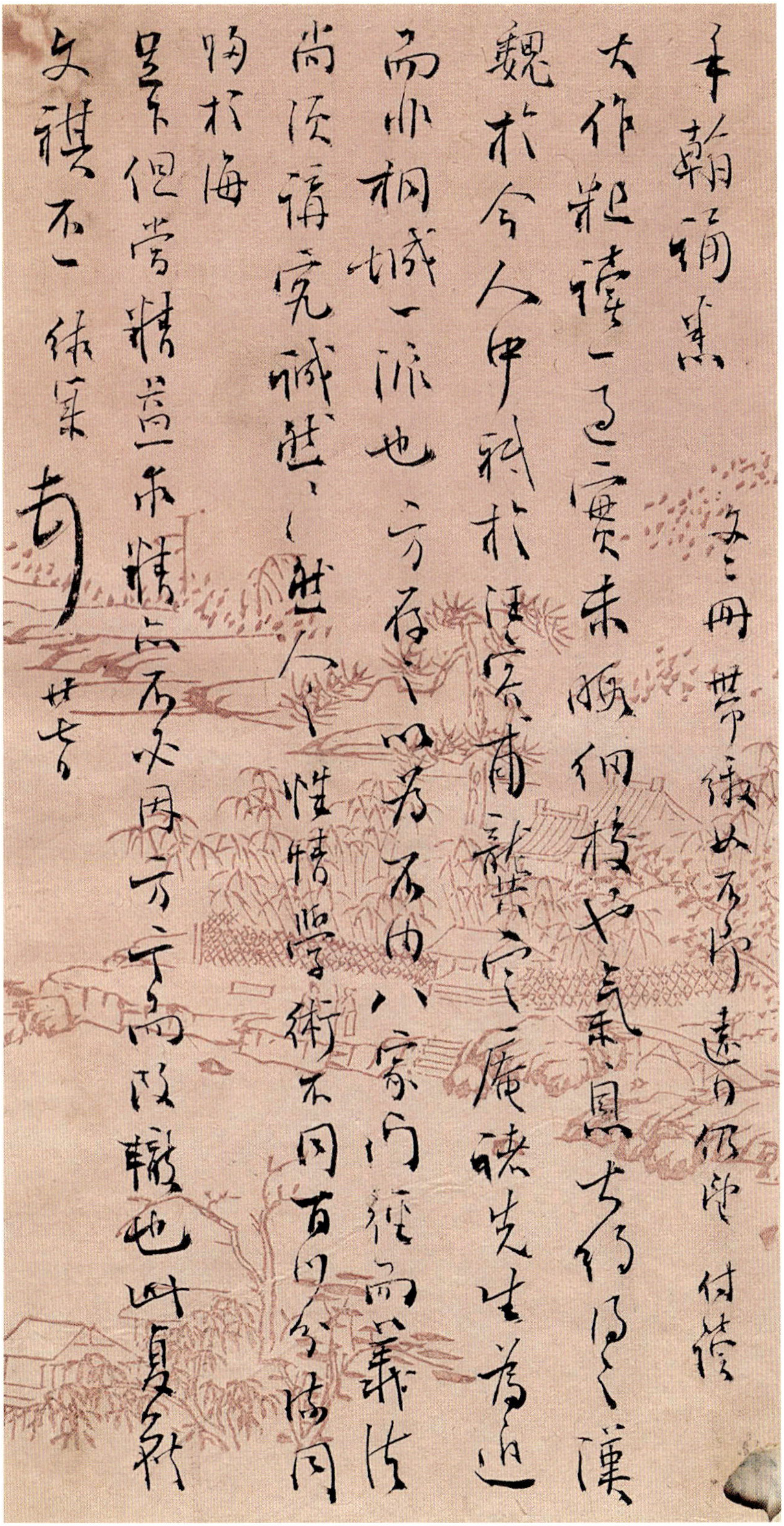
手翰誦悉　文冊帶歸，如所諭，遠日郵致。付信
大作般讀一過，已寔未嘗細校。其氣息古樸，得之漢
魏，於今人中猶於汪容甫謙之，庶幾先生為近，
而亦桐城一派也。方存之以為不由八家門徑，而義法
尚須講究，誠然誠然。人之性情學術不同，自以各得所同，
物於海
足下但當精益求精，不必因方存之而改轍也。此复，敬
文祺不一　依棠
奇　廿七

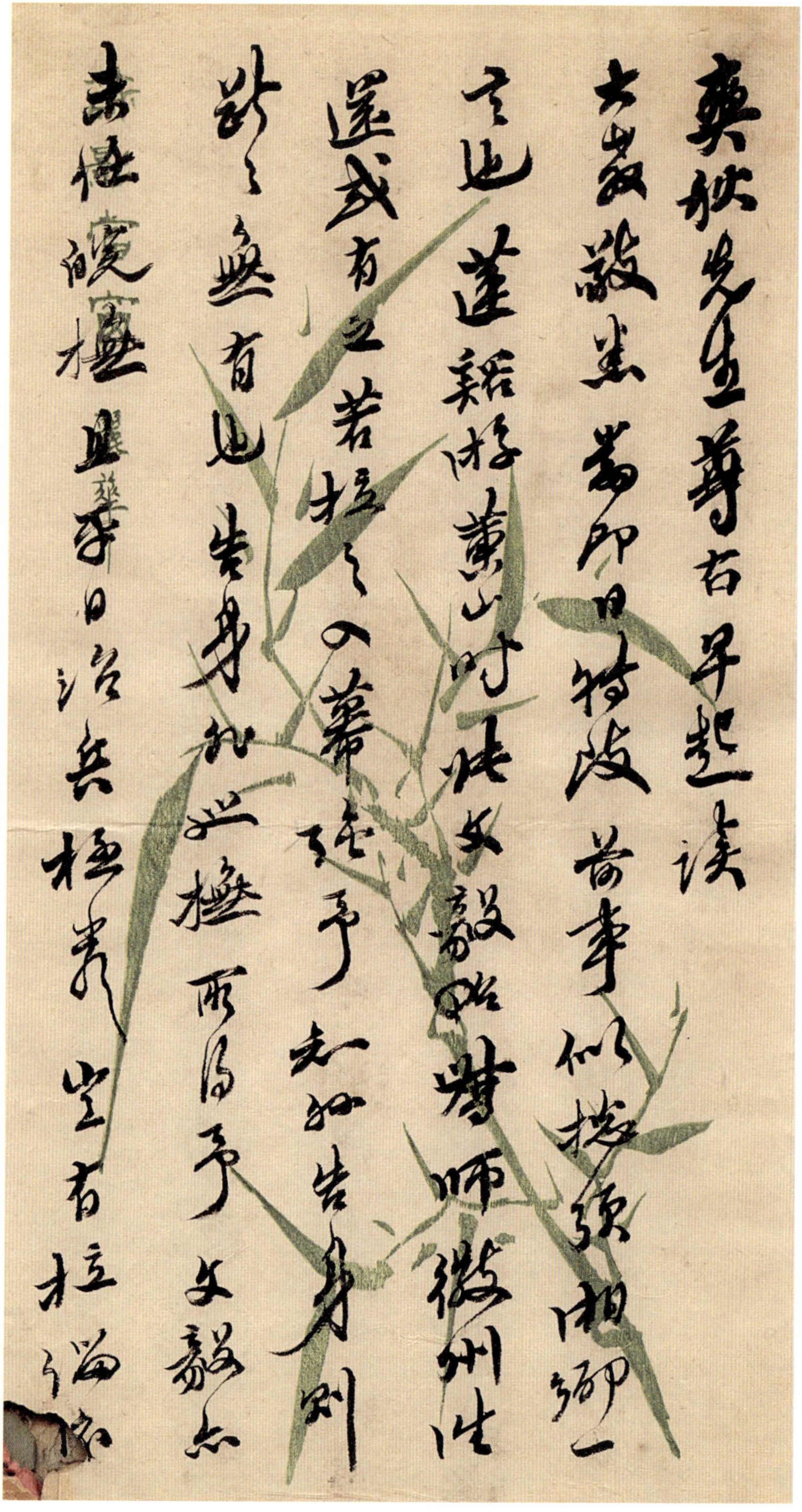

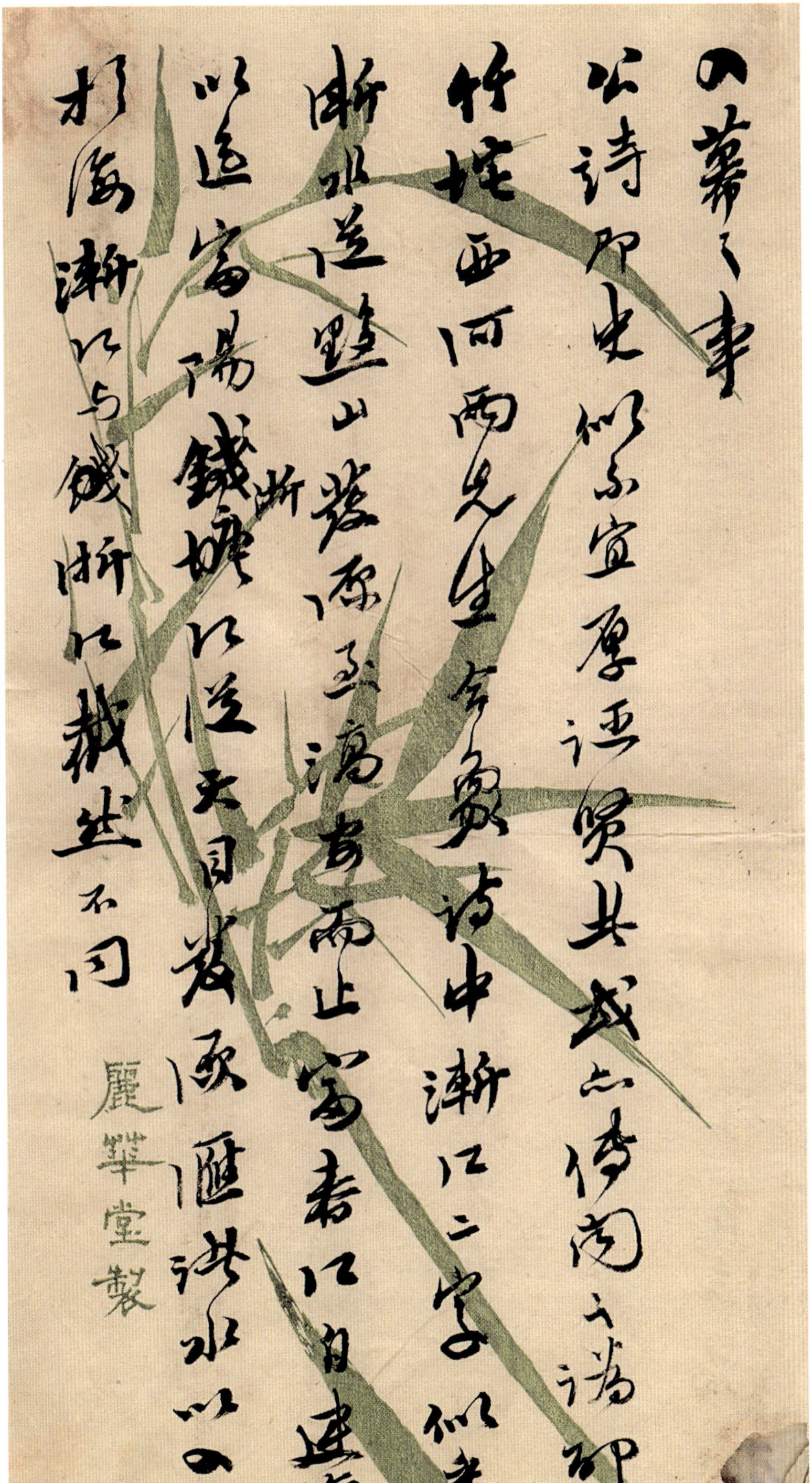

○幕之事

公詩即史，似不宜厚誣賢者哉。上傳聞之論，即

竹垞、西河兩先生全集詩中，浙江二字似未

浙水從黟山發源，至滿者而止，富春江自建德

以上，富陽、錢塘江從天目發源，匯洪水以○

杭海浙江與錢浙江截然不同

麗華堂製

袁昶友朋書札·許增書札（一）

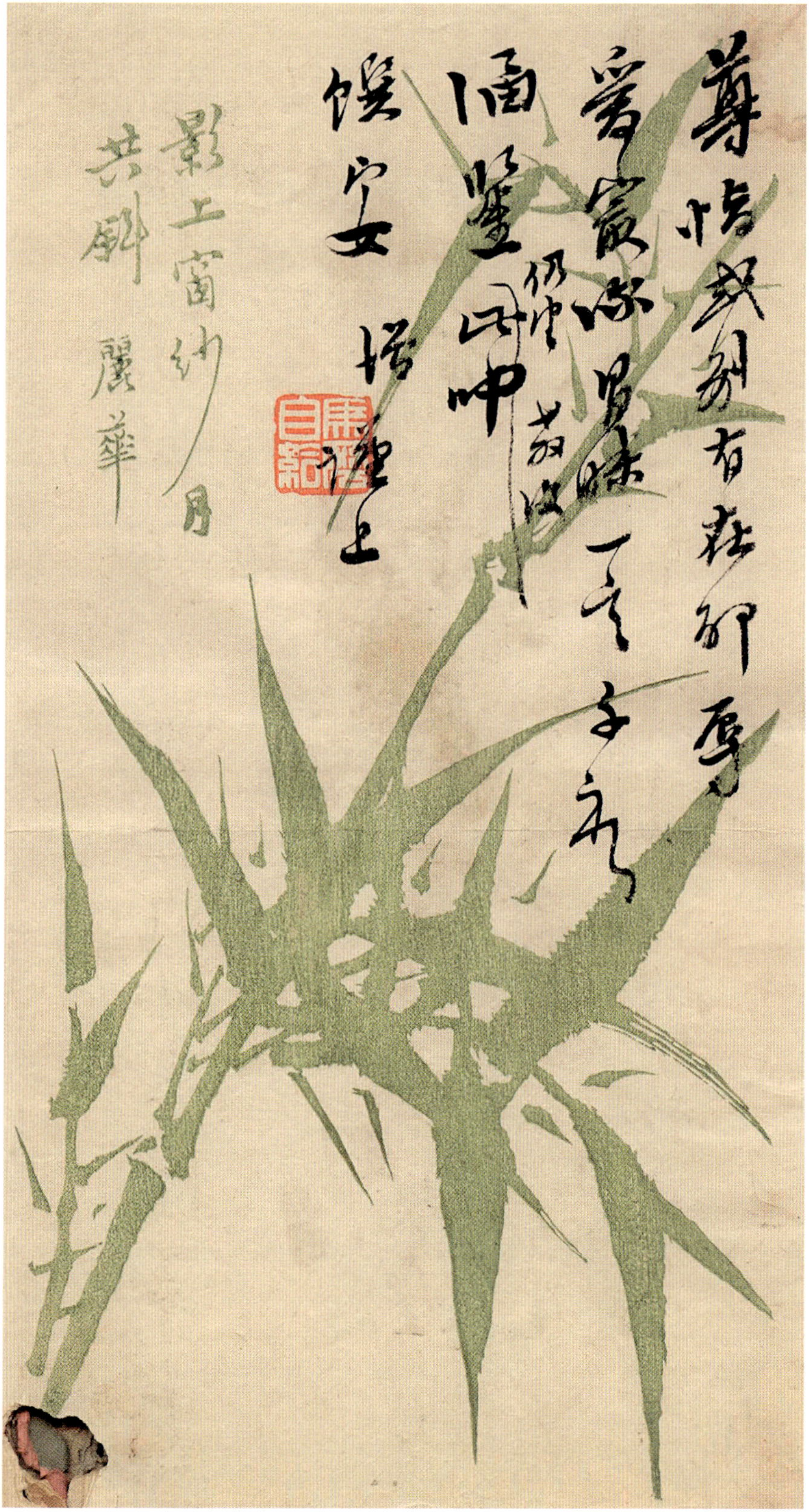

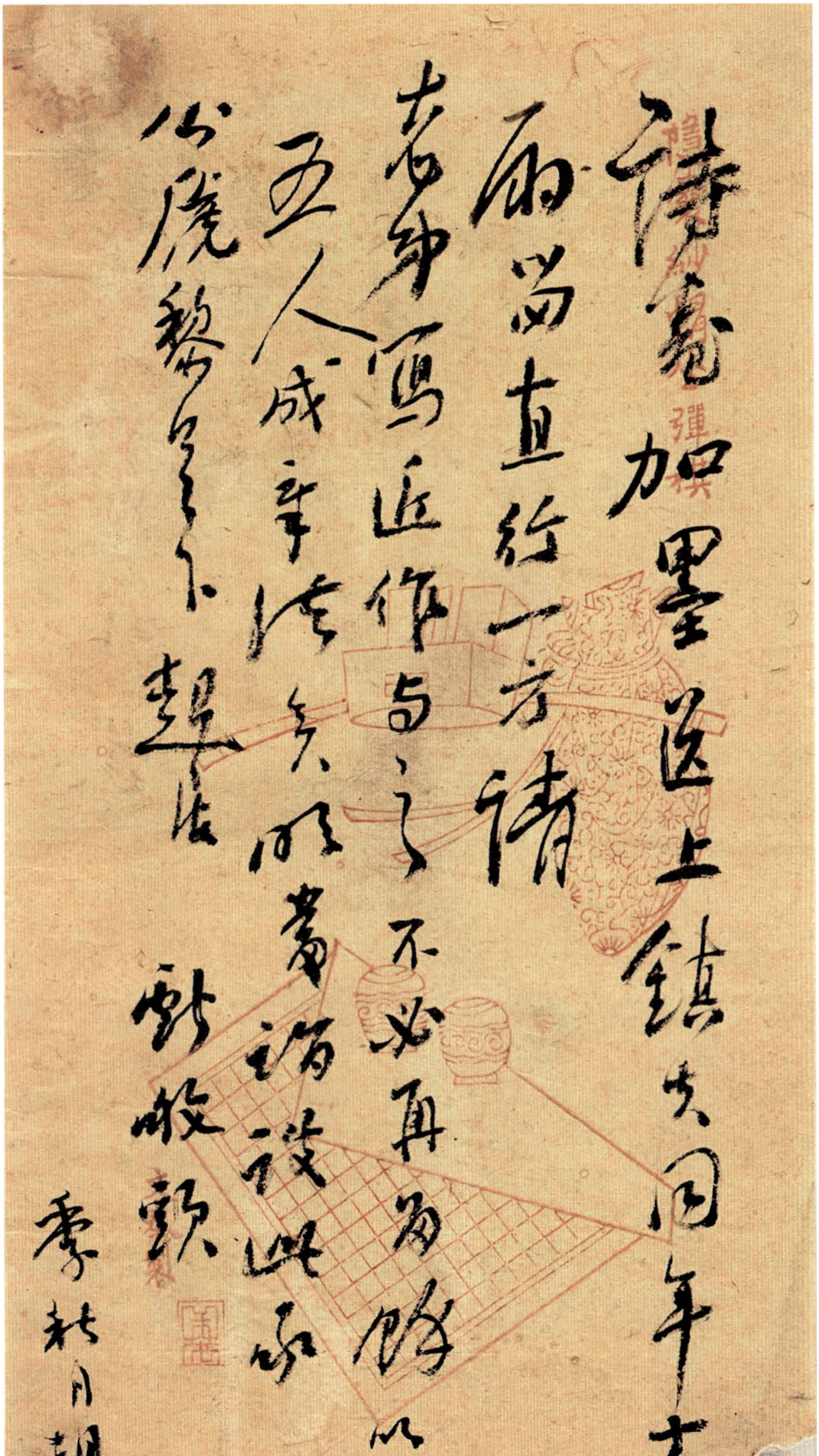

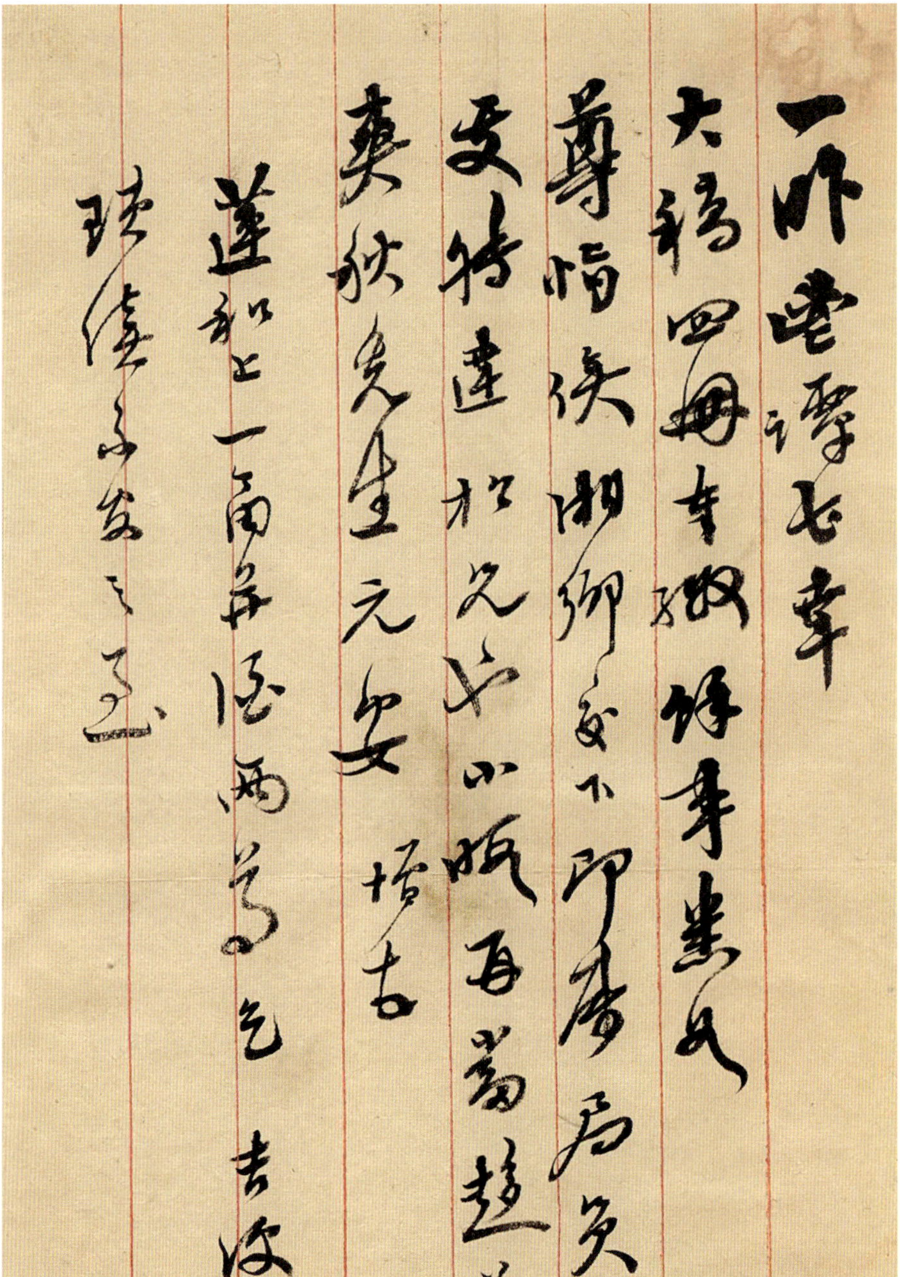

亟秋仁兄博雅：舊雨重逢，頗增歡洽。別
來數載，益見
所造日上，有鞭辟近裏之功，竊喜心賞之
不差也。讀
手教，古藻紛披，詞旨典雅，杭堇浦、吳西林
一流人物，不意於目前見之。江甯何十五救
榜得有全錄，黃氏序

左右：辭四世兄已得優貢，保舉致用全材，
帥處來，請之信
篤遇，吳門猶逸。
惠臨，爲勝聆切，專復敬請
撰安。

弟恒　十三

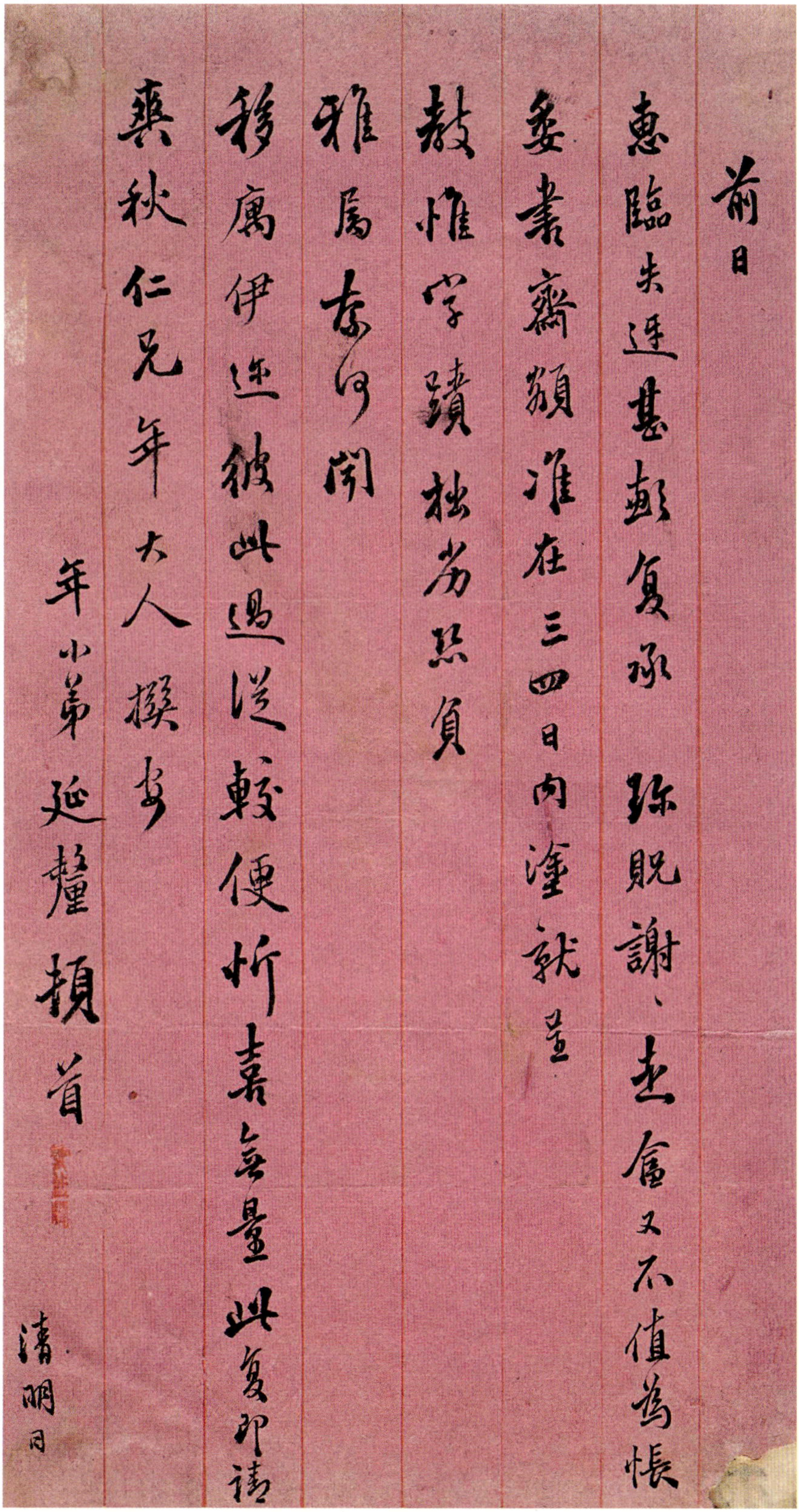

前日

惠臨失迓，甚歉。復承　珠貺，謝謝。去臘又不值為悵。

委書齋額，准在三四日內塗就呈

教。惟字蹟拙劣，恐負

雅屬奈何。聞

移寓伊迩，彼此過從較便，忻喜無量。此復，即請

爽秋仁兄年大人撰安

年小弟延釐頓首

清明日

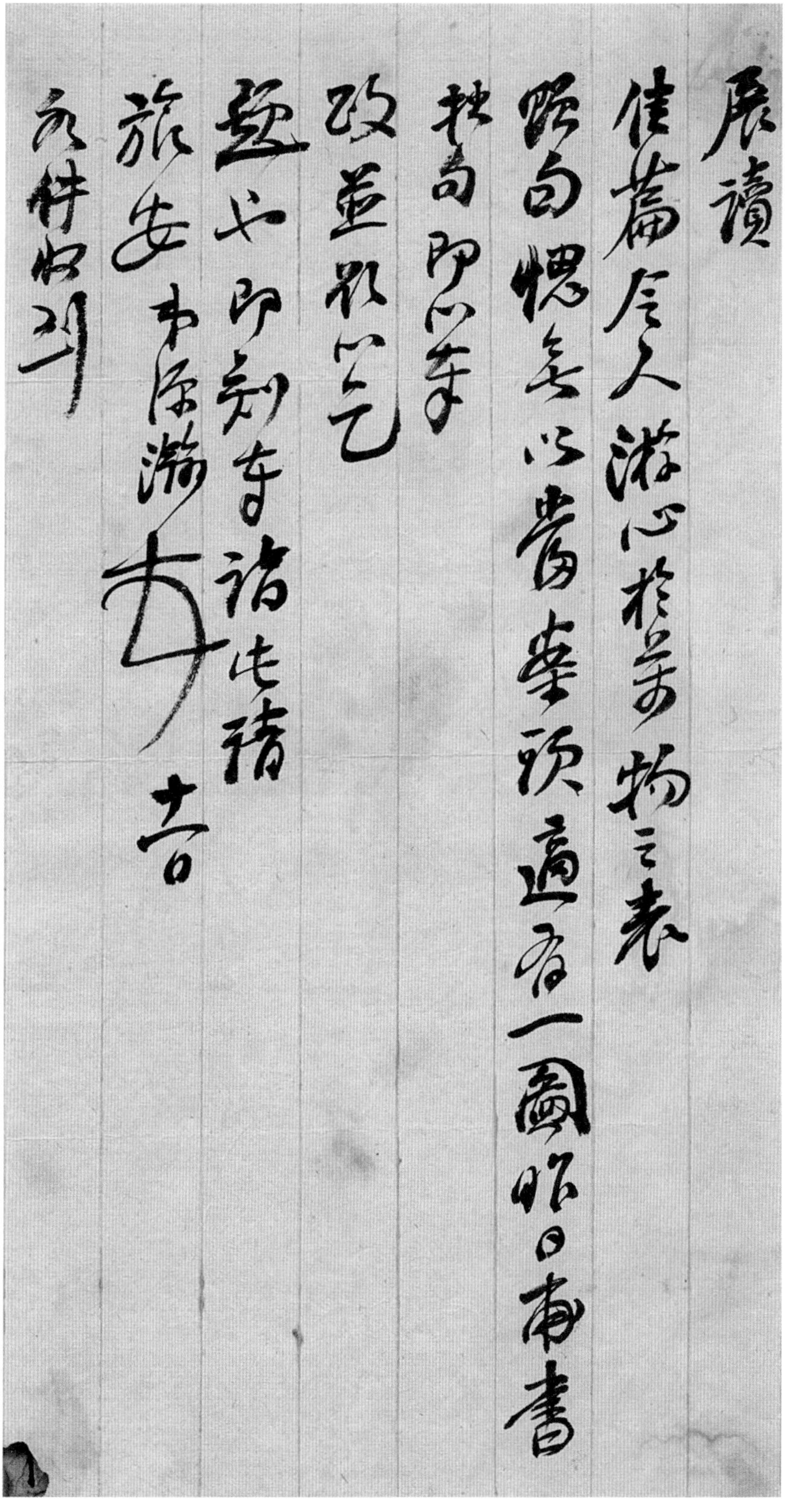

展讀
佳篇，令人游心於萬物之表。暇日愧無以當案頭，適有一圖，昨日奉書
拙句，即以奉
政，並祈(?)賜乙(?)
題之，即刻奉請
旅安。弟源瀚頓首。十日(?)
承件收到。

讀
教紙悉。鄙人詩文稿遺失，已付劫灰，近今所作輒復
棄去，並無存者，不敢於
知己前作妄語也。手此布復，順頌
爽秋尊兄先生纂安。周泰義　小弟祁拜復

費光爺

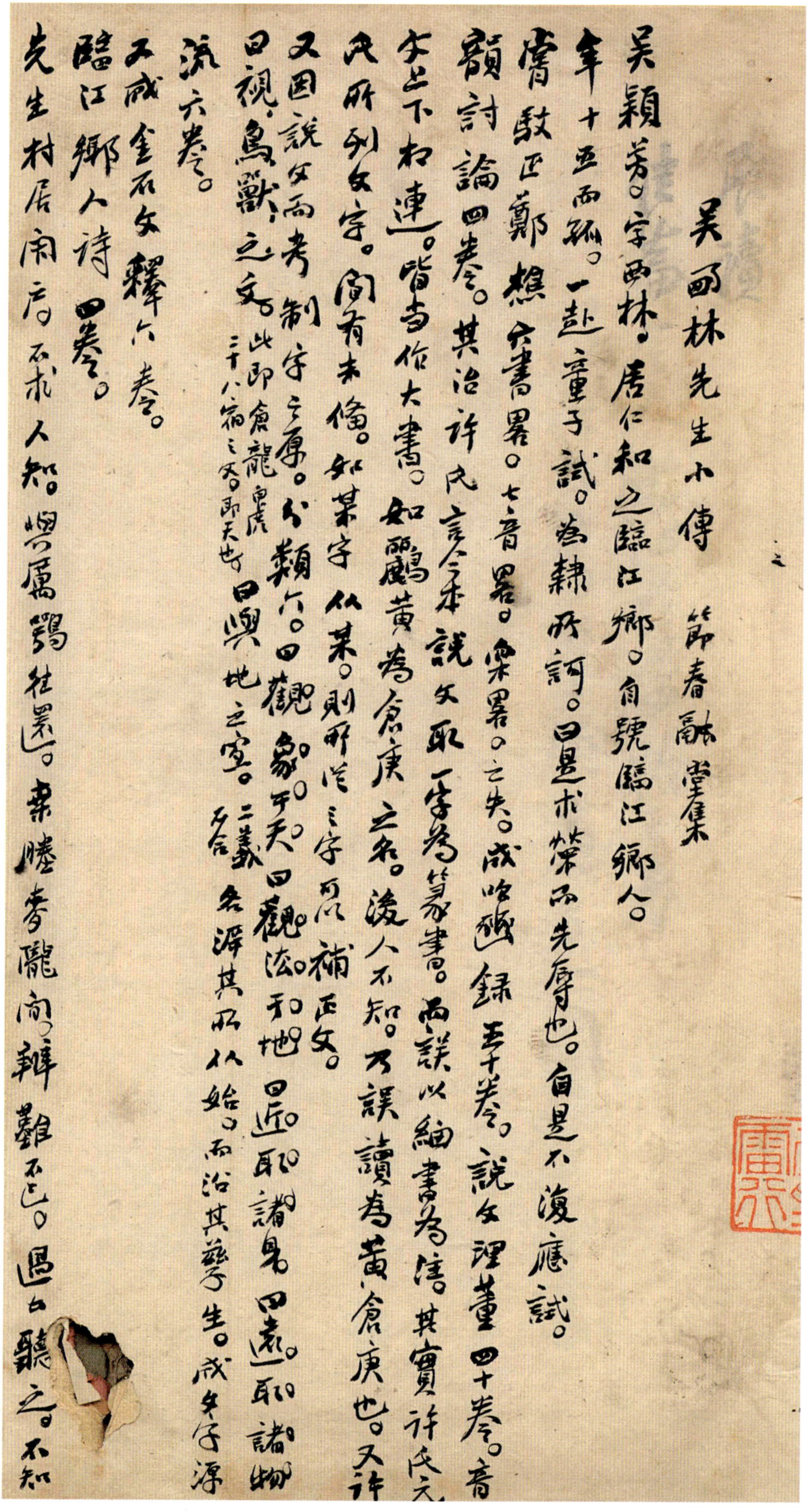

吴西林先生小傳　節春融堂集

吴穎芳，字西林，居仁和之臨江鄉，自號臨江鄉人。年十五而孤，一赴童子試，為隸所訶，曰：是求榮而先辱也。自是不復應試。嘗駁正鄭樵六書略、七音略、樂略之失，成吹豳録五十卷、說文理董四十卷、音韻討論四卷。其治許氏言，今本說文取一字為篆書，而誤以細書為注，其實許氏之文上下相連，皆當作大書。如鸝黃為倉庚之名，後人不知，乃誤讀為黃、倉庚也。又許氏所列文字，間有未備，如某字從某，則所從之字可以補正文。又因說文而考制字之原，分類六：曰觀象于天，曰觀法於地，曰近取諸身，曰遠取諸物，曰視鳥獸之文（此即倉龍白虎二十八宿之象即天也），曰與地之宜。二義名源其所從始，而治其孳乳生，成文字源流六卷。又成金石文釋六卷。臨江鄉人詩四卷。先生村居閑處，不求人知，與厲鶚往還，[illegible]向辨難不已，遇[illegible]之，不知作何語也。

通政使雷鋐。既學兩浙。武進莊存與典浙試。爭造訪之。嘗索其所為大極講義律管諸解而去。

無道釋氏。著唯識論文釋二卷。又即論中條例。指授學者。謂之要須知。又次釋藏中精語。名曰大藏摘髓。

先生既不忍博物志。本草。所載物之解毒者。得百餘種。造為丸。名曰綠髓。瘡瘍腫立愈。惜其方不傳。

先生生于康熙四十一年二月二日。卒于乾隆四十六年辛丑二月二十七日。年八十。

魏栖洲自敘　全錄

余貧本無俚。荳之酒資。敖舊知我不妄受人賜。于是謀所以辭之。謂余素耽吟咏疊韻賦詩。繼以觴酌。日積月累。不覺觀言之遂多也。年將耋矣。手自訂輯。并游林之什。都為一冊。前四者友人鮑子為余彙嶺雲集。悔其少作。古今同然。應詘之言。亦所不錄。愛我者幸毋譏焉。

吴穎芳柳洲遺藁序　節

柳洲少孤貧無遺貲。乃于街市間鬻十指棒作自給。既而佐生于質庫者幾二十年。書一管所職。至夜篝鐙讀書。爲同事所憎。乃屏卷默誦。復以鐙光逼駄爲詬。於是卷蹋坐帳中。翳其光而閱。膏盡爲度。向無師授。自以堅思力探苦索。積學既久。由漸而致豁然貫通。卒之日年逾七旬。乾隆丁亥仲冬臨仁鄉人穎芳

吴君蒙泉傳　　仁和湯禮祥　節録

吴岡。字鐵吉(?)，自號蒙泉外史。錢唐布衣。九歲能作隸。及長。工行草篆刻。而畫山水尤絶。上溯元四家。以逮董宗伯。李檀園。王太常。廣州樹底臺。日與諸名輩力追渾妙(?)神理。落筆一嵓。接跡揮毫。流布日本人皆爭購其畫。

爲人豪邁不羈。與人交。肝膽披露。時時周人之急。不償責。時人目爲酒狂。汪布政使志伊欲以孝廉方正徵。不就。阮巡撫元秦提刑瀛欲識其面。□致。竟不一見。

蒙泉晚年喪其母曾(?)孺人。又喪其三子。其女子子。家愈零落。頗遭世者(?)。抑抑死。時嘉慶廿年十月二十四日。年五十八。

杭大宗丁隱君傳　節

隱君丁敬，字敬身，號鈍丁，自稱龍泓山人。家候潮門外。鄰保皆野人也。釀麴蘗自給，身廁傭販。未嘗自異。耆金石文字。巖壁榛薜，手自摹拓，證以志傳。著武林金石錄。分隸皆入古。而于篆尤篤耆。嘯堂集古、吾邱學古，兼入其室。非性命之契，不能得一字。性躭羣籍。家貧不能出重貲購覓，閒攤市集。眼光所注，無留良焉。小樓三楹，以字畫庋滿室。叢殘不復整理。皆異冊也。上以插諸子，悠其弦誦，下以訓接賓客。客止輒止，不聽去。布衣金農，與之齊名。方制府觀承愛其鐵筆，嬌制府者，欲得其一二。方通意指，而惡聲殷牆屋，驚而逸去。晚買宅於張紗街。將遷矣，而以母柩先待，親串有以不吉告者，竟為動，曰吾母不及見也。未幾，竟殉之宅。

冬心先生續集自敘　節　金農　金二十六

康熙癸未，年十七，習聲韻之學。

丙戌四月，訪九十一翁毛西河太史。

丁亥戊子，讀書吳中何義門先生家。謁朱竹垞于慧慶寺。

辛丑以後，游揚州。

雍正癸卯，赴萊東，遇趙秋谷詹事（秋谷係執信）。

乙巳，客于澤州中條王屋，題詠殆徧。

甲寅，游吳興，作陳武帝故里曲。

乾隆元，開鴻博科，抵京師，寓櫻桃斜街。

戊午除夕，泊舟西江滕王閣下。

丙寅，在新安晤李穆堂侍郎。穆堂以君自稱冬心先生，為記古人自稱先生四十九家。

乾隆十七年春二月金吉金自序

頌秋仁弟大人如面：兩復出示，殊見得
手書，大為快慰。相見亦無可通，後常擬立長人先
以報也。學事畢乞兄計，擬費每月若干，路坡
稽所致。毋心又費之。寓所以不能常相待，并乞寄每
前去也。琴尚蘇收人，而發枯焦，發藏致之
若事特進待其畢。大兆形閱也矣。兄事
自為言，主信弟來。春二三月家慈眠食安
啟無場之嫌，學完趣比一切打完，並乞弟

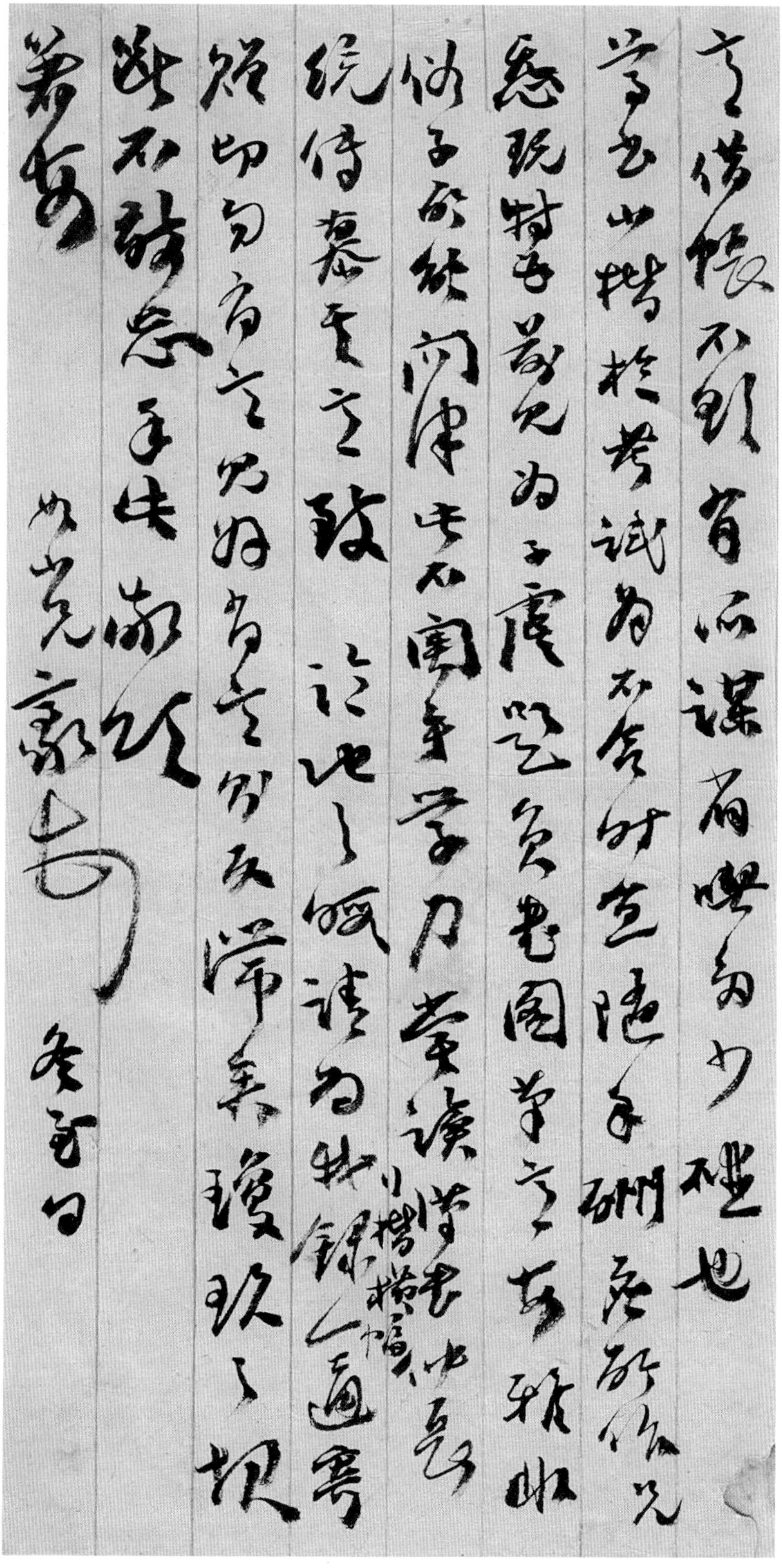

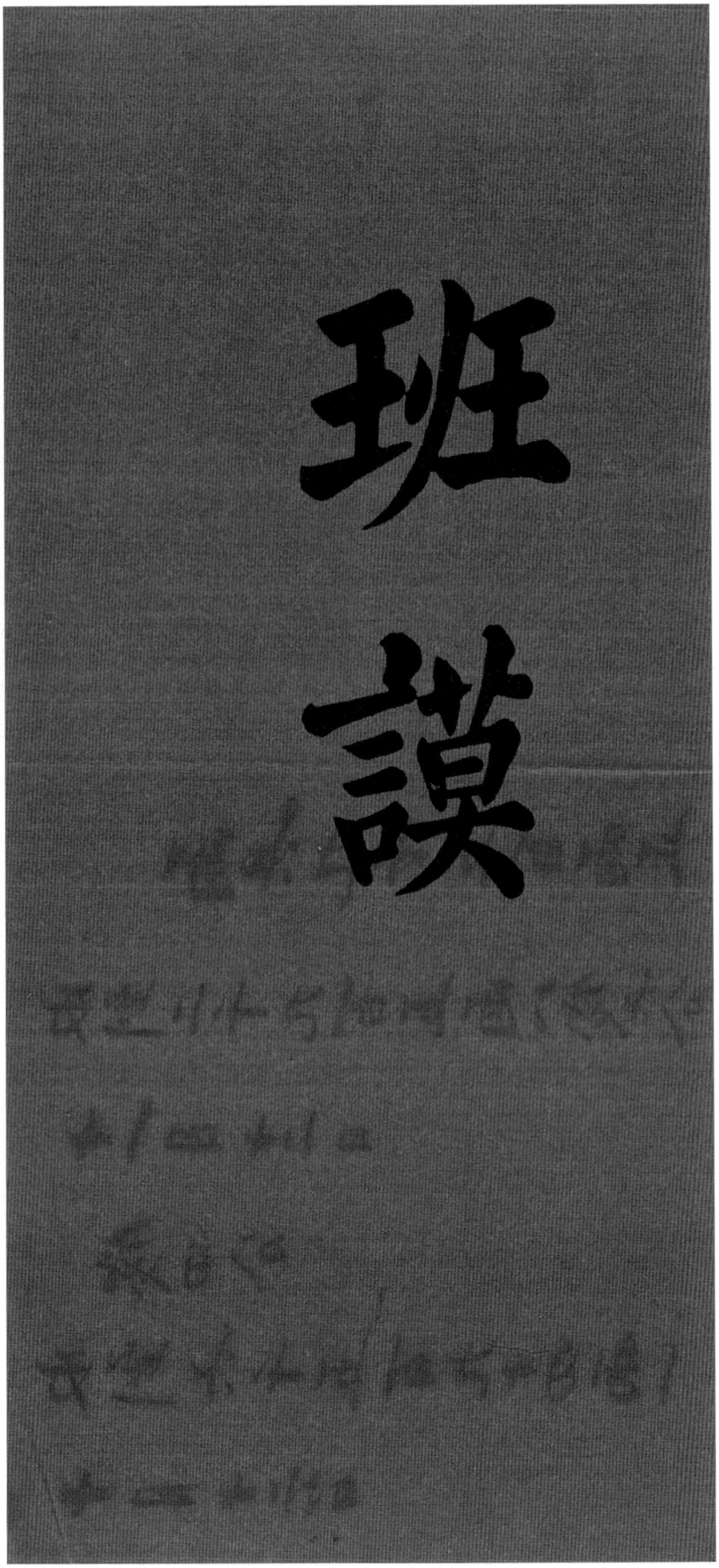
班謨

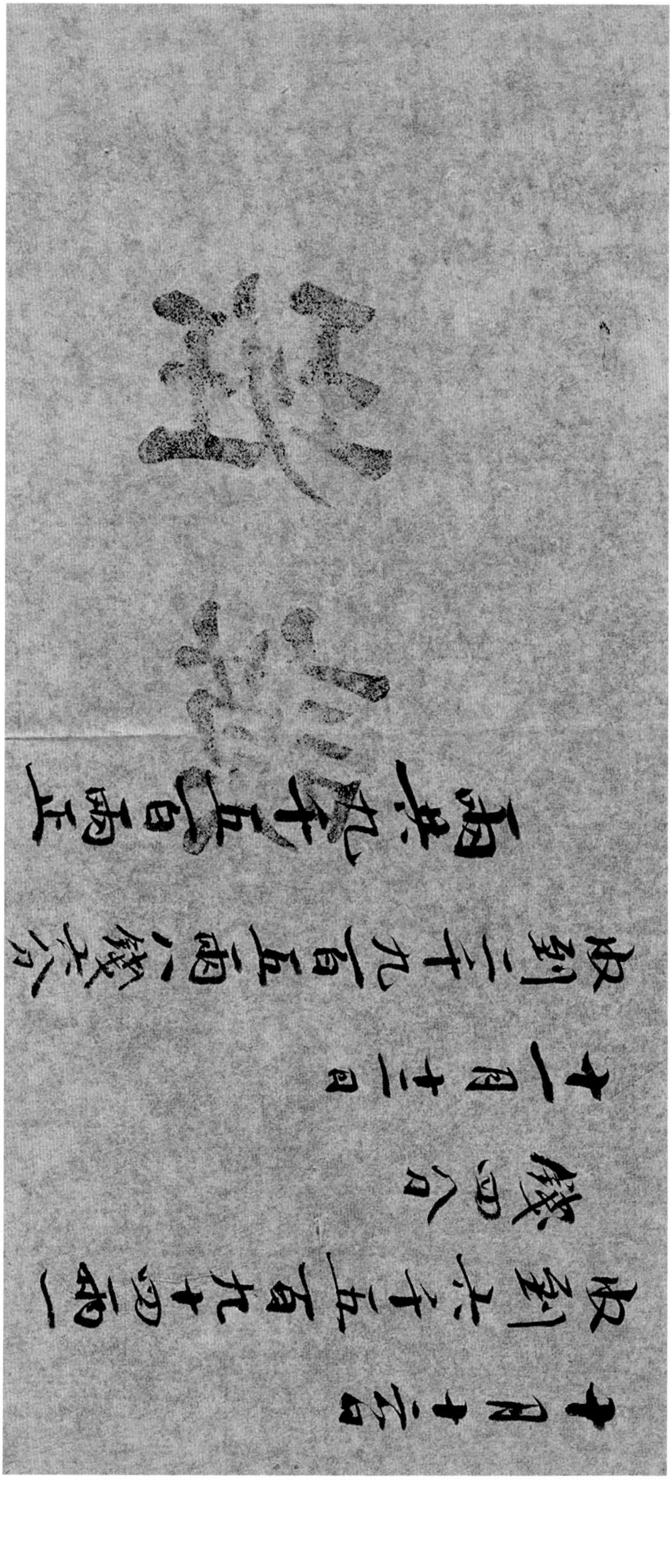

班謨

十月十六日
收到六千五百九十四兩一錢四分
十一月十三日
收到三千九百五兩八錢六分
共九千五百兩正

翔小兄甚好，未獲奉談，頃讀手書，知朗

哉令駕，不及送別，甚深歉之。

吳原伴泉詩二紙，張本謹繳一冊，查收。

此復，即頌

爽秋賢史大人

翔弟守拙奇

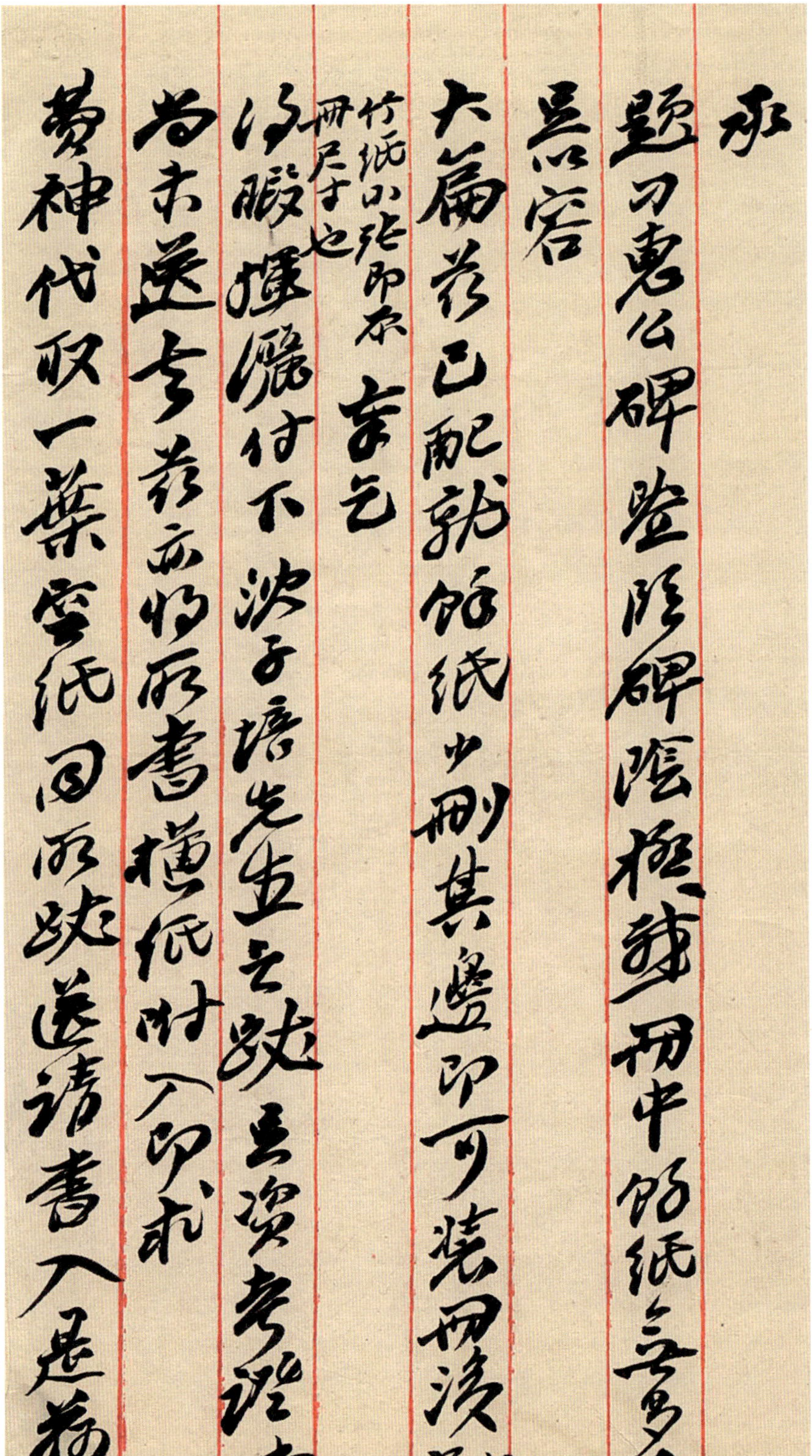
承
題刁惠公碑、營陵碑陰極鉄冊中所紙無多不
足以容
大篇，茲已配就所紙少刪其邊，即可裝冊後內有
竹紙小張即本冊尺寸也 舍乞
清暇揮灑付下。沈子培先生之跋，足資考證，本
尚未送去，茲亦將所書橫紙附入，即求
費神代取一葉當紙回，所跋送請書入是卷

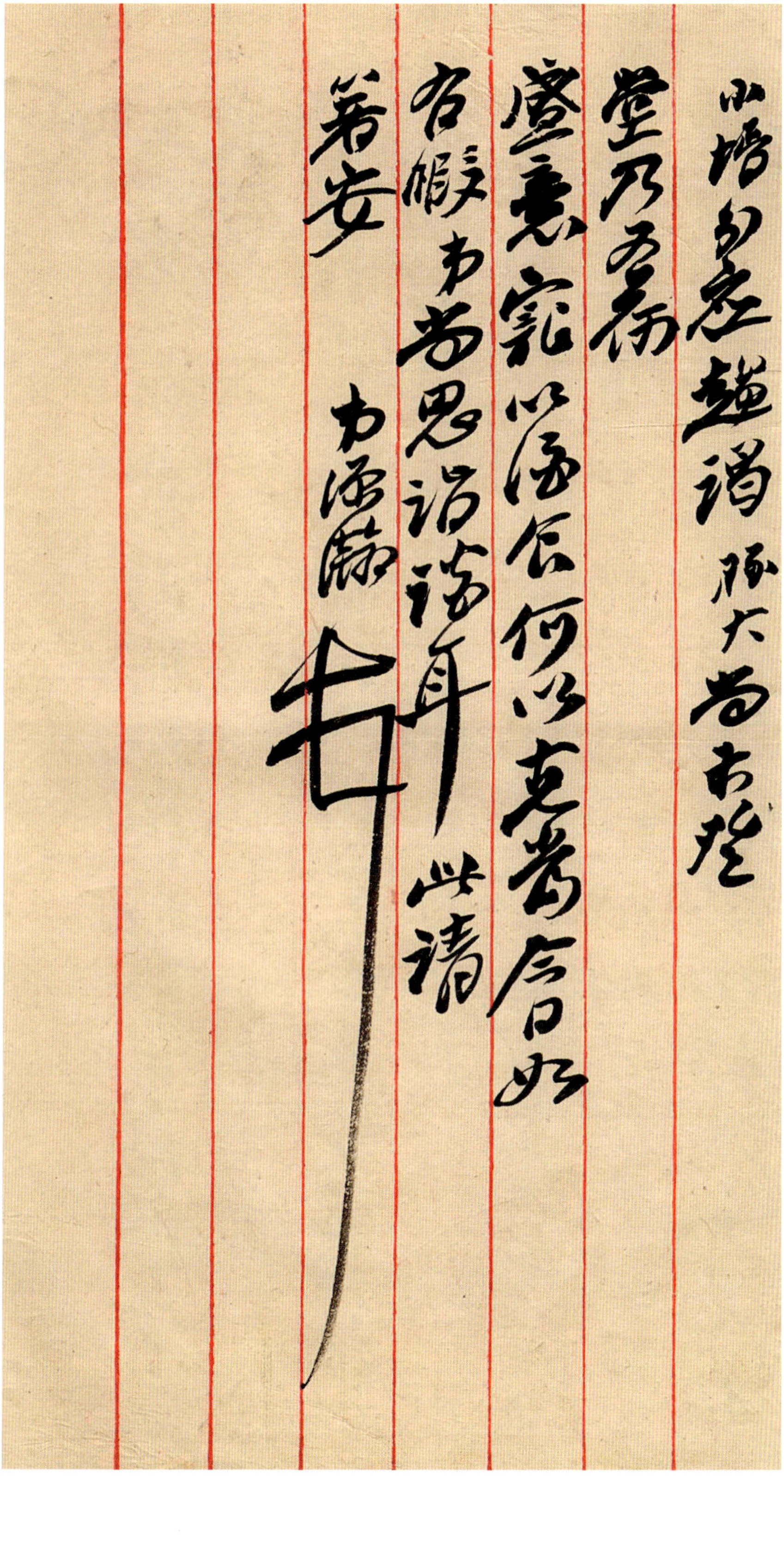
小增自應趨謁 張大尚書於
堂乃不獲
鑒意寬以德何以更爲亮日如
省假 弟尚思請諸再 此請
著安 弟沔蘇 手

刁志繳還，屬題數語，册中未敢著筆，別紙書之。
教此，請
道安。不宣。植
重黎尊兄先生

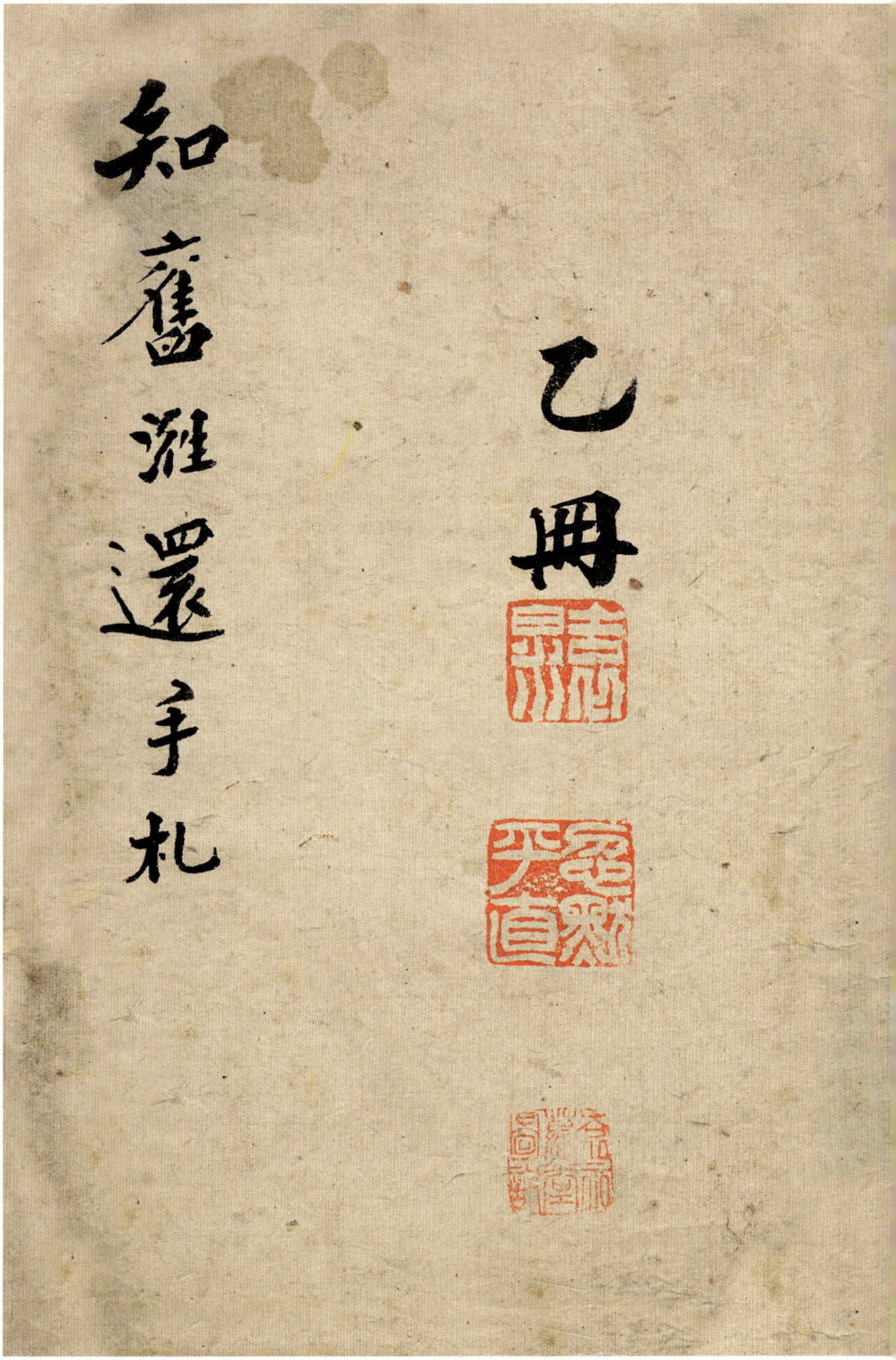
知舊往還手札
乙冊

重黎尊兄先生執事契濶數載重領
教言不幸又當方寸已亂之秋未能傾寫然
宿心耿耿惟
執事知之最深贈人以言重于金石珠玉遠
矣到汲以来忽又兩月人情風土為天下所
無無一可談之人無一可遊之地幾欲以寒

三生石上贈富之殘
歷劫[illegible]沙爲
唫香閣主人作

陵片石自命而衣冠之束縛甚于拘囚繩墨
之牽縈逾于徽纆啼笑猩狒喜怒猴狙
執事前与弟書以能連教無客爲辱如弟所
處又何如邪　家君退後至泉唐度歲以無
歸訾不果遊桐廬會稽日内計已抵里古人
不易一日之養今乃以此易之豈不大可

侍鳳石　人三公吟香仿意園石譜

慨歎大府昨使學算婚日飲盜泉以自活
識恥爲故人告亦恐
執事之洗耳也鄭工慮將爲豐工之續心
竊憂之甫進三十餘占年仲弢夢華
佛卿諸先生過從時乞先爲道念敬叩
大安不盡欲言　學弟易順鼎頓首

重黎尊兄大人閣下客歲有信坿讓老寫篆對
及墨搨古碑數種託姚朴翁攜致彼時
文旌赴皖想朴翁當交便寄
台端矣比維
伉儷聯吟熊羆兆夢為慰頌私弟走俗抗塵筆
墨荒落新正接得
尊撰碑文允堪揚雙烈之休壽千秋之石動存殁
之感立祠翰之宗莊誦再三弥增内愧容代貞珉鳩工

雲藍閣製

鐫勒樹諸墓道垂耀方來早肅謝函屢曰未追
兄南下未果故稽覓便茲并奉
上讓老分書對祇乞
鑒存刻聞讓老又病艱於作書知
念坿及恭請
著安諸維
珍重不盡欲言弟璜頓首〻〻

雲藍閣製

烁空霞景蕩斜曛弌鬟螺鬟望裏分高浪楸
爲平坨雨遠驅飛入九天雲黄蘆葉颭牽魚陳紅
蒸雩跣起鶴羣散把金尊酹江月酒痕燃檢舊羊
帬徒
右甲子中烁鄰易湖晚眺口占弌律柬瀧城畝
䃔烁詞兄正綸弁之示近作

寶山四華雨亭主人藁

奭秋茂（垂約）才出示近稿即次見贈原韵奉題

我讀袁（爰）生詩愛極神轉傷少微處士星宜居

太微傍天門開訣蕩吐氣長虹長奎壁聯光輝

高歌樂未央迴頭望塵世瑣屑揚秕糠瑤華媚

其姿瓊樹擒其芳濯以金莖露餌以嵊山霜奇

才獲殊遇鸞鳳隨班行胡為厄陽九弱齡氣不

揚天蹋地更踏予身涕淵滂沿江走孫盧千里

沙飛黃修軍未及冠纍縶隨豺狼逸窮学自勖

境險情則臧否，霧捲白日，荊棘變康莊。言譬桐君邑，來登大雅堂。讌躬效徐李，藻思邁常楊。文成不加點，聲華艷湖鄉。新詩更斑駁，黝然彝鼎光。深山翳古木，蒼蔚迷朝陽。大海迴紫瀾，欲渡愁無梁。思力窮所至，健如追逋亡。此才豈終屈，指顧乘雲翔。雲中有仙人，遺爾瑛明璫。兜、蓬萊島灑、芙蕖塘。努力愛春華，願揩老眼望。

未向門人擬易
曰承
僭志

全椒薛時雨慰農稿

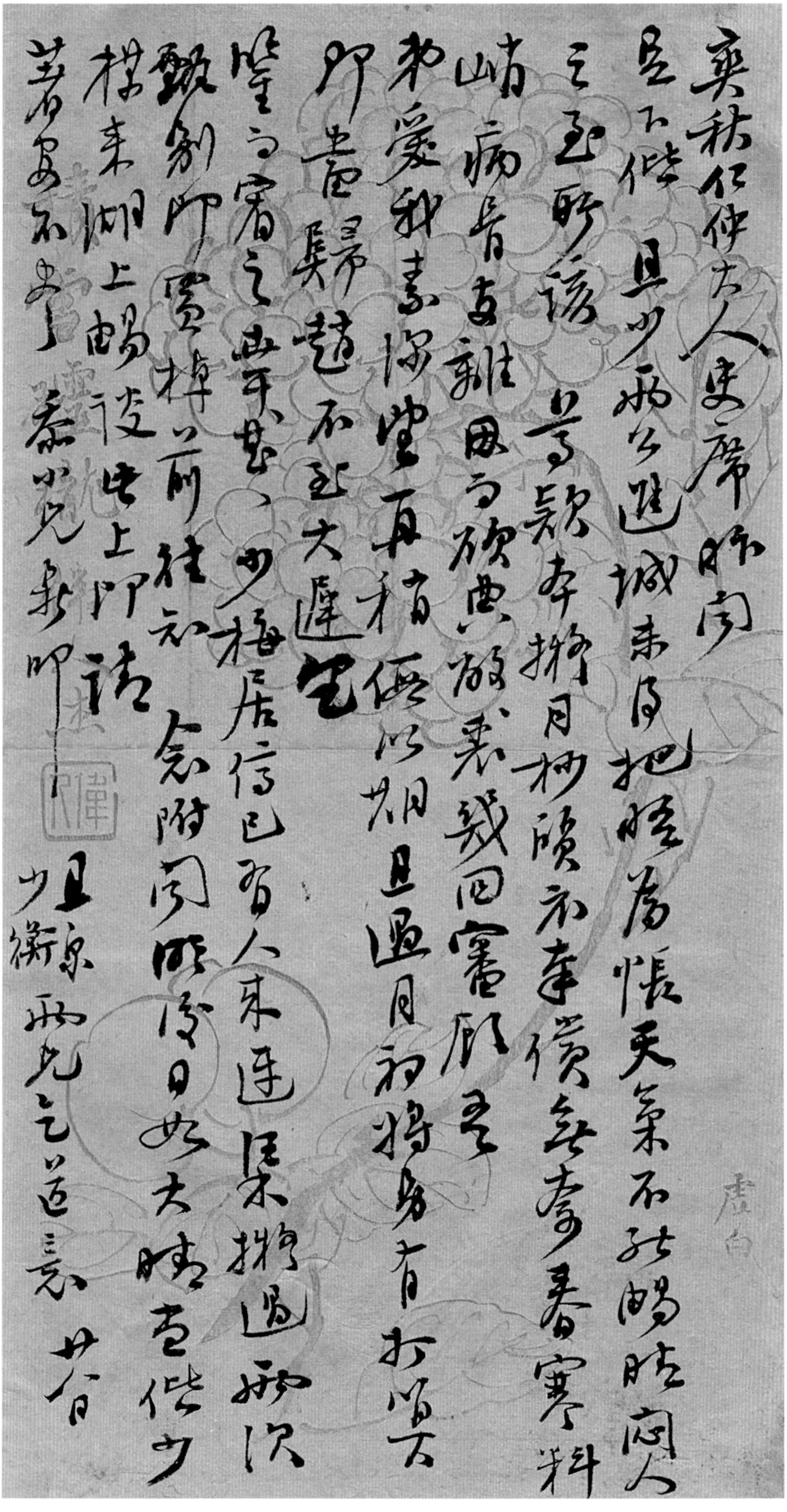

建昭雁足鐙銘五十四字青浦王述菴
少司寇昶所藏器按業建昭三年西漢
元帝即位之十三年也漢書百官公卿
表少府屬官有考工室武帝太初元
年更名考工室為考工臣瓚曰冬官為
考工主作器械也内者内者令也右丞
宮令守宮令之丞也皆屬少府護
建佐官者漢表無攷輔博福光主相

昔人名外戚恩澤侯表陽平侯蔡義本
始四年薨後此陽平家當是大將
軍王鳳之於元光之年嗣封平陽侯銘
云陽朔之年賜陽朔之年成帝即位
之九年鳳於陽朔三年薨此鐙本當
禁之物成帝以賜鳳也陽平家以下十三
字乃鳳所刻畫者刻也一字二三者當時
所賜不止一器故備記錄積古齋語

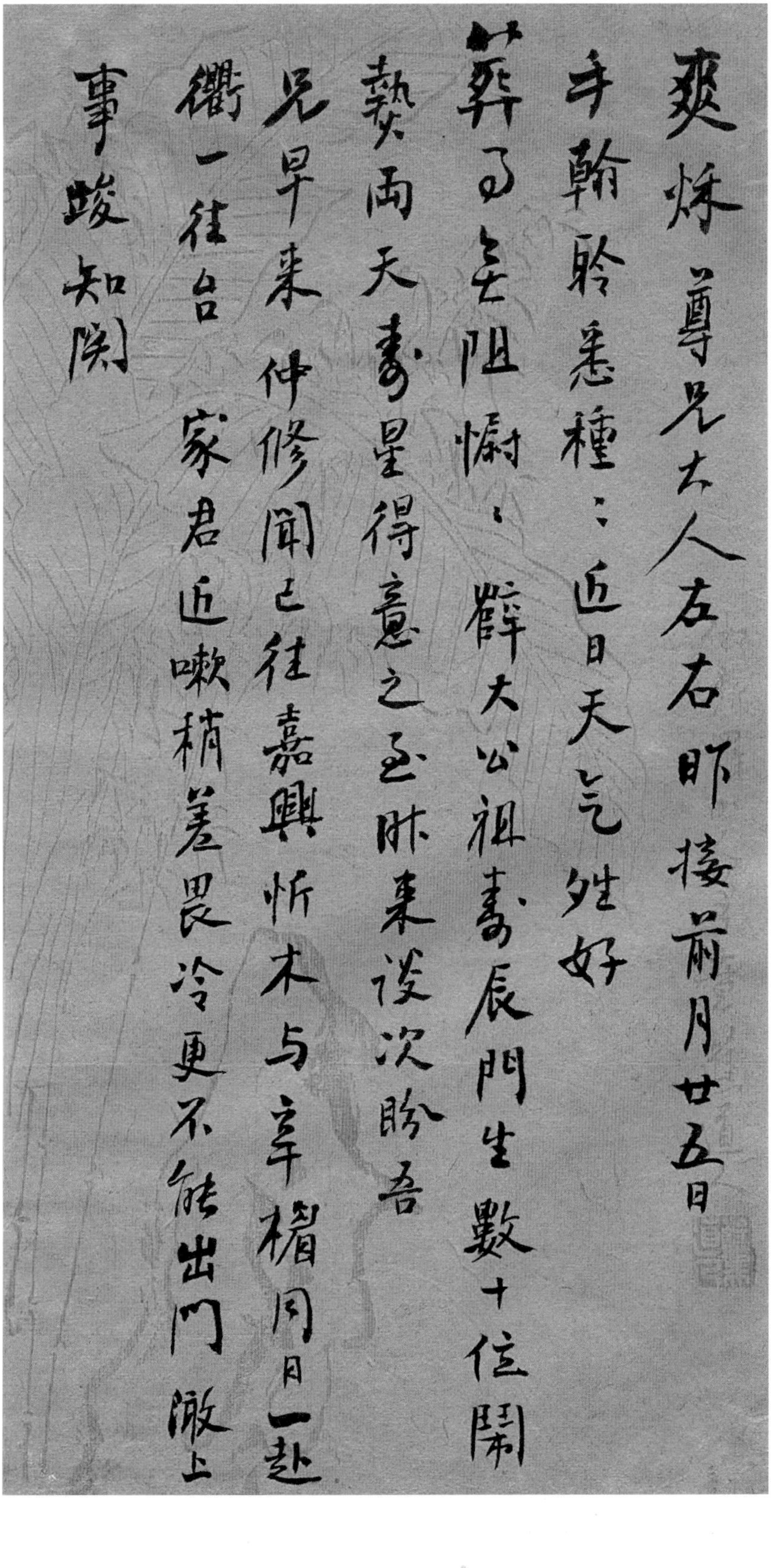
爽烁　尊兄大人左右：昨接前月廿五日
手翰，聆悉種種。近日天氣甚好，
葬已無阻，懈懈。辟大公祖壽辰，門生數十位開
埶兩天，壽星得意之至。昨來，送次盼吾
兄早來。仲修聞已往嘉興，忻木与辛楣同日一赴
繼一往台。家君近嗽稍差，畏冷，更不能出門，激上
事竣知関。

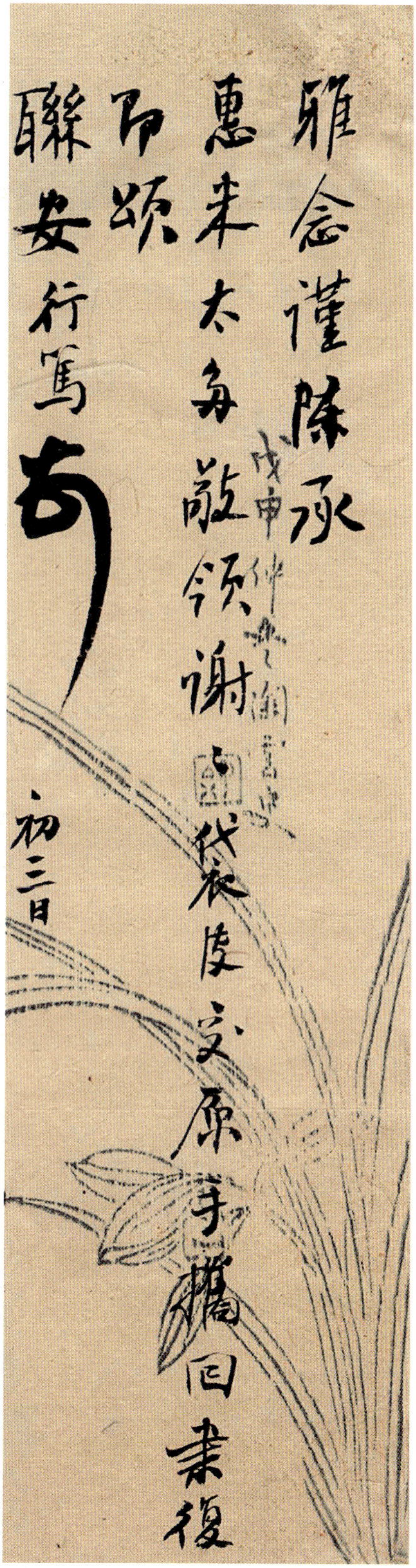

雅念謹除承
惠來太多敬領謝謝代衣度支原手摺回業復
即頌
聯安　行篤　有
初三日

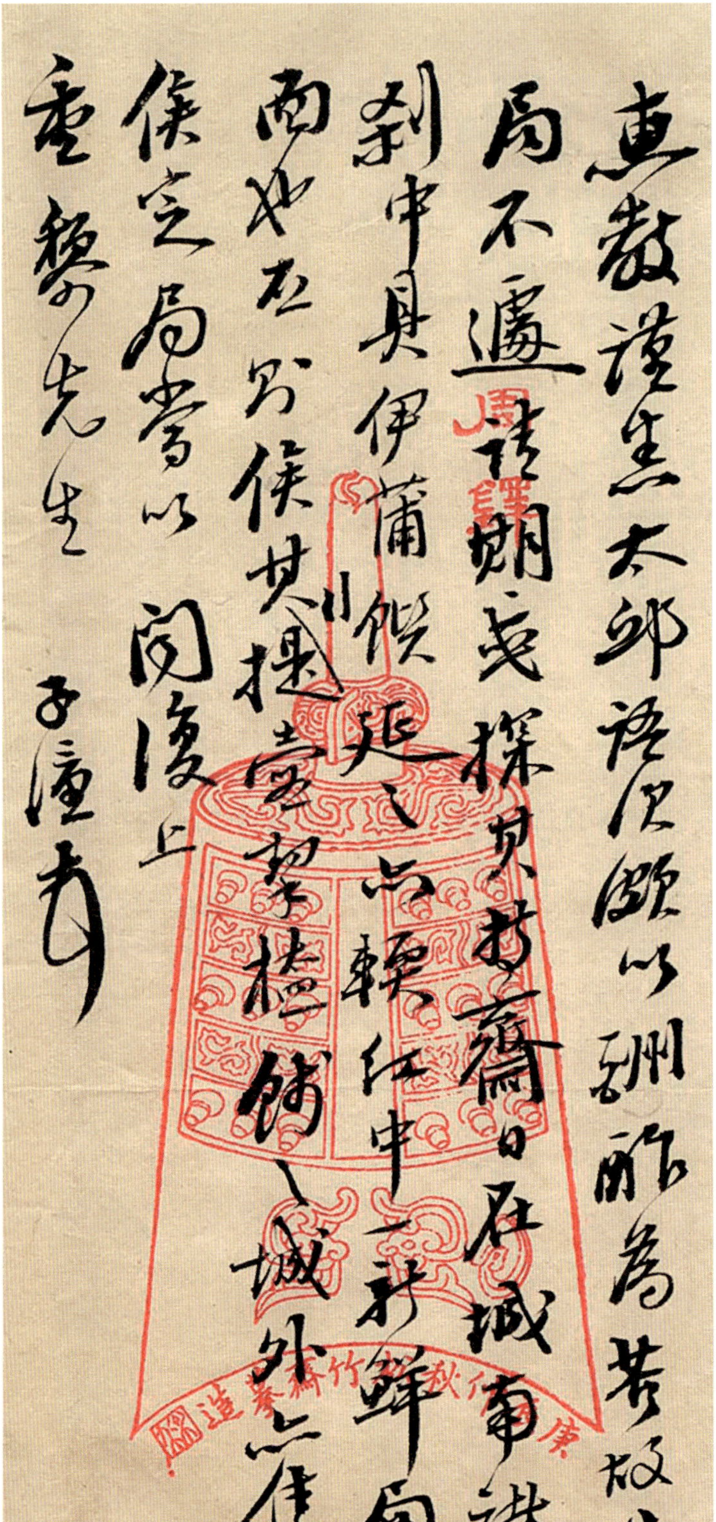

東敷謹悉太郎請假歸以酬酢爲苦故也
局不遑，請期之，探其書齋，日在城南洪
刹中具伊蒲饌，距之六轉，紅中一新鮮局
而如左，以候其提壺挈榼，餉入城外之便
候定局當以
聞，復上
重黎先生　子潼頓首

日昨蒞臨，不及暢談為悵。仙屏同年

囑錄拙作十八韻，已

登收。弟有來信云事劉，不及作書至好處。

又未便代借，囑為道謝，並以年譜如

有錄冊，仍請付弟處，安排異此，則藤此佳可入錦囊。

專此，敬請大人著安。弟廖壽恒頓首。補

仙老尊世兄。不多寫。京官通問要緊者甚多，如是非耶。廿五日

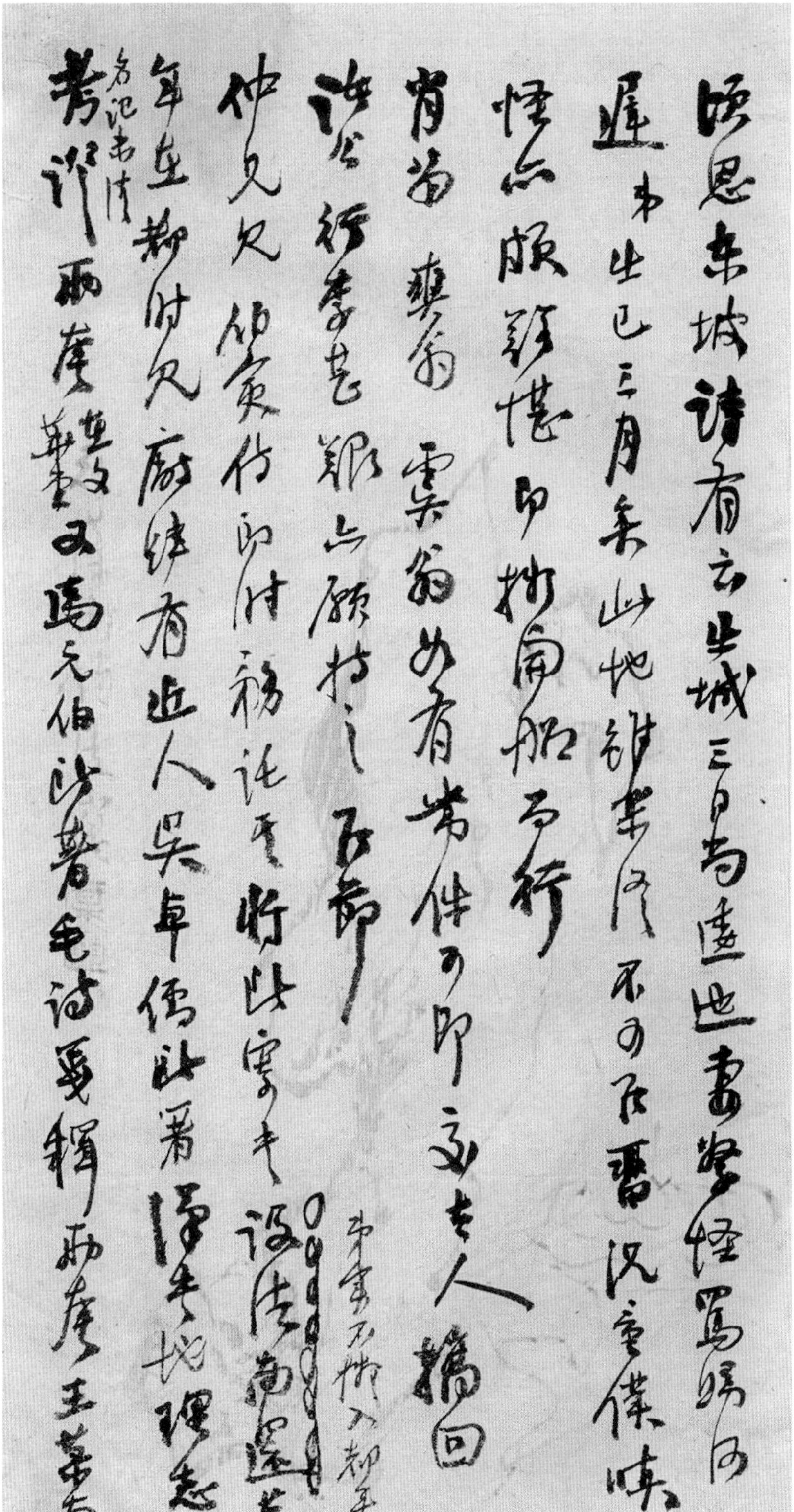

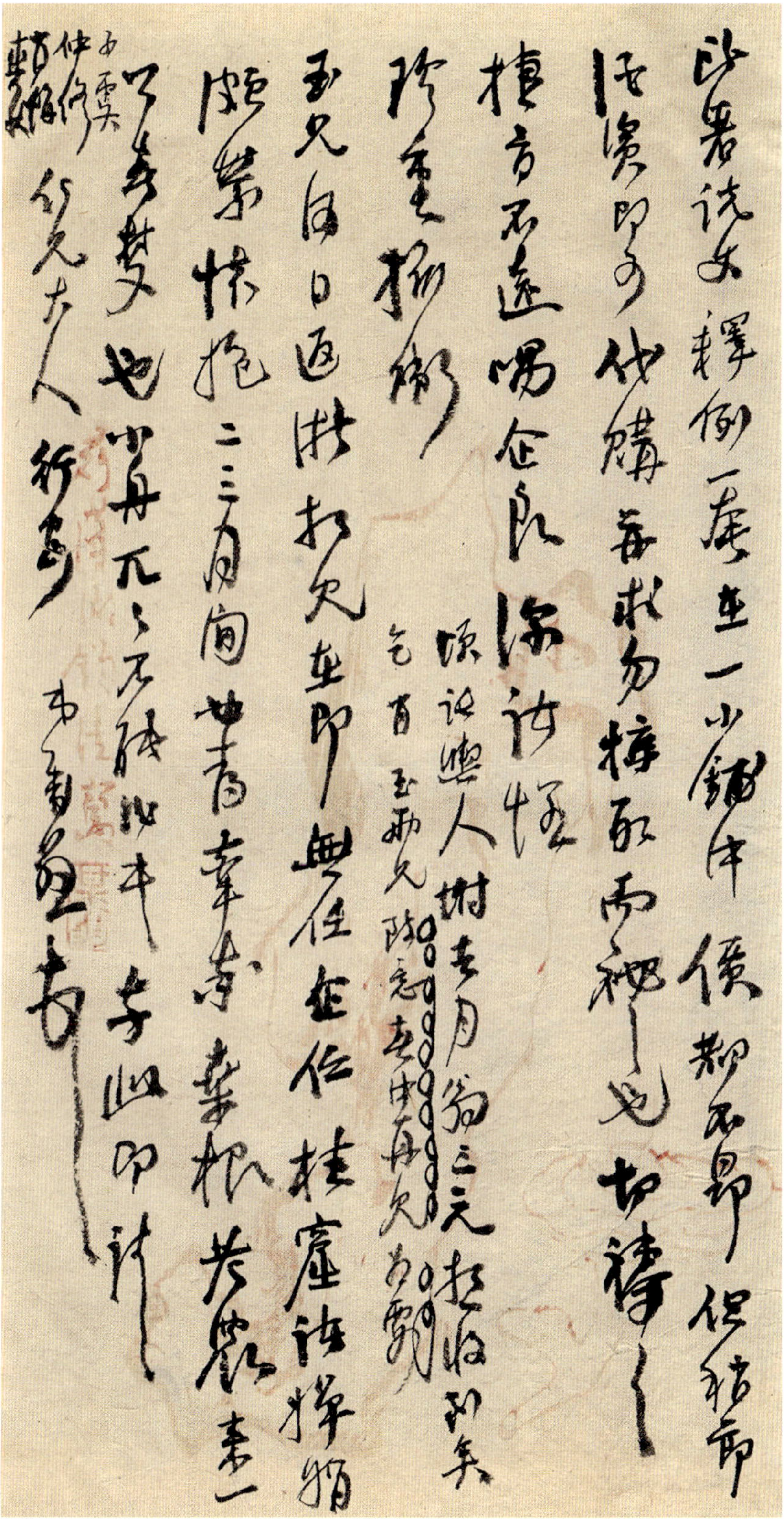

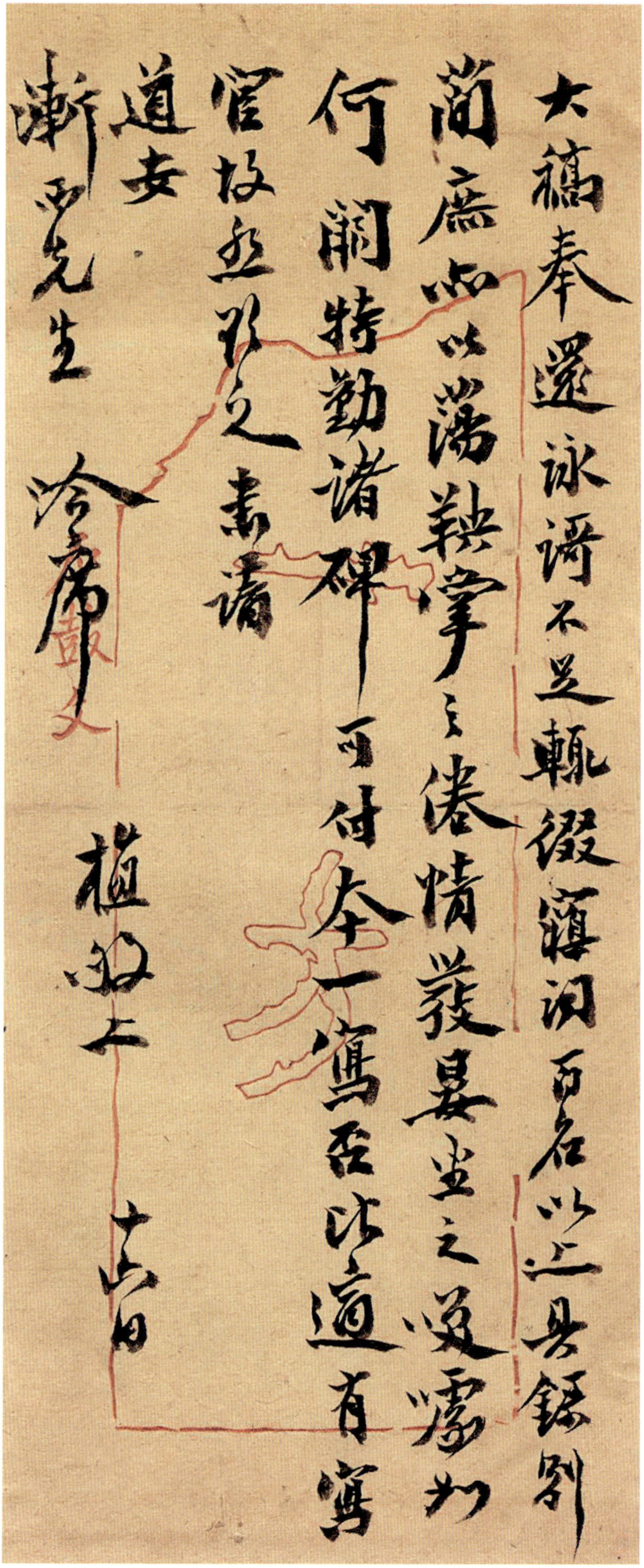
大稿奉還詠諷不足輒綴霞詞百名以上具錄別
簡廬尚以蕩鞅掌之懷情發晏坐之道靈妙如
何關特勸諸碑一可付本一寫否此道有寓
官故與非之素請
道安
漸西先生吟席
植頓首上　十六日

詩古文辭鏤刻之思奇偉之氣皆過
絕一時妙年得此異日必為傳人深爲
湘慶幸惟用意務在力趨平實廣
大則不但爲文章大家即名福澤亦必不
可限量矣傾倒之極敢獻忠言戊辰
孟夏張集舒衣之讀過謹識

仲備、奕秋仁弟大人如晤：別後兩憶風儀，彌殷懷想。初十日接誦
惠書，知
元旆安抵津門，歡喜無量。特賀
泥金報捷，
同宴瓊林，翹企
芝暉，曷勝頌禱。兄抵杭匝月，粟六如恆，出月即擬回京，小
有耽擱，定於閏月初航海。局中諸事順適。孫紫佩太
守舒伯進京調［挑］，已委王清如觀察矣。桑栢師小住湖

樸杖履安適，舞鶴賦即日當手繳，卷大致清順，歌
循事已竣，畫併奉閱。蒔家旋里，以病月餘，現已告痊，約
明日到局。子長赴滬未回，托帶大小佳。桐孫、錫甫、嵩艇
諸君來，均安好。滋蘭出手得興，正為吾黨生色，甚
鐙後伸紙，不覺數言，即請
元安　弟小兄鳴珂啓

嘯梅　仰棠
子實　雪漁
泳飛　子勇　諸兄子均此不另
春江　悠甫
蓮梅　華楣

三月十七日燈下

重勳先生執事

使至，伏奉

惠到。至函、叢書並

紗扇、縹緗映雪，古編重覩於今茲；

羅舊含風，近製尤宜於雅言。

仁風披拂，如贊

宋玉之[illegible]

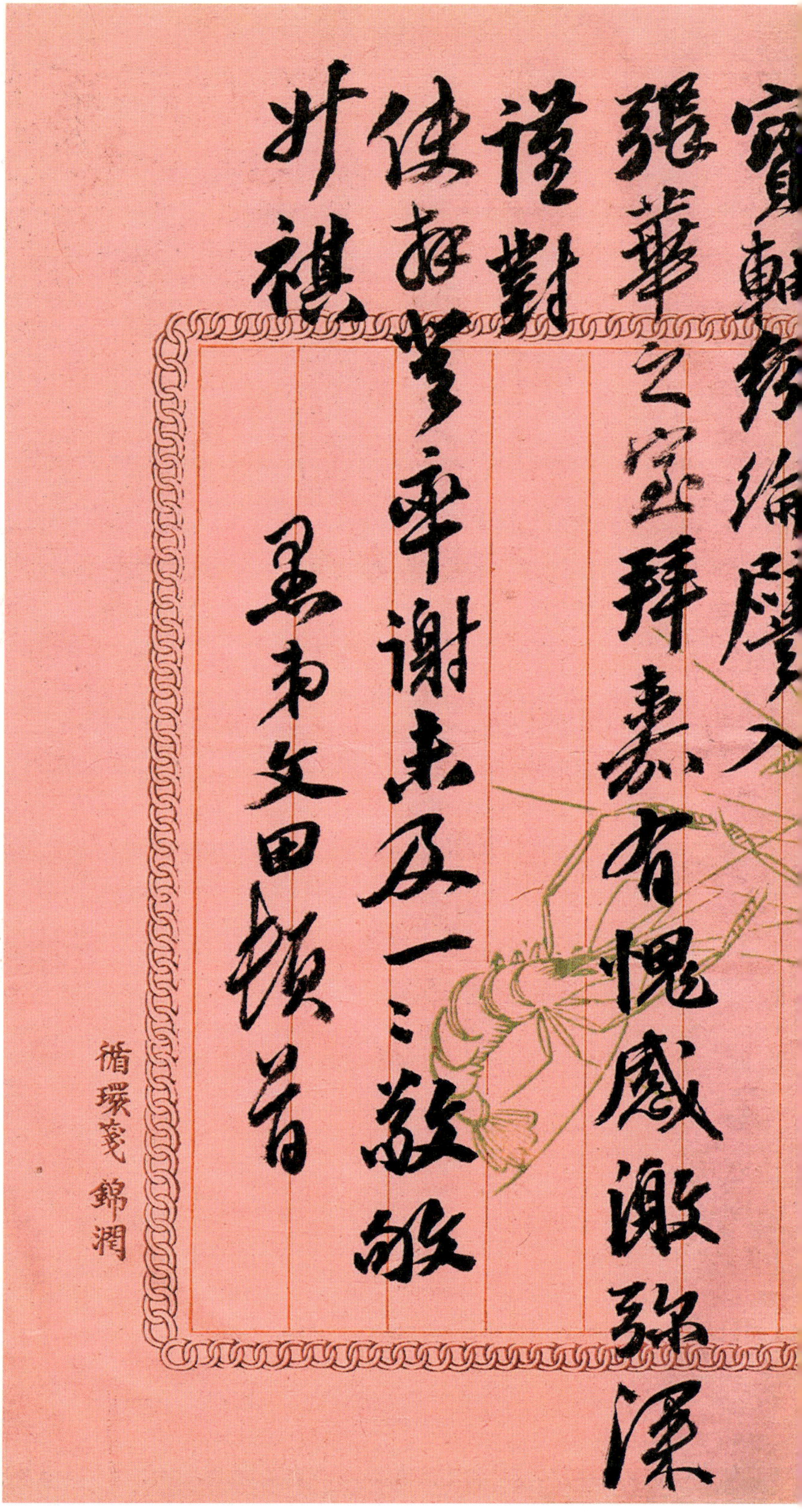

寶軸緣綸覆入璠華之筵，拜嘉有愧，感激弥深。謹對使者草率謝，未及一一，敬頌升祺。星南文田頓首

近與君執手石杜築耶城駕言一尊酒遂
此忘憂情奇字喜愈問謂文心久傾何當
同一室風雨聽雞鳴
奉貺
重黎衛兄郎執
政　同治戊辰閏月巳海東蔣節

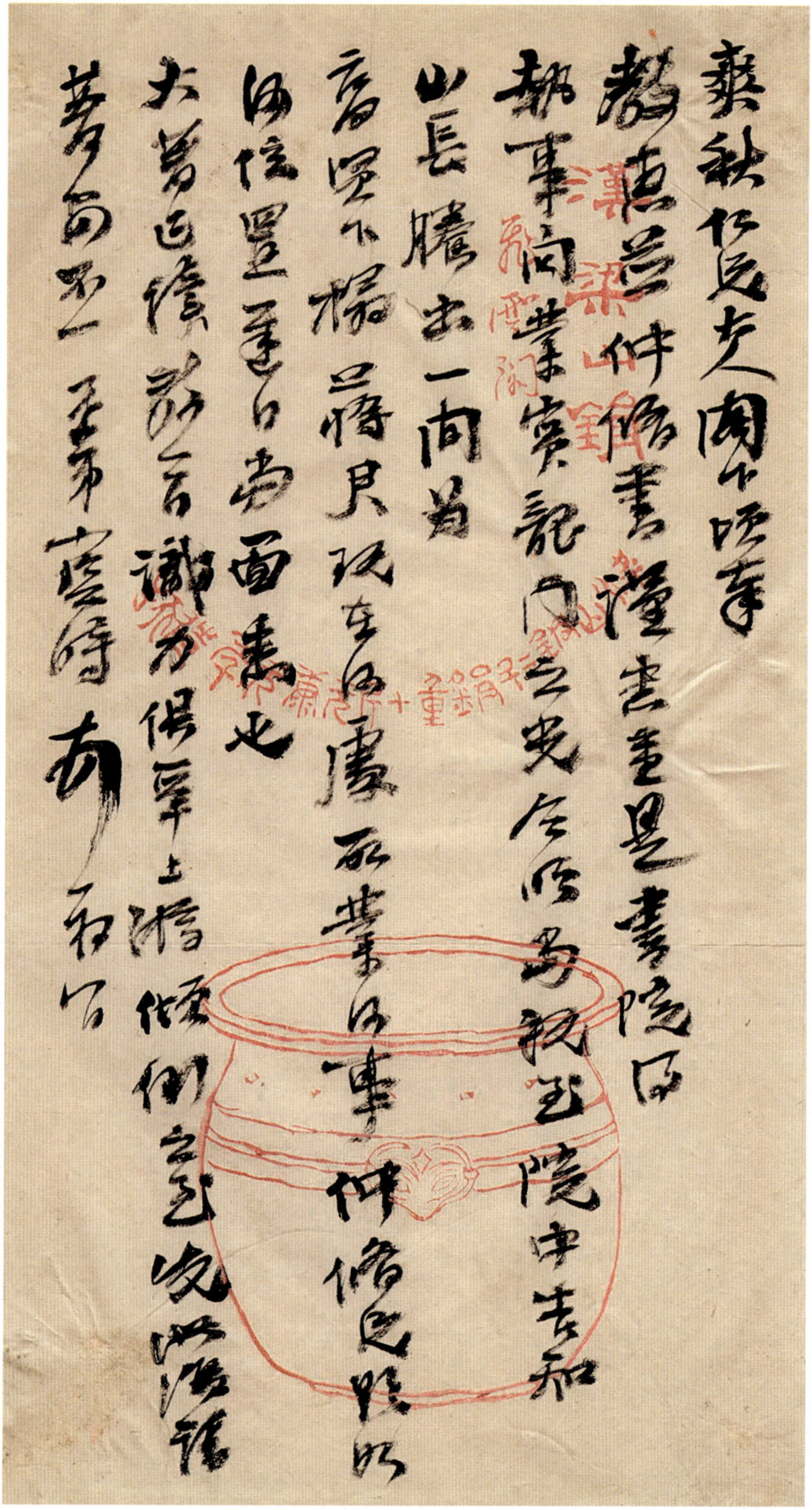

公廉黎邑令劉俊觀劉瑞四令登舟初九離邑榜人解纜一路
疏灘候風舟行濡滯十三日薄暮甫達樓船歸在舟登徒
子為之留連至十八日偏舟獨返里門金書裹數見故人未免自愧遺
桑根師于是夕僦裝送四五兩世弟回金樹赴小試每一晤必劉叉
逢話别後寄黔然予實中義先錦歸五日謀巢將宦錦以進執
不能不讓誰邑去矣雖者見扶風師言及似在意中並云已為位
置但未出籤盧中何藥也諸君皆有憑藉錦獨孤立恐屬去矣
不予傳矣扶風已于廿四日起程入覲日内應可達申新農本不缺洽
隴西尤素昧平生從何插腳也雖、溪以
邑令云不歸吾杭為高見也楊豫庭赴寧波太守任時桑根師意欲

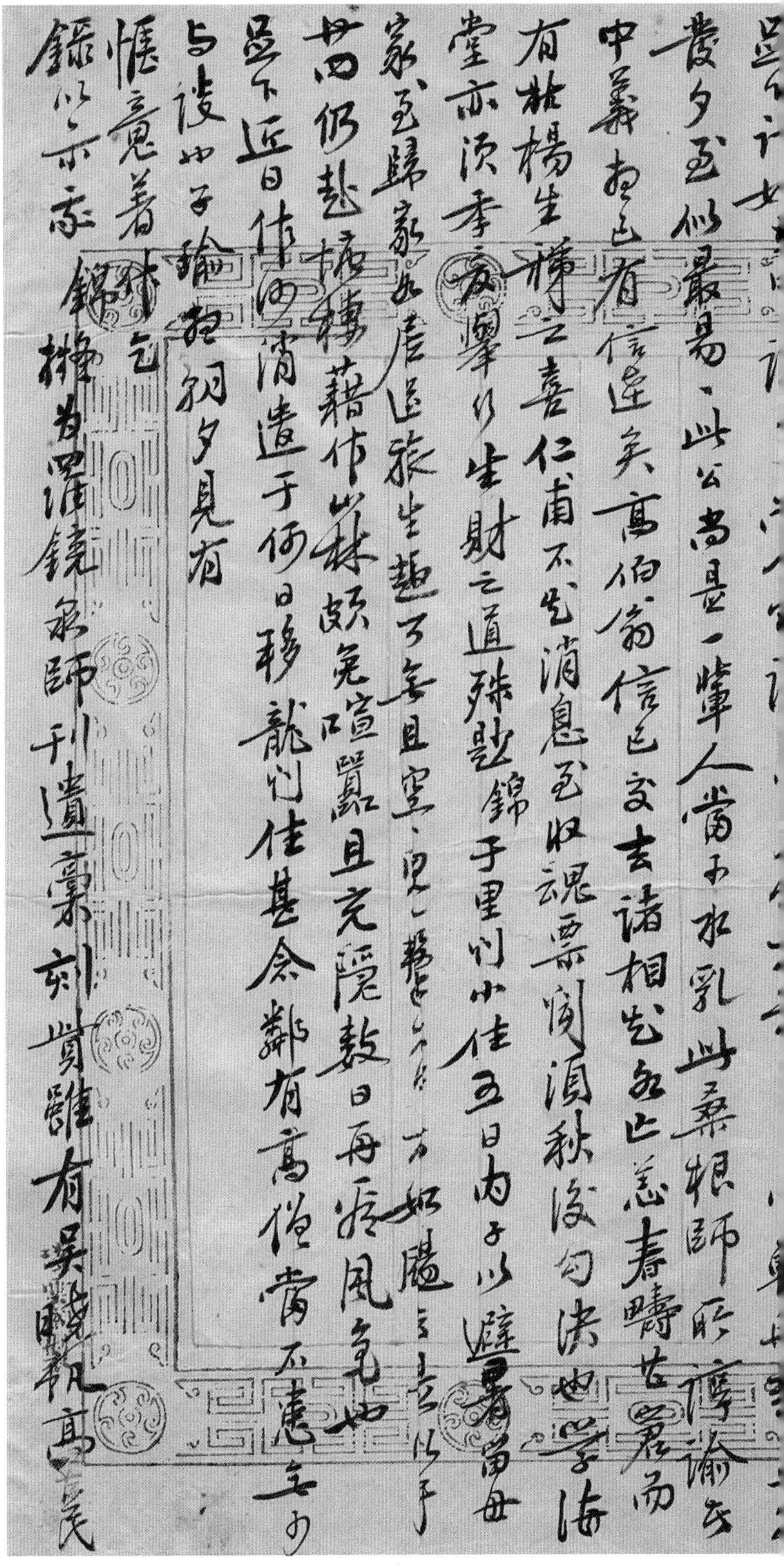

費夕至似最易、此公尚是一輩人，當于水乳，此桑根師所諄諭者。中義挪已有信速矣，高伯翁信已交去，諸相先為比慈壽時者君而有林楊生孫之喜。仁甫不先消息，至收魂票須秋後向決也。學海堂亦須季友擘作生財之道，殊匙。錦于里門小住五日，內子以避暑留母家，至歸家如居逆旅，生趣可無且窒、良已整々々方如處之以乎。苦仍甚，據樓藉作此林，頗免喧囂，且完屋數日再看風氣也。足下近日作何消遣，于何日移龍門住，甚念。鄰有高僧，當不患無方。與後如子論我翔夕見有悵意著述錄以示我。錦機為羅鏡泉師刊遺稿，刻費雖有吳毅民

分任而稾未點定，尚須破費半月工夫，方可付手民。女吾杭閨秀
久已老人矣。年錦師毋沈湘佩夫人與吳門歸懶頻有大[illegible]壇坫之
意。桑根師烟雲過眼圖已屬題詞，東曉帆諸公亦好弄柔墨，
似亦難得之事。沈師母詩詞稾近為許君繼恩將印，日付梓，俟梓
成當郵奉。部窗近詩與自然好學，竊謂罕有其匹，詞已為蘋
家老人刪纂，他日讀之，當以為然也。析木近日有長篇報杭妹，頗有謀
言申江有[illegible]閏金粟一顆，聞已歸弘農太史，如確亦[illegible]問
府深以為憾。
足下此番[illegible]望見說，[illegible]日是在已脫藩籬，必有以慰我
示及王珊[illegible]葉，于月之初旬離杭，月前即按擋，刀都過申，[illegible]與
[illegible]

喜

亦及为界買書之興日来何如囊底畧尚充否欽興指減隨時

告我程朱以經究竟如何御陳同安時之堂一之陣正正之旗耶可

不知其前學尚遠之在是亦是黑必已浩然于不覺 倘有變化氣质

之處希以時時

告我 年世心以積遠也 錦旧後心緒甚劣忽然吐血半食飯一粟體欽双

弓米之案 兩已無以解憂唯有杜康 康之情亦亦不房何密懸瀧

側莫去为聲不識

兄臣有以安我否 雷海陰光陰調攝不易 伏唯

珍重不盡 欲言而紙盡

箸安 即請

手秋筆業

坛侍 如兄天黥 主臣 白

淺雲閣製

早間
枉顧失迓歉甚頃送上小學四本 近思錄一本 書儀二本 家禮二本 讀書日程二本 儒門法語一本 言行錄十二本 五種遺規十本 祈
檢入 昨托尹子銘轉借書院存如之文粹等七種 祈
即將文衡水經兩種全書交去 并文粹等五種首冊弟不遑略觀體例耳 餘面罄不盡 此上
爽秋長兄有道 方家左右 名正肅 初二

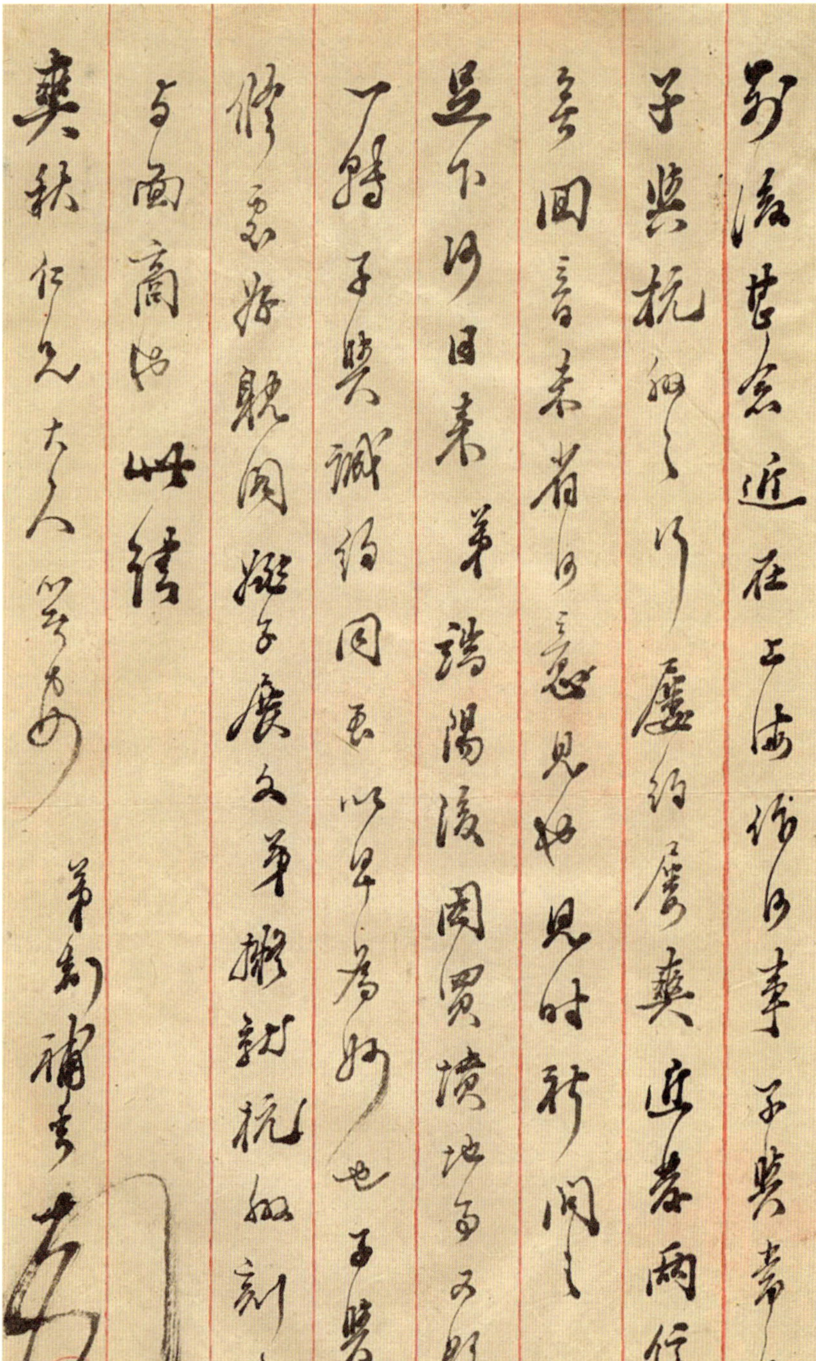
别後甚念，近在上海，得讀手書，見示子與杭州之行，屢約屢爽。近者兩信並無回音，未省何意，想見如見時新聞之。足下何日來，弟謂陽湖圍[illegible]讀地步不[illegible][illegible]。下轉子貞識得同志，以為好也。子貞來件修書將號閱，擬于展文，弟擬就杭州刻之，亦[illegible]與函商也。此請
爽秋仁兄大人升安
弟□補生[illegible]

爽秋仁兄大人閣下頃奉
手書謹悉一一。聲老來書云於十九日偕兩兒回金牌莊臺
子試金陵，伯武林却未提及。澤姻弟已作函往詢矣。
庸齋先生言行可法而師，書
兄能潛心默究，將來於造詣當有量，弟當拭目以俟。
來論述及吾兄一節，即此已足驚千佛易騰怪倒。
從前與來函詞內增先不遜，胸臆自有為鳴謝。此請
晚安。不莊。弟三世年寶時頓
十五夜

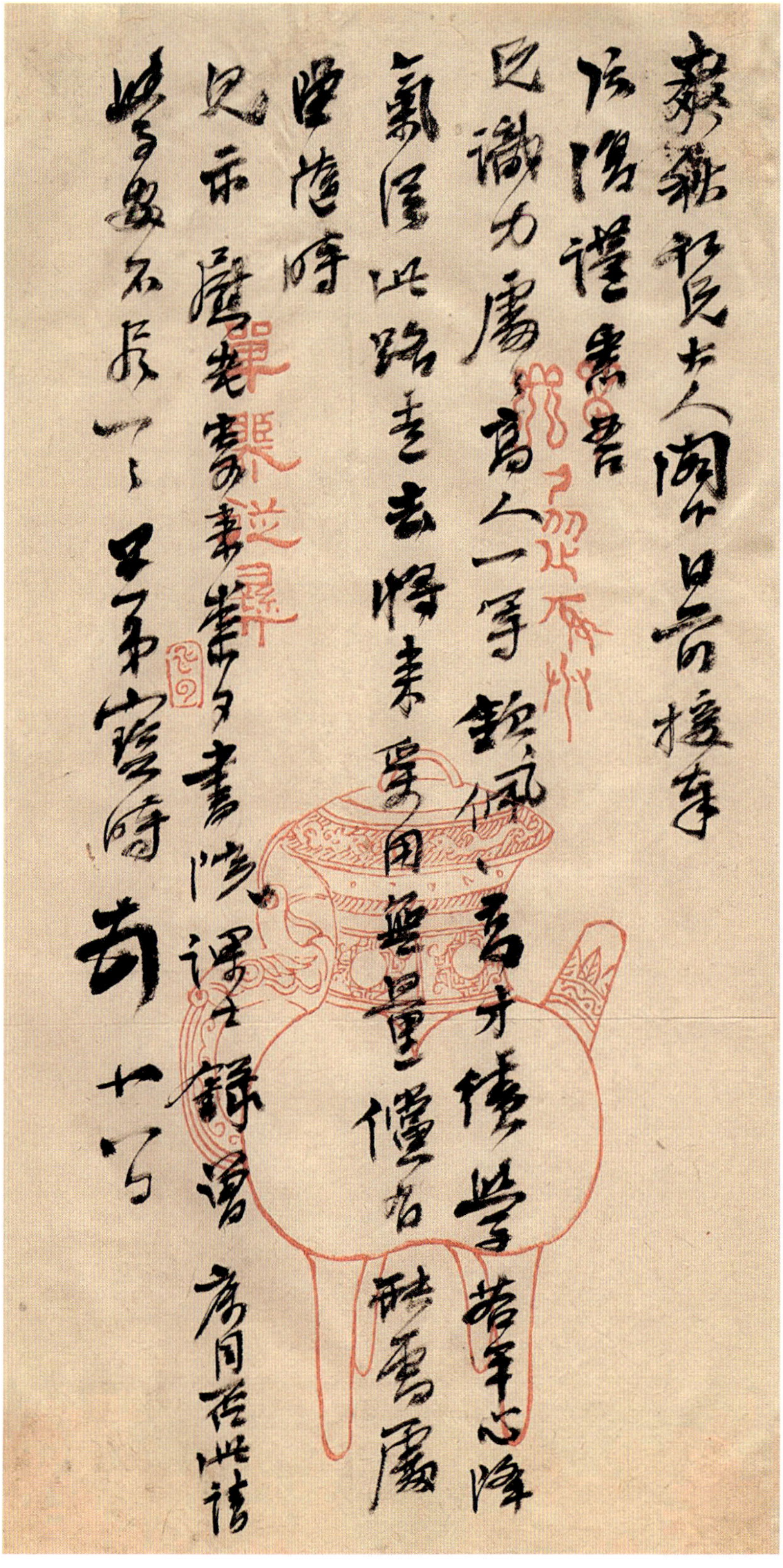

惠我兄來，既知廣日不息誦，惠攜忻慰，讀書
家山，從君子游，此何等福耶。風雲先生舊
府者方去，持法以七月盡離，直出山矣。兄將
以初八日買舟赴之，奈不校官一出，尚可還我首蘅
樸三通，千比史生筆速為一年活史計，學稿已成
既為屬，家但然忍飢，詞經不同，人坊書送下圖譜
賦言性一安窟，守文竹出不出此，亟積老人，家事
清操，兄又近出不缺，此限收付，此簡仍未耳

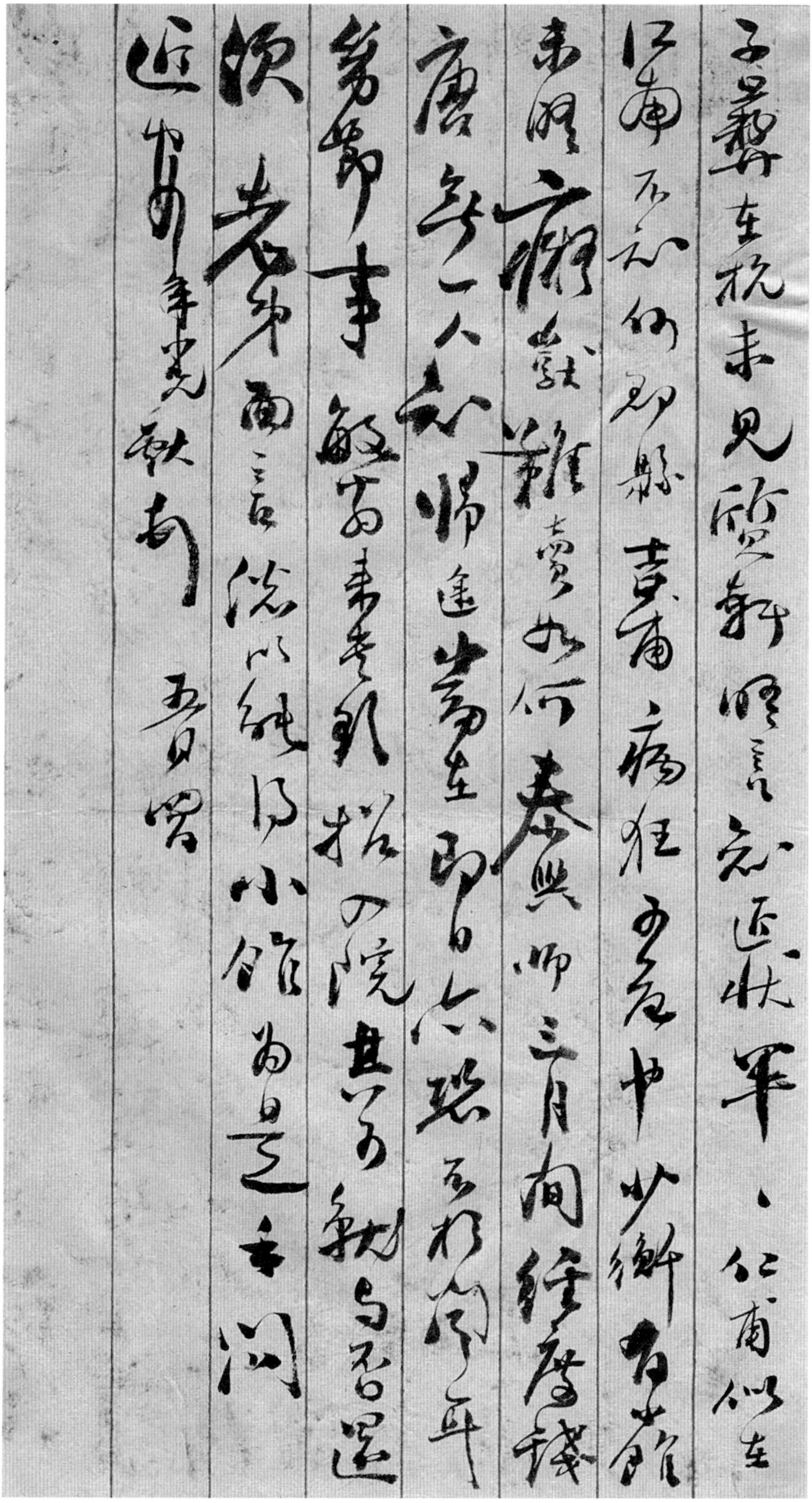

爽秋仁弟孝廉足下：前賜慰唁手教，述悉公車出都，經敏生觀察挽留肄業龍門書院，欣慰無似。聞山長為揚州劉君，宿學清德，為世宗仰，院中益友自析木孝廉外，又得若干人，益所系念。昨展惠書，旁薄千言，與古作者相埒。竊尋尊旨，未見津涯，中有所不自得而然耶？儒者績學以待時，砥行以立名，小小雲程得失，知不足

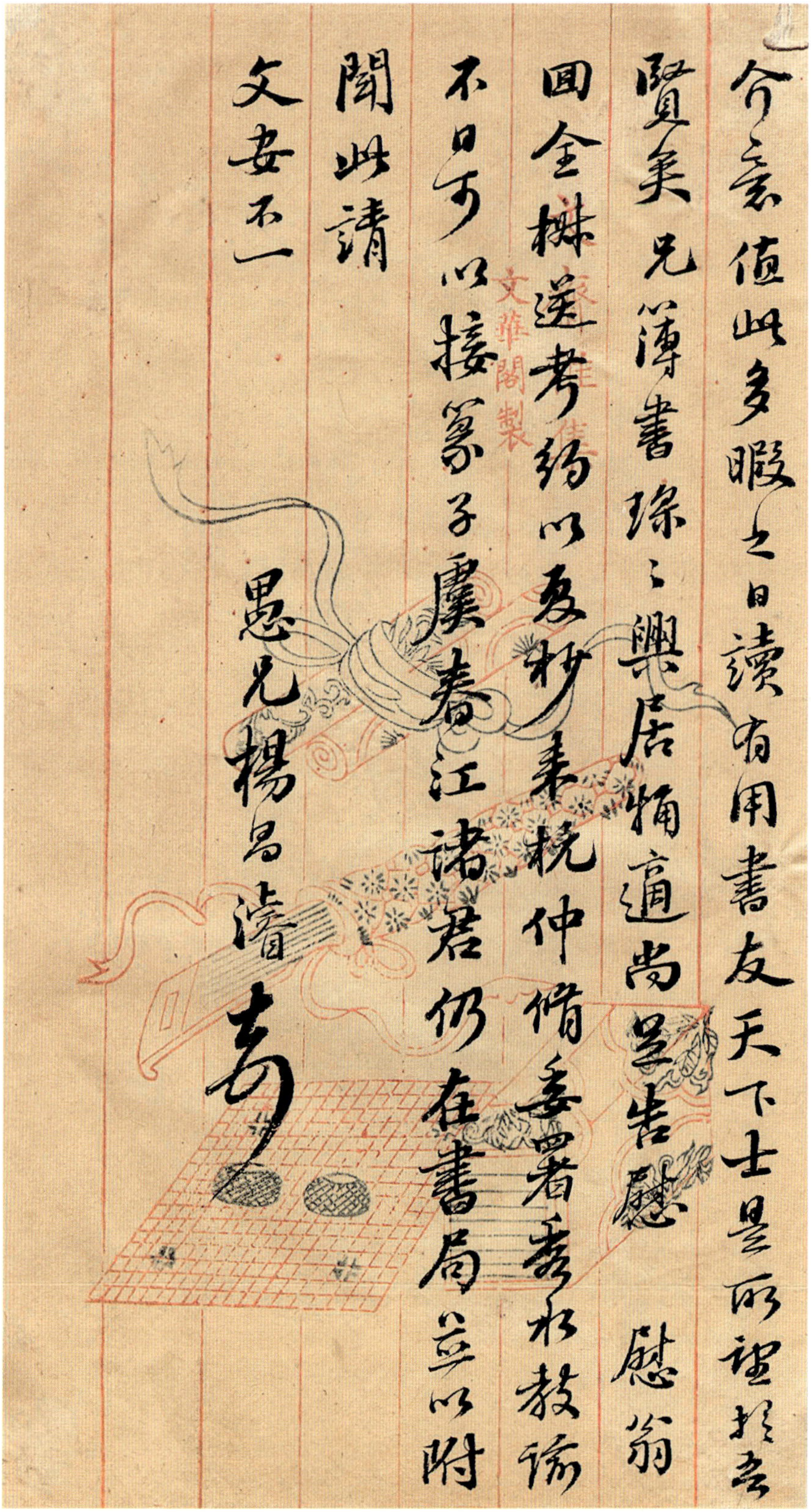

今參值此多暇之日，讀有用書，友天下士，是所望於吾
賢矣。兄簿書碌碌，興居猶適，尚足告慰。慰翁
圓全楙選考績，以夏杪來杭。仲偕委署秀水教諭，
不日可以接篆。子虞、春江諸君仍在書局，並以附
聞。此請
文安，不一。
愚兄楊昌濬頓

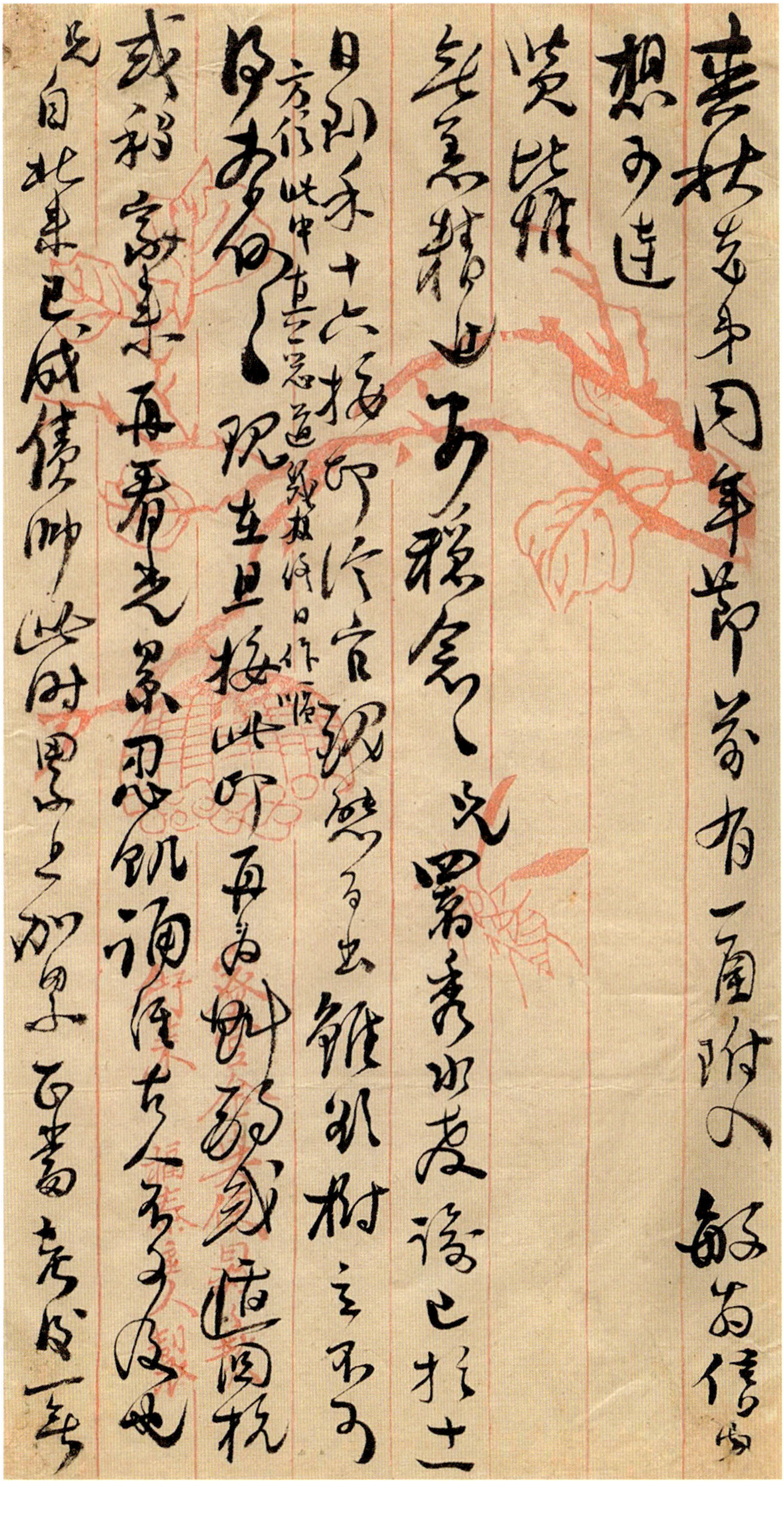

生涯大約草草爲難也　且請同人修修疏通生寄
弢甫同年惟月以爲同好亦佳仰君録青未見
坐杭州時杜陵叢說坐不住竟犯此病者何撰三通
事爲來屬甚乃怏怏
老弟作何功夫切勿如兒之跳蹋蹁偏也
頃來平安否近讀何書　恩師於六月初回杭見
其時必已回杭如由滬來請道近狀有一年由杭出發
總未能判行兄　尤字仰京候園奉　倩人送与篇書

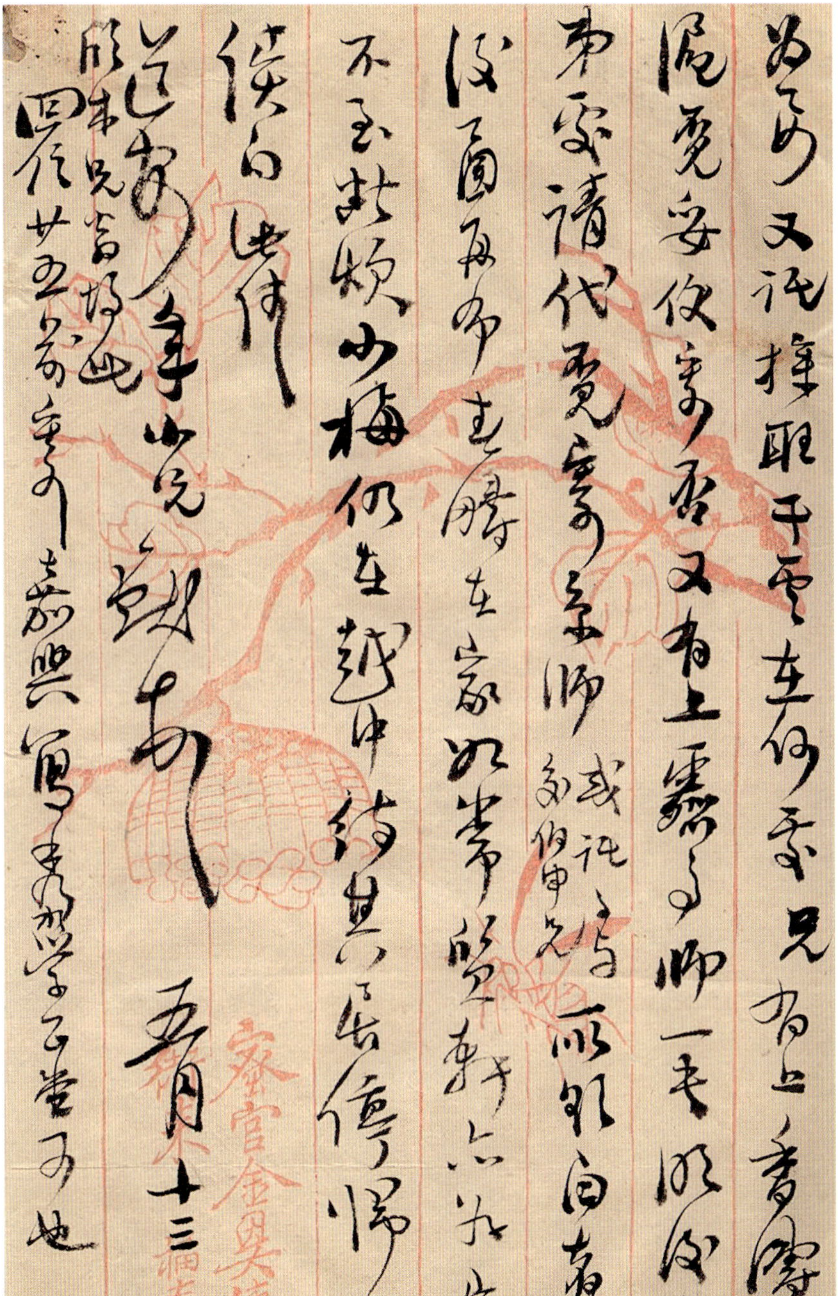

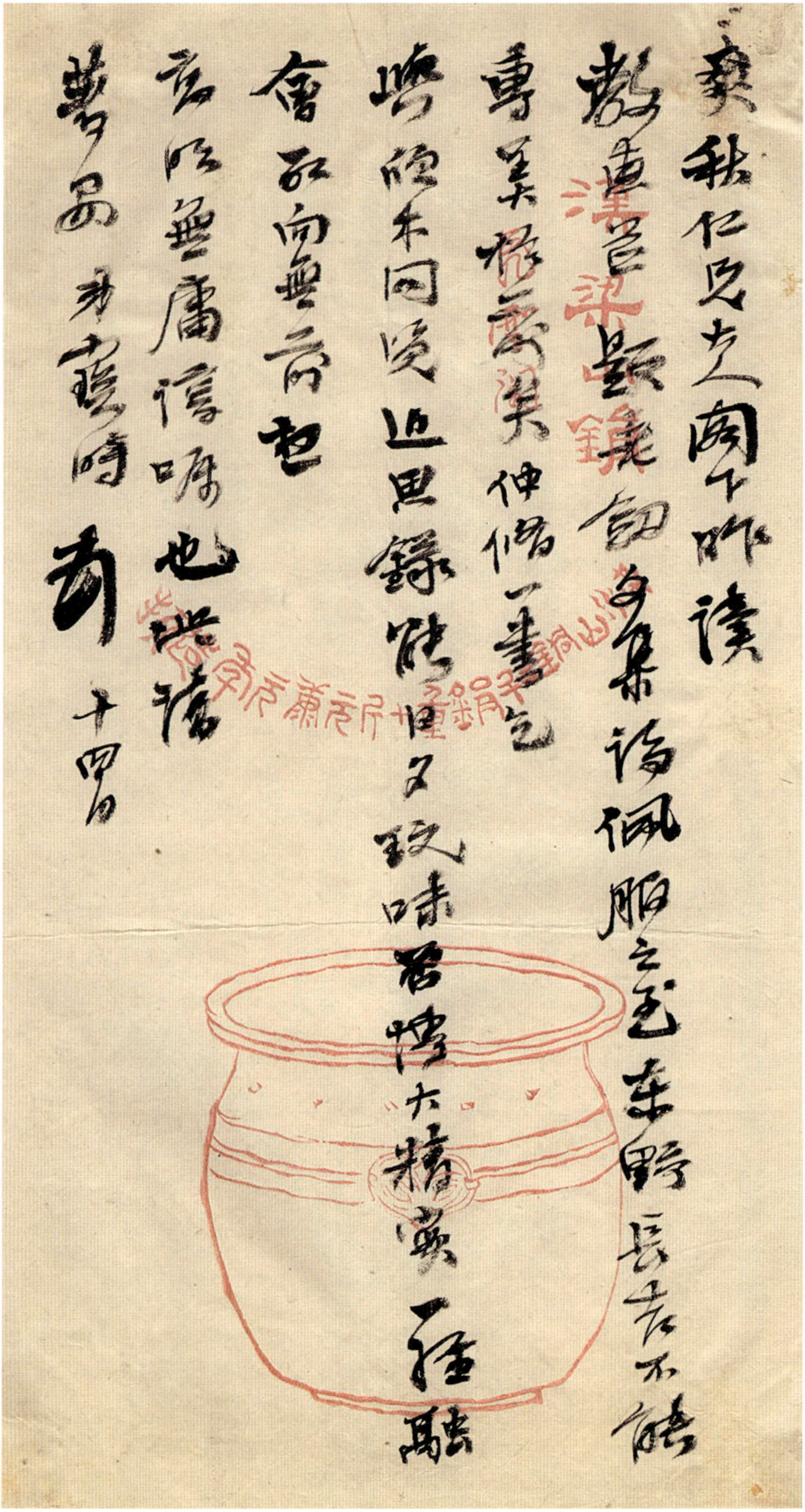

手摘具悉西域圖志三冊，當還歸順惠
先生排印數工乞
代購一部為幸
清恙大瘉，渶尉之襍詠，容細讀之。昔賢
每從文字之後必有一覽，詩遠則漁洋之
蜀道集，近多何蠖窔使點竹余東風流少
衰歇矣
示觸處皆有見道語，亦具見

精力過人，敬佩無已。棲碧適有持志韞之
藝隱各一冊，讀竟。
公詩紀融齋老人逸事，乃彝然如見其人。
潛盦于二十到津沽，而其第二郎已以是夕
殤。病起倉卒，又是夜大雷雨，其家人不敢驚
戚友門戶。坻居鄰巷，乃不能為治醫藥救之，
至今以為愧也。肅復，敬叩
爽秋先生道履。慶坻再拜

五雲箋松竹齋製

爽秋老兄先生足下别又二月思　子為勞甚尺也
地猶限以南北豈必多病而故人始疎也久欲皆子與
走訪而子段又不時遇又閒院中規例頗嚴所居大
半多從闊故遂足迹不敢踵至前庇子與寄贈五律
一章千想達
青盼不承
示已時讀束疑天氣少涼當作吳羽史棹留別詩錄

呈李正朱人
賜和第紙不善經體彊爲之不能佳也欲購一扇索
足下書未識
許先不郤凡茲衷曲特以纏間尚希
原鑒旨氣鬱悶諸唯
珍重不盡欲言節皇恐　再及
惠言寄登雲樓姚家菴巷

近交淺予與見說
袁爽秋績學古是嗜高辟人莫擿干戈一身在
風月六朝愁文采山雞媿難隨鸞鶴疇
丰神私想像鎮日手瑶函博物一君子不廣真少
年銀雲無盡意寶離月小游儔雲月相思遺夔蛭
或互憐
小詩投贈
爽秋尊兄時戊辰夏月 吳門弟金素邵懷棠

奐煐先生足下前奉尺書想邀
青盼未
書紈扇未寀
寫就不能
鄉友來人感〻行期壯迣心殊日感是以不克一
話別皇甚〻此請
安敬言不盡　節　皇恐　廿二日

爽秋仁兄大人閣下：日昨 小長來署，述及吾
兄天邊云美意之遠，期待甚至，鄉人亦同，逢人之轉眼
矣。周君祥昌，其官甚歸，皆不記憶，存亡無也，支誼也
所為書來云與
執事交好甚久，究竟如何，美一語言全不足信，雅意高
雅，馬亦無可取，極力求可得振拔之材，不至淹滯作
士君子之一言，擬稍稍助其他徒耳，衰薄附上，門請
暑安，並望 回示不一 弟庭蘭頓首 初十日

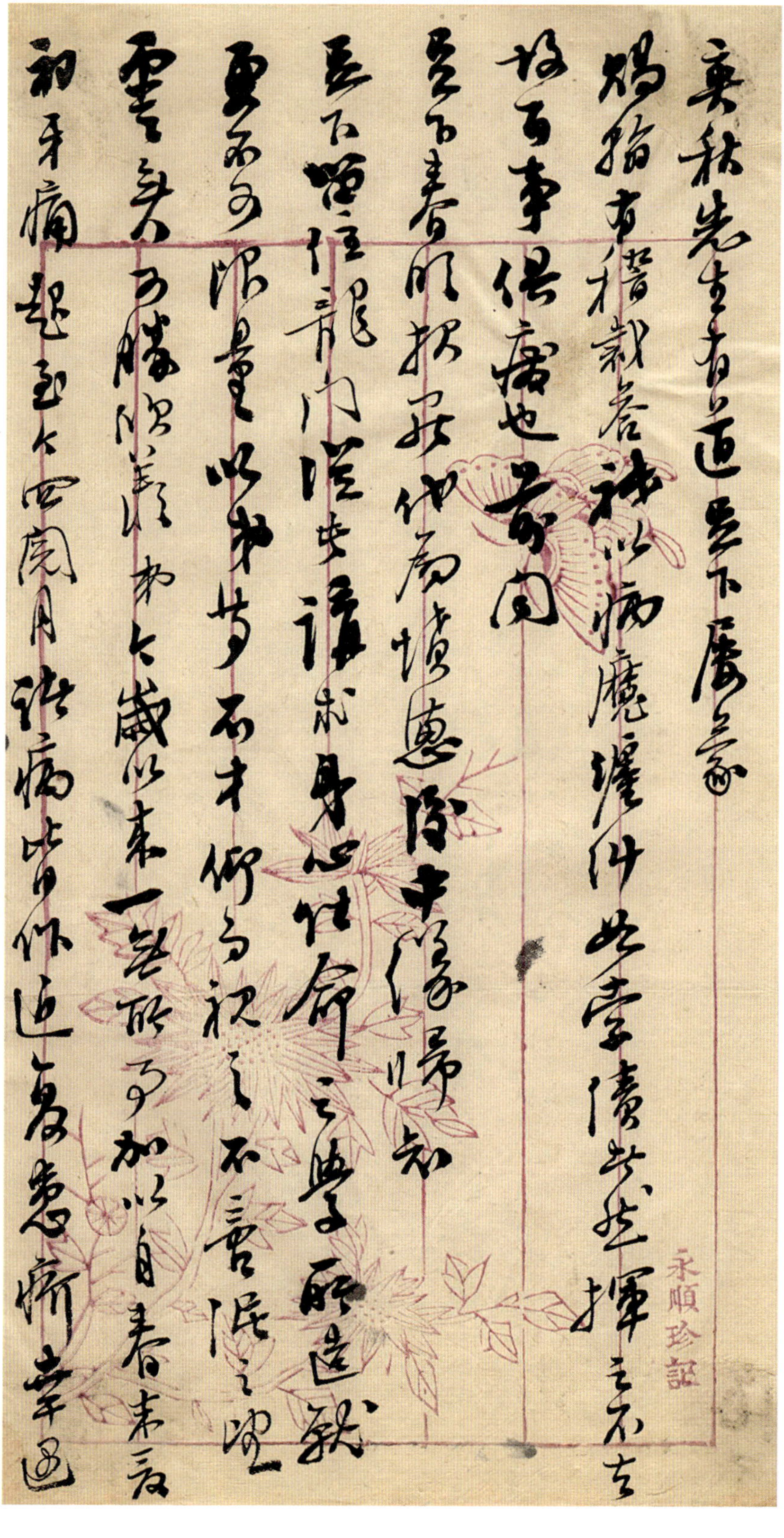
永順珍記

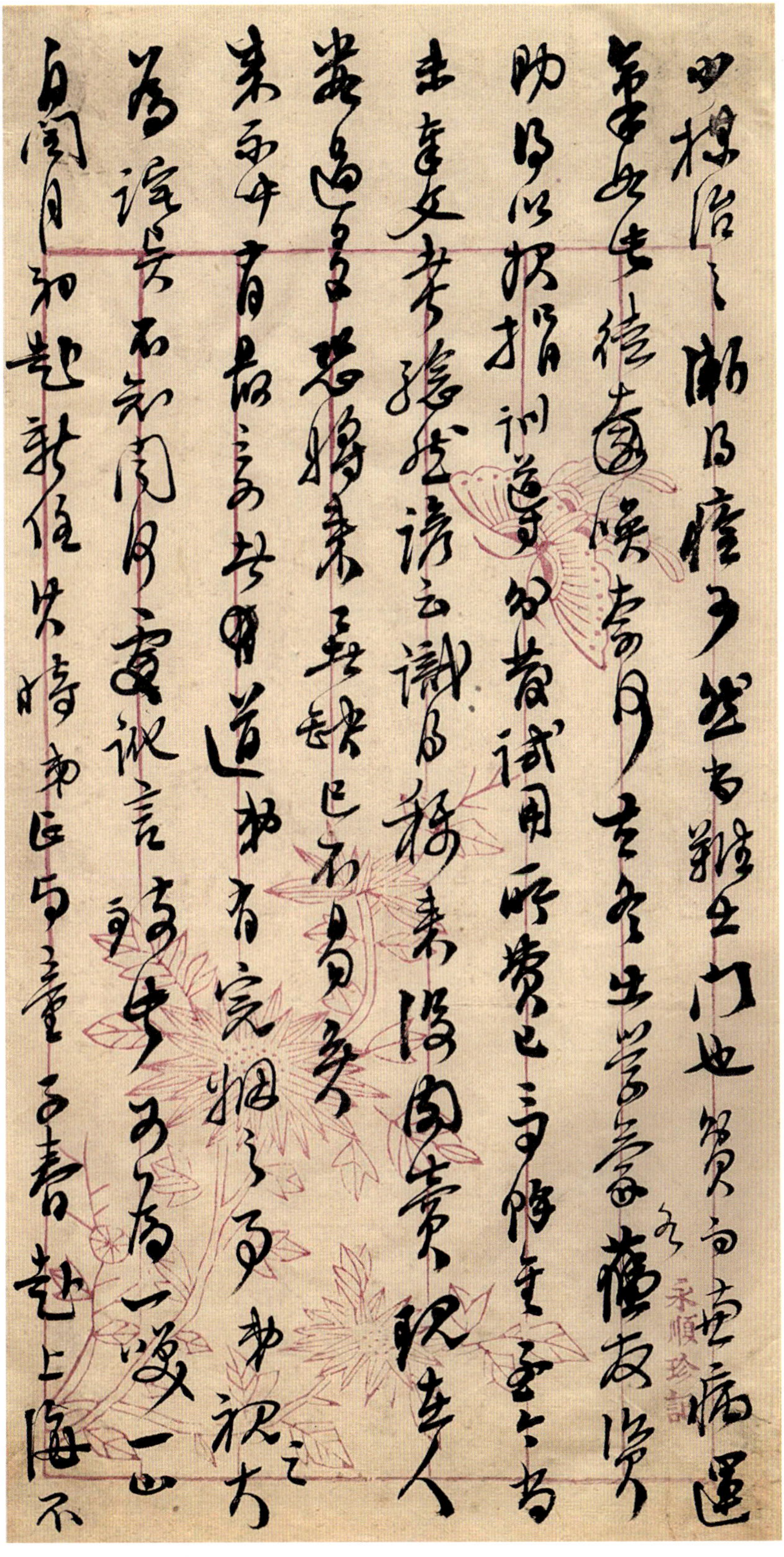

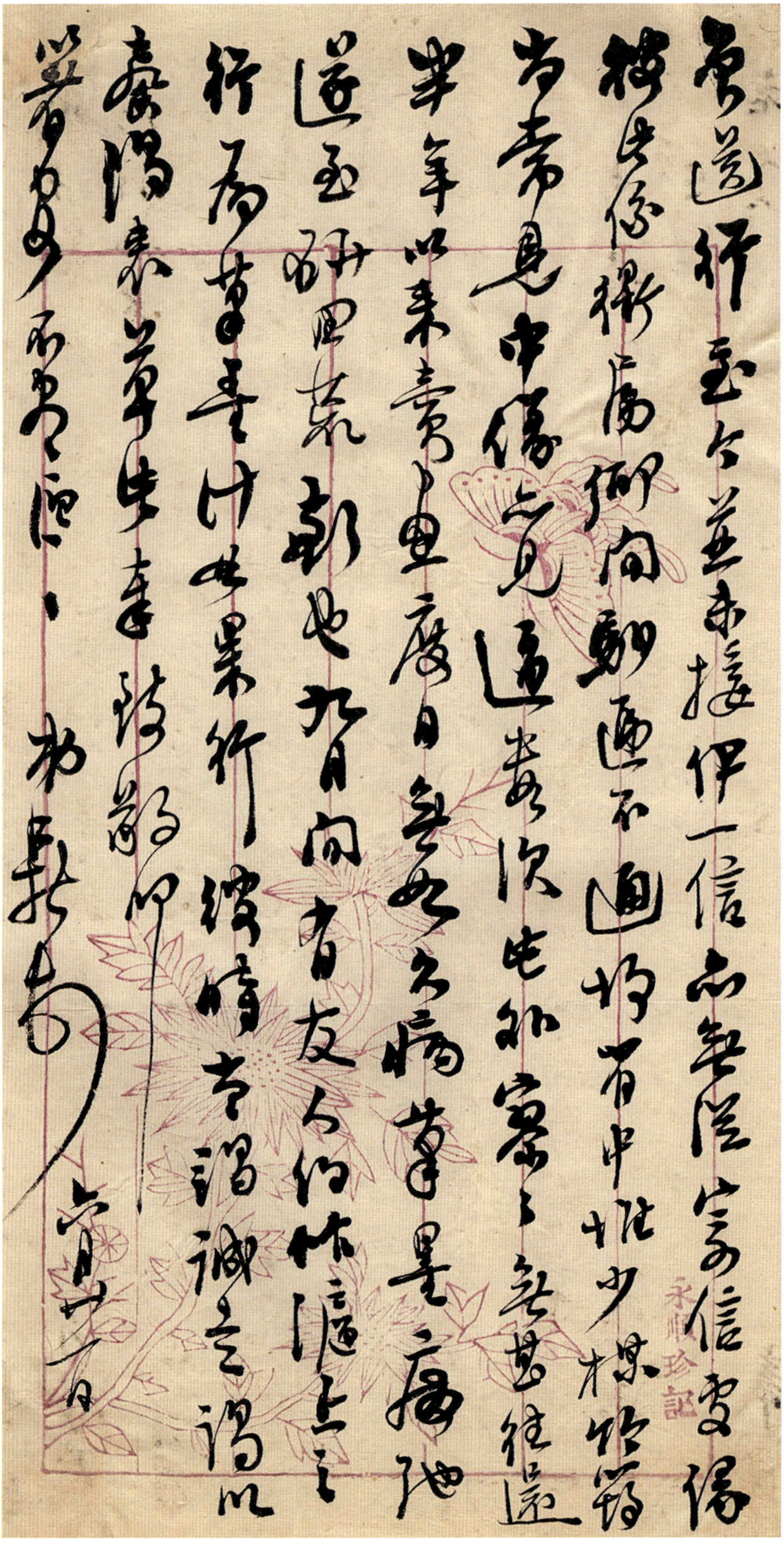

爽秋弟足下三奉
手書並悉
近況因常在越州且不獲
屋址故未覆也吾
弟浮東海登蓬臺胸次眼界自異和日光爲衣
食雖使局々於轅下駒然以困故以粗身心稍有所得
猶未敢自信冀後時或不同耳
惠先未娶想訊待也

永順珍記

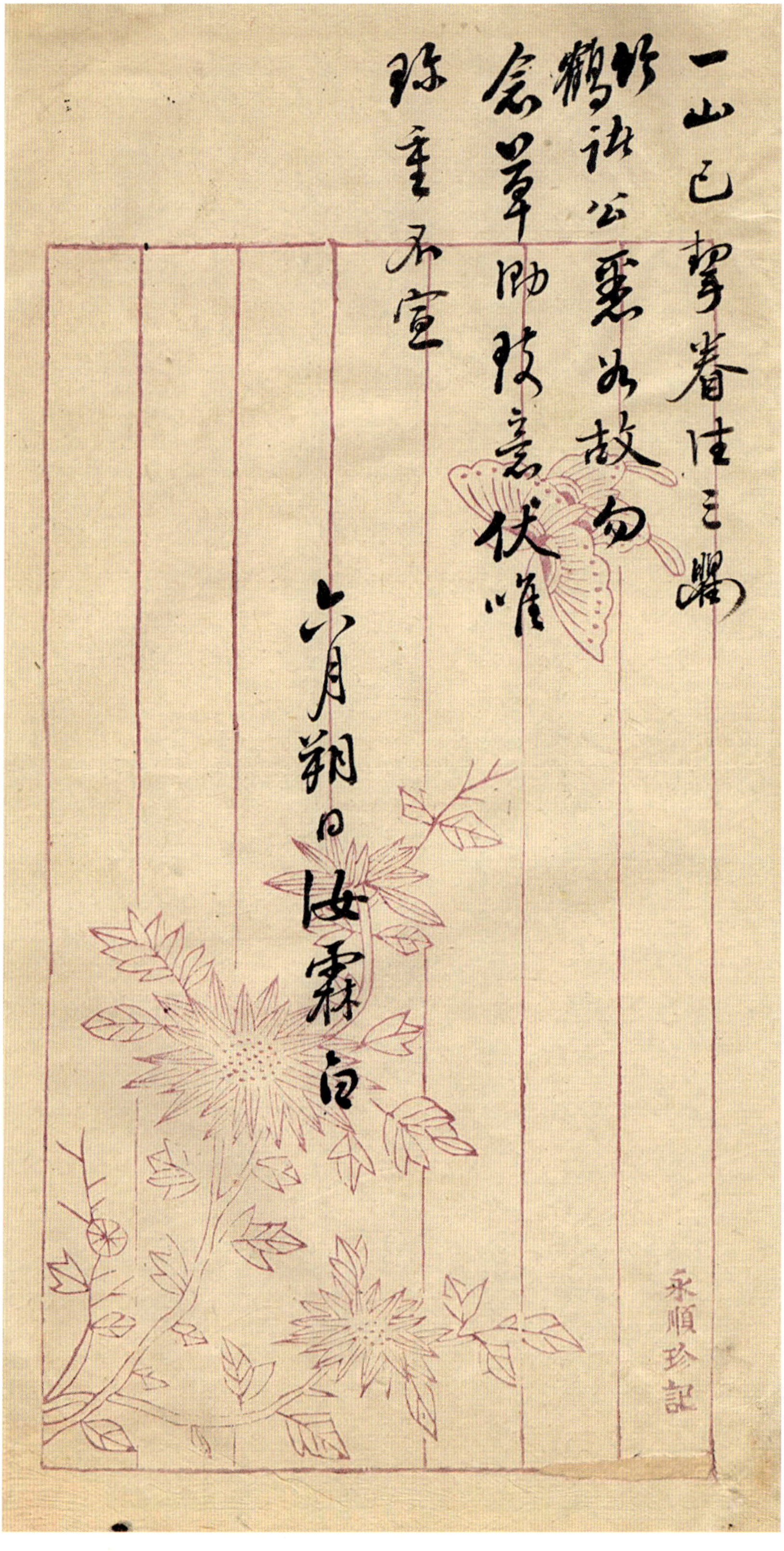

一山已挈眷往三關
於鶴汀公處為敘勿
念草助殘意伏唯
珍重不宣
六月朔日汝霖白

別來許久以酷暑直人枯坐作刻則更熱若不可支振
座頭作書筆致枇以握筆而嚴寒甚々昨新雨和涼暑夜
出門訪友未值歸來偃臥時正日落金風蕭瑟几簟生秋
獨步來庭前竊俱寂惟砌畔秋蟲唧々與檐前淅
瀝若相酬應對茲幽景觸之而聯通閑人侍
華翰至開緘展誦未竟擲之如擒青蓮正吾夫不禁
神往者久之京華判袂屈指已九十餘日矣採緣之時又
未獲一面並信友朋聚合亦有前緣此事聞道來大
兄趨色軍威熱振餘匯諒不足年矣
兄僑居書院餘與析木同年共相砥礪從茲品行文章自

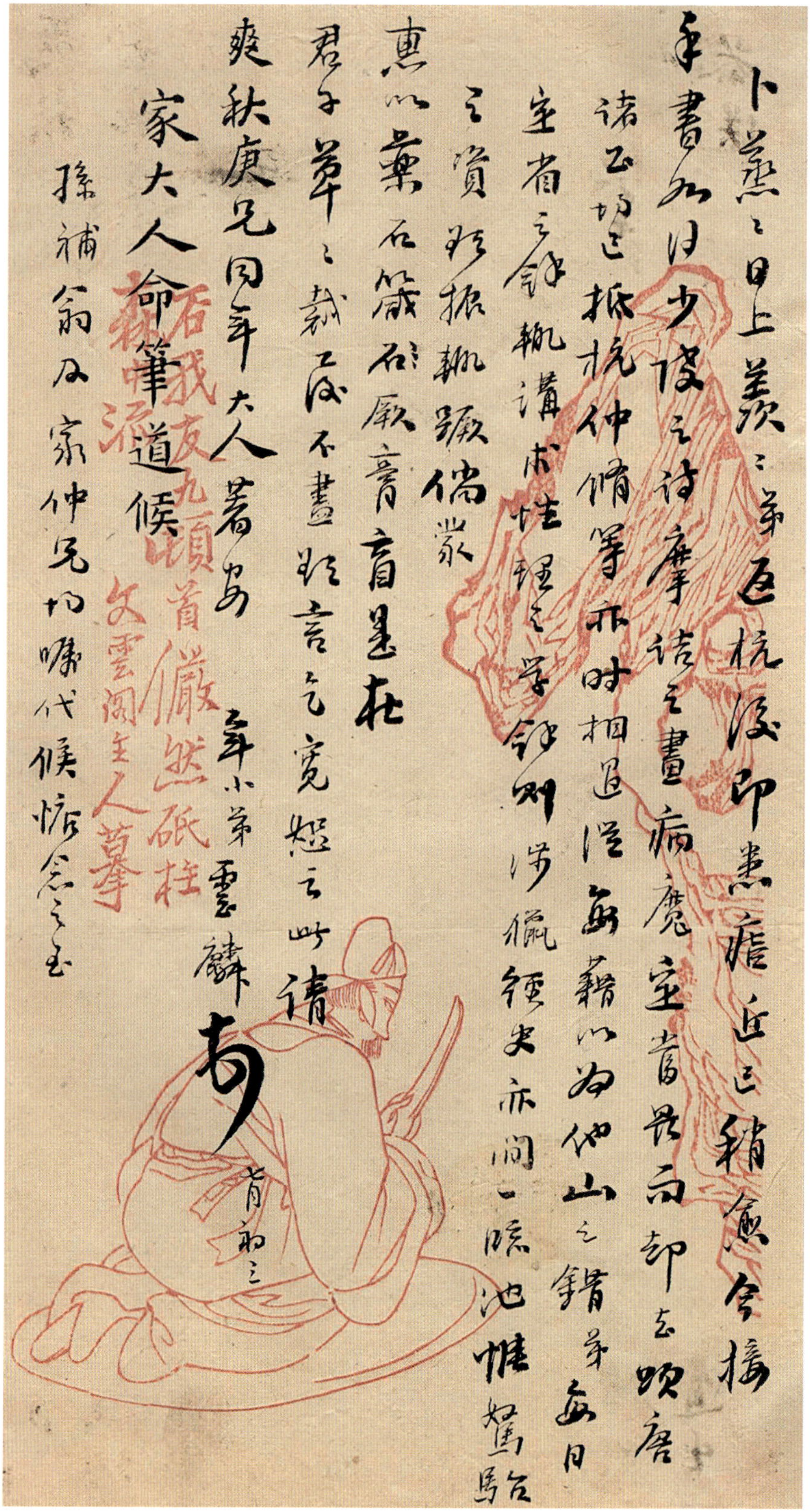
卜慈々日上羨々弟自杭後即患痁近已稍愈今接
手書知日少陵之詩摩詰之畫病魔室首君而却去吟居
諸公切々抵杭仲脩等亦時相過從每藉以爲他山之錯弟每日
室省之錄軌譜求性理之學錄則涉獵經史亦間一臨池惟篤
之資眇振軌躡備嘗
惠以叢石箴砭厥膏肓甚荏
君子萃々哉反不盡所言乞寬恕之此請
爽秋庚兄同年大人著安　年小弟雲麟頓首
家大人命筆道候
孫補翁及宗仲兄均囑代候怖念之至

爽秋尊兄先生史席：日昨奉
手教，如讀華嚴經一部，神妙不可思議。惟
撝謙萬不敢當，此弟所欲以奉之於
先生者，而乃轉以此稱相屬，得不惶悚無地，即以此驚汗
浹背。捲簾不能若者累句在 高丈處讀
尊著贈行詩序，高文古誼，使人敬佩。 丈行期未定，
頃表江客至，乃發先回徽山一展先隴，然後啟程，
中秋計可達淮。 桑根師大病新愈，即至湖上

養聞蓋以文字為藥石矣 仲脩老師昨日收束裝
赴禾叔郡尊有修志之請約以此行定見 弟備
筆藏廨善狀一無 近讀某君詩多少英雄辭
下淚一生纏死筆頭中 為之憮然 造物安排停
妥不容人跳出圈子外 只有向雇城子乞活而已
甚而中書君漸不中用 將為人訶
先生何以教之 手此奉復 敬請
著安 叔小弟趙銘頓首上
欣木老弟先生并候

方寸相思 凌雲主人摹

奠弟如手足，因來患瘧瘵死，今日稍好，明晨擬搭航船回杭，此間
房飯已一千條文，留味兩居前寺
弟來示云不可照述，足知道，亦不去告貸，惟此時進退維谷
之際，足卅三四當斷不能動身，收上小衣必須賤換，還吾
弟何僭禪一條，有長衫，知伊一着為感，明知吾
弟必異常為難，然兄有性命之憂，不能不累吾
弟矣。務望于萬無生法之中擇濟二三元，以救殘喘，心感無既矣。
此問
近好
兄葆如叩

學泰禪
法松雪翁筆意　姓泰

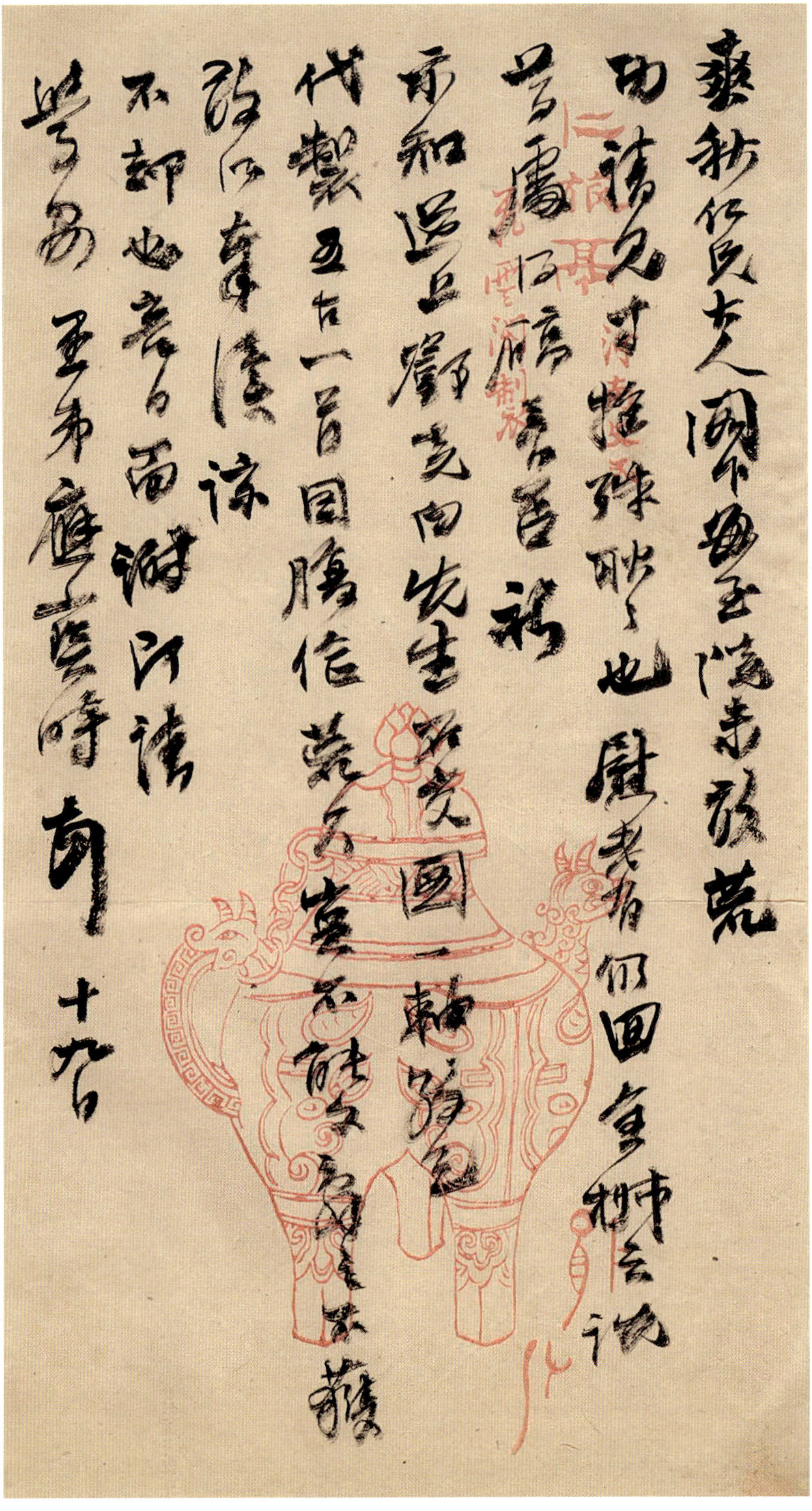

蕘秋大兄足下：月前（廿四日作廿五日發）惠書度已達覽。東甫李經
來所買均送到，叢書精者、粹者、傳者，生為了經羅
自恨修文將要書，使竟此面矣。蘇根先生初
言旨通，此舟中清談半日，甚談，顧壽賢，然不得晤
人道也。計日上已抵滬上矣。高先生姻緣在節前
後，即已達矧，更來並及是急之。若已此想難遲，必見
訪中。兄歷此十日文後買舟，節事甚累，斷誤執在
此蹈一役，殊苦。要當俟百年，正不知如何摒擋文盛，不多

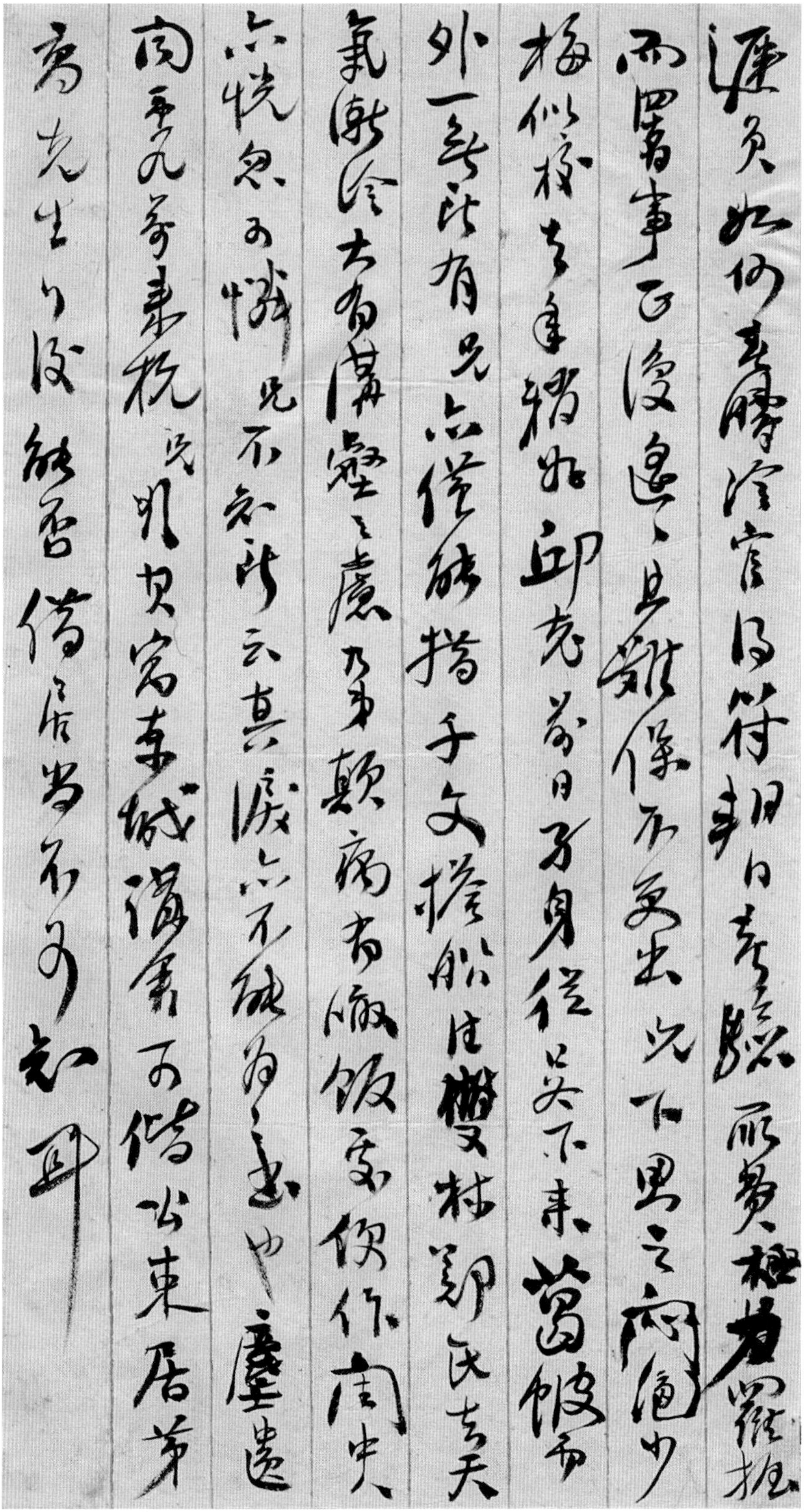

足下寓况当更佳否　近治何经　清益
请子恒相见否　幼节近状若何　永叔闻有退志
能决然乎　子威亦有述造否　此乘言
惠甫快睹定庵先生初集　兄行送一册已由黄
纸倍因杭交淨本寄上　春舆师索之寄去一册矣
今日作书寄赵仙舟时道意　此外帮人一事即
阅
学安　年小弟谭献顿首
秋风秋雨不闻　已重九矣　噫

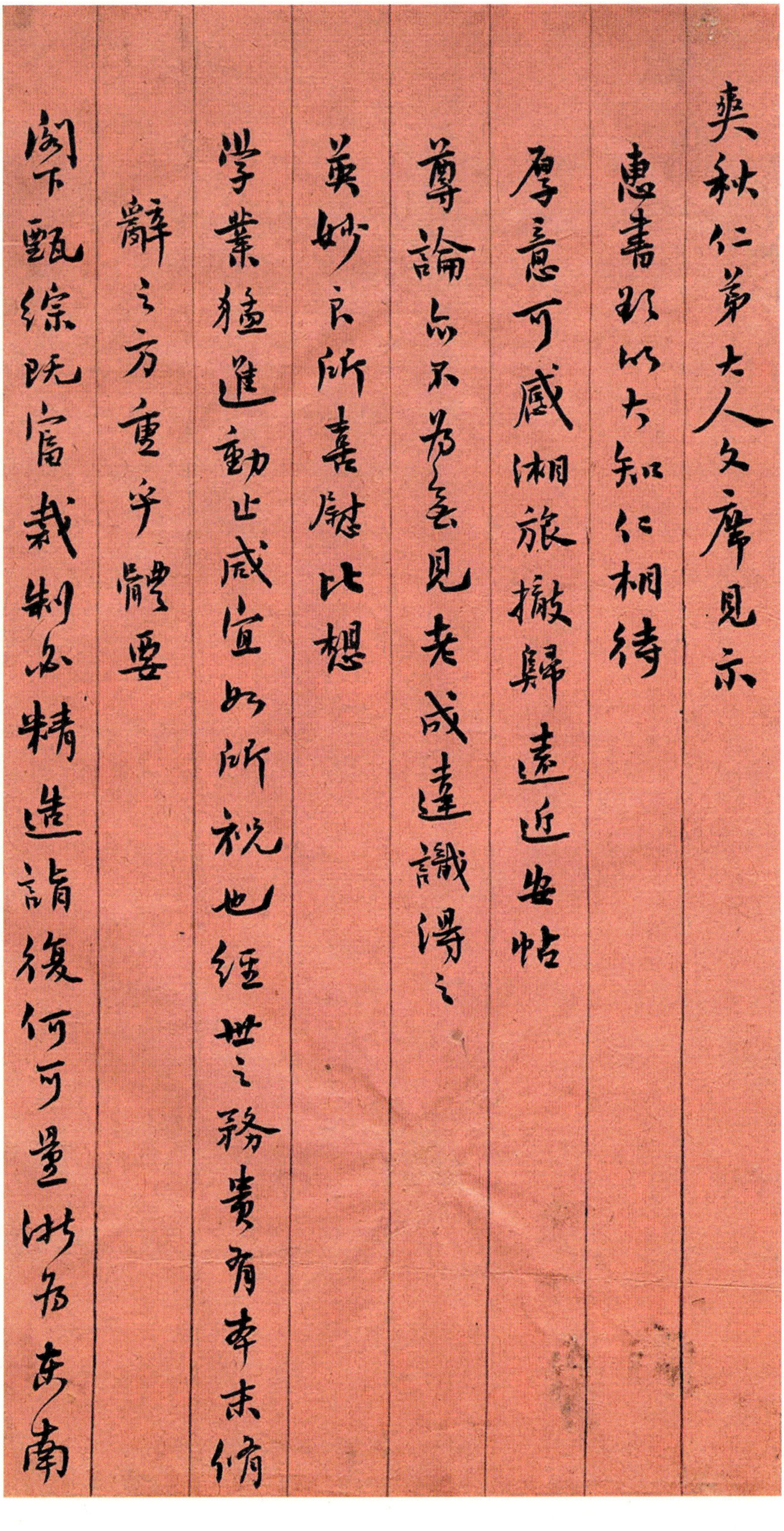

奭秋仁弟大人文席見示
惠書取以大知仁相待
厚意可感湘旅撤歸遠近安帖
尊論亦不爲無見老成達識渴之
英妙良所嘉慰比想
學業猛進動止咸宜如所祝也經世之務貴有本末備
辭之方重乎體要
閣下甄綜既富裁制必精造詣復何可量湘爲東南

才藪迩年元氣漸甦山川雨露涵濡有年秋間慈谿
邑出嘉禾物固有之士亦宜然數年間當有高才碩
學起膺巍科者
閣下殆其選歟朱草靈芝乃名世瑞若參苓桂附雖名
濟世之妙品藥囊之上選而有所不及焉兄願
閣下之善所擇也勿負薦頌
文安諸惟
朗鑒不具　愚兄楊昌濬頓首

中黎仁兄同年師事：肯月望日曾接
教箋，即擬作荅，行色悤悤，未暇挑筆，皇恐。頃者又荷
賜書，敬審
質履延休，嘉祉無量，至慰。詒讓於肯月六日偕兩親由江甯起
程，廿四日抵旋，家居接篆，此間兵後饑，有鬨意，差堪城城盛友朋朋
桒不及自下，意逆矣。歎
示祭戴與言六書文，伏讀深慕，此君精詁獻，法上方，兼錯義意
愧色其陵漢劉子瑚介石，若從子校正，榮而未定同人
為醵資補梓，仍冬間可蔵事，亦新刻學記，大已讀刊，殊成
時局危，夜讀先印處，方出叢書，成補此荷
鈐定九。國朝書七十一篇，深惜其錄未成，後家去文故書出
目采試，補參成知篇，接錯銘，三統術，詳於此條，何當成
以今朝書世傳，武王成所四方之，請西教，頻為功令，並叢書氏徐便取

此邑承未諭
大兄宏達弟有以教我也 村瀨如蒙檢出紙媒謝謝 別紙
所諭已代稟 家君諭意通印時首六六處直譯此次備
者便將篇再看稿本不敢忘也 松本先生前段書寫
呈希交 村瀨又寫撒附 家君致松本書希並交之
外台詩集第二部 奉呈
清覽一本代諸 村瀨兄又 家君詩集二冊求代呈 尊
君為禱 恩之壽處即付
撰安不備 年弟孔繁頓首
五月十日

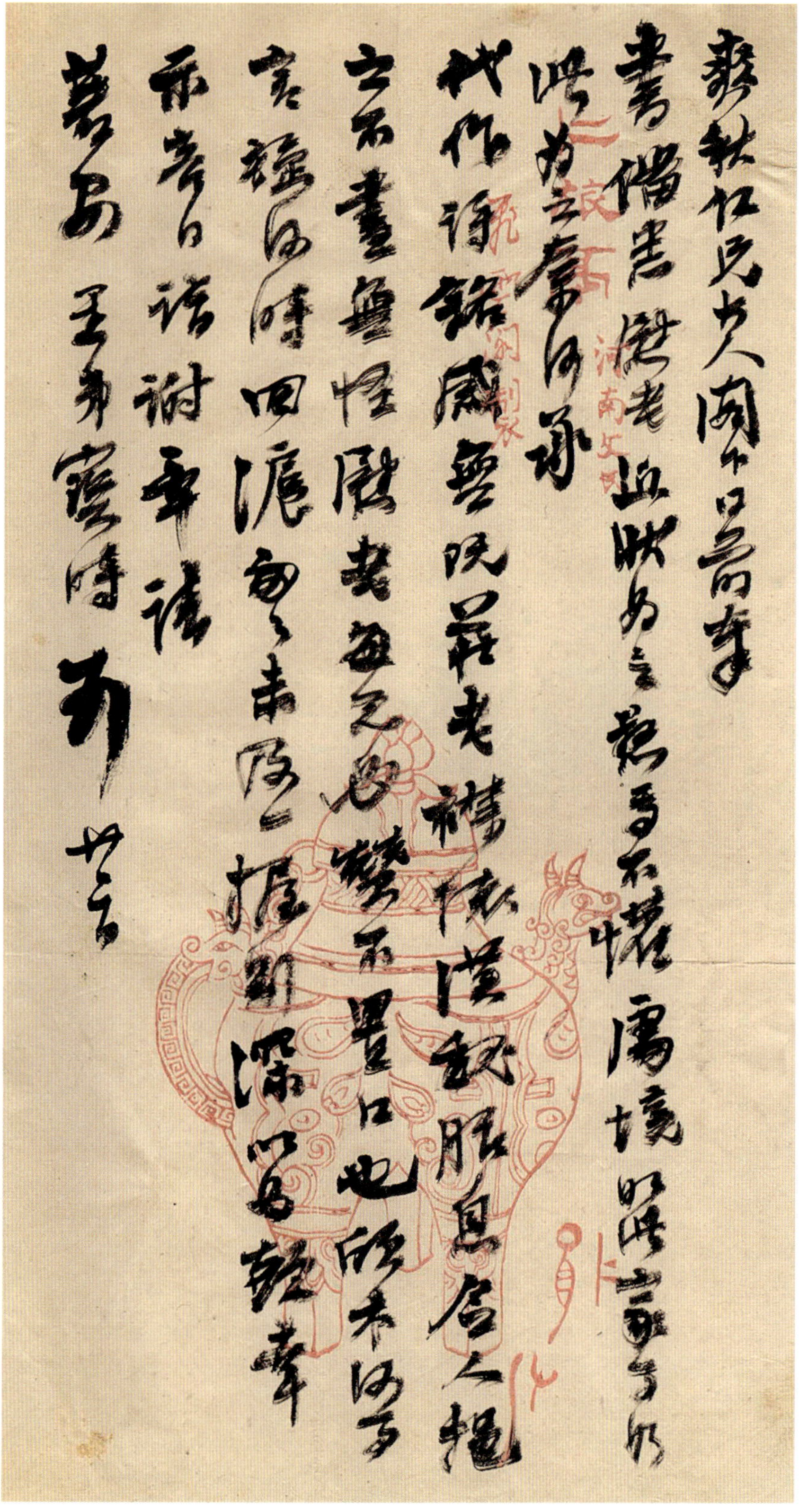

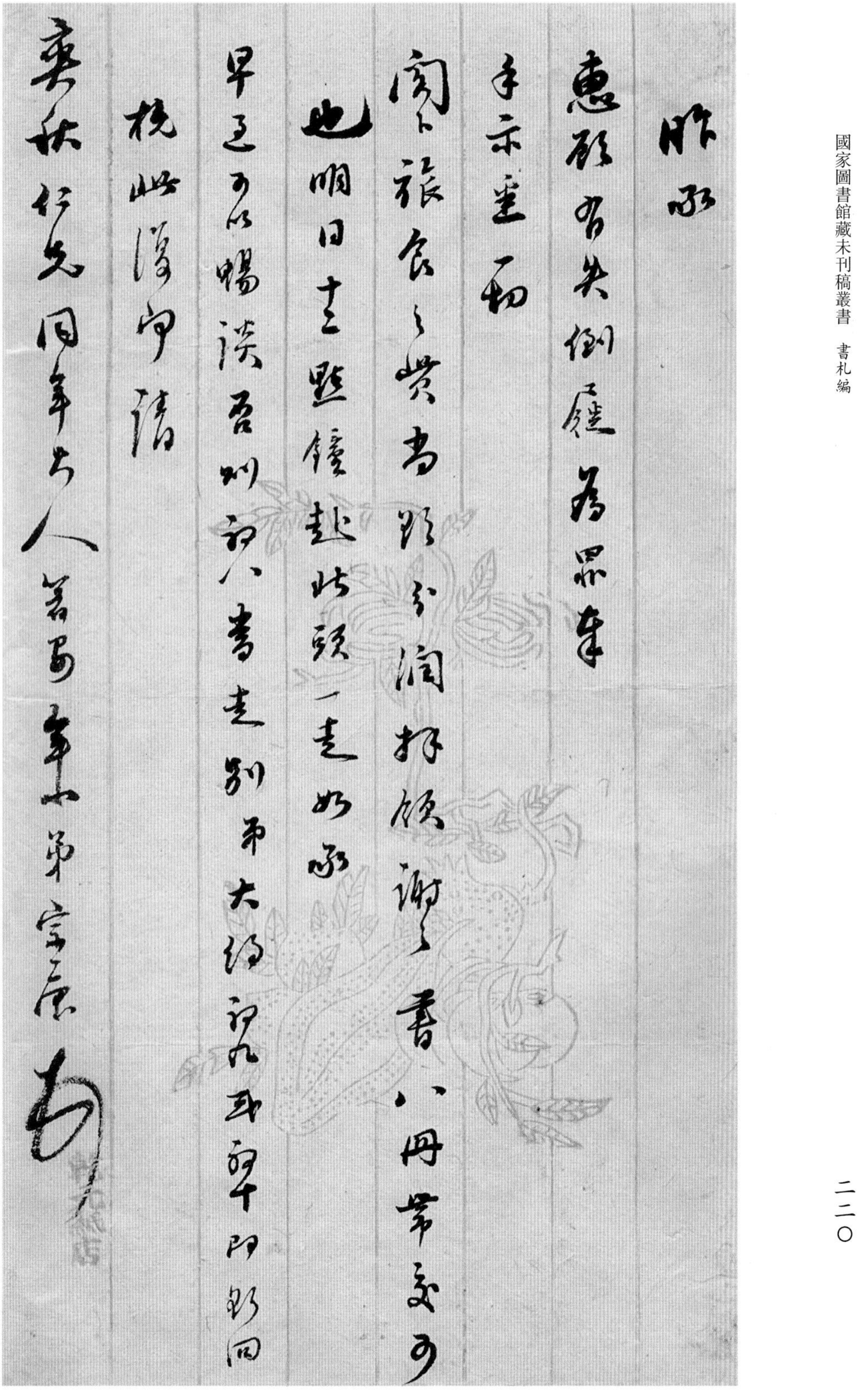

昨承
惠顧，甚失倒屣，為罪奚似。
手示並到。
閣下張良之贊書跋分潤，拜領謝謝。書八冊當交可
也。明日去點鐘赴此頭一走奉承。
早足下可否暢談，否則訪八書走別，弟大約訪親或須午即歸回。
統此復即請
春祺。仲先同年大人　著寄　年小弟宗原頓

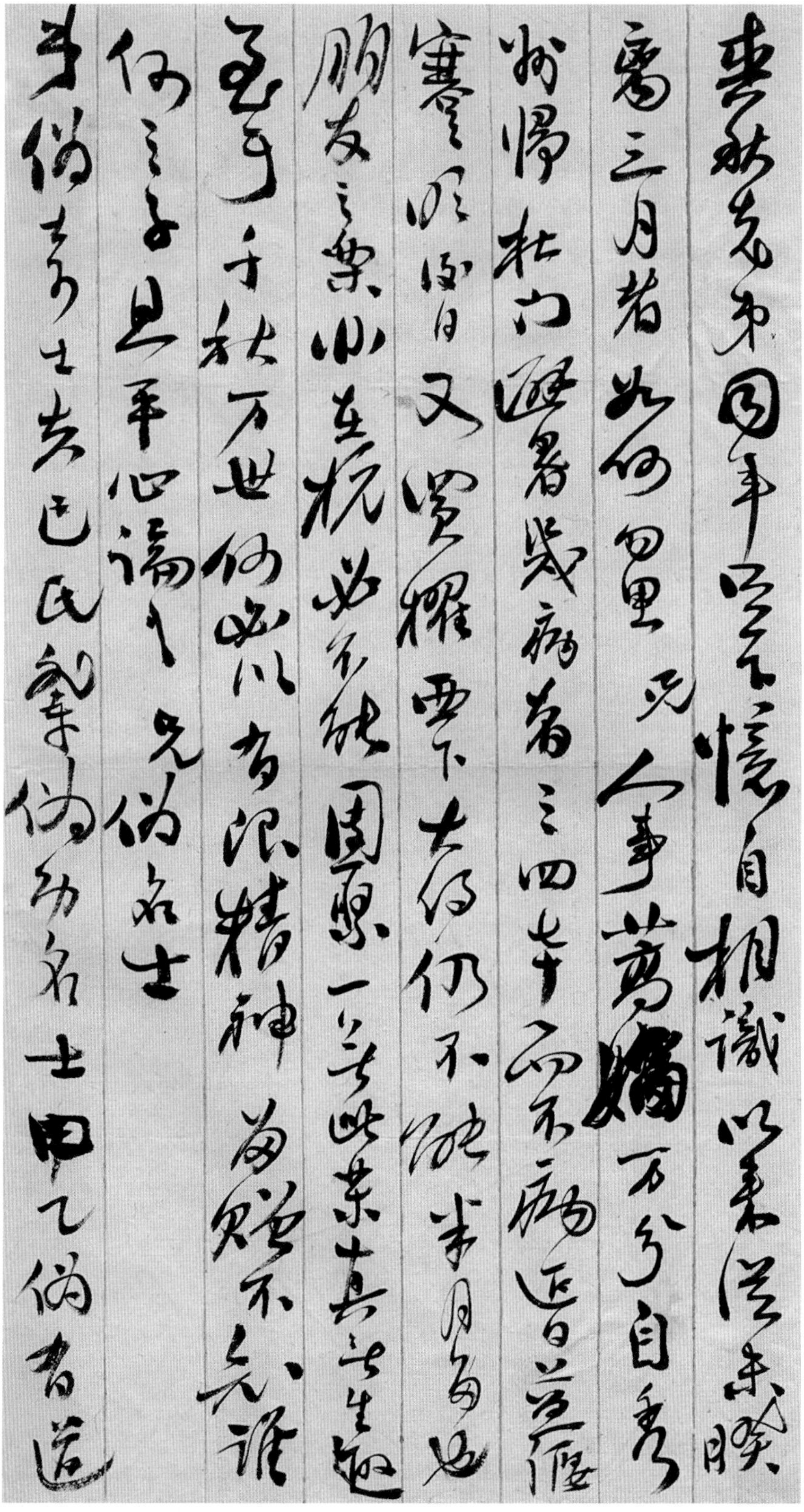

之士具眼觀之，此儻偶如詩翁與伯廉子録
諸子，往往輒謂古人以報洋文，固陋之人，以固陋
文報深閱世久，知自悔前偽，自嫌其偽，遂悉去其偽
狂狷亦偽，文亦偽，不文亦偽，真者偽人，本偽說
稿録最真，氣（之氣亦偽之）真，吾人儘為真之不能書
偽乎，不覺又不精，亦能句，使天下偽者，皆兩斥無
偽而已。非與中白子為白下之賢，道此高懈
泰子大病初起，今日輒又須為陽山之行。九月初登

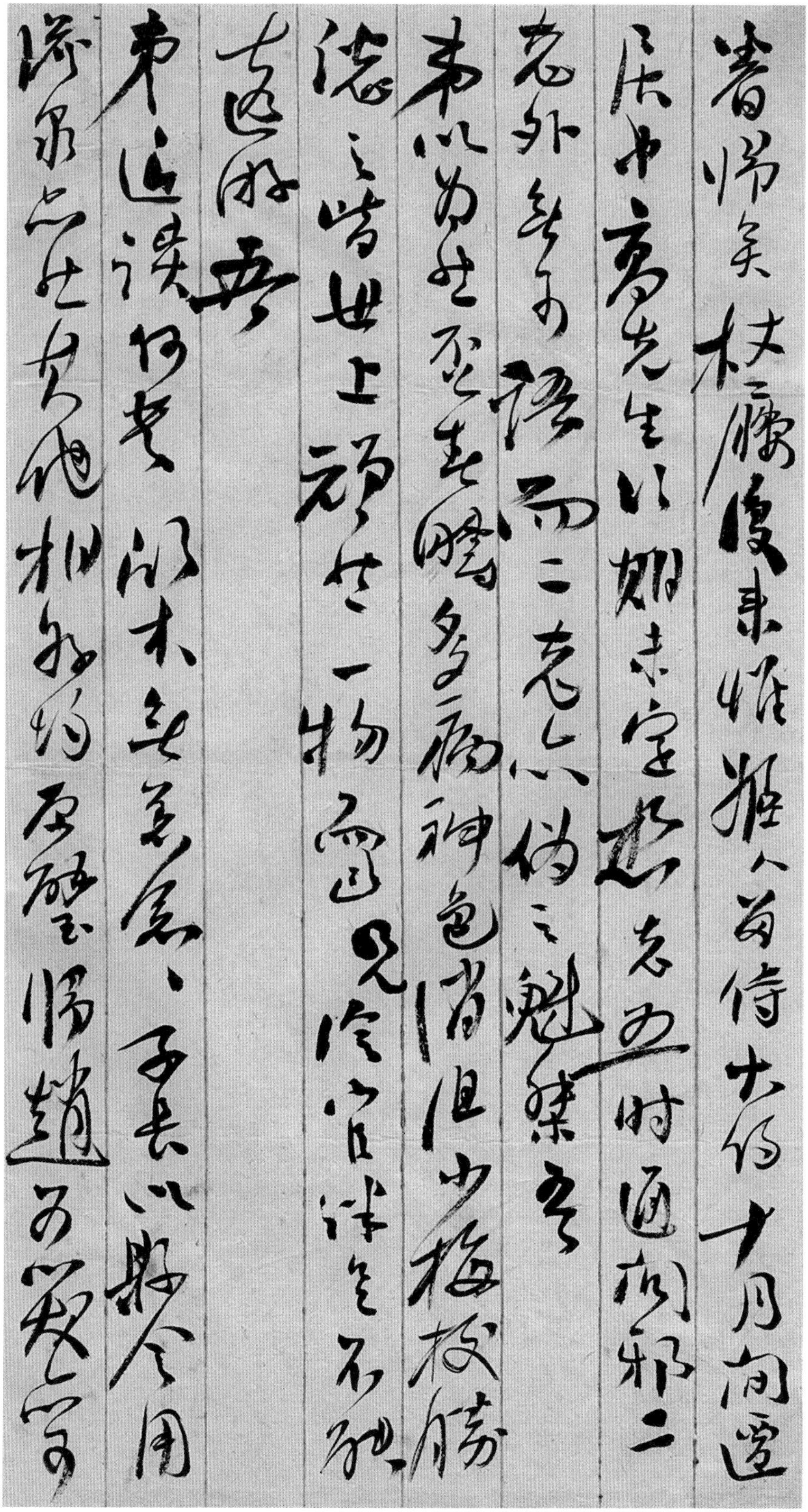

竊嘗與同人言不悉鄭也書禮　予與伯齋人
也須徹到家負手昔終不返猶乎思弟節
不惡下不若吾七子揆果竟是宋傑原寘
身在履楊且久矣　穆藝魏晉楷先生爲
何不致多作字並經者康弟珍重履城
有戟乃老吾無沒買之見之子厚長楊
否者發憤老而請子也安穩場急　足下此段
印向近來年少然有　世昌

許久未晤渴念殊深辰維
起居佳勝為頌昨于醉六堂肆中購得舊抄本
契丹國志兩冊冊首序文係後人補録抄胥固劣
訛字亦多弟擬抽去重寫内有數字弟可擬者俱
已注出尚有無從懸揣者祈
高明酌校示明書院亦有兩部冊或取校讎何如讀
神容謝不盡耑此敬請
爽秋先生仁兄大人撰安 弟澂叩白
十二日午

重黎仁棣大人我師日前承
頒并
賜文忠公尺牘晴古堂集如獲瑰寶祇以
從事倥偬未免忌多照應爲悵兄明日赴
侯舟回里匆遽赴行不及走辭蒙事漱蘭
老弟在滬抑回西泠便希
示悉不另了此肅
著祉　如小兄復禮頓首
十月十七日在滬

紹甫閣學屬索文忠公尺牘并集
再擬一本如有乞示來字爲幸
頌木先生處並候同年應祈代達

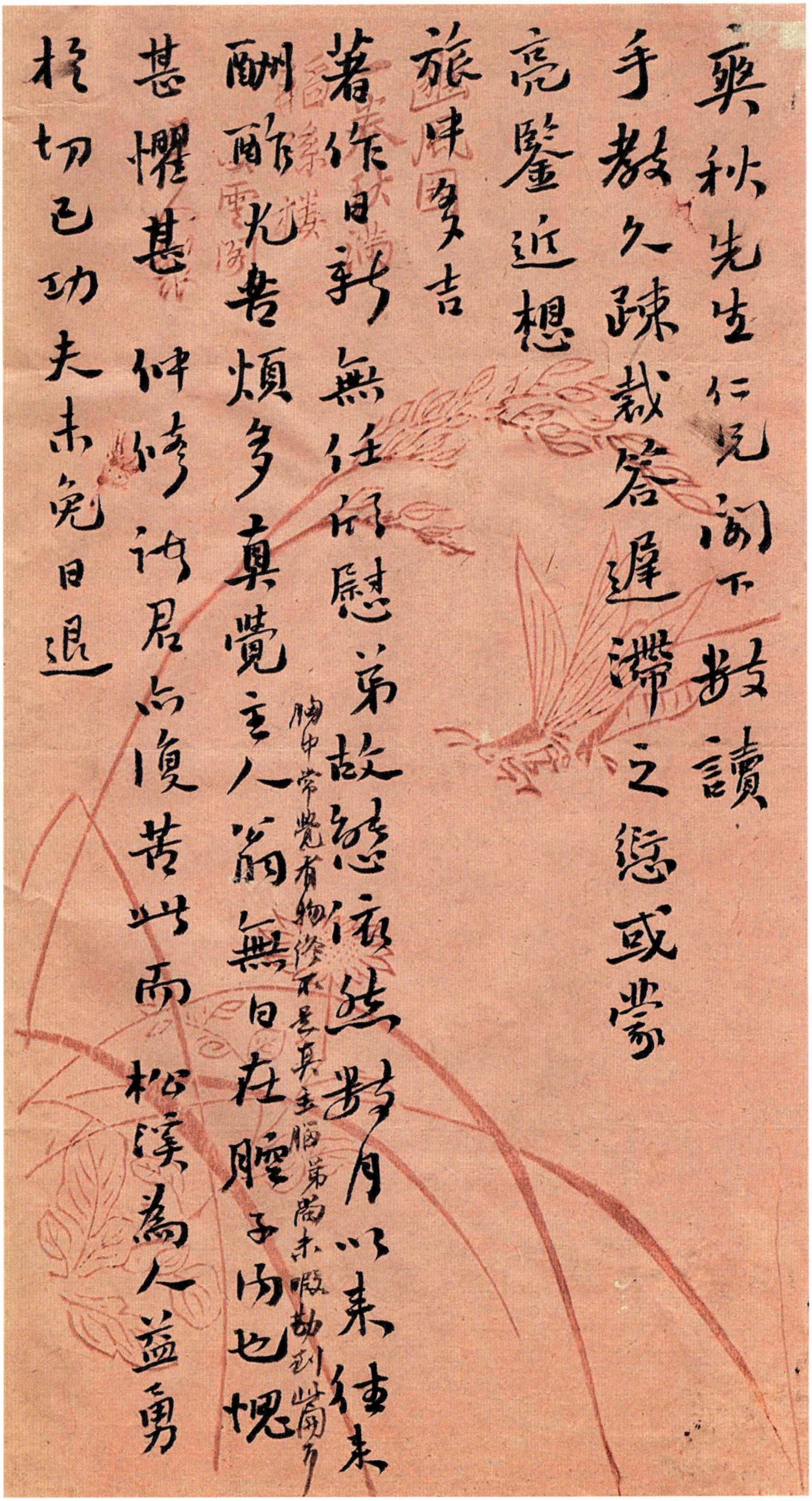

奭秋先生仁兄閣下：披讀
手教，久疎裁答，遲滯之愆，或蒙
亮鑒。近想
旅味多吉，
著作日新，無任欣慰。弟故態依然，數月以來，往來
酬酢，尤書煩多，真覺主人翁無日在腔子內也，愧（胸中常覺有物滲，不是真主腦，弟尚未暇勘到此關耳）
甚愧甚。仲修許君亦復若此，而松溪為人益勇
於切己功夫，未免日退

執事天質純美高明，勤於講學，必多進德，何以教我也。桑根先生尚未來杭，前得信函，知中旬方得動身還，須金陵耽閣數日，計時非出月不能到此。歲闌已近，事如蝟毛叢集，想此老亦必以厭之。子長來時，執事有返里之計，何以中阻？手此，敬請道安，不盡。

愚弟陳豪頓首　廿八日

均甫、鳳洲諸同人道席

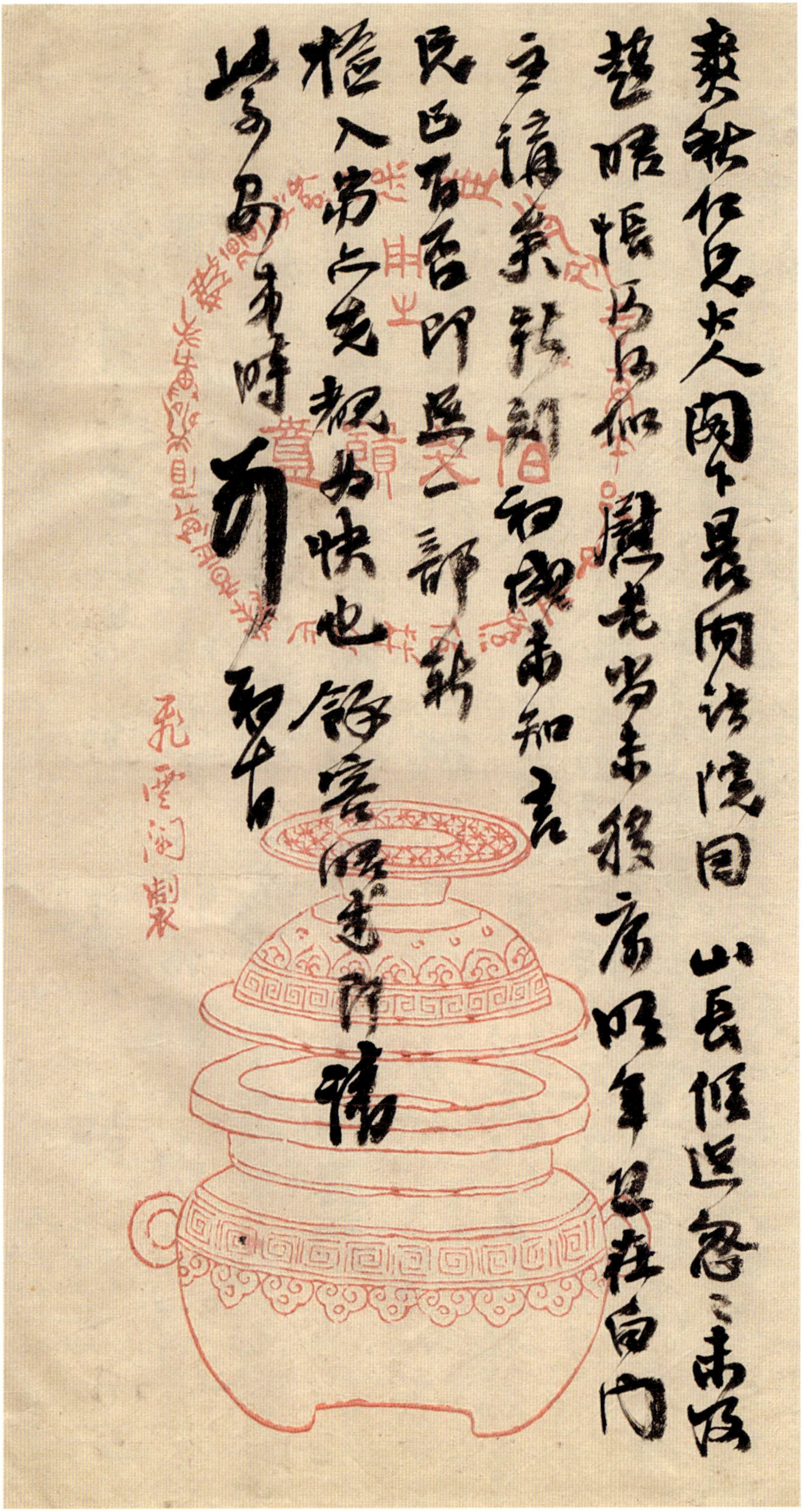

來示敬讀，何以忽云清賢弟過矣。直諒如閣下豈今日所易覯
者，承賜《小學》一書，敬知吾弟所以待兄者真且摯也。惟有感泣，敢
云賢昭兄雖不才，亦豪傑也。從前失足者，皆一知之，然兄心術不壞，
並無時不認為誠實，而心陰險者可比。惟不能保兩舍為百生莫贖
之大罪，至如妻子則君棄也，兄在家看其譏笑，實覺赧然於心，所謂
眼不見為淨，然心實無日不念之也。此時兄進退維谷，祇有求死，且望
一出世法，吾弟須愛我諒我，亦不能從井救人矣。所云兄亦無世
交去身所其嫌過十六之今六月十二日道衷之朋友，雖夏甫韻孫者，請兄
作書托其留意，薦一筆墨，後回時云清將待之，兄生平儌倖何至借者
求題者，因夏公許為推轂，故留時作書尋求，悔之，然無及矣。吾弟
久不來，故未知此事，兄此間遣人至弟處，難于登天，故亦未函致吾
弟，則不商之閣下也。祈曲諒之。兄現在惟烟一時未能盡除，然日之死
棄之也，惟有你不多矣，諸先業稍好，何以從藥調養，自認蕭條借烟癮也

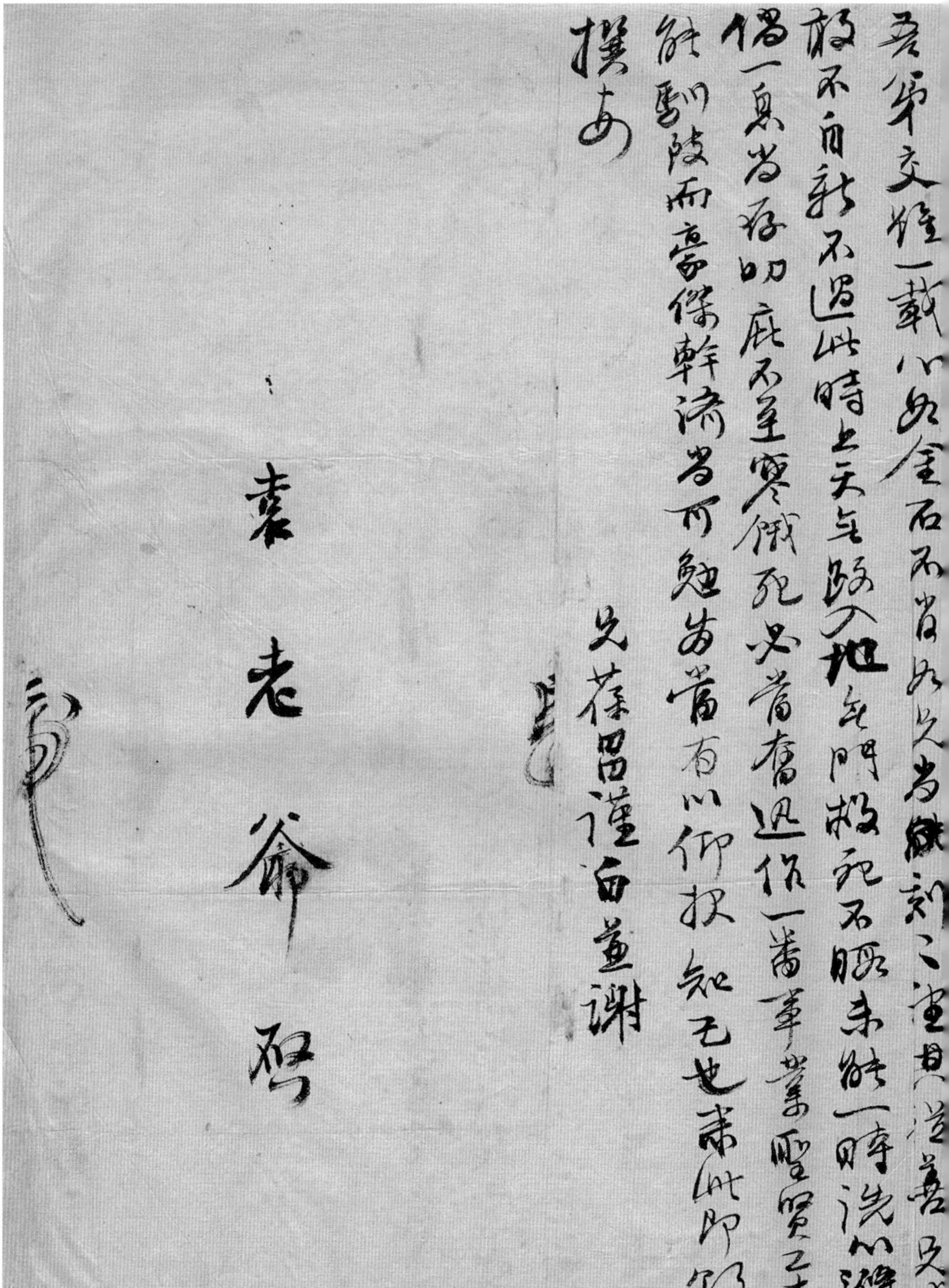

吾弟交誼一載以來金石不渝，以兄為[illegible]刻刻垂其[illegible]善，兄以木石
頑不自新，不遇此時上天氣降人地氣門殺，死不瞑，未能一時洗心滌慮耳。
惜一息尚存，叨庇不至寒餓死者，尚當奮迅作一番事業，聖賢工夫雖不
能驟臻，而豪傑幹濟尚可勉為，前有以仰報知己也。[illegible]此即頌
撰安
兄葆昌謹白並謝
袁老爺啓

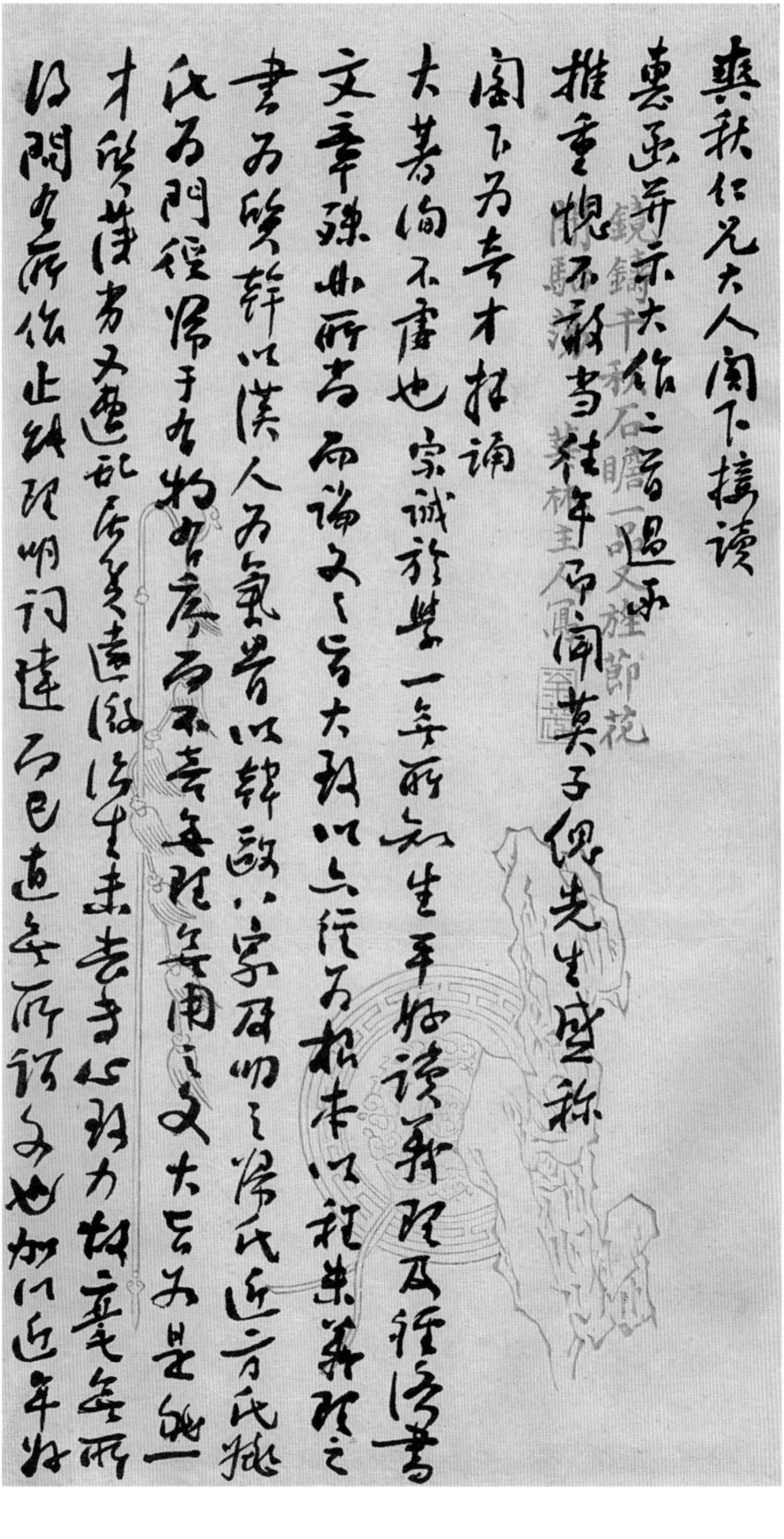
爽秋仁兄大人閣下接讀
惠函并示大作，云過承
推重，愧赧無以爲對。年來莫子偲先生盛稱
閣下爲奇才相诵
大著尚不審也。宗誠於學一無所知，生平好讀義理及經濟書，
文章殊無所者，而論文之旨，大致以六經爲根本，以程朱義理之
書爲質幹，以漢人爲氣骨，以韓歐之家爲明之歸氏，近方氏姚
氏爲門徑，歸于有物有序，而不養無用之文，大旨如是，然一
才能薄，身又遠託居室，從事未嘗專心致力，故竟無所
得。聞友所作止能明白通達而已，直無所謂文也。加以近年好

窮經厭心文字，且雅力日衰，年壽日往，更不能學文以耗其

業。故是文字日疏，直不欲與人論此事矣。

足下之文，風格近乎漢人，氣味古茂，醇懿堅重，恢詭

奇崛，不可方物，真奇才也。惟未嘗由宋以經而通其

兩漢，又雜選體，故於古文義法尚須講究，不無冗語。本

之解，更從漢學經術以探其本源，窮義理以厚其識趣，

讀史漢呂覽以壯其氣，細玩唐宋大家以討論其法，精研經

世之書以宣其用，其于文事，必為天下第一人也。夙荷

厚愛，敢妄陳之。大作附繳，順請

文安。宗誠頓首

爽秌尊兄先生大人閣下：許久未晤，渴念殊深。辰維
起居佳勝為頌。茲有懇者，譚仲修兄處有漢三老
碑拓本，去秌曾乞一通，旋為友人借去不歸。弟與其
蹤跡甚疎，年來未通一問，想
閣下音信尚通，敢乞
致信時代為索々，兩分冒瀆
清神，感謝無似。專此敬請
箸安。
同門小弟朱敏頓首拜上

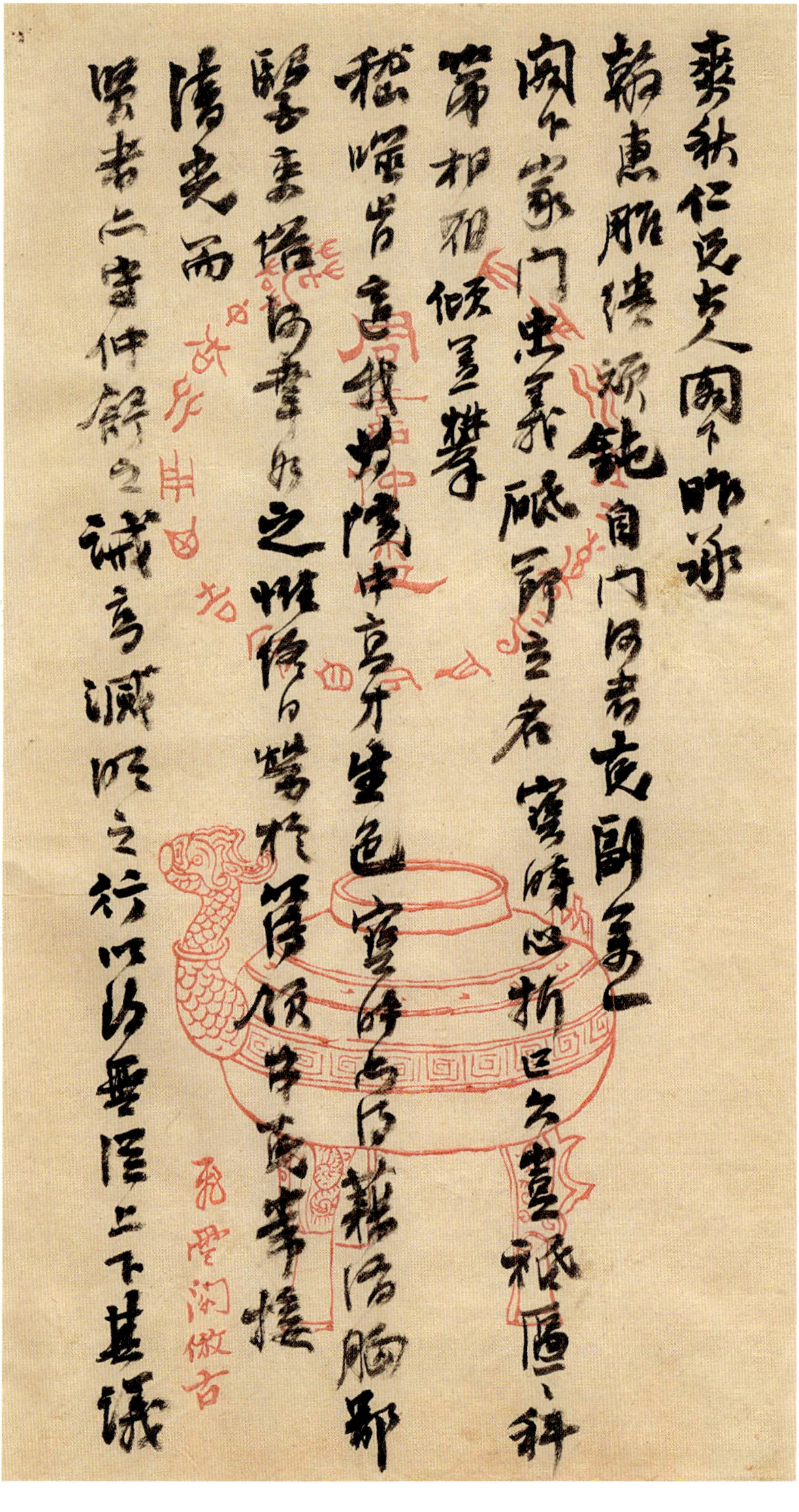

請兩彼族情偽又非口與周旋又凡右之阽穹陰西務
皆以富國不知此中之難通者修約兩事即事上之
搖入藏之徒購煩洵英吉採訪不實切利奔竄綏
無益收爲同無足依據也然事亂此國人成多以飾
短長若
奉示知去年冬莫勝廿餐撇雪悃興夫哀已制心皆
大臣內聖外王咸鮮速用之真守臣時何當夢之模
流風極遠恰似浮巨材深感

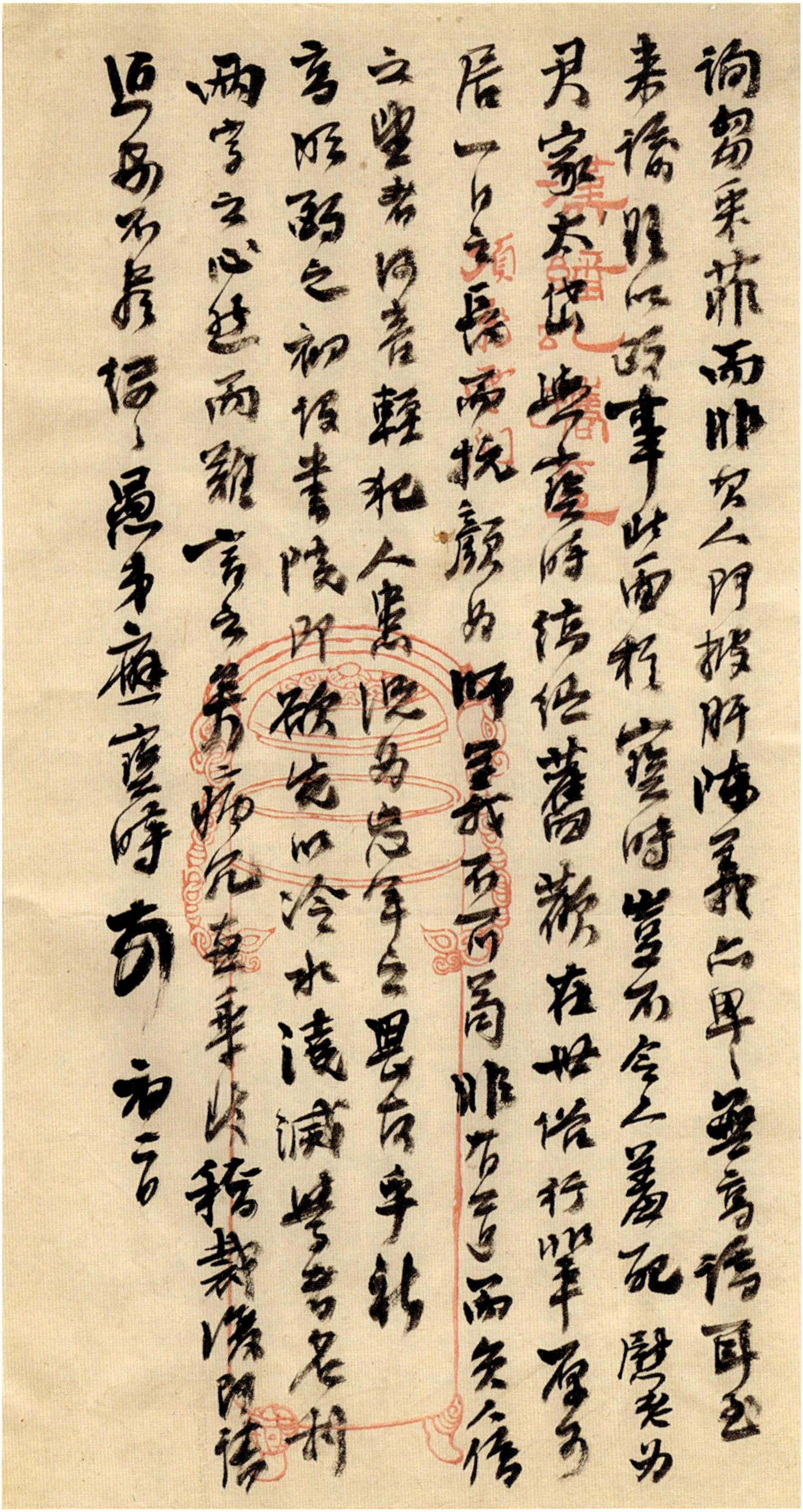

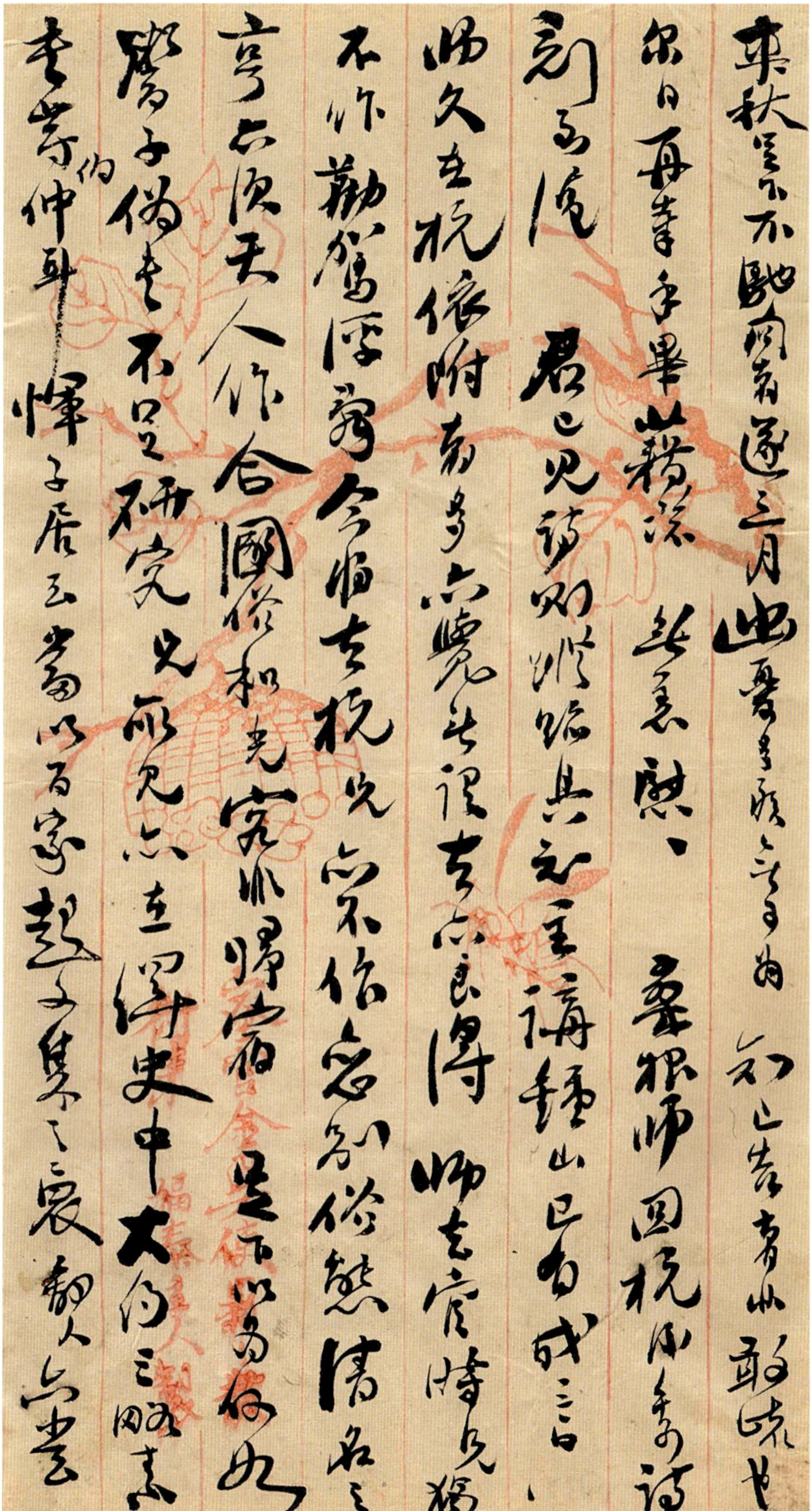

來秋冬不馳問前逕三月出吾兄手疏並手書　初已告吉山敢晤也
別日再奉手畢，山嶺談兵，甚慰。舊根師回杭，臥念詩
劉子佩君已見訪，對燃始共之主講鍾山，已有成言、
此久在杭，依附前多，亦曉其狠告亦良得　師去後隋見獨
不作勸駕等語，今攸去杭乃宗旨名分，從懇請名之
本與天人作合，國俗相先究，訴歸帝，是下以留存也
魯子偏甚不足研究，及所見亦在得史中，大約三四事
季常仍仲升　惲子居至當以百家彭子集之宸翰人安豈

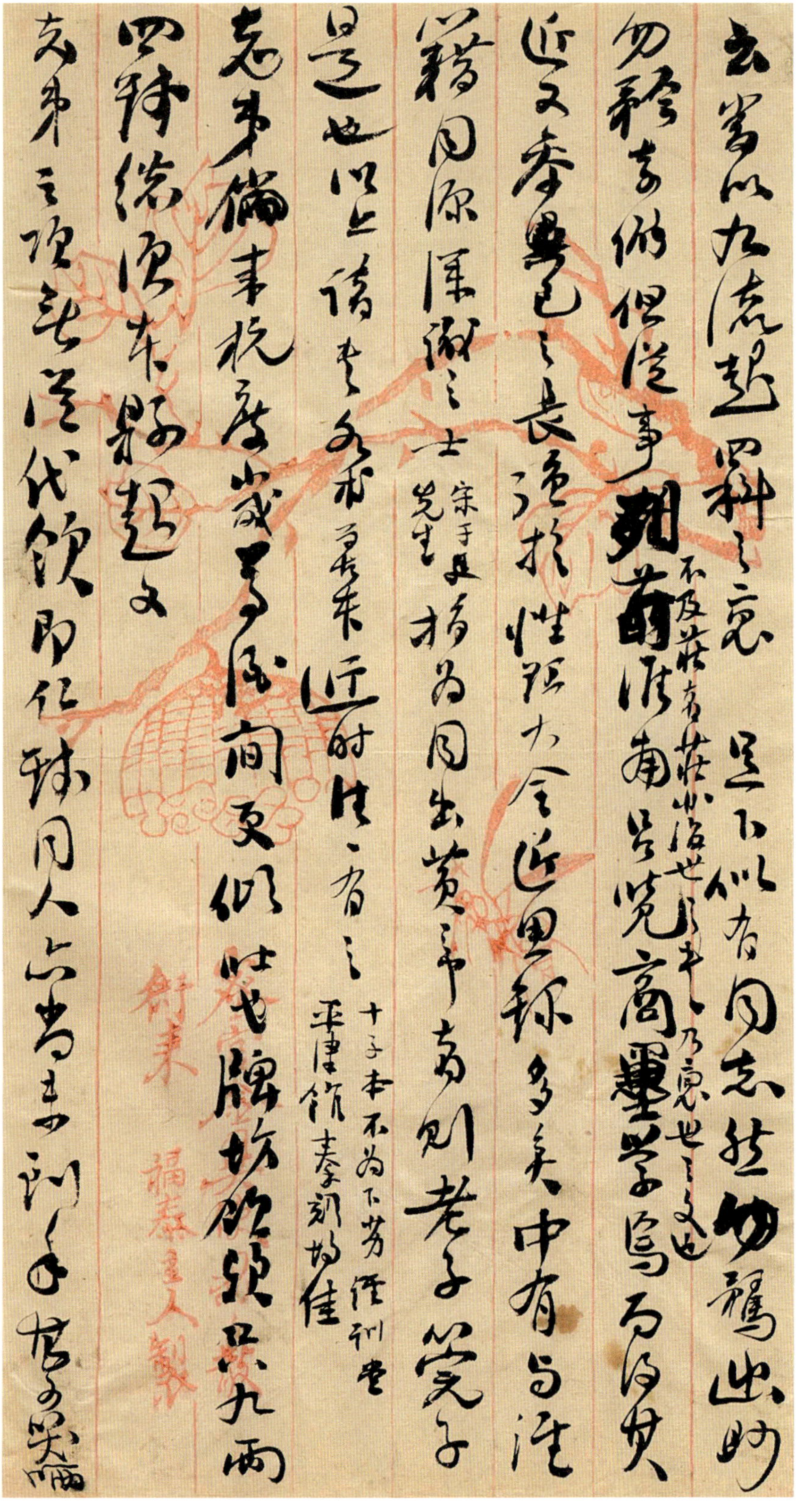
去當以九流甄罔料之意　足下似有同志，能勿韙此耶
勿移意於但從事翔蔚（不及莊，有莊小說世乃書乃意世之文也）諸甫昔說商量學焉而後大
近文秦雖已之長，溺於性理大全、近思錄多矣，中有與注
籍同源厚淵之士（宋于庭先生）猶為同出黃帝，則老子、莊子
是也。以上請教。文宗曩未近時其一有之（十子本不為下易，經刊者；平津館本孚翔極佳）
忘弟備車挽屬戚驛風前更似此，服牒坊所頒只是九兩
四部偶從原本驛甄文
友弟之頃託從代領，即付球同人處寄來可耳　虎子四月□
舒東　福泰堂人製

此物所以兄等編書，外郡同人為酥贊揚姚之年十四日

已久，尚無眉目可採，甚者不遑為當事所思也。杭中

同輩嵩生已葬，兄之送出門者及執紼，恭陵紉秋兩三人送之，近日往黃小園處，長風

年館席延之者，尚未許定。玉珊僅自來訪，前又遷之，又久延，所

可耳。辛楣前月來杭，設已觀。次培之去秋以來回此，則自八月初赴禾中

秋間思念事不堪言，所業亦錄回，紙半文手，無百札，遠觀

嘗先生今烏程，望投寬辦，博觀，以十月十三日來湖須

祖宗悉以方可言矣，與初年少清相見當延入座，名儒風骨，面目可憎

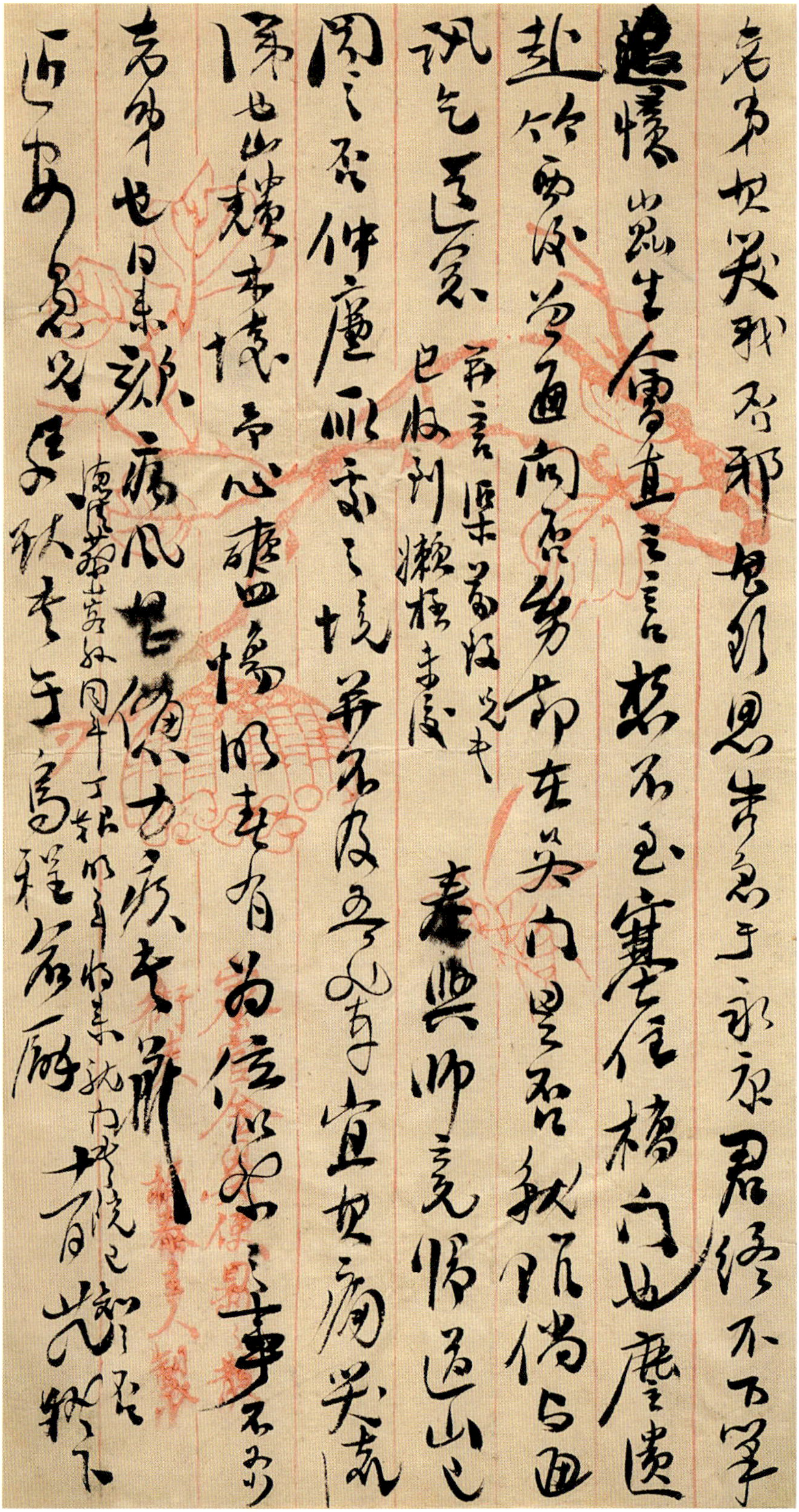

歲由窮矣袁子以窮於試即言窮可乎袁子富於才力學顧身困甚方成人陷於賊幾
死挺而走達轉浙東西無所遇遊海上京師舉進士不得志返異道於龍門書院
既又惘惘去之浙思渡江而北嗚呼袁子其窮矣哉今夫世之被綉纓厭膏
粱錄錄無所善自安於獲富貴者不知凡幾而一二魁奇卓犖之彥懷抱利
仁義鬱鬱厄於遇天乎人乎吾知其有鬱也故以時時不遇苟自安窮廬發發
焉不遊於學其所造必有大過人者歲歲窮也豈以為其身之窮也豈以為道吾固
傷袁子之窮又恐袁子之本然不窮以隕其其道之光也雖然余之窮亦甚矣
非窮累余余自累窮嗚呼余又對袁子之窮而忍然也　沈祥龍約齋甫呈稿

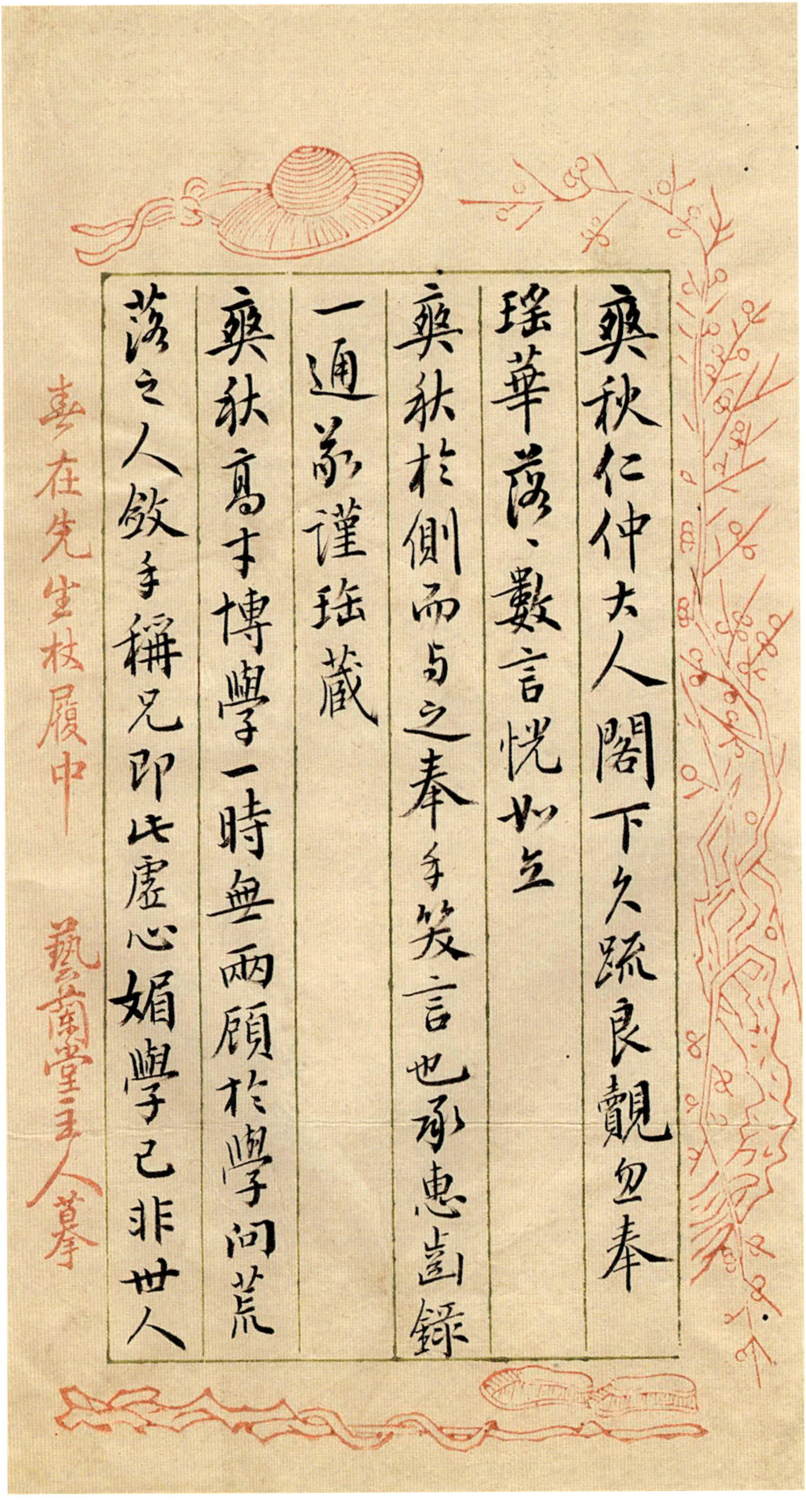

爽秋仁仲大人閣下久疏良覿皿奉
瑤華落落數言悅如立
爽秋於側而與之奉手笑言也承惠嵩錄
一通敬謹瑤藏
爽秋高才博學一時無兩顧於學問荒
落之人斂手稱兄即此虛心媚學已非世人

所能及特自覺元方之難爲耳别来塵俗
觸惱無可稱述秋間曾葺水檻三楹頗
稱明敞平橋左通遠抱山右抱浮阜合隊
清波長盟游儵嗳空落花来媚屏除
僮僕襆被其中燈影盪鬼櫓聲搖夢
尋蠹簡之微旨掇危葩之墜芳庶遂逍

春在先生杖履中　藝蘭堂主人摹

遥遠雖塵壒矣然而丰如蟣綫偏傳釘餖
之名身非樂郎動索萬里之唱持縑帛
者朝授而夕徵責冠帶者昂南面箕北
嗟乎易逝者白日待埋者青山安能以不
訾之質素作無聊之飄庭乎居間常取
宿還陳樾齋先生琴海集二卷通録一過

壽在先生杖履中　藝蘭堂主人摹

集爲　先大父以説文校刻間出入於元周
氏明魏氏今悉以今文寫定明知韵編字
書均源小學故世無司馬孰能凡將學
至疑仙尚訛寧九達令長吟者斅聲伏
案者檢籍從快意事也耳
通人當以爲指也竹一回淅西日無乙字脱

惠在先生杖履中　　藝蘭堂主人摹

我近讀日書，日課所錄示知，倏而歲莫，
百務叢集，都無好懷。聞山中梅花已
開，擬躡屐三峰，与月峰和上圍爐
瀹茗，叩擊西來了義，得無嫌其迷
塗否？附聞一噱，即請
著安不一。　年小兄宗廷輔頓首
春

壽在先生杖履中
藝蘭堂主人摹

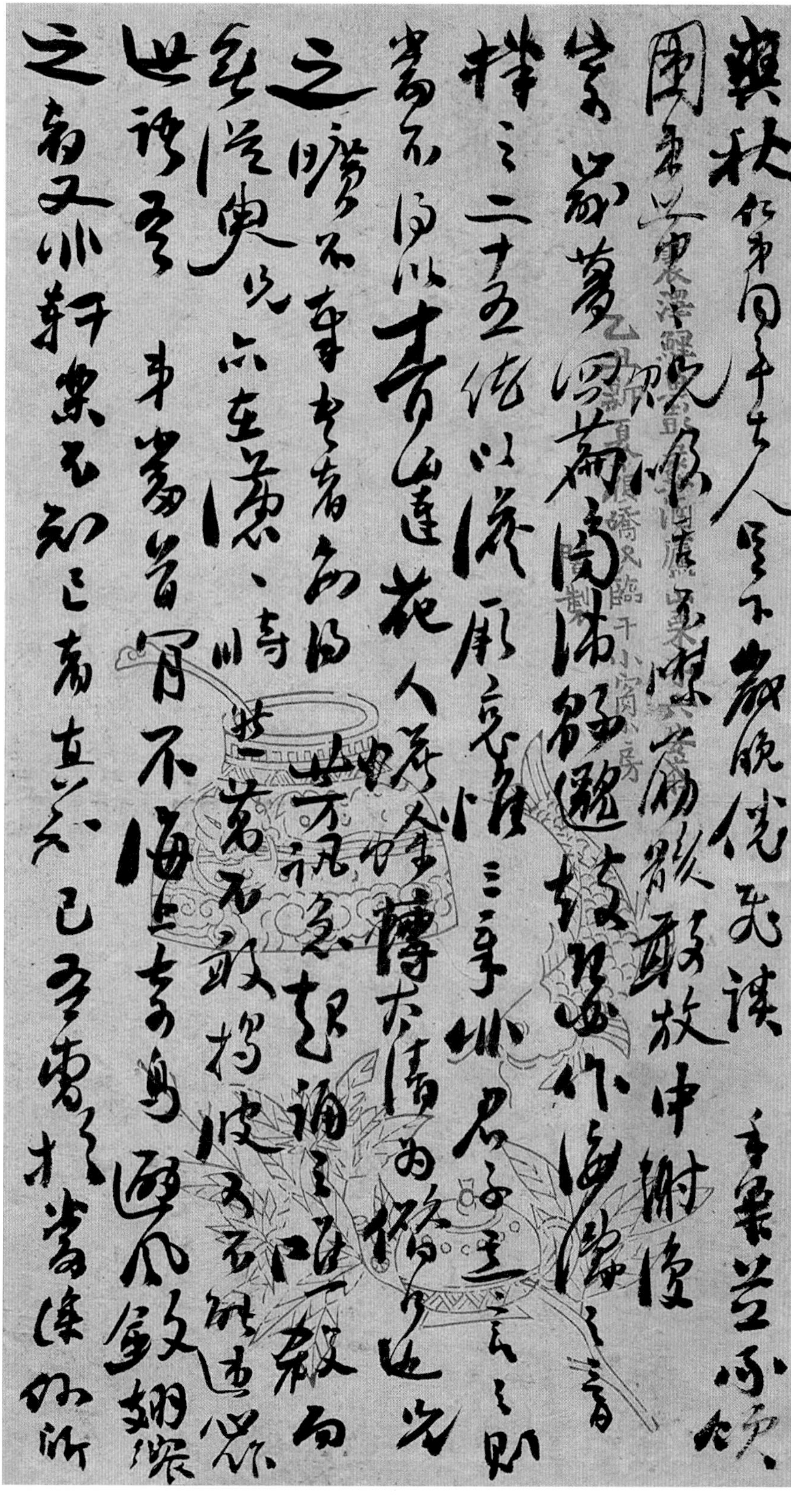

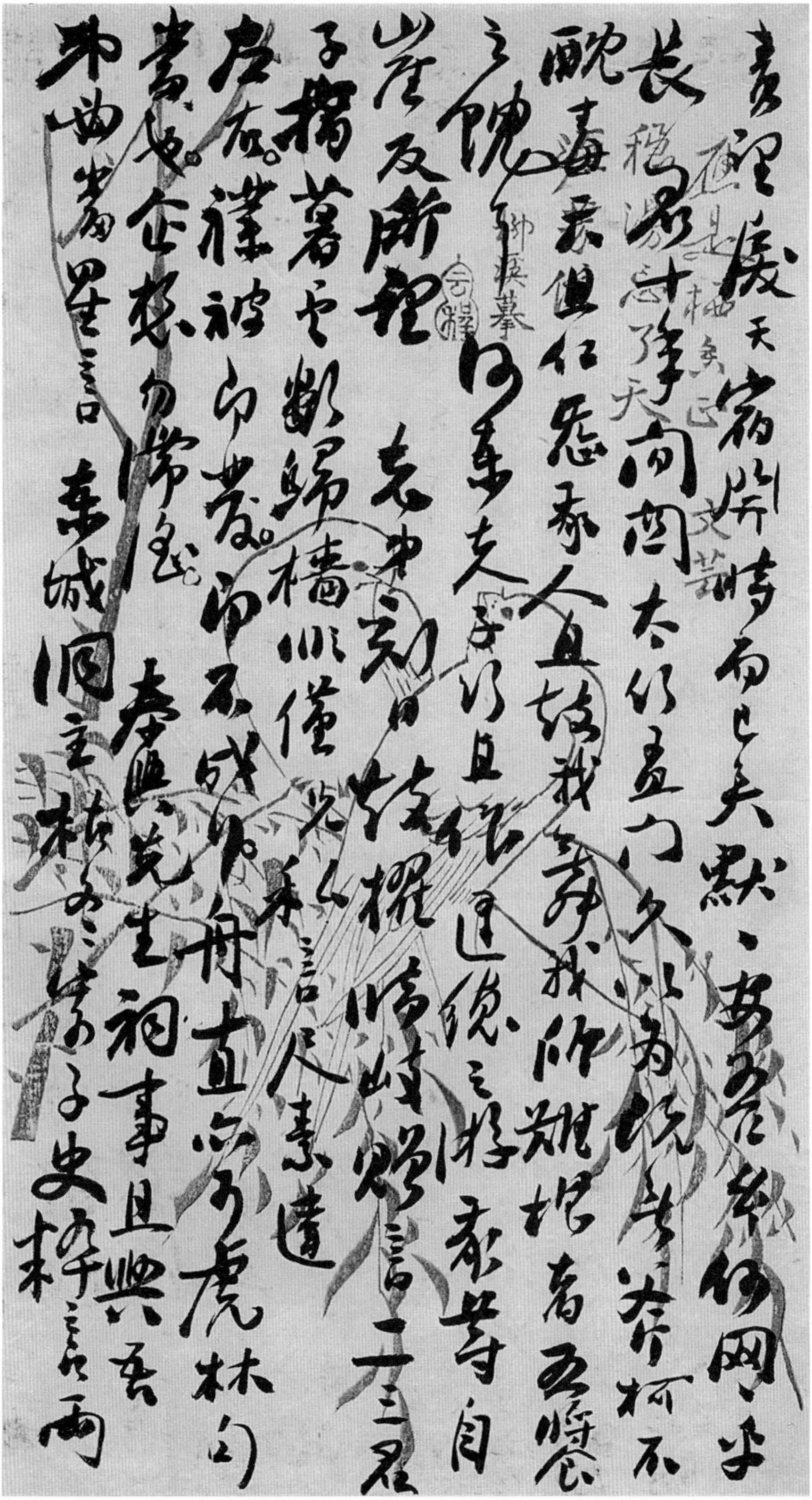

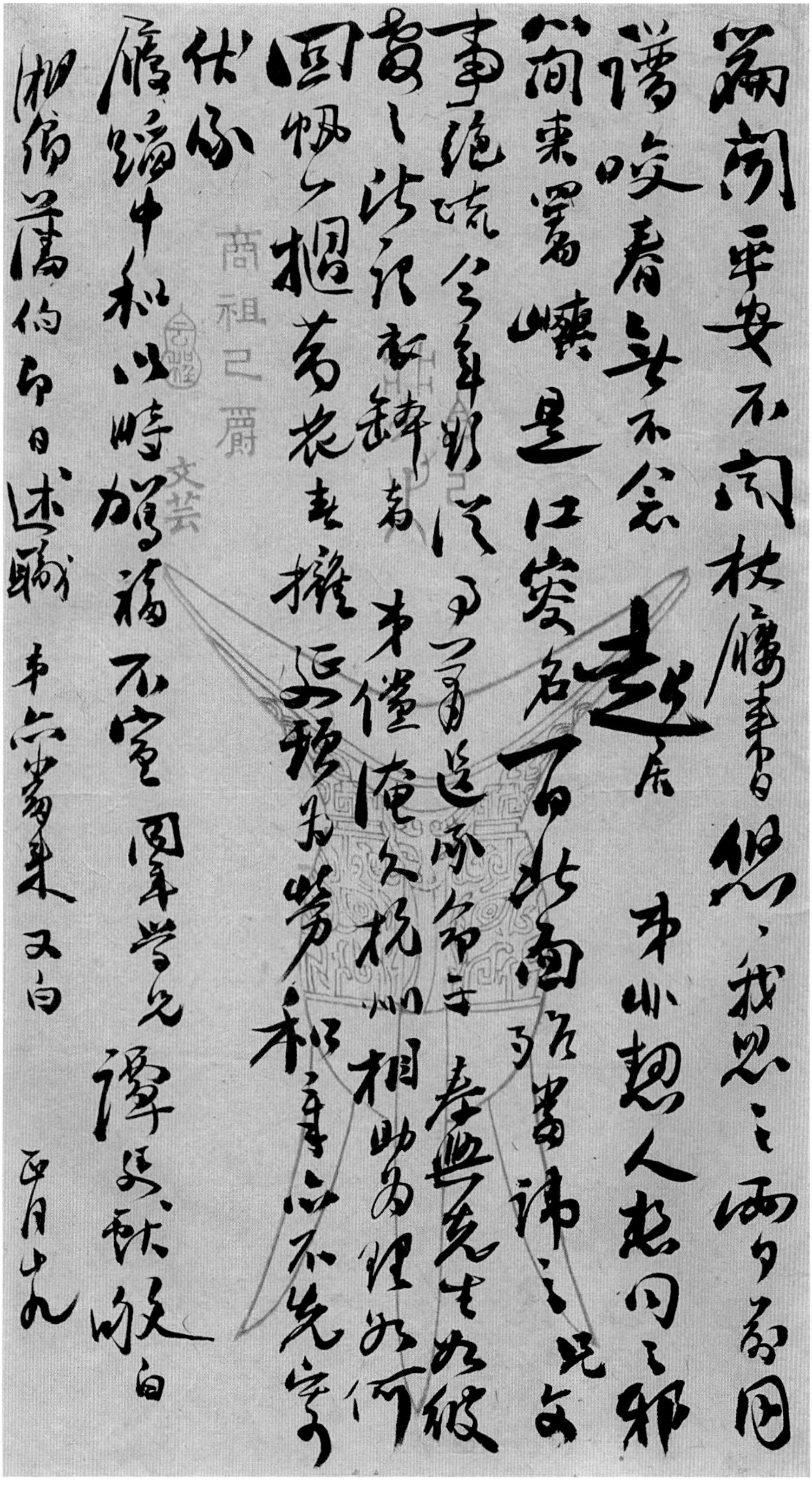
簡閱平安不閒杖履書悉，我思之兩夕前因
譜唆春氣不衰 趙左 弟以想人相同之耶
[illegible]簡閒東蜀巇是江[illegible]名石北窗語篤諸之兒女
事絶[illegible]今年所從 弓手蒲送所命手 幸無見告如彼
來之將殺錄者 未僅俺又枕州 相助為理如何
因恨之捆苟花表攏 [illegible]頭又勞 积年亦不免寧
代承
履綏中秋以時加稿 不宣 同年學兄 譚[illegible] 啟白
湘[illegible][illegible]侚印日述職 弟六[illegible]為來 又白 正月廿九

莫秋賢弟足下：接

手翰並新詩，誦悉。兩心如枯井，不能屬和，

奈何。社中諸同人無日不晤，歡極盍簪

之樂，恨不與

足下共之。兩定于二月初九日首途，楊方伯

点于三月初述職，能早日買棹來杭，圖

一暢敘為妙。此頌

吟祺，不戩。愚弟兄時雨頓

新正十八日

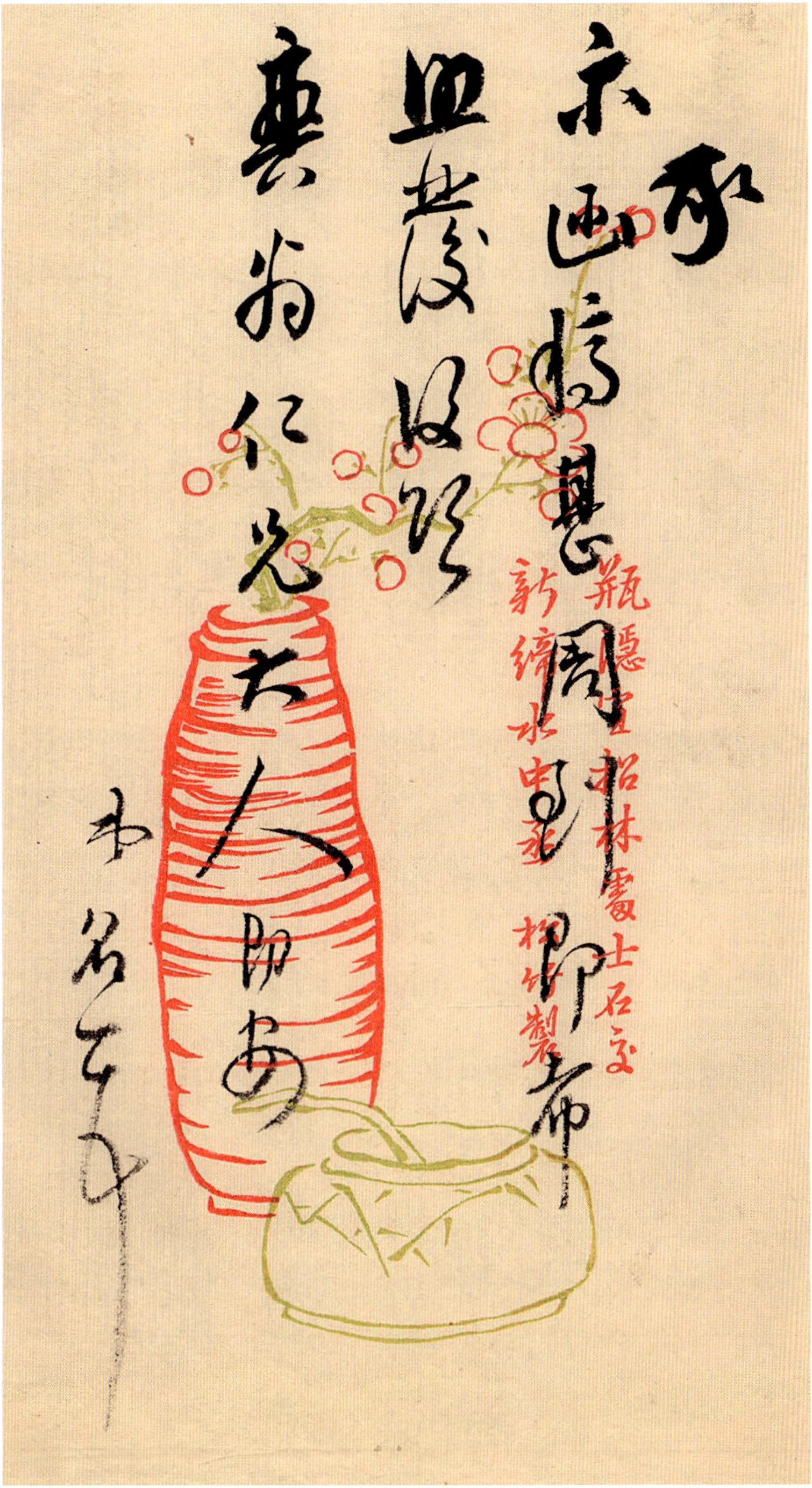

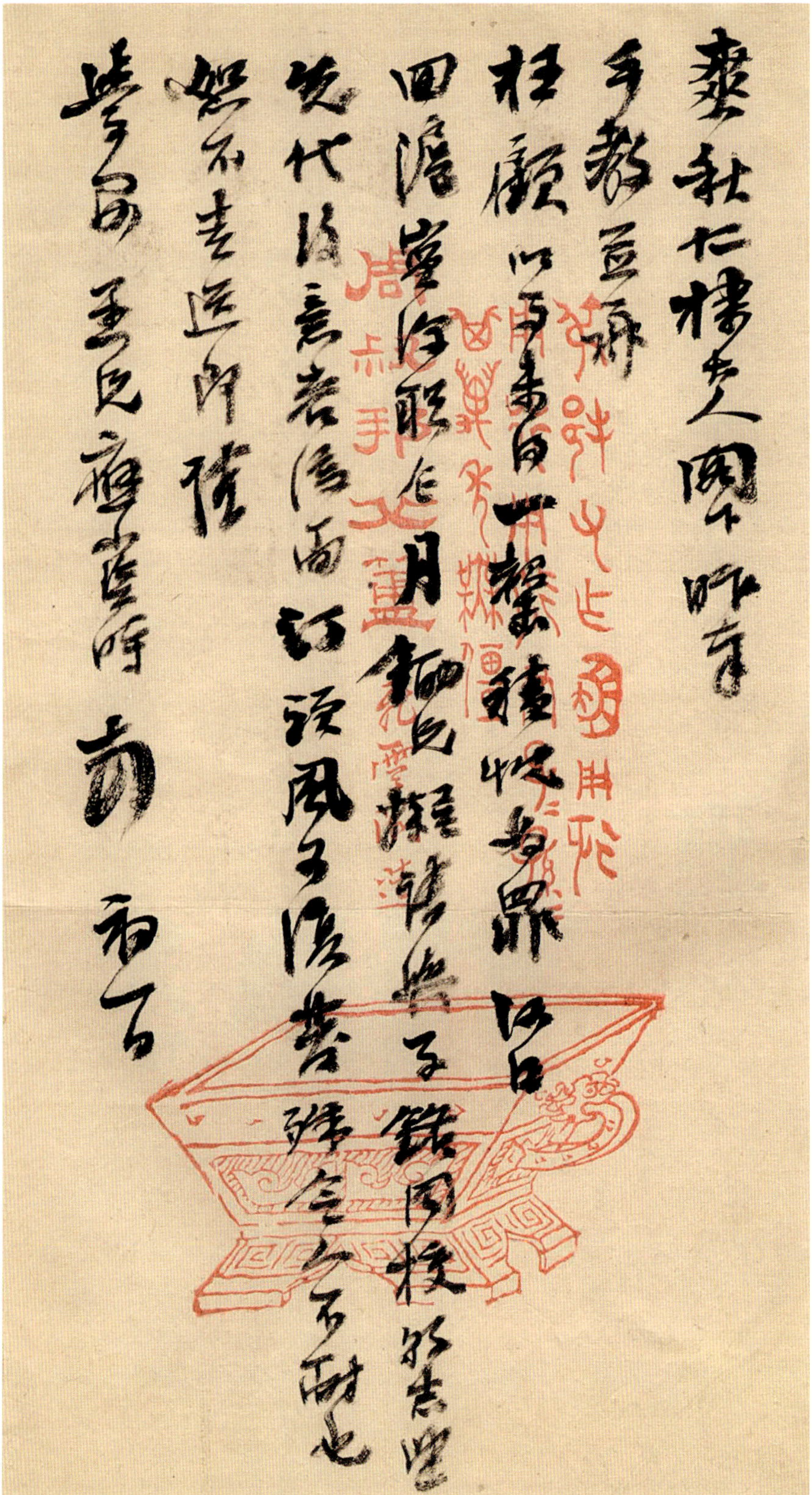
爽秋仁棣大人閣下昨奉
手教豆瓣

堇叔吾兄有道：友生旅津近來一晴
因伯塤近作集
得讀之，撫我存不審比年
時在何處？高懷寓興，獨往之來何須
邦江因思朝陽，論之悅者，多境未知
何日得去？奇懷相遊，同歸之樂也。悱悝

仲甫不可能絶　仲儒可在杭州覓得
道長　借當在吉大局否　請婿子橋
廣搜集為妙
新疆尚希示知　小說訊潤予所
見所了很好
稀言　弟凌霞上
并詢　才已作古人否
三月十四日

奭秋賡兄同年大人閣下：前月竹一兄到院，略述近狀，私衷稍慰，然究以不奉教言為之悵惘。頃披手翰，藉悉一一。比諗硯祺晉吉，定符臆祝。弟玩時愒日，寸進仍無庽

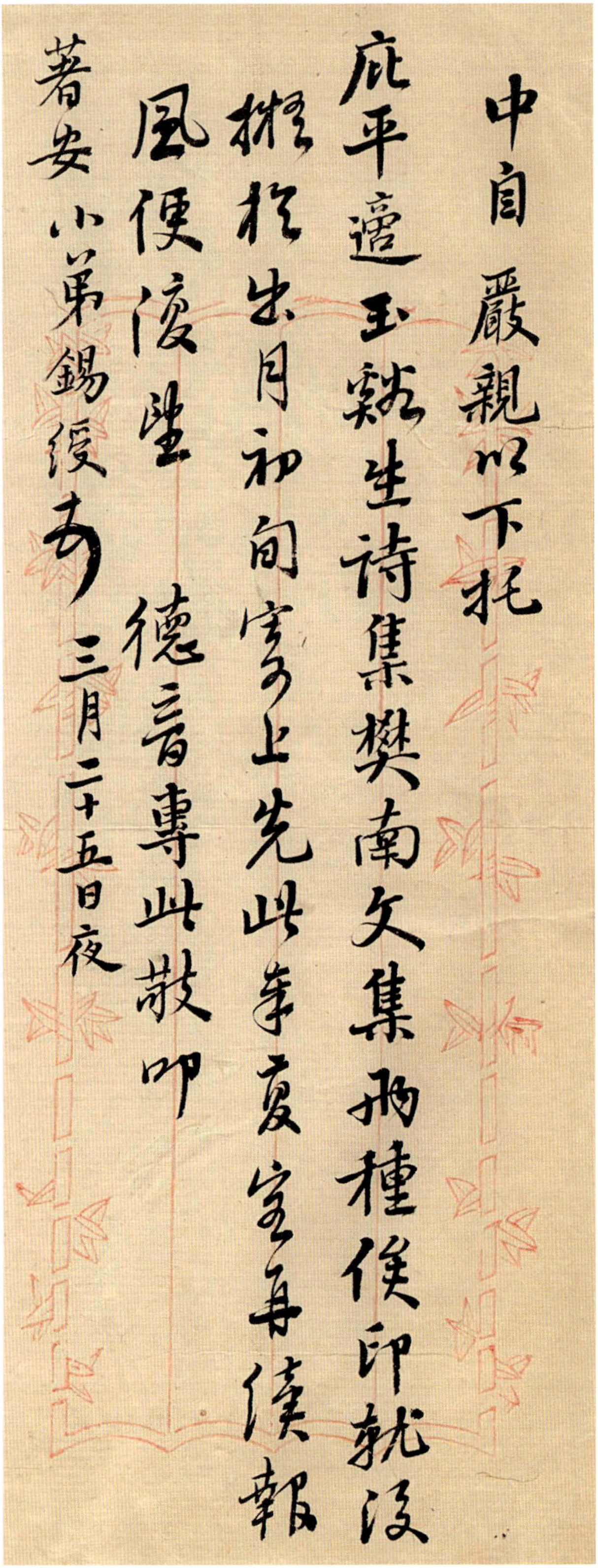
中自　嚴親以下托
庇平適玉谿生詩集樊南文集兩種俟印就後
擬於出月初旬寄上先此奉覆容再續報
風便復望　德音專此敬叩
著安小弟錫綬頓　三月二十五日夜

彦老如
黎錦翰
弟所寄
法書貝葉經詩
卷足為雲林鎮山
之助卷尾須紀此
經因緣當俟　駕錫再行求
教手此奉訖
行安

爽秋仁兄大人閣下：頃奉
手教，謹悉。大以桑木圖秋去有考，事云于四月間繪就，壽呈石鼓文一
軸，希
登入。出乎須已于五日前起程，院中上恬下嬉，尚無他事，惟口舌鋒起，輿論籍籍，
似為減色耳。閉門不管窗前月，頗覺泰蕩，然如去歲與
閣下停杯說雲，回燈話雨，此業已渺不可接，如何如何。研華一函附呈，此上，即請
著安，伏祈
惠鑒不宣。諸令人囑題，四月鋤嘴為閣候。
宗小弟康頓首　廿日

爽秋賢弟足下頃接來信欣悉書局業經下委爾來移榻
講舍與伯平先生共晨夕歡喜無量伯翁家所欽佩聞其歘
疾漸減日啖五碗飯甚慰懸系懶散不另函候爲我轉致景卿
輶爲永康君所留恰未接伊片紙可怪也兄下榻惜陰書院在
鍾山石城之間左名虎踞關右名龍蟠里門外清溪縈繞舊名小
西湖又名何必西湖惟無一人住院殊覺寂寞將來妥眷恐須移此
書局現無擺板顧氏肇域志寄與桂香亭觀察商之書院課卷
不及三百本佳卷不及十本似遠遜浙江矣三月廿三日時雨拾希

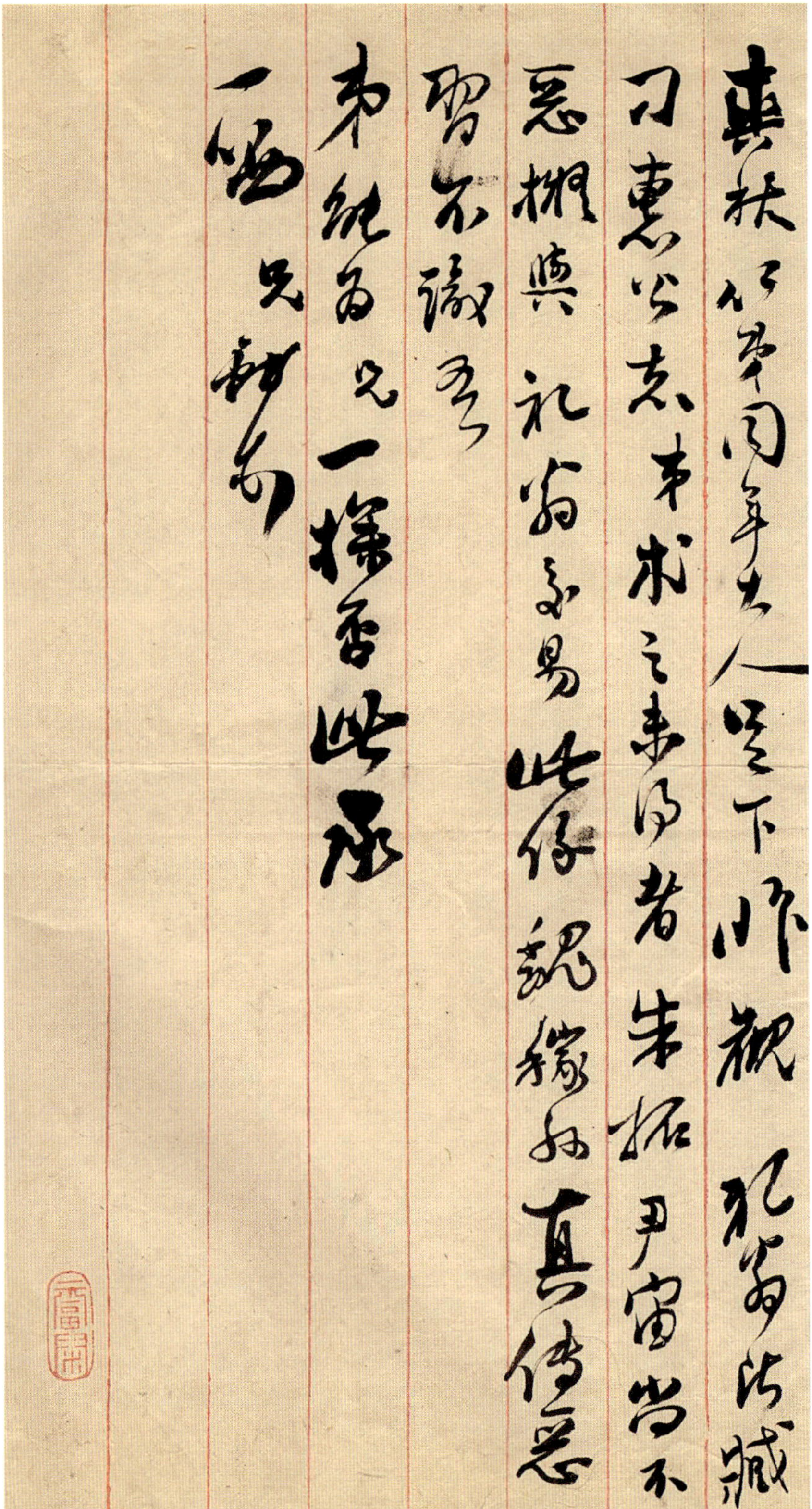

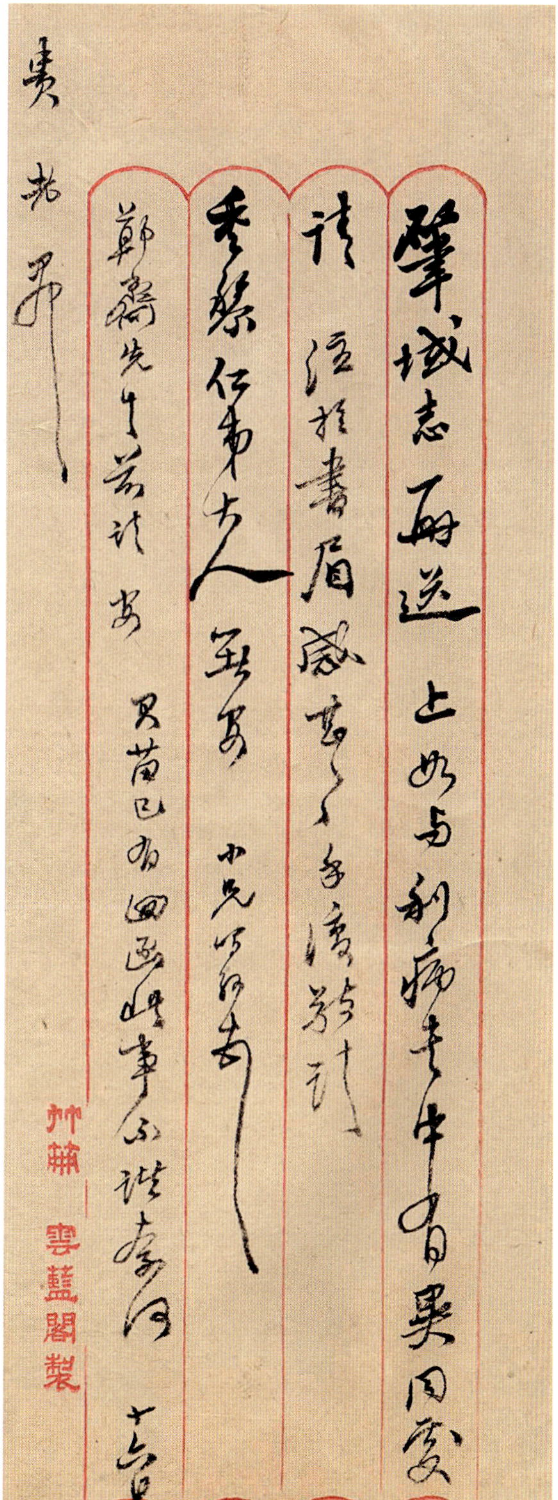

肇域志兩送上，如有新稿，並乞早日寄奥同覽，
請注於書眉，感甚感甚。手復，敬請
秀蘇仁弟大人箸安。　小兄叔頓首
鄭齋先生前並請安。　又茵已有回函，惟事不諧，奈何。　十六日
惠兆界

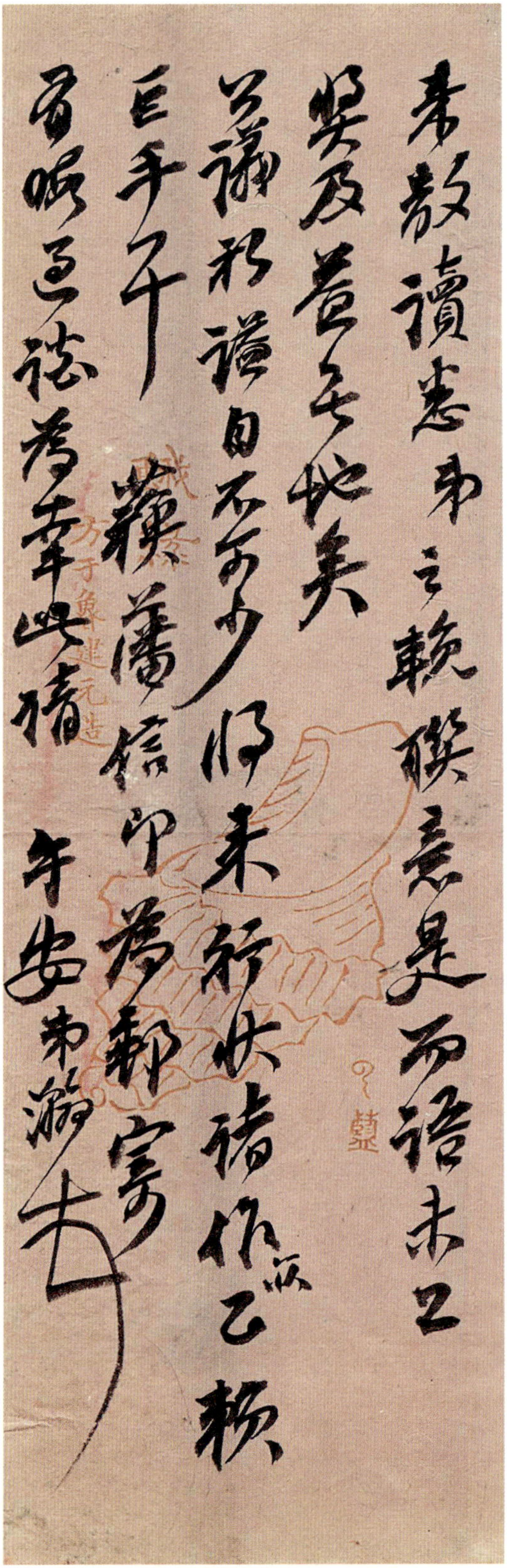

黎父仁兄大人左右前與曉坡同具蕪函諒塵
青睞茲偕妣泥到揚爲渠申報丁憂未能即
赴杭州飫聆
槃訓所求讓老書件尚存袁浦因忽〻忘卻
帶來容回浦覓確便寄上再有懇者亡婿
陳鐵臣夫婦兆域需作墓道碑以光泉壤
敬求
大筆爲文壽諸貞石永垂不朽如蒙

俯允存歿均感，謝呈奏稿二件、前存行状乞
參閱之，姚遲閣伯師噩耗，躃踊號泣，憤不
欲生，抵杭時祈時時勸慰，爲荷。肅此布懇，
祗請
夏安，諸惟
亮照。小弟璜頓首
外呈上小倦游閣帖三卷，祈哂存是幸。
仲儀太先生、勤翁、子翁、冈翁、松翁、藍翁諸先生均此致意。

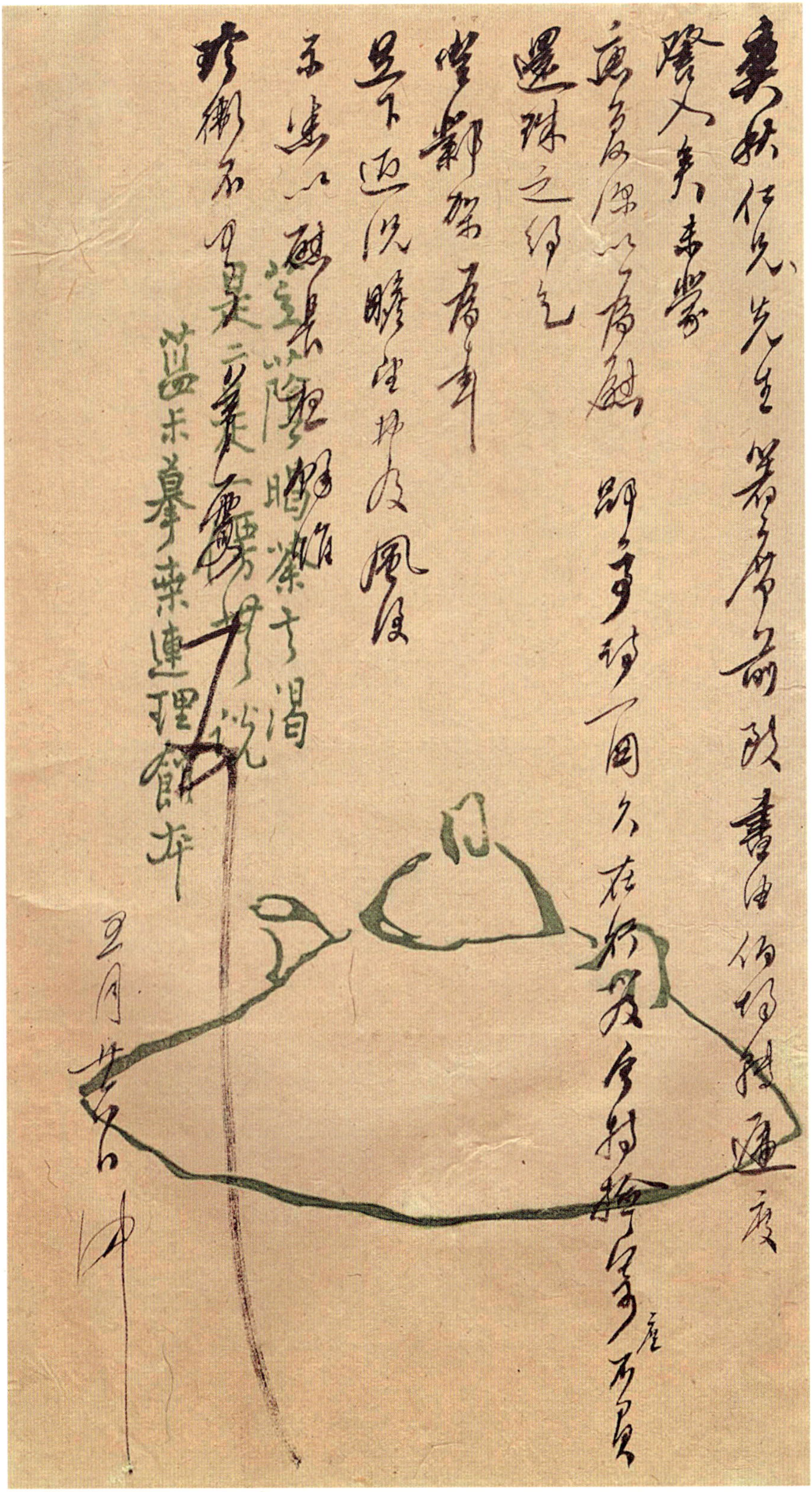

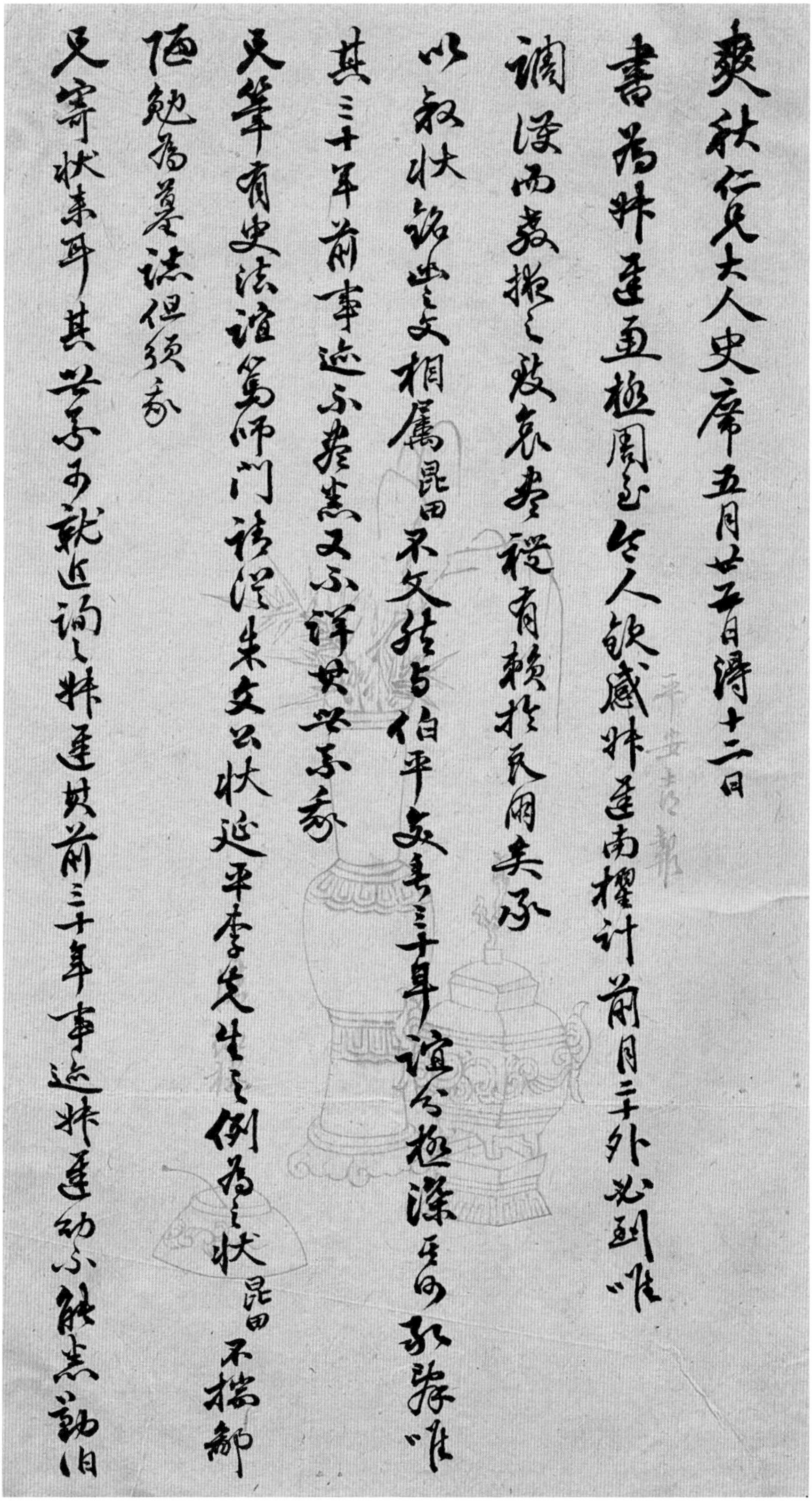
爽秋仁兄大人史席：五月廿五日得十二日
書，爲粹廷函極周到，令人欽感。粹廷南權，計前月二十外必到，惟
謁從而我擬之跋尾，要從有賴於兄兩夫子
以叙狀，銘墓之文相屬。昆田不文，然與伯平交垂三十年，誼分極深，且向敦諗，惟
其三十年前事迹不甚悉，又不詳其世系，
兄筆有史法，誼篤師門，該從朱文公狀延平李先生之例爲之狀。昆田不揣鄙
陋，勉爲墓誌，但須家
兄寄狀來耳。其世系乃就近詢之粹廷，其前三十年事迹粹廷幼不能悉，請伯

或得其校本也。并達肩樞、澂浦為郵局亦不遠，祈閱之須即寄來也。手此肅復，敬

請

著安，伏惟

亮照不宣

愚弟吳昆田頓首　六月六日

伯平所性為文，故不多作，然必有可傳者。其文友最篤，近三十年來所交大半亡亡，其前亡友極厚

者有陳百之山，其人則不去，為得如人，得地人也。他如蘇厚子、伊蓬美，皆尚健哉此亡

采訪二千里，又未相顧，不獻十反也。

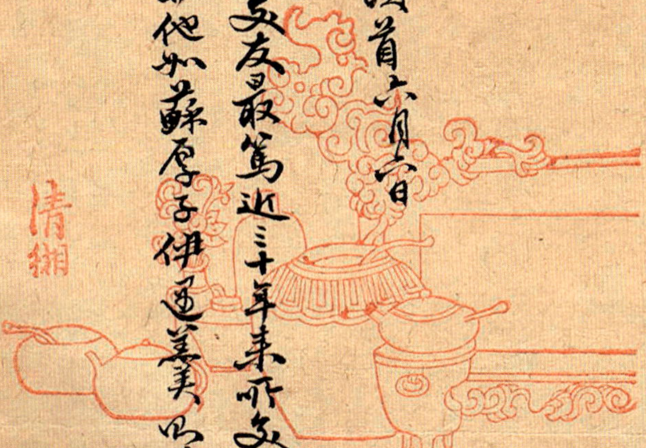

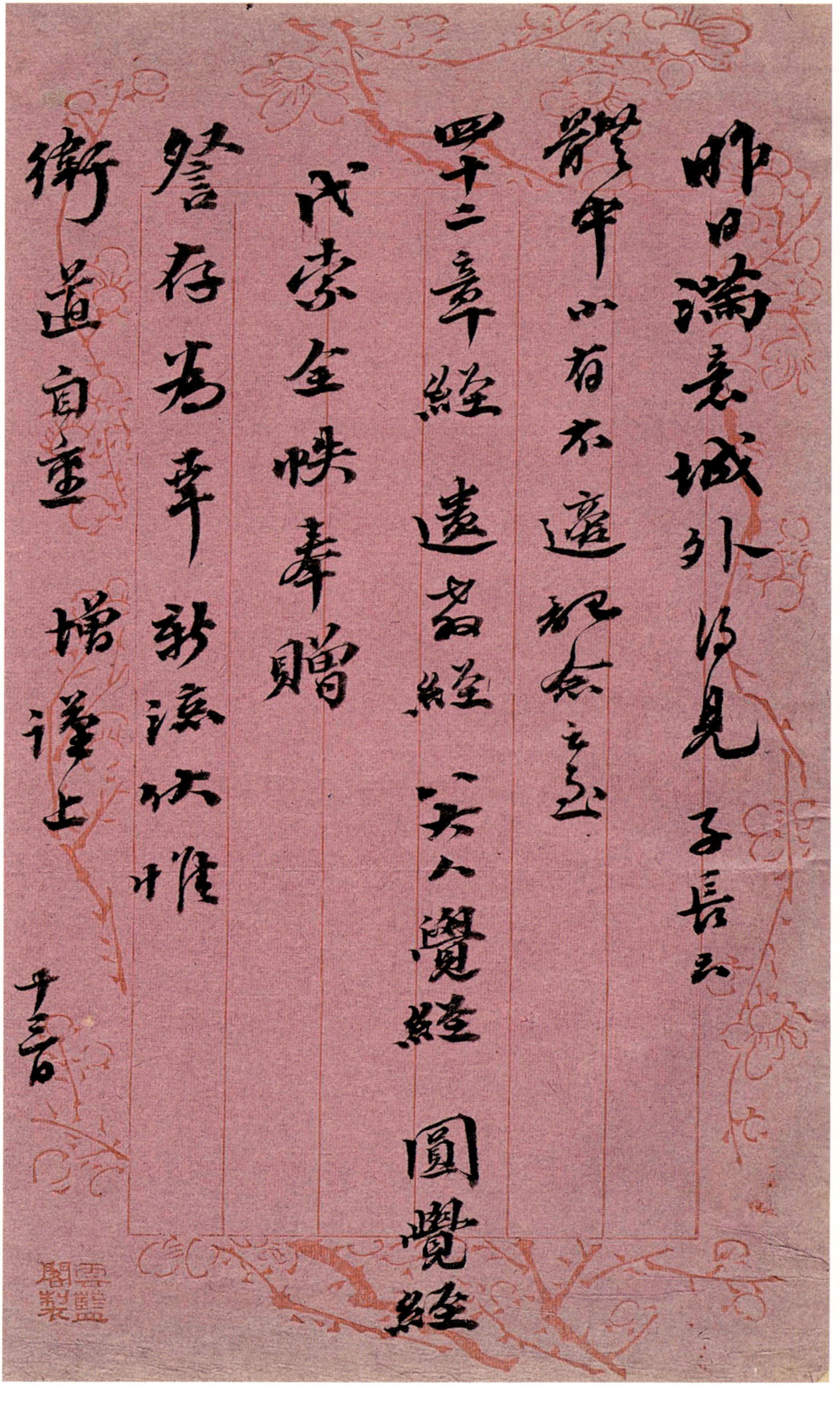

昨日滿意城外得見子長云
疏中所有不遂觀念云云
四十二章經　遺教經　大人覺經　圓覺經
代索全帙奉贈
登存爲幸　新禧伏惟
衛道自重　增謹上
十三日

手書照悉

大稾容校讀了過壽從 算小病數日雖已就痊

頗覺委頓

種殷欲來晤商

談君子萃招六雨真趣也仲倚即住禾中否 算士

準川有一語冊如此處即付

爽妹作弟 以告安 算手白

雲藍閣

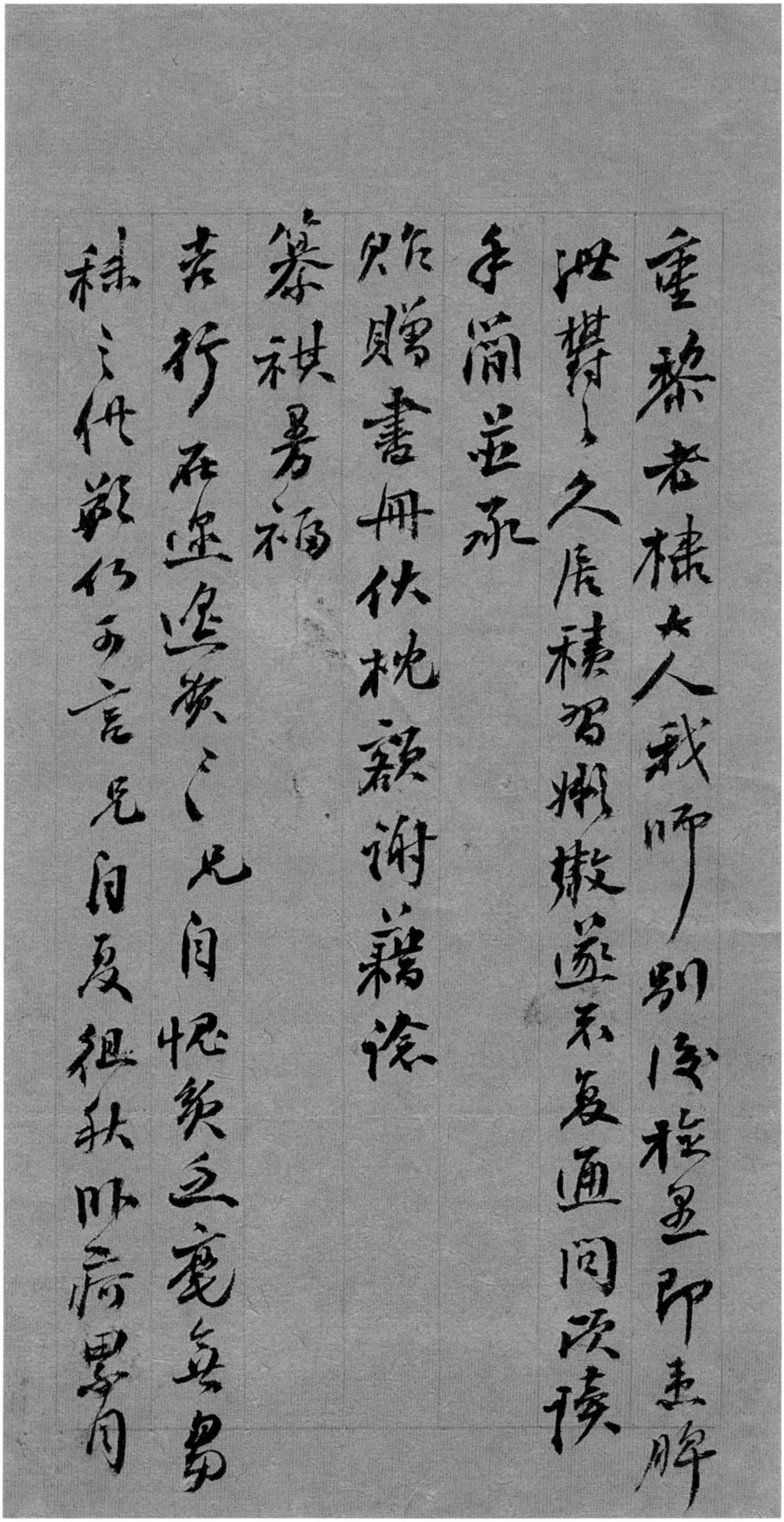
重黎老棣大人我師：別後極望即惠牋
洪幬，久居積習懶散，遂不復通問，頃接
手簡，並承
賜贈書冊，伏枕敬謝，藉請
籌祺，暑福
吉行在途，途欲之，兄自愧無立處無鼻
祿之件，欽仍不言，兄自夏徂秋，臥病累月

自舊月二十旬又復大病連服攻劑始
得稍愈昨日方進糜粥然元氣大虧殊
極人耳今惟藥鐺經卷相對一室老母病
妻形影窮乏緣疾清寧亦斯而極
老境似爲何如也家兄景況甚苦寔無善想
勝不到兄之捐身恐成畫餅初日未有
營謀劍池之行已爲病魔所阻明年

又不知作何住，胸中毫無成竹。前程黑漆，未
且大難，負米勞勞，正不作何底止也。計日
啟程，大江東上，逕從白門往，深睠念。身
勢初退，作字處特學此數行，李蒼祗請
行安，並賀
藝喜。不備。年姊先後祉壽
請向人前稱道沈道安　正是重九前三日[illegible]庚書

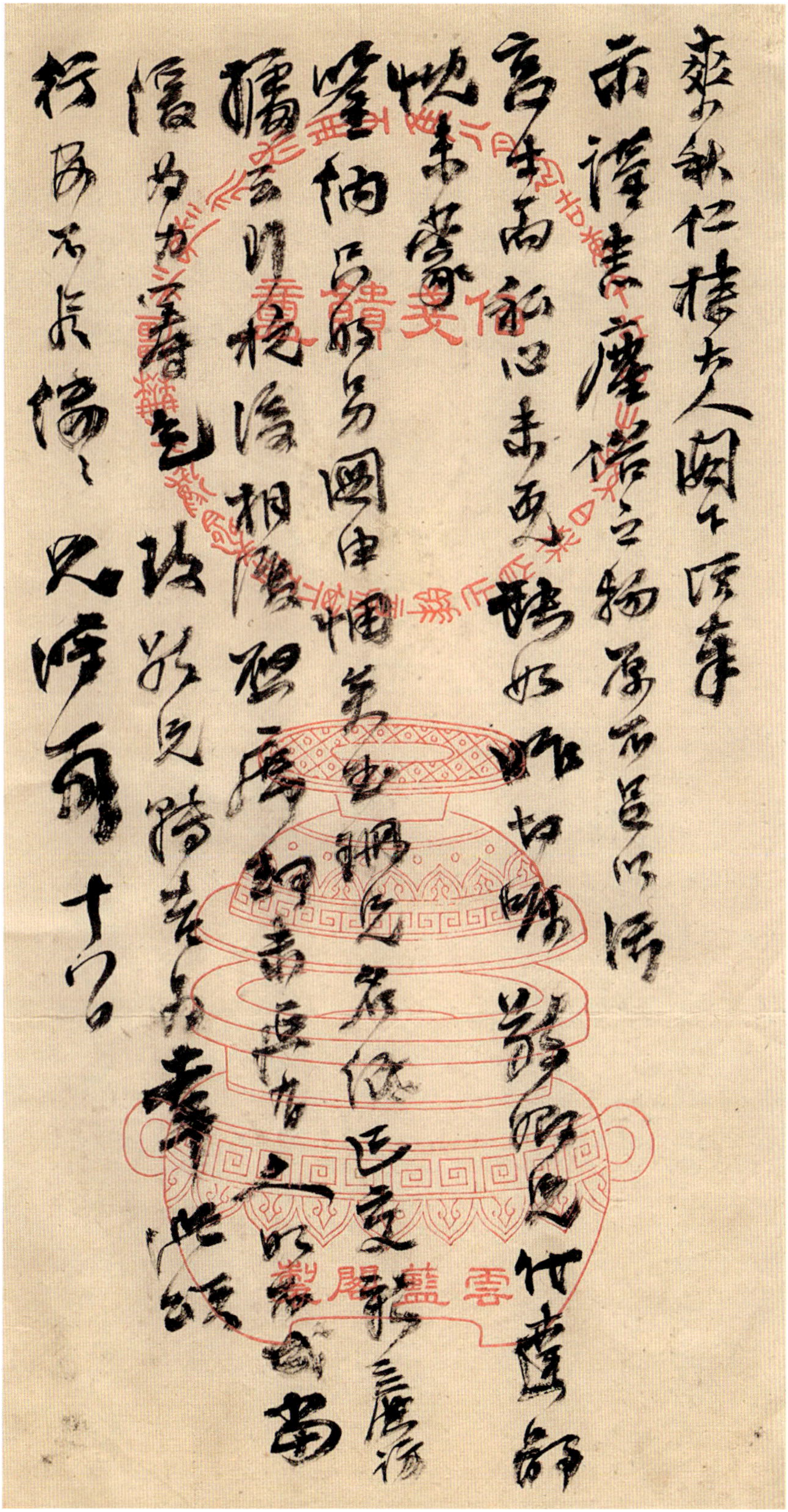
雲藍閣製

日内懶于出門而
老兄亦不能時至未得從容細論歉歉聞滁州之行已定期于
初八日果否滁州前輩有金秋士先生名望欣与　先祖文
好通算學煩一訪其遺書也滁州志係葦進士所撰今
不知尚有其書否滁中古碑極多惜无人搜訪如見漥石
乞搨數本初欲走送恐
尊處客衆故不來祈見原也專此即承
爽秌尊兄起居
弟望頓首

客冬再復册之一函，言別匝指將近一年，之内兩接來書，久稽
復答爲歉。近惟
興秋兄弟請吉撫行，定當與時俱進，爲勝心慰。伯年先
生辭世，已即逝。
弟從前從事先輩，願心人欽其高議謹之文，淵雅入古，有道等
處於此可以觀矣。書院中今年來有黃君教廬，頗爲好學
深思之士，竟於前月患病故，同人皆爲悼惜，此亦院中不幸之事也。
也。愚自夏秋以來，頗爲微疾所纏，年前時覺不適，學無進步，此可

見示來書，以賤言相託，竊謂遠道代謀，誠詒未當，惟在隨時
隨其地勢，所以求是其而已。江北之行，想已在途，此後把晤，未知
究在何時。今燈下率泐書此，所有未盡，面詢竹一，當自知之。此復，即候
近佳。不一

友生劉熙載頓首 九月十四日

爽秋仁兄大人閣下去冬一别倏届重陽合念之懷與昔無極敬維
文祉增綏諸凡惠適定慰頌私弟于役出塞自知力小任重雖言稱職竟玻詩言沸騰難
曰寶劍贈于烈士非烈士則寶劍以誰識視之紅粉贈于佳人非佳人則紅粉益形醜若
其宣不度德不量力之謬也夫又何尤至于高居自課文復懲忽惟成日形荒廢無
以告啟
知己者何之惟
閣下抱不羈之才勵稽古之志精深篤實持大昌明當世奇傑生殆未足俯仰其為韓
柳耶其為李杜耶其為庾鮑耶烏乎淵其詩造矣健羨無似弟性協懶心煩文如

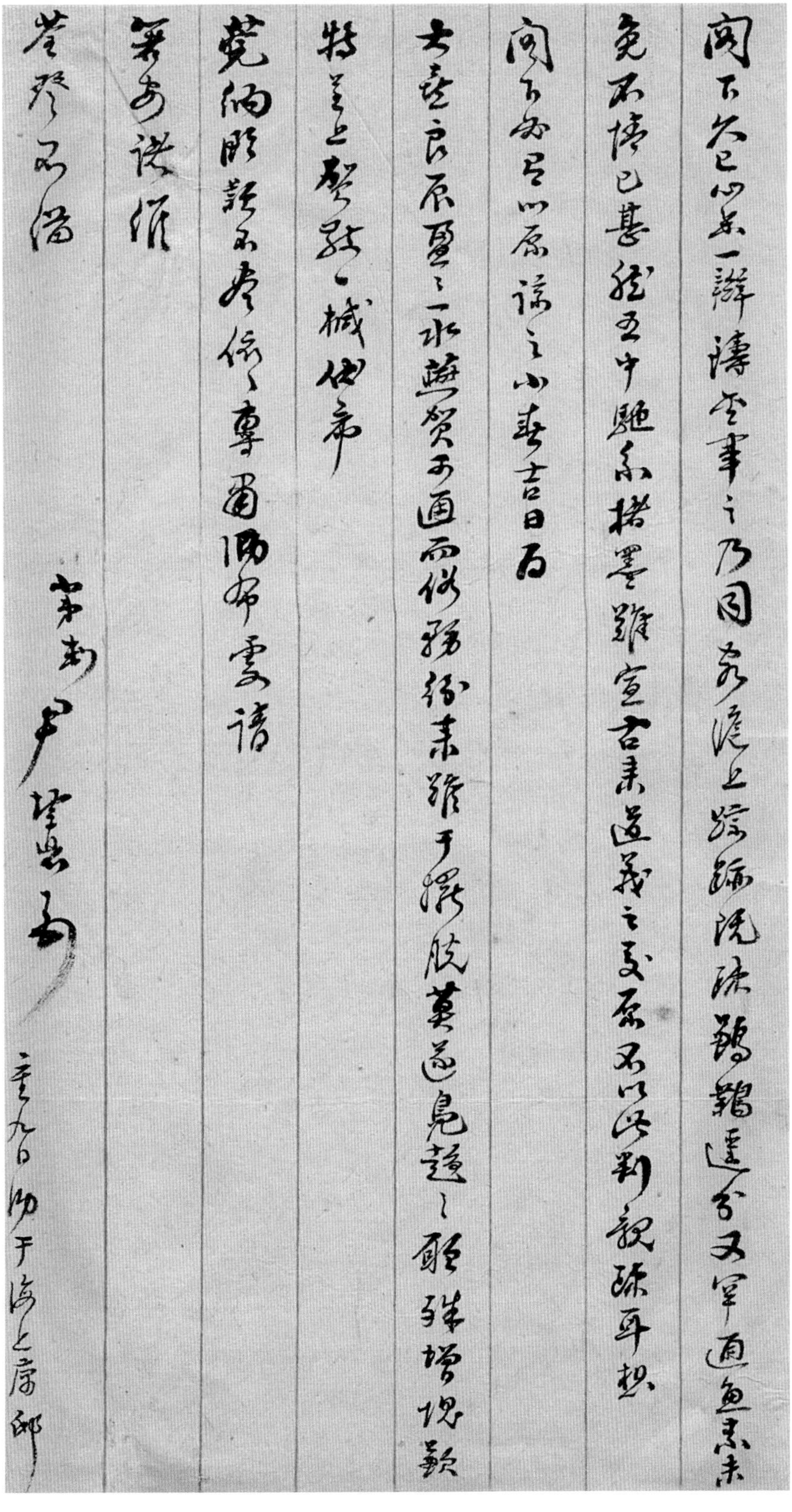
閣下亦已以余一辭請在事之乃因家居上蹤跡既疏賤躬遂分文字通魚素
兄不待已甚於五中馳念揣量雖宜古來道義之交原不以形迹疏耳想
閣下必早以原諒之心亦吉日石
大哉良原囊之一承蘇賀而通所從務猶未能于纓殷莫忘見趣之餘猶增愧歉
特並上聲歉之械候希
覺納於聽不責倦之專函佈云請
籌安諸維
荃照不備
弟制尹鋆德頓
重九日沥于海上寓廬

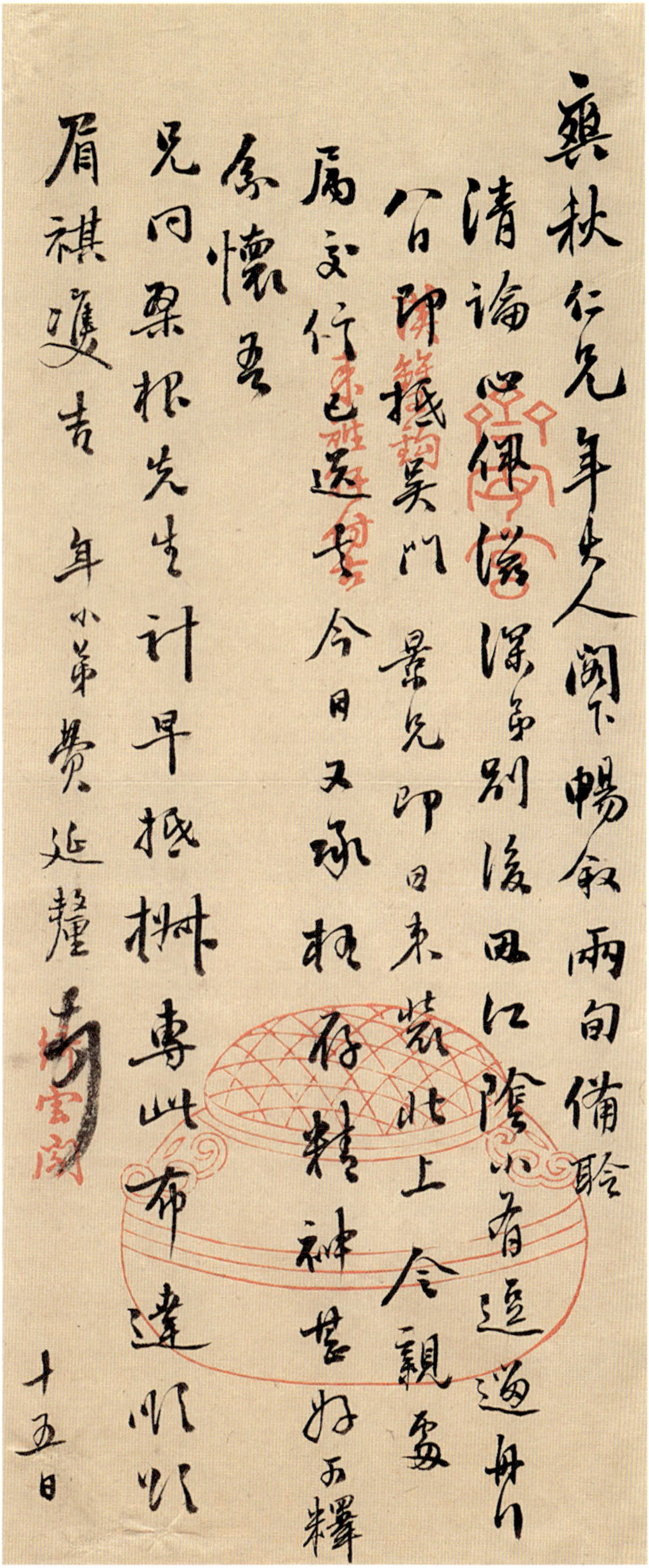
藕秋仁兄年大人閣下：暢叙兩旬，備聆
清論，心佩深〻。別後因江陰有道，遄舟行
公即抵吳門，景兄即日東裝北上，令親姜
扁文行已送去。今日又承枉存，精神甚好，可釋
系懷也。
兄同梁根先生計早抵淞，專此布達，順頌
眉祺雙吉。年小弟費延釐頓首。十五日

爽秋仁兄大人閣下　九秋趁人送

台帆印鐙

合肥校書为收一切經音義四本辰下

倚閣聯吟原不應以此奉塵緣

臨行所屬長啟故为我佛破戒也

拈花一笑　福慧双修矣另林廷玉哥行乞

筠叔萬福

儼安　愚弟丁丙上

爽秋賢弟足下：昨游金焦歸，接奉滬瀆句留十日，金焦暢游兩日

手書，欣悉

起居佳勝，

闔第均吉，足慰眷注。細觀

書法，居然入格，脫盡板滯之氣，尤爲愉快。兩頌軀平

善，適江游海，尚不勞頓。過焦山，與芥航和尚暢談，氣味

甚佳，無近來方丈惡習。

足下前游焦山，曾晤此僧否？浙江優貢榜發，書局得其

五点云盛矣（元同第一，鳳洲第二，均父第三，藍洲第五，子頌第六，第四為餘姚黃炳垕）。鄉榜于十五日揭曉，尚未得信。江南榜于十七日早發，通江甯府屬僅中九人，書院中常來者僅四五人而已（陳兆熙、王錫疇、魏廣元、楊長年，適省）。儘有絕好文章，俱落孫山之外（如江宗沂、劉汝霖、姚兆頤、李經文），諸作傳觀殆遍，竟遺擯斥，為之悶損。秣陵金君延禎，後輩中佳士也，一舉已足稍為吾鄉生色。前庚午科吾鄉亦僅中殿華先生一人，後先輝映，金氏之澤殆未有艾。即日來酬應甚煩，不及多述，藉問頌闔第均福。時雨頓首　十七日

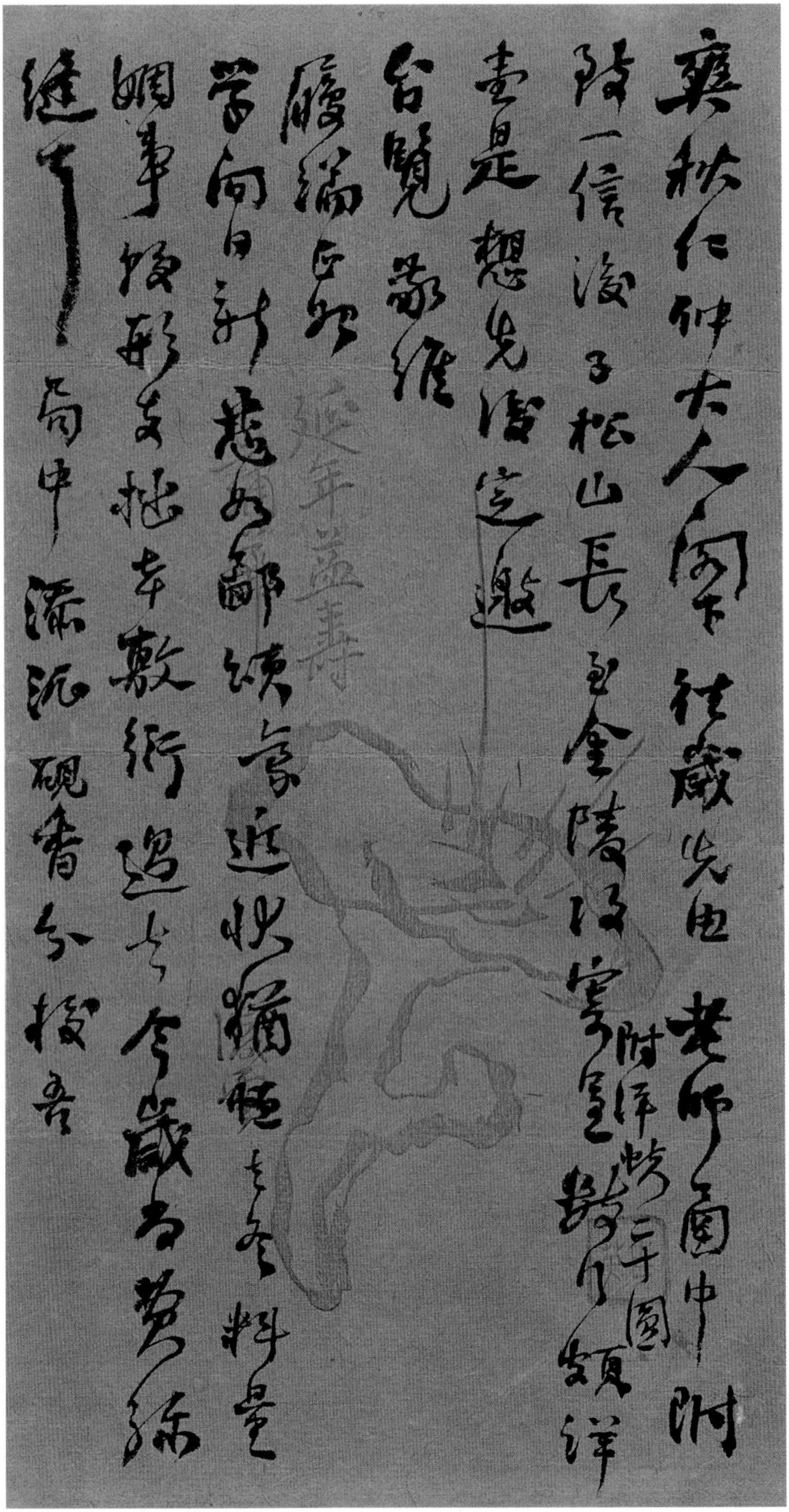

爽秋仁仲大人閣下：往歲先由老師圖中附陸一信，後子松山長至金陵時寄呈（附拜帖二圖）拙作頗詳，畫是想先生定邀

台覽。歲維

履端百吉，

當向日新，想必節續益進，悅彌腴長，春料量

嫺事，頌彩委拙，年數衍過去，今歲尤茂緣

綏丁。旬中添流，硯香分校音

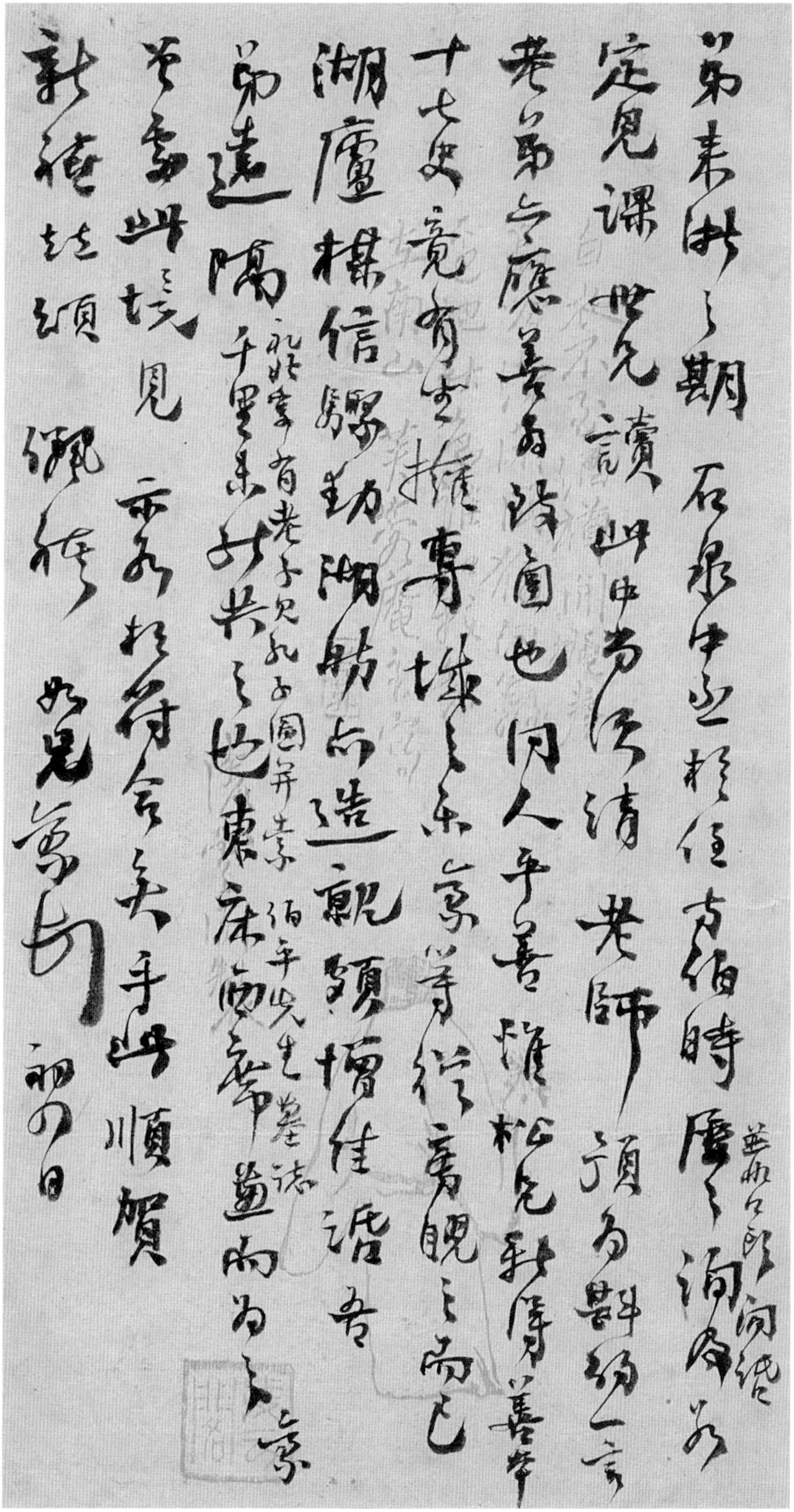
弟來此〻期石泉中丞相值節伯時屢〻詢及爲
定見課世兄讀此中有何清老師須爲斟酌一言
老弟亦應善爲設窗也同人亦善推松兄對序甚常
十七史竟有書〻推專壇〻求亦家等行簡覥〻而已
湖廬棋信鄉勤湖舫而造觀頌增佳語否
弟遠隔千里未如共之也東床而希蓋而爲〻豪
並多此〻見亦尚相會矣手此順賀
新禧 姑頌 儷祉 如兄豪頓 初四日

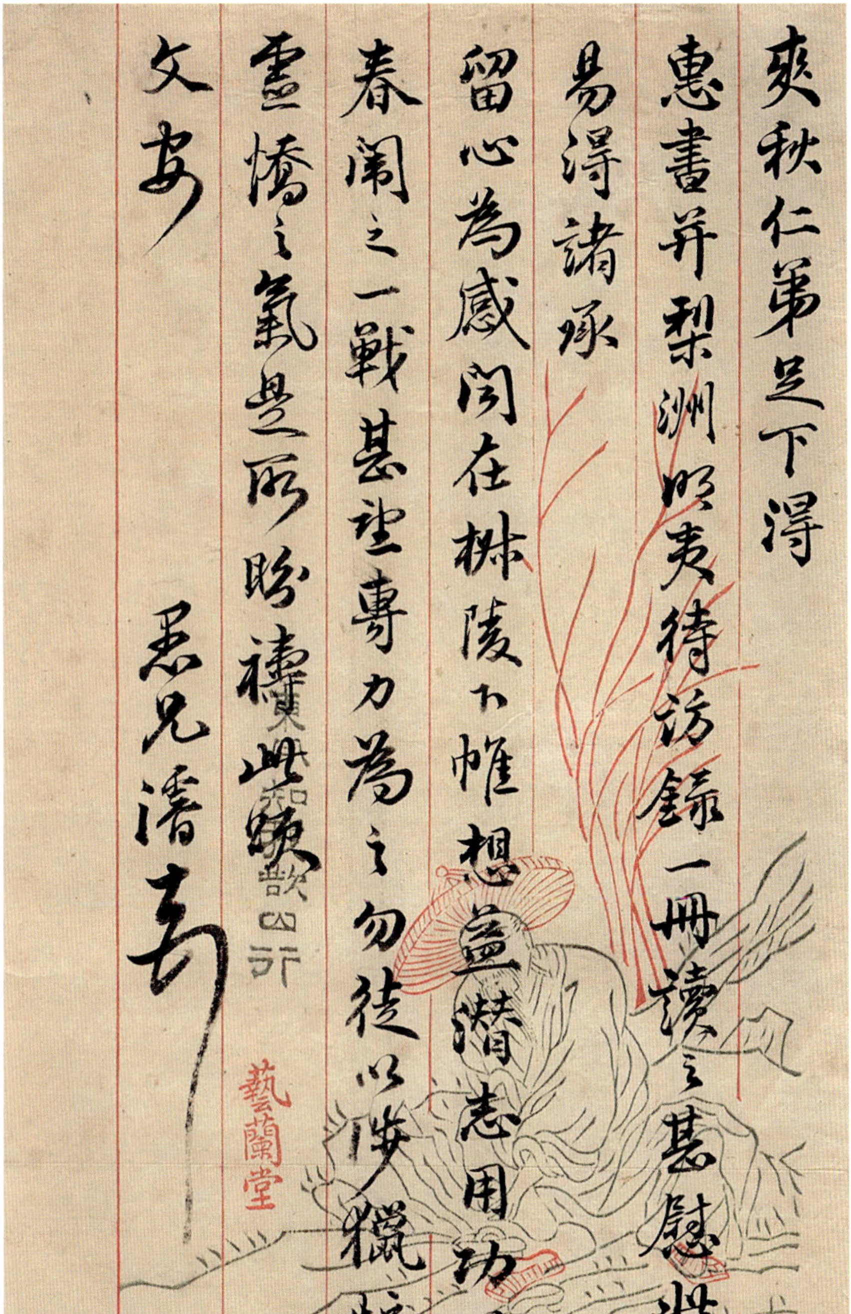
爽秋仁第足下：得
惠書并梨洲明夷待訪錄一冊，讀之甚慰。此書近不
易得，諸承
留心，爲感。聞在秣陵，惟想益潛志用功，以決來歲
春闈之一戰，甚望專力爲之，勿徒以時艱縈寄，徒長
壹鬱之氣，是所盼禱。此頌
文安。
愚兄潘□
藝蘭堂

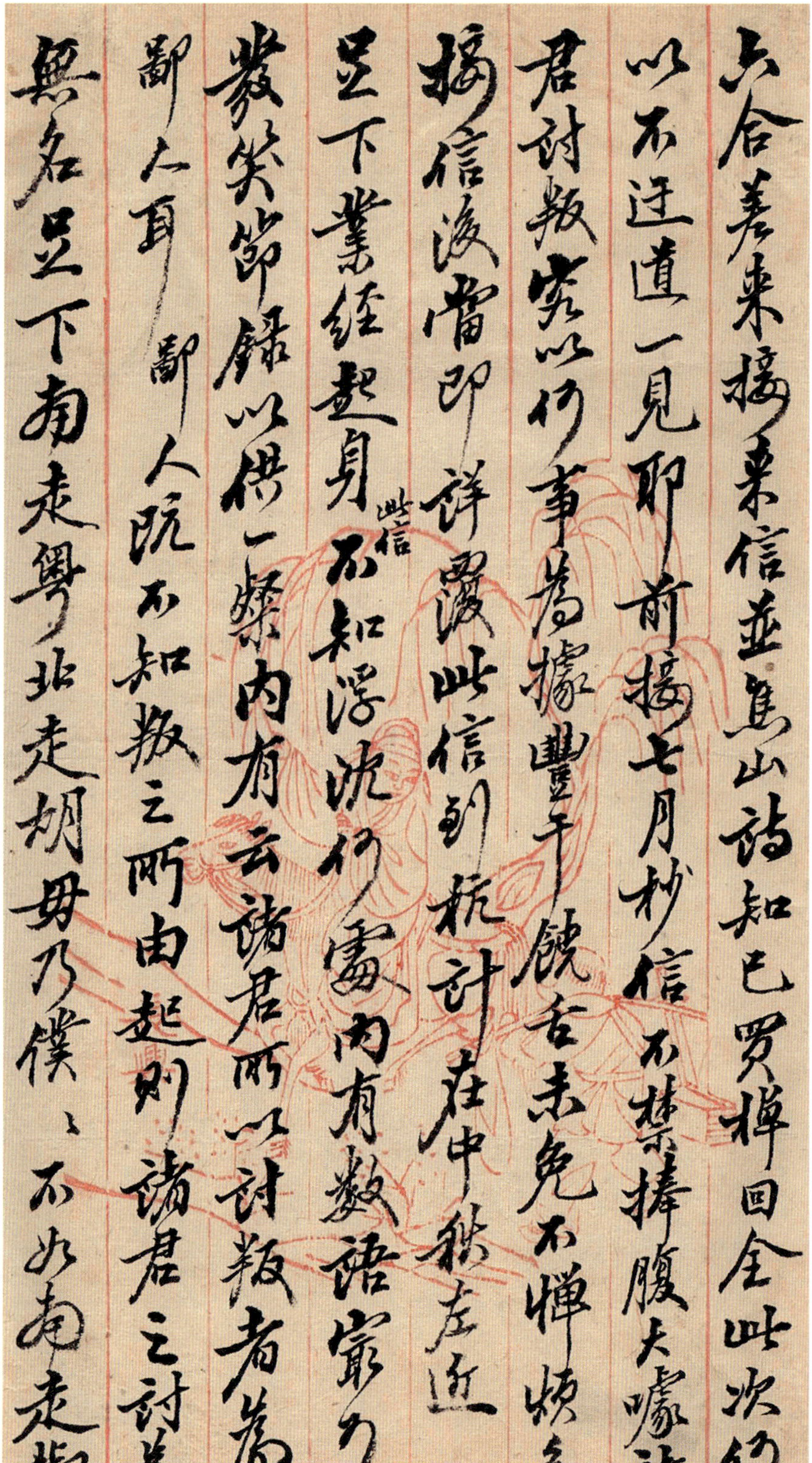
六合差來接來信並悉山詩知巳買棹回全此次何
以不迂道一見耶前接七月杪信不禁捧腹大噱諸
君討叛究以何事為據豈干餞舌未免不憚煩矣
接信後當即詳覆此信到杭計在中秋左近
足下業經起身此信不知浮沉何處內有數語家兄
發笑節錄以供一粲內有云諸君所以討叛者為
鄙人耳　鄙人既不知叛之所由起則諸君之討為
無名足下南走粵北走胡毋乃僕僕　不如南走椒

非走燕揚聲紫微垂光虹霓以間執讒慝之口且益
以顯鄙人知人之明乎以無忝介上　足下既此嘗
亦遊絲水驛矣馬前軍之優乎古未有較歌較
脫易錄一既科場尚屬平安此亦使天之幸非
盡由辦理之善也日來以場作就區户部緣滿
佳作儘有而庸惡陋劣者十之七八存書院肄
業者尚未送齋大約十日之內除時文別無可
讀浙江首題不以其道得之不去也君子去仁惡

爭成名之題、德輶如毛、猶有倫三題。孔子曰大哉堯之爲君也。詩題心對浙江潮，此等題目直是英雄無用武之地。仍蹈江南上科覆轍，爲杭州諸名下慮之。曾中堂因兩江任李中堂調直督，王補帆放閩撫，何小宋升晉撫，天津教務自李中堂到後，聲威甚壯，法國王內疚于右，目前國可以無事，未知將來如何耳。此頌

奕秋賢弟文祺

雨生　十八日

爽秋姻兄同年大人閣下：前奉手佈兩緘一通奉菜

第二一通倘蒙送呈小宮先生代達

覽矣，但未獲覆。

兄集字正不知近錢若何，念甚念甚。此省優榜已出，舍弟

同鄉中第六名，知

念用特聞。

閱件另單開明附

閱。大榜定十五日當可出來，擬待一月題名錄寄來再寄。

頃子勤兄到，奉手讀

還，雲岩精集手稿之批，書大卷無存，若出此乃妥。

兄不大于掀檔而請詳雇詞能另所望於兄也。

隨時教示為幸。十七日又識

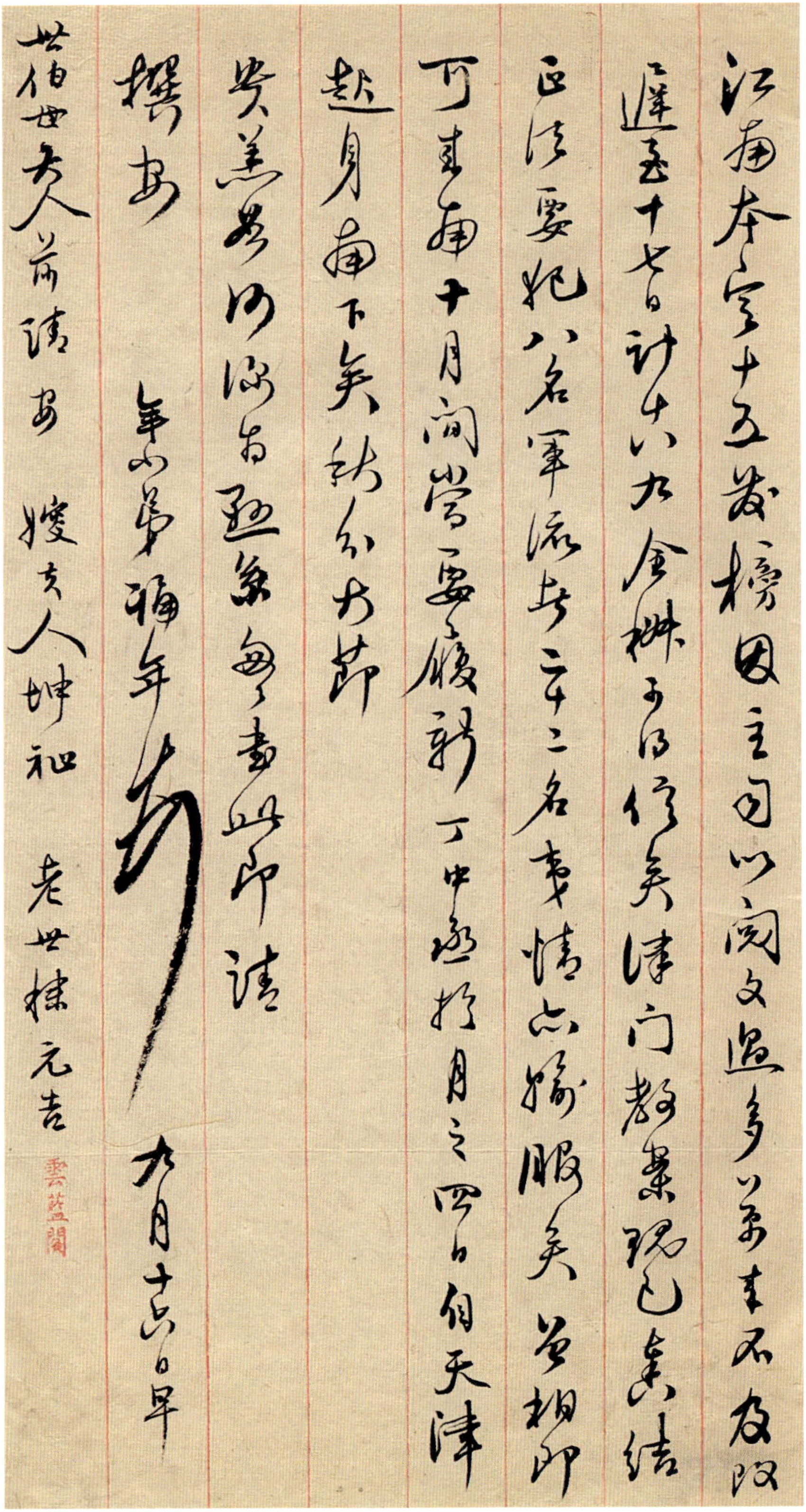

江南本屆十五發榜，因主司以闈文過多，草率不及改
遲至十七日，計共八九十人，金樵未得，仍失。津門教案現已了結
正法要犯八名，軍流者二十二名，其情亦稍服矣。曾相即
可來南，十月間當要履新。丁中丞擬月之四日自天津
赴省南下矣。秋分大節
貴恙若何，深為懸系，無由晤叩，即請
撰安
年小弟福年頓首　九月十六日早
世伯世大人前請安，嫂夫人坤祉。老世姪元吉

雲藍閣

十月廿二日偕袁生爽秋自渡興集故里騎馬至
椒城余渡江後爽秋有詩見貽作此報之
我從江南返江北微逐鄉里指同曹短衣自署牛馬
走頗愧當代推賢豪今年秋旱禾盡槁種秫未足
供醲醪百蓄幸得老妻備黃魚剝鮮紫蟹糟朝々
醉歌擊銅斗勝假節鉞張旌旄袁生遠道來訪我
清談晷短常繼膏生也談經我病飲自知腹儉難
枝牢詰晨並轡離故里朔風凜冽吹林臯路經負

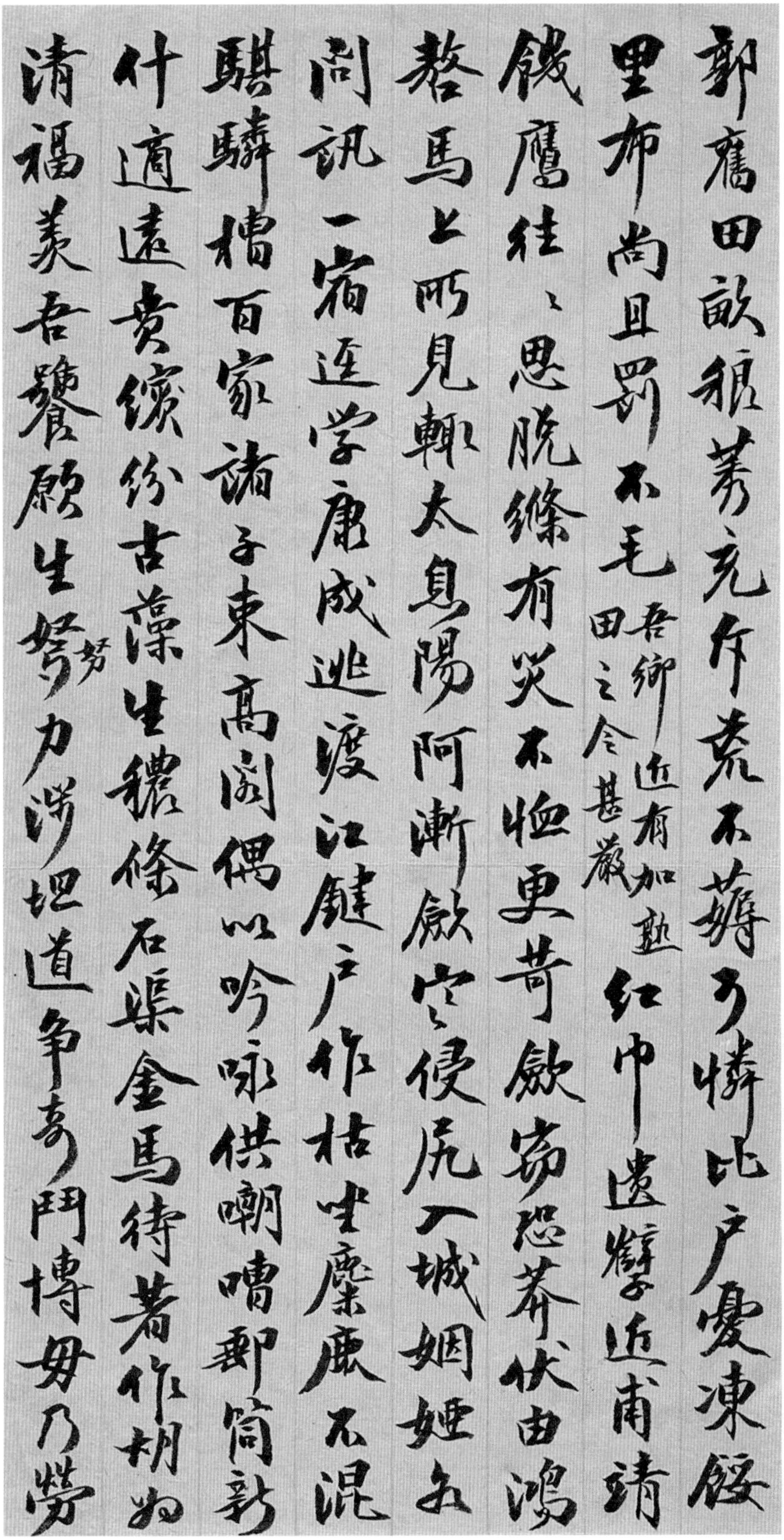

鄉舊田畝頓荒充斥荒不薅乃憐比户憂凍餒

里布尚且罰不毛吾鄉近有加塾田之令甚嚴紅巾遺孽近甫靖

饑鷹往往思脱絛有災不恤更苛斂窮恐莽伏由鴻

嗸馬上所見輒太息陽阿漸斂空侵虎入城姻婭無

問訊一宿逕學康成逃渡江鏈户作枯坐麋鹿不混

騏驎槽百家諸子束高閣偶以吟咏供嘲嘈郵筒新

什適遠貴繽紛古藻生穠條石渠金馬待著作胡為

清福羨吾饕顧生努力涉坦道爭奇鬥博毋乃勞

痿癃偃卧終剥蝕，申椒芳烈將煎熬。出車衰衰方北上，珂鄉早日聯英髦。時生將赴浙，約舊友計偕。之江舊雨我所契，相思遙想逸峯高。歲終襆被再訪我，解佩爲贈王祥刀。

桑根老農時雨初稿

作者小傳（一）

班　謨

生平未詳。

竇　清

生平未詳。

寶山四華雨亭主人

生平不詳。

蔡子鼎

浙江錢塘人，生卒年不詳。與譚獻、袁昶、吴懷珍等有交誼。

陳　豪

（一八三九—一九一〇），字藍洲，一作蘭洲，號邁庵，又號止庵、怡園居士，浙江仁和人。陳叔通之父。同治九年優貢，以知縣發湖北，後任房縣知縣。在應城、蘄水、隨州等地任職時頗有政聲。工詩，書學蘇軾，善畫山水，兼能篆刻，頗有法度。著有《冬暄草堂遺詩》二卷、《冬暄草堂遺文》一卷。

戴　望

（一八三七—一八七三），字子高，浙江德清人。諸生。幼孤，肆力於學，起初好爲詞章，繼而深求博野顔氏學，後從陳奂學詁經師家法，從宋翔鳳學公羊春秋，研精覃思於經學。著有《論語注》《顔氏學記》《管子校正》《謫麐堂遺集》等。

丁　丙

（一八三二—一八九九），字嘉魚，一字松生，晚號松存，浙江錢塘人。近代著名詩人、學者、藏書家，家富藏書，又廣益之，家有八千卷樓、嘉惠堂藏書處。並利用所藏，輯校《武林掌故叢編》《武林往哲遺著》《西泠詞萃》《西泠五布衣遺著》《善本書室藏書志》等，刊刻行世。與孫峻同輯編《武林坊巷志》亦名《杭州坊巷志》，卷幅浩博，徵采盡窮，爲志書之佳作。

方宗誠

（一八一八—一八八八），字存之，號柏堂，别號毛溪居士、西眉山人，安徽桐城人。少從塾師許玉峰學《小學近思録》、程朱之書及韓、歐之文。二十歲後，與戴存莊等同受業於從兄方東樹，篤信程朱之學。從此厭薄科舉，專心古文辭。咸豐三年，將其三十六歲前所作之文，編爲《柏堂集前編》。後又將其四十二歲前詩文編爲《柏堂集次編》。由吴廷棟推薦，曾國藩致函請其入幕府。同治三年後，於曾氏幕中治文書，暇時則讀書作文。旋即由曾氏奏以知縣留補江蘇，復奏調河北，建講舍，立書院，賑濟災民。編其五十二歲前文爲《柏堂集續編》。光緒六年告歸返里，閉户著書。復編其六十二歲前文爲《柏堂集後編》。另著有《志學録》八卷、《續録》三卷、《輔仁録》四卷、《讀書筆記》等。

費延釐

（一八三五—一八九三），字芸舫，江蘇吴江人。同治四年進士，歷任翰林院編修、翰林院侍講、國史館協修、詹事府左中允、河南學政等職。因兄費延慶之喪辭官。工書擅畫。任河南學政期間，置《十三經注疏》和《資治通鑒》在大梁書院，學風大有改觀。作《重建江震學宫記》《重建節孝祠紀略》等。重刻徐大椿《慎疾芻言》，主持修纂《靈寶縣志》。

馮　煦

（一八四三—一九二七），字夢華，號蒿庵，晚年自稱蒿叟、蒿隱，江蘇金壇人。光緒八年舉人，十二年中探花，授翰林院編修。二十一年，授安徽鳳陽府知府，其後在四川、山西、安徽等地歷任道員、按察使、布政使、提學使等職，三十三年陞安徽巡撫。辛亥革命後，退居上海，以遺老終世。著有《嵩庵詩稿》《蒙香室詞》，輯有《宋六十一家詞選》。

馮錫綬

生平不詳。

高行篤

約生於道光間，字叔遲，浙江秀水人。其父高均儒（一八一一—一八六八）精通漢學，尤深於許氏《説文》，晚年主講東城講舍，卒后門人私謚孝靖先生。高行篤秉承廳訓，曾任兩淮鹽大使，後入淮南書局校讎群籍近二十年。工書法，爲人方嚴，書亦似之。著有文集，未見刊行。

蔣　節

生卒年不詳，大約爲清同治、光緒間人，歿時年僅中歲。字幼節，號香葉，上海人。諸生。曾師事何紹基、莫友芝。工詩詞古文，長於金石考據之學。書法眉山，兼擅篆刻，摹漢尤精。客遊蘇浙間，經歷山水幽勝，因悟書理，作倪、黄小品，落筆不凡。著有未刊稿《閑偍齋詩集》。卒於吴門。

金嘉采

主要活動於清同治年間，金石學家，僧人，曾遊日本，著有《洪氏泉志校誤》四卷。

李文田

（一八三四—一八九五），字畬光、仲約，號芍農、若農，謚文誠，廣東順德人。清代著名書法家、藏書家。咸豐九年進士，授翰林院編修。歷任江蘇、浙江、四川等鄉試主考，提督江西、順天學政。官至内閣學士、禮部右侍郎、工部右侍郎。李文田學識淹通，尤諳西北輿地、蒙古史、金石碑帖等。著有《元秘史注》《元史地名考》《西遊録注》《塞北路程考》《和林金石録》《雙溪醉隱集箋》《朔方備乘札记》等，校注有《撼龍經》《潛虚先生文集》。

李宗庚

生卒年不詳。字子長，同治六年優貢，赴廣西任知縣。官至明江同知。尤擅唐人真行書法。

凌　霞

生卒年不詳，又名凌瑕，字麈遺，一字子與，晚號病鶴，又號疣琴居士、樂石野叟，别署二金梅室，浙江歸安人。布衣，寓揚州，性孤介，不妄與人交。長於《説文》及金石之學，善畫梅，工詩，著有《天隱堂詩集》《三高遺墨樓集》。

劉履芬

（一八二七—一八七九），字彦清，一字泖生，號鷗夢，浙江江山人。官户部主事，改江蘇嘉定知縣。在任時，因不能抗官以保民，憤而自殺。喜收藏金石圖書，善駢文，工詩詞，其詞作有吴中詞派的印記。喜抄不易得之書，有百餘種傳世。亦愛藏書，有《紅梅閣書目》。著有《古紅梅閣遺集》八卷、《鷗夢詞》一卷。

劉壽曾

（一八三八—一八八二），字恭甫，一字芝雲，江蘇儀徵人。著名學者劉文淇孫，劉毓崧子。少善文章，長通許鄭，同治三年、光緒二年兩充江南鄉試副榜貢生。曾佐戎幕，保舉知縣，加同知銜。又應曾國藩邀入金陵書局，校勘書史多精善。平生精於經學，尤善左氏學，繼祖父、父著《春秋左氏傳舊注疏證》，未成而卒。他著如《昏禮重别論對駁議》《南史校義集評》《傳雅堂集》《芝雲雜記》，各若干卷。

劉熙載

（一八一三—一八八一），字伯簡，號融齋，晚號寤崖子，江蘇興化人。十歲喪父。道光二十四年進士，改庶吉士，授編修，咸豐二年命直上書房，與大學士倭仁相友重，同治三年徵爲國子監司業，遷詹事府左春坊左中允，授廣東學政。同治間主講上海龍門書院多年，品學純粹，以身爲教，爲士林表率。著有《藝概》六卷、《昨非集》四卷、《四音定切》四卷、《説文雙聲》二卷、《説文疊韻》二卷等。

濮子潼

（一八四八—一九〇九），字紫銓，號止潛，浙江錢塘人。光緒三年進士，改庶吉士，九年供職兵部，歷任兵部主事、兵部員外郎、兵部武選司總辦、兵部職方司員外郎等。並任會典及方略協修官。光緒二十四年任松江知府。光緒二十九年任安徽按察使。光緒三十一年任廣東按察使、江蘇布政使。光緒三十二年官至江蘇巡撫。

錢應溥

（一八二四—一九〇二），字子密，別字葆慎，晚年自號開静老人，浙江嘉興人。年十六入邑庠。道光二十九年選拔貢，三十年朝考一等第一，以七品京官分吏部行走。光緒二十一年入值軍機處。歷任左都御史、工部尚書等。著有《葆真老人日記》。

錢振常

（一八二五—一八九八），初名福宗，字笣仙，浙江吴興人。早年在張之洞帳下爲幕賓，同治六年舉人，十年中進士，任禮部主事。光緒八年，辭官南下，從此不出。曾掌教紹興龍山書院、常州樂儀書院。與其兄錢振倫合注《樊南文集箋註補編》十二卷。另著有《示樸齋駢體文》六卷、《制藝巵言》八卷等。

邱心坦

（一八三七—一八九一），字履平，江南海州（今江蘇連雲港）人。曾國藩任兩江總督時招爲幕僚，以軍功擢副將。後被委任爲檢閲使，甲午戰争前隨軍派駐朝鮮。甲午戰敗後離開軍旅，入貲爲候選縣丞，以直隸静海縣丞終。自幼穎悟，兼善文武，且任俠好義，譽滿鄉里。善詩詠，卒後由張謇輯其詩稿爲《歸來軒遺稿》四卷刻印行世，收詩四百三十五首，多涉與朝鮮金基青交往事。

沈祥龍

卒年七十有三，婁縣（今上海）人，字約齋，同治六年優貢生。善隸書。室名『味經堂』『樂志簃』。與葉世熊交好，曾爲其集《楓涇小志》《醉月居詩詞鈔》作序，著有《樂志簃集》《論詞隨筆》。

沈曾植

（一八五〇—一九二二），字子培，號乙盦，晚號寐叟，浙江嘉興人。光緒六年進士。歷任刑部主事、員外郎、郎中。尋充總理衙門章京。二十一年參加北京强學會，支持康有爲、梁啓超變法維新。二十四年應湖廣總督張之洞之聘，主講兩湖書院。二十六年八國聯軍入侵时期，與盛宣懷等人密商『東南互保』。擢安徽提學使，赴日本考察學務。三十二年署安徽布政使，護理巡撫。宣統二年辭官居上海。辛亥革命後以遺老自居，力主清帝復位。爲學兼綜漢、宋，尤深於史學掌故，後專治遼、金、元三史及西北輿地等。書法負盛名。亦工詩，爲『同光體』代表作者之一。著有《漢律輯補》《晋書刑法志補》《元秘史補注》《海日樓詩文集》等。

宋　斤

浙江義烏人，咸豐九年舉人。

孫衣言

（一八一五—一八九四），字劭聞，號琴西，晚號遜學，浙江瑞安人。道光三十年進士，得曾國藩賞識，入直上書房，擢侍讀。同治十一年，從江蘇鹽巡道陞任安徽按察使，光緒三年任江寧布政使，光緒五年陞太僕寺卿。光緒六年因病乞休，年逾六十，不復出，以著書自娱。筑『玉海樓』以藏書。著有《遜學齋詩鈔》《遜學齋文鈔》。生平搜討整理鄉賢文獻，編刻有《永嘉叢書》。

孫詒讓

（一八四八—一九〇八），字仲容，號籀廎，浙江瑞安人。同治舉人。官刑部主事。曾主温州師範學校，充浙江教育會會長。從父官江寧時，收得東南故家秘藏數萬卷。與戴望、唐仁義、劉壽曾等交遊，學益進。後引疾歸里。總結漢、唐迄乾嘉有關《周禮》舊説，著《周禮正義》八十六卷，並輯三家佚注一卷附後，又著《墨子閒詁》《墨子後語》，表章墨學。還著有《契文舉例》《名原》《古籀餘論》《尚書駢枝》《劄移》《籀廎述林》等，主要著作收入光緒二十六年所刻《孫氏遺著》中，對甲骨文、金文以及古書校釋貢獻較大。

譚　獻

（一八三二—一九〇一），又名廷獻，字仲修，浙江仁和人。同治六年舉人，後會試均不第。官安徽，知歙、全椒、合肥、宿松諸縣，不數年告歸。晚年應張之洞邀，主湖北經心書院，重今文經學，好談天下得失。譚氏廣讀群籍及前人論著，讀書日有課程，有得則載於日記。又精於詩詞，尤善詞論，爲當世詞壇大家。曾選輯清人詞爲《篋中詞》，又著有《復堂類集》《復堂詩續》《復堂文續》《復堂詞》《復堂詞話》《復堂日記補録》等。

天蹤主臣

生平不詳。

王炳燮

（一八二二—一八七九），初名炳，字絅齋，號璞臣，又號胥山瘿人，江蘇元和人。咸豐初，太平軍陷蘇州，曾集鄉兵圖恢復，後見事不可爲，乃隱居胥山，遘病幾死，跛一足，時稱跛道人。光緒二年進士。三年署直隸天津知縣，提調邯鄲知縣，未赴任。四年復任天津知縣。所任皆行善政，清廉惠民。卒於任，附祀天津名宦祠。精醫術，講求理學，學以經世致用。爲文清峻簡潔，嚴謹有度，並長於議論，於社會動亂頗有反映，其悼亡之作與紀遊之作亦有特色。輯有《國朝名臣言行録》，著有《毋自欺室文集》等。

吴講

字介唐，浙江山陰人，同治十三年進士，官侍講學士。工書法。

吴安業

（一七九八—一八八六），原名樹杞，榜名樽，字尚先，又字師機、杖仙，晚年自號潛玉居士，浙江錢塘人。道光十四年中舉，官内閣中書。負經世志，以活人爲務。同治初年，避地海陵東北鄉，以藥膏救人無數。光緒九年重遊泮水，卒年八十九。著有《小斜川室詩》《理瀹駢文》。

吴昆田

（一八〇七—一八八二），原名大田，字雲圃，號稼軒，安徽清河人。道光甲午科舉人，官内閣中書，旋改發雲南知州，後任刑部員外郎。昆田讀書爲文好深沉之思，不屑文辭章句，從山陽潘德輿遊，晚年主講於奎文書院、崇實書院。早歲著述盡毁於庚申之亂，所存者皆爲其五十後作，有《漱六山房集》十一卷、《讀書記》一卷，又修有《淮安府志》《清河縣志》《山陽縣志》《安東縣志》。

吴慶坻

（一八四九—一九二四），字子修，一字敬疆，號稼如、悔餘生，晚號補松老人，浙江錢塘人。光緒二年舉人，十二年進士，改翰林院庶吉士，歷官翰林院編修、四川學政、湖南學政、湖南提學使，曾赴日本進行教育考察。辛亥革命後居上海，與樊增祥、沈曾植等結詩社。著有《補松廬詩録》《補松廬文稿》《悔餘生詩集》《蕉廊脞録》《庚子赴行在日記》《辛亥殉難記》，編有《吴氏一家詩録》，重纂《杭州府志》，又續修《浙江通志》等。

許增

（一八二四—一九〇三），字益齋，一字邁孫，浙江仁和人，清代學者，藏書家。官道員。生平喜勘訂書籍，所校刻《唐文粹》極精。愛書畫，收藏甚富。著有《煮夢庵詩》。刻有《榆園叢書》十八種，《娱園叢刻》十種等。室名『榆園』『娱園』『煮夢庵』等。

許誦年

（一八四〇—一九〇六），又名許頌鼎。字寧壽，號子曼，晚年自號曼廬。浙江海寧人。纍官江蘇糧儲道，府志、州志有傳。著有《曼廬詞》。

薛時雨

（一八一八—一八八五），字慰農，號澍生，晚號桑根老人，安徽全椒人。咸豐三年進士，曾官嘉興、嘉善知縣，杭州知府，主崇文書院、尊經書院。爲官勤勉，爲學無漢宋門户之見，工詩。著有《藤香館詩鈔》《藤香館詞》等。

羊復禮

（一八四〇—一八九二前後），字乾生，號心梅，又號辛楣，浙江海寧人。同治六年舉人，入貲爲刑部郎，改官江蘇同知，提調書局，後以知府分發粤西，攝篆鎮安。在任期間，因廉静有爲，循聲卓著，旋補泗城，未及赴任而卒。著有

《蠶桑摘要》一卷、《圖説》一卷，纂修《（光緒）鎮安府志》二十五卷首一卷，續纂《（光緒）廣西通志輯要》，輯有《海昌叢刻》。

楊昌濬

（一八二六—一八九七），字石泉，號鏡涵，又號壺天老人，湖南湘鄉人。太平天國事時，以諸生從羅澤南治團練，援湖北，叙功授訓導。又從征江西、安徽，頻有功，遷知縣。同治元年，從左宗棠入浙江，平定浙西，遷鹽運使，擢布政使，同治九年除巡撫。後坐餘杭葛畢氏案革職。光緒四年，起復，佐新疆軍事，數遷至漕運總督。後歷任閩浙總督、陝甘總督，加太子太保。著有《平浙紀略》十六卷、《兩浙鹽法續纂備考》十二卷、《浙江減賦全案》十卷等。

楊長年

（一八一一—一八九三），號樸庵，江蘇江寧人。舉孝廉，同治庚午舉人。舉進士，不第，南歸，主講上海敬業書院。已而移金陵鳳池，鄉人咸宗之，選武進教諭，不赴。晚年究心釋典，自號西華。名儒舊學，得李鴻章賞識，稱其爲『讀書種子』。著有《妙香齋詩文詞集》《周易省心録》《春秋律身録》。

楊守敬

（一八三九—一九一五），字惺吾，晚年自號鄰蘇老人，湖北宜都人。同治元年中舉，四年考取景山宫學教習。光緒六年赴日本，任駐日隨員。在日期間，大量購進在中國失傳或稀見的古籍善本，並編刻《古逸叢書》二百餘卷。光緒十年歸國任黄岡教諭，建藏書樓『鄰蘇園』以藏日本所購之書。二十五年，充兩湖書院地理教習，二十八年爲勤成學堂總教長，三十三年爲禮部顧問官，宣統二年任湖北通志局纂修。民國三年，聘國府顧問、參政院參政，力辭不就。著有《水經注疏》《漢書地理志補校》《隋書地理志考證》《湖北金石志》

《日本金石志》《日本訪書志》《丁戊金石跋》等。

楊文瑩

（一八三八—一九〇八），字粹伯，號雪漁，浙江錢塘人。光緒三年進士，授編修。充湖南考官，尋督貴州學政。振學風，選拔人才，當地士風爲之一新。任滿假歸，無心官場，遂不復出。主講學海堂及養正書塾甚久，成就者衆。工書法，出入顔柳，晚年有蘇黄筆力。著有《幸草亭詩鈔》。

易順鼎

（一八五八—一九二〇），字實甫，又字中實，中年後號哭庵，湖南龍陽人。光緒元年舉人，後五次會試不第，納官刑部山西司郎中，改河南候補道。甲午戰争時曾兩次赴臺助黑旗軍首領劉永福抗日。後歷任廣西、雲南、廣東道臺。辛亥革命後避居上海，民國二年定居北京，曾任印鑄局參事。著述甚豐，至有數十種百餘卷之多。主要爲詩集，又有文集、日記，如《丁戊之間行卷》《四魂集》《遊梁詩賸》《出都詩録》《吴篷詩録》《蜀船詩録》《巴山詩録》《盾墨拾餘》《戊申日記》《己酉日記》等。

尹𤣩德

別字冰叔，華亭人。主要活動在清同治間。

應寶時

卒於清光緒十六年。字敏齋，浙江永康人。道光二十四年舉人，咸豐二年考取國子監學正、學録。官直隸州知州、江蘇蘇松太道、江蘇按察使、江蘇布政使。同治間爲通商大臣衙門隨員，幫同上海道籌辦洋務，赴津協辦日本通商議約。著有《射雕詞》《射雕館詩集》。修《上海縣志》。輯有《直省釋奠禮樂記》。

袁　康

（一八四〇—？），江蘇寶山人。生平不詳。

張鳴珂

（一八二九—一九〇八），原名國檢，字公束，一字玉珊，晚號寙翁，又號寒松老人。室名寒松閣，浙江嘉興人。咸豐十一年拔貢，歷官江西德興縣知縣、義寧知州。工詞，曾受業於薛時雨、黄燮清。好收藏書畫，著有《寒松閣談藝瑣録》。又著有《説文佚字考》《寒松閣詩》《寒松閣詞》《寒松閣駢體文》等，輯有《國朝詞續選》《國朝駢體正宗續編》等。

張王□

生平不詳。

張文虎

（一八〇八—一八八五），字孟彪，號嘯山，上海南匯人。

貢生。曾國藩督兩江時延聘入幕，屬以江南書局讎校事。晚年主南菁書院講習。少孤家貧，肆力於詩古文辭，精於校勘之學。主要著作有《古今樂律考》《舒藝室隨筆》《舒藝室雜著》《史記集解索隱正義札記》《鼠壤餘蔬》及詩、文録等。

趙　銘

（一八二八—一八九二），字新友，號桐孫，浙江秀水人。同治九年舉人。官直隸順德知府。著有《琴鶴山房遺稿》《琴鶴山房殘稿》《琴鶴山房駢體文鈔》等。

鄭　襄

生卒年未詳，字贊侯，湖北江夏人。官太湖知縣，教民以藝桑。曾遊浙儒高均儒之門，工詩古文辭，著有《久芬室诗集》六卷。

朱　游

字德園，黄巖人，候補郎中。曾爲《臺山梵響》作序。著有《道德經證》二卷。

莊　棫

（一八三〇—一八七八），一名忠棫，字希祖，號中白，又號蒿庵，江蘇丹徒人。先世業鹺，棫以輸饟，奬叙主事。嘗居京師，因不樂浮沉曹司，遂南歸。時曾國藩於金陵設書局，招延方聞士校正群籍，棫與德清戴望、儀徵劉壽曾同至。同治十年入何紹基主持之揚州書局，期間結識袁昶。自此至病逝，莊棫與袁昶皆有密切來往。袁昶曾爲其《中白詩集》作跋。著有《周易通義》十六卷、《易緯通義》十卷、《東莊讀詩記》一卷、《静觀堂文集》十八卷、《蒿庵遺集》九卷。

宗廷輔

（一八二五—一八九九），字子贊，號月鋤，晚號佛懶老人，江蘇常熟人。同治六年舉人。著有《壬子秋試行記》《趙園觀梅記》《辨字通俗編》《三橋春遊曲唱和集》《丹陽集》《寓崇雜記》《古今論詩絶句》《選例匯鈔》，輯爲《宗月鋤先生遺著八種》。另有《宗月鋤先生日記墨蹟》。

宗源瀚

（一八三四—一八九七），字湘文，江蘇上元人。以監生例捐同知，因佐戎幕薦舉候補知府，同治六年代辦杭州知府，七年委署衢州府知府，又先後任嚴州府知府、嘉興府知府、寧波府知府，光緒七年候補道員，十八年署浙江杭湖嘉道，二十年轉温處道，二十三年卒於任。著有《頤情館詩鈔》《頤情館聞過集》等，修有《（同治）湖州府志》，輯有《國朝嚴州詩録》《辨志文會課藝初集》等。

□　澂

生平不詳。

□ 怛

生平不詳。

□ 典

生平不詳。

□ 璜

生平不詳。

□ 節

生平不詳。

□ 祁

生平不詳。

□葆昌

生平不詳。

□丙爠

生平不詳。

□補生

生平不詳。

□緑□

生平不詳。

□汝霖

生平不詳。

□雲麟

生平不詳。

國家出版基金項目
NATIONAL PUBLICATION FOUNDATION

國家圖書館藏未刊稿叢書

主編 劉玉才 陳紅彥

書札編

袁昶友朋書札（二）

（清）袁昶 輯
謝冬榮等 整理

鳳凰出版社

目録

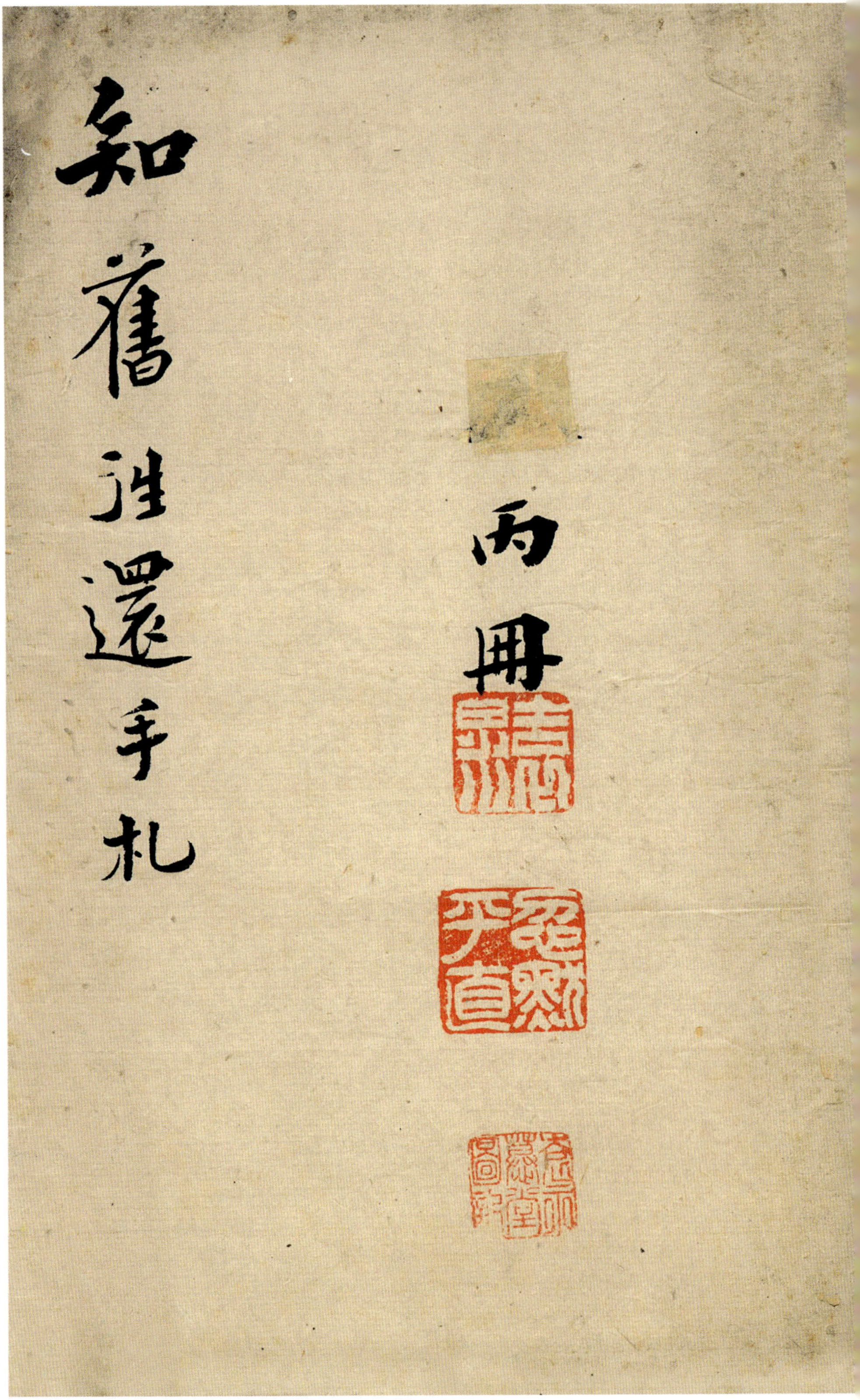
知舊往還手札
丙册

再啓者前奉

環雲備承

藻飾深用慚赧屢欲爲書奉報人事膠擾遲

至今以在至交亮不責也南菁彙刊經解一節自

奏明設局以來書頗多擇要付刊計可一千二百餘

卷擬緩刻者不與焉

尊論所及胡朏明之易鴻範鴻範尚未收亦容再酌定王船山之稗疏顧震滄之

春秋學海堂刊入叢鈔今重刻原本姚惜抱之補注内外傳此擬付刊者也

黎洲安溪望溪此輩從後刻者也嘗竊以爲天下之
大萬物之繁無非欲令各得其所而已刻書亦何莫
不然雖非一人一家所爲既彙爲一編當使同條共貫
不相雜廁亦得所之義也揔論阮續阮書當用阮例
非敢過於墨守然苟去之太遠則不若上續通志堂
之爲愈名與實乖殆不可也漢宋門户之見本所不意
特以私意彙編此書惟考據精博者必收其專講明
義理者留爲異日續通志堂經解之用區區職但求

免雜揉之病避通人指摘而已弟於經學所得實
淺到任以後亟思所以沾丐士林謬有此舉目今分
府校刊將欲觀成較速雖經費不敷甚鉅不敢不殫
竭心力竟此全功叨
愛夙深敬希其私仍乞有以
教之為幸頃由淮安衛赴金陵按試四署書在臘
抄率泐奉達附呈吟梅冊韵伏希
莞存手肅再請 著安 弟彭祖賢頓首 十月初八揚州舟次

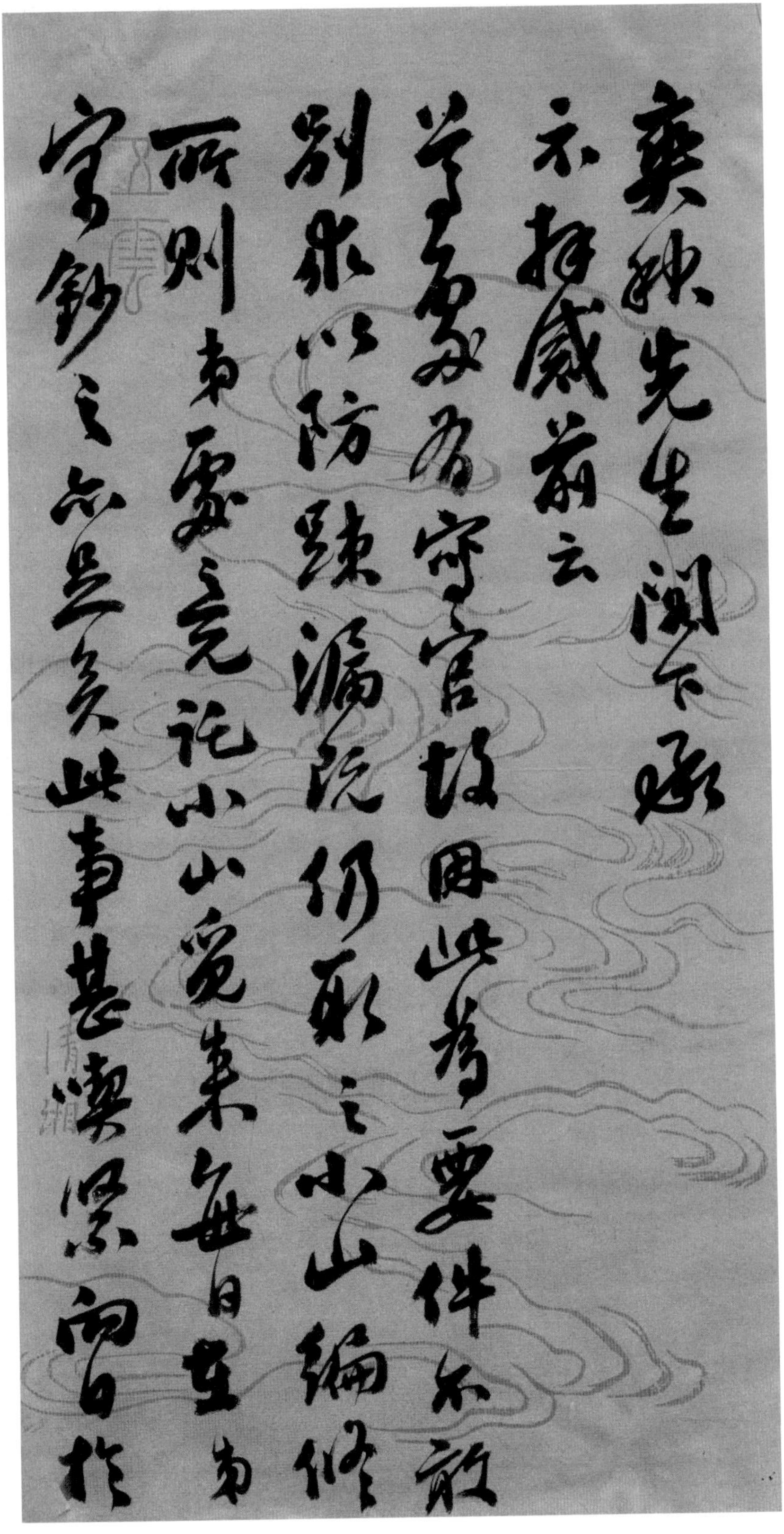

爽秋先生閣下：承
示敬悉。前云
半月為守宮故，因此等要件不敢
別派，以防疏漏。須俟之小山編纂
所則未覓之，託小山覓集，每日直南
齋鈔之，亦已多矣。此事甚難，深曾於

龍沙人未甚究心，即閱前賢雜書
如名山藏，皆如善寐，即官書亦不
四裔考數
了，以為於今日情形不同也。要
覽多矣。法夷探路記四十卷已收，
此等書不專用，可奉繪數子也。
目疾不得盡言
題倍多矣
星甫田頓首

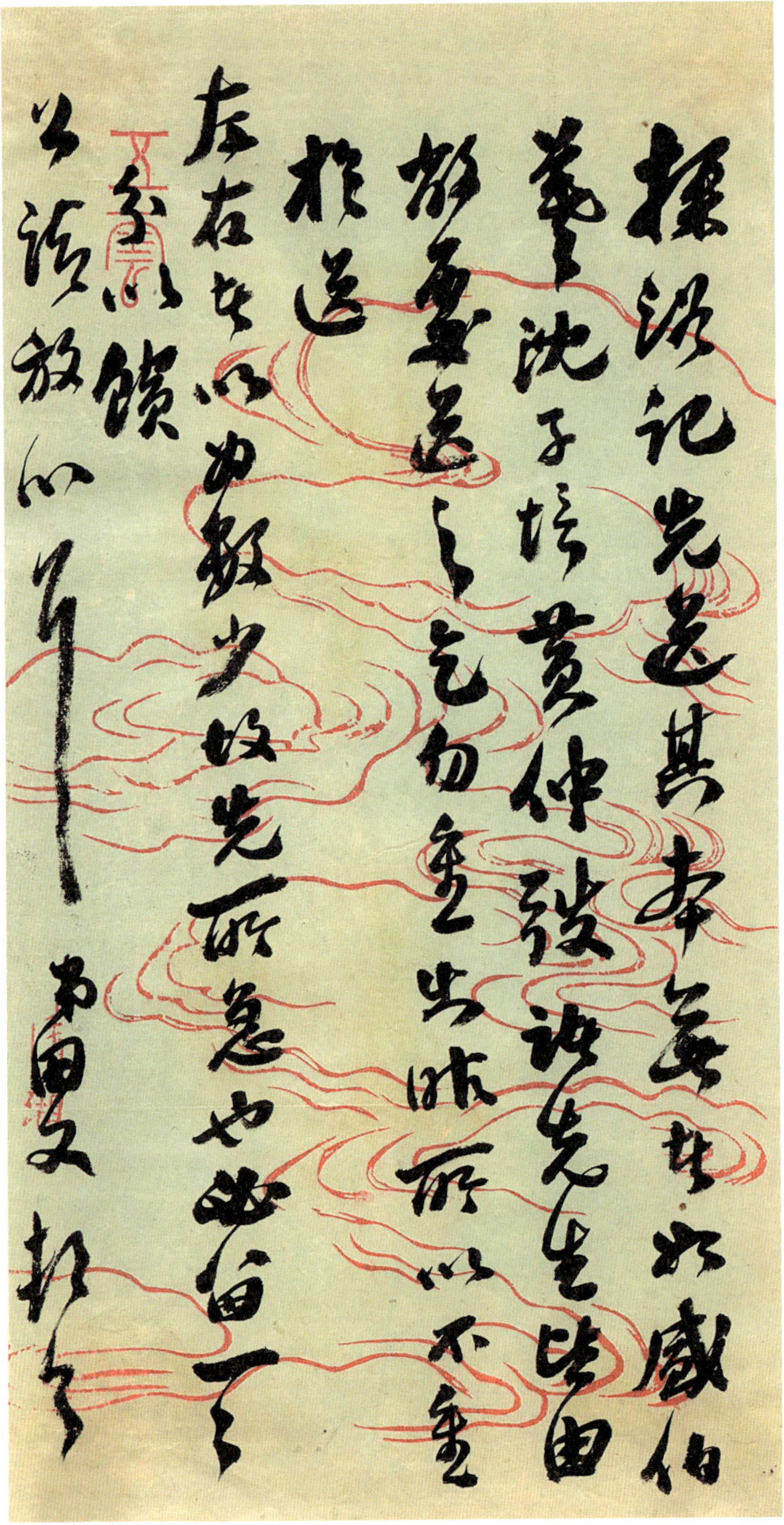

爽秋先生史席：每承厚
手書，輒以非分相稱，徒令汗下，豈足名紙
存一
雪泥鴻爪之痕乎？若此，故不敢不禁
君苗之筆也。仰頌所為萬緣乃歸
注雅緣脫筆而來，易葉且必隆
通人，路寔乃敢出而示人也。
先生學問經術，豈止今日遂步哉！敬祝
福保健長，足以副之為頌。

詩濤箋　松竹

國家建中興之業，如龍沙紀畧、西陲
親方備乘錄、出方式濬即彥標、秋澤以
達異成通罕与往還，坂流傳不廣，黑龍江
外紀書亦未見，曾冀其有也，引之而知是西陲舊
出，皆之抑賊之難，何敢冀也？何不
詢之秉樵諸記，自來閩安縣至大家此与
搬了往送之。
示王雅存傳，不重複而聯也。濬諸
年祺，不具。
星弟田頓首

昨示敬悉。鏞前至越師處，知
台從先往。越師以氣弱不能多談，未敢請
見。說脉越師神氣稍王，脉亦較和，勉進餅
食不至極拒，又滿當可浹齋。妻蒙
詢及，用敢布。貴體日來想大安，念甚。
閲敬叩
重黎吾師大安。鏞謹叩上。廿七。

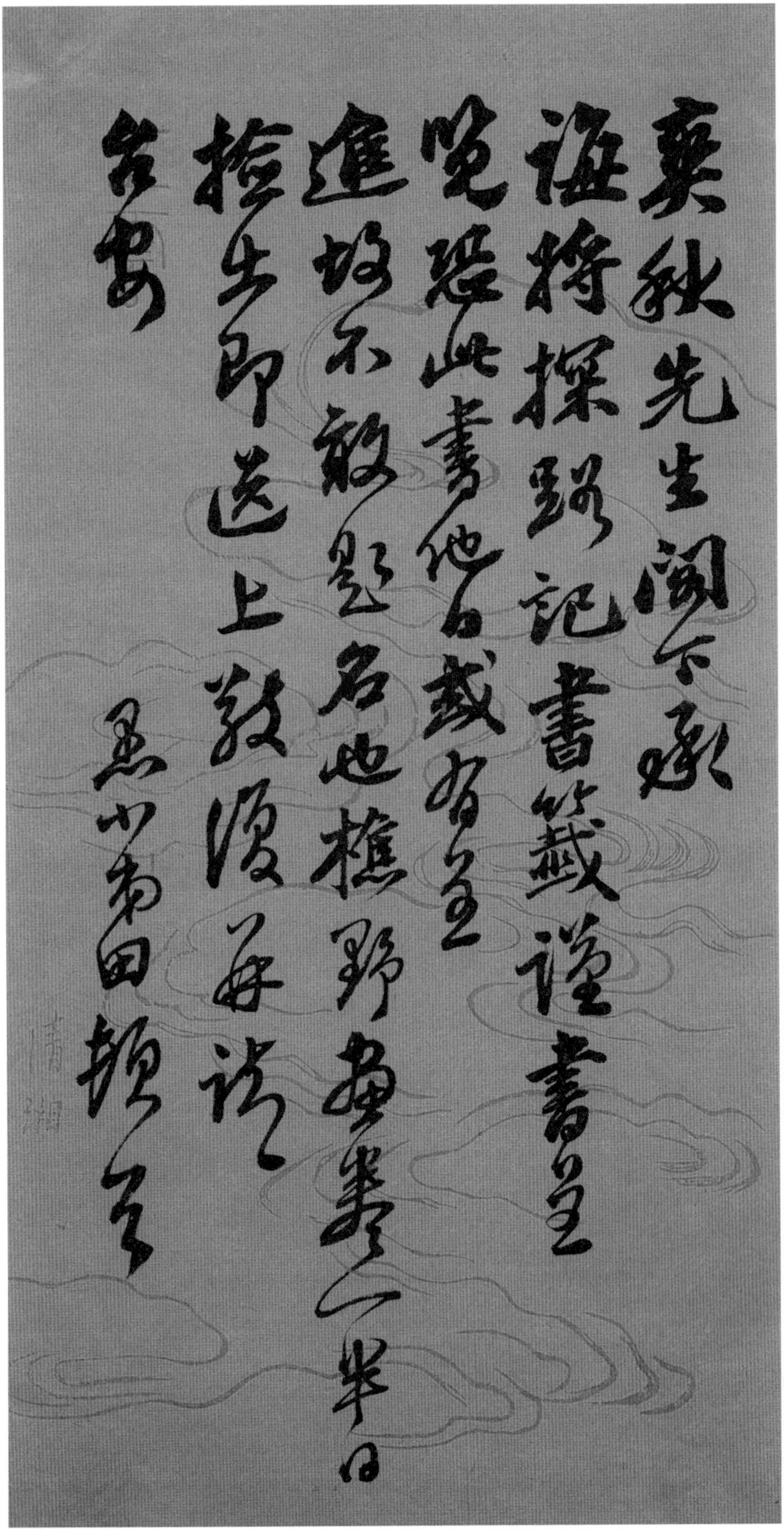

昨承
雅君餽
陸續嘗重〻
大著敘記圖益為鄉人之光循誦再三欣
幸何似兩郵老〻

執事學業之盛，友義之摯，下走殊增愧耳。
集聯日間即繳，並依陸本出之，採跋記合此
本俱奉上。陸蒙生外凡來借此均可補上
也。復上爽秋
勛安不莊。愚弟田頓首

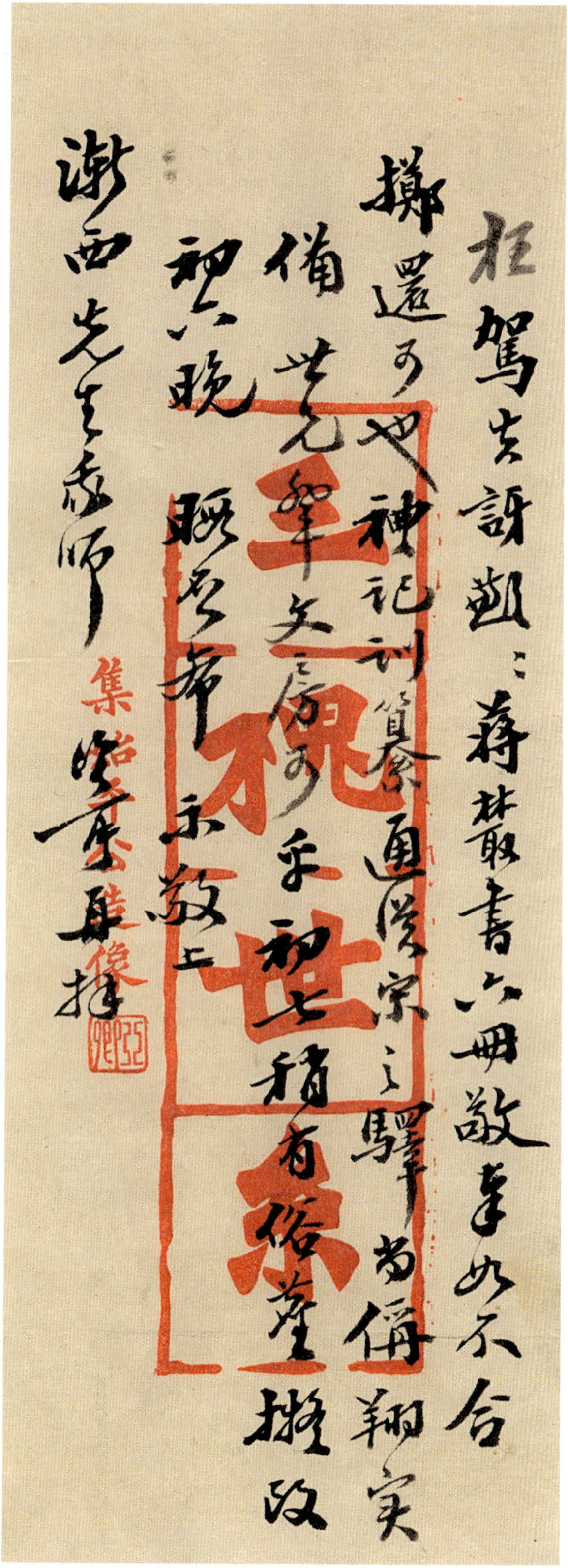

枉駕告訴，趨趨蔣林散書六冊敬奉，如不合擲還可也。神記訓纂、通俗宗之驛，尚備翔實，備芸舉文房可乎？初七稍有俗塵，擬改初六晚聆召希示教。上

漸西先生座師

晚學生集再拜

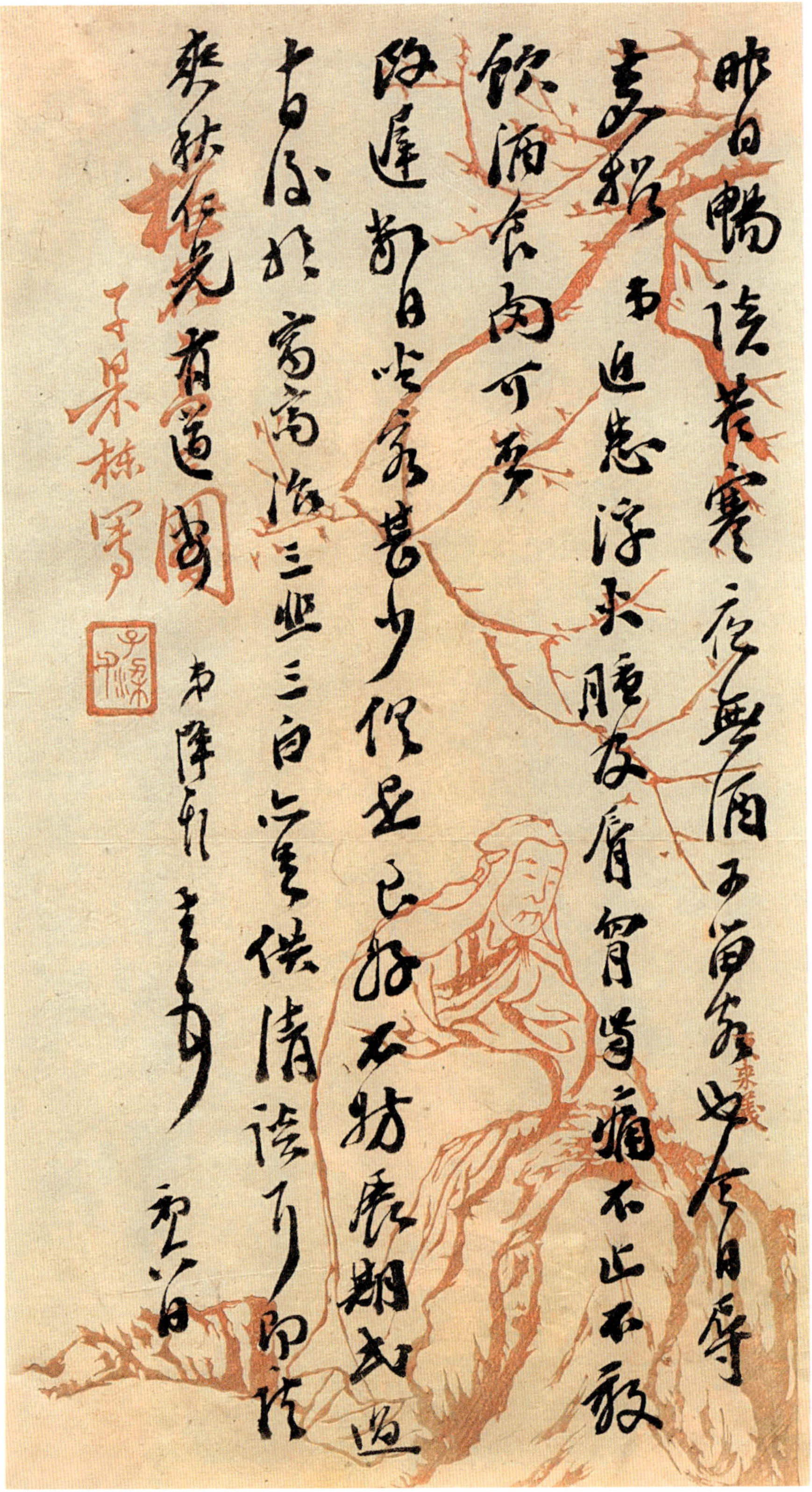

閣下為黨類龍鸞寶詞宗華嶽通亮
國四異之學總鄭君司農之徵　弟肉積
塵屢遇蒙
獎許待以時章物役憑限根輪他日
重游京國得從
高明抵議俾資炳燭餘聞是所願也
嘗至侍御瀍言傳瀾欽佩良深朱雲
之直汲黯之戇千載有曾定評固不在

日前上謁，蹴之祈

此後奉奉呈荷，相好太守時聞良晤，快

讀所箸，具見

觀摩之喜。承孫郡侯前往賑撫，慶征一

邑深賴諸君贊助，弟唐隨其後而已。敬

頌勛順，請

台安。南肆玉

匯尊以後，乃昂見施，乃今悚汗。小弟呂耀斗謹上 九月晦

此書始於光緒十年冬月成於十一年三月在未偵
探俄界之先多取材於開國方畧大清一統志
皇朝通典聖武記及方輿紀要朔方備乘登壇必究
諸書外有古蹟考一卷如黄龍府故址在今長春廳北上
京會寧府故址在今阿勒楚喀城西南唐渤海大氏都
城在今寧古塔城西佗如咸平府率賓府顯州信州五國
城諸屬自來史論家未能確指其地者廷杰皆躬親考驗
彙為一編因奉劉遊俄未及謄真謹將已繕各篇分

為上下二冊敬呈

台鑒伏惟

政其紕繆不勝切禱

曹廷杰頓啓

今早失迓為歉拙書論語謬承
褒獎何愧如之藉便坿呈一部不足
存也
爽秋仁兄同年 弟大澂頓首
冬月朔日

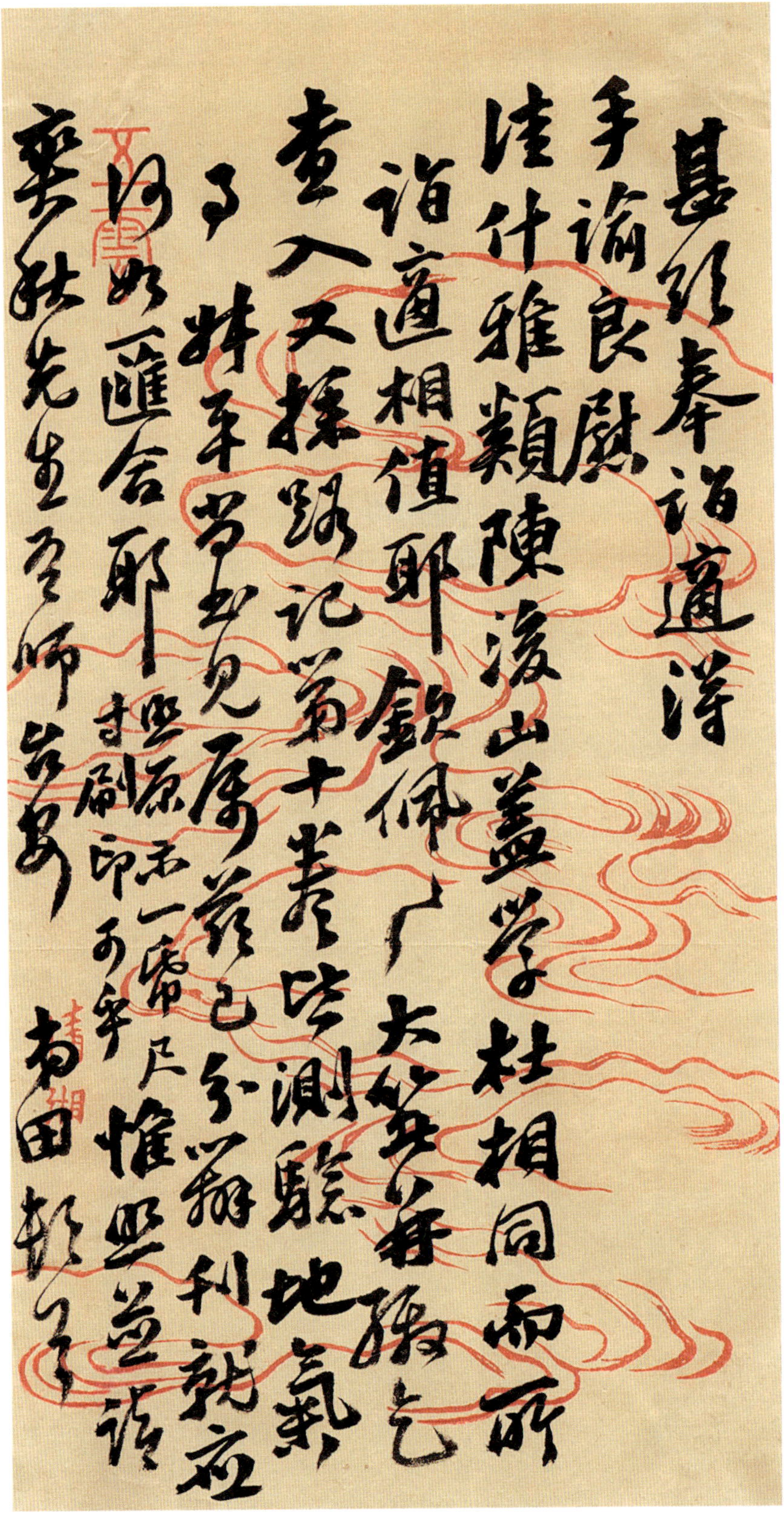
甚紉奉諭遵辦
手諭良慰
注什雅類陳後山蓋學杜相同而所
論適相值耶欽佩大箸篇疏已
查入文録跋記第十卷皆測驗地氣
了特筆常見屢見已分明刊就在
識如一匯合耶此原示一幅尺寸副印可乎惟照益請
爽秋先生吾師安　若田頓首

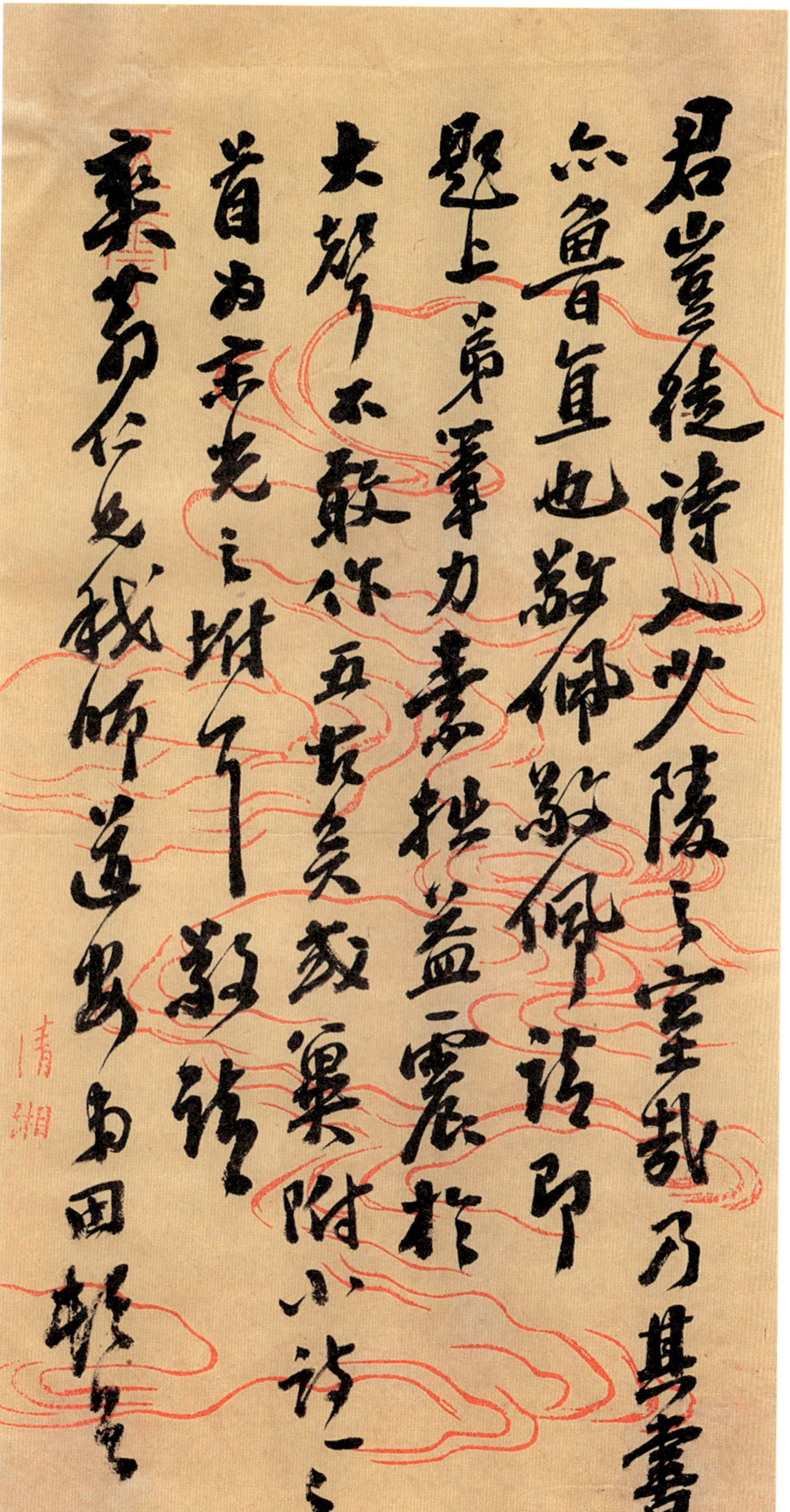
君豈徒詩入少陵之室哉乃其書
亦魯直也敬佩敬佩詩即
題上弟筆力盡拙益露於
大雅不敢作五古矣兹寫附小詩一一
首為宗兄之斧正敬請
著安弟代候我師道安弟田頓首

清湘

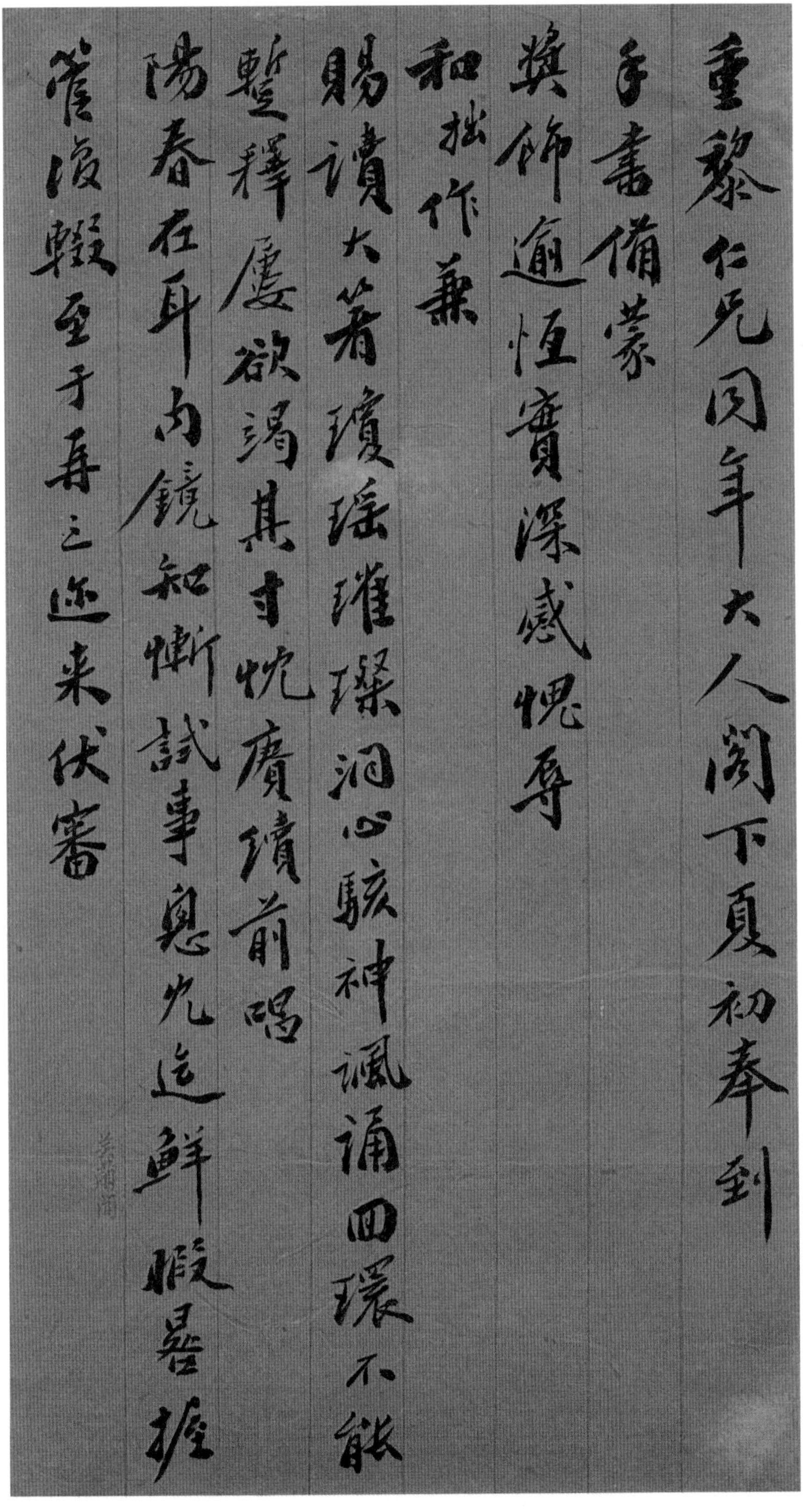
重黎仁兄同年大人閣下夏初奉到
手書備蒙
奬飾逾恆實深感愧辱
和拙作兼
賜讀大箸瓊瑶璀璨洞心駭神諷誦回環不能
暫釋屢欲竭其寸忱賡續前唱
陽春在耳內鏡知慚試事甫息尤迄鮮暇晷握
管復輟至于再三遂來伏審

道履康和
譔箸隆富引企
儀範不盡頌忱　先謙
自仲春初旬按試蘇州遞及
太倉松江鎮江五月返江陰接考常州至季夏中
旬竣事公私均叨平善足慰
綺懷現擬設南菁書院續刊經解以繼阮儀徵
之書已增修陳明力薄願奢不卜事機能否順手尚
望時有

海亦以勤畏蒙哥勝哉幸 敝署西偏有寓園

遺址,到官之次歲,晚務閒,果加修葺,俾復舊

觀,撰記之萧,伏求

賜教,因便率復,不盡所云。敬請

台安 年愚弟先謙頓首 六月廿日

頃畢夕懷，待詣叢苑，適承
係已惠以荔支，錫糕雪中
潤芳甘蔗，香色兩絕，秋霄未深，
先請金莖之露，月弦半上，已見玉杵
三霜，媧乳熬清，蓮潤詩韻。
桑秋竹兄有道閣下　弟承緒頓首　前二日

天地為鑪，陰陽為炭，鼓鑄萬彙，厥形斯見

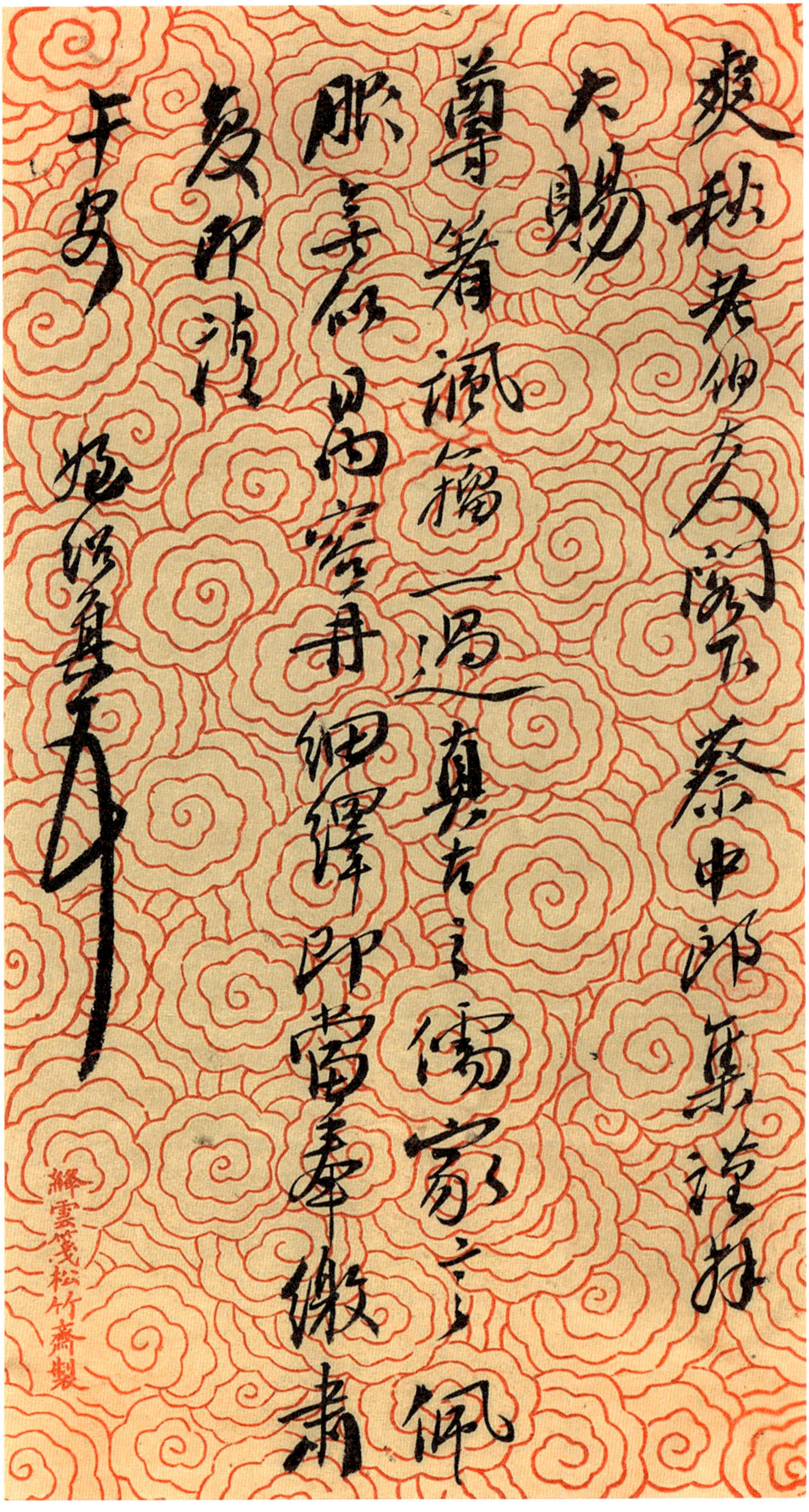
爽秋老伯大人閣下：蔡中郎集謹奉
大賜
尊著諷籀一過，真[illegible]之儒家之佩
服[illegible]日為審[illegible]，細繹即當奉繳。肅
復，即請
午安。姪紹箕上

送鼎文前輩作謹拜讀記以

元白之深文用長慶之雅於於

長者似為別調，觀其志懷悅激，發藻清英，劉

舍人有言：深於風者，述情必顯，庶當之矣。龍女圖

奉此將

大作書為以光寵，題詞〔〕于墻陵東有詩六首

俟謄寫入中

爽秋老夫大人

姪[illegible]頓首

五雲箋松竹齋製

承
封來刊印題跋元來卷藏
冊亦既查之此冊照原題乃印示

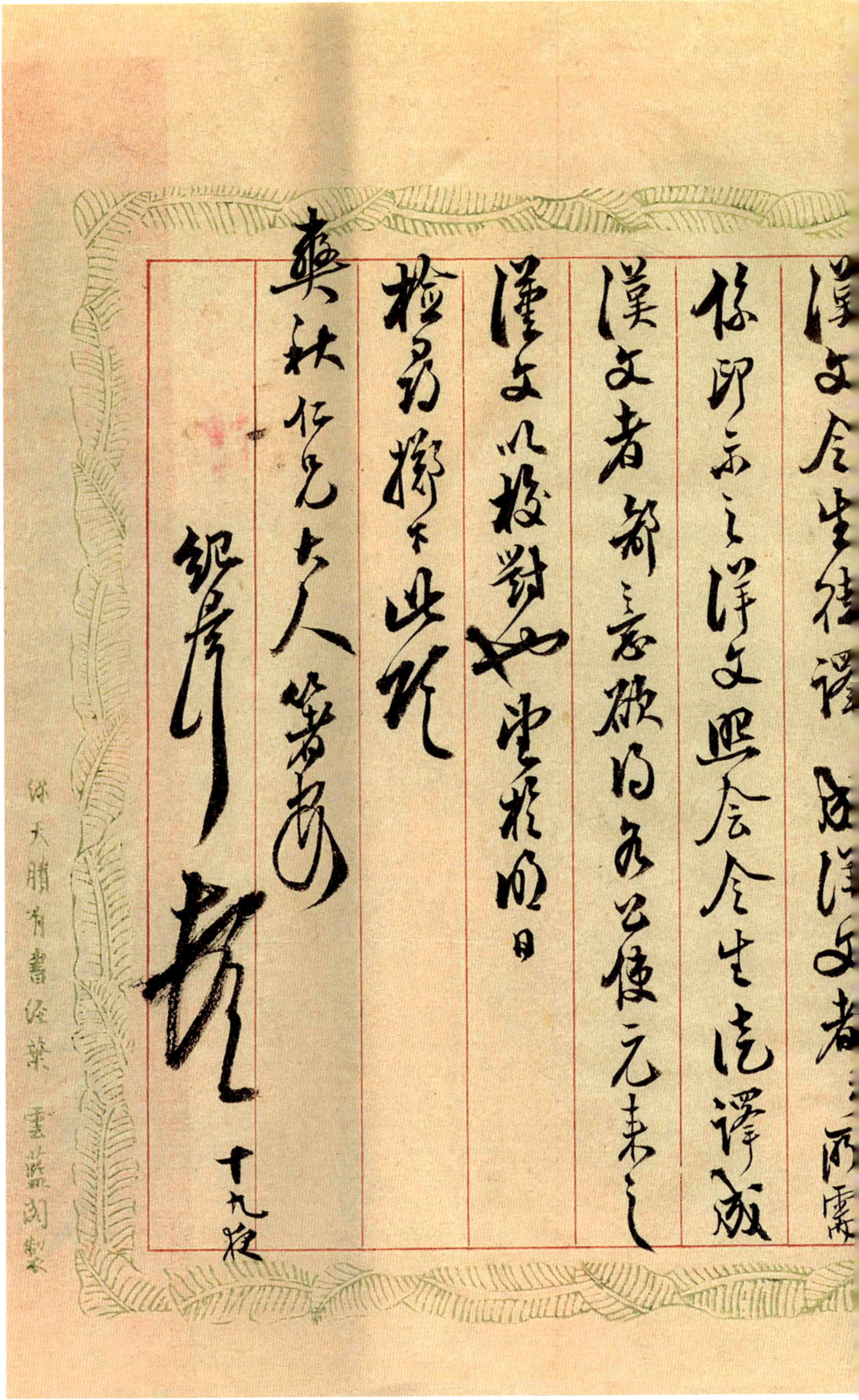

漢文合生往譯。此漢文者之所需

係即示之洋文，照令生譯成

漢文者，爵之亦核閱，無已使元來之

漢文以校對也，望于明日

檢出撥下。此祝

奐秋仁兄大人箸安

紀澤頓首　十九夜

奉上朱拓十二家，君命呈也。海軍章程聞刻出否？代致一觴此候
重熙先生春祺
年小弟理拜上

礩秋老兄同年壁右：五月抄接誦
惠書，敬
近承使修書之題之第，以二月朔日按常州院課，月中
再舉時文而外兼課經古，肄業諸生三百餘人，其中
不乏聰穎之士，肄文詩賦，俱有可觀，第風氣初開，
經史實學尚未多見，亦頗有講求實地自勵者，為
之獎勸誘掖，以冀其漸之日盛，庶可變學究為秀才

得函拜悉矣，應緒生之緒爲之愧何可言，承

屬之事，即諸人致書，已大令復書不甚明晰，文牍

兄幕友代書以致躭閣，時今細元書呈

覽。諸即閲好及李頤之也，閔公之舊翁懷應甚屬

敝，毋破浪，薦師好手，張翼實措。子授萬鄉，想均安

好。呢已子封日內已由粵代致，舊程赴湘矣。蔣老閔已補缺，擬〔旁〕辦，蓋在復為

首道，安不悉。謹〔頌〕

年禧。弟一新頓首，三月廿六

年嫂夫人福祉

春秋仁兄觀察有道閣下：前日閣
節從津門回，未及趨候，乃承
惠翰，垂注殷勤，并以小兒將婚，厚賚
記録，
賜以蟒袍一襲，俾成嘉禮，增光冠裳。
並諸厚德高誼，鄉士大夫有口皆碑，況以

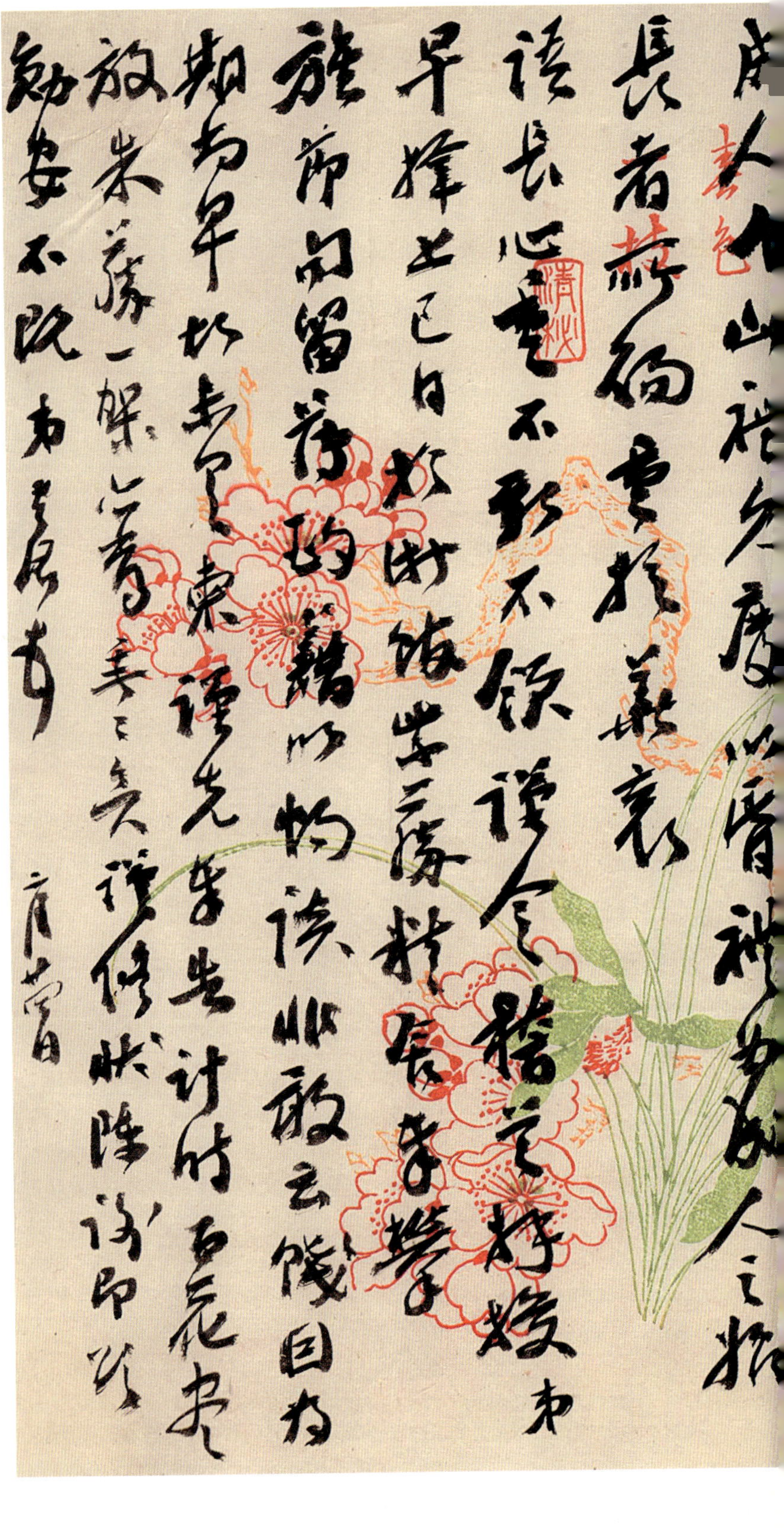

重槧先生吾兄：兩目昏眊不能詳

報。昨得蔣硯，由之奉上，此硯，硯之佳，以吳湖

帆吾兄先丈也。嘉樹兄謂自古錢之比耶

頌秋祺，問嫂夫人好。弟邁 壽

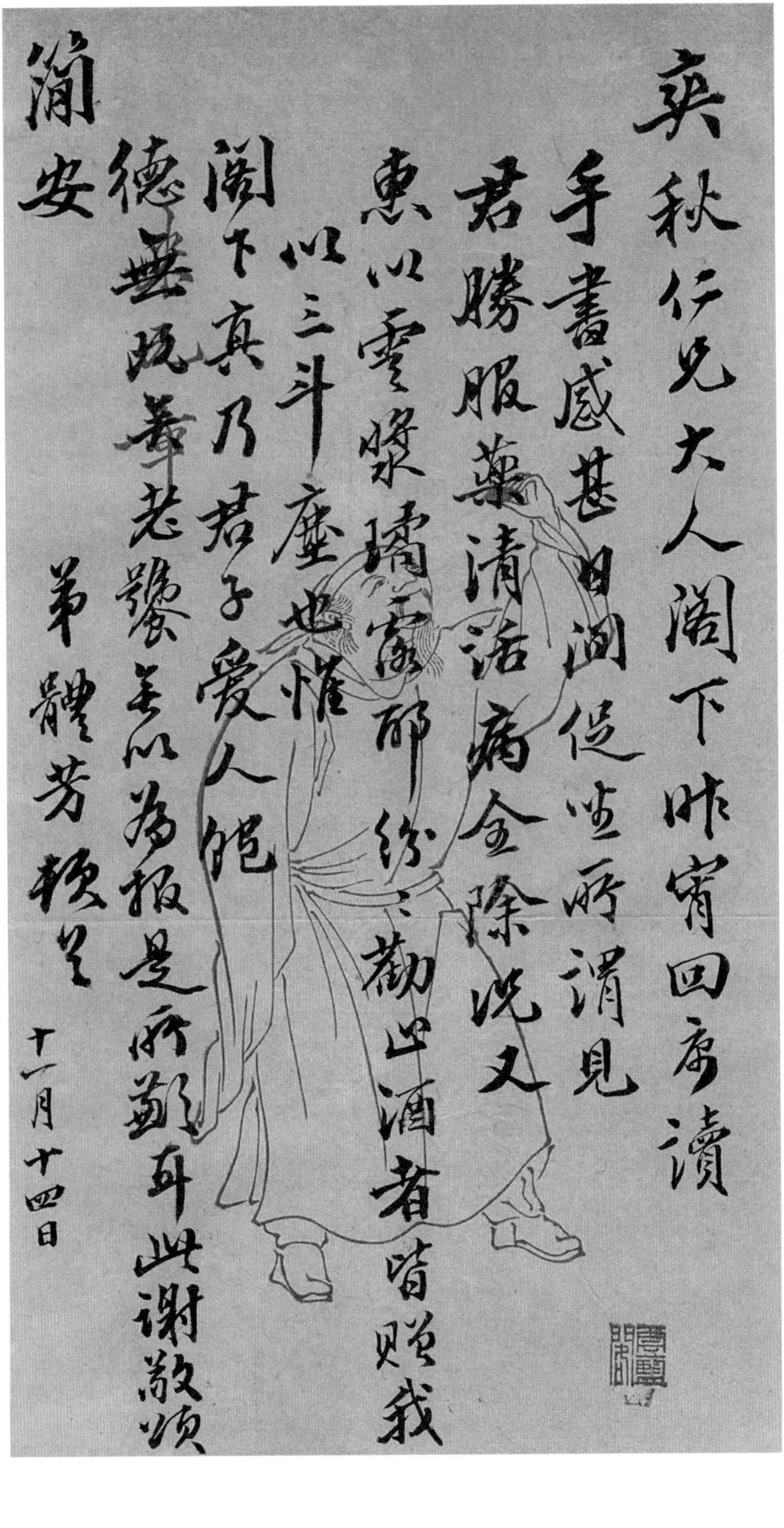
奕秋仁兄大人閣下：昨宵回府，讀
手書，感甚。日間從吐所謂見
君勝服藥，清活病全除，況又
惠以雲漿瓊露，耶約之勸止酒者，皆賜我
以三斗麈也。惟
閣下真乃君子愛人以
德，無既善甚，飧羹以爲報，是所鄙耳。此謝，敬頌
簡安
弟體芳頓首
十一月十四日

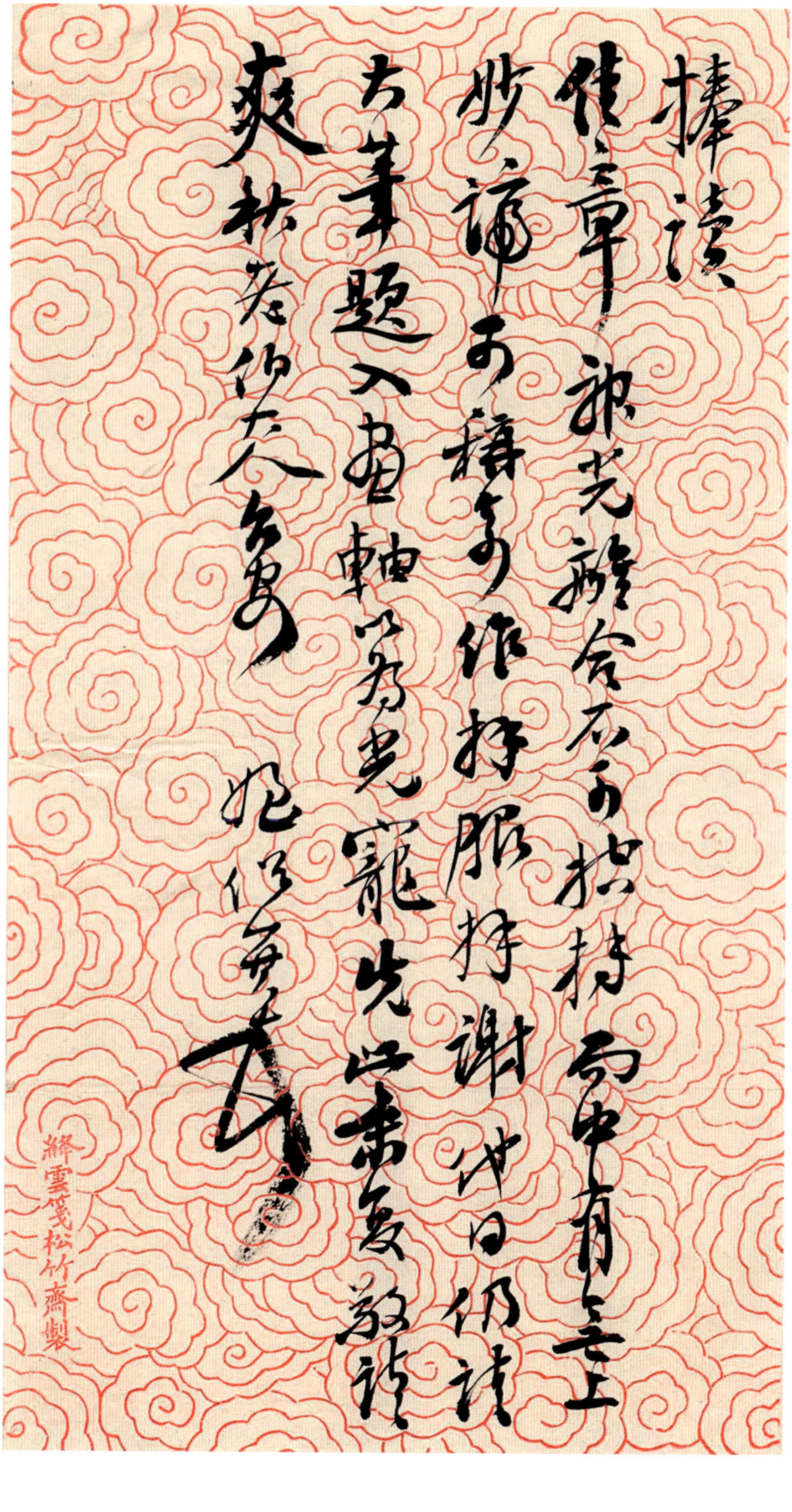
絳雲箋松竹齋製

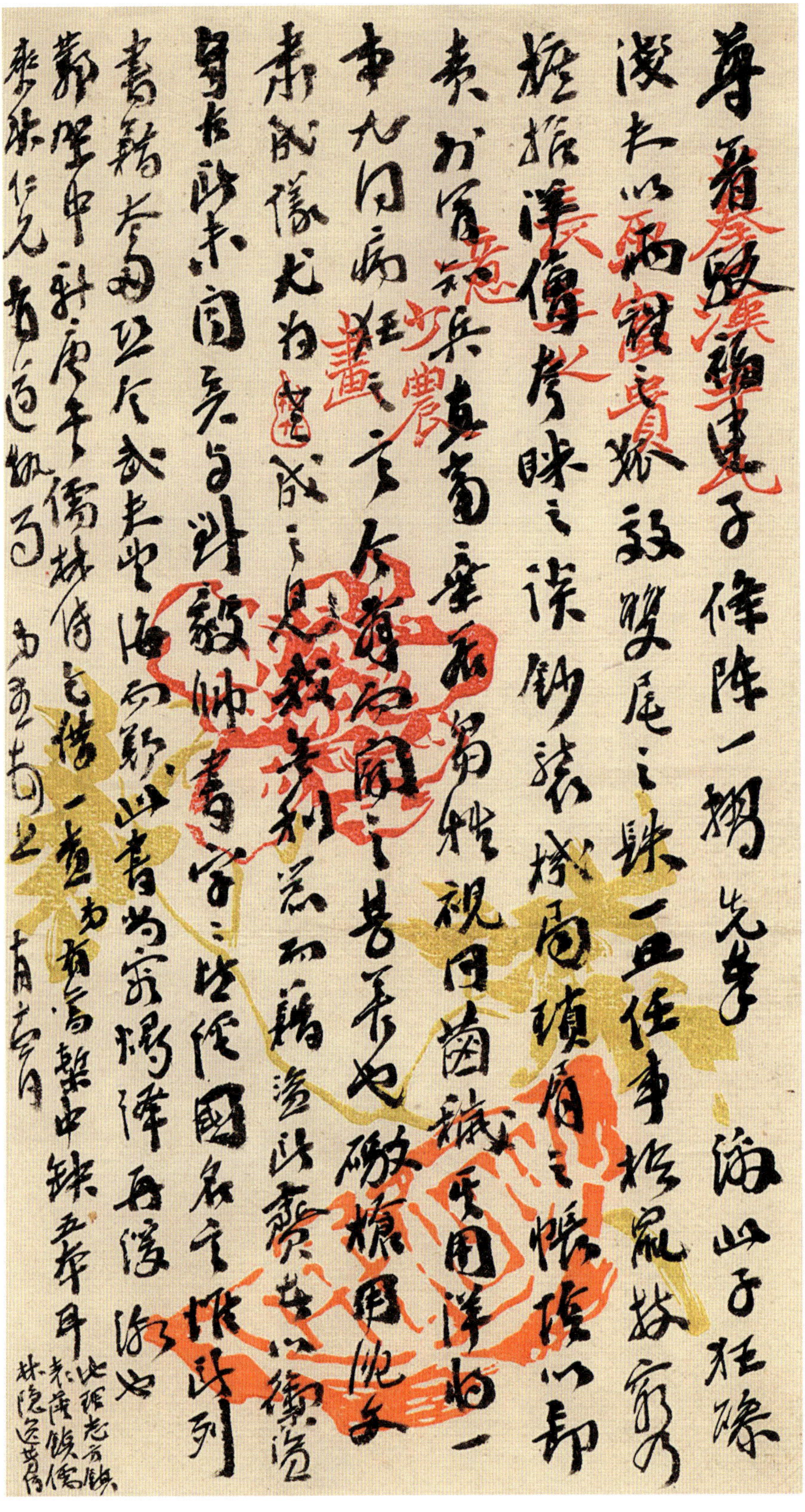

少蓀老弟同年先生左右：上庚從北來，手椷遝臻，

嗟秋風節至，相從詠嘆，龍鄉南望，遂有淚

讀集全書，滄一編正出，病中俾服王于雪漏，

君道勝氣斂，扶質若真，以九流備六義，安得

心力春容，以一日夕之功，搘百餘，以當箋訓，令

年遂來，幾欲不頫伸，病苦沉綿，觀十日未出

戶庭。亡侄在東，半日宵來，奉侍無壇，堂向矣。

閏中秋三日 濟同 卅木

易堂識

故人情至也寵華數再十載白金於心比友光

郎如故何梅之子賢者比肩寵借

書獨以副盛意矣至於夏生之情餘年又迫于

童幼時以色揖觚也元亮之所力㧞之舜愧鄉未書

篤故之誼，并李可讀之樵江阡之來者流上

之喚。僕手種每可遠卿詩時間或為我

左右之南海張大鼎孫親作一箋記憶之而止大

雲所垂存甲君邑鵝粒鳳枝香以時治被若孚

前校刻宋書詞譜箋板片本擬從西安寄津，又

而仍在肆內，乃復載回，即以千串，乃叢刻中止，猶

存西安行日未能攜帶，或留南，即命校便刻，贖則

異日承大農惠速，今且以精本叢刻目錄再令孫篆

韓先入都，自呈報書，付詞譜箋十分半乃叢刻下

公垂以老妄如病痕，念貧退處，相對殊難為情

西頃有校宋大儒為釋，復體無殺校郎事易之

求吾

師代達，南海公弟述，無量之悰，力疾布悃，伏承

勛祉，內外百康。同年小兄 譚獻 頓首

再祀述菴老夫子耄推排罕年蹤之食
情不克堪若南中前兒與須呈身者則畢
依附或有圖
長者之事且干謁父先勳業標之念乎以名
列後
譚寶鍾 字子鍾 國子監典籍銜
譚寶瑜 字子劉 翰林院待詔銜

爽秋先生經史之席夙聞梅老論都中人士表
裏洞澈出至誠不顧利害擔宇內事者推
先生稱首紹佐心傾慕之久近幸接
先生言論瞻望風采益信梅老之語不虛
近又獲讀
先生詩其高格秀氣吐棄凡近而諧極之
邃固卓然自為一家之作讀之累日竊見

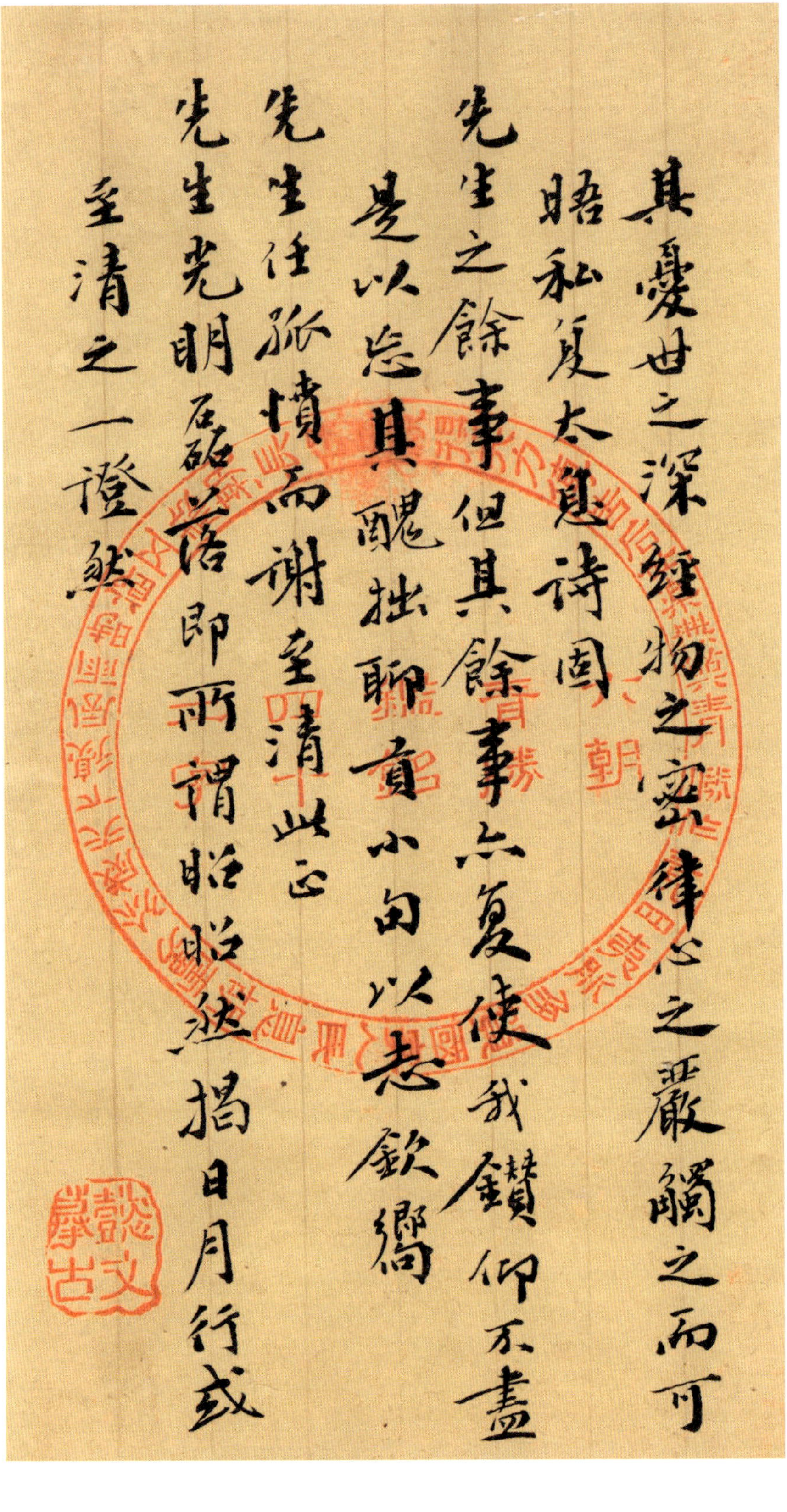

其憂世之深、經物之密、律心之嚴，觸之而可
睹私及太息。詩固
先生之餘事，但其餘事亦足使我鑽仰不盡，
是以忘其醜拙，聊貢小句，以志欽嚮。
先生任孤憤而謝至清，此心
先生光明磊落，即所謂昭昭然揭日月行哉，
至清之一證歟。

先生誘掖後學不必過於謙下如紹佐者但願遂
於弟子之列則
先生之惠多矣初六夕
寵招即當摳謁伏惟
察其愚而
辱教之幸甚肅此虔頌
道履百福　紹佐謹上

摹漢瓦

懿文製箋

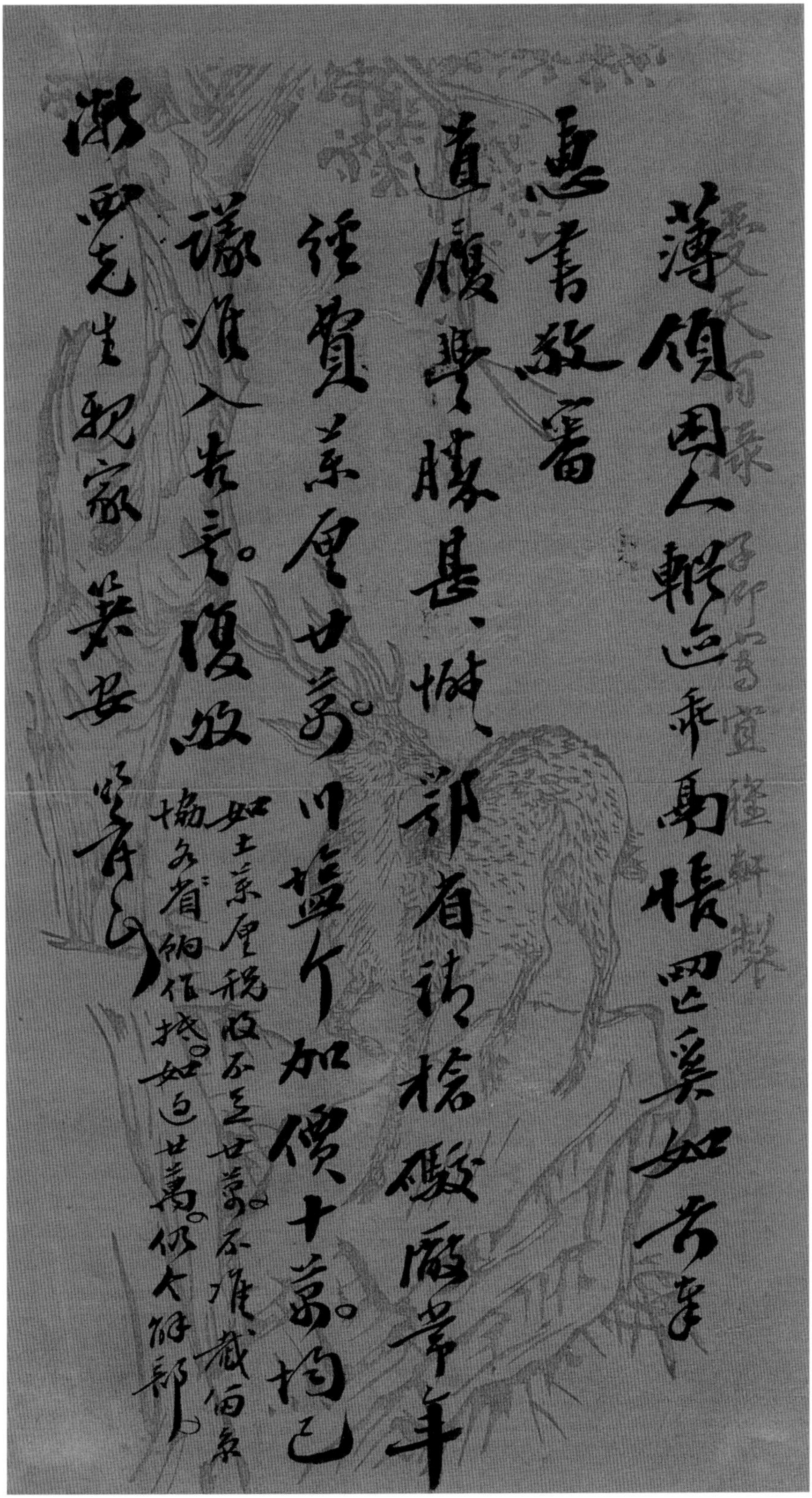

簿領因人，輾迫乘禹，悵罔奚如。昔年
惠書敬審
道履豐勝甚慰。部有請裕釐廠常年
經費菜厘廿萬，以鹽斤加價十萬均已
議准入告。復啟
漱丞先生親家英安
頌蔚
如土菜厘稅收不足廿萬，不准截留，
協各省餉作抵。如過廿萬，仍全解部。

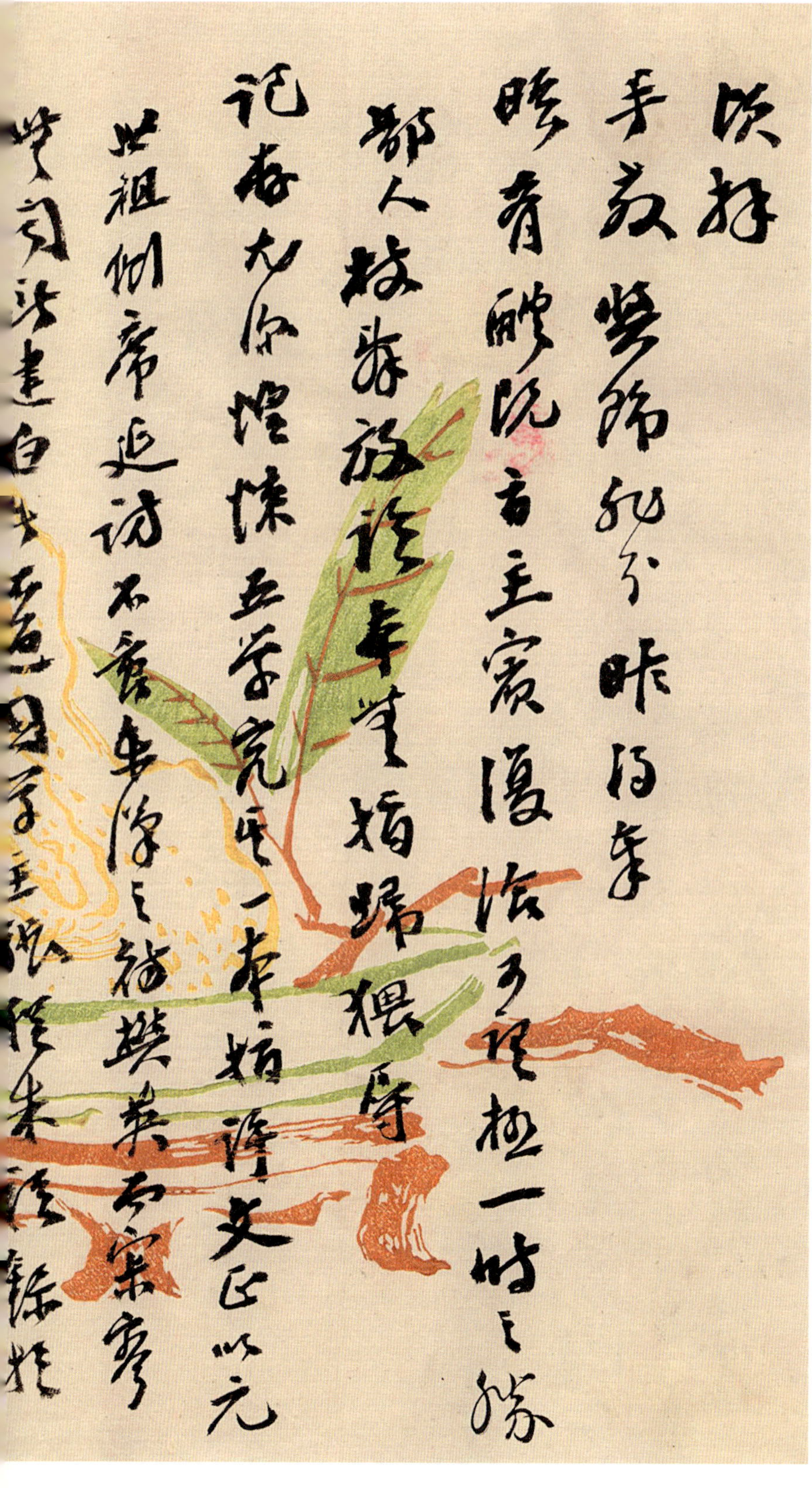
晚梓
手教，並飾紀分，昨得來
賜青酸院主家復治子瓦極一時之勝
郡人梅溪詹希章嫡孫猥所
記春水仍得徐五峯先生一本，猶得文正以元
世祖側席延訪不屑出像之諸撰英而宋寧
贊司[illegible]書進白[illegible]

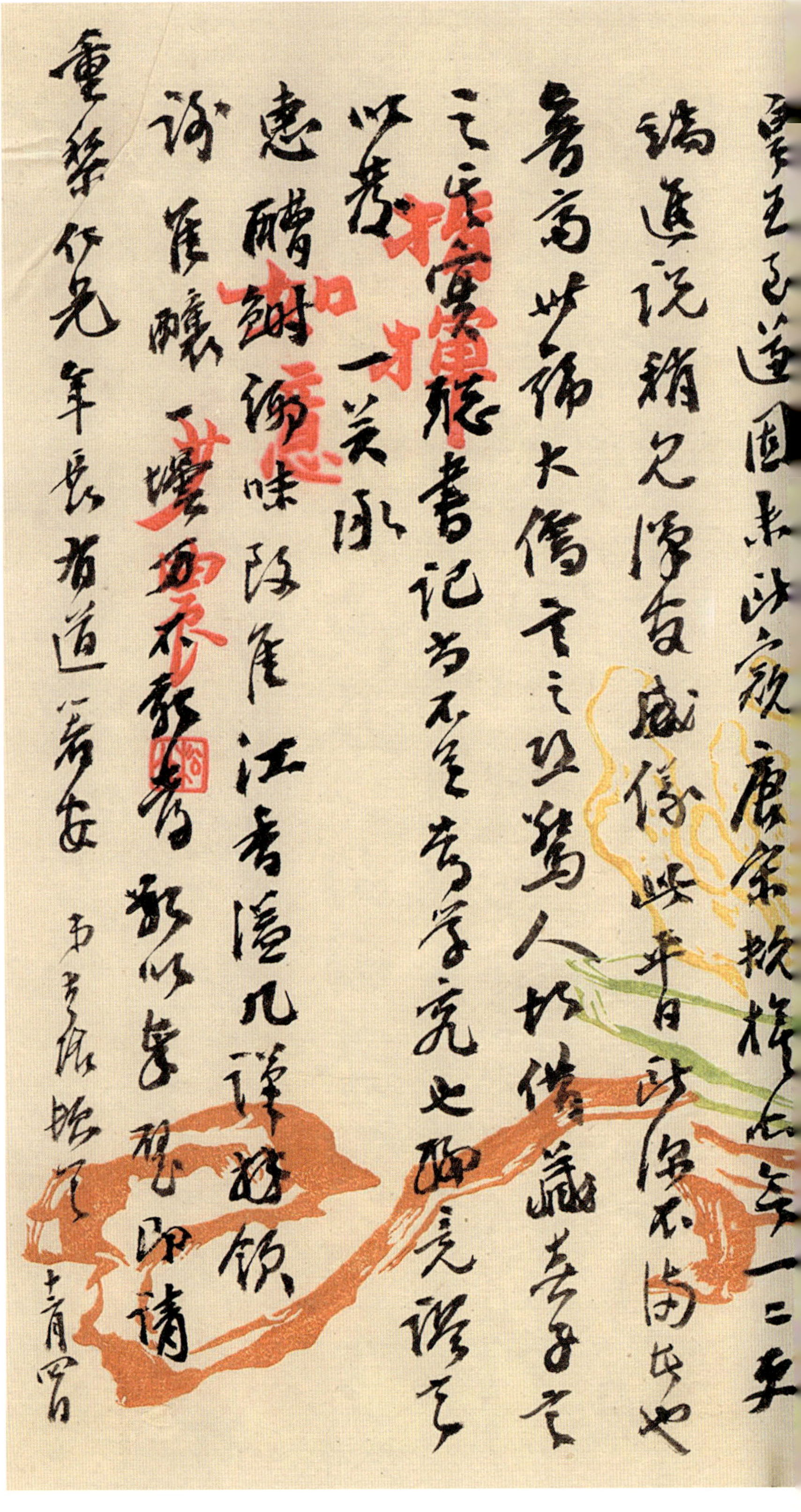

□至道園來此欲屢余教捧名字一二要
鑄進說稍足浮受感傷此平日詩句不尚兵也
膏高妙錦大儒言之以驚人故借藏老子言
之之能書記者不足為學究也聊充謗言
以為一笑承
惠醣餉鄉味改詳江香澤九謹拜領
謝羞釀不堪無不敢者觀何得取即請
重黎仁兄年長有道小安　弟李慈銘頓首　十月四日

壽梁仁兄大人閣下蔚有硯安小雲
典屬曾託樵野轉屬舍姪之驥為其
賢郎寫真今已繪就乞妥交之并
見樵老時順說及一切因照轉折多則
易汙壞也此即小雲先生安好耳
自頃叔別忽忽一月蔚於十一月晦

復往它州按試録録不及細敘敬請
臺安 諸惟
遠照不宣 是弟文田頓首
小雲侍郎以其話鬮小影屬跋故斋
之騏睦之大約八九分耳而之騏但擬
影睦之未知其由也會意可耳

叔彝老弟同年先生左右：去歲三函，而一答，悠悠中乎之

撫事無定字，屏阻痛誡，將應世庶寬意，無之無世

幾何）時亦偶嬾，殺明以健，其失其意，接續

才抱以避人，無與酒劍之氣，無愁石腸者矣

來不信有杜之松者，深于腸生，無功自返耳，從

四天下會聚，陸言幾無，縱橫瀟灑，以麻夢人語，又

非所習也，今怪與

未纏餘友朋常相親，抵掌談笑，以重常耐窮守

今者下榻樓園，猶累夕見念，幾生少梅，果有二三天

作佔畢之冠耶，久不化，先侃者以矣，長安貴人

一一雅故子雲出氣滿以瓜種邪，豈種邪，不謬
種之論意，於此契攬圖卷，集成恐陳多惠矣
人次則文字結習五年來消朗殆盡，東府而往、
若人間撩遇者，受維于駢離萬里，實亦五十八年倆、
十矣，豈容猶不禁乎。嗚呼，風氣害人，披襟當之者
未詩幽風騷，以至六已補完，無不使我毫見之窮
於是味日長而不示學子以階級，從事章句之
詠華林緝鹽，亦必有此一系象中示緣竹杖，頭負舊太
古色要此，法家白石二十年而除舊與
來不可攀此，吾臥水而新木，且焚火，析枝無霜

氣弁不爲整，當求人征途者矣。舟奉如枯，秋七月
得哭子長，猶兄事者少，我者輒柔悅去，白帝春矣，而
竟未忘憂，自是矣。而筋力不任，杜門待盡，也忍飢以殉經，而身出游駁
來譔，當塗吾將弱以澤水爲華年之作，惟有意林
簽字無前呈一零稿，國許寒，偶爲我作文，粹偶解字
將助之刊，令亦不盡如意，孟子之大人之極其未樣大師後生
不宜與於新文山之敵，待便笆字
來歎論定經集，等聲名、秦青之徐歌耳，亡友高子古文
新僻等無前執在阪，方從其遺家子，竟此業也
公契足下勉旃，大猷二十年後，故人名字合否存郵子
性皆豈蝶了，逼月不足，炳燭思也，初雪手靈不敵，流伏承
匡掛勒完翔吉。譚□頓首上　罗之子侍側

十一月初四

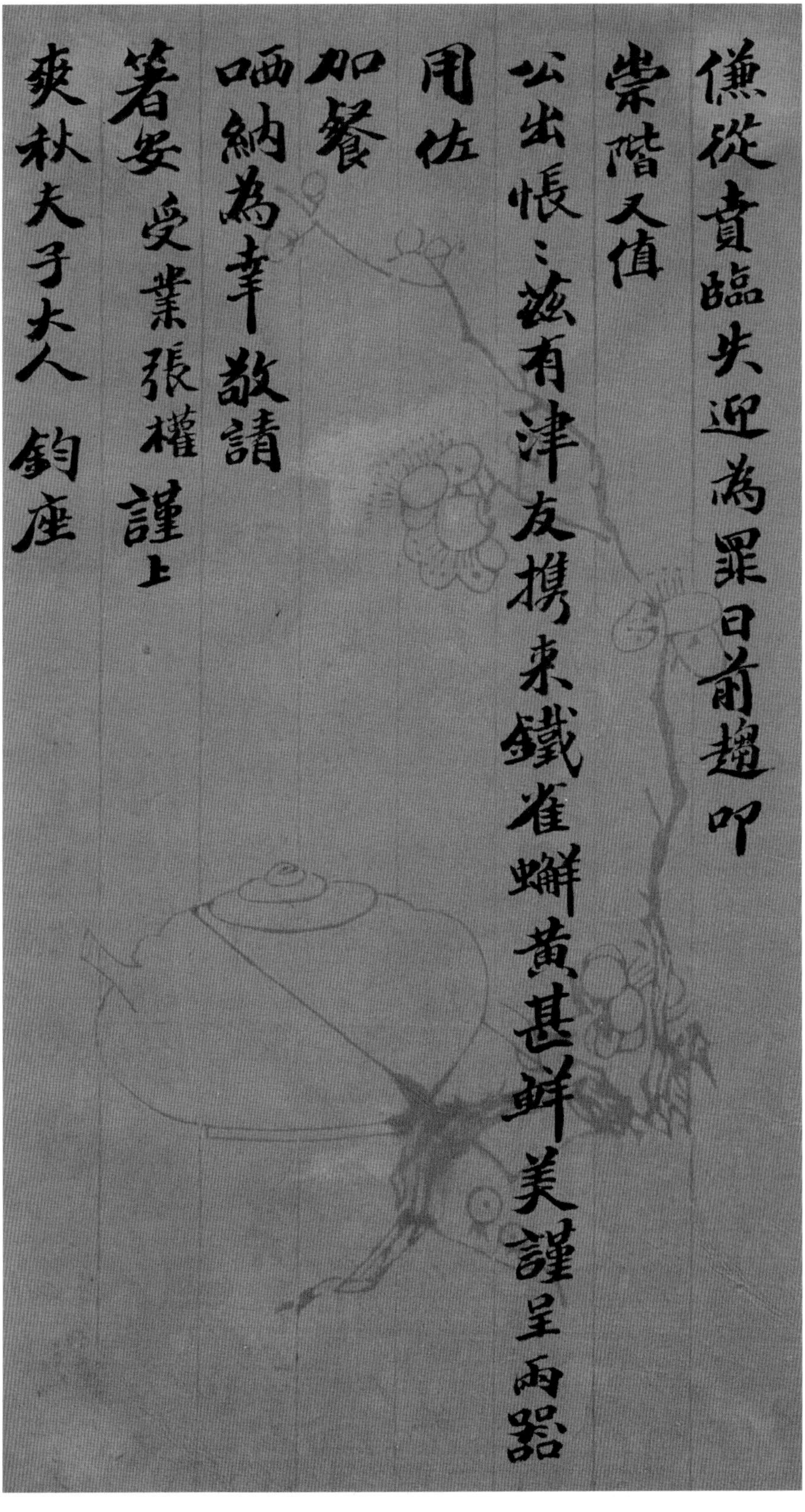

傔從貴臨，失迎為罪。日前趨叩
崇階，又值
公出，悵悵。茲有津友携來鐵雀、蠏黃，甚鮮美，謹呈兩器，
用佐
加餐，
哂納為幸。敬請
著安。受業張權謹上
爽秋夫子大人鈞座

昨宿深田，今午便道會於西城之寓，
摘暮抵歸。多荷殊甚，望展
贈詩，類紅雜還，中有珍鉤天雲門之
奏，內之大快。
尊集補葺完美，
拔來古香，蒼然盛稱河姓，
寄懷伴蒼樹翁，程蘊輯山桂淑昂
影收之首，雲孫功寫一首，銘刻之

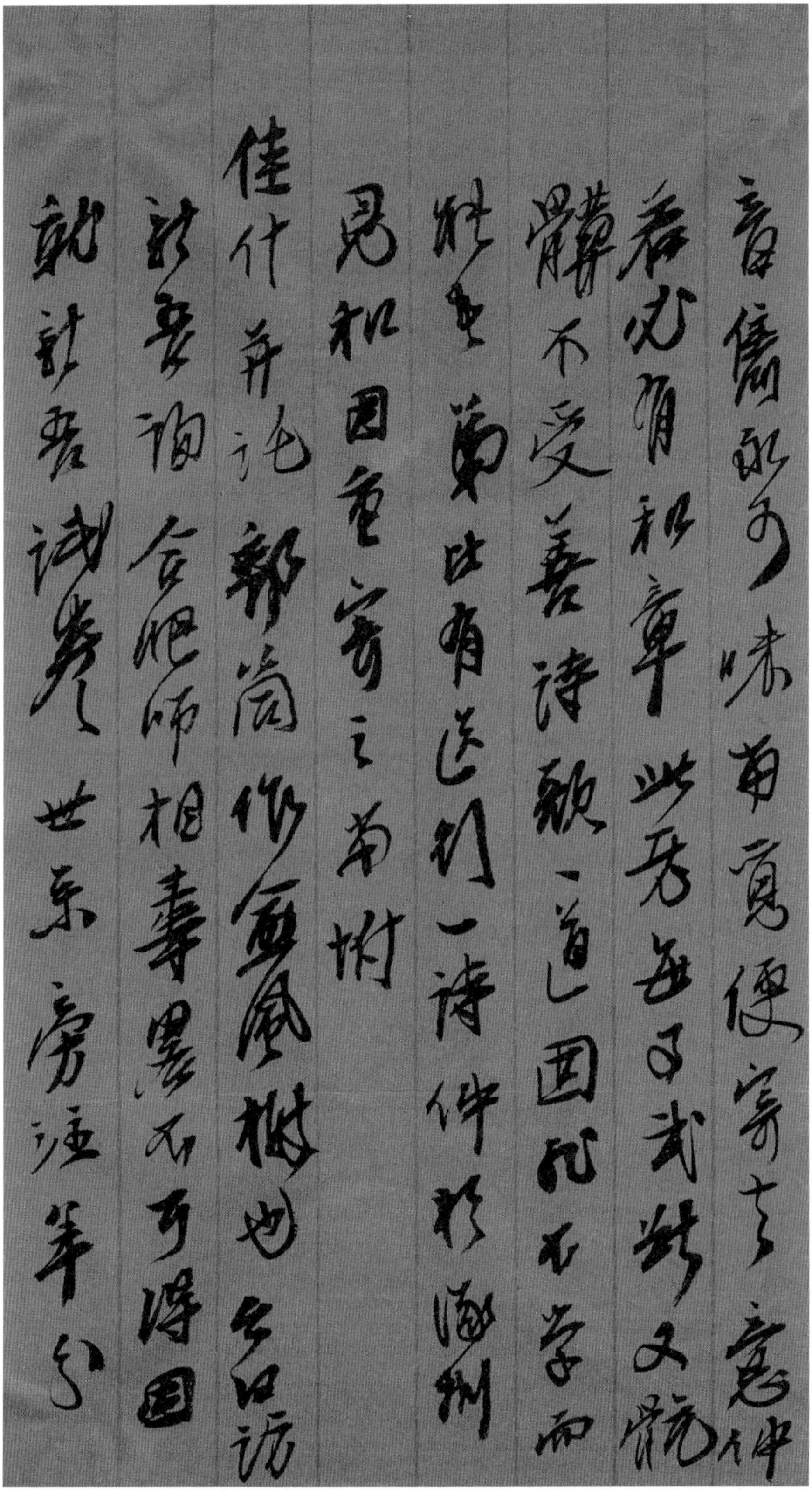

莫可甚相違于　師相七十
賜壽，海內文章必當紀得
揚華，年代歷倒，乃白耶？去歲今壽星
動容深理。
台端遠蒞，銳寒酒
謝函謝一切，不盡。
叩安，惟祈
亮察不備。愚弟張蔭桓頓首　十七號

昔愧餘生屢蒙
垂顧言念
高義衷感無涯承
示賜先慈輓詩早已脫稿茲送呈橫幅洋
敬求橫寫
布數尺求於
退食之暇橡筆一揮俾得早日敬領張挂
靈幃　石鼓文
盛德名言不獨光輝泉壤已也　子潼稽顙

伻來手札見賜家慈
壽文，敬讀一過，淵懿濃茂，隱有其文字
我情，甫之作，固非海宇諸子所能仿效者，
之至。寶宜再造府尊，昨上家兄由溫執一函歸為
閒日之處無可奉事，今日延桂鄉前輩來診
尚未來，長水危篤，水年內緩往
東秋貞兄大人
閣下　不曾相力
家兄同此致候

重黎先生左右昨莫歸奉
手畢及朱墨搨本　女公子悲亡妻悵看標格蕭遠
直趺撣冰而上之
一門風雅无任欽遲　亡妻病甚雖向健急杜林若
嫂夫人無新來下懇臻延款款辭少健當語
嫂夫人且謝　女公子嘉貺也　順德寫碑初九廿二
書訖之或不再發奩稱似少須之未可到作計

先生當會此意也此碑一日不来煦心一日不安矣不
獨
慕灌再
嫂夫人仁孝之思也此頌
起居不盡欲言　弟煦再拜

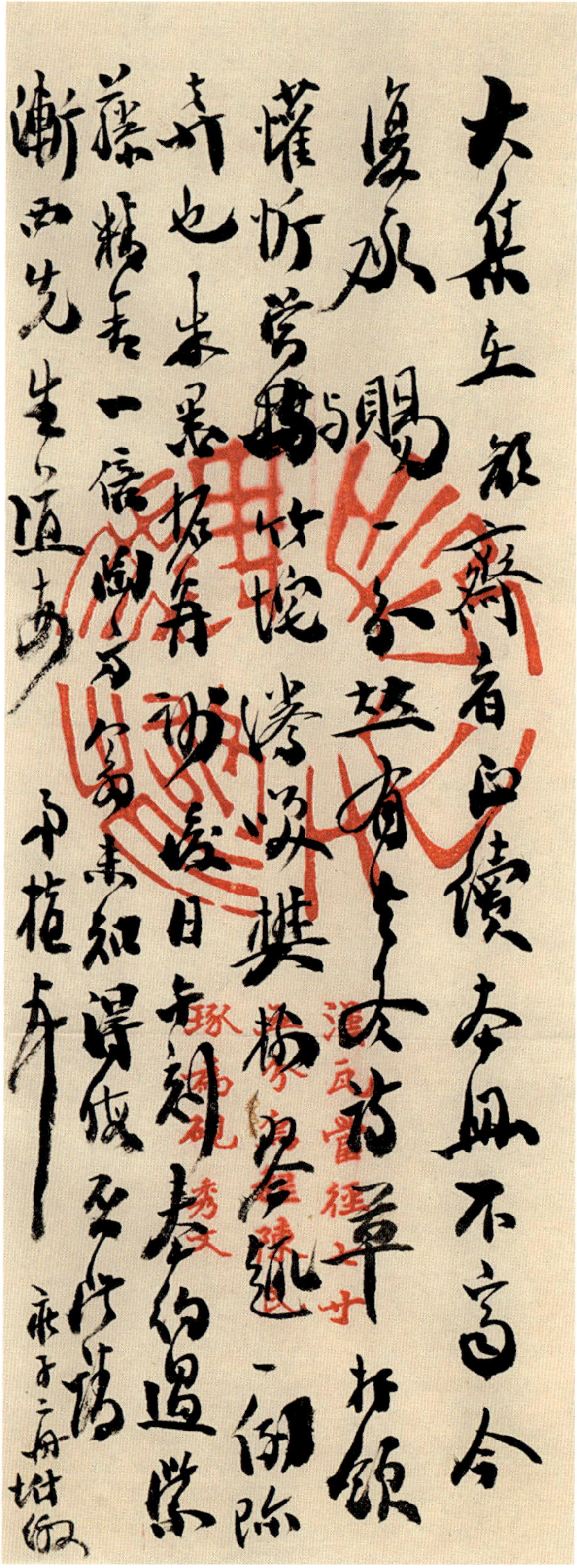

中郎平生所作碑碣自言當以郭

有道一石爲稱意文襄此書豈非

緣

明德而逾加之意諄以石鼓作小

篆益人心胸不淺敬謝〻拙書

篁入

楊羲名岳　壹系一書　首載龔　看特木耕　爲名手紹　昭揆颿香

公懷衷荣不可言惟
舍教抑而用獎掄賜嘗日損矣
肅復即請
爽秋老前輩年丈教下
金安
侍宜治

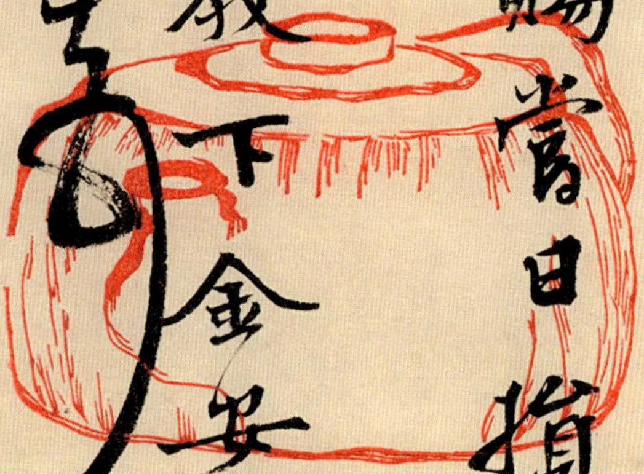

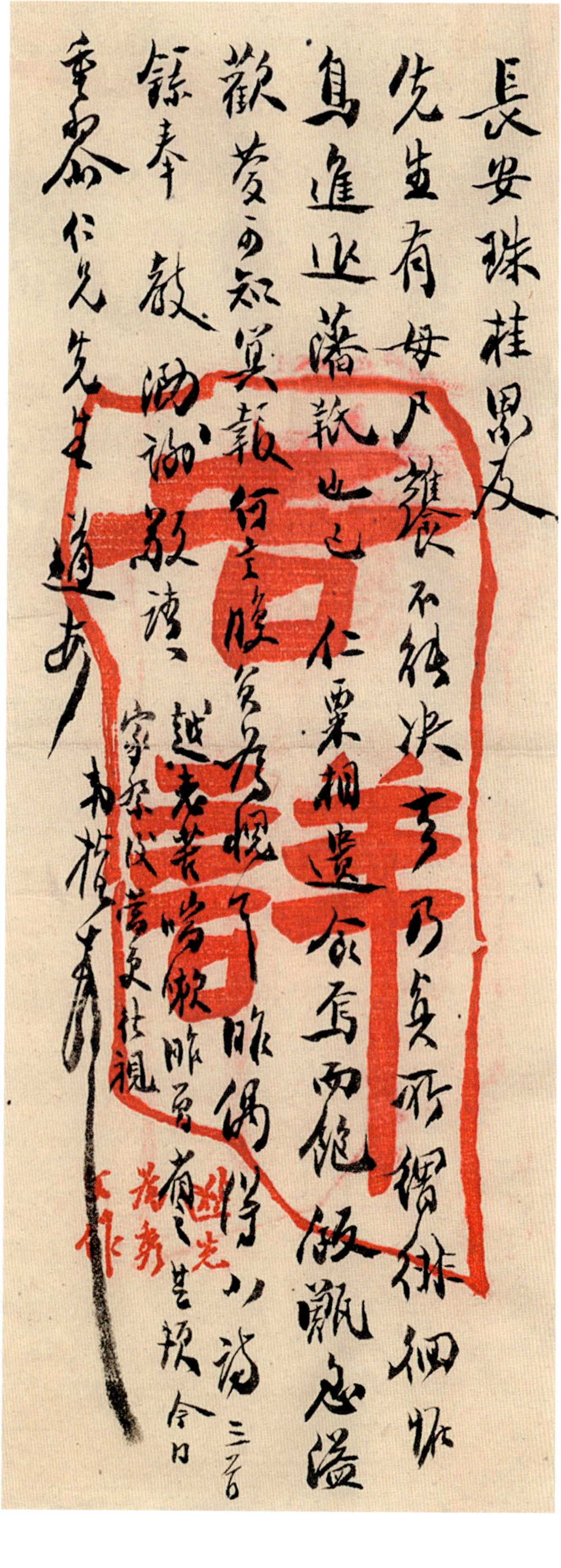
長安珠桂畏友
先生有毋尸饔不能決去乃真所謂佃作
鳥進迟落款也已仁粟相遺令為西能假甑乞鹽
歡費而知莫報何言腹負吾腹了昨偶得小詩三首
錄奉 教 酬謝敎讀 越老若嘗歟 昨留有些預令日
家祭後當更往視
重希仁兄先生道安 弟 權

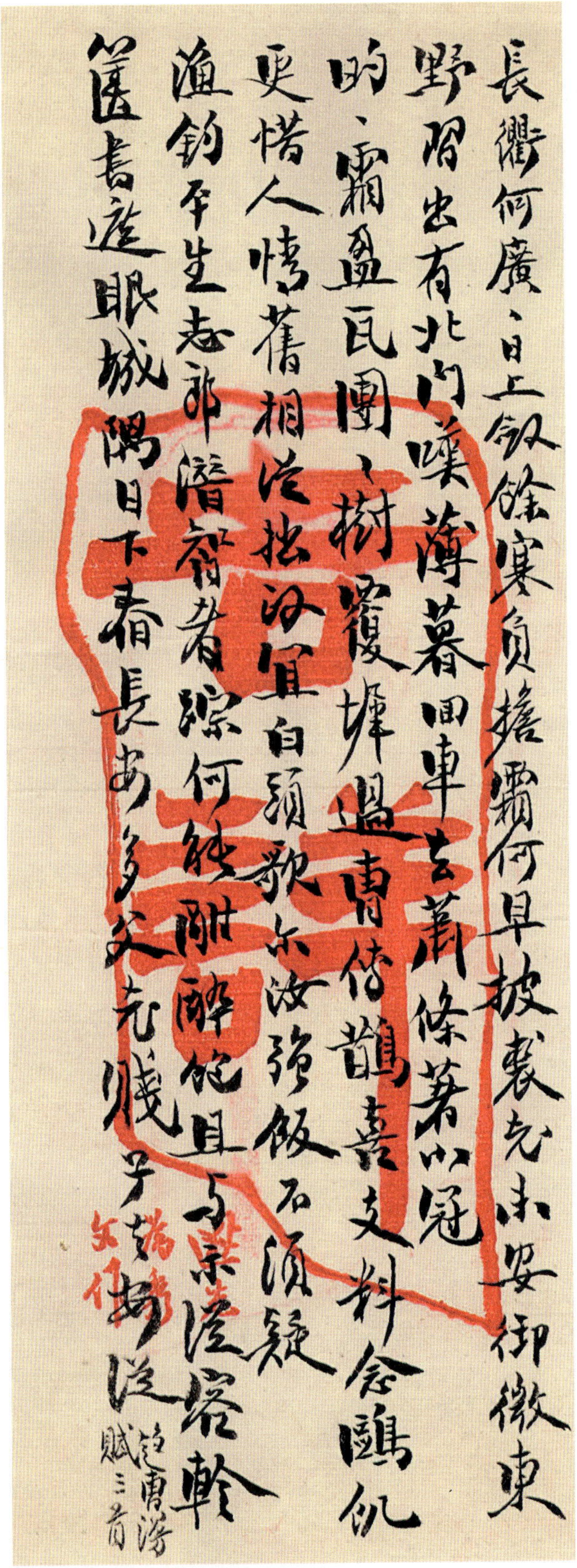

長衢何廣，日上斂餘寒負擔霜何早披裘先未安御徼東
野阡出有北門歎薄暮回車去薊條著以冠
時，霜盈民團，樹霞擁過青侍鵲喜支料念鷗飢
更惜人情舊相從拙汝宜自須歌尔汝弦飯石須疑
漁釣平生趣，那瞥眷蹤何能酬醉能且与渠從容幹
筐書遮眼城隅日下春長安多交先賤子共婦從
效曹濛賦三首

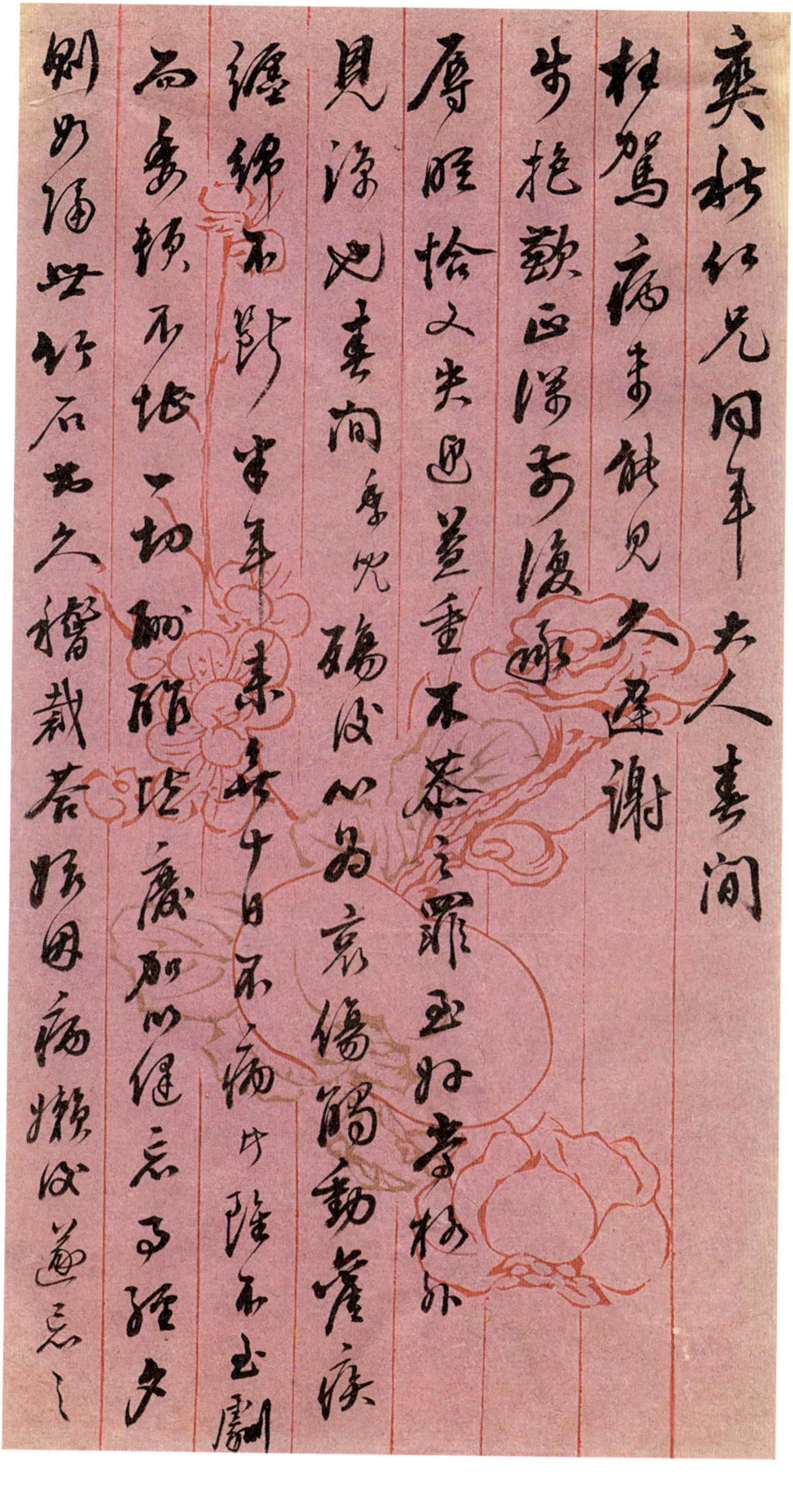

爽秋仁兄同年大人閣

枉駕，病未能見，大違謝

步，抱歉。正深系念，復承

厚貺，恰又先還，蒙垂示，不恭之罪，至好當格外

見諒也。惠詢舍兒殤後，心為哀傷，觸動痰

纏綿不斷，半年來未有十日不病，此時不出劇

而來，頗不能一切酬應，近歲加以健忘，事經久

則如隔世。然石君之久稽裁答，總因病懶，致蒙遐忘之

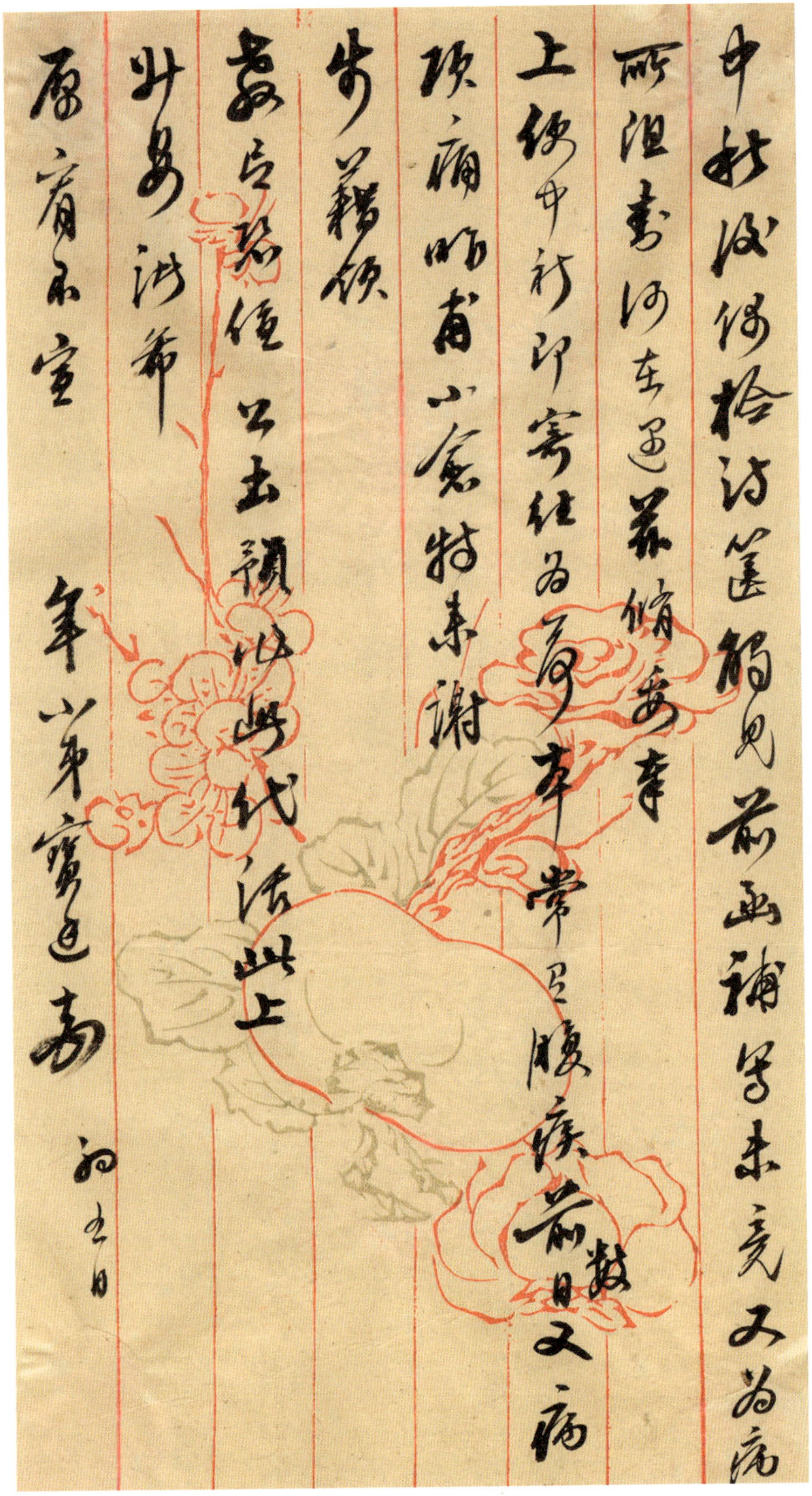

中秋後得給諫箋，始見前函，補寫未竟，又為病
所阻。壽河東還，兼循安李
上緩中秋印寄往為尋，本常足腹疾，前數日又病
頭痛，昨有小愈，特來謝
步藉領
袁公路經以去，願此與代請。此上
此安謝節
爽甫承室
年小弟寶廷首
初五日

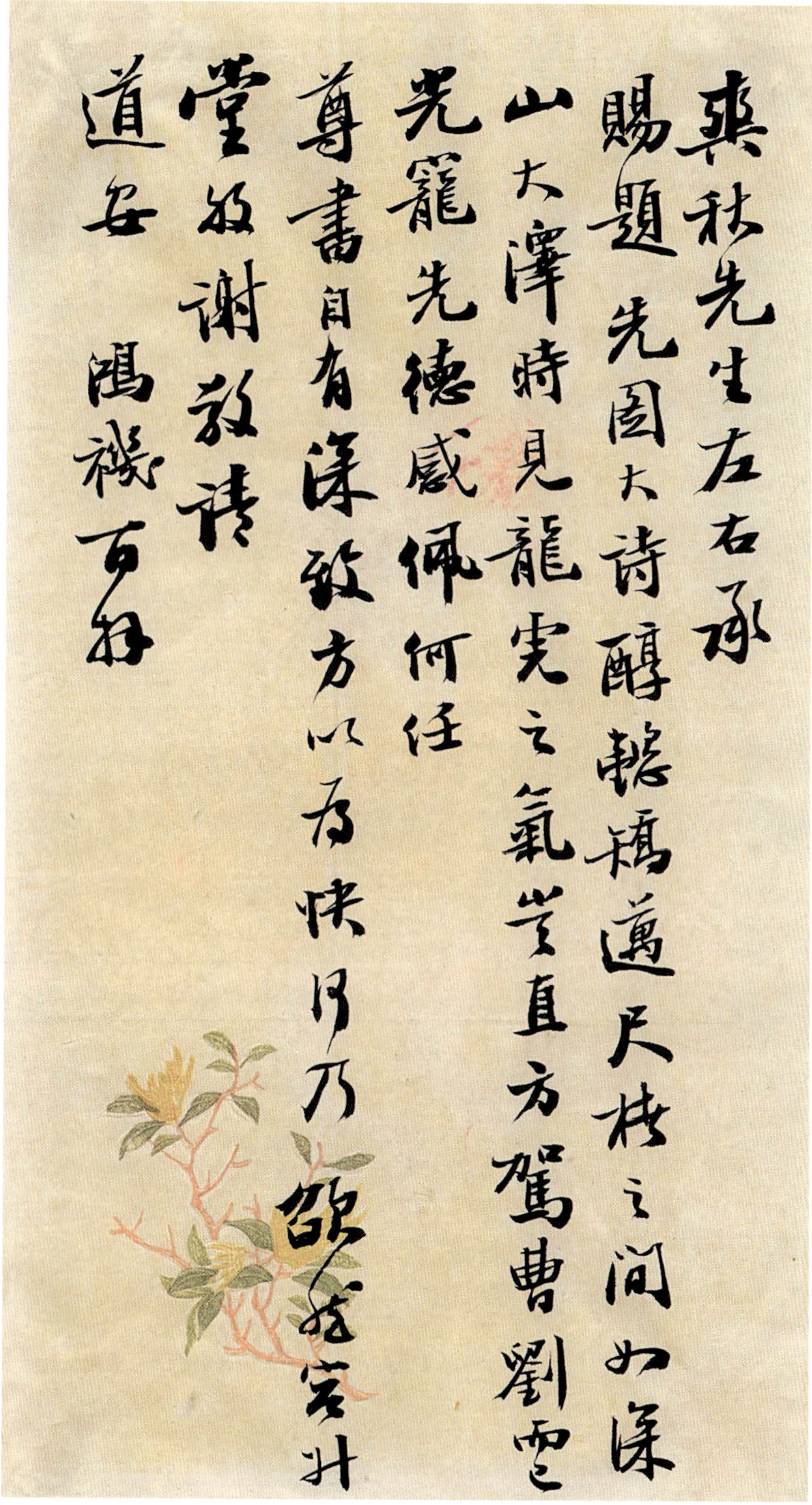

爽秋先生左右承
賜題先園大詩醇肆矯邁天機之間如深
山大澤時見龍虎之氣當直方駕曹劉也
光寵先德感佩何任
尊書自有深致方以為快得乃欲寄并
堂叔謝教請
道安　鴻禨百拜

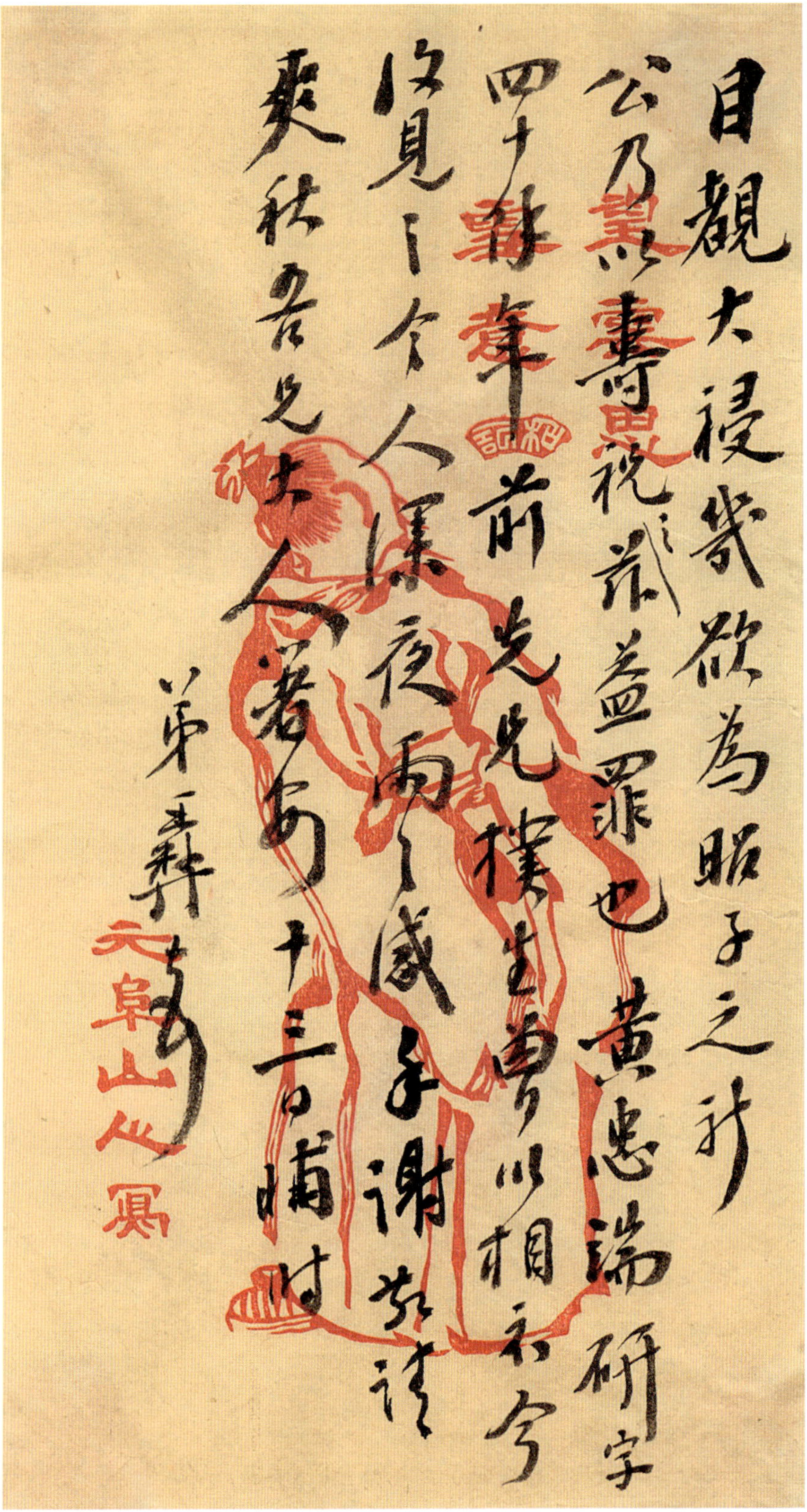

目覩大禔賛，欲為昭子之行，
公乃爲壽祝哉，蓋罪也。黃忠端研字，
四十餘年前先生樸生曾以相示，今
復見之，令人深夜兩感。手謝，敬請
爽秋吾兄大人著安。十三日晡時。
弟彝頓首

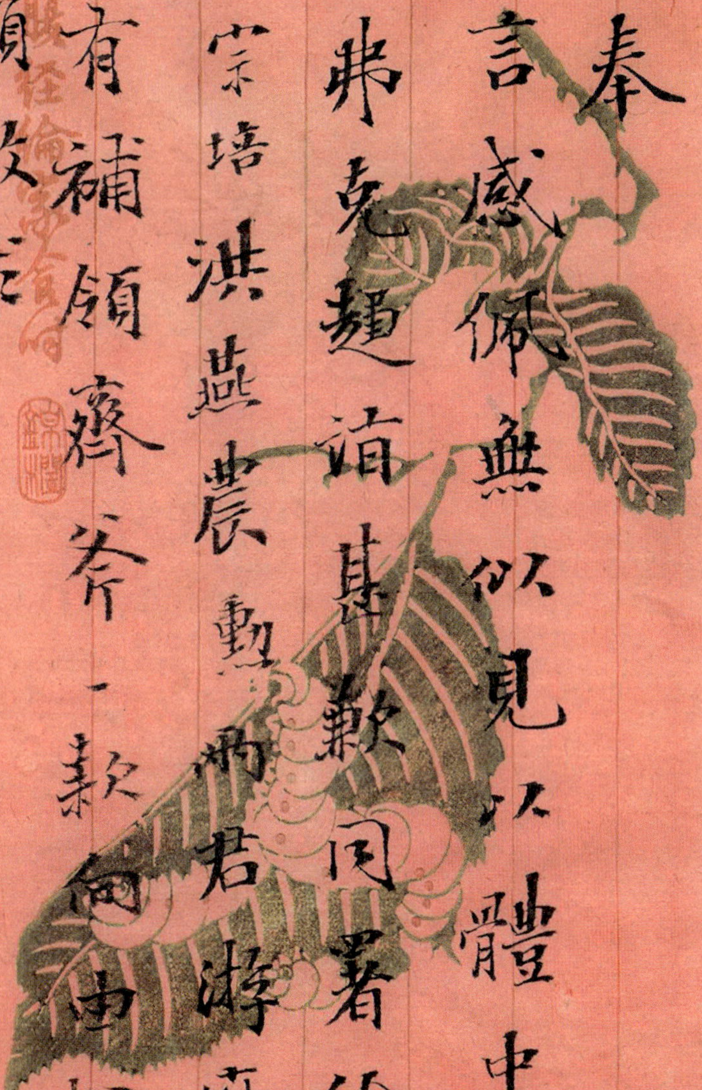

前奉
教言感佩無似見以體中不
適未克趨詣甚歉同署徐子
厚宗培洪燕農勳兩君游歷外
國有補領齋斧一款向由總署
支領敢求

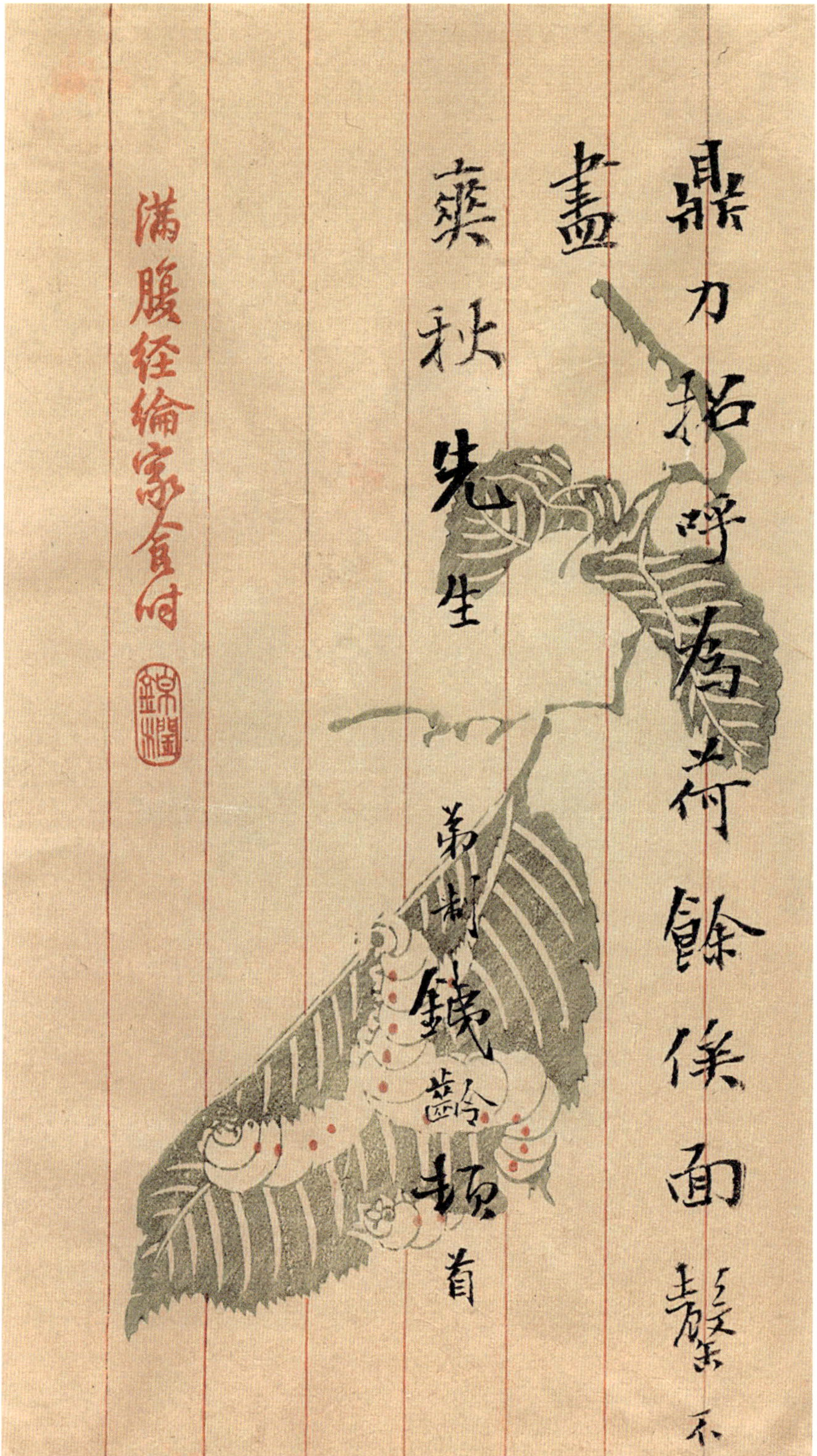

鼎力招呼為荷。餘俟面罄，不盡。

爽秋先生

弟制鐵齡頓首

滿腹经綸家食付

比日耳鳴不少減神氣疲苶方擬屏絶人事
靜坐數日頃將詣桂卿前輩乞爲處方
寵招萬不能趨陪敬繳
大柬並乞於 爽公前代謝爲幸一月以來搆
思之事廢寘不爲游心虛無自謂頗不遠漾流
年運氣之說殆不可强耳坐客傷有以用功之
說見嘲者幸爲我一雪之敬上
梓兄前輩大人 弟慶坻頓首

弟本有瓷庵集一部，今因山韓又送一部來，奇高
退還迭來。西山詩尚未鈔出，昨日丙莊屢覓，難石梅
花卷乃可屬作也。
花師已題，不得已亦題七律三
首（其中七律也平，師和其四，弟和其三）。平明已送去矣。尋得
鴻題四梅花紙，出候到即付使。
重蔡我兄同年大人　一笑　增祥手復　廿六

得樓子百禾

清秋

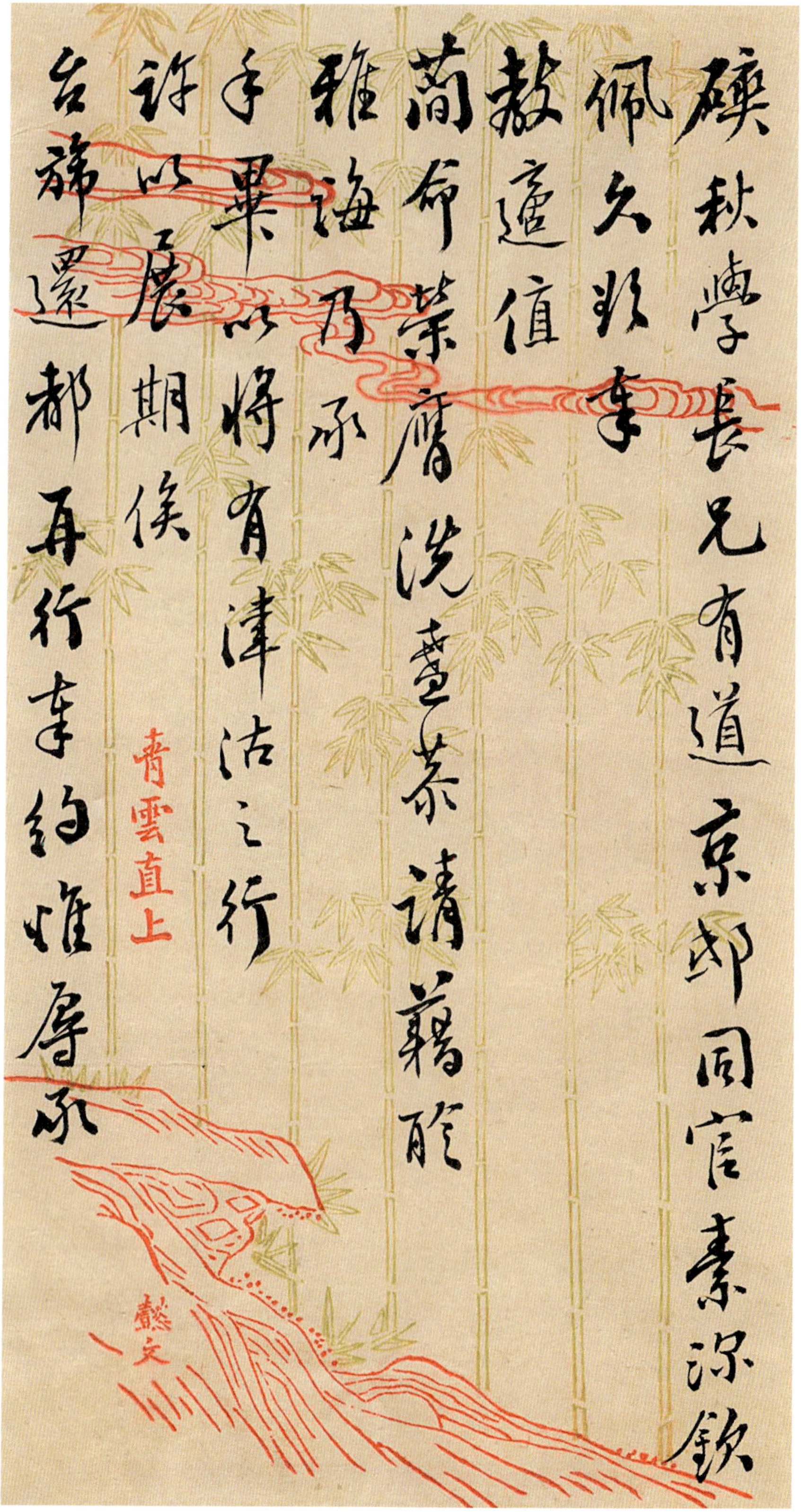

碩秋學長兄有道：京邸同官，素深欽
佩，久睽奉
教。適值
簡命榮膺，洗壺茶請，藉聆
雅誨，乃承
手示，果以將有津沽之行，
許以晨期候
台旆還都，再行奉約。雖辱承

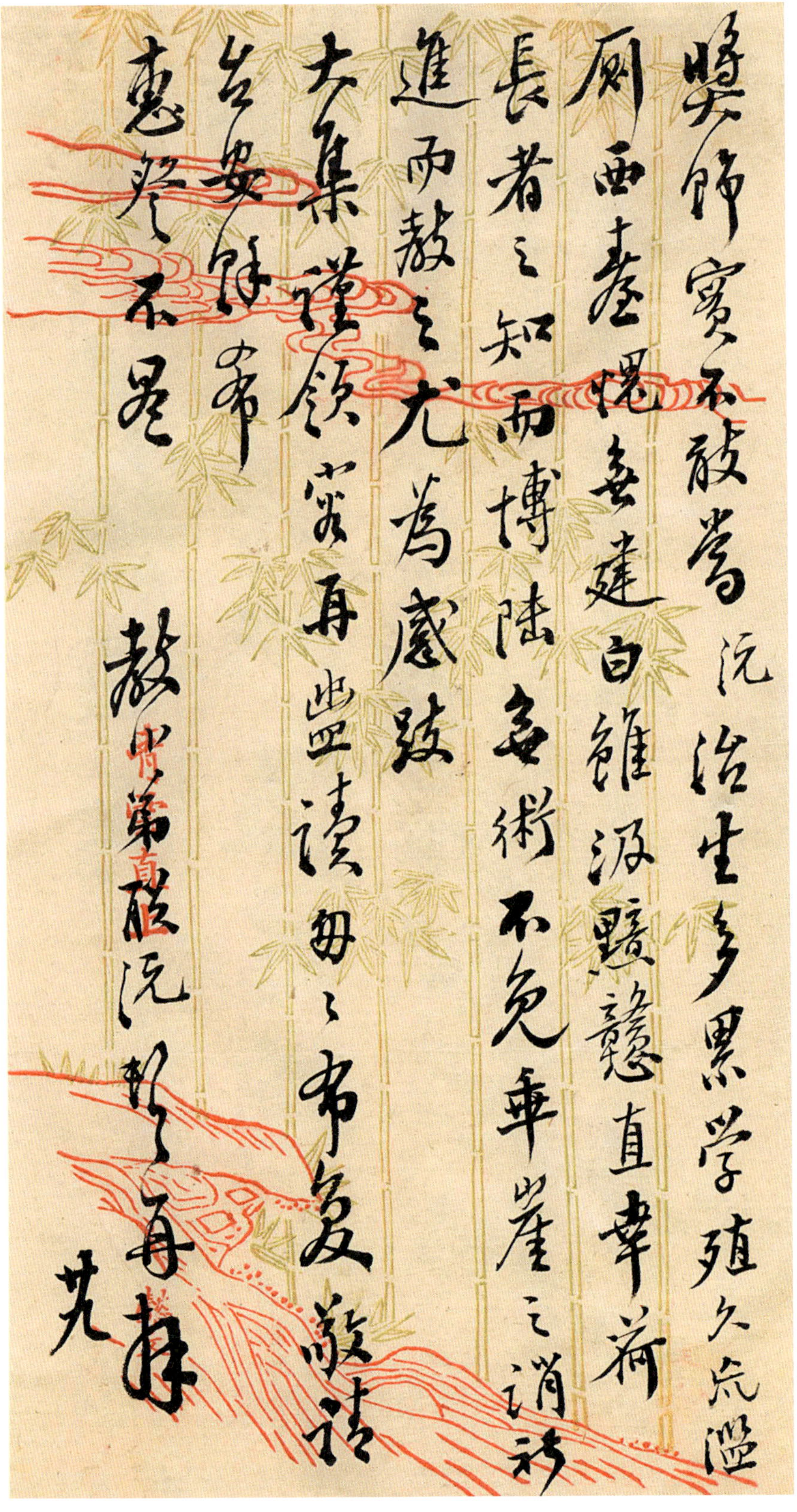

與師寓不敢嘗沅治生多累學殖久荒澀厠西臺愧無建白雖汲黯戇直辱荷長者之知而博陸無術不免乘崖之誚進而教之尤爲感跂大集謹領受再四讀每每常復敬誦台安餘希惠照不具

教小弟聯沅頓首拜

廿九

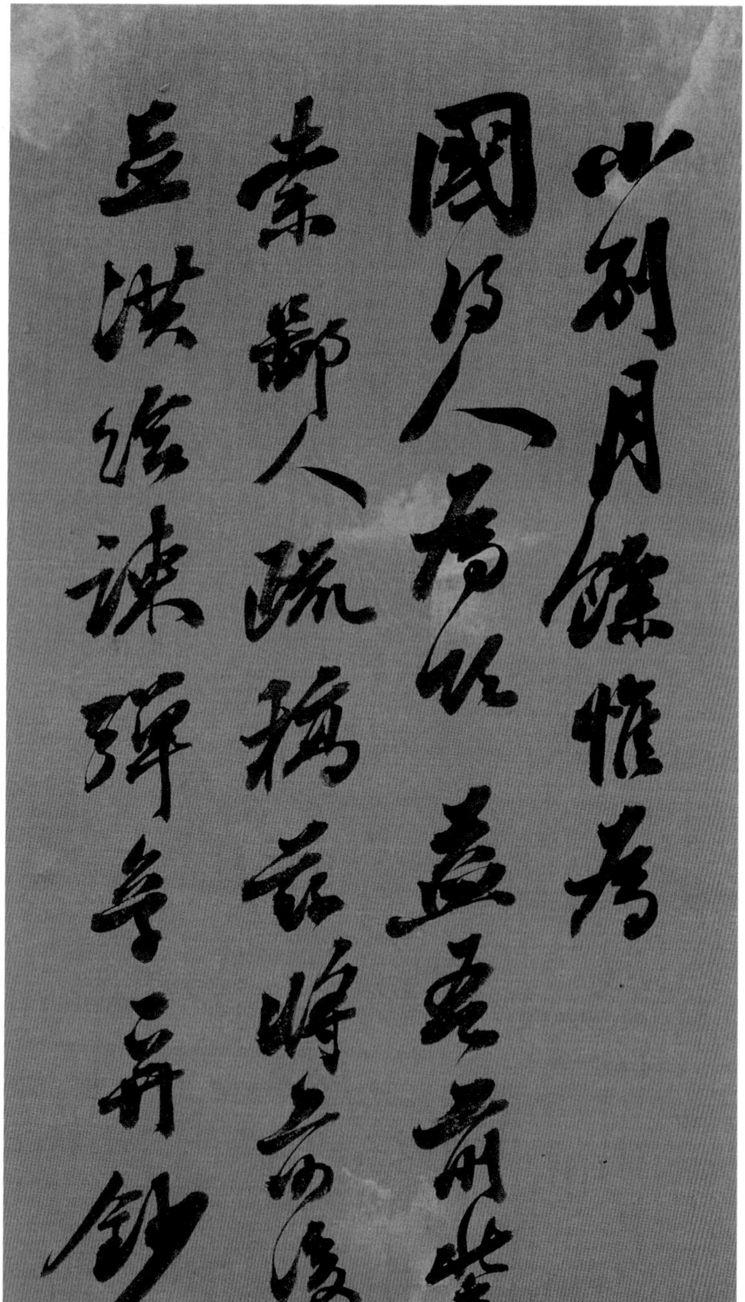

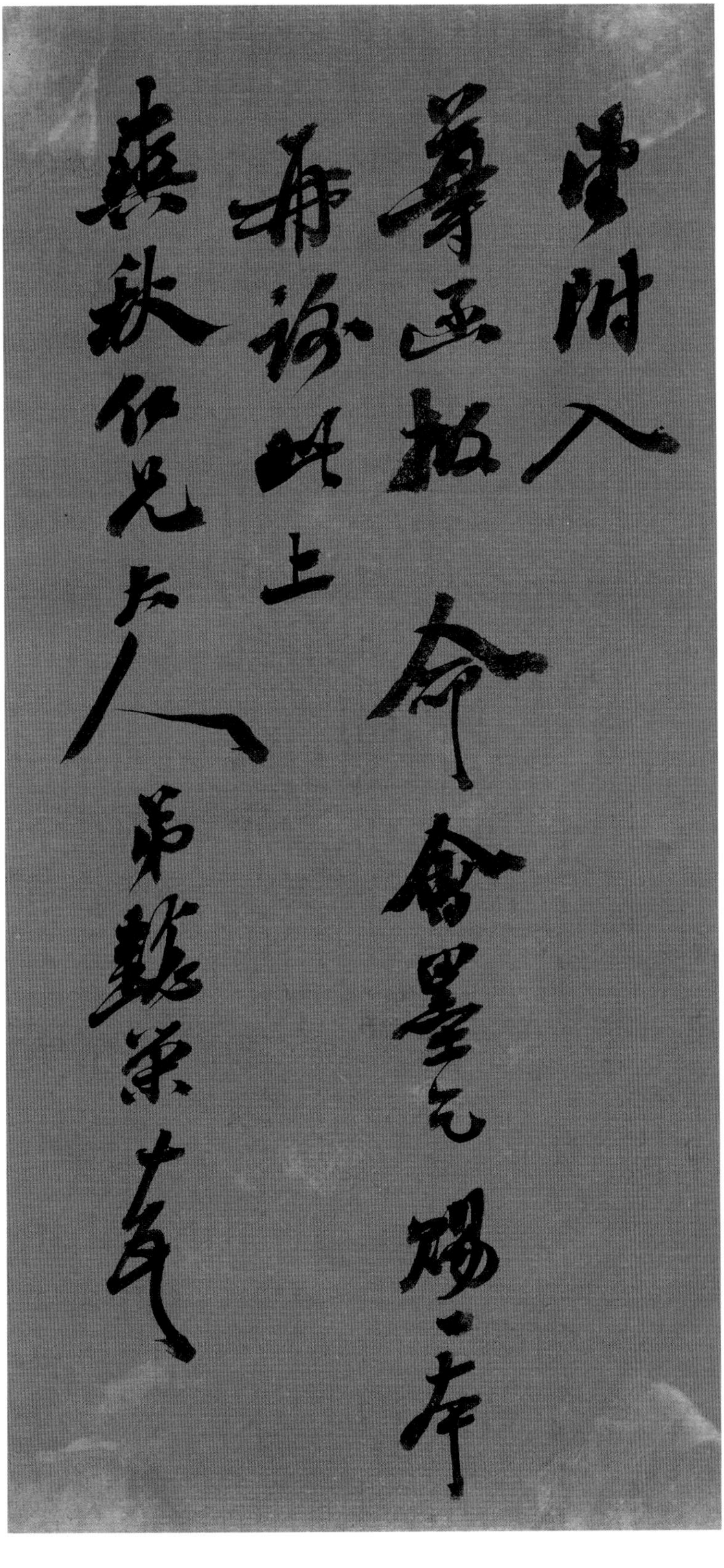

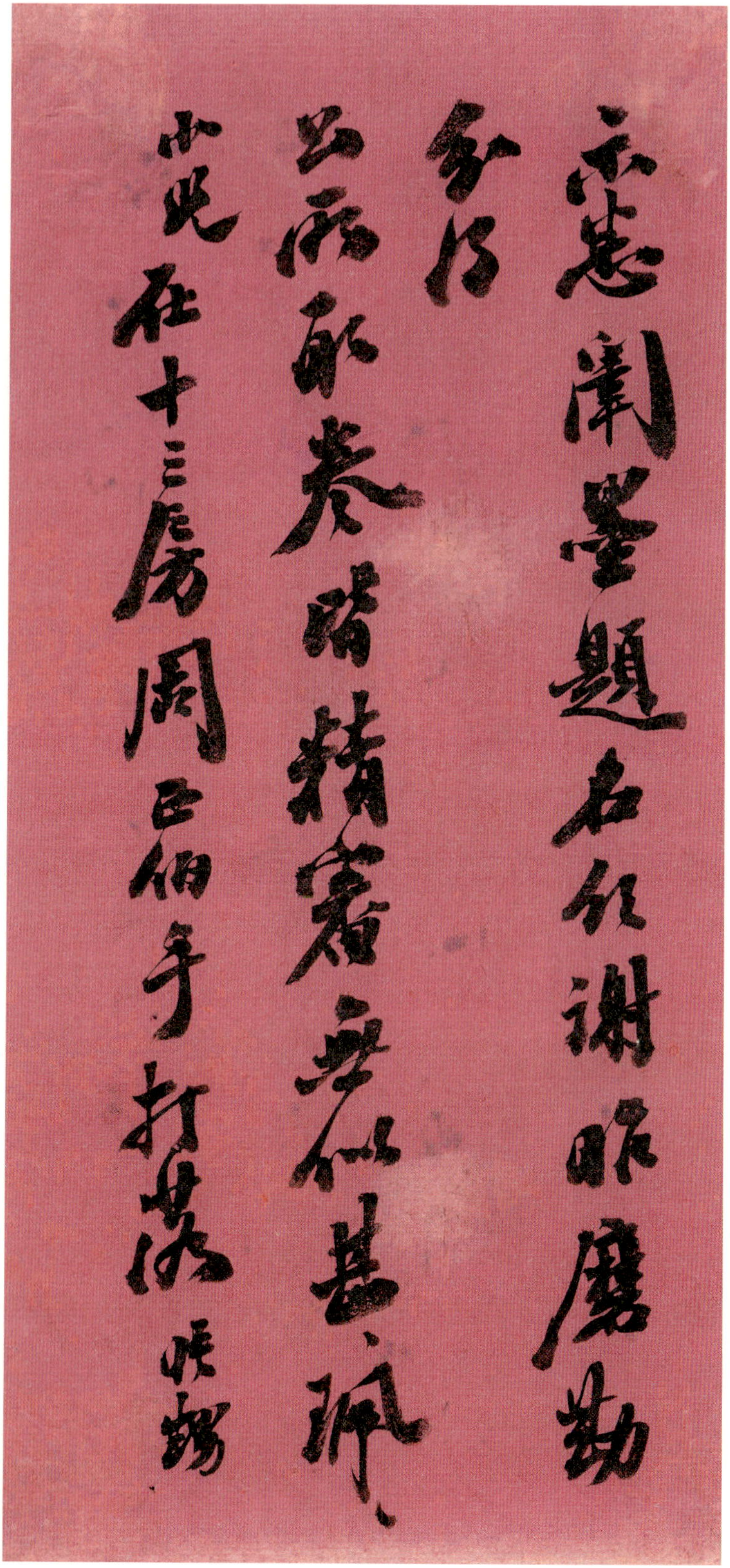

承惠蘭墨題名紙謝昨屢勤
分乃
出所取卷諸精審無似甚佩、
此晚在十三房周巳晶伯手打填　候錫

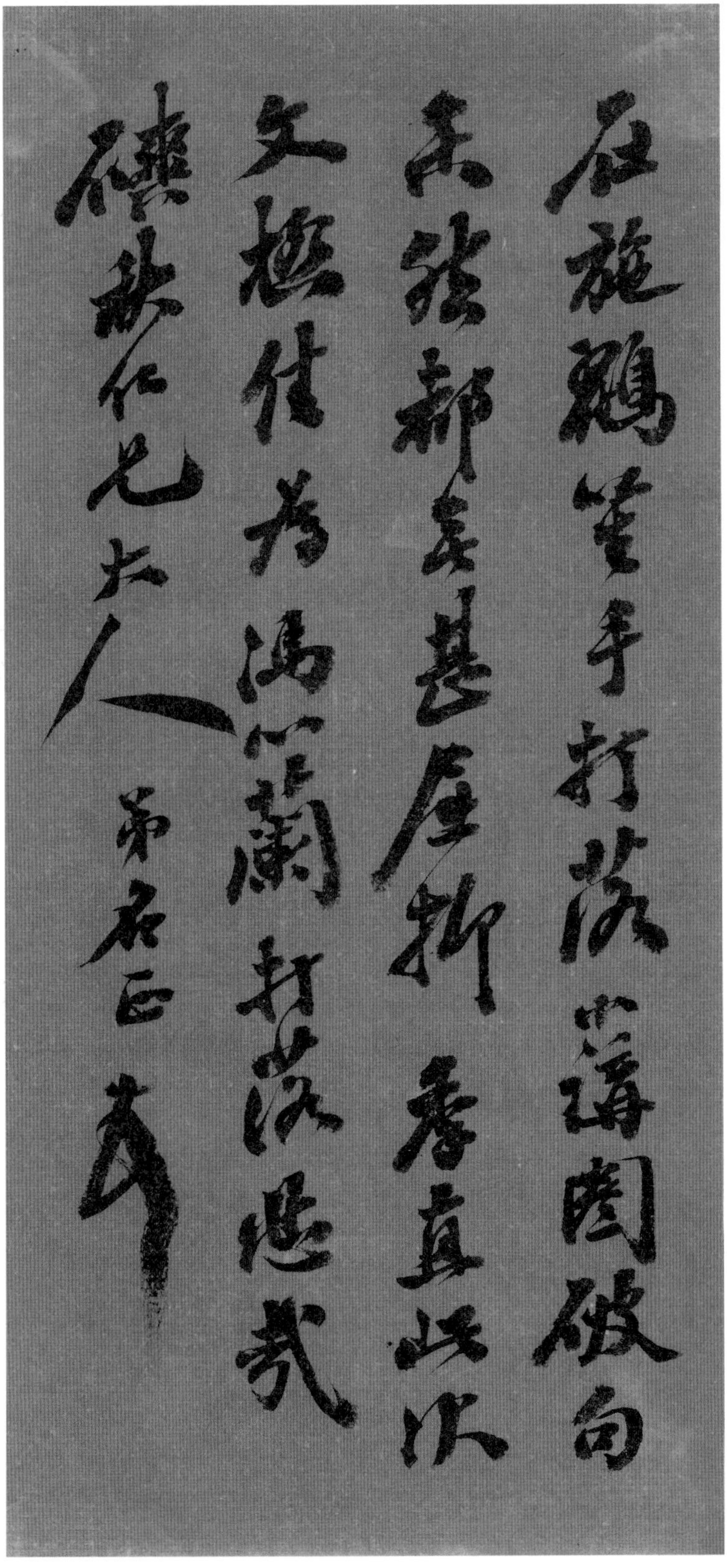

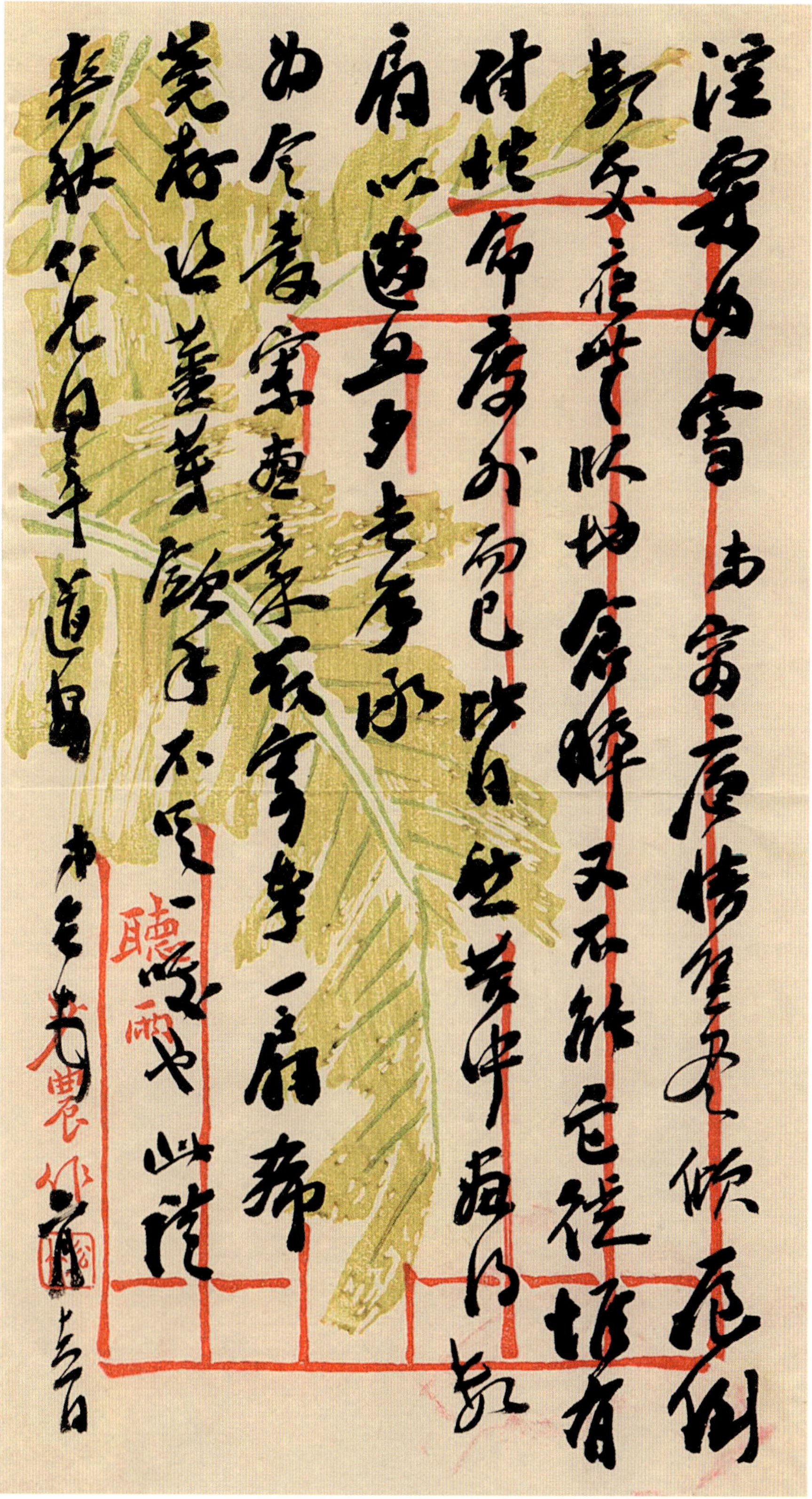

夫子大人函丈

手諭讀悉承

賜不律地圖

大稿謹拜領日內本不出門朝夕學書大卷但負趺六寸忽欲其步步生蓮棘棘刺刺色安昊所謂擔夫入城爭

先恐後者也手此肅謝敬請

鈞安　受業寄頓首謹上廿一日

綢繆手箋語笵鑄十三行

庸齋製

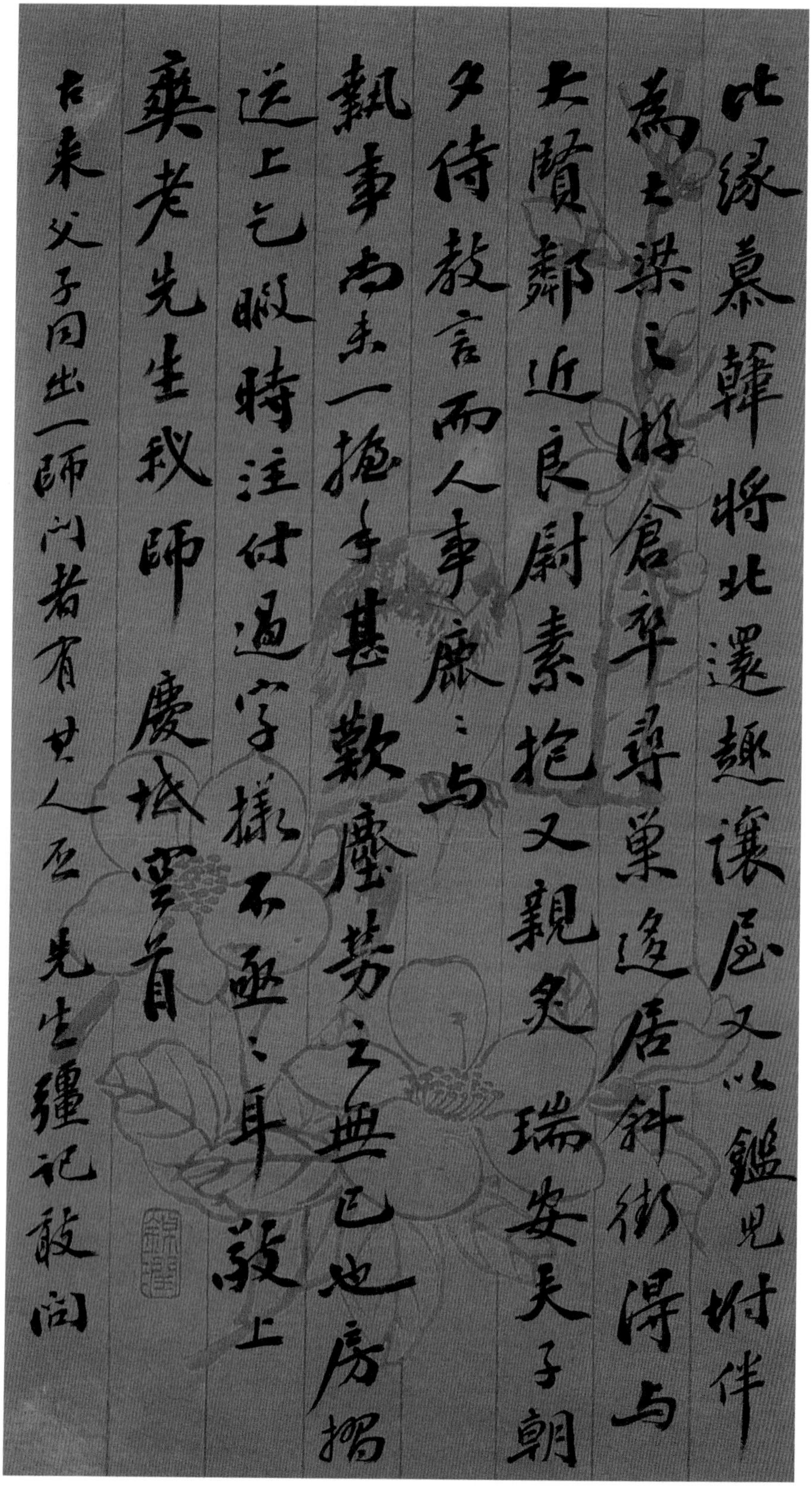

比緣慕韓將北還趣讓屈又以鑑見忖伴
爲大梁之游倉卒尋巢邊居斜街得與
大賢鄰近良尉素抱又親炙瑞安夫子朝
夕侍教言而人事靡〻與
飄事尚未一拖手甚歎塵勞之無已也房擱
送上乞暇時注付過字樣不亟〻耳敬上
棄老先生我師　慶坻要首
古來父子同出一師門者有廿人否　先生殫記敢問

昨承
誨墨
寵錫香醪再拜以嘗一斗亦醉更
頒佳果用佐辛盤纘榼頻開筍
籠屢挈每當静夜閒香氣之
氤氳偶摘華星詩祥光之焜
燿既忻酌飽彌感
恩私賤體新痊乘車偶出試習勞

頃已能支持，稍遲當趨詣
高齋，藉傾積愫。手此奉詩，祇故
奕秋仁兄年世大人我師
著綏
弟頊李孺拜啓　十九夜
眷綠

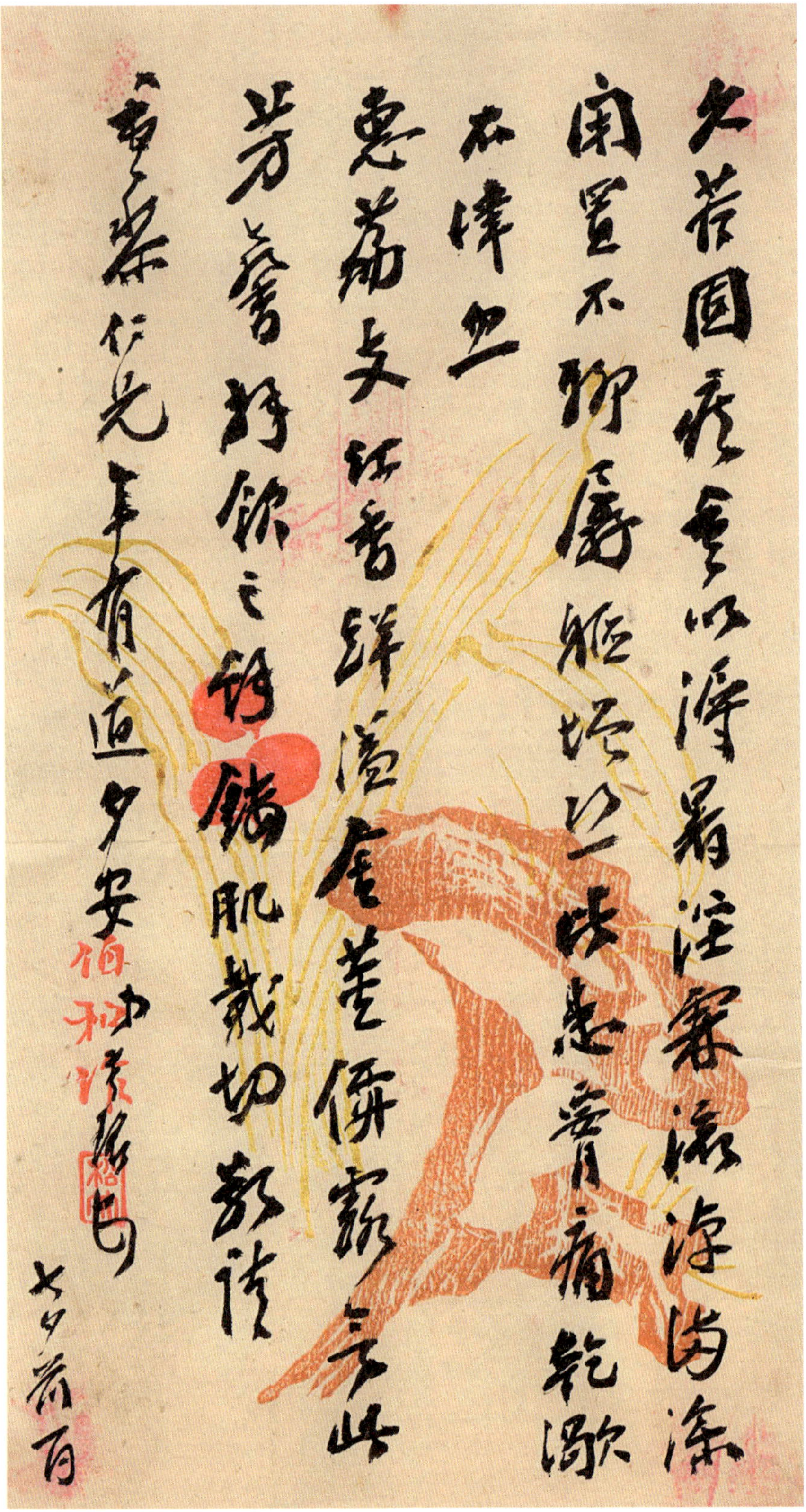

久蒼園候，以滑暑淫霖潦淹滌，
閑置不聊。屬炳燭以代，患齊痛乾澀，
本倖也。
惠蒲文紈香餅，渴唇甚佛露之，此
芳馨，將飲之，銘肌戴切，敬謝。
專泐，伏先年有道夕安。
伯和　小弟慈銘
七夕前日

云胡昔不樂狂歈客江介頓聞袁桐廬乃適以昔會無端
京師遊壽逐飛蓋旅居隔衡街叩門得所居寫誠款通
襟高言破纖塵當時宦武南風節郎盛冠帶名競氣以囂
道長理或泰自此六年別人事日徽纆君方仕為郎默守桂史
戒下走遠海歸氣与風濤決所更豈一端坐覺胸次隘退求
農家言遠希笠澤瀨閉門偶承舉徽祿居以賴不為大敵勇敢
同衆人敗君方備臺諫智略洞中外哉神羊冠耿耿朝鳳噦上元丞
堯舜下益稷屬曹鄶何當羨歸耕遊鳥寄深謂　右奉和
爽秋侍御見贈之作即用其韻寄請大教　謇謹上

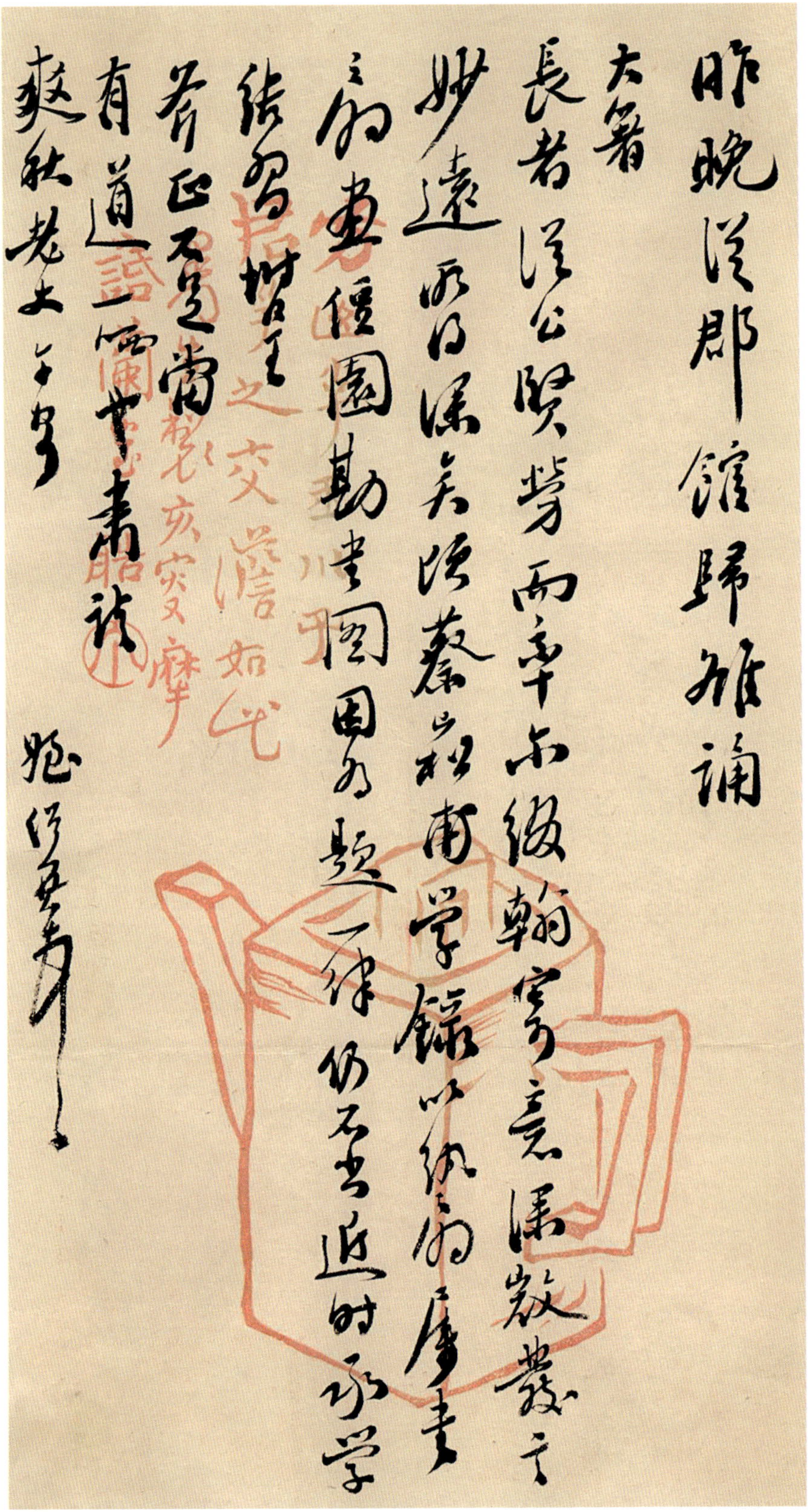

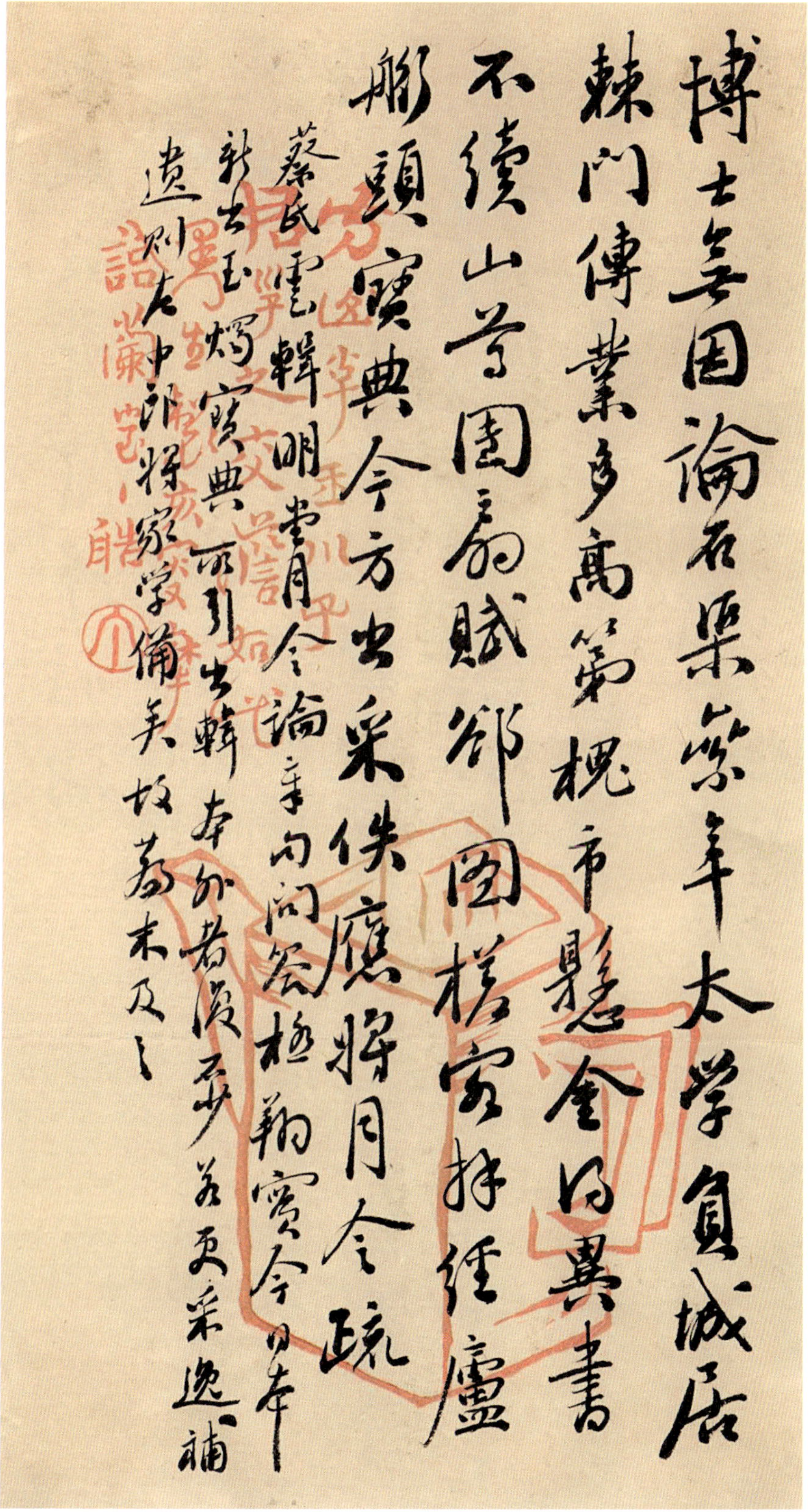
博士羞同論石渠幾年太學負城居
棘門傳業多高第槐市懸金有異書
不續山堂團扇賦鄴園樓客擇經廬
彫頭寶典今方出采佚應將月令疏
蔡氏雲輯明堂月令論章句問答極勤寶今日本
新出玉燭寶典所引出輯本外若復不少益更采逸補
遺則中郎將家學備矣故爲末及之

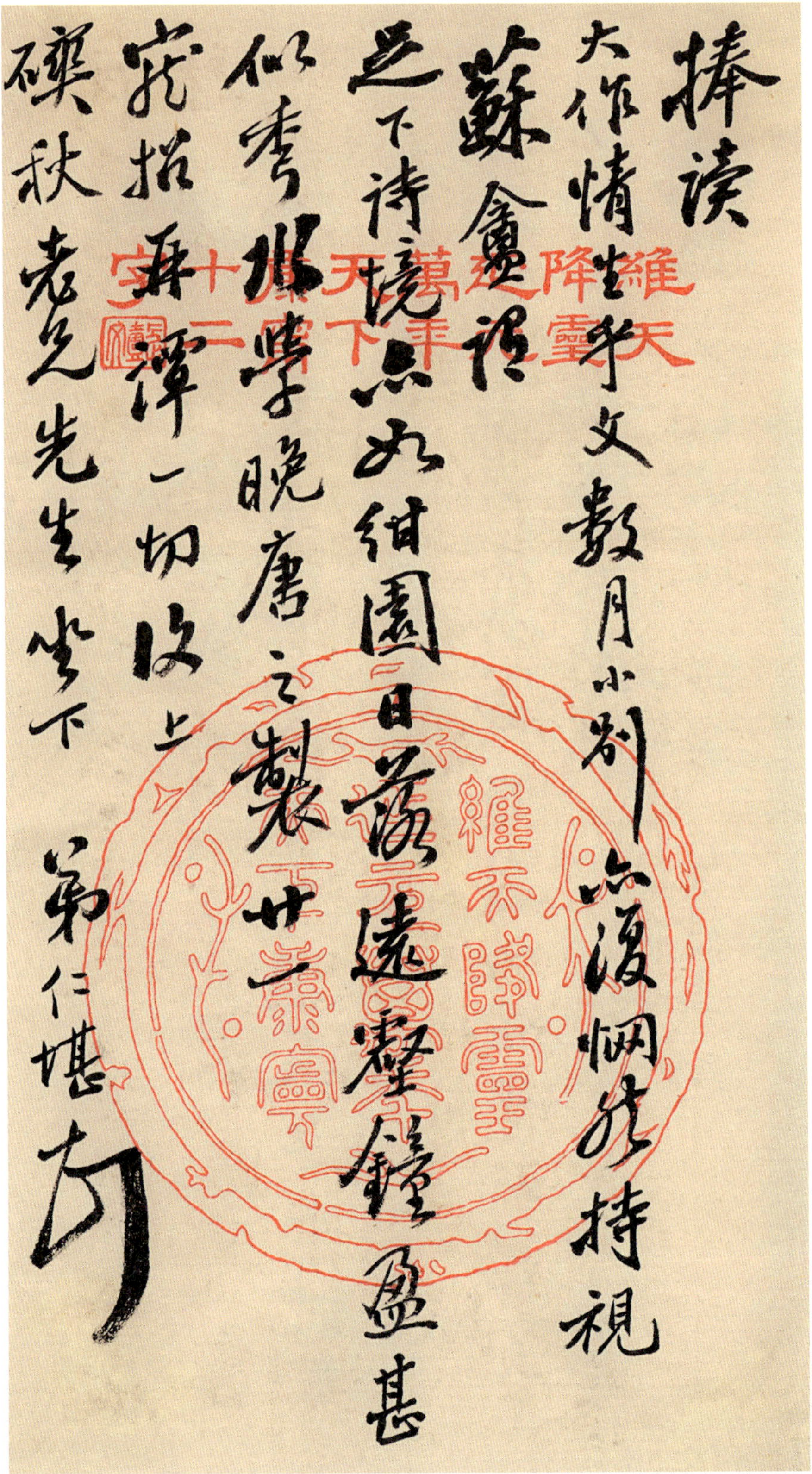
捧讀
大作情生乎文，數月小別，似復倜然，持視
蘇龕語
逆下詩境，點如紺園日落，遠鐘盈甚，
似香山學晚唐之製，廿一
究指拜澤一切，收上
碩秋老先生坐下
弟仁堪

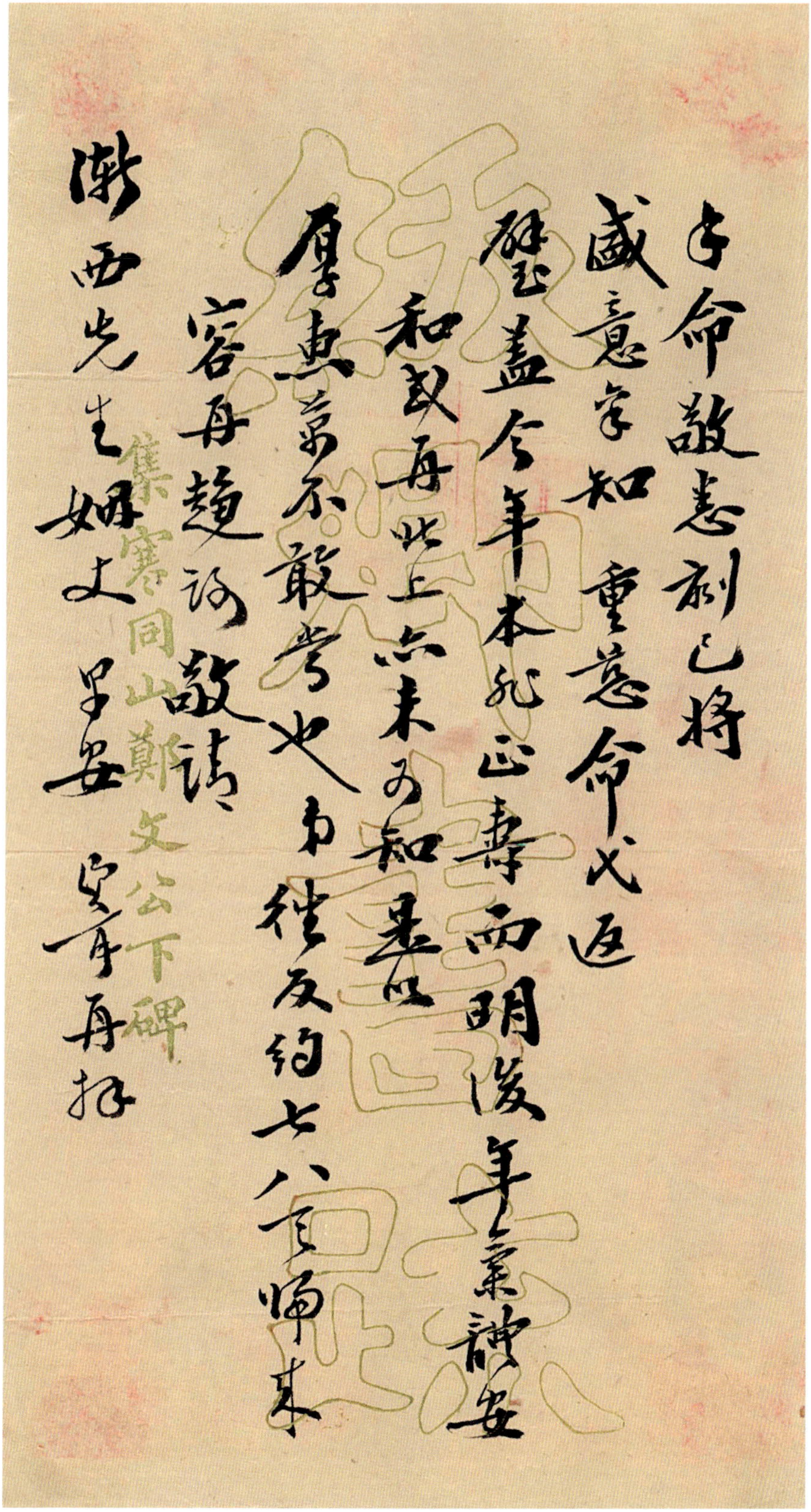
手命敬悉刻已將
尊意宇知 重慈命以返
璧盡今年本擬正壽而明後年之稟請安
和叔再此上亦未可知是以
厚惠萬不敢當也即往返約七八日歸來
容再趨談 敬請
謝西先生姻丈早安 宴年再拜

手教讀悉　家祖母感感
盛誼特以硜硜之見不敢累及狀肝是以祇得返
璧。待正誕再行拜領
雅意可也。因茲近讀恆要
海涵，歸日容即趨叙，敬請
重黎先生有道大安　頌蔚再拜上
家祖母屬筆問
嫂夫人前請安，并乞道福

青雲閣

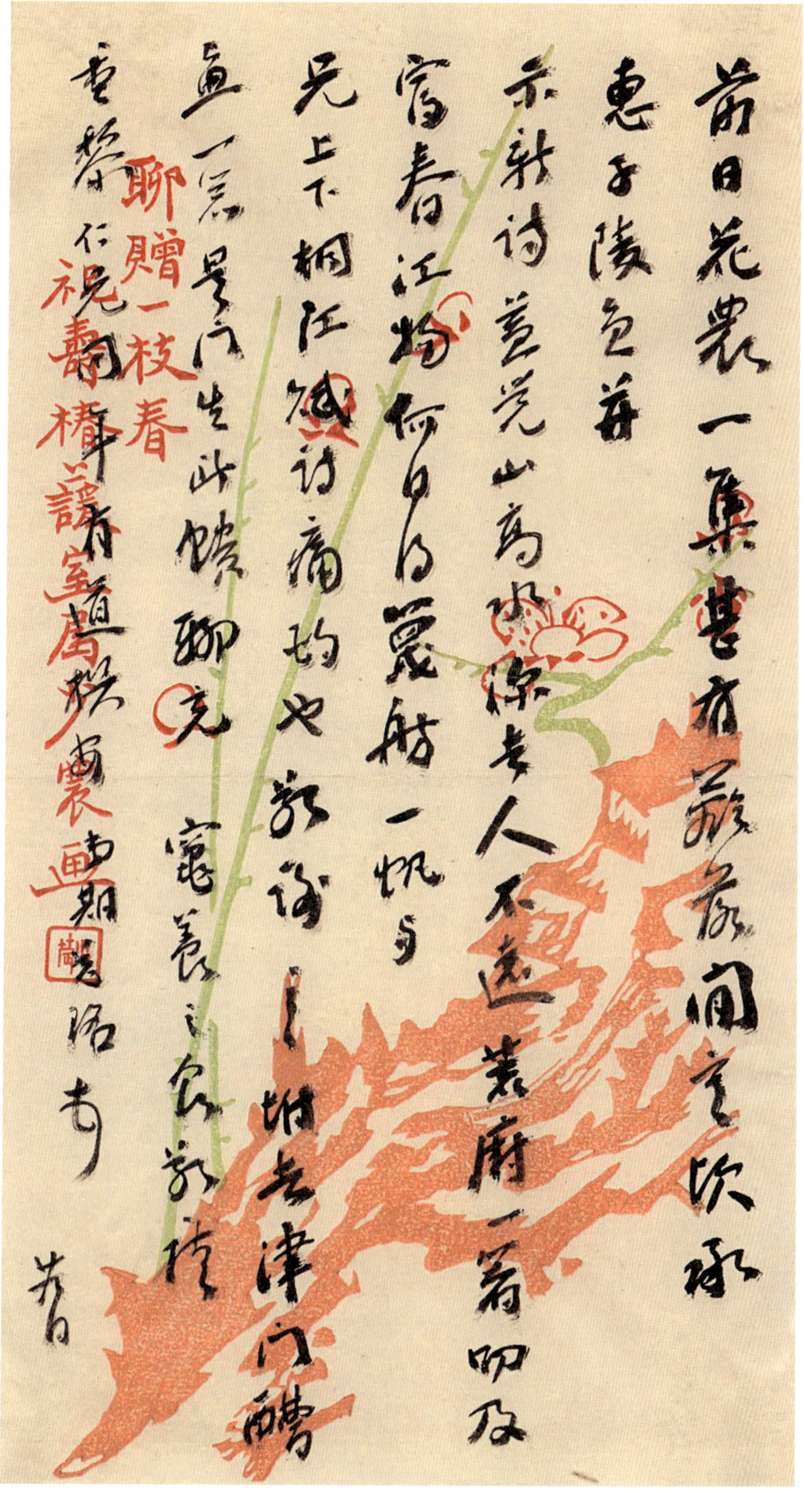
前日花農一集甚有蒹葭閒意欣承
惠予陵魚華
示新詩荳光山高水深長人不遠叢府一篇叨及
富春江畔何日同買舫一帆耳
兄上下桐江試詩痛切也欽佩｜姚老津門醻
直一君是門生此號聊充
寵養之衣欽積
重蓀仁兄同年有道　棋弟安期頓首
花日

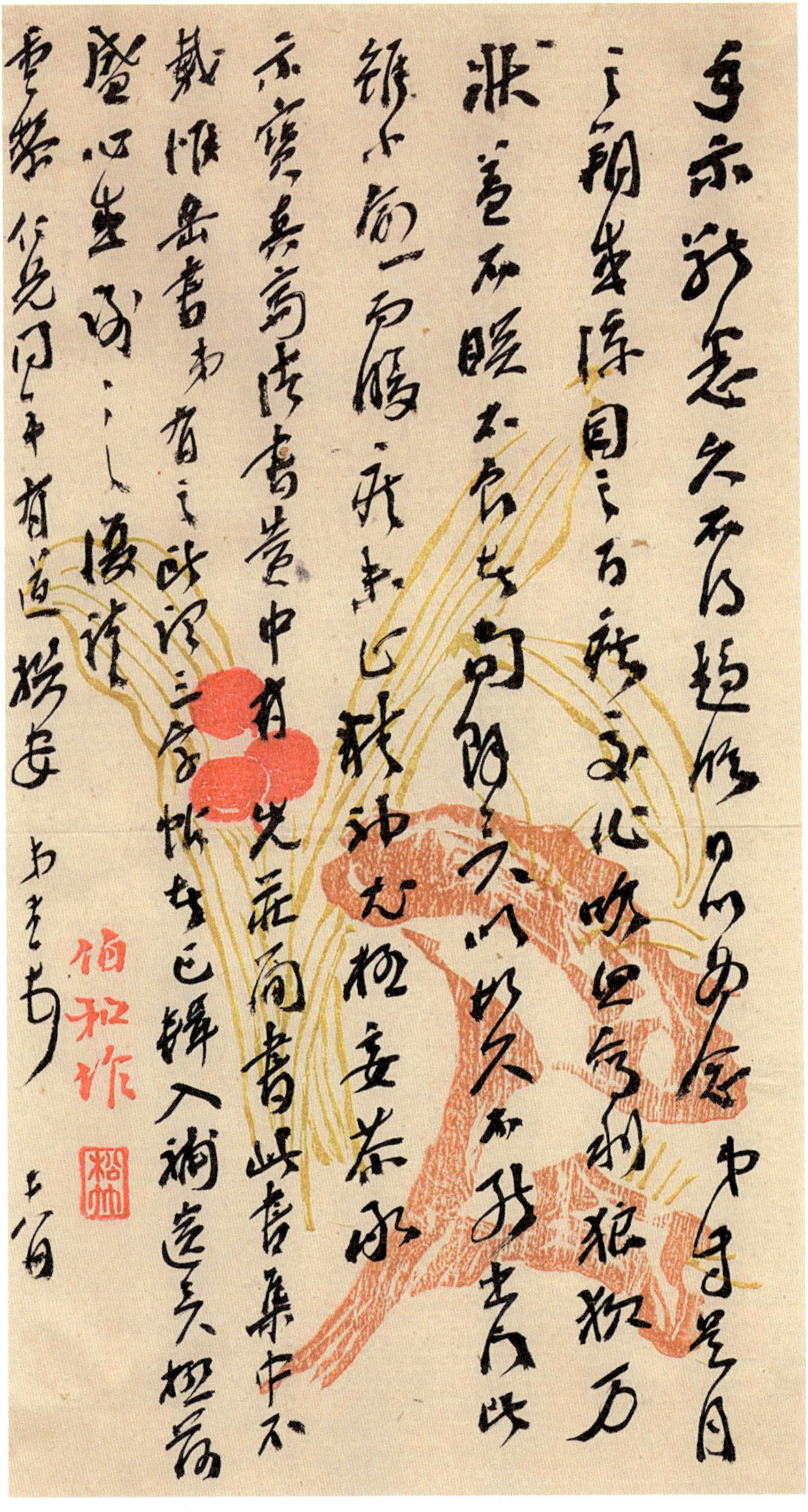

亦請灌亭之局由廿六即廿八九請

先生擇一日可也小山佛青以鈔書後有攤不任撥倍極仄

作調人商設于墳以爲程如於

尊指不謀容即分訂業生一切或由石侮佐理或仍偏勞

于墳皆可敬上　于墳來字郇陽碑與小山一節并求裁示不及

重黎叔師親家

小年再拜

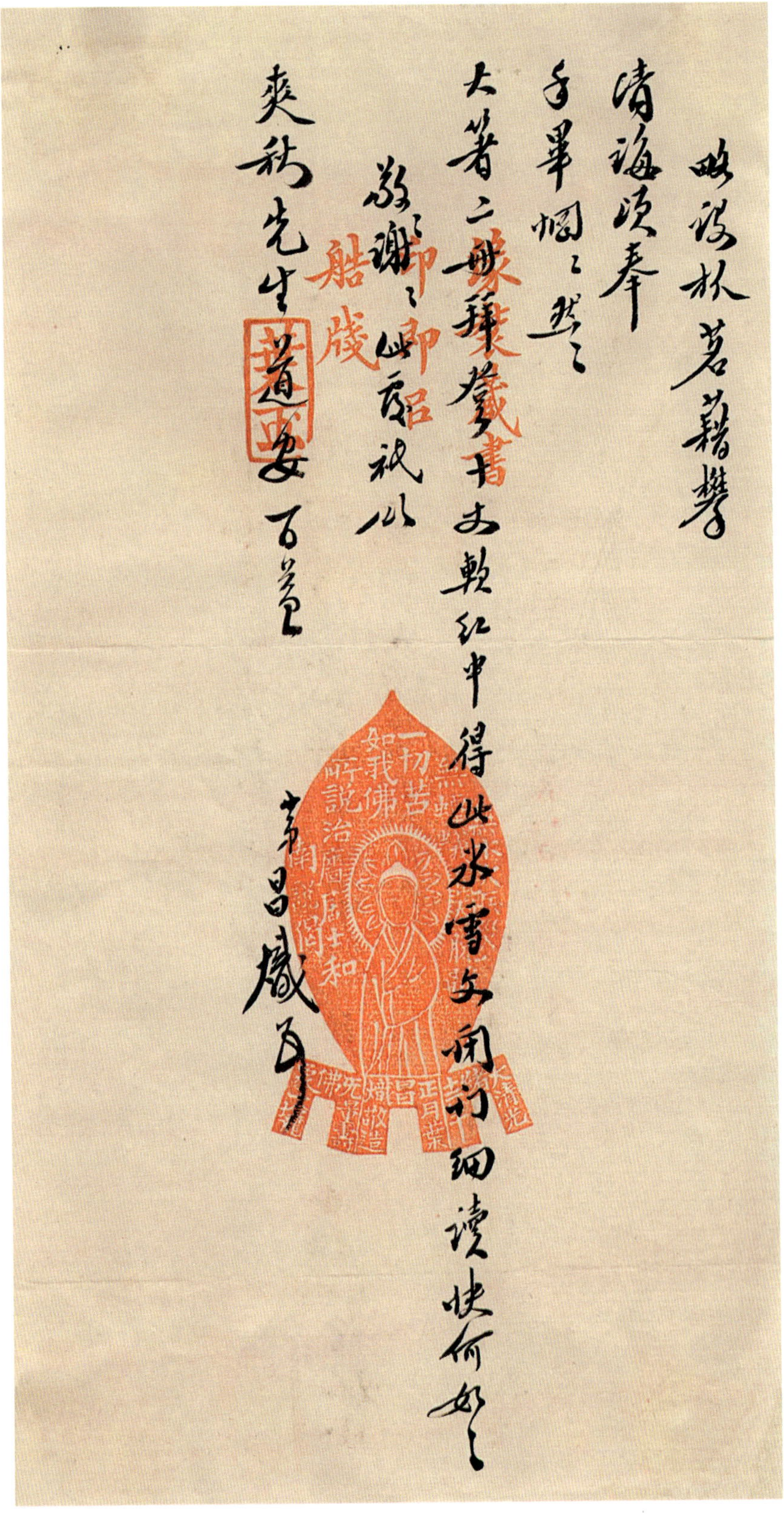

昨從林茗藉攀
清誨，頃奉
手畢，悯悯然
大著二冊，釋十丈軟紅中得此冰雪文，開函細讀，快何如之。
敬謝謝，此啟，祗頌
爽秋先生道安。不宣。
弟昌熾頓首

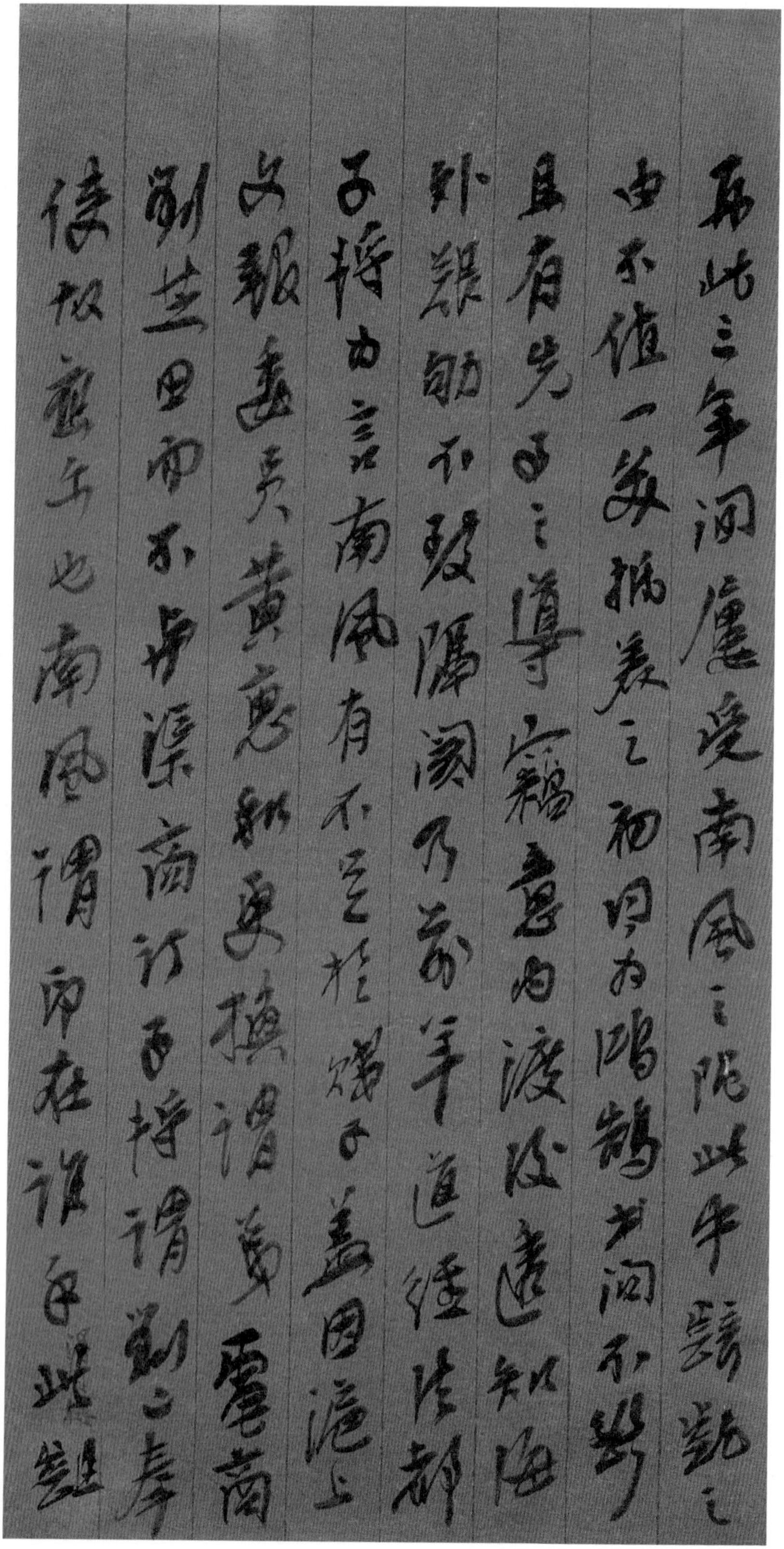

難之處也。弟告子博曲折，難之，子博則云

不必，此公胸次闊大，其於書丹崖之題素

所不論者，亦為之悻悻，似此不著痕跡為

宜。弟亦安之矣。及比日都撞到晉駿

所派天津文報處委員，擬再善而不順請

撰，則已札其機矣。及義約撤翻，亦同十

七一電，南風主筆所請卓并屢屢續

紹迴跌，其不能自禁，三端者自搖署

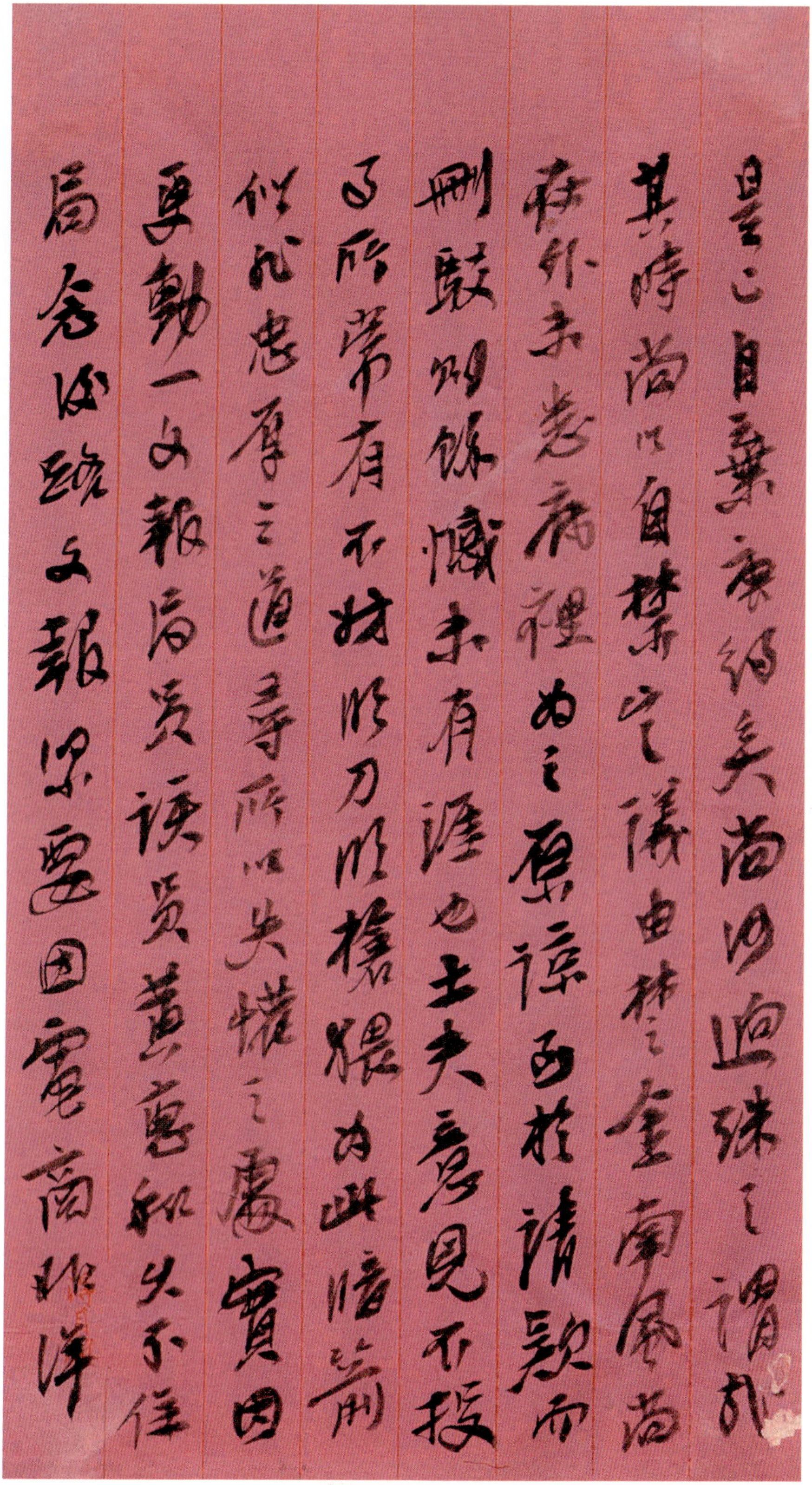
是已自棄，庚翁矣，尚以迫蹴之謂哉
其時尚以自禁之議，由林之奎南屏尚
在外未悉病裡，而之原諒，再於請款而
刪駁，則餘憾未有涯也。士夫意見不投
已所常有，不材收刀收積猥，内此譜前
似非忠厚之道，尋所以失權之處，實因
厚勤一文報局員誤員舊總紙，失不佳
局長既疏，文報保要因電商班洋

將派蘇道劉芝田劉生京道由北洋請
芝田中國使者四人滬局總理出洋之報
袁撤一員必須無使南先則就是撤換
時矣黃彦秋之交黃勝薦鉄之舊鍾
譯也黃彦屬有一函之稚而不去黃彦紙
印黃勝之子及於香港黃勝來見乃
甚悦之然已無可挽回矣所更派者馬
建常馬氏兄弟南風深悉馬建

岸内北洋所屬現處無(?)矣因此而不能
隨行商之報之差因而電商北洋
位置亦不肯由局送情也諉局前年奉
北洋札來兼營雖銀取予兼(?)為大相
左不通音問徧(?)通年矣因此一差兩邊
不治(?)駿(?)九州之錢不能鑄此錯也南風
陰寒(?)驟難將(?)凍諒有大不情之舉
執事難(?)挽救也(?)尚乞

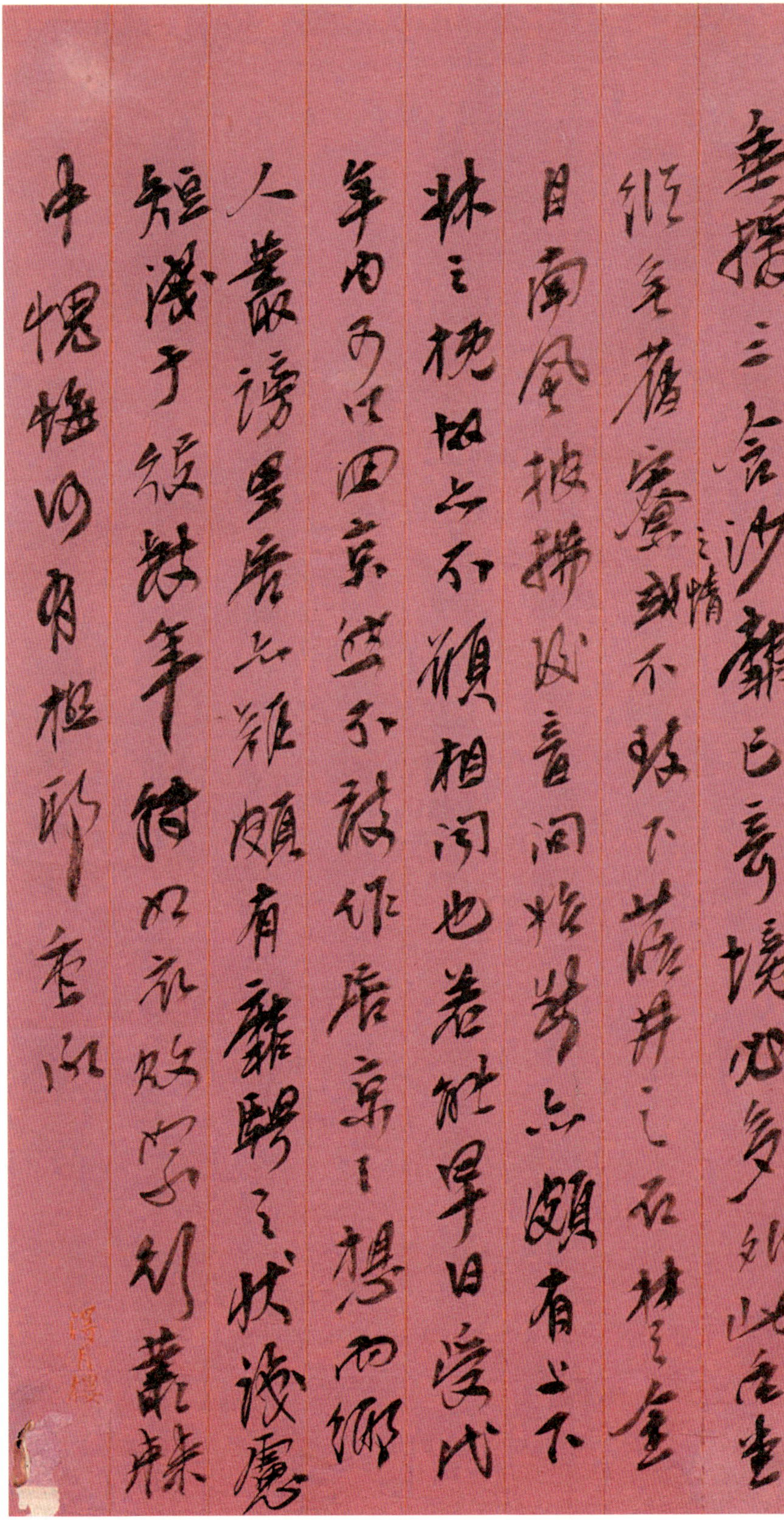
垂援三會之情沙蘇已竟境况多如此居生
縱無落窟或不致落井之石林金
目南風披拂政音聞於粵亦頗有上下
林之槐切亦不須相問也若能早日定代
年内可以回京從不啻作唐京之想西鄉
人叢謗甚唐亦難頗有義聯之狀識處
短淺于紛粉筆待如我好學刻叢棘
中愧悔何有極耶垂

閩淛被寇匪亦不足爲外人道此憾亦深
閱後付之一炬聽可也仲宣子將抵甬粵
鄉之信可以激鄉境推風教南皮門
退能存此說頗聽時局南皮其識
應遜乎鄭工先藏論危事塞宜
豫火災特殊之亡亡傳度文敏而稍
圓轉匪可常求
手泐即 名敬肅 六月六日

爽秋仁兄大人閣下：都門握別，駒已及年。每憶
興居，良深懸系。前閱邸抄，知 方君勉甫
簡放荆宜施道，吾
兄擢升總辦，海外聞耗，欣慰無既。
執事大才槃槃，又為 上游器重，借箸前席，
經濟宏敷，我
國得人，異邦交慶。弟自來江戶，健食如前，敢云就熟駕
輕，幸少爾虞我詐。倭廷新政，俱無可言，當事偶

人稍〻親漢比來交際尚屬妥適歷久不變是大幸耳壇坫之役間亦從事略有倡荅無足存稿辦公之暇雅有閒時清整舊作以次編集擬欲錄副就正

高明未知可

賜教否手肅佈賀餘候續陳敬請

升安惟

照不宣

愚弟黎庶昌頓首

手教敬悉。承
許借集，甚感。明日擬不帶僕去，容酌量修刊。
每日五卷也。惟若有之，望准附驥尾。敬請
重黎我師有道之安。頌蔚頓首

丁亥七月七日 先君子生日忌慟

雲屋飄零數星霜，饋食淒然在此堂。地下一

坏猶（危）習水 先人葬於里山，近日里人傳伊尹太守有 其宅兆似有發家，方謀買其地，是山為改葬 人同西度

陽梅鶴 先君子殁年三十有八，今八十歲矣 楹書未入棧，流劫白宅都

蒼崖煙莊三世之人今日在 註僕子佳慧 子住秋千福 天涯南北

承祀堂 寫奉

重黎仁兄有道 孝緒

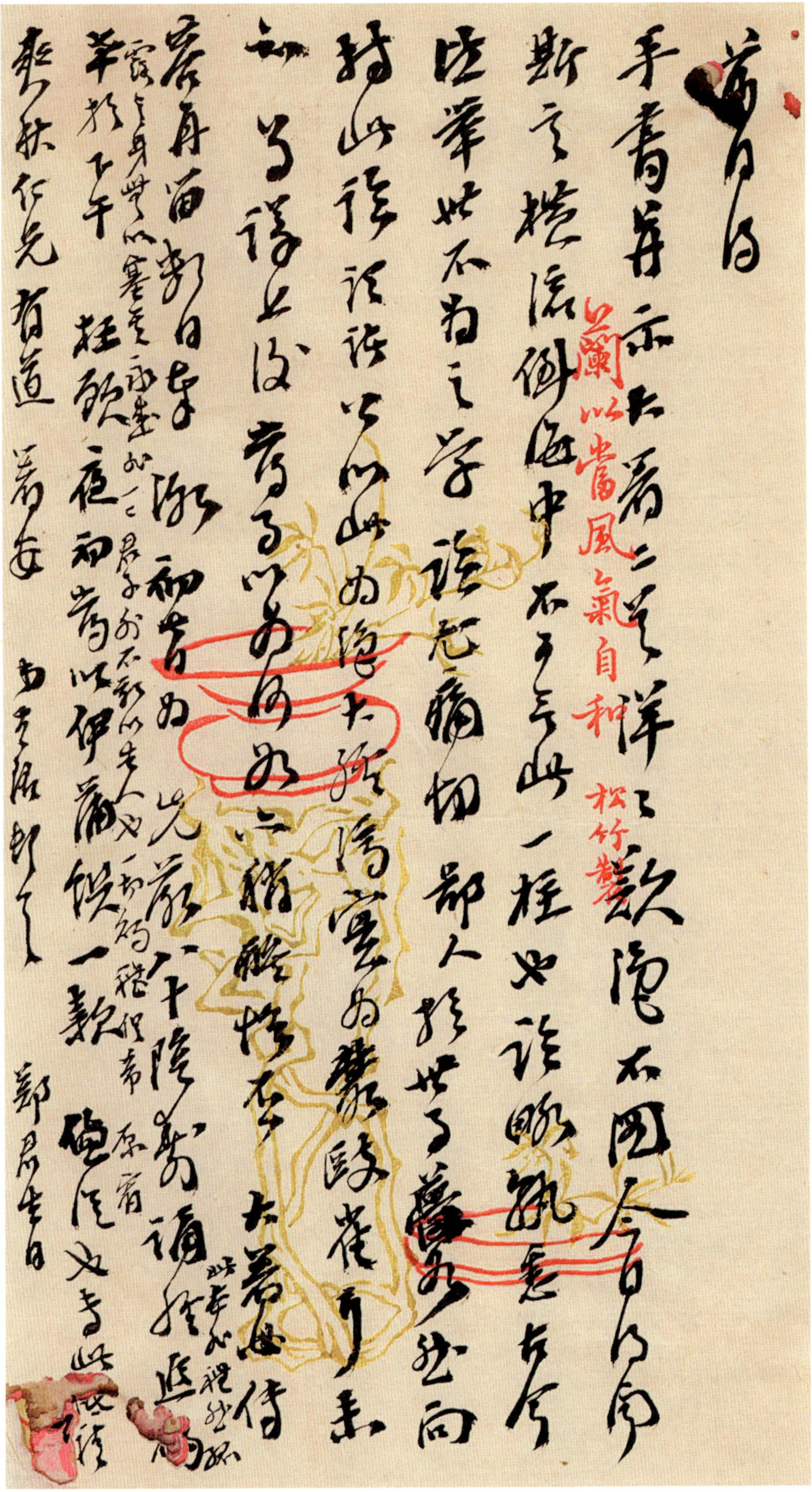
蘭以當風氣自和
松竹齋

不佞奉使東瀛

碘秋仁兄農部有詩見贈推奬逾量

媿弗敢當率爾奉詶録呈

雅教

榑桑東去海能飛曉日曈曨上翠微一幕

蚵杭襟帶似三韓作榻齒唇依字中敢

謂憑忠信蹈道仍偕泯械機吉語賴
君頻送喜呈華於我是耶非
魚龍曼羨列冠裳九譯于今共一堂
難掌神霄香案吏棲遲秘閣校書郎
君值譯署公暇嘗手不釋卷
硃墨並下自署主客贅隱吏
已如精衛思銜石
氣厭驕單龜欲造梁他日夢回瀛島否

前鐙深語記聯牀　予居譯署月餘君入
值宿與予分東西齋
榻感論時事
十合八九

光緒丁亥仲秋懸男子黎庶昌未定艸

緗雲箋松竹齋製

秋仁兄大人閣下：辱二月六日

手教，敬悉種種。

贈詩直入杜韓之室，

嘉貺逾於二戚。微偉百朋之錫，不足比擬。

印泥

賜題圖帙，仲約屬和，弟有同音之美。此

冊爲臣觀與遠綏一掌故也。趙松雪

兩篇，秀穎絶倫，集聯亦淵雅可喜，

大稿謹什襲而圖

金石之音流諸海外自有津梁以來矣

此業也仲脩證頃近況諒不佳以晚

中弟進者決之鶩座人未或別擇

檝耪仲脩容有脫穎時函

許促刊白香詞箋甚感之仲脩文字

之癖耄勤不勸弟不藝約

貴同里王子裳乞假歸國行道美

都毋一一晤承許懸談別圖晤
教時乎
代屬之第於倫敦四月朔日爲歐洲
之行道出巴黎於資來會其時法都
日報已遍傳中國裁減使俸以爲財
匱之證翌日於資抄示此文第廿四日
稱日都知廣擬皆會議稿此議倡於
誥使自維中報稱是奉使難乃正

俾薪內外別無賸挪差如西人之費
之說則節一錢即省一錢之益使其
日鑽錢眼恐
國體邦交不暇再計殊非遣使本意近已
有寵冥不覺往歲日買麪包牛肉充
飽在中土以為儉約而西俗則疵議
頓起且伐辦無幾其職掌又復隨
員有別也竊謂以遣使內援荒則

一切黄若推原初意則終年辟
穀之方縮地之術亦能不累我帶也弟
叠荷
殊恩拔擢苗可支拄不爲告艱之言亦不急切
求代僕秘魯差使再酌耳函
愛慕孝感總何極以陳
賜書并冊官樣
隨筆揮灑諸方異域以擬

詹譚雖憾天涯比鄰之義日固感甚
至謝不顧失駐歸途之便取道羅馬
但靈以至倫敦與芝田少敘契闊
即由利華浦掛號逕寄奉
閱賓仲約一牋乞
轉送所送附歷諸君年內緘祈查收
詳示即函
勤安勞祺不宣　愚弟張蔭桓頓首
閏四月初二日

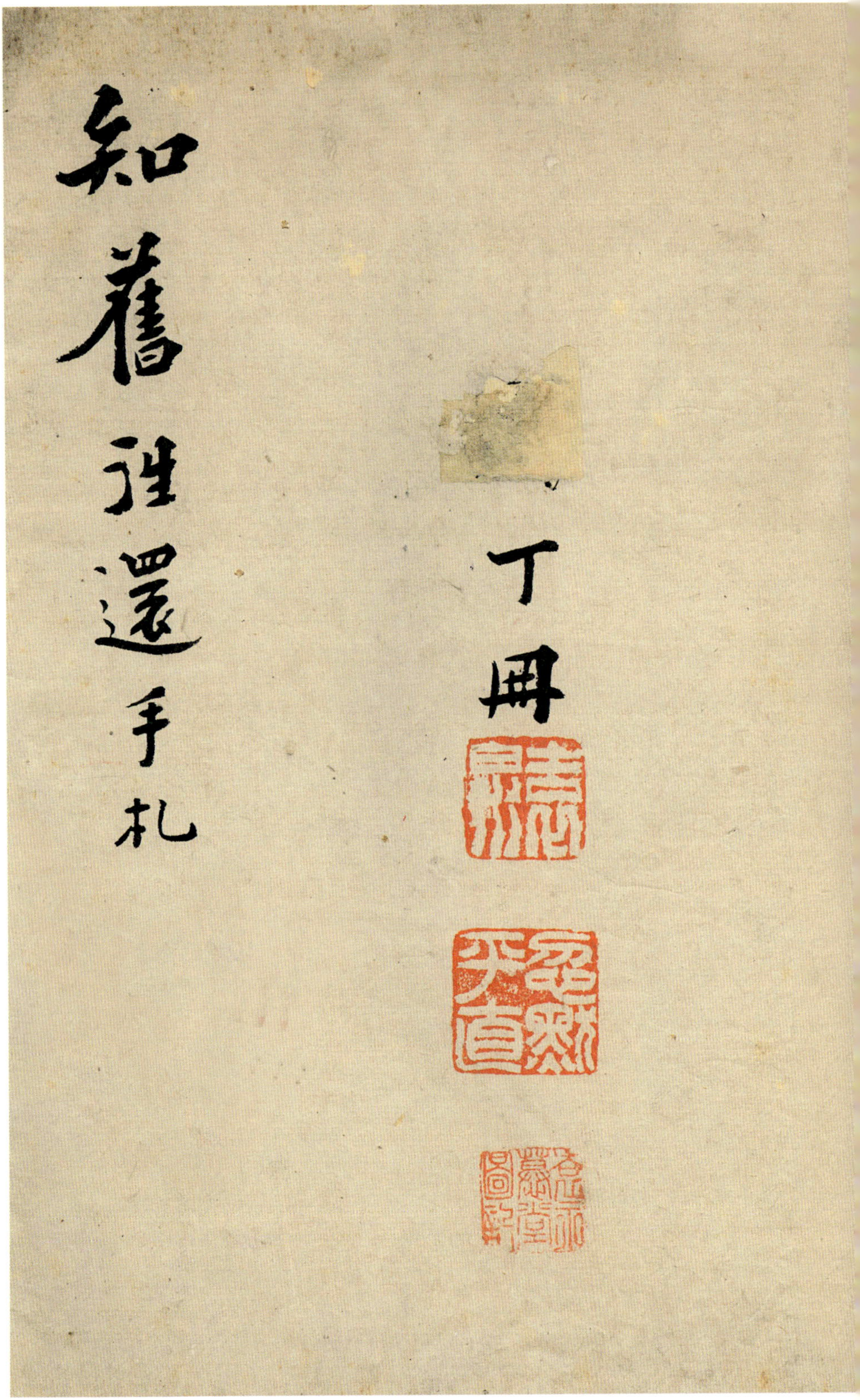
知舊往還手札
丁册

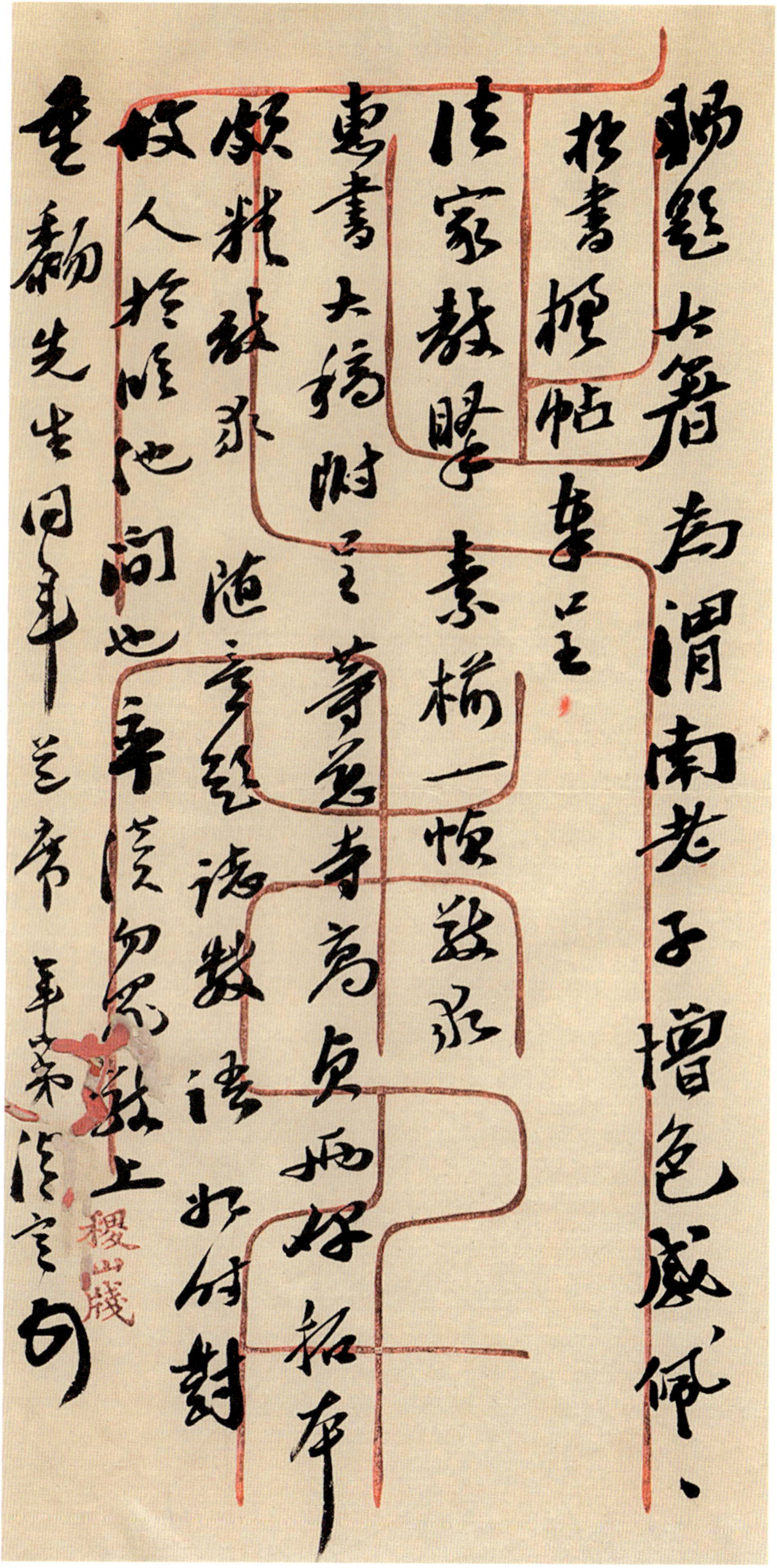

賜題大箸，為渭南老子增色，感佩、感佩。拙書種帖集呈
法家教學。素楷一帙敬求
惠書。大稿附呈，著意壽為負而好招本
頒精鈔本。隨意題識數語，非敢對
敝人於唯他問也。年濩勿罪，敬上
垂勳先生同年左席　年弟張宣句

河圖敬拜
賜饋中知會送文移處所開 國瑾 資
無由得知前與提調商定
貴衙門事多不能如各衙門友朋按
期到館與纂輯例知會
公第置之不問耳如有應札
交者 國瑾自詣
高齋請

示家尊刻書四種，謹獻
上。穀梁說（未刊）未完，此時忌年頗補成正餘，
俟天晴，路稍謀設一小局，聚談藉
滌煩暑。
秉秋先生有道
國隆謹上

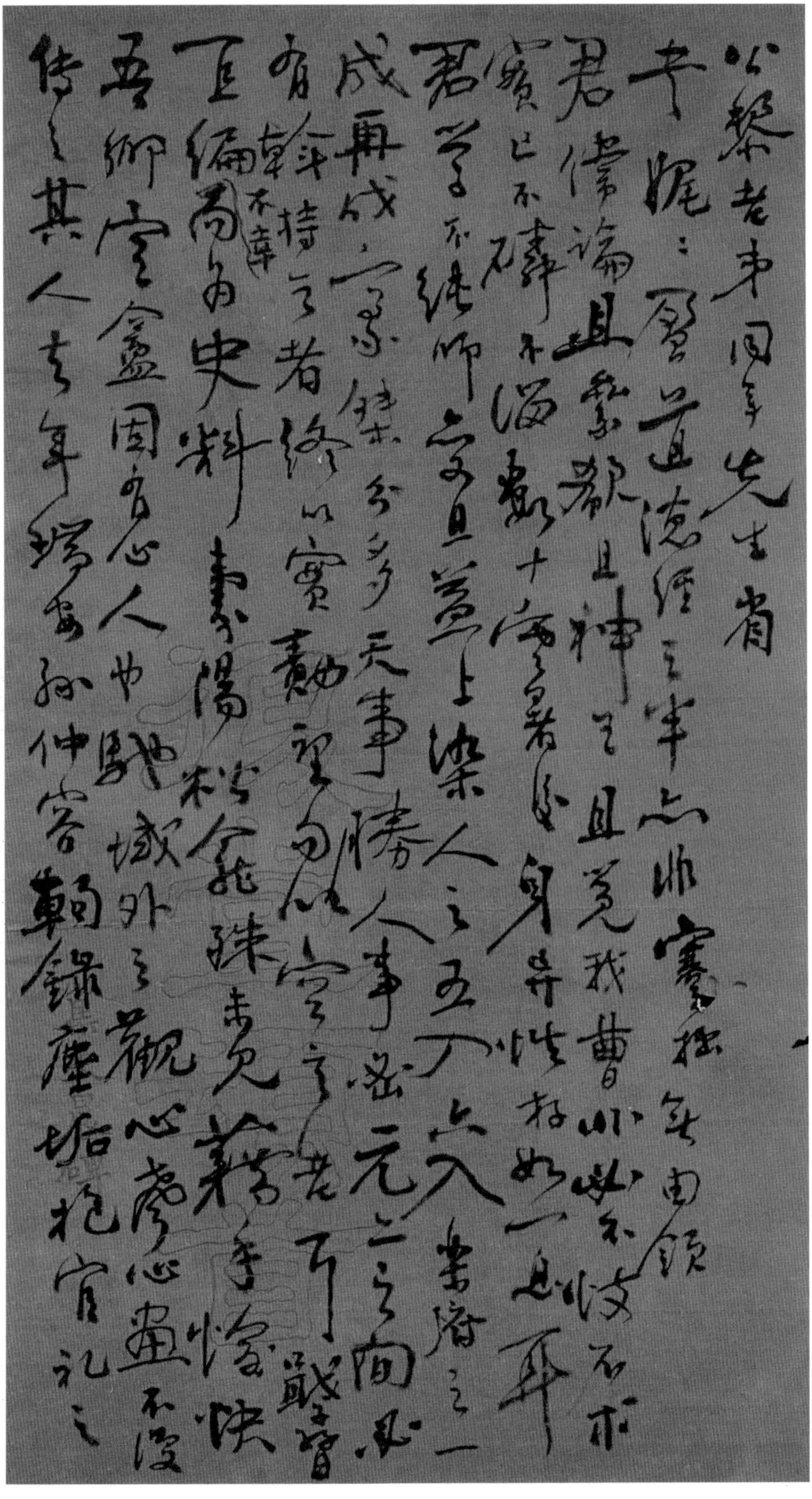

閣殘日昨言排錄傳書報告囑寫些
閣達不助我張目也後匯衍集山陽之留沙社
之分成書不能滿人意大較以元次山[illegible]
耆稿情于寫字又不能如命有古家詩一品錢之佳
不復省覽今年以權輿先錄手書來後送刻集
刻集或可付寫人以四錄[illegible]為幸
君所存專稿出異想跋成之事視者寫了人
不必十首錄生不過詩也張吳師字祖望之奉
敬模[illegible]具奏和則已充實但諒[illegible]人勢以合樹
為文左證右援字附會藏壇變相先後皆為大[illegible]

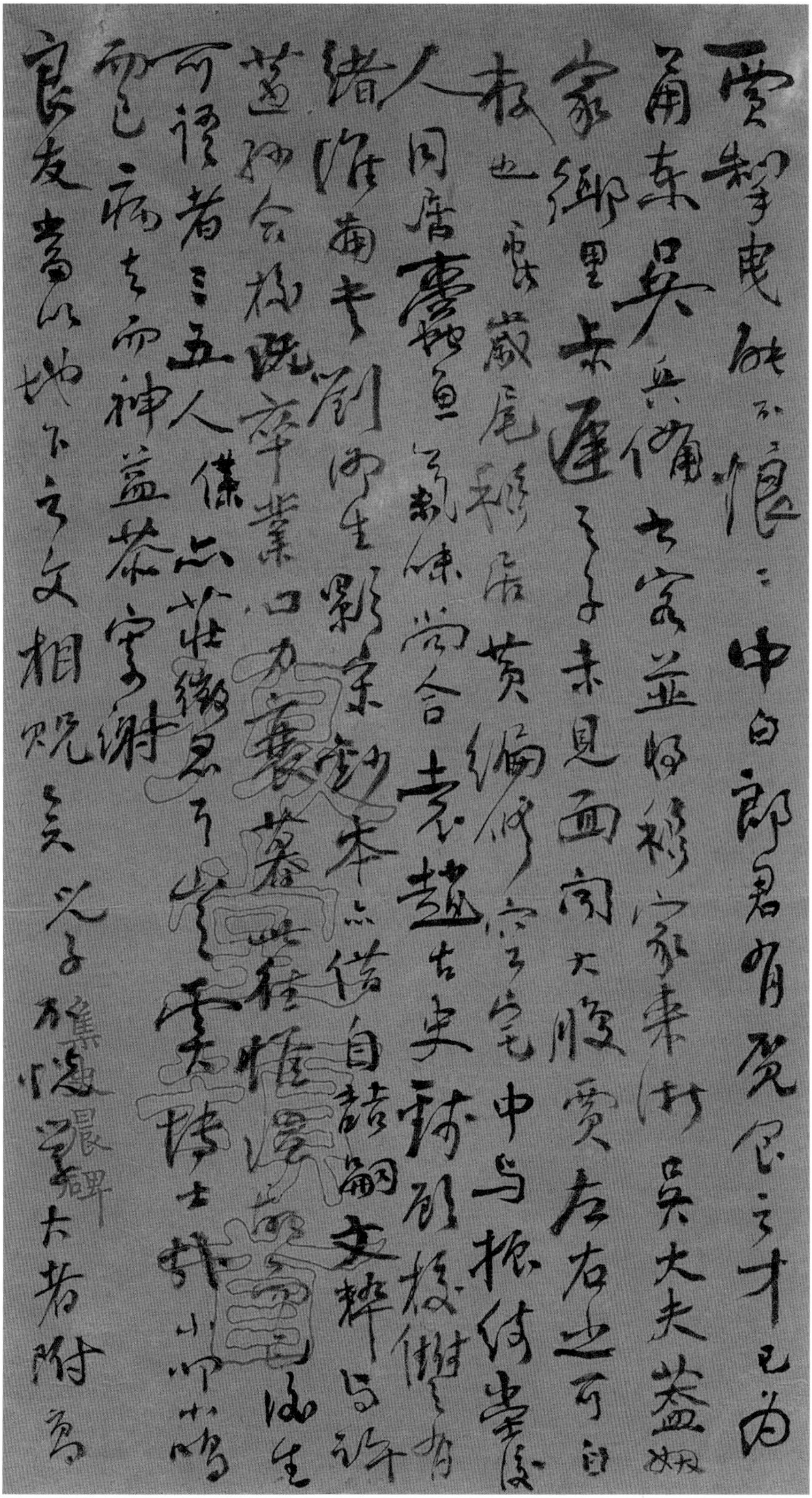

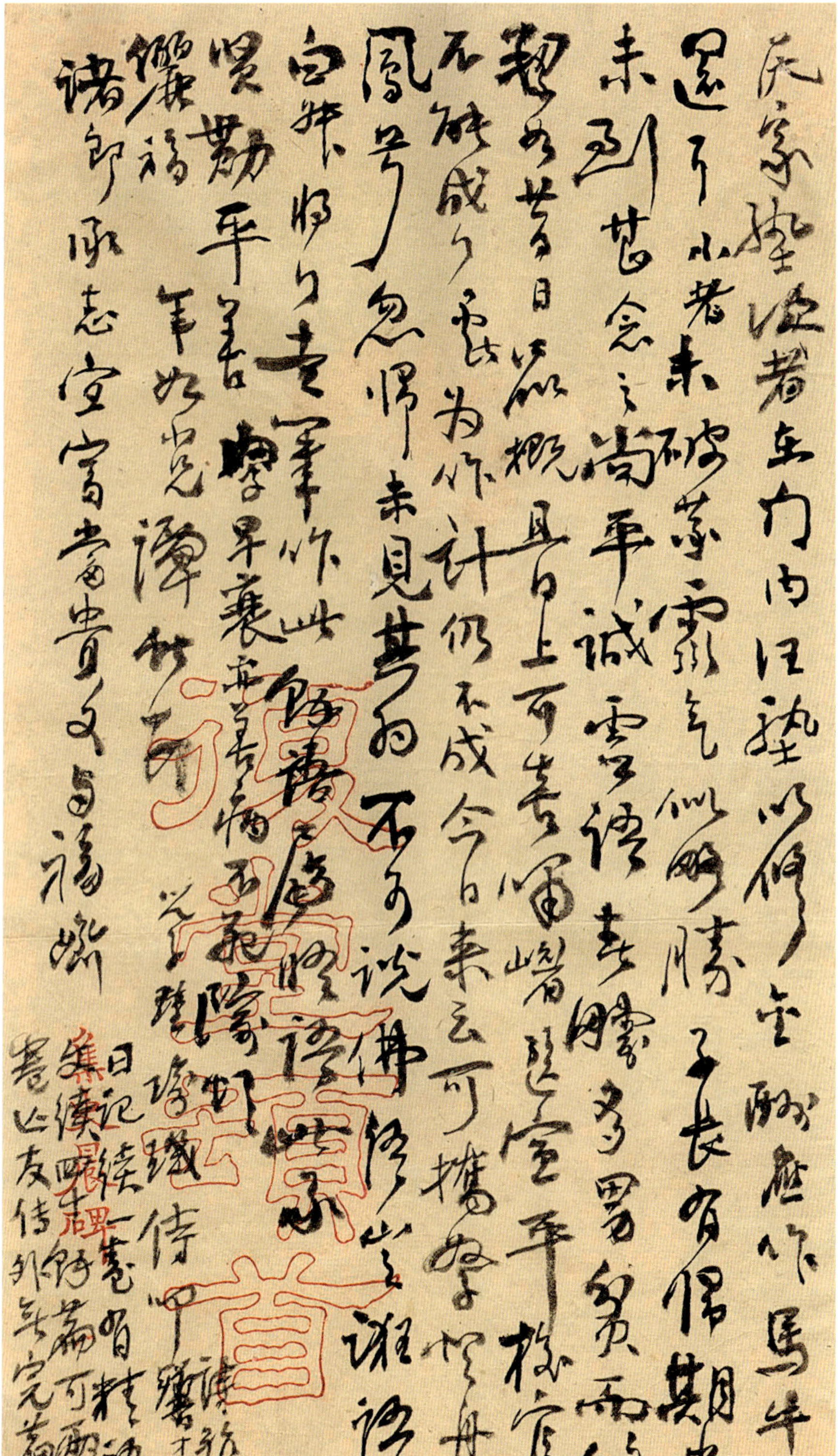

緣毋康强，慕淮抱子，安樂何如。
君所舉六益友，有樓霞王氏誌、郤[illegible]、郝夫人
之墓考，劉仙倩可致否？吾今正缺碑本，則幸
續年來贈我矣。文王僧墓志、劉碑志蒙
仍乞留意。唐宣寫經記舊有之矣。
得便乞招本，今[illegible]吳[illegible]墨[illegible]也，風[illegible]
論北齋書勢，截然[illegible]，[illegible]風[illegible]古文
隨槜兩朝，吟不能掩。首[illegible]年來[illegible]刻[illegible]者
足下領其語否？[illegible]新[illegible]，[illegible]所少
箧藏所有，望惠讀。

爽秋仁兄同年大人我師 二月朔奉致寸牋計邀
詧覽 十七日奉誦
還雲 四月廿四日 復得春仲
手畢
尹班吉誼在遠不遺 感切奚似 會計錄領到度支故
紙棼若亂絲
長才贊畫其間 令人得見元和之傳 何快如之 使費多
耗由於員多 弟 當時奏帶人數一循 前軌 未敢增益

劉公涖英則視舊損半，張公涖美則竟倍之。然二公迫於
大官薦刺，亦非得已。要今日而謀節用之道，亦限人不為功。
若不計人數之多寡，不核各館之贏縮，而概以減成
掃抹，得毋近於不分皂白耶？一歲報銷除俸薪外，公用
不過萬餘金，册中各項亦皆符而有徵，就第原例之兼去
有寬之道，既使逐月少二百並稍稍虛矣，章單存代在
即承
示消息，不敢以備柳屢。軀之洋海外，差以為慰耳。

香師南洋設官之議，弟以爲向無事要免事亂，然
今日所亟，委員所爭無非承奉素旨，且爲自謀。公事既
到，弟受箭在弦上，不能不從盡力之義。
卓見以爲有當否？應報述。有調查游歷一說，果舉行
否？名士官相聚，以借洋務爲談資否？于袁近想到
京，道經時當可晤。殊方近況乞筆助。敬請
台安

年小弟景澄頓首　閏四月朔

幸瀆代諸函
料理，並此布謝。

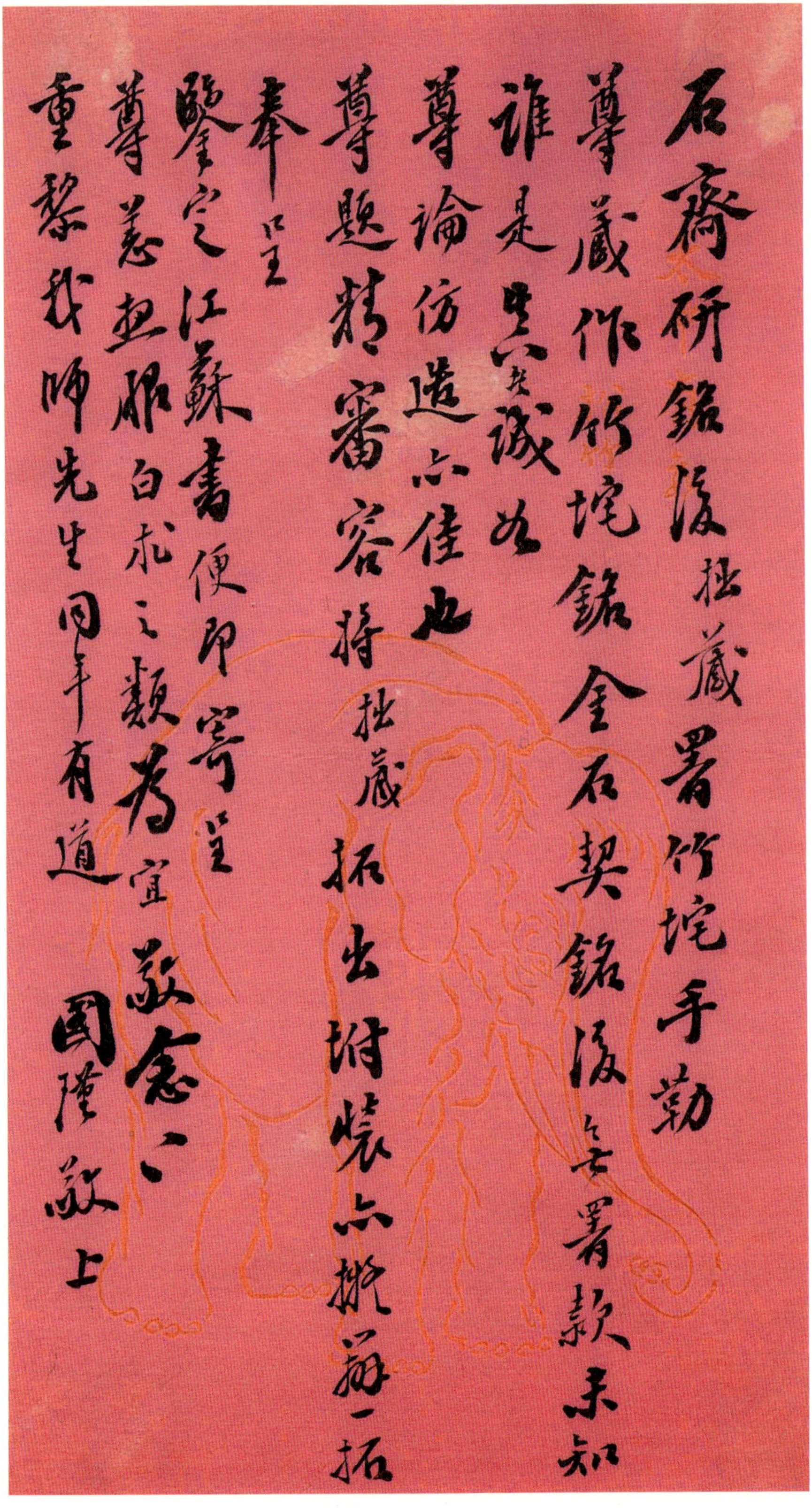

石齋研銘後拙藏署竹垞手勒
尊藏作竹垞銘金石契銘後公署款未知
誰是吳老識也
尊論仿造亦佳也
尊題精審容將拙藏拓出樹根亦擬為一拓
奉呈
鑒定江蘇書便即寄呈
尊慈畫脈白术之類為宜 敬念之
重黎我師先生同年有道 國瑾敬上

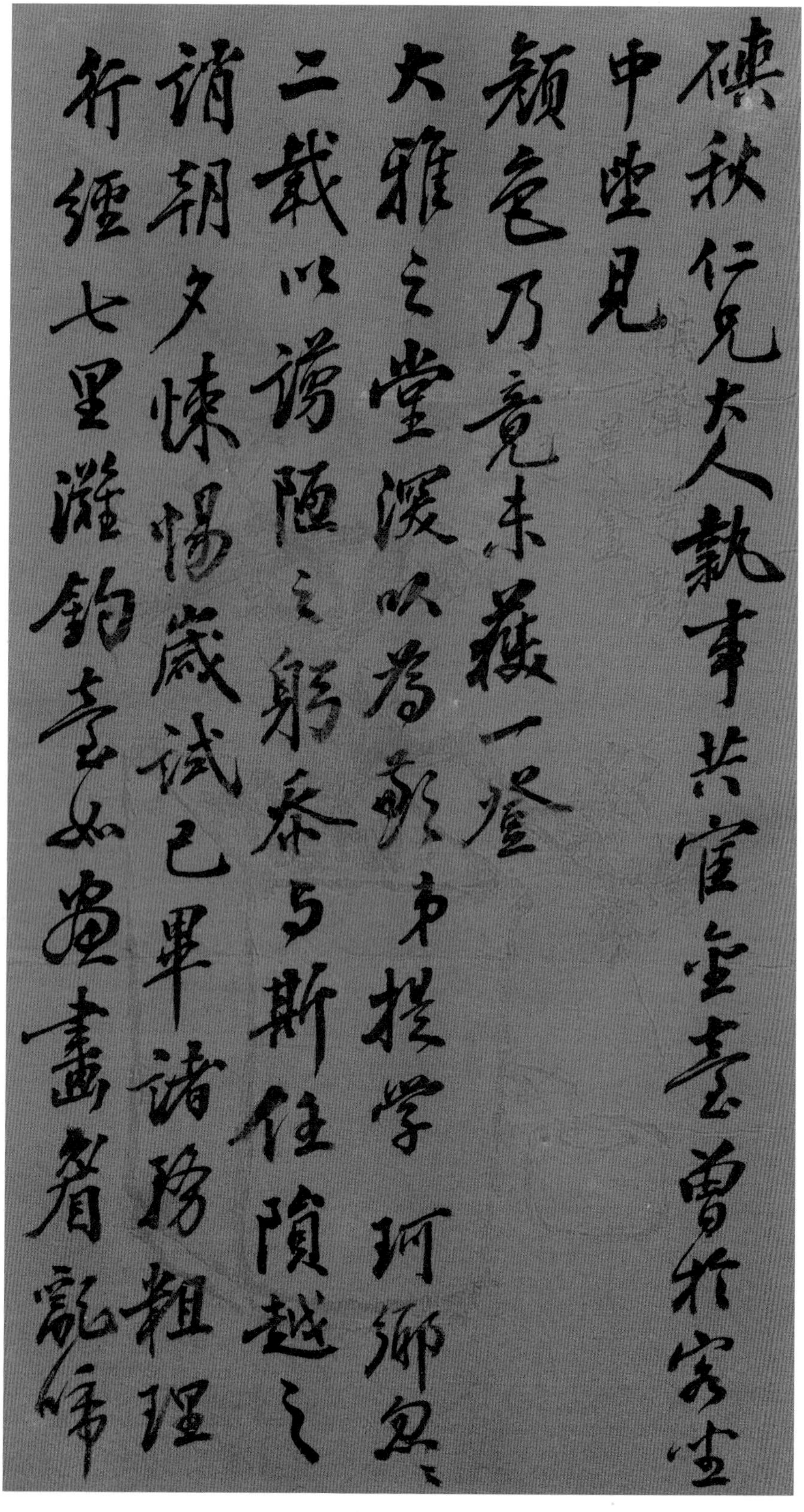
褀秋仁兄大人執事共宦金臺曾於寓齋
中晤見
顏色乃竟未獲一登
大雅之堂深以爲歉方攝學珂鄉忽忽
二載以謭陋之躬忝與斯任隕越之
誚朝夕悚惕歲試已畢諸務粗理
行經七里灘釣臺如畫纔覩亂峰

山水奇特敬庵異秀蛟峰學派程
朱集影後有繼起紀
公而誰久聞
學識高特漢宋兼治屏門戶之紛
糾求身心之實益景行高山我懷
何極弟末學疏才一無所知然慕道
之心將無已誠不敢不勉昔者儀徵

輯有兩浙輶軒錄一書，今已百年，待
采甚夥，竊不自揆，擬為續編，
執事於兩浙時賢好為詩歌，半山谷
遍得其物色時名諸悅者，所可仿佛
今願其所求
教請取嚴州一府詩人姓名籍貫時
代集名開示，詳晰得以按目蒐訪
宗湘文太

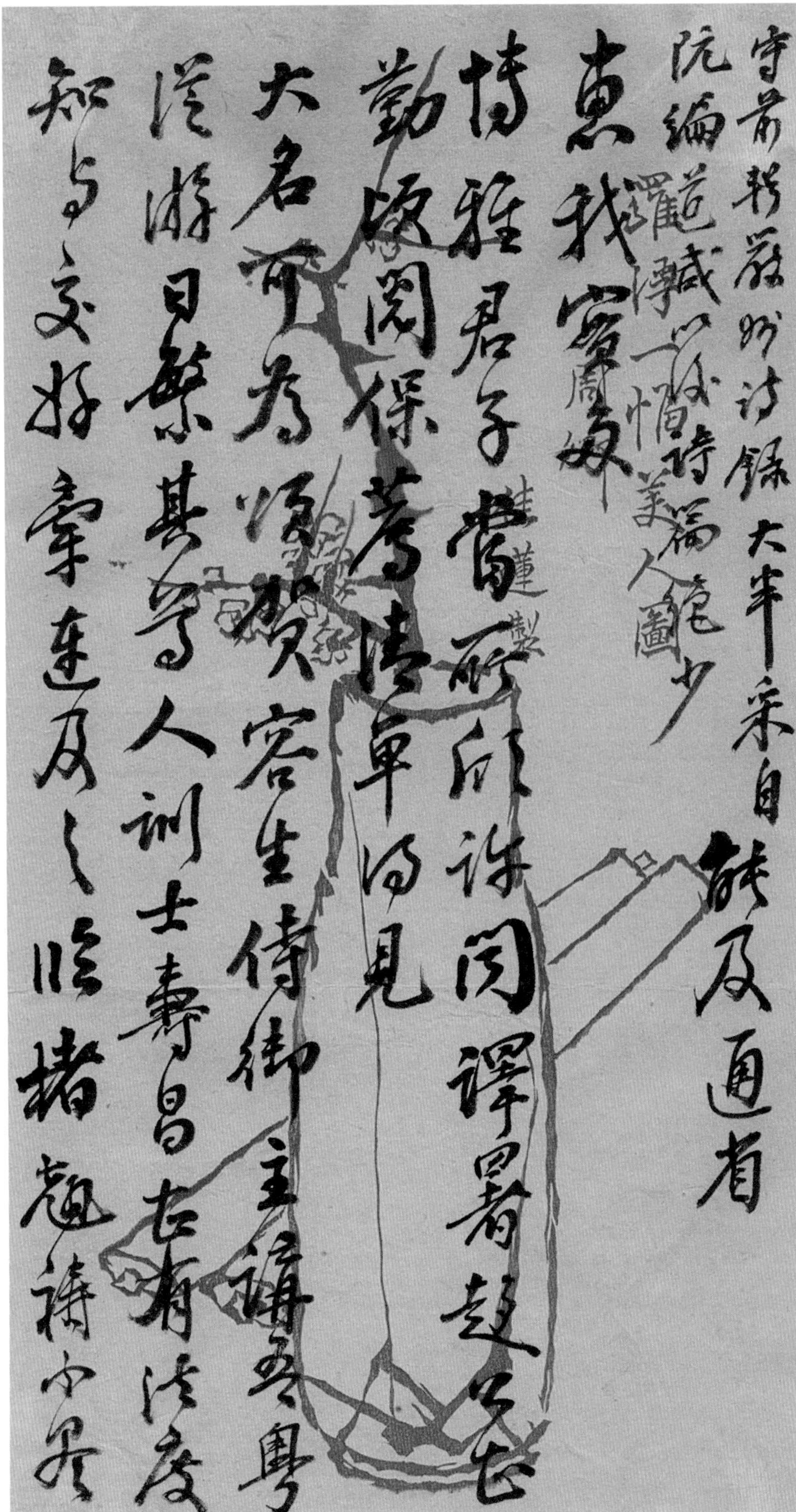

肅白專此順請敬承
台安惟
鑒不宣　愚弟潘衍桐頓首　廿
外附例十三
冬

前奉
瓌雲仰悟璧飾，捏以希既然
天賜之物，足錫吾人已稱羨矣。咏承
惠雨中見懷之作
示近詩八章，格調氣韻皆由山谷而溯昌黎，結語
之有嚴法界宗悟，此錫高迥出塵也。
兄勞於官事而不廢嘯詠，且能雋雅如是，乃可
奇此非才德兼人安能也，其才美矣，而未能且

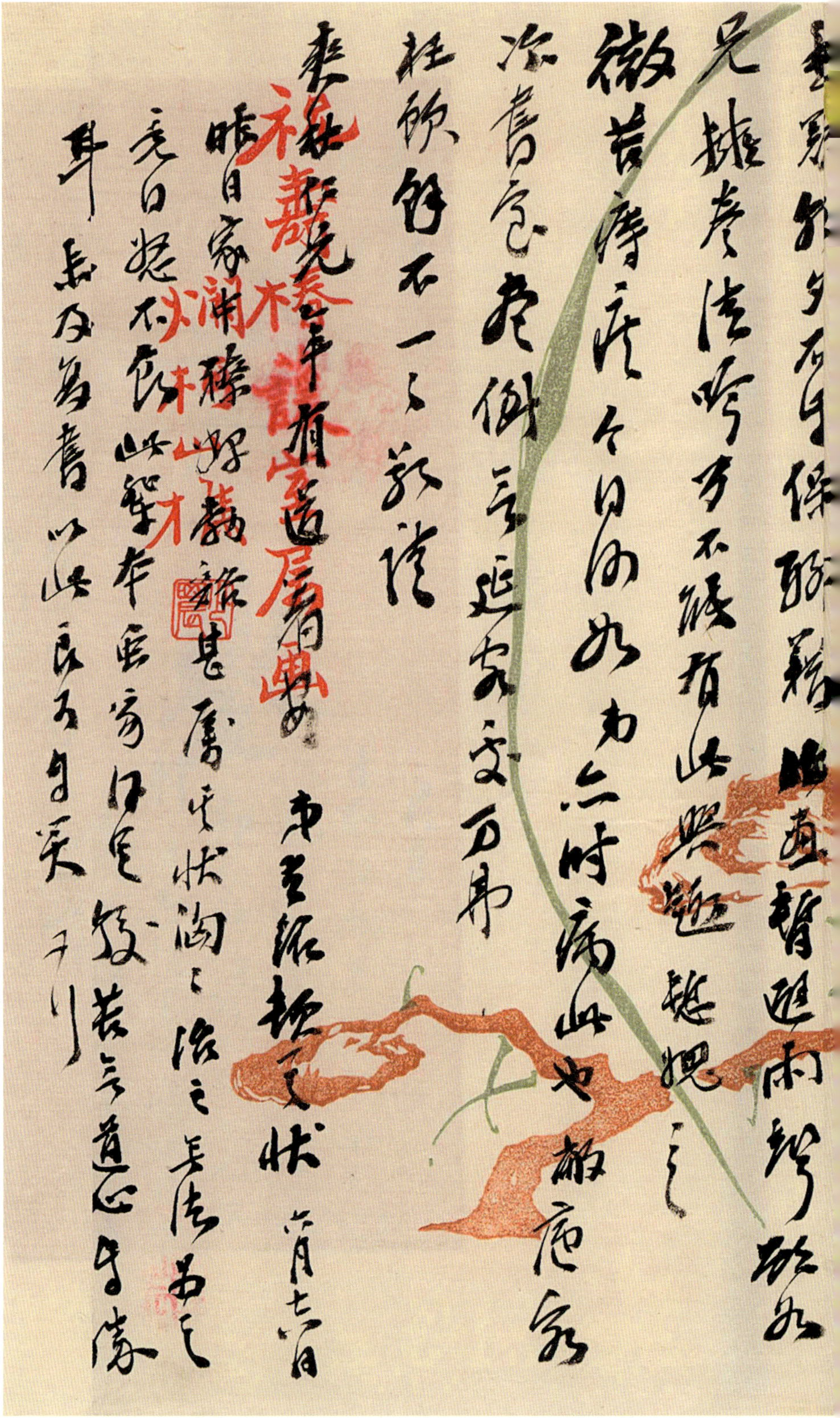

前奉

手教，敬悉。常灣印抽河泡

見吴子儁編修詩集，

却不知何所出也。庵人承

轉屢甚佳，子培攜以煤

未及票錢，當由[illegible]處備[illegible]

黃鑒

工部

袁老爺

日本直書經趙彼處，約十點鐘前必到。

從從務乞　早侯為盼。敬上

湘西家師執家　[illegible][illegible]三人

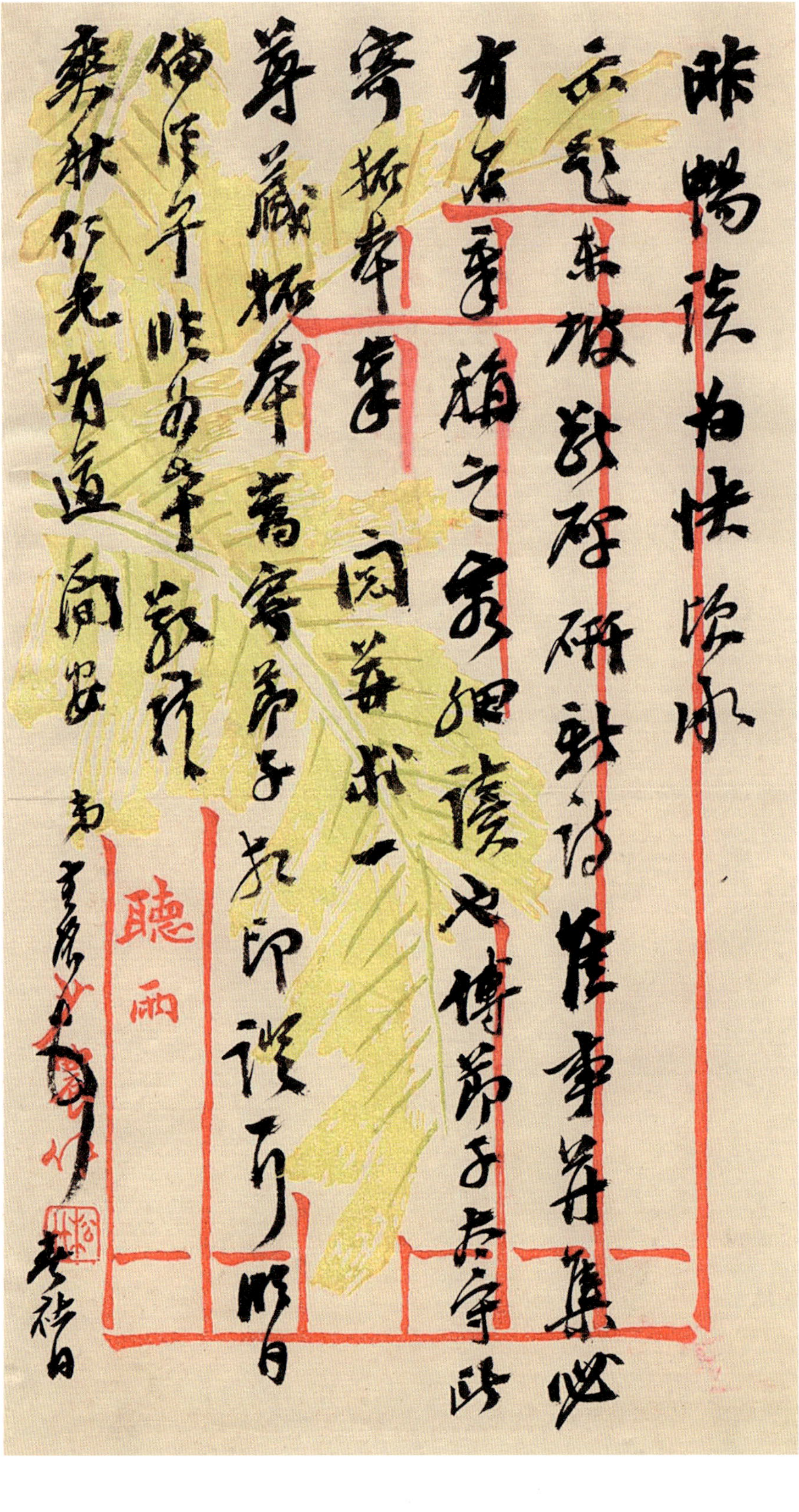
昨暢談為快，頃承
示悉。東坡致研、研秋詩雅事，集必
有君章顏之，家細讀也。博弟手書跋
寄，擬奉索
閲，華求一
尊藏拓本，舊寄弟手拓印，說取明日
備閱乎？昨與公敬請
爽秋仁兄有道閣安
弟頌蔚頓首
廿六日
聽雨

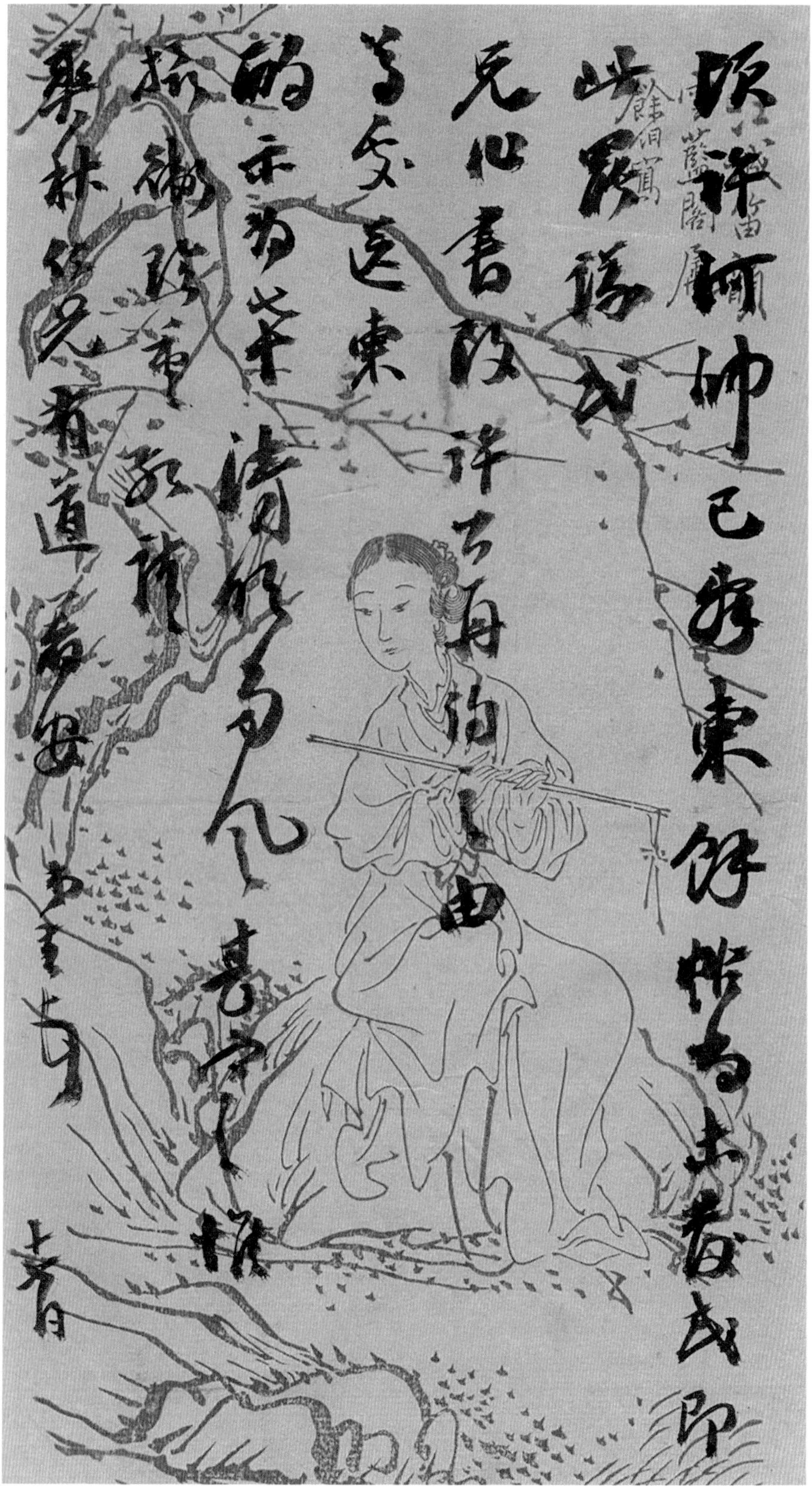

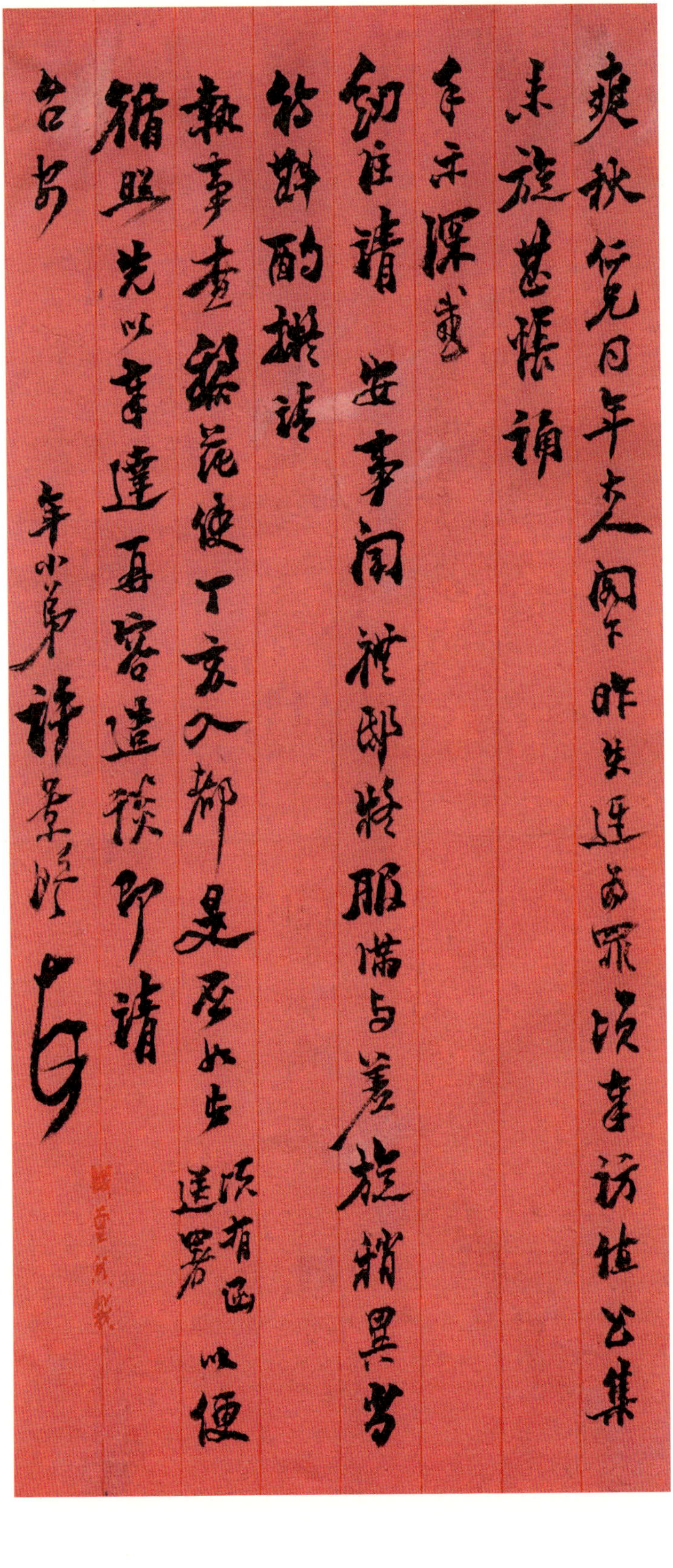
爽秋仁兄同年大人閣下：昨失迓為罪，頃奉訪，值公集
未旋，甚悵。頃
手示深感。
勿庄請　安，事閒補郎將服滿與差旋，稍異常
給辦，酌擬請
執事查覈施使丁亥入都，是否如此，須有函達，遂以便
稽照，先以奉達，再容造談，即請
台安
年小弟許景澄頓首

頃接此日前孫東知壽翁已春未寄來

尊處所仍如

原稿擬仙乞已寄補請花如和及平雲所如

印本

裁示展日寄奉

俯候早日賜請

春祺 弟先年大人 閣下

聽雨 著作

月

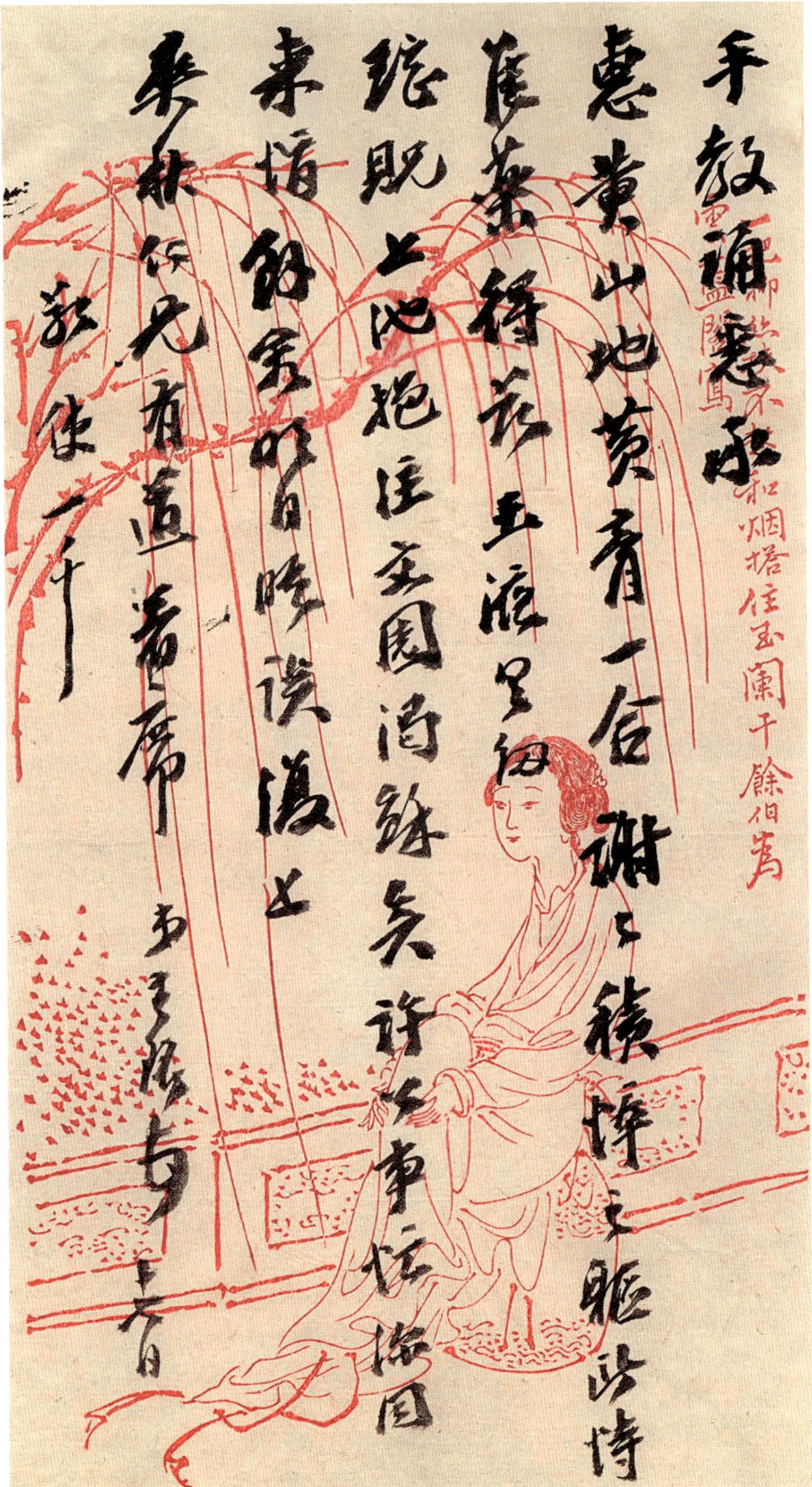
手敎誦悉，承
惠黄山地黄膏一合，謝謝。積悴之軀，敢恃
養藥得茲玉液星似
綠既上池挹注，靈園滴錄矣。許之事，恐園
來諳銘室昨日晚談讌也
春秋份尤有道者席
敎使一千
弟慈銘頓首　十六日

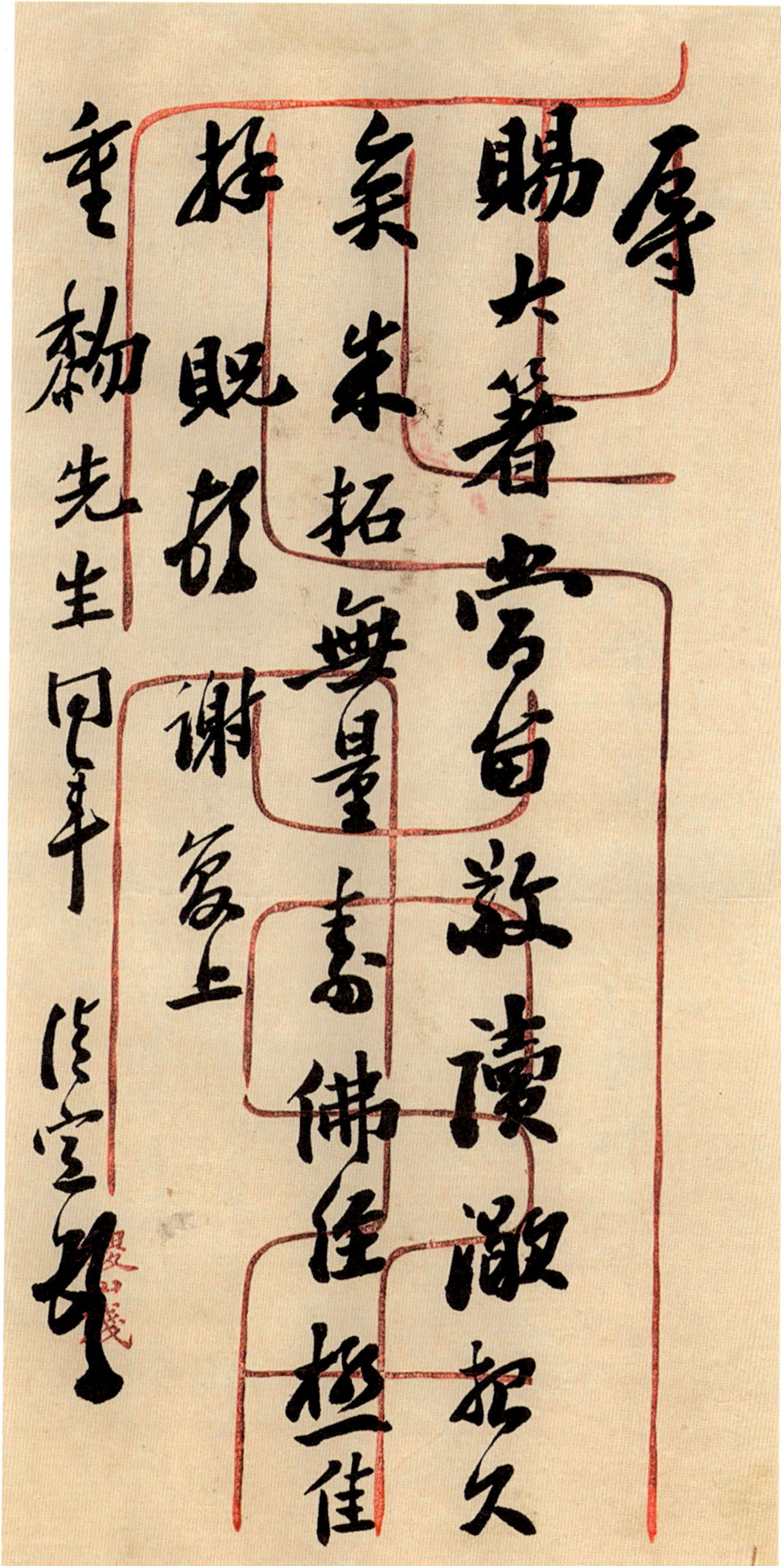
厚
賜大著當留敬讀澂於久
氣朱拓無量壽佛經極佳
拜既敬謝箋上
重勑先生同年　張宗祥

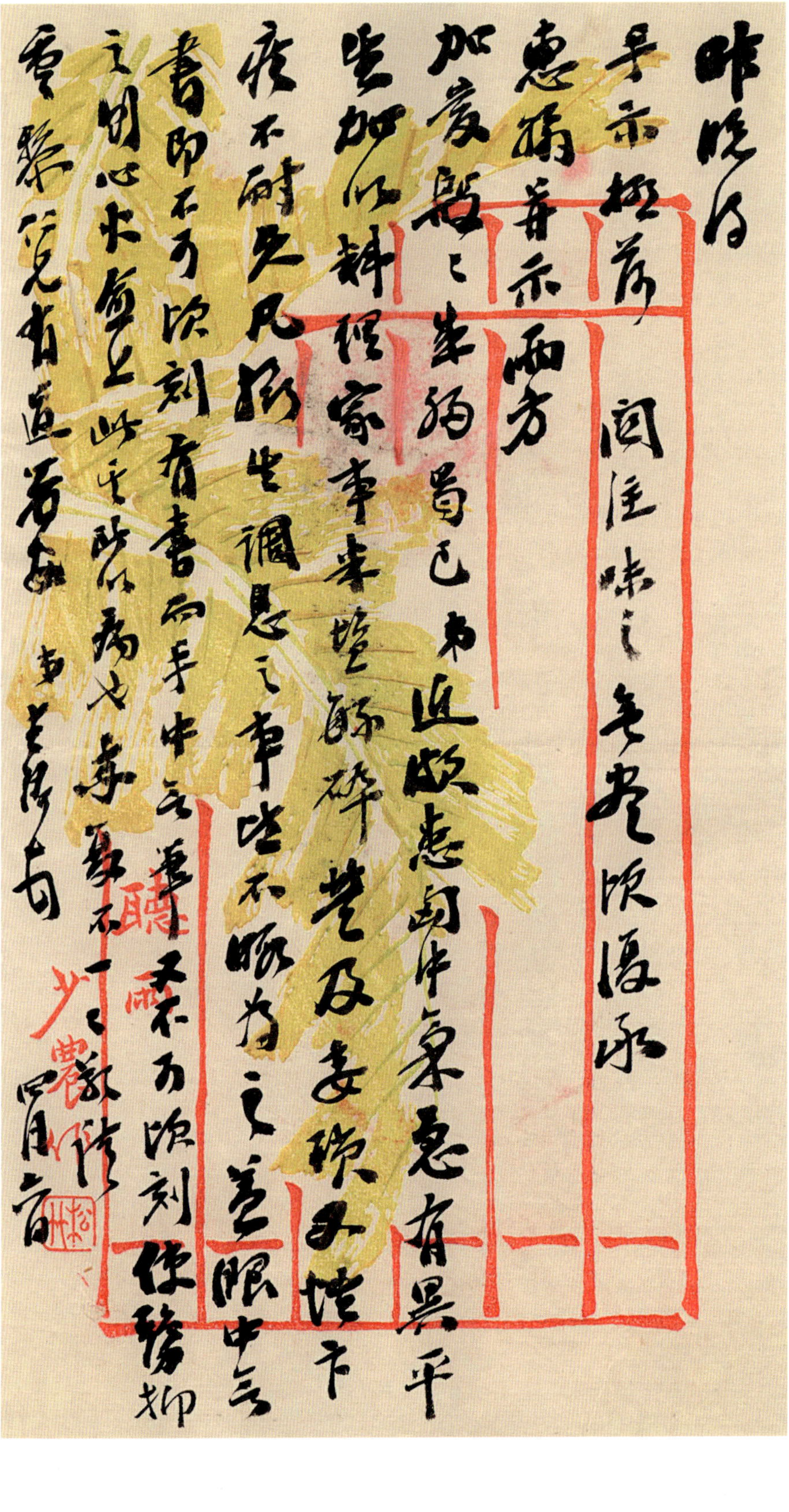

昨晚得
手示，極荷
閣注，味味。兩老均復承
惠賜，並示兩方，
加意數之。朱弱當已來，近以患咽中氣急，有異乎
常，加以料理家事，未遑解碎，並及其頭目諸下
疾不耐久，凡擬出調息之事皆不暇爲之，並眼中無
書，即不可復刻；有書而手中無筆，亦不可復刻。使務柳
之，用心太多，此乃所以爲之。專此不一一。敬請
鑒察，定有道善否
四月六日

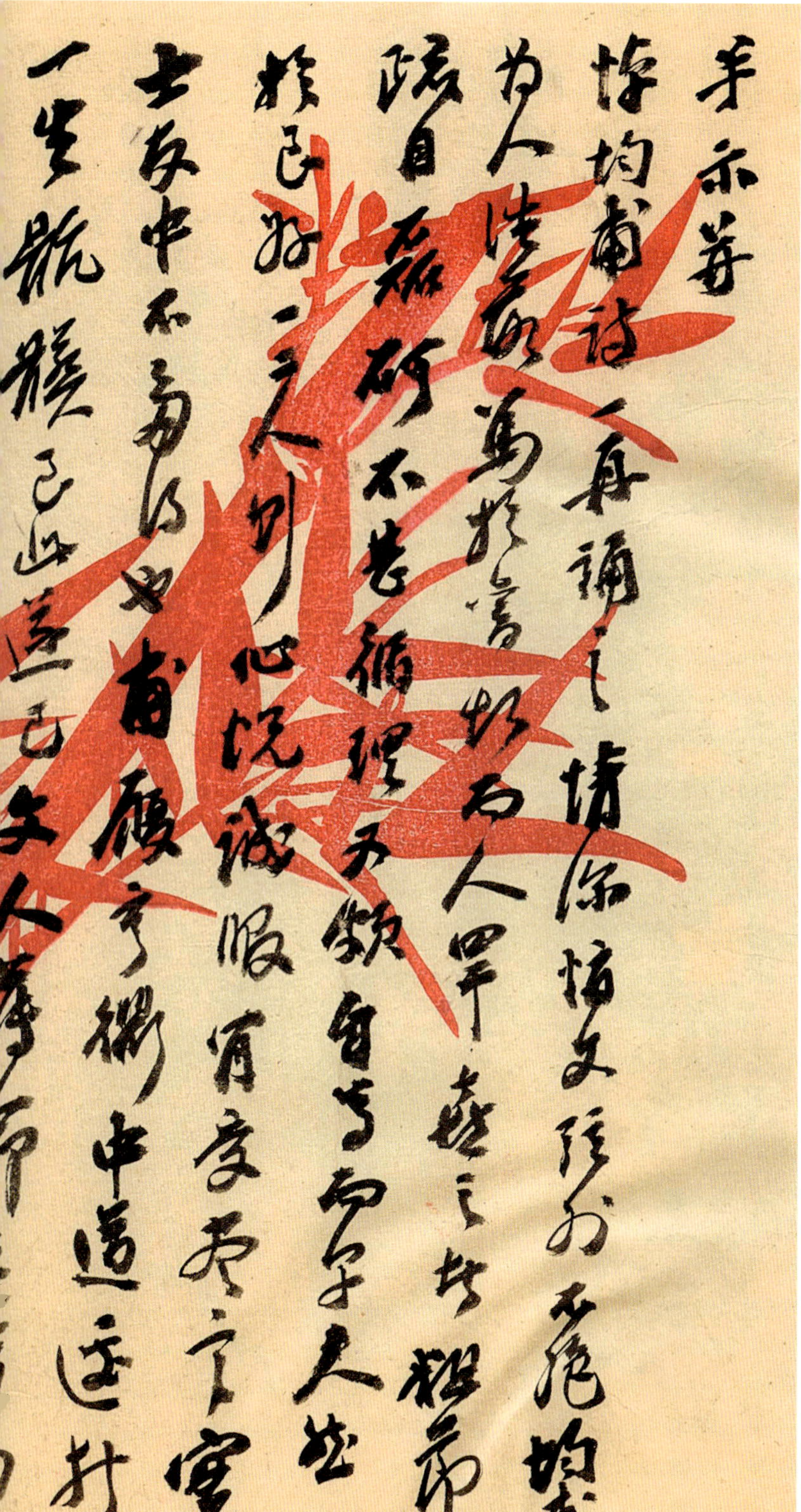

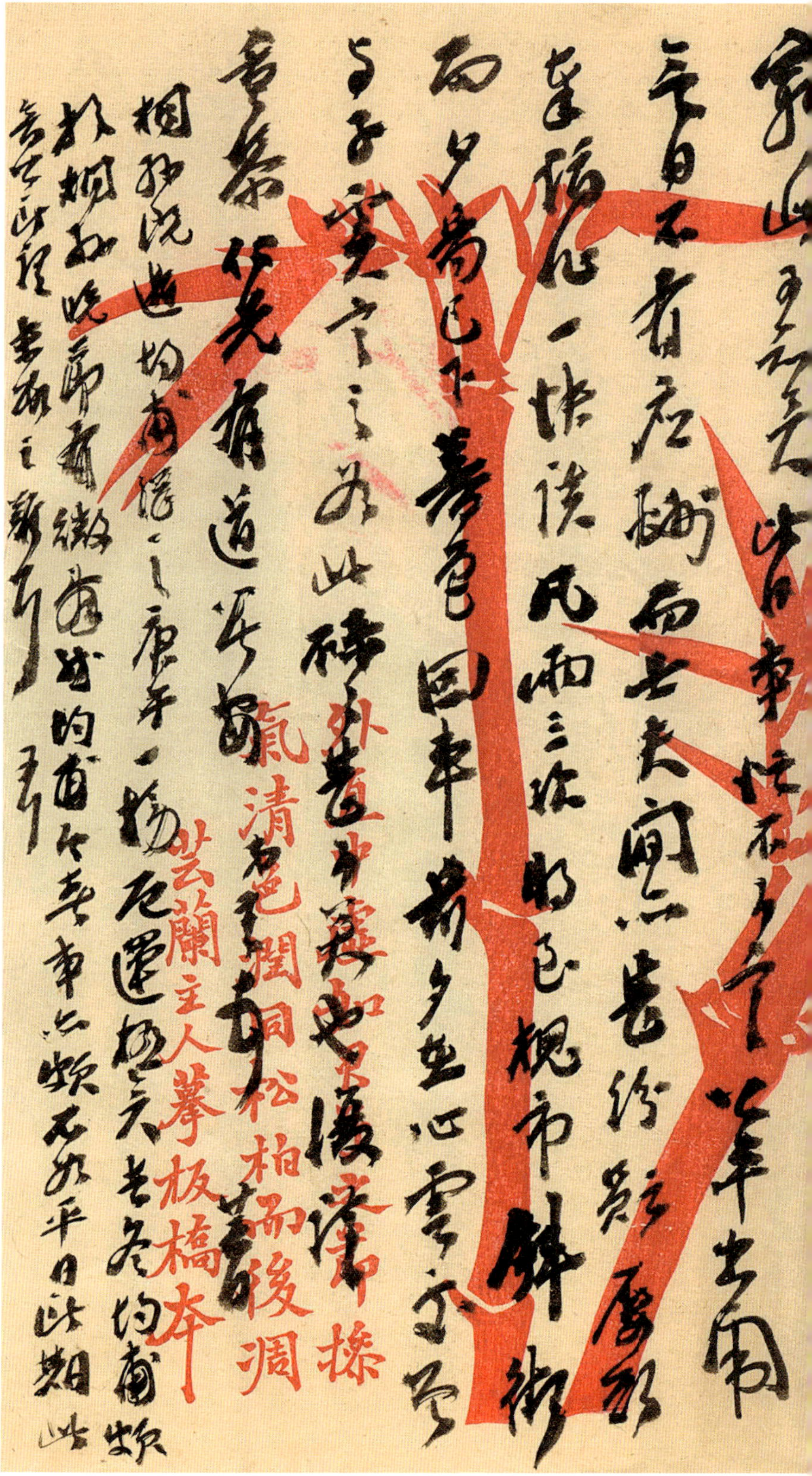
氣清君色潤同松柏後凋
芸蘭主人摹板橋本

弟自去年秋屢患上腭脘痛，已今春更甚，
尤劇，十日來每發注右脹，脘痛意甚，前三
日漸漸心窩右脇連脹，如石閡坐口中，中心
頗疑以為胸有一痞，若月存脇意脘而以中
猜乎空無止以為明急，去下午去年清
解益自力去何語
兄存不能作段一談以為
兄之篤遠不能之遏矣渙破之譜詹

九十壽　春暖室
自製箋

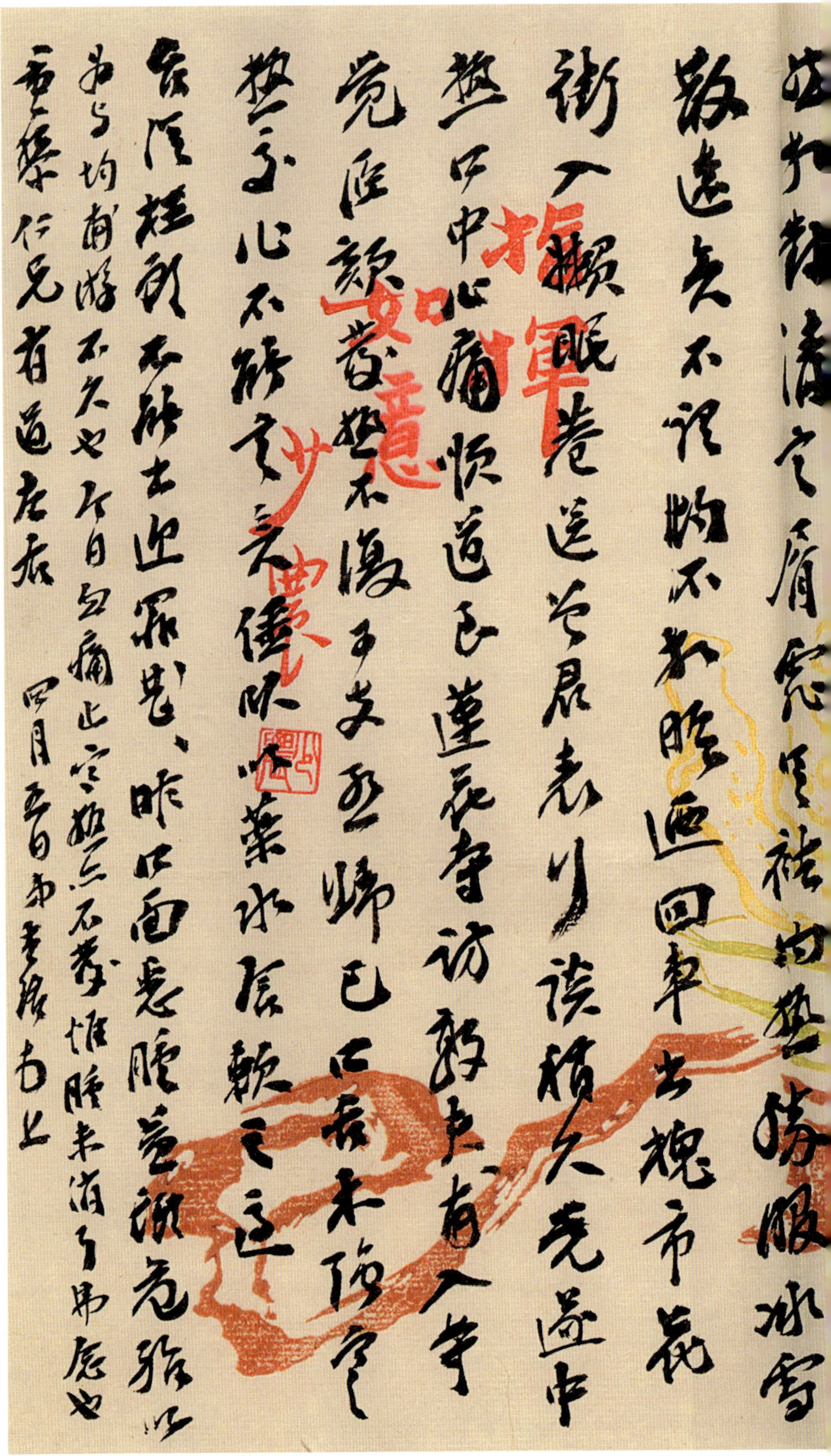
[illegible]清宵肩[illegible]侍服冰雪
敬意矣不[illegible]不[illegible]昨過西回車出槐市花
街人疲眠卷送於晨起則誤積久先過中
熱以中心痛悄道已蓮花寺訪[illegible]有人等
覺[illegible]熱不復乎[illegible]歸已以前未[illegible]
熱乎心不能言矣[illegible]叶冰後[illegible]
[illegible]桂[illegible]不能出迎罪甚昨以面悉[illegible]殊危殆以
[illegible]均有游不久也今日忽痛正[illegible]不甚惟[illegible]未消可吊[illegible]也
[illegible]仁兄有道左右
四月五日弟李慈銘上

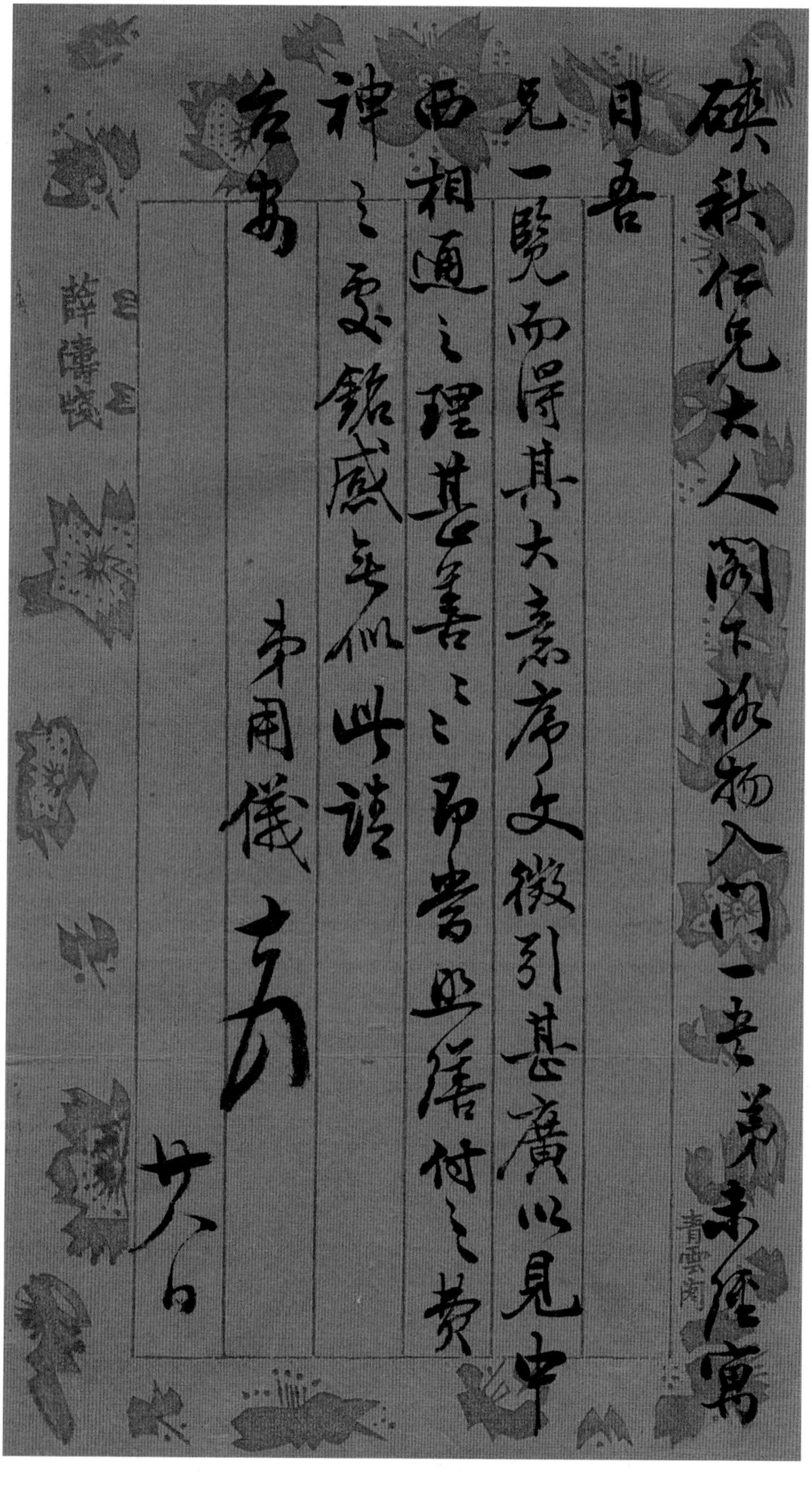
碩秋仁兄大人閣下：格物入門一書，弟未經寓目，
吾兄一覽而得其大意，序文徵引甚廣，以見中
西相通之理，甚善甚善，即當照繕付之，費
神之處，銘感無似，此請
台安。
弟用儀頓
廿六日

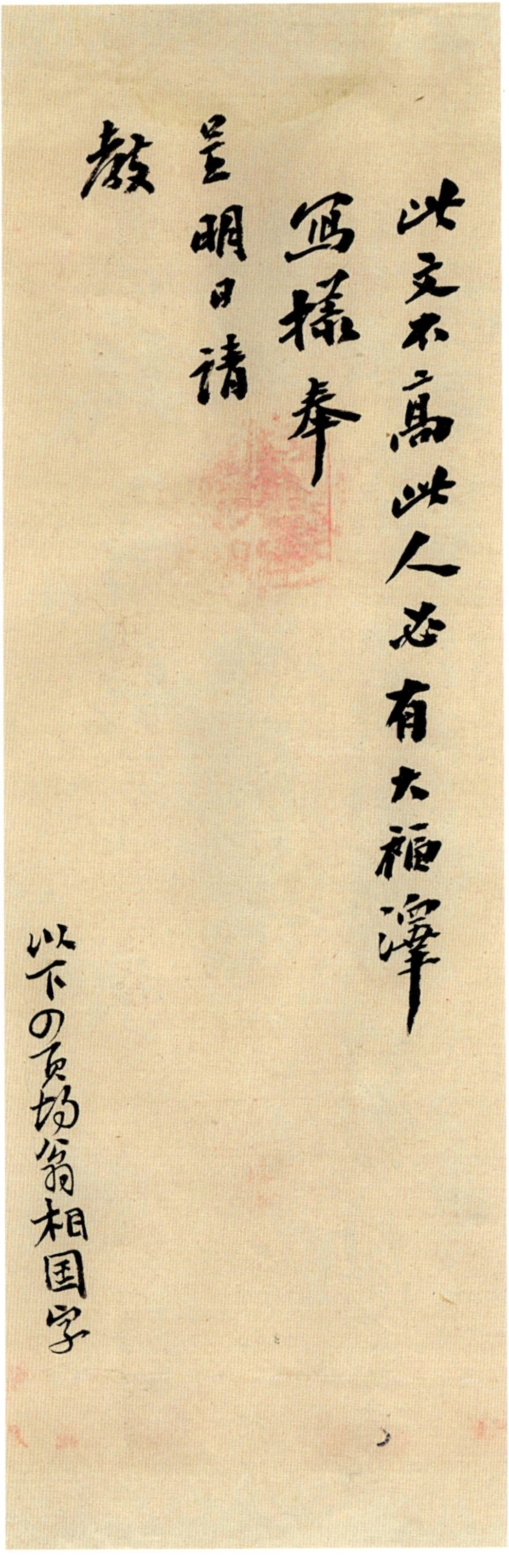
此文不高此人必有大福澤
照樣奉
呈明日請
教

以下の頁均翁相国字

9

孟蘋宗佳
經文洪麗可喜
策於東三省形勢似親歷之者
通才無疑

8

上章於黨李相因下章兩人字兩言字亦徽
有區別文側涯有法次三蘋絲樸制作精云
是讀書人住屬
試帖亦詩人之詩也
經笙時佳

說經能見其大是為儒者之言

漢文宋仁時烏得有黨錮文字之
禍文於此廣著想次三皆書卷氣
詩工經生另根柢

五藝皆見根氐

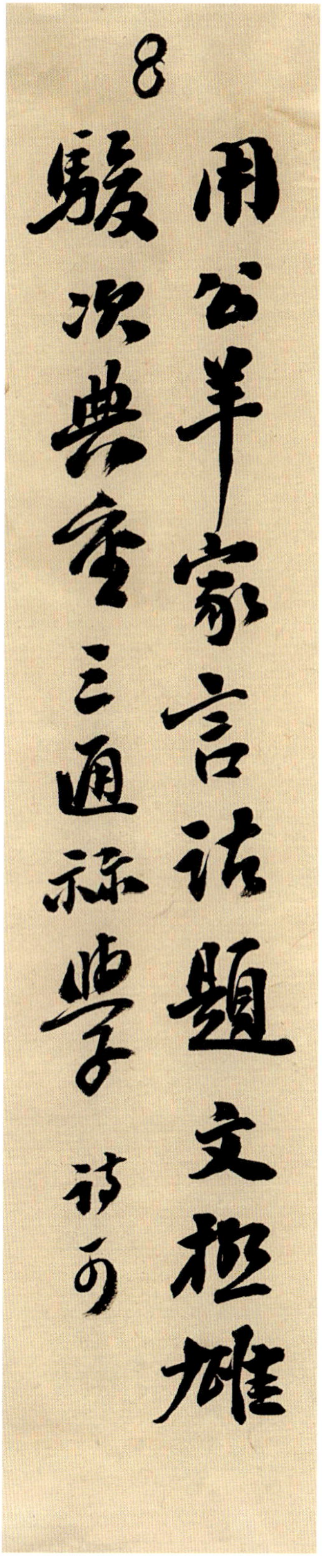
8
用公羊家言詁題文極雄
駿次與余三通詠史學 許可

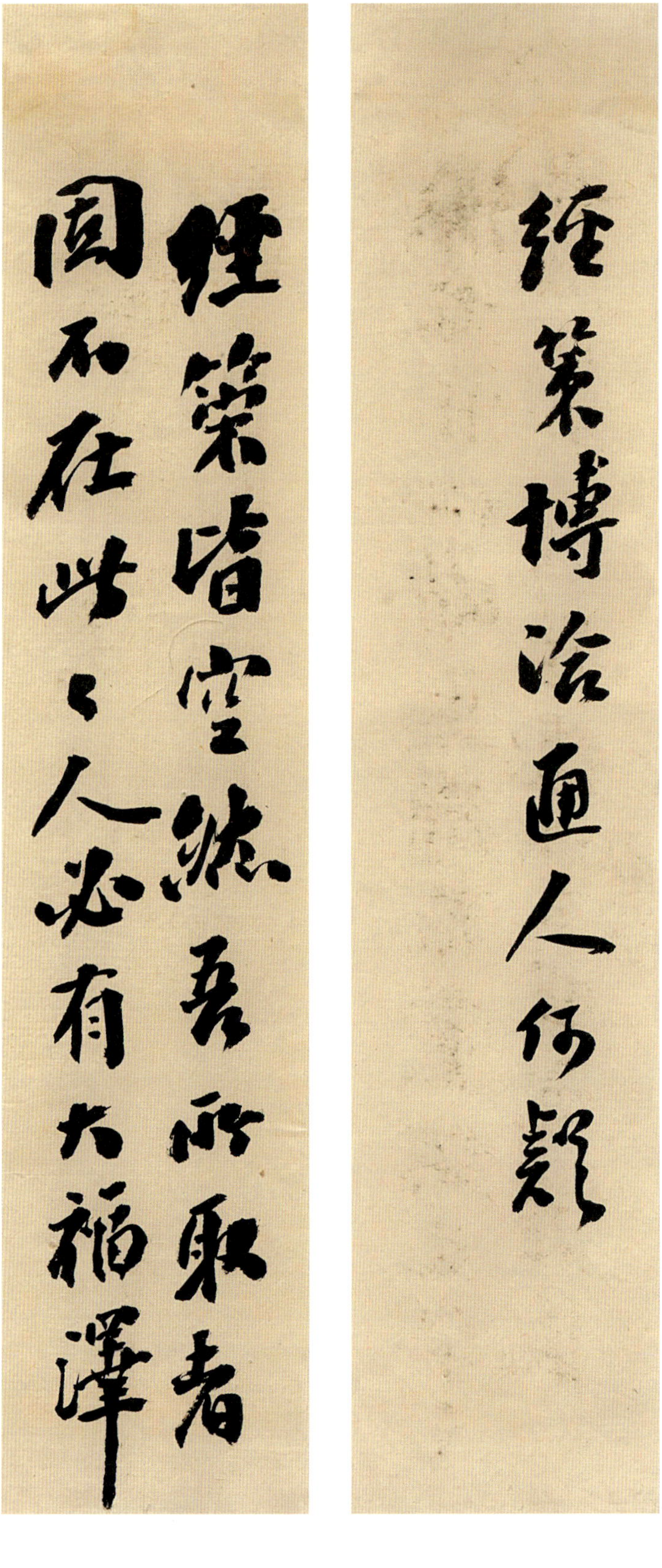

經策博洽通人何疑

經策皆空然吾所取者
固不在此此人必有大福澤

看似平易其實渾括是
謂正軌是謂雅音 次三俯視一切
詩典堂

下語如鐵鑄便是工夫次
舉一例可說經鏗三技詮無遁
詩安

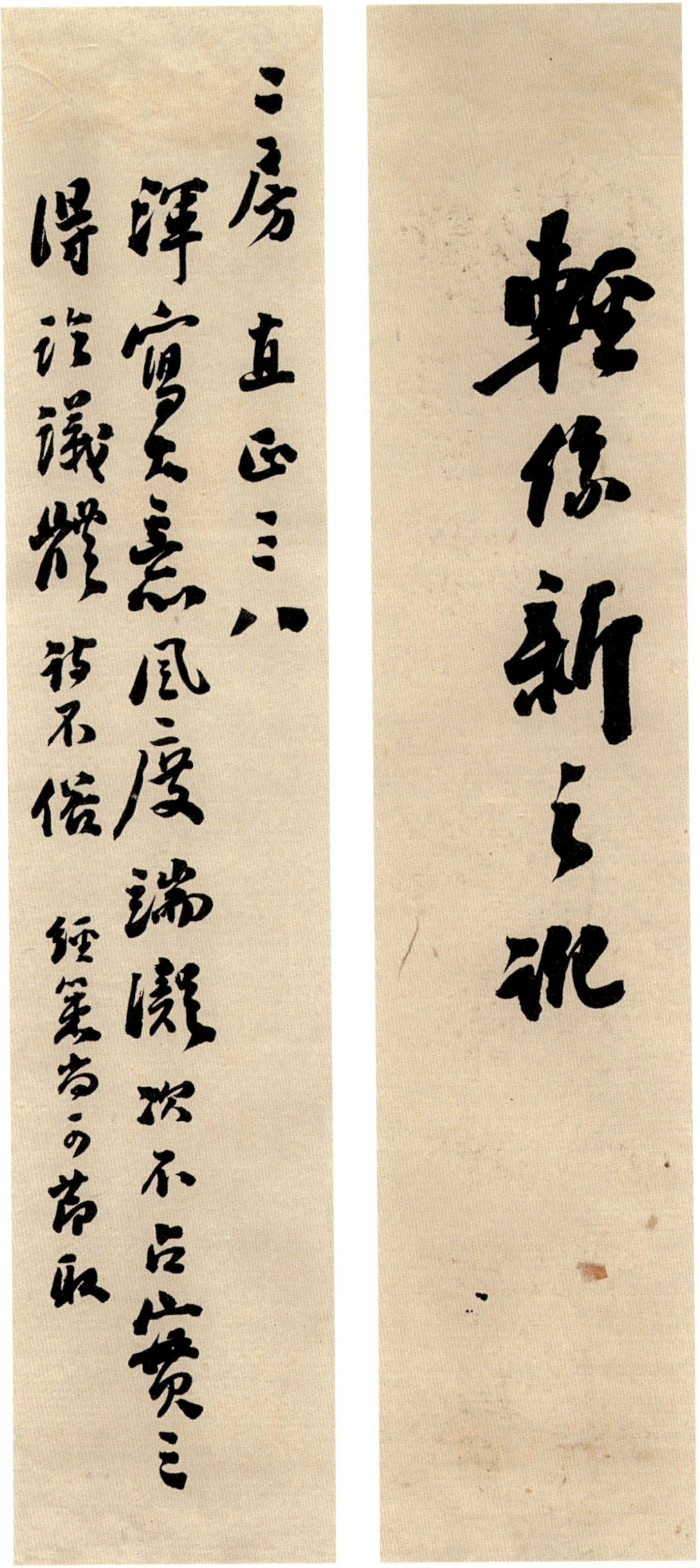

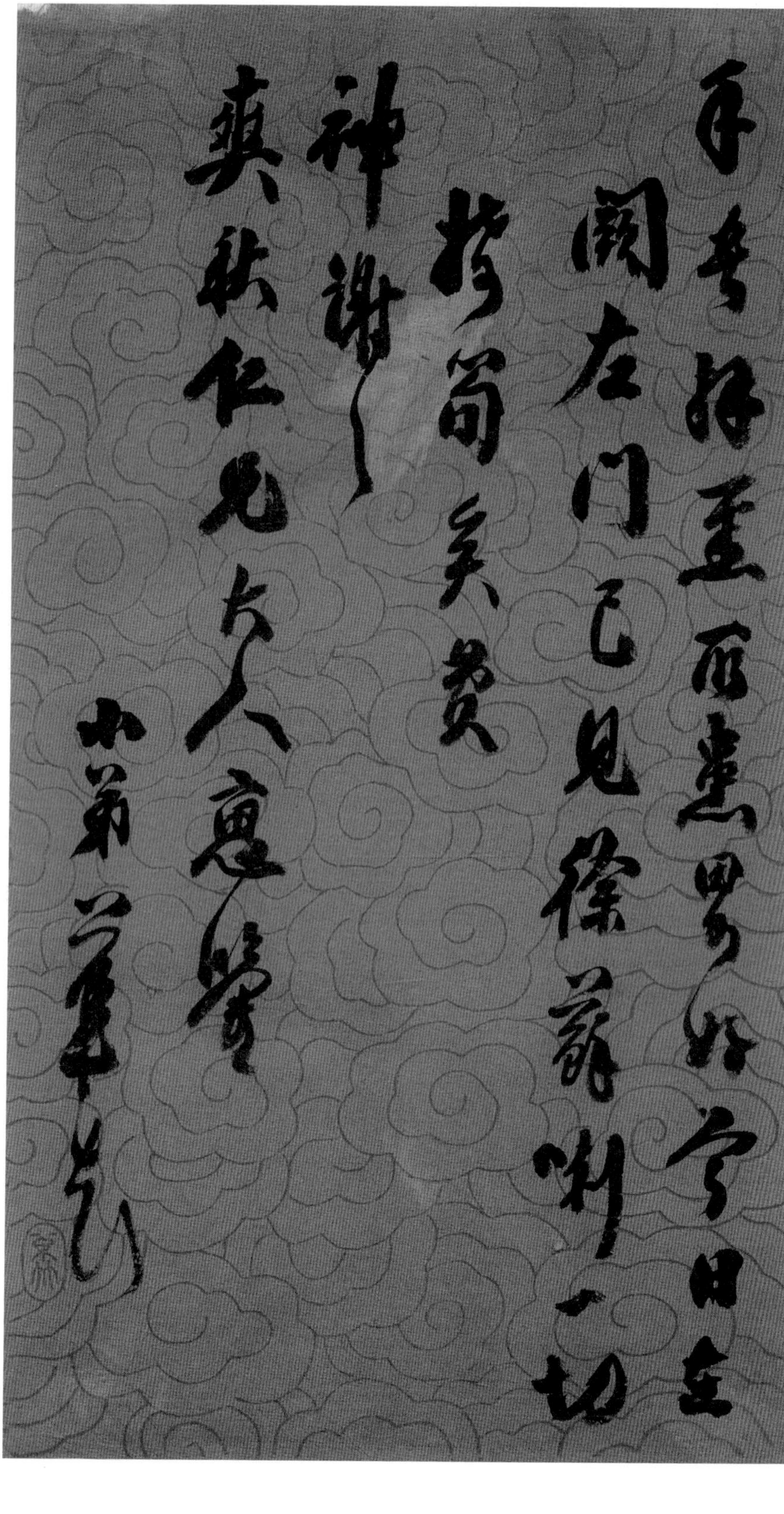

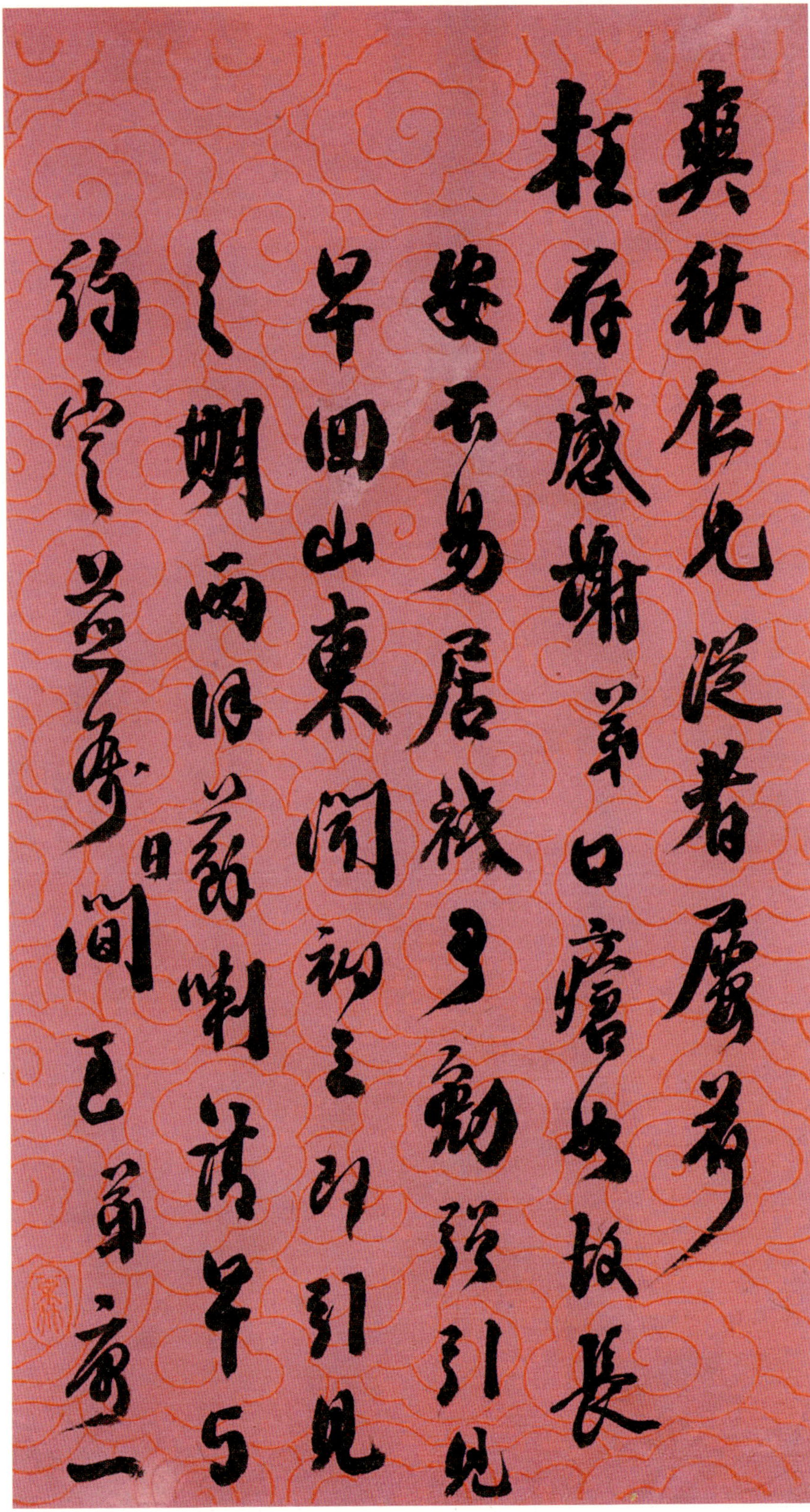

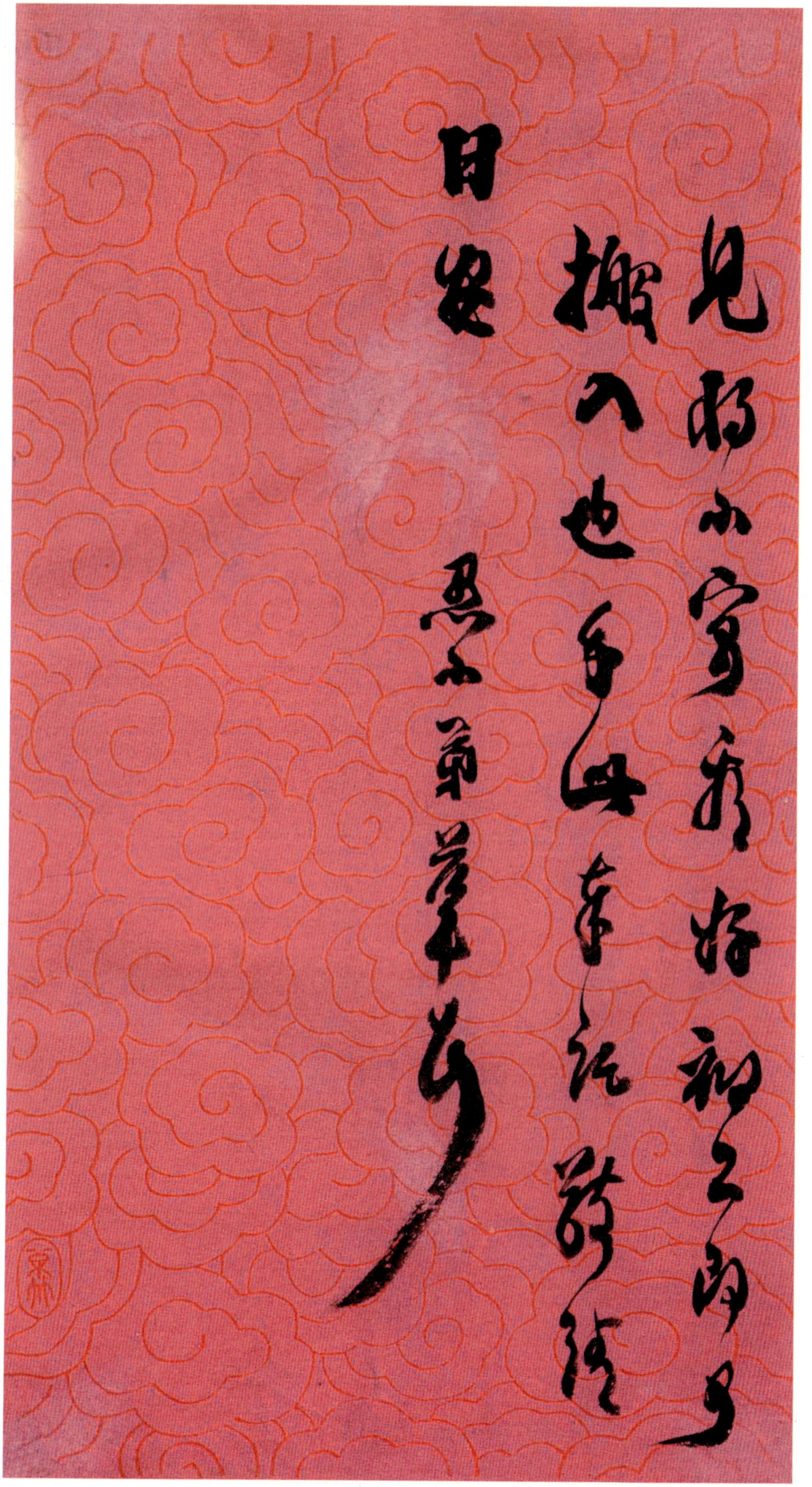

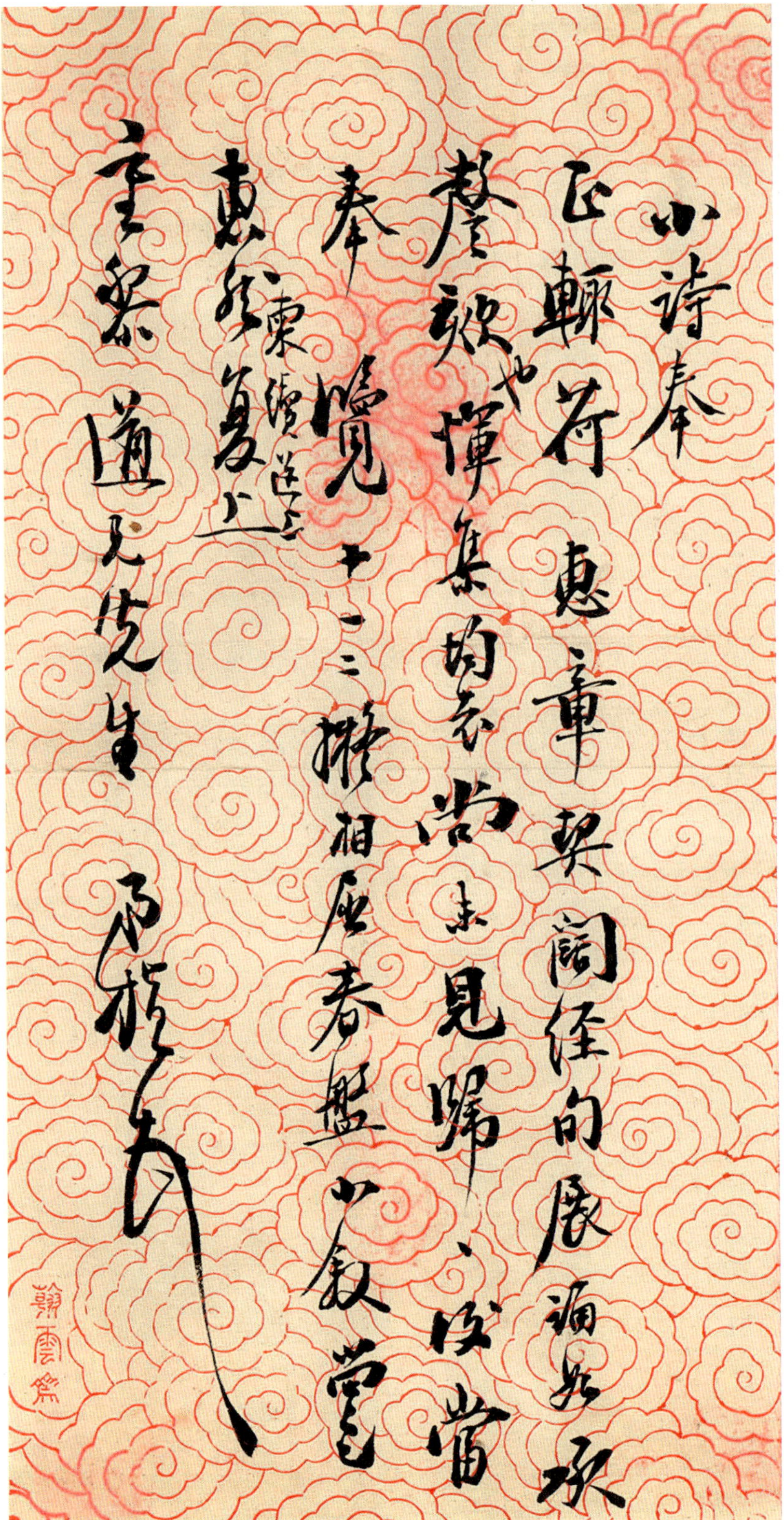
小詩奉
正。郵荷惠章，契闊經旬，展誦欣承
教也。撣集均在，尚未見歸，後當
奉覽。十二撥相屆春盤，以叙營
惠然冬至（東須益之）
主案　道人先生　曾植

手示敬悉，承
念謝謝。姚君係用洋法以割治至或
害之地，不敢輕試。若師之戚勇
從也。近有同鄉周香泉日來診
視，鉗出腐肉不少，據云大約月
此見發，旋行以所患付之也。專復
敬請
重樂仁兄大人道安。小弟以蓀頓首

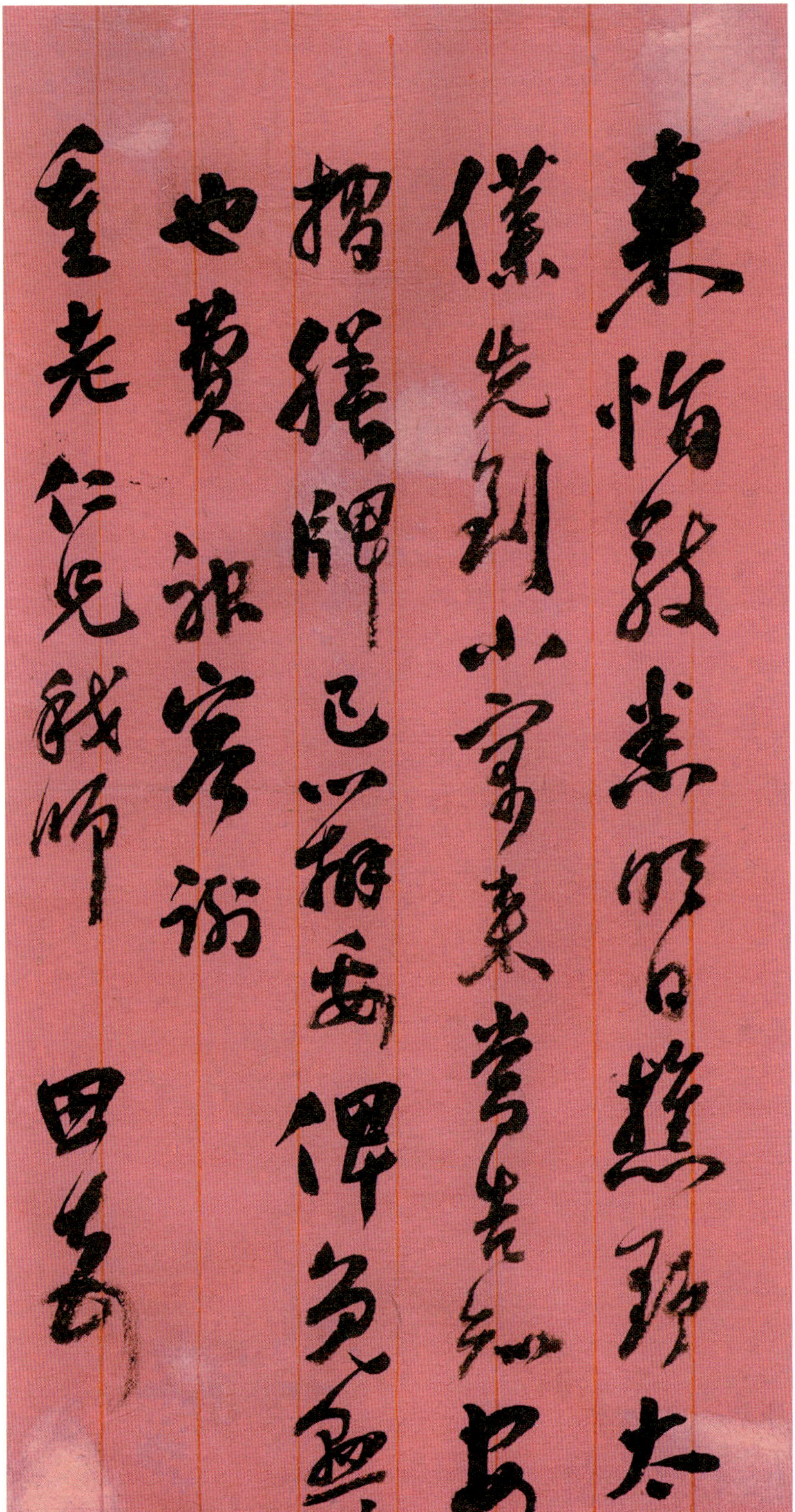

磯秋老兄先生執事：去夏過芸小住，得以從容
朝夕，荷
詩壯行，情何摯也。別後帆海而南，勢難揮春，
因行迺便館西州，僕價赴粵，母子相見，悲喜
交集於時。南皮方奉　命之節，無延賓暇，贊
聰四旬，即奉　母仍歸草堂，時九月之望矣。江南
陰雨連綿，晴曦照宝，則北方已凍河水，僧書
遲滯，不更積日。江帥文月緘(?)係人，俾旨廿(?)無
乏想。昨　仙屏方伯丈必及都耿(?)，無俟贅譚。
第廬廩素發甚微，夙願若無他席相便，夏
秋須作他圖去矣。維卿約之志嶽(?)，舉比以風
波太險，謝之。涸轍酣尚，欲為擇木，焉其窮宜
矣。蘇(?)勝之餘，淵(?)臭也。都念總署之貴，必補其缺

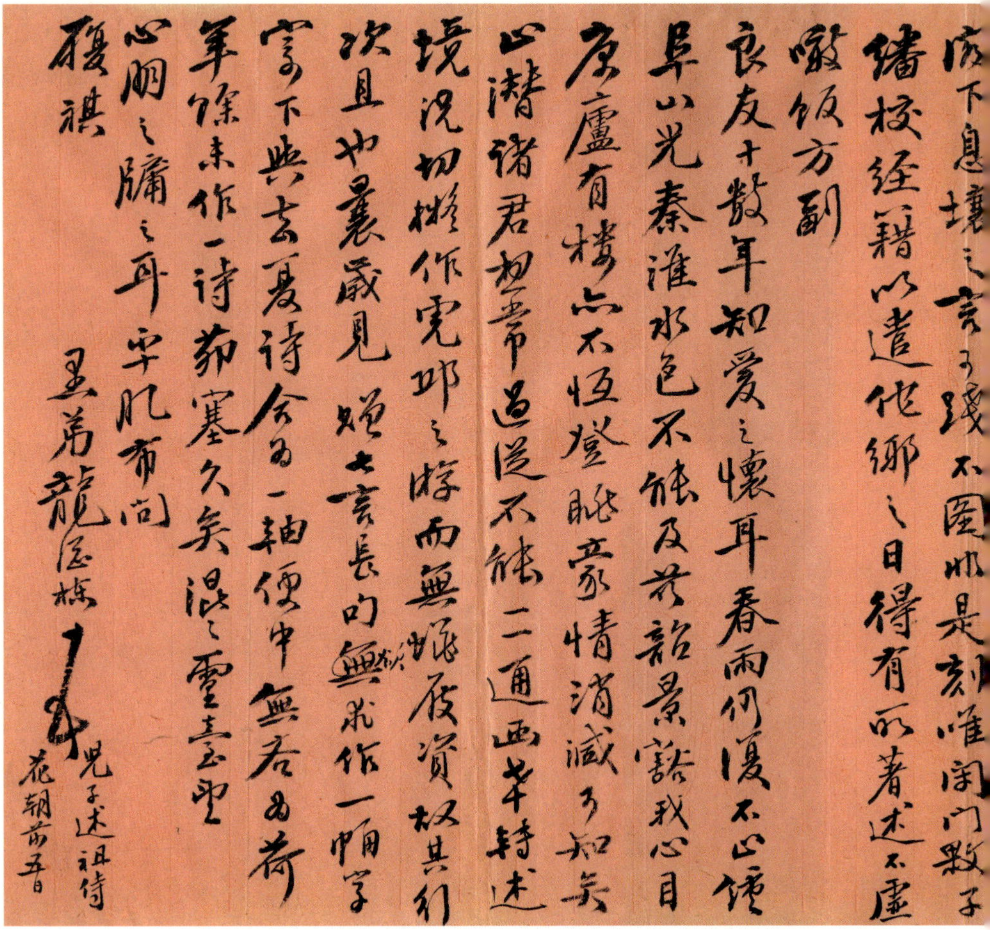

閣下息壤之言，子璣不圖此是刻，唯閉門數子
緒，校經籍以遣他鄉之日，得有所著述，不虛
啜飯方副
良友十數年知愛之懷耳。春雨何復不已，鍾
阜山光、秦淮水色不能及其韶景，豁我心目。
康廬有樓亦不恆登眺，豪情消滅，乃知矣。
心潛諸君想常過從，不能二通函，幸特述
境況，切擬作宛邛之游而無暇及資，故其行
次且。如曩歲見燈七言長句無然作一幅，
寄下與去夏詩合為一軸，便中無吝為荷。
筆餘未作一詩，荊塞久矣，混混靈臺
心胸之牖之耳。耑此布問
履祺。
且萬 龍繼棟
兒子述祖侍
花朝前五日

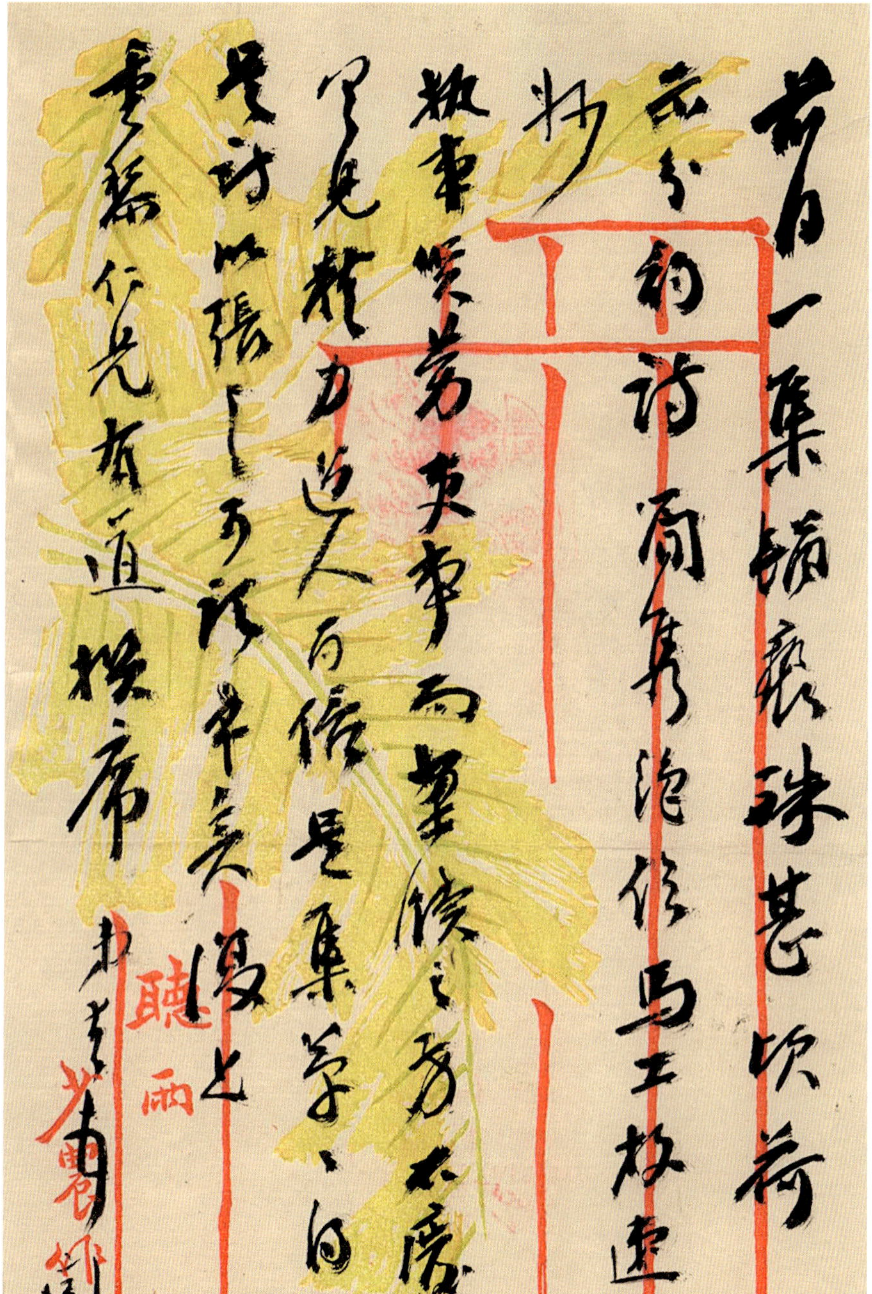
昔日一集，鏑襃誅甚快。荷
示分韵詩，酒集絶佳，馬王校述語已致
物。
敝事實勞，更事而筆倦之身，太厲錚錚，
用見精力過人，何信是集等等，自
是詩以張之，可以半美復上
重孫竹先生有道 梭庵
弟 翔

聽雨

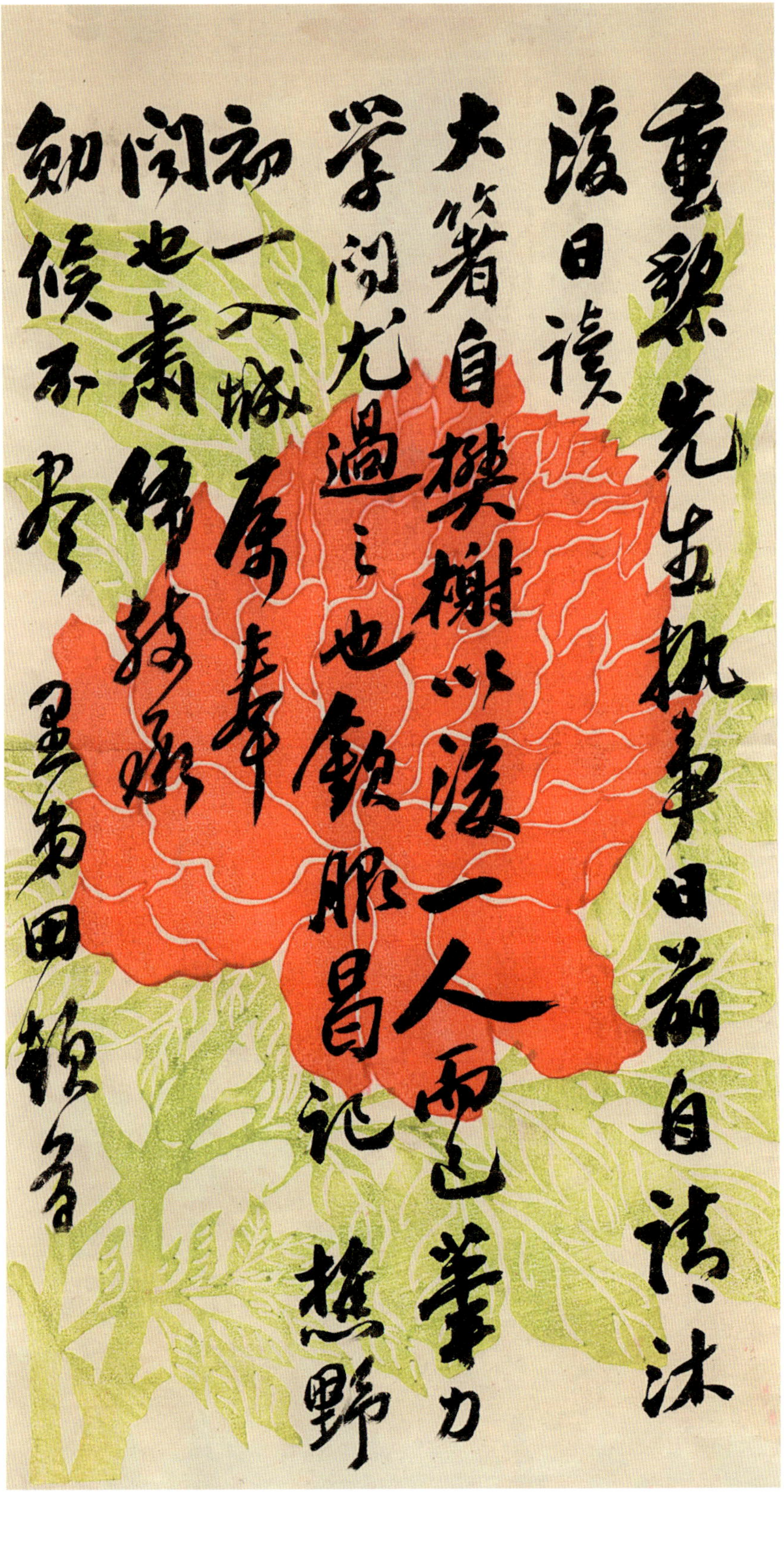

連日晤敘快傾積愫敬聞曾范以也
頃談宦太倉紀發江南在竹石先生幪
之下欣羨
先生於書問往來時寫平餘論厥賜揄揚
不勝感叨然尤於諸公會嘗若年兄在
錄五年倒東哉並語君不日頒恩以來
秋月奮

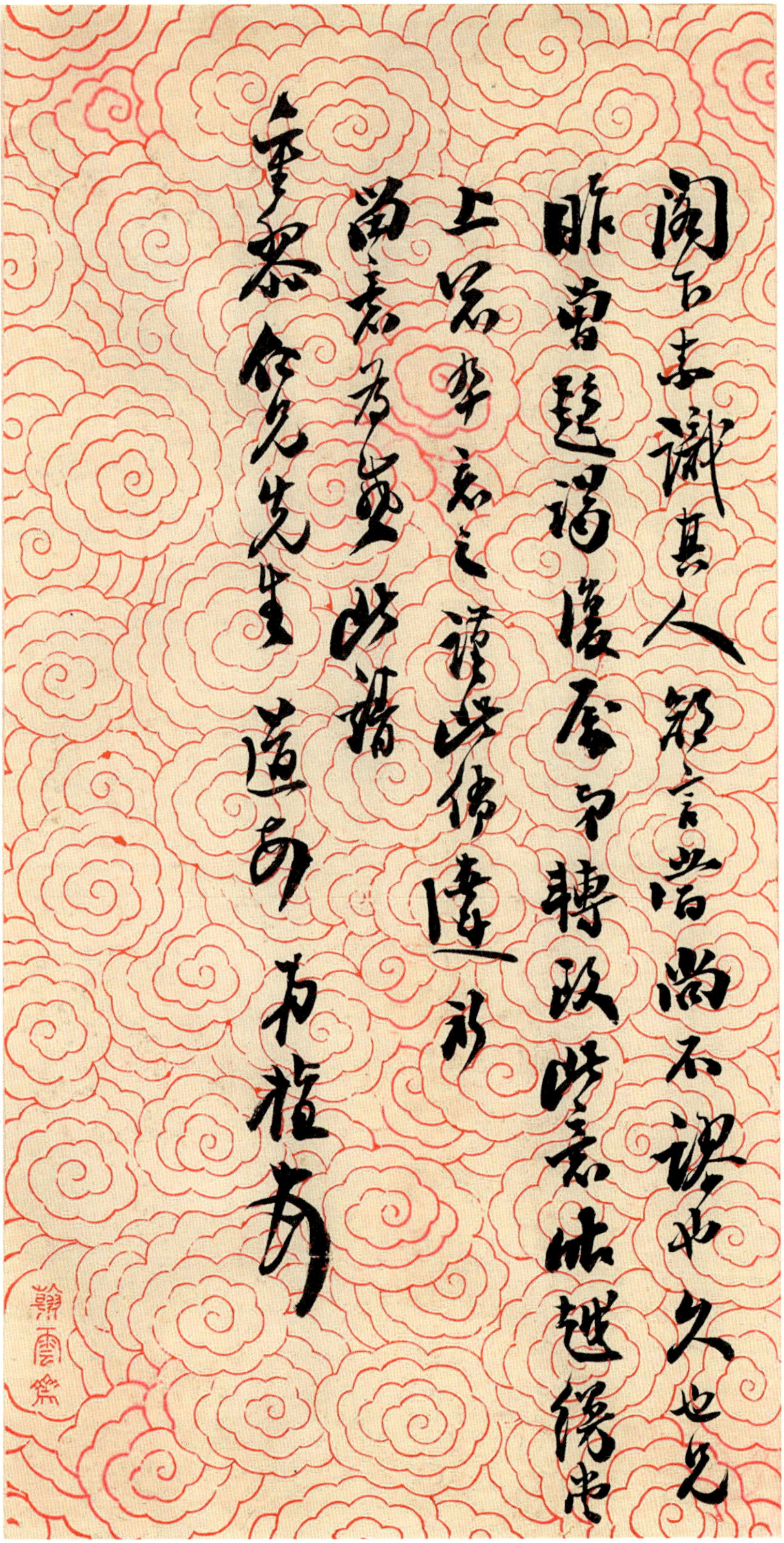
聞之未識其人，然言當尚不謬也。兄
昨曾題謁，復承見轉致此書，依違得忠
上呂牟右之，請此傳達於
尚未有是，此瑞
重希令兄先生道安 曾植頓首

破秋仁兄大人閣下 花朝得客臘冒
台教情文相生
獎勗備至不圖海外觀兹
瓌寶遠貺
清几以接
麈尾銅山霜鐘異地傳響
延津誌氣灼祖奴耗
新詩九成珍紉

忠雅歷冗難還瀾知為歎此種飛走之
屬外國數見，美有翠翼鳥，振采如
鸚，有無翼鳥，革毛似氄，造化之妙
竟難窺測，故內地賦情之佳與蠶
池所儲，茅是吾華所產，或南洋群
島之物，匪祀魯之爰居，豈銜石之
精衛，有二罷之瘖，虎寧安禪之毒
託近禧

得月樓

流覽宜補鄭箋之注充其藏弆不僅
奇賂之託他日使還垂拓眼福六日下
近問之一也蔭柏美集枕諸美紹之成
准四月十日挂颿秘魯此年別無要了
往返不逾三月被旨以出墨者瘴氣
攀蓝視羨猶不遠耳客歲十月廿四
日奉復一箋并塵私章計徹
左右件備補舍山契之抵任其杭州一紀

偶然返旆仍兮藐魚之樂也蔭桓寄
答一書託皖藩轉交不識達否
執事通問之便尊
相聞也湘帥曆冊君派遣日本國三國自
有佳趣蔭桓于秋之結第了緩不及
詹之餘之為之安排一切矣後仲紹北上
餘處容續布即承
著安不了愚弟蔭桓頓首 三月廿二日 美使館

硤石仁兄大人閣下七月十日祇奉侍復得讀借
手教九月十日繼得頌尊六月廿六日
鈞函備悉
塵冀如覯
清塵遂使海外孤臣不覺長安日遠也比
歲桂返歲末年踐涉庫瀛之極懽之來
者皆有鉅遊文山陽邃讀無此哀傷又美
紛翻騰鄉人交誠三年調護維持已甚

況于一掃而空即官償巨款亦爲加厲
華人之具此心尚復有天日哉自禁僅於
鄭光祿其詩美俗禁涵華人禍機方熾
金山商旅香港華民遍佔長江以南岸
瑞戒諸華人不勉義矣方挂絕驟曾
目覩香港情形撫義以絕稅固失禮
美廷卹之道於鄰人有條理意故奉
僕以來本錢安諸老輩痛定思痛

竟歲禁華議自今日始羅先加集幾年完
膚此中又有貪人作祟已於七月三十四號
公函詳言之矣此時新約既慶美例目
則變本加厲又擬仿以電之也大狀醜
弟執管則肝氣上逆極其悶時垂澤
來惜兄感
欽奉之雅益傷氣類之孤蓋中華故人
計的

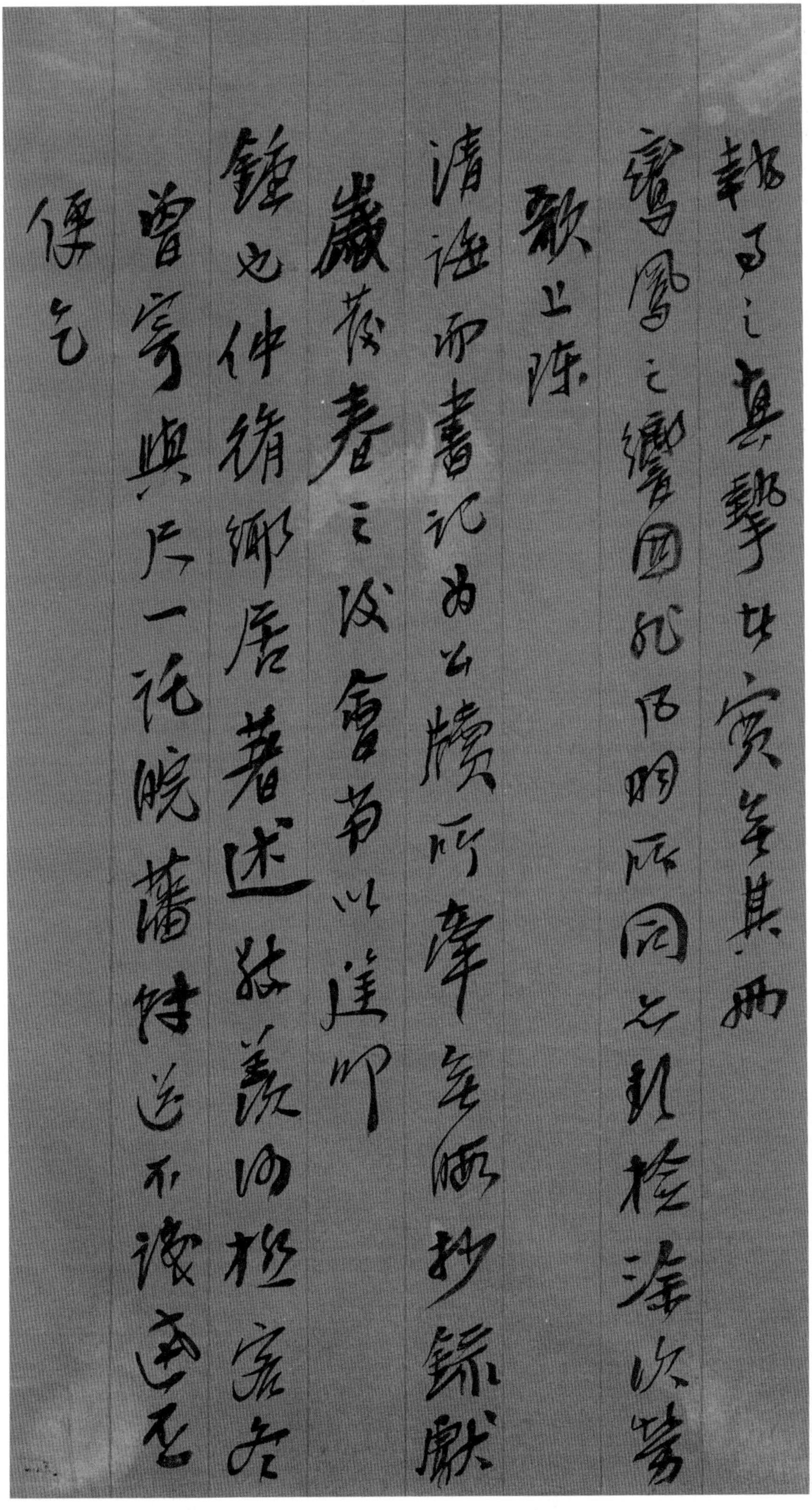
執事之真摯出實筆其册
竊風雲之變因就所明所同之執稽滚次第
敢上陳
清誨所書記為公讀所章年舊抄錄獻
歲暮春之後會萬以進卬
鍾也仲循鄉居著述發義何極窮矣
曾寄與尺一托皖藩待送不識達否
便乞

詢之雲門，讀札子將如吳門之時，或逾越
舉目都中，鈐訣仍消息，聯如矣。鎮老
挂斜抄向神舉家近羅浮，饒有看
山之趣，跂慕深深。伴巷與試江南北經
得士無伴，南國京也，所寄賢院之代
遞之事
隨時錢語之，更自秘遠義，使程尤遍
奉職無狀，曾蒙垂注逮

貴署先期奏撥適月色耗甚多，經呈
期於得請，而收已比去那遂之難辭疑
罷讓目前早揀替人，別開生面，且本
爲繼統之局，比覺明春二月撥代新使
到日，正爲改一新之時，復議遂鄰誠一
機會。鄭得汲接歸國，當在明年夏
秋之交。幸諭
尊意撫掌別後所遭遇，甚知難言

之言則大有矣。

執事榮擢農部，遥祝

鴻達疊占，處階清要

建白再來，頃交朝邑，得請竊代欣慰。

頓瞻時局，予不能無慨也。鄭二兄十月

篤若擲處札，真可痛惜。頻年度支

益繁，計相誠不易耳。予當需應時函

著安奉璧

謙秉先生

知愛，即作官樣文字，乎乎或援鄭之

新例捐免，壹失實績，寧伏候

亮詧。不宣。愚弟張蔭桓頓首 十月初二日

美都

孫飭

礦秋仁兄同年大人閣下：頃詣談，未獲聆
教爲歉。文卿信來，長篇累牘，特以呈
閱，後數日見還可耳。此請
刻安。
年小弟潤庠頓首

爽秋賢契足下接前月十九日
手書欣悉貴媳女再索得男歡喜無量
右門忠孝積累甚深後嗣蕃昌理可預決衰朽遠
隔數千里不能預湯餅筵而幸極兒近託
華居親挹門闌喜氣盈盈宅相亦足為阿舅助文
思增興拔也雨癡喘舊恙入夏漸平而疝氣益劇
腎囊纍纍如斗大此月將發無藥可醫奈之何

訒穟兄深愛
故冀能于杜門不出竟是好事但恐不能持久仍望
隨時董勸之都中近事如何外面光景日壞一日
民有倒懸之厄而官逞横暴之威金閶尤甚議罷
市者屢矣　輦轂下豈一無所聞耶　弟願不談時
事爛筆頭偶一及之不足為外人道也此賀
大喜不宣時雨　[illegible]

初七日

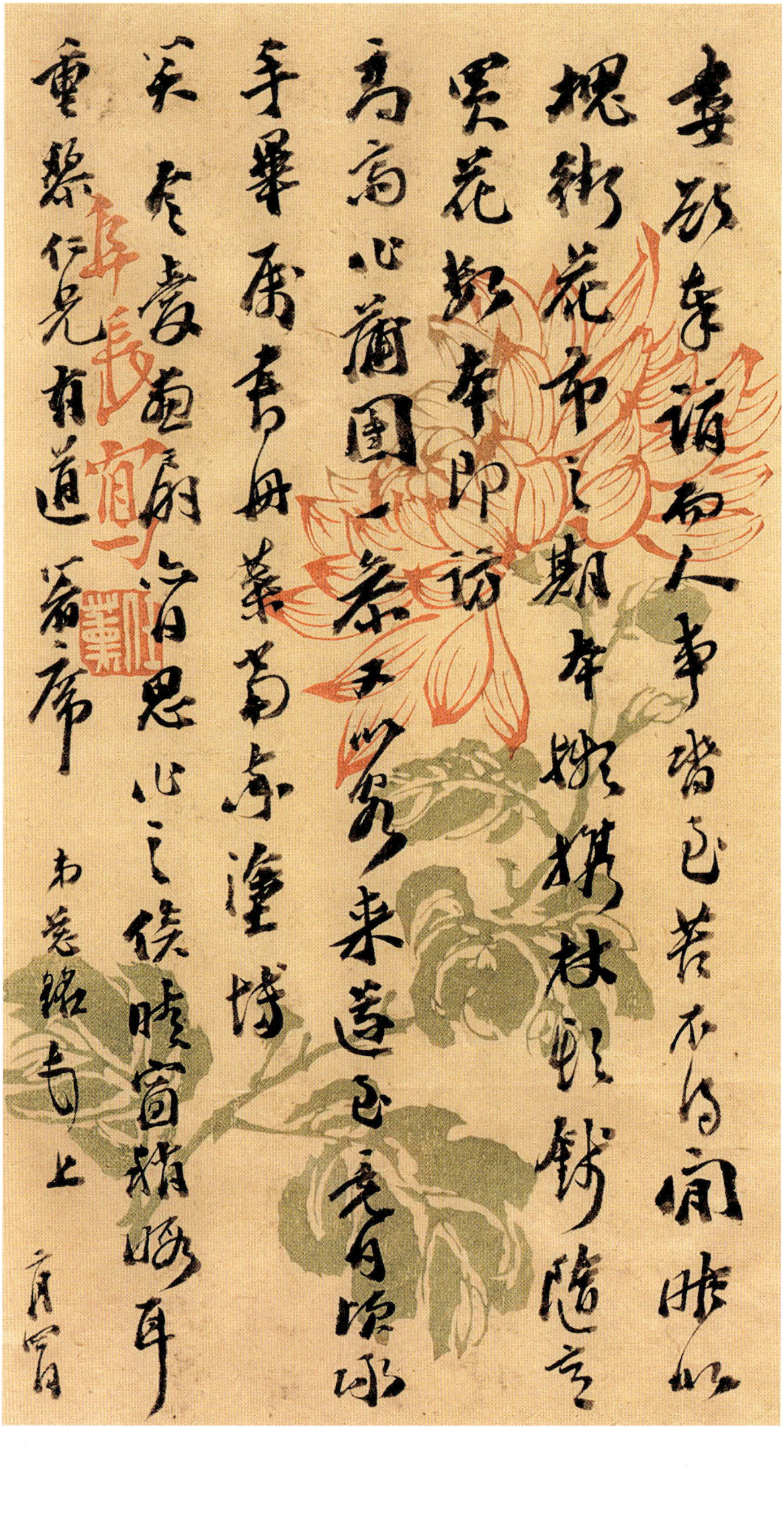
妻舅李詢而人事皆已若不得聞能如
規衕花市之期年年燦攲鉢隨之
買花數本即訪
高齋心蕭園一条，不以為來，遂已竟有唳啄
手筆屏書冊藥菊奈淮博
笑老壹菊厨宿思心之候晴窗推敲耳
重黎仁兄有道箸席
弟慈銘頓首上
[illegible]月[illegible]日

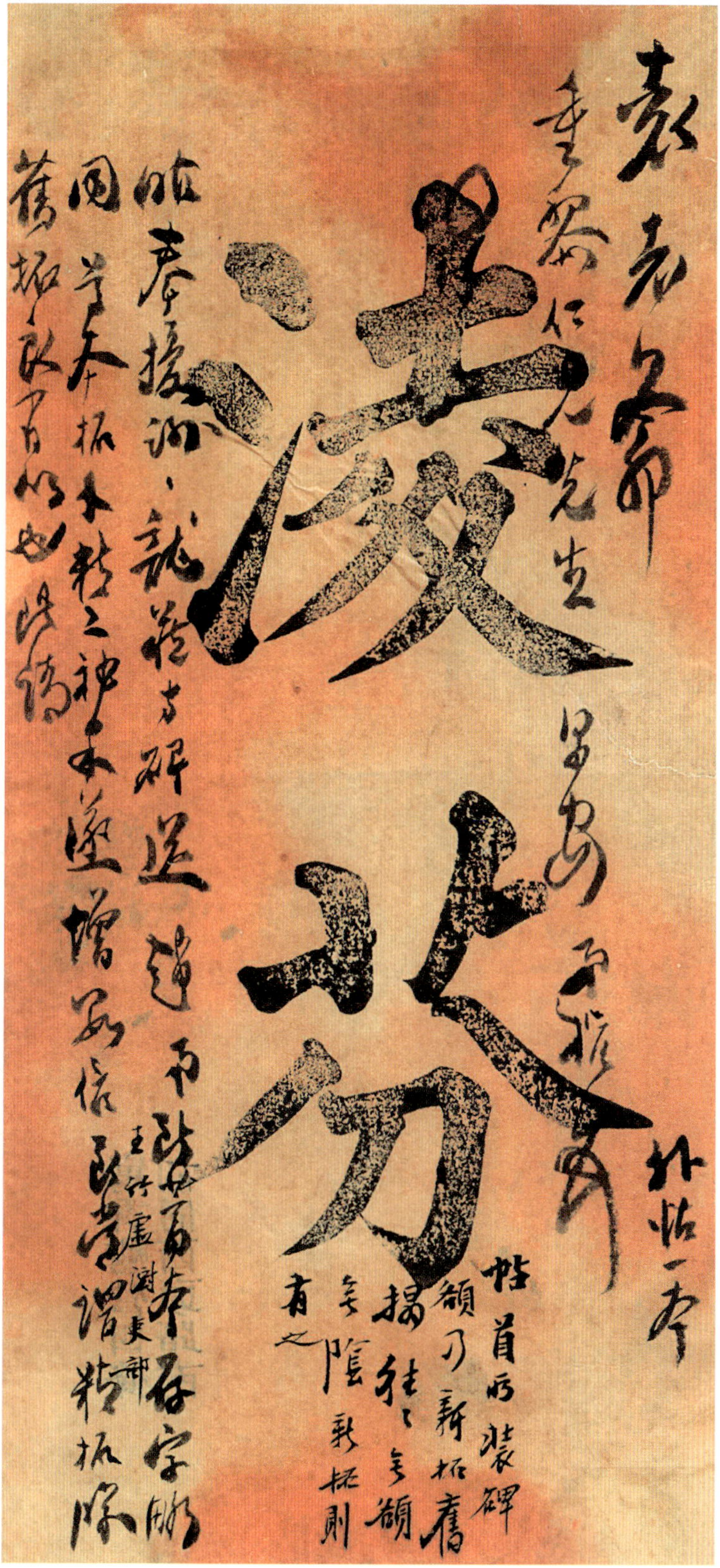

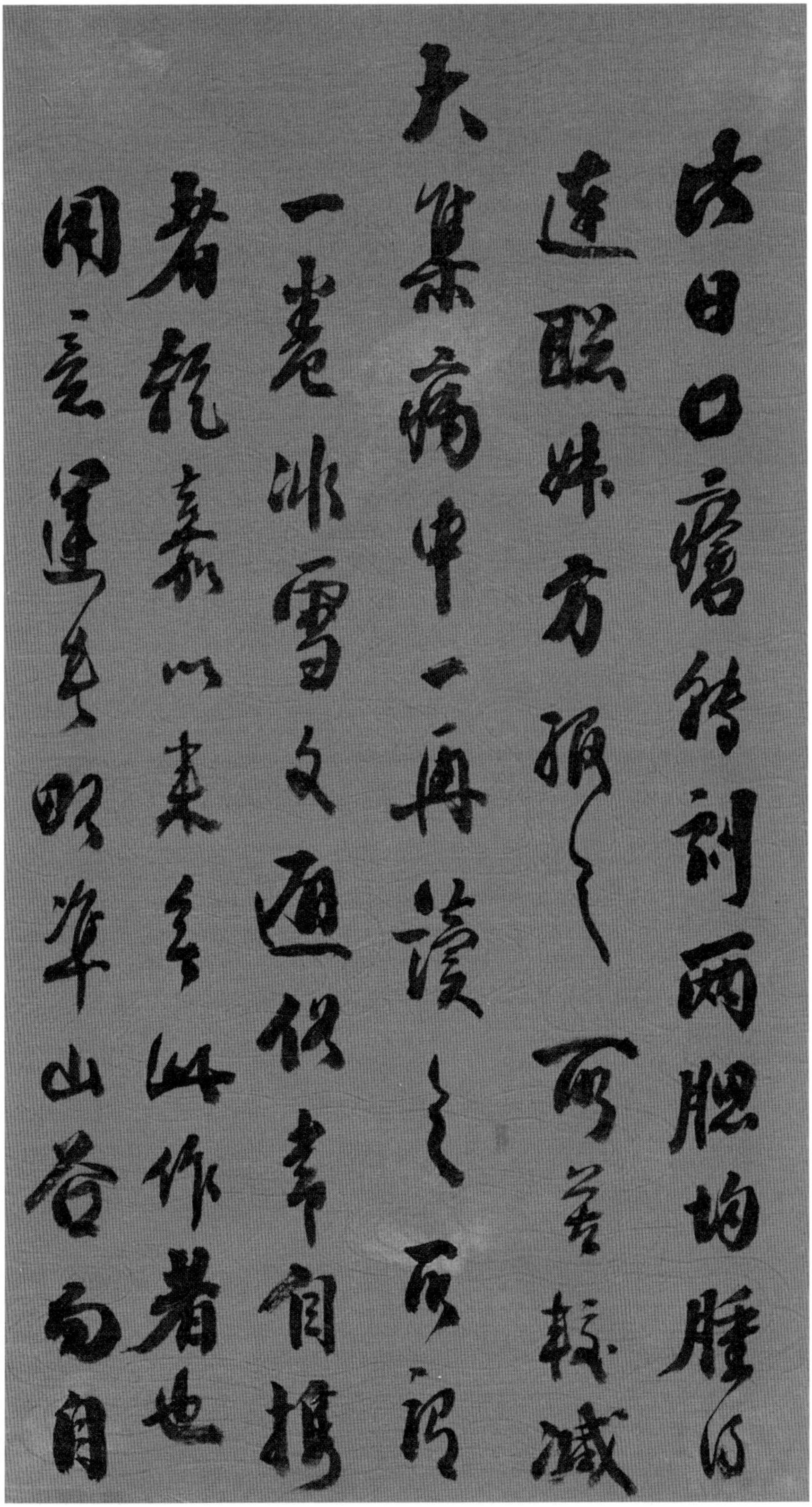

具一種性情風趣，前年及
弟擬病體稍寧再定行
期何日何時
枉過一嘴敘也。此候
秉秋仁兄大人萬安
小弟華頓首

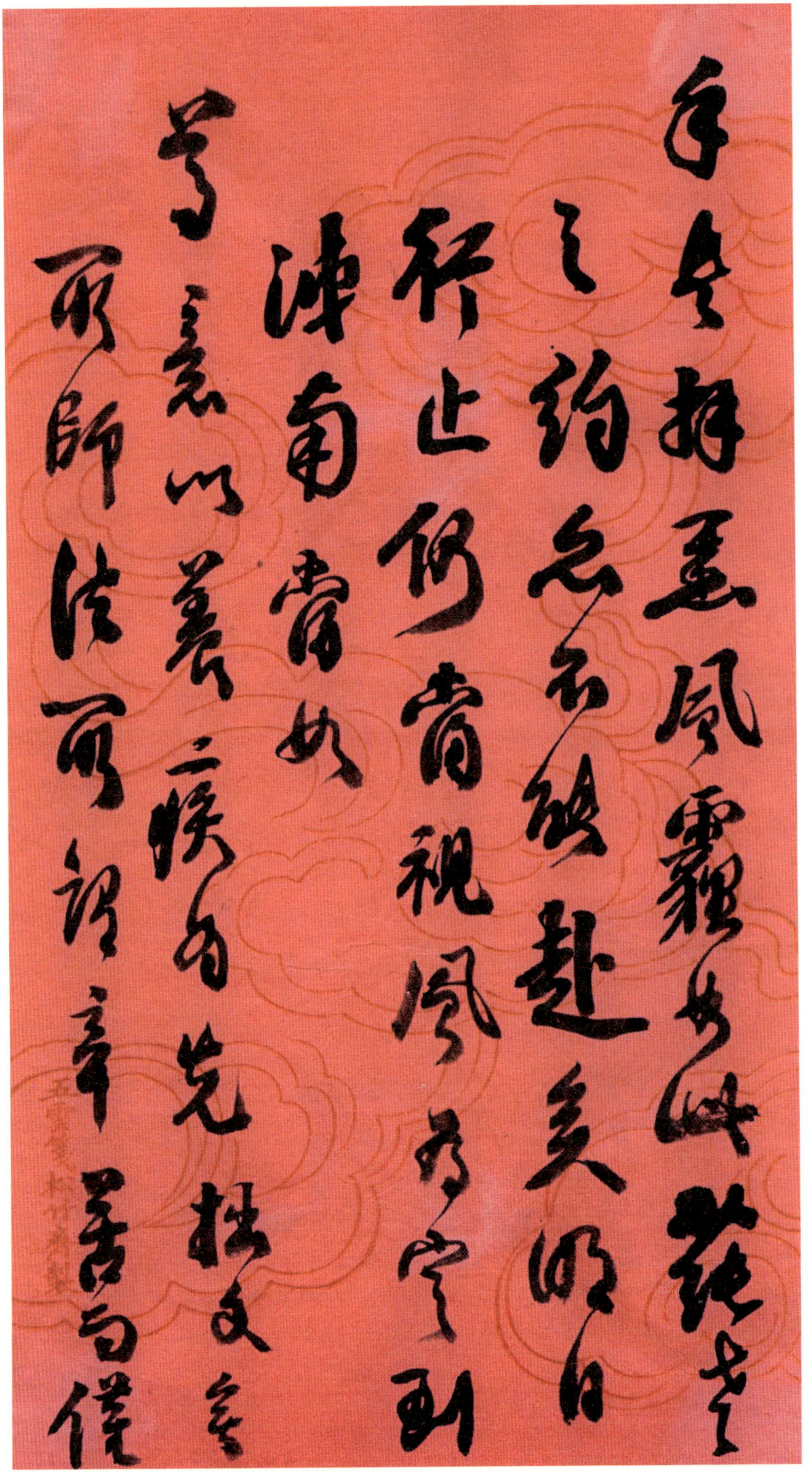

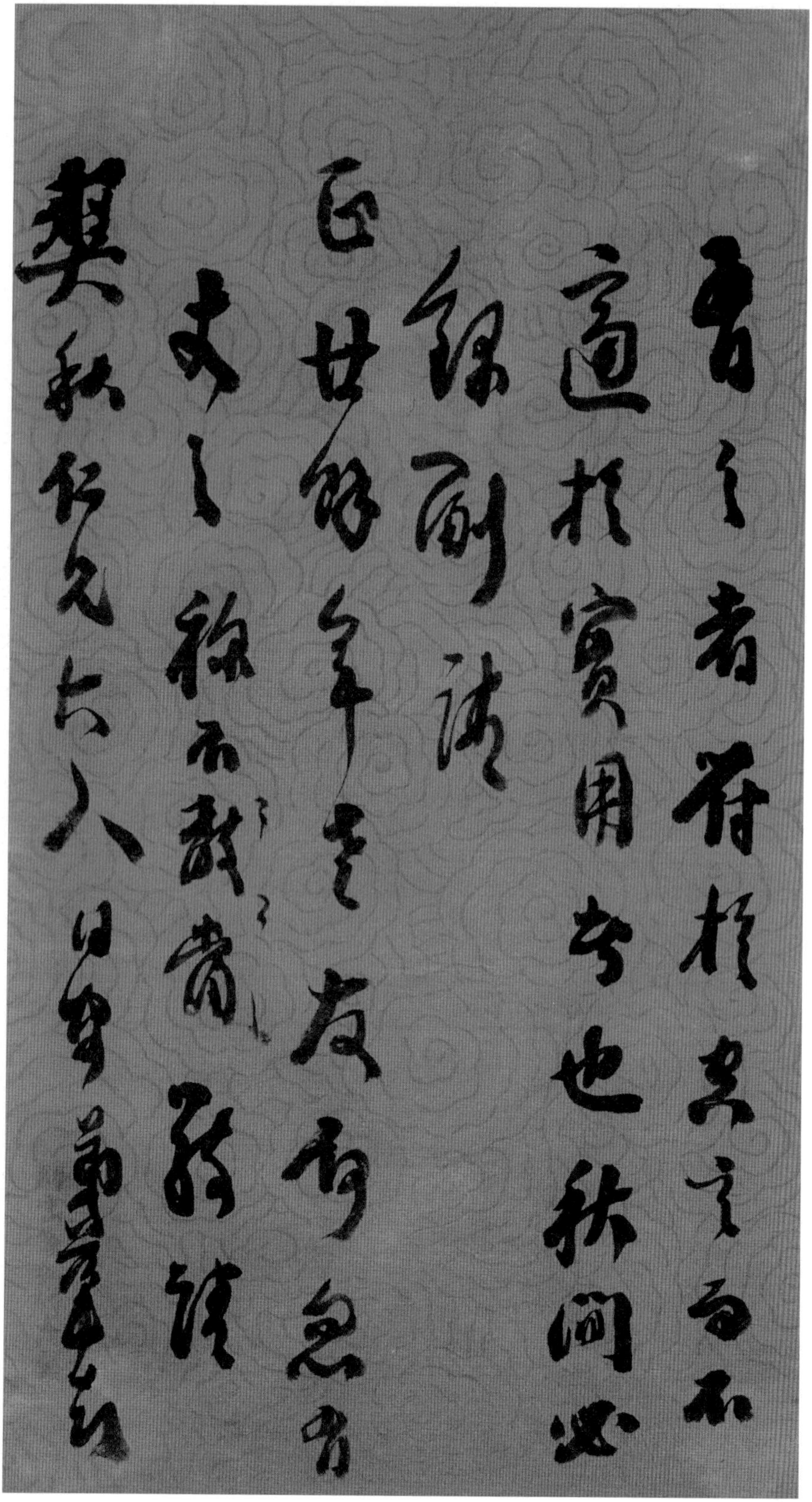
書之者符於來文而不
適於實用者也秋間必
録副請
正廿餘年老友可念者

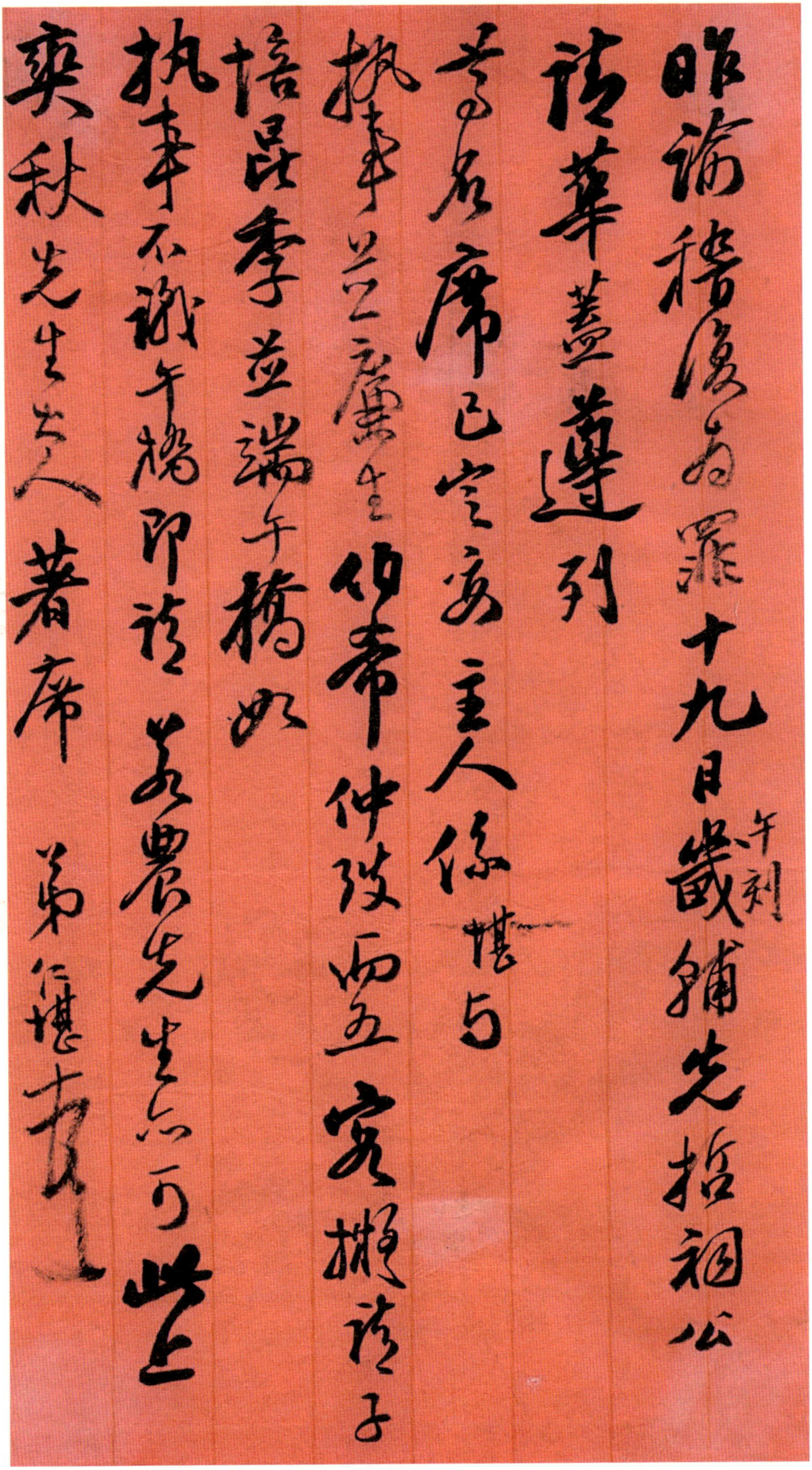
昨論稽復為罪。十九日午刻鐵舖先哲祠公
請華蓋蓮列
尊名席，已定。安主人係堪與
執事並之虞生、仲弢兩公，定擬請子
培昆季並端午橋，如
執事不識午橋，即請叔農先生亦可。此
爽秋先生大人著席　弟仁堪十六日

奕秋仁兄大人閣下：日前厚擾，昨又
汙尊，種〻
隆情，非可言罄。乃復爲其晚節
寵以佳萹，罄枯木而被之天葩，此豈尋常
榮耀耶？盥誦再四，當令小兒寶而藏之。令
晨趋敂未值，爲歉，容再將謝。不具。此頌
簡安，諸希
愛鑒。愚弟黃體芳頓首　十一日午刻

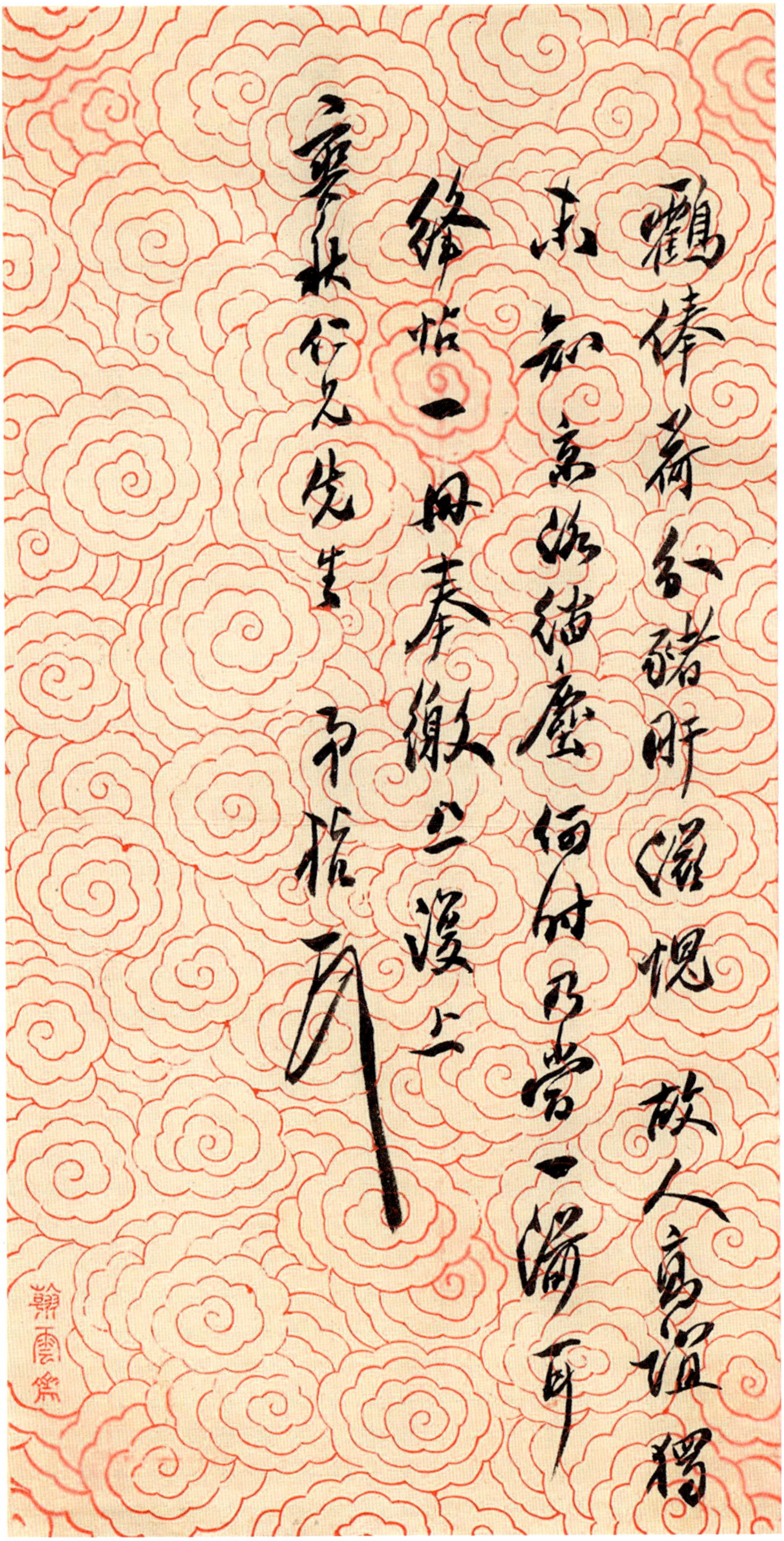

礪秋仁兄同年大人閣下：昨
枉顧，未及倒屣，為歉。渉函看過。李紱
耶律文正書，即圖書集成中亦有之。
李仲約先生曾翻過，無從覓寄也。
此請
以希身
年小弟潤庠頓首

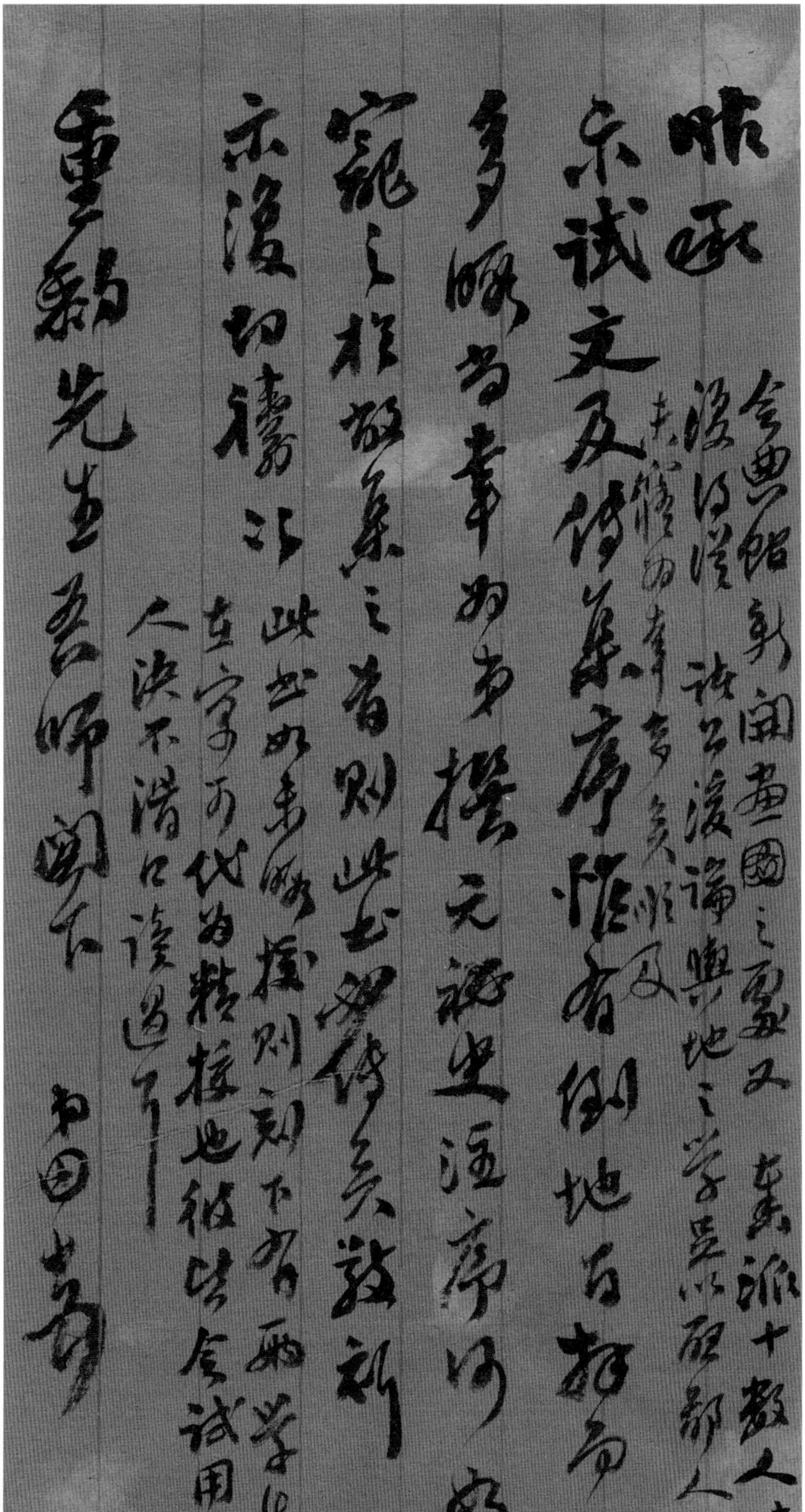

許自來晤，甚以為念。十日前飲歸，孫賓
擬椒弟訪，快談，而酒醉已晚，歸不
值，詢是道先退，悵甚悵甚。想
興居多福。中國同人為之捐傳、詩、寧史又袁
季乾為當送秀卿史孫鍾自著，不自不為
行則可。使隨從二株入城，希先自閱，覓函中一寫為筆，手此奉託。
丙雨如國史會典張均方
泰秋仁兄有道著安
弟李鴻□頓首
月廿日

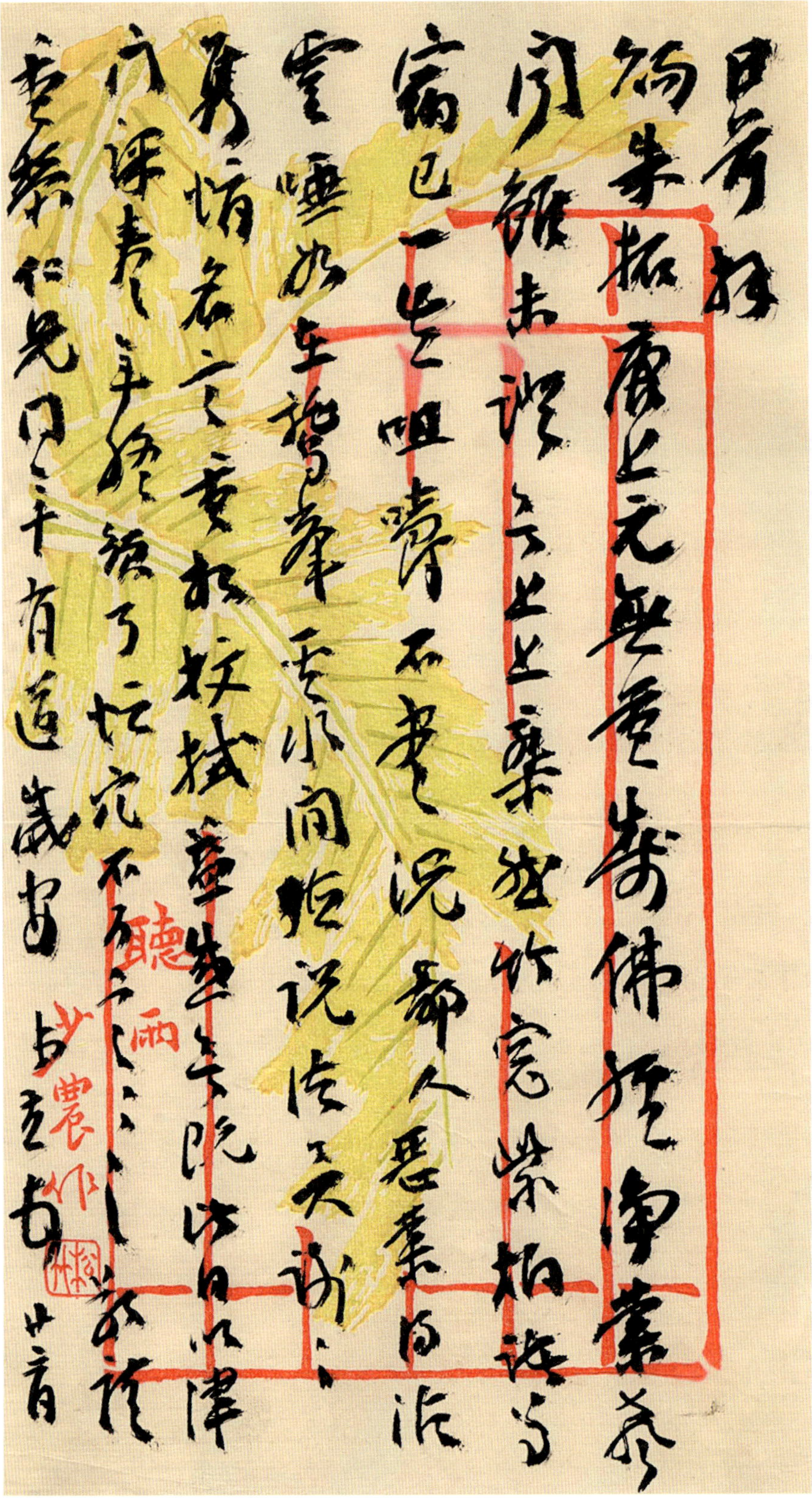

日本究假藥狀生人之趣畫俗之頗思考証
竟爲日職奈何烏毫試姻問係初三六廿五
入東想不註如指事踪託菊者老達織奉
放上
澂四先生
弟可仰頓

集寒同山鄭文公下碑

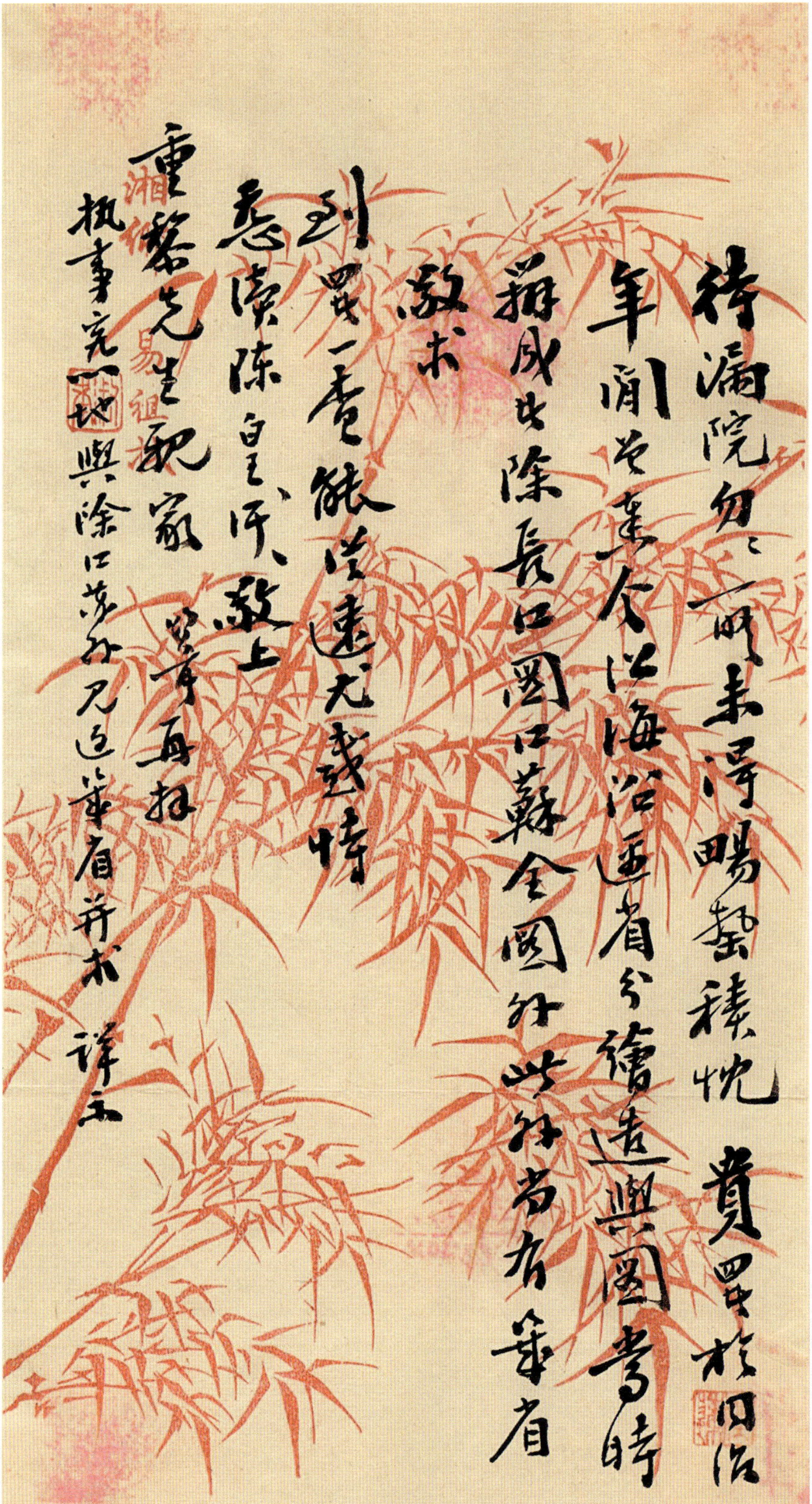
侍漏院匆匆一晤，未得暢敘積忱。貴畢於同治
年間曾奉今以海沿運省分繪造輿圖，書時
稍成，只除長江圖、江蘇全圖外，此外尚有各省
敬求
賜畀一查，能從速尤感。特
恳賞陳，自是所敬上
重黎先生執安　世弟再拜
執事，完以與徐江蘇外兄送來省，并求　祥示

磯秋先生仁兄大人閣下出洋既久日與嬾習

歉未奉候

起居

執事不以其疏嬾而

手翰先之意氣勤勤若將誘進於道者亦

何其見愛之深而許與之厚也古文一道

庶昌粗涉藩籬未嘗深入奧窔年來奉

使海邦雖未廢學而書籍罕少諷詠不能

如志屢以所聞蓄諸胸臆而已論近時文章
應推濂亭老人獨步吴摯甫薛叔耘
其次也吴得姚氏隽永之致將來造詣
必有可觀叔耘喜爲經濟家言文體不無
少累
執事不大聲色之言深中其理然固可謂今時
傑士矣拙文取徑与上三君差別康老昔評
謂其音節又適由于誦讀工夫未至此事

豈惟誦讀然哉抑其聲音笑貌之得于天
者不可以强也惜道遠不及一請
益耳傳懋元績學多聞篡圖經三十卷精
力能副所見与弟殊相得今役畢還都謹以
拙刻家稾一部奉呈
台覽蘇隣遺詩印本版片均歸李氏架上幸
存一本亦交懋元轉贈揚君復頌
著祺天漸寒惟　珍衛不宣　庶昌頓首　九月二十日

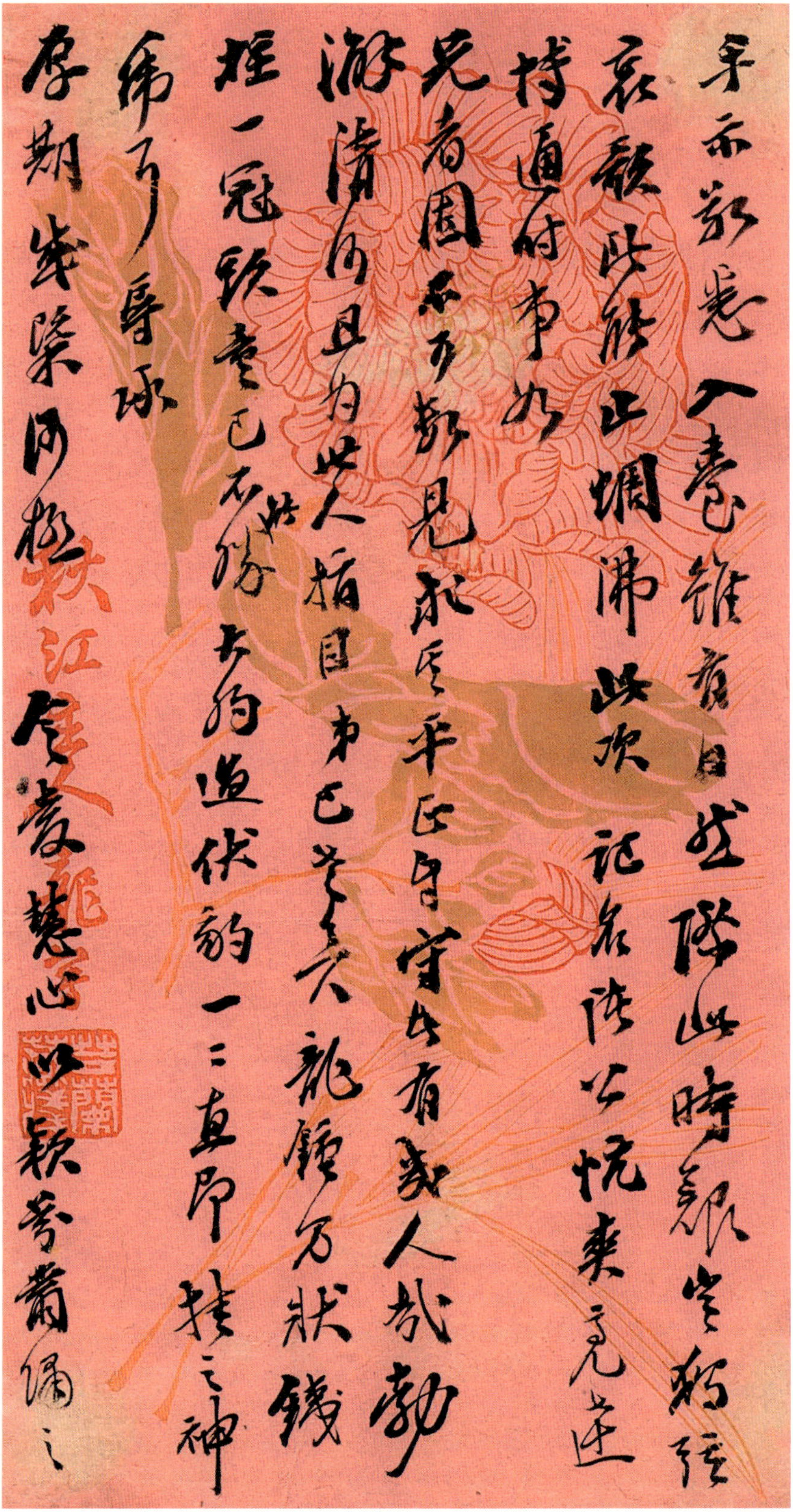

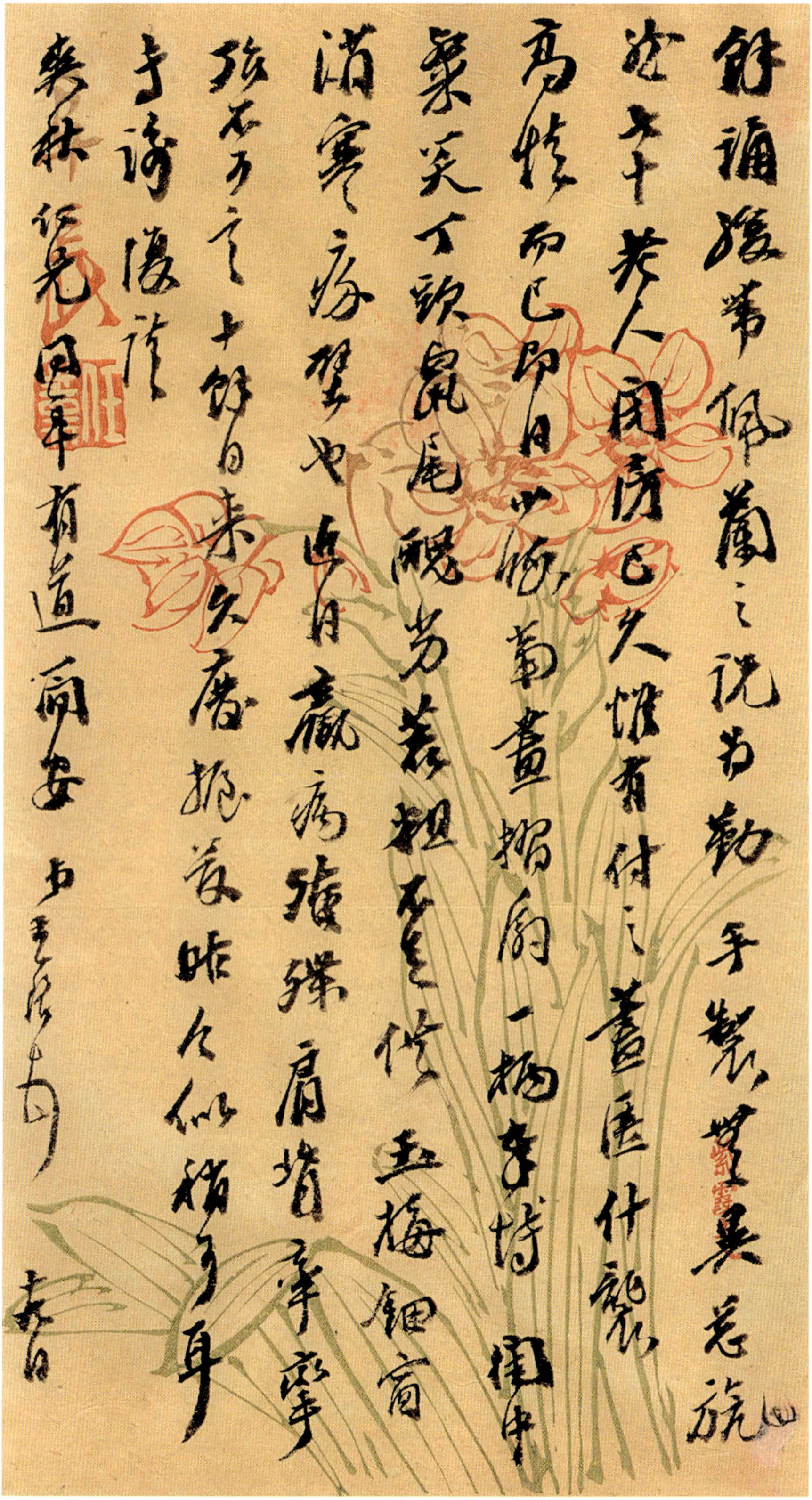
舒通弟佩蘭之說，承勤手製異花旋
蹤，六十老人因虔已久，惟有付之蓋匣什襲
焉，特[illegible]而已。即日以梅菊畫摺扇一柄奉博閨中
粲笑，下歎鼠尾醜劣，荐想至佐玉梅細窗
消寒，病瘵也，近日藏病痊瘵，肩背牽攣
殊不可言，十餘日未出房，挽筆昨夕似稍可耳。
寺詩俟續
來林
証光同年有道兩安
弟[illegible]頓首
[illegible]

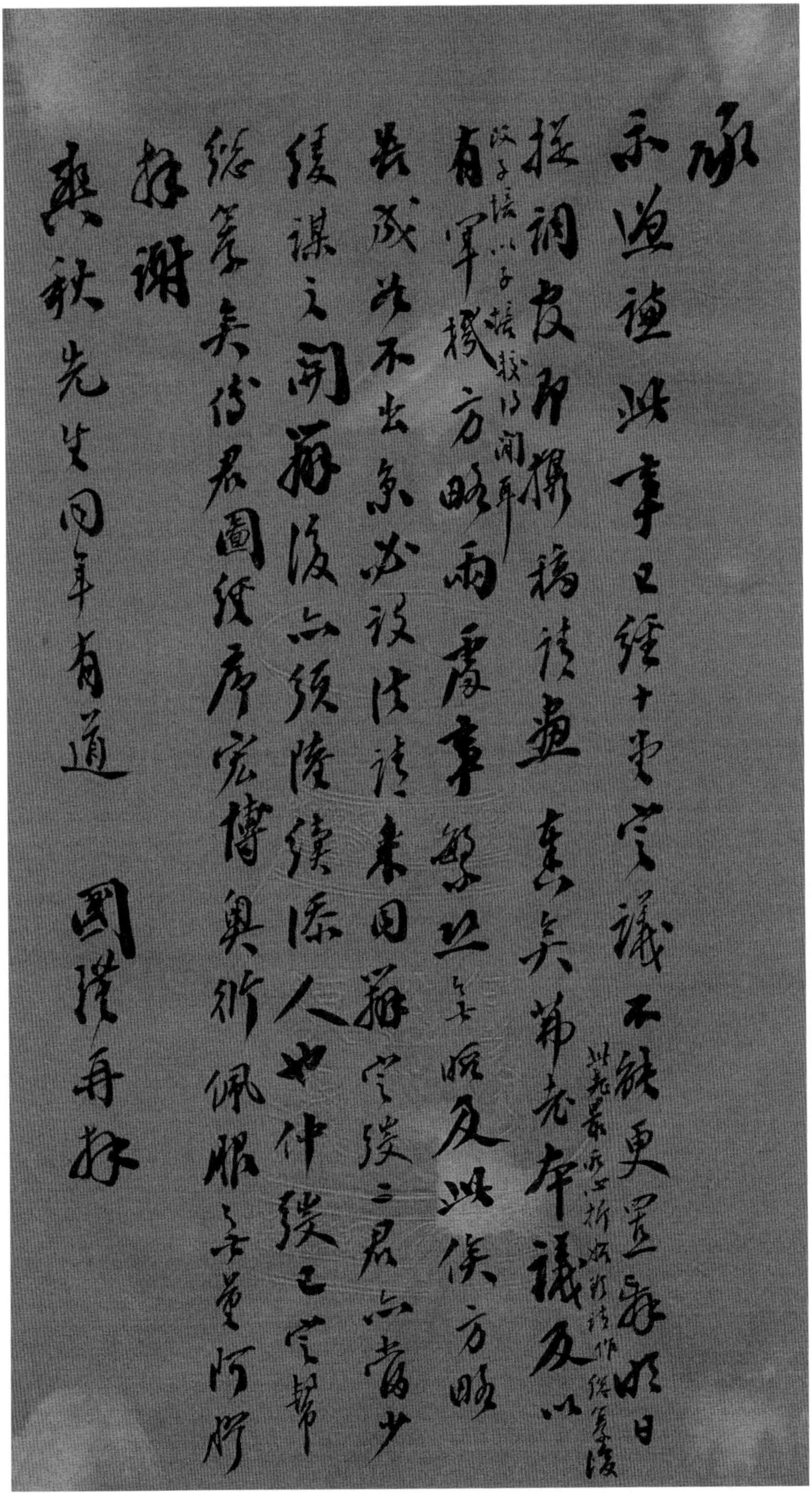
承
示道謹與事已經十數定議，不敢更置喙於日
接詢及印撰稿，請盡去矣，第老本議及以
有軍擬方略，兩處事繁，以及與俟方略
告成，此不出氣，必設法請來因蘇定後之君亦甚少
後謀之，閩蘇後亦須陸續添人也，仲弢已定歸
總纂矣，仲君圖經序宏博奧衍，佩服之至，兼何
拜謝
爽秋先生同年有道
國瑾再拜

礇秋仁兄同年大人閣下：御史
記名，賀賀。蒙鞋備錄，已覓得十數頁，于下
處抄寄，特此奉
聞。昨示展誦，心照不宣，敬請
道安。

年小弟潤庠頓首　十六

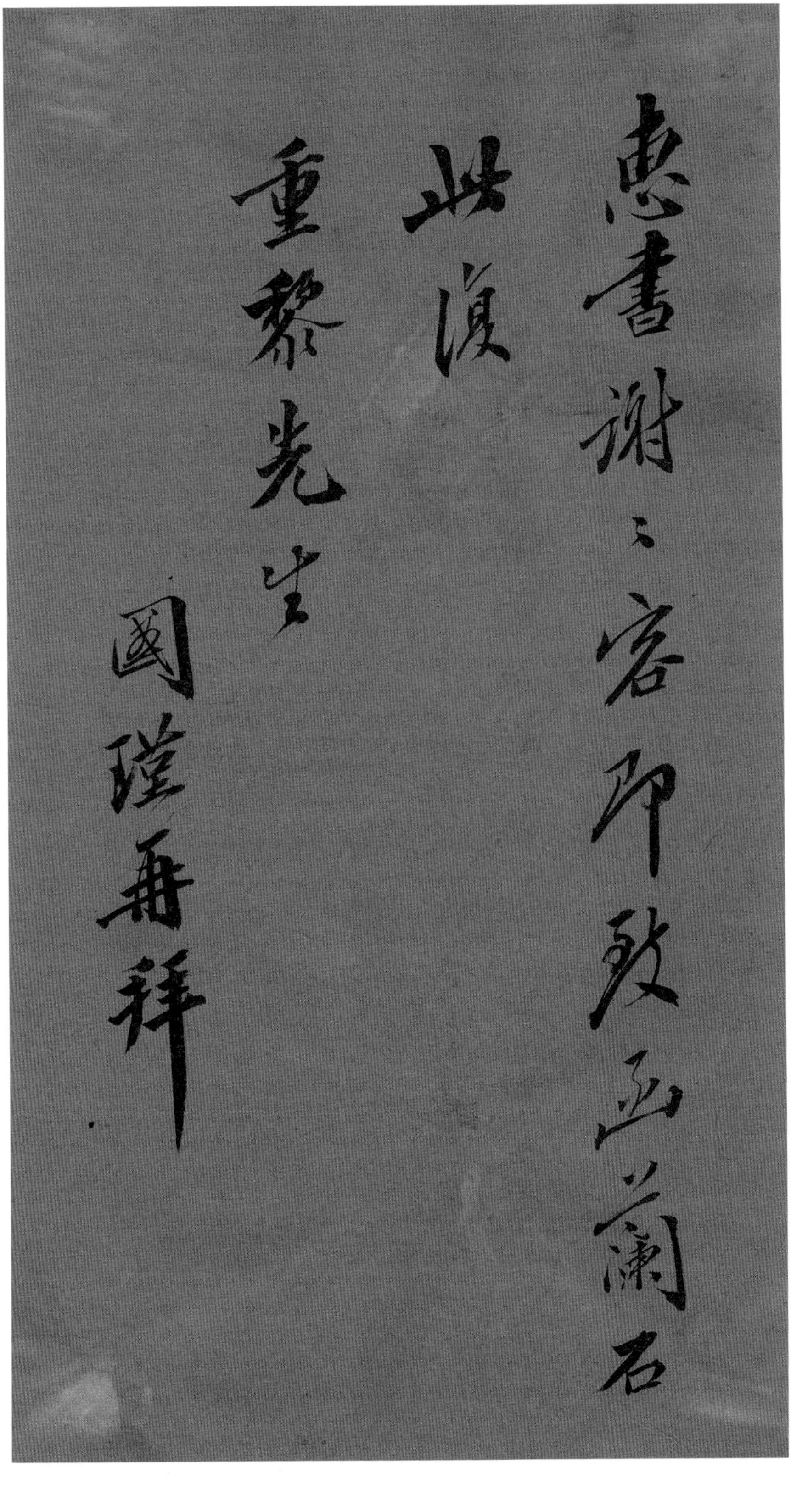

惠書謝謝，容即致函蘭石。此復

重黎先生

國瑾再拜

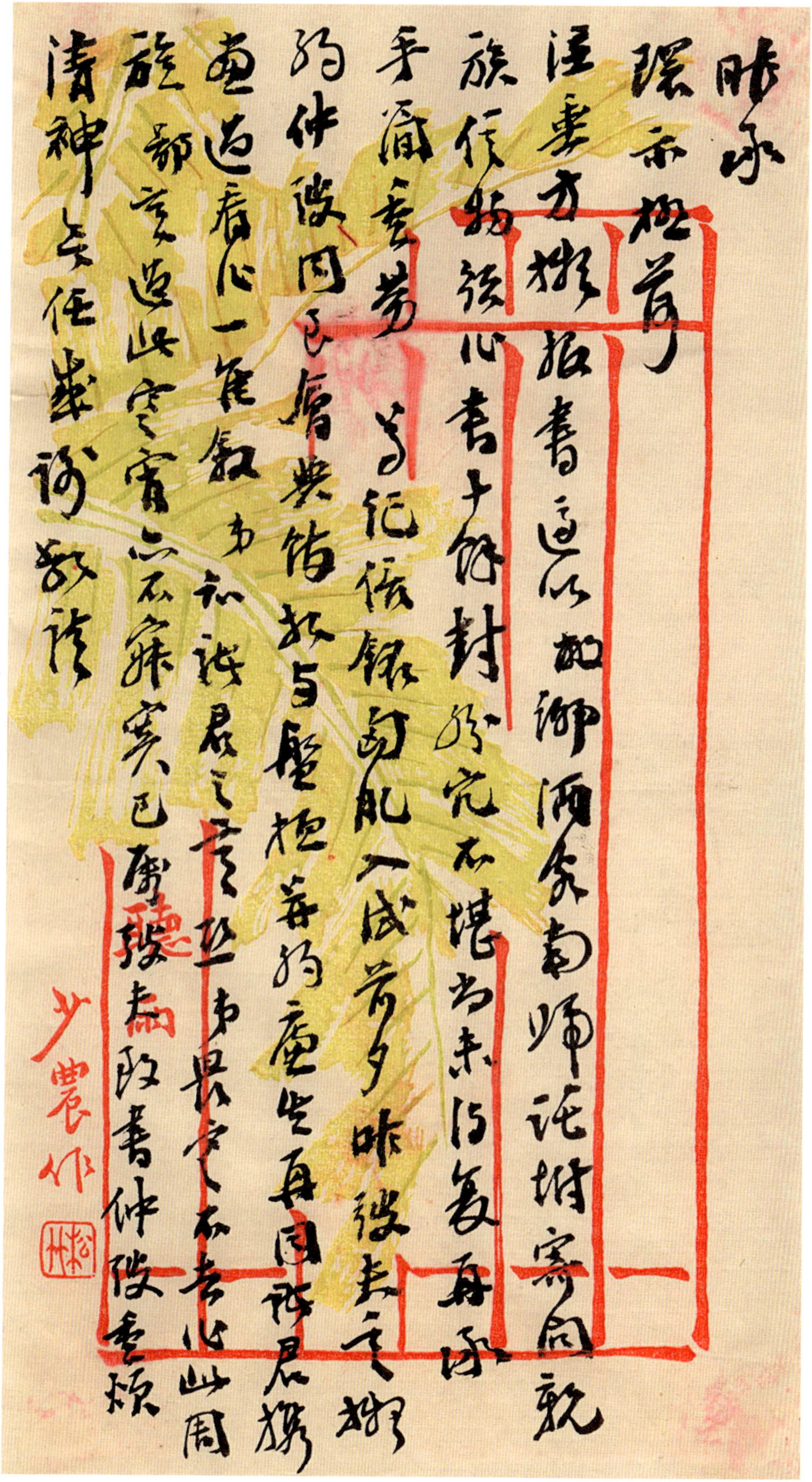

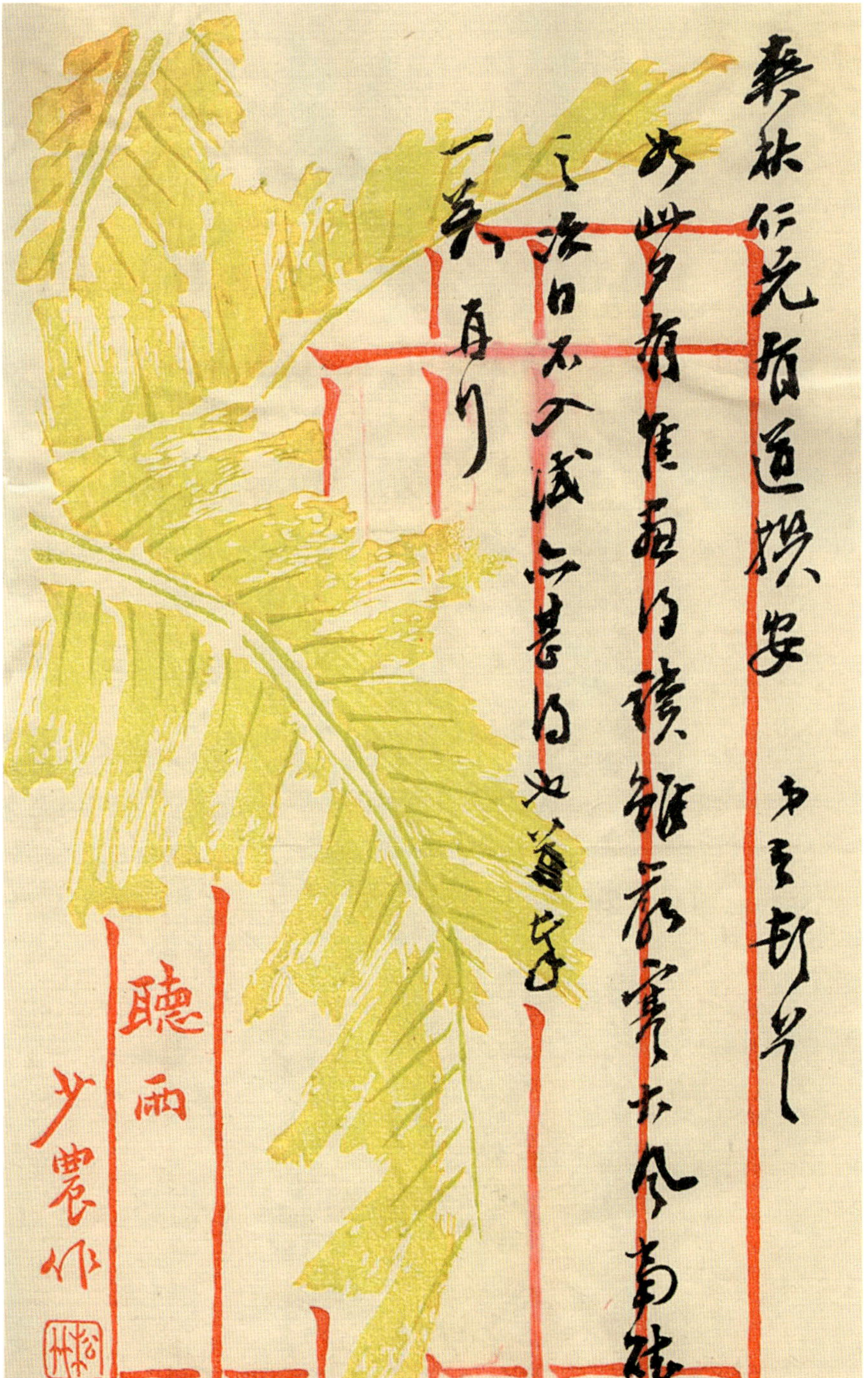
爽秋仁兄有道撰安　弟[illegible]頓首
此紙有蕉雨館讀錄最寶貴者今寄為詩箋
之深日不入識亦甚可以為笑
一笑　再行

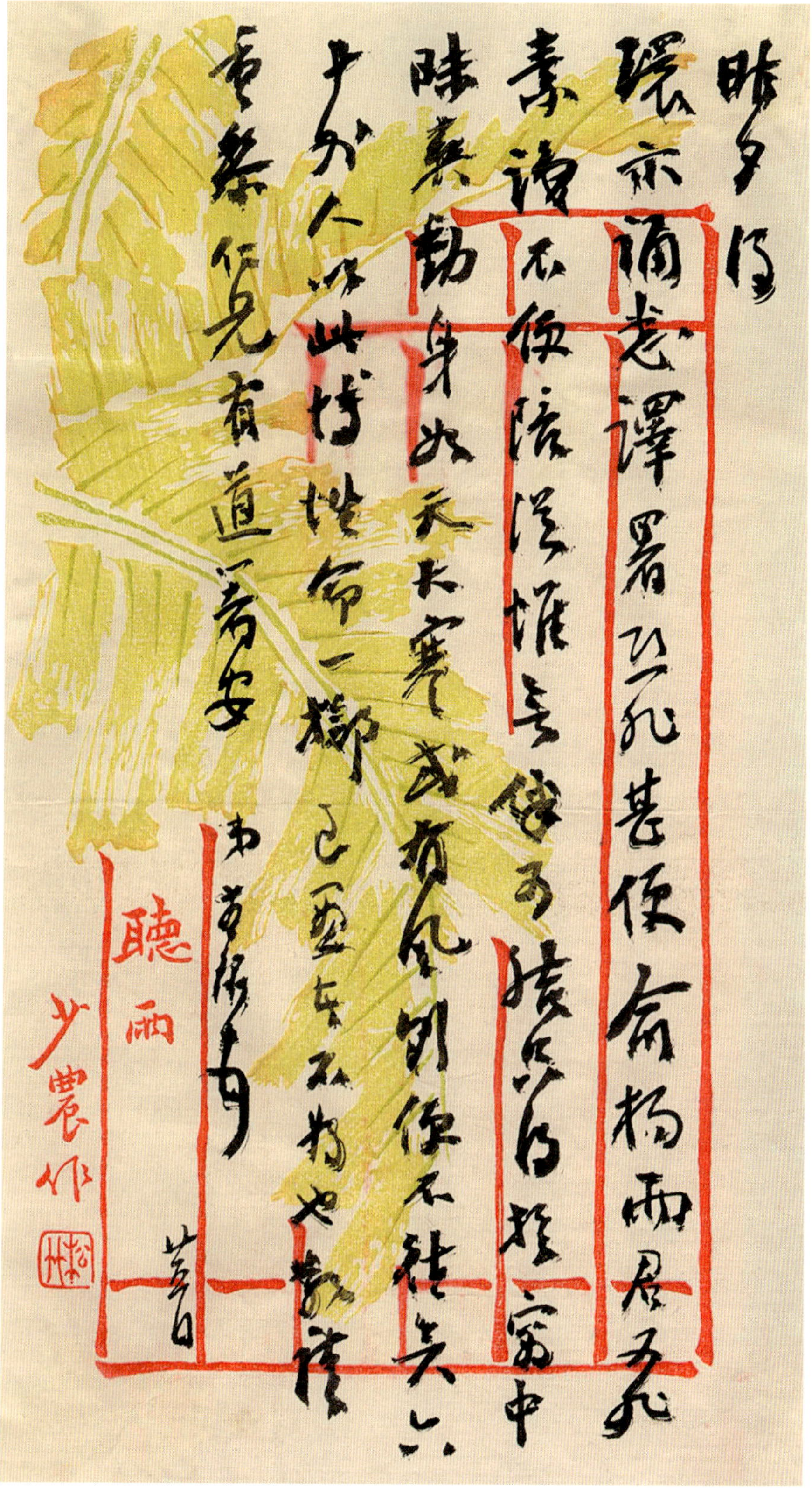
聽雨
少農作

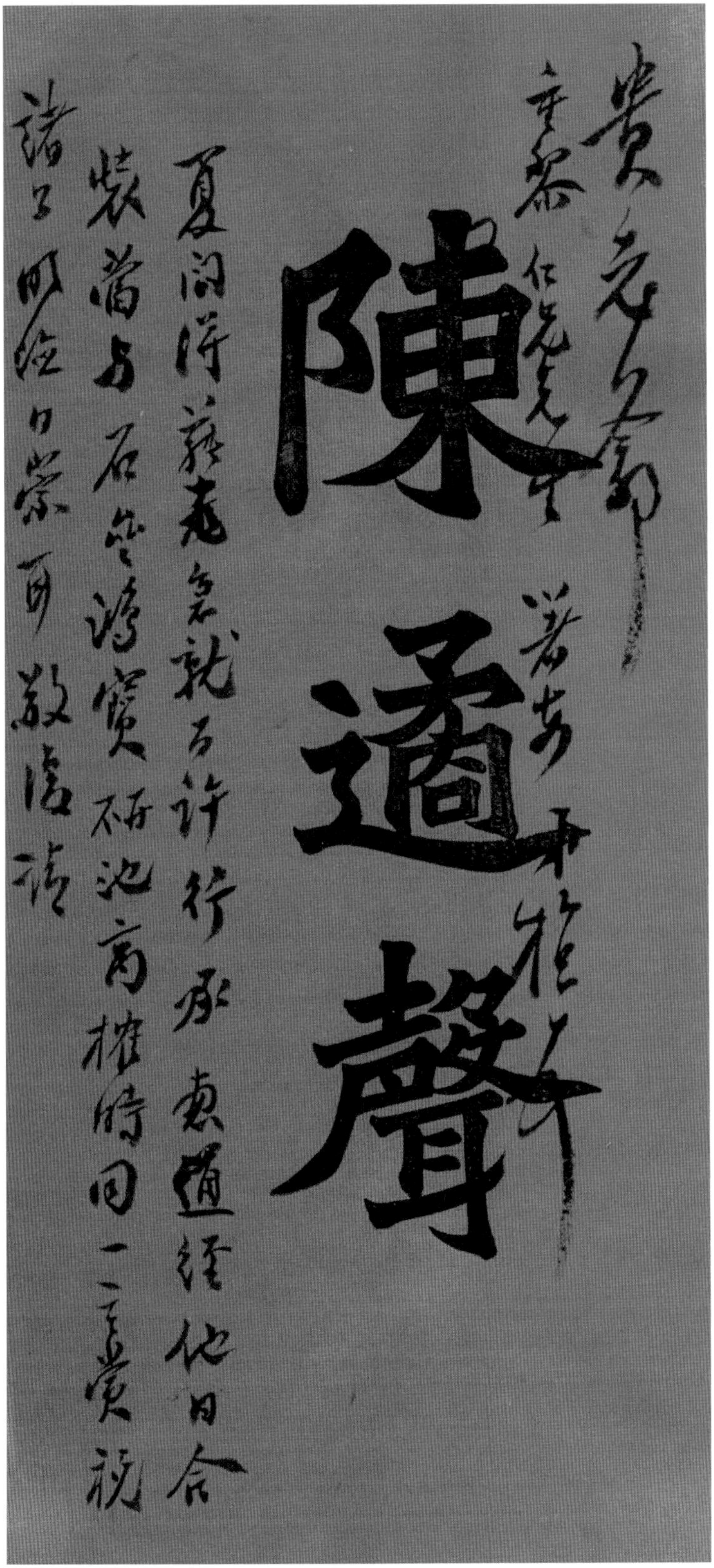
陳遹聲

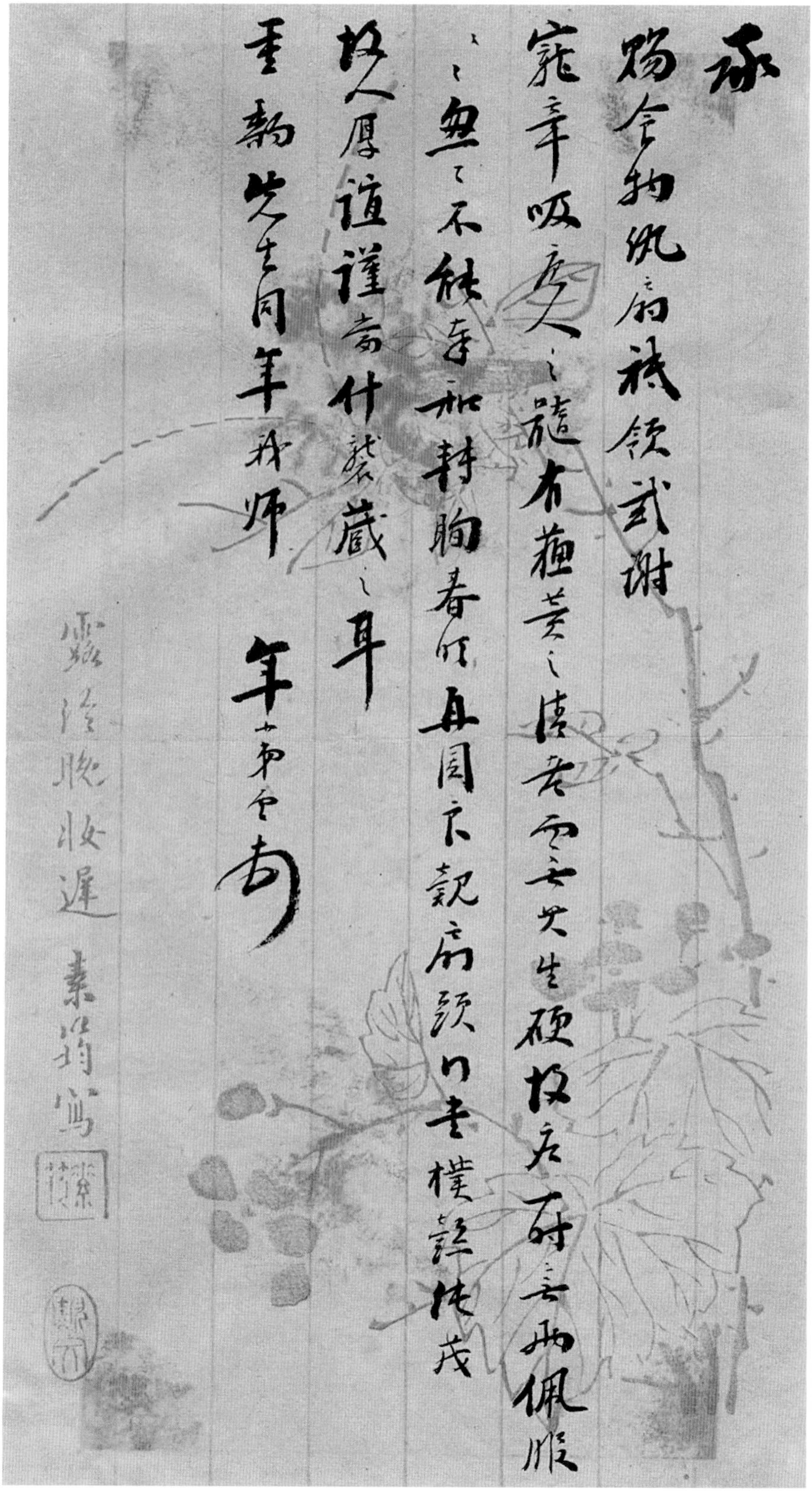
承
賜令郎紈扇，祇領感謝
寵章，吸庋之之讀，有蘊芸芸之讀老雪之先生硬投石研之兩佩服
之之無之不能奉和，對胸春所再同下款扇頭，門書樸語佳茂
故人厚誼，謹當什襲藏之耳
重勳先生同年我師　年十弟仝南

重黎先生座右：十四、二十兩上書，由津門信局寄去，亮
早蒙鑒。廿二日自上海寄到十月六日
惠緘，語重心長，讀之益滕感蕩。驟回首疾，益加
追之使然，亦何樂如斯。安易識非是，然心與夢
情形不同，上台有撤東西前調，不甚可以自主。去秋，

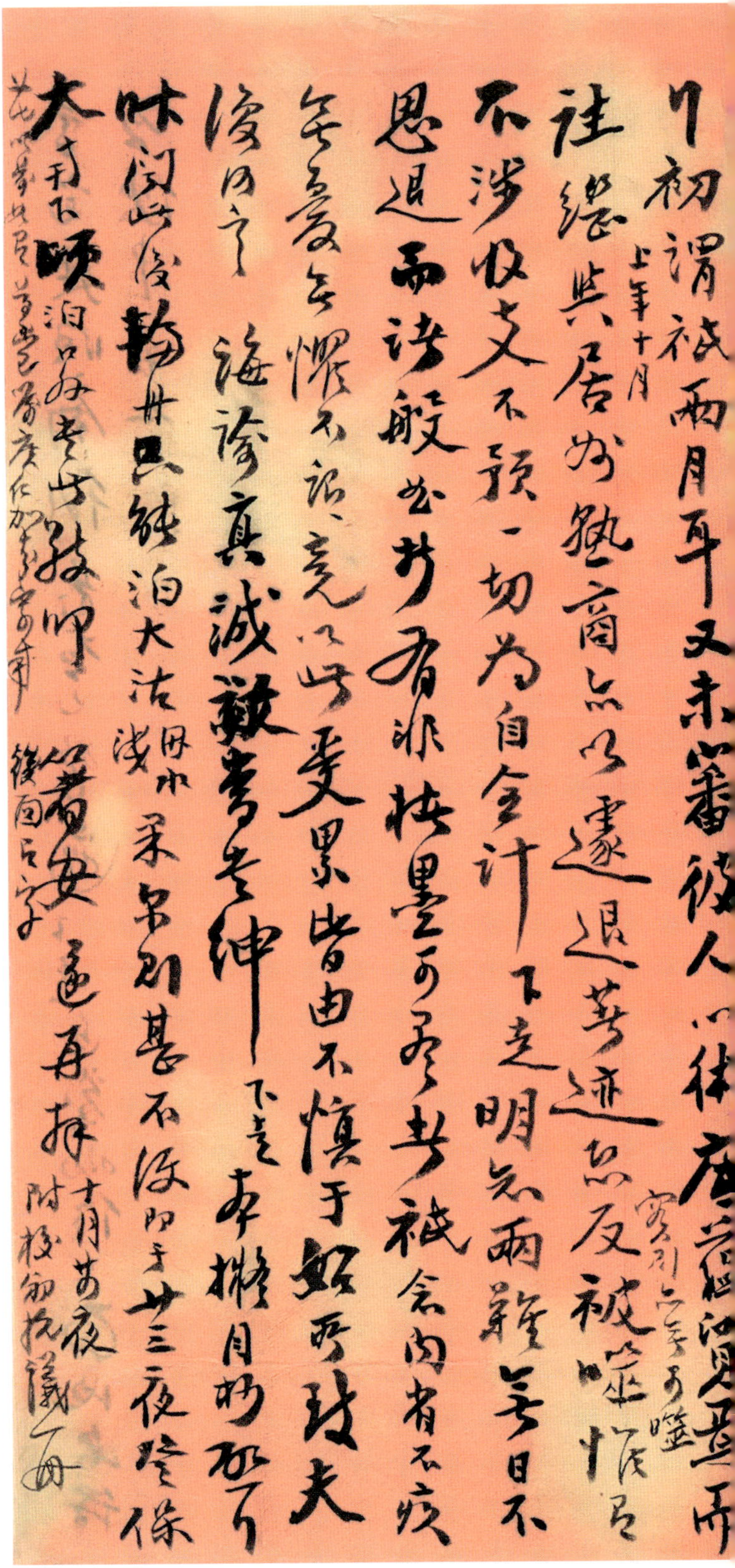

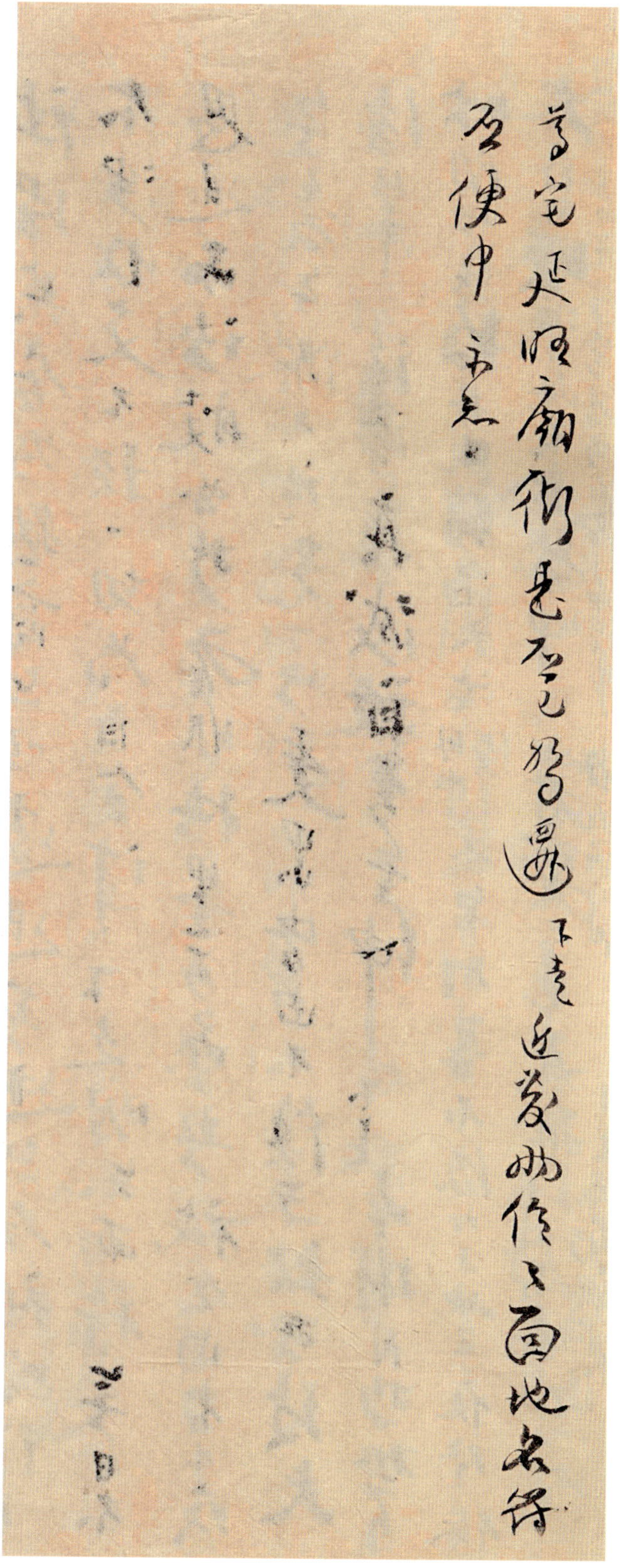

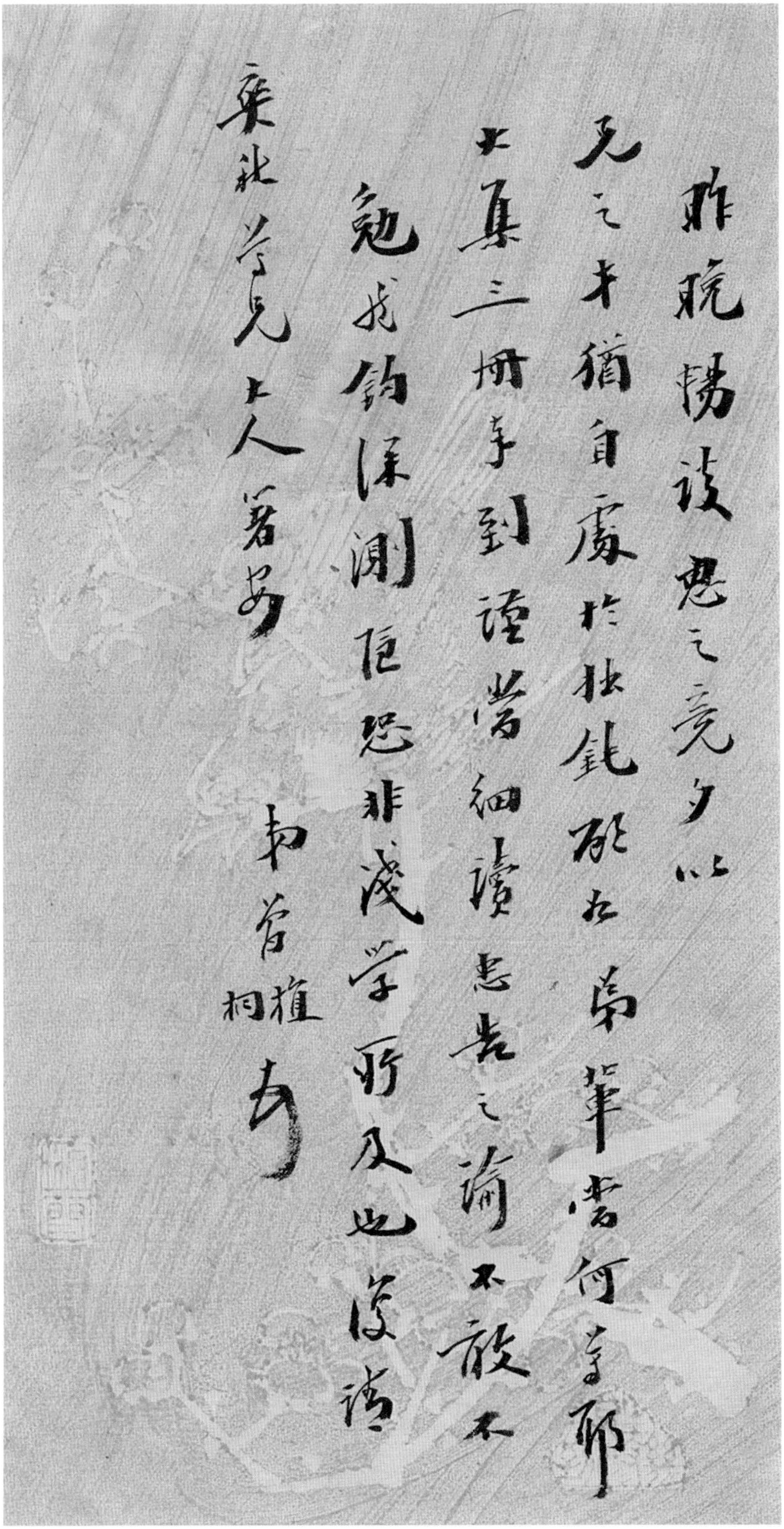
非琬揚詡思之亮，夕以
天之才猶自處於拙鈍，似此弟輩當何等耶？
大集三冊寄到，謹當細讀，悉遵之諭，不敢不
勉。我鈞深測，臣恐非淺學所及也。復請
秉兆兄大人著安
弟曾植頓首

手教敬悉。亦難所陳另
函一事，乃會典館
時館中之事，亦不
敢與聞也。亦亦並不
要圖此項書求
進呈時，將同治年間貴

黃上人

徐迪新

重黎先生
罢奏稿一層，究竟當時出擬其中有無看
示其大略可也。今日廣和居之局有
先生倘 光駕能到，則面商一切可矣。敬復

[illegible]

磎秋仁兄同年大人史席：前日暢聆

教言，爲快。蒙達備録一書在歷代小史、古今說海

兩叢書中，於彙刻書目中撿得，特奉上。

此兩種書尚有覓處否？乞互相訪察

爲幸。此上，敬請

著安。　弟潤庠頓首

十月望日

門下奉請衡過光霽虞人抄飲備已晚矣知
偕從採遊罷之獨之守於重陽後一日由此
幸約同座之人即以廿日於崇效寺餞之鐵香黃門
仲弢編修心畬仲弢編修年家子也
兄亮阿明泉侯似不必請諸泉天涯好人遠行藉此好
先日敘尚不負黃花節滿漢菊黃已徒素心蕙綠尚合
年兄據以投於手山水之思白月以後何日得轻齋何存餘款
白雲紅樹間雜之觀錄敷藥不泥似樂乎此上
麥秋仁兄有道 弟黃頓首
我東行乎張兄而及來葉生日外沈休需之不宜再作客也
九月一日

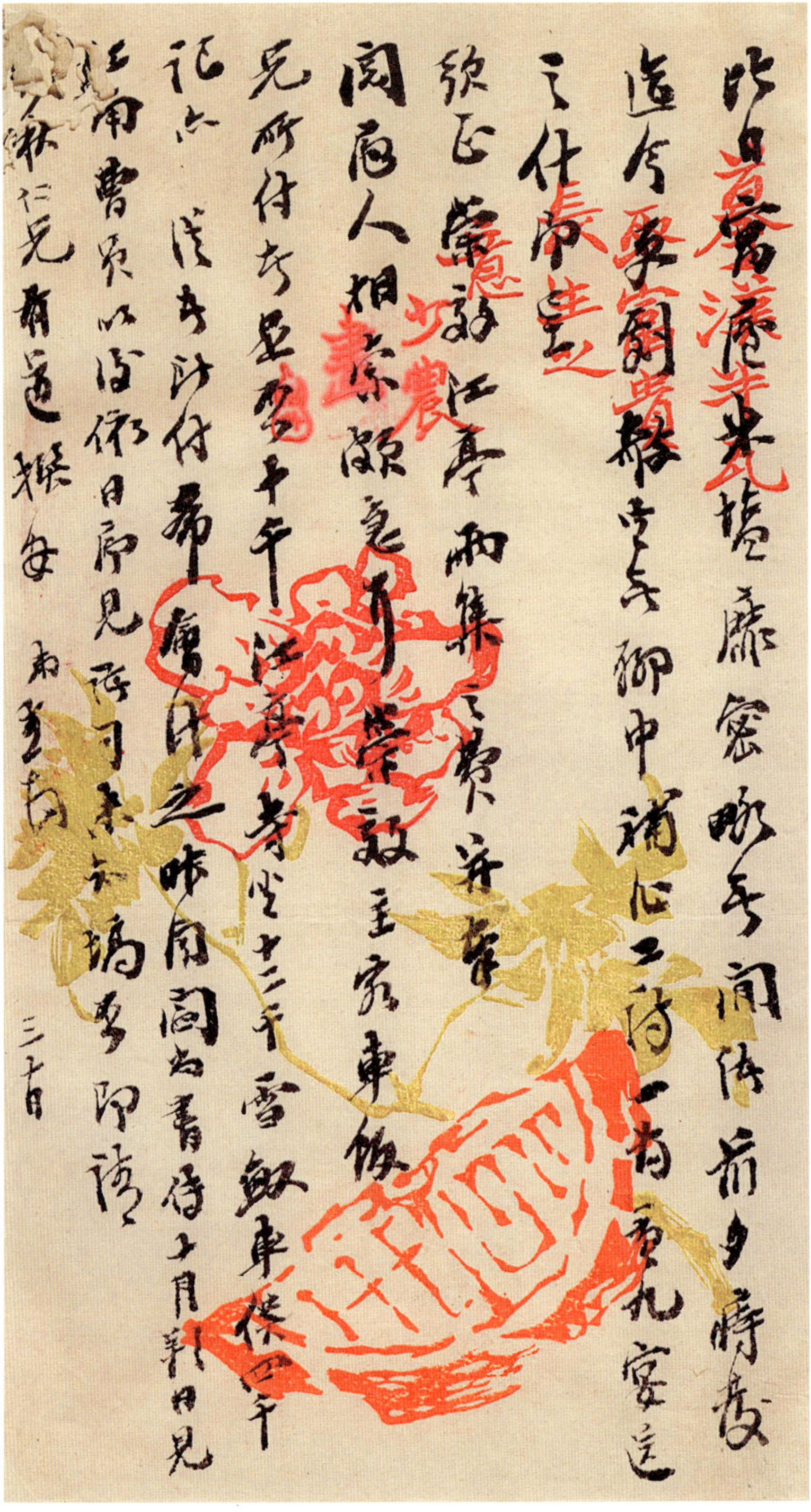

頃晤姪兒事，能設法免費。趙甌北詩云：神仙
一劫能逃過，又可憐游五百年；如不可逃，明日
稱臣一旦為帝。
狂駕過寓同談，返時有早晚一戲，蹺跛推有救
動者耳。知會中不亦少用涂家踈禱襖茶
華民
示悉為荷，即請
秋仁道兄夕安。弟松年頓首。十五日

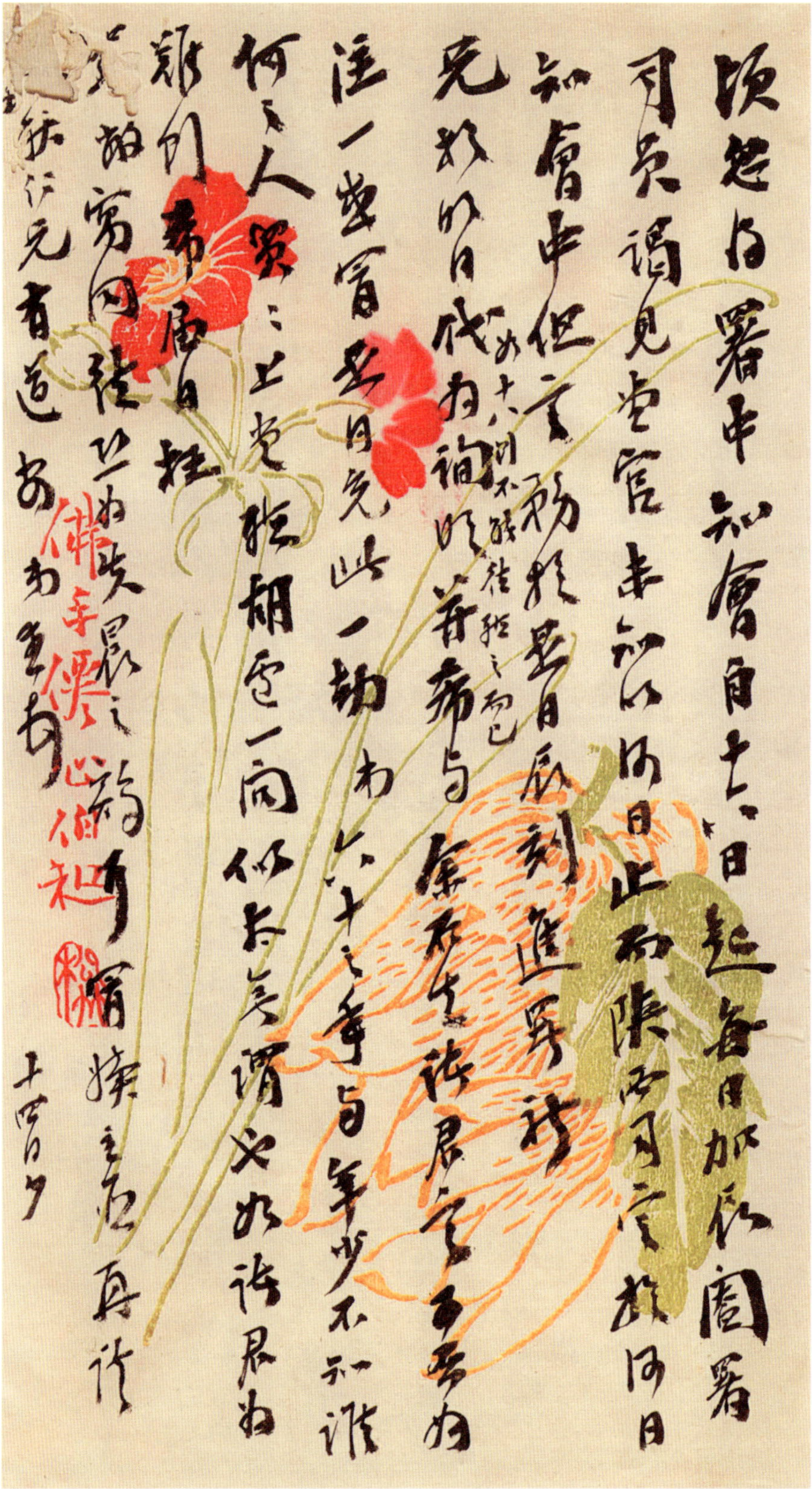

前奉寄　話别　蕭黯異常　歸途空

月生樓　益覺天涯万里　追念前游　人

悽然　一日百掌故寺　得有人心佛事

既白路　陪然座已　路書雪泥　蒙見示

康光甫翁再段　康來印　下題南宣

書之　復一閱　即陸

來秋仁兄有道　弟　頓首

十六日

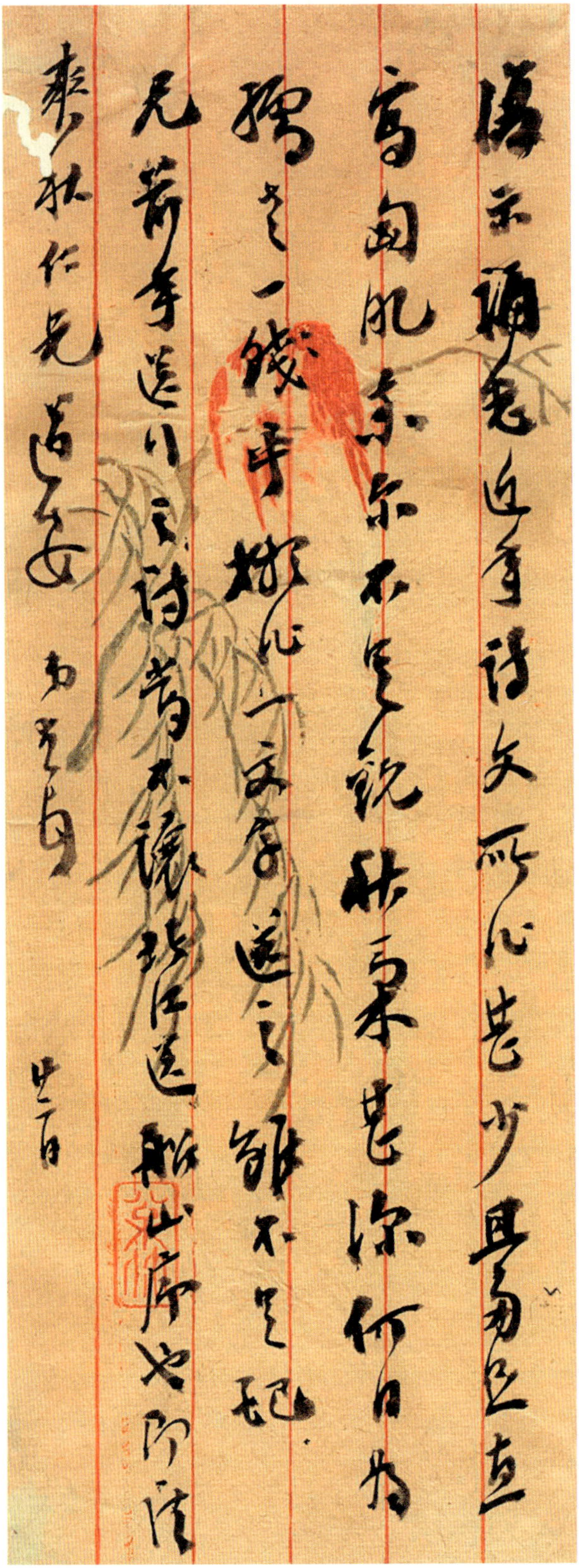

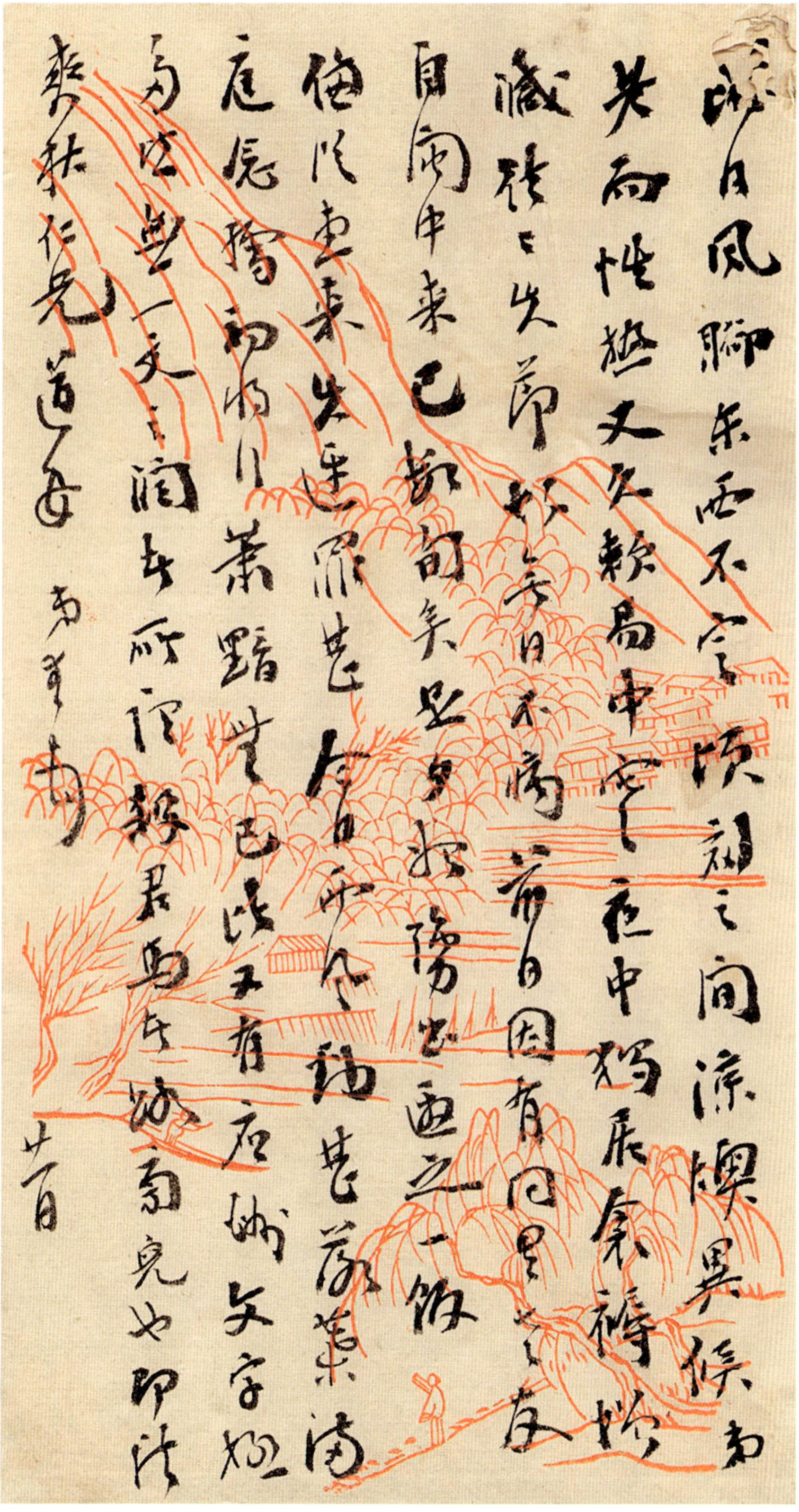

涼月風腳東西不定，頃刻之間，涼燠異候，而
炎而性懶又久，較局中，况夜中獨展氣褥披
懨懨失節，幾至日夜不寐。前日因有冗之存
自前年來已覺目昏，畏光懼陽，然近之一紙
倦後來尖[illegible]甚，今年尤甚，艱[illegible]蒲[illegible]
庭院揖而修竹蕭疏，恍若已成五省[illegible]城矣字幅
亦况無一文之潤，女所得轉是見在[illegible]兒也，即後
爽秋仁兄道長　弟[illegible]頓首　廿日

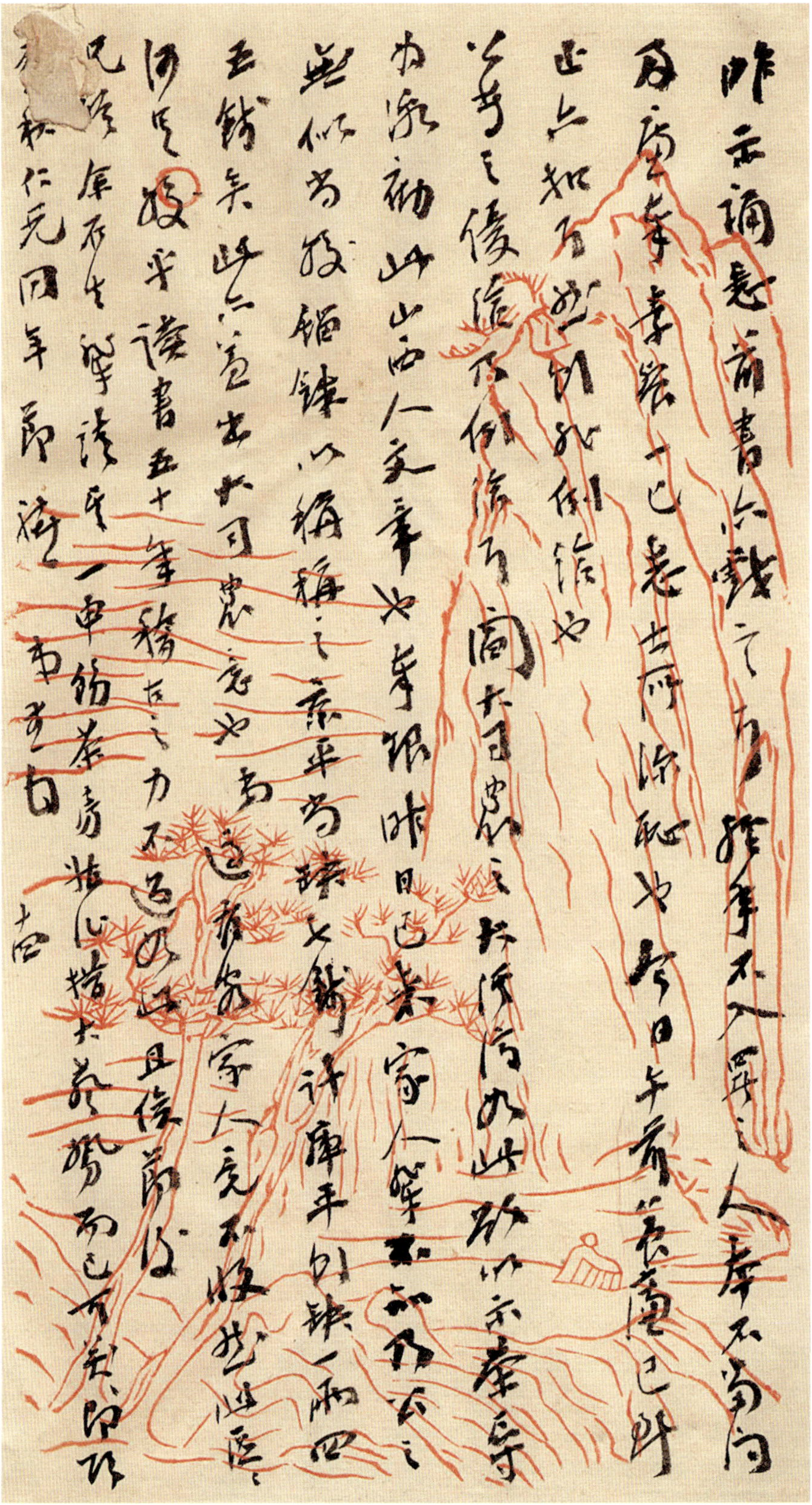

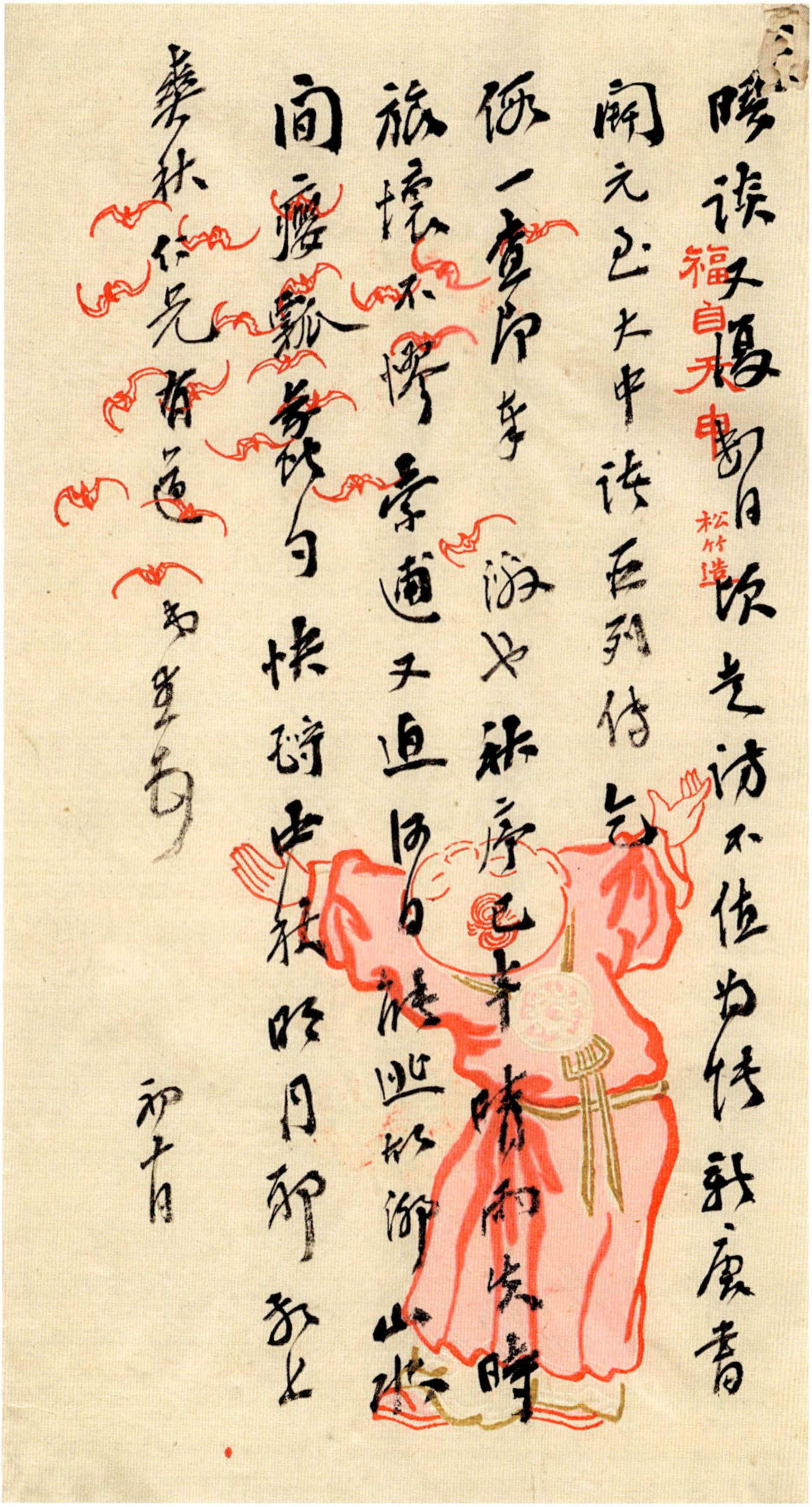

睽談又復數日，頃光訪不值，為悵。戢展書
閱元史大中諸臣列傳，乞
假一查，即奉繳也。秋序已半，晴和天時，
旅懷不懌，索遣子直何日，請赴郊卿山水，
面瞭縷縷，數句快聆，此報，昨月聊敘心。
黍秋仁兄有道　弟[illegible]頓首　初十日

福自天申
松竹造

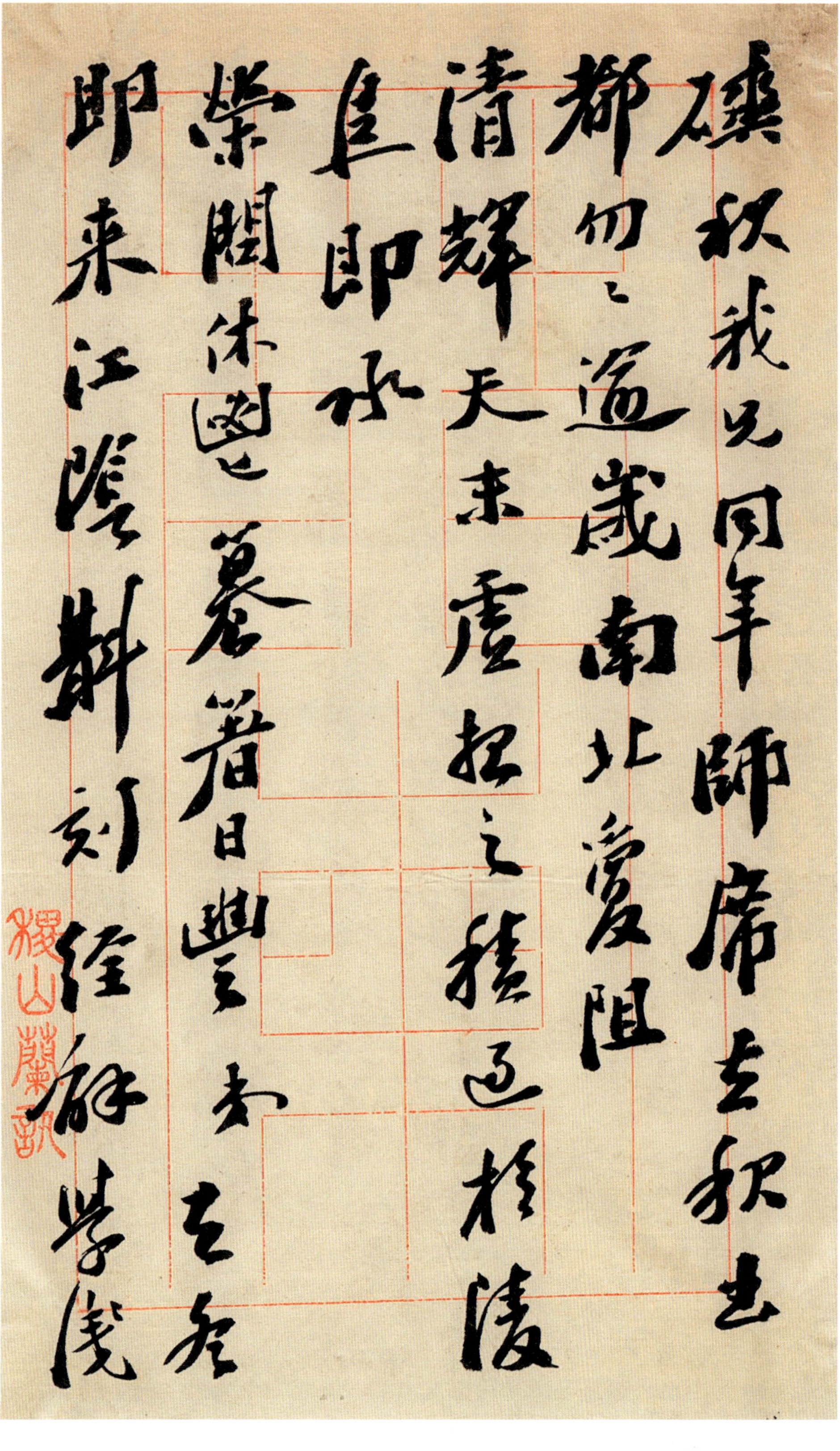

事既且無錄本，請撰改聯繫物

遍易見，別之書已得六百餘卷，目錄

匯為手定，與舊目多異，特寄塵一

册，其中尚足增減也。附呈拙書楊

君叢志叙，承

指謬。（若刊時以叢書目排，併入志後，殊遠古式。）手勒不盡，手一叙承

叢吉。年小弟沾宣頓首。閏月二十九日

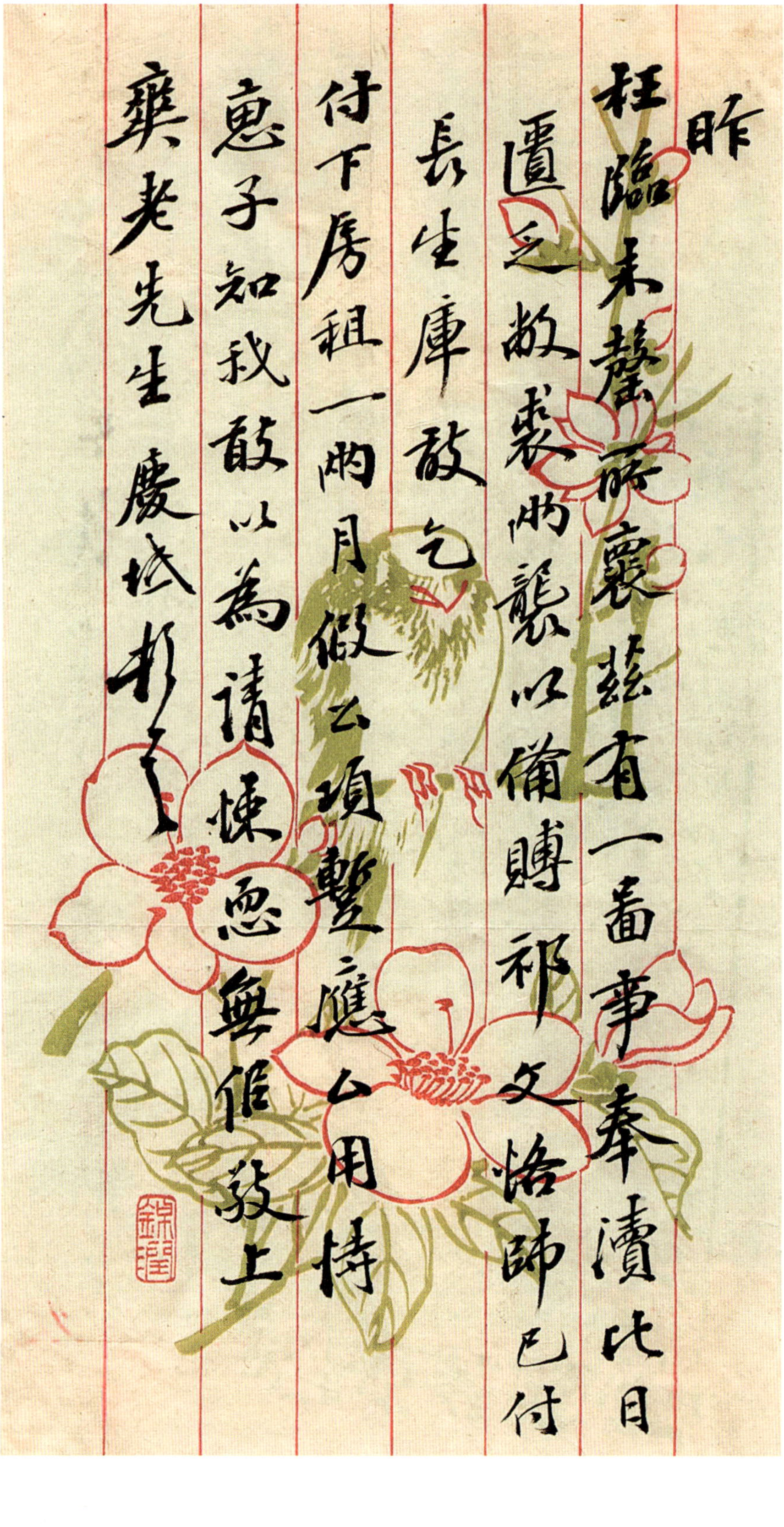
昨
枉臨未罄所懷兹有一畜事奉瀆比日
遺之數裘以備賻祁文洛師已付
長生庫敢乞
付下房租一兩月假公項暨應公用特
惠子知我敢以為請悚恧無似敬上
爽老先生 慶坻 頓首

硤秋仁兄同年大人閣下：閏月奉布一函，并寄奉邸氏

歸裝一款，計均入（已交手卿大年，告以轉寄）

察。敬維

籌祉增綏，為頌。俄兵歸巢，帕事須可安靜，然分

界之議，俄方不願，英亦無奈其勢，若雖湊泊一

涉，明夏敵必再出，殊無策以善其後也。洪侍郎

所印界圖，於帕密爾地址水道猶未詳確，現特別

繪一圖，彙俄英新本，据而合之，他日或備嘗可為

冰臬致鏡之助，英美使軺聊將更代，鑑起之席
目前有無推轂，便希
示及。前有四人，例餽一單，仍望湊
神分別照送。又前敬八十金，無已
哂收。弟倅遷光卿，但此席有鄭玉軒守補，去
者年已七十，逾有他故，致等助。敬請
台安。
年愚弟許景澄頓首 八月十九日
外單並銀，附信三封

公黎友弟同年先生左右：仲向
烏府儲胥，海內隱瞻風采，甚[illegible]日必有十思十（樵野星使在杭在滬相見甚[illegible]都近已述職都亭道出想）
漸之大文正此乃為之言且理少紊復
心年攪擾之，而要林亦近課綴而在文筆之外痛
夫區累[illegible]寵在懷，兄今年新自[illegible]惟之慮意遠
南度師鄂，[illegible]傳一電召往[illegible]書院講一席，修脯八
百金，此說即可祝[illegible]府[illegible]，薛介伯、劉叔甫、曾攄學
此時愧悵之已成疾，[illegible]江已館矣，若儀風之塵[illegible]作
冬[illegible]面目，思想言[illegible]有鬼[illegible]而耶　大沅　正二

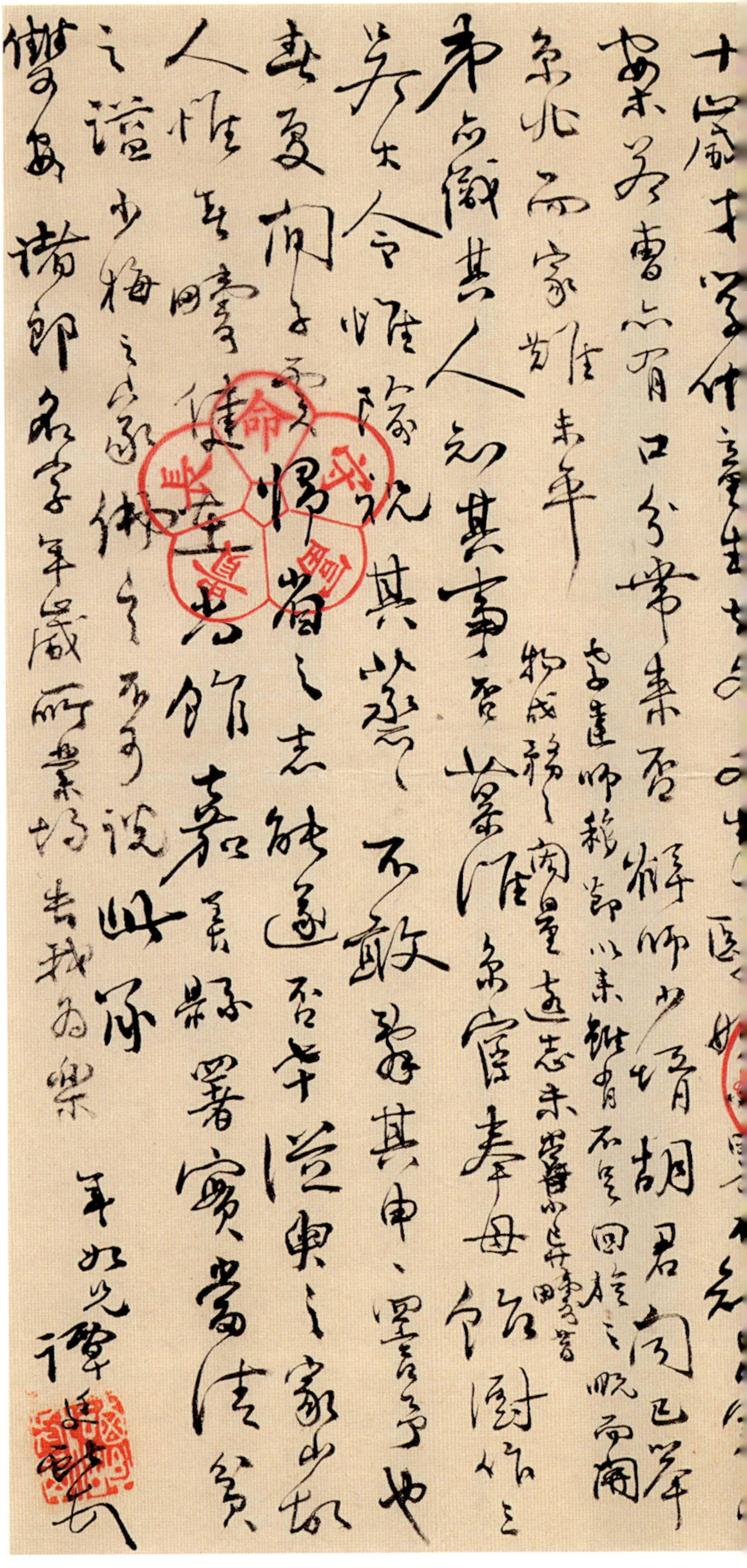

作者小傳（二）

寶　廷

（一八四〇—一八九〇），清宗室，初名寶賢，字竹坡，號難齋，晚年自號偶齋，隸滿洲鑲藍旗，鄭獻親王濟爾哈朗八世孫。同治七年進士，選庶吉士，授編修。官至禮部侍郎。陳言直論，與張佩綸、黄體芳、張之洞齊名，時稱『翰林四諫』。寶廷工詩，著有《偶齋詩草》内外集，另有《偶齋詞》《竹坡先生遺文》《長白先生奏議》《尚書持平》《庭聞憶略》等。

曹廷傑

（一八五〇—一九二六），字彝卿，湖北枝江人。同治十三年由廪貢生考取漢文謄録，供職國史館。光緒九年離開國史館，由吉林將軍派往三姓靖邊軍後路營中，辦理邊務文案。歷任山西和順縣知縣、崞縣知縣、呼蘭木税總局總理、五常廳同知、吉林知府、官運局會辦等職。在吉林三十年，留心邊務，曾周歷黑龍江流域進行全面實地勘查。著有《東三省輿地圖説》《西伯利亞東偏紀要》《東北邊防輯要》《伯利探路記》等。

陳　彝

（一八二六—一九〇〇），字六舟，號聽軒，齋名抱甕，江蘇儀徵人。以文學名於時。同治元年二甲第一名進士，改庶吉士，由翰林院編修補授湖廣道御史，有直聲。歷官湖南布政使、安徽巡撫、順天府尹、浙江學政、内閣學士。著有《奏議》四卷、《抱甕廬詩文存》各一卷、《談異》八卷、《家書》四卷等。

樊增祥

（一八四六—一九三一），原名樊嘉，又名樊增，字嘉父，號雲門、樊山，别署天琴居士、天琴老人等。湖北恩施人。同治六年舉人，光緒三年進士，選翰林院庶吉士，官陝西宜川知縣、長安知縣、渭南知縣、陝西布政使、江寧布政使等，民國初曾任參政院參政。師事張之洞、李慈銘等人。工詩古文辭，尤工於詩，詩集甚豐。有《樊山集》《樊山續集》《樊山公牘》《樊山時文》等。

馮　煦

見第一册。

顧　雲

（一八四五—一九〇六），字子鵬，號石公，别署江東顧五，室名深柳讀書堂，江蘇上元人。少遭寇亂，避地淮楚間。因生活動蕩，初頗好武事，年十八方折節讀書，借讀紫霄道院。同治八年入惜陰書院，師從薛時雨，頗得賞識。後又師從單之玠，深受愛護。光緒十四年應吉林將軍聘修通志。二十四年選荆谿訓導，三十一年調常州府學訓導。工古文詞，與秦際唐、鄧嘉緝、陳作霖、朱紹頤等合稱爲『石城七子』。著有《盋山詩録》《盋山文録》《缽山志》《遼陽聞見録》等。

黄國瑾

（一八四九—一八九一），字再同，先世湖南醴陵人，後遷居貴州貴築。其祖黄輔辰與其父黄彭年皆爲名宦。光緒元年舉人，次年成進士，改翰林院庶吉士，散館授編修，充本衙門撰文、國史館纂修、會典館總纂。以至孝聞，十四歲喪母，十八歲隨父侍祖疾，衣不解帶。光緒十六年其父病逝，卒於苫次，距見喪僅六日，李鴻章、張之洞等疏請史館編入孝友列傳。平生嗜學，亦究心時務，主講天津問津書院，創北海學堂，士林稱之。著有《夏小正集解》《段氏説文假借釋例》《離騷草木疏纂》《訓真書屋集》。

黄紹箕

（一八五四—一九〇八），字仲弢，號鮮庵，浙江瑞安人。黄體芳之子。光緒五年舉人，六年進士。授翰林院編修，歷任四川鄉試考官、武英殿纂修。後陞左春坊庶吉士，派任京師大學堂總辦、湖北提學使。光緒三十三年，率各省提學使赴日本考察學務，被日本『漢學統一會』推爲名譽會長。紹箕少承家學，雅負時名，博學能文，精於目録金石書畫之學，家富藏書，藏書處名『蓼綏閣』。著有《鄉土志例目》，編著《中國教育史》五卷，冒廣生輯録有《鮮庵遺稿》。

黄體芳

（一八三二—一八九九），字漱蘭，號蓴隱，别署瘦楠、東甌憨山老人，浙江瑞安人。同光時期清流派的代表人物之一。同治二年進士。曾任山東學政、翰林院侍讀、江蘇學政、内閣學士、兵部左侍郎、都察院左副都御史等職。光緒十七年以病乞休。任江蘇學政時創辦江陰南菁書院，退職後曾先後主講開封信陵書院和金陵文正書院，晚年參加强學會。撰有《漱蘭詩葺》《江南徵書文牘》《醉鄉瑣志》《憨山老人夢遊草》《錢虜爰書》，輯有《江左校士録》等。

黎庶昌

（一八三七—一八九六），字蒓齋，貴州遵義人。早期從鄭珍學習，講求經世之學。同治元年應詔上書論時政，朝廷降旨以知縣補用，交曾國藩江南大營差遣，隨營六年，深得信任。歷署吴江、青浦知縣等職。光緒二年隨郭嵩燾等出使歐洲，任參贊。光緒七年擢陞道員，兩次充任出使日本大臣。回國後曾任川東道員兼重慶海關監督。文章多經世之言，著有《西洋雜誌》八卷、《拙尊園叢稿》六卷等。出使日本期間，留心於中國失傳而流存日本的珍本舊籍，輯刊《古逸叢書》二十六種，刻印頗精。

李慈銘

（一八三〇—一八九四），初名模，字式侯，後更名慈銘，字炁伯，號蓴客，浙江會稽人。同治九年舉人，光緒六年進士，補户部江南司，後補山西道監察御史。晚清著名學者，勤於讀書，廣涉四部，著有《湖塘林館駢體文鈔》《白華絳跗閣詩初集》《杏花香雪齋詩二集》《霞川花隱詞》《桃花聖解盦樂府》等，所撰《越縵堂日記》及後人整理的《越縵堂讀書記》最爲有名。

李經田

生平不詳。

李文田

見第一册。

龍繼棟

（一八四五—一九〇〇），原名維棟，字松岑，一字松琴，號槐廬，廣西臨桂人。龍啓瑞子。同治元年舉人，曾官户部候補主事。因光緒庚辰雲南報銷案入獄，遣戍軍臺。後得贖回，主萬全縣講院、江寧尊經書院等。龍繼棟通小學，工詩詞，善篆隸，爲臨桂詞派重要成員。著有《槐廬詩學》《槐廬詞學》《俠女記》，纂有《（光緒）鹽城縣志》，與王鵬運唱和，有《王龍唱和詞》。

陸潤庠

（一八四一—一九一五），字雲灑，號鳳石，江蘇元和人。同治十三年狀元，授修撰。光緒初屢典試事，入直南書房，出督山東學政。歷官國子監祭酒、内閣學士、工部侍郎、工部尚書、吏部尚書、體仁閣大學士、東閣大學士等。工書法，通醫學。曾於蘇州創辦蘇綸紗廠和蘇經紗廠。辛亥革命後留於清宫，爲溥儀之師。

吕耀斗

（一八二八—一八九五），字庭芷，號定子，江蘇陽湖人。道光三十年進士，散館授翰林院編修，咸豐間與吴會甲等督辦團練。官至直隸天津道。曾與王晋之等人經營廣仁堂，督修畿輔水利。工畫墨蘭，兼能詞。著有《鶴緣詞》一卷。纂有《丹徒縣志》六十卷。

潘衍桐

（一八四一—一八九九），字峯庭，號嶧琴，廣東南海人。同治七年進士，授編修。光緒元年充國史館纂修。四年，母喪歸籍，主講於廣州越華書院。後歷任貴州鄉試主考官、國子監司業、浙江鄉試主考官、日講起注官、文淵閣校理。光緒十四年任浙江學政，補翰林院侍講學士、侍讀學士。十五年首倡纂輯《兩浙輶軒續録》，更擬采兩浙金石文，粗具厓略，未及成書，任滿旋乞歸。二十三年，與黎國廉等在廣州創辦《嶺學報》，並任主编。著有《朱子論語集注訓詁考》《兩浙輶軒續録》《靈隱書藏紀事》《兩浙校士録》《緝雅堂詩話》《爾雅正郭》《潘衍桐奏稿》等。

濮子潼

見第一册。

瞿鴻禨

（一八五〇—一九一八），字子玖，號止庵，晚號西巖老人，湖南善化人。同治十年進士，授編修。光緒元年擢爲侍講學士，出任河南鄉試主考官，光緒二年授河南學政，二十三年陞内閣學士。甲午戰後，得慈禧太后賞識，先後出任工部尚書、軍機大臣、政務大臣等。光緒三十四年參與策劃預備立憲。辛亥革命後遷居上海，袁世凱聘其爲參議員，堅辭不就。著有《超覽樓文存》《瞿文慎公文稿》等。

沈曾桐

（一八五三—一九二一），字子封，別署同叔、廣嚴老人，室名廣嚴精舍、醉六堂，浙江嘉興人。沈曾植之弟。光緒十二年進士，改庶吉士，授編修。纍官至廣東提學使，任上奏請以廣雅書局藏書爲基礎設立廣東圖書館。又署廣東布政使，宣統三年授雲南提法使，未赴任而歸。張之洞稱其『中學素優，兼通西學』。曾於光緒二十一年與其兄沈曾植共助康有爲創辦强學會，列名發起人之中。曾於官書局主報務。嗜好收藏，藏書甚豐。

沈曾植

見第一冊。

施補華

（一八三五—一八九〇），字均甫，號竹屋，浙江烏程人。同治九年舉人，『苕上七才子』之一。性沉默，人疑其驕，多不見重用。後任西北軍幕僚，官至知府。張曜巡撫山東時任道員，方欲薦拔，竟病亡。文詞簡潔，長於抒情，説理暢達。詩亦深秀。有《澤雅堂文集》《澤雅堂詩集》《澤雅堂詩二集》。

譚　獻

見第一冊。

陶濬宣

（一八四九—一九一五）（一作一八四六—一九一二），原名祖望，字文冲，號心雲，又號稷山、东湖，浙江会稽人。光緒二年舉人。工書法及人物畫。致力教育，曾任廣雅書院山長，創辦東湖通藝學堂。與李慈銘等有交往。有《通藝堂詩録》六卷、《稷山文存》二卷、《詩存》一卷、《雜文》一卷、《入剡記初稿》等。

鐵齡

（一八五一—一八九一），字希梅，一字西湄，號鐵庵，蘇完瓜爾佳氏，滿洲正黄旗人。襲二等輕車都尉。同治十二年舉人。能文，工書翰。官户部員外郎，著有《東園詩存》一卷，另有《鐵盦甲申日記》。

屠寄

（一八五六—一九二一），初名庾，後改名寄，字敬山，一作静山，又字歸甫，別字師虞，自號結一宧主人，晚更號无悶居士。江蘇武進人。光緒十一年舉人，十八年進士，館選爲翰林院庶吉士，散館授工部主事，後赴黑龍江，任黑龍江輿圖局總辦，實測黑龍江輿圖。歷任京師大學堂正教習、奉天大學堂總教習、浙江淳安縣知縣等。民國二年袁世凱任爲武進縣知事，辭不就，歸家專心著述。工詩古文辭，精研輿地之學，著有《蒙兀兒史記》《黑龍江輿圖説》《結一宧詩略》等，又編有《常州駢體文録》等。

王仁堪

（一八四九—一八九三），字可莊，福建閩侯人。光緒三年狀元，授翰林院修撰。光緒六年，督山西學政。歷典貴州、江南、廣東鄉試。十七年出爲江蘇鎮江知府，次年調蘇州知府，因病卒於任上。王仁堪爲官剛正直諫，屬於晚清『清流派』。曾諫止修建頤和園，反對崇厚所簽中俄條約，并妥善處置了『丹陽教案』。王仁堪的詩文，由其子收入《王蘇州遺書》中。善書法繪畫，楷書尤佳。書法名作有《千字文》《王可莊太府小楷習字帖》《慧光行實碑》等。

王頌蔚

（一八四八—一八九六），字芾卿，號嵩隱，江蘇長洲人。光緒六年進士，選庶吉士，改官户部，補軍機章京。纍官至湖廣司郎中、資政大夫。甲午戰敗後憂憤而亡。長於版本目録之學，兼擅金石考證，潘祖蔭、翁同龢等皆稱頌其才，與同郡葉昌熾友善。曾於方略館見殿板初印《明史》

殘本，多有前人考訂之簽，遂詳加搜考，成《明史考證攟逸》四十二卷。另著有《古書經眼録》《寫禮廎文集》《寫禮廎詩集》《寫禮廎讀碑記》等。

王先謙

（一八四二—一九一八），字益吾，學者稱葵園先生，湖南長沙人。同治三年舉人，四年進士，改庶吉士，授編修，曾任司經局洗馬、翰林院侍講、國子監祭酒等職，光緒十一年任江蘇學政。曾執掌思賢講舍、城南書院、嶽麓書院等。清末民初著名學者。著述豐碩，撰有《尚書孔傳參正》《三家詩義集疏》《漢書補注》《後漢書補注》《新舊唐書合注》《虛受堂文集》《虛受堂詩集》等，編有《東華録》《皇清經解續編》《南菁書院叢書》等。

王懿榮

（一八四五—一九〇〇），字正孺，一字廉生，又作蓮生，山東福山人。光緒六年進士，選庶吉士，授編修，詳練經世之務，屢上書言事。光緒二十一年入直南書房，署國子監祭酒，以甲午戰事之故請歸練鄉團，和議成，還都，特旨補祭酒，後遭母憂，又起故官，先後三爲國子監祭酒。光緒二十六年授團練大臣，是年八月八國聯軍攻入北京，王懿榮與妻謝氏、兒媳張氏投井以殉。謚文敏。《清史稿》有傳。王懿榮泛涉書史，嗜金石，有《南北朝石刻記》八卷、《漢石存目》一卷、《福山金石志殘稿》一卷等。

翁同龢

（一八三〇—一九〇四），字叔平，一字瓶生，晚號松禪、瓶庵居士，江蘇常熟人。咸豐六年進士，歷任陝西學政、户部侍郎、都察院左都御史，刑部、工部、户部尚書，以及軍機大臣兼總理各國事務衙門大臣等職。『戊戌政變』後，罷官歸里，卒於光緒三十四年。宣統元年詔復原官，追謚文恭。書法自成一家，爲世所重。著有《瓶廬詩鈔》《瓶廬文鈔》《瓶盧詞鈔》等。

吴大澂

（一八三五—一九〇二），字清卿，號恒軒、白雲山樵、愙齋等，江蘇吴縣人。同治六年進士，授編修，出爲陜甘學政。光緒四年授河北道。六年，詔給三品卿銜，隨吉林將軍銘安辦理西北邊防。十年，遷左副都御史。十二年，擢廣東巡撫。十八年，授湖南巡撫。二十一年，出關與日本交戰以圖收復海城，兵敗革職。平生致力於金石古器物研究，爲清代著名金石考古學家。亦工篆刻書畫。著有《説文古籀補》《字説》《吉林勘界記》《權衡度量實驗考》等。輯有《愙齋集古録》《古玉圖考》《恒軒所見所藏吉金録》《毛公鼎釋文》《續百家姓印譜》等。

吴慶坻

見第一册。

徐用儀

（一八二六—一九〇〇），字筱雲，浙江海鹽人。由副貢生入貲爲主事，官刑部。同治初年，官軍機章京，兼直總理各國事務衙門。纍遷鴻臚寺少卿。丁憂歸。光緒三年，任太僕寺少卿，遷大理寺卿，仍直軍機。後擢工部侍郎，充總理衙門大臣，歷任兵部、吏部侍郎，軍機大臣。二十年，加太子少保。時外事紛擾，因與主戰派翁同龢逆，被逐出朝廷，解除官職。二十四年復原職。二十六年義和團起，徐用儀認爲國庫空虚，萬不可一戰，與主戰派載漪等忤，被目之以奸邪，是年七月被處決。十二月平反昭雪，官復原職。宣統三年，追謚忠愍。著有《海鹽縣志》《竹隱盧時文》等。

許景澄

（一八四五—一九〇〇），原名癸身，字竹篔，浙江嘉興人。同治七年進士，授編修。光緒六年，詔使日本，丁父憂未行。服闋，補侍講。十年，充出使法德意和奥五國大臣，兼攝比國使務。歷任翰林院侍讀、出使俄德奥和四國大臣、禮部侍郎、内閣學士、工部侍郎、德國使臣、總理各國事務大臣兼禮部侍郎、大學堂總教習、管學大臣等職。後因反對圍攻外國使館忤太后，以離間罪處死。宣統元年追謚『文肅』。著有《帕米爾圖説》《外國師船圖表》《許文肅公遺稿》《許竹篔先生出使函稿》，編譯《光緒勘定西北边界俄文譯汉圖》《西北邊界圖地名譯漢考證》等。

薛時雨

見第一册。

楊宜治

（約一八四五—一八九八），字虞裳，四川成都人。同治六年舉人，十三年考取内閣中書。光緒十年補總理各國事務衙門章京，十八年補刑部河南司郎中，後陞太常寺少卿。曾隨廣西勘界事務大臣鄧承修前往中越邊境勘界，著有《交軺隨筆》載其事。

葉昌熾

（一八四九—一九一七），字鞠裳，一字頌魯，晚號緣督廬主人，室名有碩果堂、五百經幢館、緣督廬、仁頻館等，江蘇元和人。光緒十五年進士，選庶吉士，授編修，纍遷至侍講，督甘肅學政。著有《藏書紀事詩》六卷、《語石》十卷、《邠州大佛寺題刻考》二卷、《寒山寺志》三卷等。藏書甚豐，並抄校大量文獻，編有《緣督廬書目》。

余聯沅

生年不詳，卒於光緒二十七年（一九〇一），字搢珊，湖北孝感人。同治元年舉人，七年由内閣中書充軍機章京。光緒三年進士，榜眼及第，授編修，充國史館協修，光緒十四年補授河南道御史，充順天鄉試同考官。光緒二十五年任蘇松太道，纍遷至湖南布政使，署浙江巡撫。

袁　遂

字敬孫，號培俊，江蘇吴縣人。光緒十四年任滄州知州。著有《永慕堂葬法》一卷，輯有《柔遠全書》八種。

曾紀澤

（一八三九—一八九〇），字劼剛，湖南湘鄉人。曾國藩子。以蔭補户部員外郎。光緒四年充出使英法大臣，補太常寺少卿，轉大理寺。光緒六年，兼任使俄大臣，與俄議定西北邊界。七年，遷宗人府府丞、左副都御史。十年，晋兵部侍郎，與英人議定關税。十一年，還朝，轉入總理各國事務衙門，調户部兼署刑部吏部各侍郎。十六年卒，加太子少保。謚惠敏。有《歸樸齋詩抄》。

張　謇

（一八五三—一九二六），字季直，號嗇庵，生於江蘇海門，祖籍江蘇常熟。曾爲吴長慶幕僚。光緒二十年狀元，授翰林院修撰。光緒二十二年經張之洞奏請，總辦通州商務局，並創辦大生紗廠。張謇主張實業救國，又創辦有通海牧墾公司、廣生油廠、復新麵粉廠、資生冶煉廠、大達輪船公司等等。張謇也致力於教育，創辦有通州師範、女子師範等多所學校。辛亥革命後南京臨時政府任命其爲實業總長，未就職。民国二年任北洋政府農林、工商總長，四年以不滿袁世凱行徑辭職南歸，餘生仍致力於實業及教育。著有《嗇翁自訂年譜》《張季子九録》等。

張　權

（一八六二—一九三〇），字君立，號聖可，直隸南皮人。清末重臣張之洞長子。光緒二十四年進士。曾任户部主事、禮部郎中、外務部丞參上行走等職，張之洞歿後，恩授四品京堂。辛亥後杜門謝客，不問世事。精訓詁，工篆法，好道家言，習黄庭内景之術。著有《可園詩鈔》《可園詞鈔》，其妻劉文嘉亦能詩，後人輯有《可園徵君夫婦遺稿》，均以抄本流傳。

張蔭桓

（一八三七—一九〇〇），字皓巒，號樵野，廣東南海人。張蔭桓以幕僚起家，後納資爲知縣，幾經陞遷至道員。曾任山東登萊青兵備道道臺兼任東海關監督、安徽徽寧池太廣道、按察使、總理各國事務衙門學習行走、駐美國、日斯巴彌亞（西班牙）、秘魯三國公使，纍遷至户部侍郎。曾參與中日甲午戰争談判，協助李鴻章與俄國簽訂《旅大租地條約》等。戊戌政變後遭彈劾革職，流戍新疆。光緒二十六年（一九〇〇）在新疆被殺。著有《三洲日記》《英軺日記》《鐵畫樓詩文鈔》等。

朱福詵

（一八四一—一九一九），字叔基，號桂卿，浙江海鹽人。家貧，以教書爲生，後以拔貢入仕。光緒六年進士，授編修。歷官侍講學士、會試同考官、資政大夫、河南學政、貴州學政等職。曾上保全蘇浙鐵路、拒絶鐵路借款等奏摺。辛亥革命後，曾在徐世昌處任總統顧問。朱福詵於經學、醫學、佛學具有較深造詣。著作有《論學述聞》《復安室詩文集》《醫學論述》等，刻書有《無盡一門深入念佛四大要訣》等。

朱一新

（一八四六—一八九四），字鼎甫，號蓉生，浙江義烏人。同治九年舉人，光緒二年進士，授編修。十一年典湖北鄉試，後轉監察御史。同李鴻章巡閲海口，數上書陳海防策，語至切要，因辭及李蓮英見黜。肄業於詁經精舍，博覽群書，与施補華、王詒壽、馮一梅、吴慶坻、吴承志、袁昶等咸有聲於時。曾主講端溪書院、廣雅書院。著有《無邪堂答問》《三省内外蒙古地圖考證》《漢書管見》《佩弦齋文存》《佩弦齋詩存》等。

左紹佐

（一八四六—一九二八），字季雲，號笏卿，别號竹笏生，湖北應山人。光緒六年進士，授翰林院庶吉士。歷任刑部主事、員外郎、郎中，都察院給事中，軍機章京，監察御史，廣東雷瓊道。爲官直言敢諫。光緒十三年，主講經心書院，編有《經心書院集》四卷。另著有《藴真堂集》《延齡秘録》《竹笏齋詞鈔》《竹笏日記》等。

國家出版基金項目
NATIONAL PUBLICATION FOUNDATION

國家圖書館藏未刊稿叢書

主編　劉玉才　陳紅彦

書札編

袁昶友朋書札（三）

（清）袁昶　輯
謝冬榮等　整理

鳳凰出版社

目録

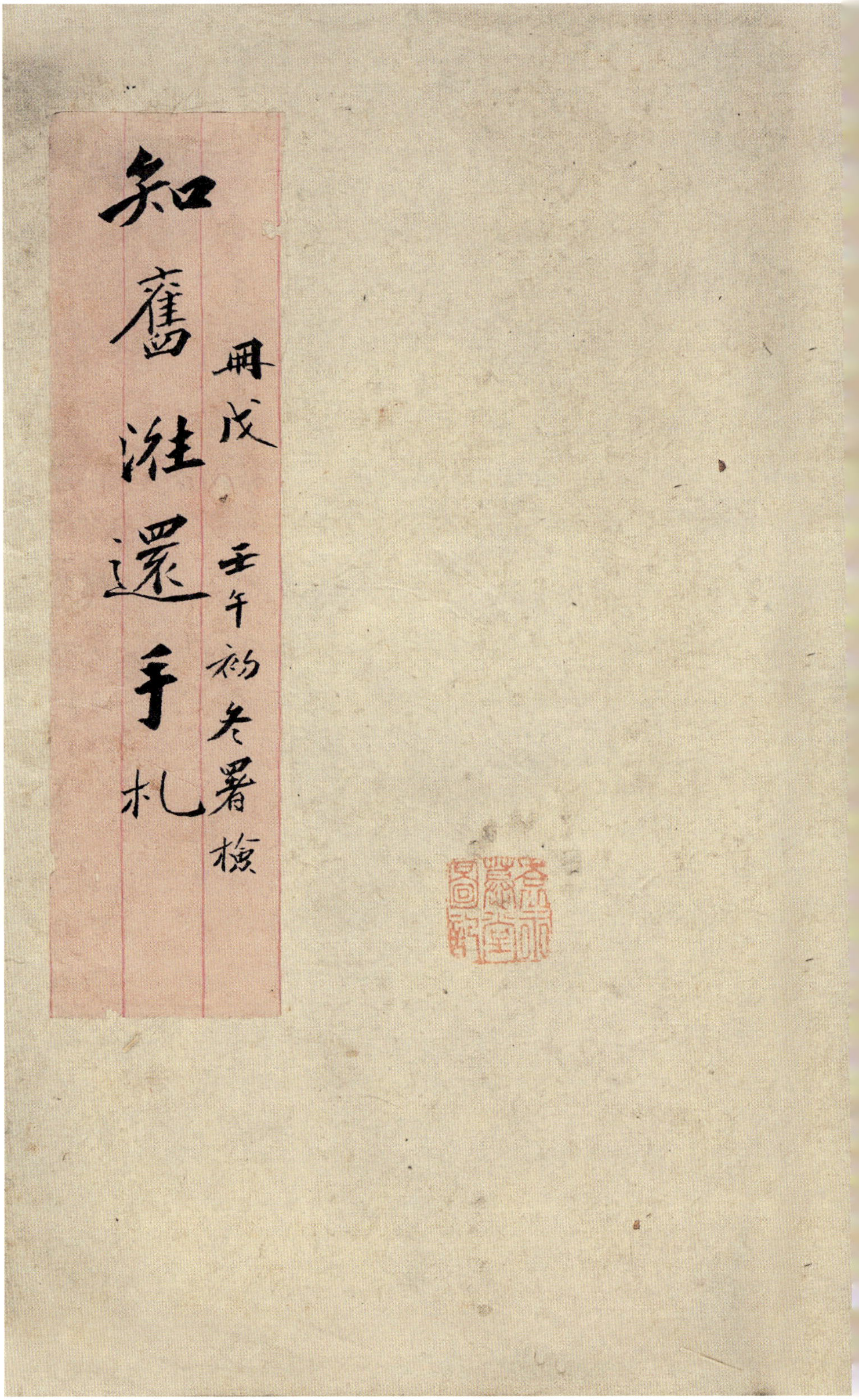
知舊往還手札
戊冊
壬午初冬署檢

夜不成寐抬續
大作極佳，星日奉酬印請
重黎先生政正
叢君三歲生三子，犀角更瑩秀頡節，解取印文徵
貴相，戲陳俎豆稱儒家，何來柳轂強名留，只合棕櫚自
貽華他日笑。翁好詩句，瓊瑤作報太相誇。
弟孝呈草
懿文

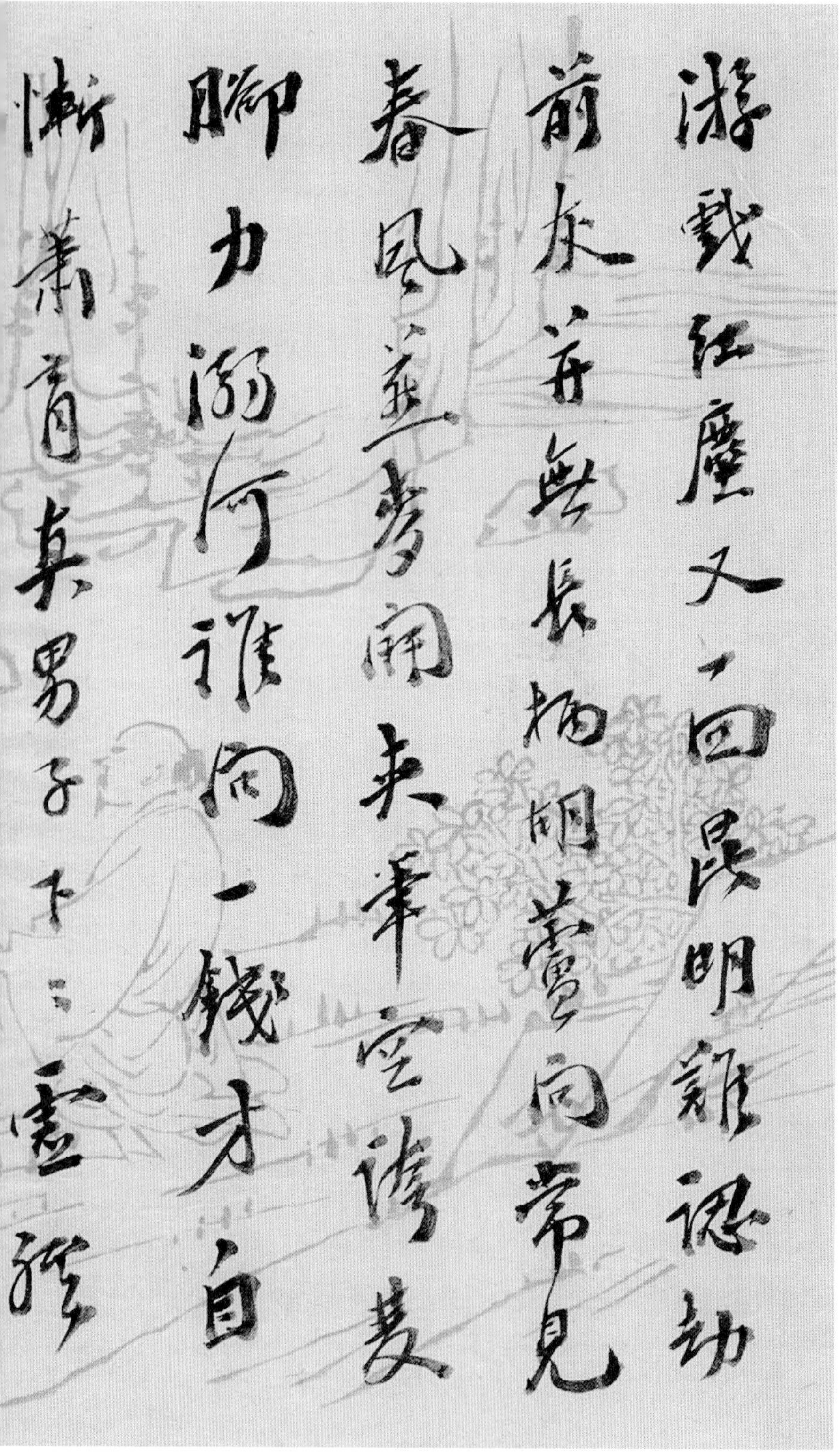

游戲紅塵又、回昆明難認劫
前灰、茫無長物胡蘆向常見
春風、送夢閑來華空誇夢
腳力難何誰問一錢才、自
慚蕭背真男子下下盡殘

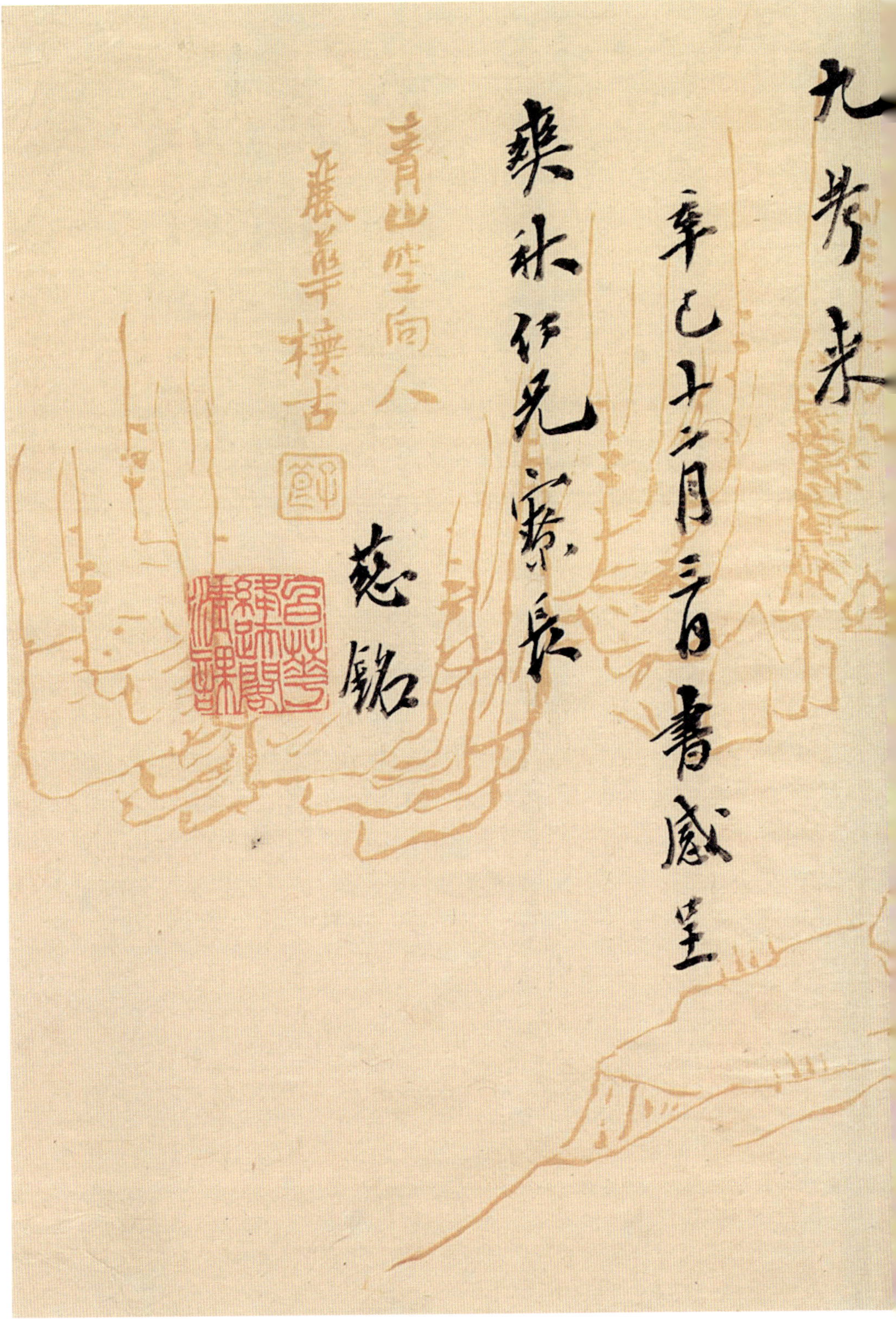

九考來

辛巳十二月三日書感呈

爽秋仁兄察長

慈銘

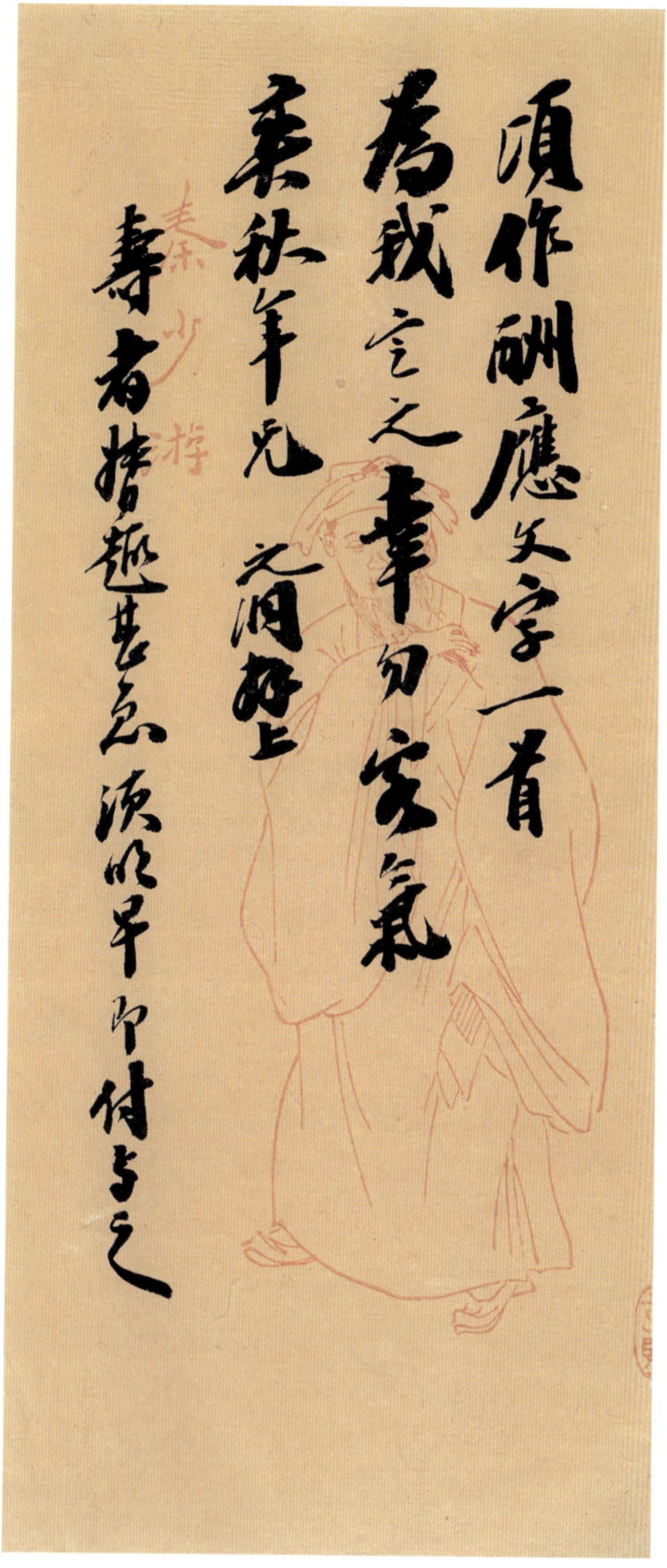

須作酬應文字一首
爲我完之章句字氣
來秋年兄之潤飾上
壽者精趣甚急須明早即付與之

賜寄[illegible]與深緻手書富厚情之情皆讀之於不能已
既定時某自顧菲薄何以得此故之乎獨永爲寶貴矣存歸
[illegible]安能如
先生所言於居藏之不願解
先生手書世用以不足顧計及此惟園事之防時取
平旦則明哲煌之識當留之表者也送去獨之附之得
大作以便常之覽之不但東坡所云爲老人先難也存叩頭上
爽秋先生座右不宣

磢秋仁兄同年大人史席頃由史兄交到
大誄於　先慈一生苦心艱遇極盡褒揚光麗星辰詞闡金石
鴻製垂之不朽
恩德被於歿存自顧何人叨斯榮幸臨風伏讀感極涕零肅謝敬叩
著安餘惟　俯鑒
棘人先謙稽顙

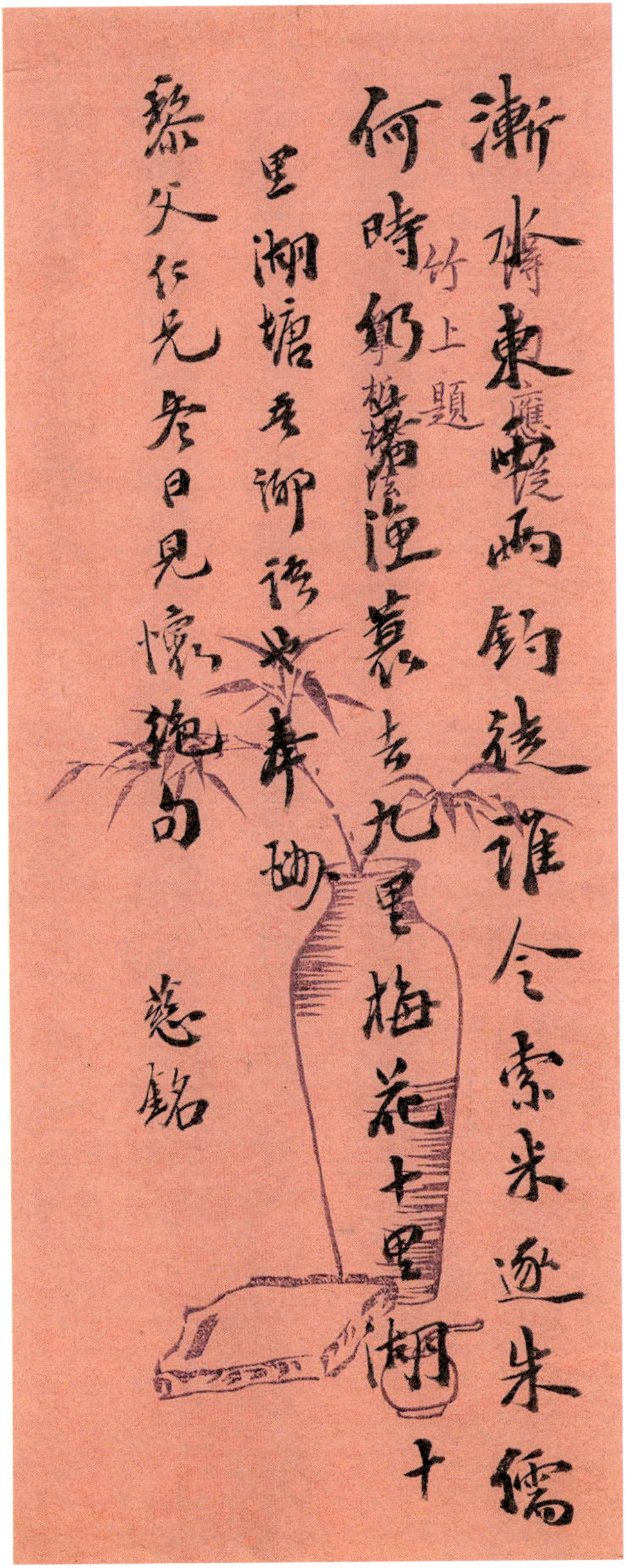
瀟水東西釣徒誰令索米逐朱儒
何時鄉樵漁蓑去九里梅花十里湖
里湖塘吾御詩奉懇
䅣父仁兄冬日見懷絕句
慈銘

爽秋先生尊兄侍史：去年十二月得手
賜書並子，錄示奏疏，俾擴聞見
於事之留心時事如此，驚喜過望。其時瀛五部
署適有赤印時作答，因循至今，罪何可言。
兩卿楊公一書，每讀一次，輒一擊節，指陳外國
形勢，如數掌上，螺紋綜覈，中國名實別徵，挾
隨江左來吾依
君誰原尤難得者。知白守黑，蕭然日章其此

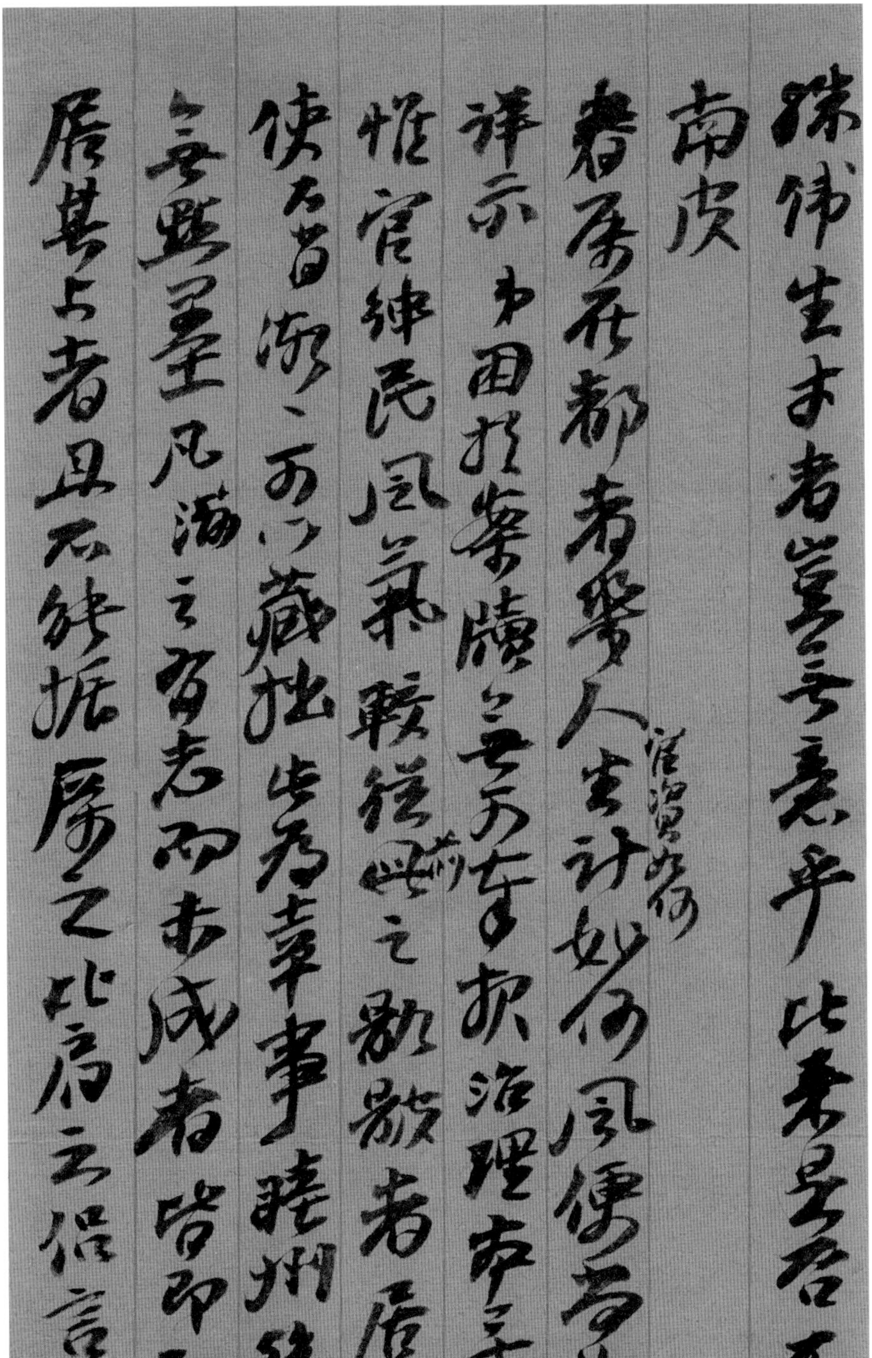

殊覺生平者豈無意乎，比來是否不館於
南皮
尊府在都者若干人，生計如何，風便望
詳示。中國於秦漢之世，其於治理亦多有其術，
惟官紳民風氣輕德之勸敬者屈無大反
使不當激、不可藏拙，步為章事，猶州縣任職
無點墨，凡海之所志而未成者，皆即整廢
居其上者，且不能據屋之北，為之倡言之何

蓋明州爲浙海要區，去年奉文設局，適
承其之乏，頗不自量，思爲負山之蛟，請奉甬募勇
繼而撤局之檄已下，旋創議以浙湘之制練緑
營之兵，捷標撥標一千人，亦爲兩營，并營於舊
日額餉之外，另增紙四百金，已能化無爲有勇湘楚之卒殺人無數者
不少一旦撤調，猶若來滿有萬人之異，持屬者屬諒截
撤，茶月譚仙翁閱見其較物材試，以以不截
留此法以立練軍，出是有一營之萬不當練成丑

亦覺之無謂然非學宦學人不可準以勵學其
許於道者而不能擇人而任遂至疑是非之不可
共行誠古今一半矣方兩次早果一次修滿引
見期迫滿先以沿途羈不使驟離近日則又以自娛虞
淞居行不易坐是遲遲京華
勝友把袂之期終當不遠耳辨志課藝一
部奉呈勸修以王孝子詩統惟
察覽即請
箸安愚弟不謹次宗源瀚頓首
十月廿日

寄示近稿暨詩，婉雅沈著，將以述鄉國下美人
神話也，佩服佩服也。恨鴻叢寓，未擬向上直前商壽
養上下安寧，以補讀衛，毅爾降句，自求福祿，復部
慮臥陽慕，益學者致力之讀切書畫景取
枝向平肥，以副
德懷，原負冀。謹即行
與秋節候。年大人升安。弟某頓首
硯松當臥撫鏡鈔
諸有何墨畫見示矣

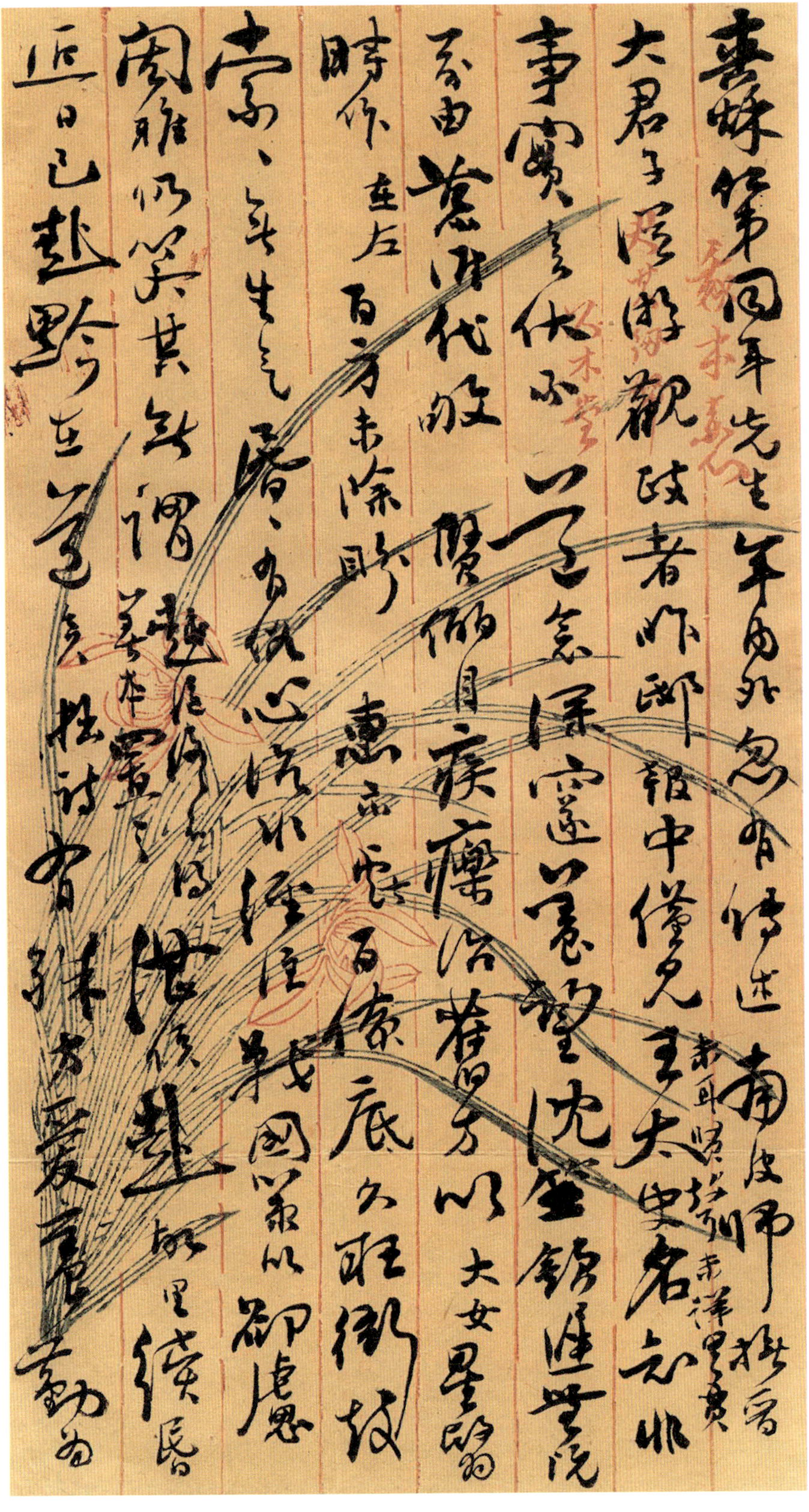

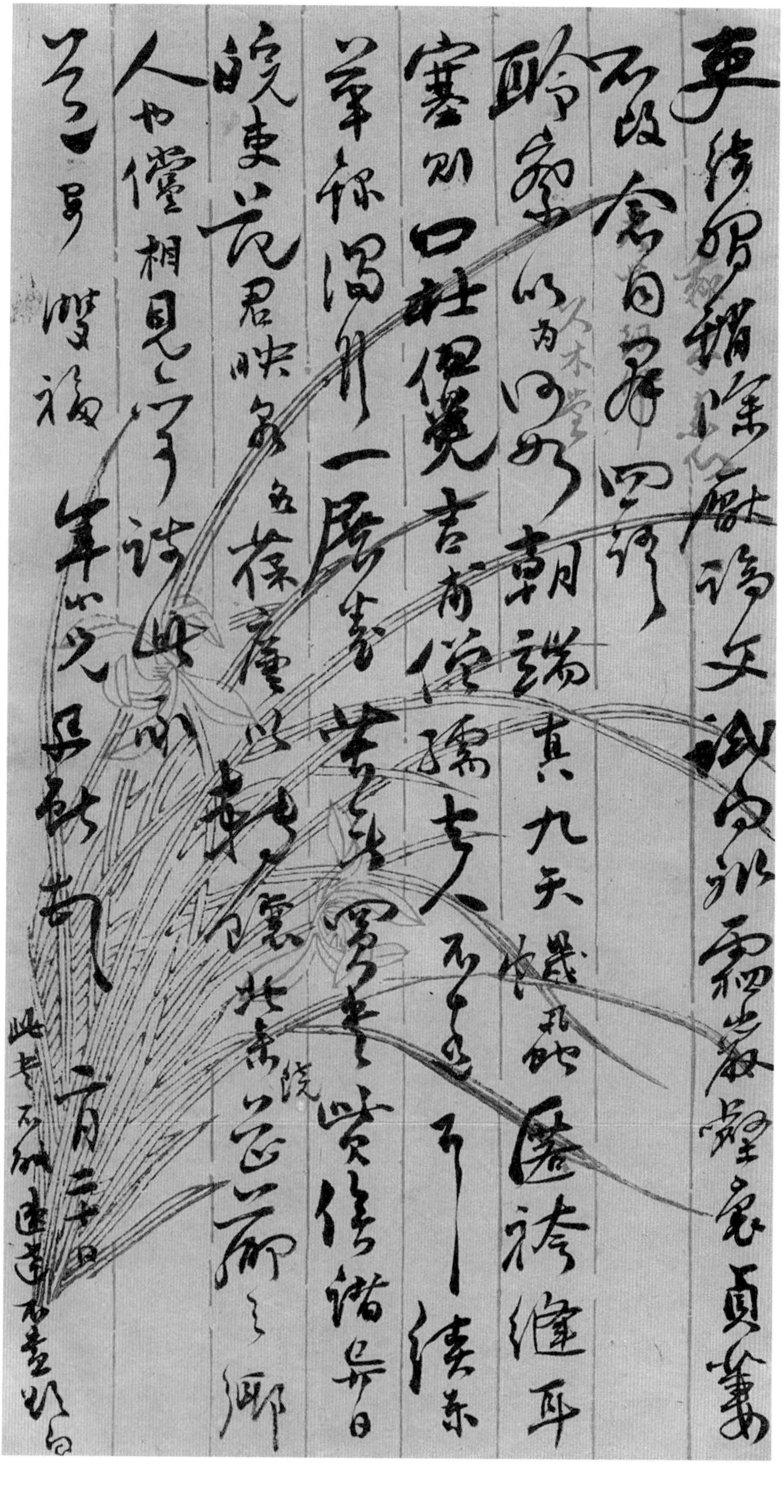

風樹銜哀苫廬銓伏遠蒙
垂唁並
賜祭文仰見
磢秋仁兄大人敦崇古誼
憫恤鮮民
闡德表幽
情殷禮備
輝增泉壤感並殁存不孝等茸集餘生

勉延殘息蓼莪之篇終廢杯棬之痛
何窮拜受
隆施謹鳴謝悃敬請
箸安伏惟
矜鑒 棘人勞乃寬宣稽顙
先妣靈輀於四月間由 家兄扶送附輪船南歸 家厝仍
廣保恆弟亦未能歸去謝函神主喪主抄仍列家兄之名弟
丁憂在試署期內明年服闋仍歸直省補用 家兄到南邑有要
來藥事今年不辦知 尊處地便中祈 示我爲幸——
合附及 弟制乃宣又叩——

手教敬悉，膏藥拜領，盛刻、陶堂之稿見，桂鄉亭孩友人書
以云十月十四日於蘆溝見申報中深為悼惜其為代書無疑
乎？此數日中，盛館煩惱無復生人之樂矣，家人力為挽解，以自喜殺
已之因擬挽云：始與子同難，後與子相憐，誓保終身，竟不復故里朋遊
老年情語，國人皆曰可殺，世人皆於教天為之傷，僅留有春陵治行話
澤諸名語，不成文無淚而已
大著自是賈、董、秦、黃，此自公論，非為諂諛，若加韜晦，當為國楨，陶老
之往矣，可鑒矣，此復，即請
台安　弟振禕頓

前者過蒙 枉問，謹肅奉函，略由該經
垂覽矣。日來以病不知
尊恙頗未，仰念之頃，朝鮮金君梅隱
札為其慈人徵言（當為中秋之前九佳九成）特以原本致之（此本乃先御覽過，彼代回）
閣下不拘詩文，但表章標意，而可留
須速，至深以使東速歸，如前為金小棠指
書一二年，朝鮮紙貴久矣，不吝珠玉為
遠部八九年，如綵棟再拜上瀆
重秋先生執事
十二日

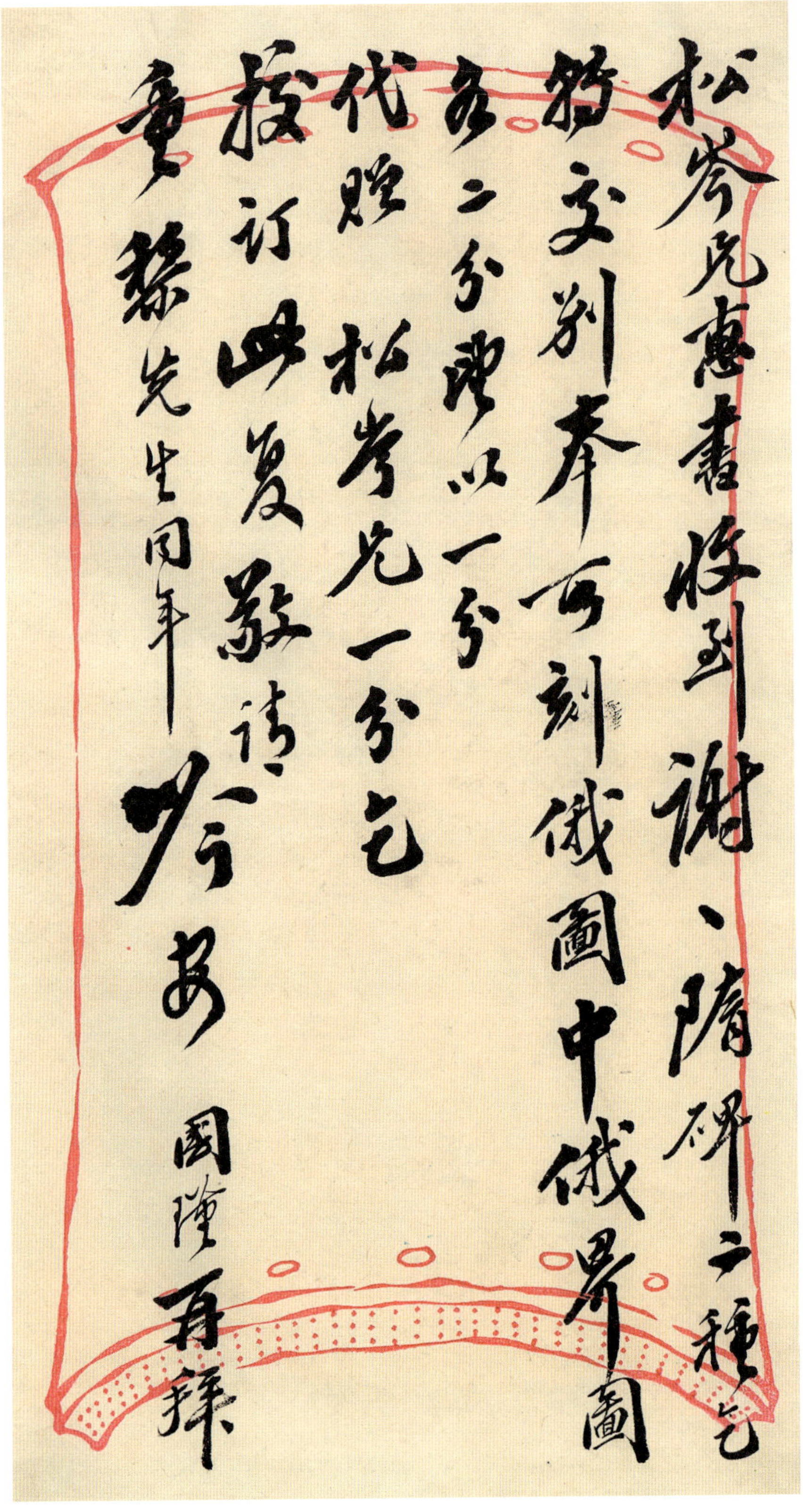
松岑兄惠書收到，謝謝。隋碑二種乞
轉交。別奉所刻儀圖中儀器圖
多二分，謹以一分
代贈松岑兄，一分乞
校訂。此覆，敬請
重黎先生同年台安
國瑾再拜

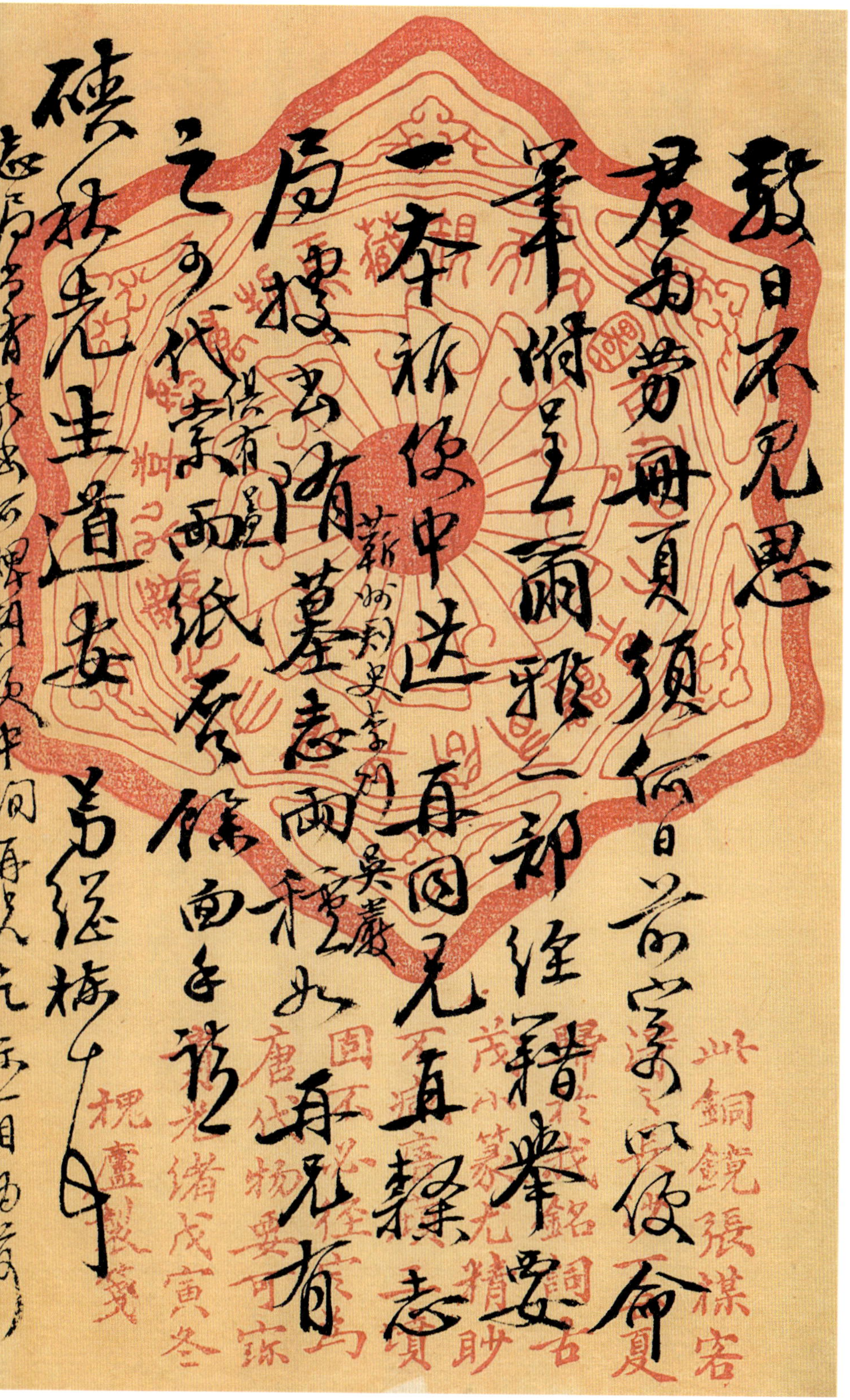
數日不見，思
君爲勞。冊頁須何日？前嘗兩位命
筆，俾足爾雅一部、經籍舉要
一本，祈便中送來。因兄有隸志
居搜書，有墓志兩種，如再兄有
之，可代索兩紙。原係面手談
碩秋先生道安　弟經椿頓首

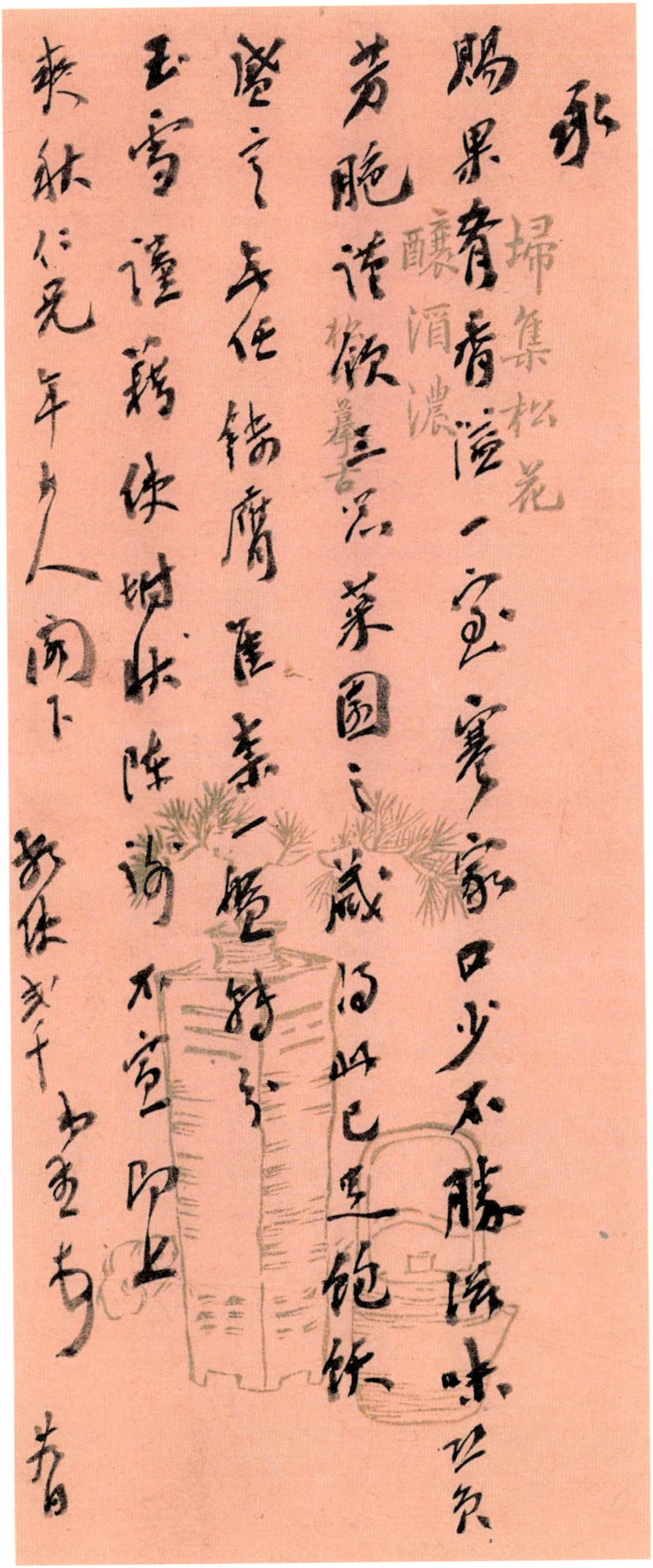

送呈書價又八兩　或兩五本　補代付

蒙詩直逼韓蘇望書一小條。日內付裱。

便舫七律四章直逼王元美似未

不敢希萬一李于鱗耳世子皆善

本可寶楷言書誘乙多文兼數種

重累先生閣下　弟振禅叩頭

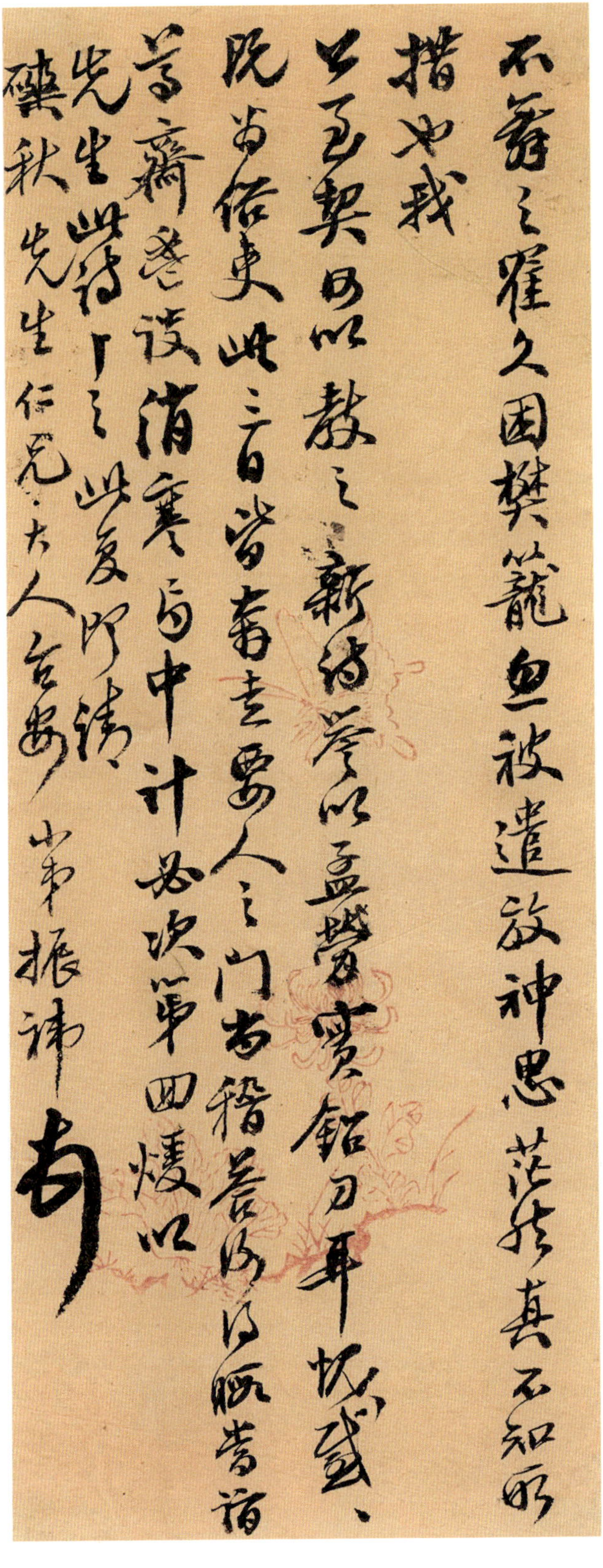

昨奉
枉存失迎罪甚近有同鄉[illegible]搨之甚
遂屬羅振[illegible]之一室[illegible]人數語不
值[illegible]飢[illegible]手[illegible]不[illegible]病之
也日晚之[illegible]香烟[illegible]之去人再[illegible]矣
今日尚有寄家[illegible]善[illegible]以[illegible]日不有
[illegible]之所[illegible]詩仙坪詩[illegible]未[illegible]也[illegible]
[illegible]仁兄[illegible]
弟[illegible]
[illegible]

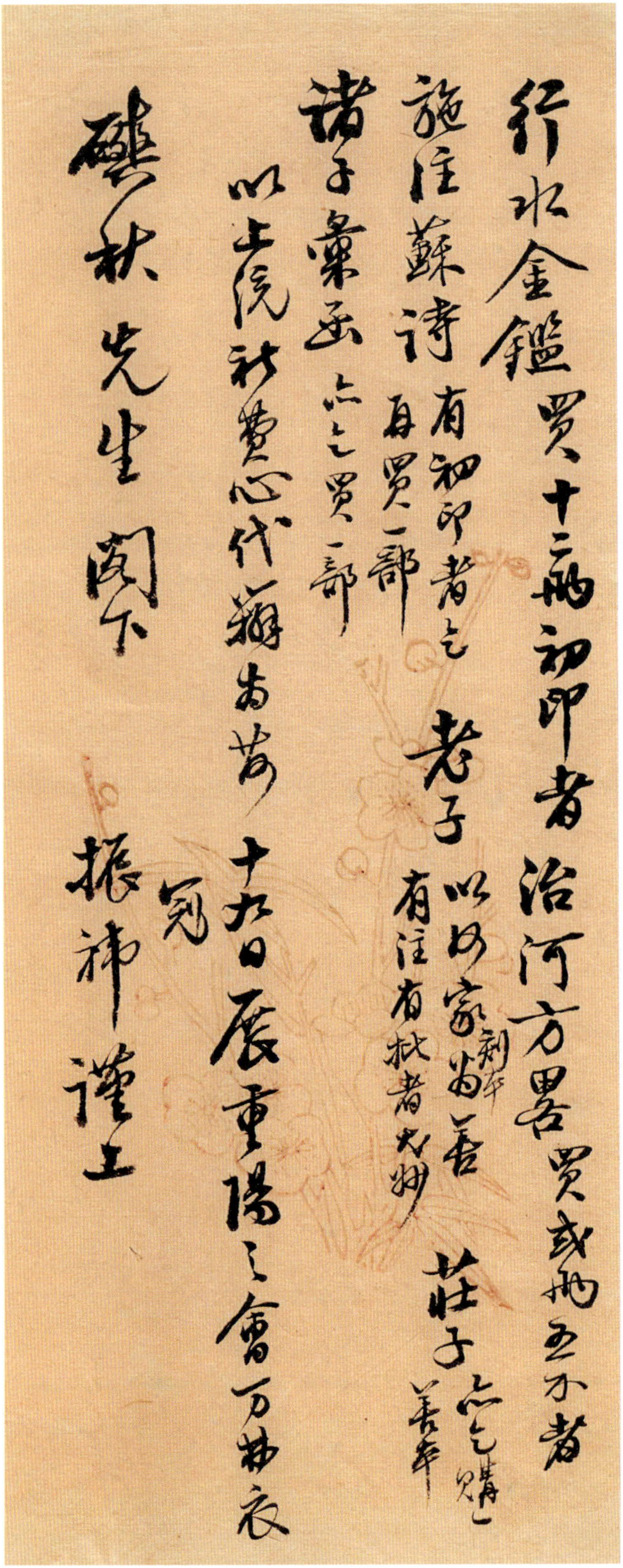

行水金鑑買十二兩初印者　治河方略買或抄亦可者
施注蘇詩有初印者乞　老子以好家刻本爲善　莊子亦乞購一
有買一部　有注有批者尤妙　善本一
諸子彙函亦乞買一部
以上統祈費心代購爲荷　十九日展重陽之會可無衣
冠
礪秋先生閣下　振禕謹上

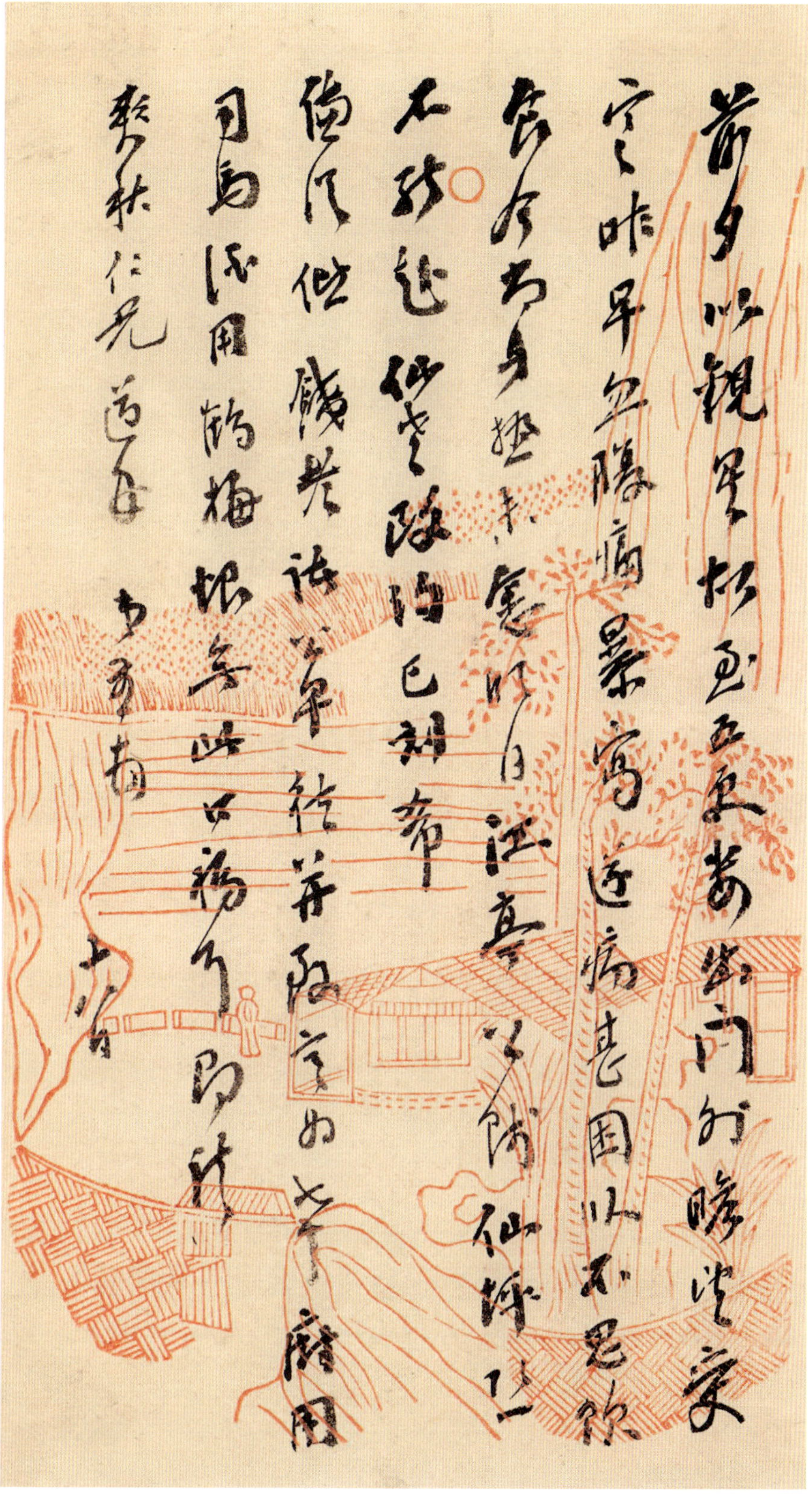

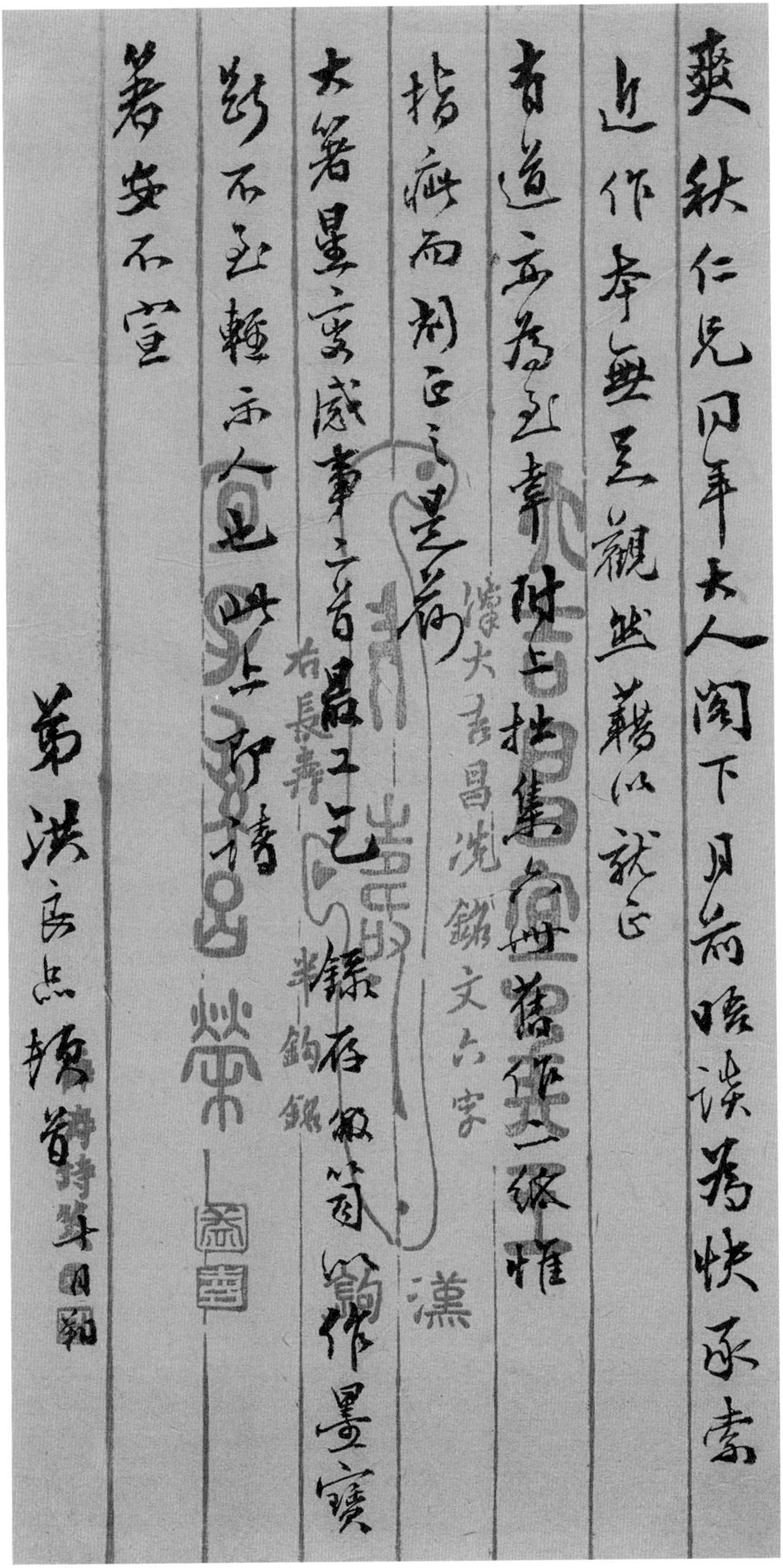
爽秋仁兄同年大人閣下：日前晤談爲快。承索
近作，本無足觀，然藉以就正
有道，亦爲至幸。附上拙集八冊、舊作一緘，惟
指疵而削正之，是荷。
大箸星、虞、盛事二首，最工之，録存，敬簡作墨寶
（尉）不至輕示人也。此上，即請
箸安，不宣。
弟洪良品頓首　十月初

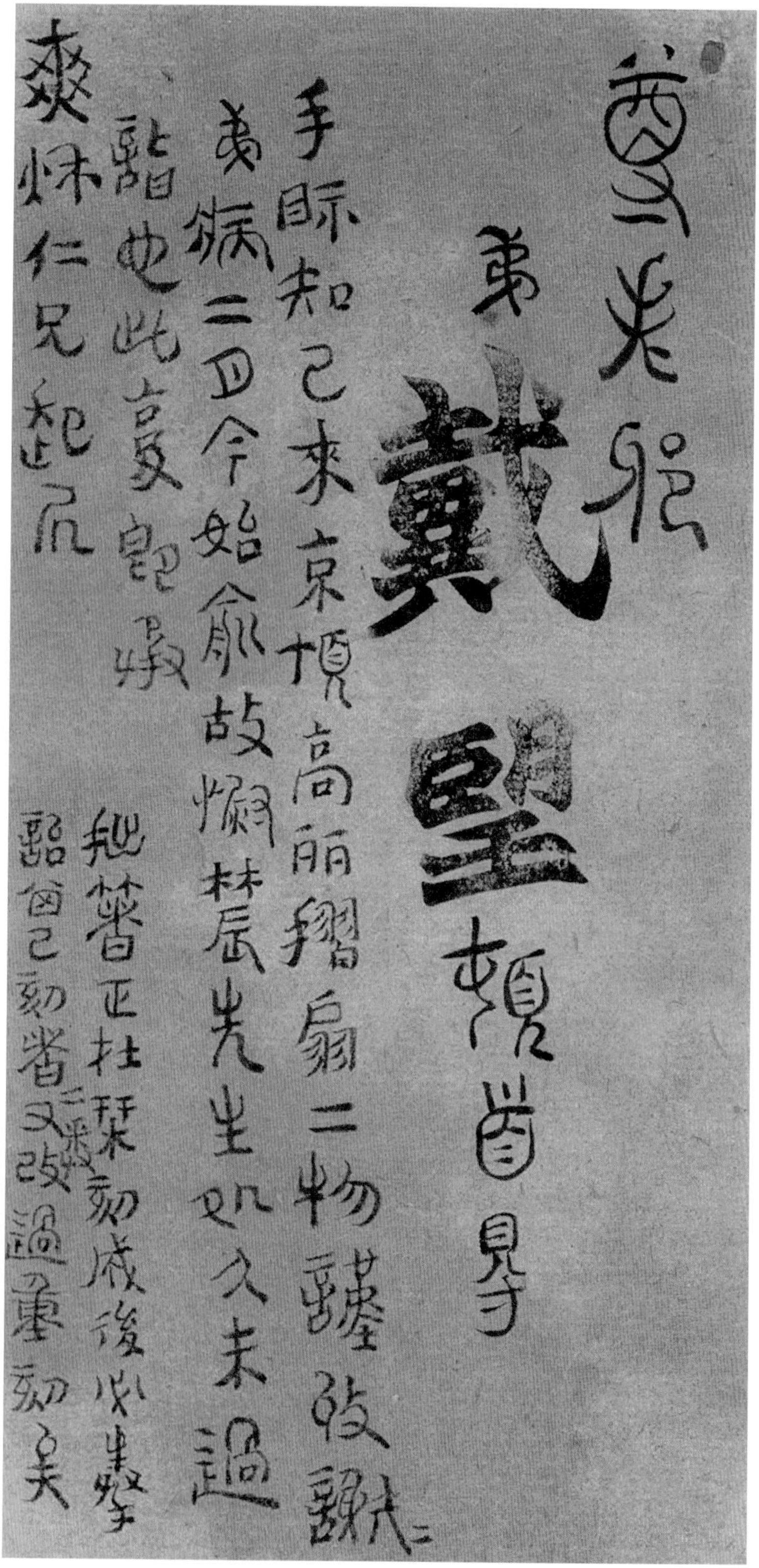
戴望頓首

輿秋仁弟大人清覽：來書誦悉。承

惠經策兩種，容即轉致吳窗先

篤道謝。湖南題名錄已經見過，兩吳

名落孫山，本事不高，無足怪也。此次

雪吾典試至湘，敝省人多知道與寒家

有舊，不無謠傳，不得未始非福也。

手此復頌

道祺。惟

照不具。星吾楊守敬頓首

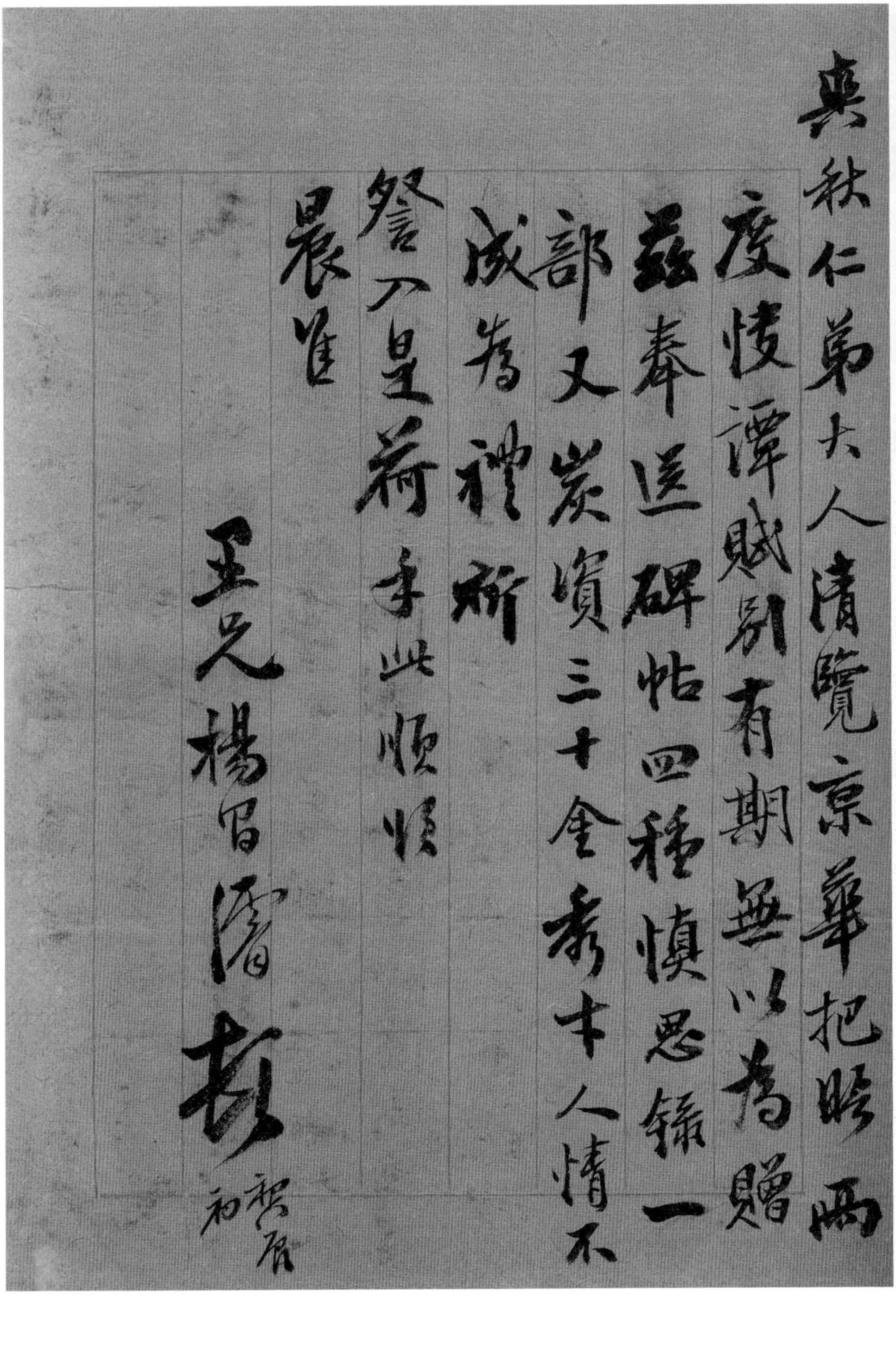

奐秋仁弟大人清覽：京華把晤，兩度快譚，賦別有期，無以為贈。茲奉送碑帖四種，慎思錄一部，又炭資三十金。秦中人情，不成為禮，祈詧入是荷。手此，順頌晨佳。

兄楊昌濬頓

初

藥秋賢菊有道者
狂談極盛披豁非常
手示高楊石老來話別多生
許時甫行而他家緣至倘脱蓋
未能作字奉復矣承
示單可訓畫單如邑自不得以畫語

之此非引張景全語義訓終不明
詞有解而不能穀者甚數是也疏漏
之處甚多
閣下當即將本注訂正繼此尚希
有得即示完我翁羽之闕儀鄙不
敢以之得自封也蔚

承友莊方耕先生古文尚書說
尊處有稾本
檢示錄副即奉繳也昨筱珊兄
已知承並及柚岑書亦一說甚
感〻〻僕又函託筱珊、設辭查照

可行也。知
念。付陳印惟
着履佳善，藏養
保衛。不覆。白。愚兄周壽昌
頓首

重黎先生座右：久闕書問，念甚。爲勞遂于九月廿自
蕪湖赴鎮，是晚到鎮江，廿四搭申江，十月初二到津門。
初八日由南中寄回九月六
惠書，□承□遂因皖事接蘇江隄，須明夏方可了了。
欲辭不能，是以來津，將來了之，分别理料，今定十九
日南下，大約在皖度歲矣。年來鄙人係[?]坐定一二年，
將小兒書本就課一番，藉以温故，未[?]將文件次第收拾[?]，俾以
原件還人，尚有數了[?]，必須坐定經理，方能卒業，一心

憂勤蒼蒼者專以勤事畀我，其間雖不敢不盡我心，而

政出多門，所以至少，所失甚大。久有棄官就館之心，

公以不肯告許。公袁何如之人？其人深辨有為，鄙人寧一生不做

俗吏也。去律三月知有甚悉係黄同鄉與之論不熟學者頻以悲語達于江陵母(?)

鄙人不堪共事，故衷如(?)所言之事，蒙公內省不疚，夢

魂俱間，故恨聽之。爾係厚靜待四字，乃良金良藥，敢

不書紳。

大著學說切已，去讀足為免子世學之訓，惟譽蒙愛，非

所敢承賜方子安。似更不輕假借也。
撰述負慚，叶賜極之稱譽，倍紫者謝。敬請
冬安。不宣。弟 遠再拜
壬午十月十八午刻 津門

爽秋先生尊兄大人左右久未通問至切相懷奉
賜書以　家嚴誕日遠承
嘉貺
吉語繽紛
穠聯瑰麗兼之屬事賓家爭觀明杭若屬
紳官之贈壽文者不下十餘篇駢文頗鮮佳
構得
尊書辭不必多而文已足冠一時矣

尊兄常在危中，周京兆頗留意人材，前曾致
書語以
都事記問浩博，器識高峻，留心經典，邊要
其次書言思旂習，大抵兄迫鮮暇，此亦已摒
侍郎如前之戶部，則與
賢者從容易矣。書院一二席，前曾為褚吉士
說項，其四書言須考訂出方可薦，林君指日
亦有信來，不知其方得與否，如尚未得，則再言諸

安定濂金臺書院丹刻一部向未有之云
山長近得何人主講尊處亦有之意中得嵩必言比來已補何缺便中示及
執事得其詳否亦兩得阜果本府下都以奏
緩暫運其行年來兒女長大婚嫁累人殆得
賞希後嵩下都矣
君一諾契闊楊石翁在都嵩必數見西鄰方
伯踪非所樂朝廷別有位置否專肅陳謝祇請
著安不戩覼縷弟宗源瀚頓首十月朔望

昨荷惠〻不值，未獲暢談，承
賜說文五種，拜領謝〻。海源閣宋藝綱
目奉繳，夜疏樹上度才擲〻通又拈訓
六藝綱目二冊送　詩話杞菴手錄本請
重勳先生箋安　弟嘯伊頓首

郘亭自

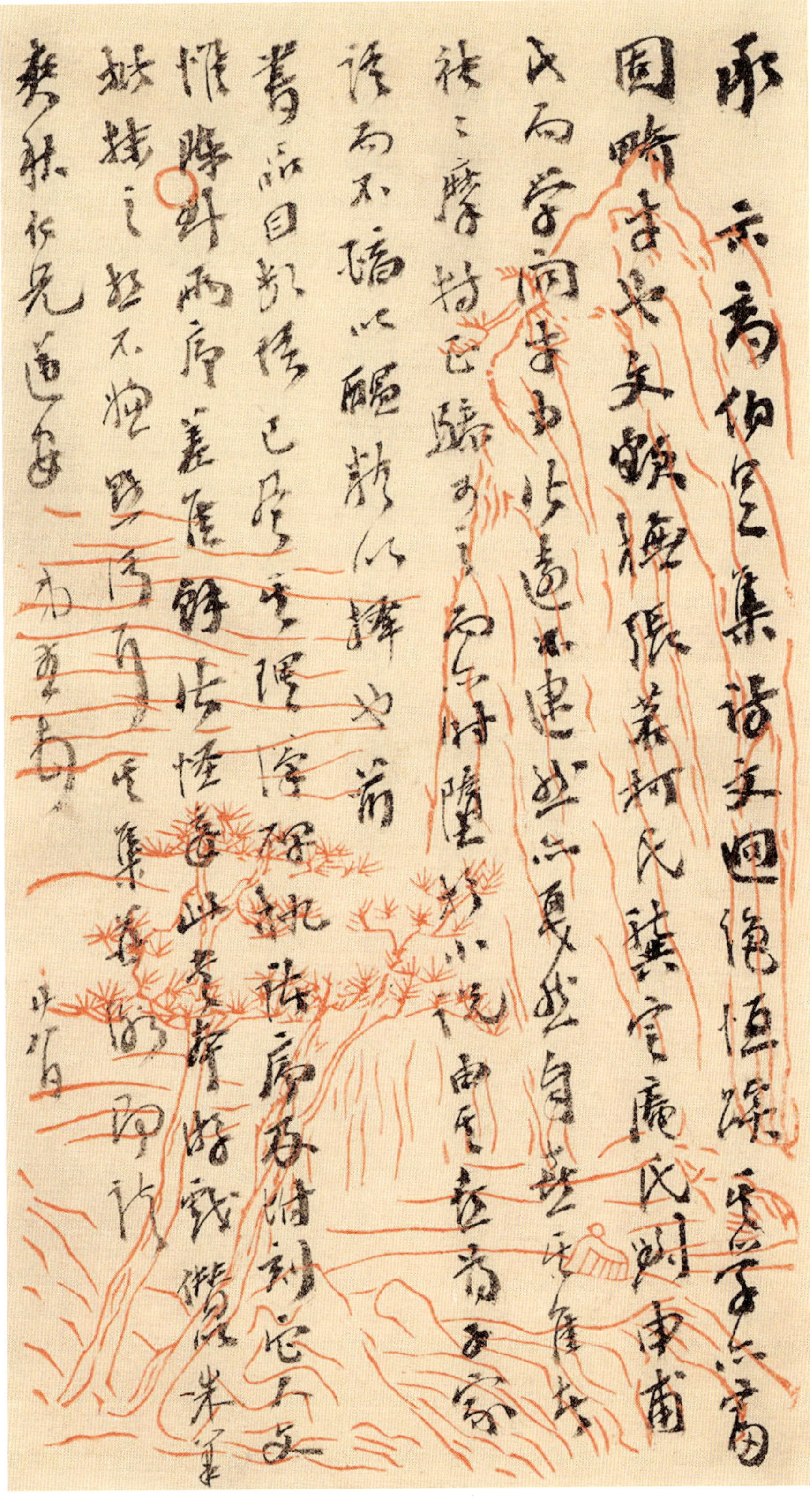

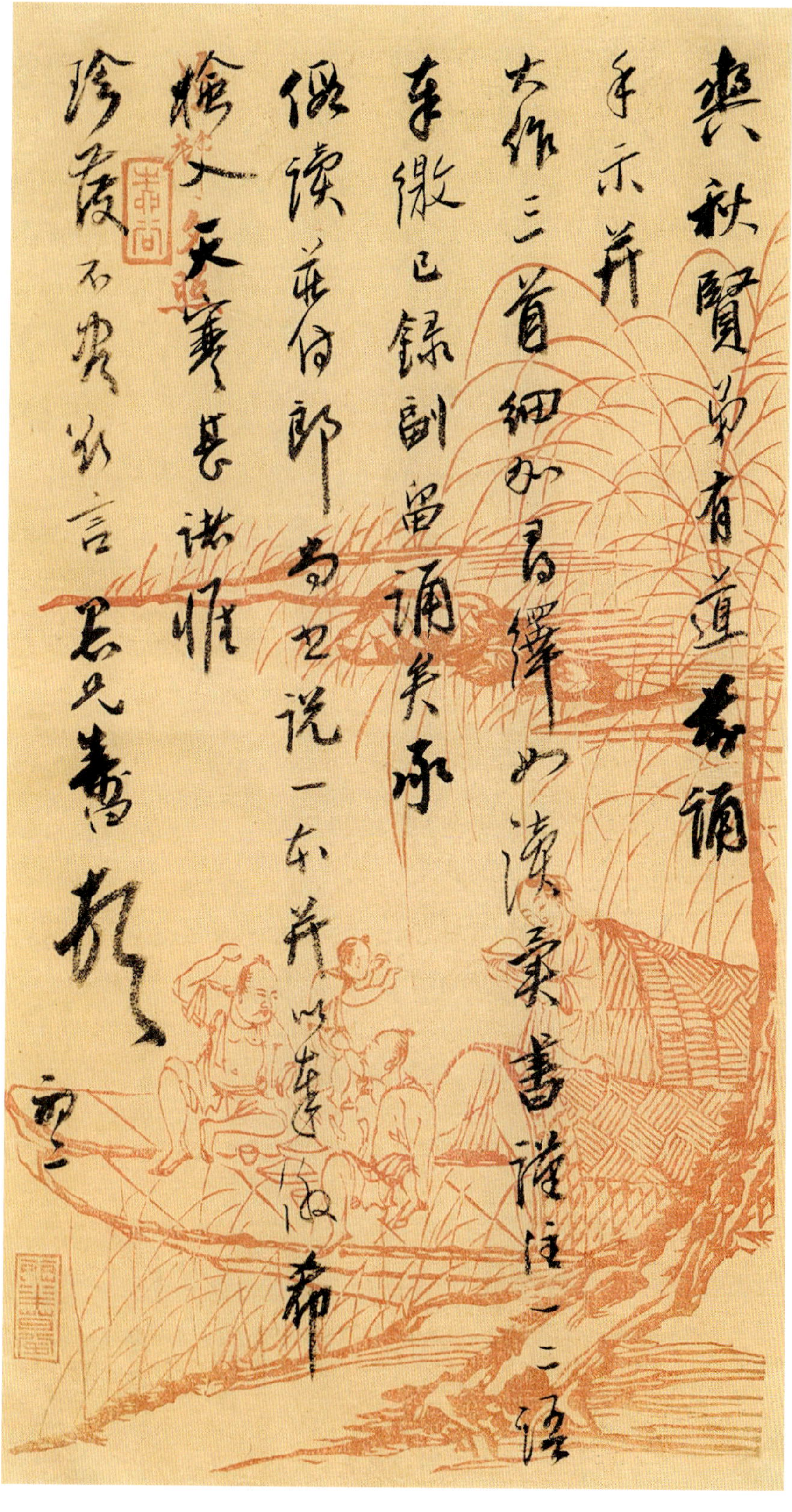

與秋賢弟有道 奉誦
手示并
大作三首細加尋繹如讀漢書謹注一二語
奉繳 已錄副留誦矣 承
假讀莊侍郎所世說一本并以奉繳 希
檢入 天寒甚 諸惟
珍攝 不宣 愚兄壽頓首
初二

□泓書清平樂詞拓片

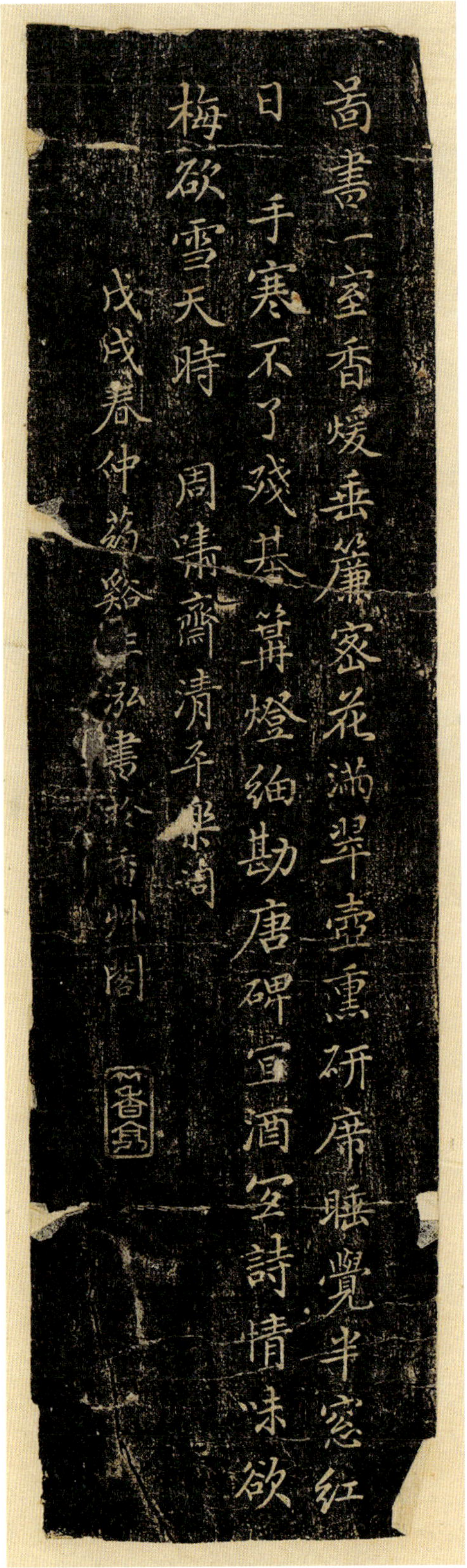
啚書一室香煖垂簾窓花滿翠壺熏研席睡覺半窓紅
日手寒不了殘基篝燈細勘唐碑宜酒宜詩情味欲
梅欲雪天時 周嘯齋清平樂詞
戊戌春仲蒻谿□泓書於香州閣

慕之三十八年春未報
君親負此百萬卷讀書歸浙水半
生鑄錯想何人輯為頌繫已無已不到
圜之中先悋神細忖君平舊時語此中
荊棘當前因余向不信命理去年秋揭於嚴六
猿卯言余有詔獄事
邮閲智短氣清濁獄吏尊嚴胥為低

從衆所以大名崔徽
圖，鼓舞殺竿難其成，乾沒懸潘母難
得度詞，壁仲妻擁子懷清休見效
莫收，承旨向瀟西
昔禁刑部外營用坡公詞（從中定子固）之王
倩於先生對山撰我題，屬而呈稿

百研齋怡受
頒急集以供
撰寫之求，即令

重黎先生座右不通訊者將三月矣伏維
莊敬日彊罄無不宜遂九月初十登保大輪船十
四抵滬僅玉兄嫂雯一行十六買舟十八抵蘇
幸人口平安下鄉掃墓而外親友往返殊形
栗六廿五赴常熟哭拜亡友潘子允升之墓
並搜羅其遺箸商辦其家事廿八赴吳江
之雪巷沈氏取寄存各書籍十月初六由蘇
解纜挈小兒同行初八到申初十上保大輪船十

四到津因封河在即馳赴藎台理料局務廿七日仍局廿八赴開平採蘇河工畢石碑料十一月朔宿玉田初二過馬伸橋拜吳柳堂先生祠是晚抵薊州之穿芳峪訪李觀瀾先生主李氏者四天初八回津上台已盼望數日促赴东淀蘇淀葦之事為廣仁堂諸務羈旬日二十抵靜海廿一午抵大城校抵文安宿邑署自重九至今心緒雜亂舟車靡甯難工書于

左右非敢有所了又蹈頗詳及歷述之罪惟
公原之舟車涉獵者續東華錄乾隆元年至二十年止
陳鈞陶大令郎潛紀聞沈文肅政書聽訓齋
張恆產瑣言關平永平府灤州境所見者火車鐵路既究
所以乃若劉雲孫所言之不足確玉柳堂先
生祠所見遺聞及殉以身受據周道人之嘗
初情形頗詳—峯芳山谷所見山水之佳風俗
之醇美手筆不能盡桃花源記及樂志論是以彷彿—李先生

真贍〻君子家法學術無間然，今節

錄其日記附呈

存覽。此如見其人矣。王竹舫館長昌黎張公

和大令燮，歲暮婚歸，故未匡面。遂怱忙中入山

者，一為渴於見其人，一為廣仁堂義學求師

耳。東淀之役，係金蒼人觀察創議，鄺清

淀池兩以葦租入官，為大清河歲修之用。淀

葦計五十萬畝，須乘冬令冰堅之時履冰

丈清謂不肖能吃苦，屬綜文安、大城、霸州、
靜海四處之事。不肖以若老無私，欲予以共
事，故許之。頑軀無恙，聊以報
慰。薛林老權守宣化，未赴京時曾奉
訪否？
先生近覽何書？
道體自佳，生計足否？新得同志否？便中
賜告爲荷。倘寄津門板橋胡同吴誤詞風

甚盼伏冀
珍衛千萬 遂再拜 十一月廿三戌正 文安縣署沖
蒙示中西紀事 風有此書 昨在歷農觀
簽要不忘求
于發信時請其便時檢出擲去有便人帶北爲
都門者可暫假要更妙 又及

議政王軍機大臣 字寄
欽差大臣大學士湖廣總督一等伯官 閩浙總督一等
伯左 兩廣總督毛 陝甘總督楊 江蘇巡撫
一等伯李 湖北巡撫吳 福建巡撫徐 署廣東巡
撫郭 湖南巡撫惲 同治三年十一月二十
三日奉
上諭楊岳斌奏抵湘日期並請飭各省協餉一摺前

因撥吳城募勇撥廿萬經費今左宗棠共爲籌銀八萬兩
惲世臨於東征局撥銀四萬兩李鴻章八萬銀十
萬兩現期又撥餉家鄉撥官文奏先解該營欠
餉九萬兩其餘撥濟之餉陸續湊解左宗棠奏撥
銀四萬兩李鴻章奏撥銀三萬兩惲世臨奏先撥
銀一二萬兩藩撥揚州城奏行抵長河即撥給勇
每名若干協餉僅淮江兩解銀四萬兩彭玉麟解

銀一萬兩悍怵陳先籌銀一二萬兩除帑外銷帳
黃河外所餘無幾若遂行開捐則逐日岡支不能
積為將來歷行之費將赴廿餘年定期清償繼江
蘇藩省嫌楼將應解餉銀如數湊交委員解回藩
謹上省文左宗棠毛鴻賓李鴻章吳昌壽徐宗幹
郭嵩燾悍怵抄原摺數目趕緊清齋交楊岳斌

守提委員歸回，俾得早日募勇赴甘，望得稍寬不
急之務，任意宕延，致誤戎事。各省所奏協餉已有
撥解在途者，並陸續均可解到。樹帥尚催遵迭
次諮令，迅即招募新勇，如集有成數，或先派委員
帶數營赴甘，或自行帶赴新任。若俟各省餉項到齊
方始開招，則招募訓練又需時日，何以濟甘省燃
眉之急。刻下甘省情形，靜甯尚在被圍，甯夏仍未

克復安會，河狄均有賊氛，而鹽關西匪出擾秦州，
又復蔓及郝與阿雷正作所部兵勇五萬餘人，
曹克忠、陶茂林所部亦各數千，兵力並不得再
益以楊岳斌所部勁旅節節攻取，且難援請遲。
至各省協餉及隨後酌濟之餉，自當前催酌濟，以
收飽騰之效。該督務當妥速區畫新勁，趕催同剿，
毋任將此由六百里各諭知之。欽此。等

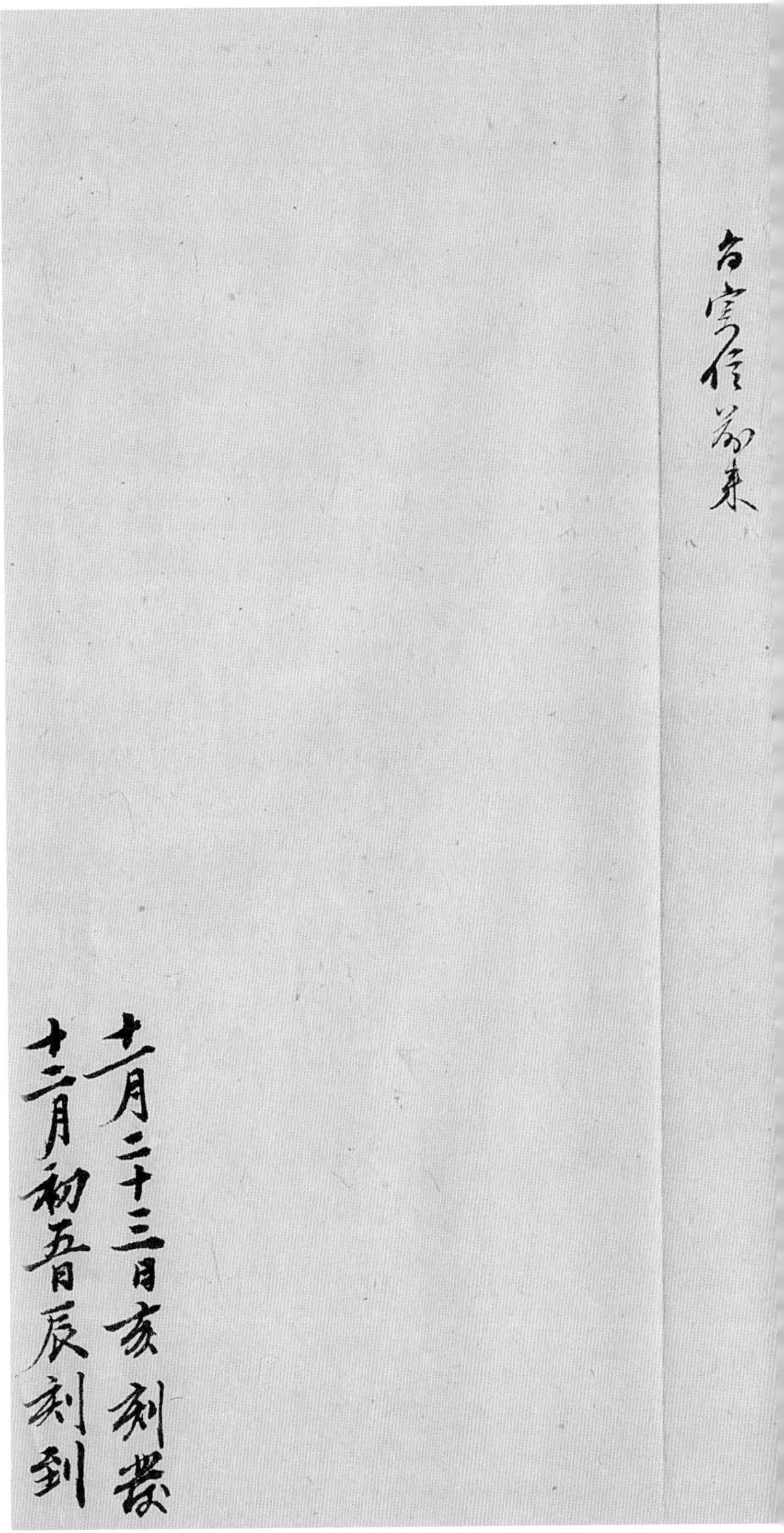
台宗信緘來
十一月二十三日亥刻發
十二月初五日辰刻到

弟之素行
兄所知也，平日好客，不知不榮者不與飲，未
見台邑此次為伊謀棣連將與西轄對
簿，奈何承兩次
枉過，適有鄉人在座，一為杜門，閽人誤之耳。
想之可也。手此
復，[illegible]首進[illegible]　弟[illegible]拜上

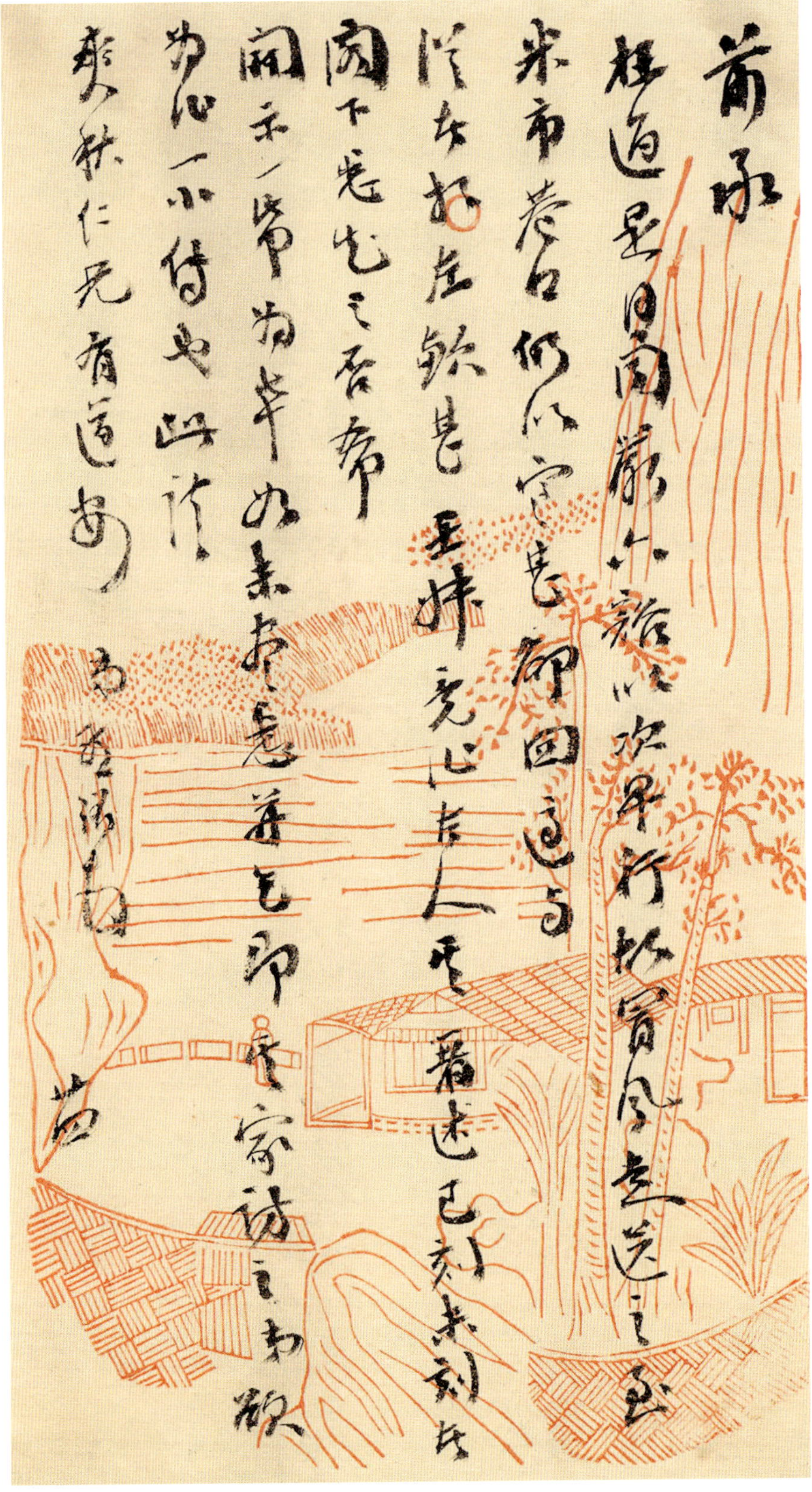

承教之言欽佩以奉母命不許殺生以為不

門所宜惟有閉目調息與談詩可不殺

急惠臣潘湘已有所作感賜得久天

日有文詞可證出前謂一二章者

覽之　敦臣近狀尤以筆墨子孫[illegible]大要

[illegible]

國是欲擺脫累而竟不能無可奈何

[illegible]

漸西詩人心印

弟從棟手上

容見羅指出山賊靈嶺人名到墨池子
古蹟來須目看百年運去不勝悲我無
新領字回會　君有文章近在目得樹偉
名潮西藁平生風義賴維持
十月十日頌黎西曹

禮秋先生以詩見題越十日走筆奉答如見
諸人見之首道意也　弟繼棟呈稿

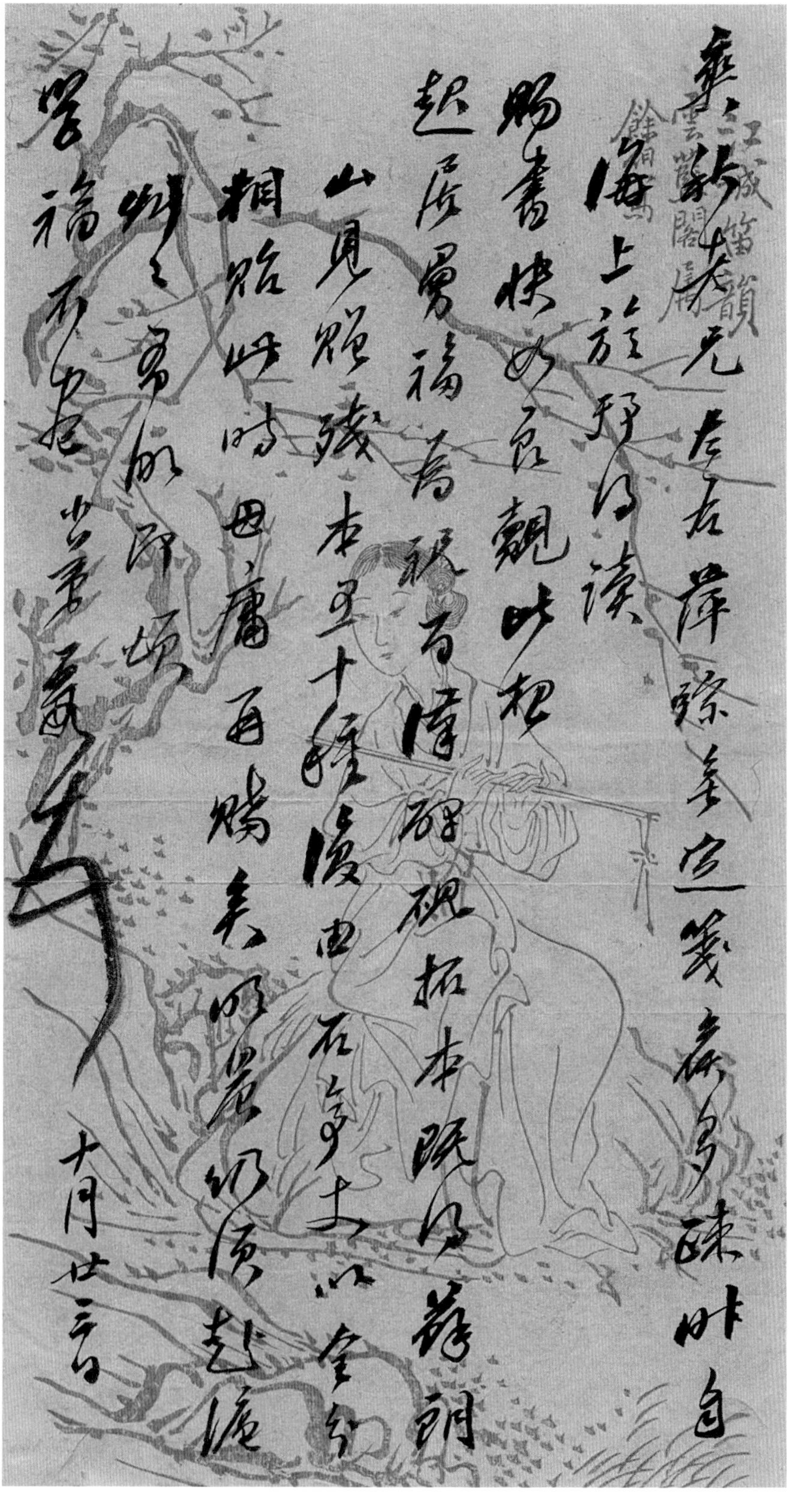

乘六軒老兄左右：萍踪參差，遂違箋候多疎。昨自海上旋邗，得讀賜書，快如良覿。比想起居勝福為頌。前有譚碑拓本，既得蘇胡山見贈殘本至十種後，由孫吉士以金易相贈，此時世庸再賜矣。明農仍須趁州，當取即頌。箸福不一。弟[illegible]頓首　十月廿六日

漸西先生閣下：前
手畢，心感之至。獨也所言指此事
報從明若觀大節，既鄙事而論，現已攜莠之義
此時據人如所謂念之甚，玉門關者近之矣。至原莊
無可執答，就事論事，推其至者，以身為之默其
將來之轉旋，方恨現時屏當，殊不容易，不獨於
視雅子鶴念之悲恐已。大約昨得友人肯回三層樓
從來看齋士孫毅殺此母致魯人。閣下其謂之何？
傍中尚先閣，並一切所需耳，來此必周此復行
道安

弟繼棟頓首

冀秋吾兄先生左右：來驪生聰士歸述行前孫近

先代訊，當該銀西所積已送到，昨奉

手書，且屬函索津譜

圖適舅福趙振如之舊識，叔甫權令年歸係與人編修

穀日稱居停林姪不諳，因而停止，弟得此厪亦二十餘年，此

雖樣稿猶尚之既久，今則閣處且屬再付比較，不願更與要人

游，恐將留待阿兄薦職，吾林兄得一書，吾兄看房各送示

甚左湖，當趁早寄與，始知相見也。此續頌上七年來去一

頃云爲中白刻書未蕆，寄用大紙者未畢工耳。弟在邦上
興蓄兩三四人，往來外無餘者，只一人無藝可和，惟端老之
真本已將全在小營，各種已積三百有奇，無來何者爲謝遂
道訪求識照屬讀爲樵，不敢瀆尊意
覽也。手此即頌
譽福。弟霞頓首

二月初十日

碧雲千里懷人寓代北之書

白雪一篇送我郢中之曲緬

高情於疇昔欣

雅集於平生為別贈言於施具渥敬維

爽秋仁兄年大人盛業日彰

英猷愈遠

豐國而儲邦本

富民以佐司徒

馳清譽於右轉拜
殊恩於
北闕瞻承所暨欣頌良殷弟中年就郡雅意多違午夜
治書兢褱倍切撫素絲而自惕退食惟勞擷紅
豆以相思昔游安在聊申杼軸覬覦
瓊瑤專勒敬請
升安諸希
鑒照不宣
年愚弟陳啓泰頓首

澂

雲先生執事：數日未通問，伏維 祺穆多祥。

握手屢造公門，瀏覽尊藏文通舊藏手卷四匣，可否送呈 太和先生處一為出售？或押數百金？或數四百金？山村一卷尤擅當日武英殿聚金刻案印，此卷以為未經入集者，伏祈

回示。手此，

道安

弟徐森玉頓首 八日

仇山村詩卷　陸包山花卉

仇實父畫卷　董香光字卷

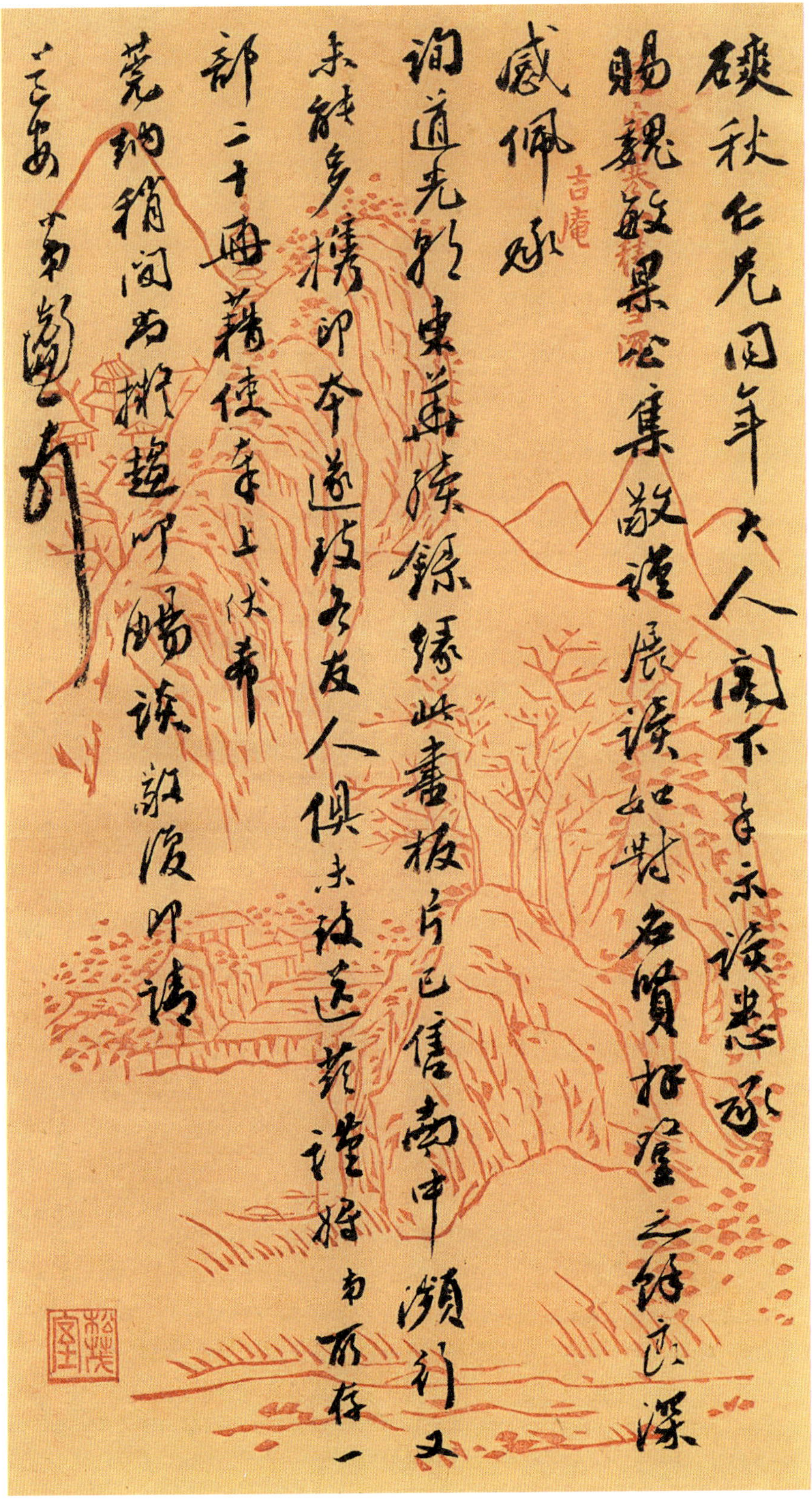
碳秋仁兄同年大人閣下：手示讀悉，承
賜親敍果盒集，敬謹展讀，如對名賢，拜嘉之餘，感深
感佩。承
詢道光朝東華續錄，緣此畫板片已售南中，頗有又
未能多攜，即本邀致友人俱未被送藏，謹將尚存一
部二十函藉使奉上，伏希
莞納，稍閒當趨叩，暢談敍後，叩請
台安。弟謙頓首

鯤洋六載撫歲月以如流鳳紀三元喜雲霞之煥
彩翹詹
仙掖載頌嘉辰敬維
硤秋仁兄大人化贊璇圖
釐延玉敦
爕龍
天府佐舞羽以敷文
傾牧

禁臣書止戈而為武
丹陛集三階之瑞
青旂導萬國之和
蕭露承休茱香志慶紀澤氈裘再役雨雪頻年嗟行
李之鬐鬣徒虛拋乎駒隙幸及瓜之密邇得近接
乎鵷班肅啟敬賀
鴻禧順請
台安不一　愚弟曾紀澤頓首

敬再啟者公餘無事書韓非子難勢篇即希
正挽載頌
台安紀澤又啟

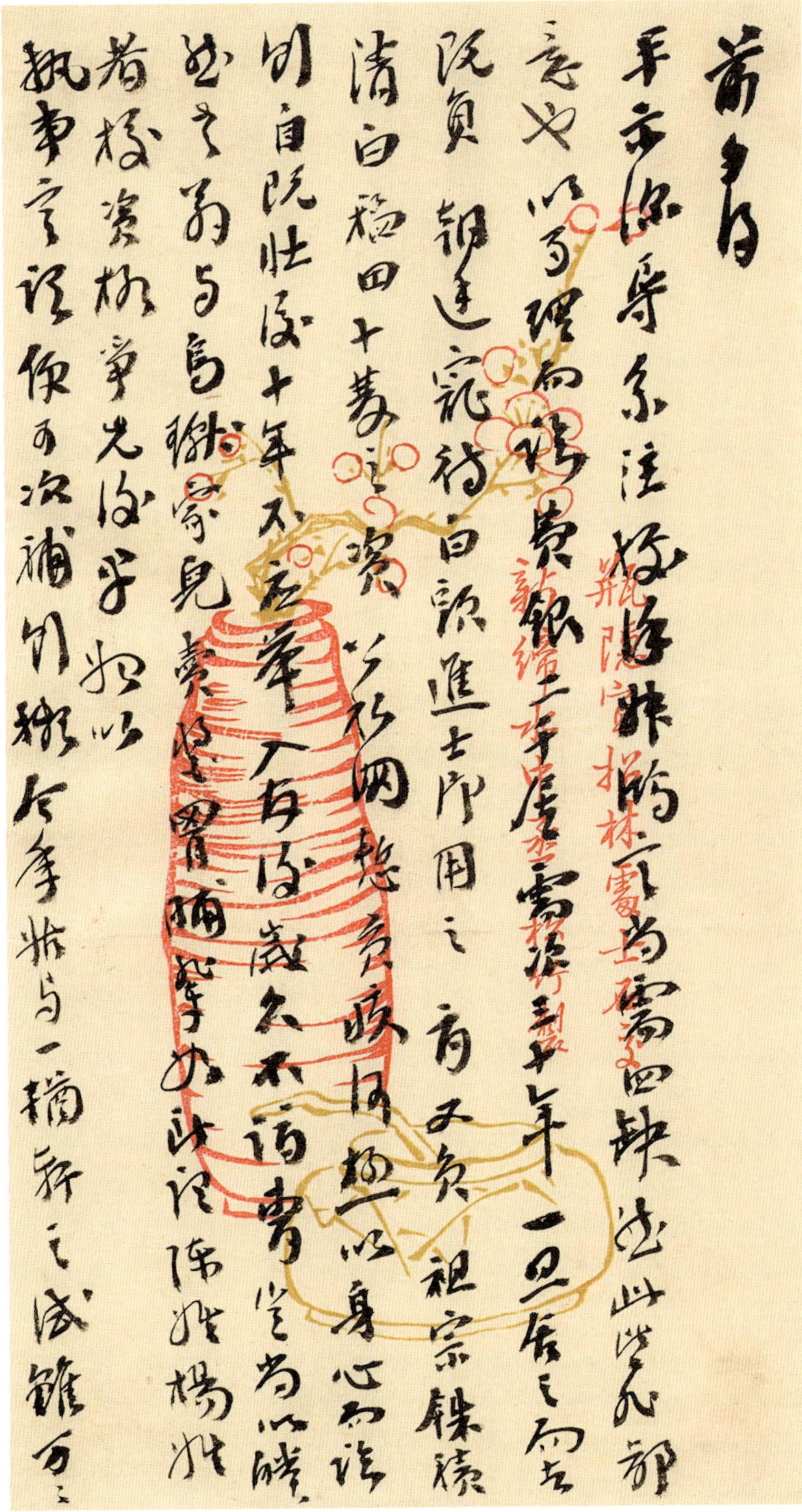

筆得理而以同志處路，或天下醉誤下一髮指
侍猥蒙藉手報國，為天下奪一二寸土，竭力堯淵
以揮霍自之戈，今既不可遂得，對晦三年，已為六
十歲人，猶能提一匯擊楫，殺役孔爽，少年數百人，設伏
氐陛楯間，供鴛飯，咲目者之一咲，亦太降等矣。津
門本不可，高步迫亡，而冬夜候一，而掛冠神都，亦志已
決，無以競雞鶩之喋啑，莫相猜，可一笑也。獨為
兄夫之為，諸諸白陳
麥秋仁兄有道，契安。弟某頓首　廿四日

甲戌新秋

攜酒郊原潑麴塵，寺樓鐘磬接城闉。
曲江故事中和宴，絕塞新還汗漫人。雲
罨遠山猶有雪，野含緗草不勝春。凭窗
忽動烟波思，強擬風廊心鈎艫。
乙酉二月十一日作
秦秋景宜雨后作絕句，文稚陶然亭均又新自喙付
嘗示乙卯同年江湖人，故有第二詞及末詞
慈銘

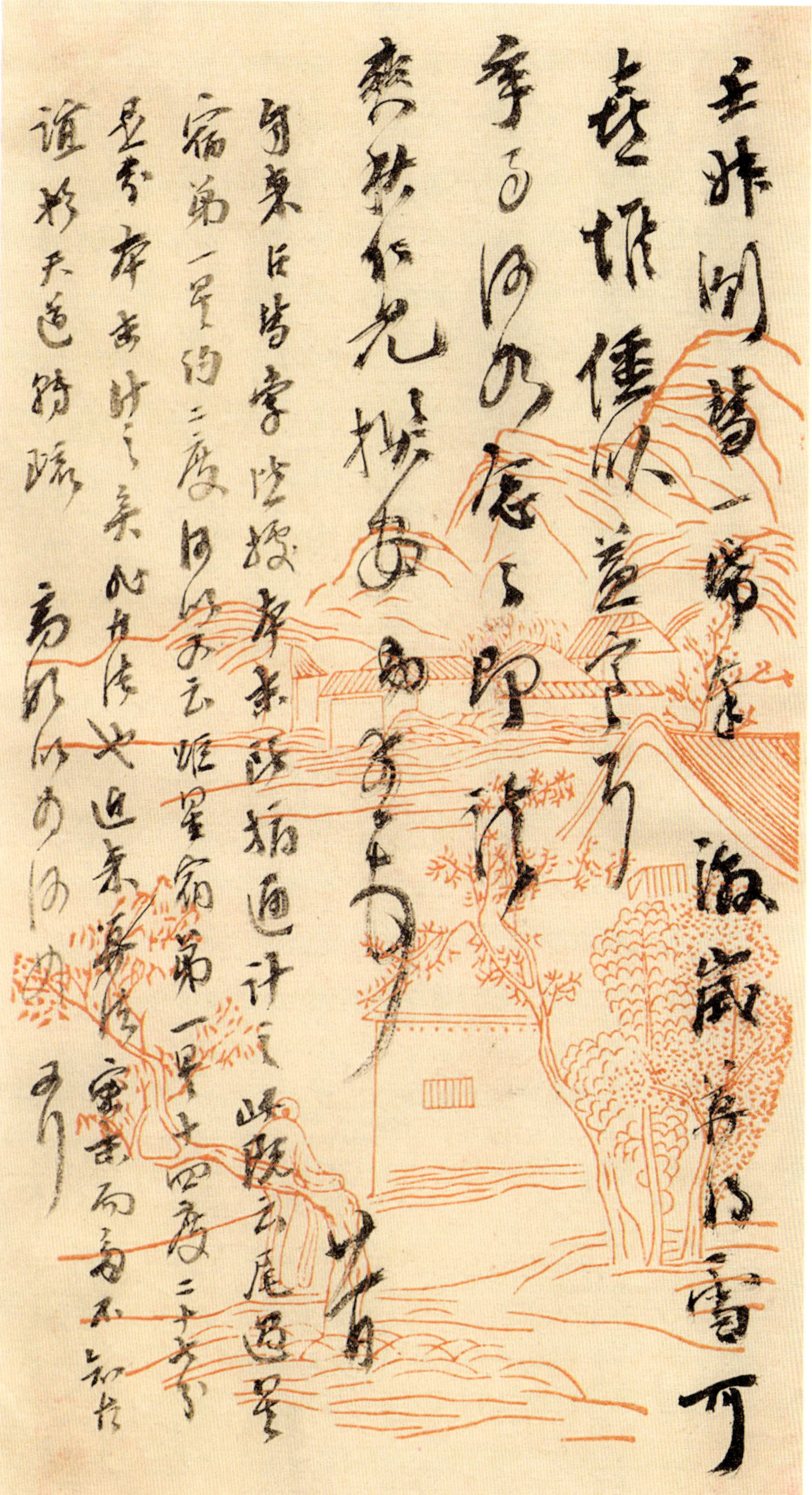

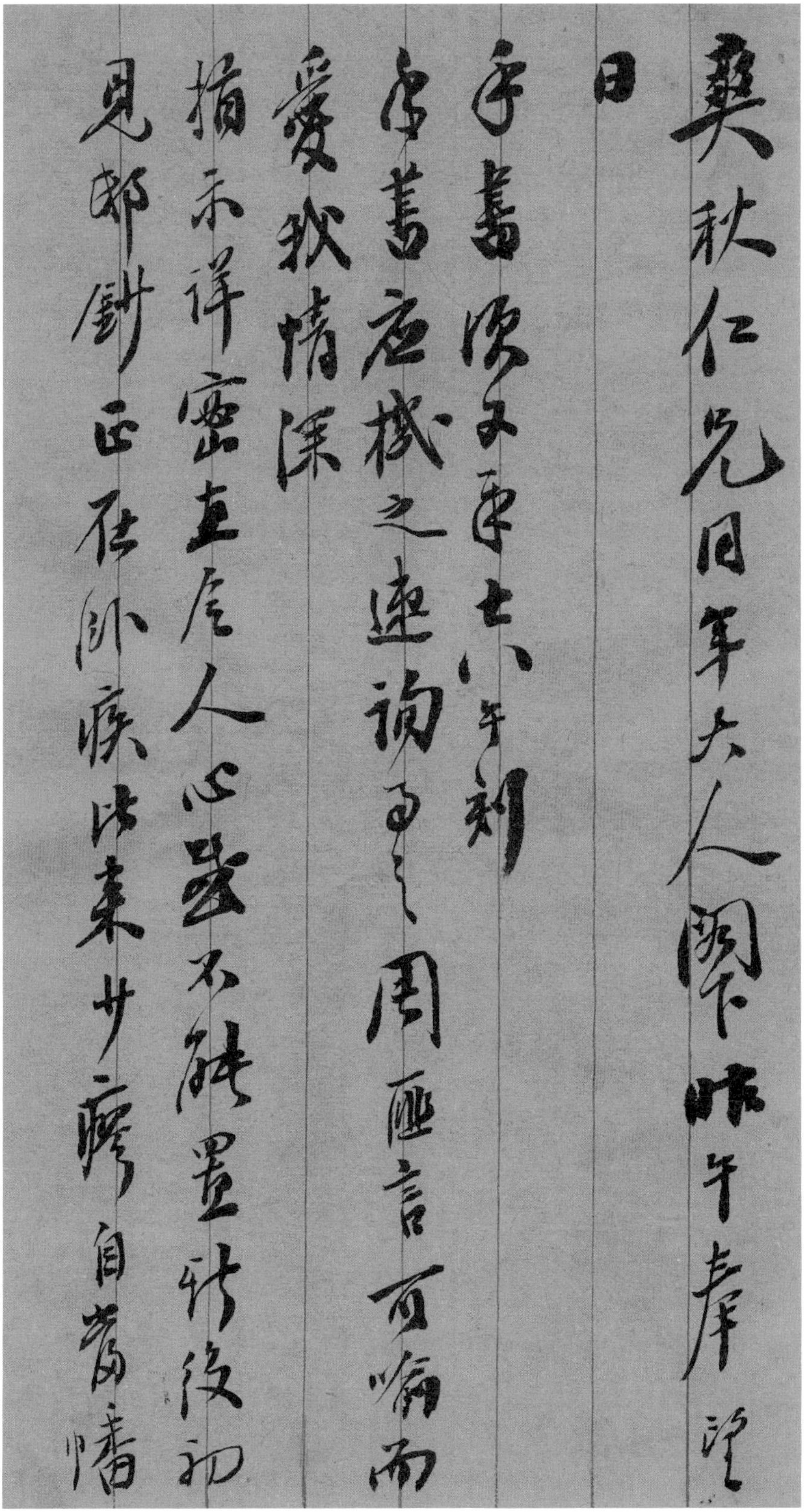
爽秋仁兄同年大人閣下：昨午奉讀
日
手書，復承惠七八年刻
本舊疏稿之速詢再三，周匝言而備而
愛猶情深
指示詳密，直君人心，感不能置。行役初
見鄰，對正在臥疾，此來廿二時，自蒙惰

艱故園望業已專力辭商請示籍遣
行期昨經
尊處遞來之書示言廿五都與
閣下採聞所擬條目弟當即作復以年內
提赴滬州今日謁合肥爵相言此行萬不
可緩弟之所以不能入都者實因病未
痊愈既不能復

君命尚儆上除也久病為之料前家
務難隱衍紫令下又有病人煩苦忙碌筆
墨亦荒率不堪矣妹輕者來來求以別
保守部後遲難日也兄定廿二動身遲在
夏使云前來知能如願否不此奉復
順問
近安 不一
一年半二十四日 采頓首

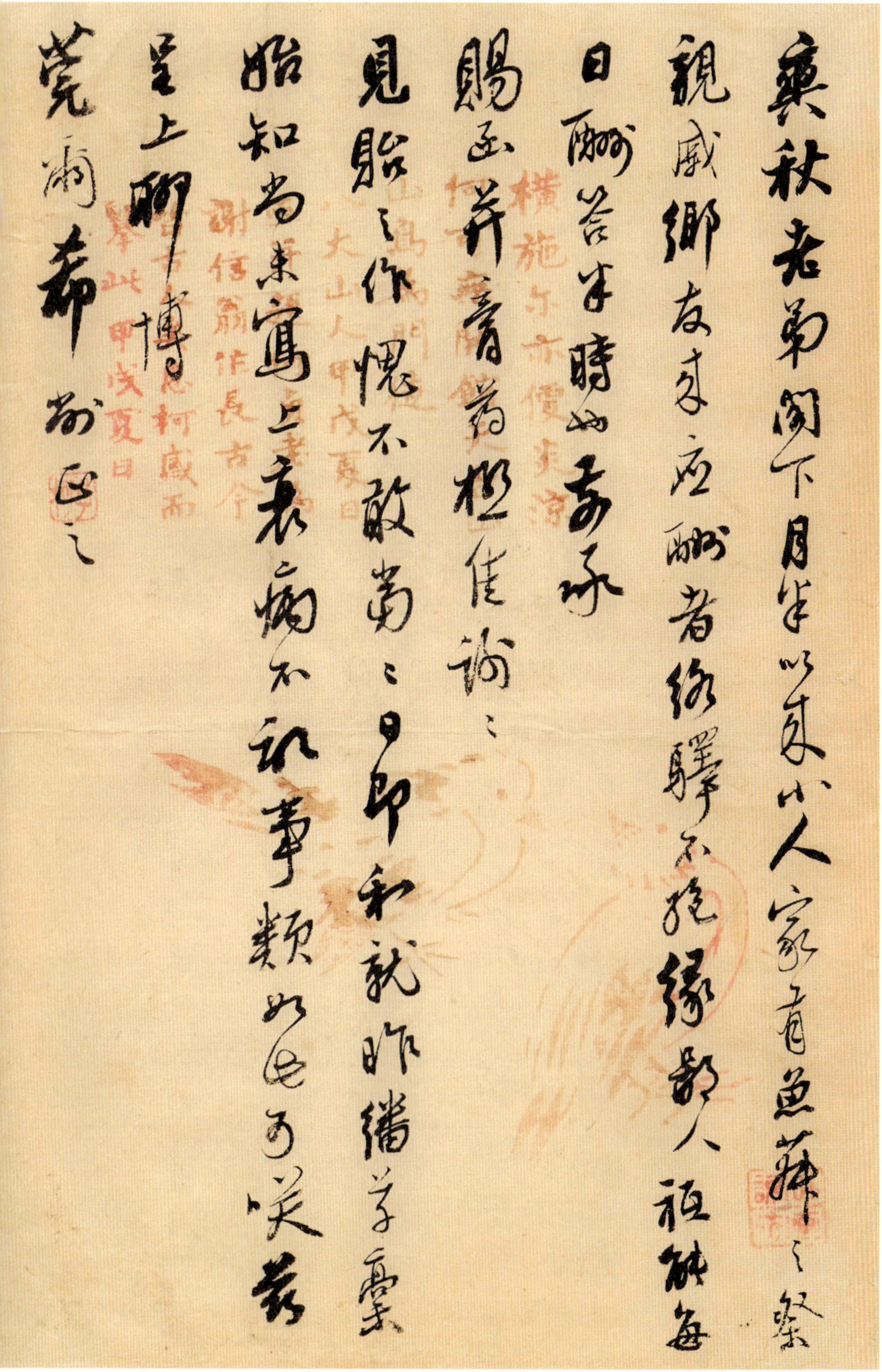
寅秋老弟閣下：月半以來，小人家有魚蘇之祭，親戚鄉友來應酬者絡繹不絕，緣敝人祖餘每日酬答，半時始歇。承賜五弟并青箋，極佳，謝謝。見貽之作，愧不敢當，當日即和就，昨備草稟，始知尚未寫上，衰病不記事，類如此，可笑。兹呈上，聊博莞爾，希斟正之。

材似積薪後居上，敢云無佛且稱尊。年光欲暮彌加惜，詩律因君得細論。時讀君詩集未竟

劇跡爲衡廬鞅雜，觀空願借佛維纜。君深於內典

青楊門巷相招迨，春暖務閒希枉存。

集和

枉贈七律，夜詠不成詩，不足一當

斧斲也。

愚兄壽昌拜草

嘉平廿三日

六脉偏細，心液虧耗，陽不潛
藏。治宜緩劑，養液以期卧
寐。神怡，然後歸脾補心，法所
能收效也。附方敬請
酌服
友人汪仲伊為余定方

真甘枸杞子三錢　蓮心　大麥冬三錢
真淮山麥五
小紅棗十个（去核）

廿日

槐枝　柳枝　桑枝　杏枝　皆連葉各一斤
枇杷葉　女貞子各二兩　白菊花　夏枯草　龍膽草
各四兩　不食草　薄荷各五錢　花椒十四粒
烏梅半斤　黑小豆四兩　紅棗二斤　蟬蛻去頭足三錢
用水一鍋（砂鍋、鐵鍋、銅鍋皆可）熬半鍋，去渣淨（水用天水、河水皆可，但取其清潔，不必拘於數）
下青鹽方，白鹽十二兩，收稍用，再熬午時
以瓦瓶收存備用
存齋重書
吳尚老遺清陽膏洗赤眼方　試之有驗

養心湯 治心虛血少怔忡不寐

炙黃芪半 茯神半 當歸半 柏子仁五分

酸棗仁錢 遠志肉五分 製半夏五分 精仁五分

肉桂半 丹參半 麥冬錢 五味卅粒

服二劑後丸方多以十貼爲一料

晚遁居廿葉湖側，今秋八十，尚存此二札方，變以遺予者。

果變尚先，毅人祭酒孫，西谷府谷丞長君，甲午舉人，以醫隱竹西市中，活數萬人，不受一錢。行書瘦硬，學大令。予嘗得其手札數通，今覜敗簏無有也。變性真率而和易，博覽群籍，言魏嘿深先生事甚悉。維揚人莫有能知之者，但遠道稱有飲藥吳翁而已。 樓肯一行

大生地半　五加皮半
大熟地半　秦艽半
杭麦冬半　川芎半
明天冬半　桂枝半
陳酒十斤加白蜜半斤赤砂糖半斤
好米醋半斤和勻將在藥絹袋包
裹同入磁罎豆腐衣封口安放鍋內用
封蓋隔水蒸三炷香取起窨埋地
下七日後可飲

此方汪龍溪縣丞贈
雲壑循撰蒙孫也
壽同客竹西書局

啓者左侯致
草稿壹函漏未送去特再奉
上函其饋歲之資乃交誼之常揆之於義受不
傷廉若必卻之轉覺難於措詞尚祈
詳酌爲幸此布敬請
奕秋仁兄大人台安　小弟周儀頓首
十六日

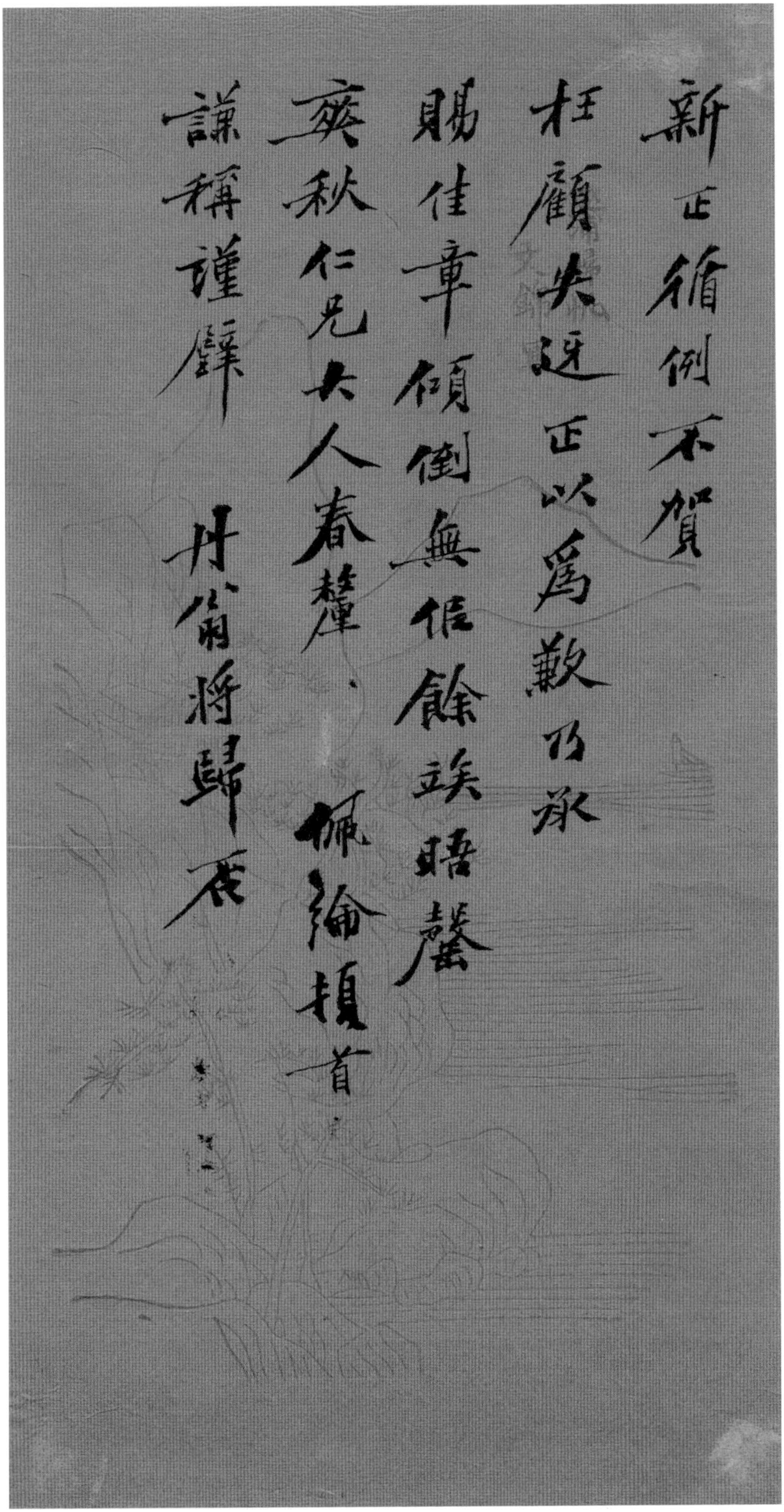
新正循例不賀
枉顧失迓，正以爲歉，乃承
賜佳章，傾倒無佀，餘俟晤罄。
爽秋仁兄大人春釐。　佩綸頓首
謙稱謹辭　丹翁將歸辰

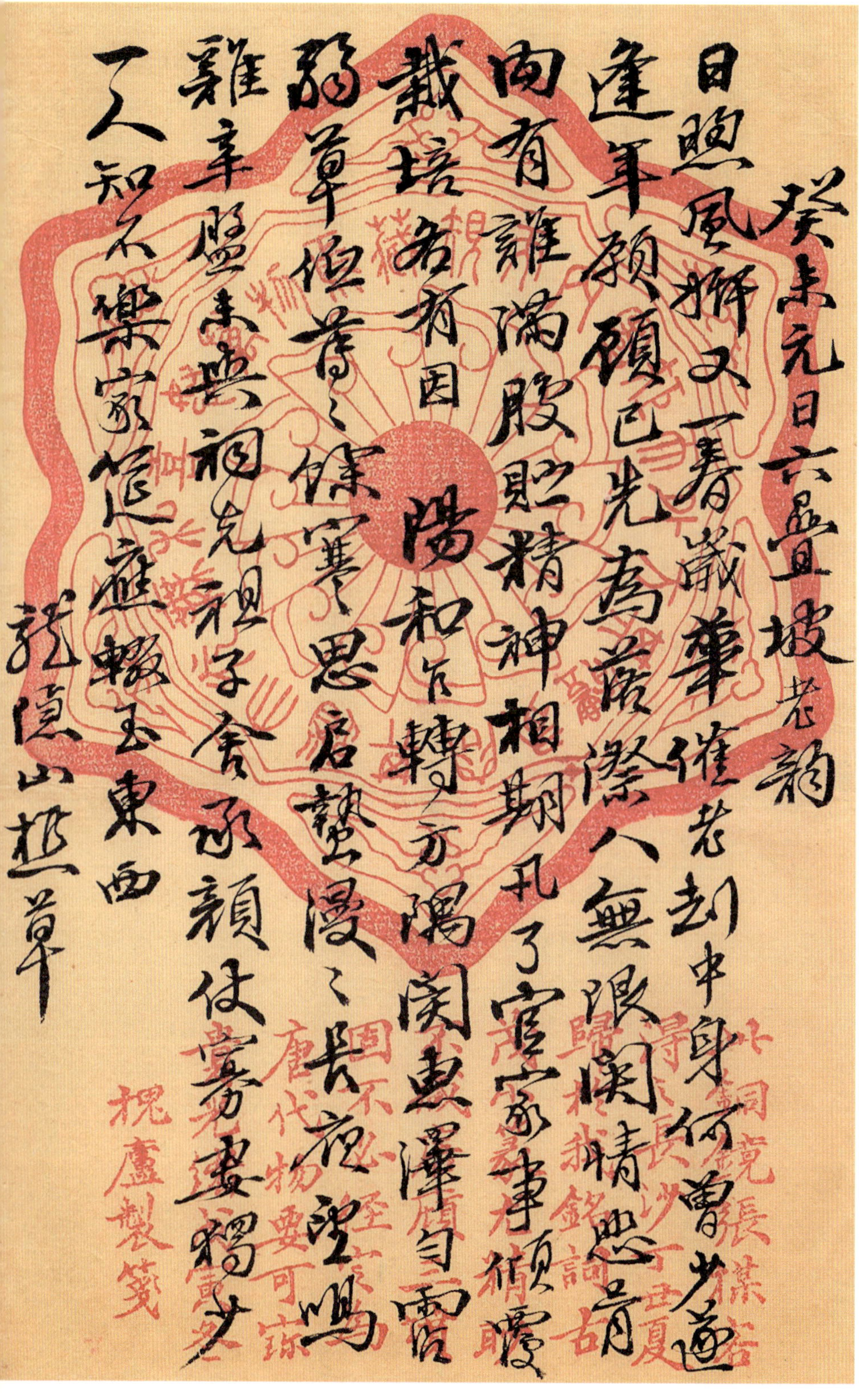

癸未元日六疊坡老韻

日與風擲又一春，歲華催老劫中身。何曾少遂逢年願，頓已先爲落溷人。無限閑情悲暮雨，有誰滿腹貯精神。相期孔了官家事，須覆栽培各有因。陽和旨轉方陽閏，惠澤勻霑弱草復菁菁。保寒思啓蟄，漫漫長夜望鴻雞。辛歷未興祠先祖，子舍承顏侍寡妻。獨少人知不樂，家庭輟玉東西。

龍涇山樵草

壬午嘉平二十有一日立春五疊坡老詩韻

千門綵燕競宜春自外息波錮此身有影沈

寬顏見日無情佳節又驚人屢從慈竹探安

訊難向庭梅卜喜神且長惠半生知未忍之相甚

風月補前因對偶年無讀背譏觀書惟厭

槐頭位聽渠易氣回萁子穀我天寬佰木雞

潛壑未堪心賤息酒詩難奔散山妻聊因節物

一觴詠回首家人魏闕西

龍山樵呈稿

槐廬製箋

奭秋仁兄大人閣下：十月中奉復一書，計呈

清鑒否？下歡歲伏維

春來多福星頌。笠翁過茅小住兩日，同游天平山。笠翁

腰腳甚健，竟陟絕頂，尋上白雲舊時題壁。弟扶攜攀不

能進，步与詠裳僅達半山之麓，盡覽林木叢殘，寒雲室冷，於

撫青林佳日之足貴耳。携有湯氏舊藏越醸，盡醉而歸。吟棠

嘆笠翁撐履清嚴，近今罕比，深幸能與一行，下氣常伸援

茅連茹如效可驗，後葉率涉冬已雁殘，滿逐歸來，今無雜進

論肇始之單，所謂不漏者，丹矣。蘇浙起運米石，浙則每歛減去十之四五，蘇則除額視上屆猶增三百餘石，得力於剔清荒熟。蘇則亦從西大減矣。浙中營制、吏治、民情三者都壞。黄金滿一亂，民耳窮。全浙兵力不能護衛，藥火於衛擊海，則營制之壞可知。州縣一意催科，圖地民隱亡以代彌補虧焉，不論將來恐致變端，則吏治之壞可知。朝廷錫蠲振款，下於災黎，奉陳破格鏟典，湖屬德清藉口抗糧，幾乎釀變，則民情之壞可知。當道意圖匡濟而輕棄一

後匝之術或有未明故雖萬目時艱仍無補三者之壞是誰

武弁事疏於甚平淡商賈趨利不知如何查復天下之禁莫大

於粉飾在粉飾者以為我顧政體不知政體因之益壞賊勢猖之

檢點本年讀書功課遠不如往年慨愧之〻附上梅花詩三十韻

聊佐鑒乞

賜莞存勿復擲還是幸年伯那

年禧並請　致　蘭階兄一函乞　飭送是感

台安百益

門下晚生朱之榛頓首　臘月初三日

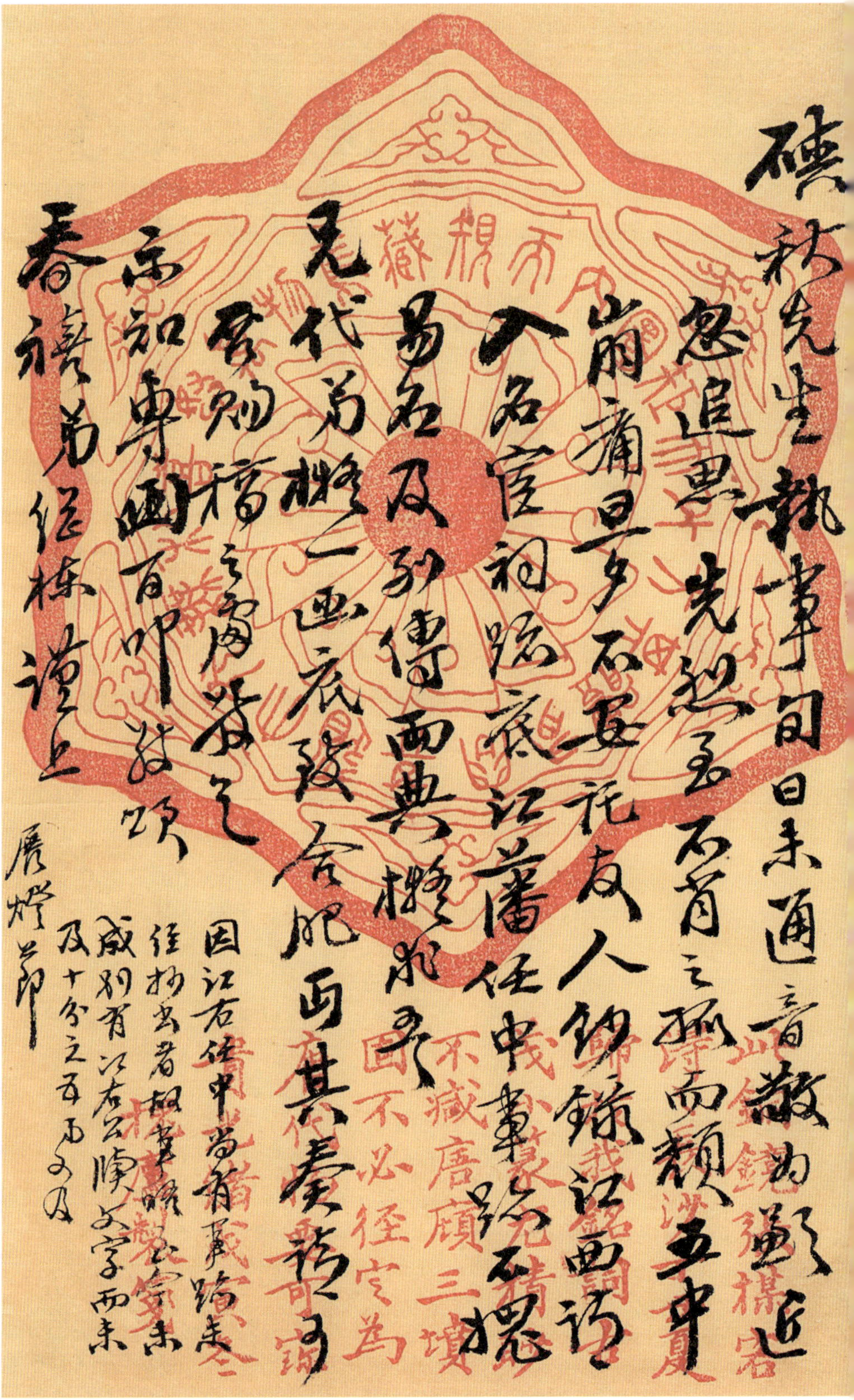
磧秋先生執事：日來通音，敬為[illegible]近
想退思先生五百之孫而顏五中[illegible]
崩痛旦夕不安，托友人物色江西諸
人名宦祠踪跡，江蕃任中事跡不[illegible]
易名及列傳兩典，機飛乎
兄代為機一畫底段，合肥西其奏議可
覓鈔稿之寄存發之
示知專函，百叩，禮頌
春禧。弟繼棟謹上
因江右任中尚有[illegible]未[illegible]成，鈔有江右公牘文字而未及十分之五[illegible]
[illegible]

手示並彭集全帙領悉前日見瀚丞兄說
及蔣中丞應撥祭葬文署中未准禮部
文到此事似尚託詞部咨到署以便補辦此
復敬請
巽林仁兄年大人歲安　弟廷楨
泰老爺

爽秋仁兄大人閣下　上元賜福　敬惟

新祉日增

覃庭春蔭　頌祝無量　容臘接奉

手教　祗悉傳人三經既有列傳　似碑文亦可省　郁況未必有撰

明文也　石髯向在金陵　亦止數天　送之當可作衙齋閒應之矣　今

尊贈五十均之稿　殊賜讀　每星寓目　說去詳現早欲並完不識何

徵耳　棠根老人從子高提　此時如將詣

吉邨姪之叙　說頗矣　芝蕤近與竹垞相接　尚是　貴許之力也　敬

望暖舊席也太郎一載有害無利今幸往矣特不知後函者又如
何耳　庫書之在補抄每年五千冊計五年可竣事特尚有三百
種外邊無從再覓向清秘底本交付巧豪　文淵儲藏又不
易窺　亦盼山右調劑不能究成盛矣　楊君書由無從携　奉家好
請貴自鈔周老漢書注另紙改上拙詞武林掌故叢編原定
百種茲已成七十餘種欲求　撰一種叙序無從面懇行
撰吏牘之况為之　今貴胃請後揚歸禱切切　此頌
道履萬喜　　弟心叩　[illegible]

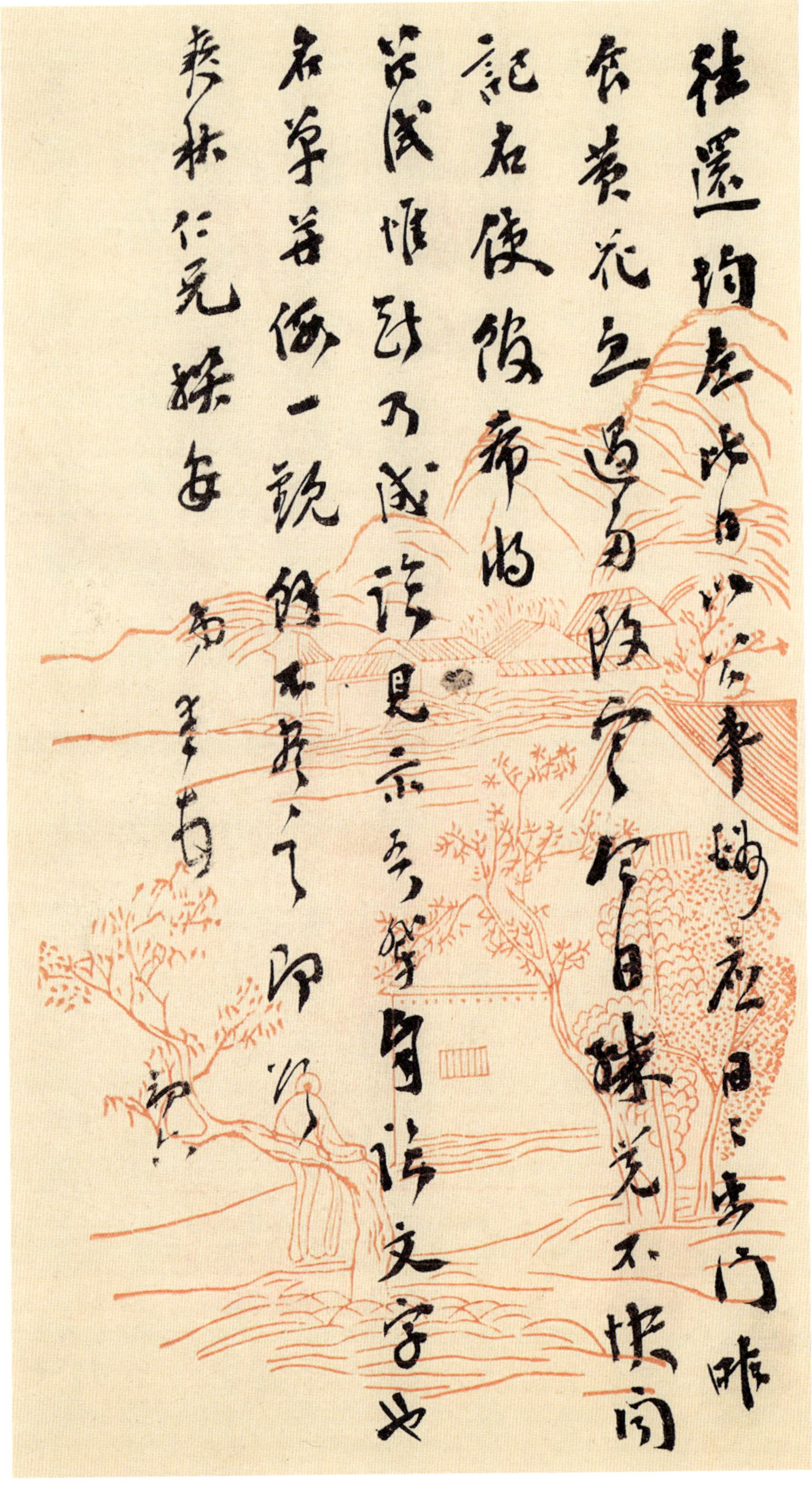

袁昶友朋書札・丁丙書札（五）　李慈銘書札（四十七）

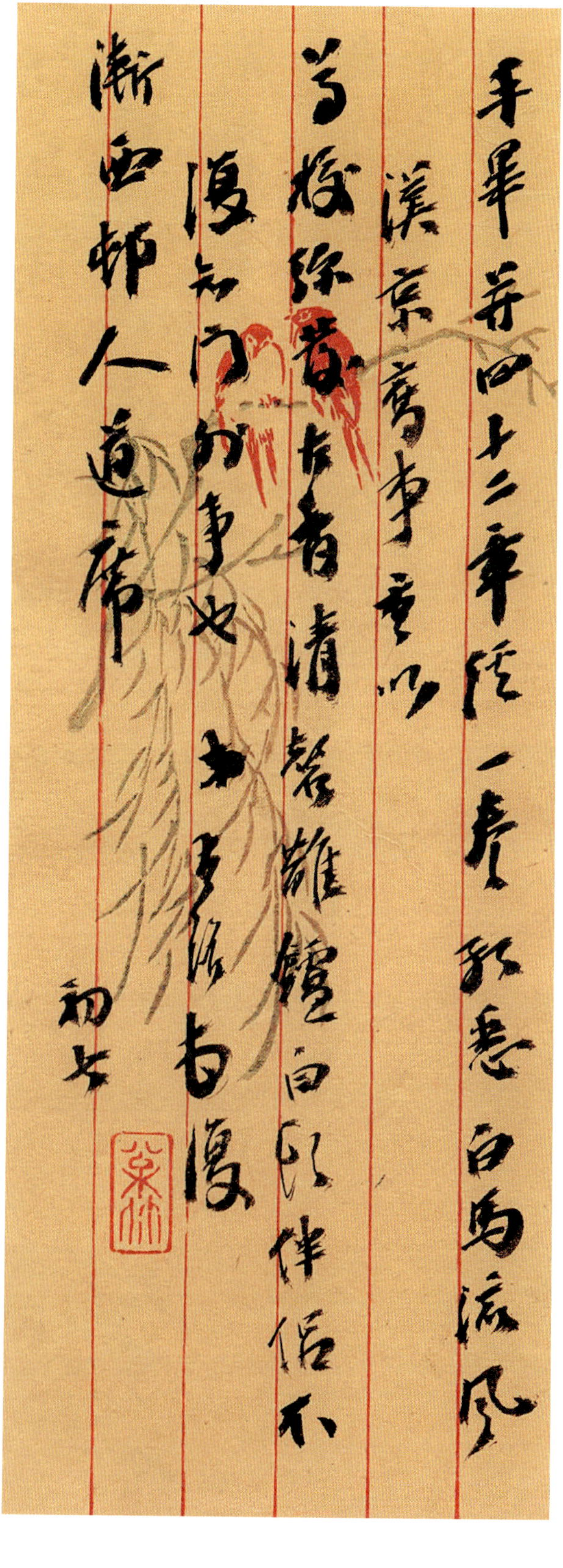
手畢并四十二年經一度敬悉白馬流風
漢京齊事重以
芳校絲黃古香清磬雛鐙白頭伴侶不
復知門外事也 未知後日復
漸西邨人道席
初七

冊己

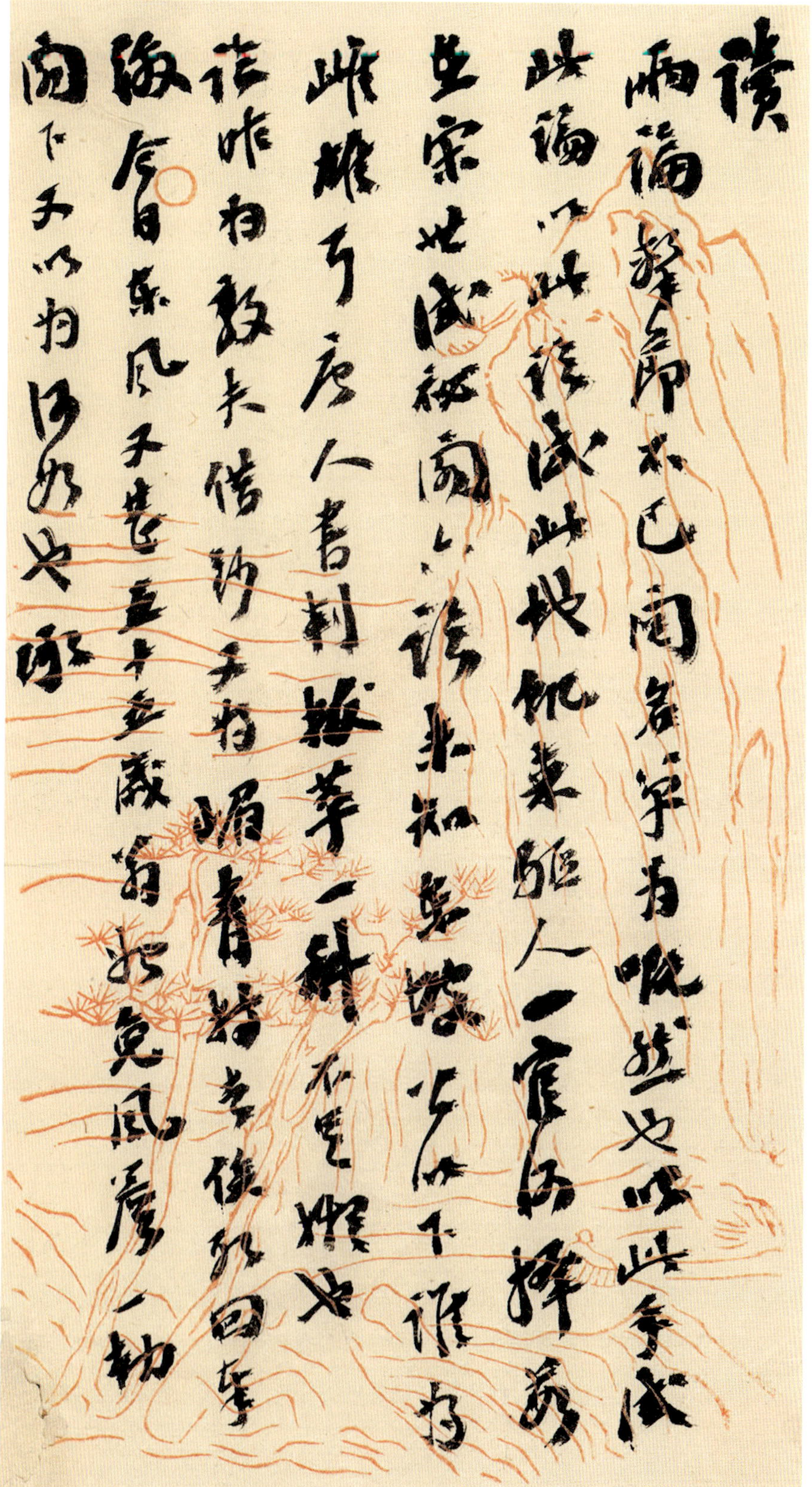

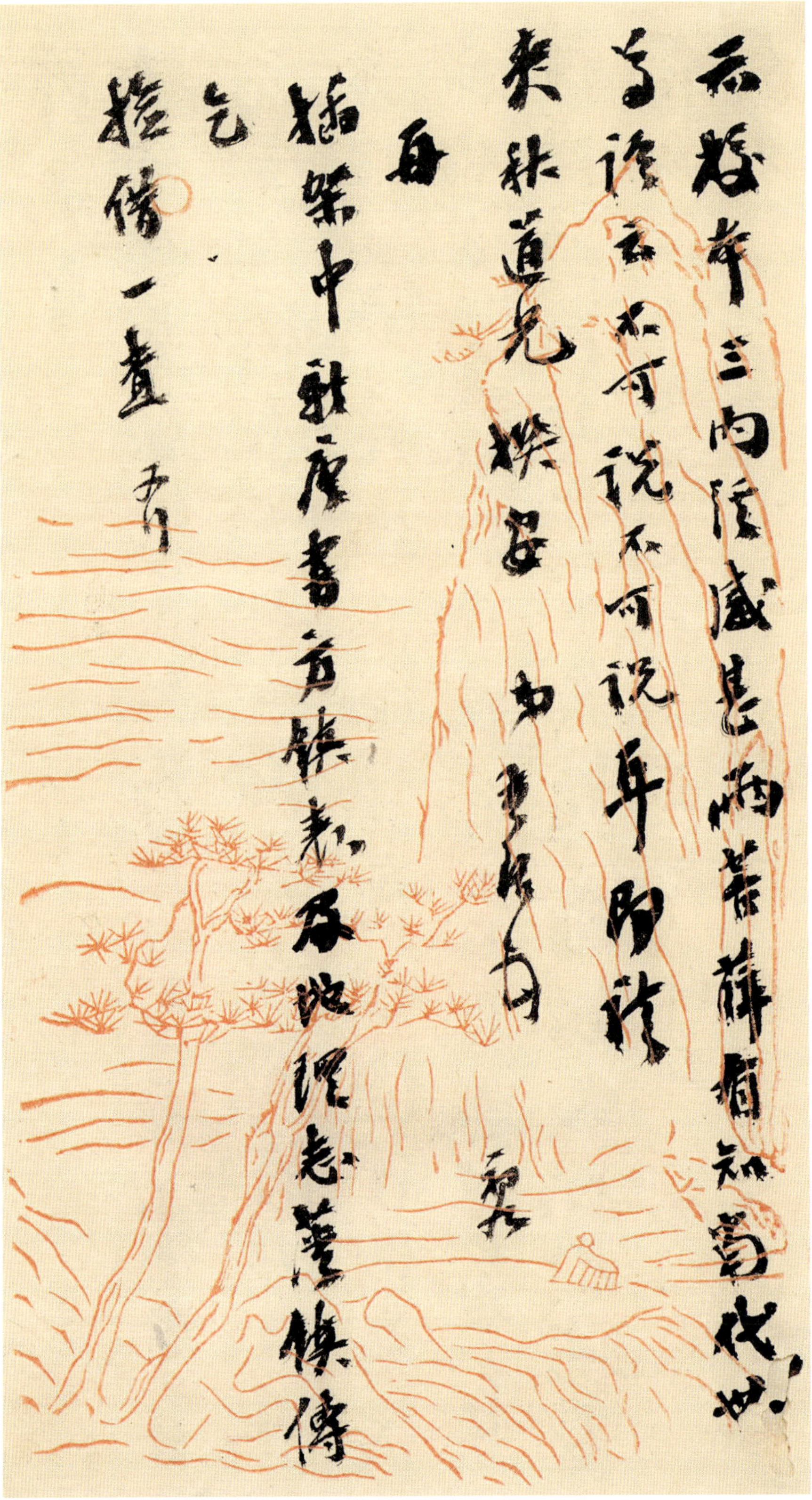

而移年三內後感甚兩菩薩眉知爲代也！
者語不可說不可說耳，明後
來秋道光撰器如柔月契
每
插架中新唐書前錄新孫說理志叢集傳
乞
擡借一查。又

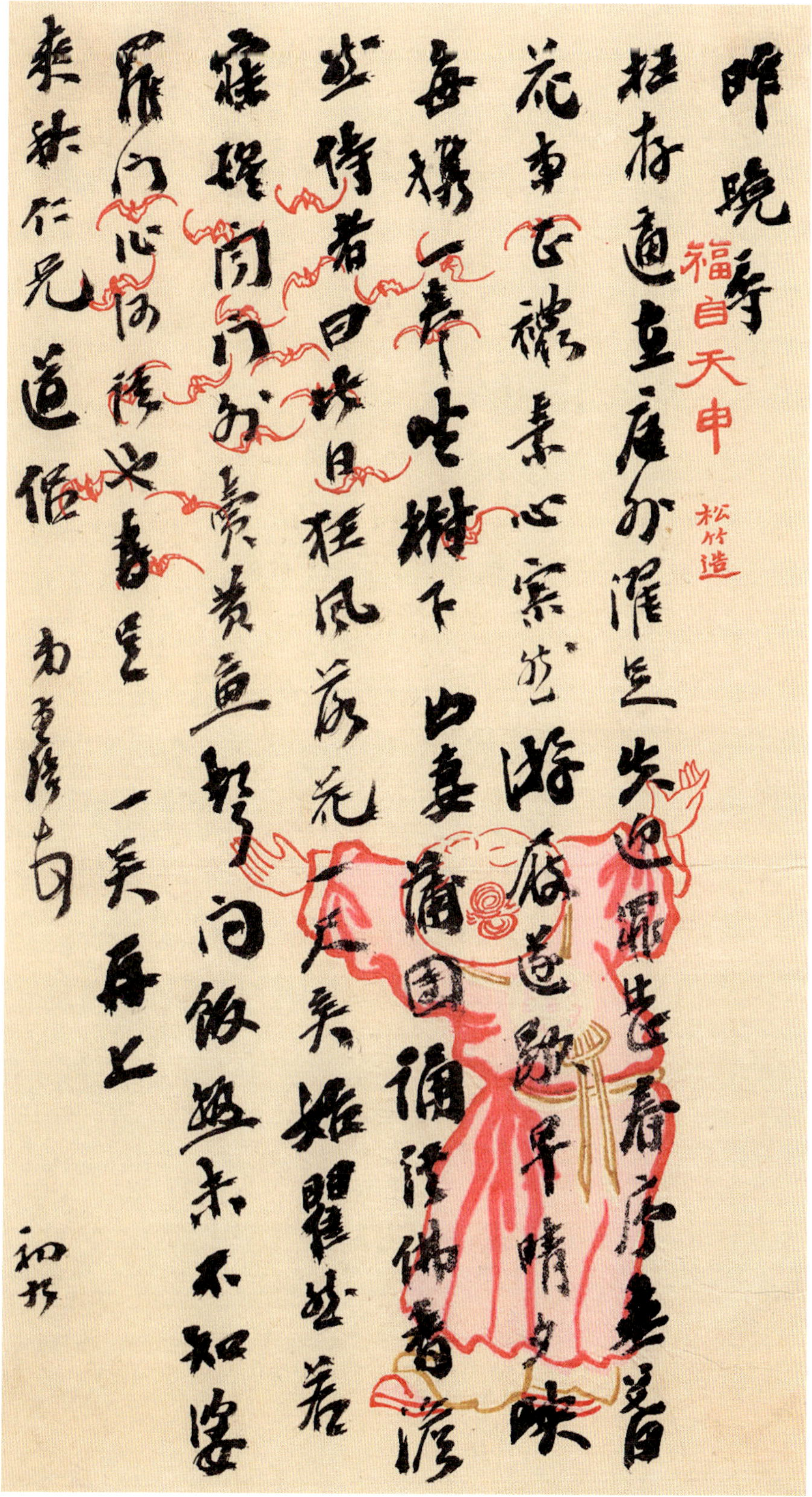

昨晚奉
枉存，適直庭外，羅之失迎，罪甚。春序垂暮，
花事正穠，素心蘭於游廊並發，早晴更喚
每携一壺出樹下，山集旛圖，誦經佛香盡
並侍者曰：昨日狂風，落花一片矣。娱瞿然若
寤，提閒門外，賣黄魚鮮，問飯盤來，不知婆
羅門心何證也。奉呈一笑。尊上
來秋仁兄道偕
弟重陽頓首
和拜

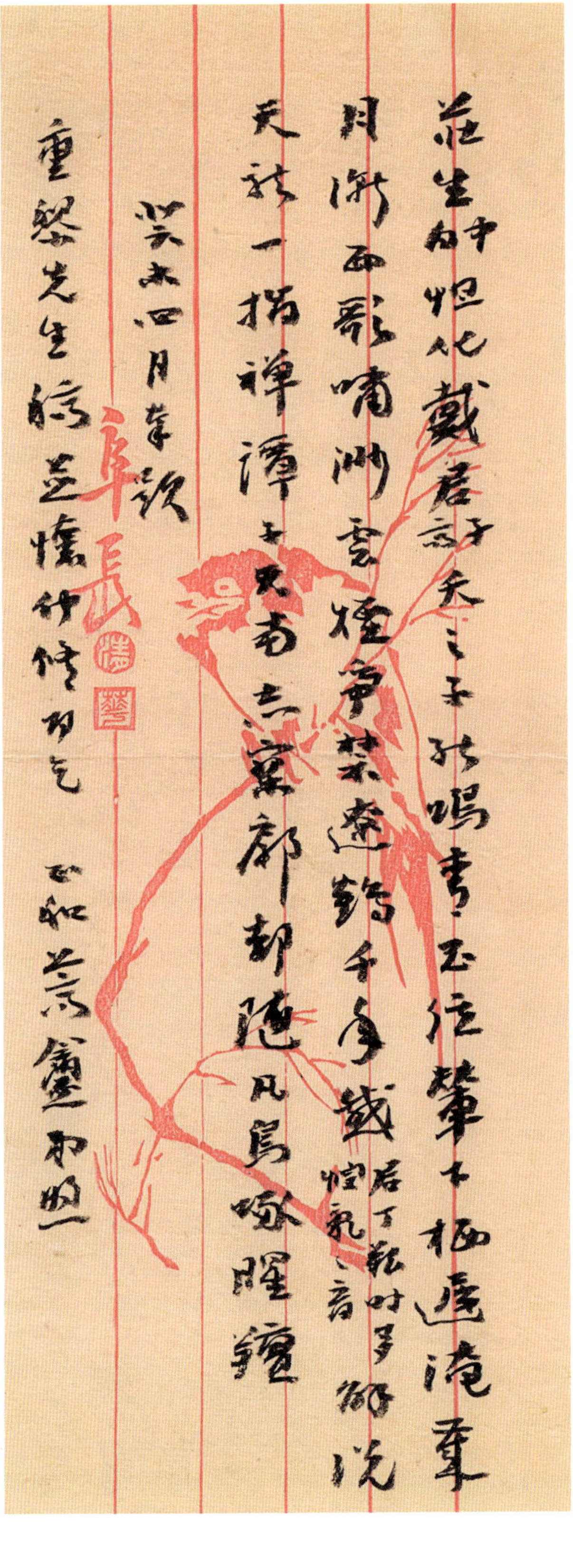

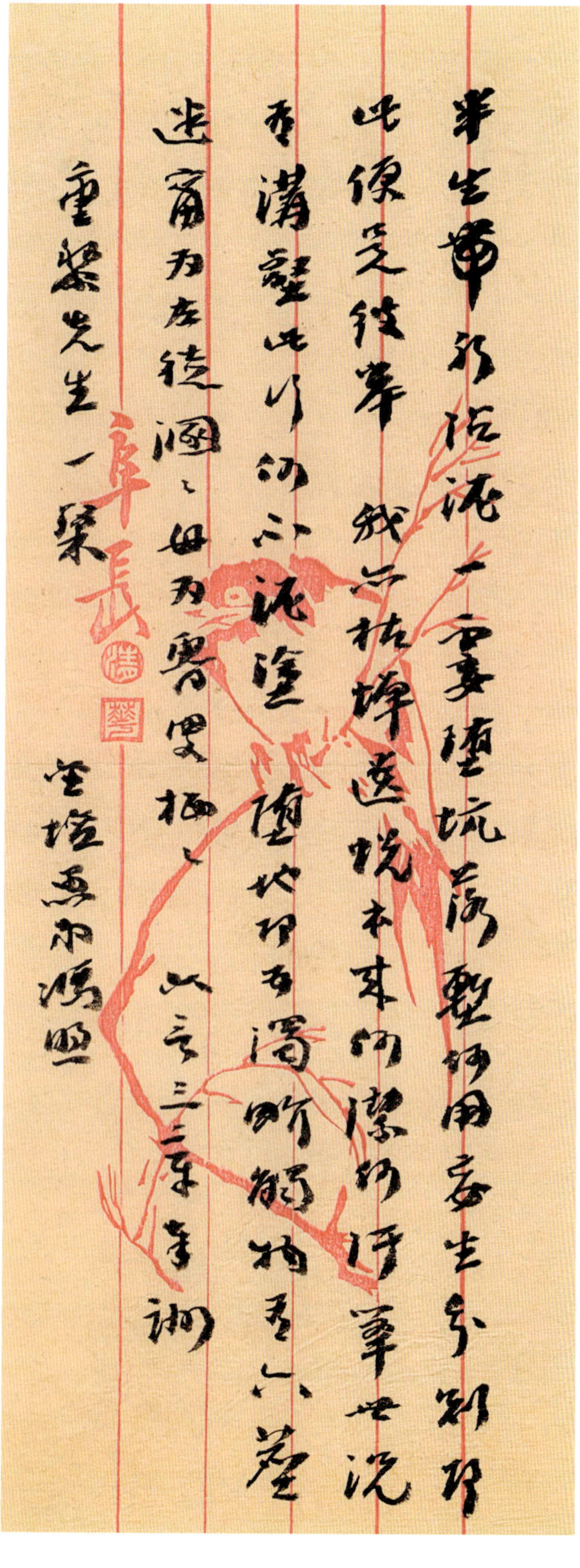

半生帶水拖泥一世墮坑落塹何用安生分別[illegible]
此係先德筆 我亦拈將送[illegible]本來何[illegible]何[illegible]筆世[illegible]
香溝壑此行何以泥塗隨我[illegible]濁所獨[illegible][illegible]楚
迷窗為左徒圈、母為粵[illegible]極、 以上三年書[illegible]
重樂先生一粲 [illegible]
[illegible]

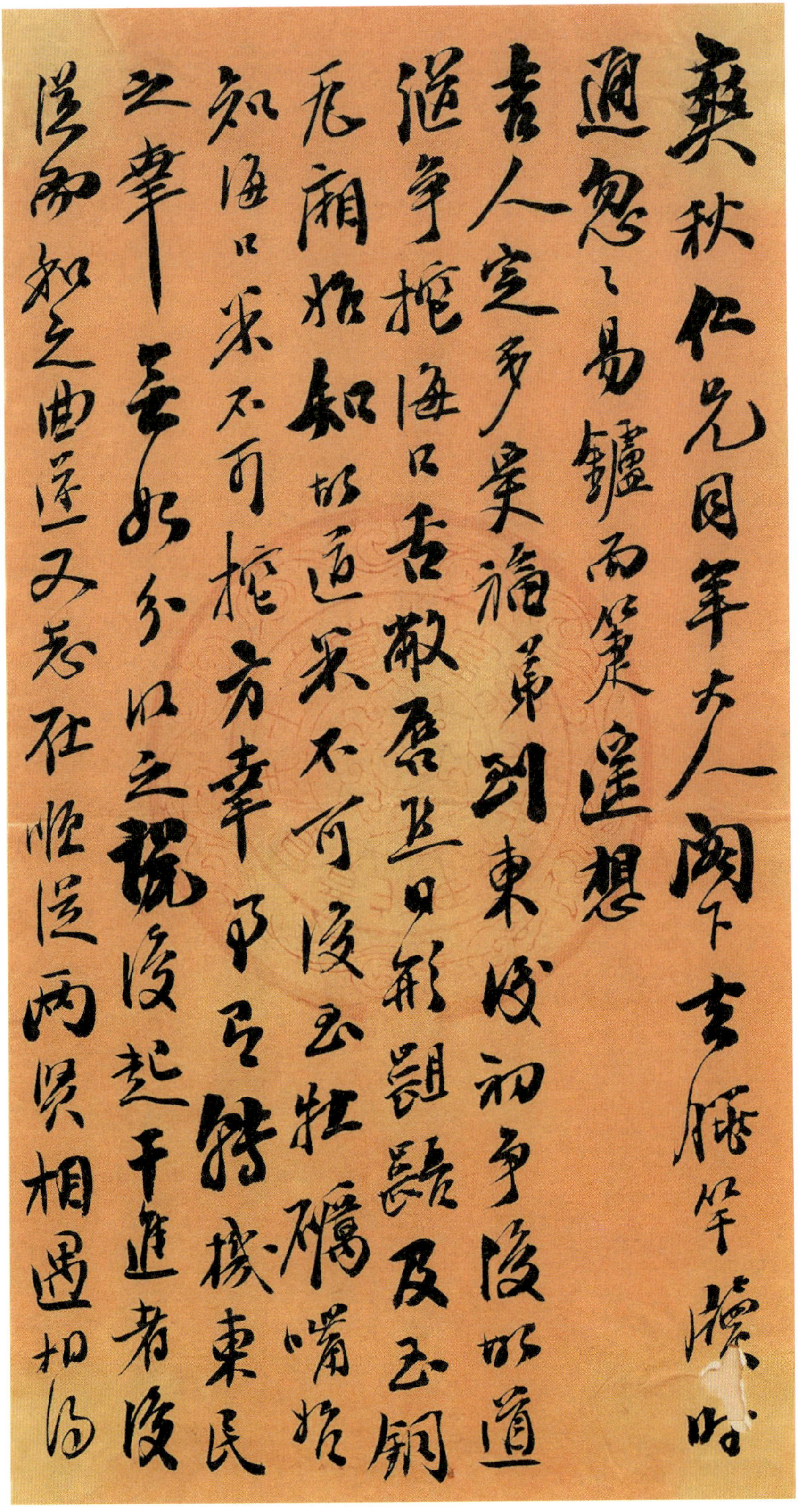

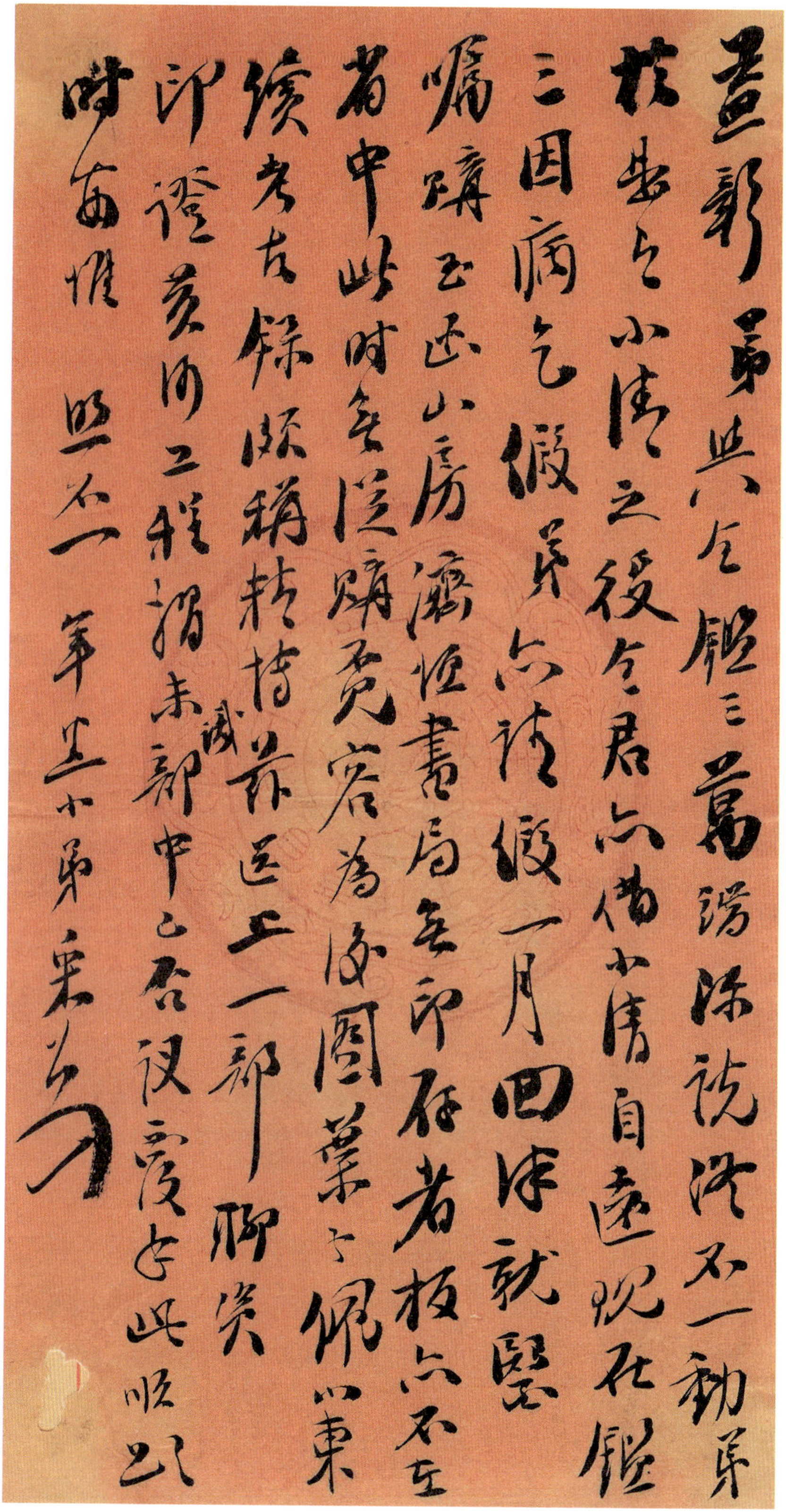

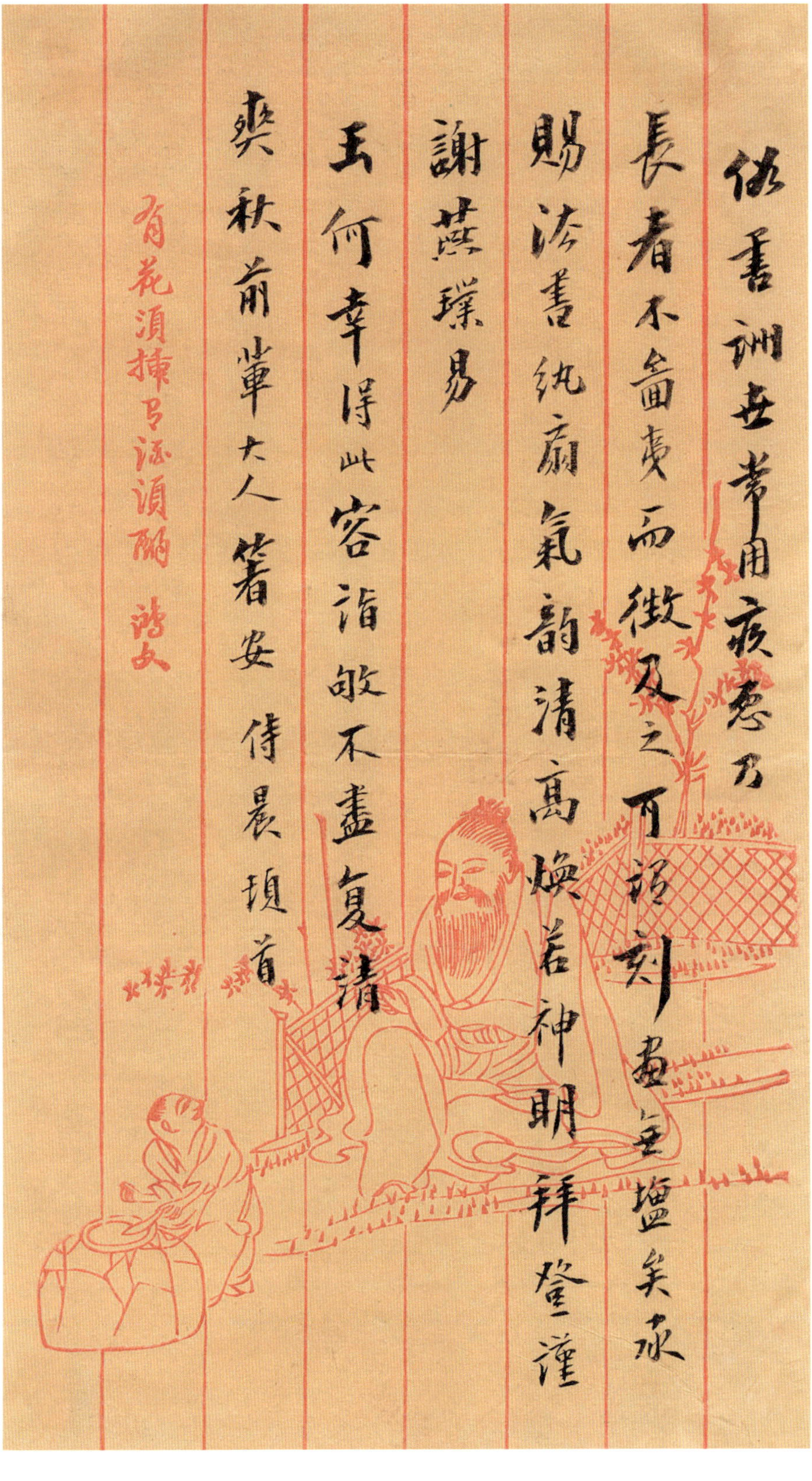
依書翀世常用夜悉乃
長者不齒處而徵及之百詠刻畫無鹽矣承
賜詩書紈扇氣韻清高煥若神明拜登謹
謝燕璞易
玉何幸得此容諳敢不盡復清
奭秋前輩大人著安　侍晨頓首

爽秋仁兄同年大人閣下：客冬都门暢敘，藉罄積悰。握别殷殷，尚不免離索之感。迺蒙
惠贈異書數種，
雅誼高情，深愧無以為報。比維
勛猷日懋，
籑述閎深，已為企頌。弟自客臘出都，繞赴省
垣，歲杪始回津门，俗冗毋遝，歷碌如恒。現因
家兄調補通永道缺，已照例呈請迴避，由

大府咨達　吏部，靜候製箋，不出旬月晉擢。
三省約計月內可奉明文，亦起程赴省，當在夏
初矣。亮生因年隨節閱河，久無音信，未知何時
可以回津。敬孫別駕在皖辦賑，其被謗之事
當漸冰釋，不足慮也。弟曩在京華，與　朝邑尚
書泛論賢才，頗盛推
執事之才識學問，行誼無一不美，茲特出同津
啟復上書　朝邑，力伸前說，並接　朝邑函稱

台端學識淹雅事理明達現常煩以公務等
語足見
豪傑處世一逢哲匠如朝邑者則脫穎而出但
恐郎署浮沈尚未能大展
驥足耳茲偶檢得拙文一篇尚係五六年前
為傅相代作者因其稍切時艱寄呈
一閱因彼此至好無所隱避幸
秘之勿以示人也肅泐敬頌

台安諸惟

荃鑒不宣

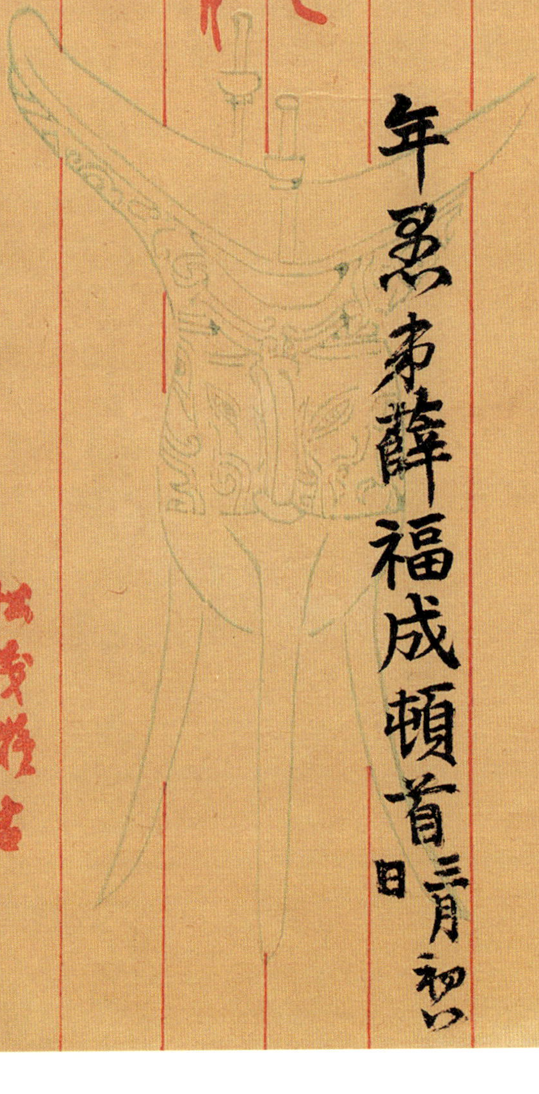

年愚弟薛福成頓首　三月初四日

秉秋仁兄大人閣下：試卷已經校畢閱定，
大名高列第三，昨將原卷寄還，即當復仍
寄送，因今早仍候校畢發閱，再加印賀。
大安　弟張以[illegible]頓首
揀選書未定如
初五日卯刻

奠秋賢契足下：匠初兩接
手書，欣悉年底又舉一男，
忠孝家門，子孫蕃衍，
足下性情敦厚，器量淵沈，將來後福，匠未有艾，
至親至契，無諛詞也。兩老且朽矣，頹唐之狀日增，
一日止酒不飲，束書不觀，終朝枯坐，等于木雕泥
塑。生平有山水之好，而腰脚限之，鶯花絲竹，暮年
藉以陶情，僕僕遠游，亦所不樂。叔起比部向來親

瘦近就梅花書院之聘，老友遂無一人，因此外來間

酬應一概謝絶，惟門下士默晤無間。痰喘加劇，賞先

為可怕，所幸者精神尚可强撐耳。棣抱入都，一切

仍煩教導。伊年雖及壯，而于世途究未涉歷，氣局

不甚宏濶，而又防其斷弛，若能偉與鑚花之宴，俾

先兄遺澤藉以綿延，則如天之福矣。樞兒里居，令

習田園瑣務，勢不能責以伏案，但求其為鄉党閭

好之士，不望其馳騁名場也。樫兒資質中下，而又加

以鈍憒之資勢不能嚴加督責但求其為識字明

夫不墜其翱翔藝苑也慎之被議子期遠逝皆金

陵極（大）不得（幸）意事上年連喪陳耘芬劉恭甫趙硯甫諸人皆吾門之選士林為之氣奪

秦伯虞姚友梅朱豫生陳雨生為孝廉中翹楚均

不應禮部試本屆老科應試者以甘劍侯鄭秀垂

為最若捷春明定登詞館新科應試者以陸生

春官仇生繼恒為最然能屢厭乃備庶常吉士

選也侯相消假之後江東父老頌聲載道歡聲

載道蓋惟恐其不消假也昨已起節往江陰吳淞
一帶巡視海口驗看砲台約在二月下瀚返節據
鞍顧盼矍鑠如常一代奇人允無遺議所惜者
性善遺忘左右庶僚忍心欺負故雖力求整頓而
其事之把持轄甚官場之買賣翻新候相孤忠直
方指天誓日愈益蒙蔽釀成狗苟蠅營此間大局
將來殆不可問近日都中言路乃謠甚閙生風起
登白簡者多係封疆權貴甚且攻及文學侍從之

臣而于外省親民之官絶不置耳喙，豈以簿書末吏不足以辱彈章耶？豈知劾一令則一邑之百姓受福，參一令守則一郡之百姓受福，劾一令藩則一省之百姓受福。十數年來倒懸之厄遍天下矣。贓官墨吏橫衝直撞，端人正士銷聲匿迹，尚復成何世界！不于此等處講求，而于無災無害之御史半通不通之廄撰，索其瘢垢，訐彼陰私，擾之國計（便覺拉雜）民生有何裨益？只經不談時事，偶及一二，不足為

外人道也新正積陰數十日寒倍于冬鮮廬梅花
因之凍損老懷更覺不歡亟望天公放晴春光和
煦猶得吾廬之中以纡積悶烏龍潭畔新植楊
柳數千株桃花數百樹俱已成林蔚然爲西城
佳處頃子朋進編盋山志專紀西城之勝分形勢
祠廟園墅人物藝文五門漸次成書鮮廬記載入惜不得
足下相與考訂也輒（瑣）雜（屑）言之藉當面敘此賀
大喜兼歡 閤第新祺 時雨拜手啟 正月廿五日

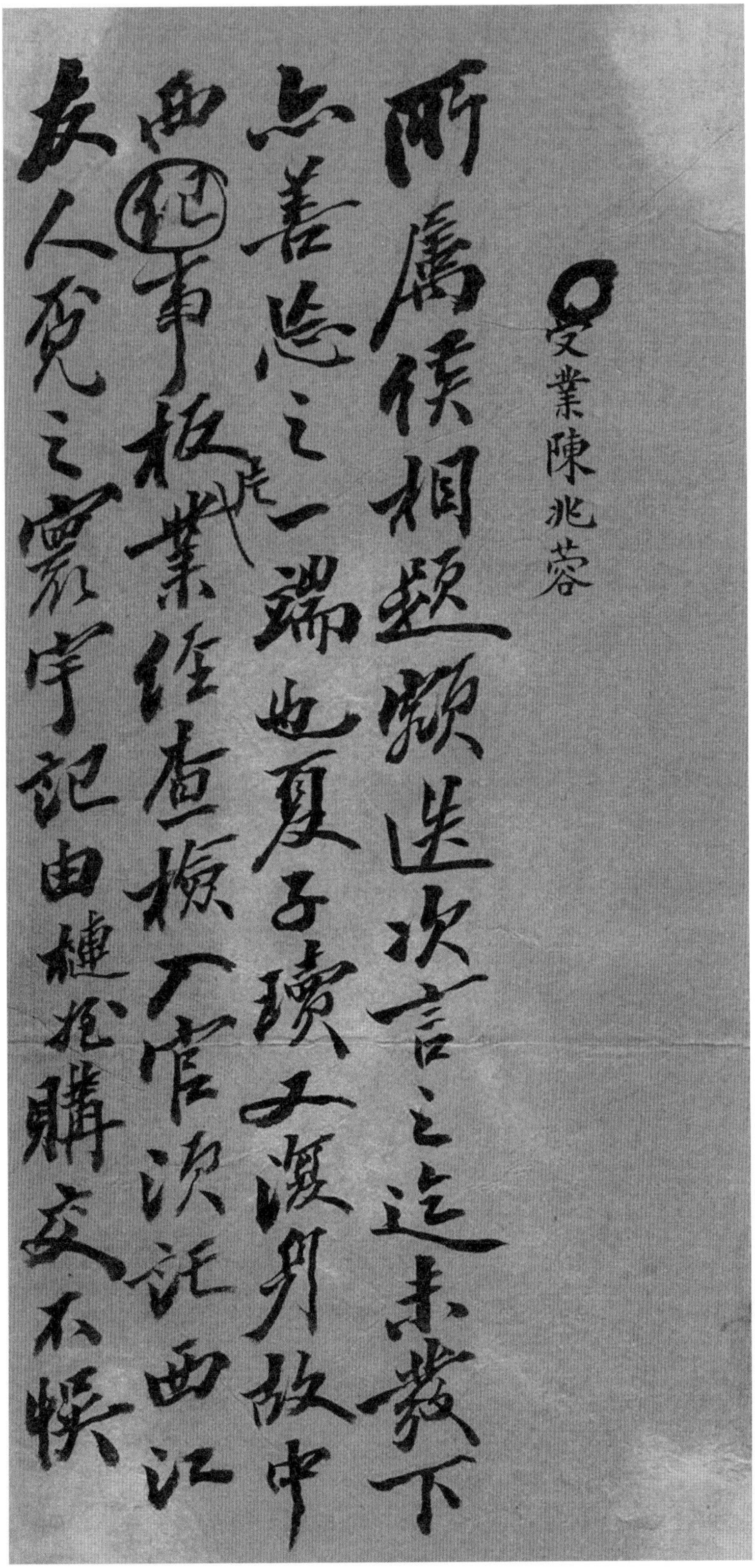
受業陳兆蓉

所屬侯相題跋送次言之迄未蒙下
照善悉之一端也夏子瓊又還月故中
西紀事板業經查撿下落次託西江
友人覓之寰宇記由楗抱購交不悞

奕秋仁兄大人閣下：二月中奉讀

手翰，知歲杪一書已達

青覽，敬讅

勇福駢如所頌，旋於月初由高郵遲交到仲冬所

惠書並抄示各紙，廣我聞見，甚快甚感。陶翁嘗謂近

今駢文作手，劉孟涂清駛追步北江，李蒓客則抗衡北江，

其推重蒓老獨至。讀其復

執事論高文佳處，摩持正驂，可之往往又墮小說曲其

好作子家語寥寥三數言如陶翁自論詩矣蓋陶翁
平日自立力趨皇甫孫兩家而參以諸子機調意在避
熟就生而終不逮詩之能別出機杼志剡嘉定墓自款情
事雖肖而體類小家轉不若傅星槎所撰家傳不知因何
所感而自裁詞氣大方用以自慊文無留稿 鄭盦尚書曾
索行實欲列之作者之林泊將事狀寄都尚未適以
札去館僅逾月餘不獲編入文苑終始命薄良可傷
已名直省停止分發部議如何或且暫停十年疏通流

滯於澄敘之道莫要甄別停止之策祇遏後來之不至
而睫前之龐雜猶未計及或謂員少則仕途自清此更不
然夫所謂清者清其賢不肖也倘専以員少為清仍於治
道何補是誠以訐為直之見也前月禾郡桐鄉屬土寇仇
殺釀大案守令皇遽無措幸省垣派員遲就擒逆
而客民受創必圖報復後患未艾數年來誅富强之
術者胥以礦務進初行於湖北直隸踵行江南諸省效如
捕風貴則不貲出售股分票伸縮其間高下其價徒饒首

事之囊橐，大困入股之生計，利臨志昏之輩，猶希冀如
天雨金，一旦得之，亦惑矣。滬市甲天下，商賈動逾數十萬
市為之衰，強半股票空盤基之害也。錢衎石先生記事
稿載三國會要凡例，似已編纂成書，春初承中寄到
稿本，則殘缺近半，續補甚費歲月，須求足本方
能校刊。內有三國證聞一書，極完密，可與裴注相發明，
擬先清本，擬梓，第浮沈需次，藉此解嘲，敢云
好耶。家母前患咳嗽，經月始愈，差堪告慰。局

刊唐文粹撮小字本審思明之翻宋版者通禮撫

道光朝續修刻本夏間可次第竣工矣然公自劾去官

足明不欺宜恢夙昔自勵之志以繫衆望昇庵以劉子政

况之子政平生亦有鑄金一眚然未嘗不掩其忠愛之忱

則詩人緇衣之刺猶其末耳 手泐布肌敬頌

箸安惟希

愛照不一

門小弟朱之榛頓首 三月廿四日

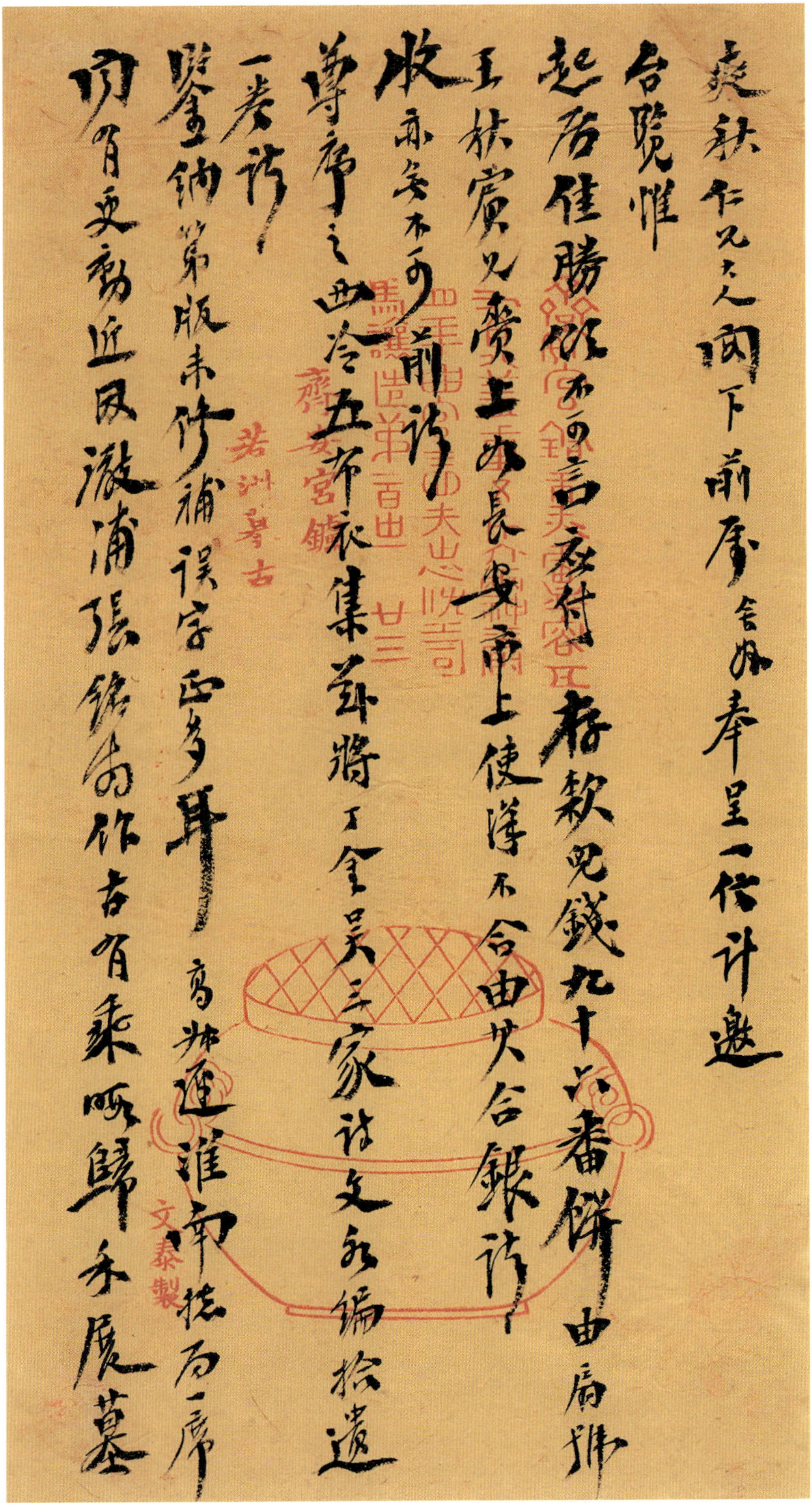

致奠，改順道來杭之意，惟茲光景亦不能久閒耳。
尊處能爲之設法否耶？專此泐請
大安

慕向　月廿六

又前啓一束，雖近迂腐，然似有理，請
分佈如何

齋安宮鑪
若洲摹古

爽秋仁弟台大人惠鑒：前年秋仲接奉

尉函，承

賜題障溪願之下西莊當賢，不記臣由京寄來者，代為陳謝，當

旅次蕪口

尊書，捨弟臣軸見寄，炎夏後出念姪輩，屢誦並深感痛

並承手蒨，又時兩載，竟未修尺素，並承萬歎，推歲月想

知臣必不責其疏慢也。比維

榮問隆美

德業式暢，當豈闓生風之日，正
英賢陟臨之秋。吾
弟嶽峙有年，行可出而宣力矣。勳略積祝，無時湛積，技
富何慶。賢昆已有幾人，偉魄雄入者足勇，衛護內，大學為
譽房，詳諸自出日，睢
昆猶邪丁示，懇寶倚，於前年九月擧柩旋，須以積其年
十二月初三日合葬先君塋次。十七年生壙為祝，幸無咎幾
之路，負土壘石，天色晴而氣和，不甚冰凍，此皆仰賴

福茂僅不孝之身得以粗完大事，至此以往，所懷濟鬱亦
藏迹矣。因鄉向無居處，遂移葬陽羣後，孝弱小，勢須簡
從肆中，以從祭掃中間之次，並於和爲樹孝，從五叢堂義
負諸陽，被官侍章奉而來，又因產薄不足供衣食，飲恆勢
難再居，且衰頹之後，肌肉頓消，鬢黃齒缺，兩耳時聾，亦
斷無此精力，常常爲人作話，擬俟假滿再謀居處之所，請禮
從時所念，姪輩糟物雜省，藩臬道之署，以暇之有閑時
臨者，明貴子爲弟日所託諸篇，畢存，敬拜以候，一併呈此復。

無父陞惟諸兒因遷延蹉無定不得嚴師訓教有負先慈
遺恨日夕皇皇，彭彥文不在絳，第所投經師人所著素
易求大者耳。臣十三諸經相畢，書未全讀，時文以下皆未之轍
平常於宦時在一日不能不盡一日之心耳。此只餘生有所望
吉長安遠照
姻雲在霄，把臂無由，寸衷如結，手此布懷，敬請
台安，諸頌
潭安。姻兄制寶琦 頓
諸兒侍叩
四月八日

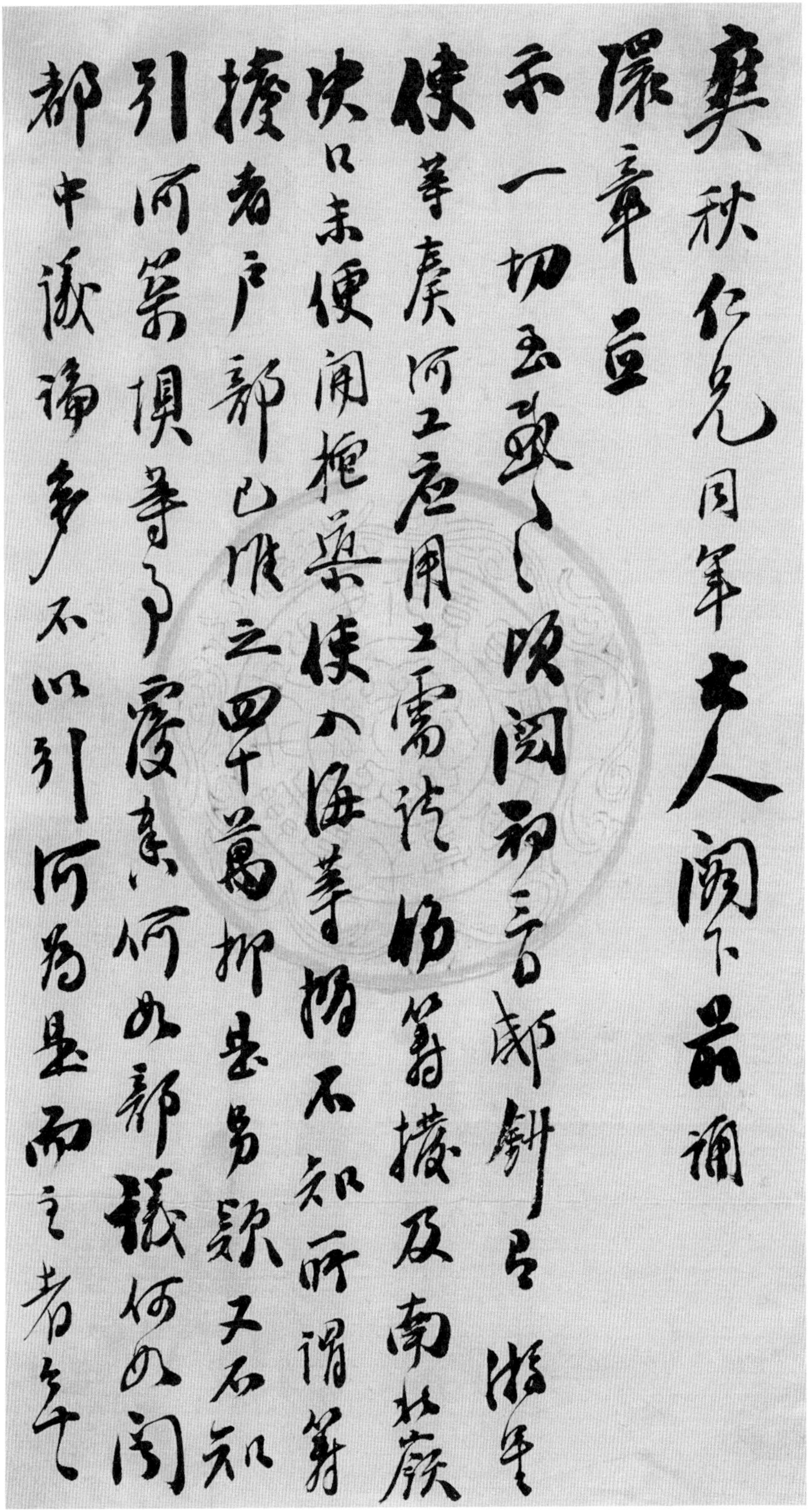

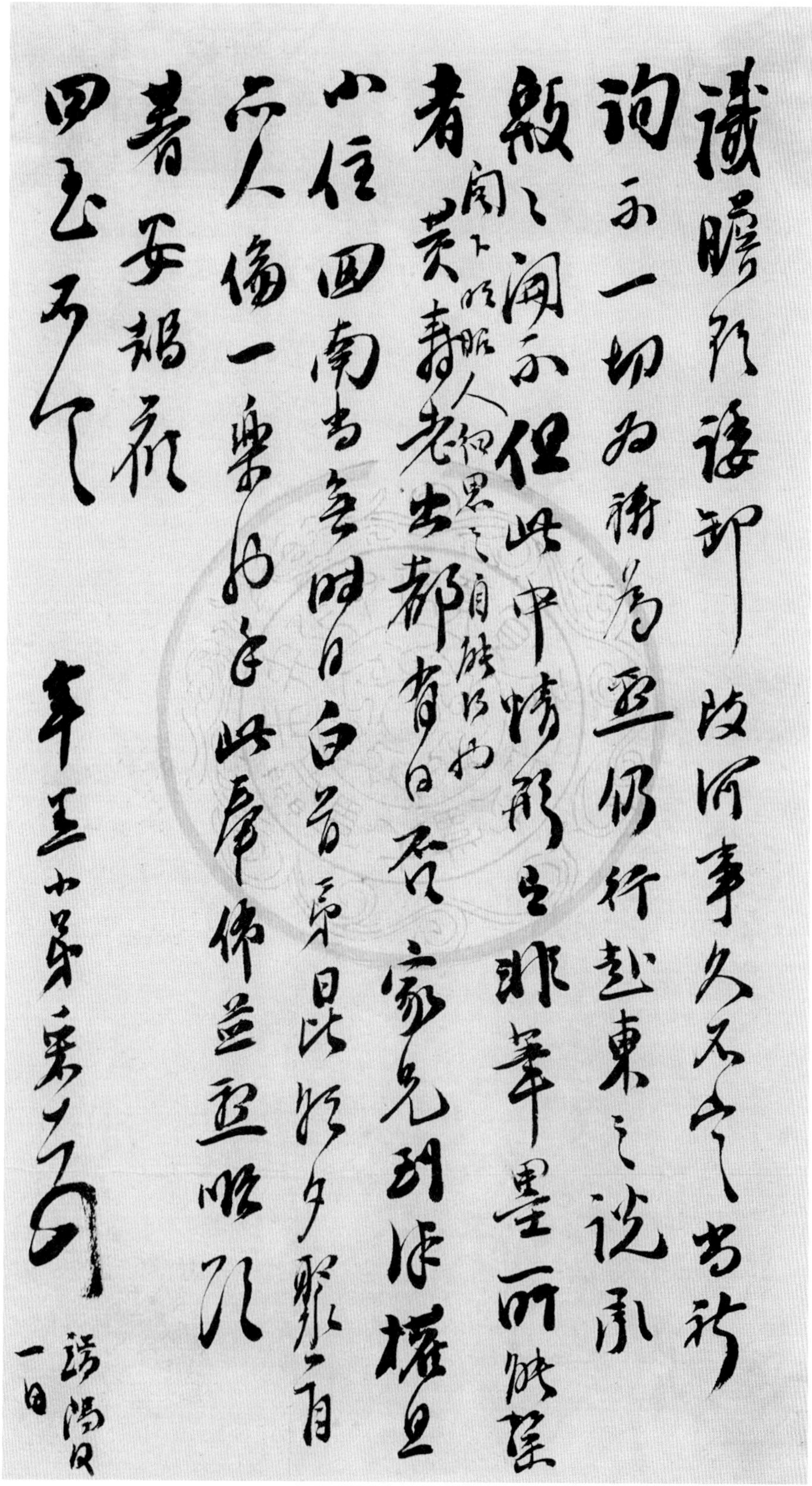
識暌隔讀即 故何事久不出書行
詢示一切為詳為盡仍行赴東之說承
諭之聞示但此中情形亦非筆墨所能罄
者閣下明照人物思之自能得之 芰壽老出都昨日啓家兄到保權且
小住回南書無時日白首前日比較夕聚一日
亦人倫一樂也手此奉候並道興凡
春安諸祈
田亮不一
年弟王□□頓首
讀陽
一日

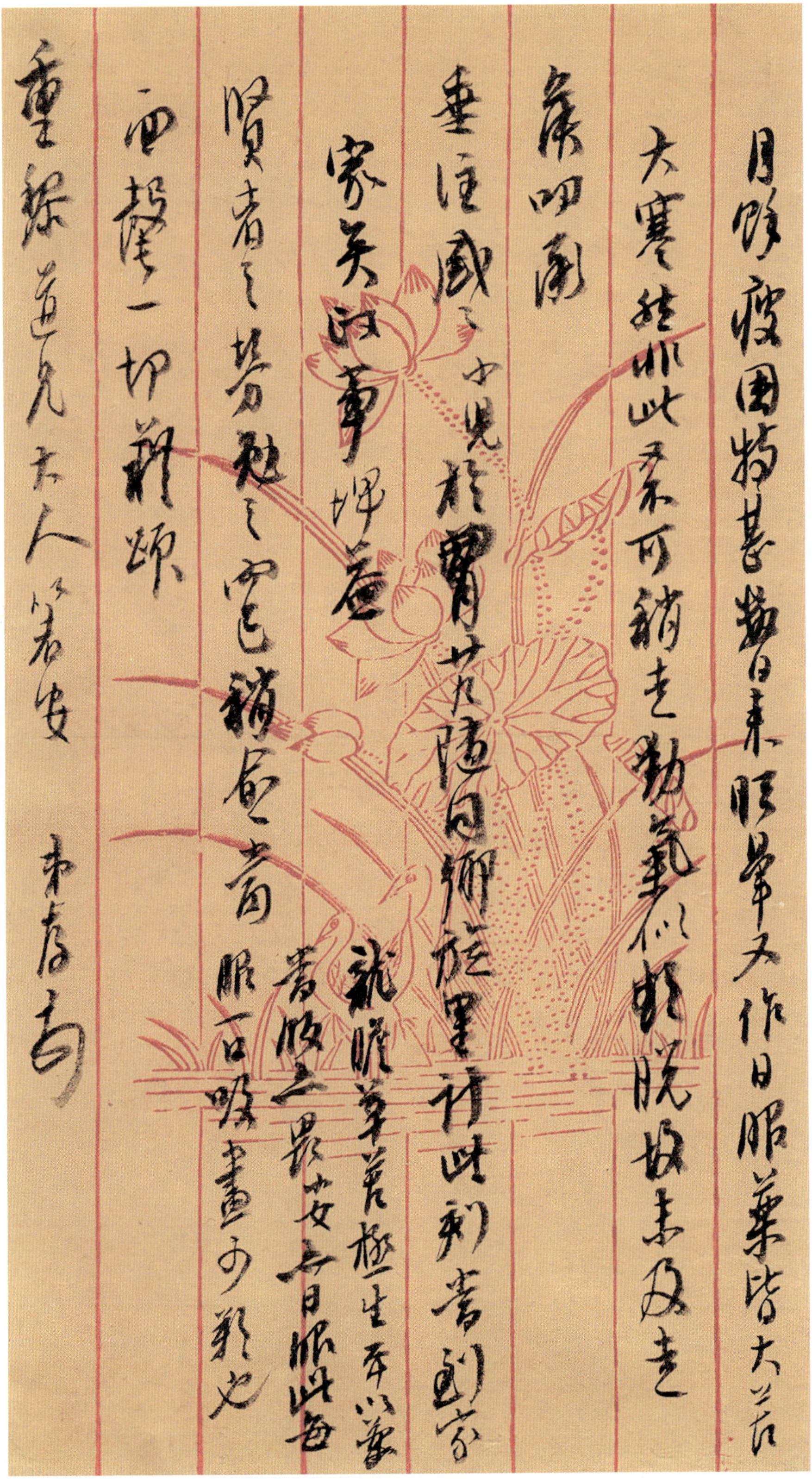

月賜瘦園特甚，嚮日來服常又作，日服藥皆大苦
大寒，能小此柔，可補走動氣，似較脱，投未及走
象叩閣
垂注，感感。小兒於胃弱隨日撫旋，里計此利，書劃家
家矣，從事埋蘆
龍眠草廬極生平以篆
書股之最安，今日服此每
賢者之暑魁之寔補益者
服日服畫方能也
函擬一切新頌
重操並頌大人節安　弟存頓首

昨由仲雲交來啓事
手稿展讀首幅流汗沾肌及至中篇淚隨聲下焉
處經棟難言之隱　君之文實代達之經棟後死
之快　君之文盡言之就令經棟據臚自述未必
其辭詳且盡如此也　君文詳且盡如此者所
謂東齋之心惟夫子能解知之生我父母知我
鮑子感慚悔恨四者交并當託仲雲攜書數
十幅以贈四方將來　頓首

放歸之典，得為更生之君，必夫潔清以報我友之摯愛。
夫子其許我乎？具書陳謝，惟
照不宣
澍西先生閣下　弟繼棟叩頭

碩秋先生尊兄執事：客秋臘筆來滬後，匆匆自
貢一緘，未奉
還答，因疑往誤，中間浮沉之故，迄不能究其端緒。
此間事先大病，後調又受戕賊，死亡家已見，雖和緩無
奏功之處。往歲既定之數，進補救殊縫之策，而當
事目為迂遠，不見采納。茲藉病南還，將遂滅影林
樊，而人事敦迫，且居停勤勤相促，以於前月抵東

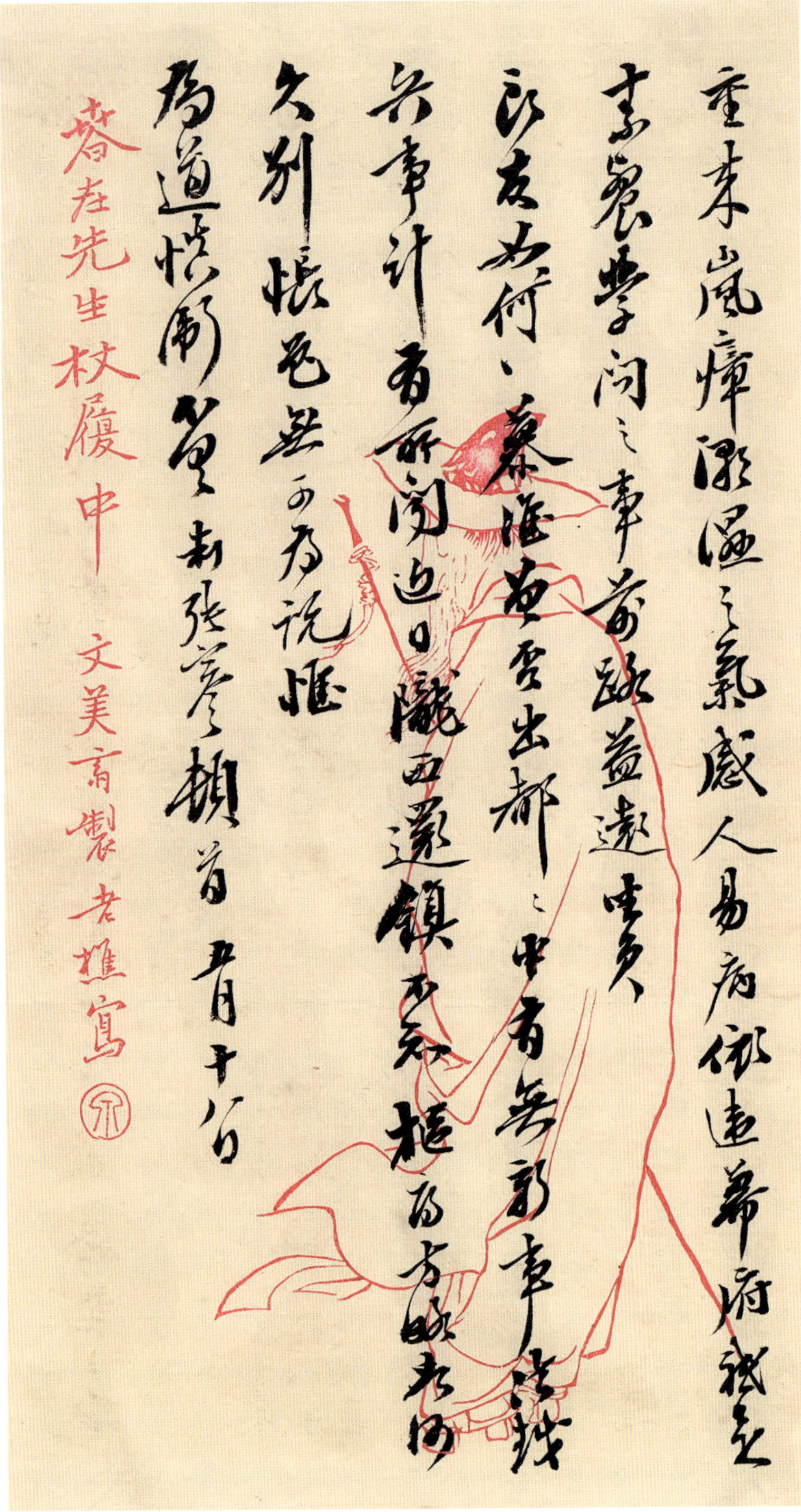
重來嵐瘴濕溼之氣，感人易病，似遠幕府，殊甚。
吉甫學問之事，前路益遠，嘆嘆。
親友如何、秦淮雨雪出都之中，有無新事，請挈
兵事計有所聞，近日瀧西還鎮，未知，憶為方略老師
久別悵悒，無可為說，惟
為道慎衛。　曾弟張謇頓首　五月十八日
爽秋先生杖履中
文美齋製　老樵寫

與秋老棣侍史：前日
接手書並承查出兩節，甚荷甚感。時有老友在坐，叢痛呻
吟，診脈立方，暝談也不暢，故未便邀請。比日又為舊友煮成
約歸同年對為擡資，應接不暇，遂未作復。種種荒疎，良用歉
仄。大作三冊自去冬攜誦，甫讀兩本，遂為同鄉李君借去，歲暮
携歸，而陶雲借讀，至二月半屢從始以歸，相同鄉史君又
借送錄副，本不能回，却史君月初西行，幸遂歸完，甫能卒
業，竟讀尊作，用意深至，非悉心領取不能入，更非鹵莽所
能傚注。而目內酬應紛沓，置書案頭，恐人復來借看，藏入內
書房，兄入夜又不能看書，暫綴數語於其旁以誌仰佩。謹遂
諸侍史，稍遲當再借讀，再為詳注也。手此即請
著安，餘面罄不備。

愚兄周□頓首　二月望日

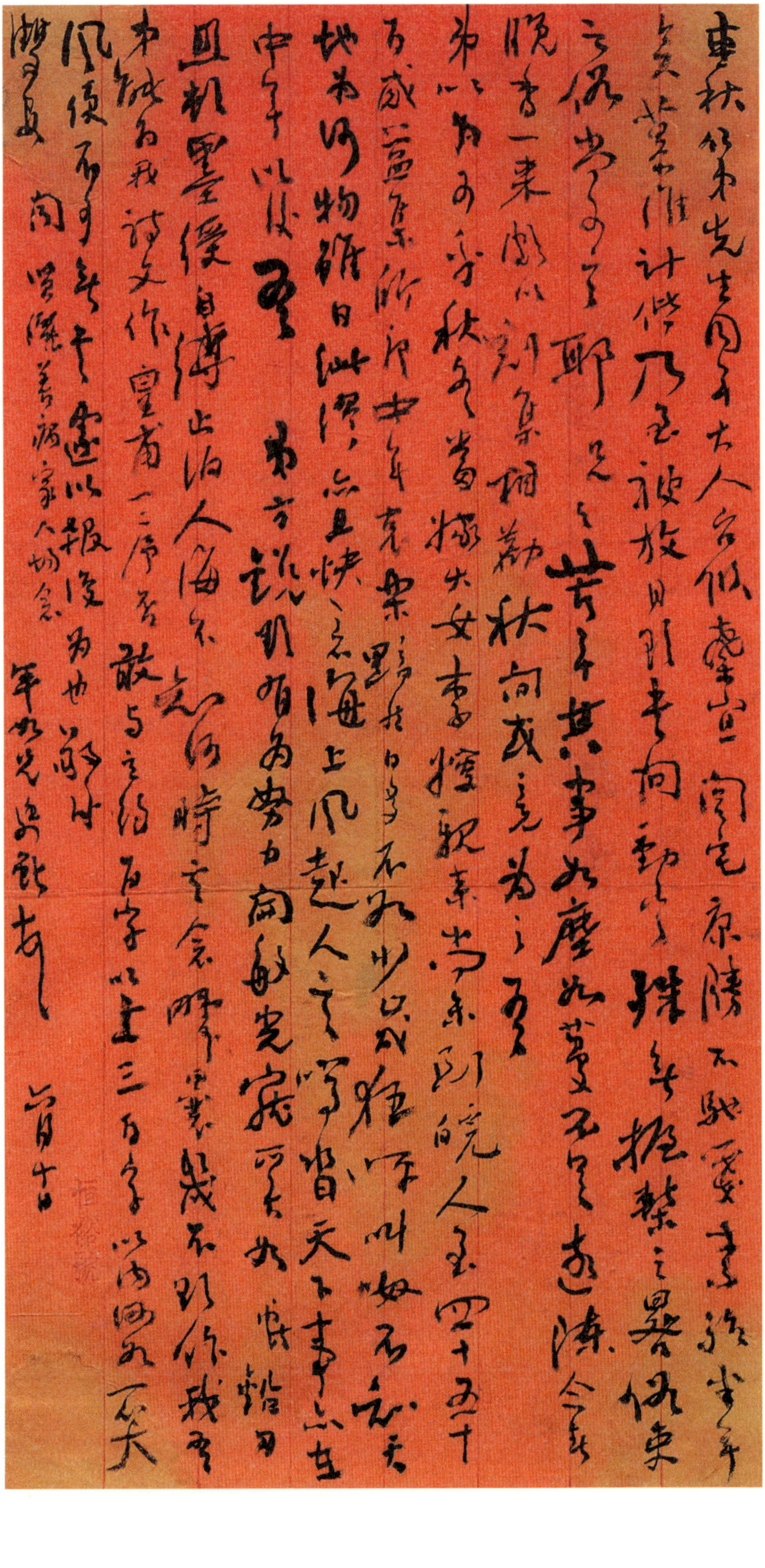

近感二首

聞說昆侖外烽烟徹未休周藩勤職貢傳

郡本交州術自曲全美人思患但謀指李嫂

涎何日靡前事有流求斛百

來有填隄策君謀一策蓋人九河隨事指三

輔告哭數斥地嘆新進增席至甚畫樓千

棄宿

遠目大雨懷惱陰晴戰心

西風一夜兇排牆又送潮將過夕陽飯後不忘

比來渴想無日不念，頃獲前書，並承遠寄，敬悉
辱賜尚選，物力艱難，行過勞損，引歉，歉。大札每見贊
亦不棄也。尊
示詩與張生新體，論詩尤見宗尚，精於詩，為夢華
先生何人耶？何以誤收？
足下學如此，前寄去樣詩一本，未見寄還，年衰仍自力
尊囑坐應刻之，擬真境，平一卷，並寄上一元，郵寄一函，畢計集兩冊 [illegible]
義信然 [illegible] 金義 [illegible]
帝並發還，補寄 示詩，謝謝。即請 可謂先芳似對諫柔示
麥秋道兄撰安 弟 [illegible] 十月初七日

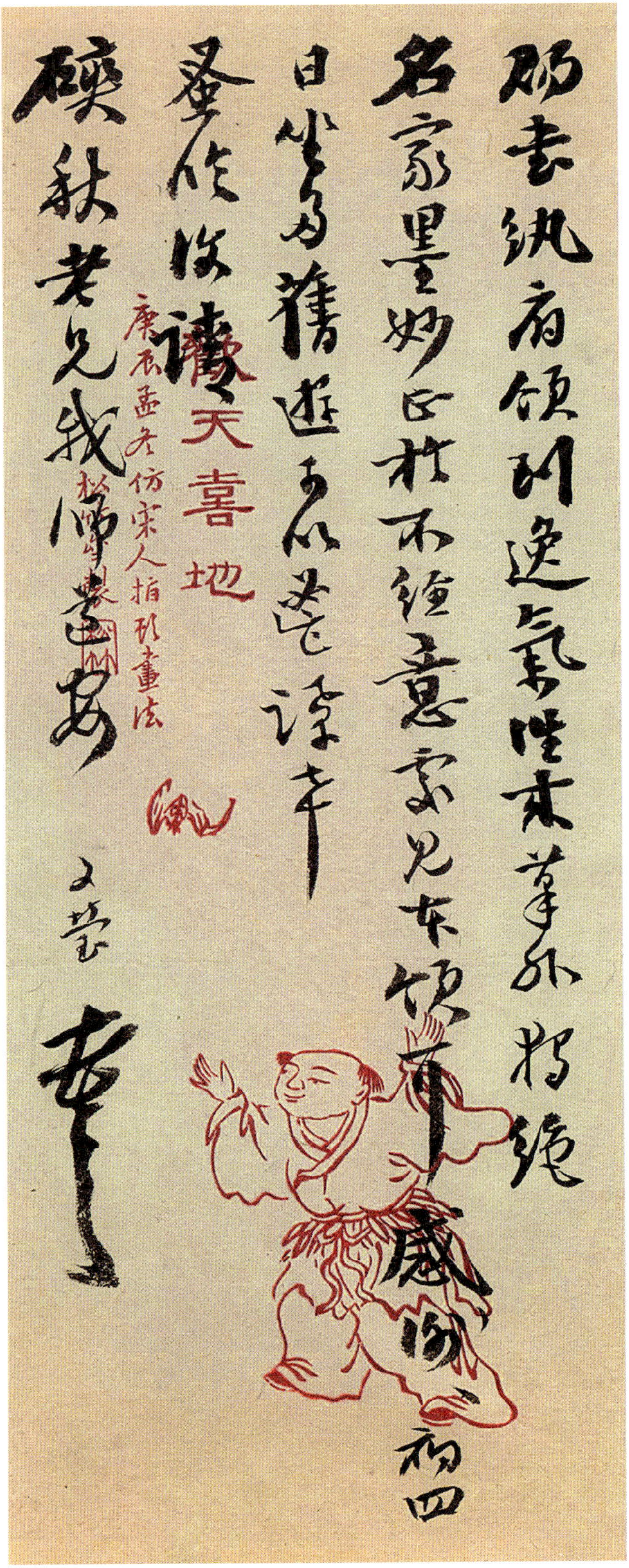

昨窺
大著不能自已率成小詩四章錄
請
教削
君真軼蕩殊袮健哉故浮漚烱
自如郎潛亦惜年華好高燭紛
箋會計書
不堪瑣屑蟲魚注黃葉吹簾
動曉寒日日雞栖塵沒踝可憐

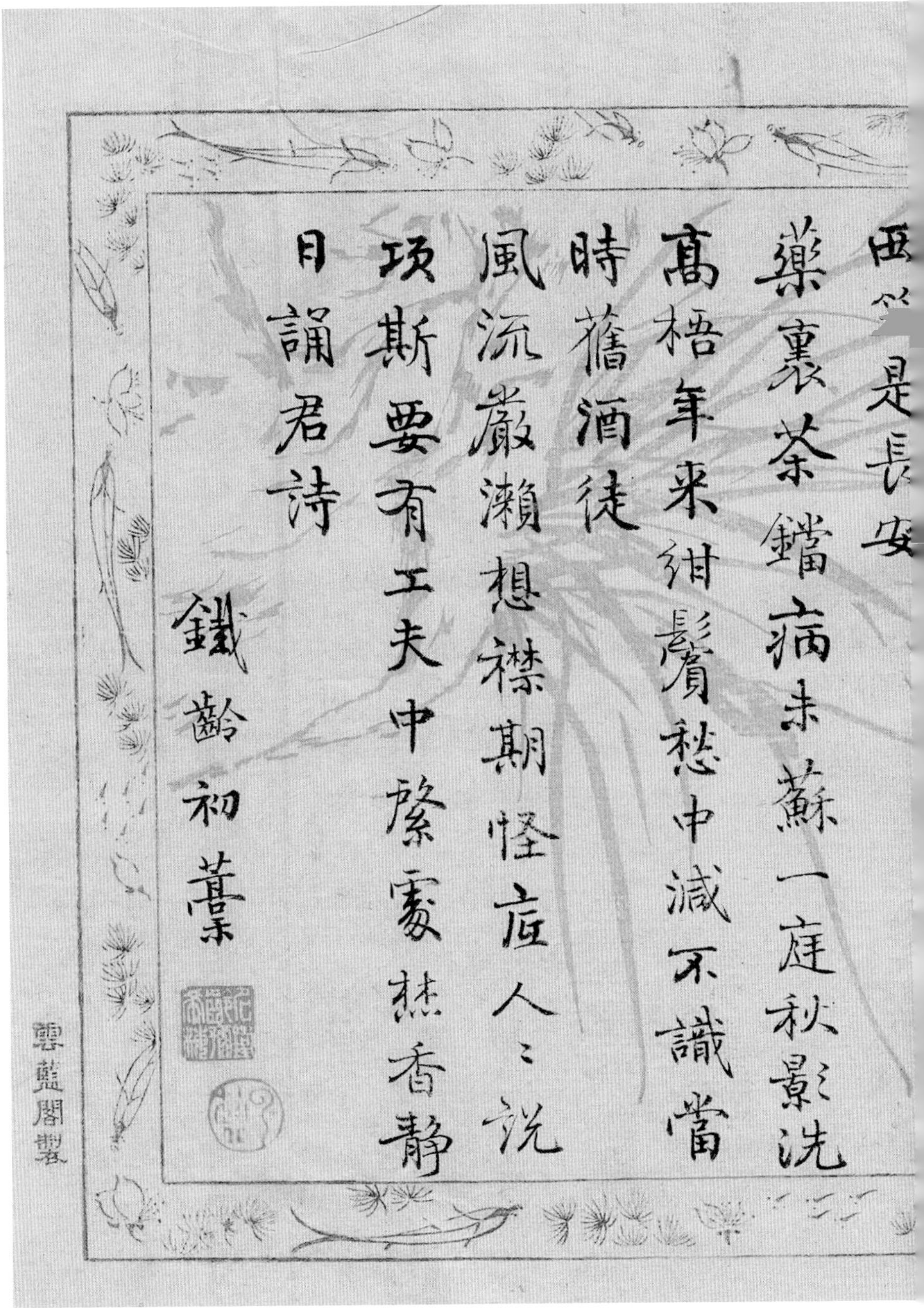

西笑是長安
藥裹茶鐺病未蘇一庭秋影洗
高梧年来紺鬢愁中減不識當
時舊酒徒
風流嚴瀨想襟期怪底人〻説
项斯要有工夫中際處焚香靜
日誦君詩
鐵齡初藁

雲藍閣製

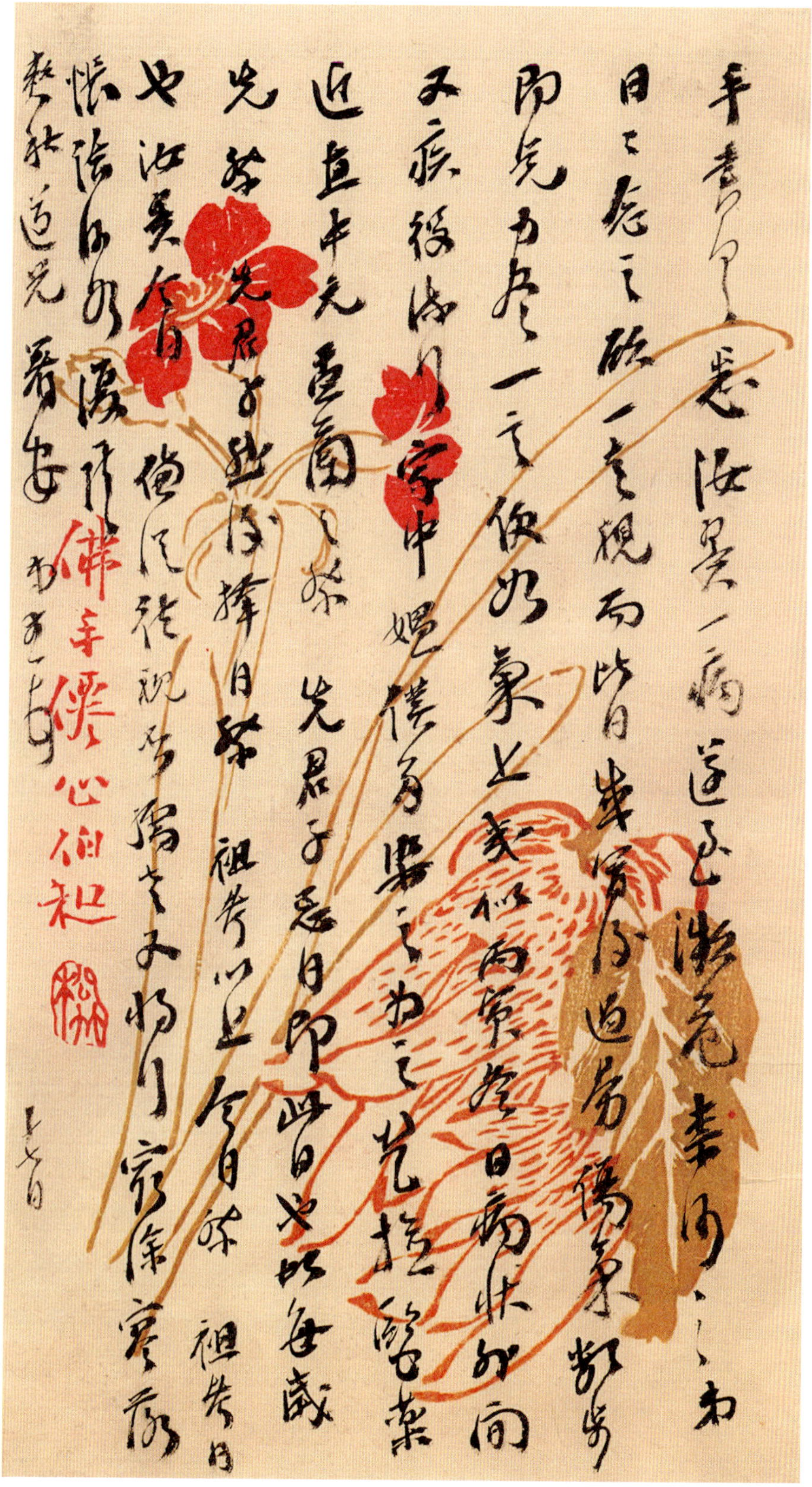
近直中元盂蘭之際
先君子忌日即此日也以每歲
先祭先君子然後擇日祭

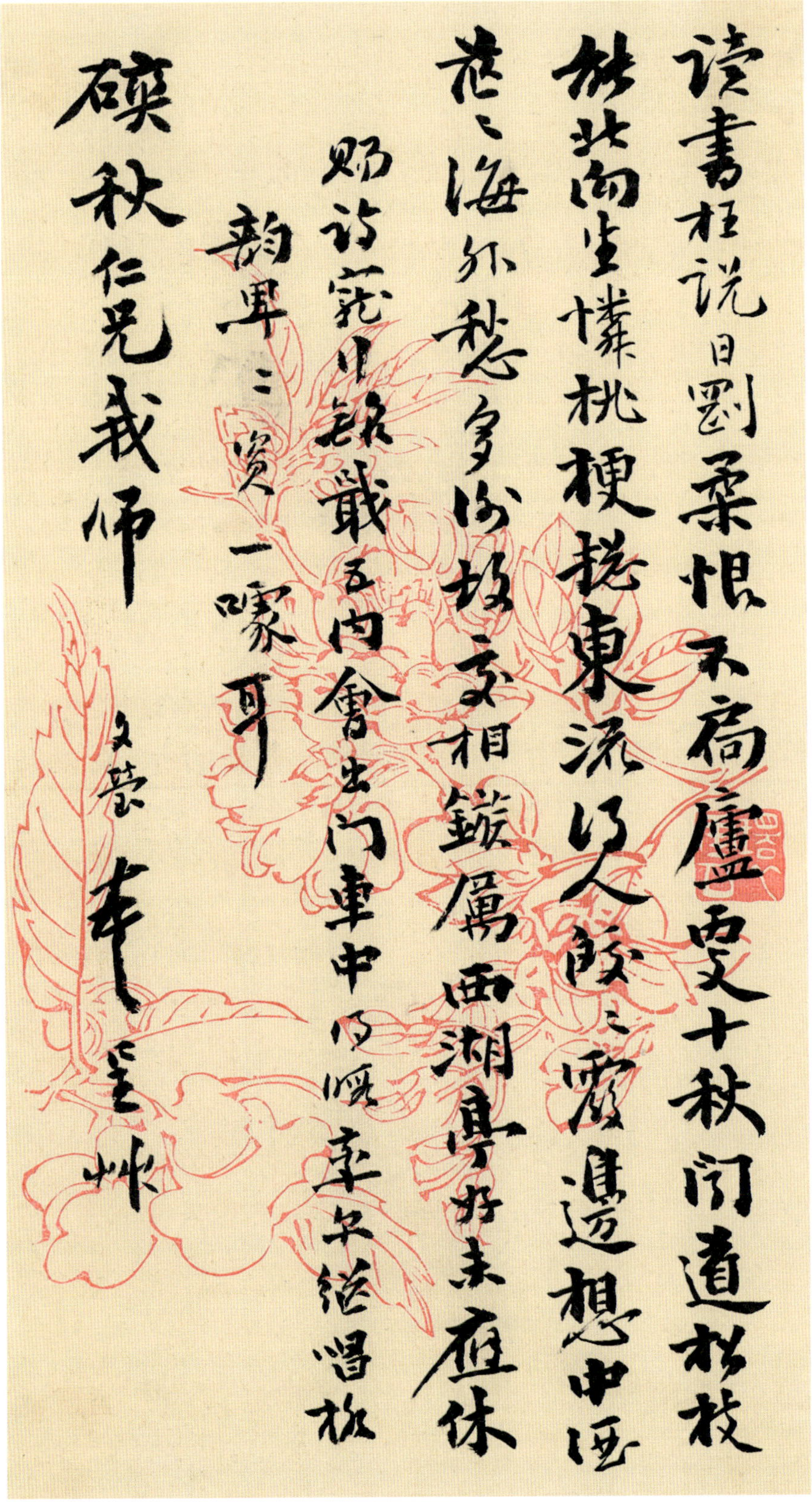

季黎老年伯先生有道：敬挂之中，心如[illegible][illegible]之[illegible]
馳向。去冬所懇，想邀
來時暨所賜大用爲德，兩物咸[illegible]西墨人但[illegible]餘時
垂神，故人不以泥淖見鄙，爲并先令之侍，[illegible]停
若無待言矣。而[illegible]管偉[illegible]逸，[illegible]行之之一日不過爲
保之之深之廣，蓋之心而亦已此[illegible]久居此乎，四方友人[illegible][illegible]
殊致陶先生之[illegible]，新陳[illegible]即[illegible]行，[illegible]得子長亦有成
就，爲之寶，不墜如少梅金[illegible]之化，有異物則方覺其[illegible]
者。弟先家人依然學究風味，而當官之累，居積日增加
目，多有出無入，又有家累人，有出有雖擁資，有長者人
將以八九月來，晚迎歸。大女婚期在仲冬之首，其情[illegible]
遠[illegible]爲難。兩兒子皆不能讀，書中使[illegible][illegible]仕宦
[illegible]。即請[illegible]安。一七八[illegible][illegible][illegible][illegible][illegible]

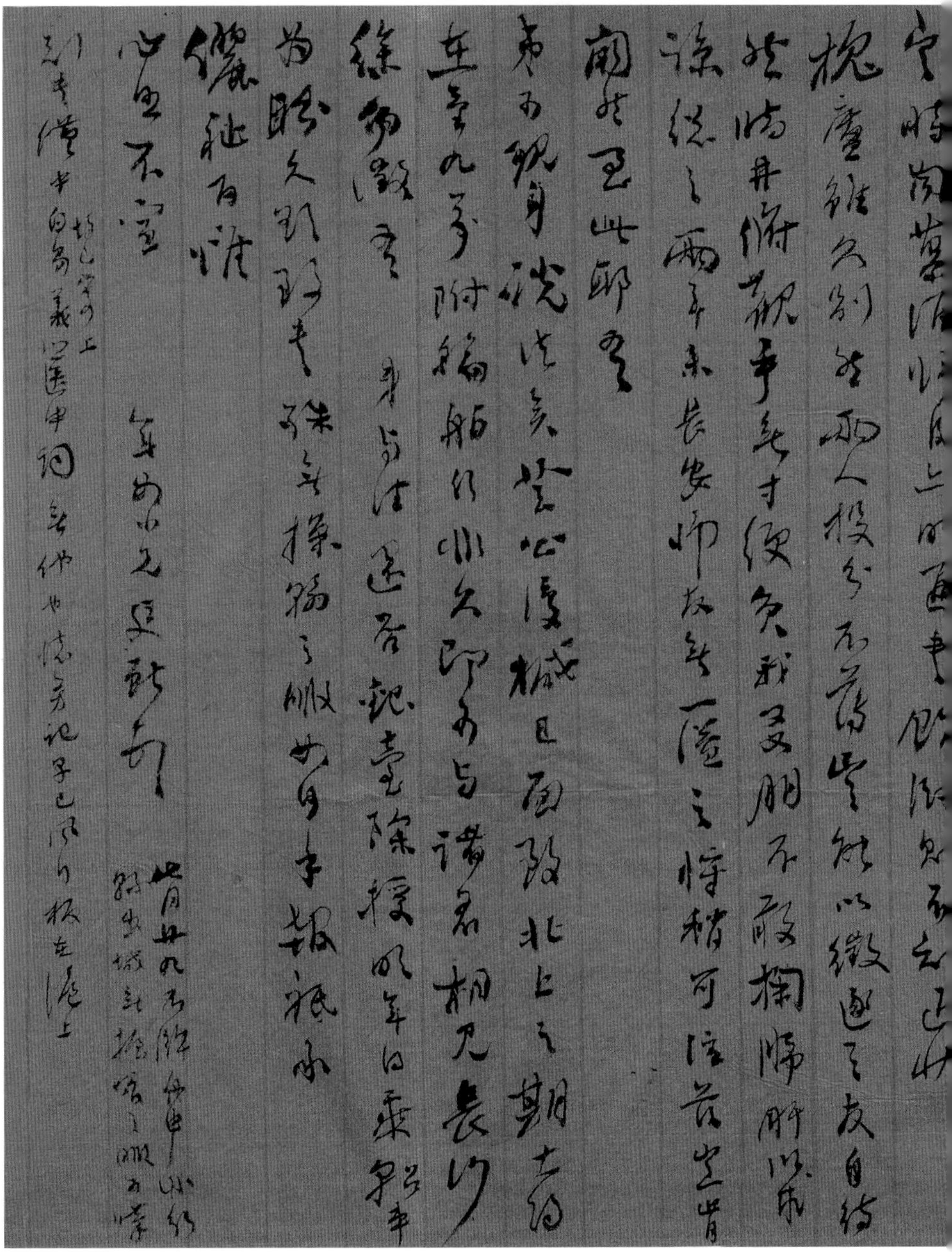

倘兄有圖三軸屬題，積久未報，今刻屢了雜糅盡
雖索枯腸，久久始將三圖送上，乞
命筆後遂寄松老，並代道悃，穿插歌名於此圖
三年後當遂挽必補題，不爽約也。敬上
碩孫仁兄大人閣下　弟文蔚
吉

爽秋農部居京邸耳食名久聆昕不可得得
慕淮世兄札中有農部惠詩依韵奉答之、
來將也　慕淮返自京師出視舊稿録存大
雅指瘕寄　農部可不寄亦可蓋古有神交云
朱鏡清廟張馨聆參元化借問寥天豈期來
似嘎磊硐松柏腫頸顙珠玉鑄真辛强自悠龍贖
句人訴善幸鷙濤翻來挾犖石下俶生托蠹蟳良
材謝櫟栢有美賦靈芬高言淡激射重感古誼
敦那知清淡濁石巉水淅、寄言悄税駕

上元顧雲

碩秋老兄大人閣下前初自奉寓一書知達

惠照比辰籍棠桂馥伏祝

精含秋清弟自別故人思之如有所失隨時檢飭居此兩

幸無須越以恐違初心之故遂得近台向例近台月繳

銀四十三兩十台以外識十兩弟無閑說故需費多事已

互此運實為之初抵此間得詩三首今錄呈

教正聊以見吾心也於十八日出関遠覽秋光近眺塞垣

形勝馬訪清水河上游浮沙衣帶水耳溯時沖堨堡
基設關懍迅飲馬長城窟而還是日並到俄人貿易市
場所謂元保山者山腹結宇皆覆土作檐約十數戶在
彼尚屬安靜回至馬市想見勝朝遺蹟弔古懷今成
卒之心殊若矣屬盧途未賃得此室一榻讀書寢作感
在其間張垣為萬全屬境邑候張芸苑風雅吏詩
篇投贈驛卒為疲頓得此賢主人庶稍釋羈人情思

此地群山環拱，無異南方，獨早寒異聞，諸久於此者
比近亦寒減於舊，今秋雨亦多於往日，豈南中多瘴，遂客地
氣遂適於南方乎？濬行篆
賜詩久稽裁和，卑吟四字以明睽睽之私。新寒，幸
起居珍衛，不盡縷覼。
丕昌龍德棟 十四 八月廿一夕

七月二十五日行抵戍所感賦長句

北馬南帆二十年又隨秋雨度遐天敎補闕彈琴峽

帝許新亭噴玉泉游子夢魂懸海月逐臣血淚灑蠻烟

平生絃誦期何事舉世如斯愧昔賢

既抹谷老貶宜州尤異雷謫子由敢謂文章憎達命

真慙名字負清流夢回大地烟波闊愁入邊關歲月遒

賴有囊書資遣日快偕瓶酒與消憂

塞垣秋色撲眉來不用登臨醉眼開舊友怪忪期補學

賢侯風雅解憐才，若爲寒意忘風雪。不許文心闢艸萊，歷

謫算州盤錯地。感　恩思道有餘哀。

奉懷一首即用贈別原均

向訊桐廬君，秋來似舊無。郎潛名自題，心苦詩真孤蚤。

宦筹邊策，何時贊斗樞。嗟余已成廢，聊爲詠卯須。

磧秋老兄先生吟正

弟龍從棟呈稿

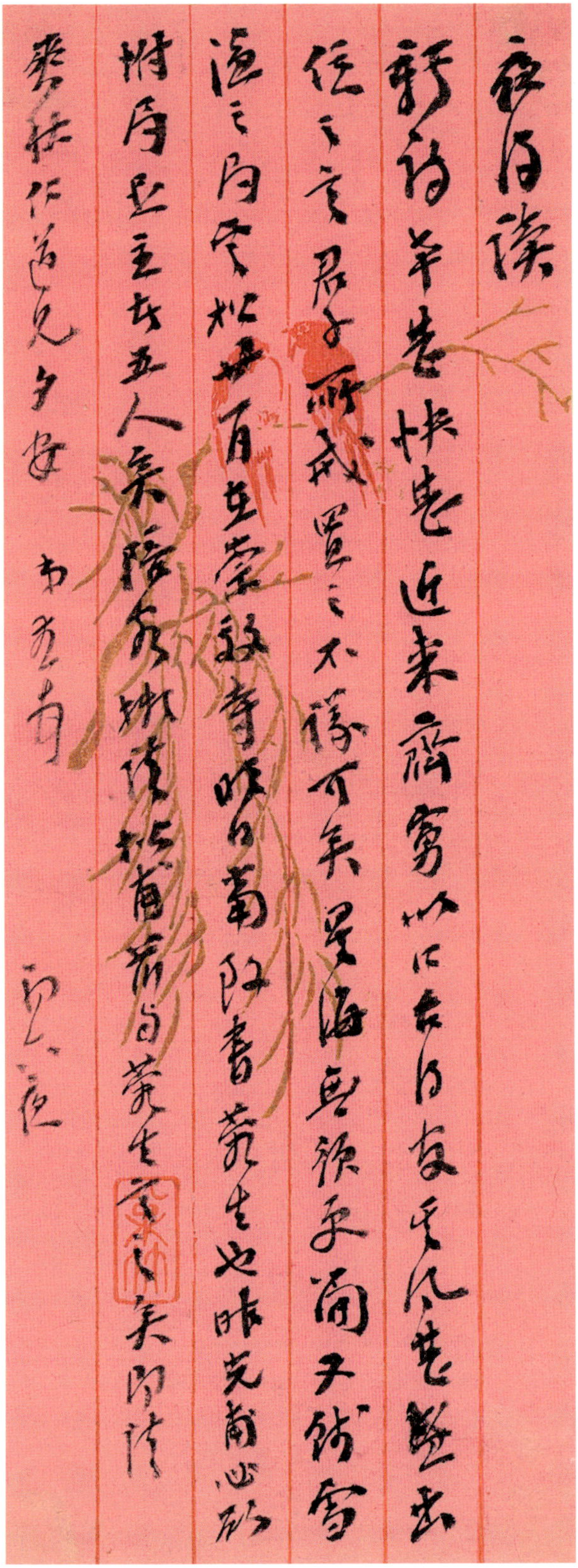

此士不乏有賸世一遇之炎天推冰雪苦志娛文辭手作天馬馳
心窮溟渤窺不知人世短長意攀皇羲瞰南箕向屋日之哦清
詩之哉臨末人之末益詩奇陶之平崴乘咸之童年此之樂而無
朕聲文起相材劃挖天殷辭玉乘乃否莊我病拄細書之童年
小能胝但大氣欲河潰腹底生饑蒙闈不亡之丁乏之皆非言
清雜徵爰爾角獨非正讀君千璃瓈引我古涯知遂庶
不識師務舟海之湄
樂社有懷木扶疏三十年不知用何算耳自言天全贈我見

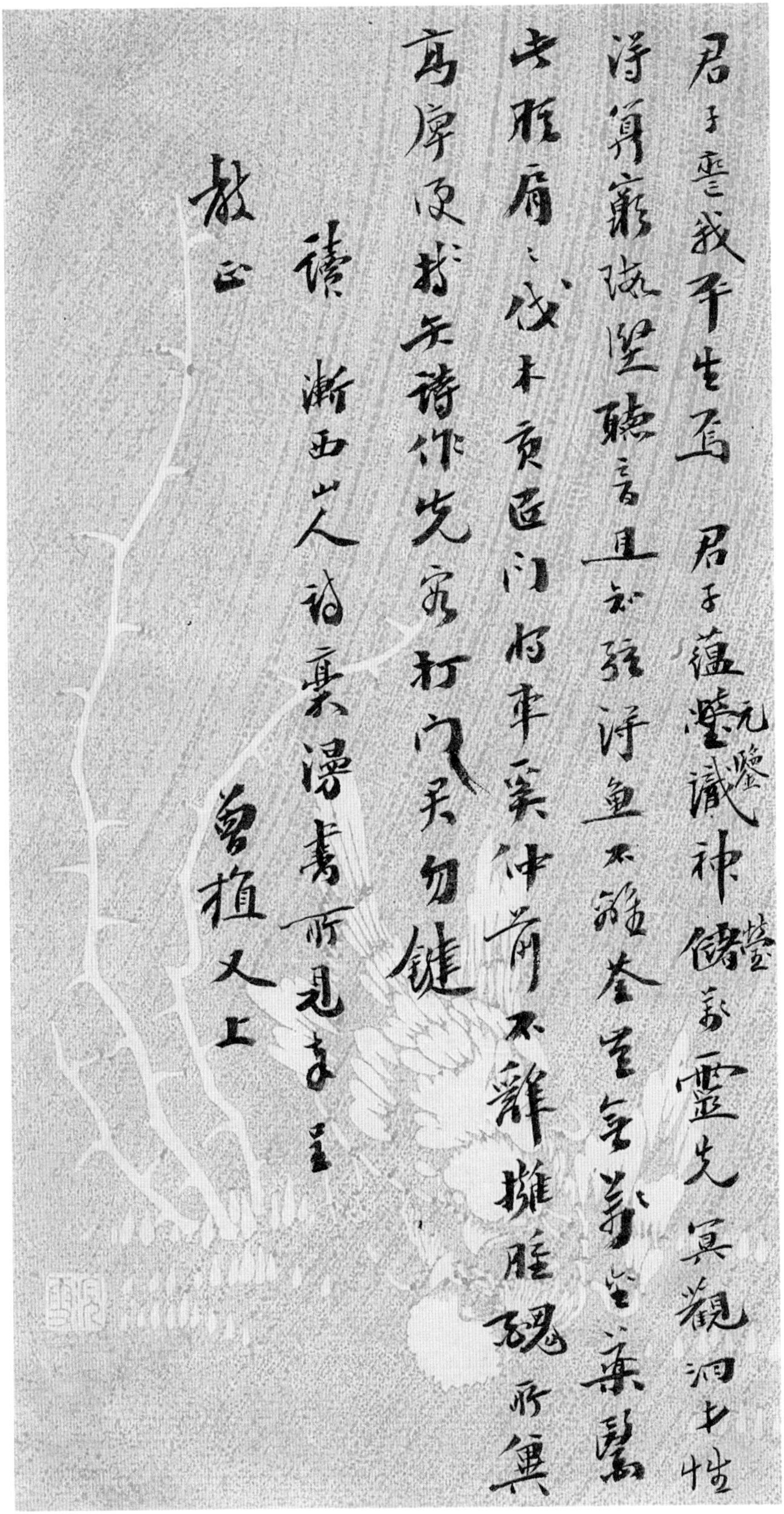
君子愛我平生篤　君子蘊鑒識神儲夙靈先冥觀洞卓性
淳質彰瞭堅聽言且知弦浮魚不離參差含英、皆藥囂
古雅肩、伐木貢臣門將來冀仲前不辭攤腔魂所無
高厚便求矢詩作先容打門吳勿鍵
讀　澥西山人詩稟湯書所見奉呈
教正　曾植又上

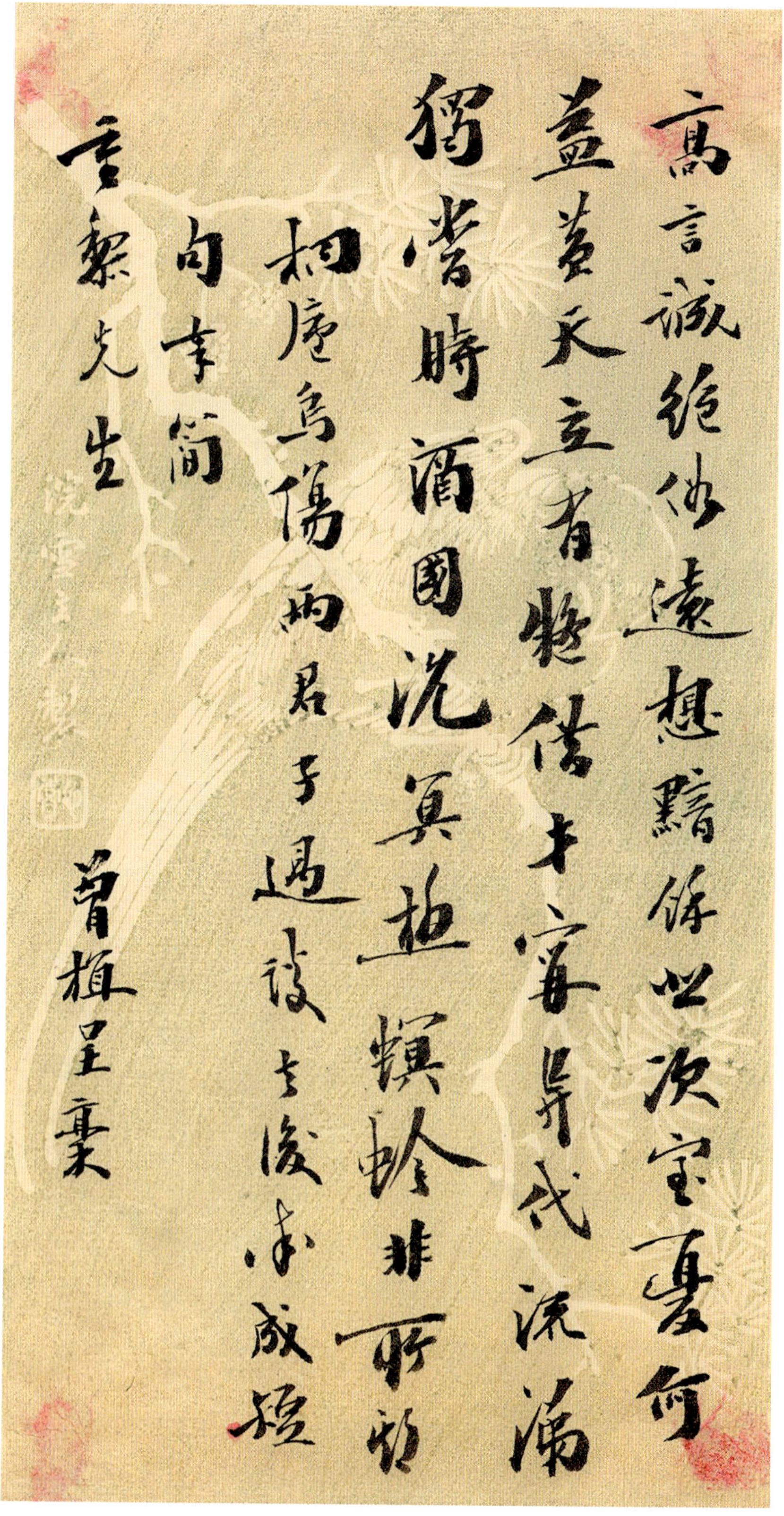

高言議絕似遠想黯餘以次室蹇何
蓋蒼天立者犧借才寡異代流滿
獨當時酒國浣冥植螟蛉非所預
相處烏傷雨君子遇讀書後未成短
句幸簡
重黎先生
曾植星稟

奐秋仁兄大人閣下五月初舍弟南還奉到
手教並
見惠書三種拜領謝謝而慣遊仲翁欵悰早已前聞
識列上選將為典屬國平日所探索考核求其適於用者此
後均可施之實事誠吾黨之光也忻慰忻慰法人攻越劉
軍以偏師支持其間屢得捷報亦足壯我海防將士之氣
況兵無常勝西人恃其船砲之利欲馮陵各國逞志中夏
一旦鋒交銳挫進退失圖議者謂其不免取償於我是雖

億説或在慮中策我各海口水陸防軍歲費不貲比來湘
陰飭將沿海漁團勉知漁户强半食教將來有事慮不為
用也七月初杪風災甚廣鎮揚一帶漂没田廬為近今罕
見海鹽后塘亦被潮水冲壞澉鄉河水皆鹹秋收歉薄不
問可知此塘捍衛一郡苟不及時籌築缺口愈寬海水内
灌不止非惟民受其害且與工益難為力加之私梟充斥
於蘇松嘉三郡之間緝捕弁兵時有傷亡莫可誰何蓋其
勢須集兩省兵力痛示懲創則患可稍紓毫末勿芟將尋

斧柯豈虛語哉弟濫竽局務坐視歲月蹉跎自到老丈
高閣省先後謝世更無談藝之所前日　景兄交來
手教及大作均誦悉矣
執事在遠時示佳什襟懷為之一豁尤佩
至論兩家子弟不可走入軟媚一流嗟乎處今之世不為習
俗所移非具定識曷克致此奇毗之戒風人嘗言之行兒
年十七文僅半篇理欠清順邁兒資質較優尚未入塾弟
教助無方勉強勗勵不知他日能無負

長者所期否前月杪託友人帶上 大清通禮文獻旁證各一
部此君運木赴通計時九月方達蜀中將刻 衍石先生
所輯研侍錄稿本甫到嗣君仕古工須中輟書之顯晦亦
有數定局擬按刊三國謚闡其會要缺頁從緩
左右譯署一差年内能否傳到甚念念 耑泐奉布祇頌
箸安惟
照不一
門小弟朱之榛頓首 八月十八日

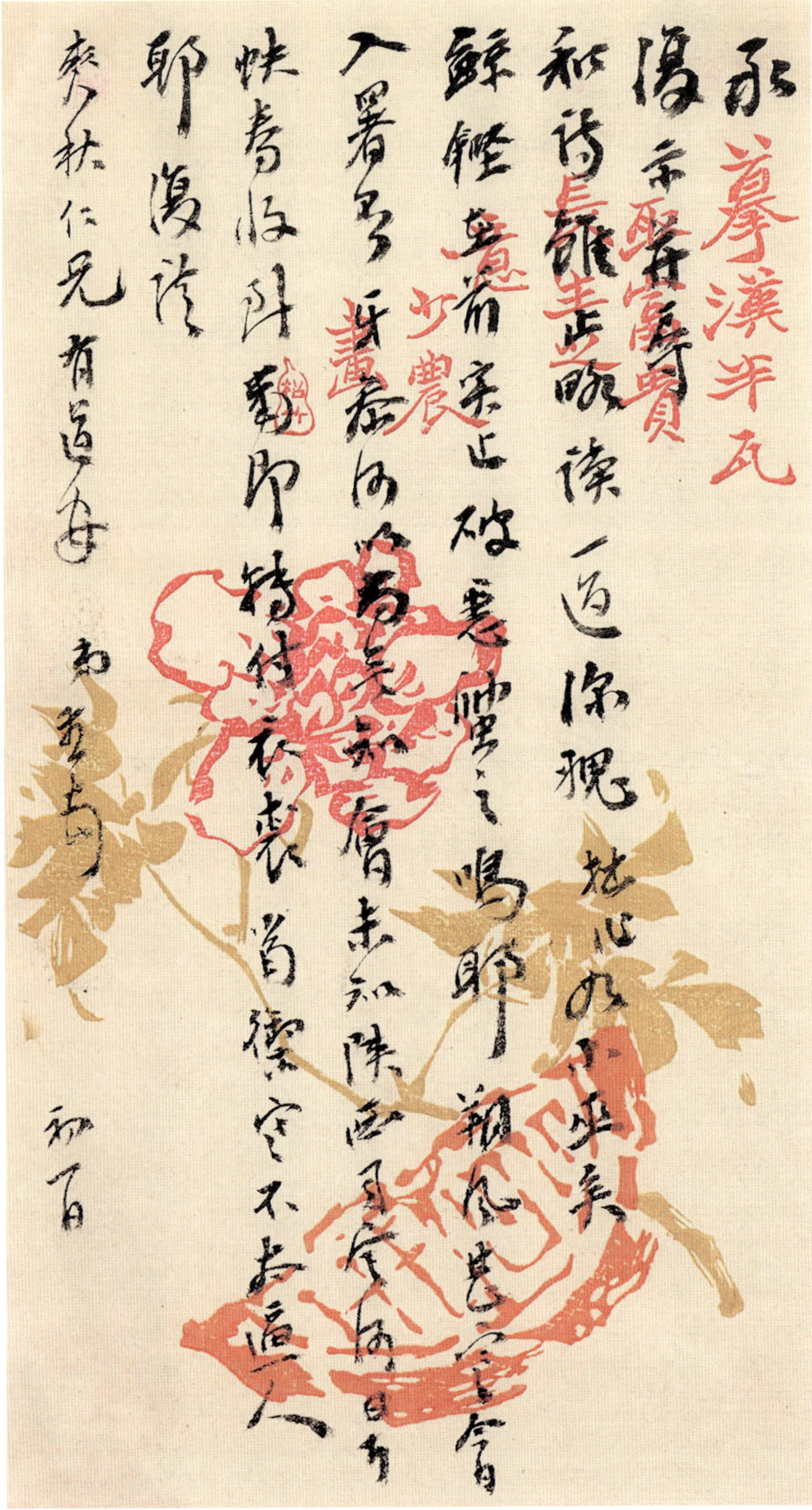

癸未九日偕爽秋攜酒邀朱蓉生（同年）黄仲弢梁星海三編修沈子培比
部及其弟子對崇效寺餞獨鶴歸文登

今年積潦徐郊坰，憔陽至月猶驕蒸。縱冬重九此高會，今曹賭酒無酩酊。
爰延勤吏無好事，日治官書夜文字。讀義延別直天晚，林滿詩酒寒瓣志。
直匡浮宴南荒慎，談印文士髮秋眉。一朝搖鏡燦師奇，笑看鴻鵠撲秋天。與
君同作司徒屬，不有桓國常餘世人隨。佐為發覺很向窮途題，龍哭朱游不可。
柬城荒寺齊東竟，偏寺猶梁松閱僮。出南昌吳興之沈（有）齊孱猶白紙，坊南宗翁寺。
待自有鹿判，宿置未楼千丈，常秋宮藏從猶此光翎，鸚素請三莪苗宮人手書史策。
華表文閣黎齊之來，年代體鱼迤考。擁花青大雅慈力，今何有今日一宮讀吾手眼。
看身世如浮烟，咏有青山未來。打梁猿未來，可憐從卿有后，貴思與型上草木。
操落島秋怨雨雪，驚亞天地寂，近君且畫此中此時。可不須復開口斟陽。
有為愛秋年苗曠靜，鄉愁一回首，複海方界，求賢往梯報新中南歌，行（花）君歸。
努力乎息子長為文人輸蛻耕。（是日從藏經閣讀青內華裁尾有嘉靖三年七月宮內侍女苗氏親施字）
此九月廿六日雨夜中補此詩。（爽）秋幸正即啟。

爽秋仁道兄正之　李[illegible]

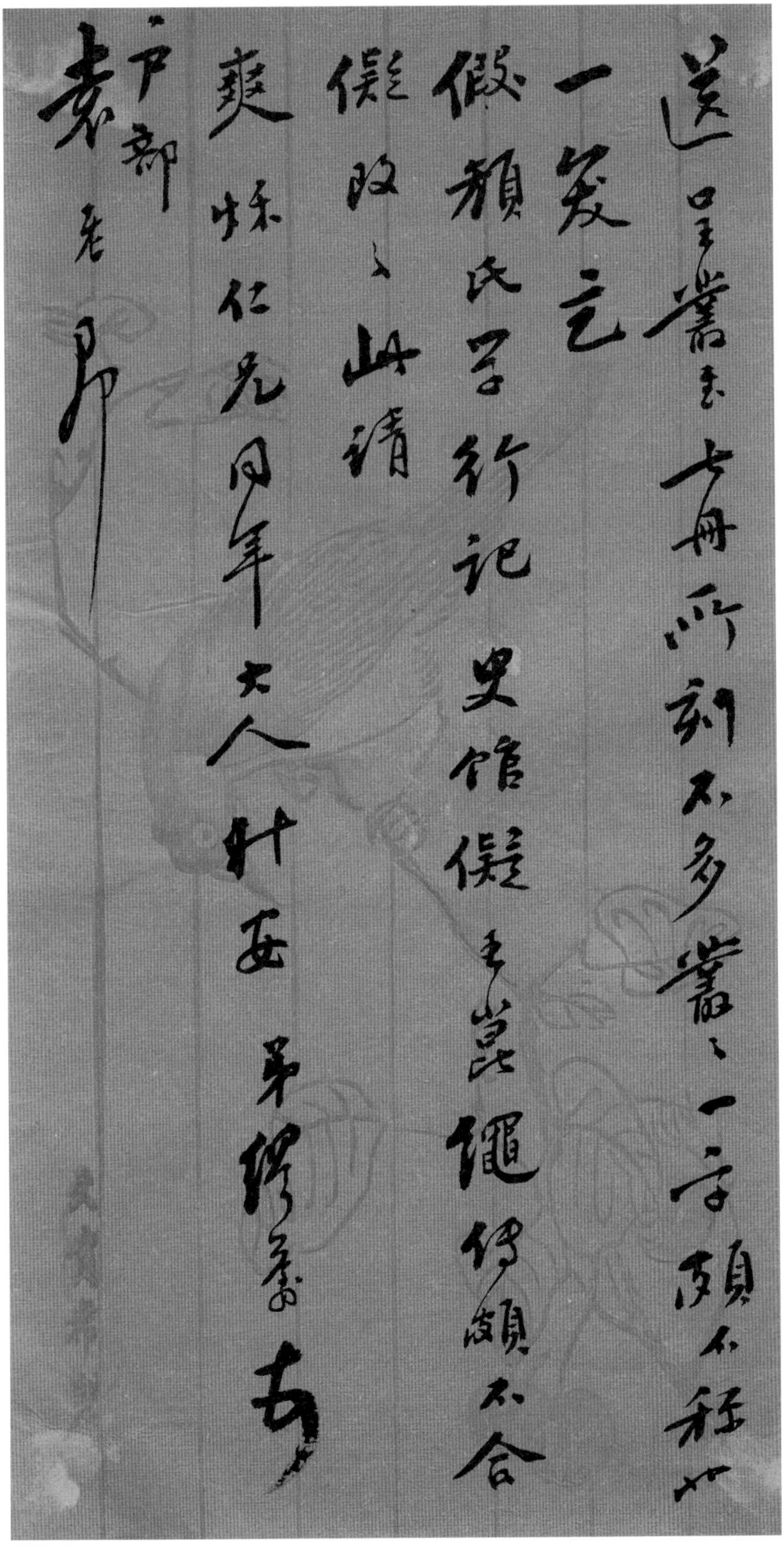
送呈叢書七冊，所刻不多，叢〻一二字頗不稱也
一箋乞
假顧氏學行記、史館儀[illegible][illegible][illegible][illegible]頌不合
儀，政〻此請
爽秋仁兄同年大人升安　弟繆荃孫頓首
袁戶部老爺

爽秋尊兄大人閣下 前奉
惠函備承
眷注計左 就試譯署列
觀錄用之際未敢以此譯之司上瀆
清聽嗣奉展歸來述悉
起居大佳惟
瀛眷仍尔違和並承
賜安神煎膏三十帖且念且感 叩又書

流泉錄倚
戊辰仲冬月上浣日製 農年

大兄示

撰武林掌故叢編弁言排偶整鍊氣勢清蒼足以表章

前籍潤色藝林敬佩〻〻見此書已成八十二種尚有十

八種須明歲可成竢剞劂完竣再行補呈

屢進兩函分別交寄張子怡世兄力辦家食省中書局

將近百席如何擠入適抄補

閣書仍在講舍集事因約來杭校字所苦薪水微末耳

琳遲兄舊席仍溫差強人意播芳大全閩人攜之赴

滬將得善價及寄杭檢卷中多闕佚幸都肆未傳

成也近來滬市書坊都等一業點石同文競巧爭勝

二十四史圖書集成正在招股照印事之創正時之艱

耳睦州長與天祿閣有鄉誼宜有是選弟今年

時發舊恙入夏更甚即欲心親瑣屑奈力不能任承

勞心頌勳工祉頌

大安帐

台察不具

弟西安 七月四日

須示
賜歐陽文忠公、宋程氏譜並年日、程敏政、顏氏學行記乞
賜借全部錄原傳，以類附譜末，成傳類不合，現改顏季為兩傳，明門第
子姓之譜入孝友傳，他傳亦略有改竄，總裁已允，成稿時奉聞，諸無一不准也，此上
叩請
爽秋仁兄同年大人文安　弟荃孫
錄先生行狀稿目
家下甚盼。

再密啟者景崧奉
命赴滇行抵粵東蒙 曾沅甫爵帥飭赴越南順都查探情形返粵後具有密摺乞總署
代奏嗣於今春仍假越入滇二月十八日行抵該國之北甯省適值法夷攻擾南定北圻震動南定省
粵防所駐之北甯滇防所駐之山西相依為命者也而省一失則藩籬盡撤邊防無可立足時南官倉
卒無備計非劉永福一軍不足以資抵禦而遠在保勝更與其帥黃佐炎水火屢檄不至時景崧由北圻
行抵山西南官再四乞為救援並奏請該國王表留景崧在越辦事由粵督代咨 總署該國君
臣迫於時勢而為此舉不知其滯礙難行也然目覩此危迫情形計俟入滇請命勢必緩不濟急
山西關係滇粵甚重彼族志在必得山西失則北甯亦孤勢易破又近在紅江之側屯鶴之下南官
遂未設防其兵力亦不足資控禦非永福出援將必不守景崧乃自留而[illegible]格之使來幸永福聞
信即于三月初八日接見異常恭謹為之開陳忠義感激涕零並恃以山西不守則保勝之門戶撤
而糧餉無源勢將坐斃永福聞而感悟發奮自雄誓以力戰解危景崧飭其全軍進逼河內之懷
德府四月初旬進攻法人數出誅其間諜十三日與彼族血戰三時之久大獲全勝殲盡渠魁法人退守
河城閉關不出永福嚴陣以待謀定後動刻下彼兵陸續增至聲言復仇而又深有憚心北甯經粵軍
密布當可無虞所慮者山西近靠紅江彼以輪艘上犯極難抵截五月十六日彼載兵三船來攻經劉營
接礮船在山西下游之丹鳳縣小河口截戰各施大礮三百餘門彼之船身及人傷折甚重倉皇駛回
又為伏兵邀擊山西者彼之所必爭亦以截永福歸路刻下力籌備禦並與滇軍遙為聲應此

永福出楼以来之情形也。景崧於三月初旬晤永福，收瞻爲部署，所退入粵防，擬由龍州赴滇
粵防統帥黄齊亭軍門切屬，精要以維全局，適奉到總署函，催赴滇海，兼奉前上餘奏
寄諭，着迅速赴滇。不得已，整肅起程，四月初六日行抵諒山，晤徐曉山方伯，謂景崧去則永福無人維
繫，事盡瓦解，極意挽留，許爲入告。徑由倪豹岑中丞附奏。徐方伯亦續有附奏，當蒙
朝旨允準景崧留防，及於五月初五日重至劉營，事事操生，鼓勵士氣。永福所部多係粵人，爲
之聯絡，盡善極爲歆慰，慨賦同仇，惟黄佐炎素與永福齟齬，惜費忌功，諸多掣肘，近復有人
扶媿奏劾永福，心甚怏怏。越南繫此一軍，決下存亡，而猶共事之難相待之刻，可此直憤憤也。永福嘗言
非爲景崧在此，決不出山，而亦決不力戰。使景崧調和激勵，其氣略平，其心尚壯，而其所部尤人人思奮
永福極欲報効中國，臨事復能鎮定，戰守均有可爲。撲敵軍情，決不致有大挫，省廣東人狡
獪，經此敗後，恐更計或再赴。總署請中前說，愚見似以緩議爲宜。即合泰西各國通商，紅江藉
以制法之策，亦可不必亟籌。越南國屬廣。藉今已奮起決戰，而劉軍實樂動旅，現已挫敵，西鋒甚鋭
下皆慷慨激昂，誓以戰守爲己任，所包勤於中國者，亦不甚奢。越南地山尚易設防，本非彼族所有，未必
遂以全力相爭。彼不過遲其嘗試之術，得尺則尺，得寸則寸，不得則亦未嘗不思強纏，退縮之可戰。以守之局
着，假痛掃妖氛，扼住海口，豈非越南之福。邊圉之幸，何必替藩屏於門户之外，裁合衆通商一策
乃暗寓彼此牽制之權，使一國不得獨逞計，亦良佳。然中國何嘗不合衆通商，而法蘭西之於天
津，日本之於臺灣，英吉利之於雲南，俄羅斯之於西北，亦屢藉端滋事，勞師費財，吞聲忍氣，貝

猶恐中國之大也越南一隅其能當此衆悉索之聚擾乎甚且法使既已邀我調停又背約而攻人國今日之敗禍由自取我直可置之不理若藉口於暗助有何實據現在滇軍均用黑旗粵軍亦間用黑旗其來助者並無名為福字營雖係權其濫鍾究竟有辭以解此則已屬下乘若明言欺我屬國兵端由彼先開聲罪致討乃上乘法而今國不得不委曲從事矣從之保勝一方永福決不肯讓而其所部實家室與幾及萬人各已有田園廬墓一旦遷之必致激變去歲越南曾移永福於宣光不受許以廣安福寧府世襲知府亦不受蓋授官而調回中國猶屬可行若移之仍在越南則失其險決不從也且今日永福一軍俟命決門而終歸於通紅江讓保勝殊足難天下忠臣義士之心不如待法越戰事勝負稍有定(?)伏人來尋我始代轉圜不獨體制較宜亦有許多清議而刻仍不示遜則滇自不能通亦僅許法人國(?)些常在河內海防通商而有洋人之處必有黑旗雖防之未(?)能久在其間事權略屬當能與永福籌維安帖西南藩籬請力任之至合衆通商之說必永福或陸大挫越南勢不能支再為此舉並可戰可守似不必節外生枝終非好事目覩情形稍有把握謹抒一得上陳樗昧之見是否有當伏祈

電答　景崧謹啓

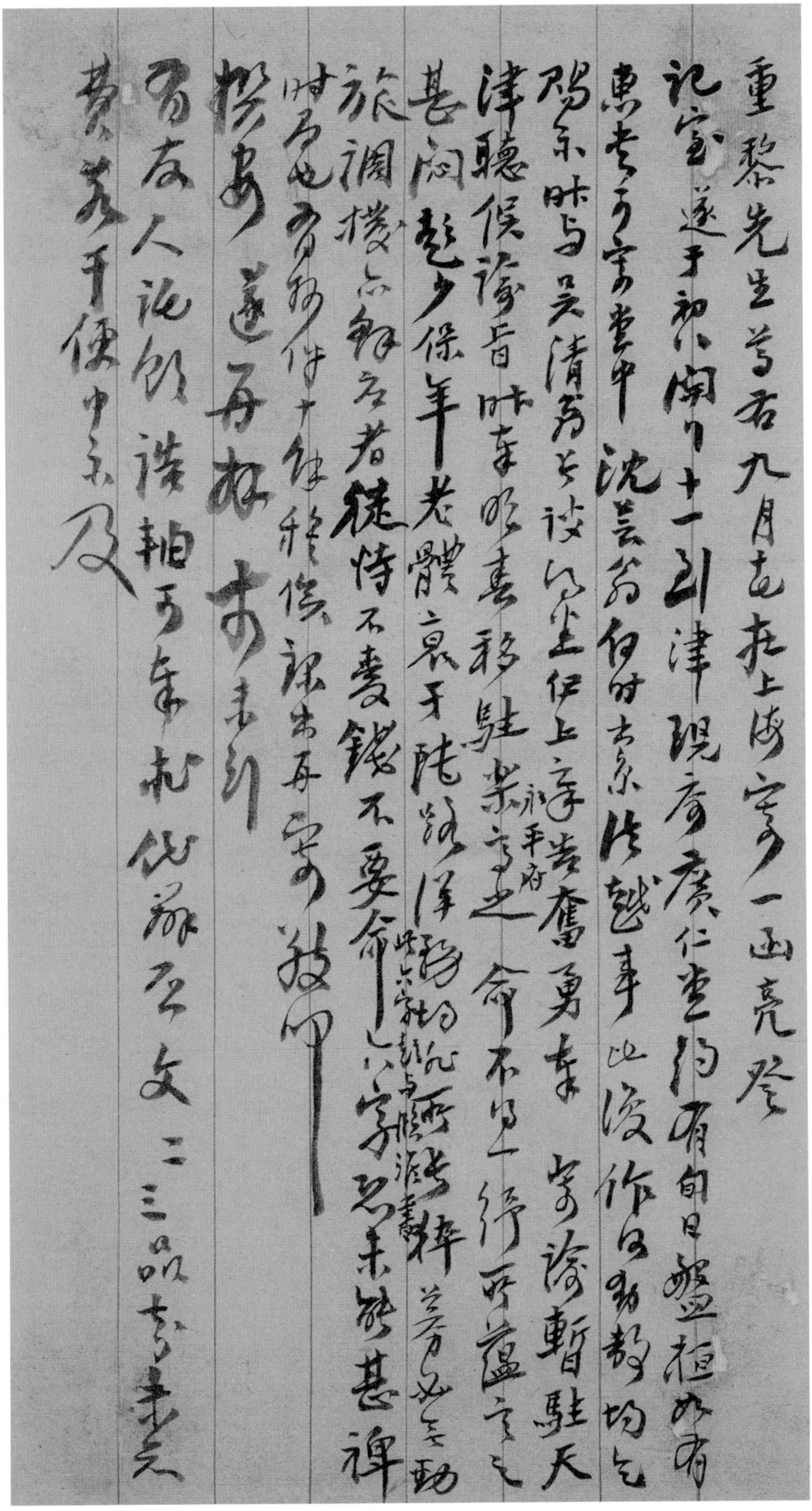

收視集收到，梅公文由歐歸入手，神致頗得諸史遷氣韻，真與
可比。魏公叔同力於南豐，與吃公子者殊多，至其筆力嶄絕，遠屬不可
才氣亦孔相視，致諸家深深自石固弟爲鄭、儲輩殊多耳。要
之數十年來，不得不推爲兩作家，未爲軒輊。其才氣之厚，落大抵由
於學殖之深弱爲鄭亦易致，蓋不本其氣骨，第以推抑而言深柔
爲採原之論，可推者意氣，不可推者志。以志帥氣，能穎脫而後稿
藁已奮迅亦時君別日，就身爲急功近利之習，諸得而中之矣。吾兄年
讀書養氣，自是第一義，但須循序漸進，不可爲鑑所柔感

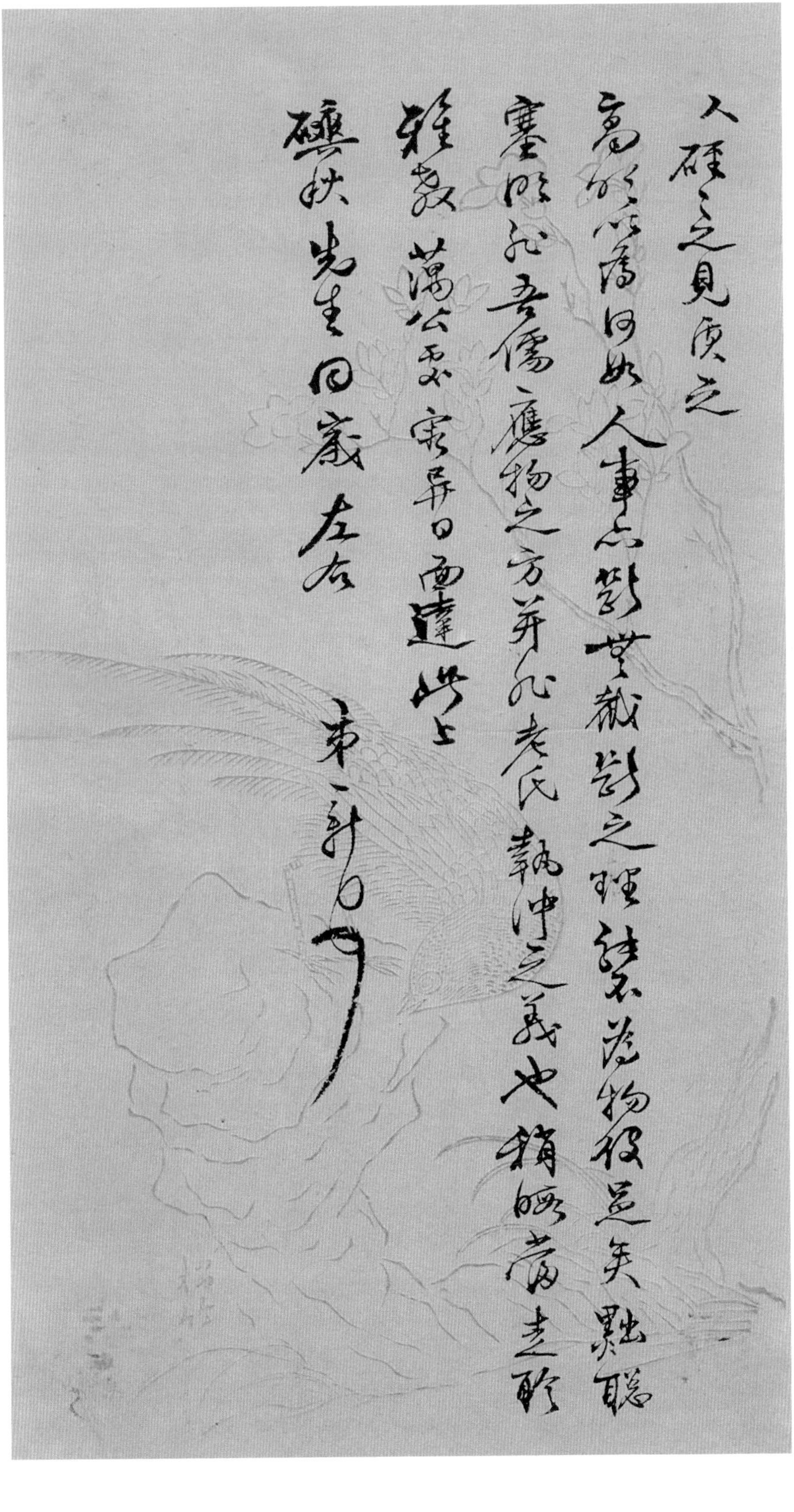
人硜之見質之
高明何如人事亦對皆截對之理雖茫物我是矣黜聰
塞明而音儒應物之方并非老氏韜沖之義也稍疏清者耶
雅教篤公要宗再日面達此上
爽秋先生同歲左右
朱一新

昨與蓉兄譚半中宵
兄
先儀王翁又高臥甚不
能駐談，疾馳而歸，悵悵。

幾多日未
聞兄業已
示一二處，蒙徽須處奉還，其
與春很書能
代發，一讀、感、餘件尚有三

回首煙波廿四橋

俟未錄畢，二日內必繳

國瑾叩上

爽秋仁兄同歲

十月初五日

奉誦
椾簡獎借過情慙不敢當謹謝謹謝伏惟
亮秋仁兄大人志節峻厲
箸述宏富爲頌承
示劉蠕齋先生傳豪學有根柢文有義法於説文
之學言〻彌復精詳蓋集賢院中無此手筆矣以
執事所詣之精如此而又博〻焉以度支〻政客省〻司
諒哉温故知新明於古今副漢廷博士之稱哉鍾

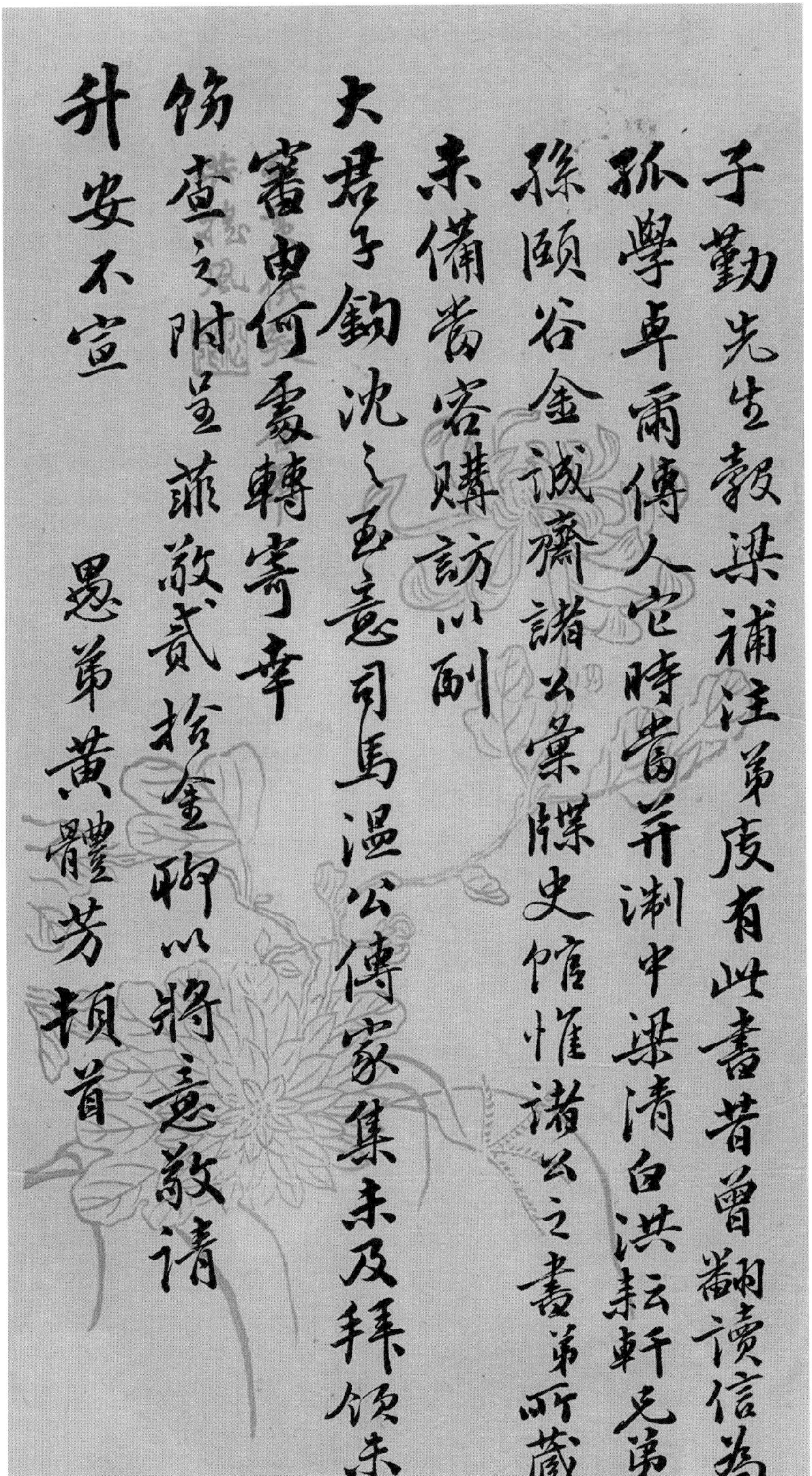
子勤先生穀梁補注弟處有此書昔曾翻讀信為
孤學卓爾傳人它時當并淛中梁清白洪耘軒兄弟
孫頤谷金誠齋諸公業牒史館惟諸公之書弟所藏
未備當容購訪以副
大君子鉤沈之至意司馬溫公傳家集未及拜領未
審由何處轉寄幸
飭查之附呈菲敬貳拾金聊以將意敬請
升安不宣
愚弟黃體芳頓首

重黎先生座右：十四日上一書，諒蒙
賜鑒。簿議三篇抄呈
尊覽，不忘。擬逾秋間左上三疏 已抄存 呈
覽，及丕比見之江告奮勇一疏，頗精湛，已託人抄
矣。閩廣中丞退守得蔡青葉留謹等已分文傳
使言氣稍壯，如是，尺白章以
示哉。前人託查顧亭林 炎武 朱柏廬 用純 從祀孔廟從前有無人請
旦系不拙求

詩話孔書擬示下走川湖足須月杪矣此後寄作詩寄天津廣仁堂（西門内太平莊）廿八以後則寄上海（北市陳家木橋）金頌清君、王守之書目一册附呈備閲，敬請箸安。天寒惟珍重千萬。第再拜

十月廿夜

連日獲侍函丈，飽親緒論之極，不可言

大稿玩味不窮，其體撰敷陳，諸經各有

指歸，集之終不能去所見，蓋謹藉使徹還，再

日尚無借讀也。外人多謂

以詩崛奇，以通觀之於機見宗厚，而有業之妙者

耳。山又曾爲書家所謂撥鐙者，其形狀甚難，或以擱

知之不知

大詩非至其深，皆言成我，於盡不見。至不謝，它能數

伯載千金方參同契抱朴子中皆云中扣真人當據論之記以異說注中亦

有一兩語總未必的也此是否頭

寒秋若見古人道安　曾植頓首

頃奉
大作蓬華生輝惜其人之不稱也伴來所適
尚生平不出大得作字茲錄之奇所務居四
拚守近拙自謂書之倘蒙請
教以之為幸甚上
重黎先生　講席　弟夢禎頓首

十月二十日移居珠巢街作

白業三車方五車書囊鄭家（畀）并款針了無陸地置茅茨割（膾）者蘇仙畫塊文五

畝宅希從制遠一舍也此庶民縣都來蒲蘇委秋樹尚有宦迹由暮移

不曲轅不士强名安非市非村著受安南日偶然伴野僧西岸何羌使難人家寶帳

方丈須金布壁倚瓊林仰佛觀音使習言無以笑由國架志也銀鎚

敲竹非菜第苔上（摧卵）（截）云決起枋榆附文夫屋曲古如今天宇次寒何所之斷絕車

途迴阮籍潦淹滯任癡行逢者祖僧相問那不精識遂遂原（惟）

老囊饒休服霄乾勤書何因此書（賣）（數）殘（自）（寶）輕蒲安疊前間碉（播）（元）懸於林留

會有當見嗤掠（積）劃不憂丑子付我指書箋據探歷勇在起視衰庭白下偏

此生日任天風颺高雁趁雲魚逐浪本無所住況隨流縱道安排六醫障移居偶將東野車暖日聊欣北堂望可怜葯鼎曉猶支那得護花憂可忘承君新詩善嘲戲暫居千愁歡一餉方今夷夔在廇堂野碣樵談神竝王迂生但能遂閒居安識蒲桃宛人釀

石曾植作

澤癯無端嬰世網顛首重淵縱流浪偶然一念

逐郊居拈取青山入籬障深冬落木得天氣大
野寒雲欝愁望意行南北了不別良藥詎能
醫病悲飢驅乞食久甘分載酒問奇知孰餉
眼明見君新詩句陶鑄凡情神一王来歌聊
繼洛生吟倒載不需索郎釀
金成河塞頗匪安虛牝坐馳真諷浪吾家〻
具箇東如敝簏未用傾身障閒持杖筇眺郊

野崖巃嵸鬱相望森森翔風艸木怒冥冥終古雞蟲忘此生閱世偶寄耳詎事黃粱一炊餉恒河會照面目非中歲漸知哀樂玉行須參取死心禪壓倒劉家千日釀　右曾桐估

遂居城南

重黎戶部寵以新詩輒復依均奉和寒窗凍墨巤毷録歷東暆効顰不自知其俱醜也

蘖飴

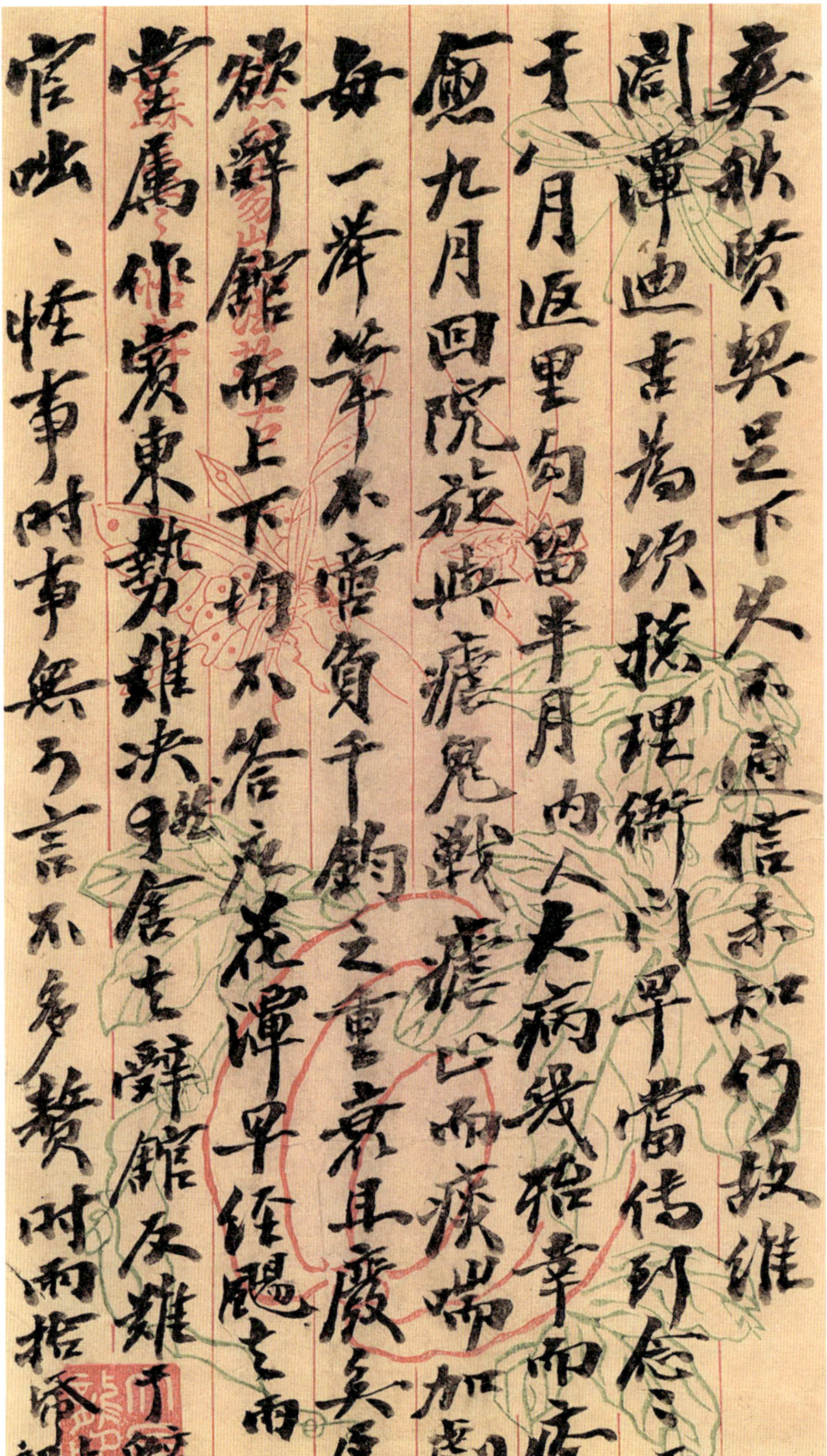

爽秋賢契足下：久不通信，未知何故。維
副潭迪書為炊，揆理衡門，早當傳到，念念。兩
于八月返里，旬留半月，內人大病幾殆，幸而痊
愈。九月回院，旋與瘧鬼戰，瘧止而痰喘加劇，
每一舉筆不啻負千鈞之重，京耳廢矣。屢
欲辭館，而上下均不答應，花潭早經聘定，而以
堂屬作賓東，勢難決然舍去，辭館反難于辭
官也。悵事附事，無可言，不多贅。附而指示。十月初八

公度黎老弟同年大人如覿 弟殷 楊度叩

覽此函

勤心情事學志日希勝之理實似爲之

窺中外政權理之用務亦未能一商洋之

攘氣新了之處

來此弟已否挽廢前可紫徽耿此維綫

凱旨請爲別創雜務

來有所聯言西夢兄論辭之年若然貸可罪

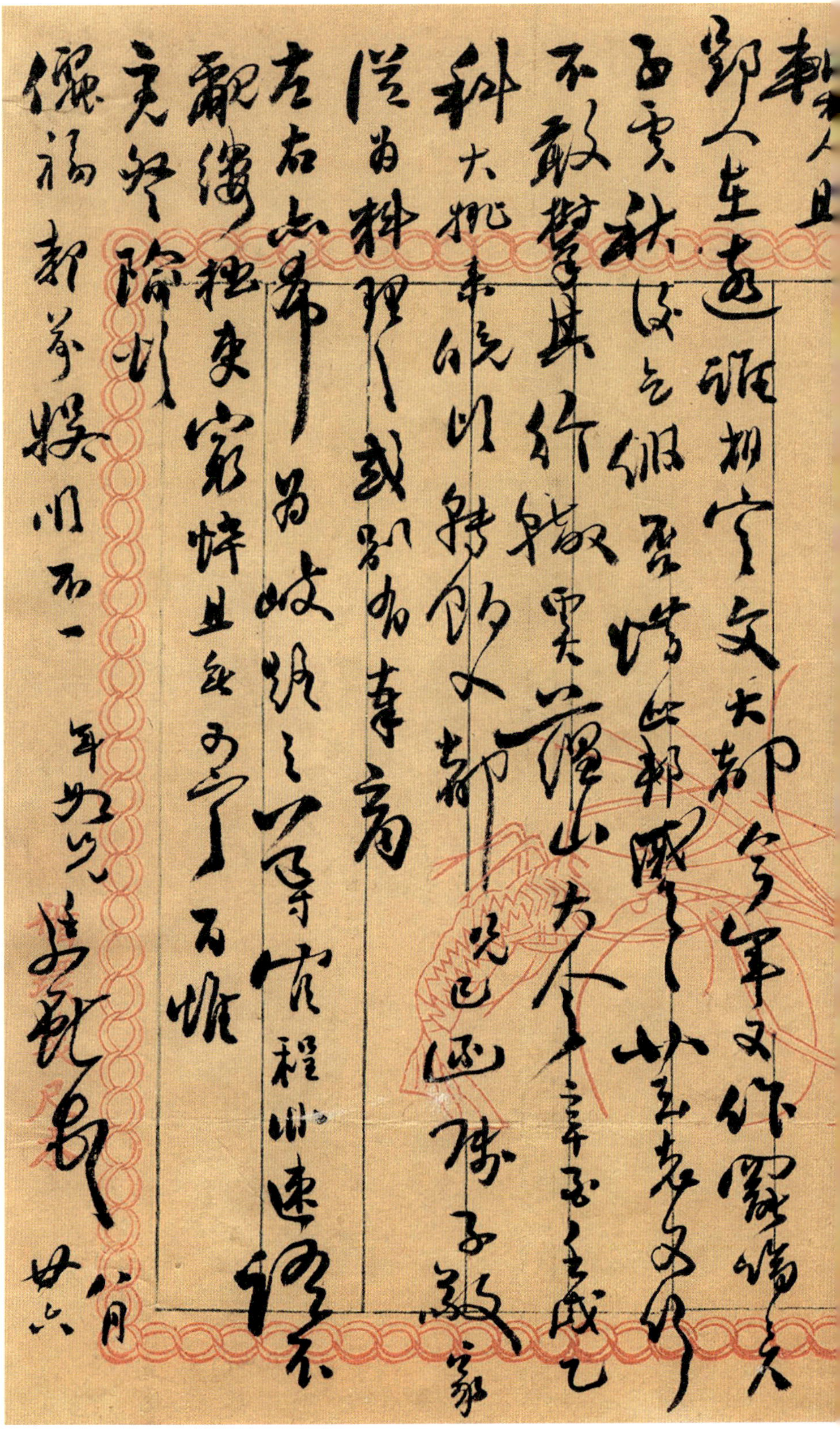

爽秋仁兄年大人閣下：雨中奉訪，離緒黯然，比
駕枉顧，弟已登程，失讀
惠佳章，縟以深情，申以古誼，慚感無已。惟
興居安善，著作日增，良慰抃頌。近來當
得左上徽鄉同年書，言毅軍必當能移矣，
轉弱為強，私心默禱。弟九月杪扶病渡道，
平安差綏。
兵長

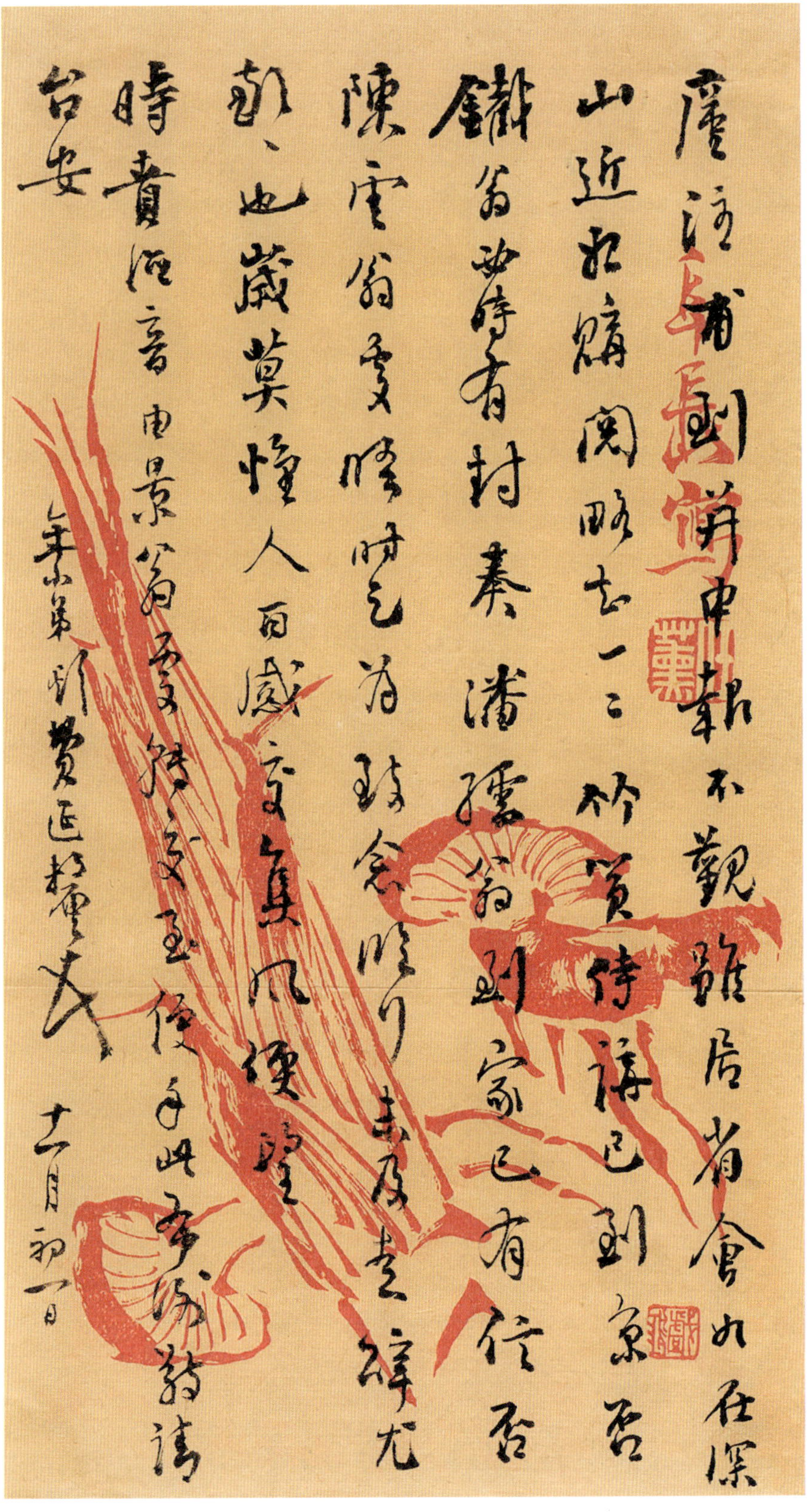
廣[illegible]甫[illegible]鮮中報不觀雖居省會而在深
山近於窺閱聯去一二於貞待詩已到京否
鐵翁世壽有封奏潘儒翁到家已有信否
陳雲翁受時時已為致念昨行未及書辭尤
歉也歲莫懷人百感交集風便望
時賫德音 由景翁處附候手此敬請
台安
年小弟費延釐頓首 十月初一日

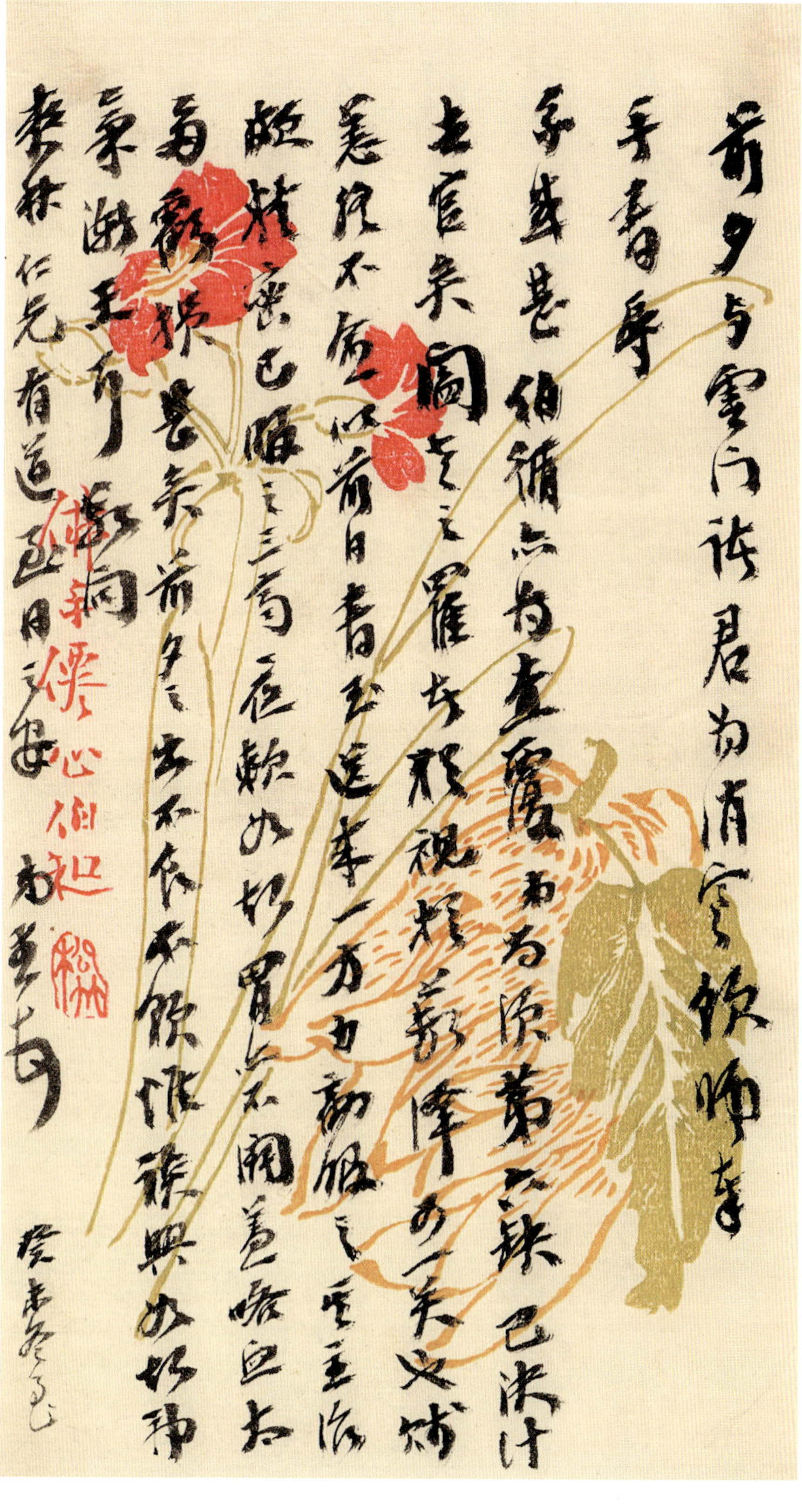
前夕與雲門諸君為消寒飲，帥李
手書尋
手甚喜。伯循亦有查覆，而為源萬六錢已決付
去信矣。閻老之羅氏跋祝視粮蘇齋為一笑。又補
叢殘不全，以前日書至送奉一方，乙勤嚴之生王法
鈍精已臨之三通，頗歎無似，胃亦不開，蓋是喉血所
為病甚矣。前夕出不食不飲，作讀與如如歸
氣湖王行，數詞
麥林仁兄有道，並日又安。弟頓首
癸未冬至日

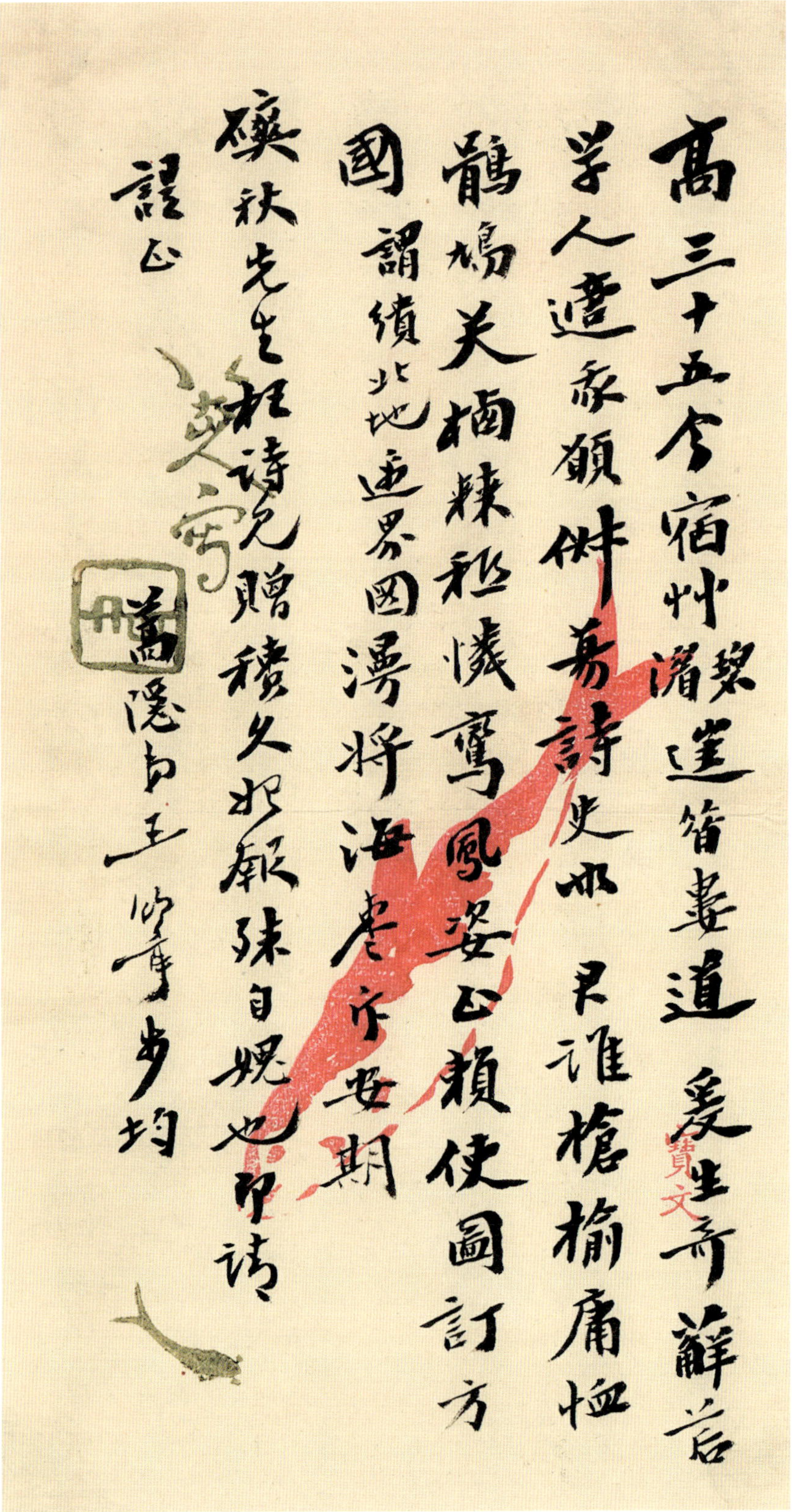

高三十五今宿州濉梁逢管書道 爰生齊薛苔
學人遺彖頗僻爲詩史外 君誰槍榆庸恆
鷦鷯关楢糠秕儀鸞鳳姿正賴使圖訂方
國 謂續北地邊界圖湧將海叟斥安期
褏秋先生杜詩見贈積久報報殊自愧也即請
譔安
萬隱弟王頌蔚步均

自美洲而亡不堪耶知翰北与積南為毖
形見藏六藏耳目須說有三偶与
高門無字刻六脈海家大瀛談一新為
御天六家聚許結意都聰未甘
德斜表家心集工宮寄近隨寫中職
操筦尋家平涯蝶飲山川地大蒙烏語
戰聽夷隸譯竹梦清入耳根風都思

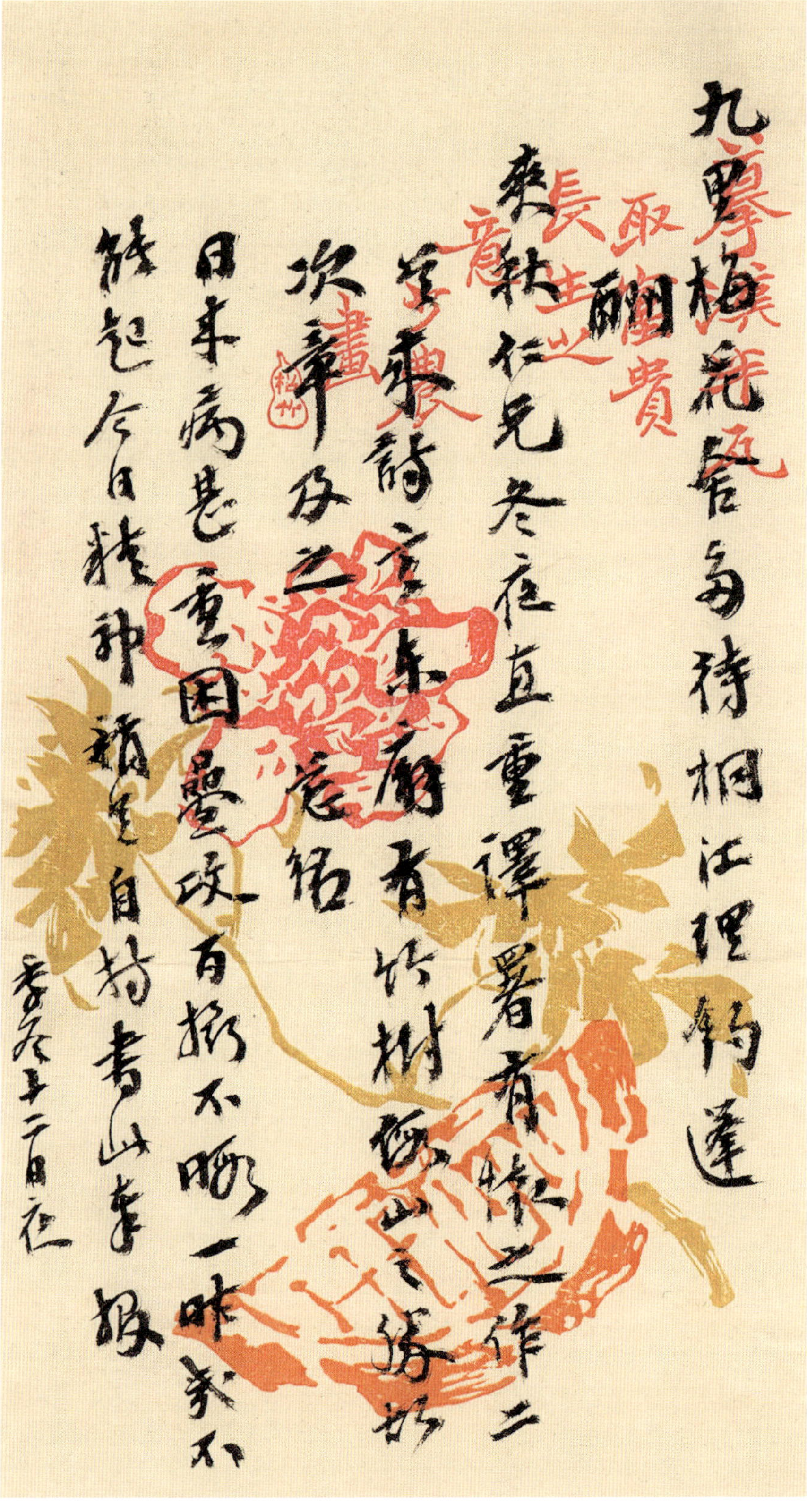
九月梅花館每詩桐江理鈞蓬
來秋仁兄冬夜直重譯署有懷之作二
首奉詩言東廟有竹樹滿山之游好
次韻存之慈銘
日來病甚，重困疊次百折不眠一味家不
能起，今日精神稍覺自持，書此奉報
李慈十二日夜

奭秋仁兄大人閣下：多時未晤，聞已傳到總署差事，自是忙冗。去年左侯餽歲之資，閣下曾卻之，今歲又復寄到，足見意良厚。若始終拒之，得毋將於不恭。之卻茲將函件奉上，還祈卓見裁度爲幸。此布，敬請台安。

小弟周儀䫌十二日

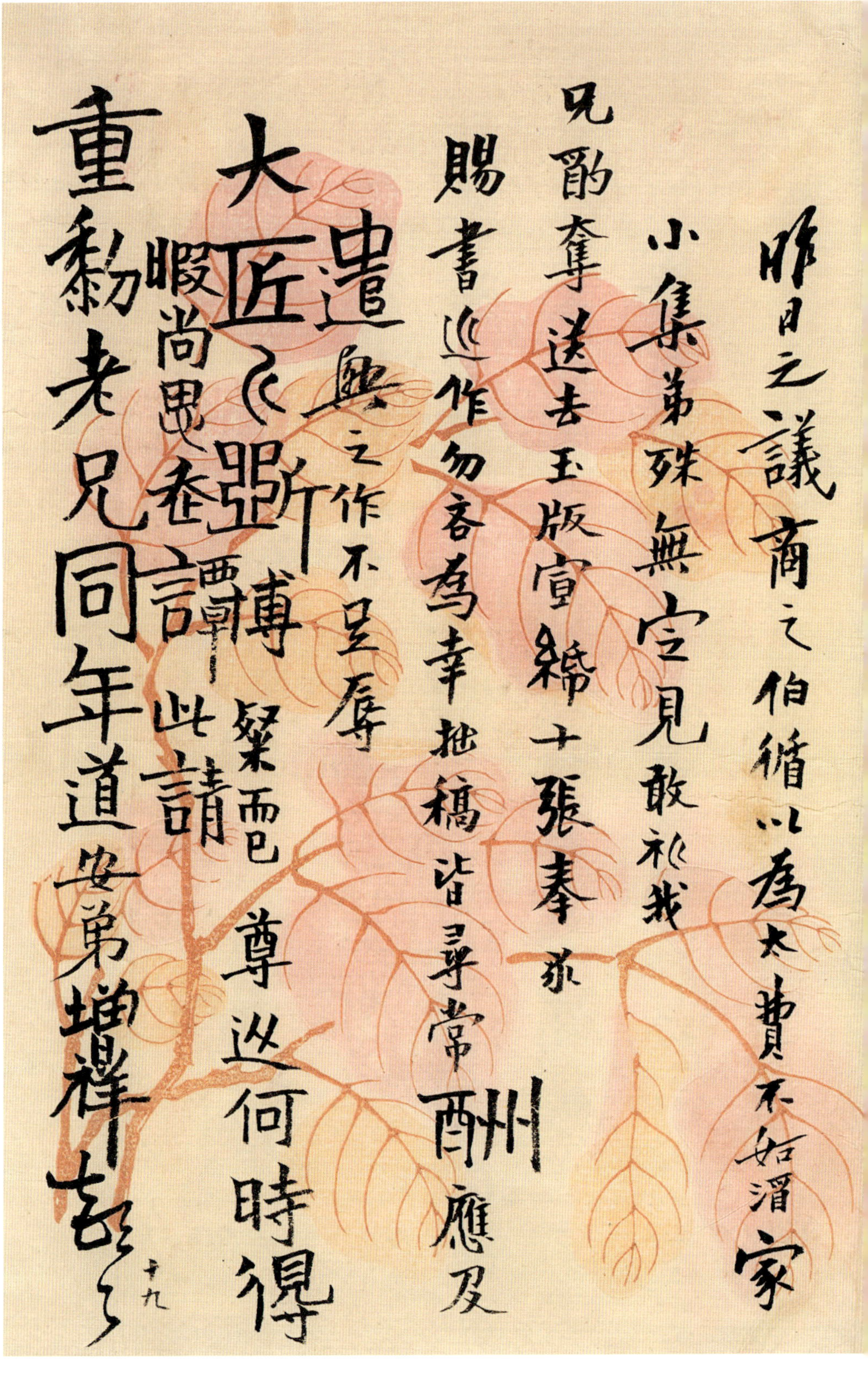

昨日之議商之伯循以為太貴不如滑家
小集弟殊無定見敢祇我
兄酌奪送去玉版宣稀十張奉求
賜書近作勿吝為幸拙稿皆尋常酬應及
遣興之作不足辱
大匠之斲博粲而已尊從何時得
暇尚思吾譚此請
重勳老兄同年道安弟增祥頓首 十九

再啓者法越交兵一事自越失順化值立
和約法人意猶未已必欲併吞北圻滇粵
邊防日形棘手幸蒙
天威震疊堅持防護之議不受恫喝厚集兵力必
期扼守山西北甯規復河内以彰字小之
義不日曉山中丞整旅出關當可隨機
勦辦粵東依海為疆地值餉艱防務尤

閫繫要第到任後竭蹶經營添築礮臺
增練兵士漸次就緒復蒙
聖恩特派 雪琴尚書來此會辦更可仰其威望
震懾遠夷惟樹聲以衰病之軀當艱難
之任汲深綆短隕越堪虞尚望
時錫教言
匡其不逮感幸尤深 獻歲發春

樹筵宴喜附呈詠梅二十韻聊致羔酒之忱爲希
哂存爲荷手此再請
蓋安弟樹聲又啓

爽秋仁兄同年　大人閣下：春杪手函
惠書，過承
奬飾，祇以近狀碌碌，無可以告
知己，遂疏音敬。然相別匝歲，蕭艾之感，與時俱深，
想同之也。比維
宏猷日懋，
篹述精深，至爲企頌。越南之事，中法相持不決。
猝難轉圜。法人宣言進攻北甯、山西，已逾數月，果

尔則瀆粵諸軍當與開仗第一攝釁則津沽防
務最為緊要此間經　傅相布置多年似較他
處為嚴密所可慮者臺灣諸島耳近來都下議
論如何諸陳封事者有良策否
執事宣勞農部建樹益隆前接　朝邑尚書來函
盛有推譽冬初部中出缺甚多想指顧可望
真除殊為馳念弟自迴避籤發河南正擬請咨赴省
又經　傅相奏請暫留北洋差遣然於本省旅補

雲藍閣

之資不免躭誤久留至此殊屬無謂而北洋又適值
多事之秋不便言去祇可稍緩再作計議耳 茲有啓
者承前致明各省財賦總略惟於甘肅雲南廣西盛
京四省近年所收地丁實數未得其詳又山東甘肅新
疆雲南近來歲收釐金之數亦難確知其確數擬
懇
執事查明見示閱光緒八九年各省總册尚未到部
如能將册報較近之無年各省地丁釐金收數

聞示梗概尤深感幸　亮生抵晉已於九月間履
任必可造福一方宏此遠謨也肅泐敬請
台安並頌
潭祉不具

年愚弟薛福成頓首　十二月十日

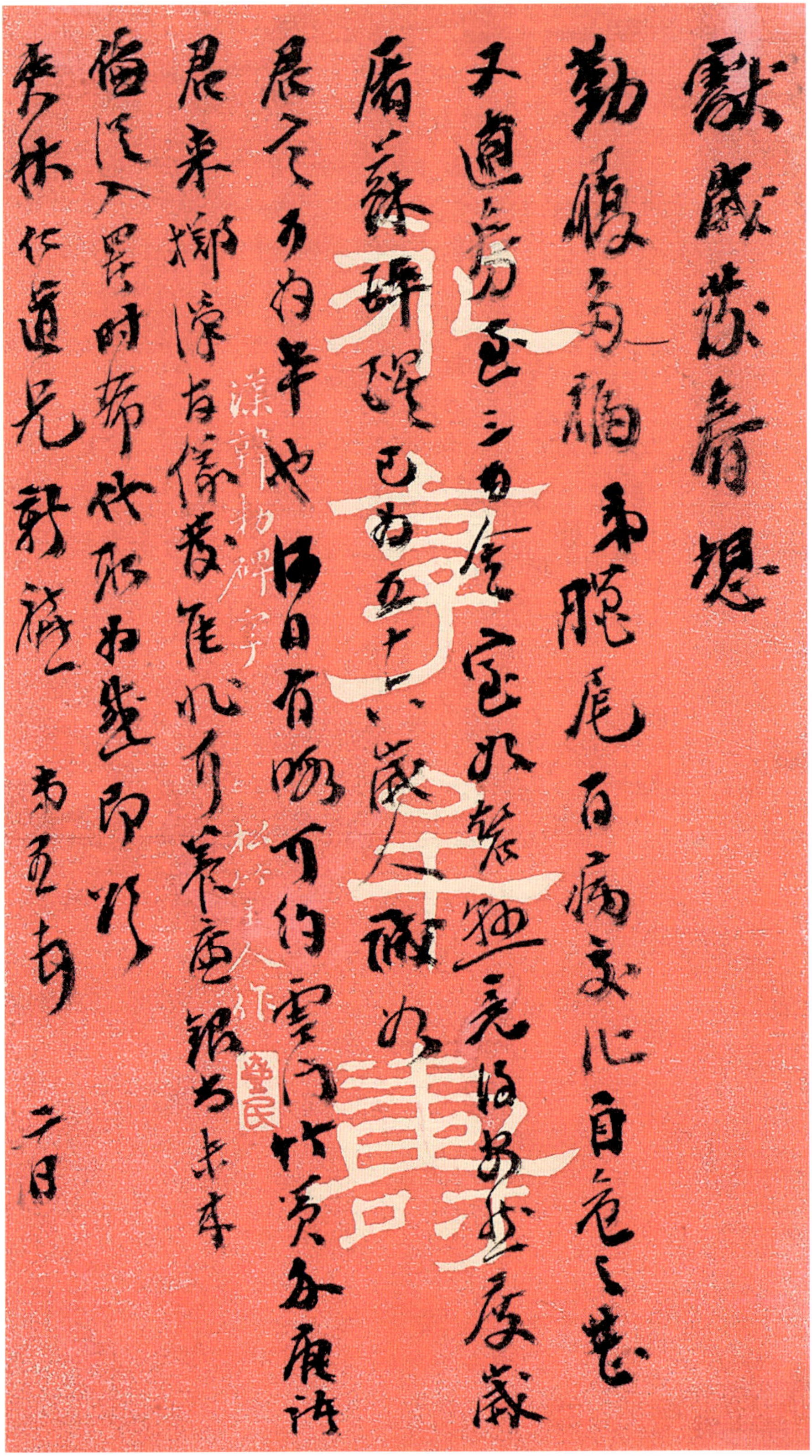

昨聆
清誨，於共支許一輩人，語弟少而失學，莊老經塗
先生不鄙，乎君而弟當之，祥之福也。
楊去杜稿，祈前加繩削，以了原以冒指，雖受一番好人窺
見，不當以笑柄授之也。昨示人日燕集甚妙，非 感師
頃聞見召雅約，
為從是日游廠，不謹
往與兩同，不草草敬謝。
定林先生同年道安　年小弟鍾祥頓首　五日

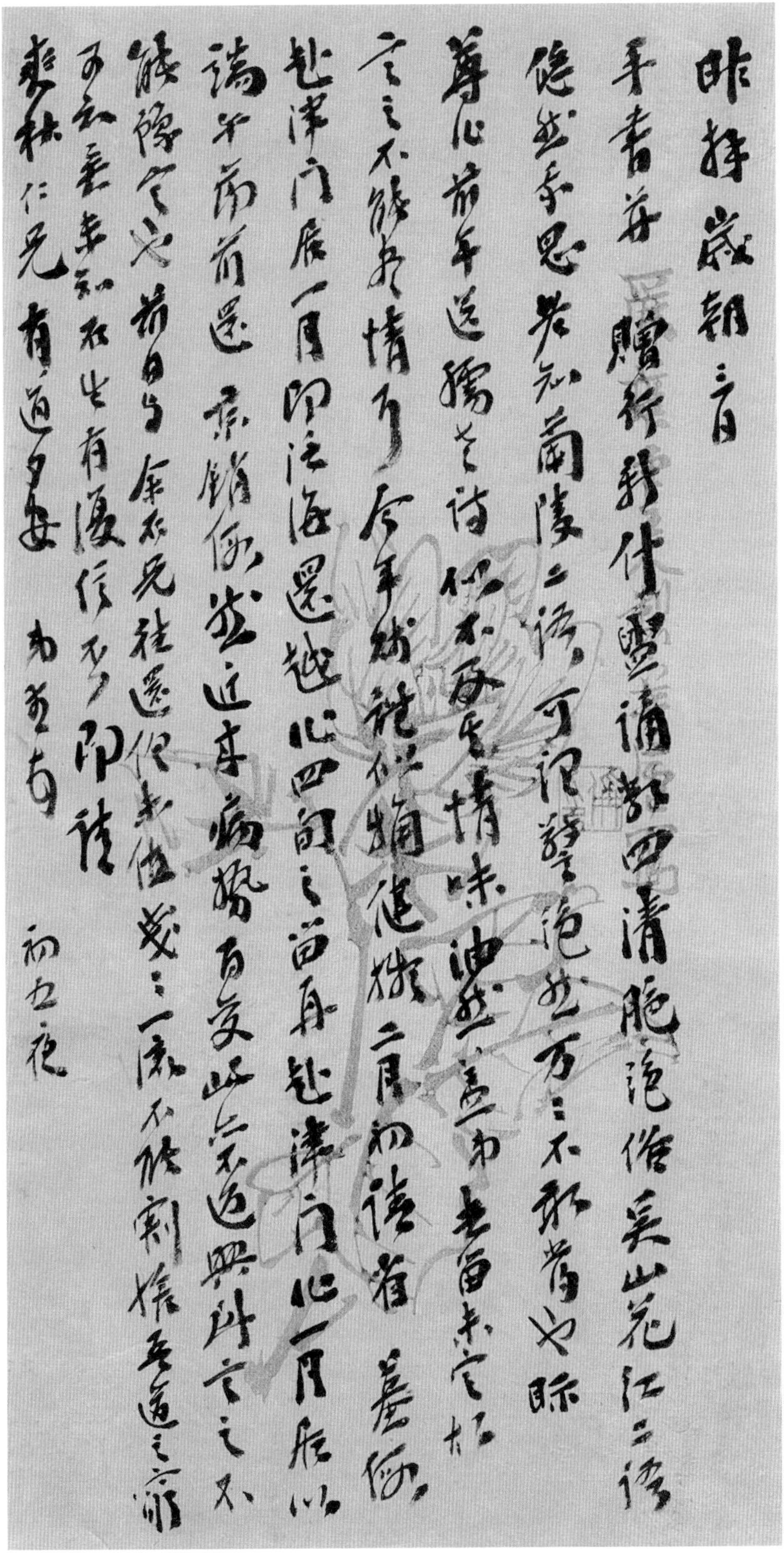

作者小傳（三）

陳啓泰

（一八四二—一九〇九），字伯平，號癯庵，湖南長沙人。同治七年進士，授編修，擢監察御史。後任山西道御史、大同知府、大名知府。光緒三十一年任安徽按察使，次年遷江蘇布政使，光緒三十三年出任江蘇巡撫。爲官期間敢於諫言，整頓吏治和學風，禁絶鴉片。有《意園詩詞鈔》（未刊行）、《癯庵詞》、《癯庵遺稿》等。

戴　望

見第一册。

丁　丙

見第一册。

樊增祥

見第二册。

費延釐

見第一册。

馮　煦

見第一册。

顧　雲

見第二册。

洪良品

（一八二七—一八九七），字右臣，湖北黄岡人。同治三年舉人，七年進士，改庶吉士，授編修，十年典試山西，光緒十一年充順天鄉試同考官，曾官監察御史、户科給事中等職。爲官剛正不阿，上書言事，不畏强權。著有《龍岡山人古文尚書四種》《龍岡山人文鈔》《龍岡山人詩鈔》等。

黄國瑾

見第二册。

黄體芳

見第二册。

勞乃宣

（一八四三—一九二一），字季瑄，號玉初，一號玉磋，別署矩齋，晚號韌叟、勞山居士、無功老人等，浙江桐鄉人，祖籍山東陽信。同治十年進士。曾任南皮、完縣、吴橋等縣知縣，保定府同知，憲政編查館參議兼内務處提調事，江寧提學使等職，民國後以清朝遺老自居。勞乃宣學問通達，涉及文字、音韻、古代籌算、律法、歷史等多方面，有《等韻一得》《拳案三種》《讀音簡字通譜》《論孔教會書》《直隸旗地述略》《矩齋籌算叢刻》等多部著作流傳於世。

李慈銘

見第二册。

凌　霞

見第一册。

龍繼棟

見第二册。

繆荃孫

（一八四四—一九一九），字炎之，又字筱珊，晚號藝風老人，江蘇江陰人。光緒二年進士，三年授職編修，九年充國史館纂修，十九年充國史館提調，二十年請辭。曾主講南菁書院、西郊書院、濼源書院、鐘山書院、龍城書院等。光緒二十九年赴日本考察學校。三十三年督辦江南圖書館。宣統元年，充京師圖書館監督。著有《藝風堂藏書記》《藝風堂藏書續記》《藝風堂藏金石文字》《藝風堂文集》《國朝碑傳集》《常州詞録》等，編刻《雲自在龕叢書》《對雨樓叢書》《煙畫東堂小品》等。

潘存

（一八一八—一八九三），字仲模，別字存之，號孺初，海南文昌人。咸豐元年舉人。就任户部福建司，後任户部主事。同治初年與李慈銘、陳喬森齊名，號爲『都下三才子』。幼聰穎過人，七歲即讀書屬文，工詩及古文辭，亦善書法。居京師三十餘年，會試屢試不售，六十六歲歸田。時值法人滋事，受粵督張樹生荐，任雷瓊兩郡團練。因禦敵有功，賞加四品銜。後主講惠州豐湖書院三年，年老後主講文昌蔚文書院及府城蘇泉書院。有《楷法溯源》一書。後人集詩文刊爲《潘孺初先生遺集》。

沈曾植

見第一册。

譚獻

見第一册。

唐景崧

（一八四一—一九〇三），字維卿，廣西灌陽人。同治四年進士，選庶吉士，授吏部主事。中法戰爭期間，請纓南下越南，招撫黑旗軍劉永福，編立景字軍，入越參戰。

以功歷陞道員、布政使，署末代臺灣巡撫。著有《請纓日記》《寄困吟館詩存》等。唐景崧是桂劇開創者，著有《看棋亭雜劇》等。

鐵　齡

見第二册。

汪鳴鑾

（一八三九—一九〇七），字柳門，號郇亭，一作郋亭，浙江杭州人。同治四年進士，選庶吉士，授編修。歷督陝甘、江西、山東、廣東學政，典河南、江西、山東鄉試。光緒三年，丁父憂歸。闋滿起故官，遷内閣學士，晉工部侍郎，兼管户部三庫，十六年赴吉林按事，二十年主禮部試，詔行走總理各國事務衙門，充五城團防大臣。調禮部右侍郎，兼貳刑部。後因奏對切直，爲慈禧不喜，以信口妄言，跡近離間爲由革職，永不叙用。遂主講杭州詁經精舍、敷文書院。好藏書，家有『萬宜樓』，多藏宋元珍本，因編有《萬宜樓善本書目》。另著有《萬宜樓詩録》，增訂《象名録》等。

王頌蔚

見第二册。

王先謙

見第二册。

徐用儀

見第二册。

許振禕

（？—一八九九），字仙屏，江西奉新人。咸豐初入曾國藩幕，於吉安擊退太平天國軍隊，叙功以同知銓選。同治二年進士，十年授編修。出督陝甘學政，請陝甘二省分闈鄉試，各設學政，得左宗棠肯定。丁父憂。光緒二年起故官。八年授彰衛懷道，十六年擢河東河道總督，筑滎澤大壩。二十一年遷廣東巡撫，二十四年裁廣東、雲南、湖北三巡撫缺，附祀江蘇、河南曾國藩祠。謚文敏。

薛福成

（一八三八—一八九四），字叔耘，號庸庵，江蘇無錫人。同治六年副貢，應曾國藩之招入其幕參謀機要。光緒元年以直隸州知州入李鴻章幕。七年，署宣化府知府。十年，授浙江寧紹台道。十四年，授湖南按察使。十五年，任出使英法意比四國大臣。著有《庸庵文編》《籌洋芻議》《浙東籌防録》《出使日記》《出使公牘》等。

薛時雨

見第一冊。

楊昌浚

見第一冊。

楊文瑩

見第一冊。

應寶時

見第一冊。

袁　遂

見第二冊。

曾紀澤

見第二冊。

張　謇

見第二冊。

張佩綸

（一八四八—一九〇三），字幼樵，一字繩庵，又字簣齋，河北唐山豐潤人。同治十年進士，以編修大考擢侍講，充日講起居注官。光緒八年，擢署左副都御史，晋侍講學士。九年，往陝西查辦案件。返京後，受命在總理各國事務衙門行走。十年，以三品卿銜會辦福建海疆事，後署船政大臣。馬江戰敗，被撤職遣戍。十四年獲釋，入李鴻章幕府。二十六年八國聯軍入京，李鴻章以其熟諳交涉，保薦其協辦議和之事，詔以編佐辦合約。合約既成，擢四品京堂用，稱病不就。著有《澗于集》《澗于日記》《管子學》《古今體詩》《豐潤張氏書目》等。

張樹聲

（一八二四—一八八四），字振軒，安徽合肥人。廪生出身，太平天國運動爆發後，與父兄在家鄉興辦團練，積功授知府銜，協助李鴻章組建淮軍，出力甚多。歷官直隸按察使、山西按察使、布政使，署理山西巡撫。後陞漕運總督、江蘇巡撫、兩廣總督，署理直隸總督，於吏治、營伍、馭遠、籌防各方面，均能實心規畫。因相機調度，督率有方，加太子少保銜。病逝於廣州，謚靖達。著有《張靖達公奏議》八卷、《雜著》一卷。

張之洞

（一八三七—一九〇九），字孝達，號香濤，晚號抱冰老人，直隸南皮人。同治二年進士，授翰林院編修，歷任湖北學政、山西巡撫、湖廣總督、兩江總督、軍機大臣等，官至體仁閣大學士，光緒三十四年晋太子太保，次年病卒，謚文襄。爲晚清重臣，洋務運動代表人物，教育方面創辦自强學堂、三江師範學堂、廣雅書院等，工業方面創辦漢陽鐵廠、湖北槍炮廠等。其著作編爲《張文襄公全集》二百二十九卷。所著《勸學篇》《書目答問》等爲初學者津梁，流傳甚廣。

周壽昌

（一八一四—一八八四），字荇農，一字應甫，號自庵，湖南長沙人。年十八，補縣學生。道光二十四年順天鄉試舉人，次年進士，選庶吉士，授編修。咸豐二年，大考二等，超擢侍講，轉侍讀，充日講起居注官。次年，隨辦京畿防衛，旋丁母憂。同治五年，大考二等，充實録館纂修、總校，同治九年轉侍讀學士，歷任順天府鄉試副考官、詹事府詹事、户部左侍郎等。光緒初任内閣學士。光緒四年以足疾辭官，專事著書。著有《漢書校註補》五十六卷、《後漢書註補正》八卷、《三國志註證遺》四卷、《三國志註證遺補》四卷、《五代史記纂誤補續》一卷、《宫閨文選》二十六卷及《思益堂集》等。

朱　采

（一八三三—一九〇一），字亮生，又字雲亭，浙江嘉興人。咸豐十一年優貢生。光緒九年任山西汾州知府，光緒十四年陞廣東雷瓊道。少倜儻有大志，博涉經史，善劍術，具文武才，不屑仕進。先後受知於李鴻章、張之洞，留心時務，治河、海防、礦務等，頗受時人矚目。在汾州任時整修西和書院，制定有近代意義的規條，對山西教育發展頗有貢獻。後以激憤時事，稱疾引歸，不復出，賫志以歿。有光緒三十四年趙之駿整理《清芬閣集》十二卷石印本行世。

朱一新

見第二册。

朱之榛

（？—一九〇九），字仲蕃，号竹石，浙江平湖人。淮徐揚海道朱善張之子。同治三年朱善張因剿匪病故，朱之榛得以蔭授官，任蘇州總捕同知。歷署蘇松糧儲道、江蘇按察使、江蘇布政使。光緒末年，題奏補淮揚海河務兵備道，未到任而卒。朱之榛長期管理蘇滬釐務，对地方利病無不洞悉，故凡政有興革，事有緩急，江蘇藩署多有請教。朱之榛著述多奏疏，未結集。编有《新安先正集》二卷。

宗源瀚

見第一册。

□晨

生平不詳。

□泓

生平不詳。

國家出版基金項目
NATIONAL PUBLICATION FOUNDATION

國家圖書館藏未刊稿叢書

主編 劉玉才 陳紅彦

書札編

袁昶友朋書札（四）

（清）袁昶 輯
謝冬榮等 整理

鳳凰出版社

目録

知舊往還手札

册庚甲申首春

十日楊鑠

月食時刻測知地經度法

先在已知經度之一地（東三省計最一大城偏東偏西經度久經測定載在官書近人之代表里表亦可備檢）測得月食

初虧時分同時在本地測得月食初虧時分以兩時分相較

得數乃以一分時爲一率十五分度爲二率兩時分較爲三率

求得四率即本地偏東偏西之經度（測經度法繪地法原第三手所載授此法爲簡易耳）

時辰表精者雖有不如此儀

雖稍雜亦明確可據

北極高下測本地緯度法

以儀器測得北極出地度即本地在赤道北之緯度（測北極出地梅文穆）

極不可見則測取與極相近之兩隊大星各取前後在

奔求貴遺跡

首渦法

北極上下最高最低之度高低度相加折半減去蒙
氣差分得北極（正）出地度即本地之緯度法載考成上編
已知東西偏度求經中線里數法
半徑爲一率本地偏度化里爲二率以每度當二百里計算本
地天頂距北極正弦爲三率求得四率即本地橫距
中線里數
正方經求積法以下里皆求積里之用
以方邊自乘得積

長方形求積
以長短二邊相乘得積
商股形求積
以長短二邊相乘二除之得積
三角形求積
任以一邊為底即為兩商和餘兩邊為大小二弦兩商和為
一率大小兩弦和為二率大小兩弦較為三率得四率為兩
商較以商和商較相加折半為大商相減折半為小商大即自

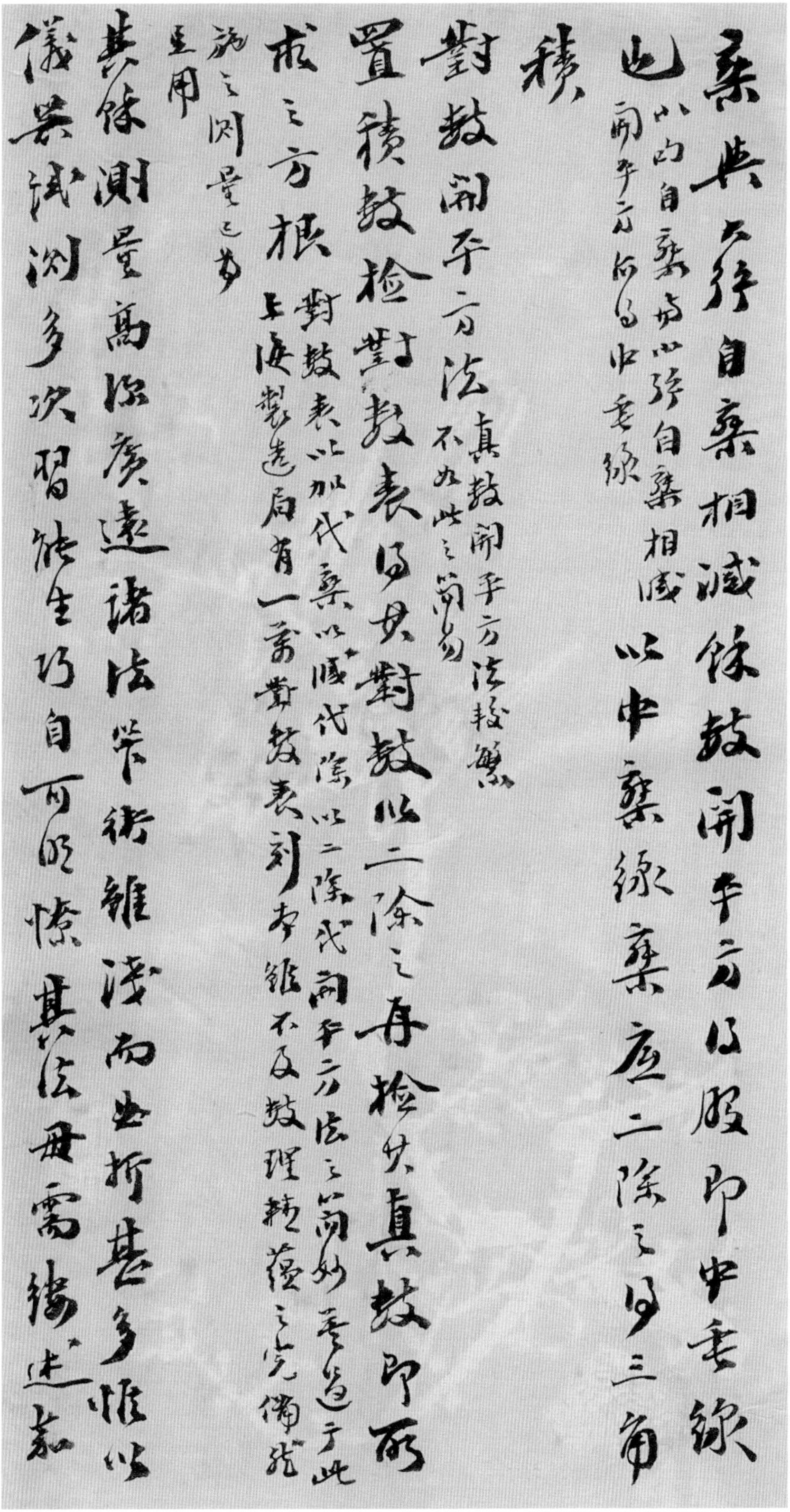
棄其大餘自棄相減餘數開平方得股即中垂線
也 以四自乘與以大餘自乘相減開平方得中垂線
以中乘線乘底二除之得三角
積
對數開平方法 真數開平方法較繁 不如此之簡易
置積數檢對數表得其對數以二除之再檢其真數即所
求之方根 對數表以加代乘以減代除以二除代開平方法之簡妙並通于此 上海製造局有一部對數表刻本雖不及數理精蘊之完備然
施之測量已夠足用
其餘測量高深廣遠諸法算術雖淺而曲折甚多惟以
儀器試測多次習熟生巧自可明瞭其法毋需編述茲

芸舟南豐劉氏衡著句股尺附量針法一書凡山東高深田野平遠凡一測而得不煩布算其尺造之甚易如取原書圖式依造雖十分用以測量似較象限諸儀尤爲簡捷也（劉氏書刻于揚州板能不存本爲習見）

儀器九象限矩度等器爲用已極便易然一時不能猝具可用表杆代之其法實是大小句股比例黄氏書末卷有之

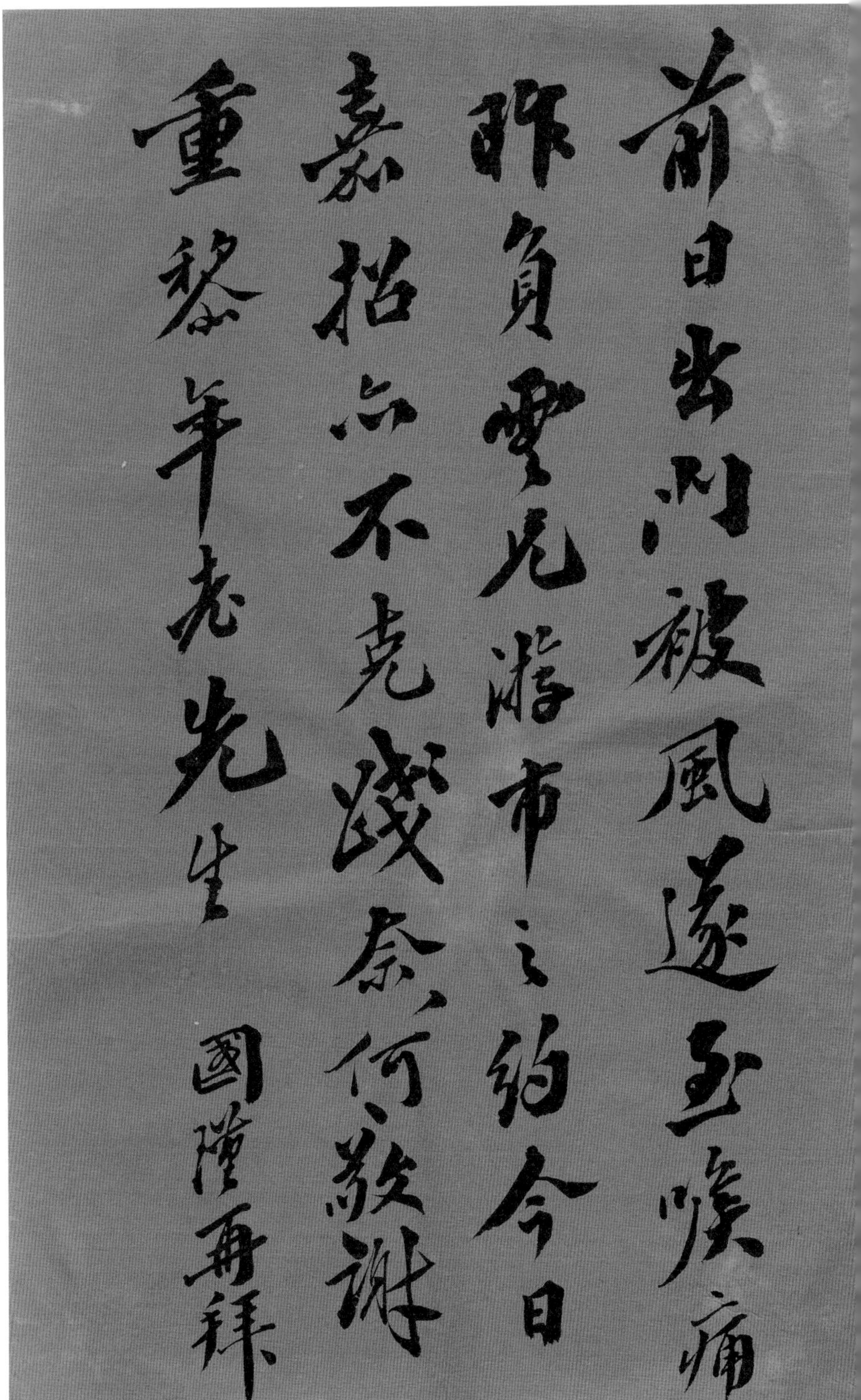

前日出門被風遂至喉痛
昨負雯兄游市之約今日
嘉招亦不克踐奈何敬謝
重黎年老先生　國瑾再拜

爽秋仁兄大人閣下久違

雅範時切馳思適陽回庾嶺之時正寒到

京華之候敬維

金曹主政

玉府宣猷

會計才高

任職承流於國用

委輸績懋

資時贊治於農書引企
清班良深臆頌弟名邦忝領暮歲關心春到江南
聊效一枝之贈神馳
斗北彌深千里之思謹奉上梅花詩百韻藉展微
忱尚希
哂存勿擯爲荷肅勒布悃祇請
大安惟希
惠鑒不宣　愚弟左宗棠頓首

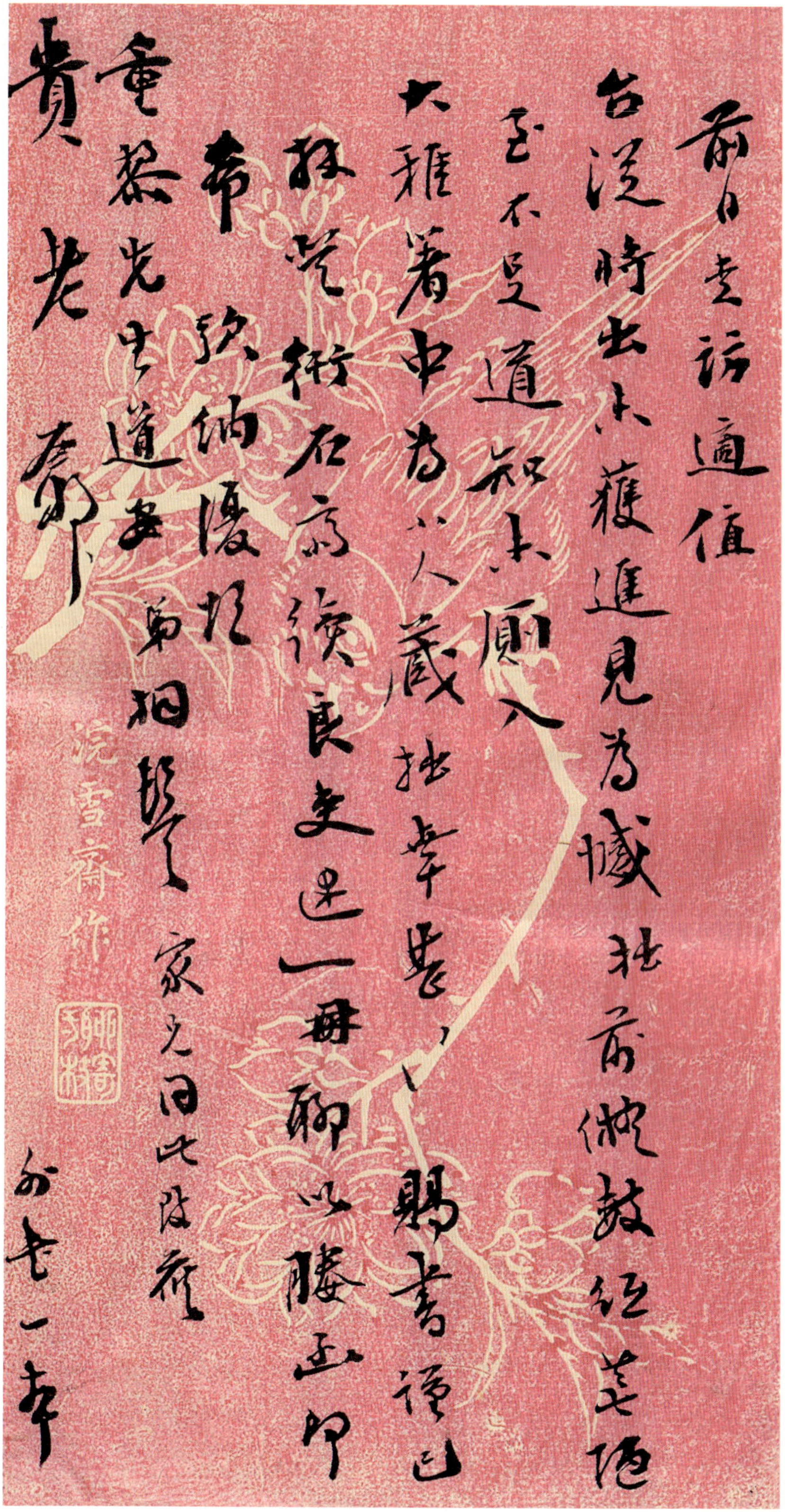
前日走謁適值
台從時出未獲進見為憾[illegible]
至不足道知未厭入
大雅著中為人藏拙幸甚賜書[illegible]
拜覽術在前綬良史速一冊聊以[illegible]印
希致納復[illegible]
[illegible]光生道安　弟[illegible]頓首　家之日此段行
貴老[illegible]
[illegible]十一日

浣雪齋作

次韻酬
夔秋仁兄同年大人見贈之作敬祈
方家教正
大集通貫海天西主客各宗鄭高早有相
才傑左户屢頒文檄諭雕題時越方隸東方大隱
栖金馬莊叟元臣託雝雞猶南闌官門茶
了青鞋每日踏春泥
年愚弟樊增祥拜槀

重黎先生座右：十月廿四夜在大沽口發上一書，並附校邠
廬抗議一冊，未審何日達
覽。十月廿四夕二更廿五子初兩
示，早經奉到。弟在滬係為電報局差礦務振捐連類
及之，以朔方更鮮知者，故且權為升斗計，苟全取安
所短長。津門之行，為蘆台局中未了之事，兩謁伯揆，頗
得綜核其他。上台非祇印廠是要，如在津門，非無差事
蘆台之差至今未開除，係由局委員兼代
而甚安頗多。相意館第，而今際太陽

是以決計南旋，在滬鄉有數善，不須衡參，一也；杜家極簡，二也；可飯家于三也；無人嫉妬，四也。度德量力，故事退藏，似或一道。鄙意果能遠負輕少，即擬居鄉種菜課子以待死矣。

來書謂世之説非乎？無安身之言，謹奉教。萬清師、王璞文文集比均鈔得，擬一一編輯寄交先生暨方存老閱後，徐圖付梓。世事無能為役，從事于編纂校勘之中，亦與世無爭之一端，亞夫來聞

查發者已爲洗餙 芸老南旋 凡兩函 初十前赴粵矣
彭公聘存老以自輔 存老卻之 三不要之疏 李次青方伯
筆也 豐潤進譯署 亮能兵
賢者水乳交融 比已傳到否 派發何股
宅上大小想俱安吉 近歲年
造述益富 南北道阻 每有所聞 快讀良用慰悵 承
示徵御史 邵是否名景崧 其近日交游事如何 又接吏
部信否 此間所閱不過申報 滬報而已 入秋來抄得之

件檢查並紙以備

暇時一覽相多早晃晃矣臘初張振帥來電述滇

軍不救（不三指何處）對國勢難久持此真關乎氣運等語甚

為買米十萬石非為粵東困守計壽光赤子大約年

事仍請李決老參謀也二種松年穀尚遷滬市即壞

極天氣甚暖盼雪甚殷恐雜布瞻穀請

園宅均安手筆為呈並道常護不宣並道再拜

十二月九日 兒男女侍叩

東吉寓上海北市四馬路西頭電報學堂

並交正家游二十本比自長沙寄回

莫勝追念彼此數數過從頻來語時甚
可悵如昨歸好
東雅什襲襲承貺僅見字詞展誦再三玉為
感愧但我望有日小追如如未及答和為
歉然耳
爽秋仁兄同年　康泉叩上

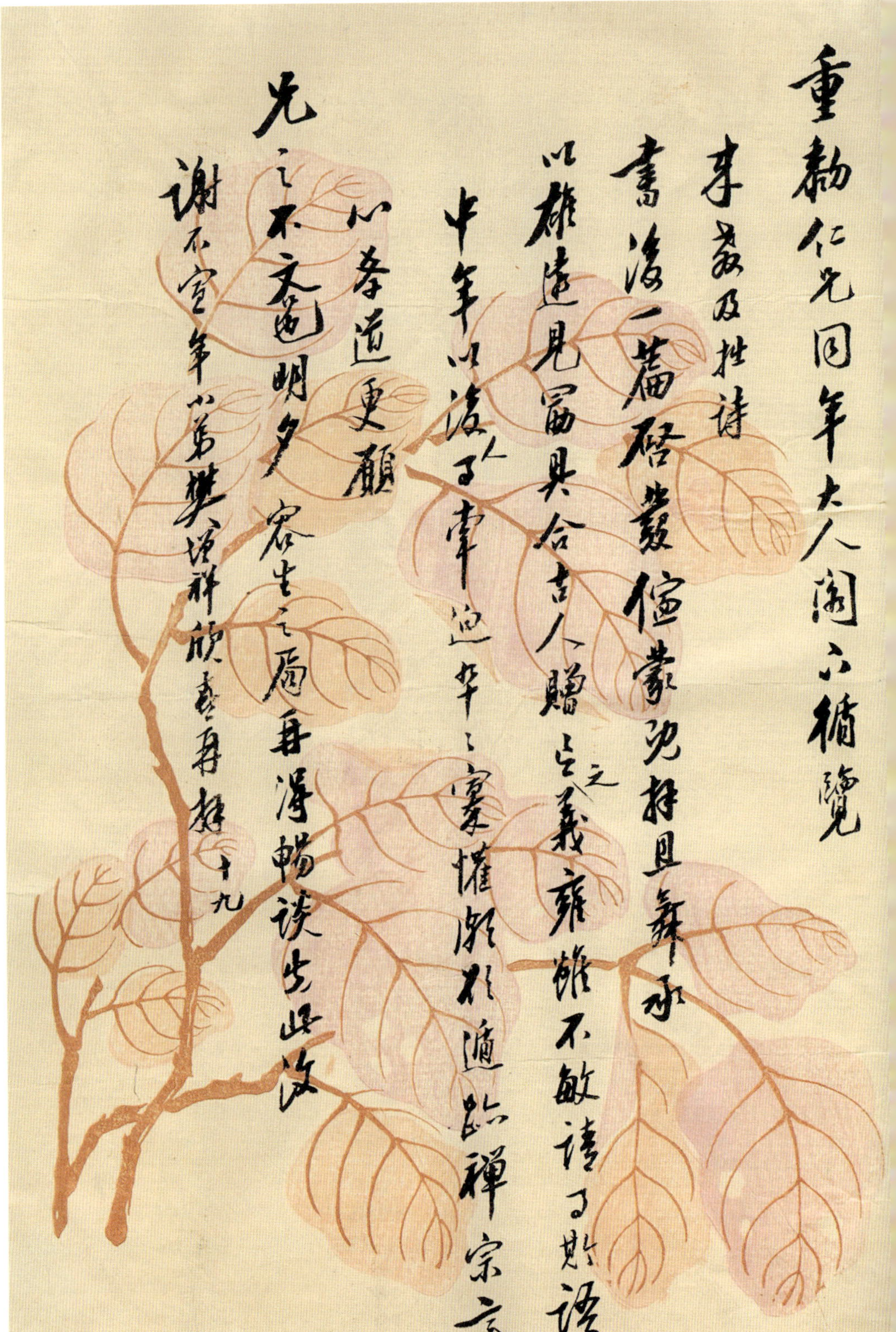
重勳仁兄同年大人閣下循覽
來教及批詩
書後一篇啓發僮蒙兜拜且舞承
以雄達見當具合古人贈言之義雖不敢謂了然語
中年以後人事牽迫卒卒寡懽殊於適然禪宗商
心參道更願
先生不啻明夕容生之屆再得暢談先此復
謝不宣年小弟樊增祥頓首再拜十九

奥秋仁兄大人閣下：十月廿　景先交到
手教，誦悉一一。廑依填膺，慣進作合，歡及立玉辰下，獻
歲茂晉。伏惟
景福是頌。法人逼越，兵機變幻，所聞不遑得立，待言承
示滇桂兩路軍事，始知邊備日警，近則商桑挾諂北寧，情
勢岌岌可危。和戰之空論，南北異意，見各執，大抵主戰者
徒增紙上之談，未足信以為實。戩老所陳不徹究，軍即
就粵南鄉兵訓討，頗得曾文正措置遺意，似於防守

有把握茲江南倡辦漁團則猶棘門灞上之師兒戲矣
中格集鎮船戶雜除募壯勇與漁團相表裏期堪禦侮
計亦絀矣
執事初入總署書上其事蘊替益時局自可宏濟艱難
昔裴晉公平淮蔡李文饒嘗參預其議及文饒平澤潞亦用
杜牧之之說古人書軸必選賢才自輔其效如此
閣下駢文已躪樊南之室而指畫時事亦不讓樊川從前趙
公樞密譯署者皆以慎默為貴後進一時未由表暴今長官

中虛懷延訪得有如裴如李其人否念念近世薦拔後又
登庸朝列天下被其澤公論翕然歸之者曾胡也乃者
南皮一疏推舉四十餘人不二年拔擢遍行省
朝廷旁求之亟可謂破格用人矣夫天之生才有宜於
守令而不宜於監司者有宜於監司而不宜於疆寄者
雖云視乎造就然稟賦有限強則亡益能明徹斯義則
官不稱職者寡矣九月杪迄今六十餘日紅光隨日出沒論者
主兵載宋史祥異攷某不明天文未睹此書祗願說之不確

左右恃覽於書無所不窺。去年彗星見，抄寄貴友論
著，今能再示一二，以藥孤陋否？竺老相晤否？清況何似？甚
以為念。前託吴子佩刺史帶上局刻《唐文粹》一部，想早
達到。薪奉歲敬三十韻
莞存是幸。又附蘭階并一書、銀二十兩，乞
轉交。耑泐布臆，祗賀
年禧，並頌
台安百益。
門小弟朱之榛頓首 臘月初五日

再啓者，客歲山右返旆，已在六
月中旬。旋於中秋前挈眷赴晋，九
月杪接履新任，初次接篆，一切未諳。
數月以來，稍有頭緒。晋俗纖嗇勤
於治生，而選懦乏勇，不能禦外侮，
以故客民游勇，時時竊發，一旦海
疆多事，必致為外匪所乘，弟於

藝腕書院義學之外似留意武備
惟精力漸衰不能羅馬挾張爲士民
倡率不免含蓄能之歎耳聞越南
劉團撲設獄帥亦未剝敵氣益驕閑
河陵存存堪虞祝長弼切蘇庫工亦致
十六台卿素微意即請 酉山合權安妝
文安京又 書 元旦 都中如有函便行
示知爲大段

爽秋仁兄大人閣下：數年不面，久未上牋，神爻在心，是事夢切寤念。
張副都至津，談次云：譯署新設，倚重
鑿材，屬常通訊息。兄未克遵也。昨覓南回都寄聲拜候，二月
六日自若人處達到
手教，詞旨懇悃，情文溢流，感荷無量。藉諗
賜贊謨猷，鬱為時棟，至為佩仰。弟從公東局，枝戟依然，老
大頭顱，衰遲意氣，不武不文，謬廁其間，當為
大雅為鄙笑。猥承

遠注頗何以振策夜駕使者踐步耶　又奉根師手札遠貽尚泉
精采差卜暮景歡健尊老强挽主講書院函索可作數
日談也時局方艱非奇偉非常之材不克有濟昔人極傾倒
執事嘆爲未易才能以爲必得之矣所需毛慈檔圖説檔法
準繩二種輙從王子雲觀察假廷一月焉分别乞得以奉
雅覽此自二君之意非不佞所敢掠美也方病瘧痞咯不能多書
精鑿倍觴中百一推布　亮之此復即請
台安不具　晜弟趙銘頓首　二月九日

爽秋賢補大人麾下：秋初由杭寓寄到
手書，有次捧誦如親
珠敦，感佩之衷，尤難筆罄。自思作客兩年，月以來不時旅作，
此月服除，十月方睹直省，至杭赴滬，並以請給北上，冬月初回
蘭，始從粳秫繕牘，而大要思，倒以徽屬亦要多量秫豪之
墨，是以今日內府所留已無多，不知經年無何情狀矣。差
林之長，郎署先是，緣得依署，安要時無可推辭財取外
兩端。餘則宜以是方發，敦外則尚作庶識料致兩者

幸相老宮保知

朝廷因法越構衅，赫然震怒，命將興師，業經戰之

命，士氣百倍，師臨河上，振作鋭旅，然兵有出奇之處，亦必不

至之處，若不能料其所無，亦應一面□□□，以防不虞，無不備

之不可言；屢膺寵眷，我國為國屢宣，廣通識，籌畫

高明自有

棣兩處周旋，特有高見並持其内自必待閩經

國民謀臣忠實，所任儘可及，不必置慮

聽兄評已有四人去洵知時無成書稱以屬之區試酒雅如君
輩也有賢舉之臣相砥礪不比山左傳之功垂之於師自足不朽
者美刑邈退之善矣淵矣蘭居拄史筆議書若不相望
遙想兄逝昌今已決計歸居越中所更何所教昌且水咏好秀
風氣勸德感慰君世將有來之所自當終被隱庵拈長緒
國之計無郁世多自壞萬可挽救以待時叙未之年室生
往譬居主自諸之擬以俟當敢垂賜許
國耶伏讀

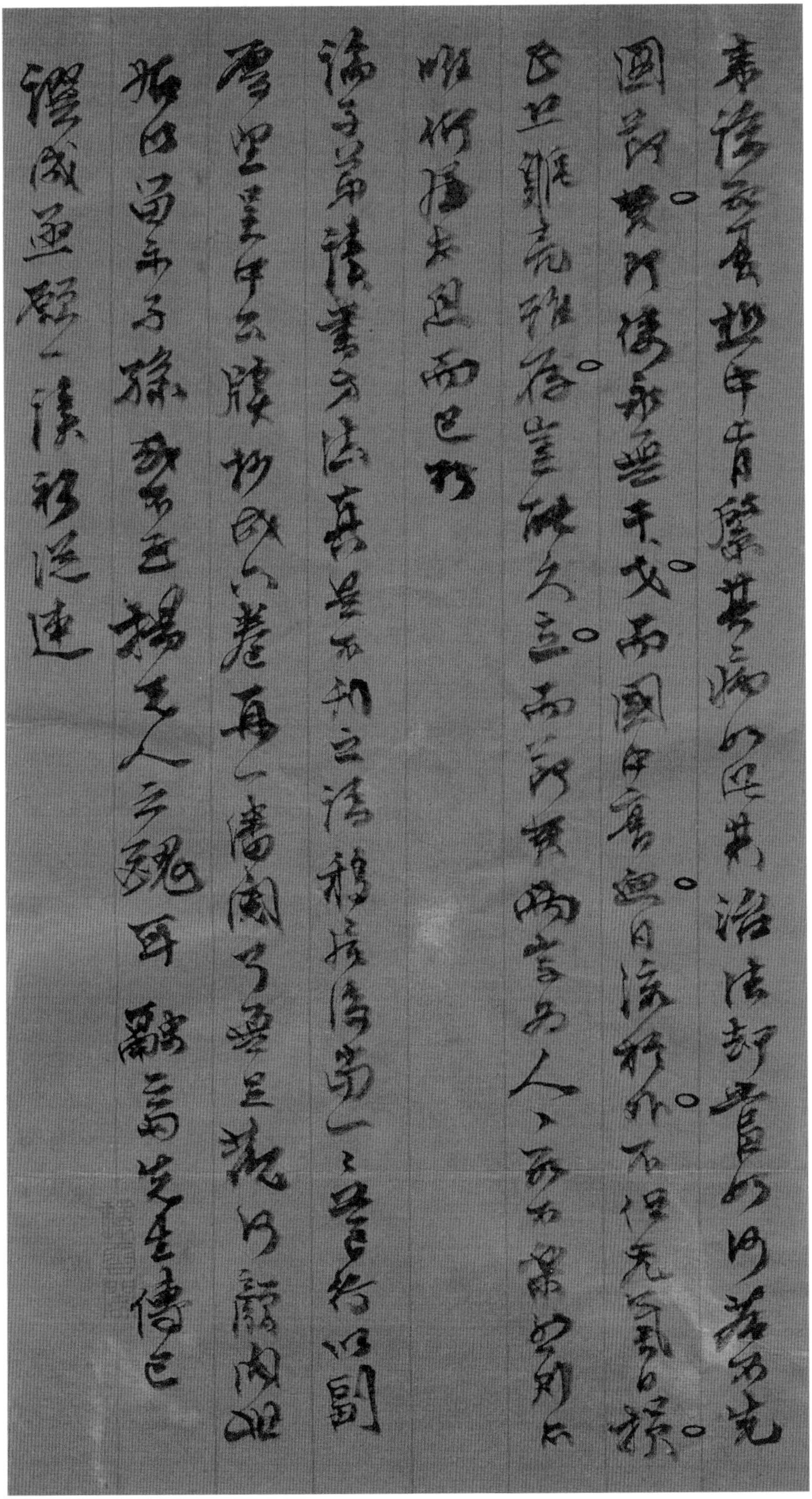

青泰山之不通信，內云云，兵尚在寨，遇其所屬兵寮時
亦有往渭之別，未卜先生能再於營爲謀，吾恐亦懷抱者
樓怯況可再得入軍是要行吾追，路千里無以待無此狀
亦多實白全無兩聊佗
國謹啟事
晒納，昨奉到，據言傳再寄詳，切無卯易諸
勳安，諸頌
壽祺，不具，侍如之姪 頓首
臘月望日
德兒修明

示悉闈彈章中試　鄙人尤力是以不便陳言　丹老負一
代清望旋乾轉坤是所望矣　鄙人在位一日當盡一日之心今
日一姪孫驟殤　舍姪容舫與　鄙人同舉京兆最相愛　容舫早
世而其愛子又殤不能不為之料理今日擬不入署也　承
教感佩之至
樂秋仁兄大人
名心叩　十四
尊謙謹辭

爽秋仁仲同年大人閣下：春明更敘，終日奔走東廣，徽返

滬，食頃便二

知交之士不得暢語，甚真陋習，直以若事也。年底抵粵，

程右丞今始稍一清楚，而篆後滿閱積牘，逐日提勘

右死者百餘人，求生不得，言用惻然。臬台不可做，而廣東

之學（臬）臺則尤不甚可做，亟思離開，後何？最易為珠

浦後小山好文，然諸公幾生仲到，非冀升始不脫苦海

解，步孫公從辱於斯之矣。防務無可恃，餉源不知節

法人不能來，可以藏拙，此則各國通商之年，而

粵教民甚多，一旦有變，外患方乘，内奸竊起，此必然

之勢也。振老雖命於滬，公子才固號寵兒，亦宜
哉。不利於人口者，職是之故。韜沖子方良，皆正人也，與之勤
求吏治，相殺合手，恨勇無利，積習太深，亦未必處處
致驗耳。雲沖重為人忠節，雄駐此寓，為砥柱。日來
偶患喀血，此舊恙也。遇書必發，靜為調攝，當易就
痊。法越無礎，耗傳說紛乘，皆不足信，然終是無礎。傳
法軍得利，則旦夕喧傳，從鄰必鋪張之。現在廣談保兵
而取，日尚未見動靜，足見彼族有精，疲力盡之勢，亦
屬難乎為繼耳。沙面事可了，汕頭則尚未聞所設也。手布，再請
著安，不盡縷縷。
年姻小弟鎔頓首
正月廿九

再以甬壽防事宜業已次第布置初疑客軍與土軍
兩不相下近以各將弁聯為一氣兵勇亦幸無猜嫌惟是餉
項望靈支持殊非易事雖目前多方籌畫然日久終
屬為難西人未識作何了計再法越構衅二年前聞黑旗
屢獲勝仗昨又聞法兵內變或即為其自敗之機
參營係所帶數十營前隊聞已行抵諒安王朗卿亦節
次可到當不難殲厥渠魁也知 浣雪
念并以奉告前由 鮑印亭同年處寄上吟樾十二韻不識

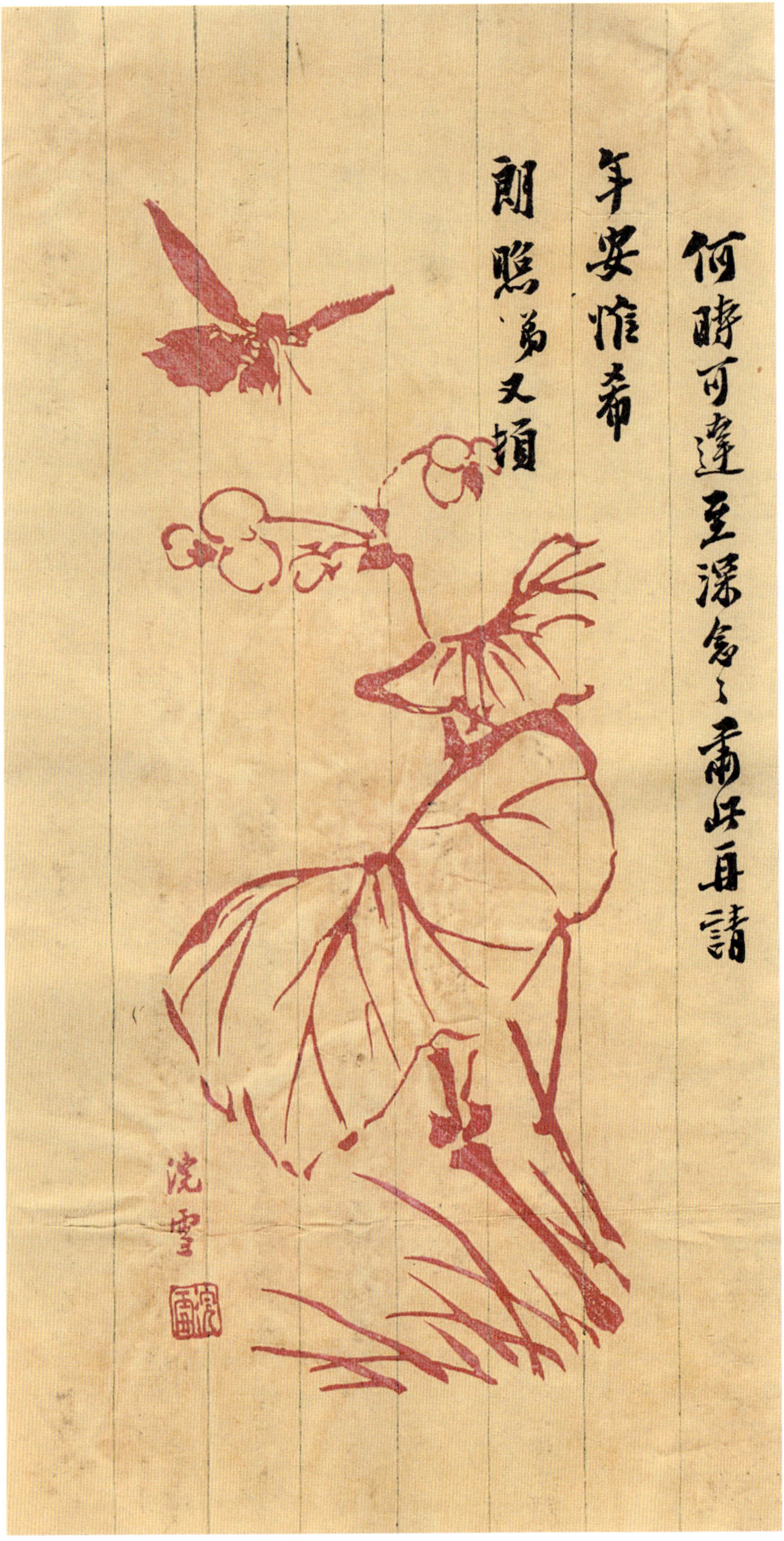

何時可達至深念〻肅此再請
年安惟希
朗照、弟又頓

浣雪

蓉月僕病亟幾不能生至月末始稍可適蹣蹣有生
氣或又可苟延日月矣去歲友人為寫一行看子徐凑
老謂其太瘦形今再寫始題之老友見愛也我能
肥詎知冬春之病視之殆猶太肥乎僕自奉題一詞於
上，亦書之詞於上極佳因懇吾
弟題居今體詩一首或古或律俱可恐友人相承皆作詞
須得
古作一詩倡之也拙畫之畫呈上希
鑒正手此即頌
興秋仁弟大吟壇箸祺好而殷屆尤周善為
敬
十四

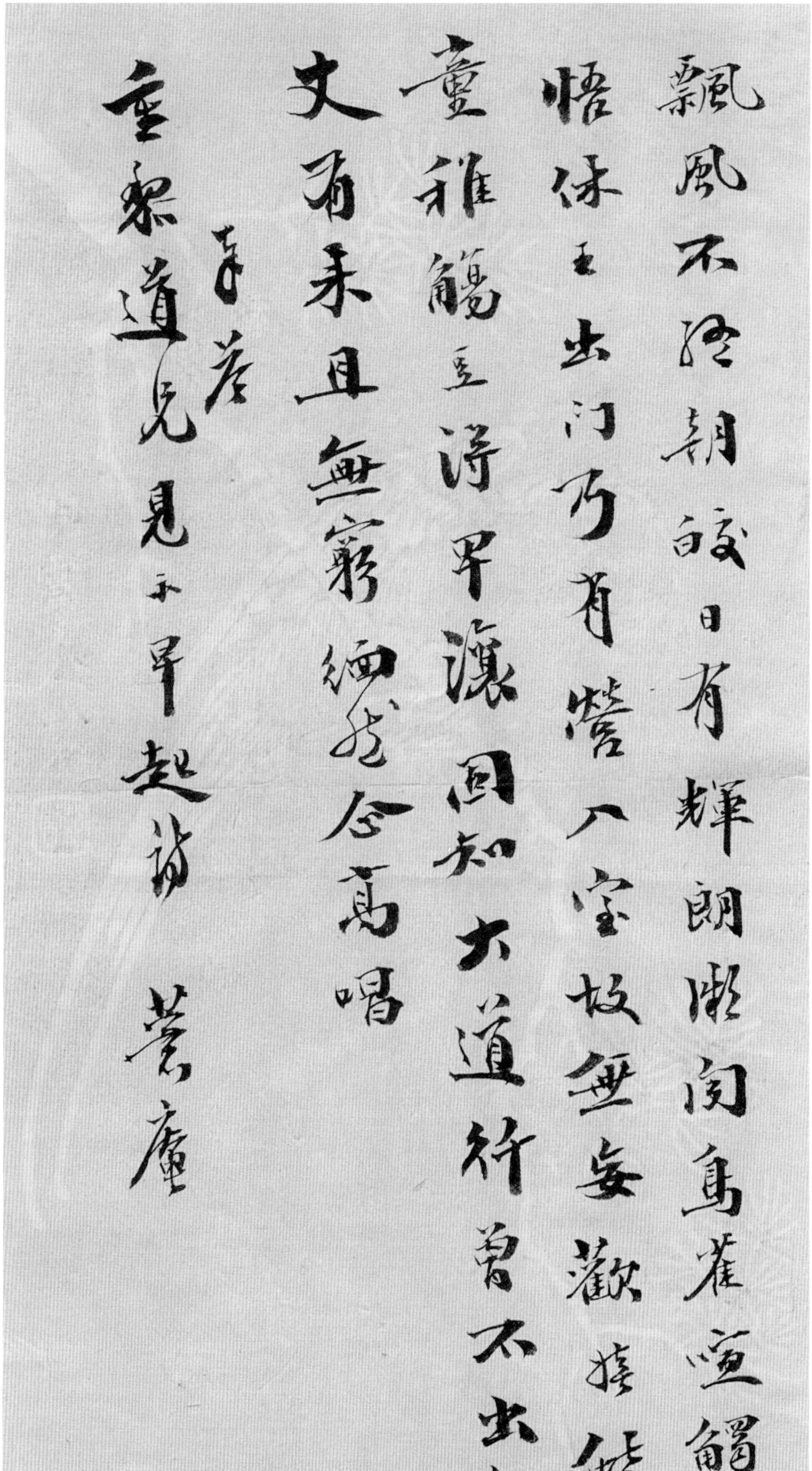

飄風不終朝，皎日有輝朗。澗閣鳥雀喧，觸境
悟休王。出門巧有營，八字故無妄。歡娛儲
童稚，觴至詩畀讓。因知大道行，曾不出家
丈。有來且無窮，細兒今高唱。

幸荅

垂察。道兄見示早起詩。葉庵

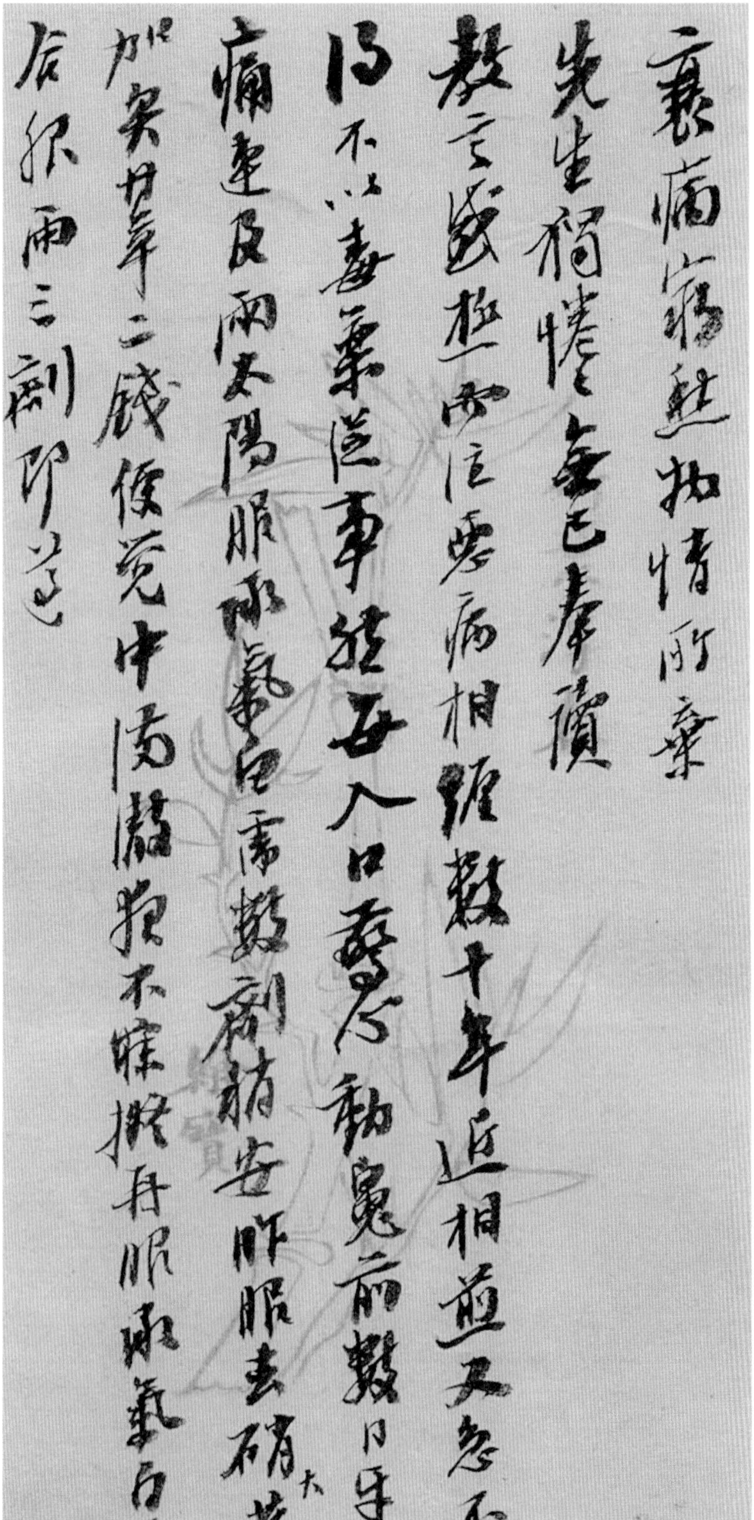

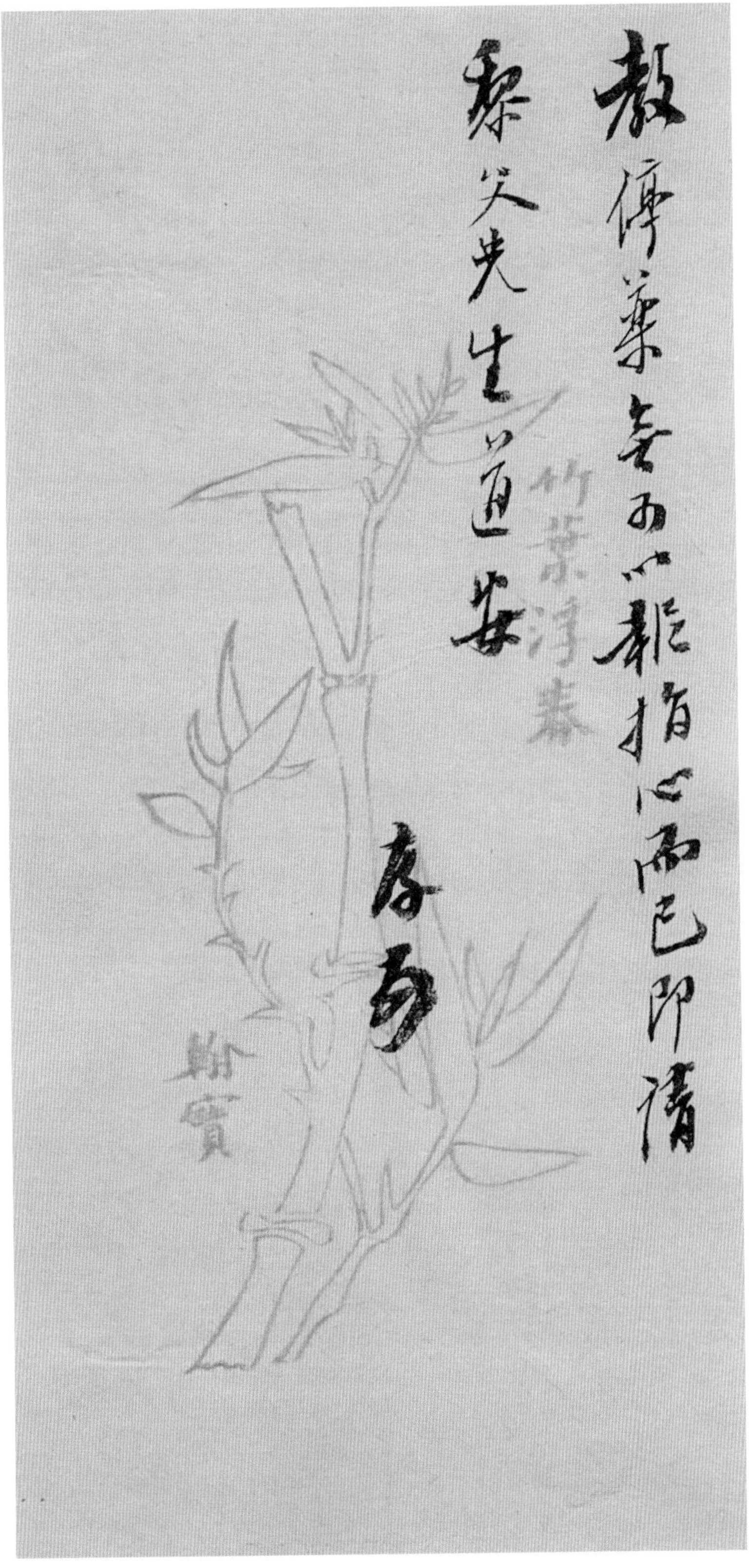
教俾篆會兩心難指心而已即請
琴父先生道安
存手

讀來手書，詭異絕妙，如聞子野清歌，輒喚奈何也。

日來和無風狂雨，撲簌而花事闌珊，正於此

極適，所敲中亂世上蛾飛，所謂蠶子猶見也。

（以一日代其欲　製衣法畫泛其古　松竹岸手摹也）

池南夜夕與

君同之，頗共鑒賞，李君見閱來書，但讀莊騷陶杜集，

亦足自娛，消極寂屬極也。

碩公 有道 左右

新□

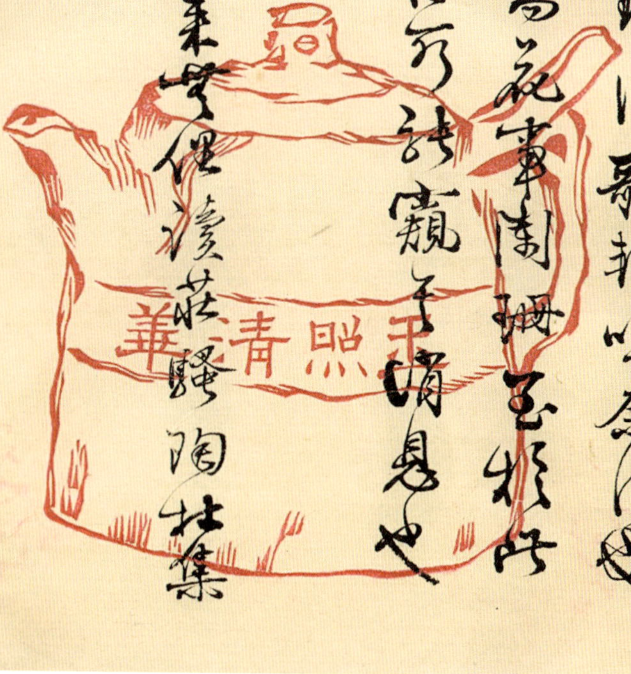

爽秋仁兄大人閣下元宵後一日展大合旋蘇交到

手教並

賜兒輩金袋五件叩領佩帶歡喜無量臘初壽布一函計可達

覽月初又诵正月杪

惠書伏讀

曷福適符頌忱湘陰經

國之心雖退不倦周閱學一疏請留

復詔壓勉遂不復萌歸鄉之念擬即在秣養疴視 文正之怕居高

位屬疏乞休情事誠有不同者也 沅公由陸南下三月望間可到受
篆備 文正之政首事節用不再召募就現有之兵力訓討內請伏
藩外拜覲覲一以整飭吏治為急凡言礦務堪資富強者概屏勿省選
拔賢能理我固有之財則江南杼軸雖空撫循數年猶可有為也近
來一二年各口倒帳動逾數十百萬市衰商困餉從何出徵比不已將
有竭澤之虞其所以致此者不得謂非股份票階之厲也股票之法
肇自泰西我中國招商局首為仿行未幾礦務之議接踵而起先
後來滬集股其間非無誠實承事之人而假公以營私者其徒尤

緊大逞譎詐之術以誑趨利之輩一旦餙詞股份已足礦苗大佳則聞者不察加價以購票既而行之無效羣思退股減價求售無人願問承事者暗中收買加價以出減價以入默計羨餘少則數萬金多則十數萬金赤手頓富啓人倖心年少浮薄之徒翕其故智紛紛謀辦礦務不圖確有其事祇須一藉其名足致厚利所謂大盜不操戈矛此類非耶市儈無識廣事囤積力有不繼則移相抵押故倒帳中股票常居其半竊攷明之治礦得不償失封禁迄今三百年議者乃託西人機器開采之法以為獲利什倍

試思數年以來效如捕風何嘗是藉利之所不能令治礦者確切
指陳否則早爲罷毅蘇息商民疾苦初因自强本王自用隨中
飽之私計貽外人以竊笑謀之不臧誰執其咎按律例誆騙人財
有罪挪移公項有罪股票遺害滋大爲律所無獨貫其罪則又
何擇而不爲哉電傳法鬼已踞北甯出軍不知退捉何以越境
惟太原一路爲滇軍駐守餘皆淪入於法從後和戰當有定議譯
署給事本分四股聞去年復添海防股
宏議贊畫當軸能多所采用否 鄙人始喜

國家養兵，歲糜數百千萬，臨事不一合，嘗歉殊以為恨。今訪察各路防軍，雖稱勁旅，師久亦老，新募之卒，如驅市人，事無把握，不宜輕試。合肥堅持此見，可謂審已。吾省練兵十餘年，亦數千百名，當責其練兵實效，必使人懷敵愾之志，勇於效命，於後言戰，繼未敢信其必勝，而守則有餘矣。今之將領，非大言欺人，即諱飾變色，以之肇侮，懼為疆埸之憂，故知之一說，聊持目前之患，未可厚非，高明以為然否？軍所深慮者，私梟充斥，盜匪之桀驁乘虛日設，不剿除，積久必成燎原。南連州之亂，吾浙官吏尤不措之意，日事瞞

制從前　譚文卿　璧劇吃荒之與斷將復故
朝廷有矜恤閭閻之韶免之實非復　蘭孫函問明陳其狀
賢者覽之得無動於中耶前年
手示所云嚴州擅留糧款不發災黎啻不見天日以郡府視之真異
曲同工何啻一氣吳中守令為謀不至此也容俟布泐祇頌
勛安惟希
朗照不備
門小弟朱之榛頓首兄輩敬謝
二月廿六日

互輝映撰刊髭樓被倡和集臥雪高風絕詩

請勿叢蕾會勤修治研盼釋

褐善錦基隨儒史蹤踵蓬澤

風雅遂令吾道真長安喧闐

甚題蓋幾人鄉儒往事林祠

璘札當是杜撰一詩即

步原均奉

教

弟義方濬頤頓首

縹天縢有書經歌

雲藍閣製

余居萬明寺

爽秋同年既改爲樊名一再賦詩見貽既答一首

方家正之

名從主人起家法本鬱梁城南韋杜無得氏何芳

來近則築菴起衡山南薜蘿根遠則爭巖詠南王

曲身居処丞醫煙庚樓勝閣難具詳甚下方之

冠以氏花錯未稅鈴翻翻我來居寺本水游　君

以屬我庸何傷雲門祥師僧再出直以楚水包

錢唐我行宜川岁　君以詩社緣見沙門有

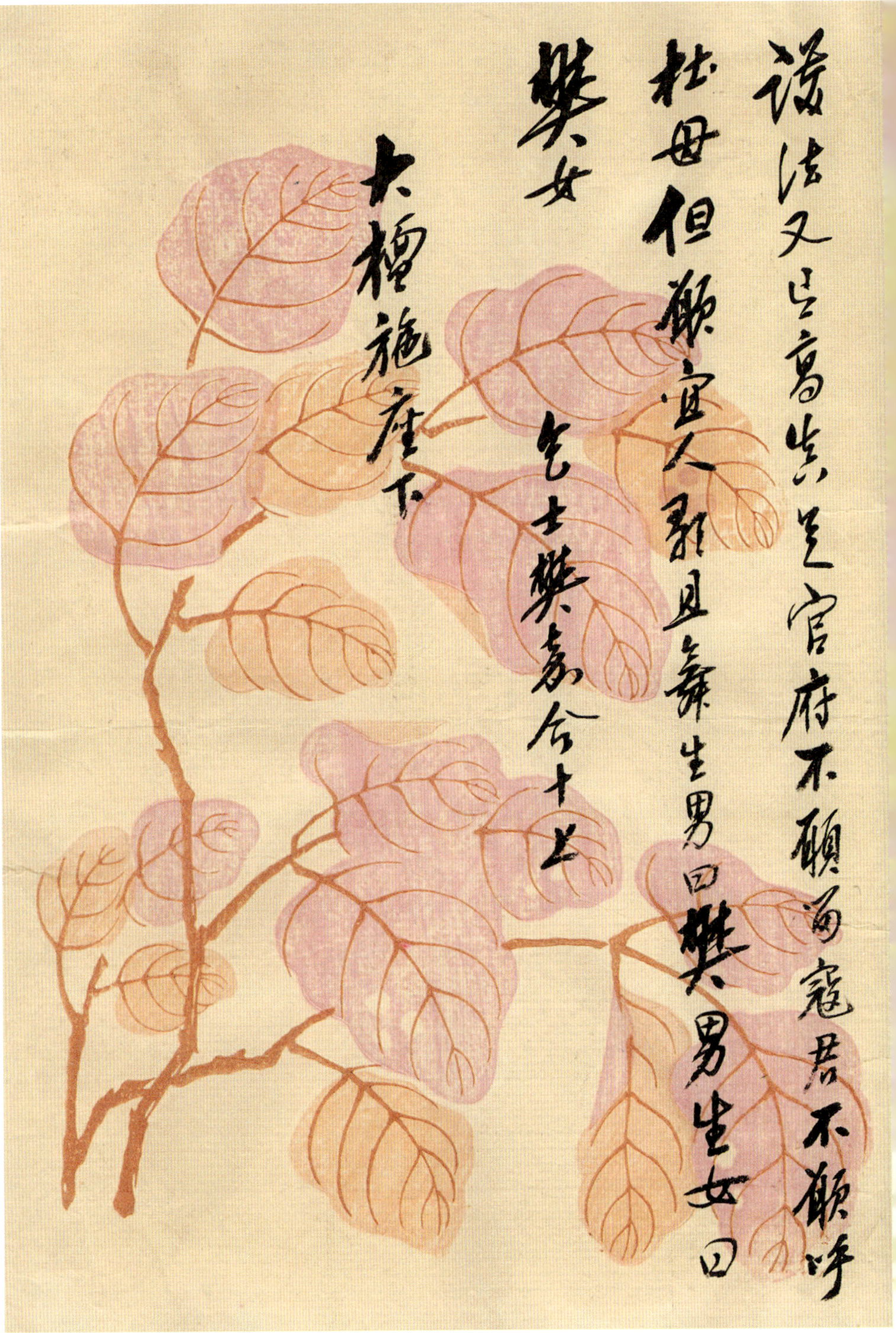
謾法又上高告呈官府不顧而寇君不顧呼
杜母但願宜人郭且舞生男曰樊男生女曰
樊女
大樞施座下
乞士樊嘉合十上

爽秋尊兄大人閣下：前奉七月望、十月初
兩示，敬諳
道履綏和，
覃邸多福，為慰且頌。並守
贊襄日隆，隱多設施，俯合之民。武林掌故叢編
大序已付雕印，謹以全帙奉
呈，尚有卅集，二年內可成，再續奉
寄。横幅四張已揭杆楣。
法書古勁，觀者稱羨。衰殘歸書三卷，敬乞

尊題貺二便望寄還，僕處漁使旋再乞加題。台賢册集已
收到。皇朝三通前已寄出，部照竹紙今又借上二十二子，祈（託肩兩函書上）
查收。前悬另筆并詳呈請收核，敬前近廣越中
既節，廣省之繁，貴使便來省之，川程殊自得也。林邇又頗
有信來，舊恙已愈。近醜使將更，不知如何耳。郡將承天，香
之後，郡县暴亂，覽柔和明，郑公因动一，廣吏着那金深矣。
而廣吏因此物故，是以不能遷調，此向處消之成市，益彫殘。
江南海市亦如蜃樓之幻，值此時艱，窮無生趣。山荊元夕

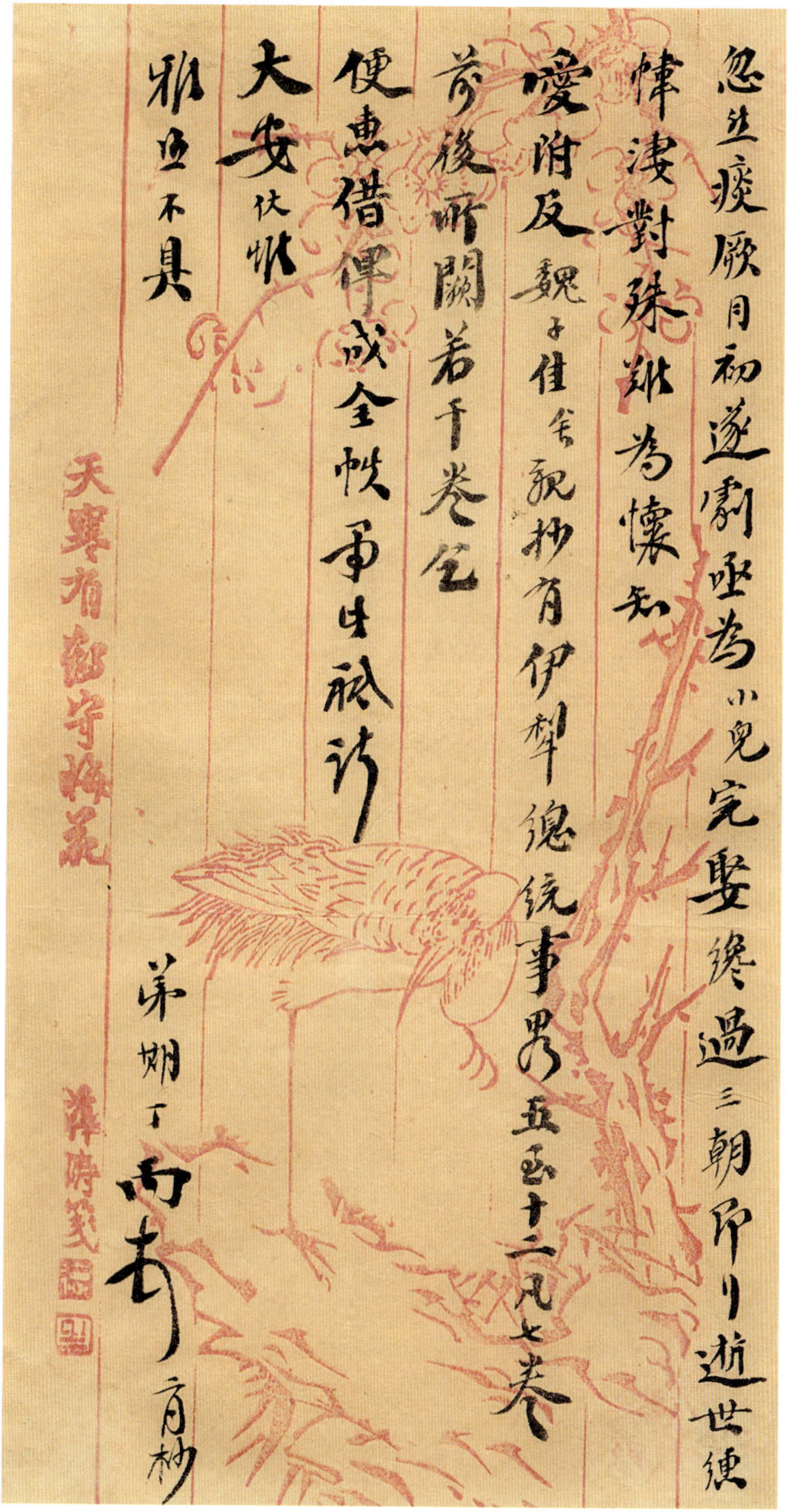
忽然痰厥月初遂劇亟為小兒完娶纔過三朝即逝世使
悼淒對殊難為懷知
愛附及魏子佳舍親抄有伊犁總統事略五函十二冊七卷
前後所闕若干卷望
便惠借俾成全帙事生祇謝
大安伏惟
雅照不具
弟期丁雨村首拜

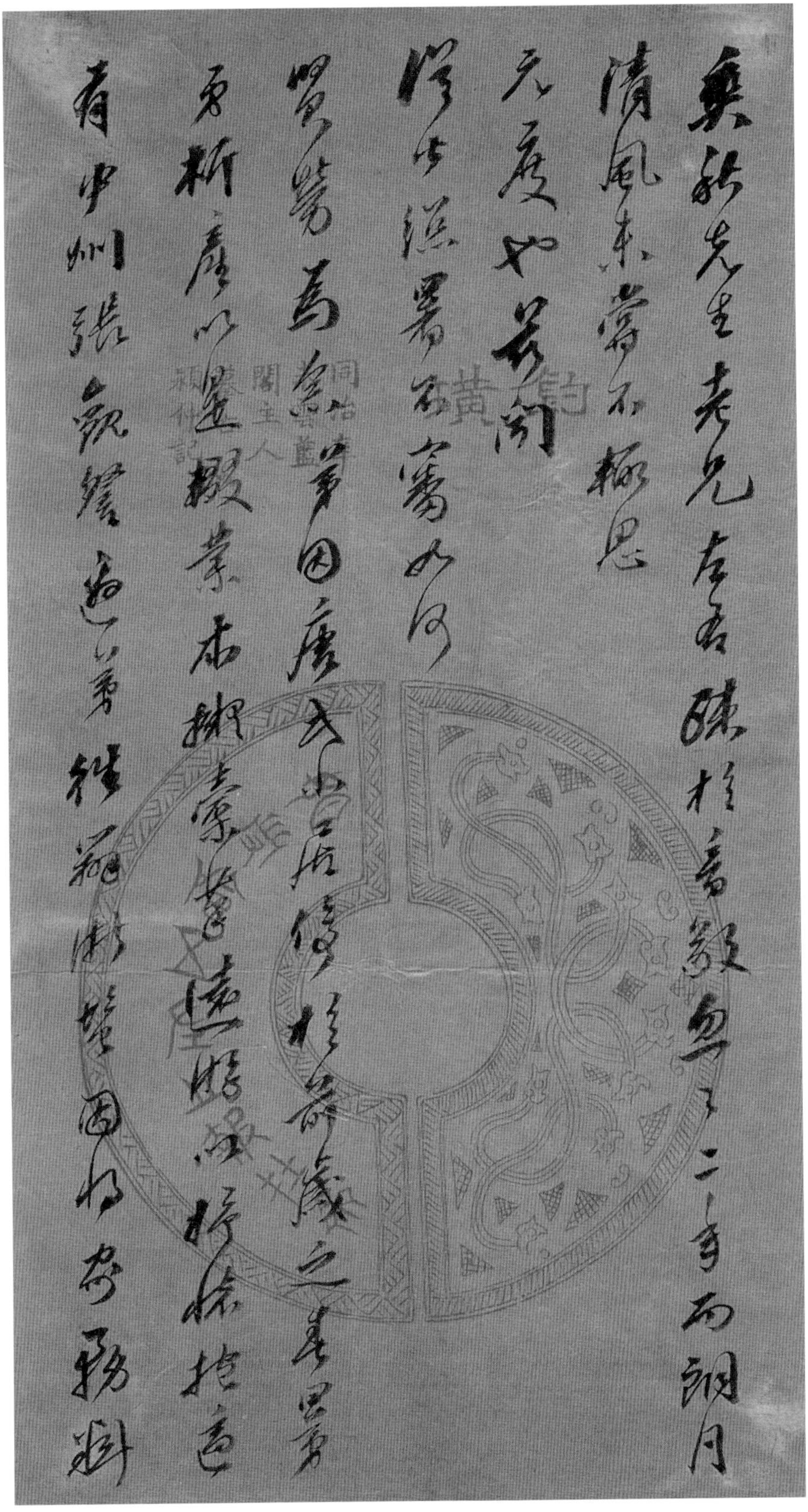

理首杉生春到脩所編不止一峯而深原則
在江陰時耳常在彼處遊地居濟江極利益
而識中自庚申殆汲收所藏書多存一旦同
志解人其見稱莫高其前高廣山至峰華嶽
之時偉像道書果經堂惠山之顏領之承之水
是日已逢未嘗名人祠宇咸歷以僅存人耳
因得暢游良自真志方偉前月杪返擢拜上

雲藍閣製

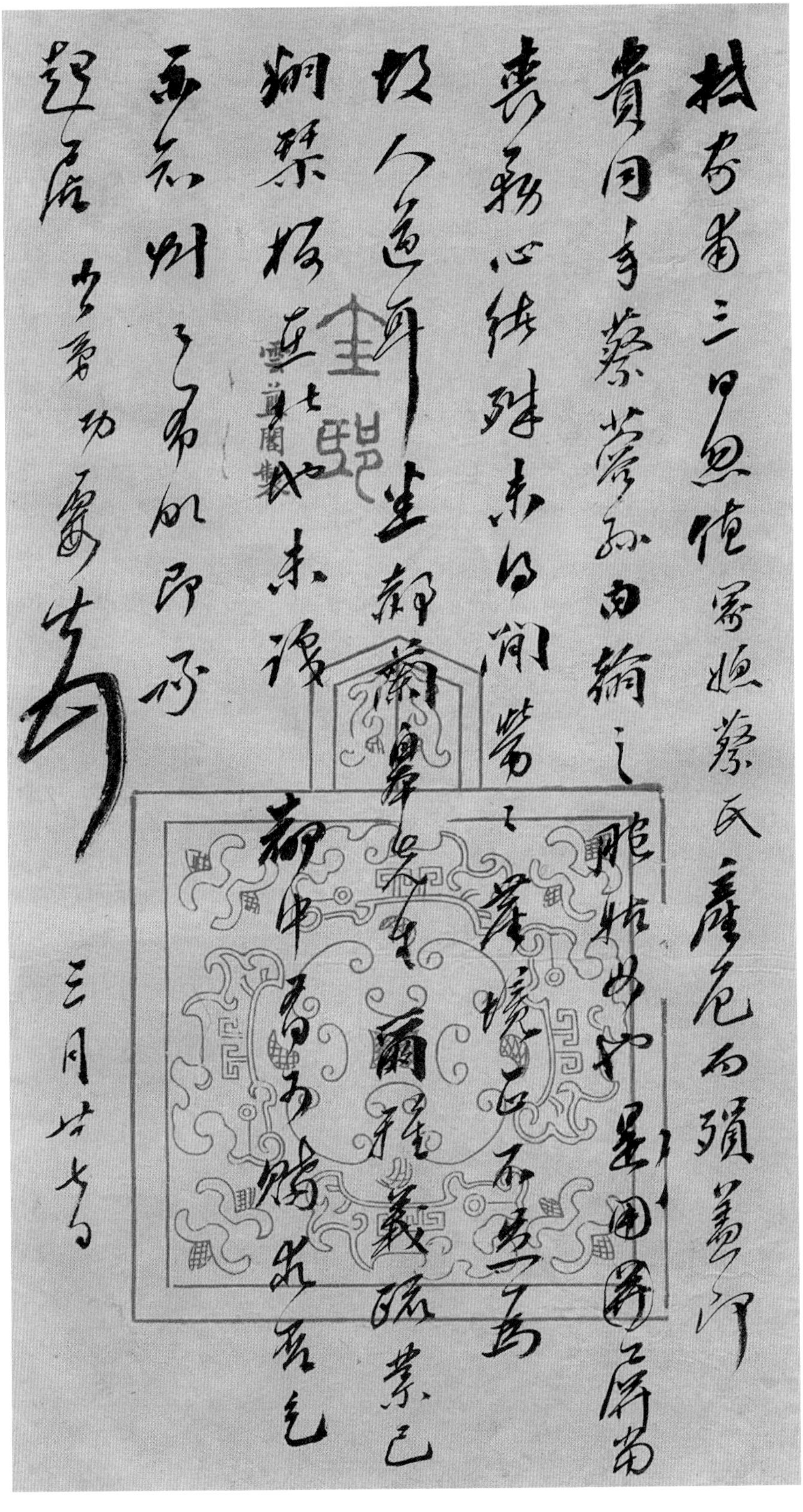

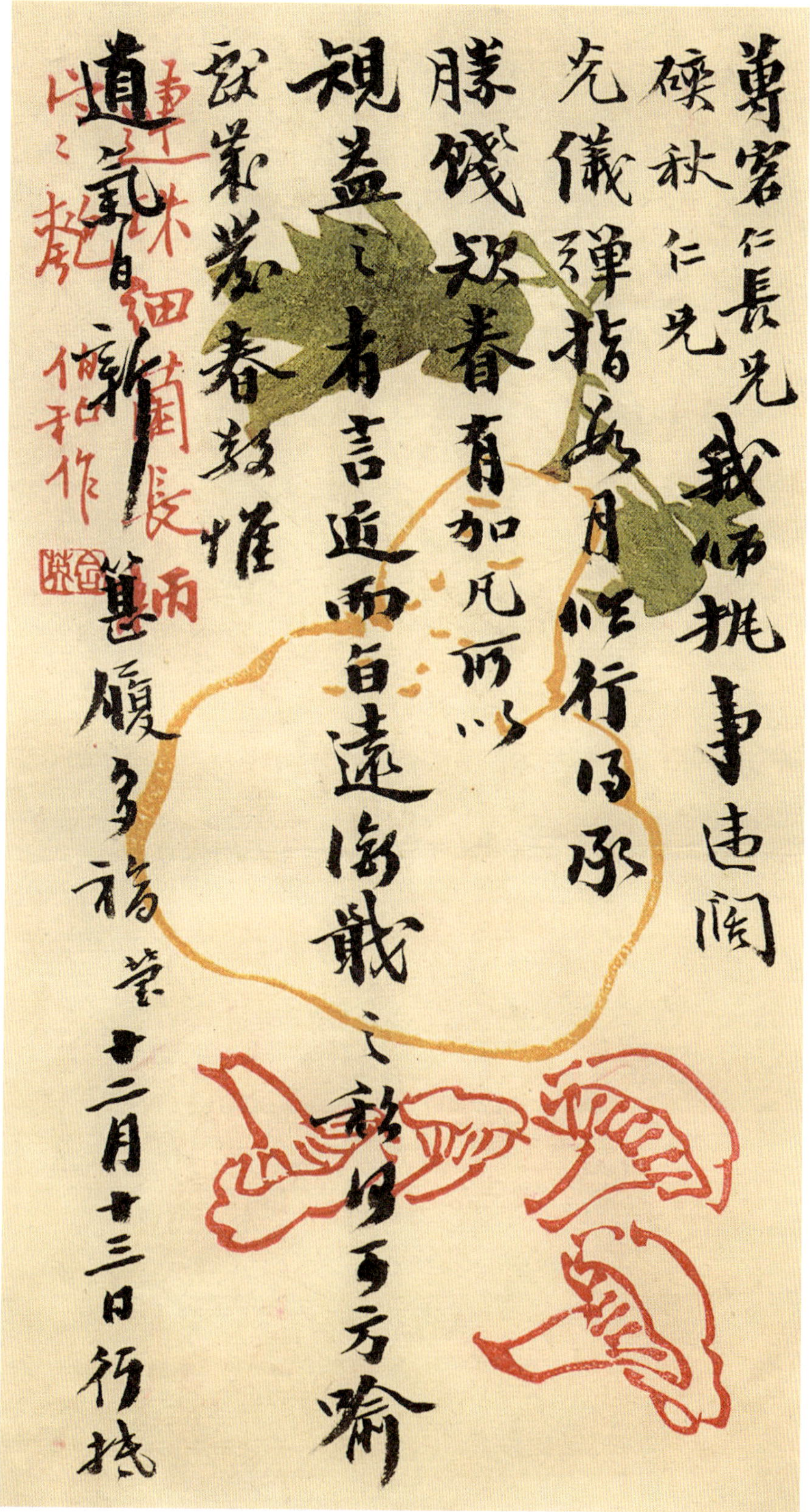

萬客仁長兄
磔秋仁兄我佛執事違闊
光儀彈指歲月忻行囙承
賸餞欲春有加凡所以
規益之者言近而旨遠銜戢之私曷可方喻
歲叢崇春敬惟
道氣日新甚履多福荃十二月十三日行拔

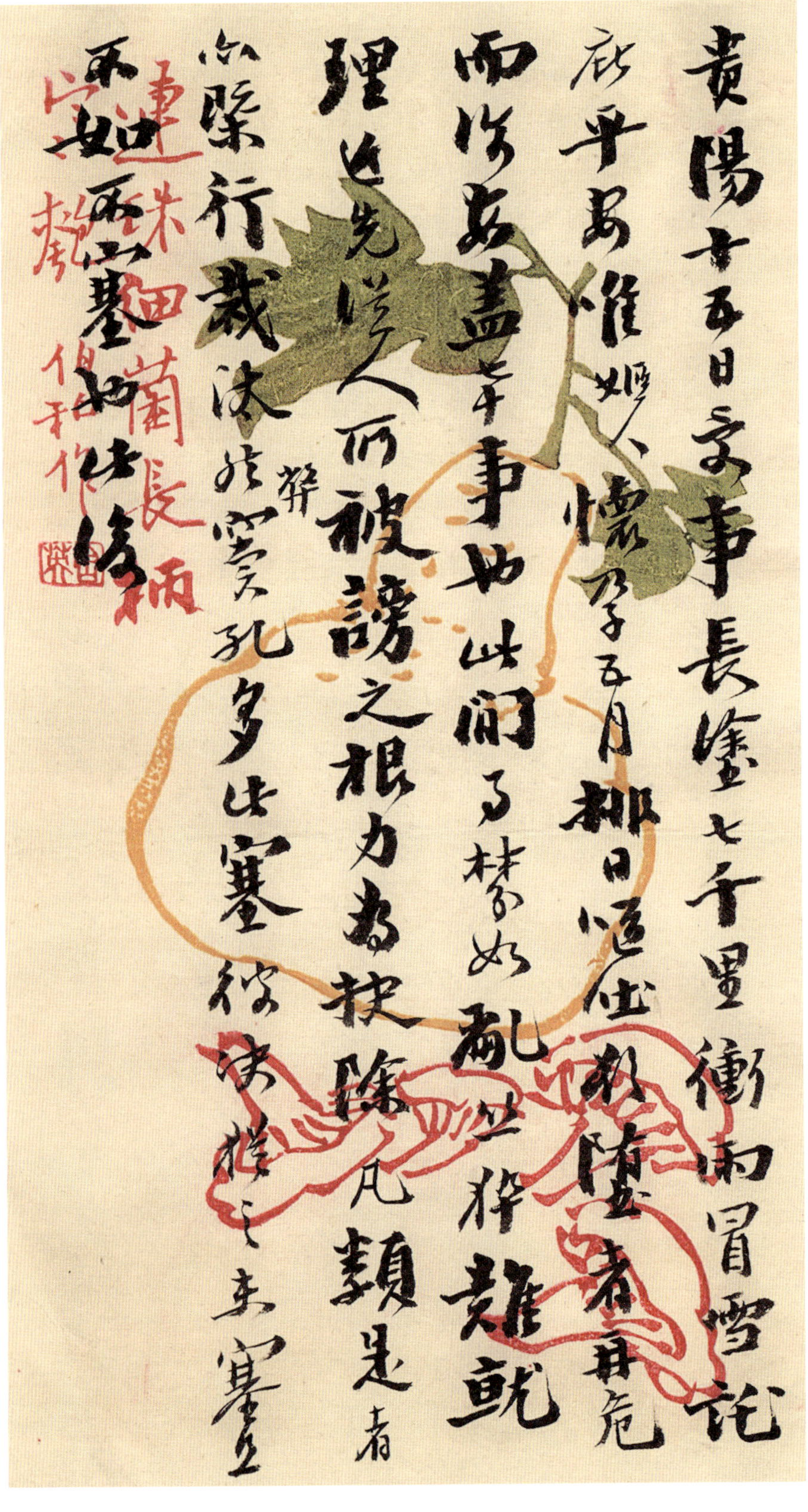

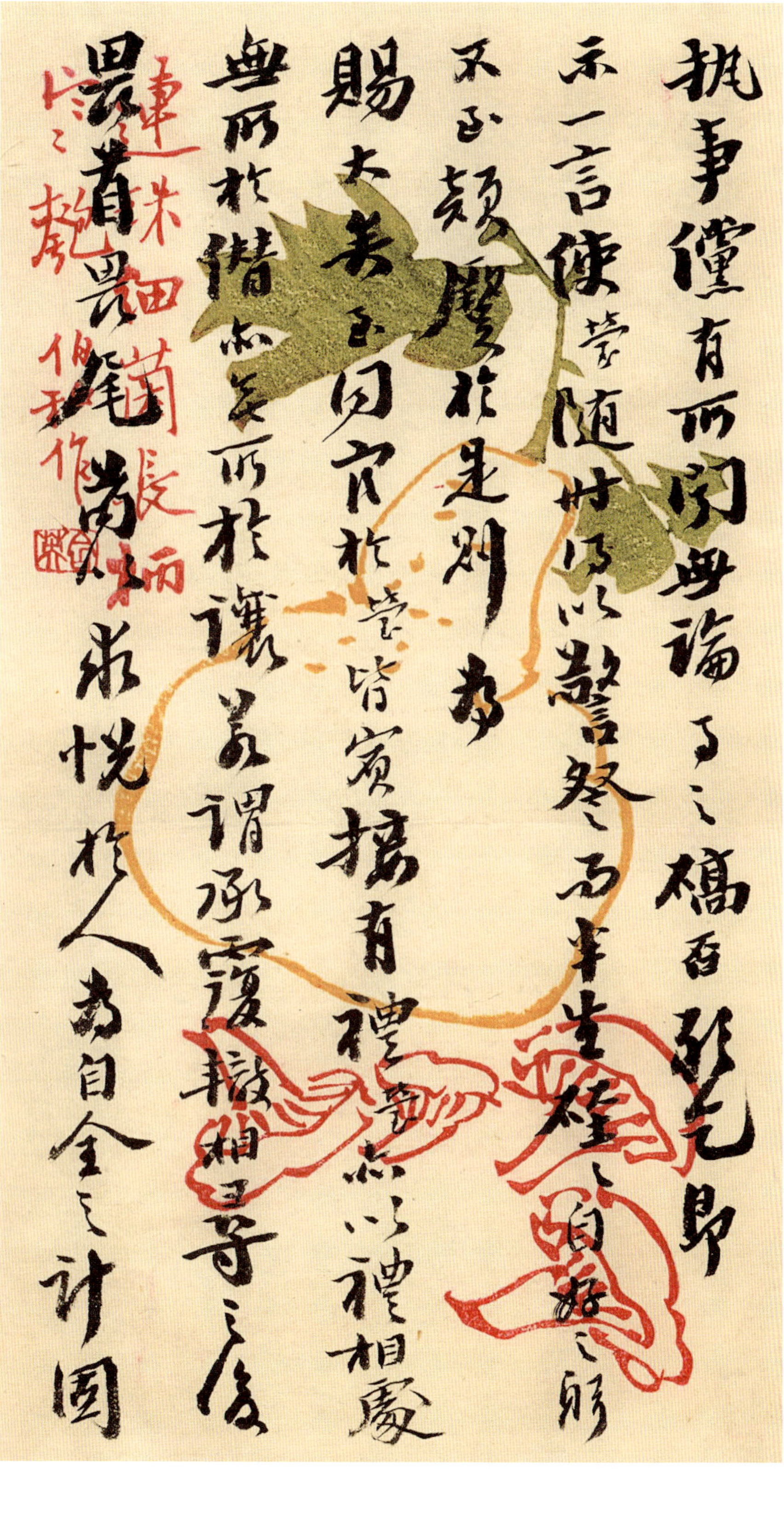
挑事僅有所聞無論了〻矯首張先郎
示一言使蒙隨時得以警咨而牢生佳〻自好之躬
不正類屢於是則為
賜大美正因實於蒙皆實揚有禮寶亦以禮相處
無所於借亦矣所於讓矣謂承覆擬相哥之後
畢首畢尾尚且不悅於人為自全之計圖

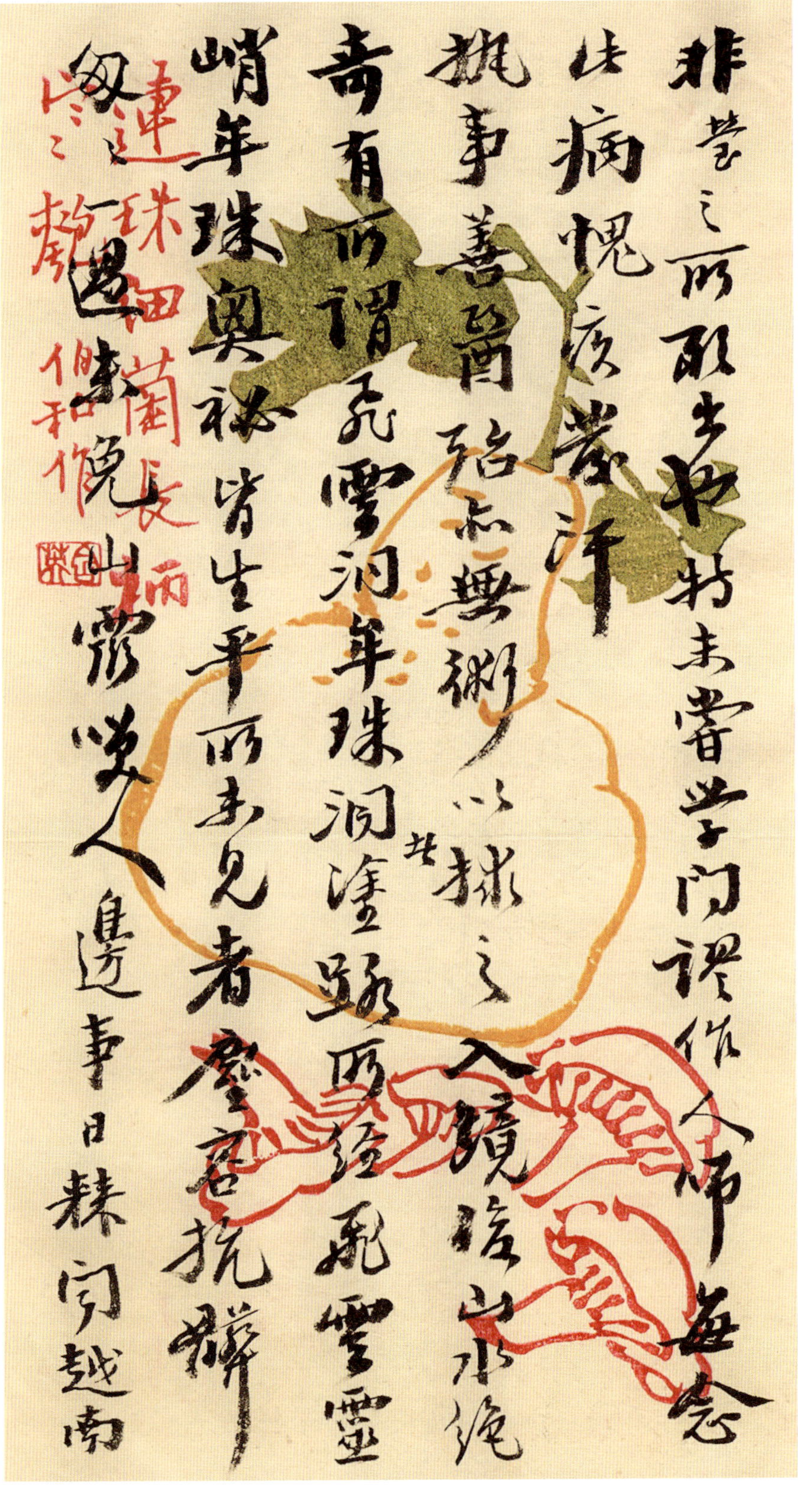

非瑩之所敢出也，特未嘗無門課作人師無忘
法。病愧疚發汗
概事善留貽忘無謝，以拙之入鏡旋岩水絶
奇。有所謂飛雲洞、年珠洞，塗踪所經，飛雲靈
峭，年珠奥祕，皆生平所未見者。歷宕抗辯
勿遇，欲覓山靈嘆人。
集遠事日棣門越南

連珠細蘭長兩
陵之勸仙和作

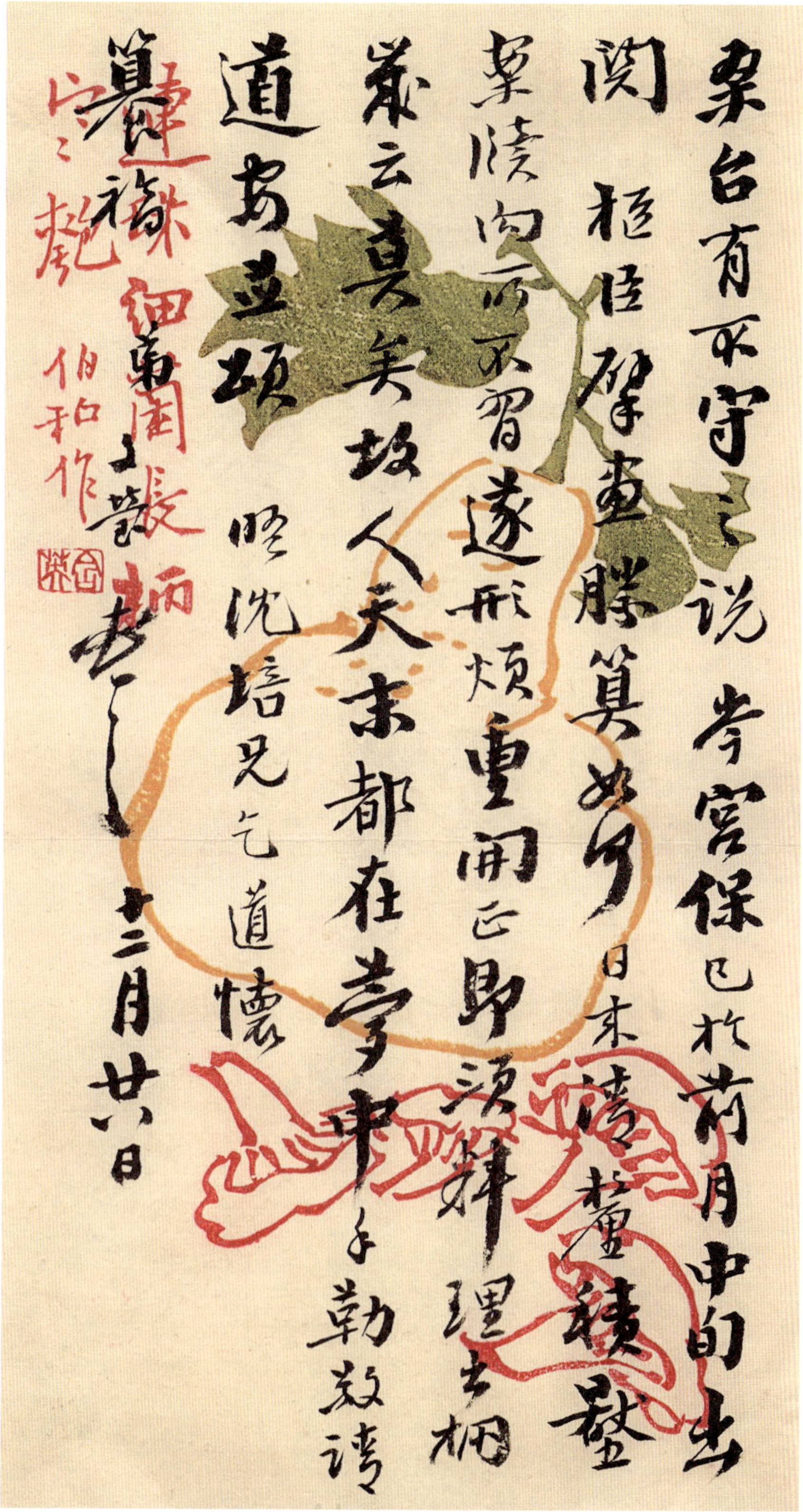

案台有不守之說，孝宮保已於前月中旬出閣，極為摩畫，勝算如何？日來讀盡續疊案牘，向所不習，遂形煩重，兩正即須辦理去相。叢云真美，故人來都在學中，子勸教誨。道安並頌時祝，培見乞道懷。

冀祿　弟□頓首　十二月廿六日

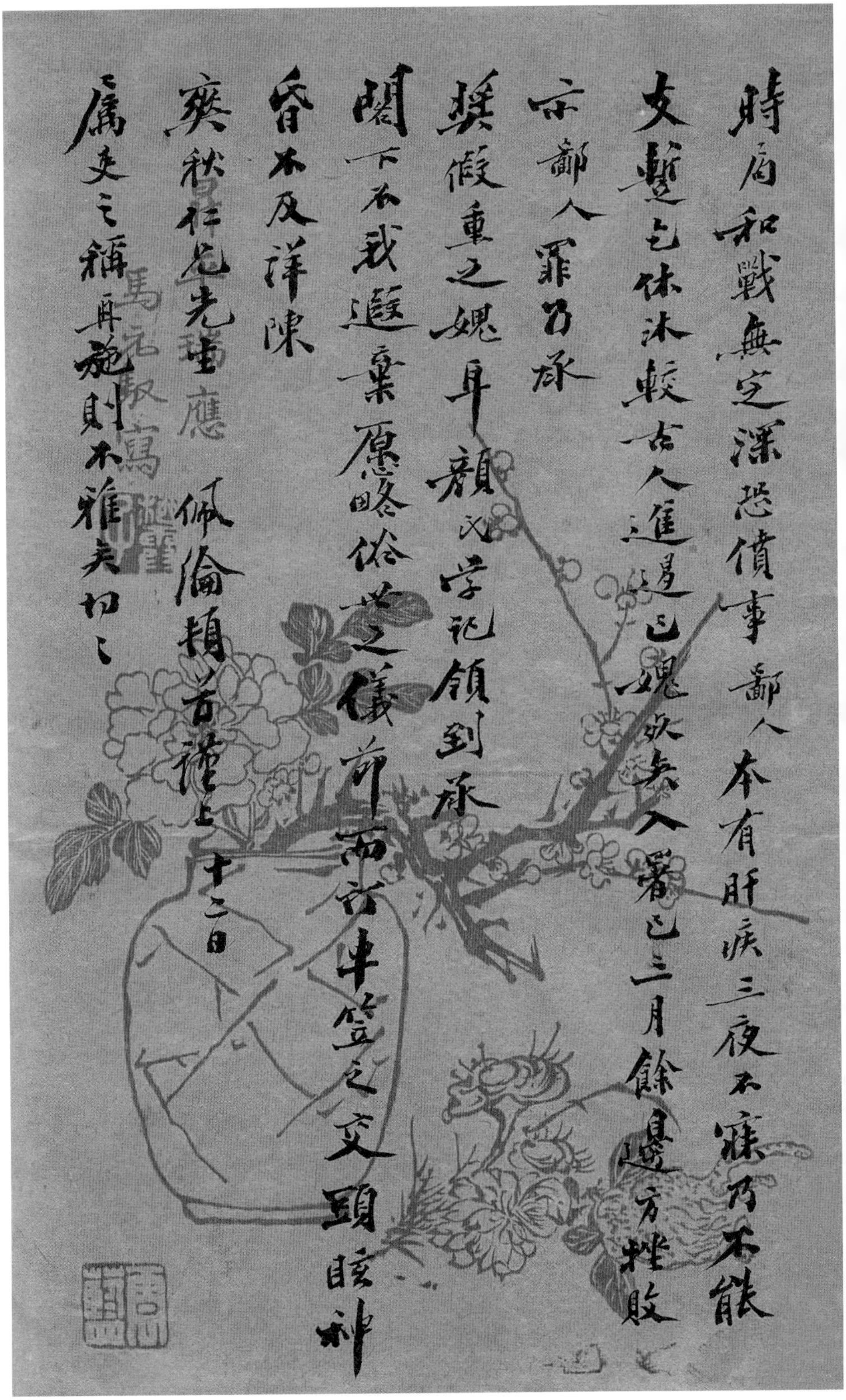
時局和戰無定，深恐僨事。鄙人本有肝疾，三夜不寐，乃不能支。暨已休沐，較古人進退已婉矣。入署已二月餘，邊方挫敗，示鄙人罪，乃承獎假重之，愧耳。顏以学記領到。承閣下不我遐棄，願略俗世之儀，前而以半生之交。頭眩神昏，不及詳陳。

爽秋仁兄先生

佩綸頓首謹上　十二日

屬吏之稱再施則不雅矣，切切。

前日走謁不值爲悵。命題之件，草草成篇，不足稱塞。奈何今日同人約往豐臺看花，暇再趨候。弟煜祥頓首

礙秋我師同年講下

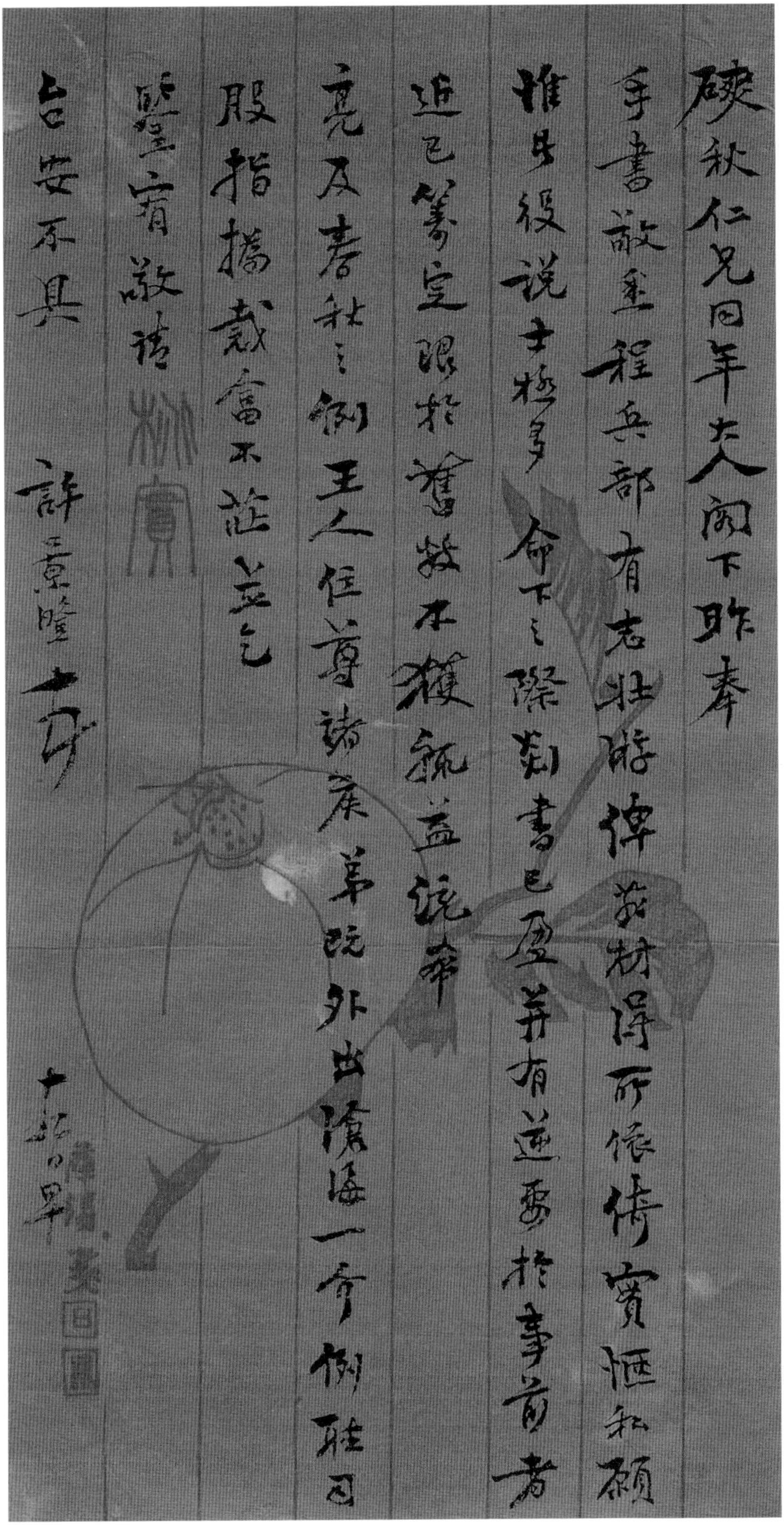
爽秋仁兄同年大人閣下：昨奉
手書，敬悉程兵部有志壯游，俾英材得所依倚，實愜私願。
惟其役説士極多，命下之際，劉書已屢，並有逆要於事前者。
近已籌定，限於舊數，不獲稍益，統希
亮及。春秋之例，王人任尊，諸侯草既外出，濱海一介，例難同
股指撝，裁當不詭，並乞
鑒宥。敬請
台安，不具。　許景澄頓首
十五日早

一有室墨遂不得此羲之聞西梅何及年之甚感梅侍
清玄帝恐不值閱
先六法聯寄上，桂兜已如姚旦可以自題，纖難長卿東方之玩世或可學
而難頭。弟定於六月望前携家出京，旅館酷熱無奈何矣。
程距飽迫，唐此更復不易，此月所耗已將百金，但指日同面甚美，無再耗以
為期，素我於桂畫之婢子，面此當可廿日終須濟一快談。
以為別後記憶前日晤語極無似極佩。
天之學識此君若許人，可面呈也。肅復即請
異安弟顧頓首　七
爽秋大兄同年大人　閣下
廿二

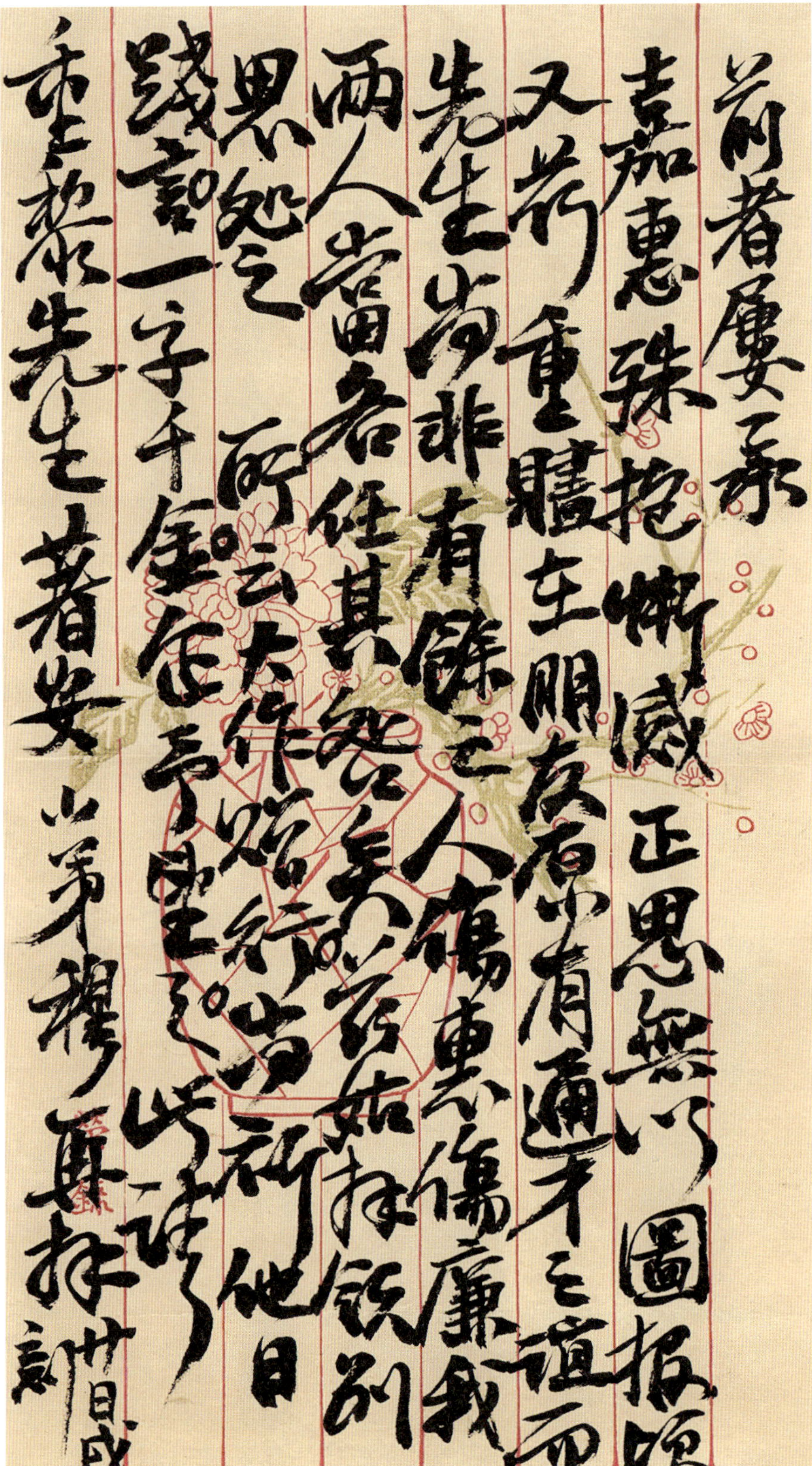
前者屢承
嘉惠，殊抱慚感，正思無以圖報，頃
又荷重貺，在朋友原有通才之誼，而
先生尚非有餘之人，傷惠傷廉，我
兩人當各任其咎矣。茲姑拜領，別
思所以報之。所云大作照行，尚祈他日
踐諾，一字千金，低首膜拜，此謝，
重黎先生著安。小弟穆頓首拜啟 廿日戌

奉讀
大集欽服無量獨闢生面力挽橫流不
以積卷拚其性靈不以摹古傷其真
氣求之古人則韓孟之倫求之近代則
魏龔之伍茲時作者未能先也青山異
水天下獨絕之處寔生
異人爲此異文尚擬多讀望稍遲
奉還何如鄙詩滑熟淺薄以人眎

大集所謂析圈之辭豈能与黄鍾爭
鳴聲悅之華豈而与璪火藻色哉連
日重為俗塵所困不能趁聆
清教室邇人遠我勞如何比稍閒暇
畏炎藺出應休璉所云門無結駟之跡
堂無好事之客幸有袁生時步玉趾
者實企予望之已　順鼎敬上
爽秋先生侍史

爽秋仁兄大人執事曩辱
教言并與唐君往復
大稾崇論閎議敬佩敬佩
執事以度支之曹郎
兼厲國之典客撫循尉薦恢廓設施
國家沐和飧信之風將於
執事是賴來教云云何過謙也方今時事殆

難為言臯盧未下雷翥之船魏絳已上和戎
之萊鍥鍮藏匭斜粮效尤後顧之憂靡知所
屆曩者封事聊貢愚忠甯茲置之不庸敢
傜言而幸中京華北望傈然以唏張文忠集
据小兒稟来謹已拜領白金叁拾聊以伴函南皮
之游藉佐介李夏長天炎伏惟
珍攝不具覼縷
愚弟黃體芳頓首
五月望日

莫叔賢契足下：初十日接來信並諾軸、瑞信各一件，藉悉
潭祺均吉為頌。兩老病延常，不增不減，無可述者。惟嶽
麓風景尚好，差堪免岑寂耳。棲抵金陵，納妾不但不與我
謀，抑且不往我處。匆留十日，匿不見面。金陵人無不詫異
此等舉動。于我無損，于伊本身聲名殊有防礙。老年
人自趣此事，不能不增感歎。劉省莉應諾入都，必當把
晤。彼此既係親戚，定有以照拂之。其種節返照，兩未蒞，恐
是早家大局不可言，吾鄉尤不可問矣。五月十二日　時雨拾泐

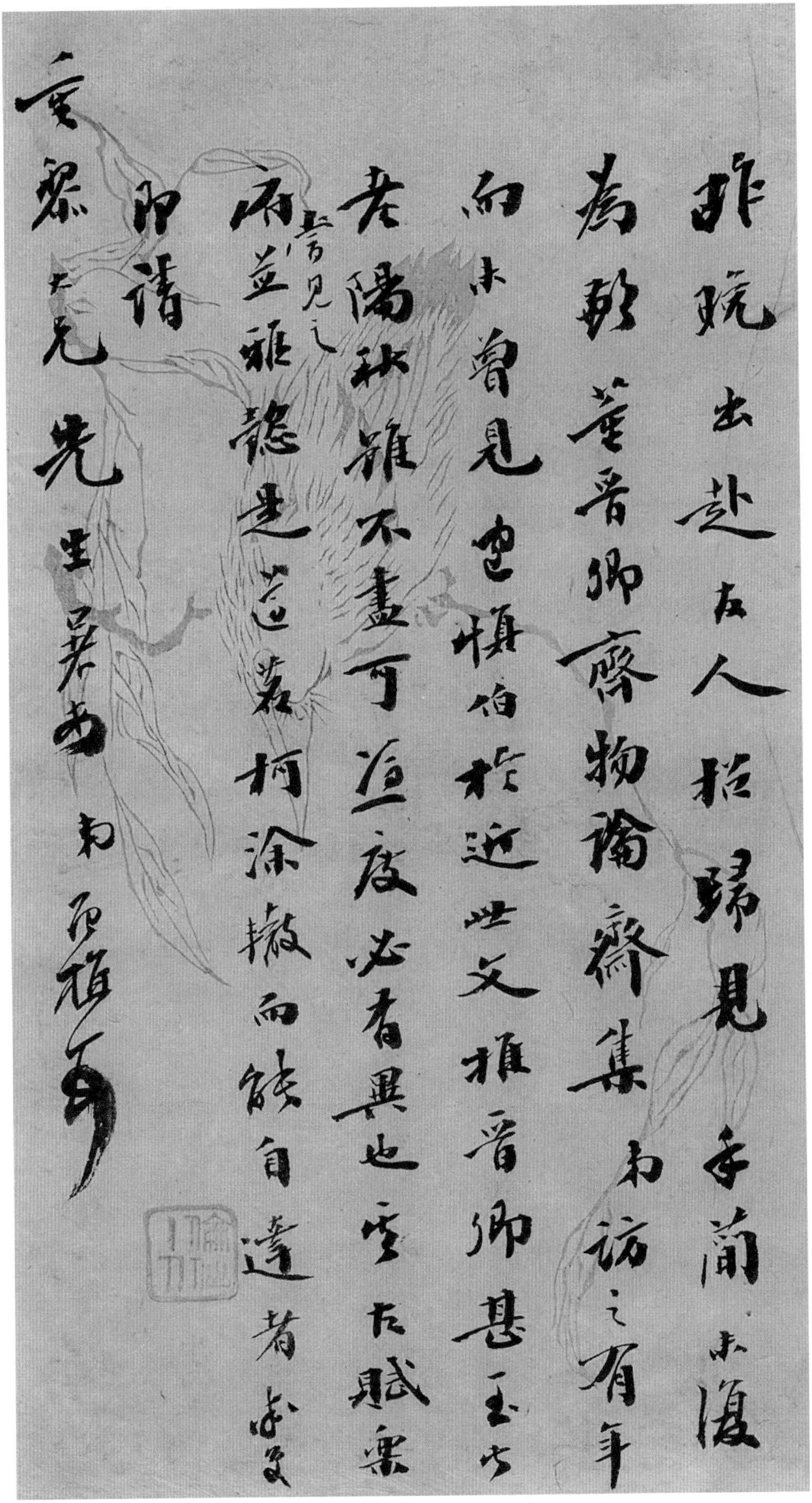

昨晚出赴友人招，歸見手簡，未復
爲歉。華晉卿齋物論齋集，未訪之有年，
所未曾見。包慎伯於近世文推晉卿甚至，玉生
老陽秋雖不盡可道，度必有異也。更左賦樂
府並雜（嘗見之）總是茁若柯涂撤而能自達，著述
印請
爽秋先生暑安。曾植頓首

緣
惠派求志感荷、、主本畫筆本是極重
一路近日事、務為圖活，失其故步，獨寔
倫〻態如舊，閩改袁南洋會辦，勿調人，勿
聞幕，勿練兵，如此為辦何事耶？其取人
閩皖人有何難上書數政論撥筆挺者，主本所素知也，地山之子香閩其人品想不甚
切，又右浮〻華，時事如此，政如此，聞之
憤懣。彼族頑哉，有憾可乘識然。 蕘心仰

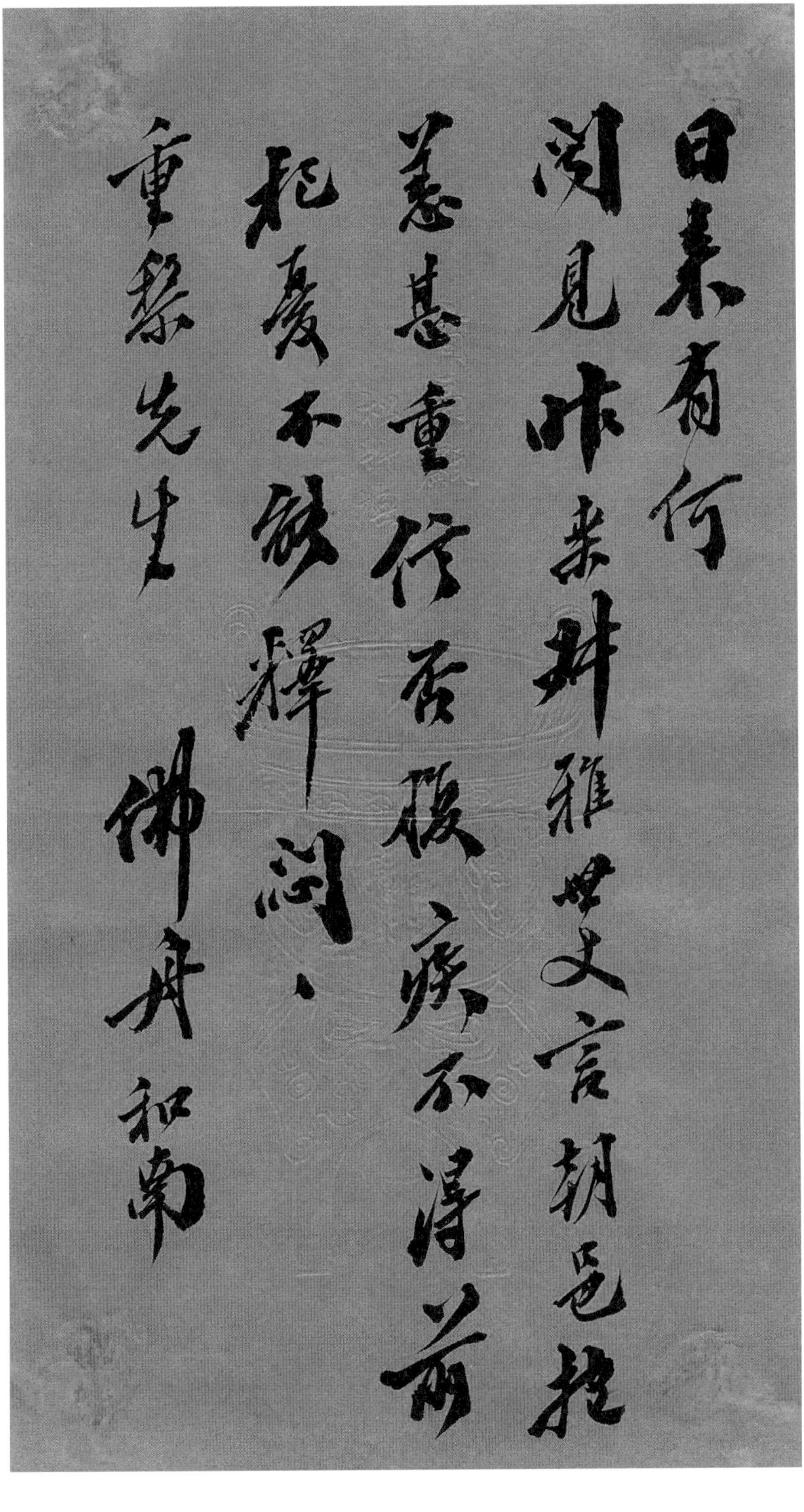
日來有何
閲見昨來耕雅堂文言朝邑把
慕甚重何否發癢不得以前
抱憂不能釋悶
重黎先生
佛舟 和南

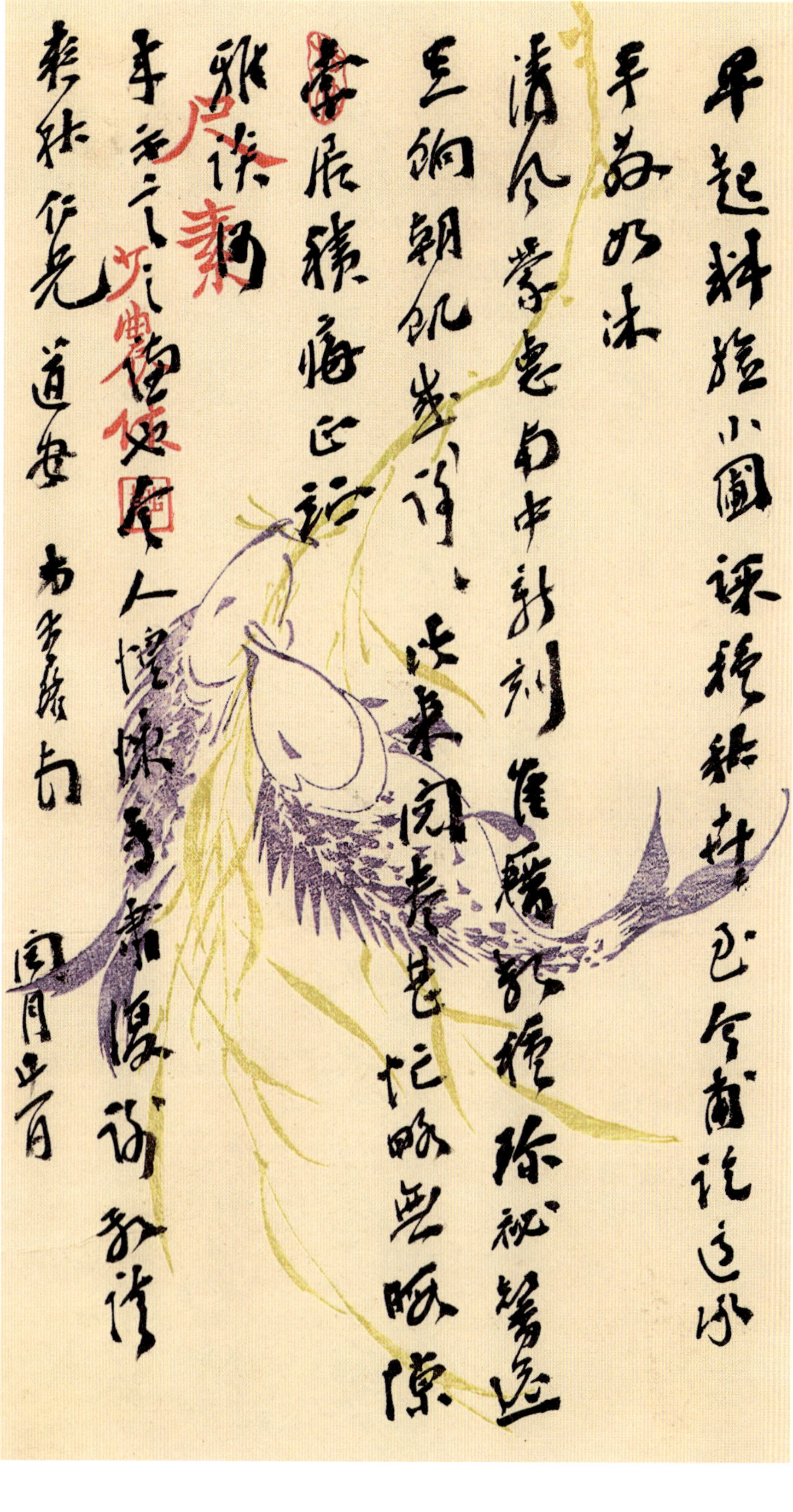

早起料撿小園，課種秋花，已令甫記送承
手翰如沐
清風。蒙惠南中新刻《隋經籍志》，珍秘篤遠，
至佩。朝飢先得之，快哉閱者，恨略無標
寄居積悔正誌
雅談為何
手函六云，遂文屬人懷懷手書復謝教諸
蘅秋仁兄道安　弟李盛鐸頓首　閏月五日

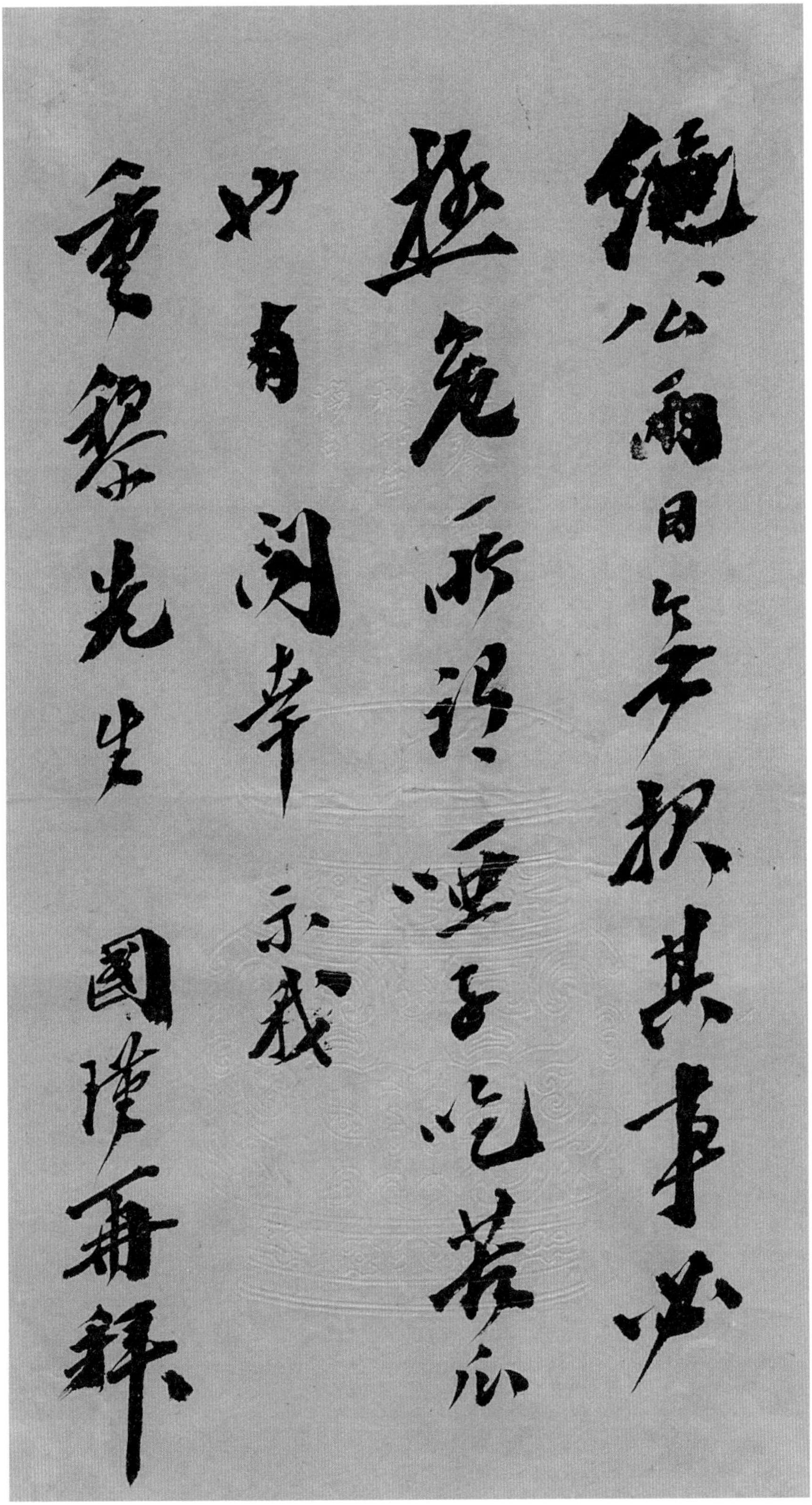

奐秋仁兄大人閣下兩誦
手教並
錄示各件藥我弇陋廣我見聞感何可言伏維
籌筆宣勞
起居勗福是頌浮邱公不羈才也江東人士許其所為不類疇昔
尊論智囊已竭賅括盡之頃復入
覲復禮勉獲不再勞以疆事毋徧顧向則亦兩全之道也援越軍
不拔旅

朝廷嚴軍律以作士氣此後將弁或有死綏之意自來兵之强弱
視將爲轉移制敵之術要能審測敵情則我之設施始不爲所牽掣
議者船堅炮利我非其倫戰於海不若戰於陸或謂彼後膛鎗能中三里
之遥我新置之鎗不及三里未戰而氣先餒是以常情度之也不知兵有奇
正臨機制勝妙用在乎一心劉毅孤軍器械窳鈍去年屢挫法人亦
足爲前事之師我中國今日之勢兵非不衆餉非不繼患在人耽安
逸粤省塞責李觀察大經派赴桂林坐探軍報所述黄軍門桂蘭
駐守北甯日擁越女二三十人恣意歡樂絶無方略備禦聞法寇

將至先一日棄城遁法人疑有伏不敢遽進殺民導之乃入致太原
與化涼山相繼淪沒滇桂援隊之軍各退而為固圍之計法既得
志於越可策其不犯滇桂邊境故滇桂之防轉可稍緩如蓄排分
之想將率其師船直達北洋合肥能固北門之鑰以折狡謀則彼
進退失據必思改圖蓋自肇兵安南以來一再醻兵費於商人雖
强悍敢戰而國勢實貧商已告匱國即不支必諉同類請修舊好
故東南濱海通商口岸斷不擾累懼干衆怒無以持國其他海口輪
船所難近者概可勿戒備多力分兵家所忌且兵法有言地有所

不守專屯要口以應非常若環列臺灣空海當明孤懸海中彼全力
注之或不能持宜寬守者之罰得憩之津門奉天之外皆非亟急明示
輕重不為牽制若欲處處兼顧適墮彼要挾術中矣議者又鑒庚申
之役遂不計事之異情異勢當時英人出資法人出力二國合謀內犯今
法人之情勢非往時之比而我戰守之備亦非往時整飭合肥自奉
嚴旨憂形於色頗存臨事而懼之義以守為戰以戰為和堅忍待
之法必納款此間布置大抵紙上之談是武增募一營藉壯聲威
海防雖急戰事寥寥近來帶勇為牟利之途素性節儉如是武亦

不免為人所惑從而虛糜鄙人鰓鰓過慮者江浙私梟鹽匪充斥
盜劫無地無之民人畧具貲財不安鄉居紛紛遷避入城匪類積久
愈無忌憚或生他變嘗事好鎮靜視謹論為無疾呻吟薄曲突徙
薪而重焦頭爛額令古一轍況乘現有兵力勤加簡練禦外侮綏
不足治伏莽則有餘矣元豐初政撤漁團罷復淮朱家山等工大
拂羣望後來如何猶未可知
見示副憲前疏一意振興區畫宏遠是負經濟大略衡之古人並公之
儔也晉陽內名如桂皇之來自浙西天下想望丰采能使東政識救時之良輔也

執事周旋二公之間，抒其所志所學，匡益良多。凡有建議，隨時
賜教，以發愚蒙。事變方殷，須資群策，二公廣攬人才，不恃一己之聰
明，昌稱量征其義是也。弟目力日壞，三數月未嘗開卷，昨經西人醫館
用鏡測照，瞳神之背光散不斂，如何療治，彼技亦窮，雖曲爲自解，盲
目不盲心，而歲月蹉跎，此生無補，壯志安得不衰？於兒女不加進，上負
期望，邁兒猶未識字，無可布慰，尚冀奉復，敬頌
台安，惟希
朗照，不備

門小弟朱之榛頓首 四月廿日

爽兄吕鑒：前月下旬編局同事高君之僕有事之都，匆匆就道，略布數行，並書一牋託渠帶呈，諒邀青及。比維動定增福，為祝。萬甌局從此將近五年，目下德寬另定新章，凡有長差，統歸一年期滿。不才所當之差，亦於本月底將經手事

件料理清楚矣，奉委有人，即可交卸矣。所處
之事，任大責重，交替之時，尚無遺誤，幸幸。
秋間擬從里一行，布置家事，如能辭一差，庶可
以棲止，預備將細務摯回，浮游在外，終非長策
也。綏局乾脩未有終止，現之停發（四月分止），其薪之貲聞德憲
亦有整頓之說，去局其薪貲之半年未發矣。刺
是早經停工，此兩事非別籌他法，不能長久也。

尊處月薪迅速函託留此不無小補耳為仍寓
舊地琉璃道直街總名也　淮兒封本中間或一
封頗有語意　曲晨逸雨　指鹿爲馬　士凌雲　以羊易牛　錄奉
一笑將來讀書或可有成耳沈君玉今未歸來
滬游蹤何往亦此布達敬請
雙安不一　舒爲　左
節慶聰祉
淮兒隨叩
又五月十二日

聽蕉主人鈎鶴銘字製牋屬香葉識

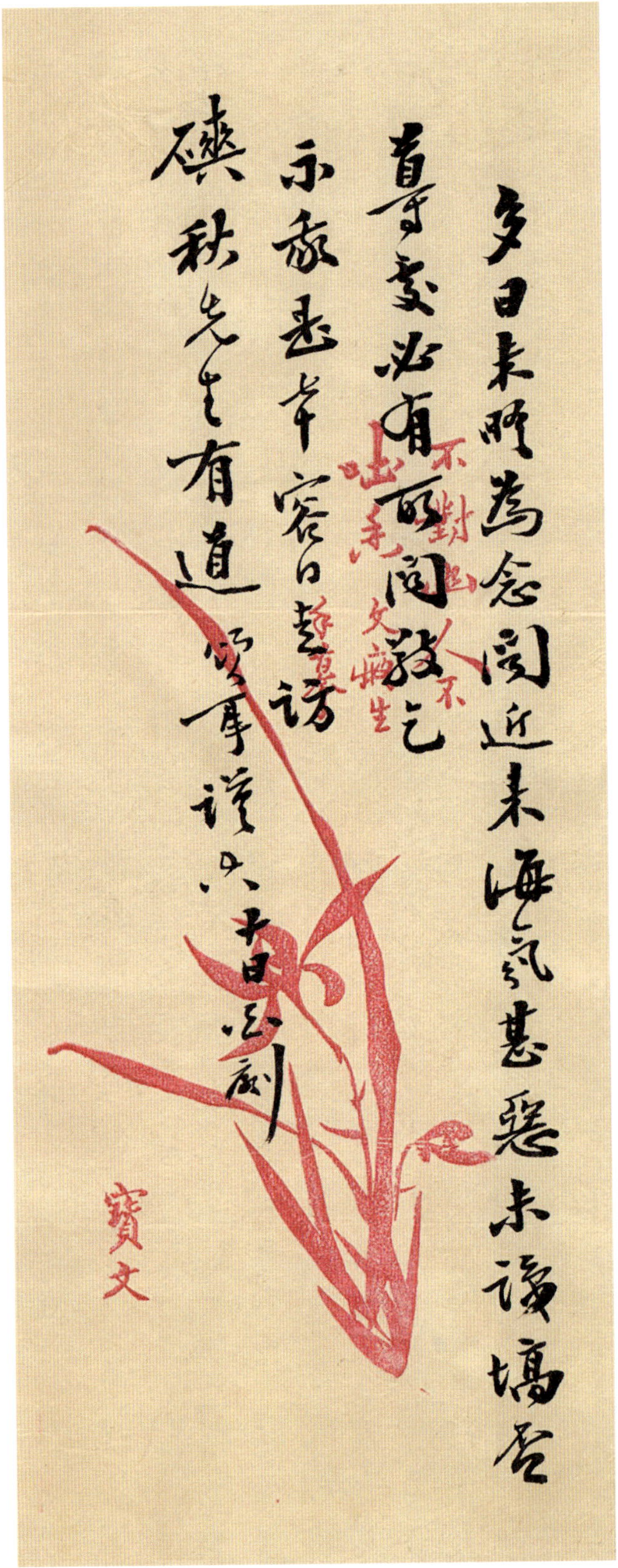

多日未晤，為念。聞近來海氣甚惡，未識塤居

首事定必有所聞，敢乞

示我，悉本容日趨訪。

礪秋先生有道

頌年謹上　六月十日正刻

寶文

重黎先生史席：前寄一函（閏月初），又託拙菴送上《萬家詩》十二冊，二十日又寄一函，何時達覽？久不奉
手教，甚念。轂時艱難，範一朦之後，不知閩中情形如何。日下巨公決定戰乎？和乎？（近日之電）諸書劉
義爲越南國王，中朝許之乎？劉之邊界雖勳有其事乎？政府默示爲矯比于何
檢出舊鈔薛閩往復書呈覽，便中寄還。竊觀在外辦洋務者，以二張一陳爲巨擘，然
其暮氣多矣。欲求如益陽、治鄂時之朝氣，須中朝大振作之。譬如夜半人皆在睡夢中，
有一人大聲疾呼，振聾發聵，人自能抑奮發，又安在不可轉暮氣而爲朝氣乎？中朝無
此人，而在下者能終日乾乾于進德修業之中，惺惺不怠，雖無所振，一時之暮氣不妨爲
後此朝氣之本也，斯又人人所能自力者。公以爲何如？洋藥捐多近于局中，檢閱光緒七年五月
左侯奏案，咸謂迫于時勢，挽救無術，此不能禁止之說也。左侯謂加征稅釐以重罰爲嚴禁，
冀價貴而癮減，又要出自全之說也。厥後各省議復，未見施行，威使煙台之約至今延宕，內而樞
譯司農各衙，而疆臣將帥咸以無收爲慮。越多急，各省皆自顧，南北洋協餉至此更無可望，
有洋藥土藥兩大宗可籌巨款，而不知一發其端，何從是見罌粟能禁，國爲上上策乎？
縣安能變，人人先多一番需索，而能不能禁絕者，當十八九。各省老于洋務者輒曰：
與其漏卮于外洋，不如留銀于內地。此亦習聞之論矣。然既不能禁絕，則此論又未可
厚非。鄙意每一府當設一局，專責成于專派一極可靠之士人，分投查勘，酌定畝徭，
出詳載四地有一畝，捐一畝，可無偷漏之弊。此一番清查之後，作爲定額，永不復增額，再

種次年愛勤如有花生亦照例重徵俟洋藥不入中土之後一概禁絕可以去遺漏之弊各省一律舉行可無趨避偏苦之弊苟不如此則偷漏之弊不能大杜

公以為何如不吝

名言以開茅塞無任荷盼之至敬請

大安秋涼惟

加餐珍衛不宣 遂 再拜

如男
女 侍叩

六月廿申刻

宅上均安

閉門卧病廿餘日，藉回俗士駕，與古人作緣。得疾不慼，失疾不喜，且惟恐疾之速去我也。然僅藉此以家中散之孏，承諭心得，迺滋益媿耳。衡宇相望，以不獲常接清光為憾。然吉人有連，屬二十年不相請謁，豈合之道。固不在范道等

[illegible]陳[illegible]神暉琴式

仿薛濤

錦官城外管領

牘間乎素性喜詅癡符近又刻畸
零甓碎石之經說甫刻成三卷一知
半解無閡大義誤成書後當以為
土苴糟粃矣因其嘗耗日力未忍
棄之如遺聊塵
清覽不識可為本朝漢學家附庸
否也以為有一得則蘄

春申章禪暉篆式
仿薛濤
錦官城外管領
春風亭持壬戌初伏日也
一製

大筆惠作一叙或可藉士安以傳
邪
大集莫名頂礼前已言之謹依
命繳還它日領得抄胥尚擬重借
一讀閱筆半年近日似動詩興
左右必有新製望盼
賜讀竊願應而不吝何如手復

仿薛濤

錦官城外管領

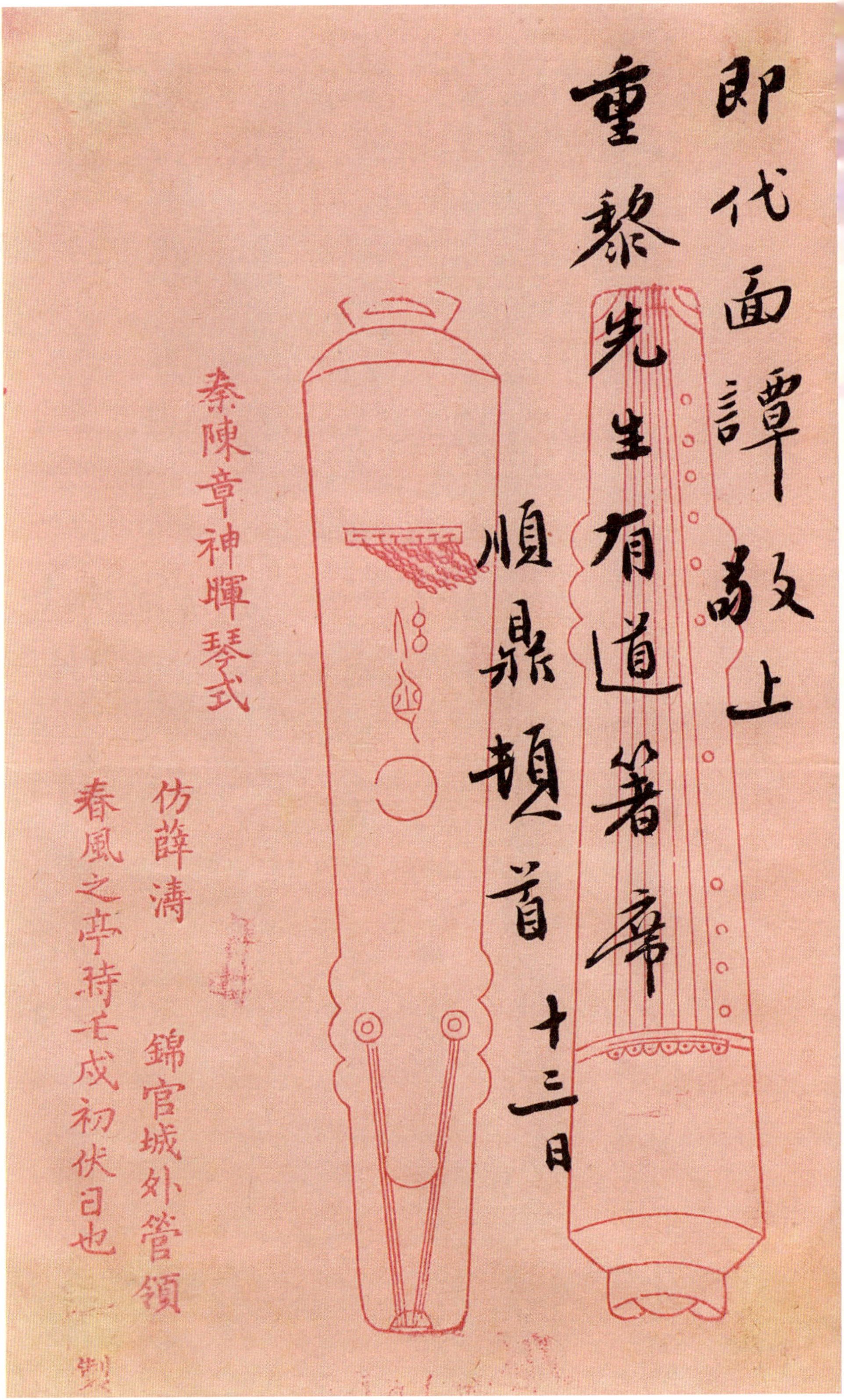
即代面譚敬上
重黎先生有道著席
順鼎頓首 十二日

秦陳章神暉琴式

仿薛濤

錦官城外管領
春風之亭特壬戌初伏日也

製

真秋賢契足下接六月初十書稔知分曹入直襟
著賢勞軍務倥傯籌筆無暇日惟以善自
調攝為屬入夏以來拙女及外孫男女輩均平
安吉足慰績念兩近來不看邸報不入官場不拜
客不赴宴不飲涓滴坐臥不離一廬邊山光潭
影終日在几榻前新堤手植楊柳漸次成圍綠
陰四合秋蟬晝噪一交薄暮兩部蛙聲恰與

蟬聲相續，沿堤隙地遍種瓜豆，沙雞絡緯哭聲千百，與風清月白時如萬架繅車同時作響，又如數百家織婦聚在一方，拋梭夫杼，終宵軋軋，其聲繁而蕭淒，以到耳聆之者，萬念俱清，匪將夢醒繁華，並忘世間無可奈何情事，甚皆以浪漫置之。夜闌不寐，拊掌高歌。自橐筆來金陵，悠悠十六年，再從滄桑後追溯滄海，頗破

帽策蹇驢槐花落他鞭此景卌餘載如夢復如烟
烏龍潭水常清漣潭中老龍伴我眠朝登山
嵐夕飲泉七十老翁胡不足藉此娛老
足下來书話天街我屢洵龍惟是舊恙未痊痰
喘不止能息而不能游能縱目而不能散步則
文消閒中之缺陷未嘗非造物之故靳我也內人
仍在蘇州橋兒里居照料家務故鄉春早家

務頗不易理樫兒質鈍讀經甚艱辛而氣味姒尚
目純淨將來能作守分秀才子厰已至楗姪館
廬陽兩窮不以為苦於家中尚可過活離母遠遊大
為非計窮欲其隱似不得已而離母者烟霞之癖人
言或者有徵其買妾金陵也真未往居我處所主
何家所共何人往不得知惟聞來往秦淮縱酒漁
色金陵士人交非之其不愛惜聲名如此景卿仍

司水利局仲修，惟合肥債甚僨累，而上手方
手長華音問久歇，堂戲題遲。杜句云：厚祿門生
書斷絕，沈疴野老色淒涼。足供捧腹。在林行
試已過，新拔萃為汪子瀾、灤州王蔭祖、來安
孫點，三屬均無間言。殘暑新退，指望遙拉
雜言之，不談時事，却盼惠書暢談時事也。癸
秋祺。閨中膝下均念。六月廿九日附兩作信

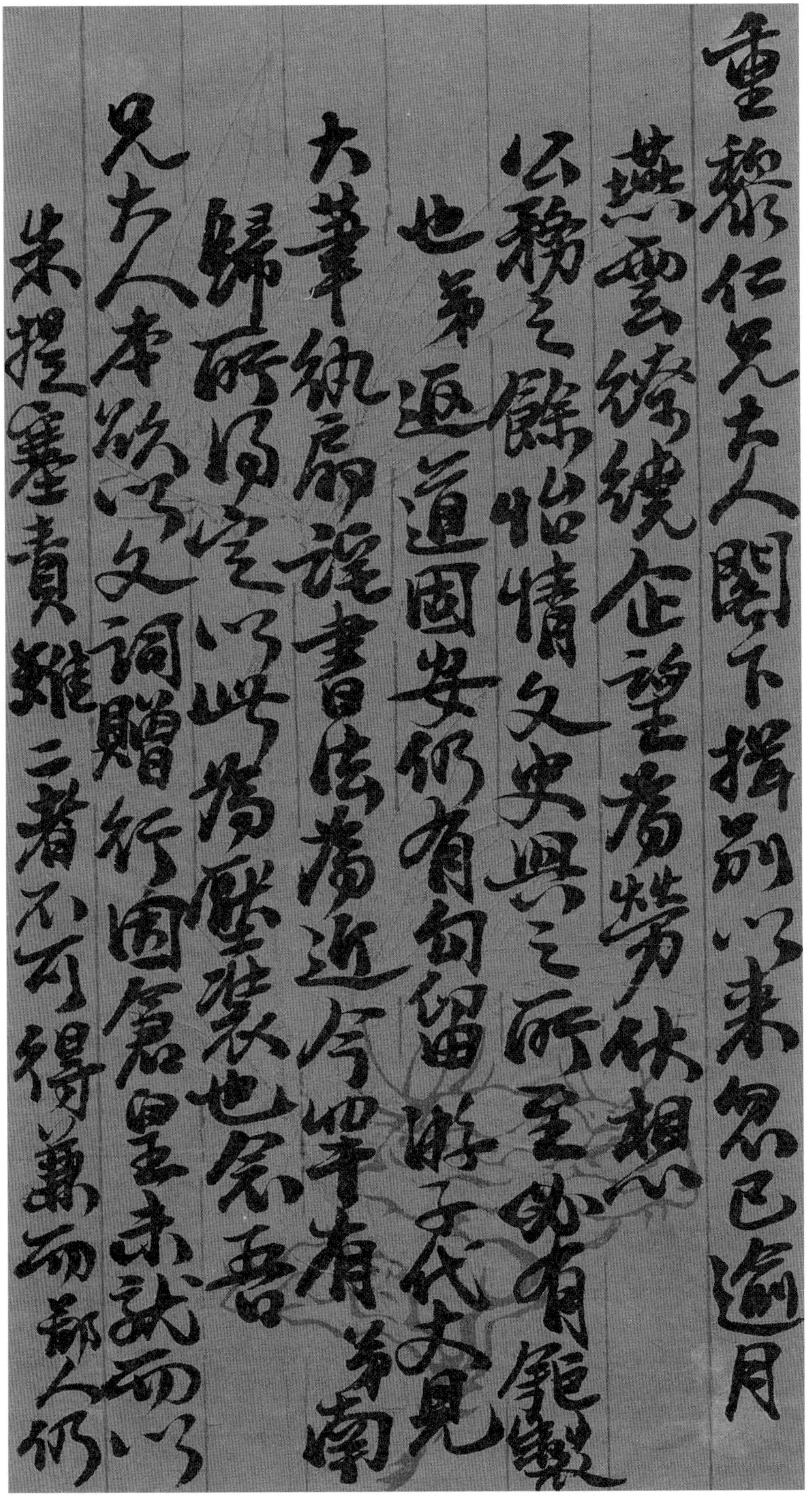

重黎仁兄大人閣下揖别以来忽已逾月
燕雲繚繞企望爲勞伏想
公務之餘怡情文史興之所至必有能鑑
也弟返道固安所有句留游子代見
大筆紈扇詭書法爲近今罕有弟南
歸所得之以此爲壓裝也[illegible]吾
兄大人本欲以文詞贈行因倉皇未就而以
朱提塞責雖二者不可得兼而鄙人所

望
錢前約興之所至或駢或散書一横幅見
貽俾弟冠諸拙稿之首自媿行年已
及昌黎作五箴之歲半生撰述不足存
者之豈能願附青雲之士如吾
先大人者庶幾藉傳不朽耳　嚴公先
生傳亦祈　賜一稿庶得付列於所集
碑傳録中不勝盼切待

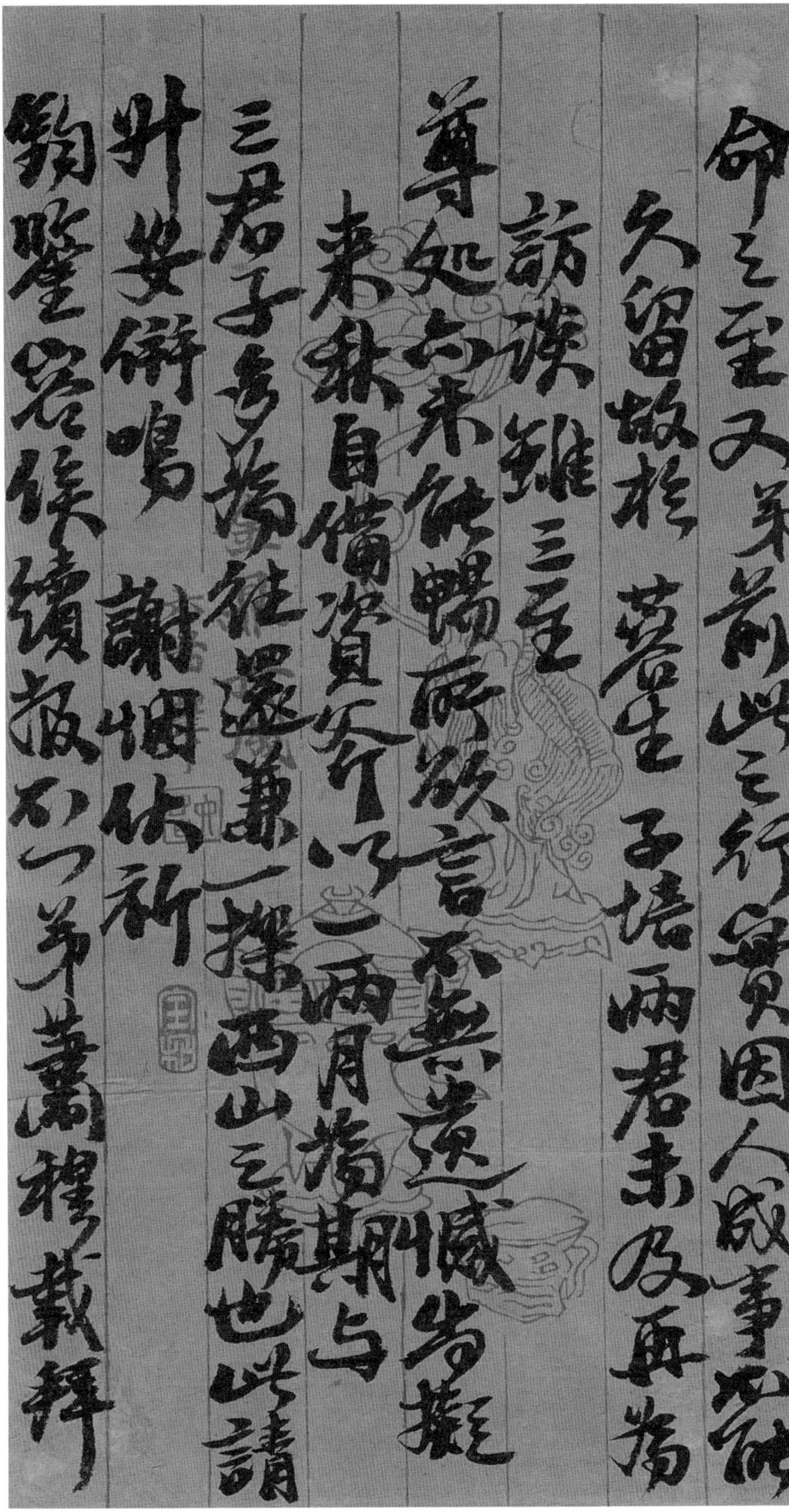
命之至又弟前此之行實因人戚事始
久留故於　暮生　子墟兩君未及再蒞
訪謨雖三至
尊処亦未能暢所欲言不無遺憾尚擬
來秋自備資斧以一兩月蒞期與
三君子多爲往還兼一探西山之勝也此請
升安併鳴　謝悃　依祈
鈞鑒容候續啟不一弟蕭穆載拜

木雁何嘗定處懸東西飄泊亦相
憐梧桐落夜雪千梅樹鶴語秋風一
葉船　晨左譯書勤紙夕義憑聆
學送流年一盞二物誰相問是
醞雜箋囊天　六月十九日雨夜小閣戲詠
爽秋作兄同年一笑　范銘

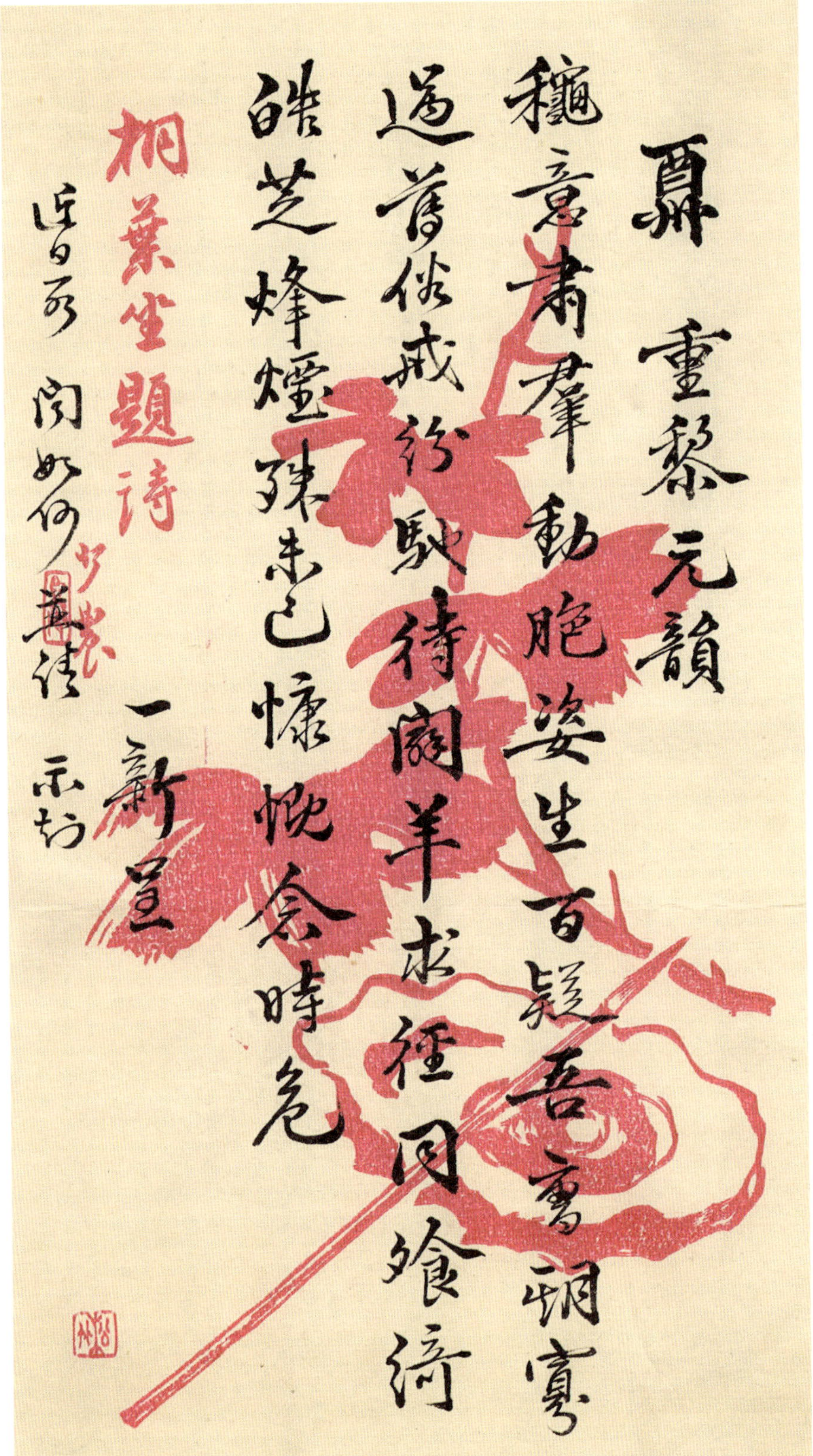

聶重黎元韻

龝意肅羣動，脃姿生百疑。吾高翔寡過，舊俠戎行馳。待闌羊求徑，同飧倚皓芝。烽煙殊未已，慷慨念時危。

一新呈

桐葉生題詩

皆所閱如何　少巖先生　示知

富陽桐廬山水世獨絶無論非屏者行間見
峥渕余生會稽郡有眼濟江底尚蹤虞渡未
買富春艘君生桐君山每談九里洲僧林藹
深淨暮年若可能睦州隸於浙東西與尊
君之兩所居倫曰浙西柳越州統浙東叢巖竇尤異
匯境隨步皆風曉四時備此無秋冬色蕭芟
弥平川松竹秋映茂雲霧之澄鮮家桂初過黄

瓶齋製箋

新繪水中丞

松竹製

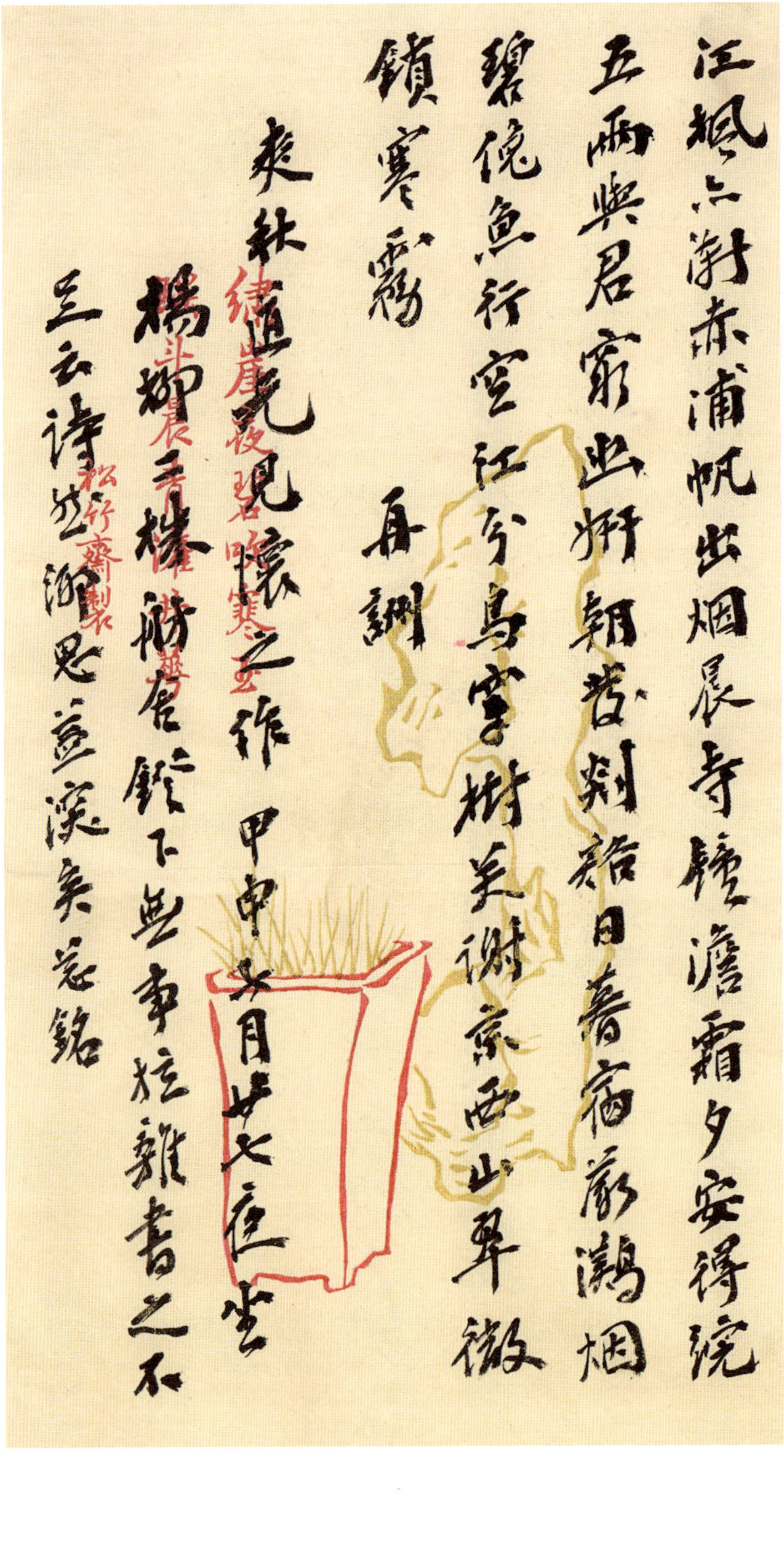
江楓點對赤浦帆出烟晨寺鐘澹霜夕安得繞
五兩與君窮出栟翔昔對語日暮酒簃鷗烟
環繞魚行空江分島雪樹莫謝京西山翠微
鎖寒霧　再翻
來秋道光見懷之作　甲申九月廿七夜坐
橋柳晨香樓榭危鐙下無事於雜書之不
足云詩然詞思益深矣　慈銘

玉版十三行

奉
書論時賢是已非人似有
爲而言弟耳目甚近未知
先生何所指也承
詢所業日来授毛詩要義
暇則理莊子識郭秀无所

可用之學甚盛從徑乎塵垢

之外逍遥乎無事之業耳

下圖過中秋即題繳滇

敝説一卷藉納

完摘錄未果他日修乞

恕我

重黎先生 國瑾拜啓

前近須出門酬應甚覺無謂而不能免書債堆積須小料理故復書稍遲足見世累之難一咲

廣雅堂箋

人事褷遝，久疏 教益。頃奉 簡貺，辱念

極感。節事以三五年注之，為不十分惱人。但

來日大難，長此安窮耳。

大稿容日內奉候面繳，諸、率復。敬上

重黎尊丈先生侍右 子潼奇

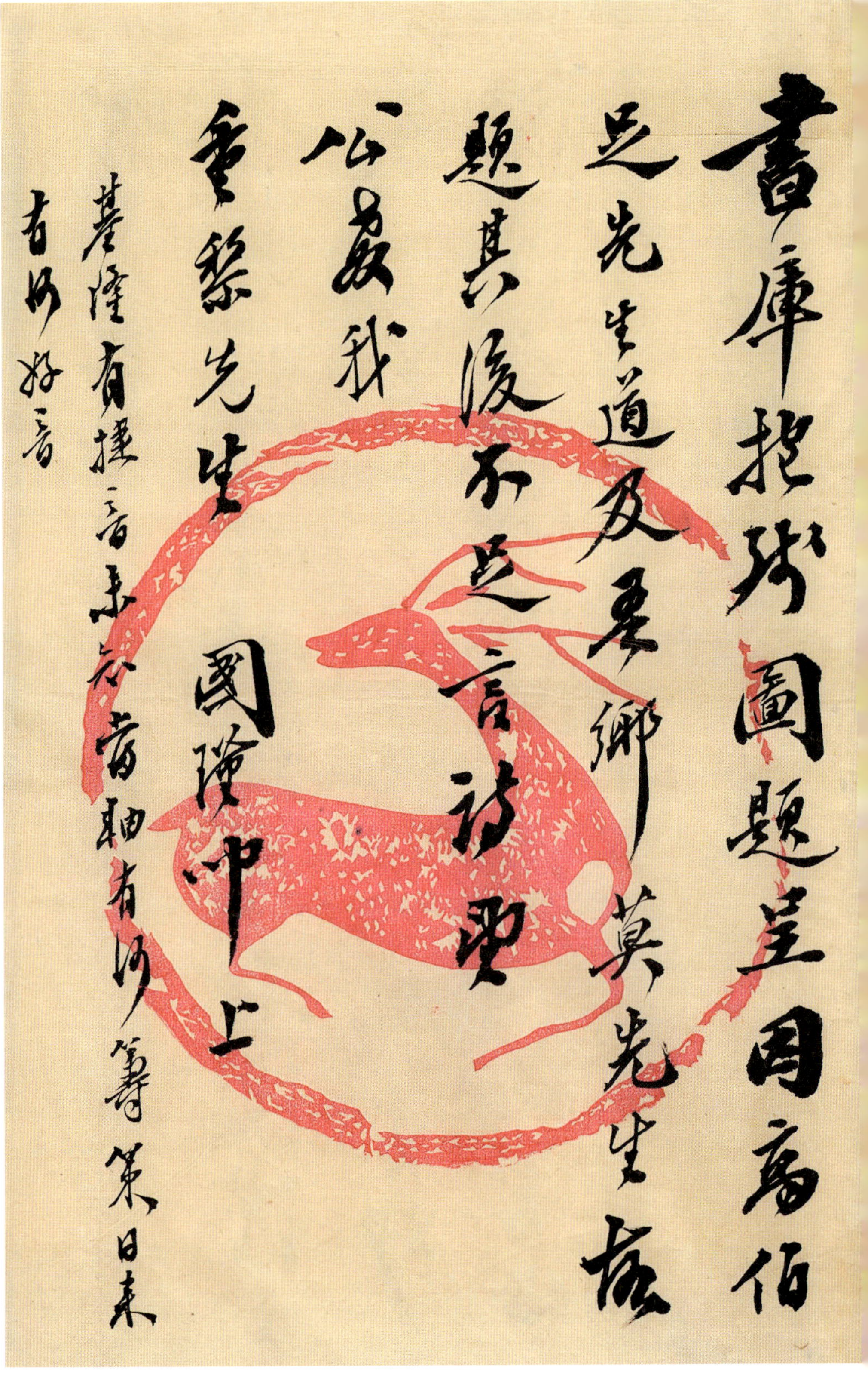
書庫抱殘圖題呈閱扇佰
是先生道及吾鄉莫先生蔭
題其後不足言詩要
以蔽我
雲黎先生　國瑾叩上
基隆有捷音未[illegible]翁[illegible]有何[illegible]第日來
有何好音

前夕奉
書甚鬱，昨聞捷乃太快，讀之
手示並信，洋洲收局方妙。
聞法人廿五日開議院，變當悔
禍乎？
重黎先生
名心叩

使者

爽秋仁兄大人閣下：不通音問數年於
茲矣。比維
著述宏富，宦歷遐想。敬留東四年，
雖乏著述，然爲寰宇貞石二十六種，又
自收得古書十餘萬卷，甚欲擇其思少
他日陸續刊行，亦千載一時也。

見已差備，帰國赴黄岡教諭之任，與
日本文人岡君千仞字振衣偕來，傳為一時盛
之雅集。言到京師，仰觀人文之盛，
以弟為先容，坂(阪)？能使我左右斯人，
亦蒙其真學，著述等身，不自滿假，
何有 款正

吾道之意，且尤長於綫圖之學，又通西籍所撰，米利堅志、蒲而志子以後其所為，至其遊覽，敬自備資斧，至性喜偃蹇，方今天下多事，不能盡羅自守敬，閣君以退閒書生為此，為海外之遊，以廣其見識，則執事與外人接正足以有所資益。是述閻君於左右者，不將為閻君也。附上叙畢得一部，可以知弟刻書之大概。因閻君擬帶不易，故僅先以此呈，其餘俟覓便再寄。忽忽草此，伏惟亮察，即請勳安，不莊。

弟楊守敬頓首　五月初八日

時在蘇虞舟中與閻君分手時也

袁先生執事：往日辱臨訪，不幸匕游，未出迎，
爲罪萬多。賜圖[illegible]錄，籍應雜[illegible]歸就[illegible]並
於日歸寓，應速題跋謝之。執事若[illegible]不在忙，即
愚姪登門何候，不知執事何日清暇，祈示題
階從。大教愚姪名選，謹隨唯稿鮮[illegible]字賜之。
見面教於尊老，備此，即請台安。

廿九日

岡千仞[illegible][illegible]

得暇即思
詣談而願竟未獲遂比者復將有入
蜀之行矣相見雖疎而聞
道已鉅離合之感何由可言
爽公襟蘊閎深抗志管葛旦夕當
有實求專儉之事可以匡濟時艱

昨贈人的云九流論治儒先法八表關
衆樂後憂其人似未足當此願爲
疾心詠之也下走雞栖京洛歸思日生
自知駑鈍下材他無所冀冀惟欲德史
堂上早歸隨侍膝下採南山蕨飲
三江水以藏拙終年耳明日午後思詣
尊齋祈示悉暇否近作坿呈順鼎頓首

送梁翰林歸粵觀防海諸軍　和梁副貢均

西樵寒翠好歸計豈煙霞憯別頻風笛息

時一露車　主恩天北極兵氣海南窪全

局誰深念常山首尾蛇

閩海千重浪羅浮四百巒犬牙誠地錯鵝首

詎天刓尚右元戎節高前勇士冠封侯俱努

力　茂賞受紫鑾

少年京國酒游子故鄉衣學道師黃蘖談兵

弟紫薇魚龍秋末莫留駐早因依慘澹幽

州日荆高舊侶遠

義憤驅三戶（海防湘淮兩軍皆三楚子弟也）神威懾八荒其王

生可虜今日死非殤八定當徐勝天驕必厚

匕屠鯨寶赤手毯絕蒯緱裝

近作錄塵

爽秋先生大教　鼎

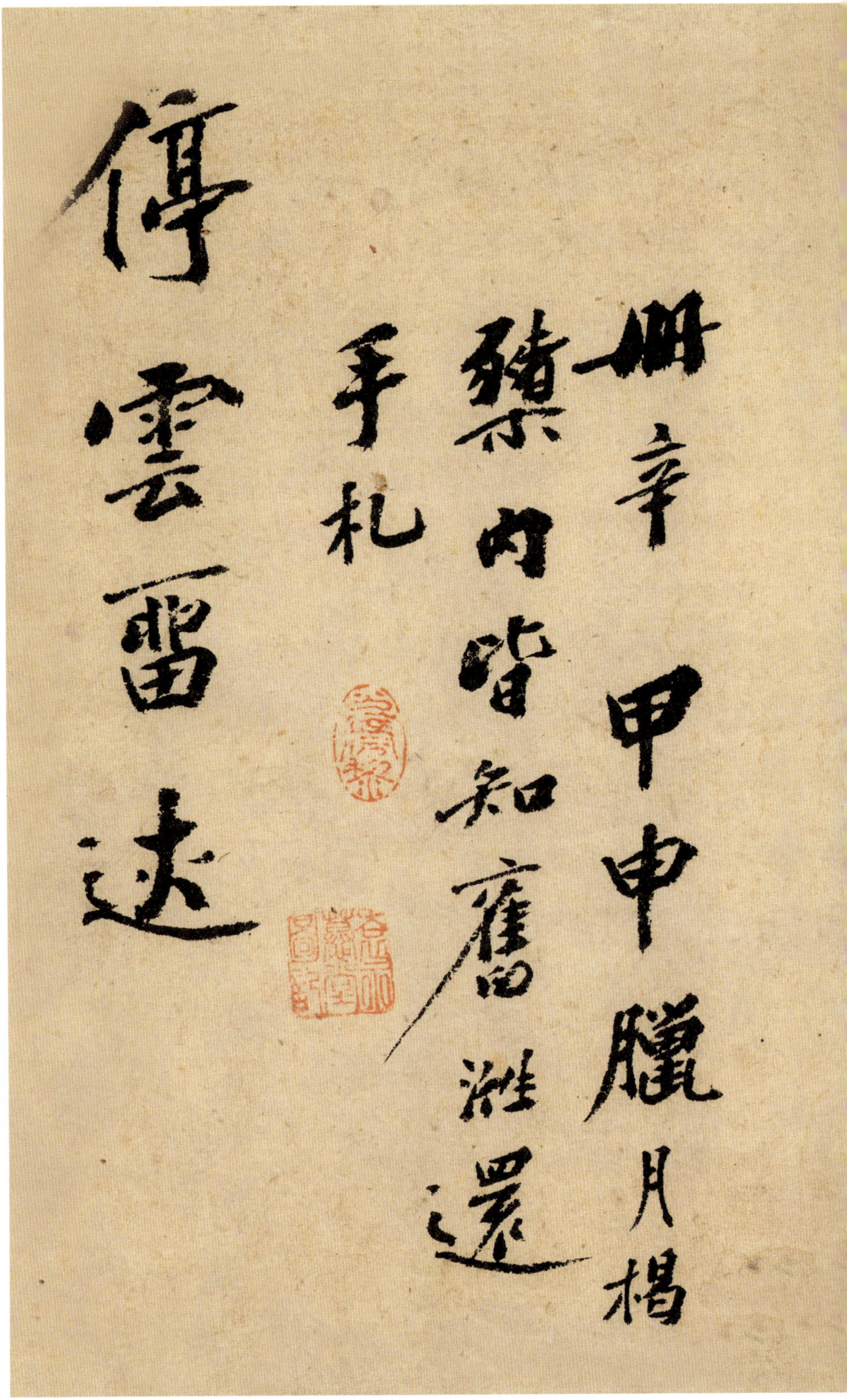
停雲留迹
手札

徑啟
見過蕭齋，
留示三圖，拙隸昆仲雅懷，圖之淵學，殊合對
清所繫了。寫入補鈔，以竟事罷，定觀
幸甚。手摹輯暫留案頭，以眼賞注，如言以
志勝事。滿後即繳。
奕秋吾弟　以著安
頌上
廿四日

懿文撫古

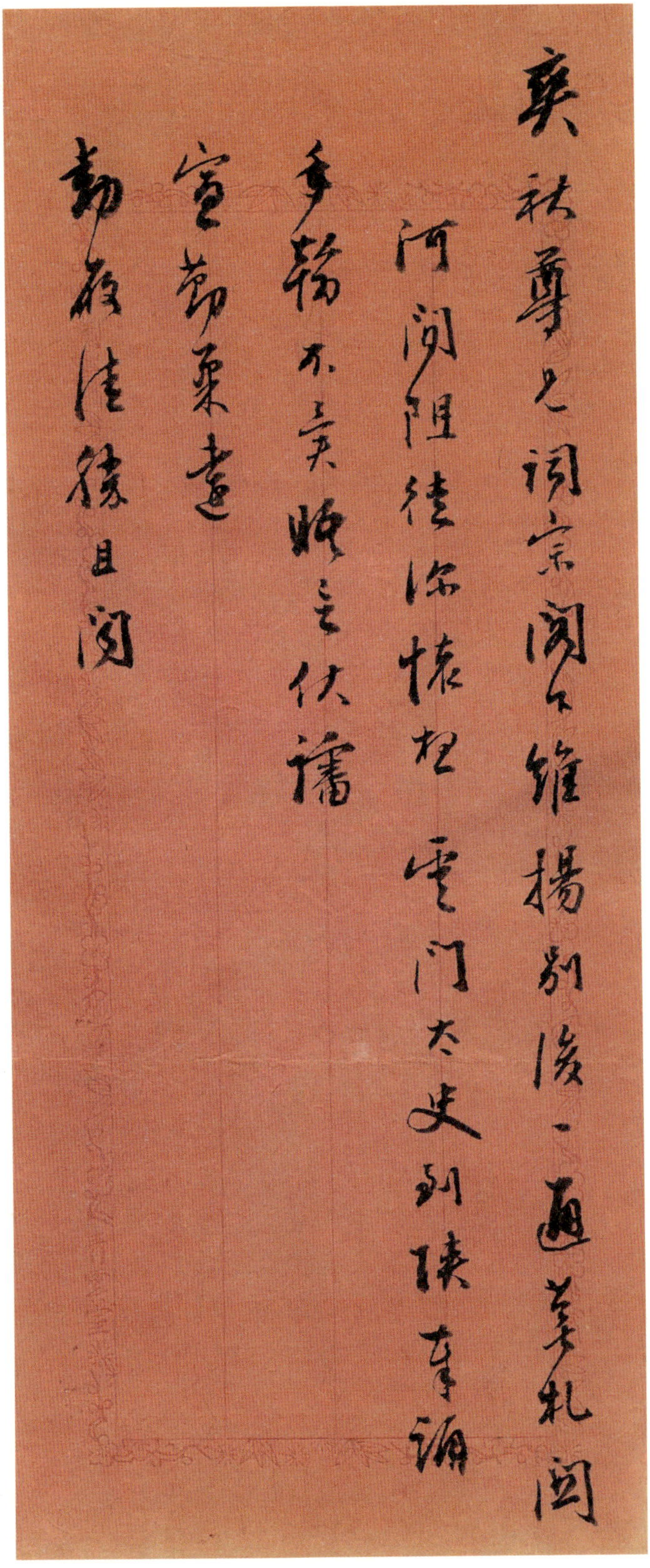
爽秋尊兄詞宗閣下：維揚別後，一通蕪札，閱
河閱阻，徒深悵想。雲門太史到，讀奉頒
手翰，不啻晤言。伏讀
憲節秉達
勳履佳勝，且聞

徑
叢日楙甚盛。倫於六年去揚州閒卧下，
得慈亞未及十日，伯氏以病殁于匍匐往陝，
今年復遭季父之喪，所遇悽酸，乃至於極。
被人強留，備出生活艱窘，生世何心酬應人
不家[illegible]

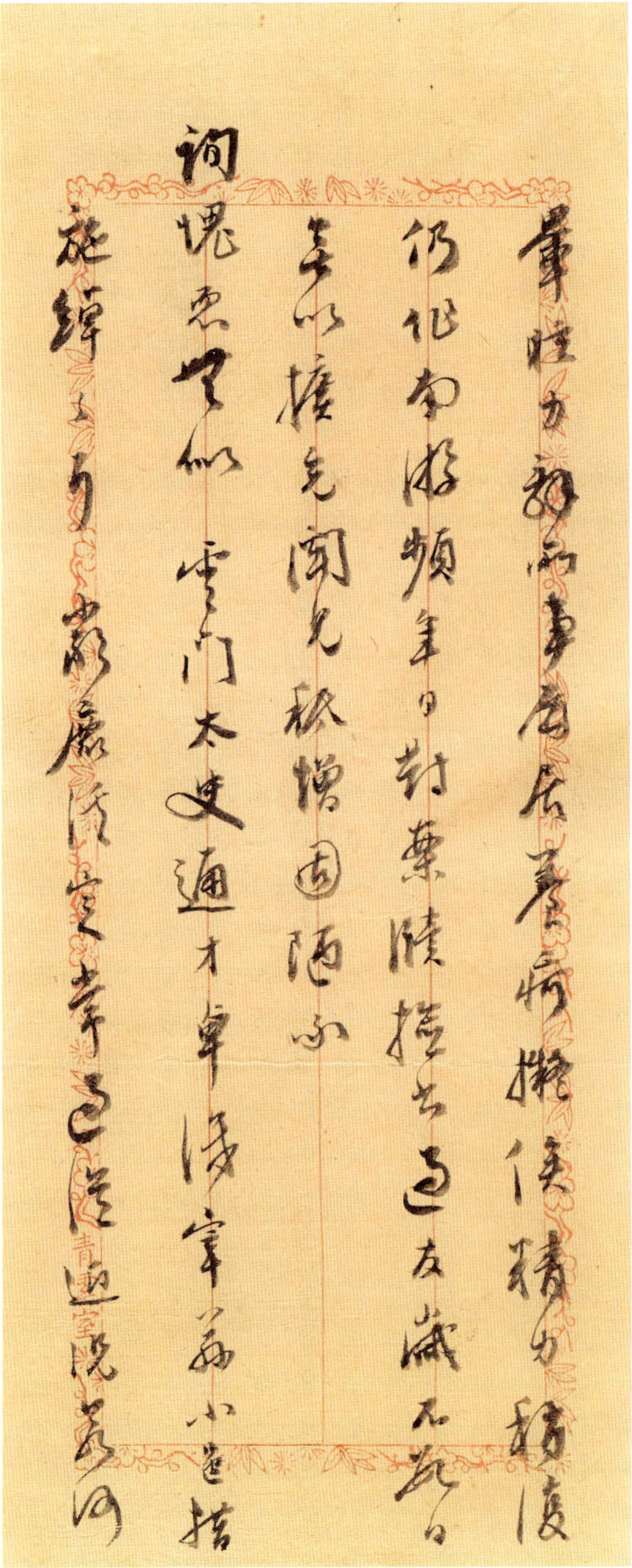

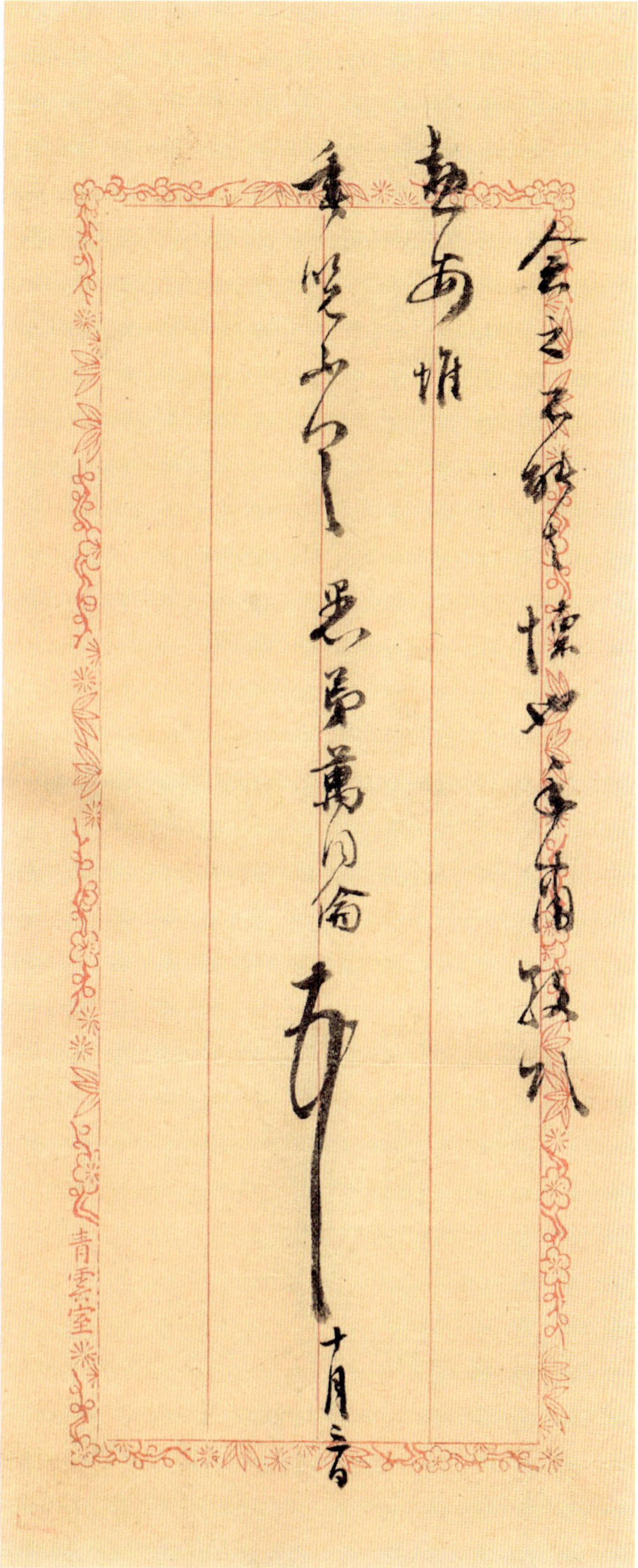
青雲室

袁秋仁兄同年執事：久未晤談，每懷渴悰。承
惠佳什，盥誦再三，具見憂時摯念。第少無官
情，今則如燭之跋，所言矣。嘗詠懷云：何嘗忘志，只
是戀
君恩。乃經
大雅鑒及，昔人所謂君知我勝我自知也。方今時
事多艱，外侮迭至，此正大丈夫枕戈投筆之秋

天下事尚可為　兄其勉之　雲云事雖當棘手時
苟心力盡得一分效驗自見一分　但非堅忍耐苦則不濟
耳　偷安二字是今日上下痼疾　設為彼族所窺　一旦
實力痛除　彼何能為耶　乃談者動曰敵强　萬獨不謂
其國之强而歎其臣之忠　萬里行師不避艱險不顧
生死　彼亦人臣耳　中庸所云知恥近乎勇也　此實
弟
肝鬲之要　不覺縷言及之　窃謂中國行軍技勇

遠勝外夷彼所恃者唯鐵輪火器耳凡物莫不有制思
得其法柔可克剛此事非求才不可今之諸侯患不好士
止於千里之外者有矣弟近留心物色一人雖能制器尚不
知其可用否然非到軍中製試依上之謀弟不敢任也然亦
以此見中國固未嘗無材耳倘致外夷之法一試不效則
再三習之終得一當較之糜幣於中飽者似有間也
高明以為何如弟下直得暇不廢著書窃見 本朝經

學諸家動謂古文尚書爲僞推原其説出於明人梅鷟
元人吴澄其書穿鑿武斷大率有考無據以弟淺材
何能爲役但就其附會謬誕之處加以援引駁正名之曰尚古
文尚書辨惑以其誣經而惑世也俟草成攜以就
正附上拙詩一首不成款式聊博　嘔噱而已承
賜讀書分年日程謹謝集上論語事實一册乞　登入州州集
復著頌　起居百福不宣　弟洪良品頓首

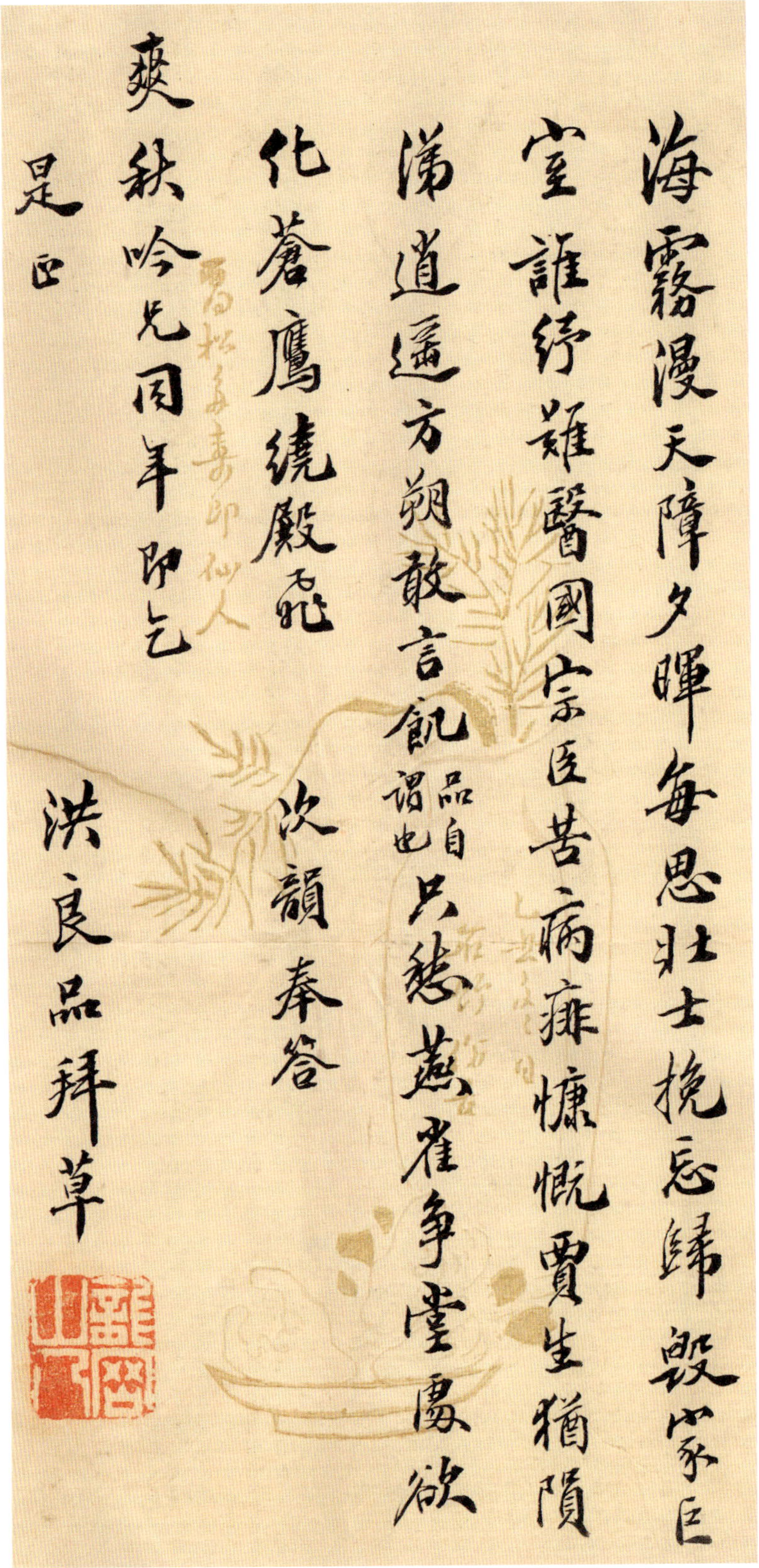
海霧漫天障夕暉，每思壯士挽忘歸。毀家臣
室誰紓難，醫國宗臣苦病痱。慷慨賈生猶隕
涕，道遥方朔敢言飢（品自謂也）。只憐燕雀爭堂處，欲
化蒼鷹繞殿飛。

次韻奉答

爽秋吟兄同年印乞

是正

洪良品拜草

爽秋仁兄同年執事連日雖通
大教憲事之密籌機之遠於一切利弊如秦越人視
疾洞見癥結真陳同甫之一流也所著前言猶有未盡者
嘗讀會典則例諸書歎其巨細精詳不讓官禮患在奉
行不實陽附陰違中庸所以云人存則政舉也鄙意須
得一綜核名實之材如明之張江陵本朝之胡文忠者乃能
祛弊而救時是故食貨之政非不詳而患在利歸中飽互
市之道非不廣而患在主不制客輪船火器之局非不設患

在有名無實，費多耗而器不良。竊謂救時之策，尚當
於本原上講求。今日中外大勢與戰國同，以弟所閱歷，始
歎孟子仁不遺親、義不後君二語實爲利國良謀。蓋有
諸葛武侯之鞠躬盡瘁，死而後已，而後能演八陣圖，造木
牛流馬；有岳忠武之文不愛錢，武不惜身，而後能制（破）拐子馬
鐵浮圖。不然，弟嘗讀明史兵志矣，其末年仿西洋造
礮，熾（備）極精利，及張李盜起，反爲賊用，以攻城無不摧碎，
此其前轍也。製器誠爲今日急務，然所切用者不過鐵輪

火器而已火器已有其十之八九聞鐵輪亦購到數隻用以攻

敵尚未可知第竊謂用兵之道敵有所長不貴效之而

貴能制之岳鵬舉思能塞激水之輪而楊么擒金兀朮募

破海艘之策而世忠敗然第之意亟求材者不專在制器

以敵夷之人而尤在籌策以破夷之人也至於勸工之法不外院

稟省試食志食功自有等差元代曾設算科究歸無用

蓋紙上談文已患敷衍紙上談器尤患鋪張設科一層似

可無議若求有備無患則武科之試添習鎗礮天文之

職兼撫將作廉鎮以優之良匠以董之而事匠集矣
讀疇人傳中國亦有人材當事果能招徠不必設科以誘
之也僅見於是
執事以為何如 前此主戰主款未得要領 兄言誠是今
日之事郤非戰不可譬自被開若猶餌以金錢是養癰
而貽患也譬如投骨於地不擬以逐之則羣起相牙矣故弟
亦有戰以練兵戰以練餉之議此亦猶韓信驅市人置之
死地而後生耳是臥薪嘗膽之時非玉敦珠盤之日

高明當能辨之古文尚書之議發端吳氏而朱子無是也朱子疑傳不疑經語類具在閻百詩書疑削去第考原書知之吳郝但用空言識於尊語至梅鷟却用實證（見衍若甫書考異讀書譜）其實證皆偽證也閻惠孫段王（鳴盛）程（廷祚）諸人皆襲其語以爲祖祧以馬鄭攻孔亦始於梅鷟（見讀書譜）其書殽亂謬誕貽誤後學閻惠諸人復起而張之前後所出一轍第摘其謬端有八一曰杜撰事實二曰竄改原書三曰誤會書文四曰毀滅顯證五曰黨庇同己六曰偏執私見七曰附會古籍

八日溜刊雜說二條列傳證明著於篇使人曉然於其

誣古蔑經之失　弟昨撰作翻案不過於成案平反之耳請

試為　兄言之馬鄭自是東漢經師與安國古文分門　是杜林漆書本

別派毫不相及　然其中實有歧互之故後漢書隋經籍志

孔穎達疏陸德明釋文序紀載甚明諸儒不審其分合同異

之端平心剖析不據古籍但騁胸臆　弟嘗謂其書有考而

無據不據固陋創為數篇曰漢世古文考漢世偽古文辨孔

鄭古文異同論古文篇數論考古文章句竄易考漢晉諸儒

不見古文論晉世古文尚書考王肅無偽造古文事辨朱子不
偽古文辨書 本朝諸儒論古文段再取諸家所攻古文
各條作案而第逐一辨之末則仿朱子或問例設爲問答
之詞以完未竟之緒顏曰古文尚書辨惑第所以爲此者以其
書說足以惑世而誣民也彼挾馬鄭爲重而實畔馬鄭者今
文泰誓一篇馬鄭雖從之爲馬鄭不以爲真古文也馬則曰今泰誓
文義淺露迹涉神怪得無在子所不語中乎吾見書傳所引泰
誓而不在泰誓者甚多 鄭則曰此武王伐紂誓師之辭今泰誓

無此文其篇則亡是馬鄭皆知有真泰誓在古文中乃梅鷟
及閻惠諸人鑿言今文泰誓為孔壁泰誓馬鄭不以為偽謂
非誣馬鄭而何又挾朱子為重而反謗朱子梅氏讀書譜閻
氏疏證備列朱子疑孔傳孔序之言而於朱子勸人及讀
太甲讀說命且謂若一齊不信則倒了六經數語略不之及
梅氏則曰朱子則未免受校人之欺閻氏則曰朱子猶為調停
之說謂非誣朱子而何舉此兩端餘可類推至于小子僭節
孔安國論語注則墨子引湯誓其辭若此是說也諸儒論

辯紛紛閻氏曰是湯誓無疑毛西河折之曰然則今文湯誓
反僞矣而閻語塞惠氏曰是湯誓有逸文張稷若折之曰劉
向以中古文校三家經文凡酒誥召誥脫簡皆上者其數不聞湯
誓有脫簡也而惠語塞第近始思得其故矣第檢墨子原
文爲湯說不爲湯誓合湯誥而節爲文讀有增竄孔安國以其
辭與論語微同與尚書微異故注云墨子所引其辭若此以明（適）
已所見之辭不若此也若使文無合併語無增竄則經注爲此湯
（世不引墨子也）
誓之詞矣湯誥而注湯誓者用卷首篇名也孟子引詩典而注堯典在

反引舜聞談而注夏書也我輩考古當以經正傳不當以傳
廢經益信多難說予書尤甚即如伏生親授今文而其所作
尚書大傳引酒誥曰王曰封唯曰若圭璧引康誥曰厥法明哲
引無逸曰厥兆天子爵皆與酒誥康誥無逸不相應後儒不以
此疑今文之僞也考之傳記皇甫謐無僞造古文事乃是梅賾誣
指本朝惠定宇王鳳喈等證成之朱竹垞即知其不然（見經義考）
反以士安爲未見古文皆不根據古籍而自我作古者
執事偶未及考爲其言所惑乎此弟所以有古文辨惑之作也

以弟學識譾陋，焉敢云衛經，實見諸傳大雅宏材，乃不平情
論事，上誣既往，下誤將來，展轉熒惑，貽害何窮。是以爲此不量
力之舉，然言必求其有據，事必準其至平，但恐見聞有限，
久非助將伯，適承
推教，得以責其違之未審，有當一二否，尚望
裁其得失爲幸。燈下信筆草草，不覺言之覼縷，惟乞
鑒亮。不宣

弟近購考訂古文諸書略具，惟未見莊氏書說，今承
見道及，甚妙，乞假一閱，望即檢交去手爲感。

弟洪良品頓首　二十三日漏下三鼓

何凍

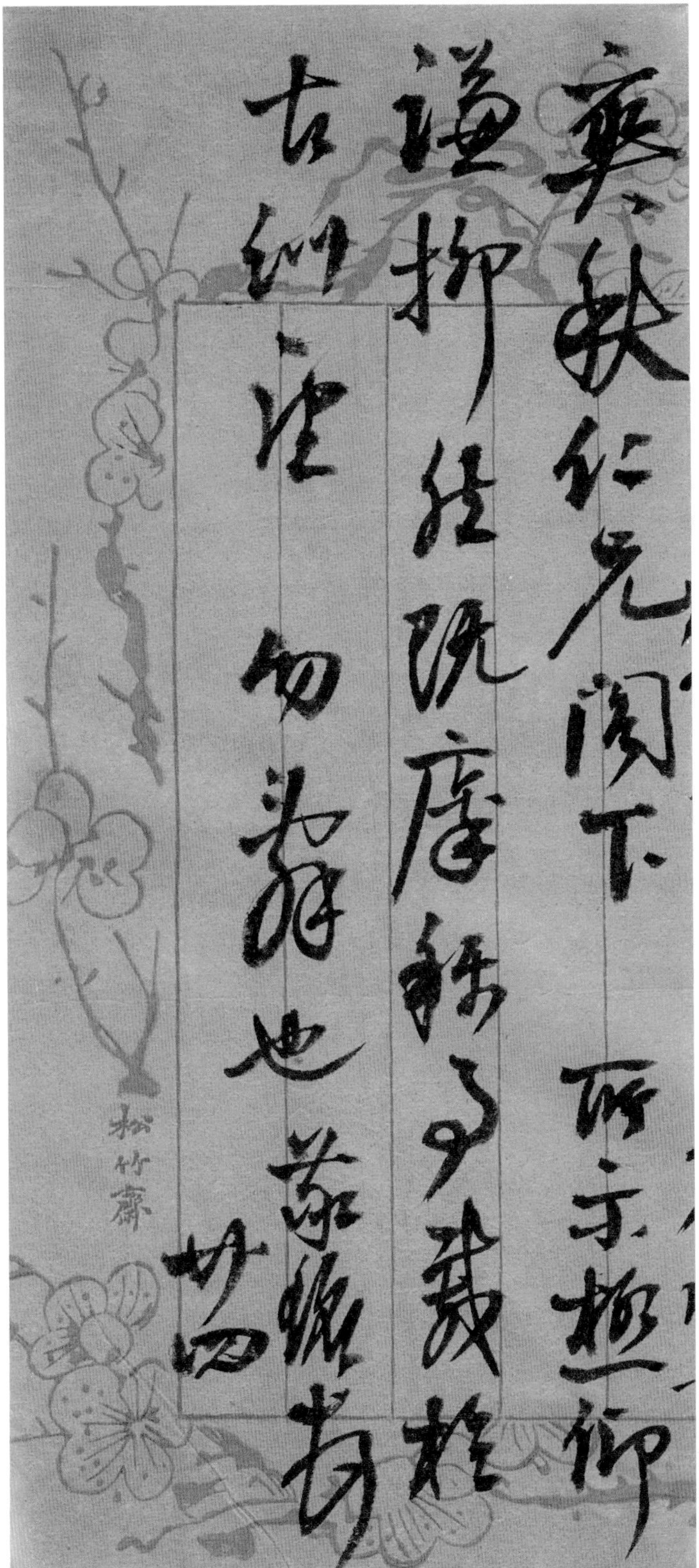

再弟自夏間到任後適值閩江開仗甯郡防務
日棘民心驚惶弟設法聯絡客軍撫馭洋人彈壓
教民幸稱綏謐現於鎮海口门金雞招寶兩山
之間分釘巨樁以五丈長之木打入水底每木十
根攢釘一叢包以鐵箍相隔一丈又釘一叢水
面數十丈間共有廿一叢樁縫皆沈以石船留
出口门十餘丈以便商船出入臨警再另沈船
此事經弟督率委員核實經理不過費洋

七千元。兩岸礮台屢次修改，漸能與法
如此，則以台護樁，以樁阻禦敵船，使登岸上
之礮。且陸營勁旅步卒操練純熟，可以一戰，而法
人之在甬傳教者約數十人，自法營募閩後，兵民謠言
紛起，每與之爲難，而法教士亦以動到。七月初六
日之
上諭來責地方官以保護，且以呼召法船隱
相挾制，亦以告以如能聽官約束，乃爲安

以守業方准保護，若隱存挾制之心，即當
照干興單事例懲辦。申明此旨，堅定不搖，
各處士紳皆倔強，漸知不可嘗試，現已恪守規
矩。郡民亦遂與之相安，而定海教堂亦爲兵民
所幸。錢丞生受事於八月，親赴定海押令教士
遷去，始能弭釁無形。復將防務與定海鎮
妥商布置，漸臻穩固。此浙東近狀之大略也。
常關稅務向恃閩貨運來，閩船稀少，收稅

異常短絀，比較去年不及其半，公私竭蹶，識此之由。所幸洋關收數尚好，以運貨者皆去民船而就輪船也。所有本年撥各餉，皆能克期清解，稍免掣肘，此則堪慰。蓋藩者耳。法事驟難結圓，相持不解，伊於胡底。法人陸續添兵添船，必須臺灣再能堅守一年，彼之狡謀自息。弟所居僻遠，不知近來辦法尚新。

密示一二英美兩國使席現定何人亦望
示知為感　總署堂官章京住址單既隔半年
恐難脗合如有新單幸希
惠賜一通茲乘王弁歸館之便薄致各處炭
敬附上一單以備
查核并望將姓名住址　開示王弁俾得
照單分致又查前任舊簿有送　戶部貴州司
清檔房管稅冊司官二位各炭敬一分若該亦

將其姓名住址 示知王弁躋費
清神歉悚無似再頌
勛安不盡欲言弟福成又頓首十一月初十日

奧秋仁兄大人閣下：歲月以來，碌碌未作一牋奉候
起居，至以為歉。日前展誦
手教，並御刊各件，藉藥孤陋，忻感曷已。伏維
曼福如頌。　毅公經畫邊事，井有條理，屹然為西陲重鎮。
閣下撫今之手，淵懿典雅，一時無與作者。而指陳地物
勢如數家珍，足補毅公思慮所未及。此種筆墨，唐惟文
饒所作太岳集中有之，餘不多覯。乃知駕馭邊帥，先有以折服其
心而後可收指臂之效，詎卑宋拙所能致耶？雖佩佩，鄙人竊謂今

日之患餉非不充夫之靡費無節兵非不足夫之征募太廣昔
乾隆朝為 國家最盛之日歲入之款逾四千萬支銷之外歲常
有盈今洋稅釐金兩項歲入又增三千數百萬而度支轉虞不給
國家近歲又無甚大神大徭非常之用都消靡於募勇勢施之中一旦
有事猶以為兵未精器未備良可慨也哉
朝兵制沿明之舊征調之功者大抵禁旅駐防自粵寇之亂始於湘楚勇
丁之力戡定大難 當事之倡議減兵增餉奏改綠營為練兵
統核歲需無所損益而一兵可得一兵之用老成謀 國計及統於減

非徒好大言擅詐更作者比第海濱未必伏莽堪虞各省留防之
勇未能盡撤加之本年新募併計不下六七百營即就六七百營言
之歲需亦將三千萬兩一切軍火所需尚不預也況法人肇釁游弋閩
海不過十數艘而我征調已遍行省諸統將初謂陸戰視角逐
波濤為易有把握今法兵之營於基隆者僅數百千人劉軍以二十
倍之眾未能驅之出境猶曰恐難支持數請援師不絕於道其
據東京者聞其數亦止二三千人我滇桂兩路之師亦有二十倍之
眾桂軍曾於小捷近復挫失法軍進攻如何路遠未得消息而

劉達亭一軍止五千人獨能壁立其間是知兵之不在多也法人

外強中乾補兵白把亦苦餉糈不繼脱如西報所云來春增兵萬人

豈不更勞

朝廷旰食分省專諭地有不守之義則各圖扼要之口岸

兵均可裁減乃以有定之兵以制無定之寇量入爲出司農免仰屋

之嗟簡銳汰冗邊鄙有不時之備以逸待勞主客自判然防守

禦敵之法前月六公條上最詳其地營一説施於江浙沿海之處

或有未宜蓋地形卑窪不掘數尺水即上湧尚須因地參酌

方今度支盡利至爲難問，洋募愈聚愈衆，不惟餉匱而患亦
恐別生事變。姑就江浙而論，目防水陸新舊共有八九十營，而內地盜熾
如故，一經遣撤，流毒更不堪見。倘萬不得已而洋募營皆漢楚
等省宜及退，土著蒐討，況習水土且免瘴癘，事藏歸農亦較
調自遠方者容易遣散。殊不知楚湘營盛行沙漠，所部勇丁
真湘人僅十之二三，餘皆練自遠人，質諸
明公有此否？農部以開源之道，莫如賦捐鈔法洋債，有開
國時籌度支者所敢言，旨哉有味其言之也。使唐中葉以後諸

克諸人稍明此義，未嘗不可培養國脉。鄙意欲改開礦為精
風往歸中院，所謂利國計民生者何在？實為迫今執政諸僚了
更妙。
高明以為然否？弟粗疏人也，才學二字一無可取，徐閲學術所見
援以上官
賓亦及斯，內有[illegible]培擬行，明日暑武云候，鄙文到來即趣就
道，大約來正月初旬前後可面晤
教，有日此心甚惟吾字，開大約在[illegible]一談，竊[illegible]要思之奉

先將備耳年上歲欵三十頁附伸謝忱敬乞
莞存。左送叢書一種，板片已運到，當刷就奉寄也。專此布泐，祇賀
年禧，並請
著安。百益
門下晚生朱之榛頓首　臘月初六日
再英中丞雅
執事如有所需，便乞
示知，無不奉命。又及

爽秋仁兄世大人閣下：前奉
手教，久未裁答，即維
台候勝常為頌。弟自九月起舉發痰喘，疊更名醫，
未能見效，伏病之深，遍體腫脹，繼以咳血纏綿，三月之久，勢成
不起之症，現已呻吟床席，直奄奄待[illegible]。
閣下亟訣矣。遺孀弱息，現已函托竹舟、松生兩公，將來[illegible]居住
杭垣，必能得所倚賴。長女、次女，先承面允代為作伐，雖未締定，
[illegible]歸周子主之，三女亦可少緩議婚。[illegible]

十斷質地尚堪讀書時宜勉力求

闓下俯念孤寒賜全始終

雪夫高義嚮結無窮伏枕奉簡敬叩

德安 弟高引篤頓首 甲申嘉平十二日

諸翰箋任沈子珍近來常到如需在京收回便可免轉遞之誤

并以附詢

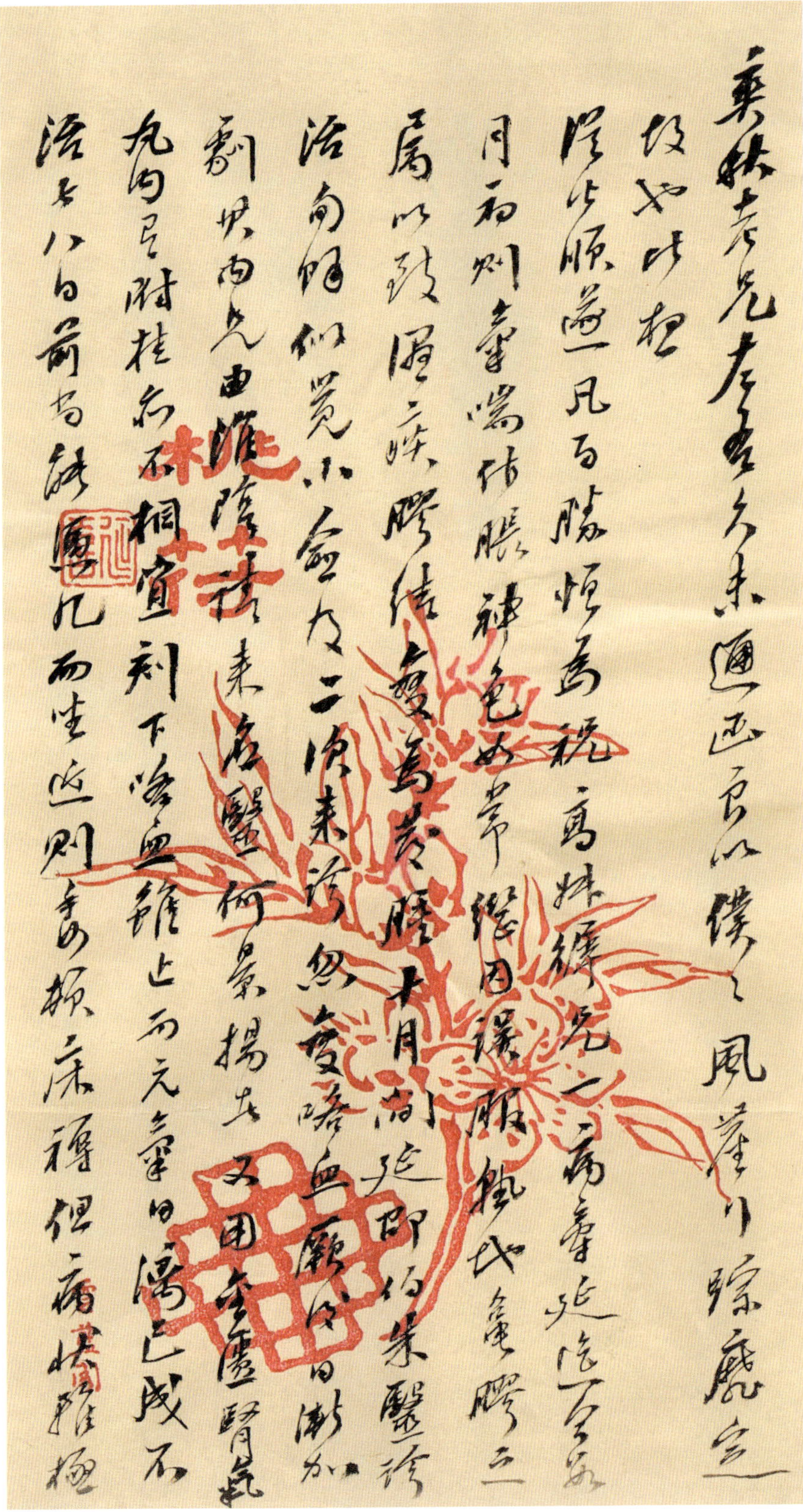

危篤而神識甚清，自知不起，業已屬書下君，屬以身
後事。孫婁（？）桐兄合璞寄呈
茗翁一函，因未發，清友代書，於爲
鑒覽。旋與姊氏爲人父，將中不可多得，且其辭意甚窮，心
地慈祥，倚天不假手，令人莫測。思之黯然，痛心弟
緣前月間少安遣送回西左拜上，已江陰一帶地沉荒，[illegible]隨處
閩況可知，難（？）得現辦，告假回籍，爲依地圍，奏其所而，即將（？）
起居。弟[illegible]頓首　十月十三日
老人從南翔來，詢知吾月五九月[illegible]款前[illegible]同姚[illegible]款，發
給能實未發，十月以來減半，則按月照發，附及。

爽秋仁兄先生閣下：久疏通訊，拙懶爲魁，今日奉
惠書，深荷
注存過優，推許褒奬，深愧非所克堪。獻歲以來，伏諗
運籌贊幄，著書下帷，起居萬福，頌禱以之。銘承乏局扃，冗
食能軍需孔亟，海警遠聞，愧無涓埃之裨助，採訪風聲，澈
冰融，恐遂不能無事。矮人觀場，復何可説。比年來一二清流倡開
邊釁，博臣子之高名，貽軍國以實禍，於是捐輸之例，復搜括之
政行矣。深源今僕之才，以山桑而出，唐元獎封狼之志，經滑

臺而見推傳之史家足爲通鑑論者不察且以執謏引材文自攷
閣播用允乎相嘲悠悠萬彙安足置辯然則負爲世之略抱佐
時之具何如迴翔臺閣數歷方州待其時至而爲之之得也尊
老前述與其用筆黃太史書引近之言者爲識詞甚之痛切曾未
暮月所論皆驕無他彼放言高論者不免熱中尊老固猶是澹
淡人耳吾輩從田間來作壁上觀不能不忽發慨悟
先生以爲然否亮老在汾争文峪新河事甚驕上流頗心敬之
今年諸紳士醵指董役疏濬汾河下游已有成議與書院紀小

深廣義塾樊村劇諸事斐然睠觀此以自不止州郡才觀其識
論譬如騏驥在閑常有奮馳千里之志彼此有暇通書商婉
陳袁佳之義賦鶴鳴卒章可也　鍾師論述敍種許雪门郡伯
續修府志於經籍一門載之吾鄉陳桂青孝廉為之捜採爭
皆未讀其書稿在禾中尚無有刊行者
執事為群傳狀錄送史館風義之高存殁俱感而久以衰
耗畏事注抹贈竹簀序偶不凑泊尚可諷誦安足以當
盛譽所撰左傳質疑應付刊正處甚多稍之未暇指意

大著富有日新傾心已久喜照咫尺惜無由晉謁披讀一篠
壓襟墨拄尊老日記中獲誦
尊詩一律格老氣蒼記次聯云定知鱗甲胸中有自覺風
雷筆下生贈人手實自道也瞻侍多年未知
膝前令龍文幾角掌珠幾顆燈下修書嘗有紅袖添香人否
玉桂國中居不易農部改來區區而不予畀良用莞然復賀
年禧統希
雅鑒不宣
門生小弟趙銘頓首 正月初六日

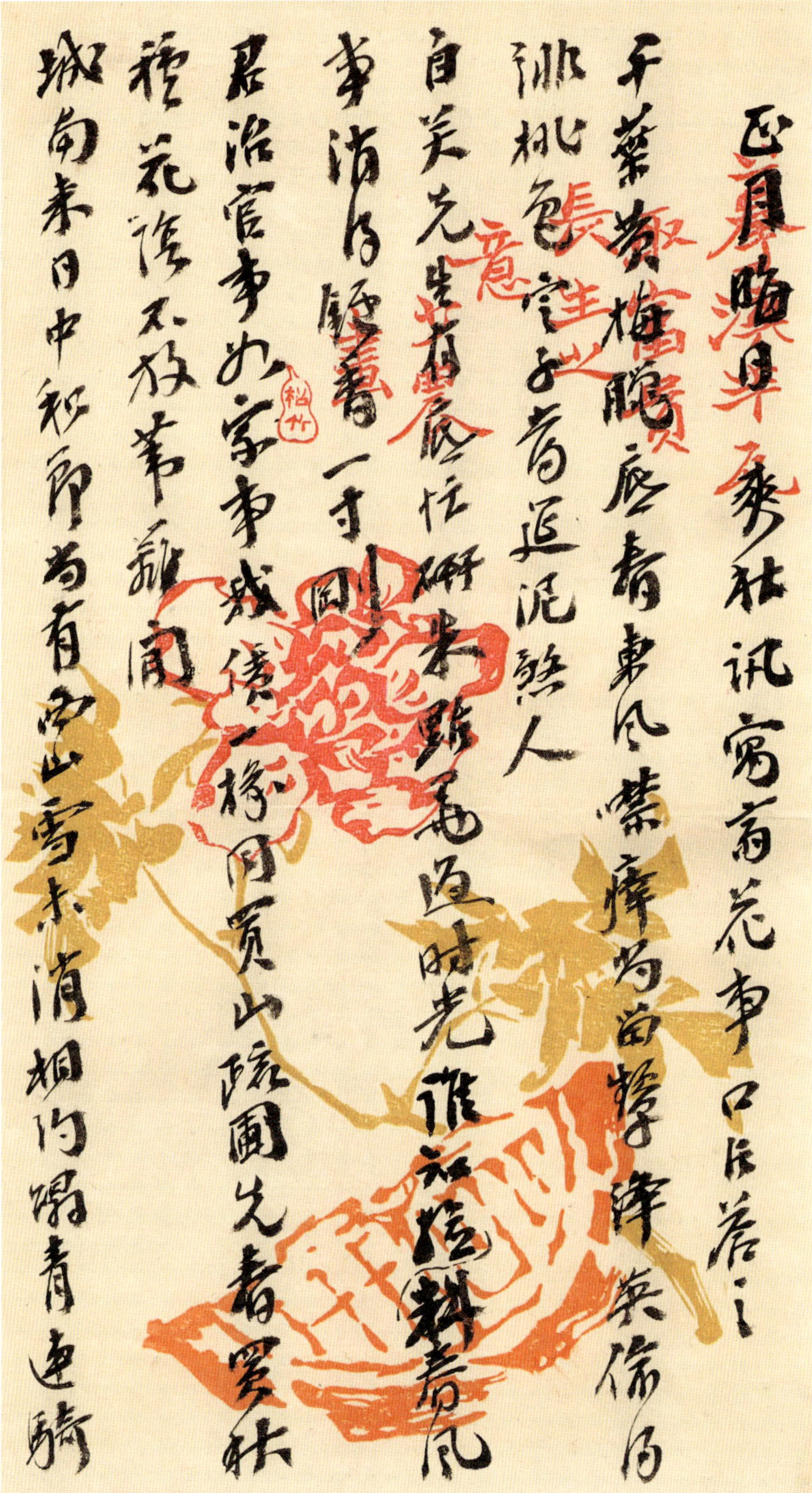

出野亭齋樹種疁新

讓

近詩亂章奇壽送出趣隱後要以悅山居為

為第一烟艱之思又作文前書郵約二月一日壽

段期近 着讓記年管箴與仲淡書之培以應

閱詩少年雅桑蔡氣勢不可遏故以先識之言為故人子

弟藏之日記中略存一二詩壽有豪桐孫壽於日記見

之不設至當 君之也 此上

爽秋仁兄侍者 弟吾頓首 晦日鐙下

磯欽仁兄同年大人閣下：别逾半歲，結轄彌深。僑夏殊隔，同
迨此溟，即維
樂問休暢，起居康娛為祝。弟自發都門，頗多稽滯。議款
策防，一籌莫展。七月既望始定西駛，英船直達倫敦，德海口又
在其北，道甚迂遠。此次自蘇伊士登岸，度地中海以至奈境，
為便輪創經之程。然一易輪船，再歷火車，跋涉更番，已形
疲困。九月五日乃抵柏林使館。近狀疊函陳署中總辦，度已
鑒及。奉驗鐵艦，以素不諳習，甚費講求。洋廠造船不患工

料之不固而患程式之不新去二艦如奏牘所陳槍礮經諸

節皆做西國兵艦新製殊無可議惟置利器於虛舟斯為

械事耳昨議院為茹宰銳鋒群起相譏終不能拂其請餉之

款等相持至夏彼所籌者又盡棄而益議院必譁然

常有餘機目前限於其時尚難購槍械訂定已下月俟美

款者二百萬每艦盡匯到索價日迫極為受累于役僻遠絕

少聞見僅獲申報已為空谷足音

款事儀能以趨會餘瑣餘我近聞其幸甚盼略者事是非決於

樞堂仲山閣學鐵香鴻臚有所主持否水陸餉項將何撓輸
新報有各國公使擬出調處說果否朝鮮內亂近來如何
傳人不改猶是否鐵路果否議行均乞
示其大概棣華學士何至如此辛未其間有無曲折新簡
識北君私由本署開單是誰薦剡電音多年
執事嘗直相以蓋賢勞天寒冱寒諸希
珍重不盡悵悵再容續布草草敬請
台安不具　年小弟許景澄頓首　九月六日

大箸氣魄雄偉，與寶竹坡作
各占所長，然字句之間皆有斟酌
更思歟。屬之而未能也。大致因未見下
光切遺詞命意之間有未合者，緣下
光中有五岳後評雪山總領出於中
所言以金山天山之脈爲葱嶺河泉東澤之
金也。從裡埋以之也。而
君以別以爲未遊二山與下光於北月 鄭之忠頓

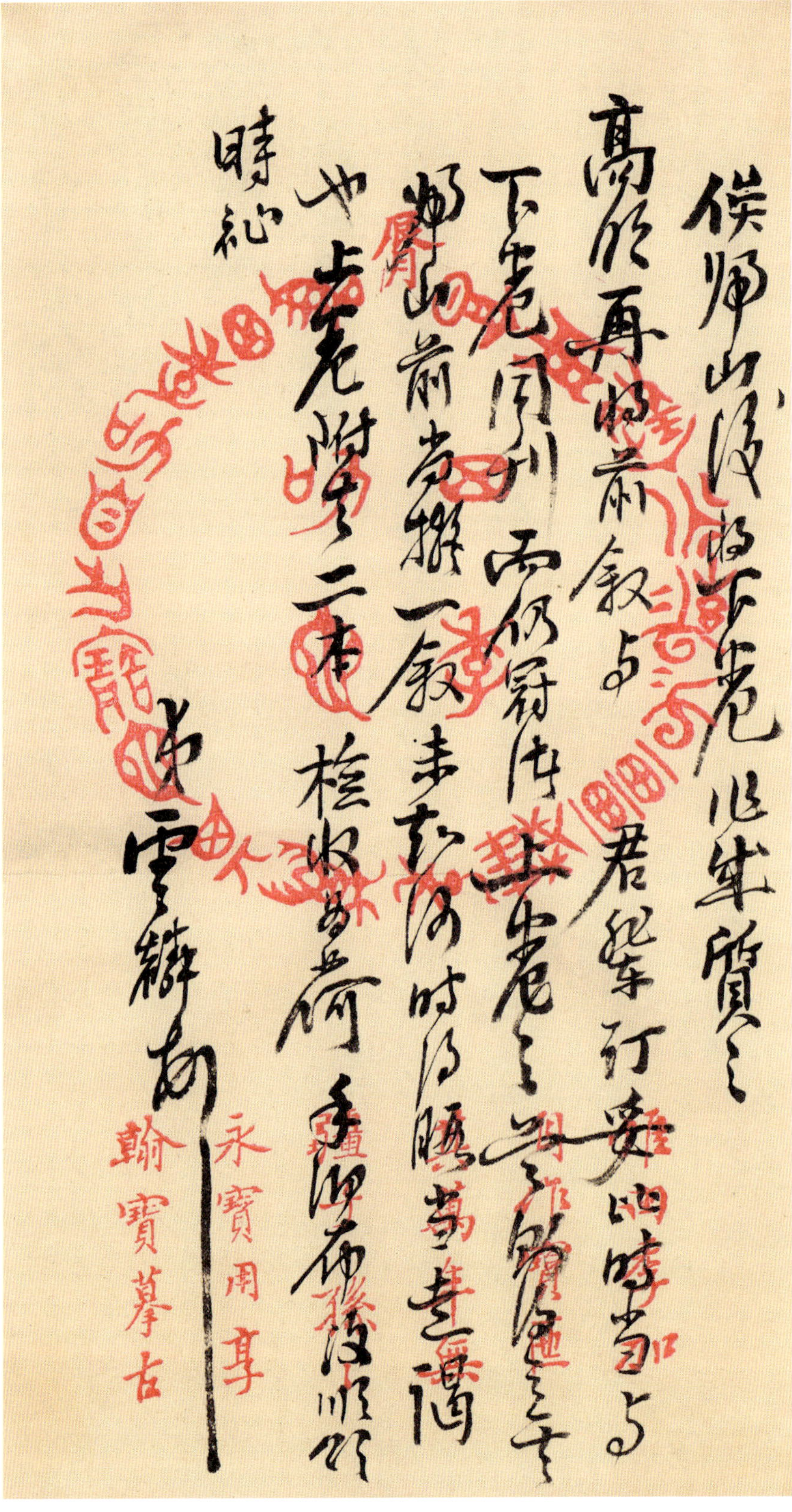
永寶用享
翰寶摹古

爽秋尊兄大人閣下：奉六月朔七月二日
手教，敬悉就稔
履祺佳勝，
覃府咸宜，頌頌。承
惠朔方備乘四函，鉅編遠道，殊感
盛情。伊犁予畀既難借覓，請勿衣念。杭州志局先為天香所營，春間
鄙將命邢金之意延子雲襄校，參而經費欲奪撩湖歲入，同人以廢湖田之
水利治未完之志稿，不能承修改，施張調停，統由子雲主持，期以兩年竣事

不延多日，芝囊久候，從捧入有年
台居亮之。小郎將之設施，可以想見矣。自去冬海晉興以後，甫上搬移一空
滬上市面如水，四民百業蕭索，有佳況。長安雖不易居，省去意外之
虞。且有資深之謹，卅年以內事務
勿作田舍之思，留展抱負之宏。此區區之祝頌耳。石公在甬，銀錢之
投，不知如何結構，殊遲。兄四十日來，未見代。不知近狀佳惡。書庫抱殘，稱承
徵題，不敢竟，以紗歸肅此，布請
大安
敬問蓉越來杭極稱，卯來亦移可
弟婿 丙奇 九月廿日

爽秋尊兄大人閣下：奉十月諭 四庫甲乙丙丁共書三千五百
手示，敬悉。唯 餘部，幾及二十萬卷，除
賢卿增綏 存目不計。
起居安善为頌。所 此言度支 叶下 文孫兩件事
睞睞冊遵當秘藏，八千卷軸，搜羅已屬不易，於四目錄尚缺
一千數百部，何從覓補，望洋而歎矣。
尊得新量識器，但朋有用，何惜借讀，俾向抄補 閣書。
本年截止，可得二千種，尚短千五百種，現有底本者一千餘種。
待訪者尚須四百五十種。本天清秘底冊，閣亦不全，大內勢難

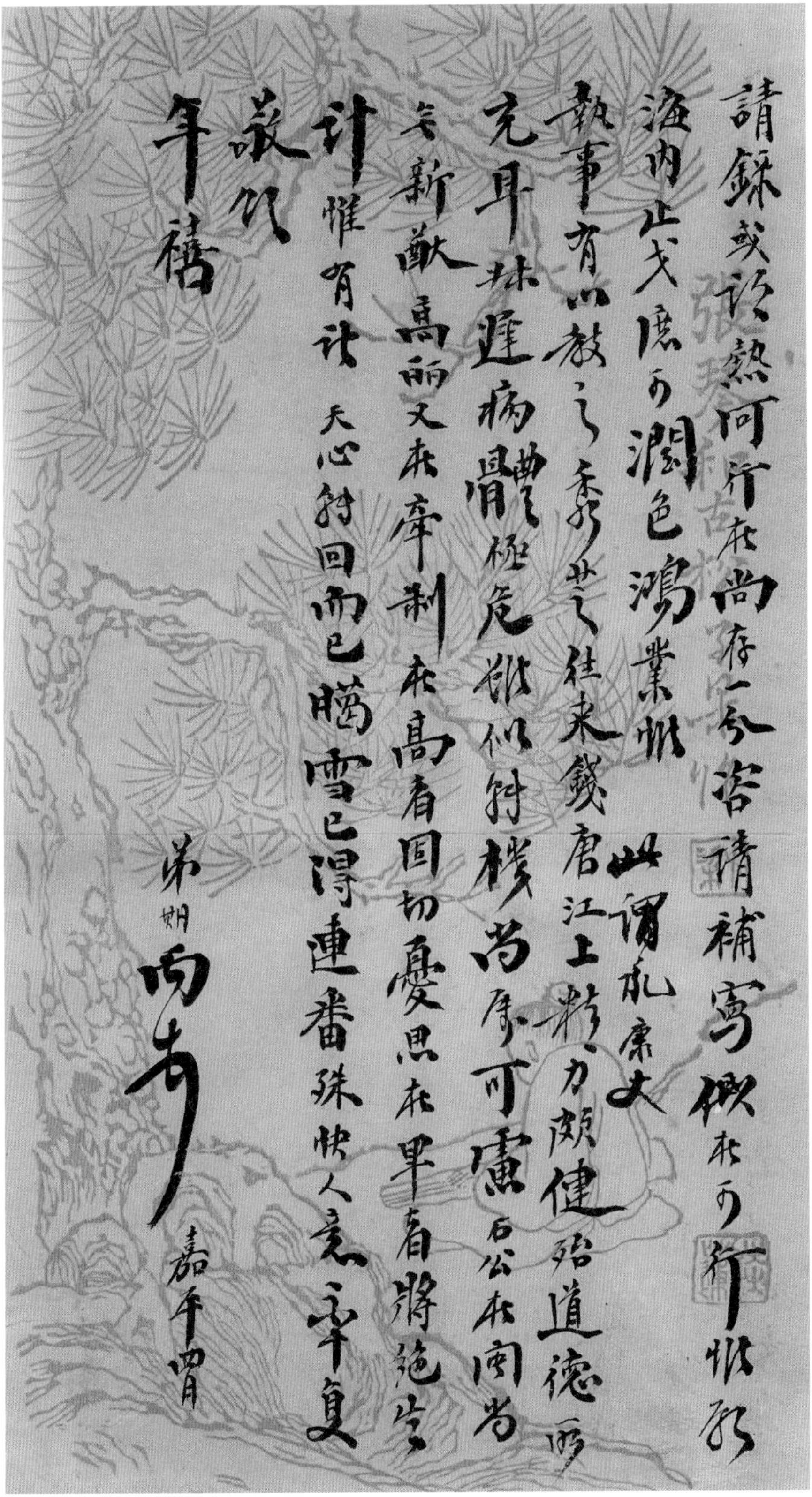

請錄或設熱河行在尚存一分咨請補寫俟在下行狀耶
海内止戈庶可潤色鴻業狀 此謂乩康丈
執事有以教之秦少芝往來錢唐江上精力頗健殆道德所
充耳林遲病體極危欲以針楼尚序可慮 石公在閩省
兮新猷高而又在牽制在高者固切憂思在早者將絶此
計惟有祈 天心斡回而已臘雪已得連番殊快人意率復
歲祺
年禧
弟姻丙 嘉平月

貴　老父命郎

□梁先生　道安不備　年

翟伯恆

昨晚來得暢談，甚悵，今晚佳雨，否

閣下諸公有奇趣，兵時為雅一讀，以詩文發此

畫，如今[illegible]奇[illegible]趨老而識還酬作耳，故此子請

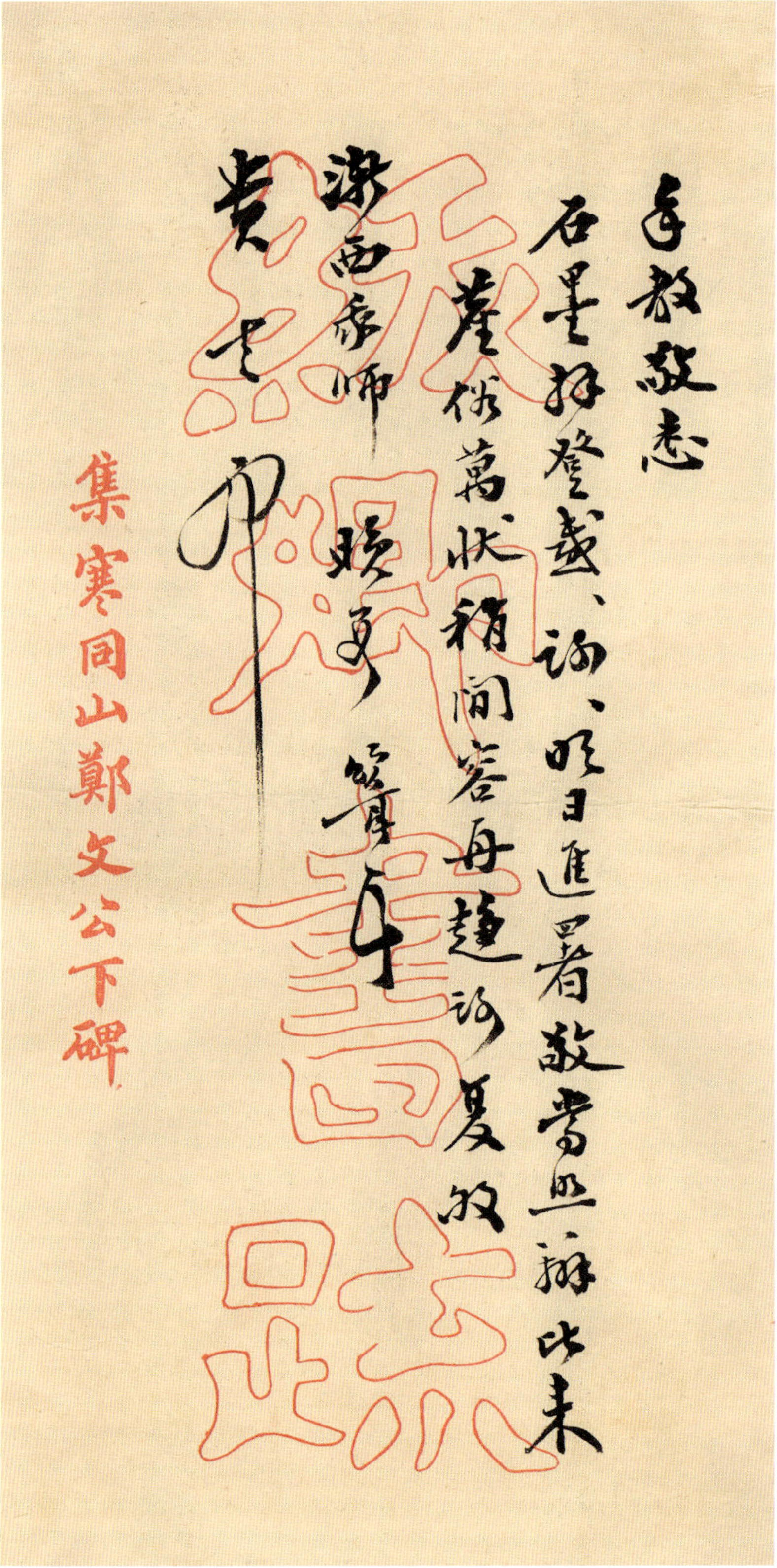
手教敬悉
集寒同山鄭文公下碑

重勳仁兄先生閣下：去年季屠

賜裁，荅情意真切，溢于言詞，古道誠交，銘

感無地。敬惟

閣下懷文抱質，

高視上京，去年復闈

策名，樞府行將

内左機密，

外作屏藩，

鷹揚虎視
德未可量孚山谷鄙夫輪鞹無取一官拓落
亦復何云惟能薄事寡歲月多間前成
說文發疑六卷即高君校遲所力任剞
劂者高君行已儉勤與人仁恕寔近時所
罕覯而於孚尤緩急依賴必不可少之良友
迺天不我矜高君於去冬奄然物化名登
鬼錄且略有餘資皆散布於知舊子女幼

弱後事蕭條痛可言邪所賴者杭州丁
松生一力擔承屬其眷口寄居杭城如是
而已此我著友之報乎今寄呈說文發疑
一分明知黃茅白葦不足辱
大雅之觀然念高君之深文而能文章者莫
有過於
閣下他年爲高君作傳或可增一故實亦
大雅所不棄也其訃文三副一併送呈伏惟

俯鑒並
飭分布是禱。高君霆樞孫引之後即送至澉
浦安葬，葬訖其眷口即至杭城居住，將
來如有信件與高家者，或徑寄丁松
生處可也。臨紙不惹，肅此敬候
勛安，統祈
鑒，不宣。　愚弟張行孚頓首
悉伯一札，祈即飭送爲感。

走詣
高齋，直未退食。大葉五紙，敬謹緘璧。
揮麈而談，於道家常，平日蘊蓄之宏富
于此畧見一斑，佩服佩服。手此留上
礫秋仁兄先生道席
弟潼 叩
册子如承購到者，
早擲付尤感。

爽秋仁兄先生閣下：昨奉

華教，並

貽李雨師記游一編，奇人奇境，詫之至，銘襟拖謝謝。辰維

履候多祺，進德著量之。弟素來易病，蟄伏等聊。正月間忽

夢至高處，見一桂中屋傾而屋梁摧倒，醒甚惡之。昨讀申報

正月二十一日，桑根師騎鯨僊去，標目曰哲人其萎，論者謂

梁木壞之夢應之，其信然耶？抑絳帳而自應之也？噩耗

駭心，爲之不懌者累日。吾 師一代傳人，事業文章足

垂朽大江南北，仰若斗山，鶴化鴻冥，夫復奚憾。不過館樹

適丁此厄，服闋後恐不免早為出山計耳。

尊處得晤，佺如何，並以為念。檍園一本附上，後謝教。請

撰安。諸維

惠鑒不具。　門生弟趙　頓首　二月廿日

兩師滌祀下卷刊出，並希　續惠，以成完璧。至羅叢求益之博

一隅也。又及

須臾、一晤，急欲入城，未能久侍暢聆
教言，深為悵仄。金華館自應即去，但說日內為
人邀診，應接不暇，往往不能自由，去時擬至
尊處約同余君偕往，庶不至空勞守候，即希
閣下為幸。如余君已至會館，乞
示並即轉明日准往可也。林遲遲耗，閣下驚怪不

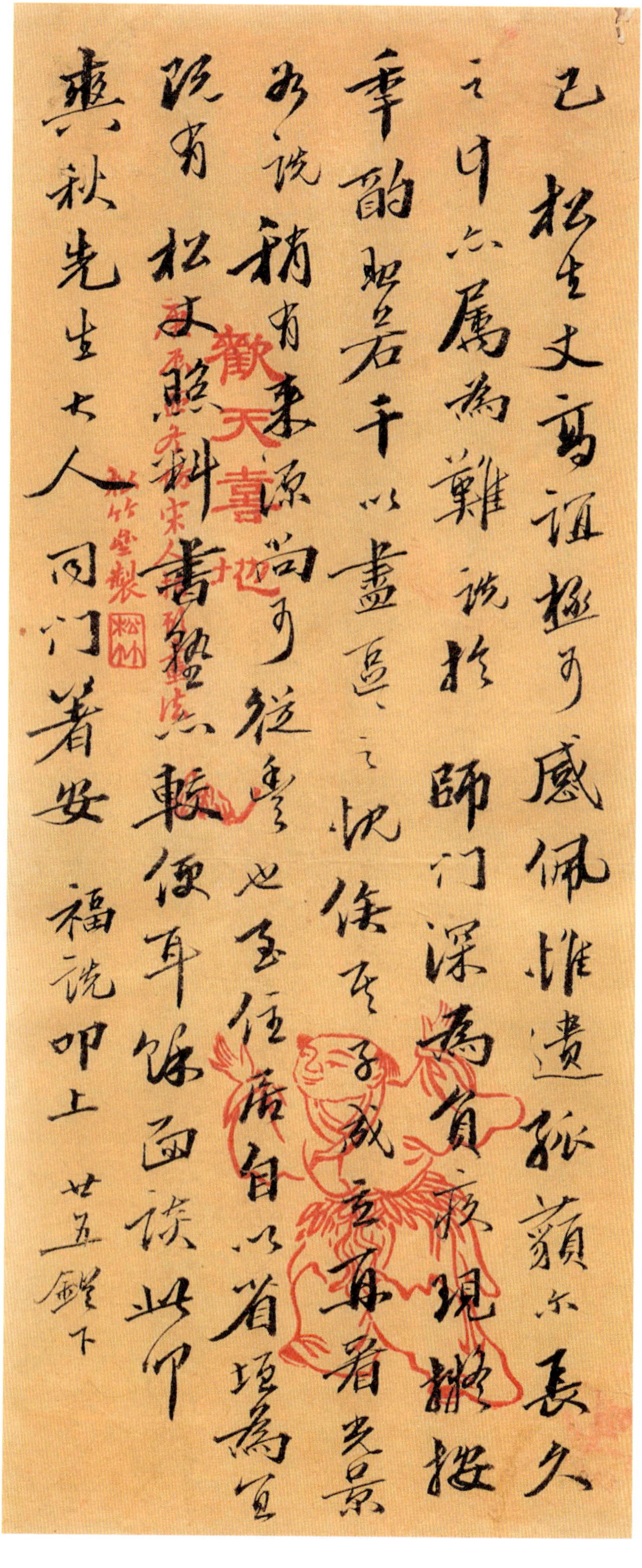
已松生丈高誼極可感佩，惟遺孤藐亦長久
之計亦屬為難，誤於師門深爲負疚，現擬按
季酌贈若干，以盡區區之忱，俟孫子成立再看光景
所說稍有來源，尚可從容也。至住居自以省垣爲宜，
既有松丈照料，書籍亦較便耳。餘面談，此叩
熙秋先生大人同門著安　福説叩上　廿五鐙下

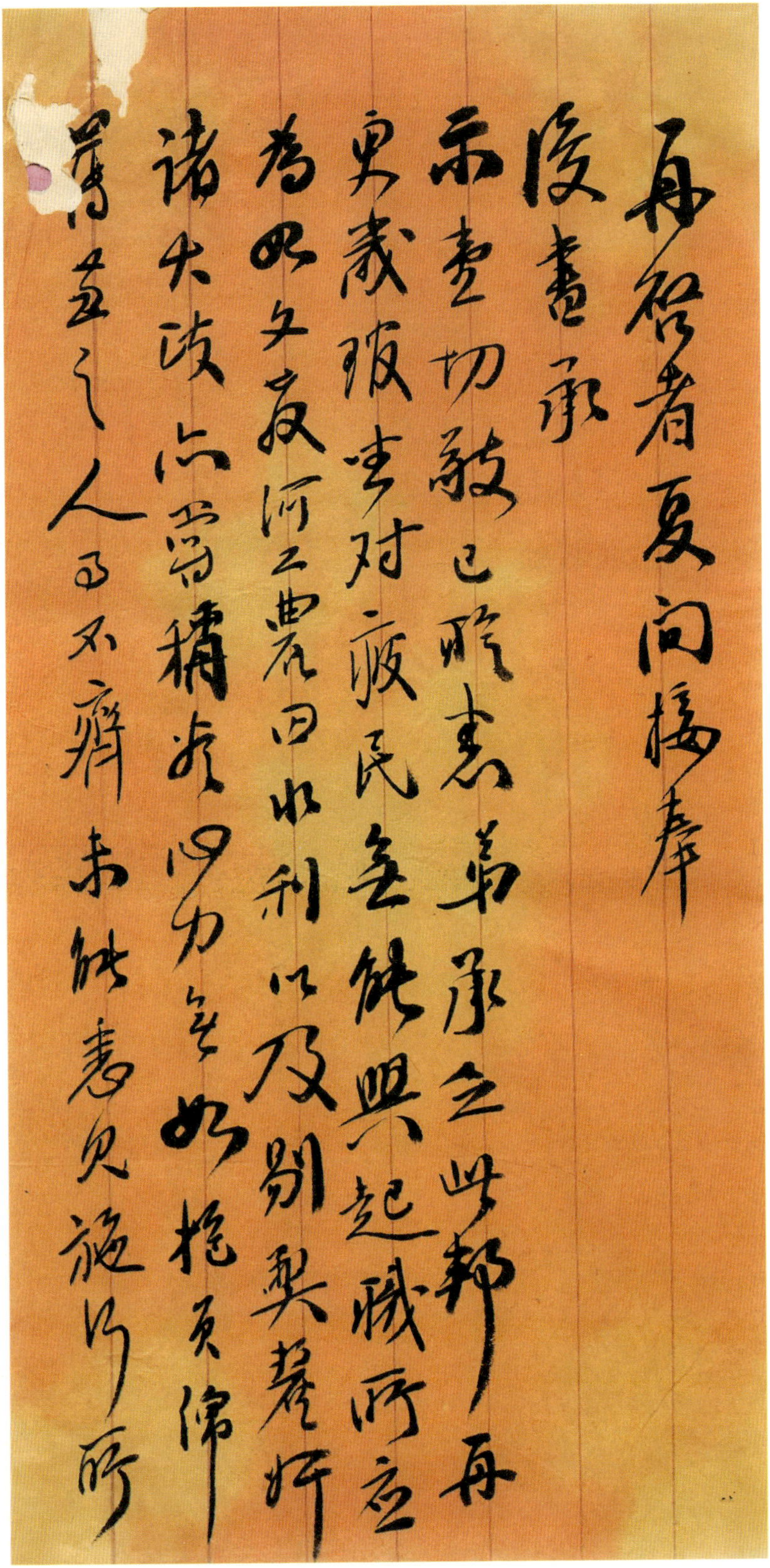

韋民風敦樸足與爲善每念與論之
不苛擾心竊佩服耳海防要重敵只兵艘
進弋豪之活著我以杖滯應之每隔每
月五千萬之軍餉難籌即應急軌每
亦不能備多力分
弟識以爲何如祈佩之便寄示
專此奉復即頌勛祺 弟蔣作賓上 恭叔敦樸

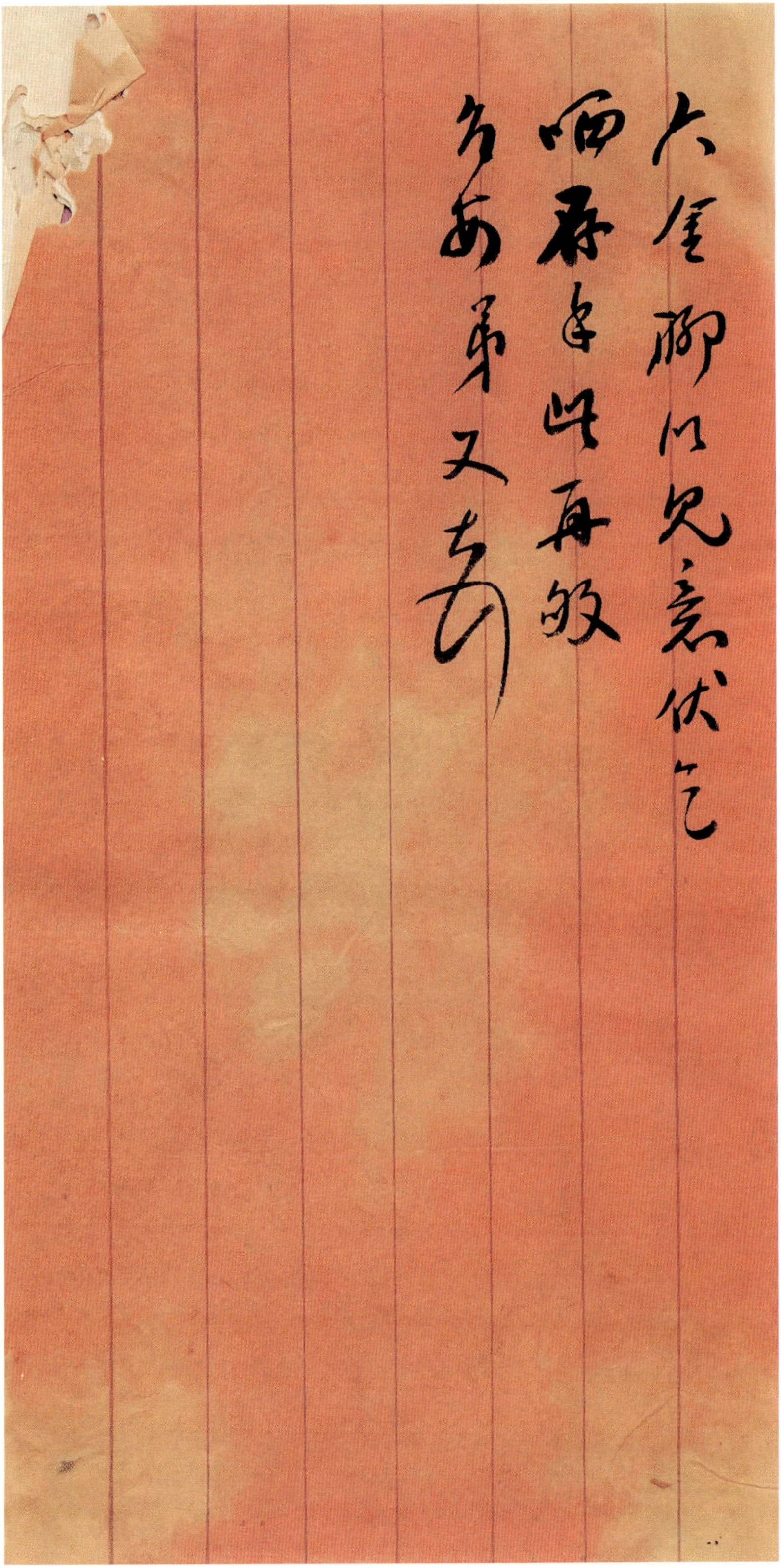

爽秋先生執事　經郭同年道及
執事屬作八分楹帖
賜以書扇法乳斯杜尊以大東道揖已過
下走書家派別未之前聞東塗西抹堅
耗三五乃蒙
聯綴雜辭引喻先士豈函肅覽頓生顏
甲夫鍾離春之刻畫媿梁武援鏡之評
斛律金之手爪豈處禮飛鴻之勢至於

寶王盛業孔璋霸才
執事有其過之下走非其倫已謹就
大課十四字依倚所習寫呈求
教奚日當移予帽來
書大詩慕少保之古風攬其名章想必瑾之
醇醪先飲一句謹此附陳並申謝悃伏承
台候萬福

弟程頌藩再拜

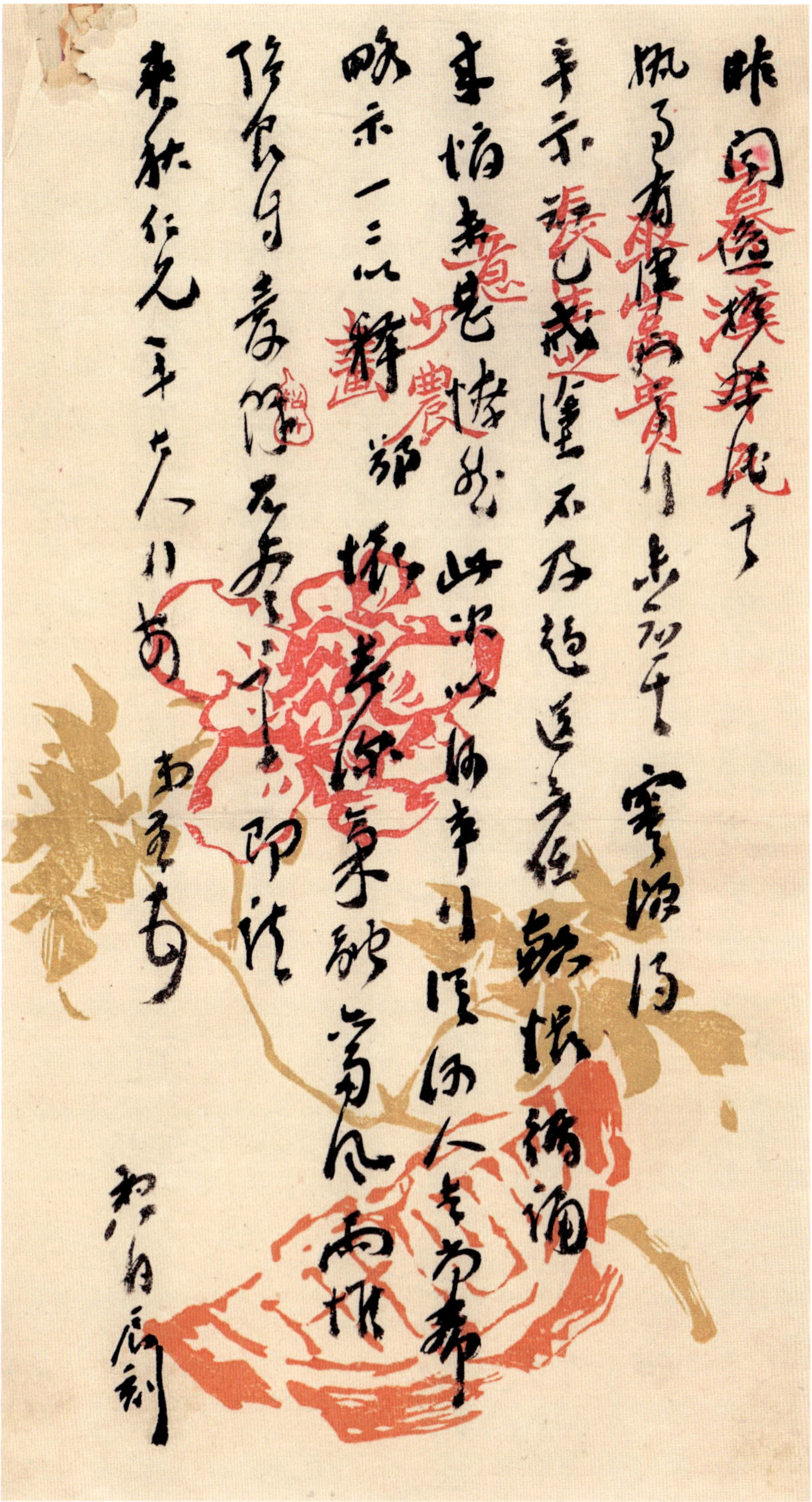

笑與人殊面科，此中空洞腹真皤。何妨嬉戲隨方
朔，直似煙波狎志和。橫海萬重蛟蜃氣，落花三月
燕鶯歌。有時併作文章料，簫鳳聲還叶鼓鼉。
爽秋先生以詩見貽，次韻奉答，即乞
教正為幸。
桐孫弟銘未定草

爽秋仁兄先生座右：日昨奉屈簡，辛為慙歉。
遽承高賜，顏汗。
大著蒼給諫書，高識獨照，偉論不刊。歷史多文人秉筆，節不窺祕
要，權場市舶，漏略不詳，為自來論者所未及。將序穆述，意遠
興寄獨超。贈陳序涵蘊不盡，寓旨曲包，蓮鼎之見，媿未能
道其深處也。今謹繳上。
新詩和雅之中，時露光怪，欽佩之至。俟稍暇再走候也。此請
軺安，不具。

同門小弟趙銘頓首　廿三燈右

頃奉
賜和長篇，雄聲排宕，走筆如飛，異藻皇湧，回視拙作，寫
來且僵矣。今日本擬過訪，恐
徒擾，有事未能輕造請。
另牋已悉。屋略得間，當再快譚也。老友銘老承
推轂，意甚厚。此老伏處田廬，已擬在世如玉公雅意招延，當
再物色詢之。手此佈覆，即上
爽秋先生電鑒
弟銘頓首

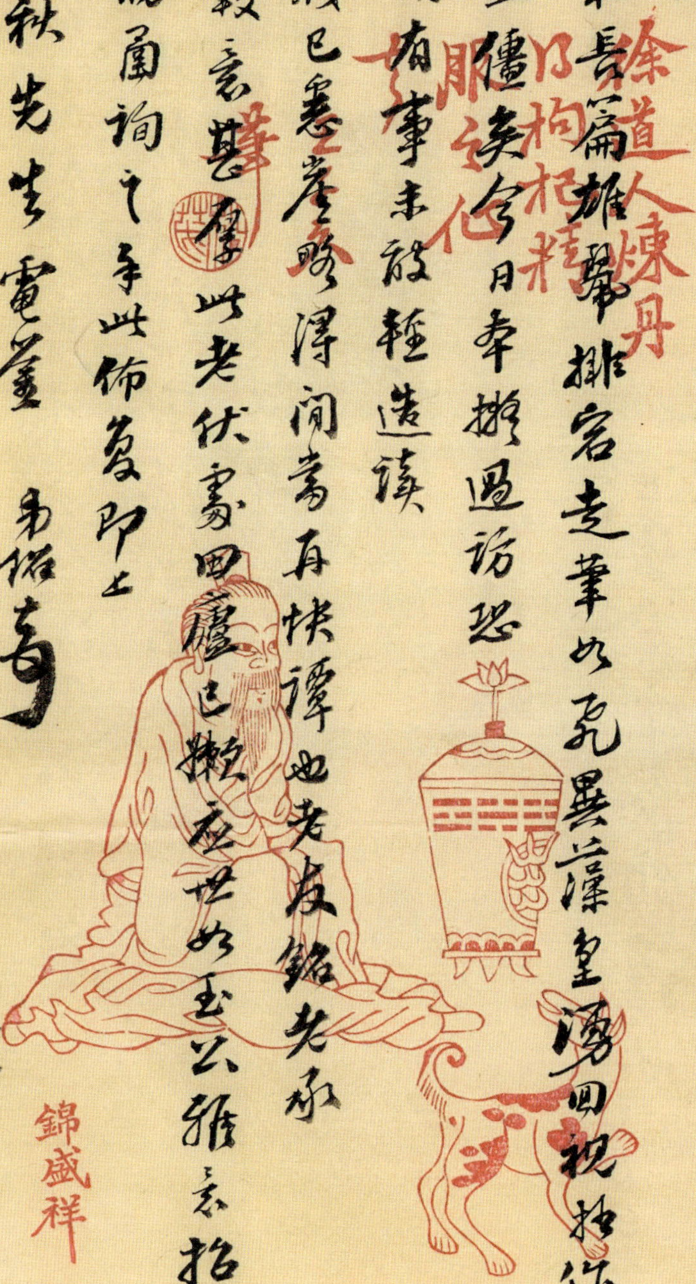

芒

壎伯仁兄同年大人閣下：久違

以小飲招廑，欣溢不可以辱

高軒。謹備品鍋一事，聊佐

行廚，伏乞

莞存為幸。手肅，即頌

台安，不一。

年小弟章洪鈞謹狀　三月廿七日

今日因梅園觀穿前赴韓家樹勘河敞局需人照料弟晨起即呼車
圓去不獲走謁爲歉昨晚捧誦
佳章回思近事啞然一笑輒用原韵續成一首呈供
先生撫掌大噱也此請
爽秋仁兄先生刻安弟銘頓首　廿二日
再尊作貴文字請易原文子及

爽秋仁兄同年大人有道：昨日暢談，抗塵走俗，時聆此偉論，頓覺胸襟爲之一豁。惜相距過遠，未得日侍麈教耳。欽使臨局，不知已請示過否？敝局明今日係放工期，後明日須畧爲預備，若能於初三以後臨局，較爲從容。請示時乞賜關垂。如業經定期，幷乞

俯賜示逮，以便趕緊準備。諸費
清神，統容晤謝。此請
勛安

年小弟駿頓首 四月初一日

紅人如海，捧讀新詩眼為
明。上巳即正年家，夢樽前吟筆華
邊聲草輪磷，青春老業績
花、白髮書生。擬伊丁沽春柳色登樓
其意故鄉情讀。
與秋老兄稿因題錄之
叔段初稿　拜

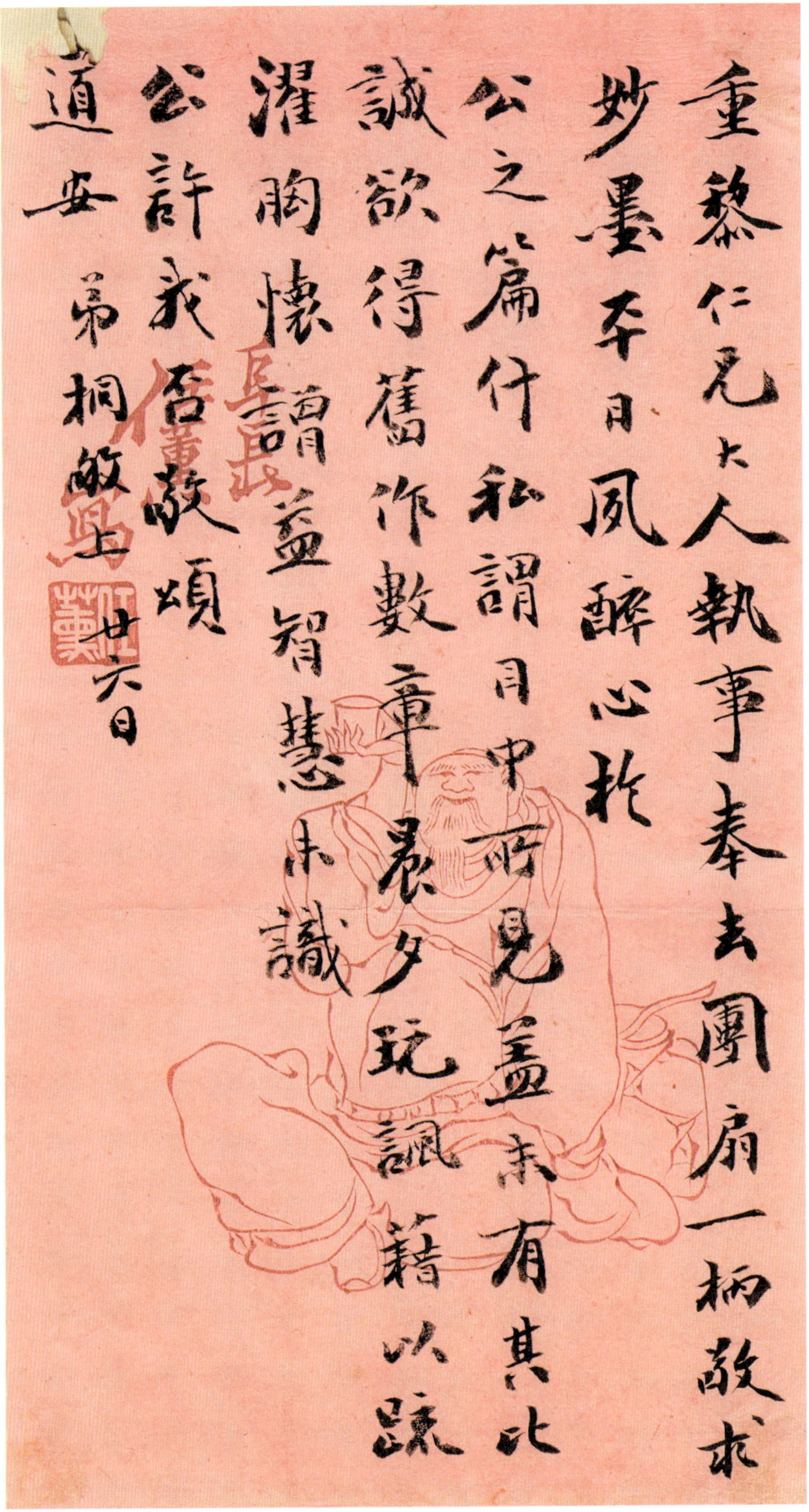

重黎仁兄大人執事奉去團扇一柄敬求
妙墨本日夙醉心於
公之篇什私謂目中所見蓋未有其比
誠欲得舊作數章晨夕玩諷藉以疏
濯胸懷謂益智慧未識
公許我否敬頌
道安　弟桐敏上　廿六日

宰獻請安媟禂父佛貍乞酒遭宋海誰呼下馬令公
來銀杯在手爭酹土本無戎羯襲冠帶那有猛
虎窺案俎琉璃劃匕浸蒲萄條聚主賓紛于
數就中鸛鰈嬉眷屬各攜犧象分齊魯錯疑
妓樂合東山直闕酒兵吞北户（爾雅四極之北户即古交阯）户曹
對此欵為頫乃向鶴雛嚇腐鼠一石能飲太滑稽
千金為壽徒豪舉朝見雨雲忽翻覆暮遣垔霧

札吞吐熱炙窮翻囊主斗危機恐伏眉珠弩海
鷗狎視雖無嫌童羖醉罰毋乃若我笑英雄並
兒女騷人豈為壺觴沮修羅苟不弄戈甲設會
無遮佛亦許況今　聖人奏雲門西海鱗臣
並就撫角上蠻觸何足論昌不返遊化人宇

爽秋仁兄先生見和拙詩有強持潼酒一瓶頹誰識口
中生闕若語為賦此章解嘲仍用原韻錄請
一粲　桐孫弟銘

爽秋農部以疊韻詩見酬并示隨錫尚書鄧鴻臚丞賈家沽觀機器局後疊前韻〻作再次原韻奉荅

杏壇拏舟羨漁父，漢陰爲橰防笑海。忘機我亦海漚鳥，無端插脚涸塵土。不知刻猴有刺削，那堪説蕝供雕組。技成未隨九〻獻，竽吹生怕一〻數。方今時事交棋局，敵千穀甲噬徐魯。褫魂礮石驚天驕（蘇詩一礮驚天驕），脱手檐珠迸當户（當户匈奴官）。貫輪欲懸蚩上飛，梯揉山漫鑿穴中鼠。歐洲祕製四羅津门，百萬黃金擲一擧。尚書寺部[illegible]

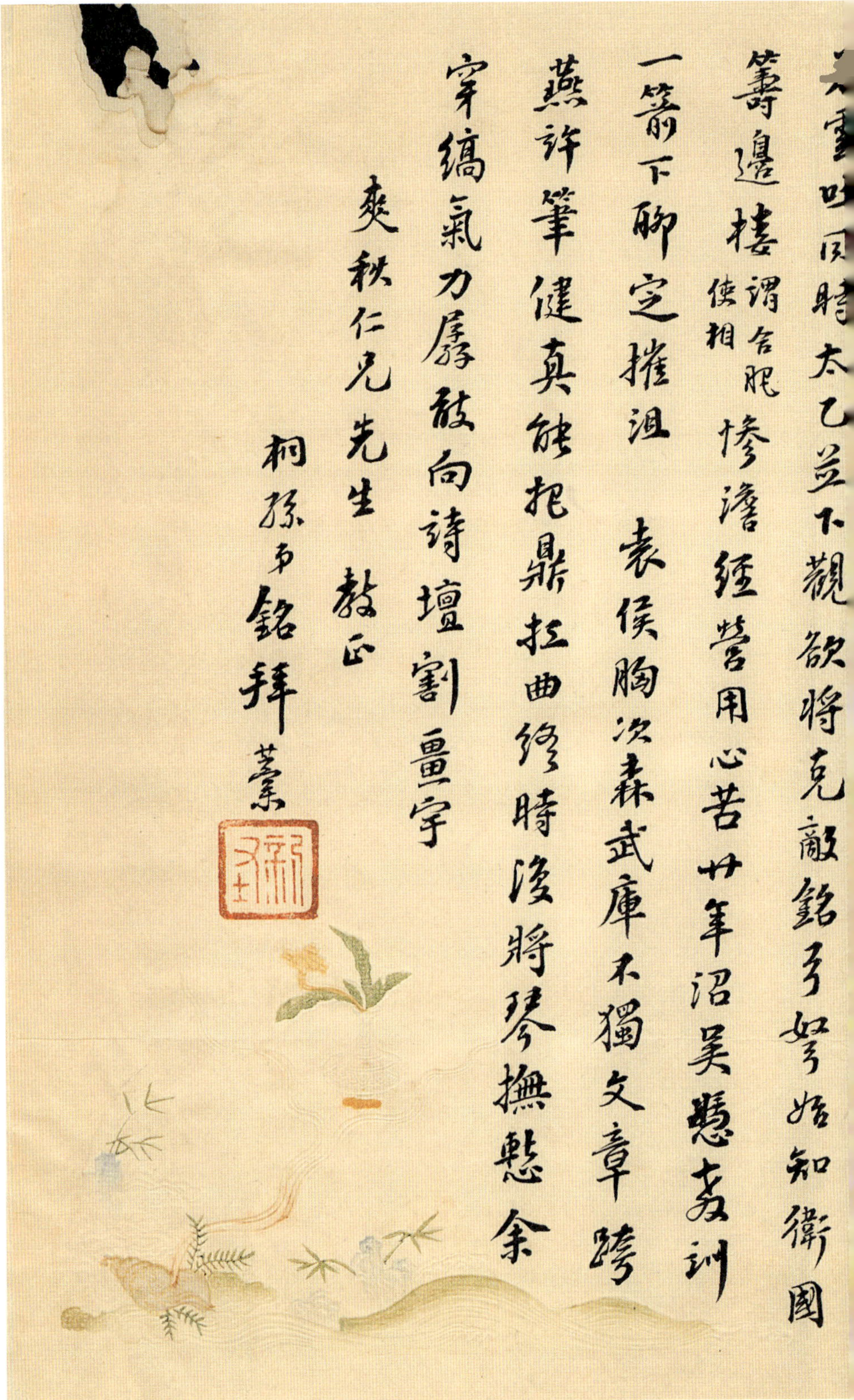
雲叱因時太乙並下覲欲將克敵銘予婿始知衛國
籌邊樓（謂合肥使相）慘澹經營用心若廿年沼吳懸支訓
一箭下聊定攤沮　袁侯胸次森武庫不獨文章誇
燕許筆健真能扛鼎拉曲終時後將琴撫懸余
穿縞氣力孱敢向詩壇劃壘字
爽秋仁兄先生　教正
桐孫弟銘拜藁

作者小傳（四）

程頌藩

（一八五二—一八八八），字伯翰，號葉庵，湖南寧鄉人。同治三年拔貢，以朝考一等第一名授户部七品京官，旋陞户部主事。自述所學一誤於詞章、金石、玩物，再誤於乾嘉學人骨董玩經之習。治學尚實用，勤於三禮，旁及輿地掌故。善書法，淵源篆分，下隸歐、顔、李邕及蘇軾，自成一體。有《程伯翰先生遺集》。

丁　丙

見第一册。

樊增祥

見第二册。

方濬頤

（一八一五—一八八八），字子箴，號飲茗，又號夢園，安徽定遠人。道光二十四年進士，由翰林院編修補授山東道御史，同治八年授兩淮鹽運使，開設淮南書局，刊刻群籍，增設梅花、安定兩書院，續修《揚州府志》，擴張育嬰堂號舍，創辦蠶桑局，建鹽義倉，修治橋梁河渠閘壩，重建平山堂等名勝。光緒二年遷四川按察使。晚年居揚州，主講安定書院。著有《二知軒文鈔》《二知軒詩鈔》《二知軒詩續鈔》《退一步齋詩集》《古香凹詩餘》《夢園從説》《北行日記》《朝天録》《韻詁》等。

岡千仞

（一八三三—一九一四），字振衣，號鹿門，日本著名學者，精通漢學與西學。岡千仞原爲仙臺藩士，明治維新後，曾任修史館編修官，東京府書籍館幹事等職，辭官後開辦私塾，名綏猷堂，前後有『弟子三千』。著有《尊攘紀事》《米利堅志》《法蘭西志》等五十餘種。與當時駐日公使何如璋、黎庶昌，文人王韜等有密切交往，校評過黃遵憲《日本雜事詩》詩稿。一八八四年五月至一八八五年四月岡千仞來華遊歷一年，會見了大量中國官員和學者，並撰寫了《觀光紀遊》一書，該書是日本明治時期最有代表的漢文體中國遊記之一。

高行篤

見第一册。

洪良品

見第三册。

黃國瑾

見第二册。

黃體芳

見第二册。

李慈銘

見第二册。

凌　霞

見第一册。

潘　存

見第三册。

濮子潼

見第一册。

沈曾桐

見第二册。

沈曾植

見第一册。

沈鎔經

（一八三四—一八八五），字芸閣，浙江烏程人。同治七年進士。歷任南屏、長寧、貴溪、上饒、新建等縣知縣，太平府、安慶府知府，安徽安廬滁和道，廣東按察使兼署兩廣鹽運使，雲南布政使、廣東布政使，卒於廣東任。著有《慧香室集》《長寧縣志》。

萬同倫

生卒年不詳，同光時人，原名廷玥，字仲桓，號寄漁，浙江山陰人。曾官兩淮運判，又佐兵備幕。與謝章鋌友善。《晚晴簃詩彙》收其詩三首。有《補蹉跎齋詩存》傳世。其妻徐清婉亦能詩，有《静香樓剩草》十七首。

王頌蔚

見第二册。

蕭　穆

（一八三五—一九〇四），字敬甫，一字敬孚，安徽桐城人。性喜藏書，精於校勘。同治十一年到上海製造局翻譯館任編纂。在館三十餘年，親自勘校書籍九百餘種。清末曾隨黎庶昌出使日本，在日本學界頗有影響。其藏書處名『敬止齋』，編有《敬止齋所存書目》。著有《敬孚類稿》《敬孚遺稿》《敬孚尺牘》《戴憂庵先生事畧》等。

許景澄

見第二冊。

薛福成

見第三冊。

薛時雨

見第一冊。

閻敬銘

（一八一七—一八九二），字丹初，陝西朝邑人。道光二十五年進士，選庶吉士，任户部主事。咸豐間爲湖北巡撫胡林翼總管糧臺營務。咸豐十一年任湖北按察使，同治元年參與鎮壓太平軍。旋任山東巡撫，鎮壓捻軍，善理財政，整頓吏治，頗有政聲。同治六年告病休養。光緒三年奉旨與曾國荃一起查辦山西官員，賑濟災民。光緒八年，任户部尚書，署理兵部尚書。次年，陞任軍機大臣、總理衙門行走、協辦大學士。因阻慈禧重修圓明園事革職。卒後贈太子少保，謚文介。

楊守敬

見第一冊。

楊文瑩

見第三冊。

易順鼎

見第一冊。

應寶時

見第一冊。

袁　遂

見第二冊。

章洪鈞

（一八四〇—一八八七），字琴生，陝西涇縣人。邑庠生，同治十三年進士，改庶吉士，授編修。光緒七年，李鴻章奏調赴天津籌辦海防並中外交涉事宜。十一年，以知府留於直隸補用。十二年補宣化知府。興修水利，平整道路，又爲柳川書院培育人才，多有善政。與吴汝綸同輯李鴻章之《李肅毅伯奏議》。

張佩綸

見第三冊。

張行孚

（一八三二—？），約卒於光緒二十四年（一八九八）前，字予中（一作子中），又字乳伯，號馬山，浙江湖州人。優廪生，同治九年舉人。精説文學，有《説文發疑》六卷、《説文審音》十六卷、《説文揭原》二卷、《古韻十二部表》。另有《蠶事要略》一卷，以家鄉湖州養蠶法不同於古代蠶書，故有是作。另有《張乳伯文集》一卷傳世，收其所作文。

張蔭桓

見第二冊。

趙　銘

見第一冊。

周　馥

（一八三七—一九二一），字玉山，安徽建德人。初入李鴻章幕。光緒七年任津海關道，辦洋務三十餘年，參與組建北洋海軍。十一年，創辦天津武備學堂。十二年，創辦集賢書院、博文書院。十四年，遷直隸按察使。二十五年，任四川布政使，次年調直隸，協助李鴻章議和並處理教案。後一度署直隸總督，兼北洋通商大臣。二十八年任山東巡撫，後任兩江、兩廣總督。民國六年張勳復辟時授協辦大學士。後隱居青島。卒後溥儀賜謚慤慎。有《周慤慎公全集》。《清史稿》卷四百四十九有傳。

周壽昌

見第三册。

朱福詵

見第二册。

朱一新

見第二册。

朱之榛

見第三册。

左宗棠

（一八一二—一八八五），字季高，湖南湘陰人。道光十二年鄉試中舉，後屢試不第，絶意仕進，潛心鑽研輿地、兵法。咸豐間，歷佐張亮基、駱秉章戎幕，由曾國藩薦，以四品京堂襄辦軍務，參與平定太平天國、捻軍運動。咸豐十一年授浙江巡撫，論功封一等恪靖伯。同治二年擢閩浙總督，旋調陝甘總督，討伐阿古柏，收復新疆。領導洋務運動，爲同治中興名臣。官至東閣大學士、軍機大臣，卒謚文襄，追贈太傅。著述彙集爲《左文襄公全集》。

□　騄

生平不詳。

□佛舟

生平不詳。

□啓泰

生平不詳。

□雲麟

見第一册。

國家出版基金項目
NATIONAL PUBLICATION FOUNDATION

國家圖書館藏未刊稿叢書

主編　劉玉才　陳紅彦

書札編

袁昶友朋書札（五）

（清）袁昶　輯
謝冬榮等　整理

鳳凰出版社

目録

壬冊　光緒辛卯中夏

七月漸西村叟署檢

知舊往還手札

前日在局疏慢爲歉，猥承

盡芬並荷

惠貽團扇兩柄，吉甫清風，穆然遠被，感何可量。苦老處已贈送

新詩三疊前韻，瑰瑋傑特，使筆如劍，行氣如虹，得不令人

俯首。弟續成一章，鼓衰力竭，已可概見，恐不滿

大雅一笑耳。賤體近患右肩甲瘧痛，四寫醫調不能去，謹希

亮之。手此報謝，即請

爽秋仁兄先生撰安。弟紹基頓

初九日申刻

晨起拜奉
華牋見還拙稿
奬假溢分心駴頌慙不能自主高者逼蒼史下者視唐初名家
先生何言之易歟武也何足以當之篇末聞蒙
賜評所援引有與鄙説相證者獲藉
多聞以補漏義甚感甚幸中多
推許過當語阿私所好
賢者不免陳古刺今我尚無此胸襟識力前讀錢辛楣氏果

武帝論心知為此老諫書與惜抱李斯論同一用意術石集
文集有絕貓一篇小題耳而忽發許大議論識者謂文之點睛
全在此篇末時在道光某年某月句後世讀其書而論其世
可以窺其用意所在也前賢之論則然小子豈安足語此耶
敬文非但筆意精乎尤苦筆頭不開拓
見示策言尤為切中士非少年得科第早將帖括之業去
至四十外尚踏省門未有能成古文者以其筆力為時文
弄壞不復再能擺脫不才尤坐此病年來心知其好力

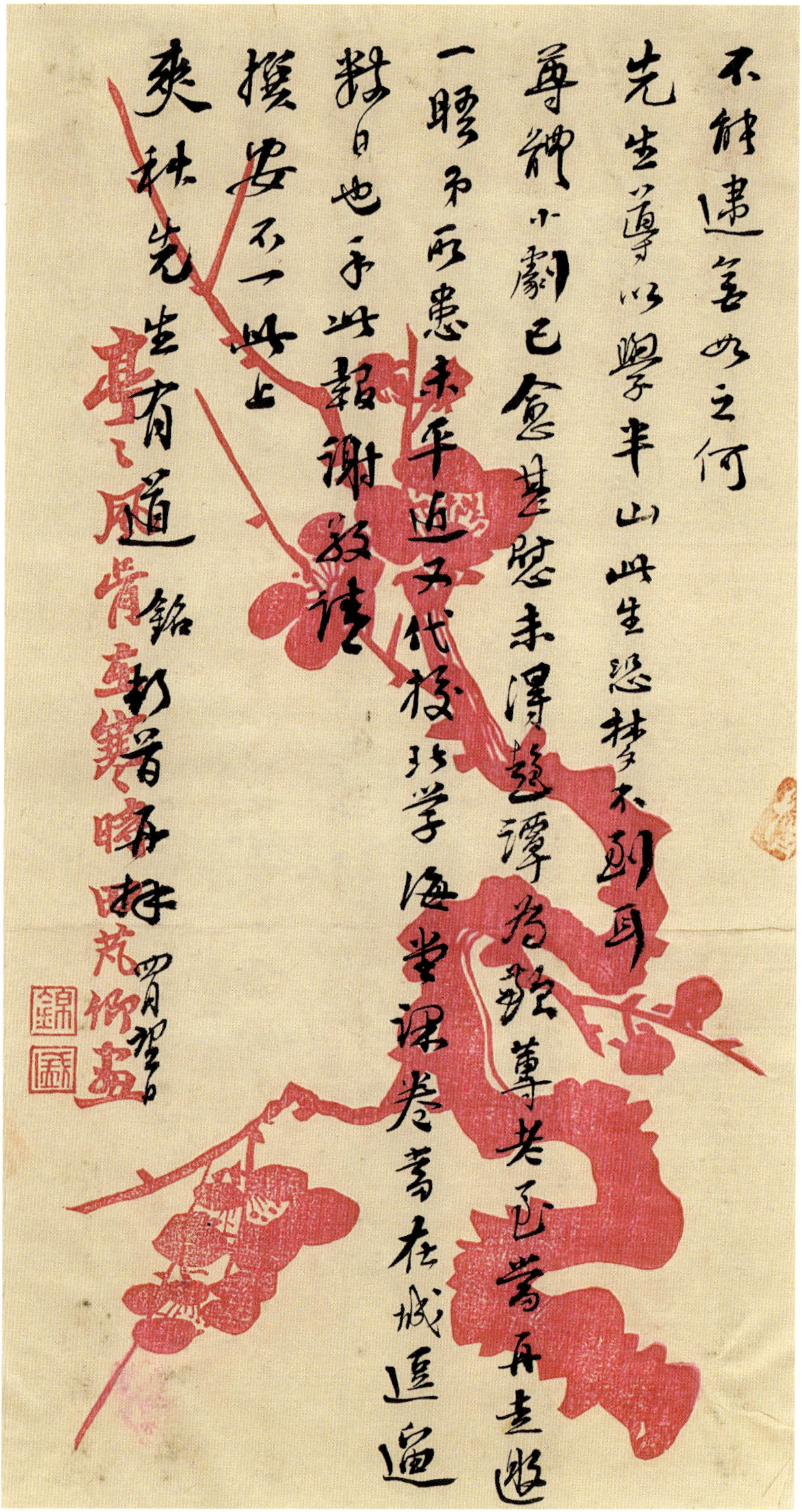

不能遽達，如之何。
先生導以學半山，此生恐夢不到耳。
尊體小劇已愈，甚慰。未得趨譚為歉。尊老正當再走邀
一晤，而所患未平，近又代校北學海堂課卷，當在城逼
數日也。手此報謝，敬請
撰安，不一。此上
爽秋先生有道。銘頓首拜。四月廿日

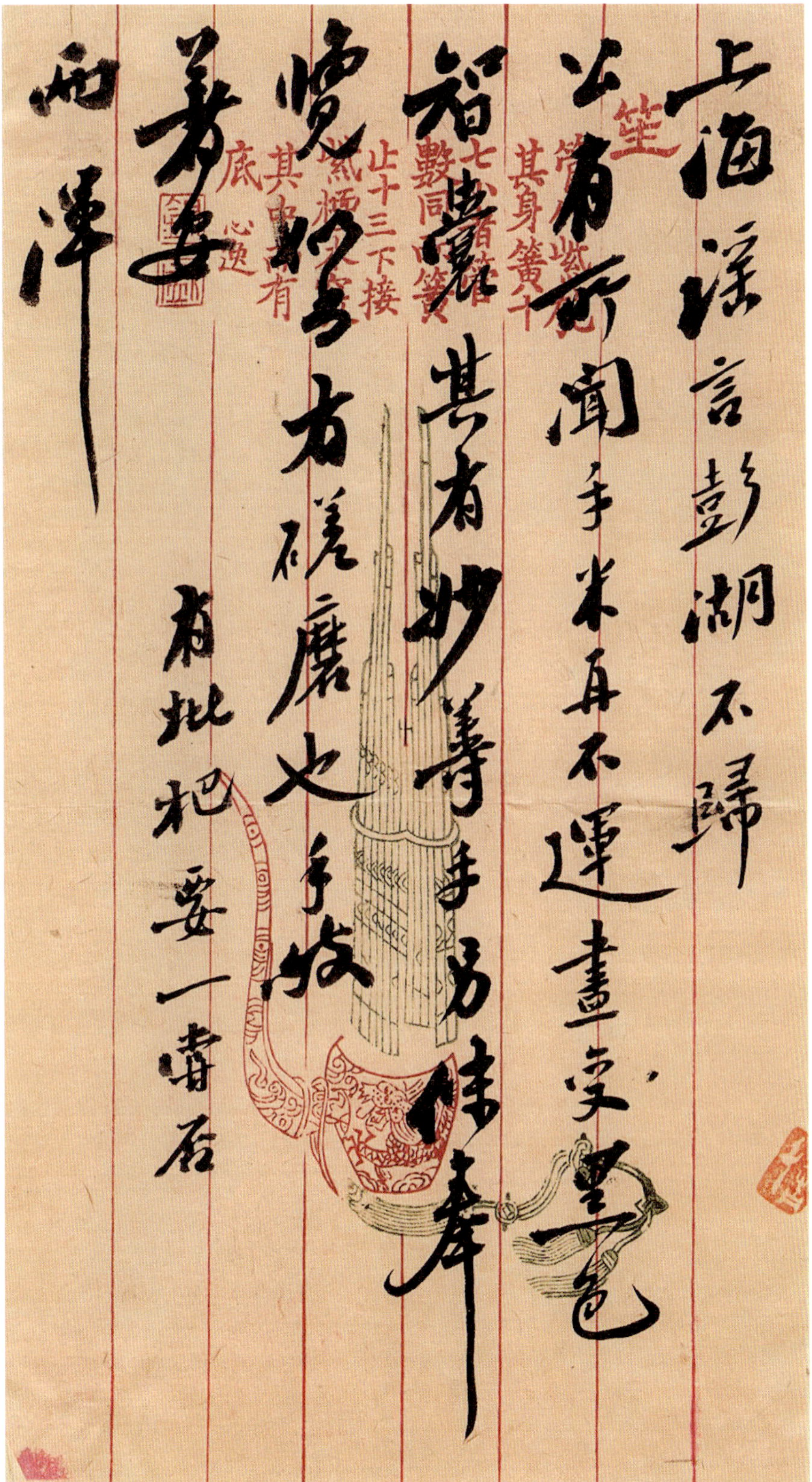
上海漾言彭湖不歸
必有所聞手米再不運畫室墨色
智巖甚有妙筆手另佳奉
覽好古方硯磨之手收
著安
有批杷要一番居
西泮

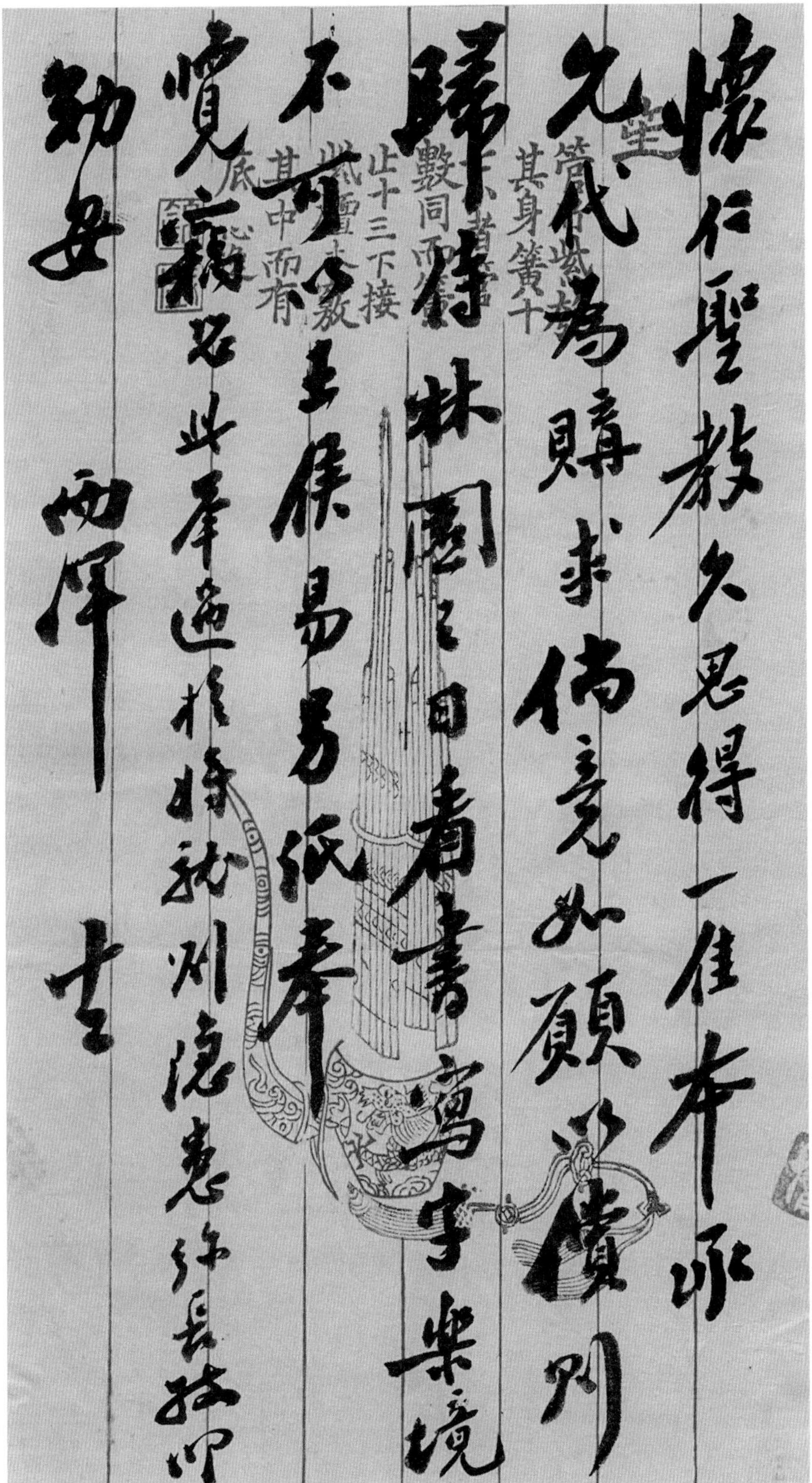

懷仁聖教久思得一佳本承
允代爲購求倘竟如願以償則
歸時林園日看書寫字樂境
不可[illegible]主僕易易紙本
覽竊思此本適於時祝則德惠[illegible]長[illegible]仰
勒安　兩拜　士

磧秋年伯大人執事：比日屢屢思一叩
教，而未得。昨宵自歡坨肆讀
大示，敬悉日前輶褻，方媿不恭，頃辱
嵩及，顧益加赧。
賜扇得奉
墨寶，無藉揚
仁，拜領謹謝。中書君箋中適有存者，檢呈兩支，
請
試之，儻能如
指，乞

哂留不須擲還也
尊著録默後謹再奉呈肅復敬頌
道安惟
垂詧不一　年小姪王屋再拜上　十六日

[illegible]珠閣

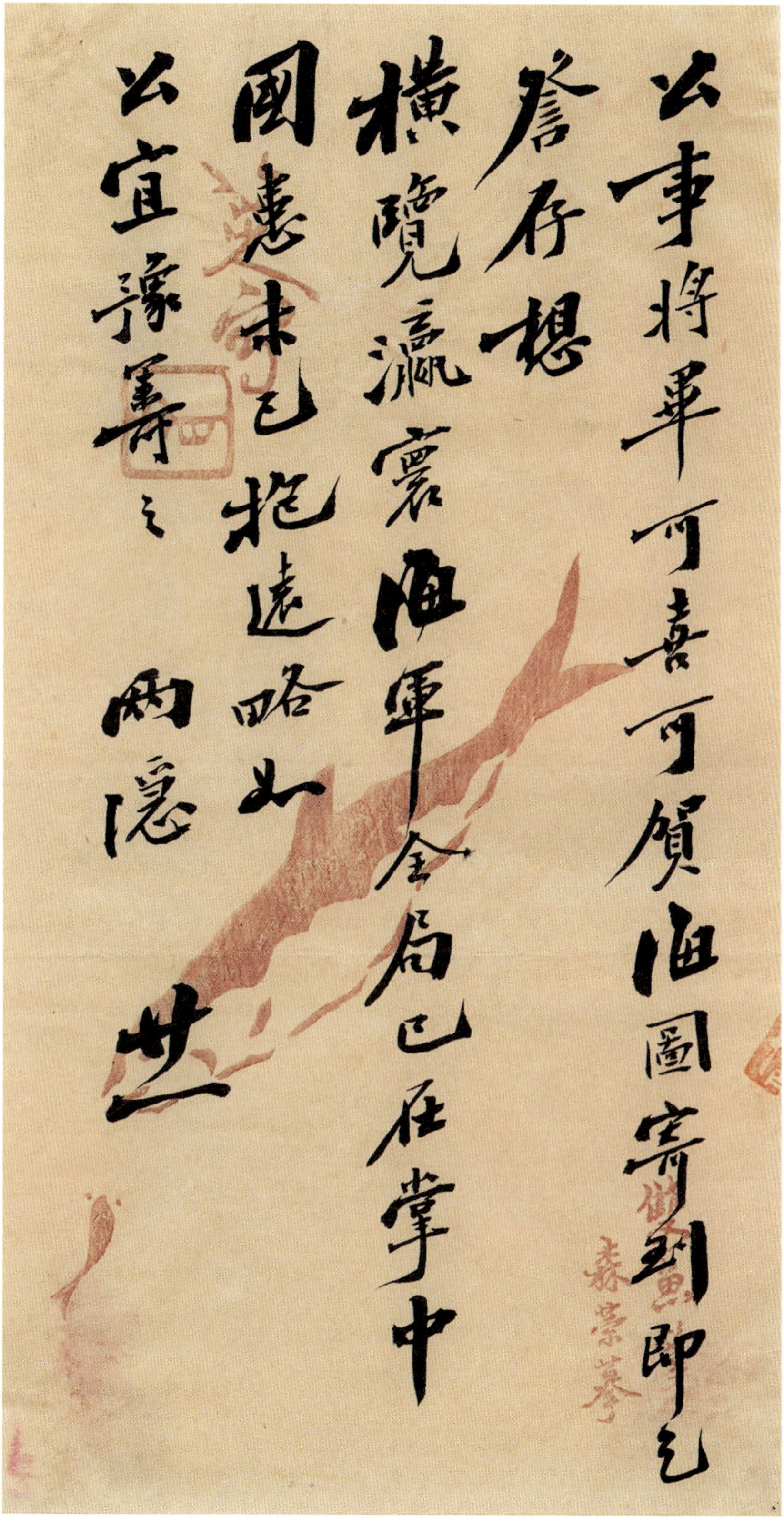

公事將畢可喜可賀海圖寄到即乞
詹存想
横覽瀛寰海軍全局已在掌中
國患未已抱遠略如
公宜豫籌之 兩隱 廿一

爽秋仁兄年大人有道日内屢欲詣談因苦

嗽甚劇方日與軒岐爲緣遂復中止頃讀

新詩恍親

良覿少愈再當走訪也龔公扇已轉交囑爲

代謝此請

吟安

年小弟驂under頓

四月十七日

遠秋乍見大人閣下春来敬惟
升祉日隆
覃祺安吉引詹
吉采式協欣忭容冬奉到
惠書並天下郡國利病書一冊前見翻刊本與原文
節々四成並不免遺漏偏側耳比向自歲首寧
石浦船沈後軍報日傳上元鎮海口外瀛輪過
近我軍施炮幸屢擊退迄今一月人心尚定〻
惟甬滬輪船不通錢江轉或要衝義渡已

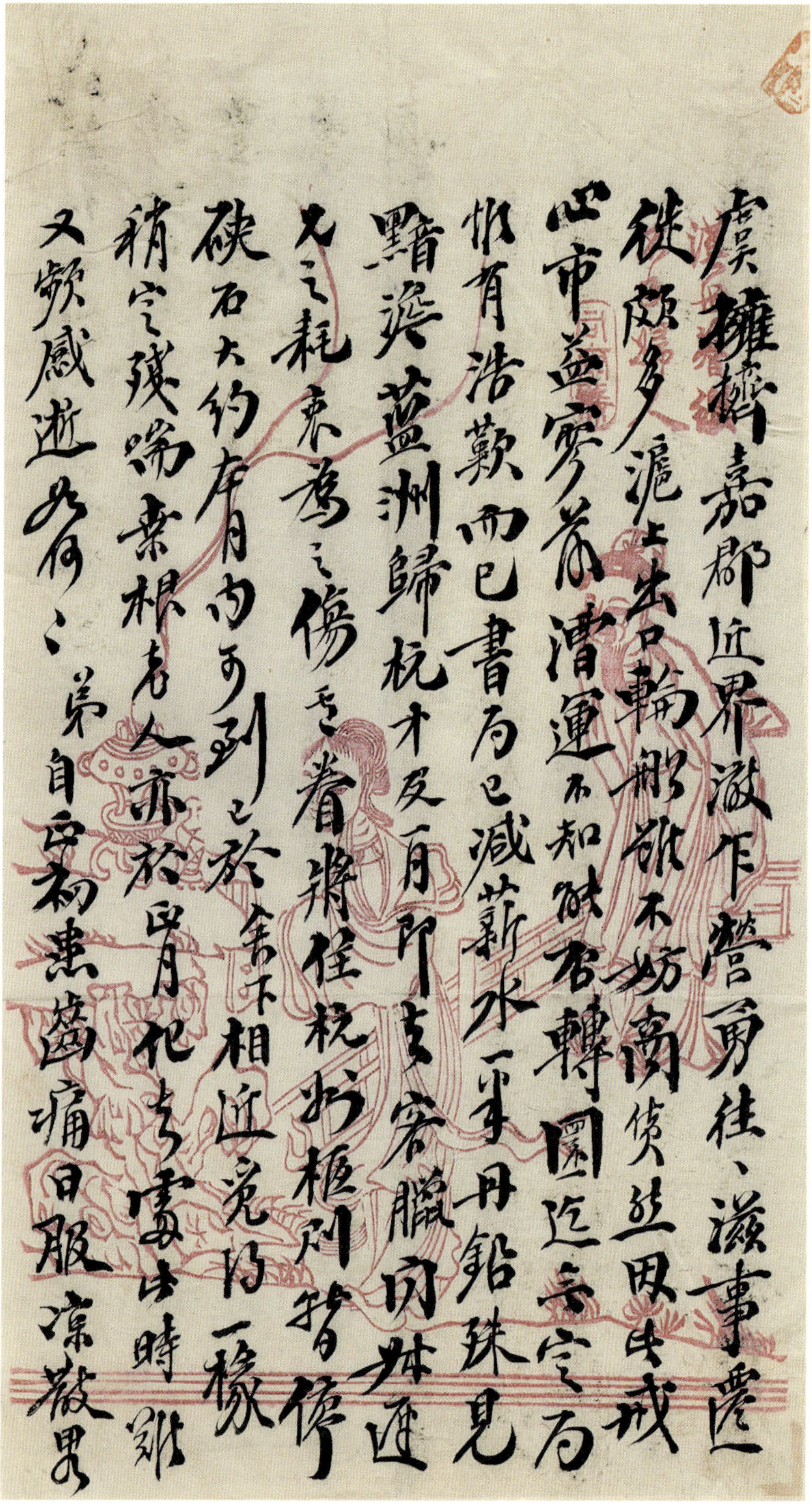

虞攤鬱嘉郡近界淑作警勇往、滋事畢達
徙頗多，滬上告輪船旅不妨商貸並因之戒
心市益寥寥，漕運不知能否轉圜？近亡宅者
惟有浩歎而已。書局已減薪水，丹鉛殊見
黯淡。藍洲歸杭才及月，即告病內外甥
光之耗來，爲之傷悼。眷將往杭，以柩阻暫停
硤石，大約本月內可到。已於舍下相近覓得一椽
稍寧殘喘，素根老人亦於是月化去，實出時難
又歎感逝如何如何。弟自夏初患齒痛，日服凉散，果

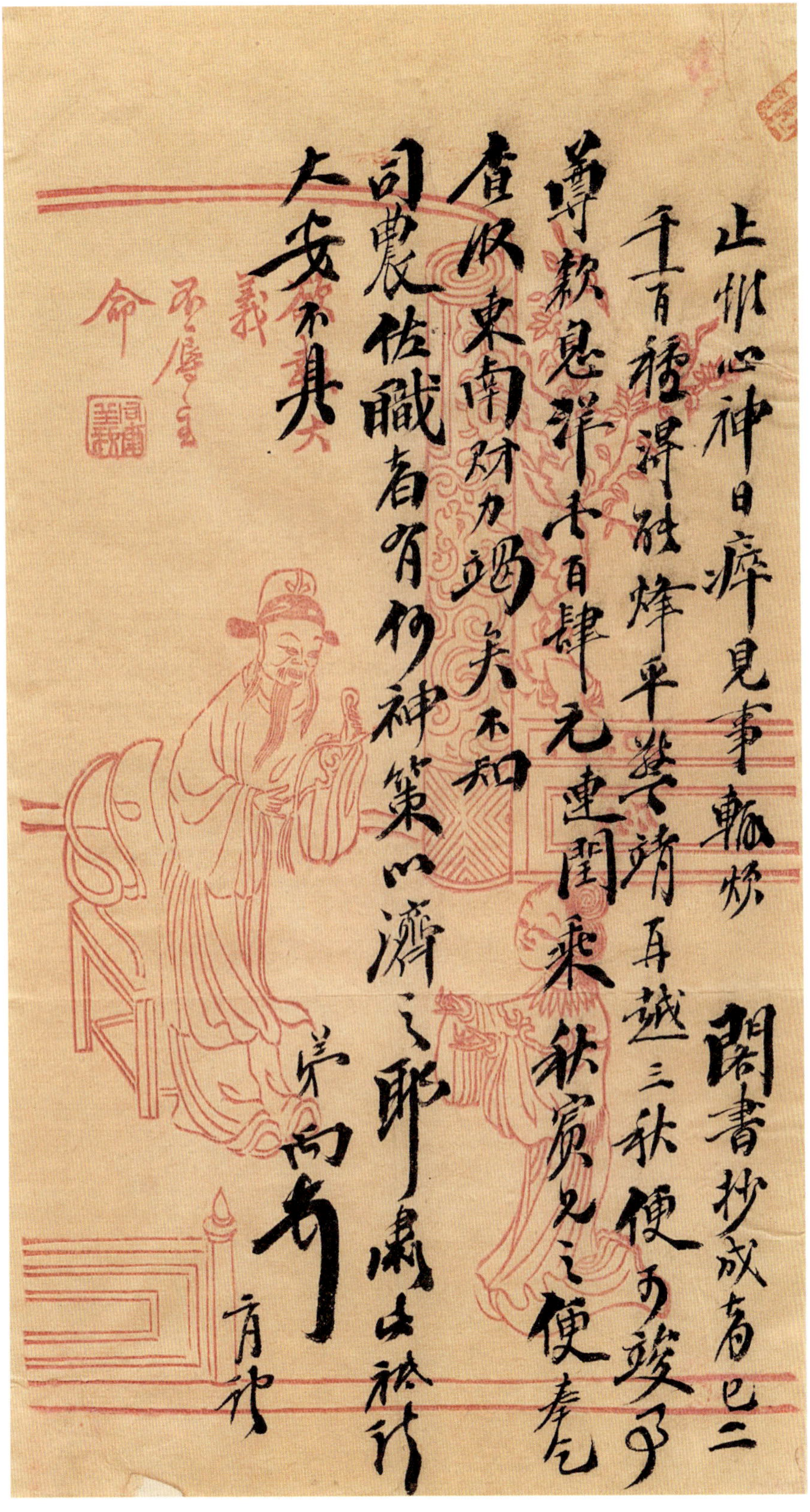

止惟心神日瘁見事輒煩　閣書抄成者已二
千百種得能烽平楚靖再越三秋便可竣予
尊款息洋壹百肆元連閏乘秋賞兄之便奉乞
查收東南財力竭矣不知
司農佐職者有何神策以濟之耶肅此祗請
大安不具
弟尚有
育神

葵秋仁兄大人閣下昨日得　密丈二月廿九日書附到元旦所寄

手教並抄件一冊備悉種種猥以歲莫微意仰承

齒及愧汗愧汗

尊處所策五害六應籌於中外情勢瞭若觀火不獨字字中肯且有人

所難言至文詞之渾灝雅飭一時章疏家罕其匹曾文正典顯淺

三字訣

大手筆已躪其奧讓竟佩服不覺首之至地也弟初擬二月間同

沈京兆由陸北趨屬海警日亟景武遂片留暫緩入都自頓年來目

光愈鈍舊勵之志因而漸衰苟可毋行亦就安之如奉敦趣再作部署
景武言良厚勸侯解嚴即行並許加箴詮釋無奈駑滯鼓違才雖
鞭策不前也比感時事竊撰芻言大抵去冗簡銳以足
國用畫一有定之兵制無定之寇安議海防將與終始如今之征募
無已敵未殲而我先困何以持久湘淮師老不敢昌言僅躍躍紙上續
述諸弊自謂尚透澈然已不免觸時忌使
尊書不為洪芻所進則勳勷有資推作或可生色總之鄙人立論皆不與我
公範圍當今所急者患無人才不患無船炮南北洋經營十餘年可睹矣

至若裁勇不慮其潰亂秖慮其爲盜伏於隱微失今不治後禍更酷
或戀兵柄必藉撤勇過多恐生他變以相牽掣
朝廷稍游移不斷則所留必多於所撤亦可一言決也用繕清本呈乞
大教彙年有作經湖口點勘累成篇幅及陶堂遊世吳門商榷文字
亦頗瘁寥寥念
先生嘗爲弟改詩伏願仍以此例見待
俯賜刪潤感幸何似　高弟進五弟病殁邗寓甘季南歸寄柩袜澤旋赴
武林依　丁松翁而居　弟進誠篤有古風而不永年天道時亦難測遺

孫僅十一歲讀書尚聰明　先師一脈不絶如縷月初過蘇爭上船
慰問此後如何度日　妹遲夫人云布衣蔬食勉可敷衍追懷少時
同研愴悵久之去冬漕米備極折色極時作價官民兩不安累何致為彼族挾制
州郡交怨沙船爭忿糧儲躊躇無策專陶大局到此惟聽之而已
古逸叢書日內逕便當先寄奉手此祇請
台安諸惟
涵照不宣

小弟朱之榛頓首　二月望日

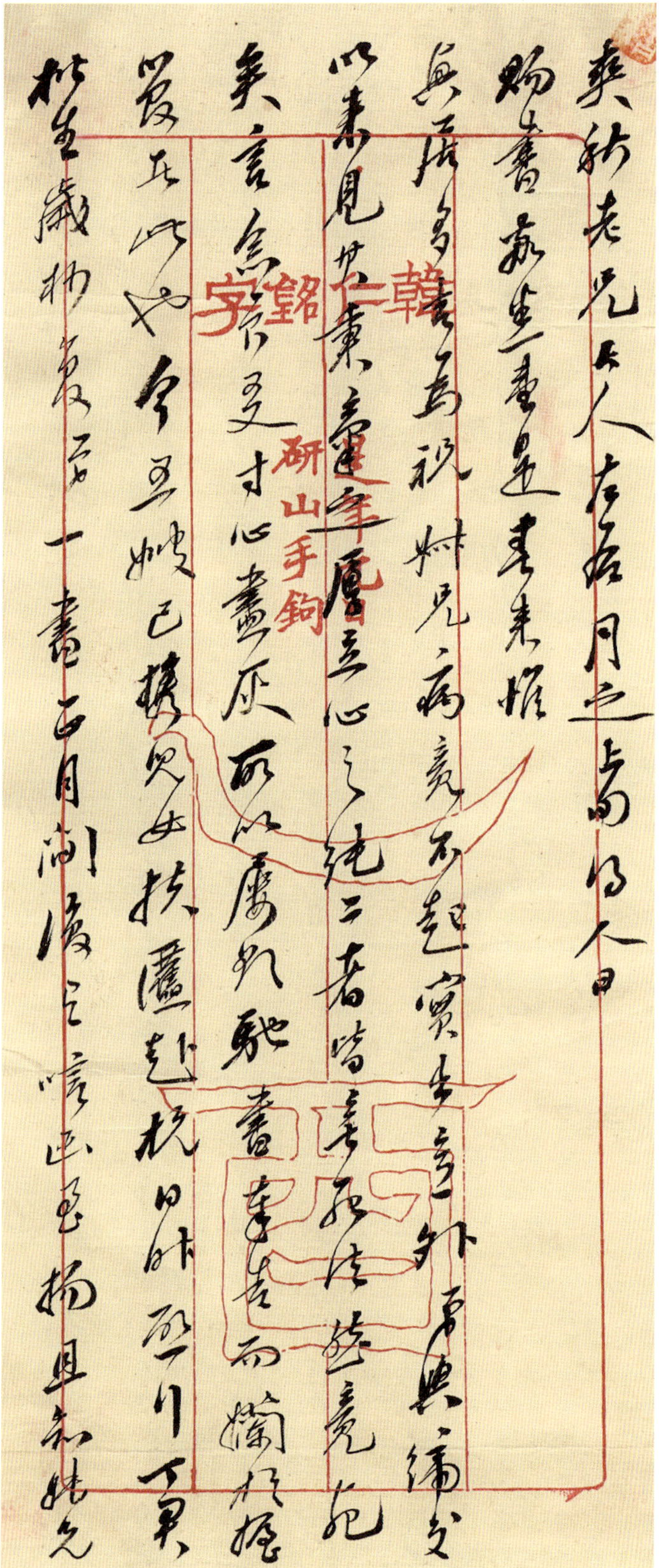
韓仁銘字
研山手鉤

長頌兩安。婿由杭來之訪，如二婿常陳氏其頌婿爲
丁未歲此時到杭，桐依孫叔不問要事，此間治費頃
屑本月朝頒，余淮卿江小齋兩君擬將其事一手料兄常
善辦，本月從緩至第數，嘉言令孫丁憂，孫理華呈
嫂孫明大義，惟來勤儉持家，接孫成立，以起有人乎
姪孫當亮
兄緒開載頓小千文字，稿照定棟能讀書之類

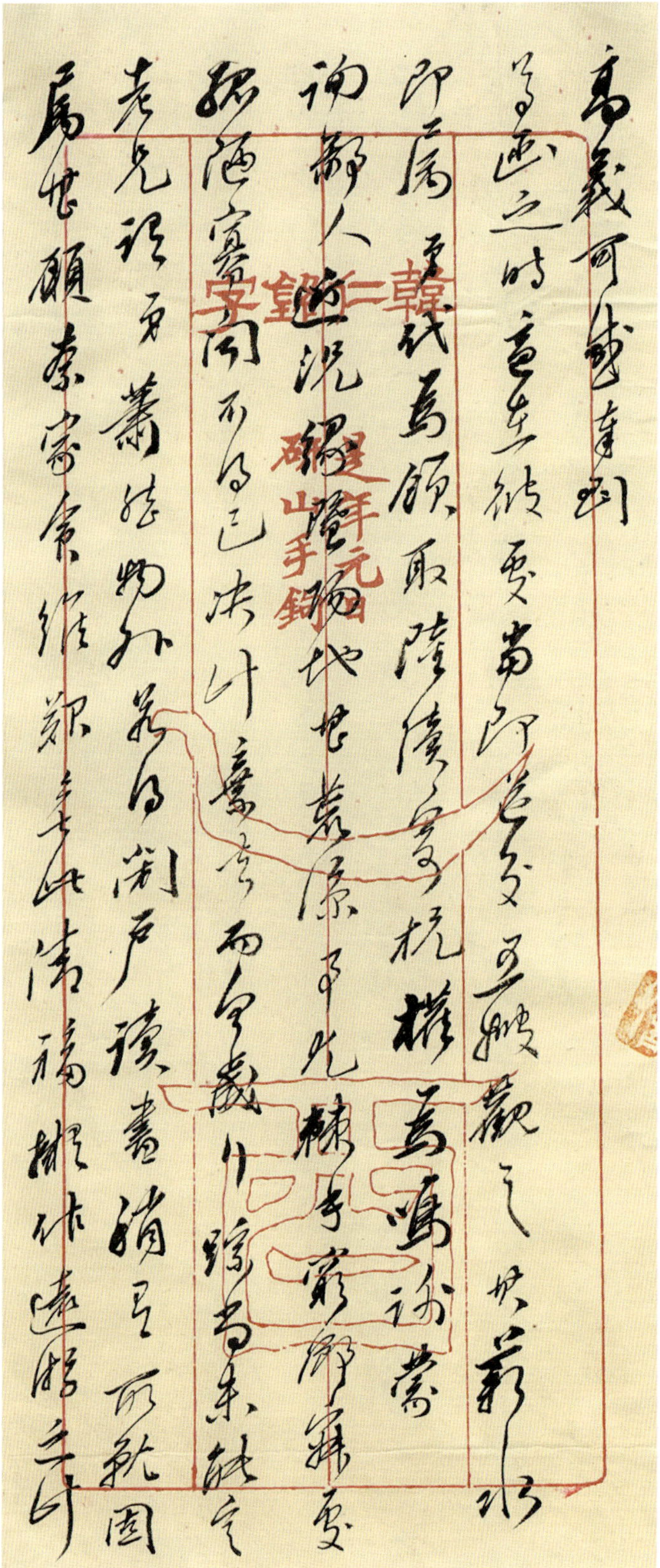

則又風鶴未靖，天荆地棘，舉足為難，刻下尚須從
緩耳。
兄歲杪東下，不識何以為計耶。敬寓仍在揚城
徐凝門南河下舊居。又
惠書遠寄，示各節，再施均甫未知從張翺帥入
都否耶。探確示知。為盼。此頌
升祺，不宣。弟燾頓首
二月十九日

惠箋書法清逸良足寶感
章程俟再呈覆承
明誨受
賜多矣敢此當候郎一順叩
礙之先生大安 [illegible][illegible][illegible]叩首

爽秋仁兄同年大人閣下：今日本擬走談，因事中止。茲有瀆者，前承
賜書龔君扇面，渠感佩之餘，愛不釋手，囑走再代求
法書紈扇一柄，茲特寄呈，如蒙
慨允一揮，實深代感。此請
勛安。

年小弟驥　四月二十五日

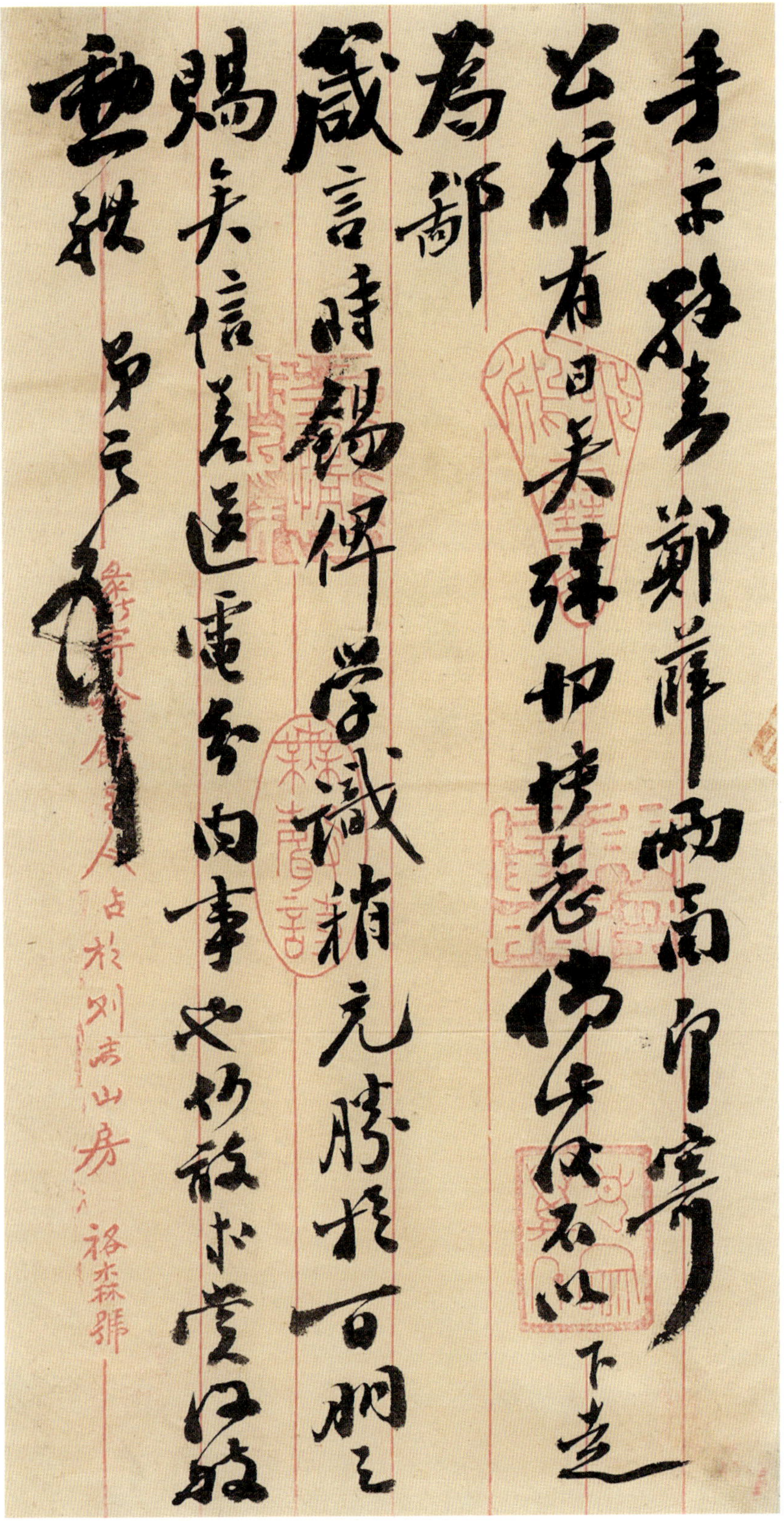
手示敬悉。鄭藩兩函即當寄
至行有日矣，殊切懷念。仍乞代致以下達
為郵
感言時錫保學識，籍充勝於百朋之
賜矣。信差送電局事，必仍設法求當保薦
勉敉 弟□頓

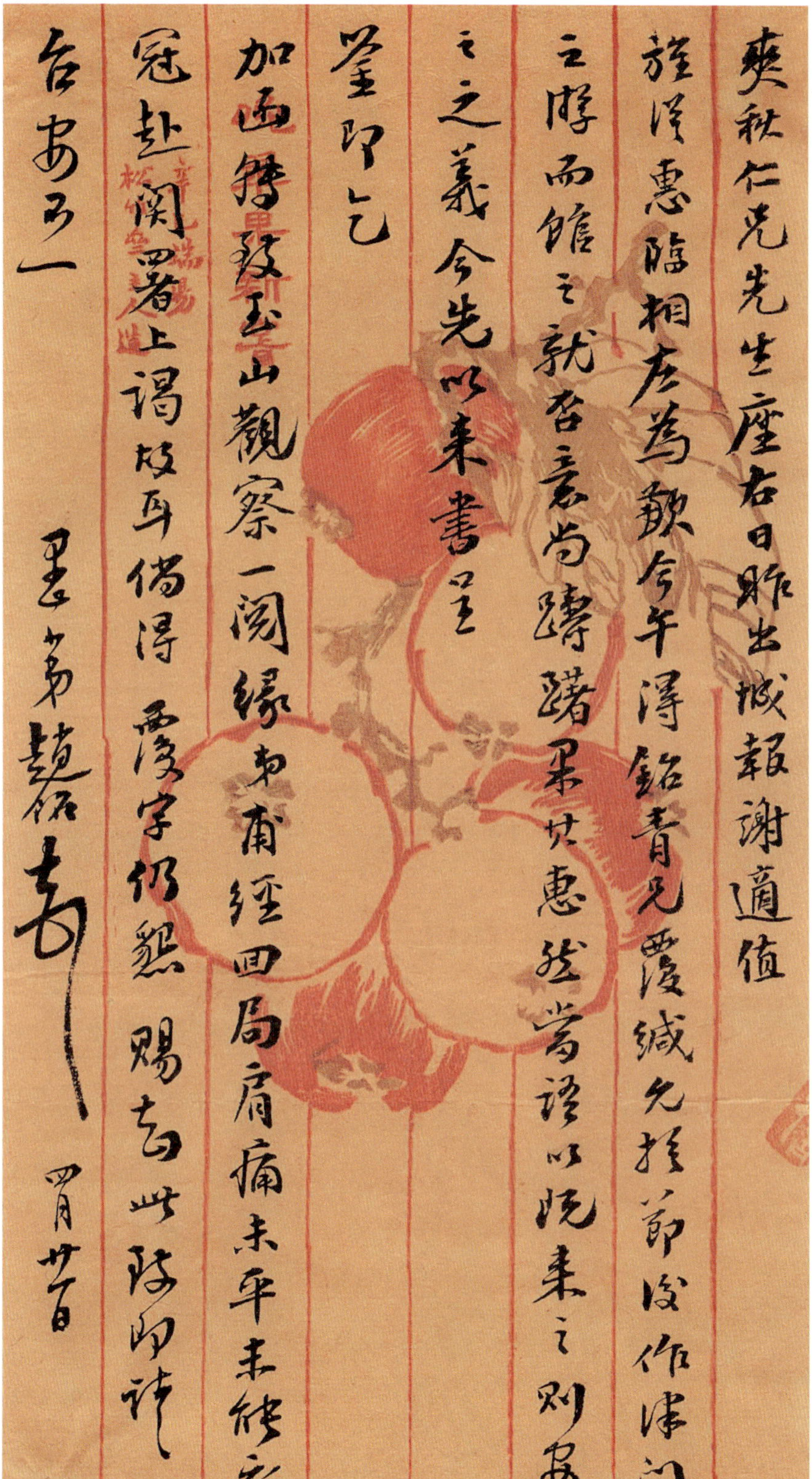
爽秋仁兄先生座右：日昨出城報謝，適值
旌從惠臨，相左為歉。今午得銘青兄覆緘，允於節後作津門
之遊，而館之就否，言尚躊躇。果其惠然肯當，語以既來之則安
之之義。今先以來書呈
鑒，即乞
加函致玉山觀察一閱。緣弟前經回局，肩痛未平，未能衣
冠赴閾，因著上謁。故函備得 覆字，仍懇 賜寄，此陽即請
台安。不一。
愚小弟趙銘頓首　四月廿日

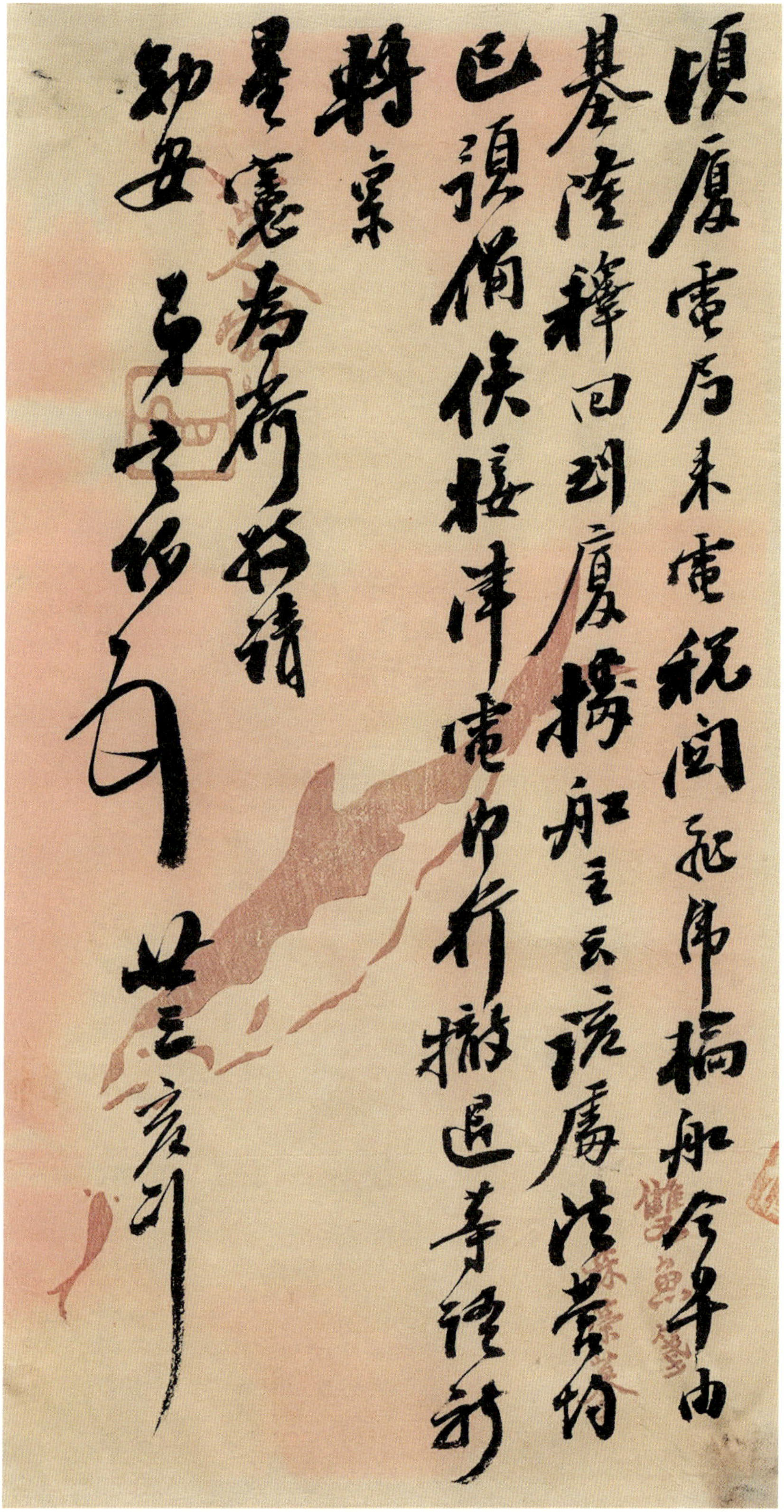

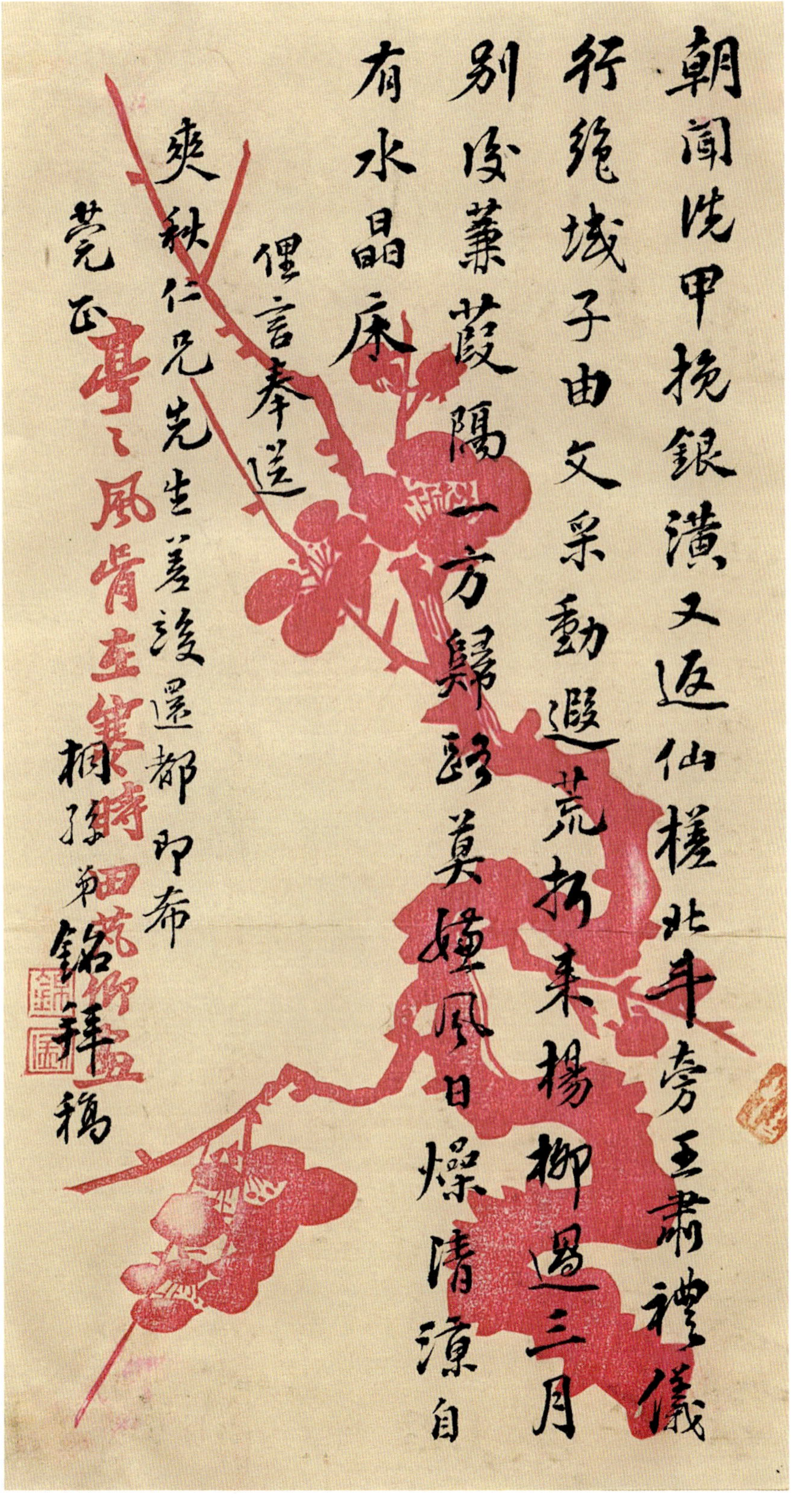

朝聞先甲挽銀潢，又返仙槎北斗旁。王肅禮儀
行絕域，子由文采動遐荒。折來楊柳過三月，
別後蒹葭隔一方。歸路莫嫌風日燥，清涼自
有水晶牀。

俚言奉送

爽秋仁兄先生差後還都，即希

莞正。

桐孫弟銘拜稿

來津逾月，晤教數次，殊慰渴懷。白澄
等津關六款，竭駑力籌難數事，屬以事
機不湊而止。擬譯各種西史，前呈
閣下，書目另有稟稿一分，今檢出附呈。此
事已不易辦，亦係商量而已。合肥俟朝鮮
兵撤後進京，海防諸政尚須次第籌辦，若
政府不為提倡，盡推係各省，又視為具文

矣。前乞方勉菴兄一畫，久未見寄，不便催
朝鮮國日本刻
索，便祈轉向如彼為索，逐即請
取閱。或西之篋笥乎也。因
閣下思此段，冒瀆及之。著拜自蒸村回蒙
賞以資，蓋堪懇戢。
閣此次出京，真為矮錢差事矣，一笑。即頌
勛祺。如又及

大議鈔呈　合肥頗為心折隨以
尊意告之謂新約已由中堂無可挽回若由外間商
訂稅則或可採用
公言徐圖補救之法　相云已使簽押俟即晉京將來
稅則必係　揔署就近商訂非北洋所能與聞成事不
說無可如何我輩盡言無隱而已鈔件存　合肥處
原稿繳還手肅敬叩
祁安　　雨隱軒　四月廿二日

頃奉再先激還至中約稿　大議一一，極詳碼頭及遷界外
及腹地一律衰減，又防英美疑尤論說，陳俄使偏論尤為肯綮
意將來退處窮陬，而界務大須另議，自撥籌款設無窮織
路運兵轉餉，均極便利，而我陸路行近事，遲鈍故以爭利誘我
須慮至日無不為之再自有界，且小民責之人，以無感（借端尋釁動）
咽喉，我緩與之爭，事至設則礙，減一行駛，擬做大弟須界陸
路運貨穀綫，彼甚援俄美使爲抽之之例以相抵制，摘之之故
擇籌理喻，將來宜詳細條約時，須於（與之力爭）至援比照俄例，則可收
回利權，俄美之例，固非西美所能援引，此則各國之順，可以保入力

蘭以當風氣自和　松竹製

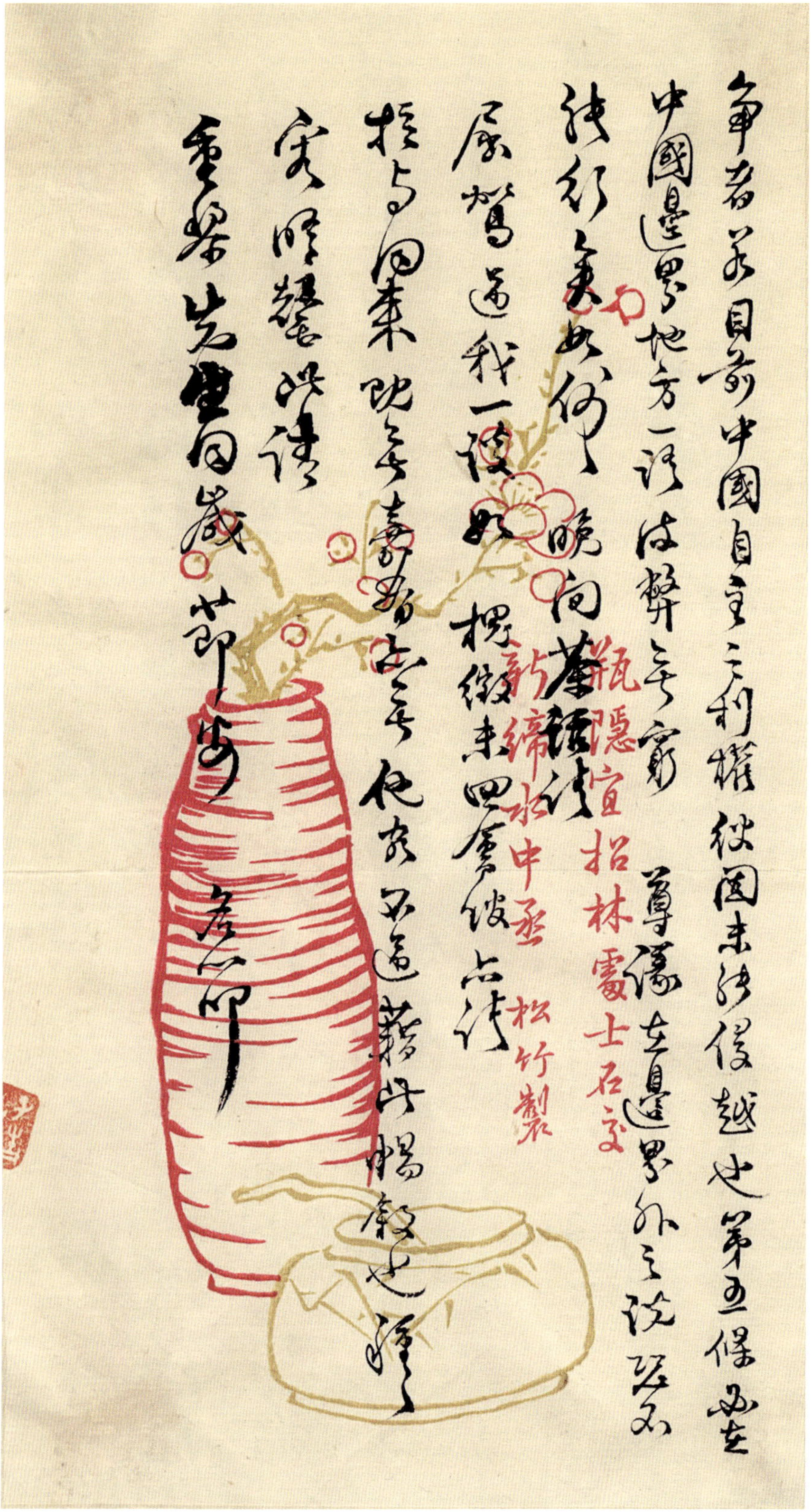

年前來目前中國自主之利權，彼國未能侵越也。第五保安在
中國邊界地方一經法繼之後，尊處在邊界外之防堅，
法行矣。如何？晚向著語後
屬增為遇我一談，如擬徵來四名，彼此往
振與回來。比年來春苦不無遠多化成，不遠籍此暢敘也。餘
容明日續談
重要先生有歲節安 名正肅

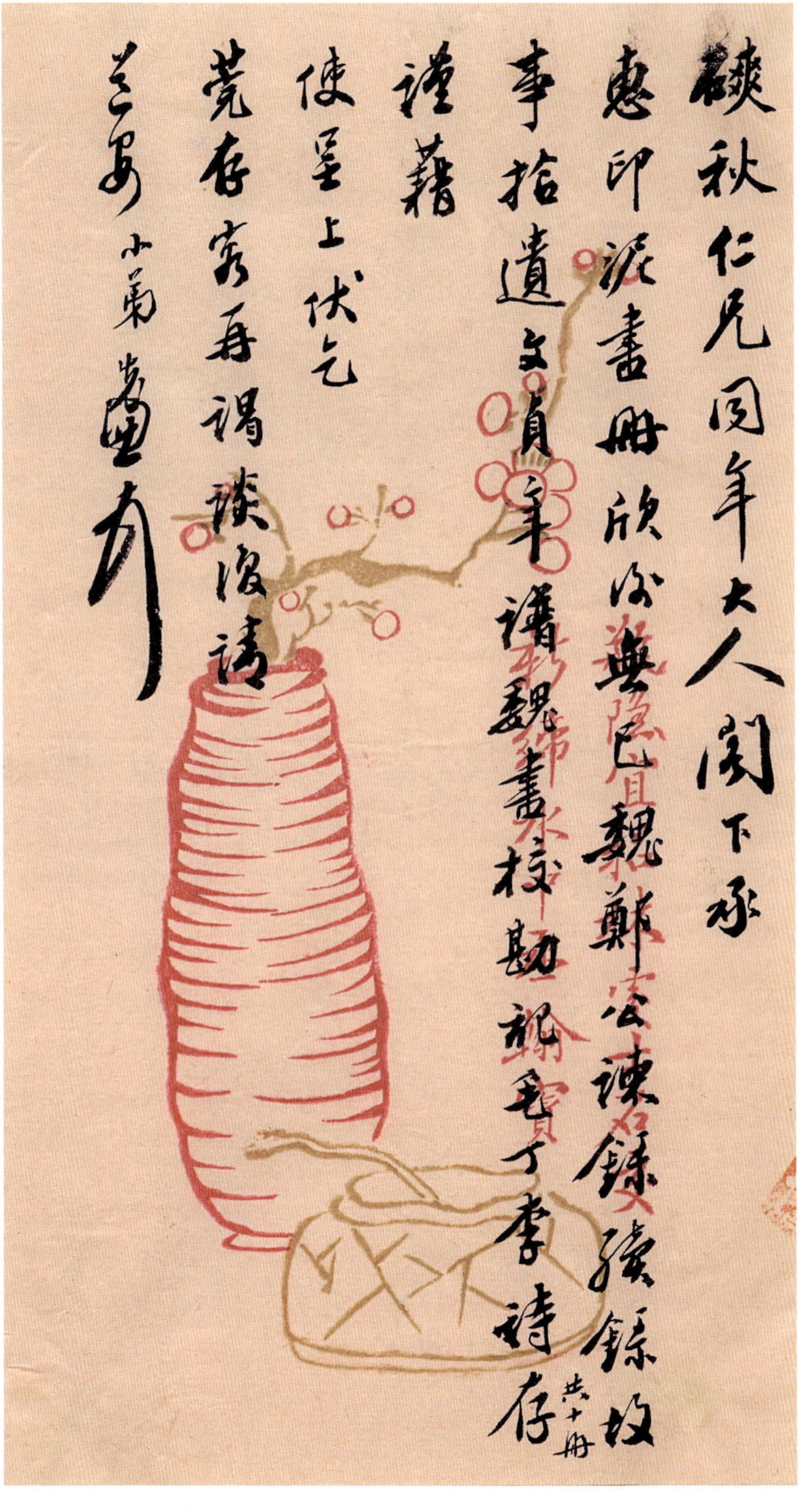

蘋秋仁兄同年大人閣下 承
惠印泥畫册欣賞無已魏鄭公諫錄續錄故
事拾遺文貞年譜魏書校勘記毛子李詩存 共十册
謹藉
使呈上伏乞
莞存容再謁談復請
芝安 小弟 崇實頓首

謹承
寵命草〻塗就祇計塞責寔不足當
方家一粲也此繳即求
奭秋先生有道之正并請
箸安
吴品珩頓首 五月十三

外件送延旺廟街

袁戶部老爺

爽秋尊兄大人閣下 前託 秋賓兄進上一信 計已
台察 前奉 仲春
手教 敬承
卑邸嘉勝以不勝以旋為
榮寰使事 馳抵津沽 未
五善宣勤賢勞如何 匝日得北雷知和約是日簽押 清
運何是日啓川 滬上蒼生應幾稍蘇
執事不審何時可還鄉也 閣書款補齊全除往多倫
諾原一紙之外別無甚善策 草茅目前不能徹到 只得存

抱甓居士

其說以待其人而已 拖殘歸於母家
代徵虎賁巨匙欽遲之至 妹壻之所許 昔月已付其
家春季自三月初回杭靈柩皆厝硤石秋冬間卜
窆澉浦 妹壻夫人贊澉可風此次携骸屍支公帳為次
來者所侵惠出傳好古清其數款同人憤然不平 大人
潑生處之不敢留然子遺憾為此有口實 執在庠金洞
物 三女之字其二子在外敢窮自對不能遠出只好就近附學
閣下取瞭亡友可悌之 妹壻以愛子託
君有當為後來計非為目前計耳 棠根生上作古

比聞門下士已於群廬設位，鄙人所感，感有亦較善其後，

親其久而已。永康先生春間頗有侍及後有　君用之說十載

江鄉，因為可業。九重懇郁，嘗啟還遠，此事嘗見諸

實踐，才能定主見也。

高明以為何如？弟春來齒痛不已，精神甚憊，草此即以

大安。　弟　頓首　四月廿六日

李將軍遊記大有可觀，此僅止一冊，恐尚未全也。

再檢之。

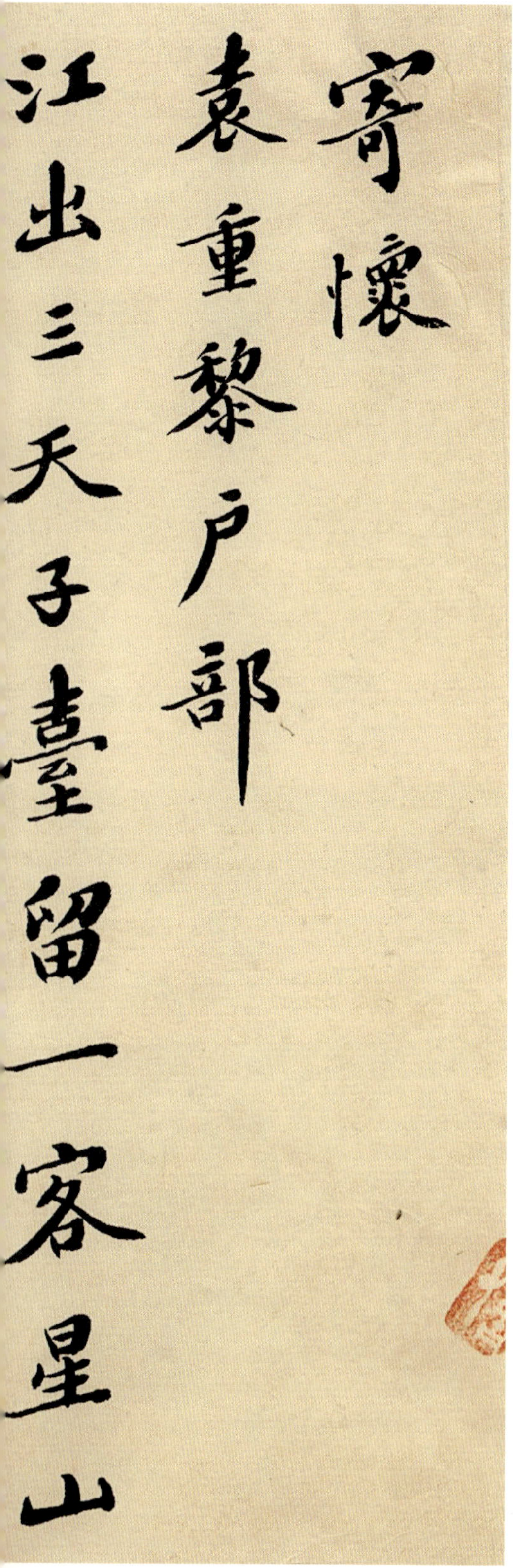
寄懷
袁重黎戶部
江出三天子臺留一客星山

川自奇秀入物此英靈磨
圮傷諸夏蟲生腐六經幹
旋終有待未可慕沈冥
乙酉三月順鼎上

爽秋先生史席：去歲望衡咫尺，同巷過從，
要接
清光，獲聆
高論，自以爲得見奉高，此生不虛也。不
圖倉卒兩別，春明劍合何遲，璋分何遽。
汎汎者潞河之舫，鄰鄰者官道之車。月落
梁間，思心如積。家乃昌狂東走，磨鏡吹
簫，登虎阜延以望吳，泝鴛湖而觀越，還至

滬上逆泝江流過漢皋指諸宮夏首西浮龍門不覔猇峽之端險窺九峰之奇丽（巫山可見惟九峰耳）方星飯水宿忽改歲獻春矣上元節前始泊萬縣陸行半月乃抵成都者之情非歌能罄幸行入安焉

高堂健順堪以告慰

注褱昨奉

瑶華並抄寄大稿錯刀錦段莫喻其珍

披讀之餘如親
瑰特惟恨
大箸歌詩未蒙寫賜一二無以資諷詠耳
聊命抄胥録近作廿篇肩之
大人又以藉達奉奉前有奉懷
足下一詩並塵
教覽時艱孔亟轉務多勞所望
節護起居為

道自悉南鴻若便企想
疏麻華
嗣玉音慰其飢渴即頌
潭居曼福不宣　重三前一日弟順鼎頓首上
尊宅今歲移居否祈　示知
家君作書一冊塵覽

萸秋仁兄同年大人閣下：連日僕兄已抱不獲謁
哉爲悵
大箸議稿倍精慮密波得灝氣澤以古添
自曾文正奏議後僅見此
鴻文左侯不逮凡論餘子讓之令我神智頓長
傾伏無涯
詩集閎洽百家網羅衆妙不經規倣自詣真

瓶隱宜招林處士石交

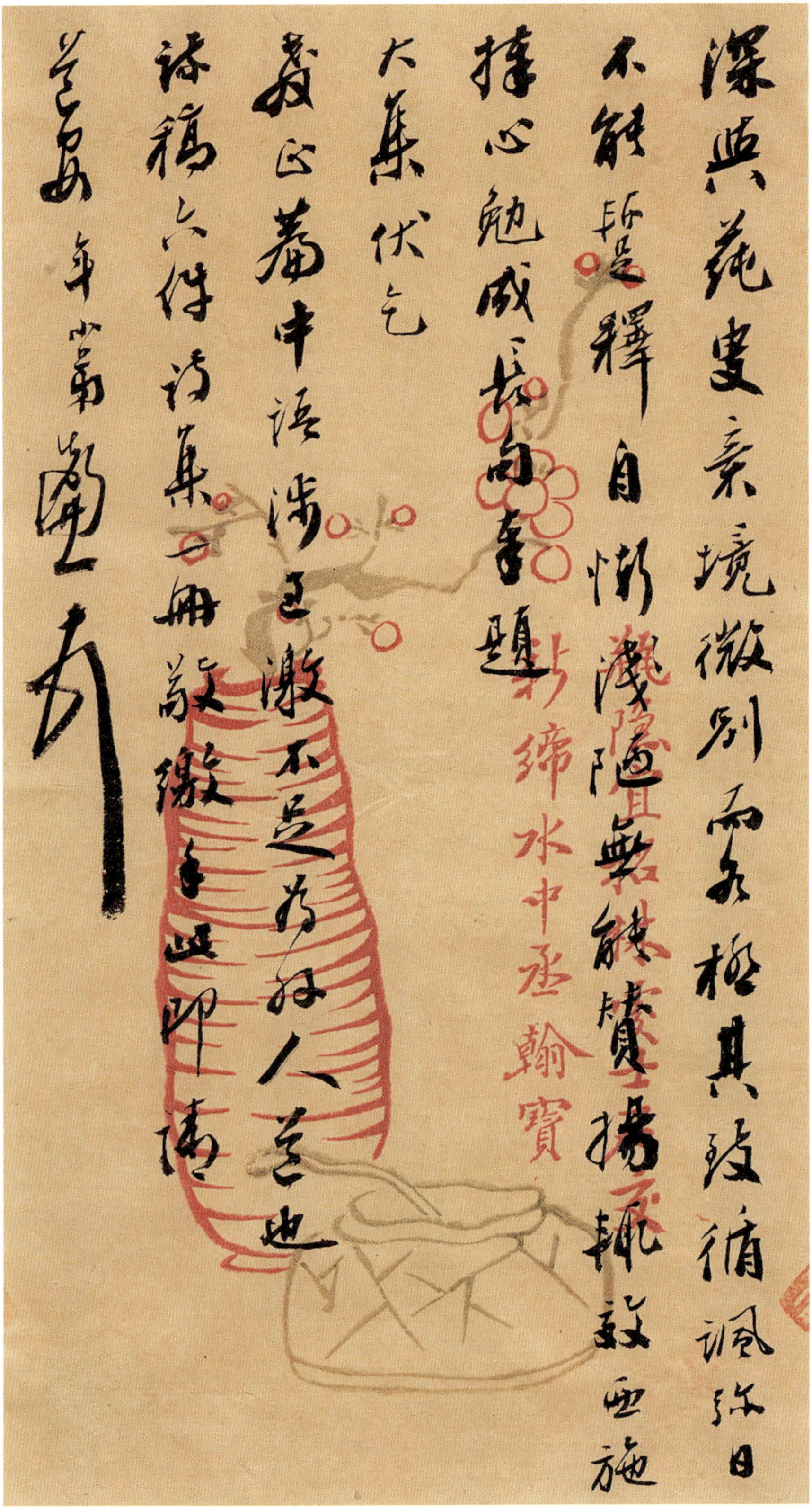

深與莊叟齊境，微別而密，極其致，循諷彌日，
不能暨釋。自慚淺陋，無能贊揚，耗敦函旋，
推心勉成長句，奉題
大集，伏乞
教正。篇中語涉已激，不足為外人道也。
詩稿六件、詩集一冊，敬繳，即請
著安。年小弟謙頓首

重黎以曾郎供職澤署意不自得自
天津歸以詩卷見貽，遂即題其
集，次集中與趙桐孫唱和元韻
下邳橋頭逢褐父，淮陰廼遇少年侮。吞聲詘
節化侯王，從古眞材出泥土。為郎執戟我不達，
況復折衝須樽俎。但令建發祥國家，世態
低昂焉足數。為具文章當匡贊，欲變齋夷

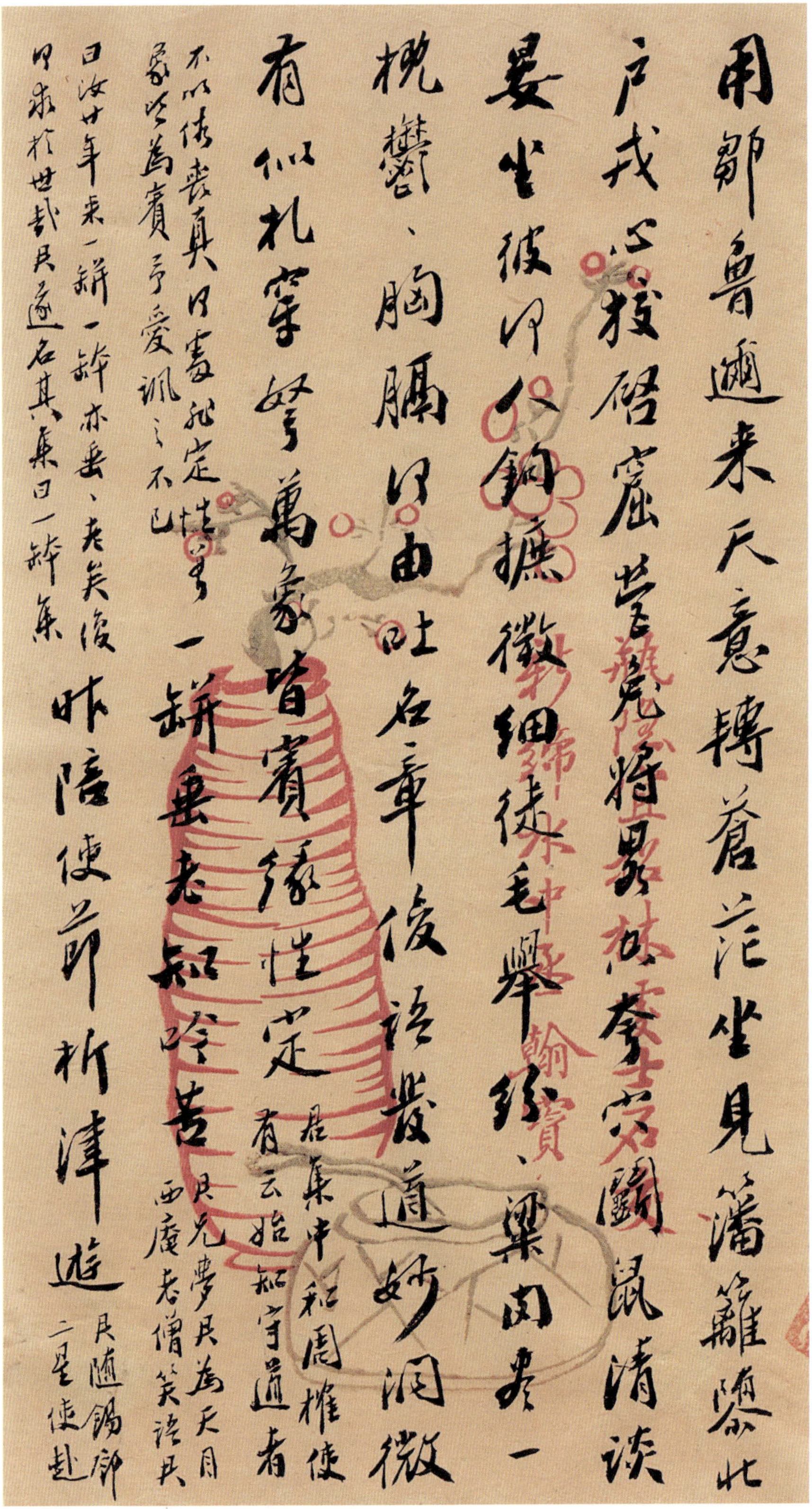
雨郎魯邇來天意轉蒼茫坐見藩籬隳北
戶戎心狡稽窟甚覺將畏於秦宜鬭鼠清談
晏坐彼時以銅撫微細徙毛舉纖、梁肉畏一
枕鬱、胸臆以由吐名章後語發逍妙洞微
有似札字婆萬象皆賓緣性定
君集中和周權使
有云始知守道者
不以佞袁真以書就定性寳
蒙比為賓予愛訊之不已
一餅無老知吟苦
只見夢只為天目
西麓老僧笑語其
曰汝廿年來一餅一缽亦無、老矣後
以求於世哉只遂名其集曰一缽集
昨陪使節析津遊
只隨錫節
二星使赴

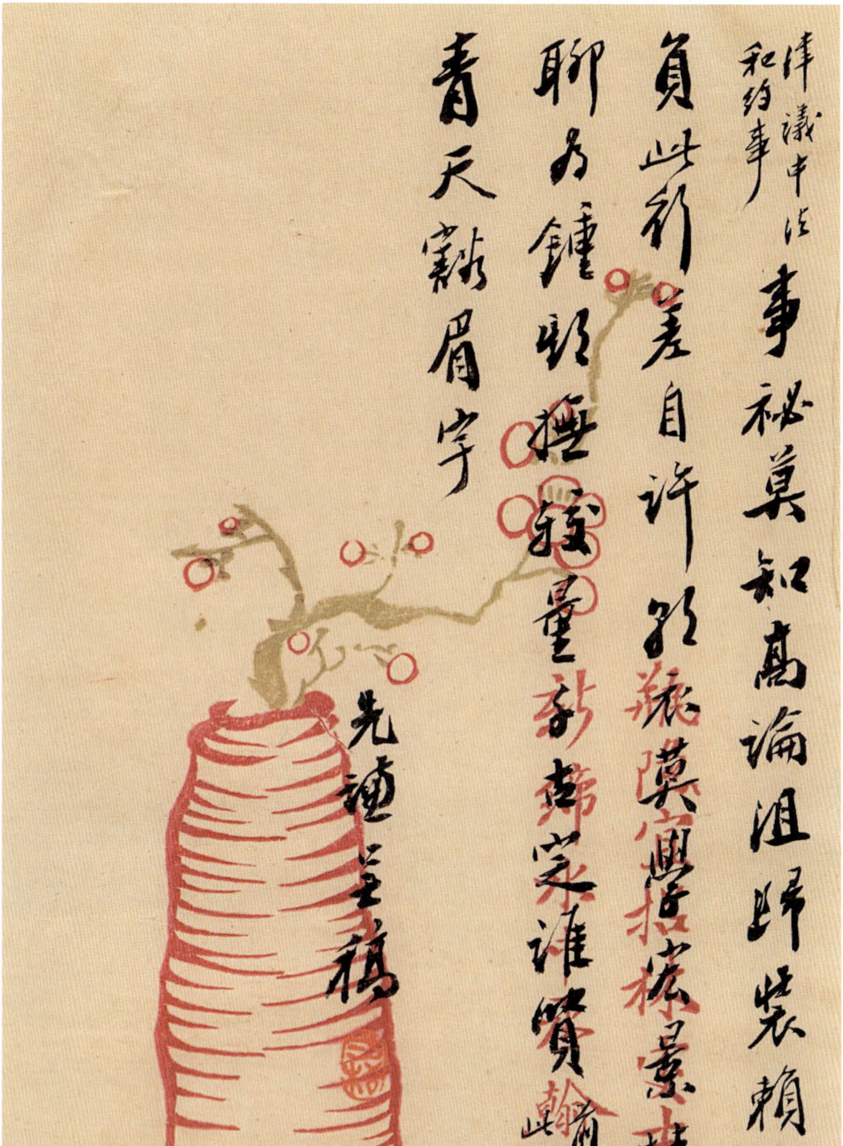

俾議中法和約事

事祕莫知，高論沮歸，裝賴有詩卷壓。不負此行，差自許，能藏漢學，搜碑挂（其今歲以此語據稿門）清結。聊爲鍾鼎摩錢量，新詩笑誰賢（前數夜笑談及此語，戲取入詩）。仰視青天數眉宇。

先通呈稿

遲秋先生道兄左右神交舊矣自承
教論多所聞益弥用欽仰前年
惠書於浙學宗派原流沛然能言
得失而能以人事風會爲憂意與
僭之大道派
甚盛德焉能及此者年 鴻禨無似承

大邦輶軒問學空疏懼不能
舉其職乃
先生推之使進所以垂愛者至厚且
勤何敢不勉所謂高山仰止景行〻
止雖不能至心嚮往〻而已以後百
端仍求

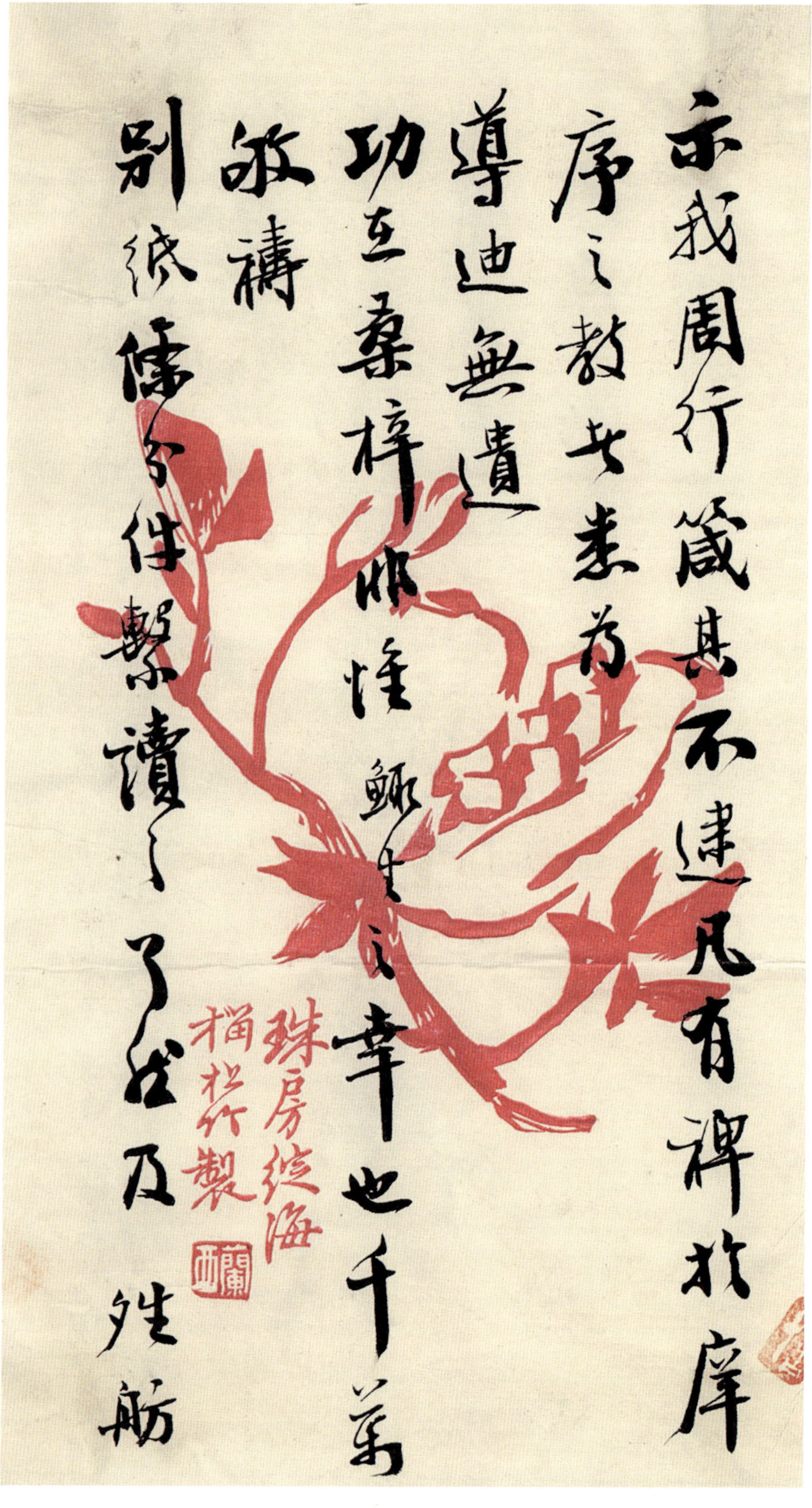

示我周行，箴其不逮，凡有裨於庠
序之教者，尤為
導迪無遺，
功在桑梓，非惟鄉之幸也。千萬
敬禱。
別紙陳分件，繫讀之了然及　姓舫

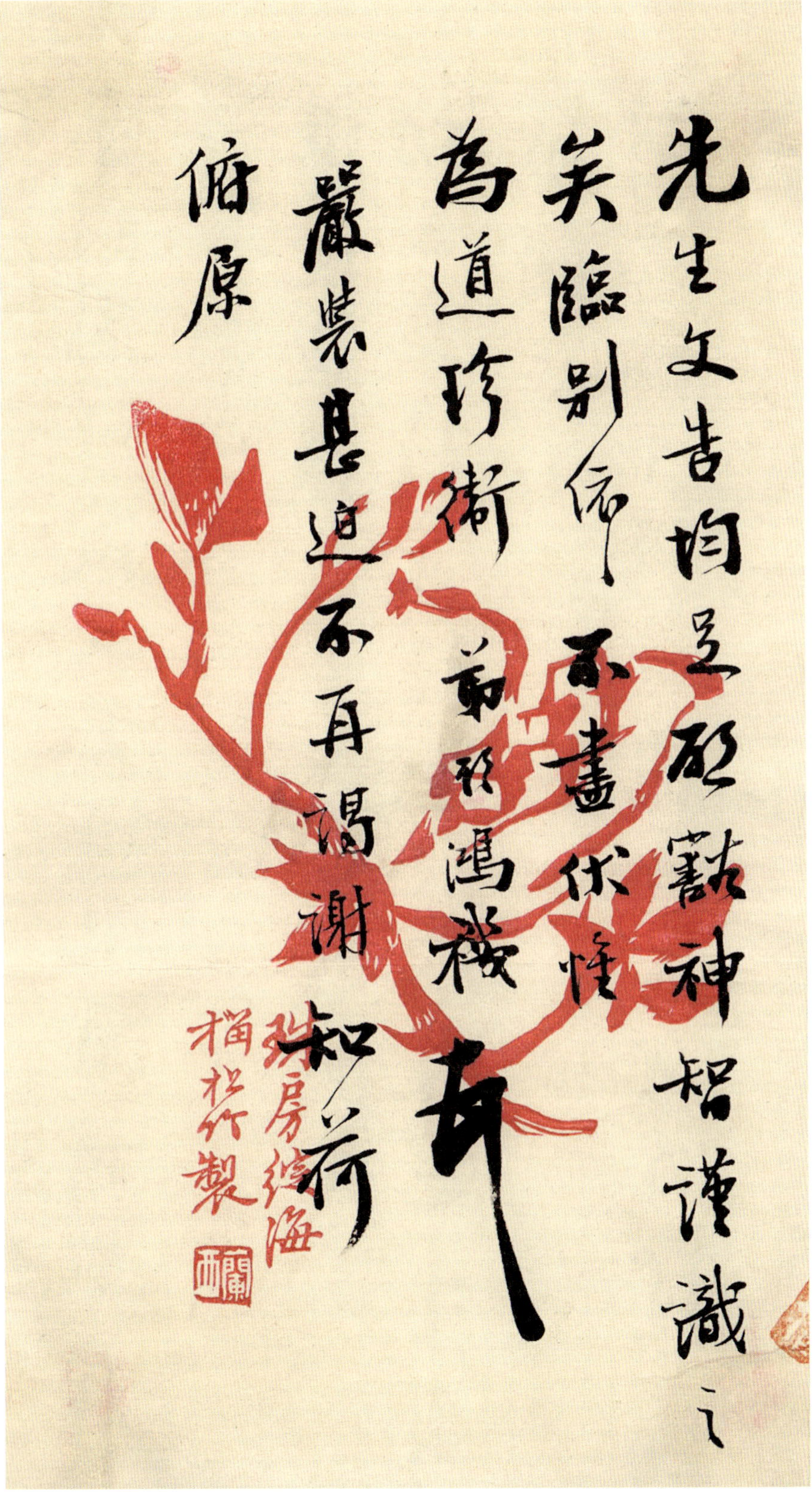

先生文告均足服歡神韶謹識之矣臨別[illegible]不盡依依爲道珍衛前經鴻翰嚴裝甚迫不再謁謝如何俯原

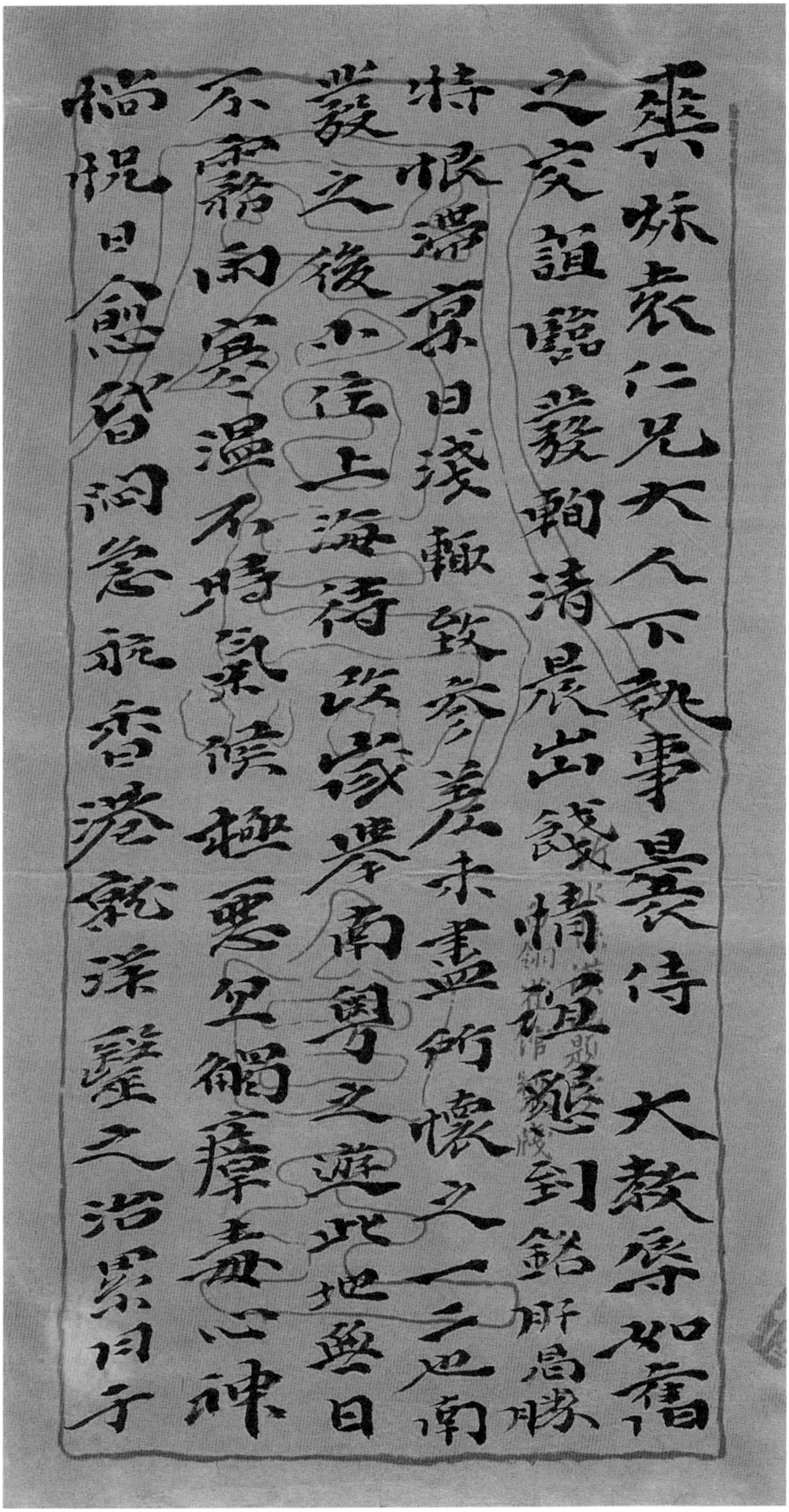
爽秋袁仁兄大人下執事：曩侍大教，尋如舊
之交，誼隆發珣。清晨出餞，情誼懇到，銘肝鬲。勝
特根滯京日淺，輒致參差，未盡所懷之一二也。南
發之後，小住上海，待發擧南粵之遊。此地與日
本霧雨寒溫不時，氣候極惡，兒觸瘴毒，心神
惝怳日甚，因急就香港就醫之治，累月同于

令姪得步行于座中，衆皆知東還養痾，因將長
江之一游付之他集，兼以峽輪舟東指，别揚居時約
終此游。過黄州盤桓一月，此事不可期，真爲憾事。曩
所約陋著二種，叙此奉呈，伏請録存。第是游獲石
鼓搨本、新舊三帖于花叢，武來此途次舟贈一端硯，弟
游囊此二寳以外，無他長物，因擬略仿葉叔裒

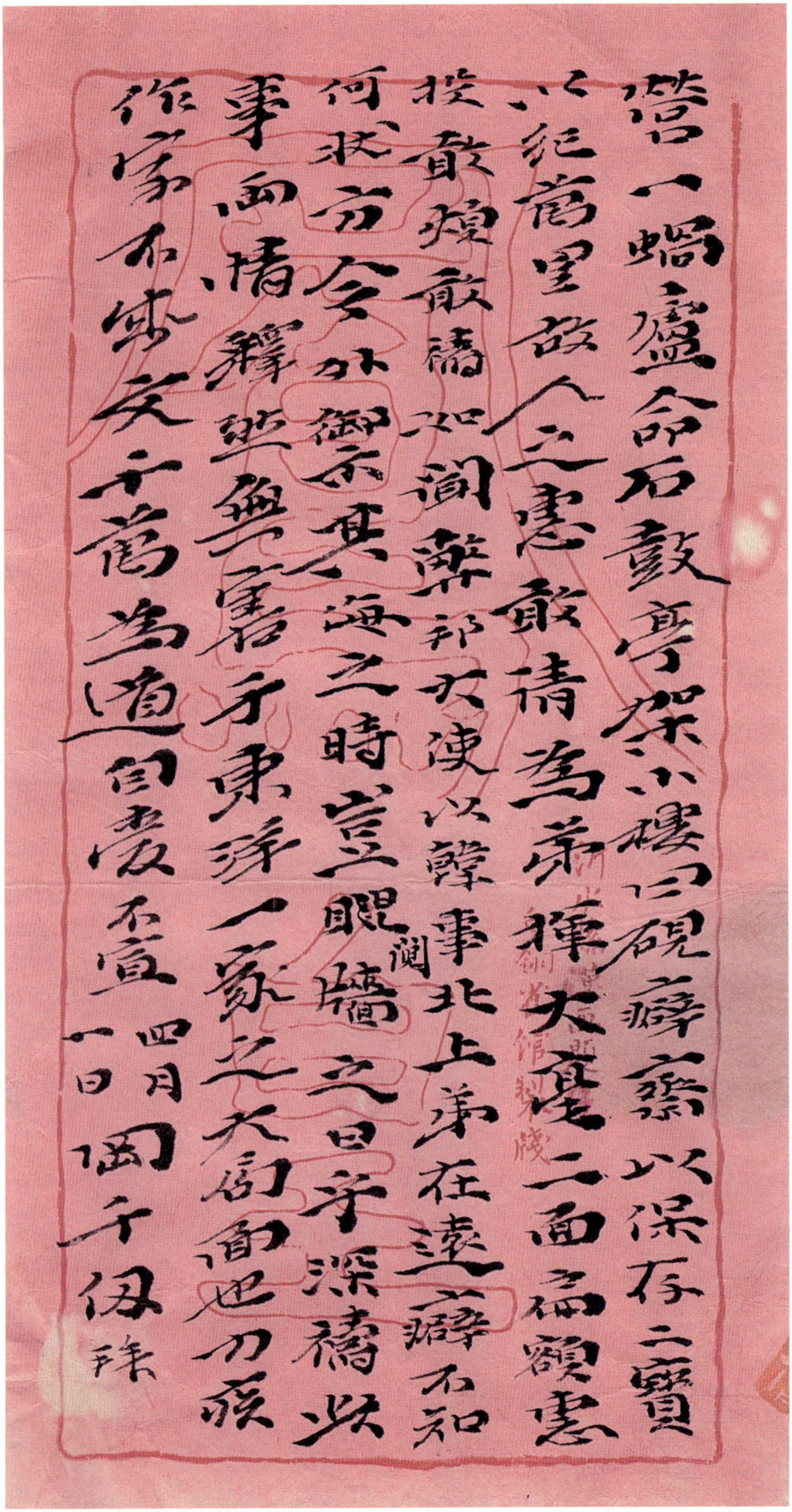

營一蝸盧命石鼓亭架樓硯齋以保存二寶
以紀萬里故人之惠敢請為弟揮大筆二面扁額憲
授敢煩敢請加閲藥部大使以辭事北上弟在遠辭不知
何狀方今外禦其侮之時豈鬩牆之日乎深禱然
事而情釋然無間於東孫一家之大計會也刀葹
作家不倈安千萬為道自愛不宣 四月一日 岡千仞 拜

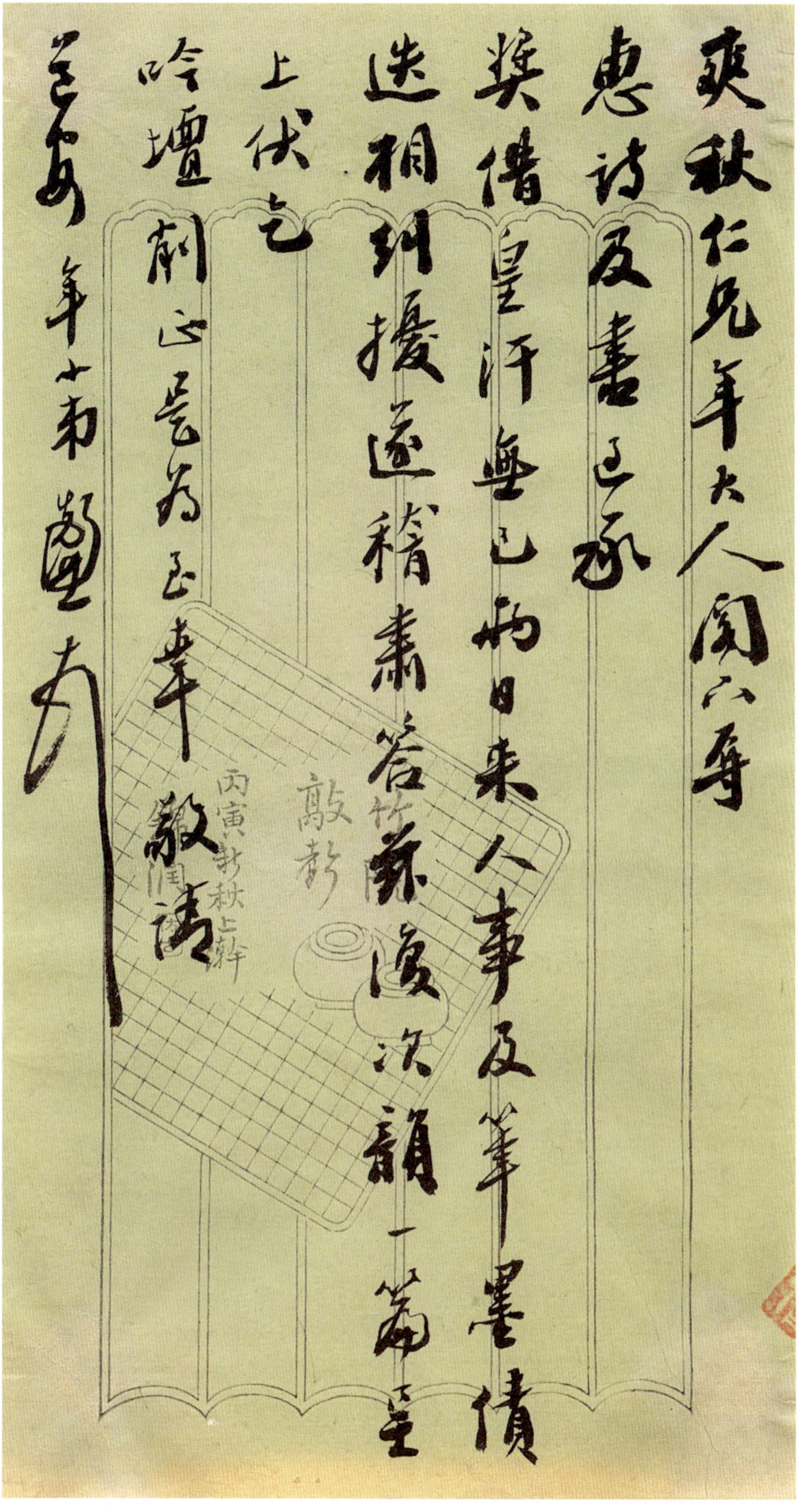

爽秋仁兄年大人閣下：尊
惠詩及書，正承
獎借，皇汗無已。兩日來人事及筆墨債
迭相糾擾，遂稽肅答。茲復次韻一篇，下呈
上，伏乞
吟壇削正，是爲至幸。敬請
著安。年小弟劉墨夫

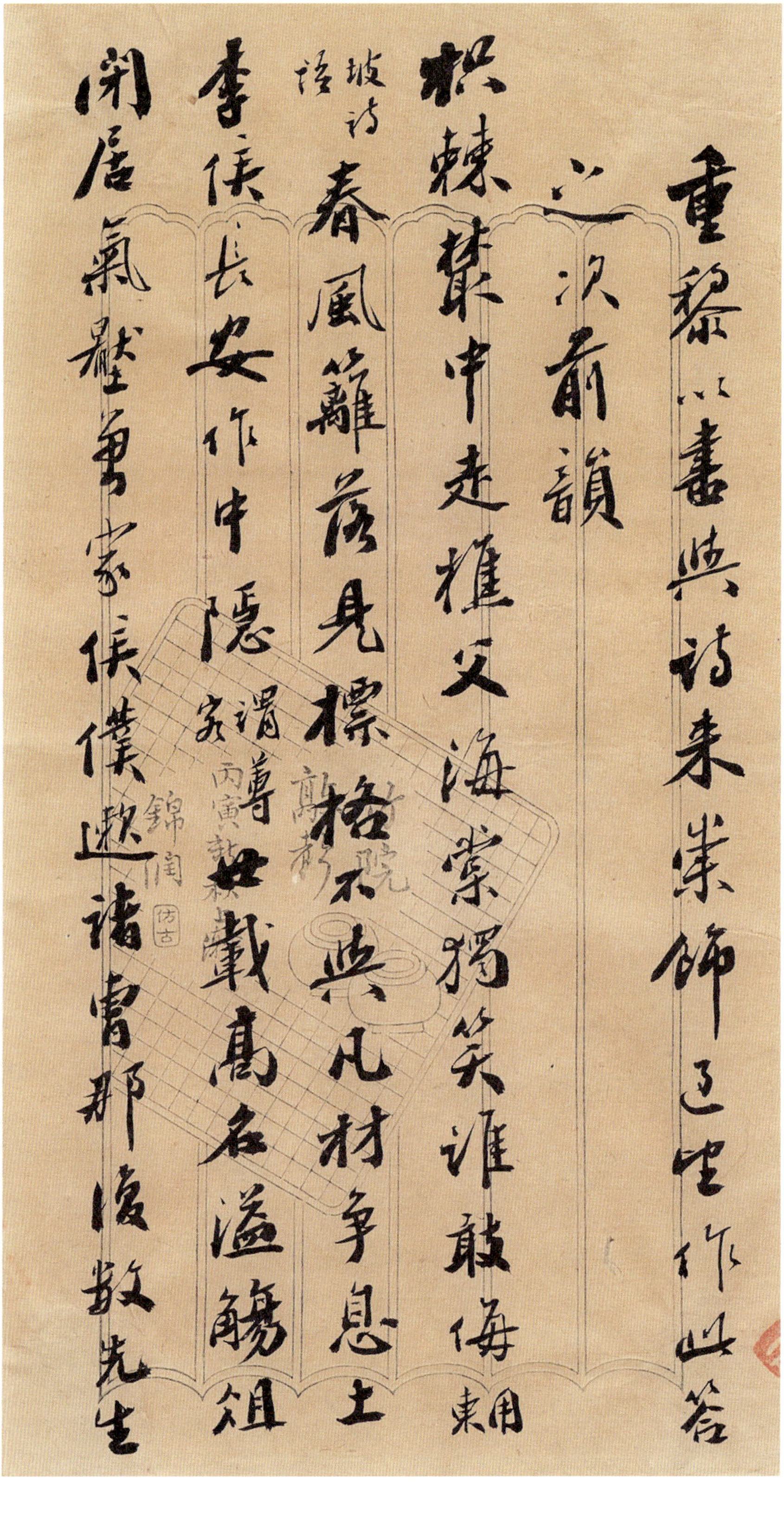
重黎以畫與詩來柴飾迂生作此答之次前韻
枳棘叢中走稚交海棠獨笑誰能侮用東坡詩語
春風籬落見標格不與凡材爭息土
李侯長安作中隱謂家尊卅載高名溢觴俎
閑居氣壓萬家侯僕歎遨諸曹郡復數先生

卑官意不樂頃亦遷、恩古魯青文壇二妙世
所稱不放衛畫入天戶國知得失互盈絀
幾見鶵雛甘腐鼠自庵老人負經濟壯志
肯隨貴鵠舉天公故遣疾相纏妙理高文
坐傾吐小儒仿似窺餘論傳焉皷張動好
未忘端木山梁表頌學堯文霜月吉遠生

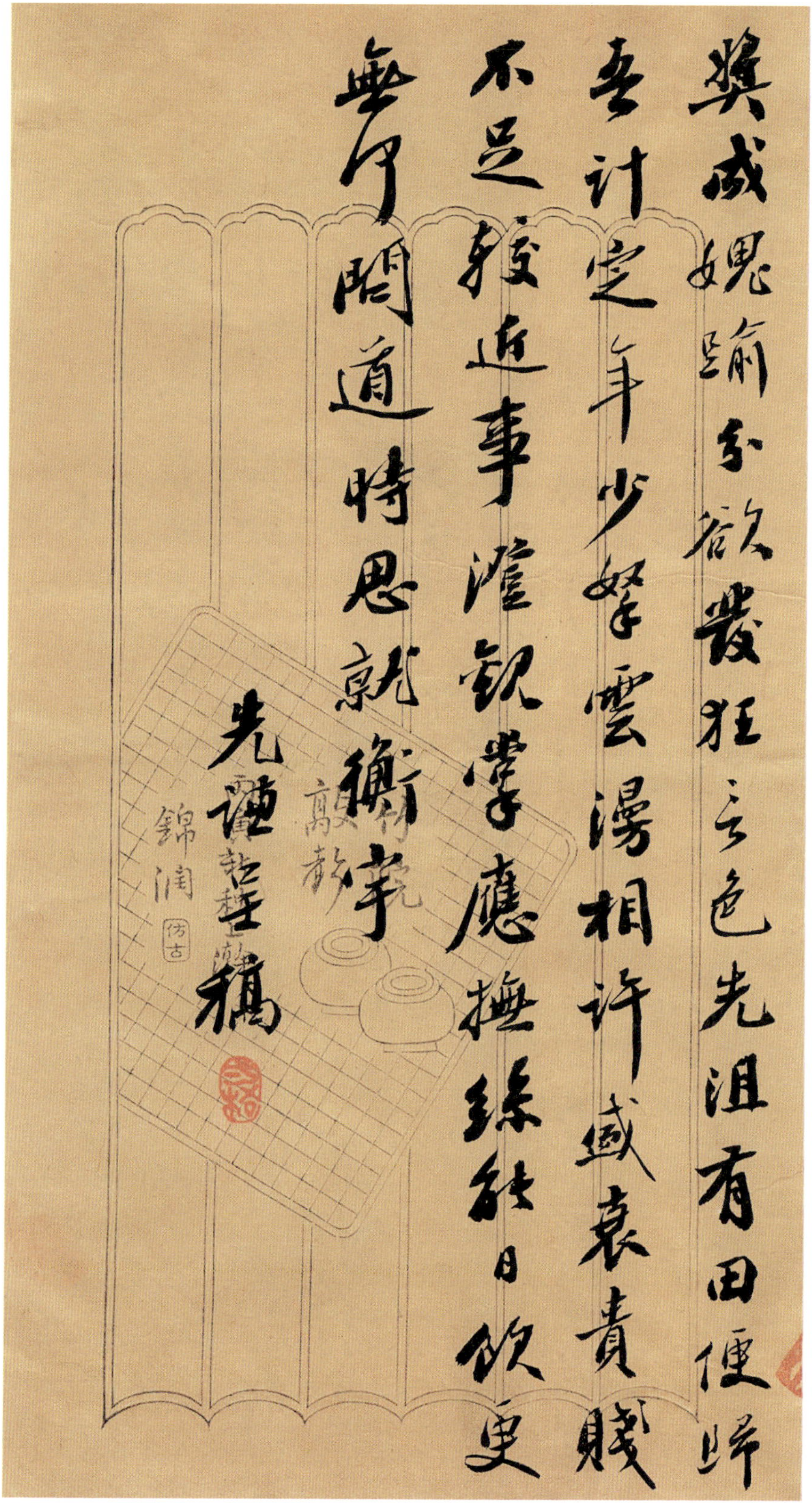

奬成媿踰分欲發狂之色先沮有田便歸
喜計定年少努雲湯相許盛衰貴賤
不足較近事灌歡掌應撫絲餘日飲吏
無聞道時思就衡宇
先謙謹稿

來示敬悉事　所惠仍求收口尊
念急感壽　相域屏軸
左右精雅亦佳將來分發理多客氣有
事變寫發小躬自料檢分訊發不可入
目已屬其另覓通才赴
苦變盡日內應有以報
命此復即請
午安　弟瓘叩
表老弟

閱括垣考試互派
有道必不以此動心並常格限
青才不能不着
先生情也細思
先生之性不能與時俯仰試亦不
能如不如何
先生國互文深為之幸一笑笑一笑

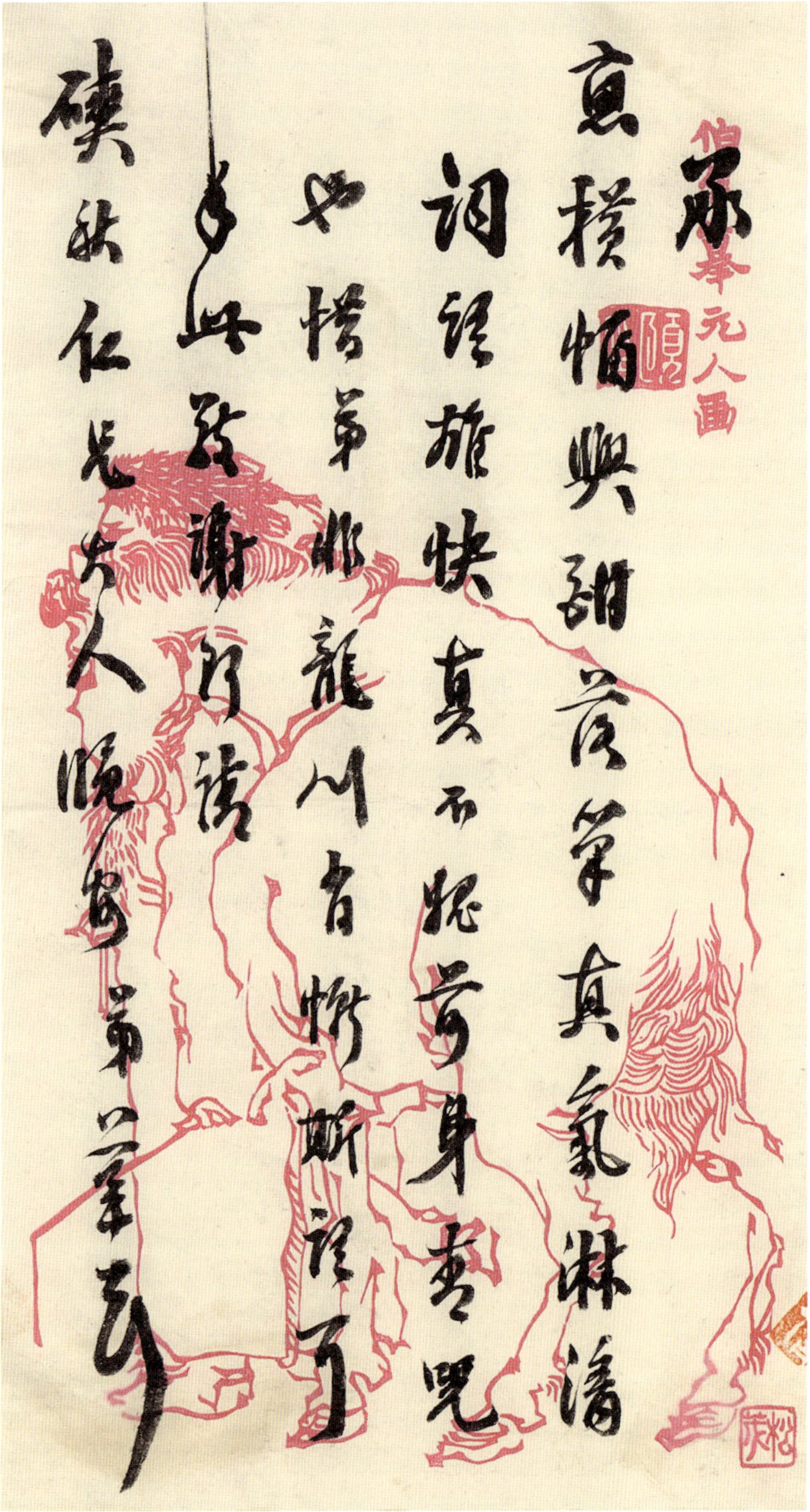

承意横恬，與甜蒼筆，真氣淋漓，
詞語雄快，真不愧前身老兕
也。惜草草，龍川自慚斯語可
也。此致謝，即請
碩秋仁兄大人晚安　弟補華頓首

讀書東坡先生烟江疊嶂圖詩懸壁拱視峰巒雜沓麗剛健合婀娜自非讀書萬卷通神烏能至此拙著春秋論與讀莊子

各一遍、伏乞
嚴斧想
君下不言矣三章小技安足程也

此人名中島雄，倭之少人也。乙卯年此人年卅，他日隨其作趙元昊。倭有一人劉，宜早除之。

名心具 二月二十二日

爽秋仁兄同年大人閣下王弁回甬接奉
手畢頌又奉到二月廿二日
惠書敬聆壹是比維
潭祺休鬯
茀祿蕃增以
望實之並隆卜
勛猷之日懋丕為企頌前致戔戔之敬方以過於
微薄深用歉然乃

執事未經全納，且王弁諸事生疏，多蒙
指示，愧悚之餘，彌殷感戢。法船自正月望日撲
犯鎮海口門，經礮台兵輪陸營合力迎擊，連壞
其黑白兩兵輪洞穿遁去，沒又擊沉其撲岸之
舢板。敵以鐵艦上之大礮連日遙對礮台轟擊，
其發大子三百餘磅，而各礮台經前去年會
商提台悉皆改石為土，外蓋草皮，與山色相
似，使敵驟難辨為礮台；又築長牆設壘營

以資敵此次巨彈或陷入泥土無一開花或
墜入長牆營壘之內以竟無一人損傷彼遂不
能測我營寔自是敵之伎倆窮矣查鎮海口
門寬百餘丈守衛本無一把握幸弟去年稟請
中丞撥款抛釘巨樁兼沉石船由弟督同委員
竭數月之力而始竣事用費不過數千金此次
阻拒敵船獲有憑依頗著大效他如勒遷
教士以絕內應添鎮海電線以捷軍報豫

以厚糈羈縻司水好手以絶法船之嚮導蛟門天險必須引水則船必觸礁弟將熟習甯港之洋人豢為訂留孤拔欲募人領港出價五千金而無應者密縱英人領事出阻法人不許其窺伺定海此影端者始時由弟主意孤拔乃不敢必其有效與否由今思之均係不可緩之舉將來再辦海防亦覺稍有把握矣法外部斐禮罷去而國仍照津約議和但使法人能將基隆澎湖退出公平議約不復有所需索從此免於戰禍乃中外生靈之福

也緗文太守逕呈來諱弟又少一封帋手爲之
悵然承
賜去年度支出入總册此係外間難得之
書而
執事劃愛見貽紉感奚似篇内略有須核
正者如各關所緣南北洋經費及出使經費
之數祇據各關報解之册爲憑然報解或
遲或速或積數結始一解其年内所解之

數原係適然之數，而未可視為定數。譬
如洪海關一年收稅銀七十萬兩，則南北洋
二成經費各應除十四萬兩，共除去四成廿
八萬兩，尚賸六成四十二萬兩，就中提出一成
半作為出使經費，則須解銀六萬三千兩
也。其餘各関皆可以此類推矣。拙纂各省
財賦考略，究以限於聞見，疏漏不可名狀。
頃因袁敬翁屢要來索，姑為鈔一分寄

去
執事可向敬孫索取一觀即知其不適
於用矣籌海錄論竟無暇續著僅可俟
之異日而已
令兄梅翁意在棄菜就館弟極應代為
設法無如　仲帥於下條教禁止司道
府為人謀館其各州縣到任各局員到
差必將所聘幕友姓名開單呈院並

注明何人所薦　帥則按其多薦人者
予以記過　甚者參劾　弟因格於省例有
心無力　歉仄殊深　若有友人送到　新刻劉
海峰全集　爾雅圖　兩種　謹各寄一部以
公同好　希即
詧收為荷　手肅　敬頌
大安　並頌
潭祉　不宣
年愚弟薛福成頓首　初八日

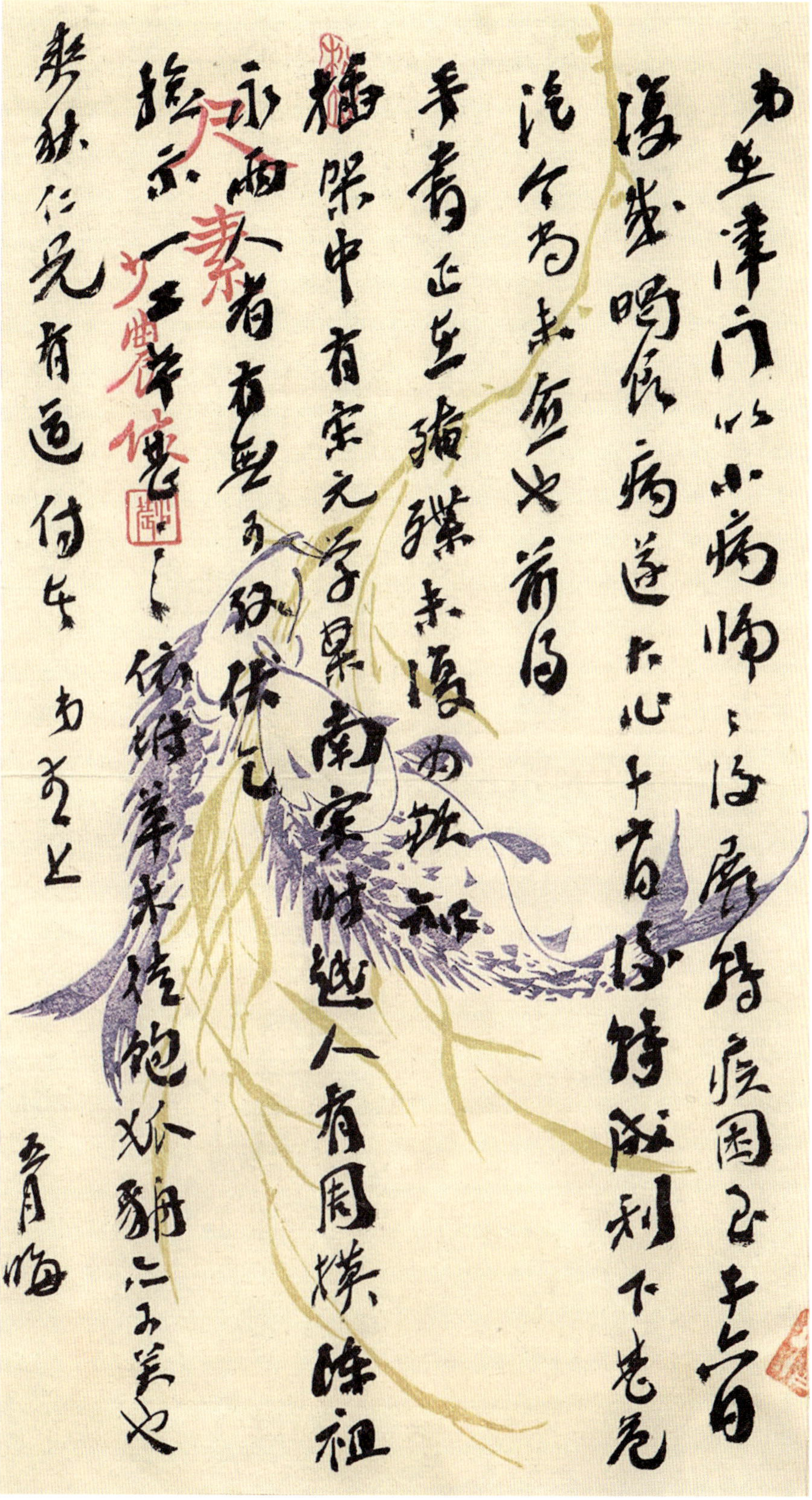
弟至津門以小病歸，歸後感時疾困至十六日復發嘔瀉，病遂大作，十日後始能利下危危，今尚未愈也。前日手書正在補牒未復為歉。櫥架中有宋元字畫，南宋時越人有周模、殊祖承兩者，有無可考，伏乞指示一二為幸。倘得筆末佳飽狐豹，二子笑也。
叔秋仁兄有道 付午 弟芳上
五月晦

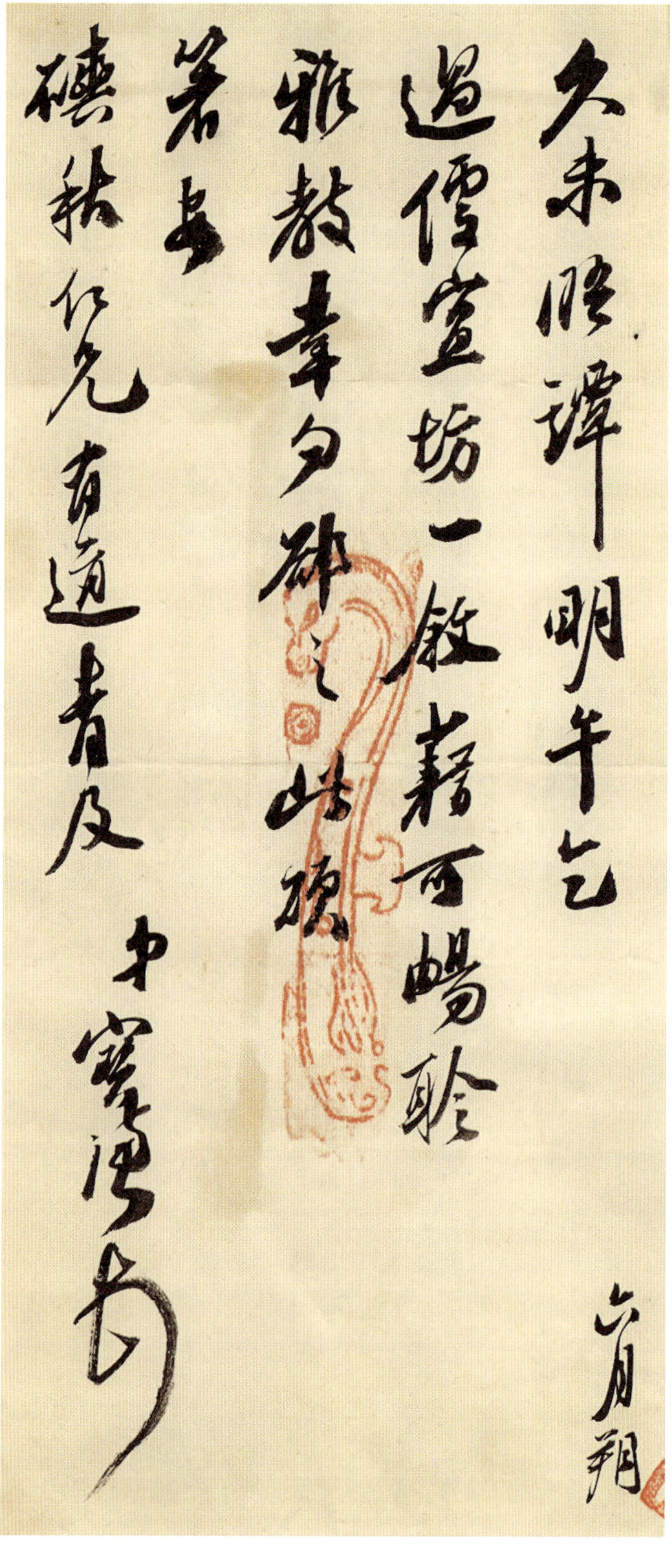
久未晤譚，明午乞過傳寶坊一敘，藉可暢聆雅教，幸勿却，此頌箸安。

穗銘仁兄有道。青及

弟寶謙頓首

六月朔

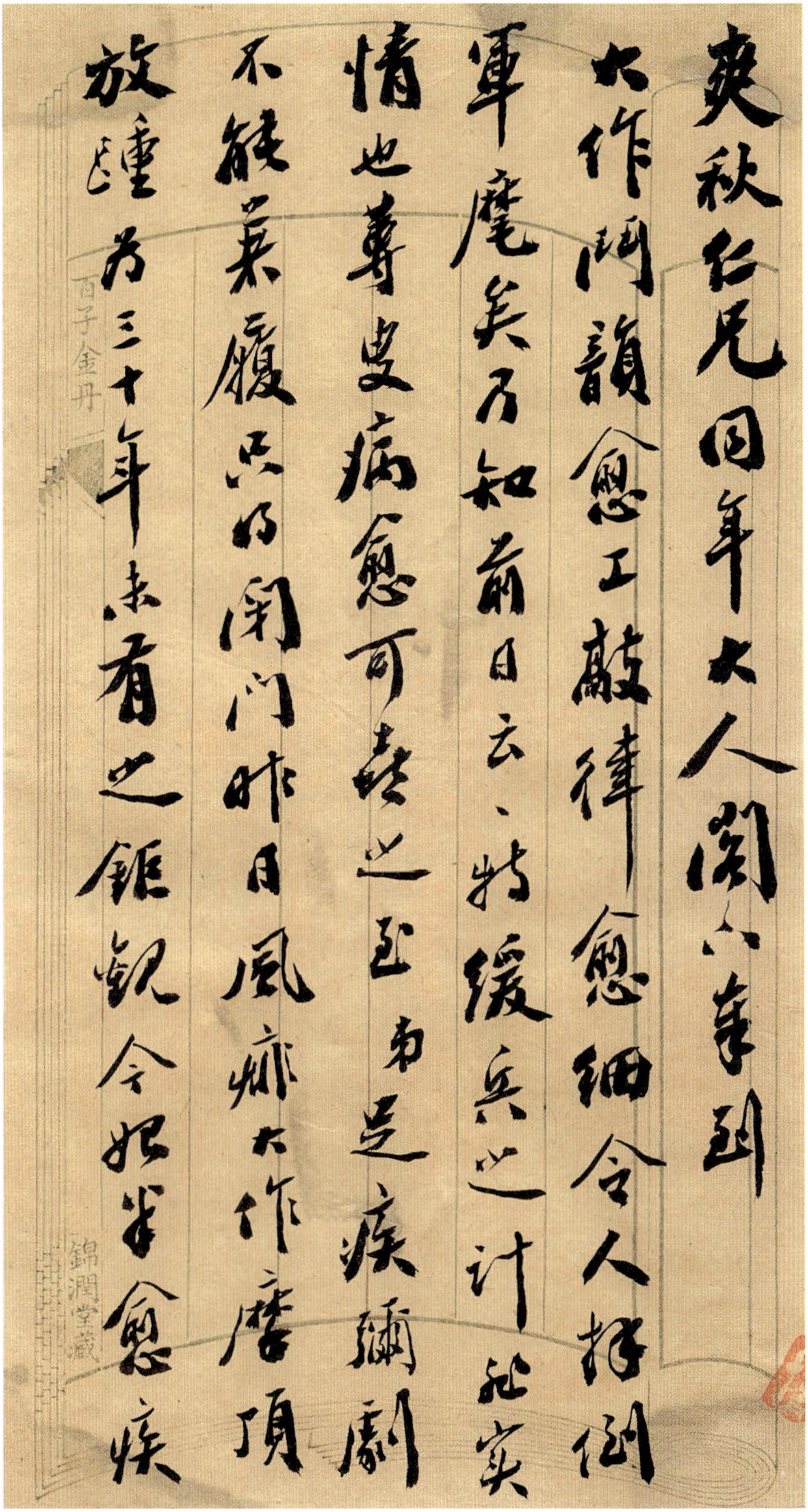
爽秋仁兄同年大人閣下：奉到
大作，珂門韻愈工，敲律愈細，令人拜倒
軍麾矣。乃知前日云、特緩兵之計耶？實
情也。尊恙病愈，可喜之至。弟足疾觸劇，
不能兼履，只得閉門。昨日風疾大作，磨頂
放踵已為三十年未有之鉅觀。今姑半愈，疾

昔唐人彌增困頓吾鄉黃進士道讓以詩
豪自命大集巍然後來追似袁簡齋而亦
丁卯之交相過於長沙以題集詩見屬申
一絕云無已苦吟那是敵誠齋痛快最相陪
人之詩到蘇黃處君看蘇黃來處詩益
規之也嗣是頗有酬荅詩一日黃忠壯公潤

百子金丹

錦潤堂藏

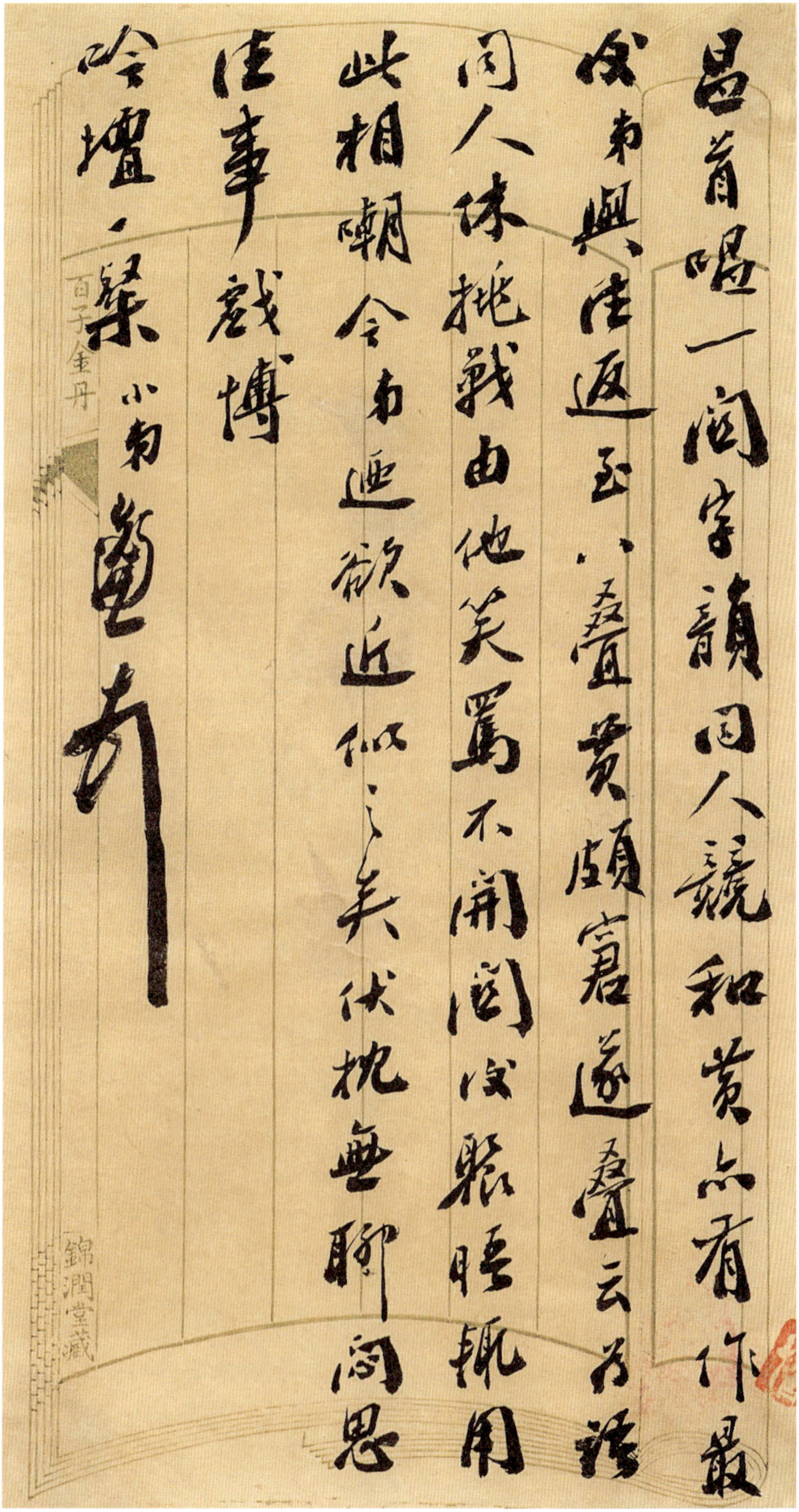
昌首唱一闋字韻同人競和黄花有作最
後弟與佳返玉人疊黄韻寄君遂疊云為請
同人詠挑戰由他笑罵不開闈後聽輒用
此相嘲今弟通欲近似之矣伏枕無聊聞思
佳事戲博
吟壇一粲　小弟鄧[illegible]

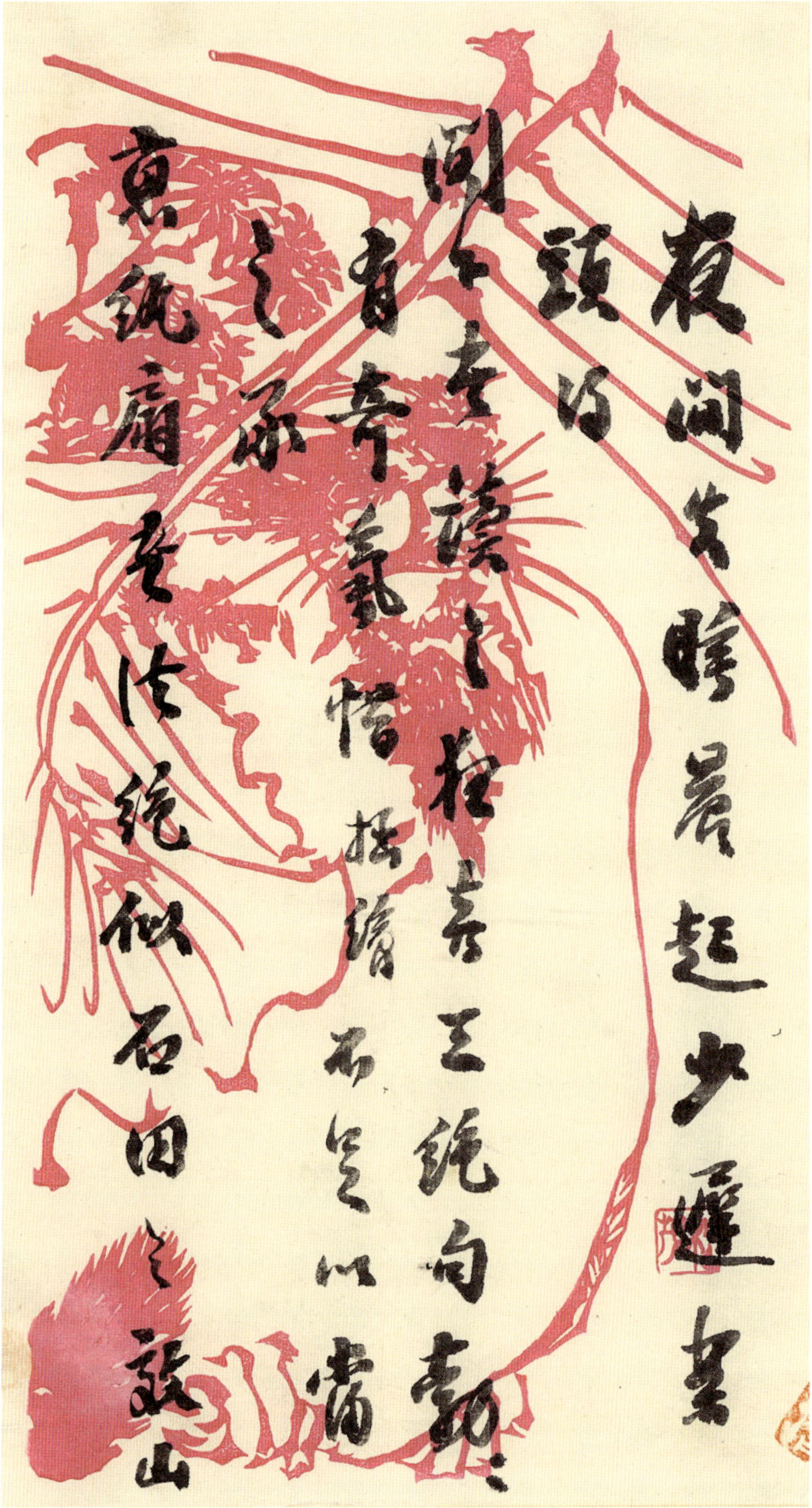

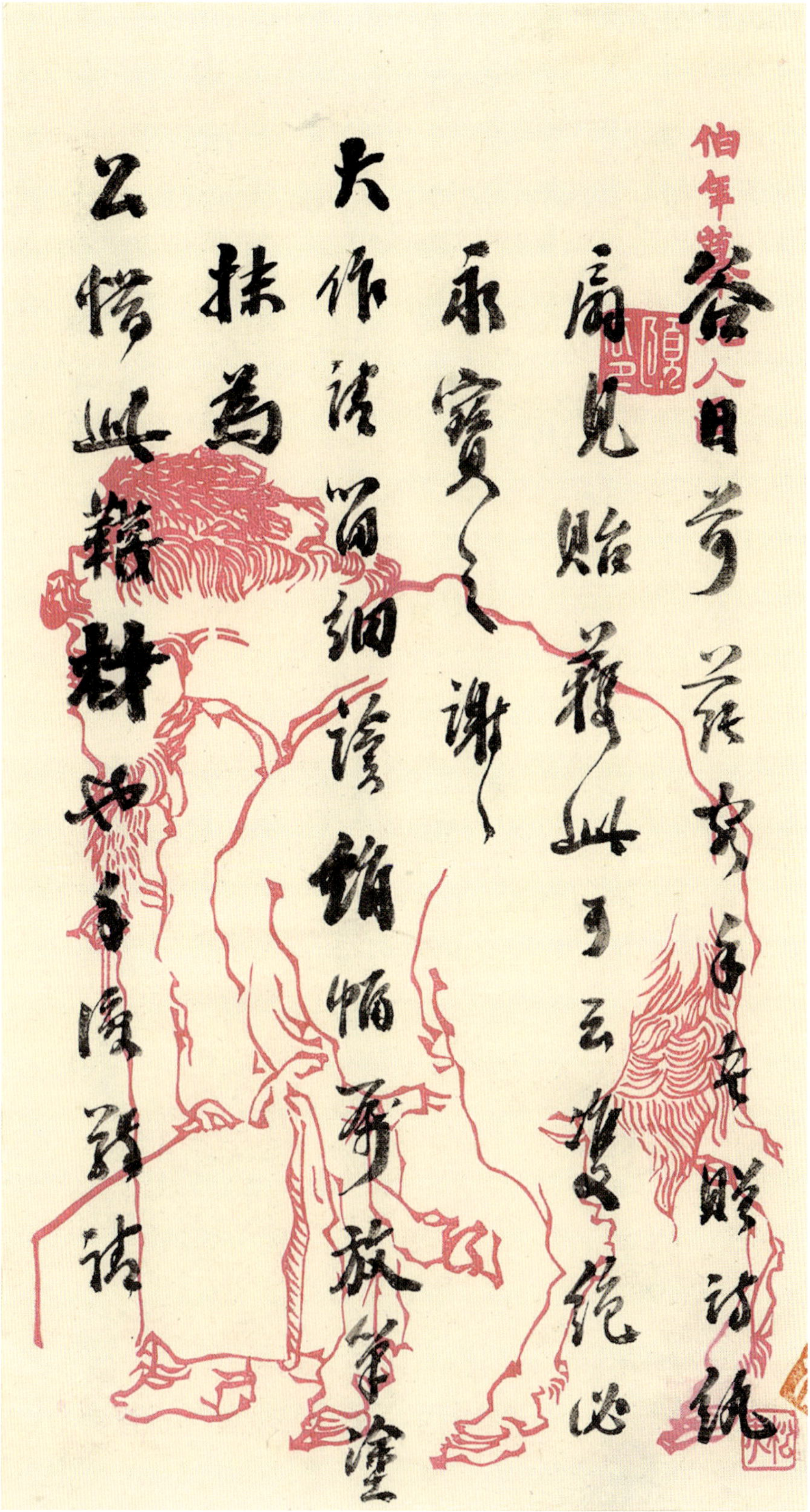
今日荷 茀安手安賜訪紙
扇見貽蕃此可云雙絶必
承寶之 謝
大作請留細讀錯幅弊放筆塗
抹爲
公惜此轉料也手復敬請
伯年

道安

重黎仁兄大人閣下

小弟補華頓首

伯年寫

貞吾拜惠先緒初元弟在湘陰
幕府同事有湘鄉人就弟學
作詩古音聲不可曉因吾
兄讀若干條告之有取之先
輩考訂者不下三家深淺
近日知其業擇正皆什篇家

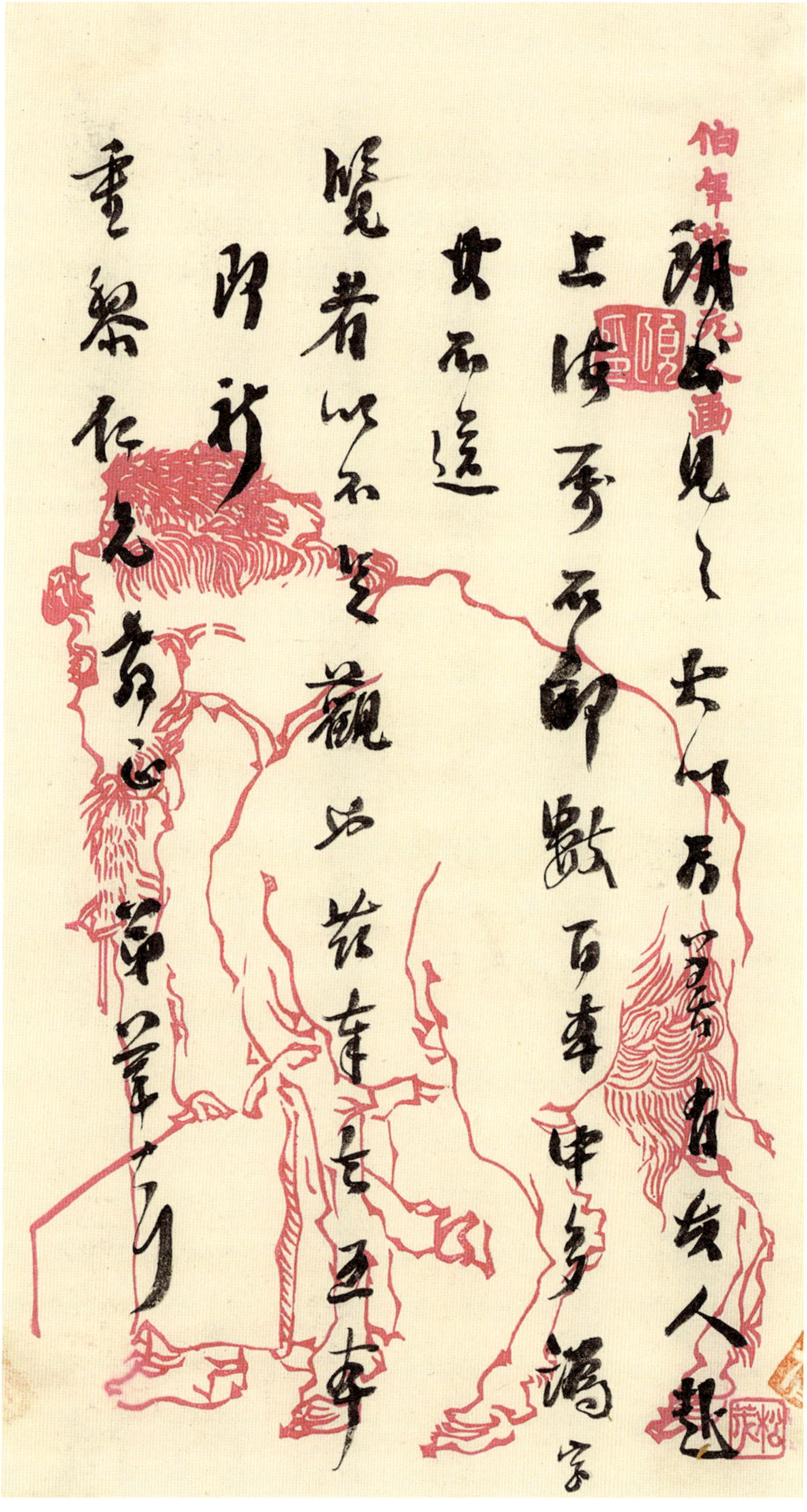

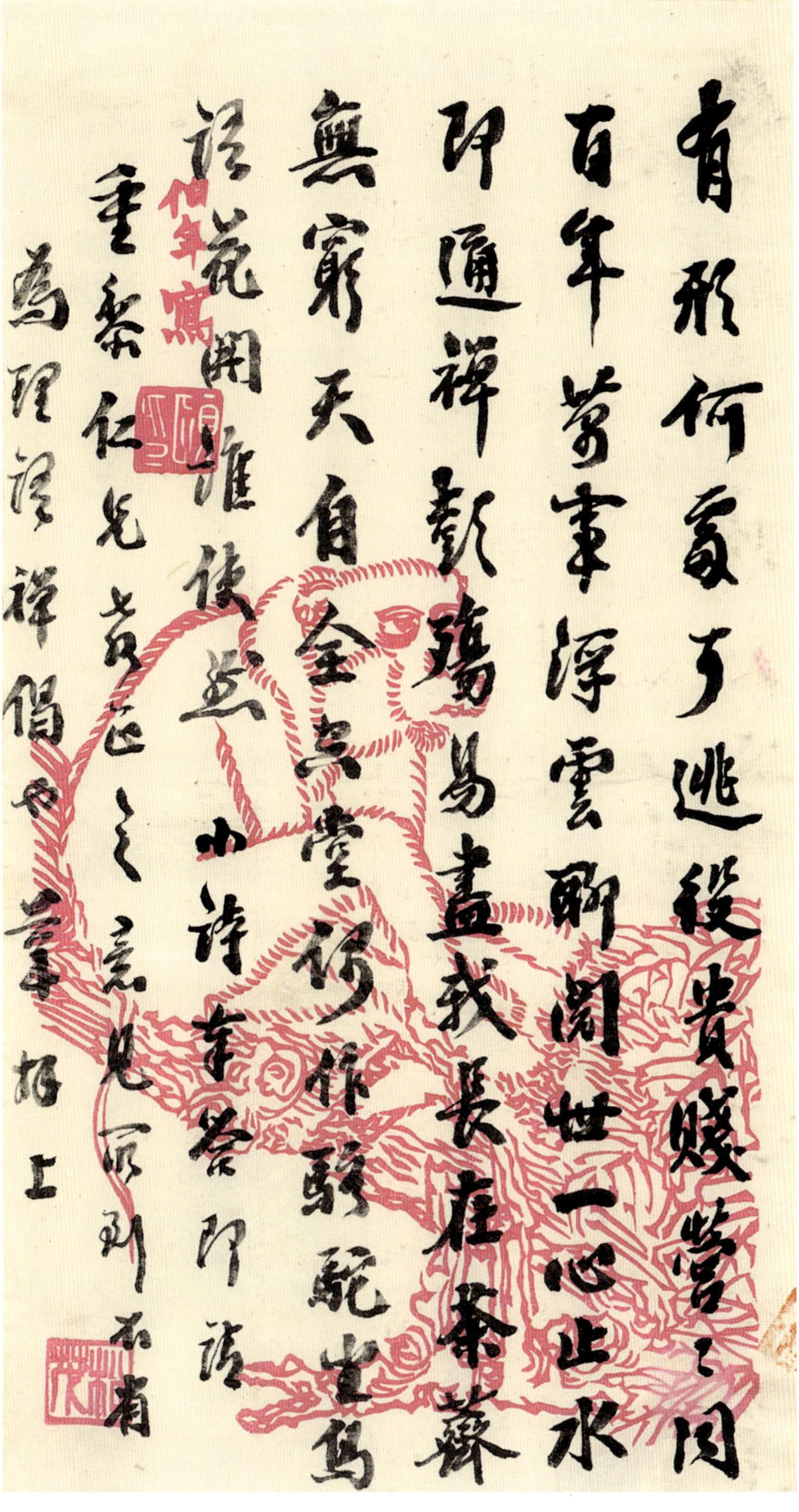

有形何處可逃，役貴賤營營，閒
百年夢事，浮雲聊閱世，一心止水
即通禪。歡場易盡，我長在，茶蘇
無窮天自全，空堂何作驚駝出焉
語花開淮使然。小詩奉答，即請
重黍仁兄老弟之意見元刊不省
爲理詩禪倡也，兼拍上

伯年寫

奐秋先生執事屏：

拜領傾設，去歲積慕，舂看歲出學，李來又浪遊

江海，學問文章一家無所時，詩文論說亦復不多。今

書抄猶叢殘，浸汰其滂，無關系及必不可存者去

十之五六，僅有詩五卷、文若干首，內尚有

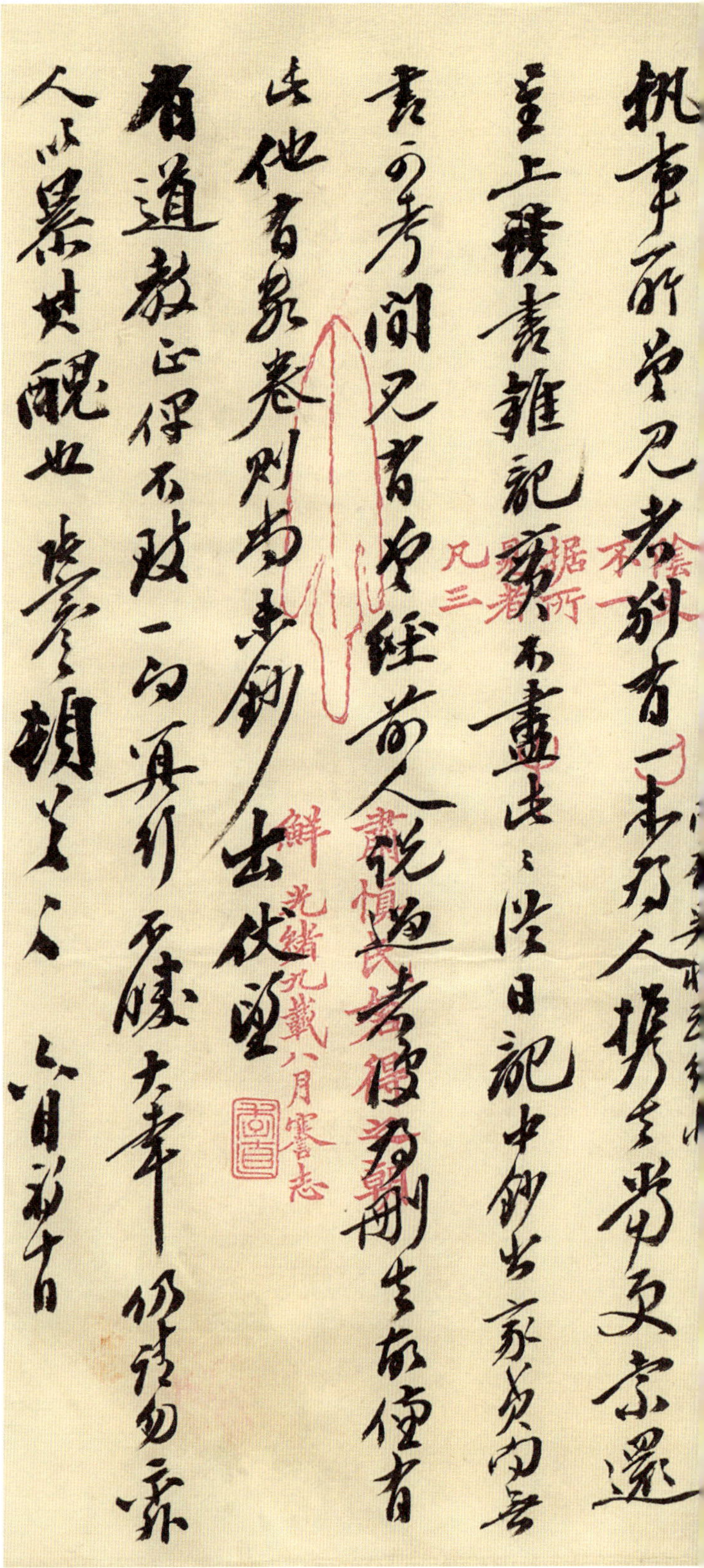

昔日作七言律一章引伸前
指奉道
實庵未知已入
鑒覽否 若誦
大作磊砢離奇刊棄百事而游
心於物之初此蒙叟之宗旨也
不得志者之所為獨有此一境

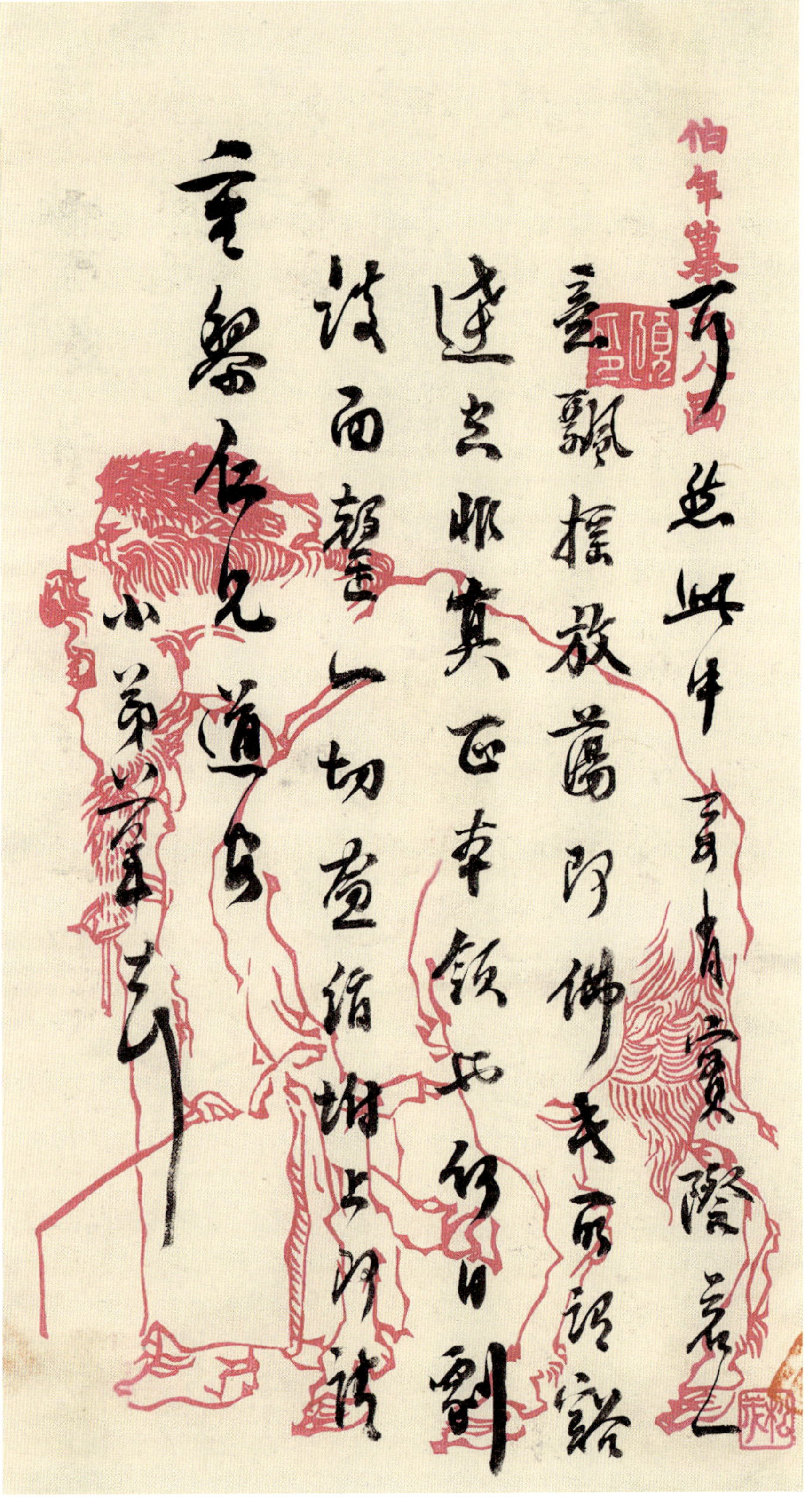
前述此事，吾兄實隨意，
言飄搖放蕩，阿佛表示認錯，
述出此冀正本領，出行日割，
談而題之，一切畫稿均上阿請，
重盤候兄道安。
小弟補華上

未蒙推許，大過何以克承。
示件籍等[illegible]尊撰書稿，識論正大，於
從旋校讀，從倆洞見，觀火，惜書年久，不
能採用，就
古誼忠肝，足令人佩服無已。此復
碩秋我哥同年大人
弟心印

合英摹　有卿燦一枝春

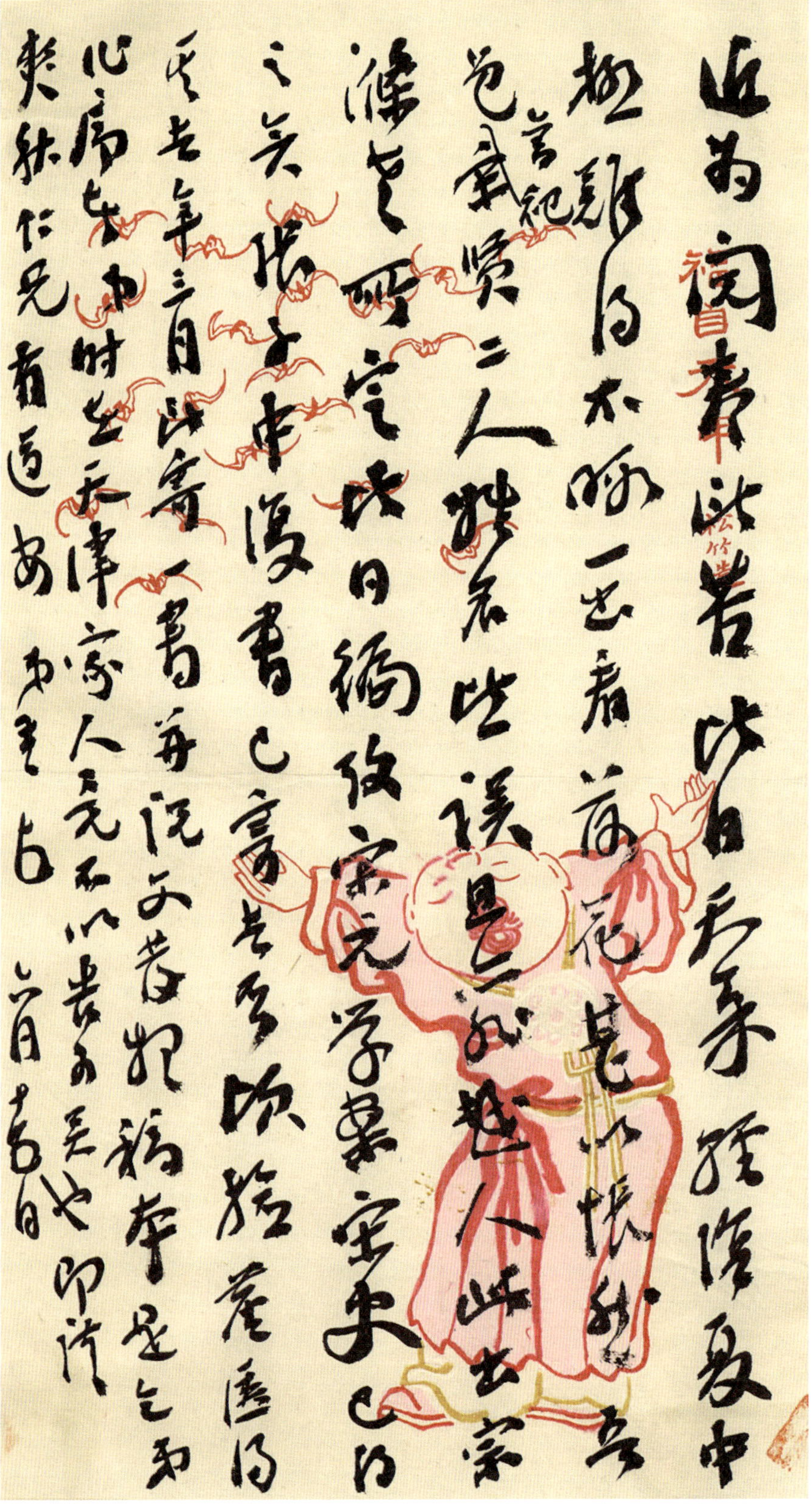

重黎先生座右

道駕蒞津　藉紓飢渴

行時欲呈微物聊

先生拒錢甚嚴禮數闕如方深内疚

賜書齒及悚惶悚惶伏審

宅上咸綏

德躬元復至慰下懷

先生清名飽學挺特崇深乃屈於郎官不獲遽施

蘊蓄言之所謂挽回氣運大居經綸非異人任
先生勉乎哉 遂骯髒之習本不合于時宜
先生扶掖盛心有加無已私衷豈不甚感所患此生
百無一成重負
知己之望惟此惴惴人不我知亦由無具無術所致自修
不逮夫復何尤純然氣情志昏忽又一經物不堪造就者
因王竹舫不克即來 遂又坐空之時步已延張君筱川設
帳彥中 張君係竹舫至戚頗能盡心郭 臨九成宮

之賜敎謝謝懷仁聖教序一本已悉 蒼老並述
惓惓之意渠極喜銘篆先致謝忱聞再上書也比聞
俄與高麗私立保護之約英又佔巨文島未識
廟堂之上作何處之 張朗帥節鎮何地海防善後如
何經營 政暇幸 示一二財賦攷略一冊附
上敬叙
著安千萬保重遂 再拜 五月廿八日
宅上均安 兒女侍叩

再遂近奉萬蓮祈觀察委辦屯田水利局務，日前下
鄉略勘一番，此事頗非易易。致毋稍急，係因從五年
崇地山侍郎創辦，其地在津郡東南，名軍糧城，離
津五十五里，離大沽北塘亦四五十五里，祈飭大興稻田，周圍五
開引河，以便河潮水為灌溉地，凡四萬七千餘畝，率
係官荒牧馬草地，加意經營，非不能化斥鹵為膏腴者，無
如二十年來所派委員，皆工于趨蹌之紅人，身兼數差，從
未駐鄉，書理其事，以致成熟者極少，穩地更少，非地土不宜

土棍把持，包攬錢佃，農民徒累。是今刊碑豈荒

蕪，可為浩歎。下走擬請上臺大改積習，另議新章，

先調就近駐防之營撥兵挑濬，以資蓄洩。此時海

晝無事，將卒空閑，如以興工，可免雇用伕役，另籌

挑費，酌修官房（本有官房數間，因委員不住，久已破爛坍塌），以便止宿。今年

秋冬籌定辦法，明年認真興舉。凡不種稻者，概將

原地扣回（本係官荒之地，非民產也），另招農民承種。官房左右招人開

設車廠（專造水車、農具）並米麵油鹽之鋪。該處離鎮太遠，（非聚市不可）果能

無大水旱，自可應手，每年十萬石之糧不甚難也。軍糧城四萬餘畝，亦當係王所創之葛沽鹹水沽等處變稻田數千畝，亦係屯田水利局管。月來閱案卷，察土宜，詢輿論，于此稍有把握。廣仁堂試種稻地千餘畝，近亦頗向榮。然地段太窪，連潦年洩水不易，適不如軍糧城、葛沽、鹹水沽之地近海，何易蓄易洩也。擬試言于大府，如不我遲，即力任之。求田問舍，遠紹去歷國所願也。苟或不然，將如歷來委員之專領其水，安坐城中，歲或一行，尸素而不知恥。下走

欲言忍惟省辭一　善藏拙而已
先生念切时艱觀物燗熟憫其惷而糾其謬不
勝大願遂尋拜

爽秋仁兄大人閣下：津門小叙，快領
教言。别來數旬，時深馳系。敬惟
履候延薰，百凡如意為頌。敝同鄉銘青鮑君前承
雅意推轂，感佩無涯。弟曾兩書招之
文從既行，閣署誤聞，將言不無中悔，而力為辯雪，議俟銘兄到後再商
所處，而銘老亦書發不至，此事想遂已矣。特
閣下説士之甘，令人常在肝鬲，以不能仰副為悚悚耳。張子虞兄自武
林貽書，言同人於鳳林寺薛廬茶設　桑根夫子栗主，以時祭饗

醵貲生息為將來祠祀及歲脩之需，子虞撰有啓甚工，分寄同社
諸子，
尊處想得讀其文也。弟栗陵如常，差可稱述。比者 廷旨有大治
水師之議，奉檄飭各抒所見呈候采擇，曾私撰一稿，語涉傷時，敝
総辦梅園觀察取而去之，並屬就正
大雅，但詞冗漫不脩飾，又無暇日，略録呈，只好意到而已。手此敬請
台安，諸希
朗照不具

愚弟趙銘頓首　六月十三日

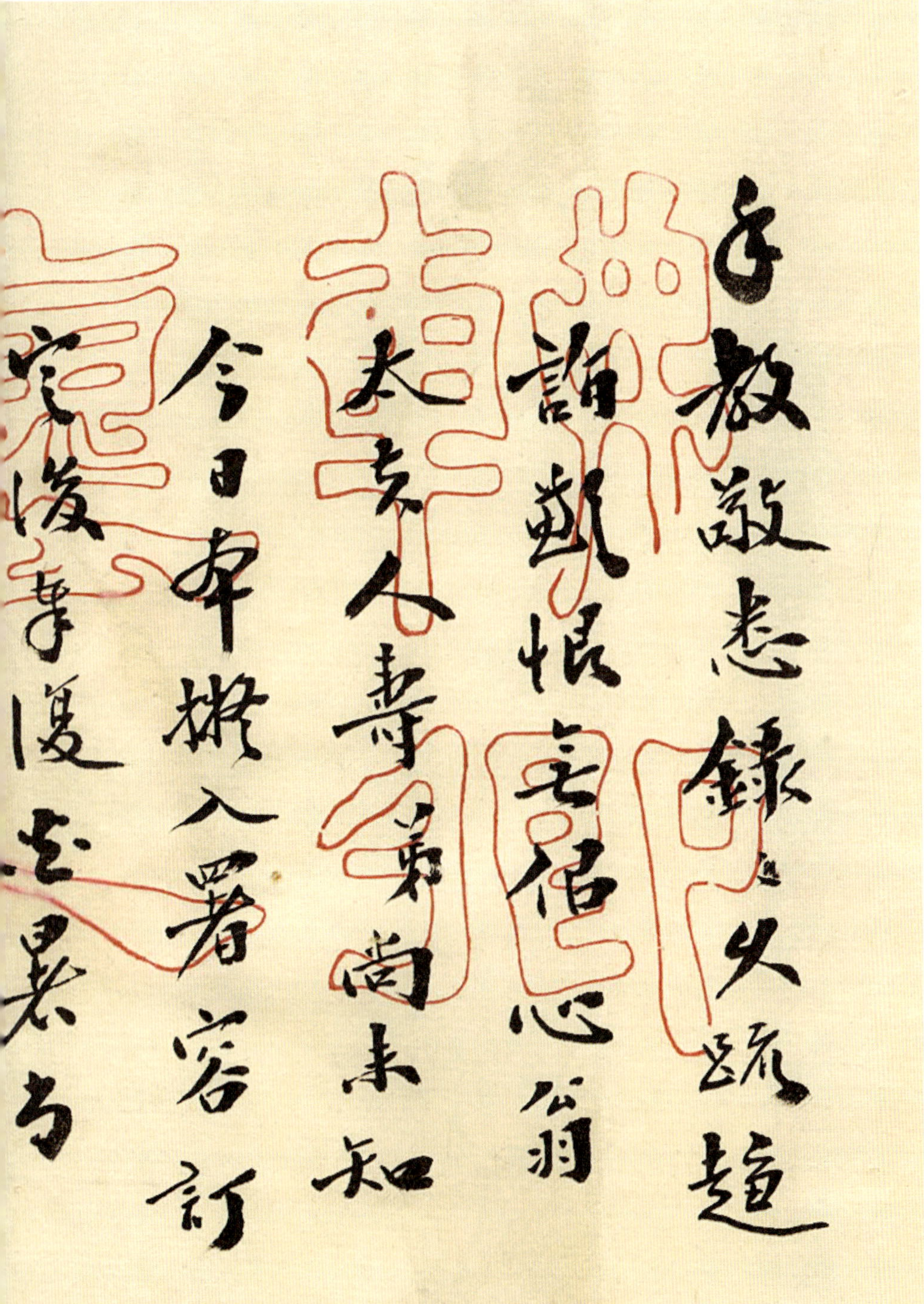

燭卬頌
珠宜千萬
節敬叔
澍西先生有道大安
光緒倉龍甲申相月橅景北海碑

嗔逃軒又見
過設及紹翁
所擬悍計有
六人而同日如
楊周文為公
送悍之外復

楊崇伊

一鐘精舍甲乙稾舒執
室隨筆如蒙
賜示最感書以淺鬯形之及

行重神弟菁交如此淺陋不必致謝歟之蝸但亦不可為訓
實之藝令樸狂公悍之外再送燭浴若干合諫悍分約不及二
十年不謬尊意如何乞示俾得遵循手敬　崇伊頓首、

浙西先生道安

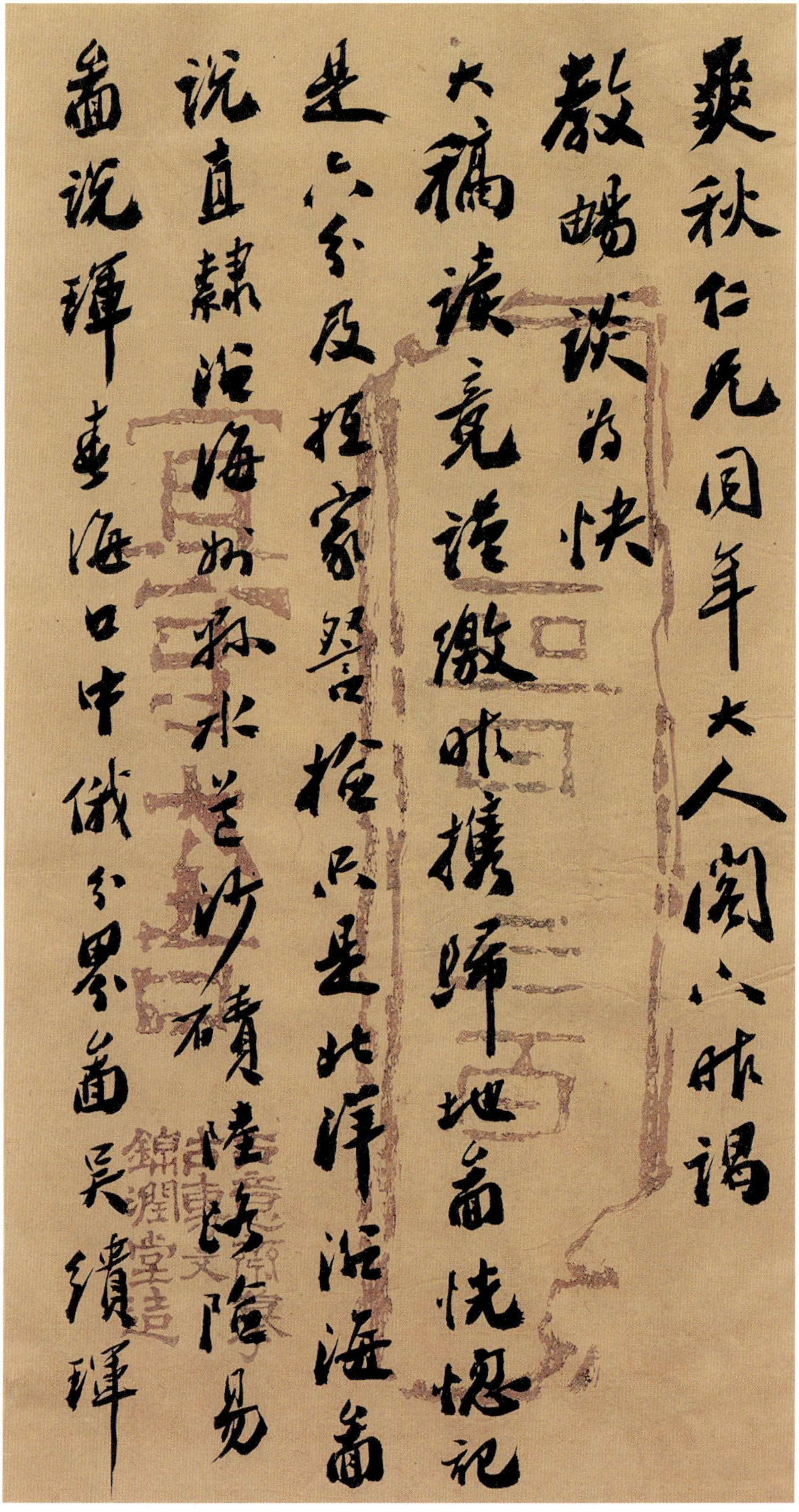

書所畫雀續兩京海道編上中下共

五分，是否南記標錯？譔抑梁中有遺

失，還乞

示知爲幸。手此，專詢，敬請

著安。弟翰方

古意齋摹古甎文　錦潤堂造

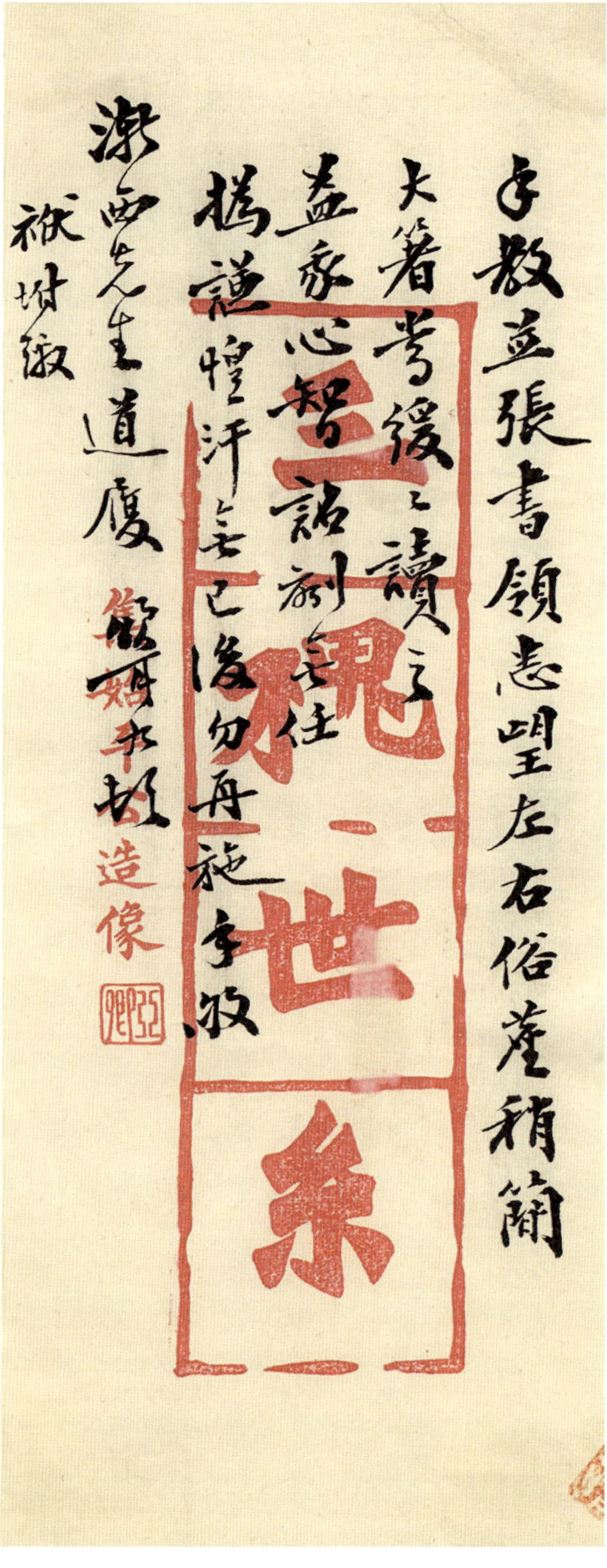
手教並張書領悉，望左右俗塵稍簡
大箸當緩緩讀之，
益我心智，諸刻之佳，
携謹惶汗々已後勿再施手教，
潄西先生道履　頌再拜
祗[illegible]

久不奉
光塵，不審
賢勞何似。鄴架中已搜羅經否矣
思白手書，乞
檢文殊師利法王請說圓通偈
賜借一錄。並候起居。荷生上
穰秋老哥同年大人　南香頓首

唫到梅花字亦香

贊文

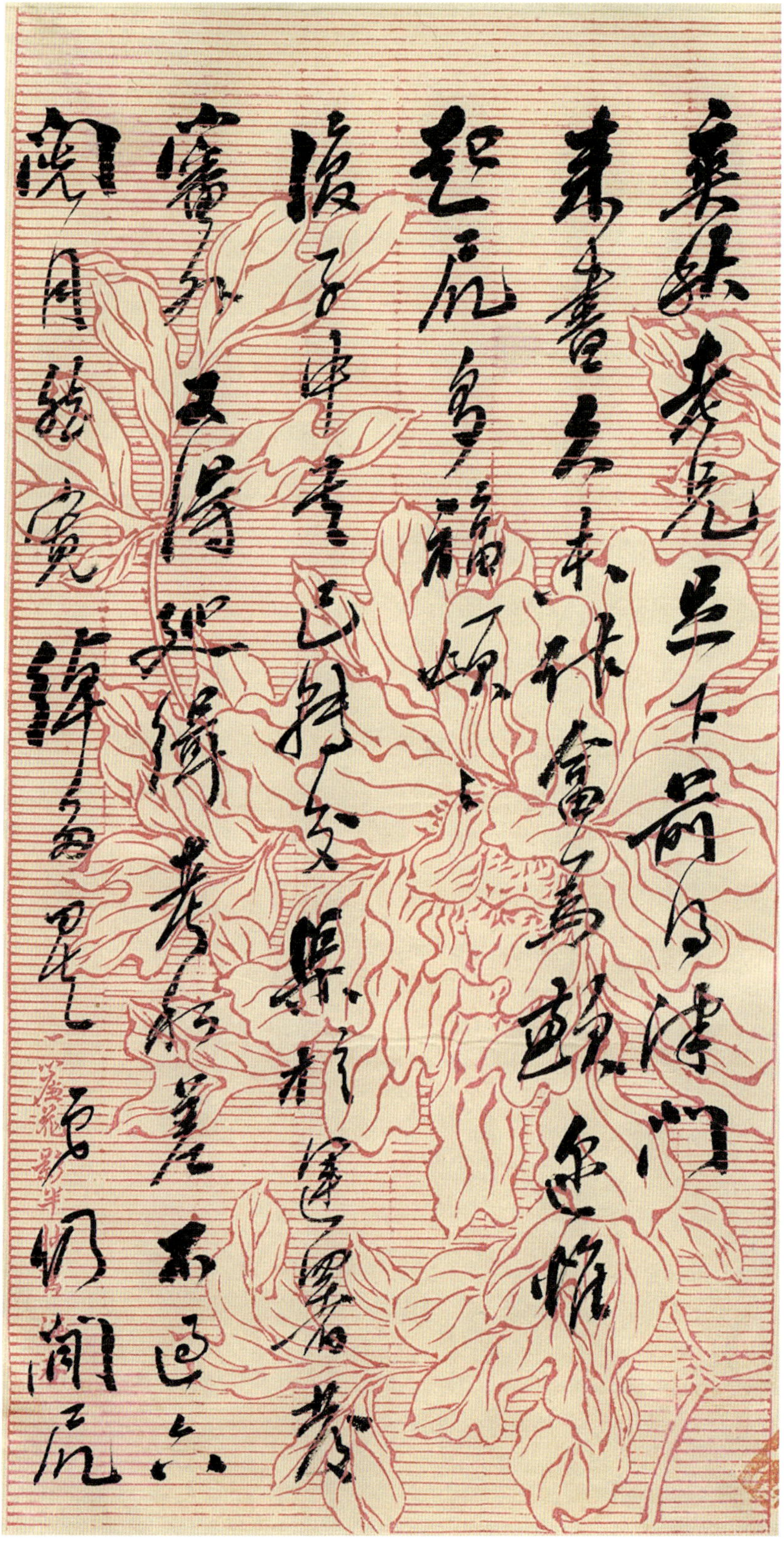

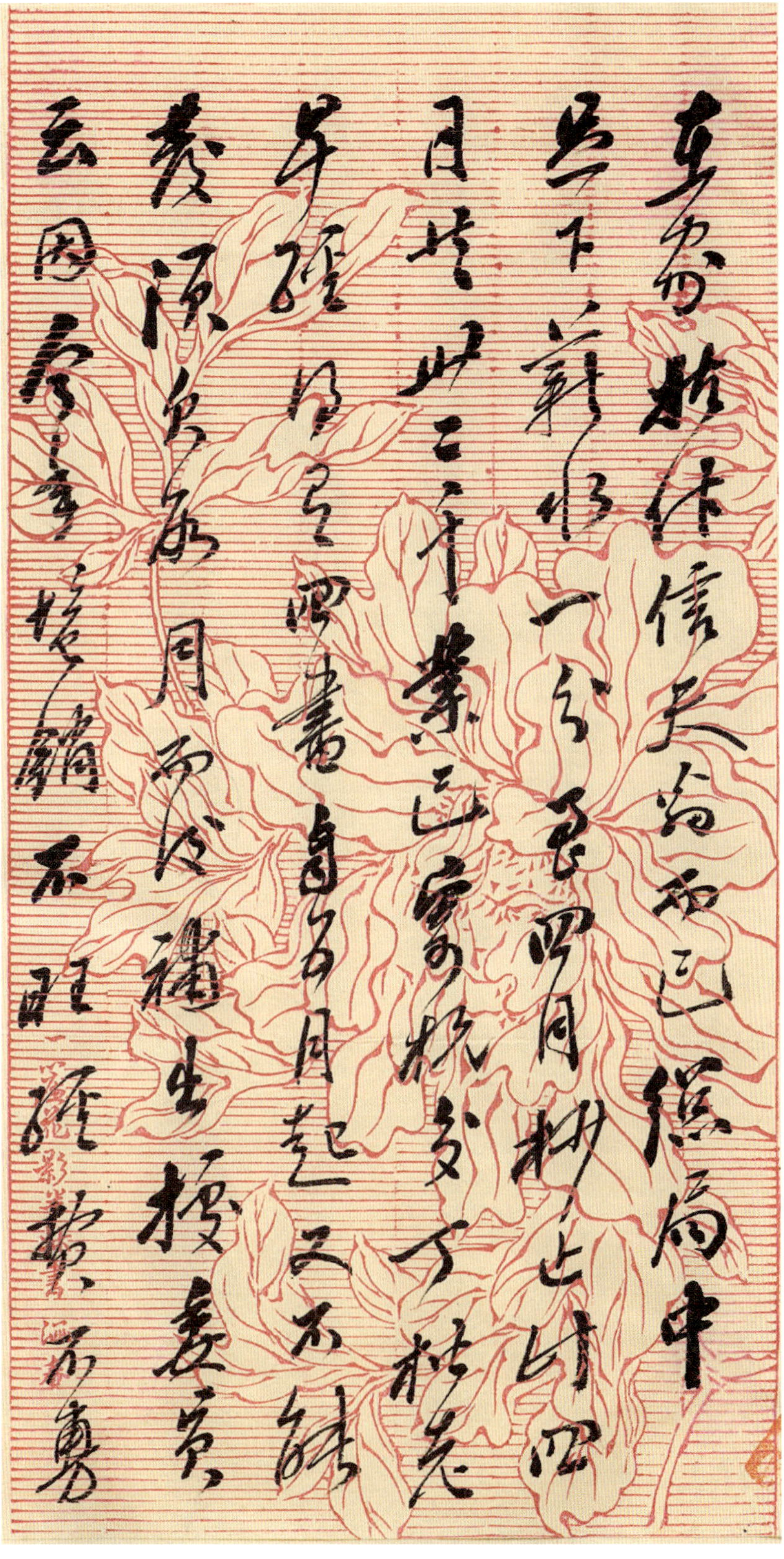

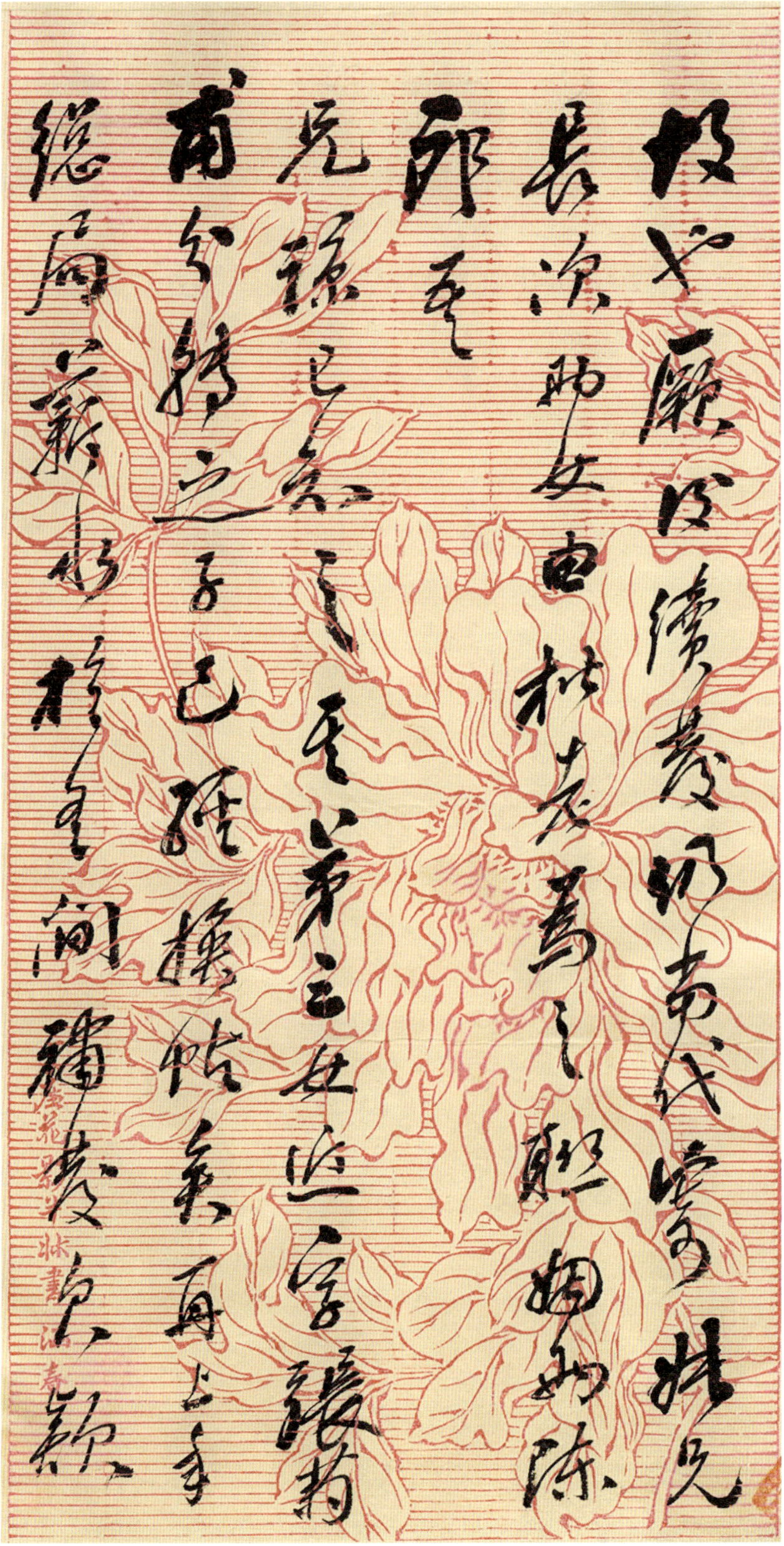

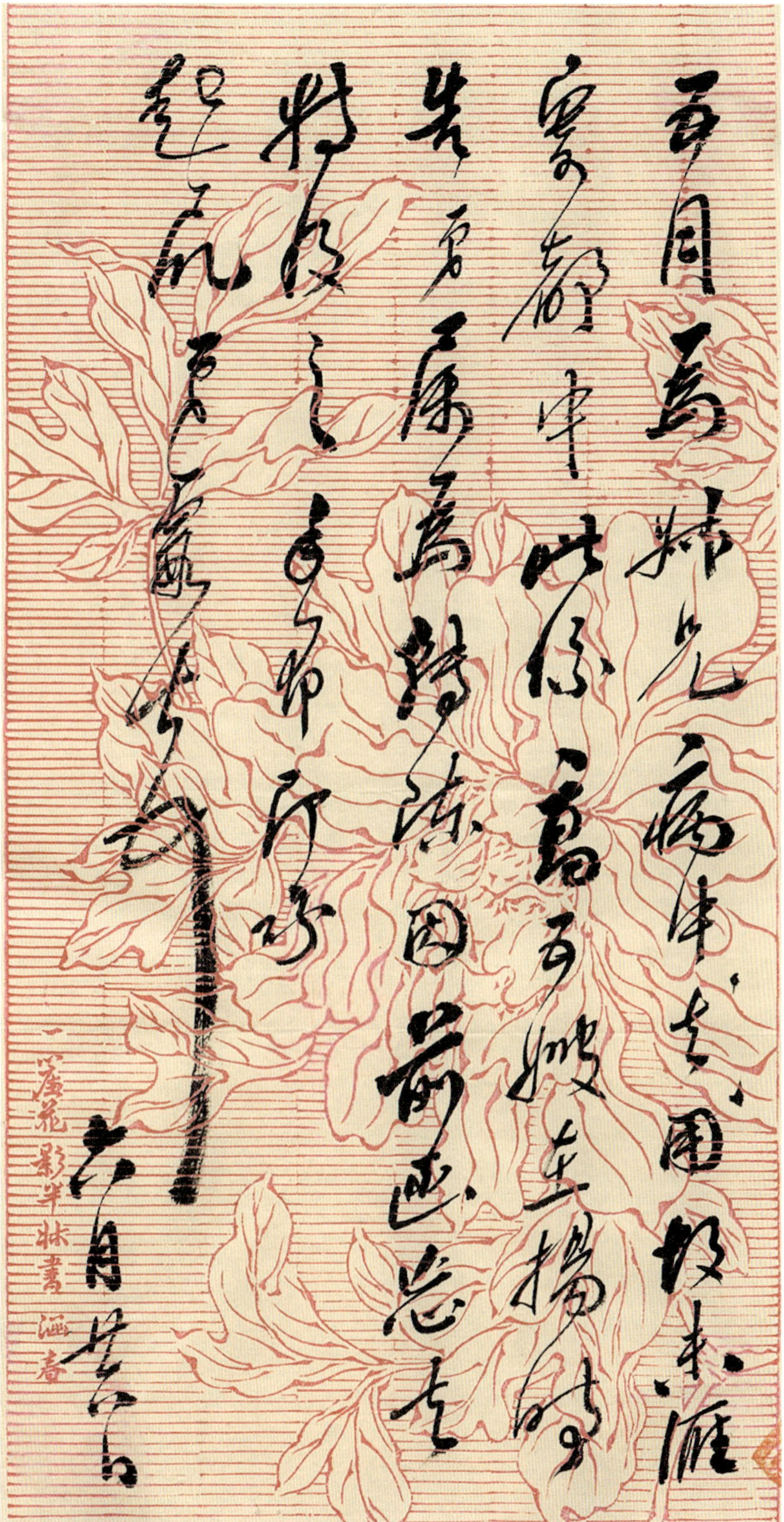

滄州金石志　王國均著，未知在志書中抑有專本否？元和廠肆中代為一詢價值若干，祈示知，備直奉寄。茲貴購取，若前有現在之錢，購書不敢問津，升則約數元可，以存放不而為之，此懇。

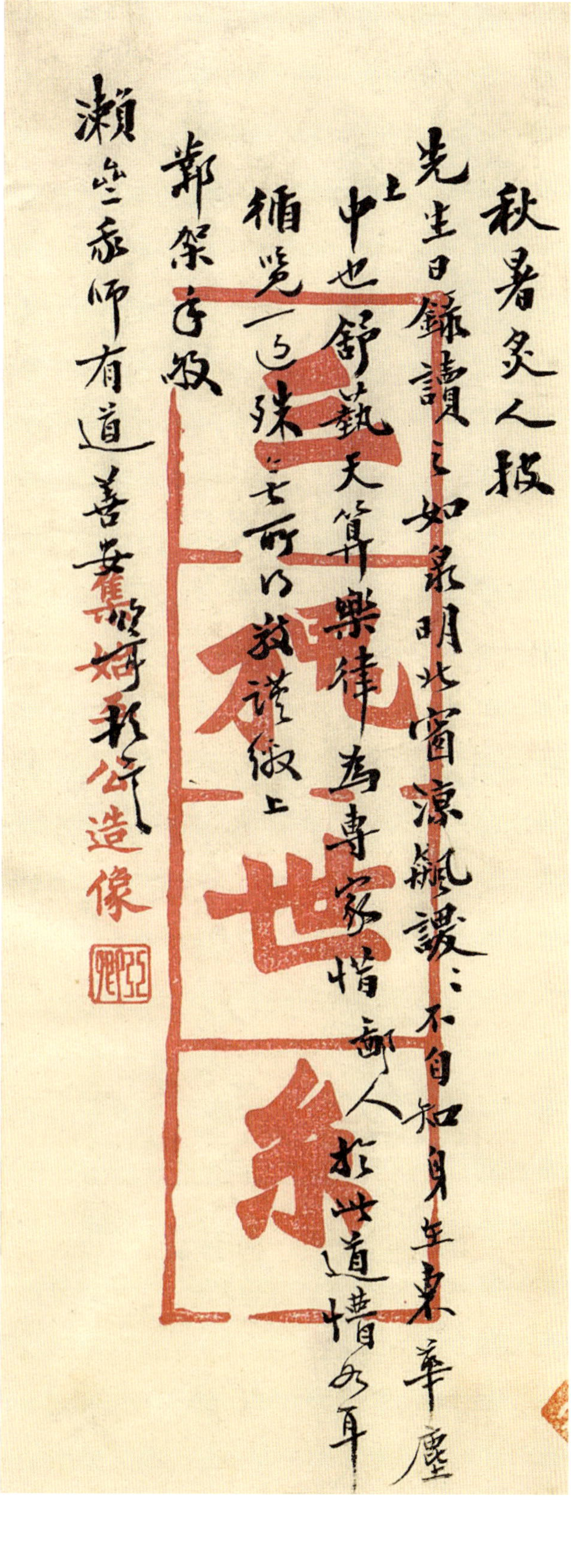

秋暑炙人，披
先生日錄，讀之如朶明北窗，涼飆謖謖，不自知身在東華塵
上中也。舒藝天算樂律為專家，惜鄙人於世道懵如耳。
循覽一過，殊之七所以敬謹繳上
鄴架，希收。
瀨生丞師有道。善安。[illegible]

兵秋仁兄大人閣下：五月下浣，展讀
來書，未遑裁答。又奉七月初二日
手教，敬讅種切。津門快晤，匆匆秋又闌，冰桂[illegible]
吟又聲服倫書籌
籌謝愧何可言。海防之計
廟謨深遠，得
其心人借箸代籌，將必有成，數不[illegible]欣盼無

量當為中國籌水師雖創實因不肯裁兵
並之費若以算者若干餉不敷若干人之
氣若以堅見敵之心至如測算駕駛西法俱在
隨其才趨於年前並譯書大略取爾之
用崖量使亦以為然
尊論何如切望指示 物力小願居處此事不
易就緒 廣見海戰新義一部寄詩

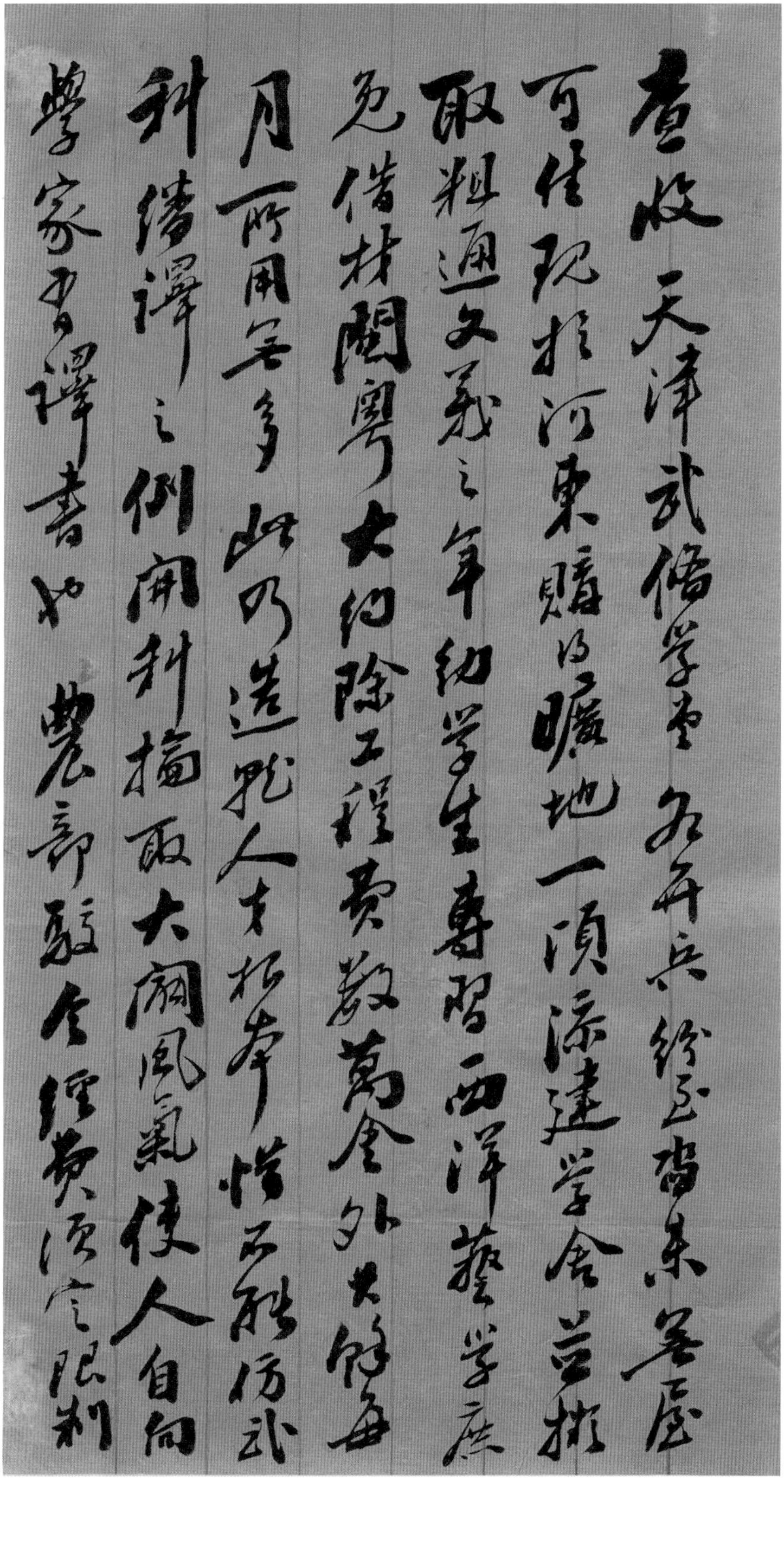
查收。天津武備學堂名存兵練，當未甚虛，百住現於河東購得曠地一頃，添建學舍，并擬取粗通文義之年幼學生，專習西洋藝學，庶免借材閩粵。大約除工程費數萬金外，其餘每月所用無多，此則造就人才根本，惜不能仿武科借譯之例，開科擇取，大闢風氣，使人自向學。家曹譯書，如農部駁全，經費須定限制

向
此圖何日詳諮大略武當道士何視爲異端天之教
之顯別情會矣承
撥桂聯二幅皆隆扁意長聯始小至核勝將
以視大刊諸営桂初服挑出聯云雄圖考滿
海之衛是貴圖東南一大都會真有之未對
出不笑之　世振之兄所需護照已經發手
兩峯復叔以　飭祺不盡　小萬頓首
七月十九

再，方勉甫兄前借《朝鮮圖》一本，失落此
是小事，然弟明日即令據其說備學堂聽
講記（是譯史事程注字下）似宜移用河之對岸新屋，家緣新屋
甚小，即當年
行宮處，均大小學堂皆聚於此也。前派差弁
護送行李，乃崇厚精識城之道。鐵翁諸
假已去，敬乃即　又及

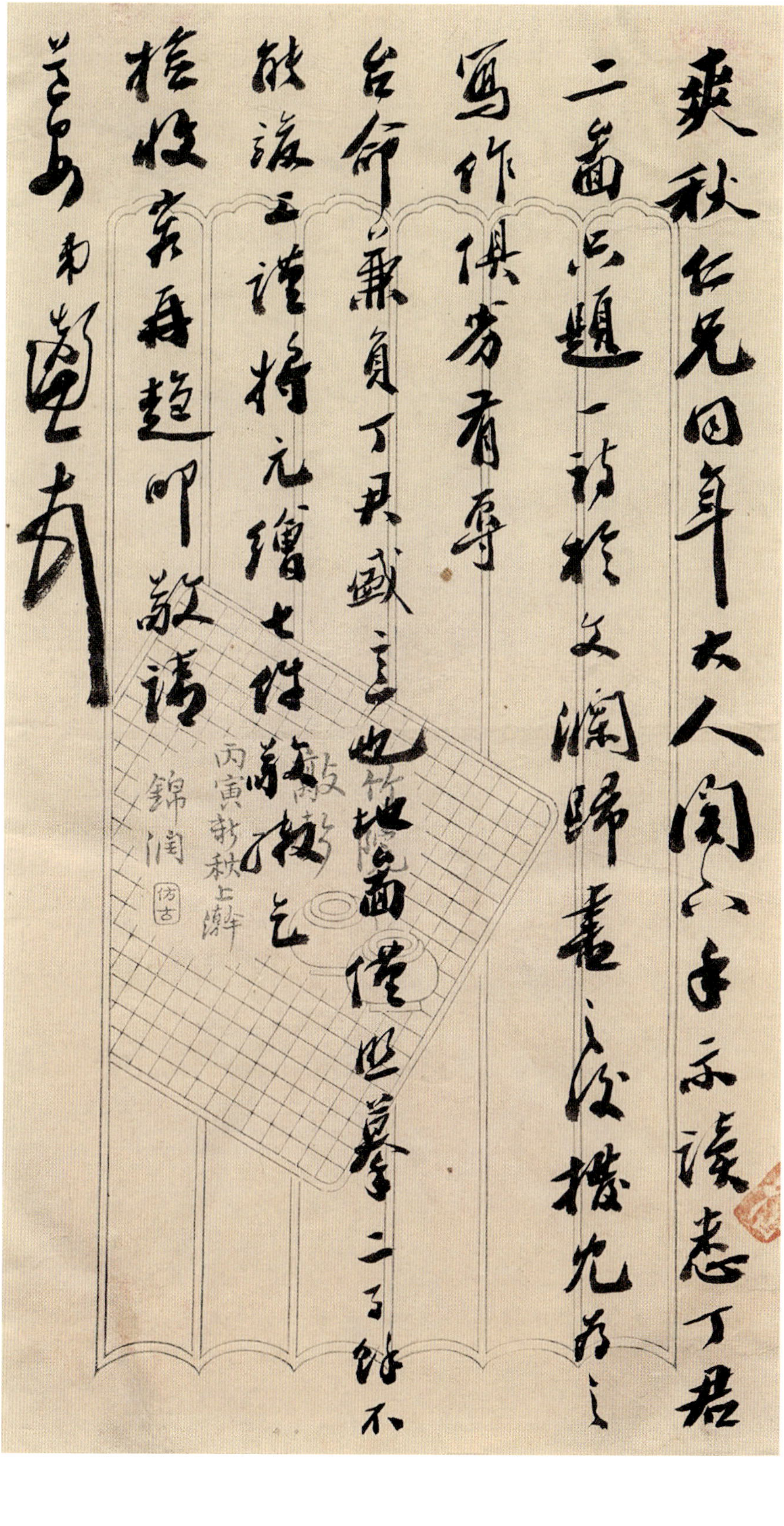
爽秋仁兄同年大人閣下：承示漆志丁君
二篇，題一詩，於文瀾歸書之後，樓先爲之
寫作，供芳看等
台命，兼負丁君盛意也。竹隱圖僅照摹二百餘不
能，謹將元繪七紙敬繳，
檢收，賓再趨叩。敬請
著安。弟[illegible]頓首

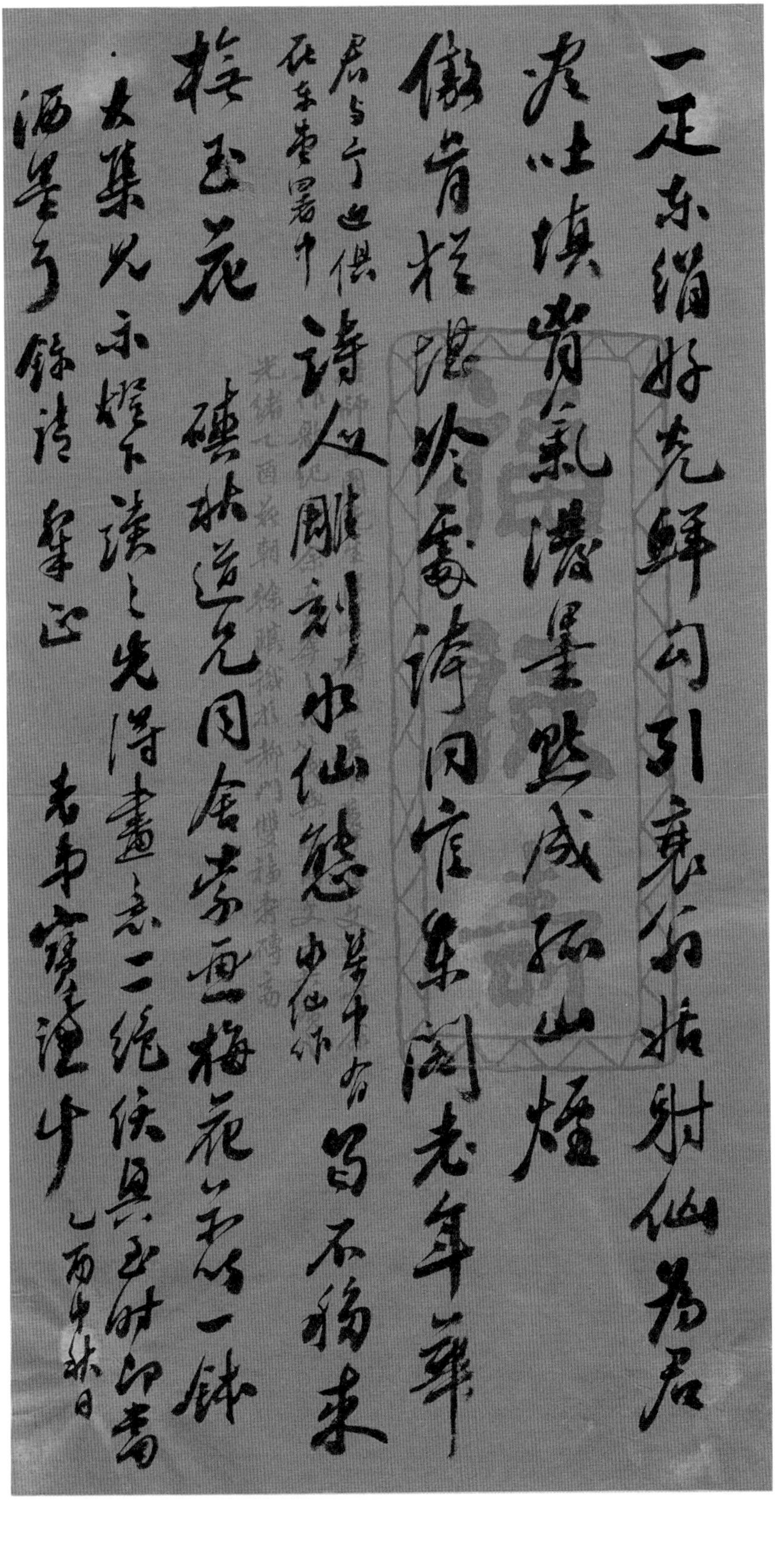

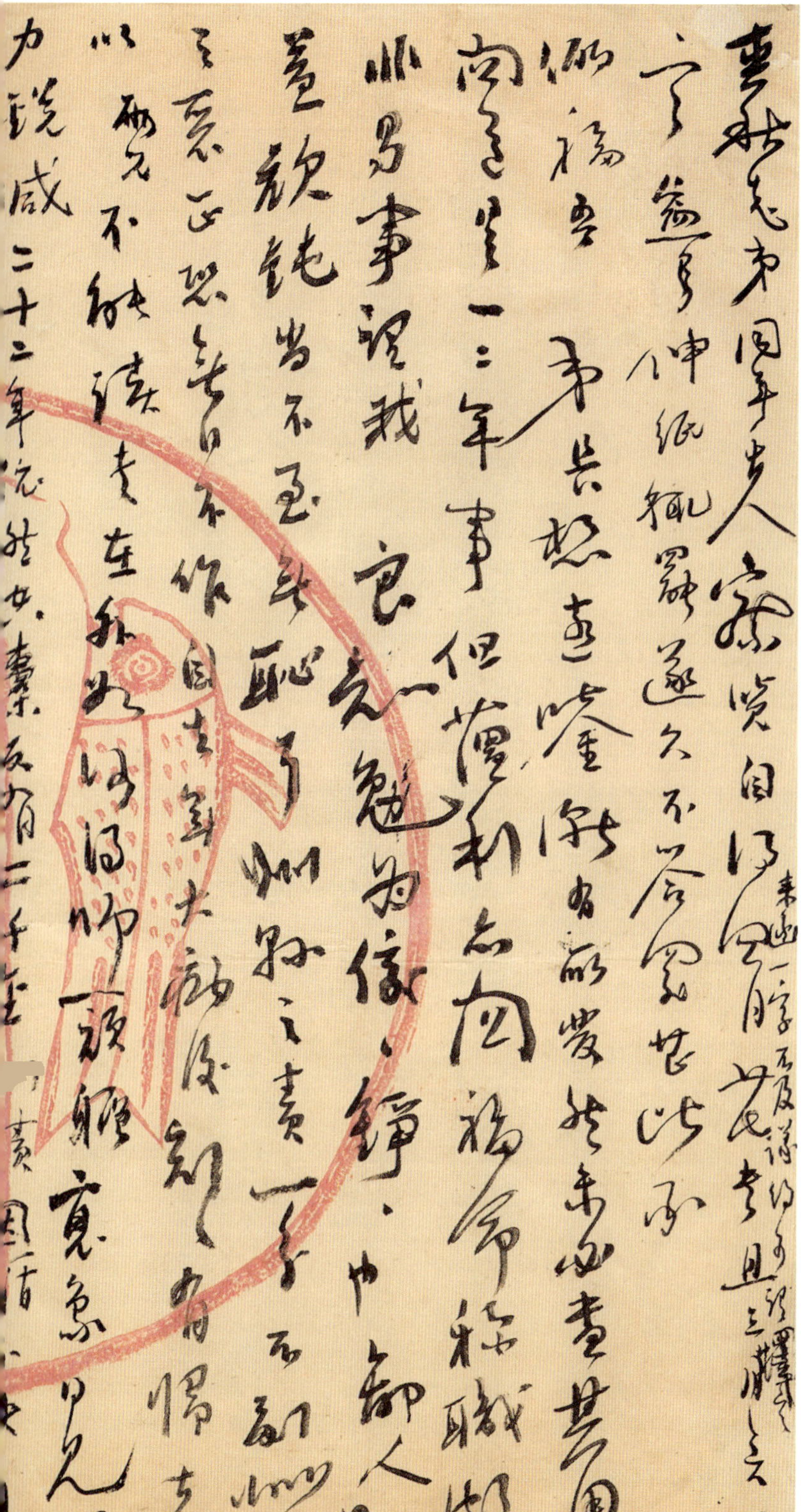

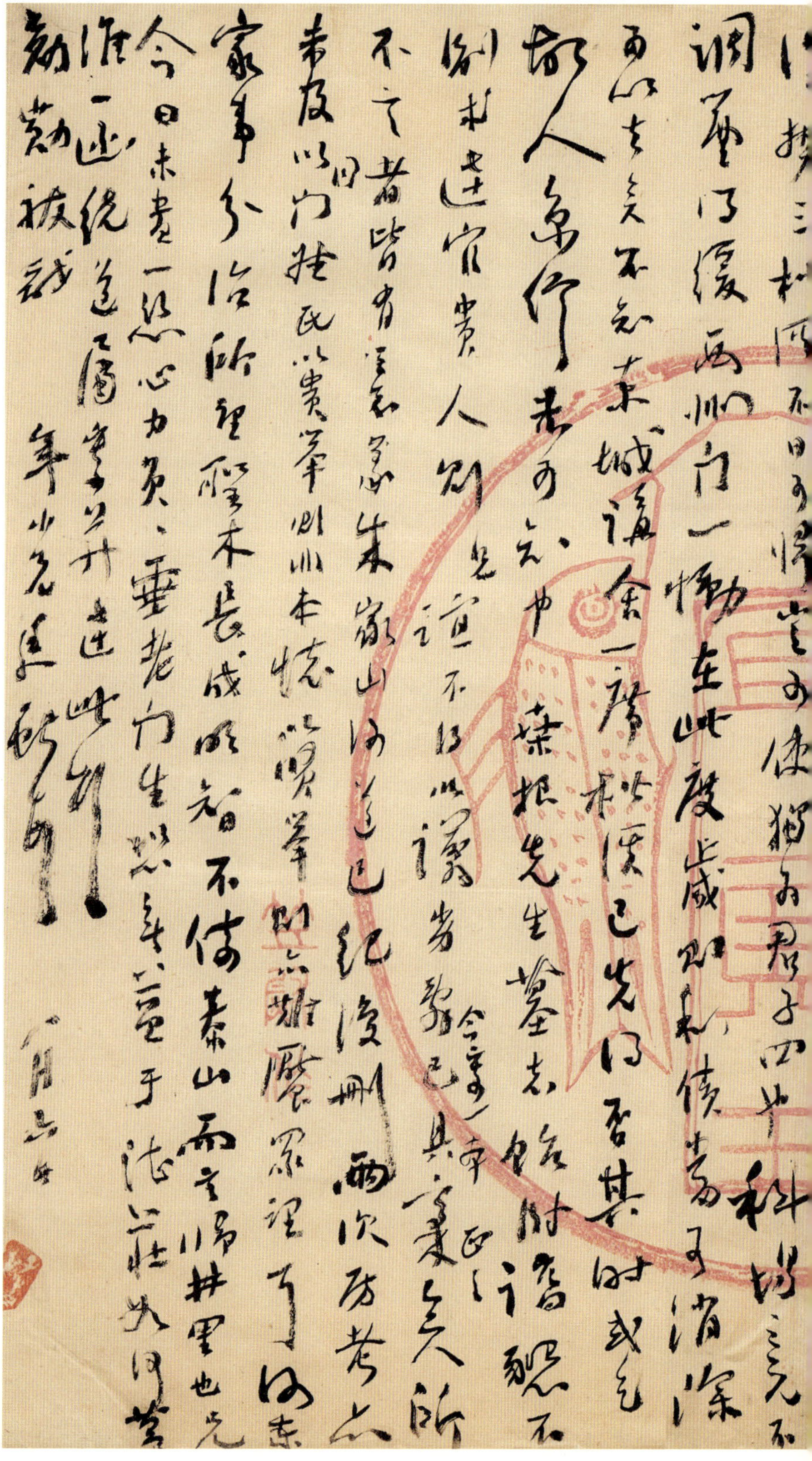

師友往還手札

册癸

光緒乙未仲秋漸西鈍

叟署檢

爽秋仁兄先生座右：昨奉
荅牋，過承
揄美，屢纖雜誦，汗媿靡任。就諗
運籌閎遠，履祉善和，至為頌仰。弟浮沈在局，虛擲光陰，
所擬西陵陳水師一稿，幸勝為之潤色無漫。年來精神衰苶，
不耐沈思，有作但徑直鋪寫，越日視之，殊不称意，懶更修削，
受病非一日矣。津局向未造船，鐵船并目所未見，泚筆妄譚，
譬之過屠門大嚼，實難得飽乎。吳並徽隱觀察手理船政多

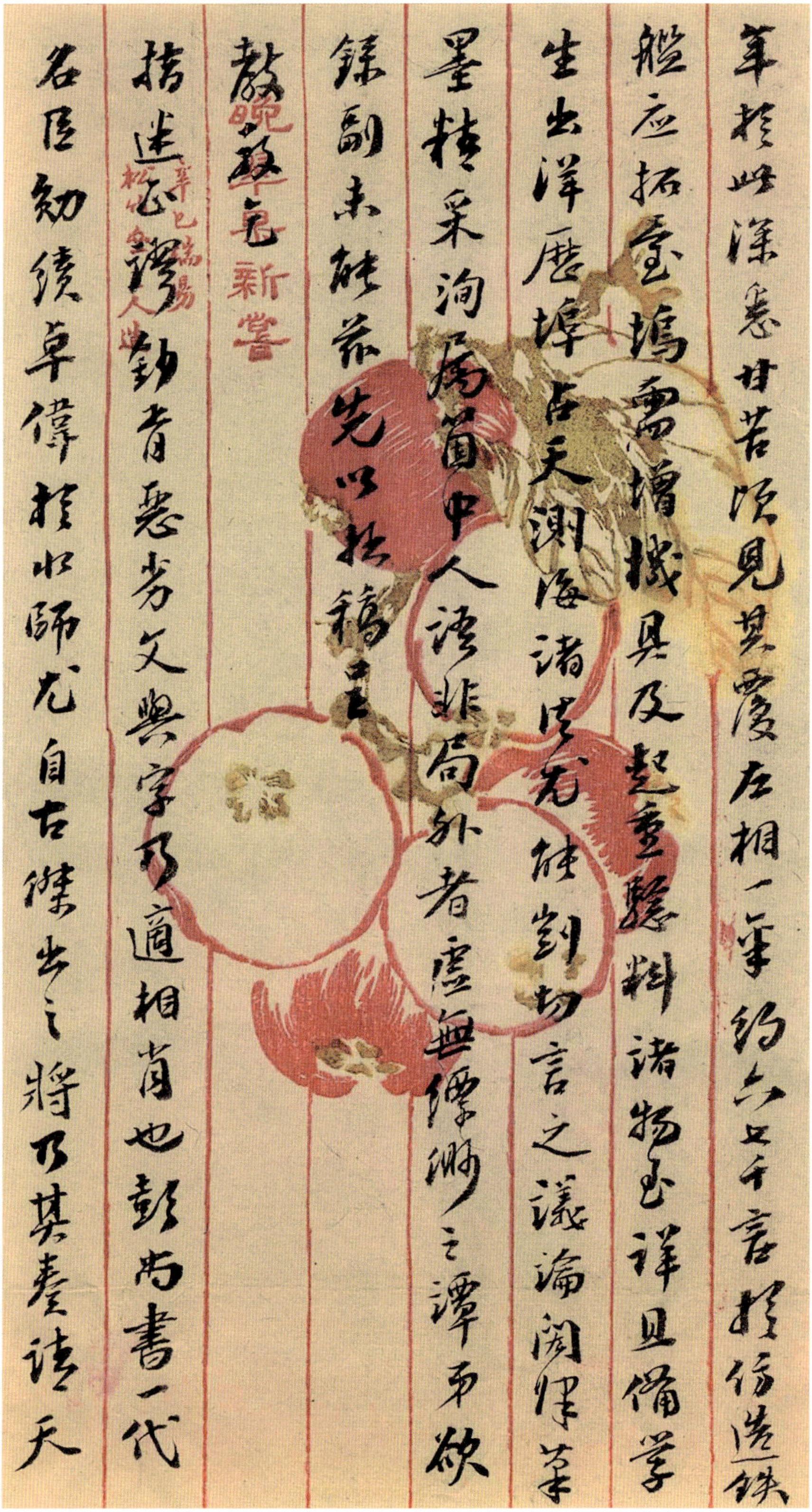

華於此深悉甘苦頃見其覆左相一箋約六七千言於修造鐵
艦應招匠鳩商增機具及熟諳懸料諸物已詳且備學
生出洋歷埠在天測海諸法尤推剴切言之議論閎肆筆
墨精采洵為當中人語非局外者虛無縹緲之譚再欲
錄副未能並先以拙稿呈
教 晚銘頓首
指迷之譯鈞者悉劣文與字乃適相肖也彭尚書一代
名臣勳績卓偉於水師尤自古傑出之將乃其奏請天

津吴淞福州廣东台灣五口各造大小鐵船十餘艘自成一軍則似言之太易如其形論費當在一萬〻以上豈易籌此鉅款成此大工乎奏中痛詆議和以南宋岳秦得為言亦於時勢未合尚書老矣忠憤之氣彌塞宇宙存此疏稿足以激發天下萬世人志氣若欲當事者能副其言則未能必也拙稿非倪不敢對和且多懲詞恐得罪于大雅君子耳如何〻七慶詞甘荷蒙

賜和遂亦查詞酬答亦則已再而衰三而竭矣而

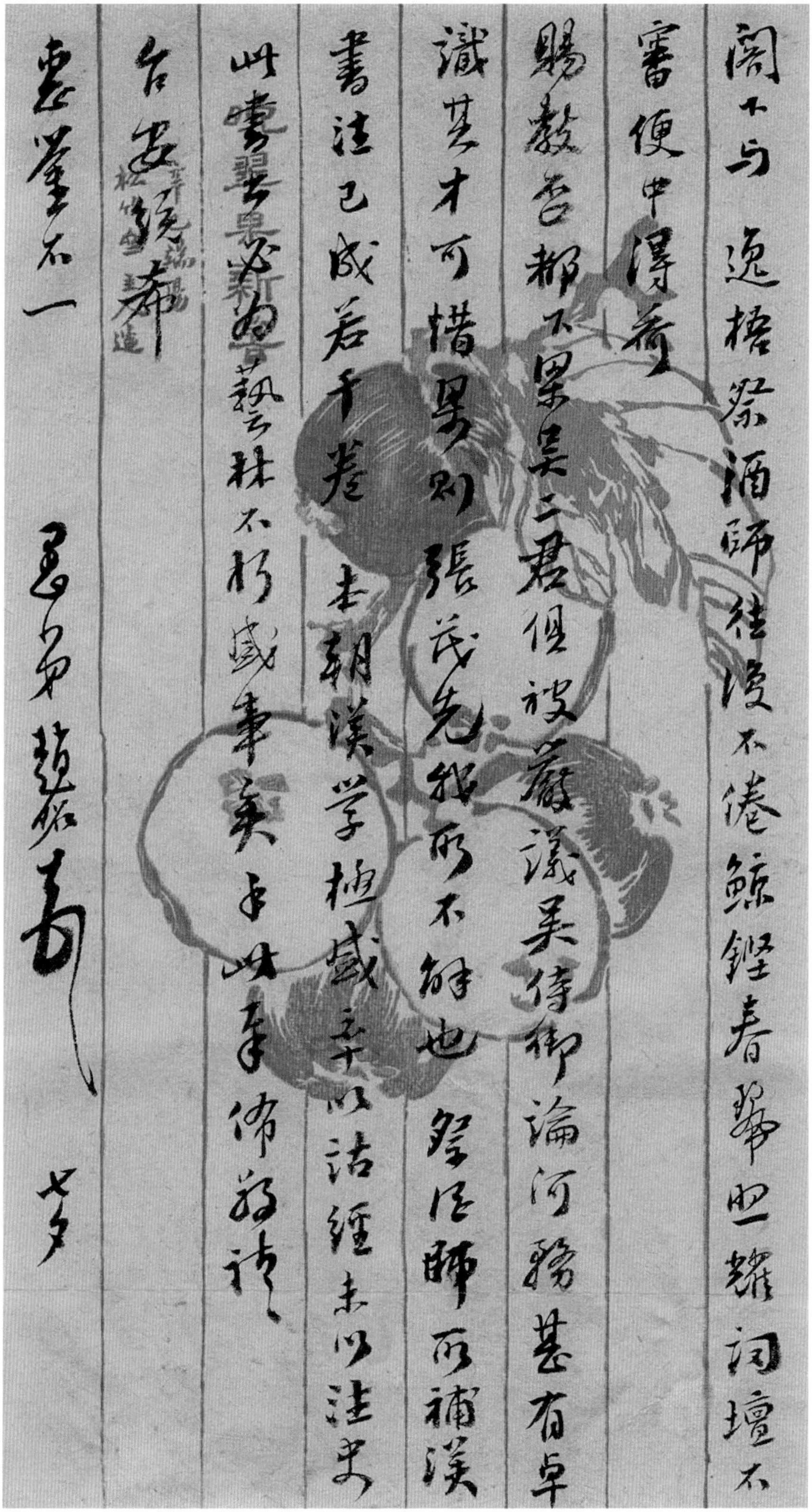

閣下與逸梧祭酒師往復不倦,鯨鏗春葩,照耀詞壇,不審便中得前

賜教,魯鄉不果,吳二君但被薦議,吳侍御論河務甚有卓

識,其才可惜,畢則張菊先我所不解也。聲伯師所補漢

書注已成若干卷,本朝漢學植盛,以詁經,未以注史,

此書要必爲藝林不朽盛事矣。手此奉佈,敬請

台安。餘希

惠鑒不一。

愚弟趙銘頓首 七夕

乘秋仲兄年大人閣下春初曾勒寸
箋並樹梅花七韻請遊
青及蒯樓懷門來函知
台端奉
命預浙撫從之甲四月間換綰篆諒
已
吉旋矣辰維

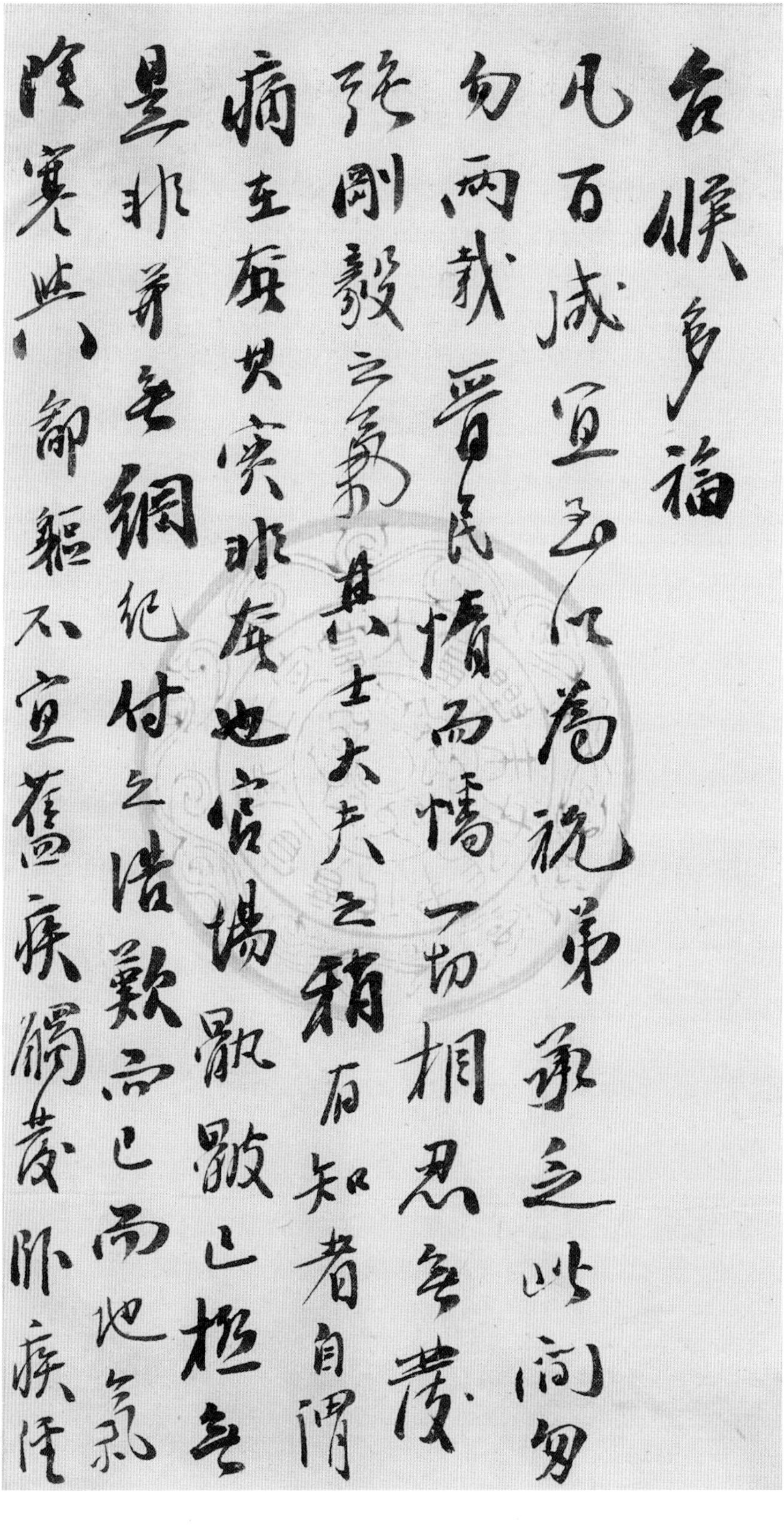
台候多福。
凡百咸宜，以為慰。弟承乏此間，忽
忽兩載，晉民情而惰，一切相君無費，
殊剛毅之氣，其士大夫之稍有知者，自謂
病在在貧，實非貧也。官場敝敝已極，無
是非，并無綱紀，付之浩歎而已。而地氣
陰寒，與鄙軀不宜，舊疾屢發，肝疾侵

向不已。秋間如再不能速瘳，裱有乞病
以全此蠍生耳。舊徒計生維瀚、緯堂、伯
共人靜篤有志，下筆篤言，極詳務詳，
學尤極研究，未易材也。進謁時，為祈
教而進之。弟之近狀，弁可問彼，大概乞此奉
佈，敬頌
大祿，不具。
年生小弟宋本頓首

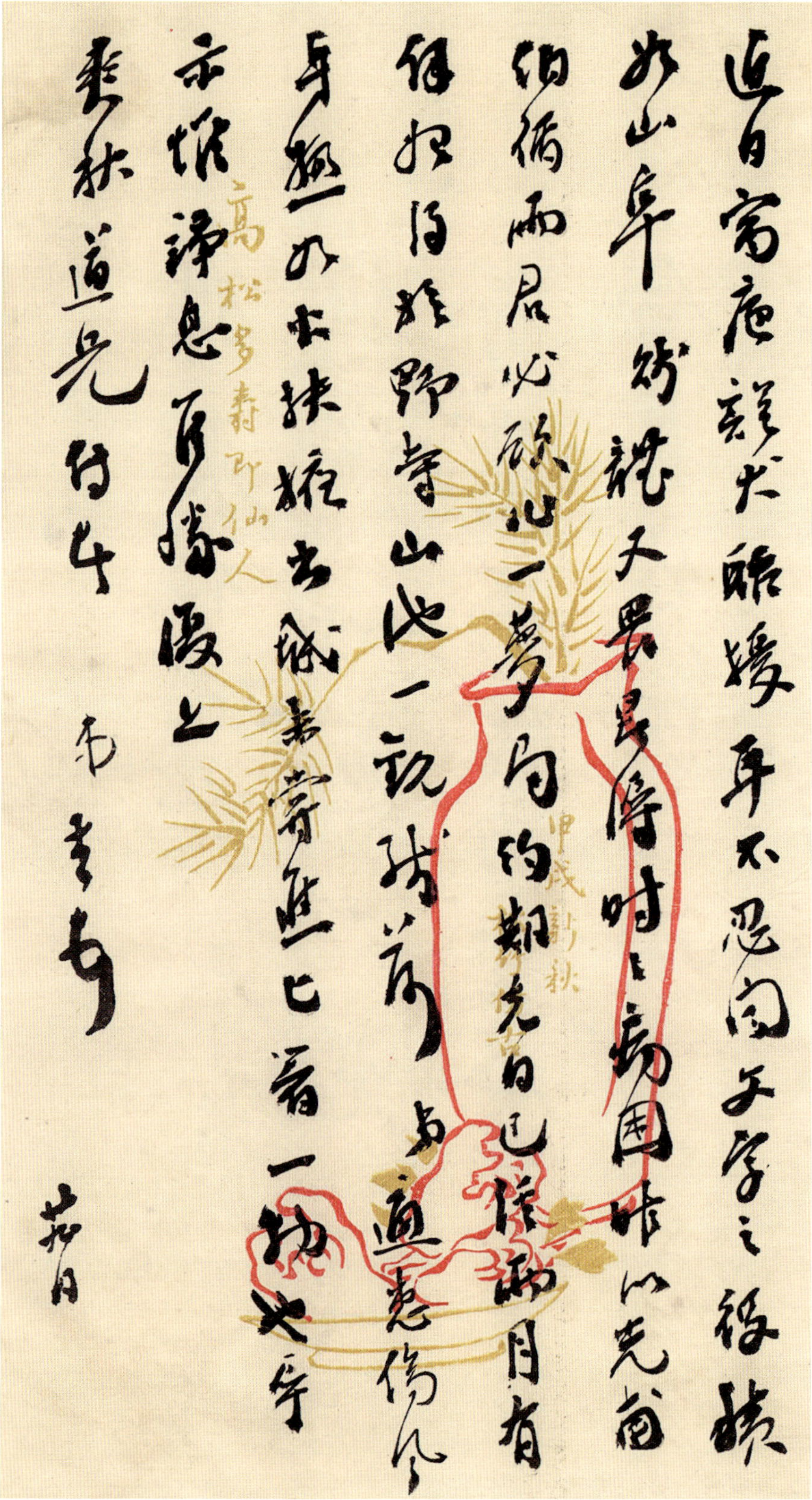

别來不記幾寒暑
憔悴附危一老
翁舊雨偶同雲會
合真赴餞与雪清
馳王城浩浩著只隱

世路似〻誰家同万
種餘伝從掃印且
折爛醉荔枝紅
次韻集洲
奚秋仁兄印布
唫定　弟裕釗呈稾

袁蘭閣製

爽秋仁兄同年大人閣下連接津門四月
十四都門六月十八日
手書敬聆壹是就諗
祜履秋高
勛猷日懋
藎籌碩望即荷
恩綸爲任企頌此間防務解嚴役現正籌辦
撤勇事宜給發欠餉催輪運送稍不

如法便虞滋事諸費躊躇閩中外
當事方議創辦水師此最為當務之急
敬孫昨僅寄到 左侯相 吳清帥兩
疏稿其 李傅相一疏據云未能鈔到
因思 總署必有存稿可否
飭吏錄一草稿見示弟斷不出示他人亟
海軍辦成後常年經費亦頗不貲
左相以裁兵撤勇為籌餉之法實係要

著弟往年亦持此論，茲將癸未冬上閣
公安鈔上質正
高明承
示居安思危，宜修可憑之廬堡，爲不拔之
基，爲與鄙意不謀而合。弟夏初上中丞稟
稿鈔上
一閱。中丞意亦深以謂然。曾經奏請將
浙省新加洋藥捐項留作海防善後之

用維率

旨俞允未知部議究竟如何今年東南各

省水災甚重防務方了賑務又興何近

歲天下之多事也茲寄呈鄞人乾饅說

文四種暨陽明碑帖一紙以當晤談亦

因堆積各有數部故聊以分餉也又度

支册承

賜鈔本又寄刊本已爲紉感今特將鈔

弗卿年兄大人閣下：

本年緣希郎
詧收新訂載書，似均妥洽。惟第七條不
能無幾[?]義耳。張樵野星使所帶參
贊隨員内有許珏、錢廣濤二人否？手泐
敬頌
籌安，順賀
秋禧。不具。

年愚弟薛福成頓首　八月十一日

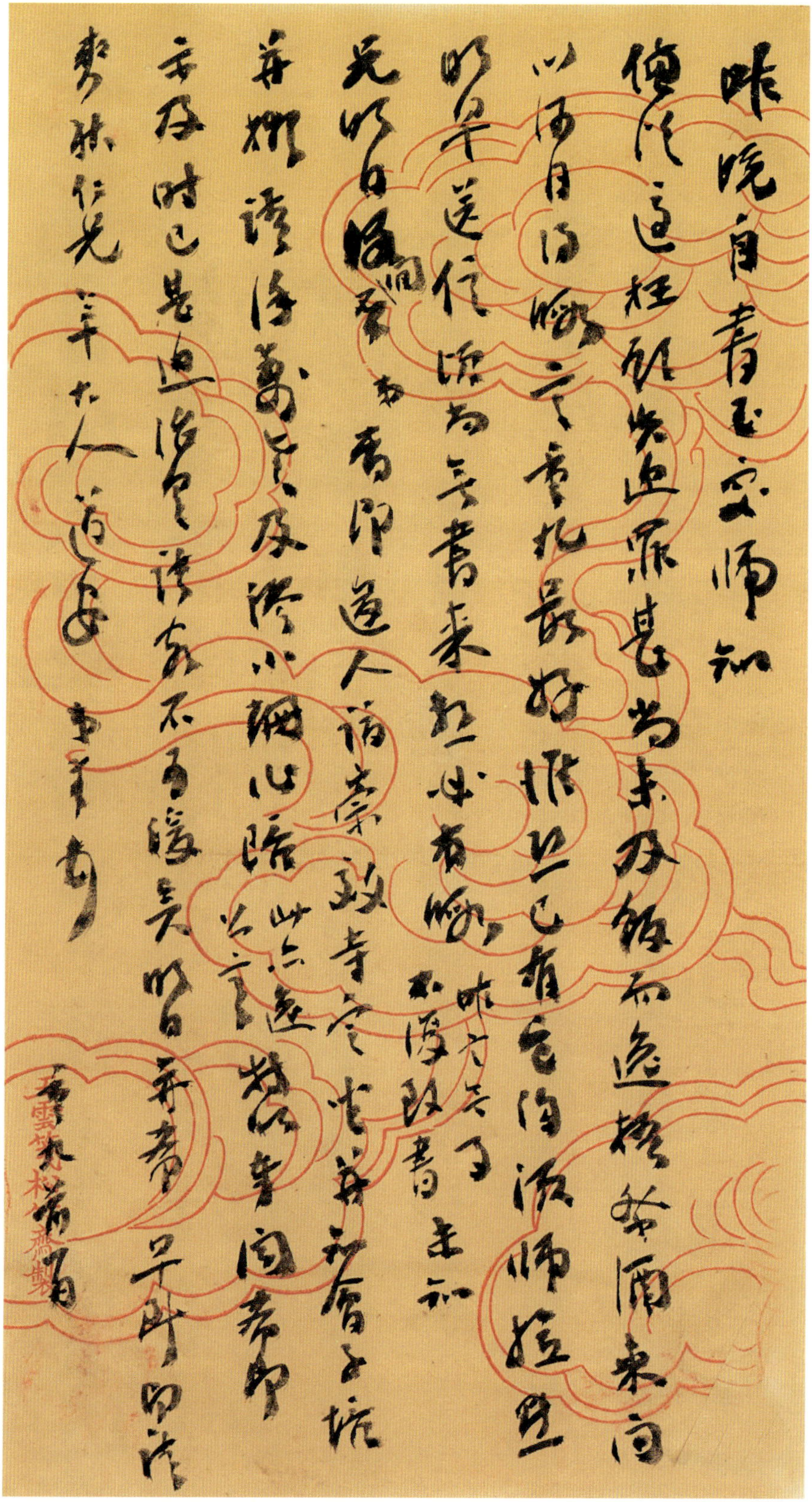

九日同人邀游崇效寺即送
遂吾祭酒督學江蘇系以
事未赴賦道意即請
重黎和先正之草手蒙
曾郎有嘉招蕭寺作重九
閒居愛其名新與初晴後

雲飈拭天鏡鐵翳清不受
西山瘦露骨碧岩架窗牖
若曾返家議菊潑与僧守長
竿登高詩潛引送紆匪野謀
供邑獲古蒙貽今剖愴悽歷
物後皆嘆遂情厚文星照吳

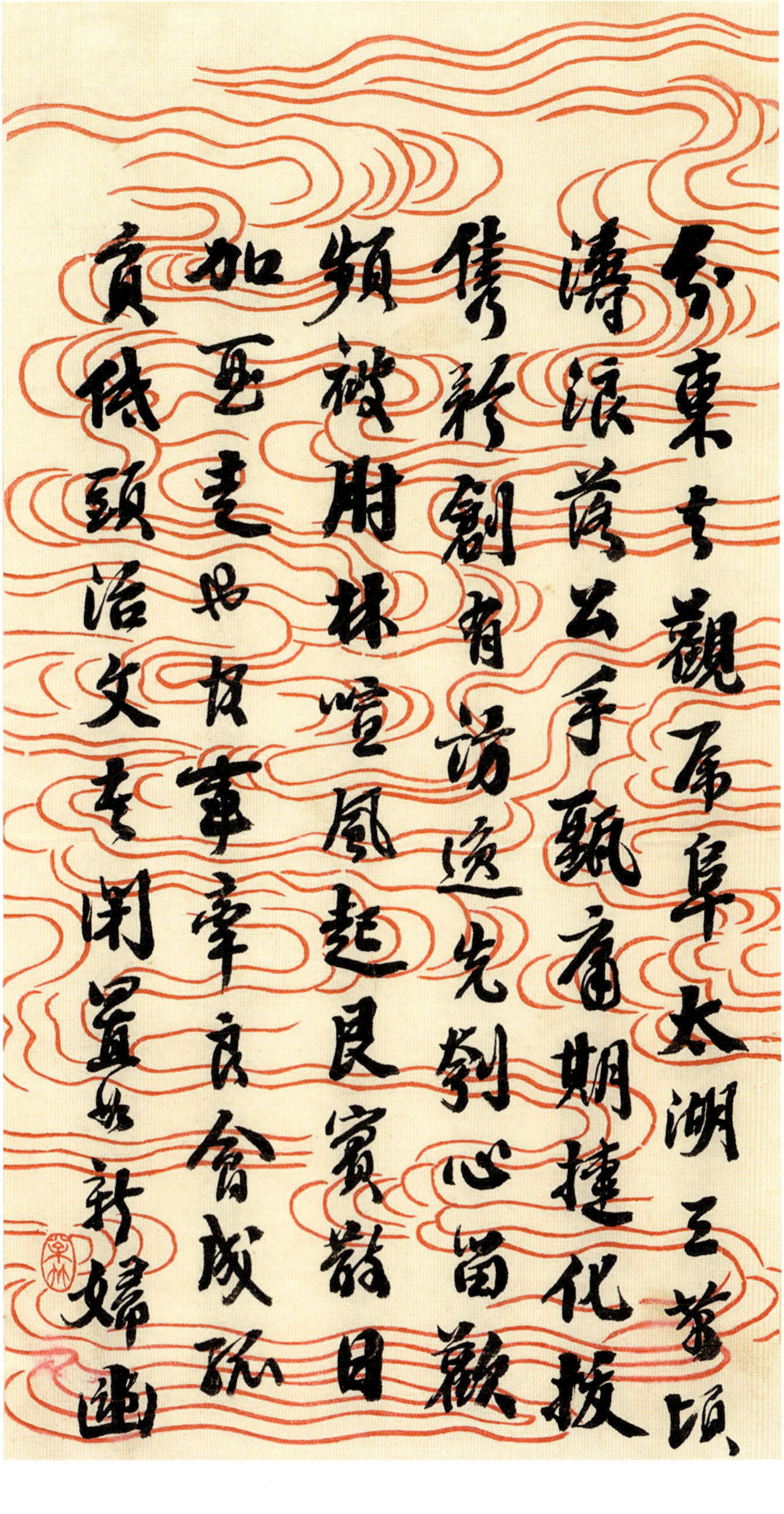

今東去觀覽太湖三萬頃、
濤浪蕩公手飄帆期捷化拔
儁彩劃有訪逸先劉心留歡
頻被肘林喧風起良賓散日
加區走馬友軍牽良會成疏
貞依頭活文去闲置如新婦匯

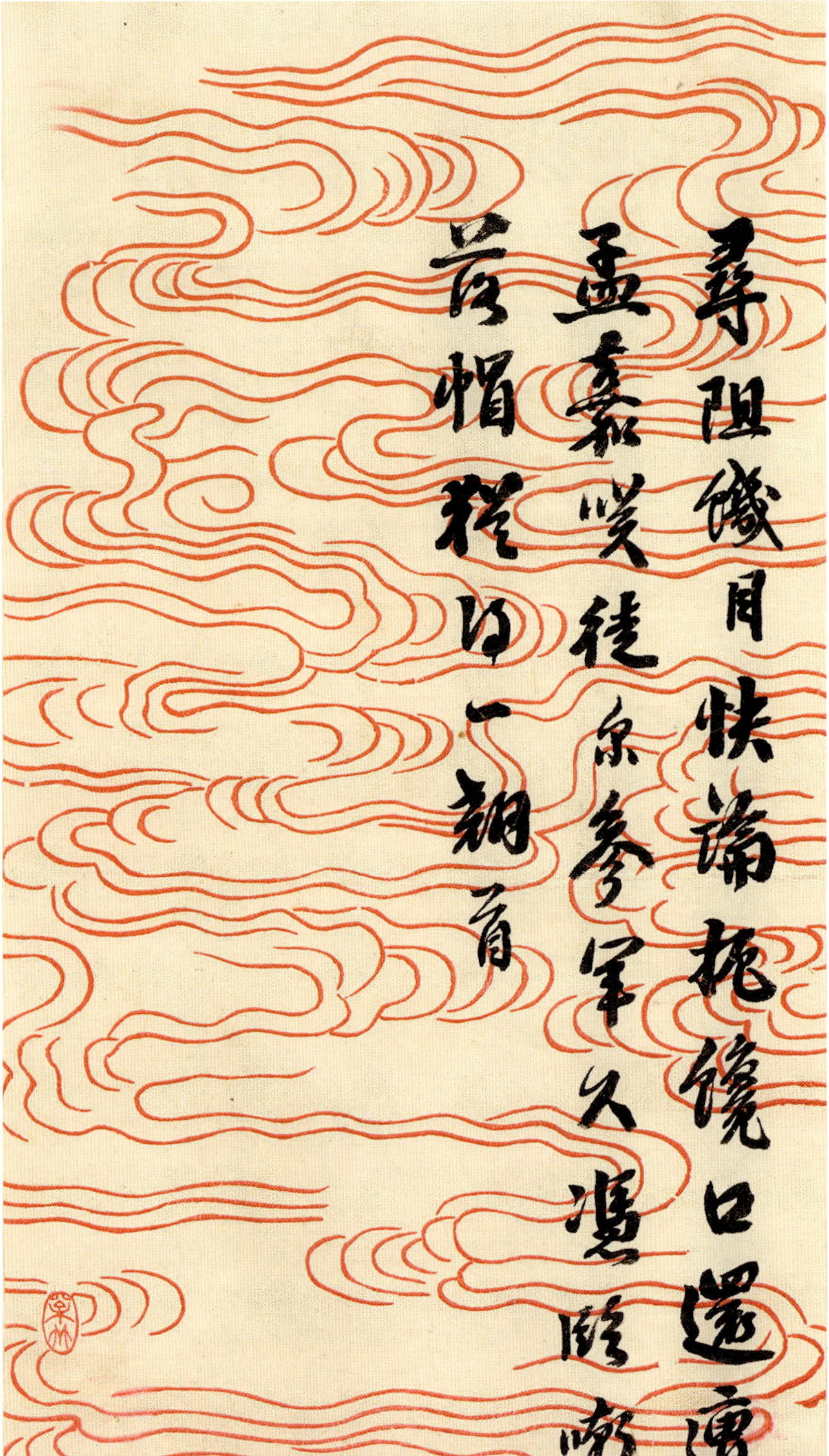
尋阻纖月，快論槐鏡口還遭
孟嘉嘆徒京參軍久淹歸轍
肯帽程得一朝首

京居逾月，迄未趨晤，

塵海甚悵悵。辱

贈詩魄力沈雄，第二首尤可直駕大蘇而上之感情高遠，佩白

尊集刊傳，賤子亦藉不朽，

見愛抑何厚也。

新居者墻根拙，初六日出城趨

謝，并祀陋室，西謝。即頌

撰祺。仲兄大人著安。愚弟蔭桓頓首 初二日

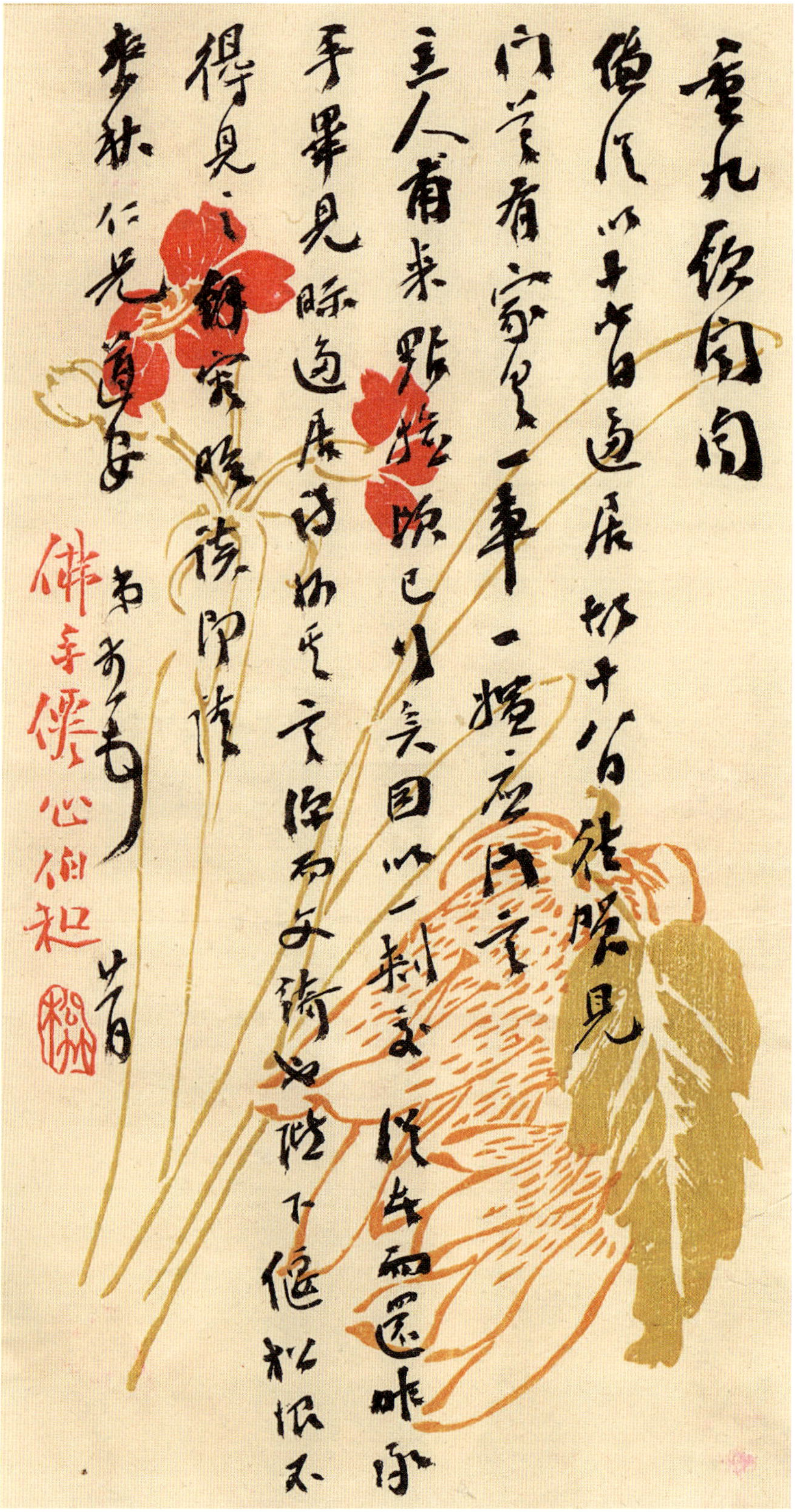

子壎尊兄

蓮史同年

爽秋

大人閣下：別後行運河，南北從途，陸水至確山，以免水厄，併驛而行，（月）初一日到省，初八入闈，十三閱卷，（為）之，勝初九日出榜。榜中好者之士約十五人，皆本院肄業者，中十人，第二名閱卷尤為（同年志舉之尤，殊策俱好）鄂中（見堯道為閱卷）老宿，至次則榜尾許君，五十六名，閱卷爽[illegible]余也。閱卷經策冠場，前三藝之（閱之人亦極高，博持學，多能古文尤佳）最，微茂甚，頗見先正風格，闈中本已定元，後以本首藝太古，試以此掄元，恐於物議，遂降為第三，此封至得當。道者因靜程贊饒極之雲已，無異矣。四十西大廈以後，場補薦核，未可作此場，閱佳薦三藝亦是一可（取）之列，次藝尤有心得，而算學一策通場可無，此封封外，抑人是封佳士，去歲首頁稍學會，係算術，後以海防處人調至省中，襄此辦者。此行為不惡矣，惟第四策不遵無（題）者，而之士短

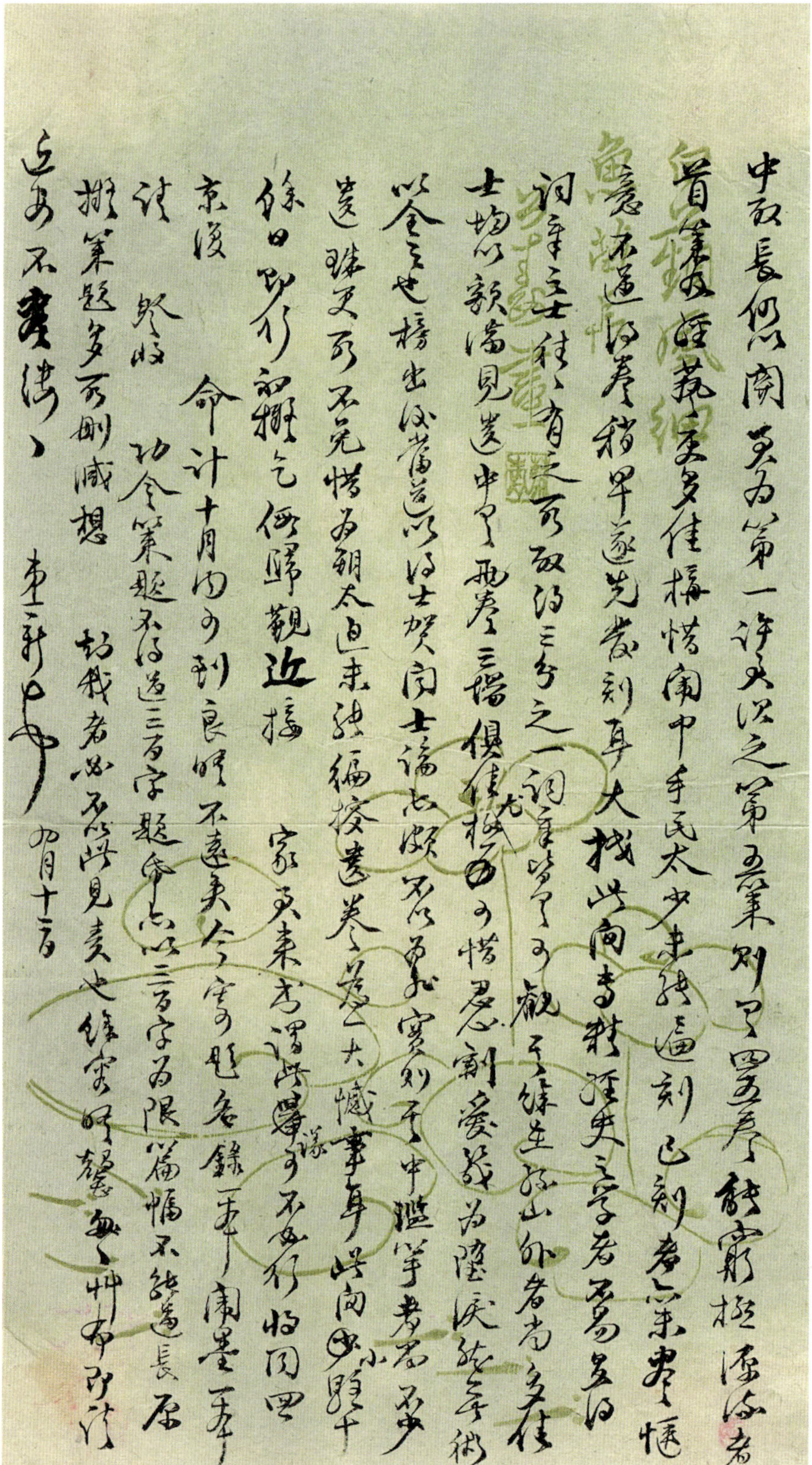
中政長何以閎英為第一，許以之第五，桌則只嬰存皓窮極深浩者
首篇經苑、史多佳構，惜閣中手民太少，未能遍刻，已刻者亦未盡愜
鄙意，永遠為卷稍畢，遂先發刻耳。大抵此間書精經史之學者為多，詞
章之士往往有之，可取約三分之一，詞章皆可觀，于餘姚山外者尚多佳
士，均以新論見遺。中西學三篇俱佳，尤可惜，思劃愛殺為陸沈能手術
以全之也。榜出後，當以詩士賀閱士論，亦頗不得為東實刻于中，繼此等者尤多
遺珠，更可不免惜耳，朝太息來，雖編校甚捲，然亦大憾事耳。此間小暇十
餘日即行，初擬乞假歸覲，近接家書來，言謂此舉萬不可行，故因四
京後，命計十月內可到，良晤不遠矣。今年題名錄一本、闈墨一本，
請 點收。功令策題不得過三百字，題各亦以三百字為限，篇幅不能過長，屋
擬策題多可刪減，想 知我者必不以見責也。餘容晤罄，無一中布候
近安，不盡惓惓。 弟新叩 四月十二日

蘋秋仁兄同年大人閣下：頃奉

手書并樓面，謨承

惠老子王注及篆刻二紙。老子敝處只有河上公注，無

王弼注，目此殊爲大快。篆刻古雅，魏之敝處所觀

商彝周鼎也。附上書籤橫二紙，拙詩片片，賜和爲

又白洋山人古文一冊，此乃敝邑先賢以考據名家者，其文

則布帛菽粟之詞也。專謝，并請

著安。弟洪良品上

古香寒雅錦閣

曩秋仁兄同年大人閣下：去夏出都，辭别，飫領

誨言，並承　寵餞，謹志々不敢忘。西渡以還，乍改寒暑，頃

東望長安，無日不縈諸夢寐也。昨誦

删去兩行方抄

閣下以通博之才，佐安攘之績，津門一役，勞勩有加，

詳約十章，羇縻弗絶，折衝尊俎，卓有光焉。弟羇寓柏

林，一無建樹，觀風問政，專恃調人，耳目所及，稍廣視聽。仲夏中曾

隨役溪耳，登覽諸艦，因識其大畧。歸而考其圖式，參以西士之所

論著，竊牧製造船學，非有心得，未易從事，然形勢利弊亦有

可畧而言者。如西國兵舶，近時皆有裹甲，而快船戰艦頗分

而海其戰船之屬於兵船旁列礮一層名船腰礮房皆礮小甲請
不足攻拒又變而為船面旋臺始為利器（礮巨甲厚，英人最喜為之）然尚有數
病未能甚善於是有露台旋礮之製今定鎮二艦仿是購造之
為新式頗鎮遠工料不及定遠而當時價值計增十萬（如平面鋼甲改用熟
鐵等事）此弟所未喻者也扶船之屬專以巡海亦能深入敵口佐戰艦
之用西國有以厚甲專護水線者有增下艙平甲以禦彈上
墜者今濟遠速率十五海里不為不多魚雷二筒安置船尾差
為善法然船面甲台西國並無斯式（德國有二小船不及千噸為濟遠所本然初無砲台）德海部
新定一船仍而不用必有深意不然豈西人智術皆出吾使下哉蓋

濟遠水線無護小彈即穿其穹甲依水四尺浮力無幾隔堵水入
艙則雞免斯時礮位勢成上重頭駛爲難危險特甚兵出戰危
宜求萬全乃以嘗試爲之此又弟所未喻者也濟遠造於伏爾鏗
廠初次試爲本未考善廠中辦事人不自諱言其失如機艙逼窄
空隙絕無隻身側行尚慮誤觸（前日試機已有觸手成瘢者）暑月炎燠臨戰
倉皇並難奏技水管紆折遠達汽鍋歷次損傷甚爲不便今尚
（泊禹拉他不能隨定鎮偕行）其下艙煤櫃只容百噸蓋以限於入水諸弊載生（十五英尺）
然大沽口淺已不能近炮台旅順無碍加深倘增深一尺可添煤四十噸
可行見不及去年所駁第六一節乘風周入令台之命宜不容泊其後

之以老今 乾之加意臺灣飭照仿造而部復仍依非意見不
同部俟請俟巳華察看自足懷臺合肥謂不必張令速購豈成功期諸二年而訂定不能遲誤所
月那此尤弟所未喻者也聞之成事不說遂事不諫惟是將來
各省應有添造之舉似宜精加攷察勿復狃於一成質之
尊見以為何如此邦水土亦後宜人天氣較涼暑月可服棉袷
賤軀頑健眠食如恒惟學業荒廢祗益慚愧知
念附及不盡區區順頌
廿安諸惟
亮詧年小弟王詠霓頓首 七月十日

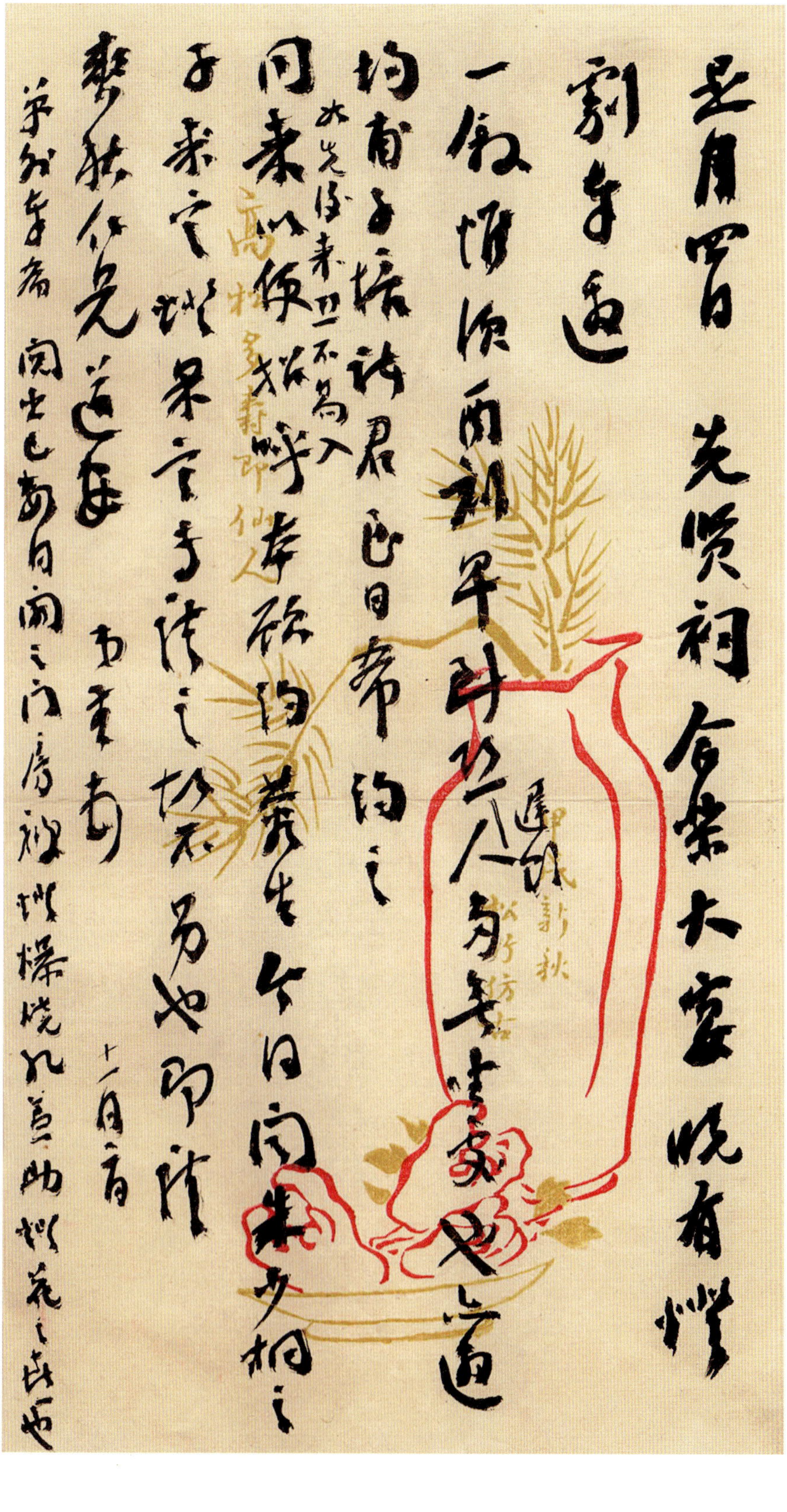

是月冒　先賢祠合集大宴，晚有燈
劇年過
一版[illegible]
均前[illegible]詩君[illegible]日[illegible]均之
同來以便[illegible]
于求之[illegible]
[illegible]兄道安
[illegible]　十一月[illegible]日
弟[illegible]

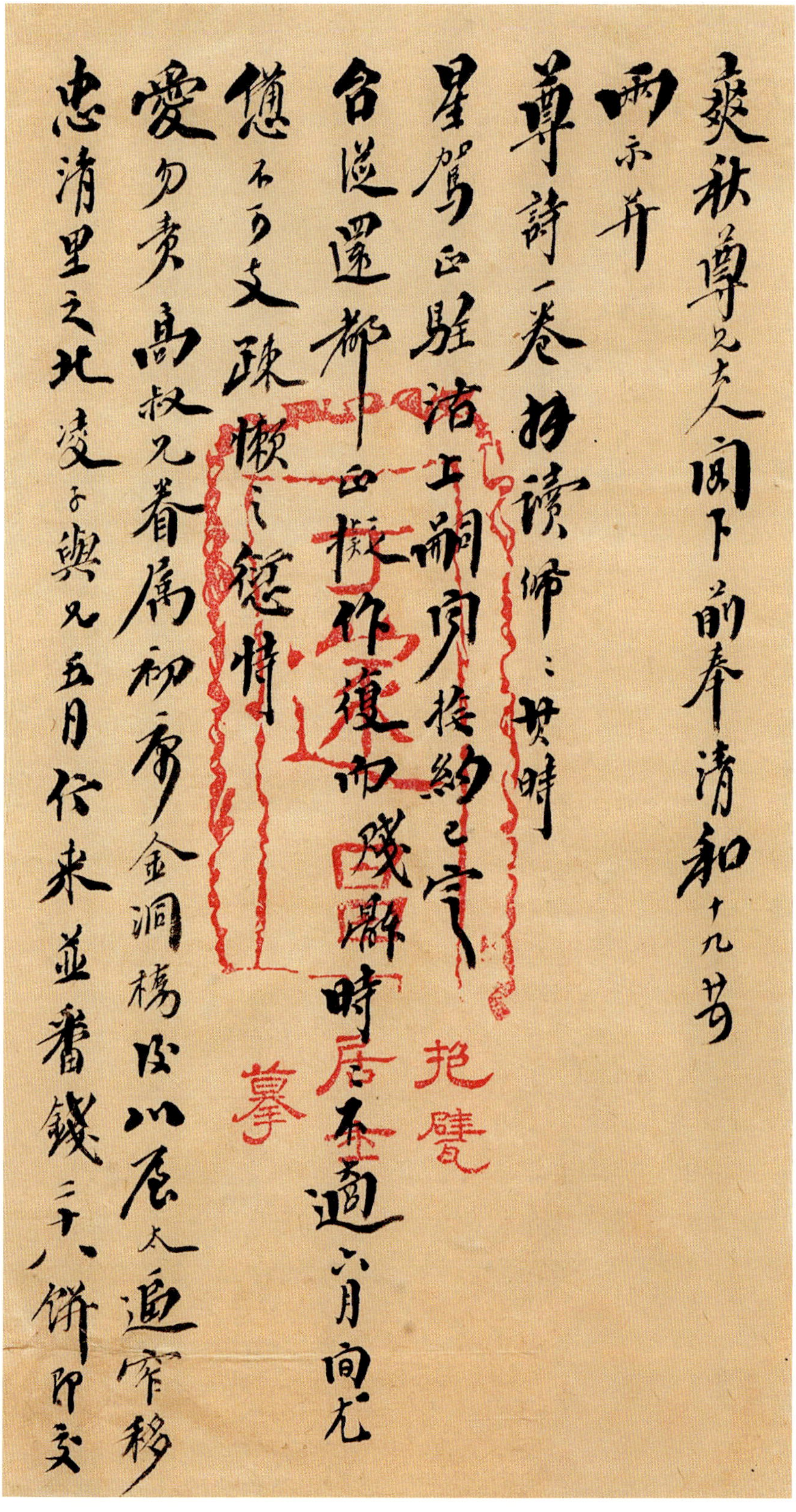
爽秋尊兄大人閣下：前奉清和十九號
兩示并
尊詩一卷，拜讀佩佩。費時
星駕已駐滬上，嗣聞援約已定，
台從還都，正擬作復，而踐廟時居不適，六月向尤
憊，不可支，疏懶之懲，情
愛勿責。高叔兄眷屬初一肩金洞橋陂以居，太過窄，移
忠清里之北，凌子與兄五月代來並番錢二十八餅，即交

高五嫂屬詰存否，並屬先為道謝。五嫂近日患惹珠瘌，
飲印愈為佳。浙中酉夢雖定，元氣時難收復
而已。溪伏熱不退，四季疾疫，老三姪雲青雲衢叔市
如雲生壺如水，可見萬條之一斑矣。承康於越隱居
南內，老態日增，幸復奇健。
大稿中寄殘下一詩，感之。俟秋涼神王，當奉和以答
高情。弟又啟
大安
弟丙生頓首
七月廿一

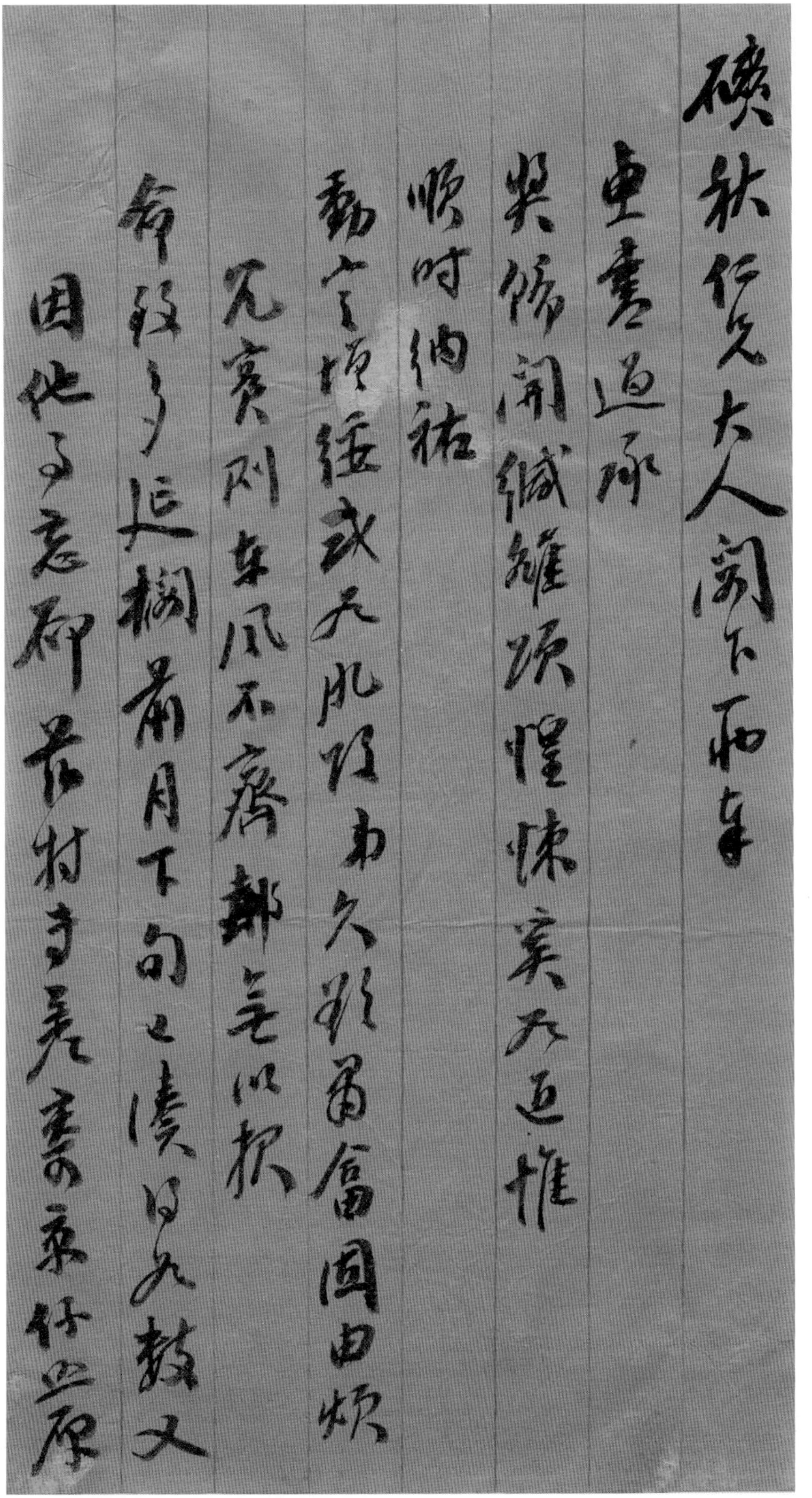

磢秋仁兄大人閣下：兩奉

惠書，過承

與修，關織維項，惶悚實天，匪推

順時納祐，

勳祉增綏，政無不理，何必敬甫，冨國由煩

兄實刚東風不露，韜晦以報

命，竟多延擱，前月下旬已讀，得文

因他子忘耶，昔村寺是塞，而來付與原

壽又於年前銀二百兩因未走
尊處催收封由　方勉爲封寄已
於收之只原壽一帶還張季少
青來津叢已交還盈賬尚有已付過之
三百兩一票除只到家福只收回以下一千
又業　未乃月朔日整吾挈屬查勘水
未到十六日本年靜海青縣兩文水災
之重殺乃年信莊因具年清光直接

而爲延陵子所抱愧籠綫樓信靜海
館一萬兩，米一萬石，与九年相仿，青縣則撥
銀米各七千，不及九年，贊撫至今不下關
併籌賑局上詳，抹殺直隸二字，亦与延陵
子自春間咸隆之役，緣有相似之事，鼓
件只可置之不問，今以亦之放并使吏民
受困，撫衷自問，亦可覥顏之處，因并而袖
手之法，何暮則及年之礎，若二病則情返

令尊推振對里維直盈象狀亦已同一善策
以立開幕改請咨調引緣乎達任內卓
異者部推調已而次正而藉以吏部
似乎不著痕跡之至
又當以為然以年封象改再作計較家以阮
多毫無積蓄大抵安於游許僑川亦不
致餓殍否則徒遭饑荒寡太窘之語
望推愛福於萬元爲弟　　魏石頓首之

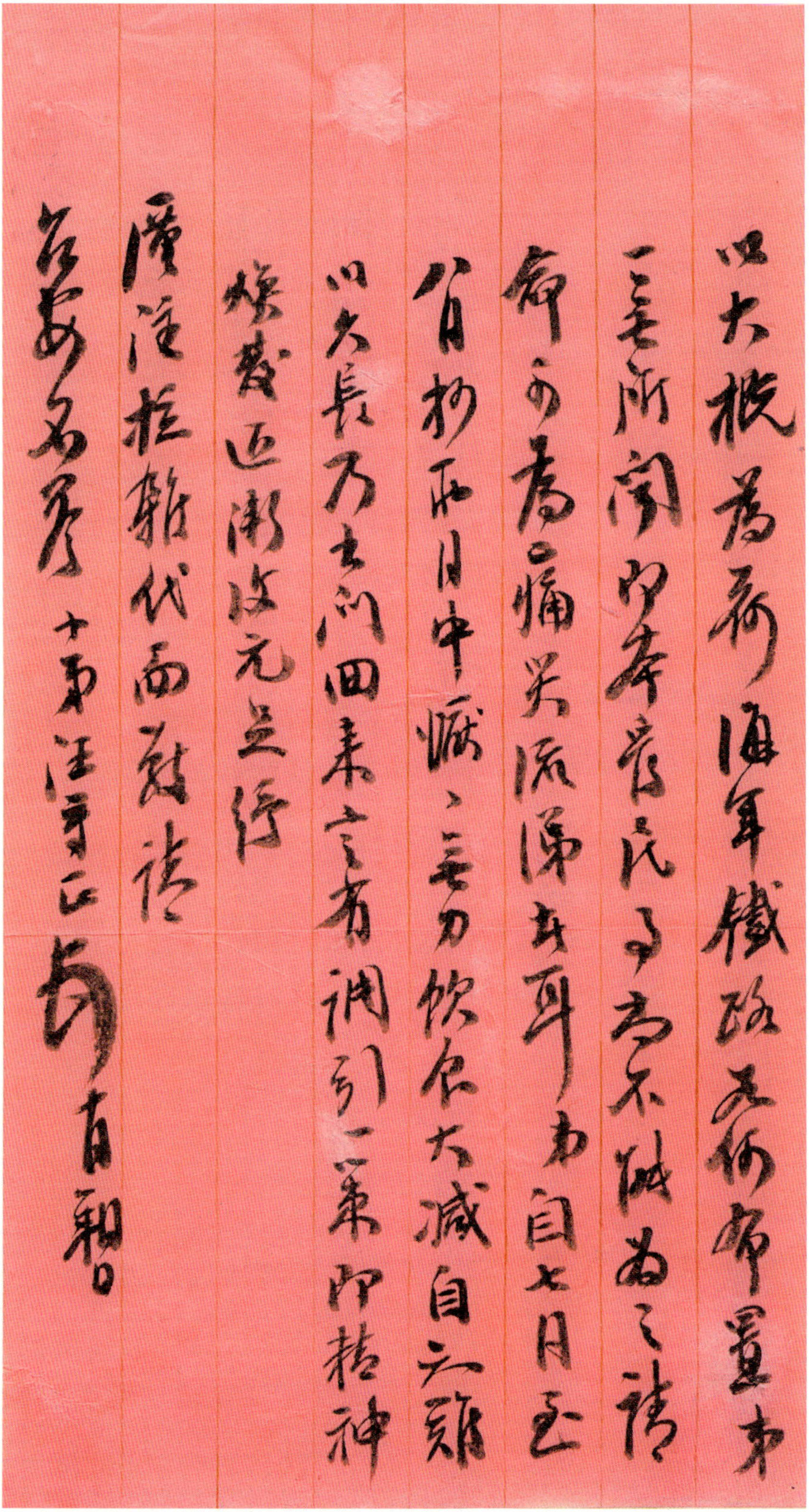

重黎仁兄大人閣下頃奉

賜函並

頒到祭幛匍匐叩領謹薦　靈幃伏誦

訓詞嚴正

矜恤殷肫捧讀再三惟有感泣　先君奮起孤生

晚遭多故然當中山盈篋謗書之日猶蒙臨

淮洗箱直筆之存近者復奉

恩旨准建專祠得酬生平廟食之懷不待孤兒籲

天之訴
隆施至渥銜感何言華奎負土華成閉廬假息夏
聞大病纏綿累旬以憂患之餘生積罪愆
於九死自分朝露下侍重泉少塞斯世怨
毀之業終負
故人期望之重殃戾未滿視息猶存仰望
雲天無任泥壤專肅敂謝敬請
台安不備　愚弟制張華奎頓首　九月三日自合肥泐

憶坐西湖第一樓，膏撲瀟瀟氣
横秋。十年蹤跡塵吹面，百事蹉
蹉雪上頭。石爭木瘦知物病，鼠
肝蟲臂任天游。未知滄海横
流處，容易飄搖不繫舟。

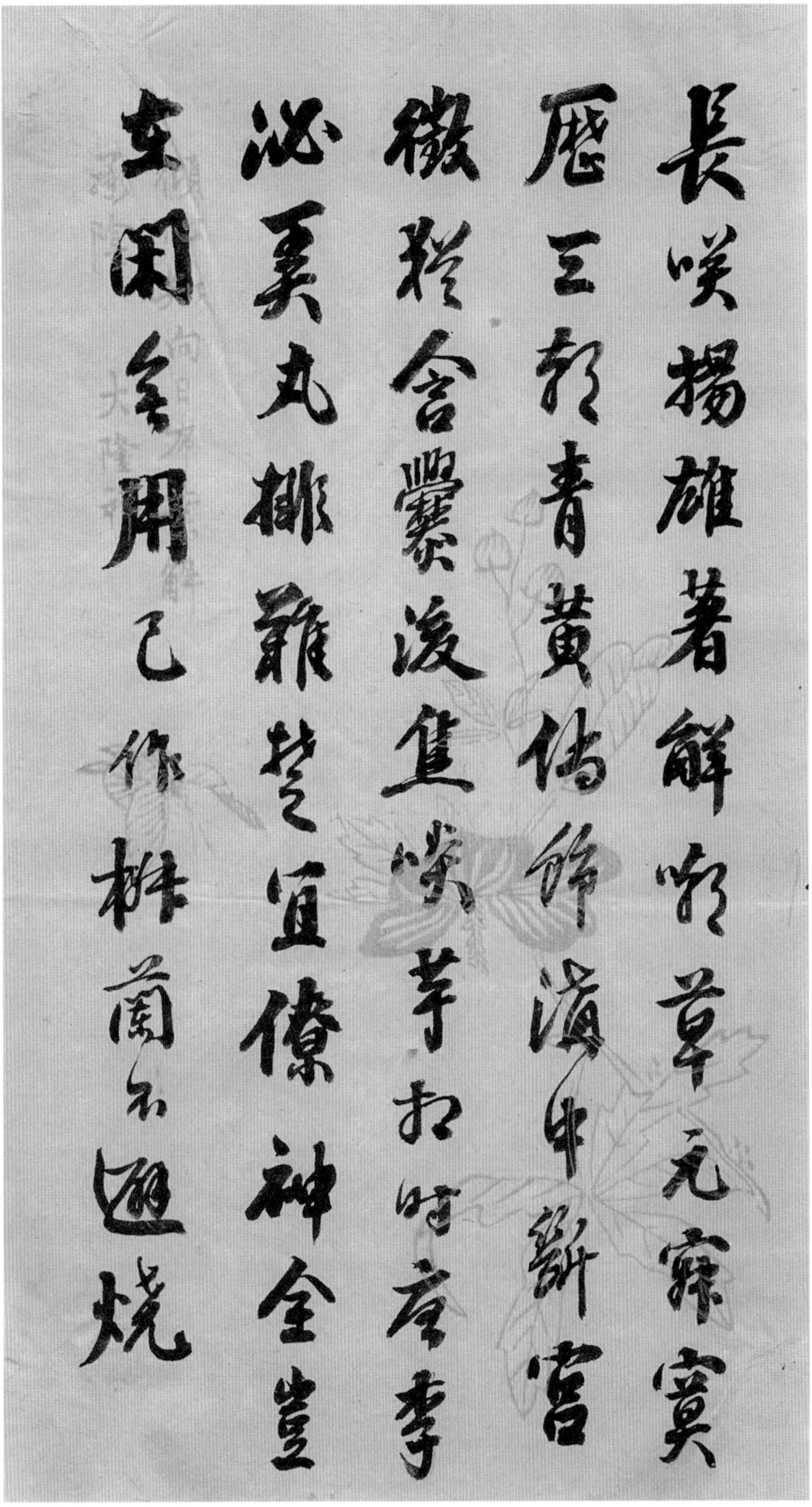

長嘆揚雄著解嘲草元寂寞
歷三朝青黃備飾漢中新宮
徵發含爨後集咲芋叔時席李
泌累丸挪難楚宜像神全豈
古閑無用已作樵蘭不避燒

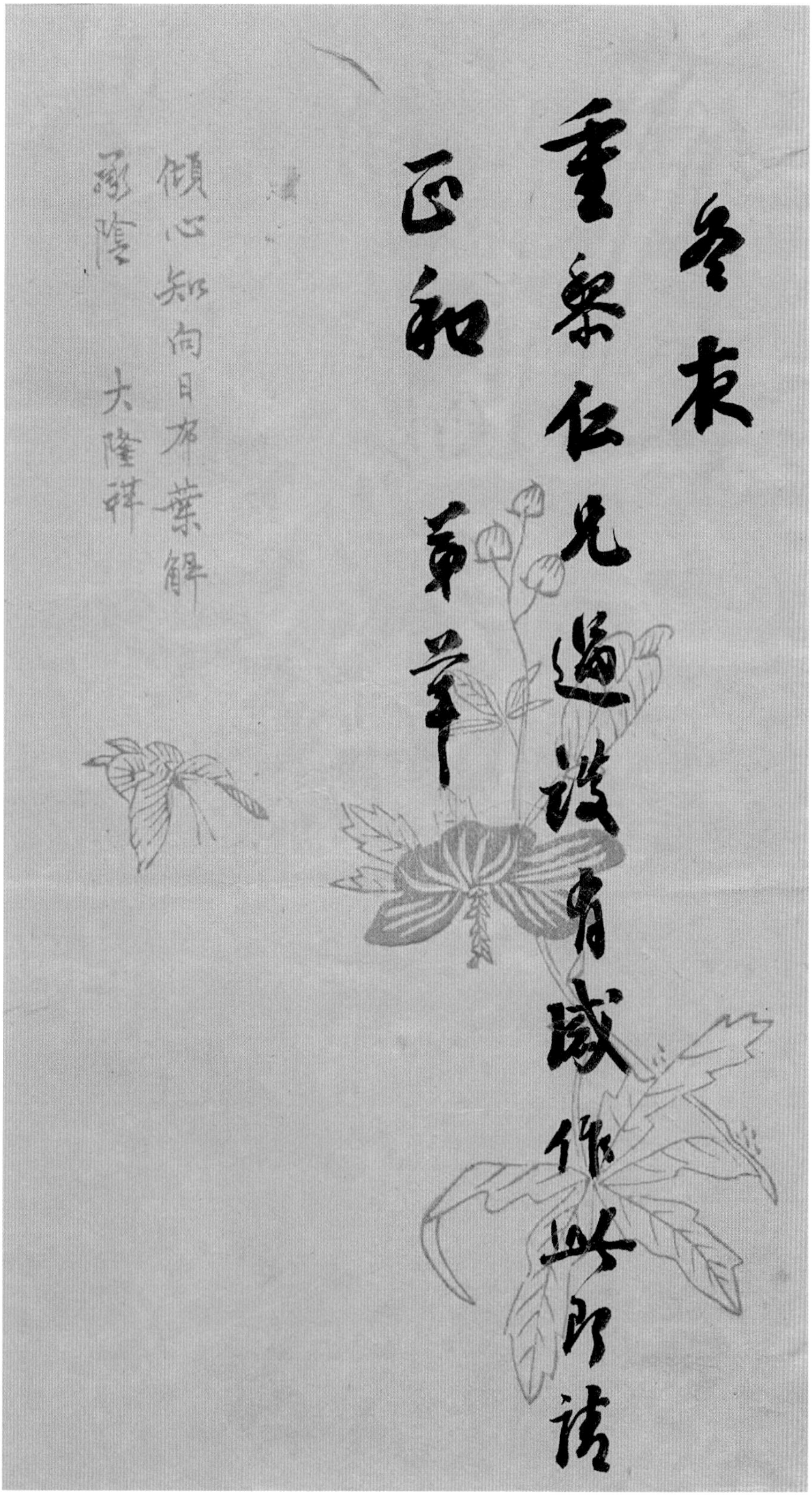
冬來
重黎仁兄過訪有感作此即請
正和　弟草

傾心知向日布葉解
承陰　大隆祥

襄秋仁兄同年大人閣下：月前奉
手書，敬承
示種切。敬聆重患，悍伯書來，述及諸弟
承
照拂一切，仰見
賢者扶植後進之意，感篤殊深。仰承

履綏多吉，一百凡均宜，至以為慰。弟秋冬
之間向有寒嗽之疾，此地陰寒，凝人肌骨，
每入冬令，恆有杜門卻掃之日。今歲春初
在沂河工次，又因氣逆之疾，屢向作鬱氣
出外，緣此間又無效方好手，利便之人，深
懼之望連衡，則必有萬行，而不日矣。越

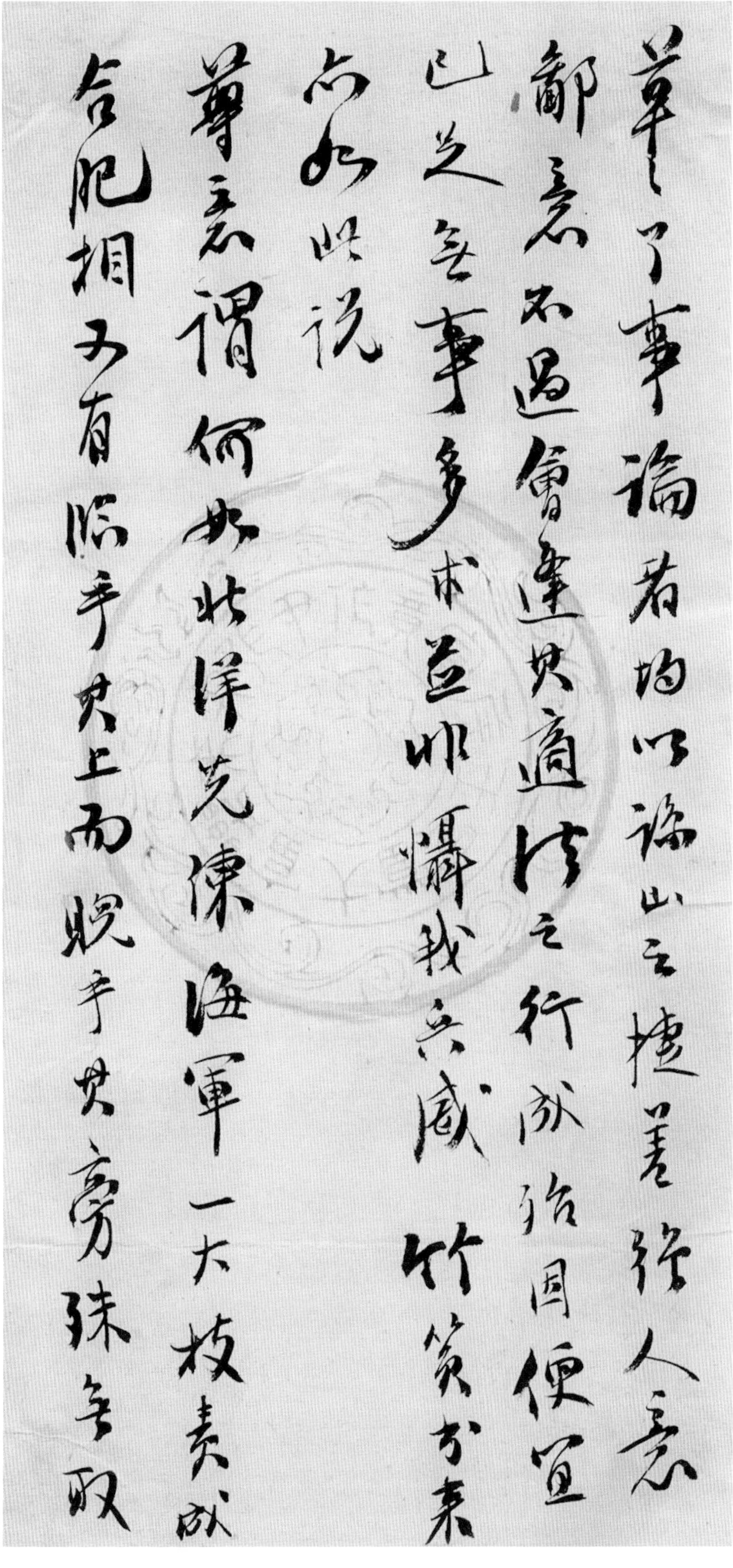

義古之任人，固專且一，授以重任，則不復以他
事分其心。今既何况任地方又兼創海軍，當
營必不能兼善。且以地勢而論，北洋之逼近
不如南洋之空闊，當之封河之日多，於操演駕
駛皆似不如。特當軸者未甚深思耳。鐵甲
不易得，駕御鐵甲之人尤不易得，操用人之

權具知人之識開物成務爲天下先者而人
者求之於古亦不易遘然而無此人不能成此
事既則關乎國運矣第以爲養才取士官
人之法鹵莽滅裂而無一處人材既不能出於
謀當從自變法始欲自育才自破格始守
法者尚難得何況於變法格者尚難求何

況於破上下果有其人斷不能有此權與
不能行也
閣下同此情歡否惜仍想已去都昨見題名錄
會試名此才又遺况滯發帽同你手此
奉佈順頌
台安不具
年愚小弟來吉頓

萬里從征近十霄，歸來作息海
波揚。兩河戰士銷兵氣，八桂除書
日月光。立篤系筆皆來達，既詩愛酒
老還往。東西勞碌涯今年定暫
與鵷鸞結輩行。
復愧依舊年陰清旅館滄留百
感生貧什，離家元祐無謝詩歌思

絳雲樓松竹齋製

數來貞行九真兵嚴憂南服亙
髀髀沈多北盟簞壺漿徒頸年
自十年前書諾分明
天著徵祈劍
帝京壯心衰髮貧手生執鞭妻子城
道遒攜劍田橫島畔行出府叩
居鼓奇列私季自署罪言名歸

絳雲箋松竹齋製

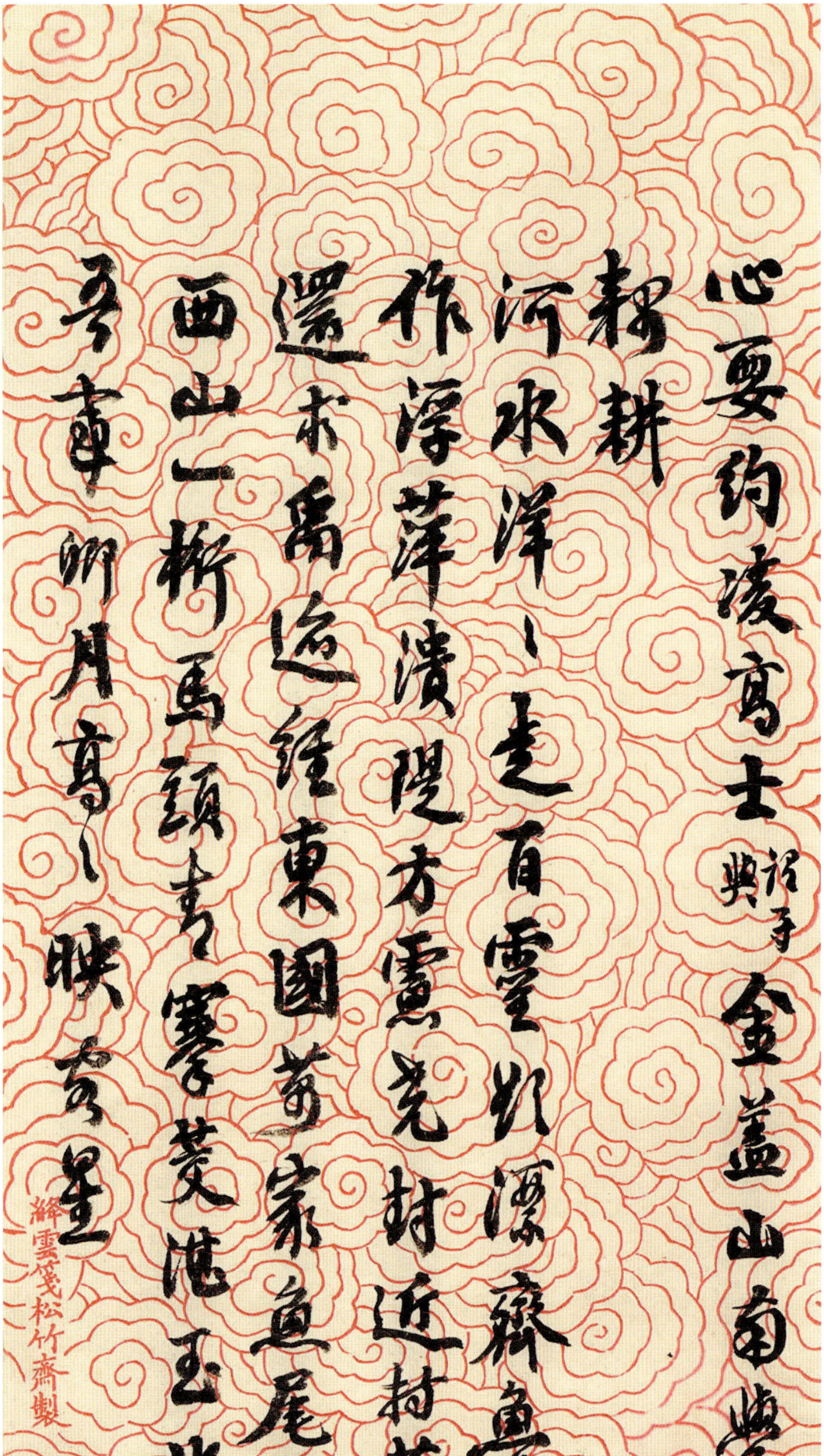
心要約凌霄士招手與金蓋山南學
耦耕
河水洋洋走百靈臥濠齋魯
作浮萍漬隄方靈光封近村落
還求馬逾經東園前家魚尾赤
西山一柝馬頭青寒焚港玉非
吾輩明月霄霄映奎星

絳雲箋松竹齋製

蓬萊宮闕倚嶙峋表海
中朝遣重臣神獸守山憂左股魁鯨
掀浪駭凡鱗錢鏐自具三千弩
毛遂原非十九人精衛未終浮屢
帝重樓羣早晚雲新
錄別五言
重黎仁兄正和　補草草草

絳雲箋松竹齋製

磺秋老兄大人閣下：僕子魏州回，奉誦

復書，知愛之誠溢於紙墨，感甚。近日粵邊事，想

閣下當已驅車總署，法越私和已定，惟劉團力願

淇粵啓嵩，且

朝廷兩路防軍布置周密，力守北甯，如侵我防營，

旨允開戰，士氣頓奮矣。

天威赫然，此間頗傳此旨。有百八電報之言，更聞山西為法攻破，

劉永福不知存亡。此等信來，如有確聞，不妨

平沙落雁

承示二老親在堂，屢不能不遠離也。弟於戊五閏月病
居士之三年，病於身未病於心，以書畫遣日而已。不意
禍兩殘柳對以充紙囊，家累窮思無依，重以生
游之托，勉合僕姜丹資送其孫骨血屬以歸曹子
逮云既痛逝者，行自念也歟。太和貴座主之喪
嘗綱在京。芝甫權陝臬，亦久未得其書問。移華訪
告何事。昔年舊好，今日貴人，不知尚有高陽酒徒
在其懷否。弟不甚作詩，以有沙彌遠笑月之戒

遠浦歸帆

執事近承幸
賜數章，以慰飢渴。前賦絡首
賜序，備飭以長紙橫書通郵，下尤望寄此數頌
歲禧，並請
升安。諸惟
愛照不備。

同年王蒓軒乞致意。

弟乃龍繼棟頓首
臘月五日

春訊回頒重荷
藻辭之加飾流光如駛又看蓂律之更新喜溢
仙班頌符異域敬維
硤秋仁兄大人履端肇慶
鼎福延禧
壇坫雍容賛
一統車書之化
冠裳蹌濟宣

兩階干羽之休
寵荷
鸞綸
輝增鼇極紀澤七年期届萬里程遥願借明駝歌載塗
之雨雪冀陪吟鷺成落紙之雲烟肅啟敬賀
鴻禧順請
台安惟希
融照不一　　愚弟曾紀澤頓首

敬再啟者近作奉懷五律四韻録請
吟壇教政載頌
台安紀澤又啟

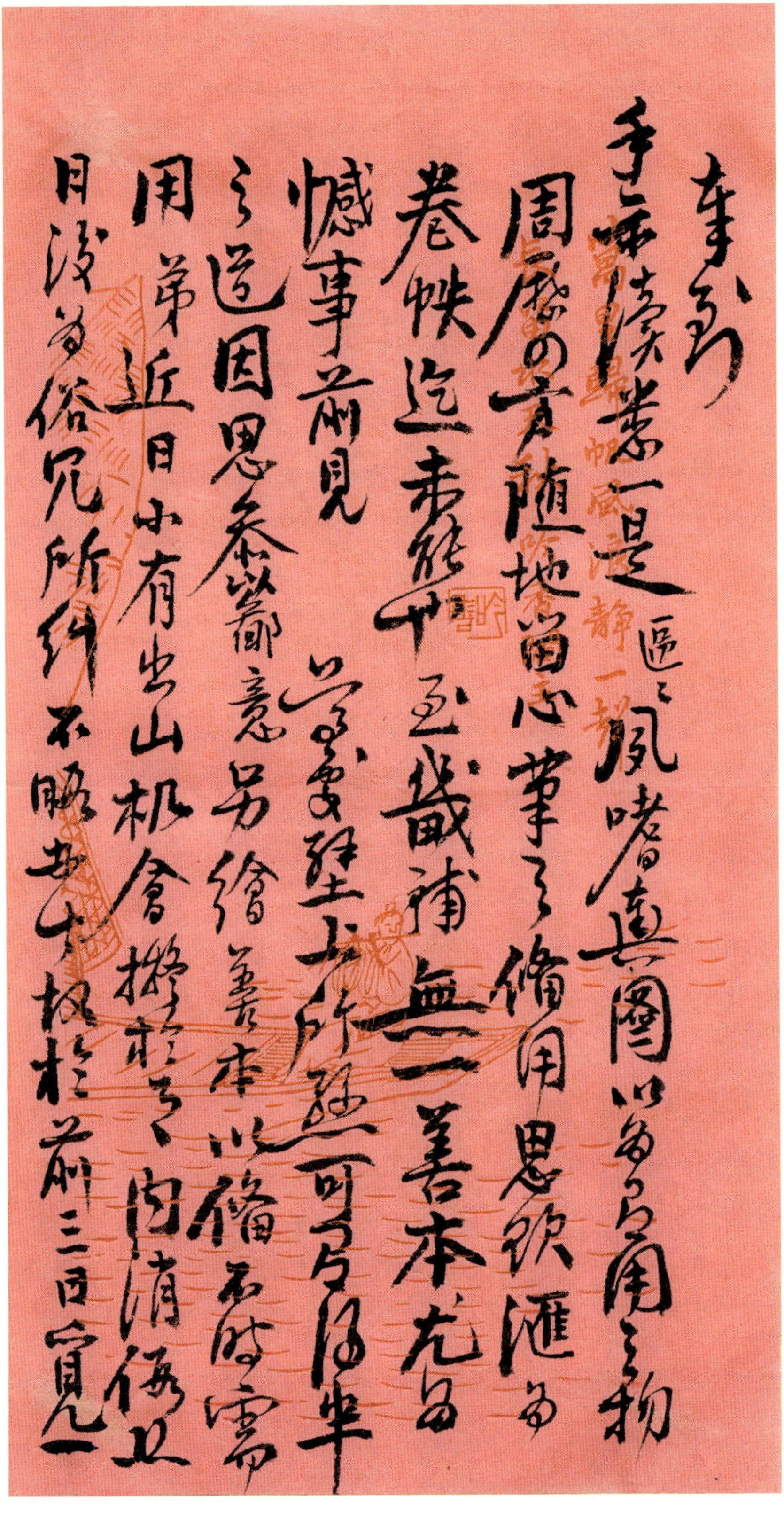

畫工寺繪之圖必須似　常見之一圖參撲考
如謹輸平常所見還皆真實語乃
潯池蓮自在香
兄竟務為人強不悍誤矣抑若聞之寂寞得
到士紅綠賜與坐人寫須如古人所用也數支
畫工已待言目不能獲筆君圖雖珍重何
惜此十餘日常不能集人之筆支郎作西子時可得
貴作特圖來頃視見無畫工在此仍以此圖與女
手迦布達即候　回示　弟寄禪[illegible]

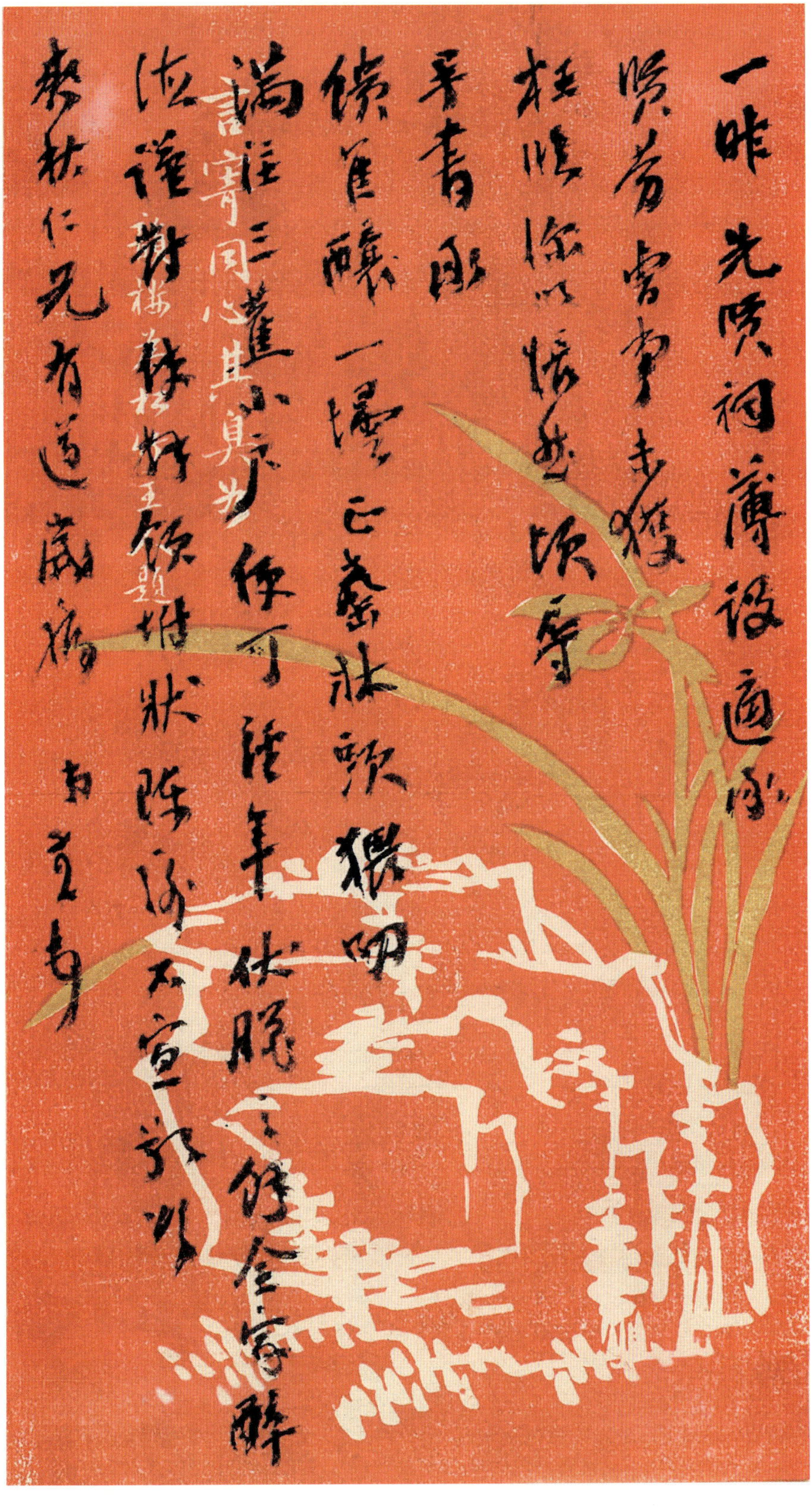

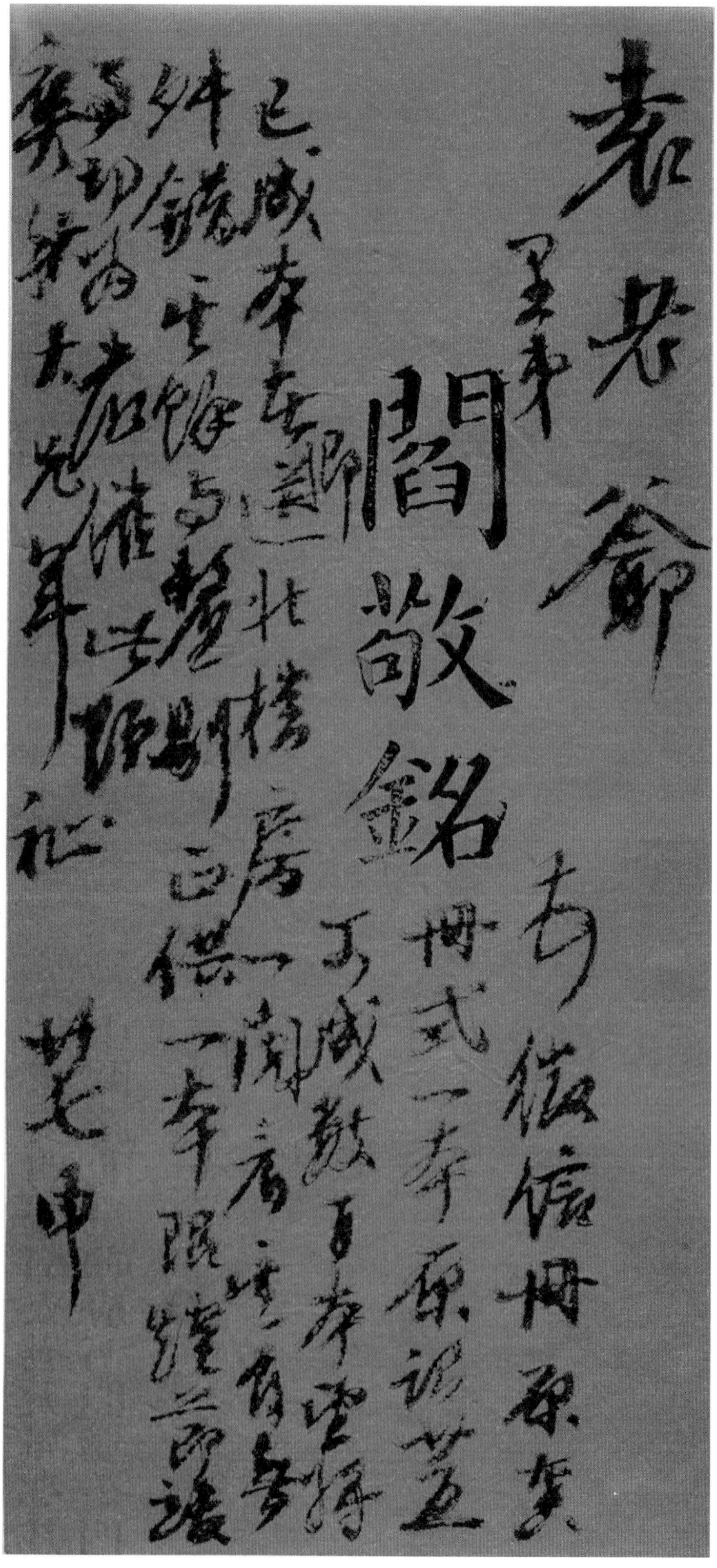

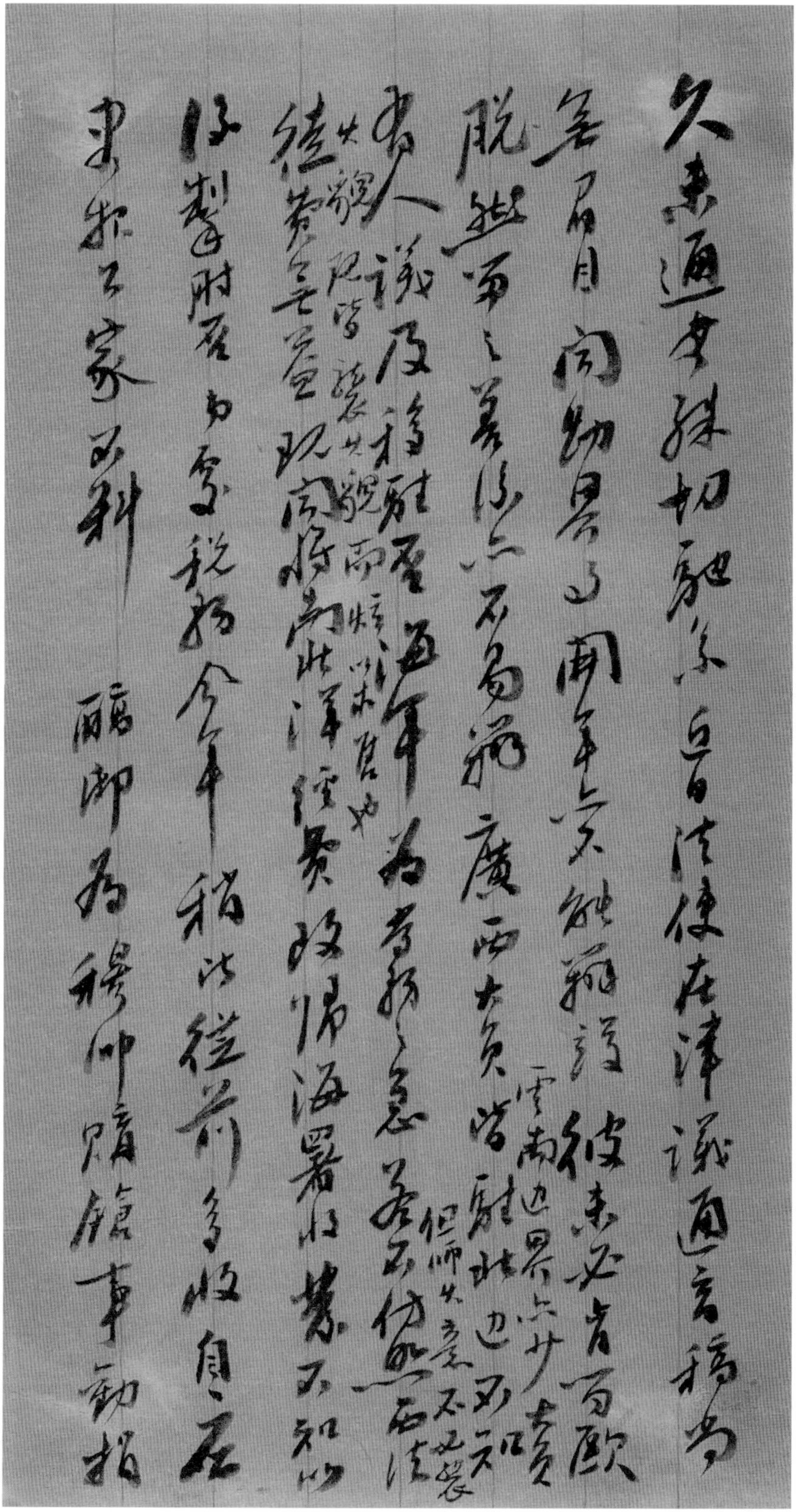

閩省函 洛楷

由己竭力設法籌　津閩設解京餉籌不敷當由
省籌湊總此項只能帶還現年收撥八十六兩究竟准允省
閩餉若干　部復函令未到殊覺為難明年允省應
解京旗俸併直隸京餉尚勉力湊解籌恐年歲實
無則難從年　盛意所現款與華頓之條陳將言
為稱所回覆無沙船免稅殊不知沙船太苦所免亦
只是貿雜糧此項為來議妥也　津中寬撥學堂不

送經費，而學生不能藝成即調總署同文館學堂

甚多。如能請洋師教電報法一二年，亦東之者

無處可謀生，人用而於人生計不無小補。

閣下能默此策否？前示所譯孫書一冊，力薦

能動手，現惟將兩年所集洋務成集，相須刊印

大哉。條不要擇要語，此庸人繙譯篇恐需時先成

另送近作四十韻，祈兩正

八劉齋帖一冊奉閱，請察。倘
與尊藏本同，留作延津之合，亦佳事
也。此上
逸梧祭酒詩箋去，並請見爰原唱，謝謝。
重熙仁兄大人　中楨頓首
袁老爺

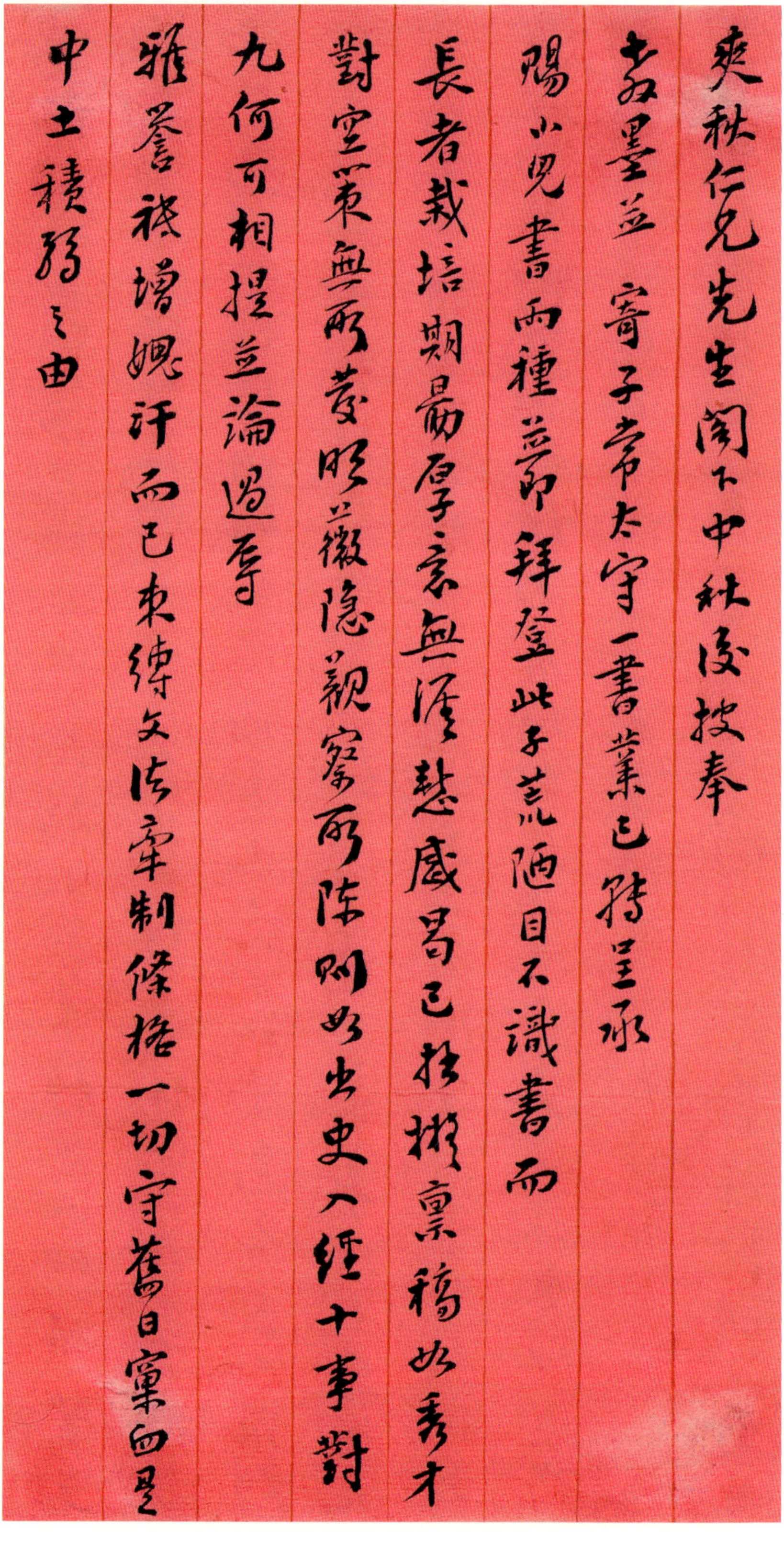
爽秋仁兄先生閣下：中秋後披奉
手教，墨並寄子常太守一書，業已轉呈。承
賜小兒書兩種，並節拜登。此子荒陋，目不識書，而
長者栽培期望，厚意無涯，悲感曷已。拜擬稟稿，如秀才
對空策，無所發明；並微隱觀察所陳，則如出史入經，十事對
九，何可相提並論。過辱
雅譽，祗增愧汗而已。束縛文法，牽制條格，一切守舊，自棄曲呈
中土積弱之由

高論洞見癥結嘗謂泰西人兵船火器甚精奥入神雄鷙無
敵洵非中土所能及而其淫侈無藝慘毒不仁則亦為亘古所無
而彼竟以與横海稱雄其中疑無天道方知申包胥云人衆則
勝天氣數所趨殆有不可以理解者少遲之百十年後不患無天
定勝人之時然非吾輩所及見也東三省歲歲以來棄甌脱數
千里東北兩海為敵環包有掎我肩背之勢今又注意琿春險
若扼吭邊防至今誠不可以不素講也
尊著揆敵情地勢兵畧饟源瞭如指掌水陸控制之要首

尾建置之方，括盡利病，剴切詳明。其尤要者在就地興墾，鄉爲
豈開礦爲持久不敝之謀。治法已具，惟治人則不可豫知耳。
左相騎箕，海内少一勳望大臣。李傅相身秉重寄，極思度外用人，
爲開拓非常之舉，而亦苦爲文法條格所拘，且畏譏之言亦殊可畏。
閣下當英時之年，負閎通之略，少作迴翔，須出身爲天下挑一重擔耳。
學弟輩之老大無成，疲苶不振，但思向田間匿跡而已也。
賜和贈行一律，淵雅絕倫，曷勝拜倒，手勒申謝，敬請（拙詩末句改云冰壺清絕此征裝，記先生郤贐事也，并以附聞）
攬安，不一

同門晚弟銘頓首　小兒炳林所識未回，附筆代叩

二十七日

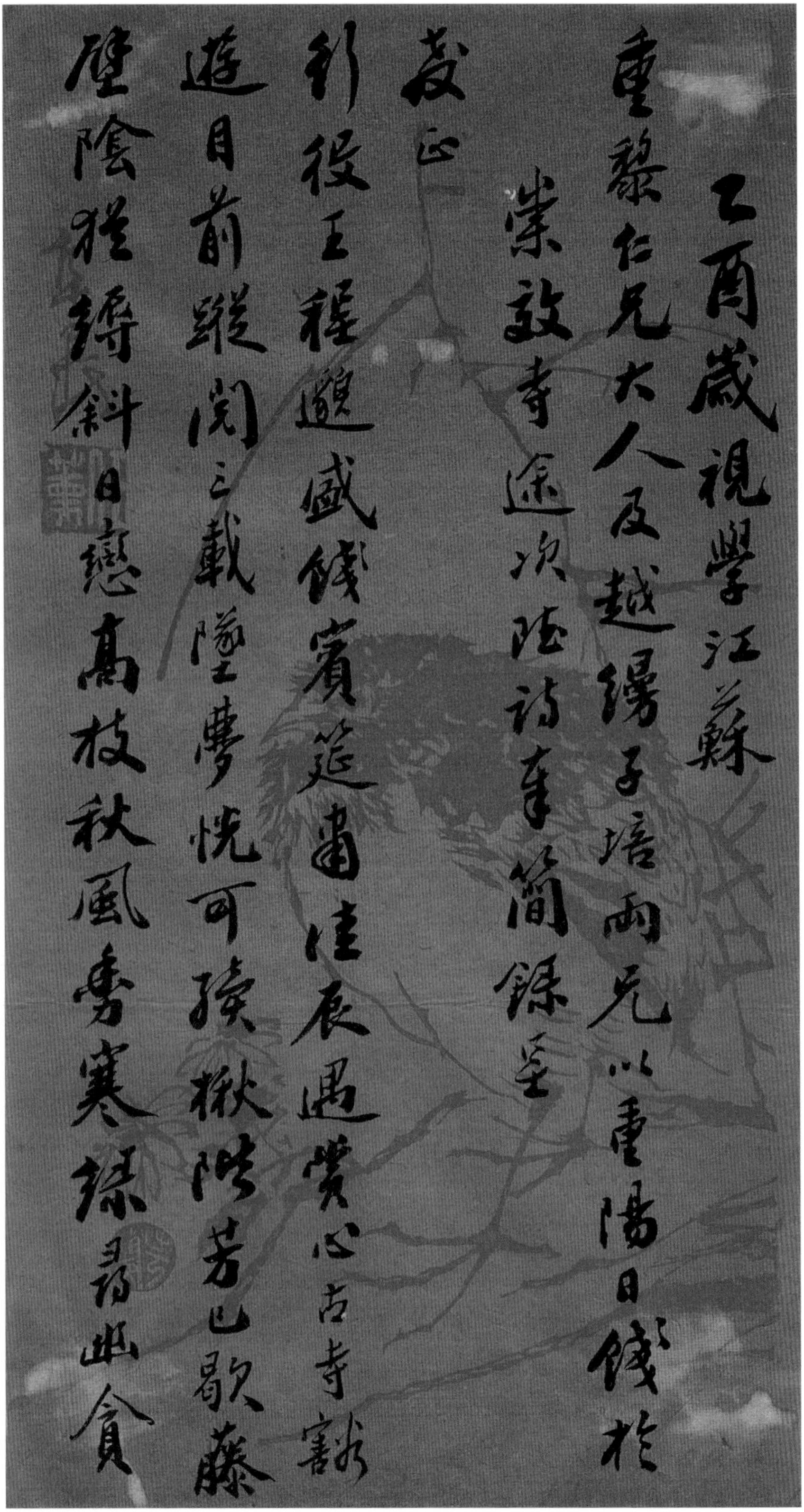
乙酉歲視學江蘇
重黎仁兄大人及越錫子培兩兄以重陽日餞於
崇效寺途次陸詩奉簡錄呈
教正
彩役王程邂逅感餞賓筵當佳辰遇賞心古寺獻
遊目前蹤閱三載隱夢恍可接揪陪芳已歇藤
壁陰猶繞斜日戀高枝秋風秀寒綠翡幽貪

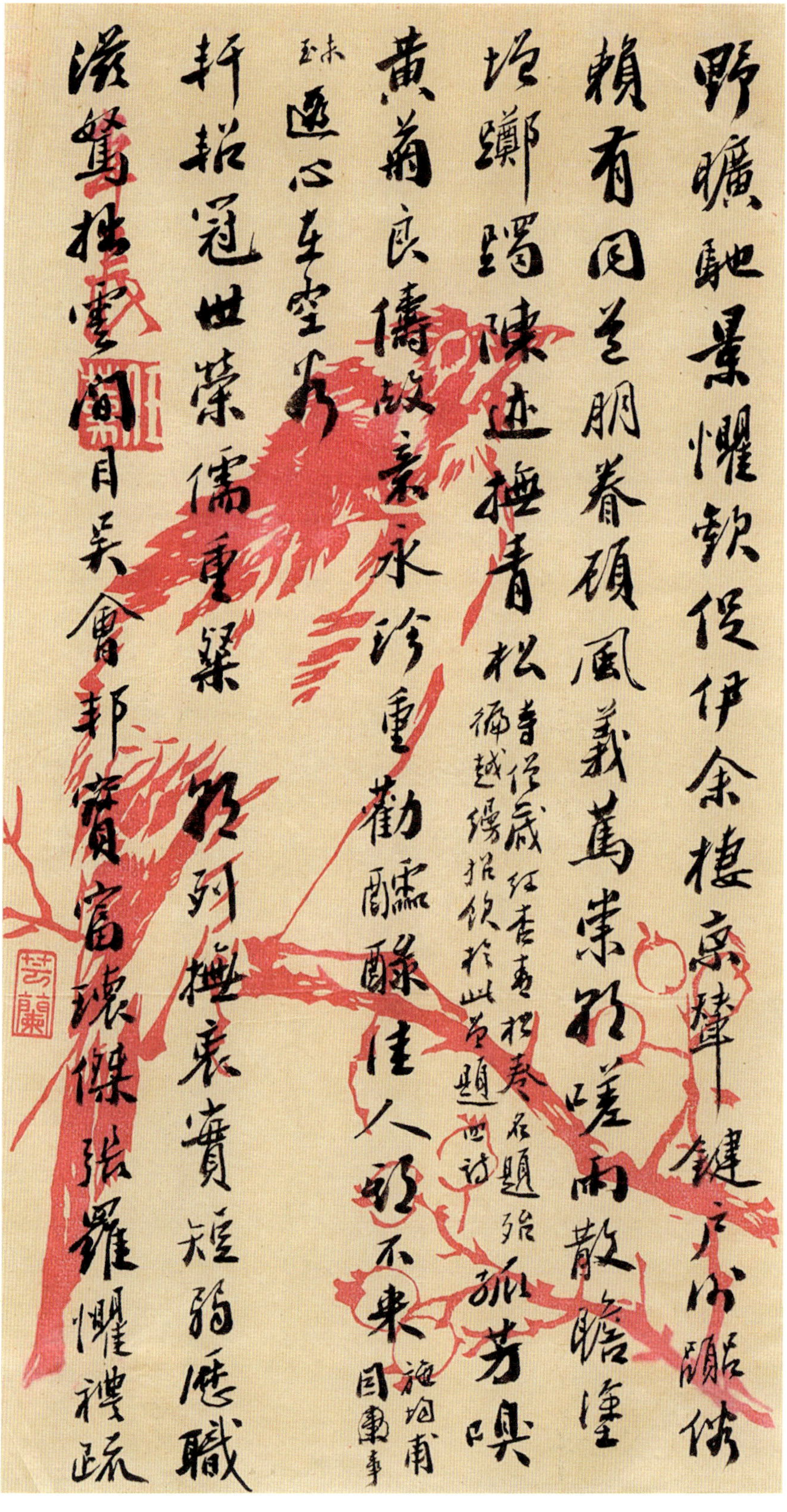

野曠馳景懼欽佇伊余棲京輦鍵户以頤修
賴有同岑朋眷碩風義篤崇行嗟雨散臨淮
培鄉躅陳迹撫青松（昔從歲紅杏書招春名題殆徧越陽招飲於此並題此詩）孤芳與只
黃菊良儔啟歲永珍重勸醽醁佳人竟不來（施均甫同年）
（未玉）遐心在空谷
軒轅冠世榮儒重纍行列撫衷齎短弱應職
瀛鶱振雲閣月吳會邦賓富環傑張羅懽襟疏

剖璞懇修勞，李貢翁時論，祁謝歸前哲。啓達
邈儒風，循迹企高轍，平生資直諒，獨佳誰剴切。
孤絃理新聲，奇植希勁節，重來有繁翰　越縵　韋堉甫
有訪見題　畱佳邐寸札，春三閒心未蔵，規廉無缺。
年愚弟王先謙呈稿

疥痠餘毒流注，腎腔蟲臂瘢肝，未
知所底。京師近春風，九大伕作五六
兩章，前日流讀，宗列堂中，兩來
兗，未能尋檢。尊勛自應出，有叢帖
首，方錄一紙先寄來，想老夫化從並作
七律並送覽，前報字仍未能也。牛上
象和仁兄先生 曾植頓首

前奉
手示誦悉一一。弟處樸々曾指數濃園子溪記江亭
集雅是日好記
兄代定青此存敬丁叔人存玉英門任々上甚好也
新詩字々斟酌如濃果辣酒味似烟火人難往道語
翁而參似貝曜去也墮月未盡割替而猶一向俗尖雛
來可笑人恨々切當從人讀
君詩不得迷黑白耶　手札集隨文不可擇取贈也　樹瀏印請
奕秋作先貴道安　弟王去　十九日

瓶宜插梅　苦石寫
新締水中丞　松竹製

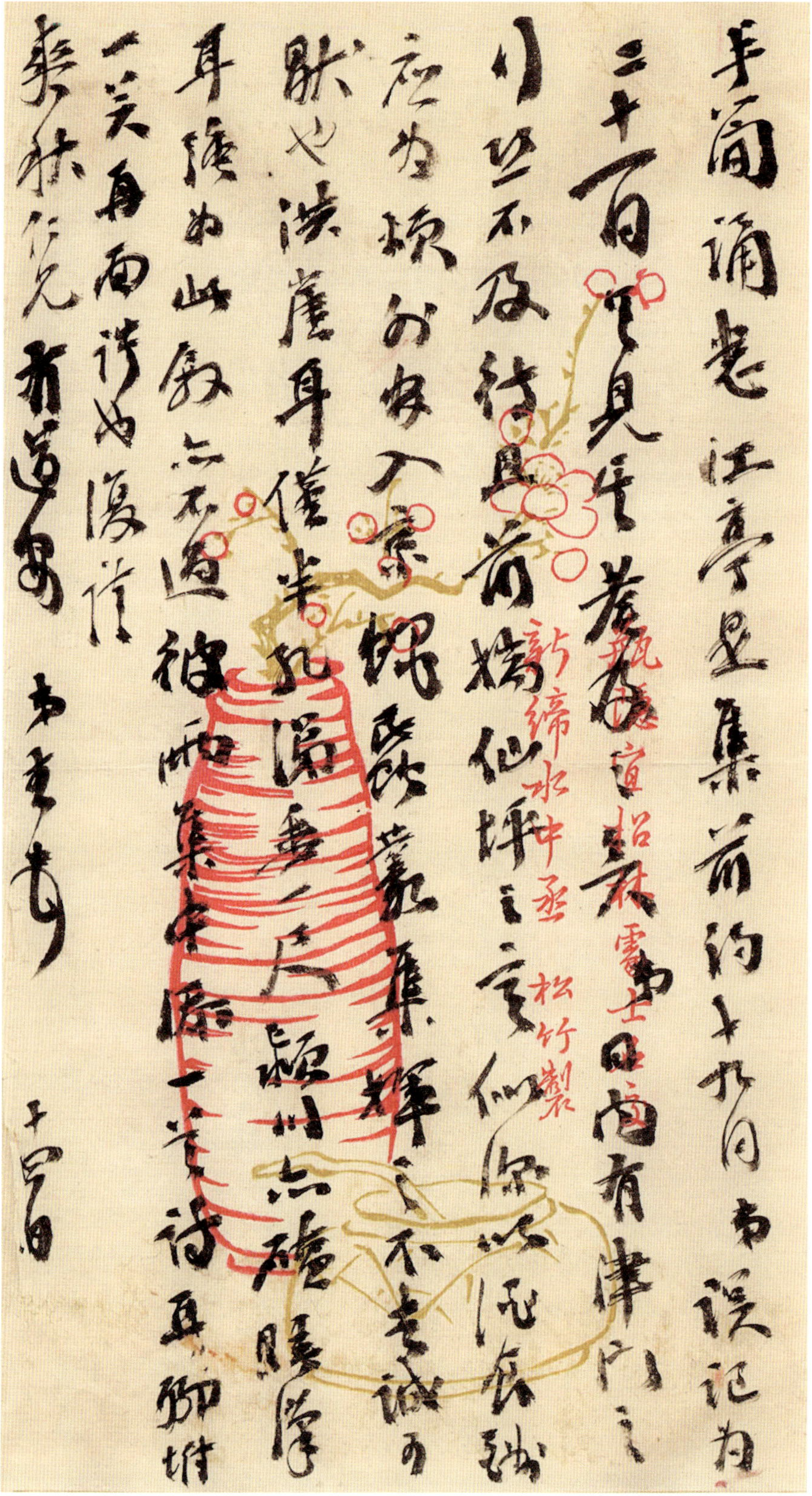

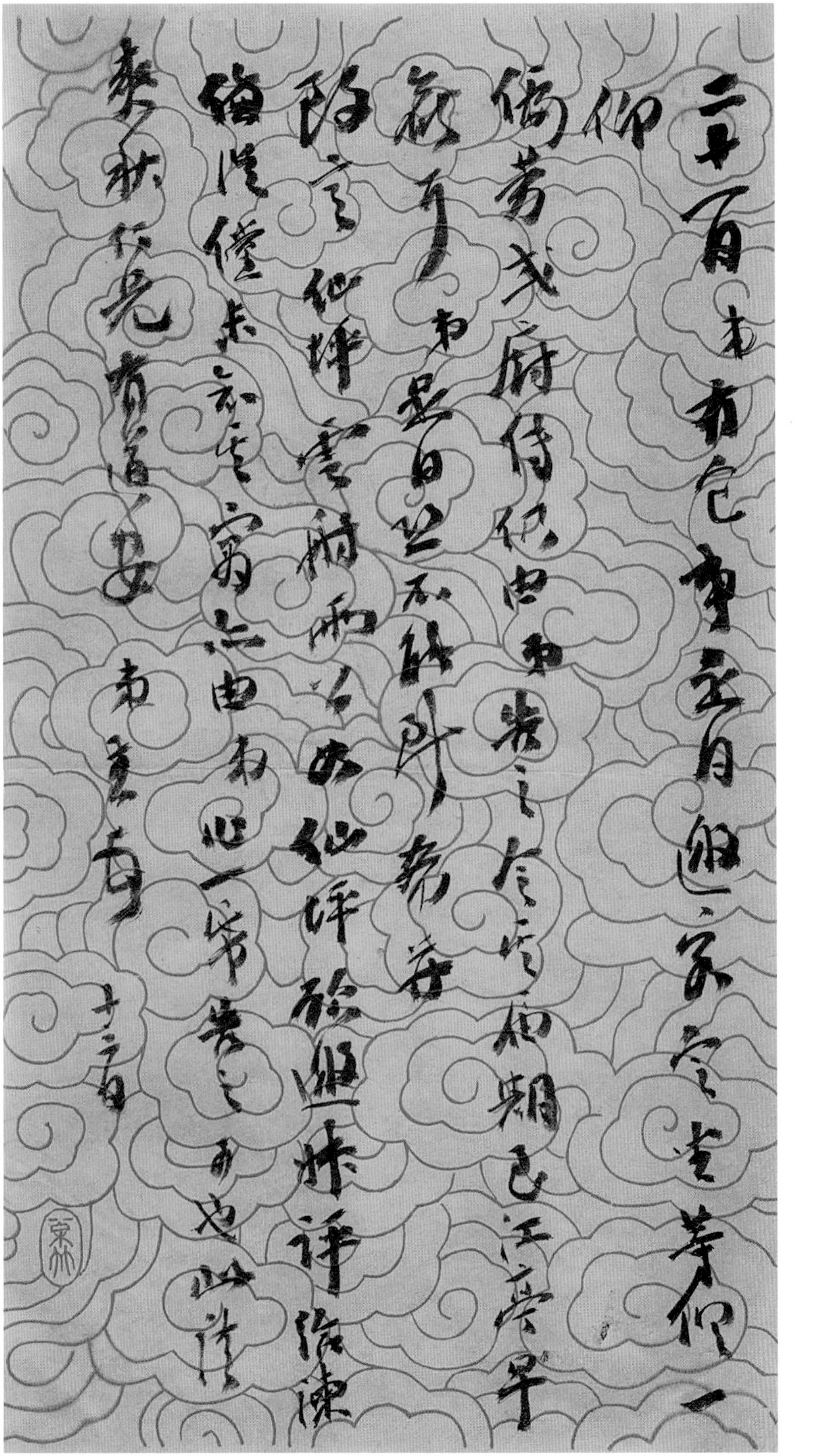

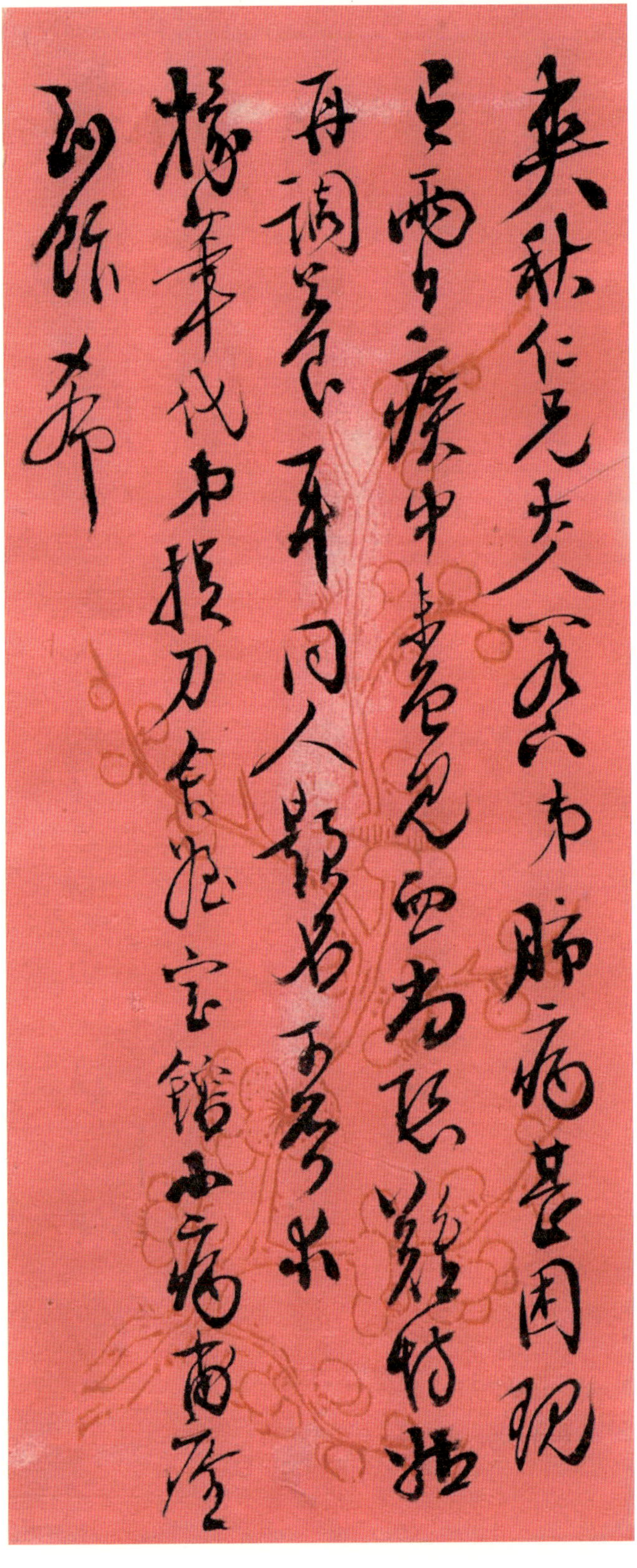

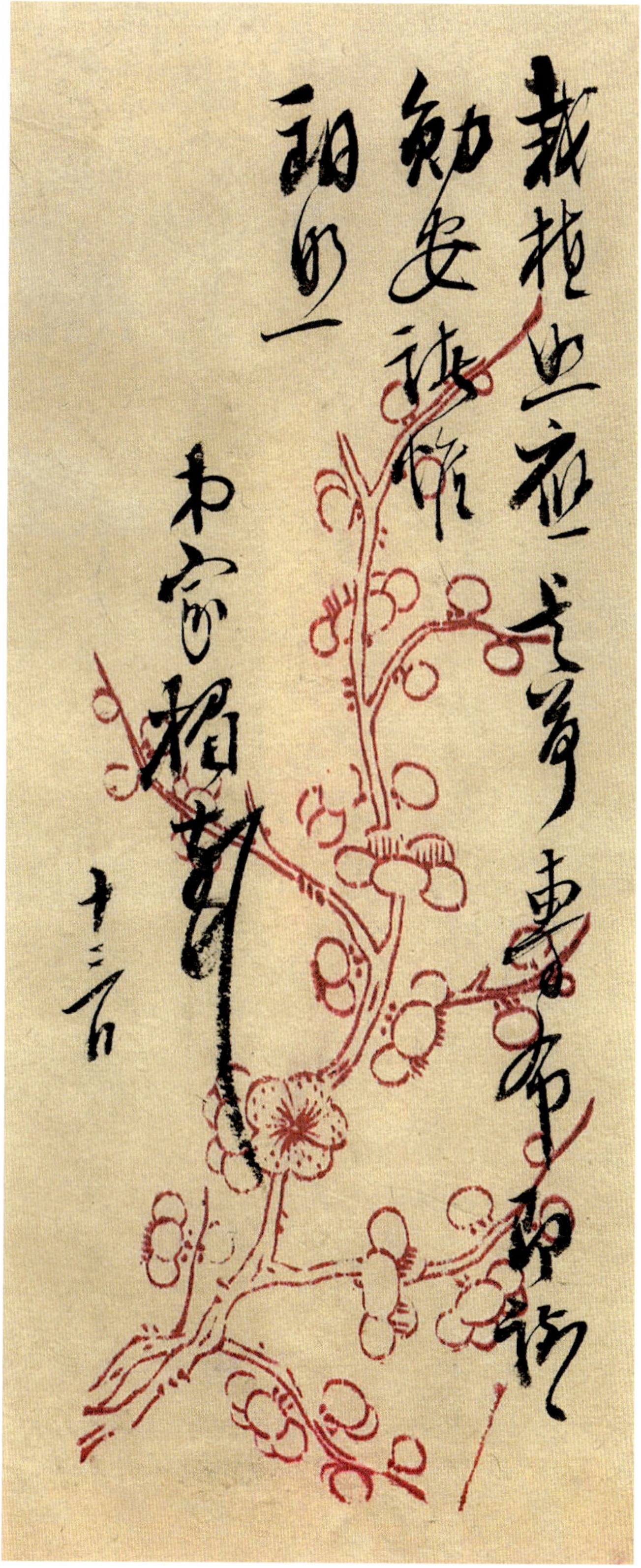

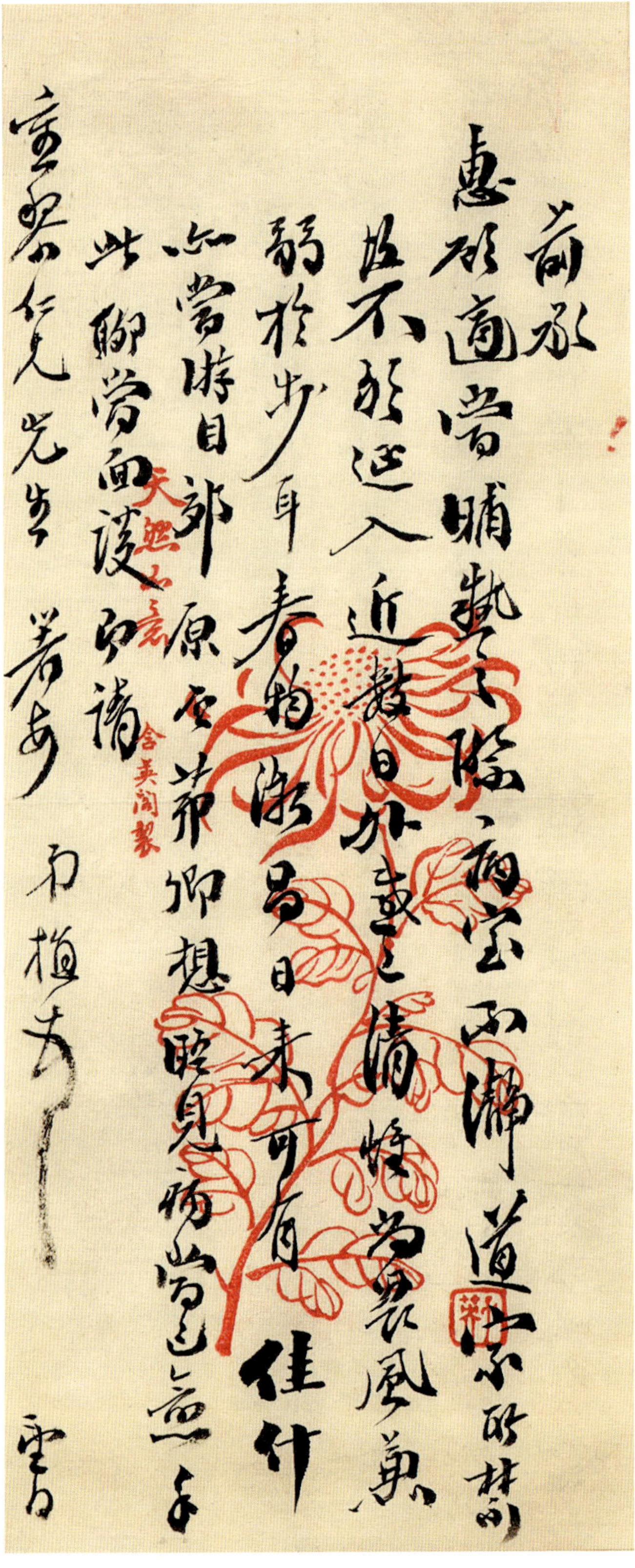

爽秋仁兄同年大人閣下：四月奉誦
還雲，敬悉一切。旋知
襄理敦槃，清囿黃龍之旌，
獻替功多，張田企慰。弟今年困於船務，議辦新
艦，尤多口舌是非，莫德異議，名奉
俞旨，不識故府之意何者始合。弟則唯知遵奉，初次
詔意造鋼面鐵甲快船而已，濟遠一船，英廠竟以舊臨
戰要彈有洩漏之患，蓋因雲甲中度太低，偏水可以平

漫其他扶翮甚多，雖同行據始未免苦求並進，不如渠
實有可議，承造者方為合肥相國信任，故公函中從
不敢道及一字。指指為
知，已從言官外國師船圖表，已寄回國，現在諸國均
剏成，鄙意難觀造，第陣以為難，說經截然為定
憲。此中恰稍用意來識
莫從何，如弟極怕了，疵超極甲成字代，做為城時，迨以
心緒作惡，公事繁重，念君切不能得，令弟君病根，釐成將

肯不能支拄〻局殊爲焦灼前　閣撫相商擬編成戶部
出入總表如已刊成　第
賜寄一本同年中略四條陳例儀敘累
清神我識分致三萬里外不能續塗務〻
肯總署中近概得便
示大感餘詳公函不贅梅花十六韻第
哂存呈華　華安　敬請
台安
年小弟期許景澄頓首　十月十七日

柳門中丞不勝歎耶　南皮制府、麟文卿、檀卿相繼逝，不
通侯字淒議何如，去年有以
去歲今年禮部試西廠同鄉當有幾人，計吏園禮謝者
諸君在京為不察，實補庭當提調，莫能後趕調園場
由潞河胡古公所匯借京紋百金寄之
家收，請以文十貴（浙江學）園存費二千金貽　郎君買筆墨並外官
送京，賞炭敬，小京職實不能送也，常有十金作儀，篆煩來到
京，請之。
弟代送場費諸勞　神鬼孫搖不安，殿葉平如過劉碑造像
楊本及甘肅新出土者，惠寄數紙，此請
雙安　年小兄譯佳安飲存　兩成新日叩
謝二伯母大人叩安

仲容入都，已向渠代索新語否，三國孫碑拓本暨仲容，孫吳新得

奐林仁兄大人閣下：秋仲奉到
手教，並承
既獲搨泰忠觀記，時方簿書填委，息還來即復謝。月前又展
惠翰，猥以前寄古逸叢書
賜紀五古一篇，欬唾珠玉，擲地花落，未有以知也。其時已卸臬篆，
餘閒暇，而精神憊倦，不握管者又旬餘，可謂慢遊作苦矣。甚
歉歉，伏審
新第有園林之勝，判牘畢，吟嘯其間，此種佳趣，居長安者百不

獲一非

公襟懷高曠昌言政之未春目青稍瘥當驅車北上面禱
尊稽上下其議論也鄙人未修寸簡奉候
起居已逾半年就此半年中事為我
公約略告之自景武以海防緊要疏留援行節才未藉此調治
曾得析津所
頒手示引志林叢目之要少移書者用心多晚起節才謹於法
二月迄今小效質諸醫理之高明者乃責鄙人行之未

書法蓋少讀書多晚起皆可勉強制之獨用心在〻也殊
非加沈潛功夫則此心不能靜心不靜養亦徒於罕效之故
殆即斯乎嗚呼靜之一字少時　孝靖先生嘗諄〻誨勉而
不能恪遵明師之訓垂至今日歲成篤疾之根〻不堪造
就誠由自取猶欲恃其血氣之勇以期有濟於世豈不難
哉前數年間尚屬奏得一七〻必窮日夜之力翻一過雖未
澈書中奧義於〻點粗明大致今撫卷不讀三年矣
良友猶以少有見勸能〻慚赧返海防解嚴特候杖涼

將裝七月初旬接權臬篆上月初晨試句當自閩藩臬多
田來任事視事僅三月律細例禁恒卑撝治之舍用心
不得其要察吏安民兩端茫乎不知下手處處祇以盜賊充斥
牧令廢枝課程乃淶擬頒緝捕及補從四條分案凡六百三
十九起聞者爲之咋舌爭但爲官一日盡一日心不遑顧及擁怨
其文計二千餘言手自屬草公論尚不謂謬刱請清
本呈候
大教夫江南北各屬盜風日熾一日者青基於承審之員不

加推覈一任該犯狡供避就因念律一成而不變例隨時以損益 序公命擬四則非好從嚴聊救一時之弊惟事固更改科條疆吏未敢遽請日前 錫尚書過吳 序公與其斟酌未識果能疏請施行否也併錄呈鑒今天下所稱急務者莫先於整船炮練水師扼地利為自強之策鄙意則宜標本兼顧要知內靖始克外攘自須亟修吏治輕重各適其適則知者之伏莽潛消疆圉之士氣益壯例聞進言者多矣而未聞一及吏治之窳豈智者之

慮亦有一疏耶　前該判天下之事力以六分謀海軍四分防
吏治則吏治必修舉　雖異日外侮憑陵而内地晏然不亂方
得併力禦侮故於懸賞緝捕文中　將飭吏治道痛乎
言之
明公雅具遠識敢以緒陳藉當說諸賢須半不樂聞此
無疾呻吟語也校刊　錢衎石先生三國證聞跋工事
去一部　沈毅臣兄云　梁茝林先生有三方證一書計
二十卷考訂尤詳　惜未見而校之　前月廿一晚星霣如雨

言天象者謂非主兵即主凶荒，然春秋書隕星不言休咎，天道遠，人道邇，自修可耳。執事博學多聞，當不以鄙言為誣也。歲華荏苒，將屆迎年，謹呈菲敬四十韻，乞賜莞存。竺公久不通問，清況可知，謹去百金及函，便希致之。耑肅敬賀歲禧，並頌台安，百益。

門小弟朱之榛頓首　十月十三日

破秋仁兄大人閣下 自下沂交春明承
教賜弁 大序足爲全集之光榮蒙 贈新詩深愧養痾而不出
嗣是而後音敬遂疏弟方經營先堂粗完種竹栽桑之願
兄則蜚聲譯署大有請纓投筆之風固由才之相去不可以道里計
亦由性有所偏不妨結泉石緣也已開三徑何心陶令之求官既慕七
賢匪樂鄰生之入幕 祇以 主人意厚數催石燕之飛究之下客才疏
仍羨海鷗之逸 沈五子封齋年伯弟曠世名流獲同樽俎之間數
叩金石之益知與
閣下時相過從爰泐寸牋 畧陳契闊如蒙
惠教良慰夙心附貢新刻二種聊伴荒函 前經
鑒定各書尚愧付梓無力何時晤敘得暢欲言期
公爲八皖之司俾僕受一廛之託專泐祗請
勛綏伏惟
亮鑒不宣 小弟汪宗沂謹再拜 上 二月十三日

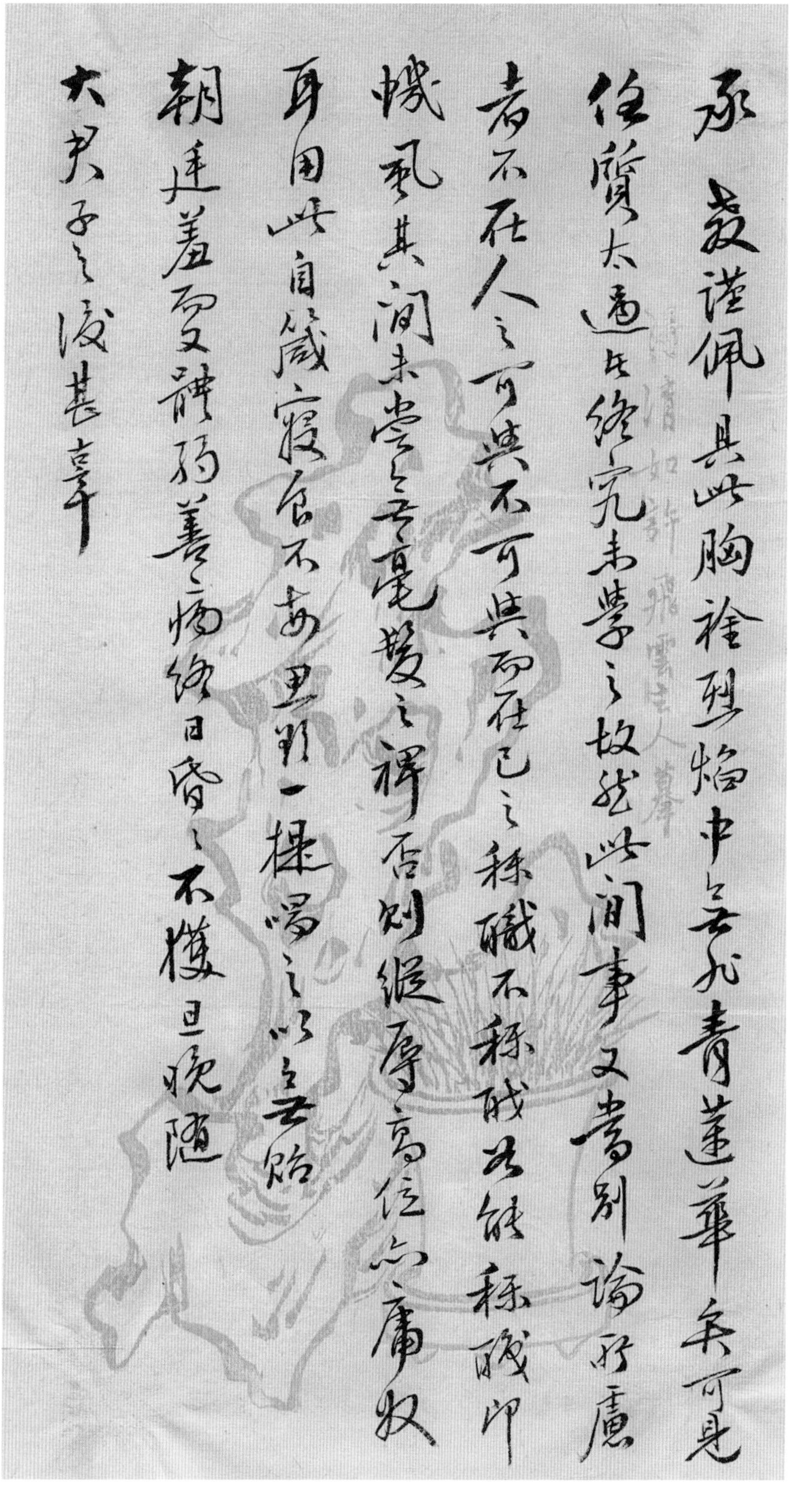

承　教謹佩具此胸襟烈焰中之玉孔青蓮華矣可是
往賢太過先總究未嘗之故能此間事文章別論所慮
者不在人之可與不可與而在己之稱職不稱職而能稱職耶
蟣虱其間未嘗之毫髮之補否則縱厚之高位亦庸奴
耳因此自箴寢食不安思欲一探囊之以去始
朝廷蓋受群材善之惰緩日昏之不獲且恐隨
大君子之後甚幸

雅言次別存和與為伍之思閱已不待朝夕之矣竊不自
揣信口胡謅聊用情
瀆秋先生一粲
并乞黃虞廠日誕之鼻湍珠畢竟未能免俗一囊果
餽侏儒
兄之重指手大笑老子搖頭責之癡江上布帆無恙以慰吳果
且俟恰翔

二月晉仁孫拜上

瑑甚堂第一春
飛雲主人識

奧秋仁兄同年大人閣下七月中曾肅寸函諒呈
台覽近惟
履候多福忭頌無似德廠定船一事
朝廷審慎周詳至再至三莫名欽佩此間改訂
用西國通行水線甲堡善式壓水噸數視英之
華司派愛脱德之大福里特里等船不及其半
船之大小以質之可見而甲厚皺力與之相等可以見其堅利矣

閩粵江浙並[illegible]造[illegible]船之議於申滬報中
得見大略昨又讀左文襄公擬設海防全政大臣
一疏識密慮周洵為當務之急其籌辦事宜
各條如備造師船參酌營制通籌經費仿造
鐵路等事皆自強至計不容緩者惟所云海部
大臣駐札長江於鄱陽湖口設立大廠之議則
揆諸鄙見竊以為未善者謹為
[illegible]

閣下質言之原西國海部衙署咸在都門而水師
船屯必擇善地與製造之廠相依為固未有慮近敵
易毀而深藏於內地者其地以港內寬深峽口隘
可避颶風出入均便為尚查中國洋面四時多風若
琿春早來大沽沙淺烟台水激旅順口彷崇明港
闊澎湖孤而無援瓊州一路又無港口可收礮臺
可扼皆非屯駐甲船之地若浙之鎮海閩之長門
巨艦出入必待朝長亦多未便惟寅東虎珥以

內四十里水勢寬濶戰守均利信法彊了重鎮

南服之要區也竊嘗遍閱海圖以為北洋水師之

埠無逾於膠州灣者其外有黃島浮山為之鎖鑰

陳家竹岔諸島為之屏蔽背倚山為固可築礮台

口門二重狹處不過五里水深二十三托每托六尺近岸嵓巖礫錯

落非引水不能深入口內水深亦廣四五托至八九托東岸可

築船塢有二丈可建碼頭及外遍東一帶皆山水深十一托至二十托可築

臺以防後路而且由小河口泝膠萊南河通百脈湖合北河過新河橋海倉出膠河口此元人所鑿以通海運者河口水深二三托可容魚雷艇出入以達於渤海西人亦言中國膠州灣天設之險為屯船不可多得之地以之南控徐揚北衛青冀實外海水師之干城也又西國水師埠無可通商碼頭異處孩膠州南口外唐家灣宋元時海舶往來皆由於此近來

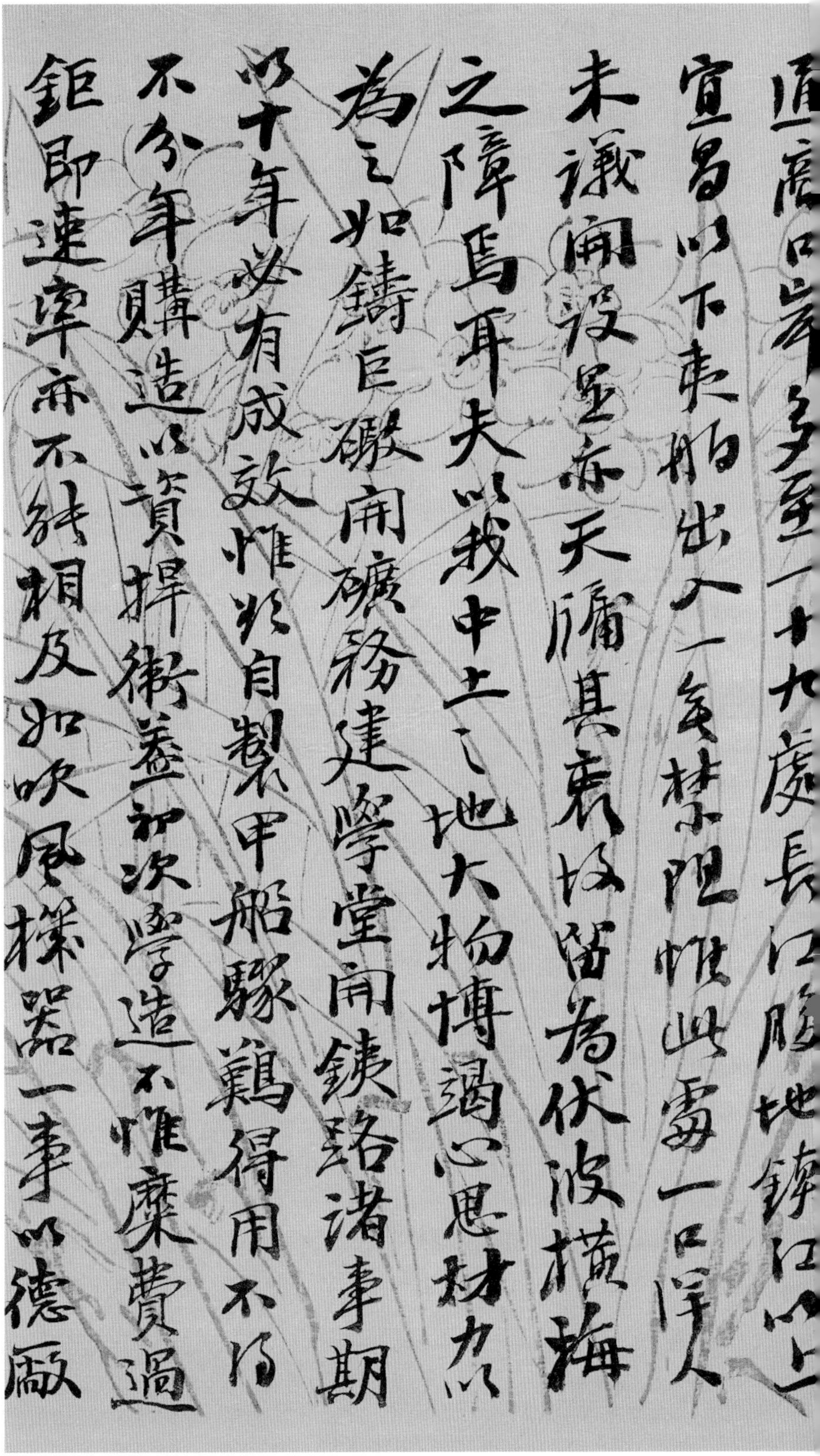
通商口岸多至一十九處長江腹地鎮江以上
宜昌以下夷舶出入一無禁阻惟此處一口洋人
未議開設至亦天牖其衷俾留為伏波橫海
之障焉耳夫以我中土之地大物博竭心思材力
為之如鑄巨礮開礦務建學堂開鐵路諸事期
以十年必有成效惟能自製甲船騄鷄得用不但
不分年購造以資捍衛蓋初次學造不惟糜費過
鉅即速率亦不能相及如吹風採器一事以德廠

之精亦不能及英國魚雷之製英之懷中腹又不及
德之刷次考夫此曾沉帥疏中所謂急切之需先
宜購買者也竊謂沿海數萬里節節設防力以分而
不足之一全政大臣統之亦恐精神念慮有所不逮且
遠在江表事待請示後行於機務亦多隔閡未
見靈通似應設海部大臣之署於京畿以典機要
及水師兩大軍海大軍又分為三軍以一軍專守參

練一軍巡歷各口，一軍巡歷外國，此其要據牽掣降
各設海軍提督（或設總督以重其權），北洋專駐膠州，兼防江浙；南洋
駐廣門，兼防臺閩。一以鎮東方之屬，不使生心；一
以遏西來之旅，無敢越畔。
國家長駕遠馭之策，必有取於是矣。蜀蕘之見，惟
執事察焉。明將隨節赴和，倚裝率助，順頌
台安，諸希
荃照，不宣。年愚弟王詠霓頓首　十月十九日

碩秋仁兄大人閣下：暌攜兩年，把望
顏色，耿耿在衷。八月間乃大發，至秋白
手札，纖悉畢備。下書面談，以旋省復，幕友之鄉會
試陸續散盡，料簡五至，才旋而忙，以發遠，未獲以時裁
答，想
亮之也。僕聞之，約
閣下寓居淮事之列，退之司馬，孫楚之參軍，與堪遙

鳥語花香 戴伯和作

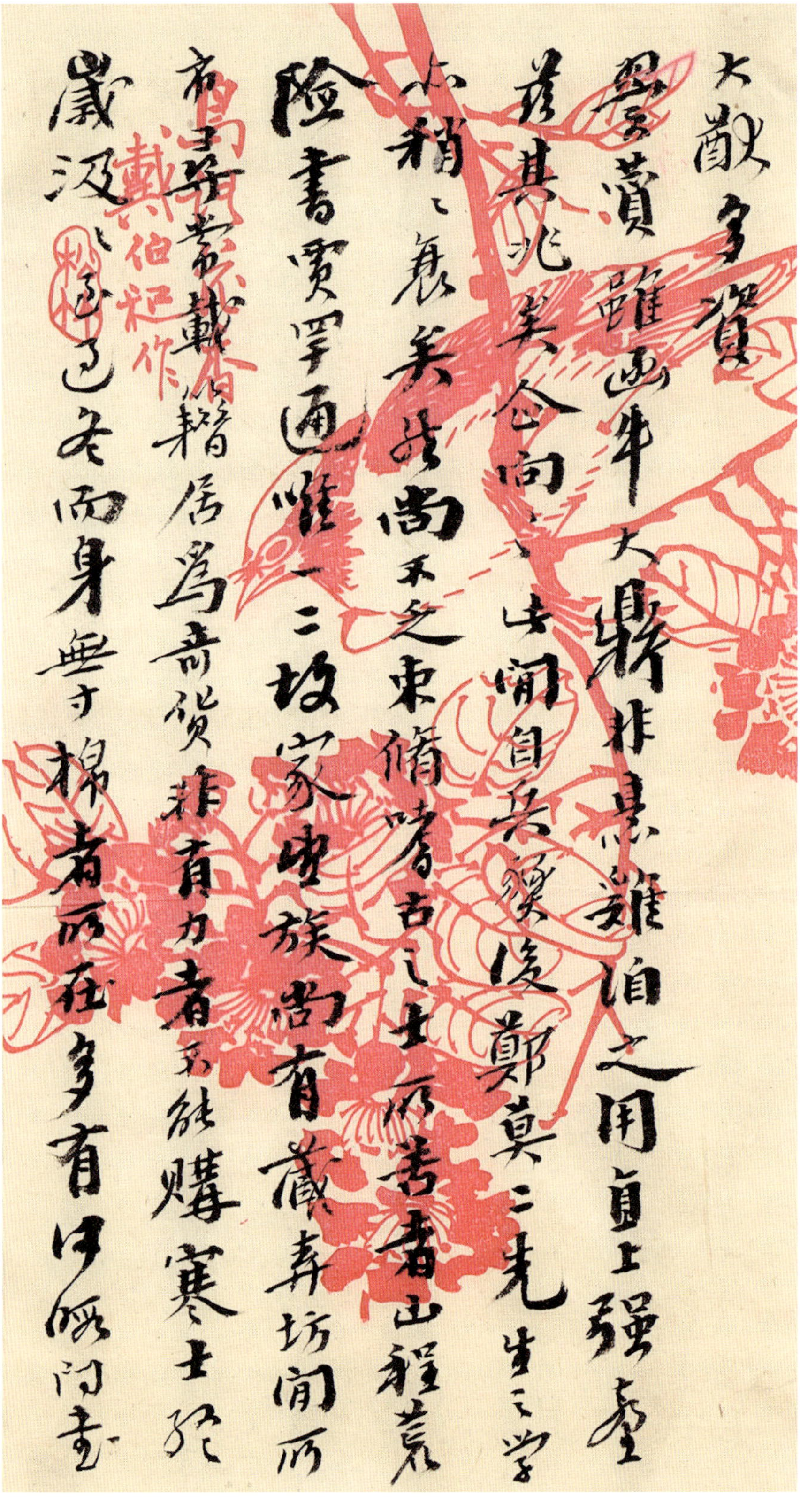
大歡多資
學賞雖西半大鼎非惠難消之用具上強臺
簇其光矣。今同、出聞自吳縣後鄭莫二先生之學
亦稍、衰矣。然尚不乏東脩嗜古之士，所善者山程荒
險書賈罕通，惟一二故家世族，尚有藏弄，坊間所
市率無載籍，居爲奇貨，非有力者不能購。寒士既
歲汲、已久而身無寸椽者，所在多有，因此問訊

傾之惻然，無可為計，不得不學而師之，可愧也。
來書許以選差，乃非雕刻板詭乎。桑根師還歸
道出婺上，類來者，其誼重念，當日京邸所之，乃
歸，提挈之力，絲無端要，務師性子，謀負所逃
責，荷戈而去，書札怡然，將念焦頭爛額之客耶？
是從新世笑之人，此中應有些論可，仲借春間
通一書，蘊某近在者，署完候文集，手長令桂平

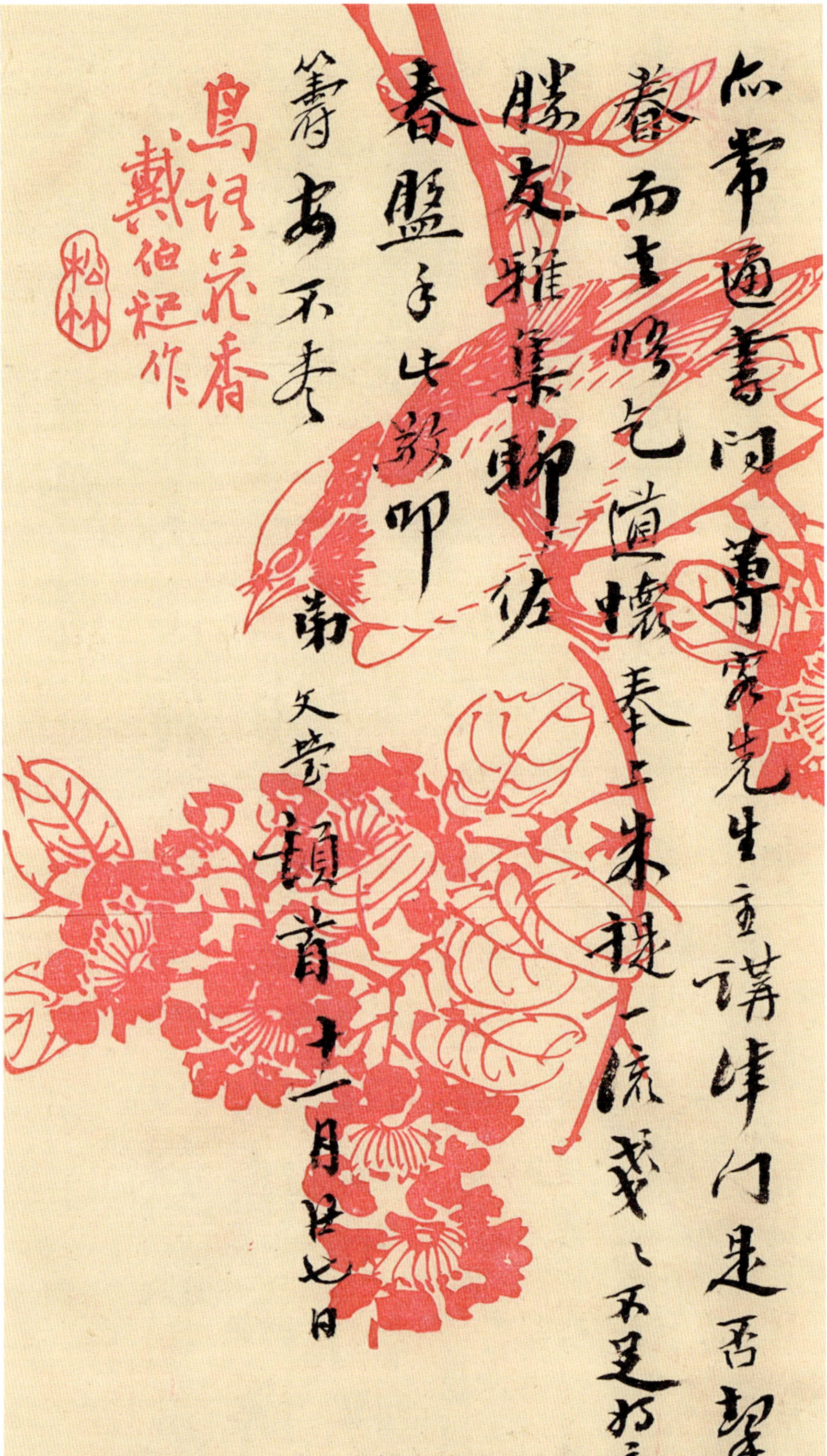

如常通書問尊寓先生重講律門是否挈
眷而去，晤乞道懷。奉上米提一流，戔戔不足於意，
勝友雅集，聊佐
春盤。手此敬叩
籌安，不具。弟文瑩頓首 十二月廿七日

再啓者：去臘奉
復書，祇以抱恙未痊，有稽裁復，歉疚奚如。
大著黑吉奉東三省防務圖稿，備々而譚，
如與劉越石、景略一輩夜話，其中倘非不
足兵非不多，而後尤務不判之論，英人雄視
地球，考其兵額並不為多，鼓千里而畏人乎？
興民恥之說，戰國之萬里耶？英人君綱之
舉何其神速！彼強鄰於清越之日，人不㗊攻

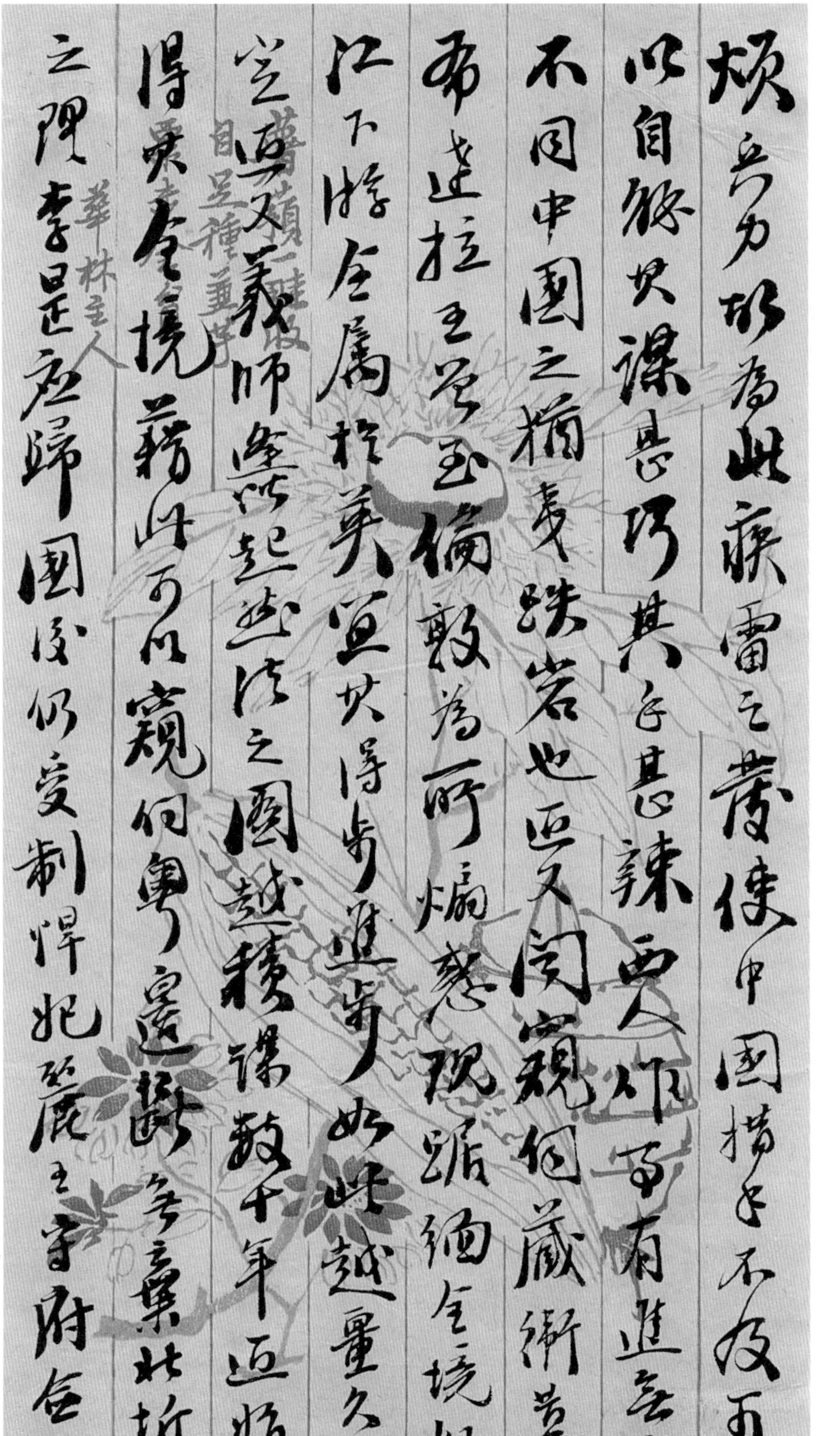
煩無力挽為此痍雷之轟使中國措手不及可
以自強其謀甚巧其手甚辣西人作事有進無退
不同中國之猶夷跌宕也近又聞窺伺藏衛甘耳
而逆拉王爺偏聽為所煽惑現經緬全境邊
江下游全屬於英宜其得步進步如此越量久不
能與又羲師緣法起迹清之國越積謀數千年近頻
得其全境藉此可以窺伺粵邊疆乃窺北圻
之理李是應歸國後仍受制悍犯髮匪之字府兵任

持權加以日偪其南俄窺其北東方隱憂殊將不遠
來教又告太察人材太難積習太深之語實為至
當不易之論下文鼓語尤為切確道弟楮佩服明之之
弟衷疾侵尋之念天下事讀我
公書深中肯綮不禁悍悍頻勤偶書數語
幸勿為外人道也此右何務如何朗帥若否
來復弟擬光緒五年冬告周中丞謂不及
今修濬後將毀壞不可復九年又至周歷

華林主人

上下游知受病更深濱州識見淺陋知見必至所成今則又數年矣河患日亟山左之民殆困敝未蘇耶此間苦欠頗不甚寒於時恙未撥則中丞履新後亟招入者以河事相囑弟念到河之載餘年遂令休養義何之均已飛將惟附郭之河陽連年昏墊小民蕩析離居不堪其苦亦屬胸中憾事今上游既知前事謂情茲段圖自不得不設法補救計此之夏秋

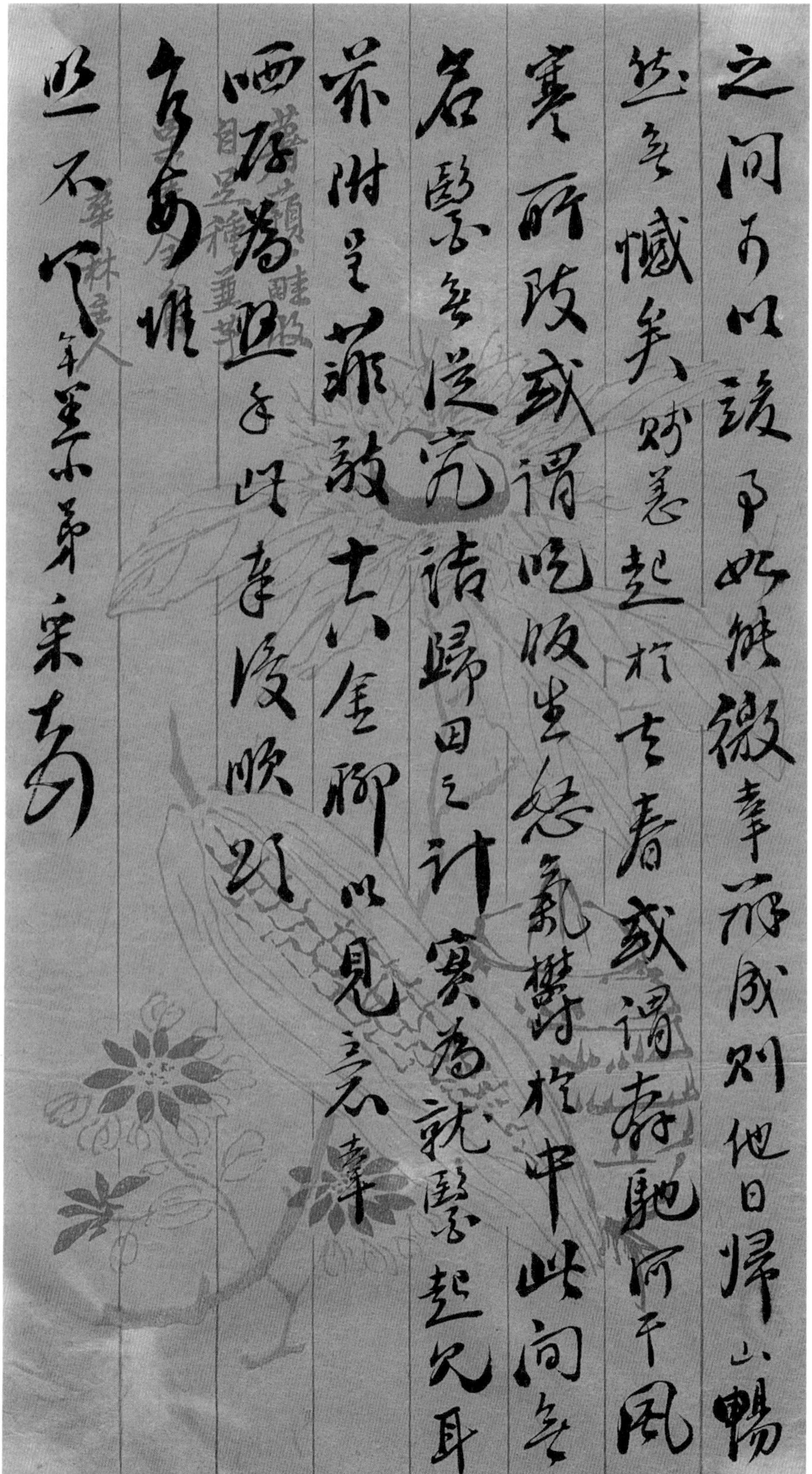
之間可以讀予如錢徵韋蘇成則他日歸山暢
然無憾矣。姑慕起於去春，或謂春馳何干風
寒所致，或謂吃飯生悶氣鬱於中，此間無
名醫，無從究詰，歸田之計實為就醫起見耳。
並附呈菲敬十六金，聊以見意，韋
哂存為盼。年既老，復略對
台安，惟
照不一。年愚弟宋奇

爽秋老伯大人閣下去秋鍛羽出京附輪旋里匆忙半載未得一詢
起居歉甚數月以來時事變遷想
大君子憂樂為懷當有時深感觸者越南告亡邊事孔殷今緬甸又
就亡矣不揣固陋妄擬保護暹羅議一首及保護南洋商民議一首
謹呈
台覽詞旨鄙俚知不免通人之笑然以素仰
嘉矜之量故敢特
愛妄言耳 海軍創辦伊始整頓想不遺餘力鐵路已有成議否

恐傳聞之言猶多影響竊謂鐵路之利無窮而其實亦有一焉曰

暢消以為奪貨人之利或以為失地利之險似未按切

實情

長者以為然否前聞户部新定歲入歲出舊有新增清册歲刊

一本懇祈

見賜兩本感激無已瀛樗櫟之質株守為宜春間接　亮師手書

促召北行祇得重復整裝刻已附船抵津不日即可入晋塵

勞無補良用慨然倘

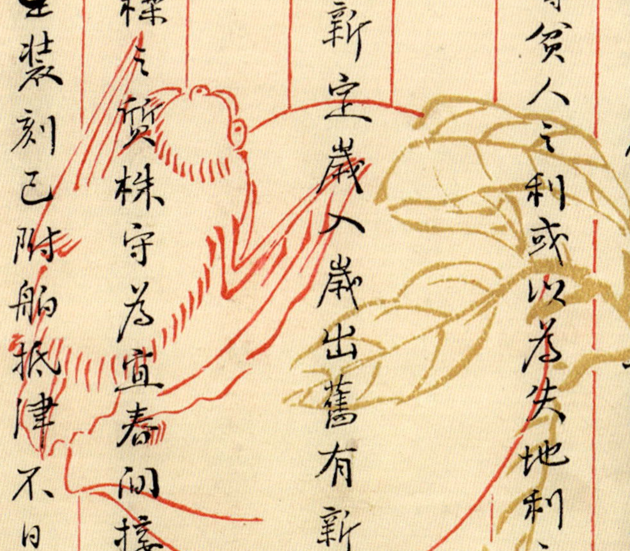

賜尊札即寄汾州府署為感。肅請
勛安，仰祈
垂鑒。
卿貽姪計維瀚敬稟
四月十七日

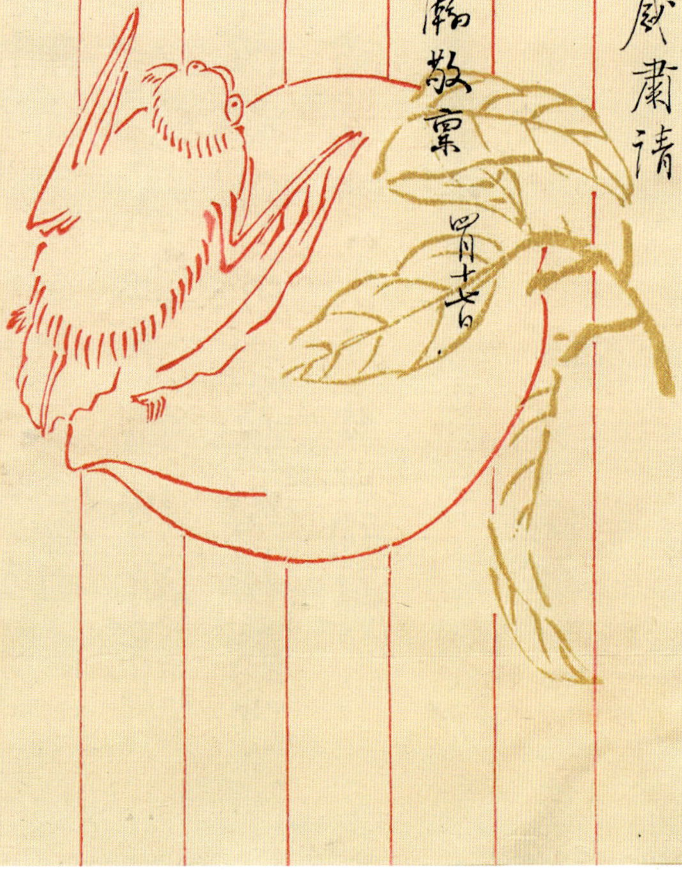

往得鄉舉重黎貽詩懃、有谷口相期之語意至深
厚也會試報罷賦此奉酬
雅知蟬翼等千鈞輕重何嘗系詘申難得新詩聞
古誼時從苦語曉天真陸離佩服君終好耕釣江
淮我不負万里鷗波負浩蕩遺榮況有白頭親
重黎先生教正　謇齋稾

五雲箋松竹齋製

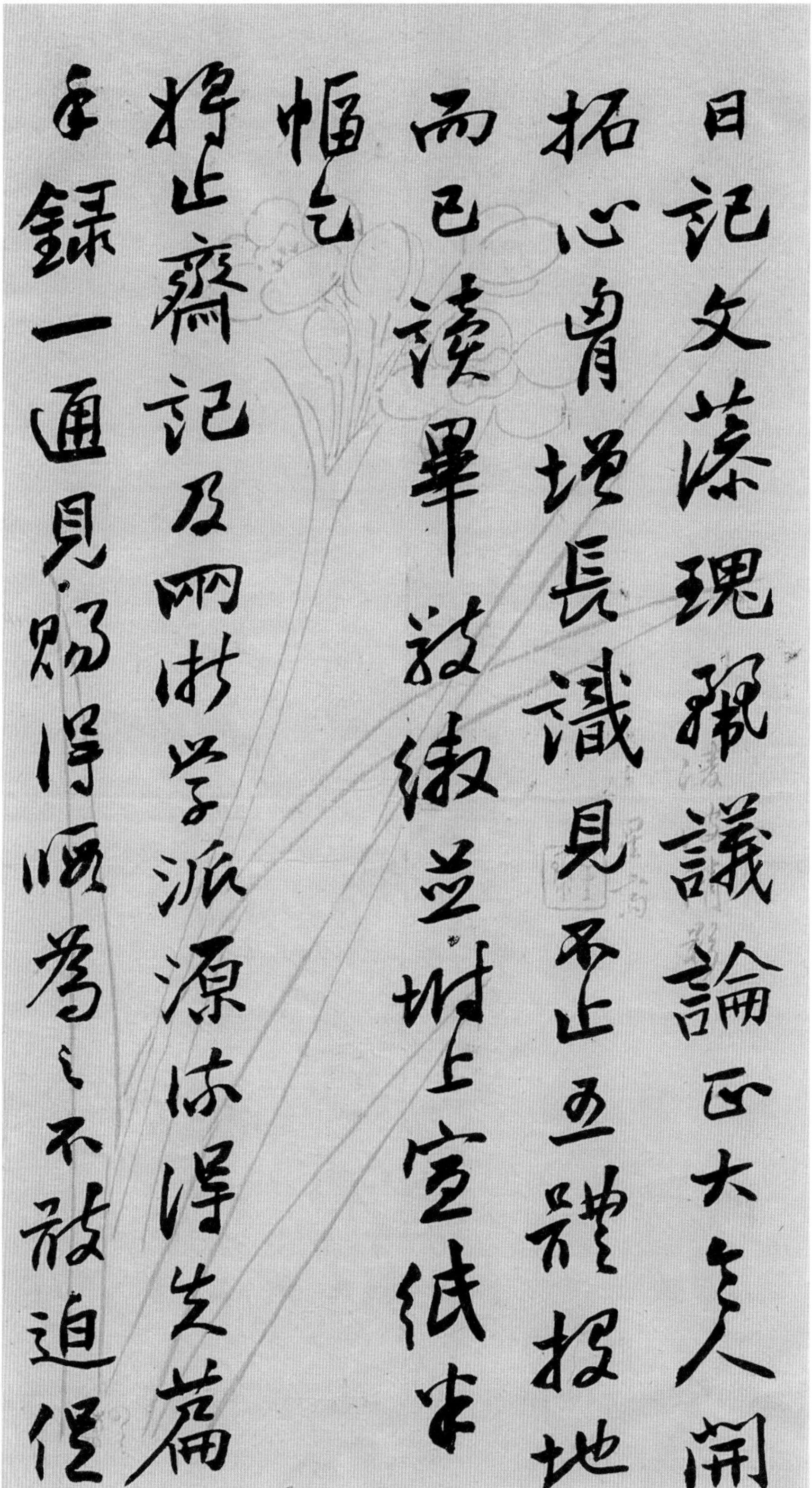
日記文藻瑰瑋議論正大令人開
拓心胸增長識見丞正五體投地
而已讀畢敬繳並坿上宣紙半
幅乞
將止齋記及兩浙學派源流得失篇
手錄一通見賜得兩爲之不啻追侶

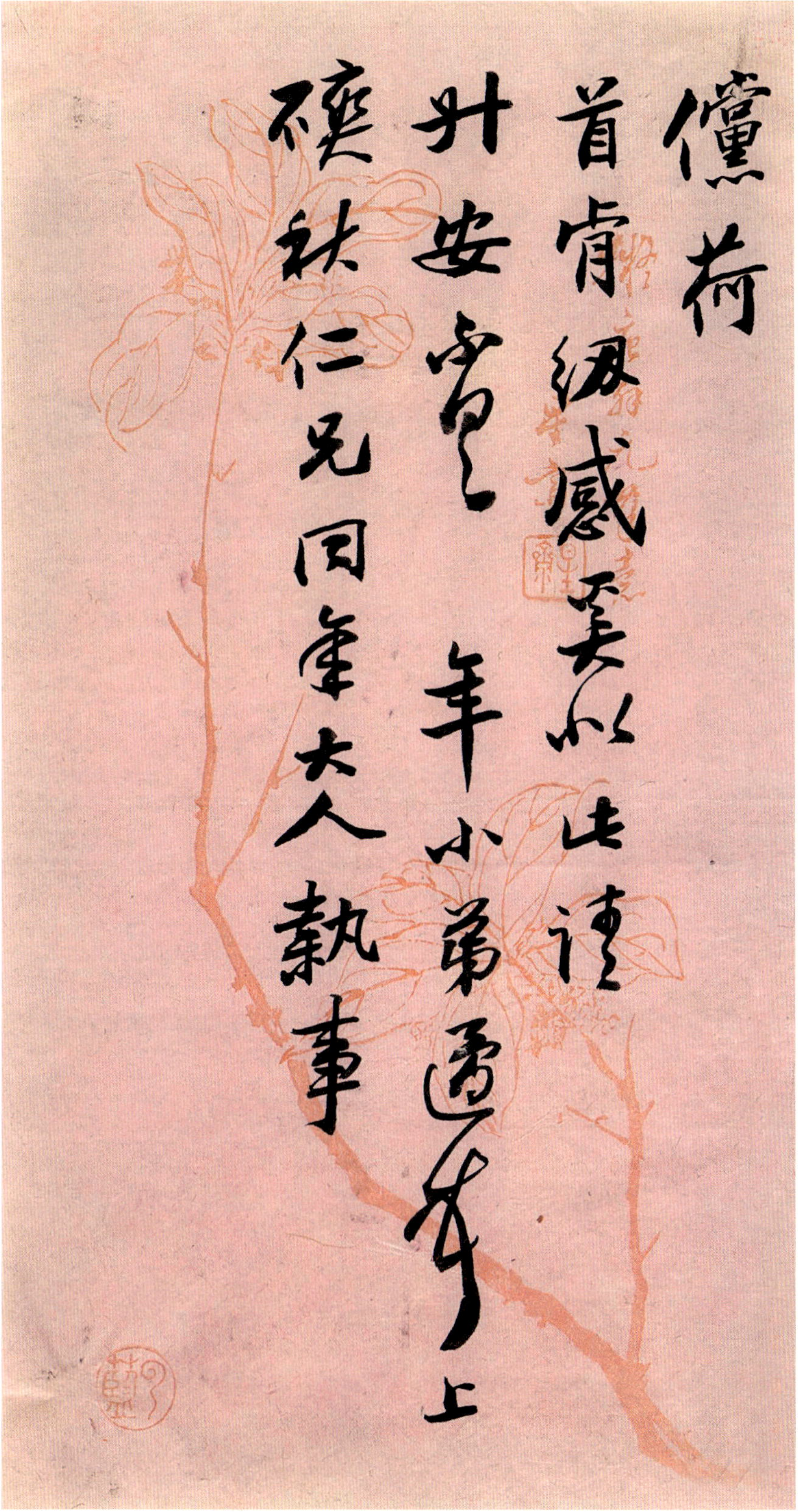

儻荷
首肯，級感奚似。此請
升安。愚年小弟遹年上
礪秋仁兄同年大人執事

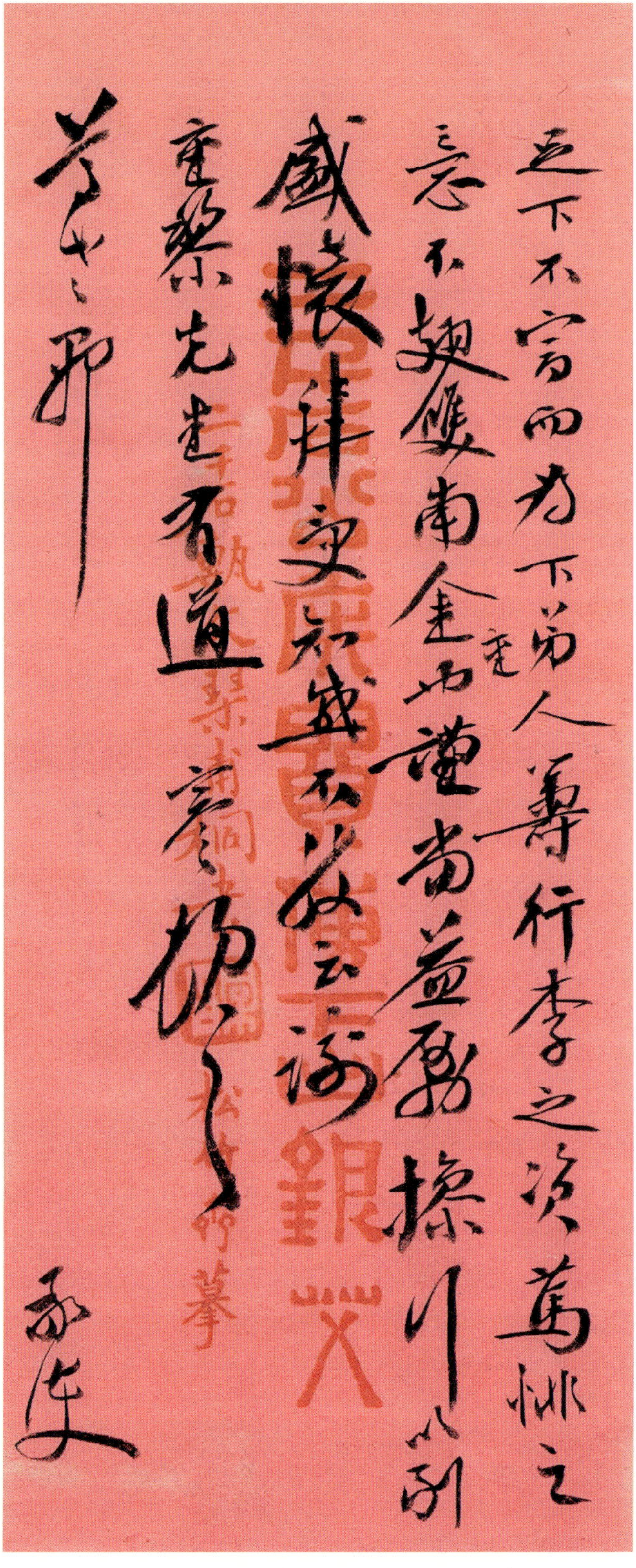

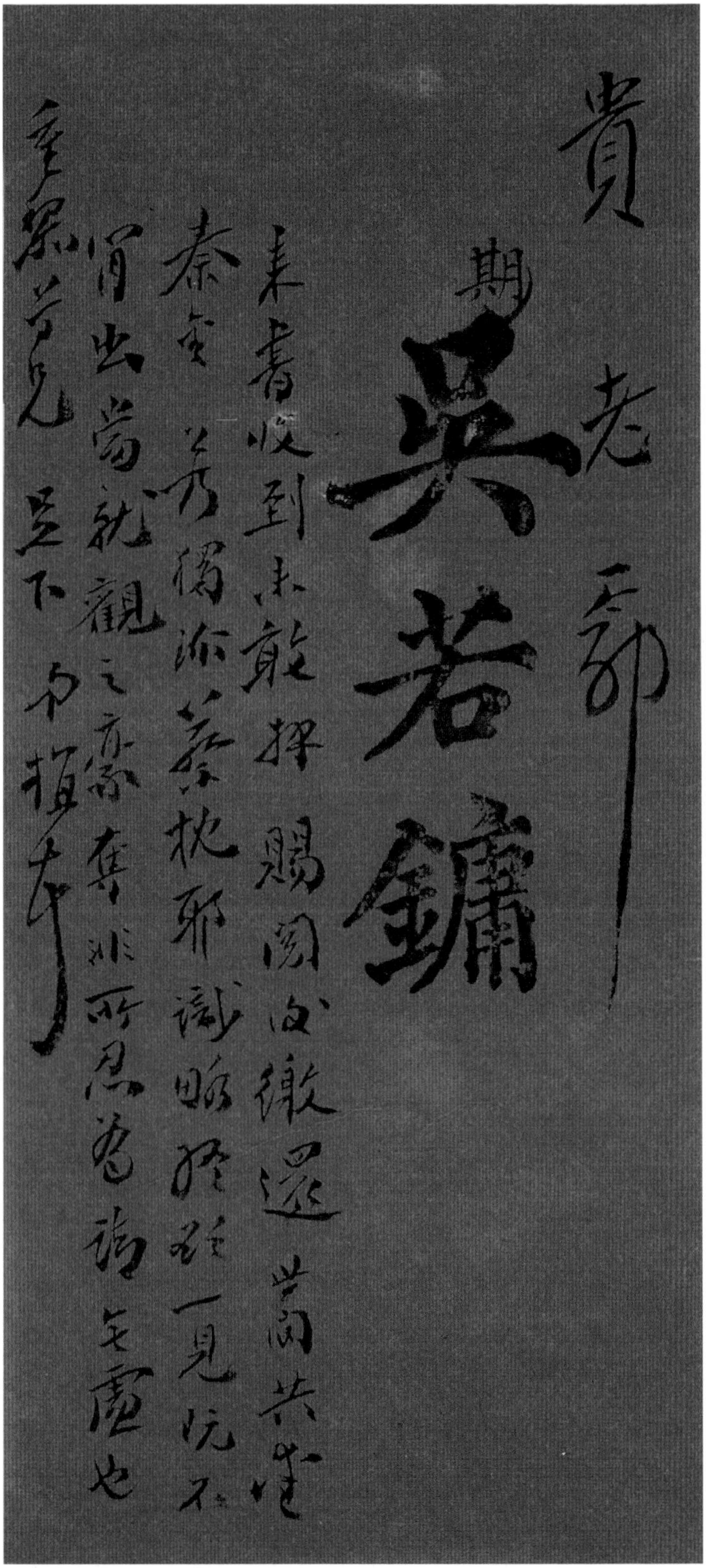

貴老三郎

期吳若鏞

來書收到未能撰賜閱收繳還嵩共嘆

秦金石獨遊蔡枕邪識略經一見恍不

啻出當就觀之齋集非所忍為請乞處也

辛泉芳兄足下　弟指奉

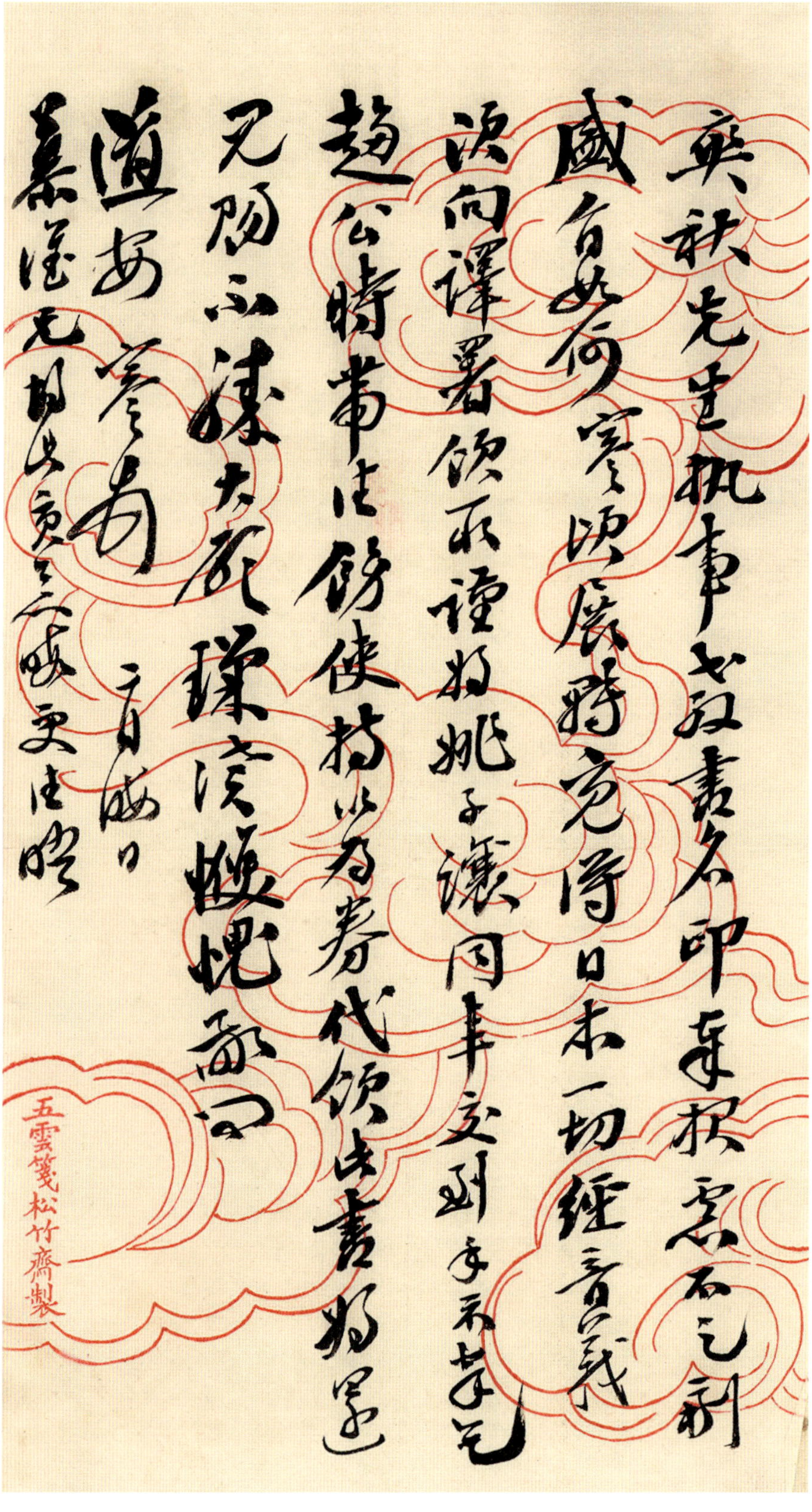
奭秋先生執事：七夕書久不即奉報，忽忽已刻
盛暑如何？謇頃屬領使得日本一切經音義，
須向譯署領取，請爲姚子讓同年交到。手示並悉。
趙公時常往錄，使請以爲壽，代領法書爲翠還
兄顧示，謀大碩環濱，慚愧。敬問
道安。謇頓首。廿日
某送元朗先生處一函，更請照

秉秋先生閣下：前日蒙
寵招，飽
德靡既。昨又承
惠假圖地理兵要，方腹痛，遂未即
復。荷寵存，日方得暇，讀過彼中
留心防守，故中土使人遂能鈞稽詳
之識，規畫邊防之助

紫幕繫珠囊
青綠雲帳貼以碧
王右和之芳藥嬌

松花軒製

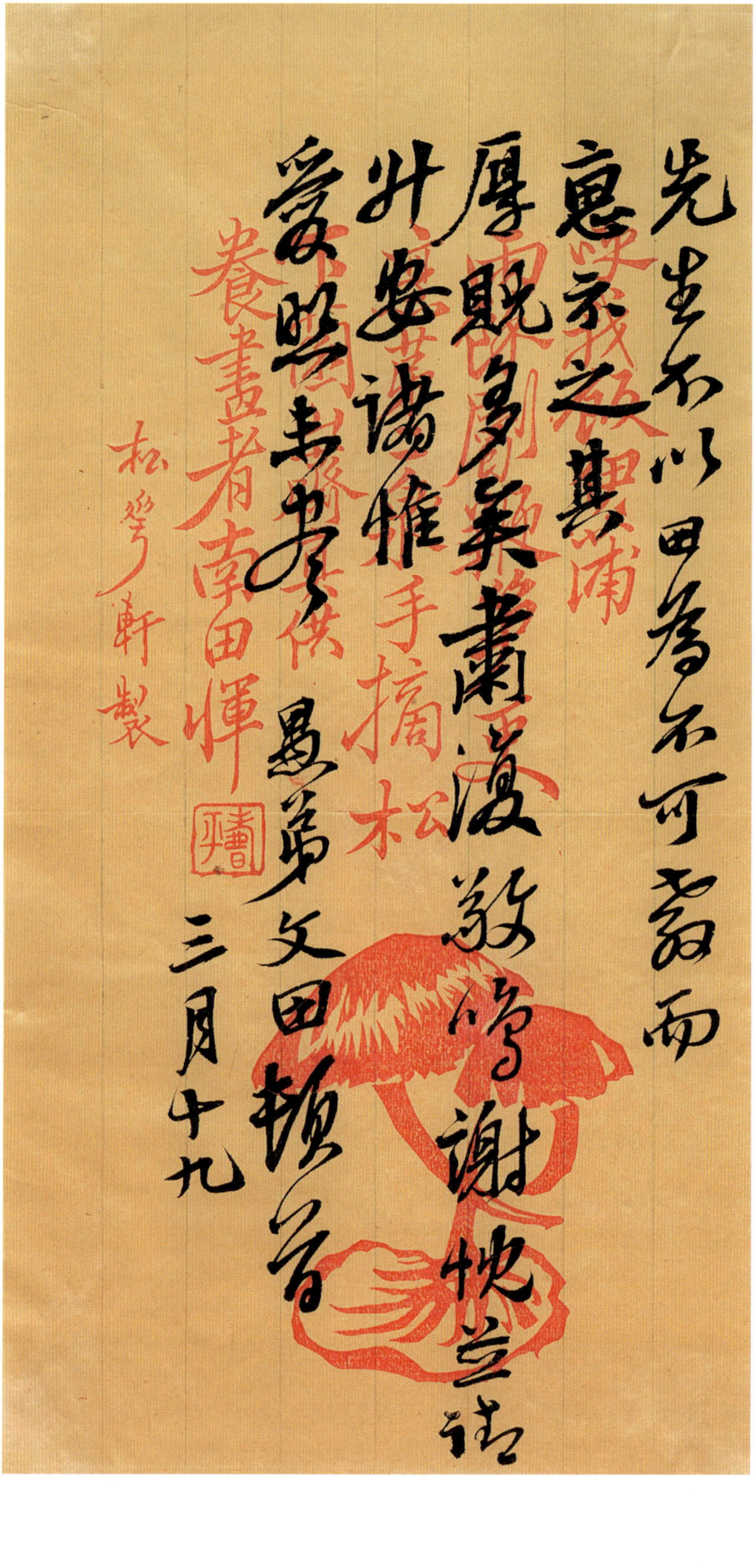
先生不以田爲不可教而
惠示之甚
厚貺多矣，肅復敬佩，謝快之誌
升安，諸惟
愛照。
愚弟文田頓首
三月十九

作者小傳（五）

丁　丙

見第一册。

岡千仞

見第四册。

洪良品

見第三册。

黄國瑾

見第二册。

計維瀚

生平不詳。

李慈銘

見第二册。

李文田

見第一册。

凌　霞

見第一册。

龍繼棟

見第二冊。

瞿鴻禨

見第二冊。

沈曾植

見第一冊。

施補華

見第二冊。

譚　獻

見第一冊。

汪守正

（一八二九—一八九四），字子常，浙江錢塘人，著名藏書家振綺堂汪氏之後人。捐班爲知縣，歷官山西虞鄉、平遥、陽曲等知縣，爲人圓通，辦事幹練，有能員之譽。守正幼讀詩書，諳熟醫理，光緒六年參與爲慈禧太后調理疾病，療效顯著，被擢升爲天津知府，卒於宣化府知府任上。輯有《琴臺正續合刻》一書。

汪宗沂

（一八三七—一九〇六），字仲伊，一字詠村，晚號韜廬，安徽歙縣人。幼年先後受業於儀徵劉文淇、桐城方宗誠，博覽群書。光緒六年進士。曾任李鴻章直隸總督府幕僚，辭歸後主講安慶敬敷、蕪湖中江、徽州紫陽等書院。一生著述不輟，以經學、輯佚見長，著有《周易學統》九卷、《逸禮大義論》六卷、《逸禮定論》五卷附録一卷、《孝經十八章輯傳》、《兵學三書》三種、《韜廬詩略》等。

王　屋

生平不詳。

王頌蔚

見第二册。

王先謙

見第二册。

王詠霓

（一八三九—一九一六），原名仙驥，字子裳，號六潭，浙江黄巖人。光緒六年進士，授刑部主事，簽分河南司行走。曾任駐法國、德國、義大利、荷蘭、奥地利、比利時等國公使隨員。光緒二十二年任安徽鳳陽知府，繼署太平州、池州知府，出任安徽大學堂總教習，皖政輯要局、存古學堂提調等，辛亥革命後引疾還鄉。工詩文，善書法，兼善篆刻。著有《函雅堂集》四十卷、《道西齋日記》二卷，參與編纂《黄巖縣志》，輯《金石志》三卷、《藝文志》六卷。

吴品珩

（一八五七—一九二八），字韻瑲，號佩葱，又號逸園，晚號定農，浙江東陽人。光緒十二年進士。歷任刑部主事、總理各國事務衙門章京，後加正二品銜，陞任安徽省按察使、布政使。民國後任浙江省政務廳廳長、護理浙江巡按使。民國四年辭職返鄉，從事公益活動，並以詩酒自娱。有《亦園日記》《定農日記》等。

徐寶謙

（一八二七—？），字子尊，號亞陶，浙江石門人。光緒六年進士，曾官安徽廬州知府。編輯《灸法心傳》《簡要良方》等。

許景澄

見第二册。

薛福成

見第三册。

閻敬銘

見第四册。

楊文瑩

見第一册。

易順鼎

見第一册。

袁　遂

見第二册。

曾紀澤

見第二册。

張　謇

見第二册。

張華奎

（一八四九—一八九六），字藹青，安徽合肥人。江蘇巡撫張樹聲之子。光緒十五年進士，發四川以道員補用。十七年，四川總督劉秉璋檄辦滇黔邊引鹽務，悉心厘剔，有成效。旋署川東道，參與辦理大足教案。十八年，補建昌道，次年調按察使，旋改署成綿龍茂道。二十一年回任川東道，參與處理成都教案，又與日本領事交涉重慶通商事宜，事後奉旨補川東道。在川東數年，盡力維持大局，興利除弊甚多。

張蔭桓

見第二册。

張裕釗

（一八二三—一八九四），字廉卿，號濂亭，湖北鄂州人。道光二十六年舉人，三十年會試落第，考授内閣中書。後入曾國藩幕參辦軍務，爲『曾門四弟子』之一，終未得一職，遂絶意仕途。自同治十年起，先後主講於江寧鳳池書院、保定蓮池書院、武昌江漢書院、襄陽鹿門書院，培養學生甚衆。主要著作有《濂亭文集》《濂亭遺詩》《濂亭遺文》等。其書法獨闢蹊徑，在晚清書壇名重一時，有《張廉卿先生論學手札》等墨蹟多種行世。

趙銘

見第一册。

中島雄

（一八五三—一九一〇），生於日本江户（今東京），幼名太郎一。家中世代爲幕臣。明治維新後隨十五代將軍遷至静岡，後又返回東京，入中村敬宇開設的同人社學習漢語和英語，師從勝海舟。因經濟原因輟學後，被勝海舟推薦給外務省，故於一八七八年來到日本駐北京公使館任職。最初擔任見習二等書記官，次年轉三等書記生，此後一度擔任公使館翻譯。一八八六年，出任交際官試補。在京期間與中國文士多有交誼，與曾紀澤、袁昶、李盛鐸、江標等人過從密切。一九〇三年返回日本。先後在華任職二十餘年，對中國晚清社會風俗、人事、掌故等有深刻的瞭解，撰有《隨使述作存稿》十卷，百餘萬言，是瞭解晚清中日交往的珍貴史料。

周　馥

見第四册。

周家楣

（一八三四—一八八七），字小棠，江蘇宜興人。咸豐九年進士，曾任禮部主事、總理各國事務衙門章京、太僕寺少卿、順天府尹等職。於順天府尹任上主持纂修《順天府志》。

朱　采

見第三册。

朱一新

見第二册。

朱之榛

見第三册。

□　駿

見第四册。

□　適

生平不詳。

□仁葆

生平不詳。

□雲麟

見第一册。

國家出版基金項目
NATIONAL PUBLICATION FOUNDATION

國家圖書館藏未刊稿叢書

主編　劉玉才　陳紅彦

書札編

袁昶友朋書札（六）

（清）袁昶　輯
謝冬榮等　整理

鳳凰出版社

目録

光緒丙申長夏漸西村舍粘貼師友還手札若干通署爲第十一册

停雲留迹

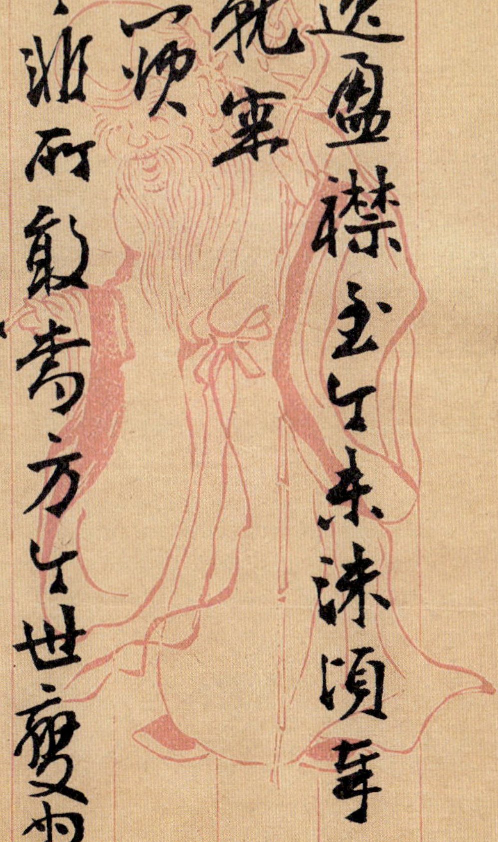

爽秋仁兄大人閣下前歲都門聚晤一諮謦陶飲
以瑾瑾醽醁挹
輔之之霏屑聲欬逸盈襟至今未沫須年
手翰涑樹渴悰執事
畏衛咸宣諸府一例
來書推挹已已非所敢當方今世變方遽
古以來所未有言言鐵目驪神
閣下函著千秋目營四海天僊不料此世界

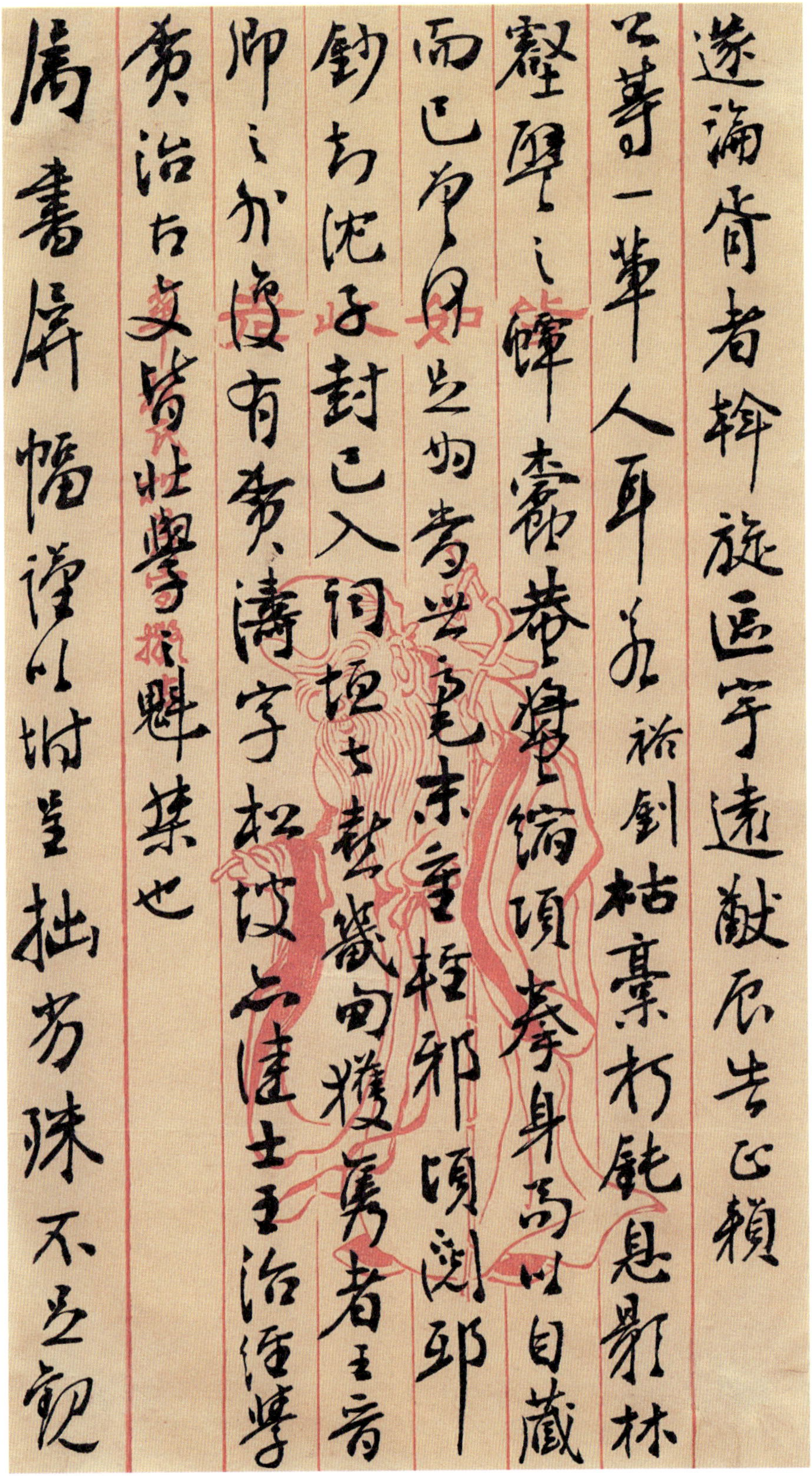

遂論骨者輪旋匝宇遠獻辰告正賴
以尊一輩人耳矣　裕釗枯槁朽鈍懸影林
壑譬之蟬蛻卷縮頃奉身高以自藏
而已前月出的書豈毫末輕邪頃劉郎
鈞右沈子封已入詞垣十載向獲雋者王言
卿之外復有黃濤字松坡之達士王治經學
黃治古文皆壯學之魁桀也
屬書屏幅謹以樹生拙劣殊不足觀

伏惟
教正是幸
書中輯謂穚謹去遂使人不安寧此復頌
廿祺兼訊
著福新暑著惟
万〻保重自愛不宣弟裕釗頓首
五月十三日

華林氏松茂室擬古

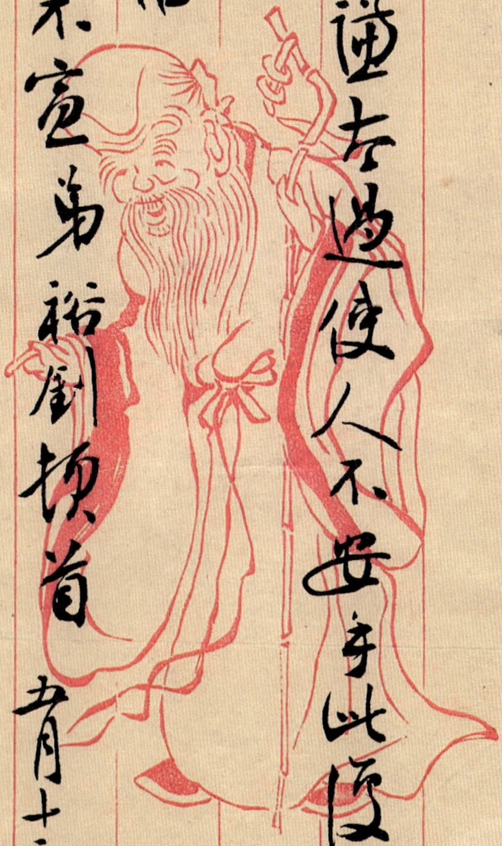

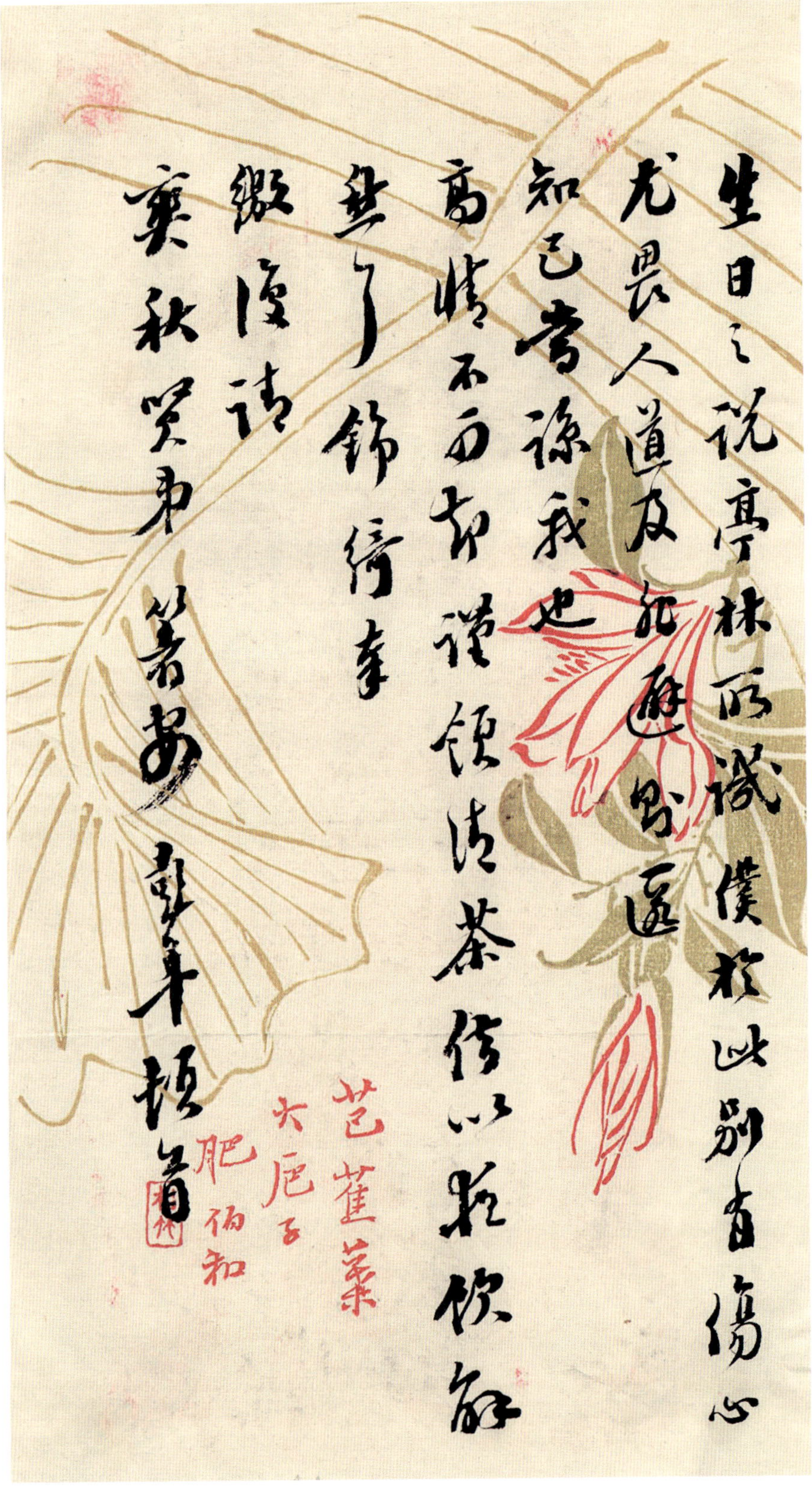
生日之説，亭林所識，僕於此别有傷心，
尤畏人道及，紀此遂避。
知己者諒我也。
高情不可却，謹領清茶，借以羅飲，解
無了飾緒年。
繳復，請
爽秋賢弟箸安。彭年頓首

芑蓮菜　大厄子　肥伯知

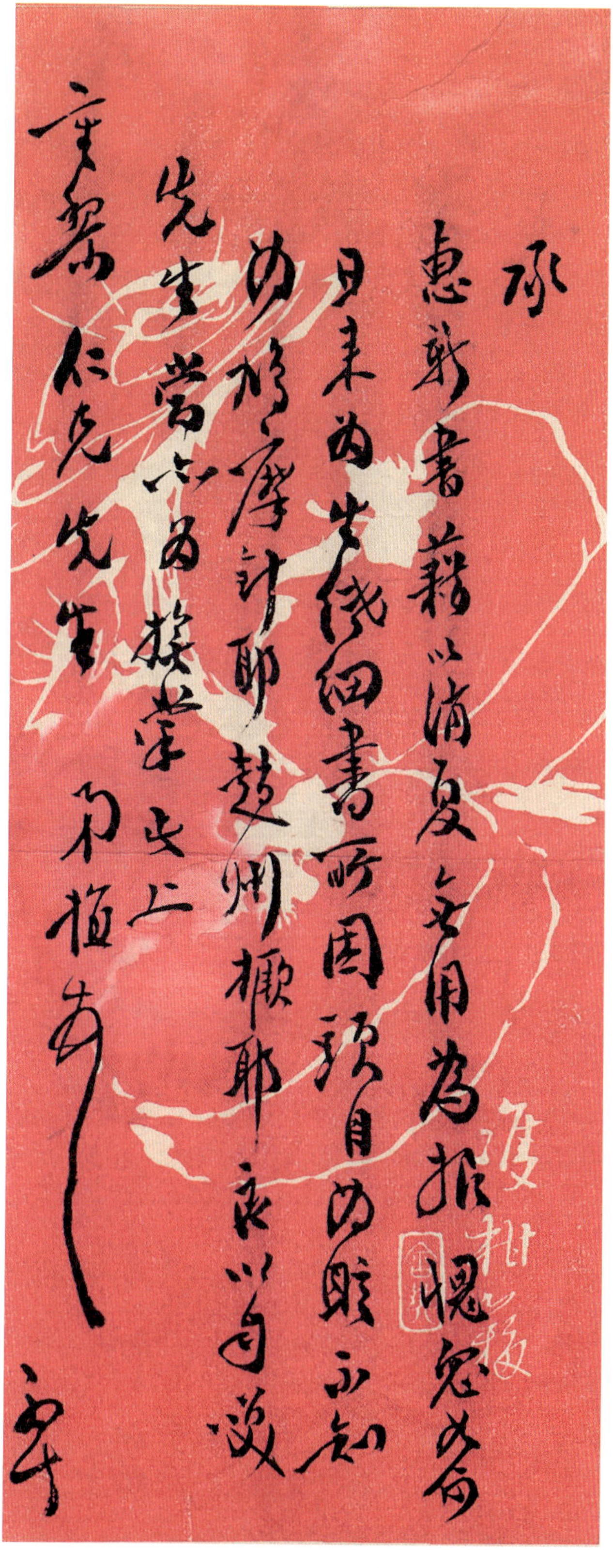

重泰老兄大人左右：前月十六日菲(?)具一緘，並附致場(?)甫書，
由便帶至津門轉寄，不識已達
覽否。昨得
惠示，厚荷
垂注，感紉無窮。弟今年仍無所就，景况蕭寥，筆難
盡述。為歉。
老兄潤筆中專(?)輯(?)園先生書像，急似未到，據該署中
記室而知，立函書局問其情形，已不甚清。書院一席不

刻下但盼至今六閱月薪水未發而局中斷
已不能舉火之勢豈非笑談擬向張都轉有
本月若旨撥發之說也
兄再親輝圃先生函致張次專指總局款項做不
必再及書局更能得輝翁親筆書
尊處樹來為妙至于顧得掛名大約署中亦已別經掛名一席者藉此略
可贍家而仍自須出門另謀生計緣今歲正需
甚多並不僅為開門七件已也切懇之至總局

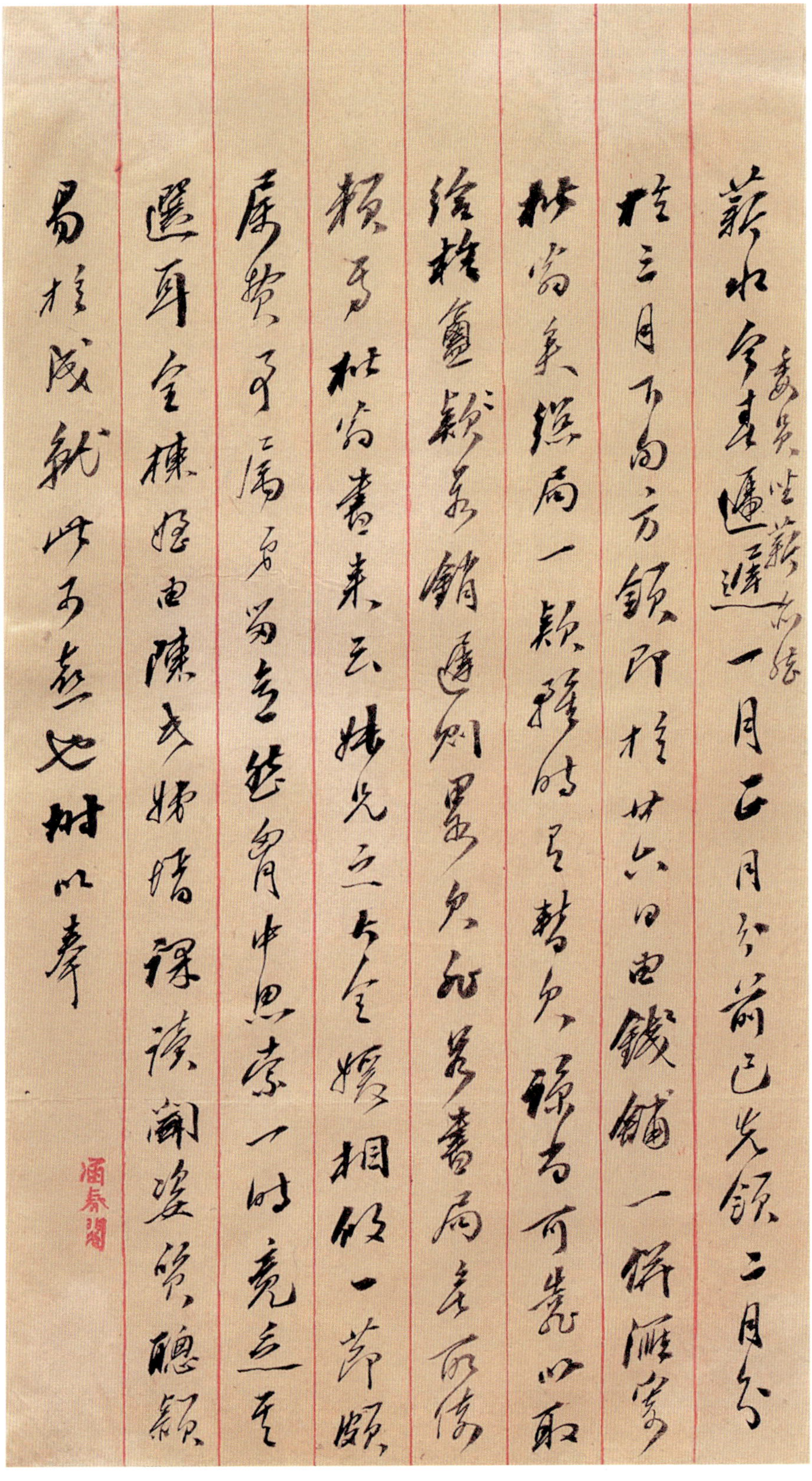

閣揚當業已出都，想隨節帥同行，法使未發。
四書一書、兼一種郵上，數十年舊作，
自恨精時，觀前後大快事。說文古籀補，仍須
清本，尚未竟。千萬
代乞一部藏其。此上，復頌
勛綏萬福。小弟大頓首。
四月初四日
涵芬閣

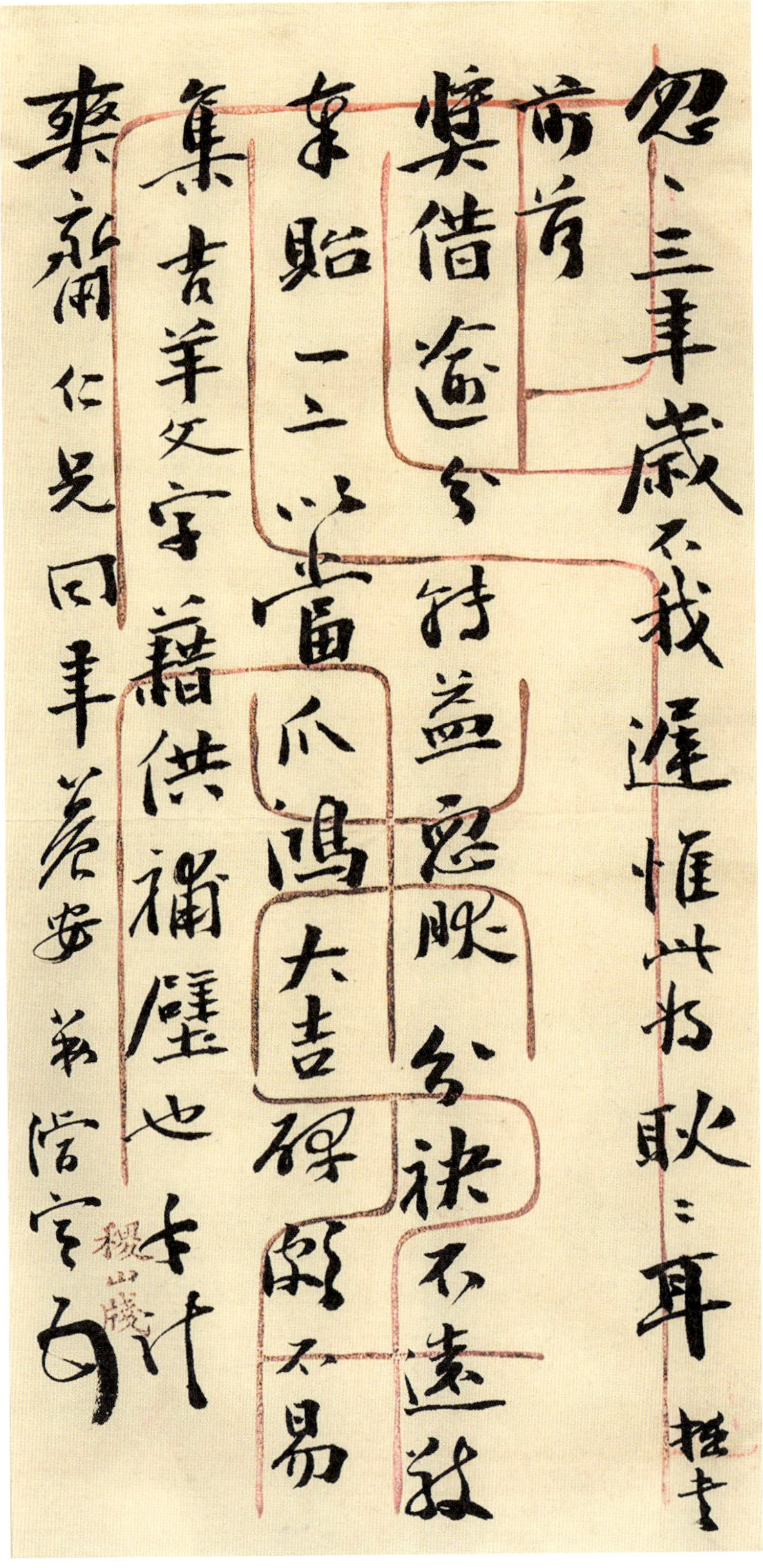

忽忽三年，歲不我遲，惟此耿耿耳。拓本
前首
冀借途於詩，益惡眇，分袂不遠，致
柬貽一二，以當爪鴻。大吉碑刻不易
集吉羊文字，藉供補壁也。手此
爽齋仁兄同年著安。弟濬宣頓首

昨走謁未值為悵，比奉

手教，并承

惠佳刻四種，琳瑯滿目，珍感珍感。

小湖仙詩十二章，真所謂刻畫無鹽，媿甚媿甚。

名筆集句，足使生色，不知自忘其醜矣，感

手此道謝，敬請

爽秋仁兄同年大人箸安。小弟[illegible]

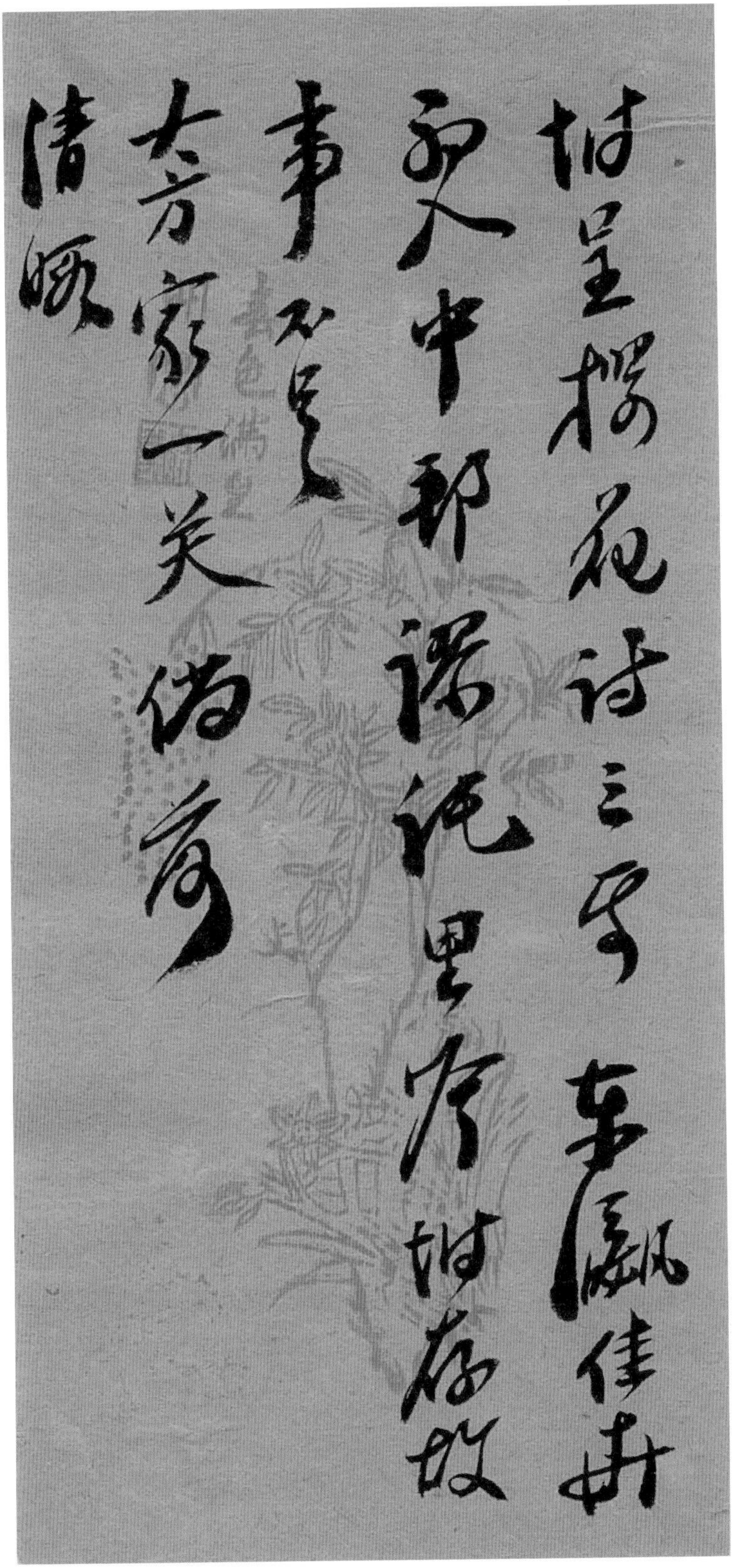

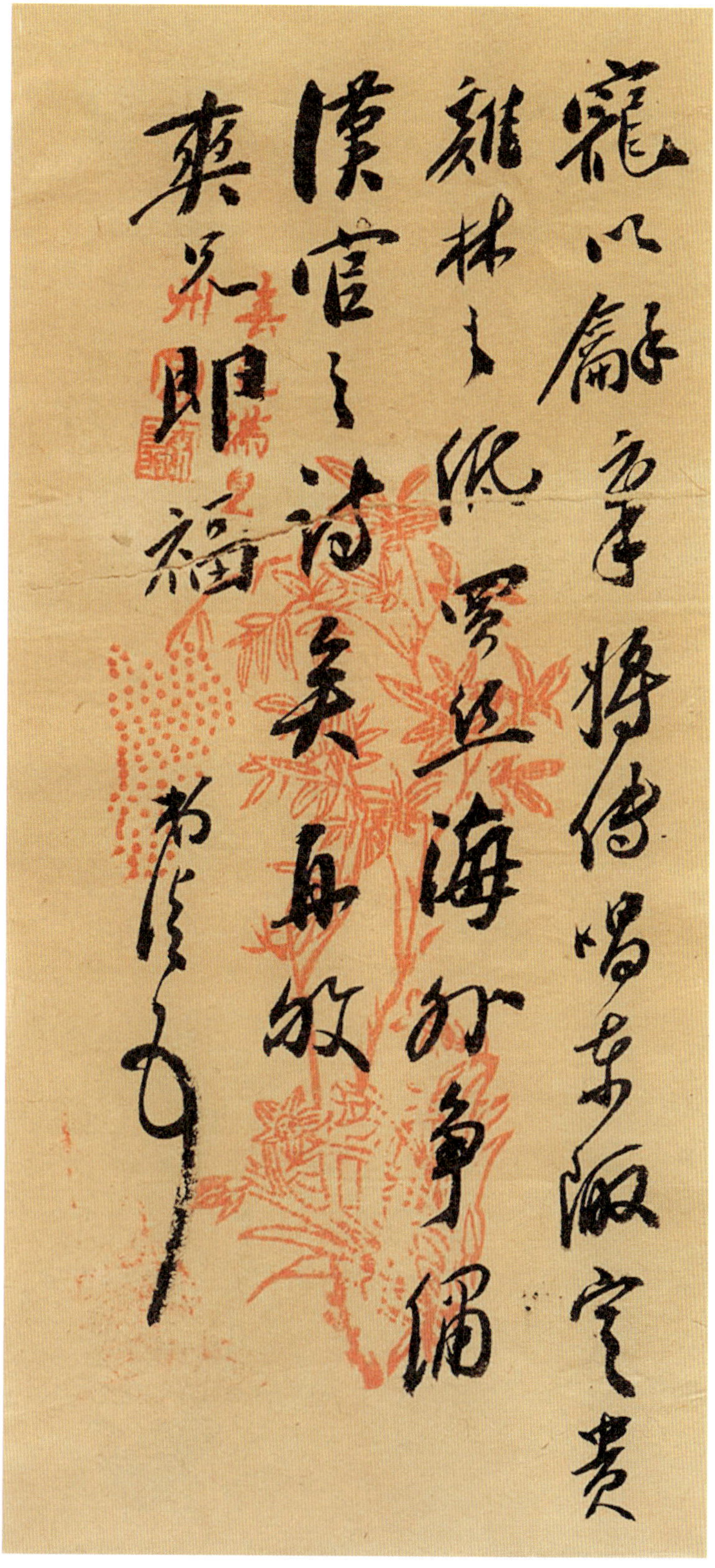

寵以觚[illegible]章將傳[illegible]華[illegible]寶貴
雜林之紙，羅[illegible]海外爭傳。
懷官之詩，美再啟
爽氣眼福
弟[illegible]

麥秋仁兄年大人閣下昨蒙

枉顧厚意深眷勝佩

出關長途僅見窘迫何極 長弟壽學

向長官言之甚勤

辰子之一張而

兄進拔十餘年前書內一函之之傑擊

兼擬處鄙人閣之家之而寄內先生

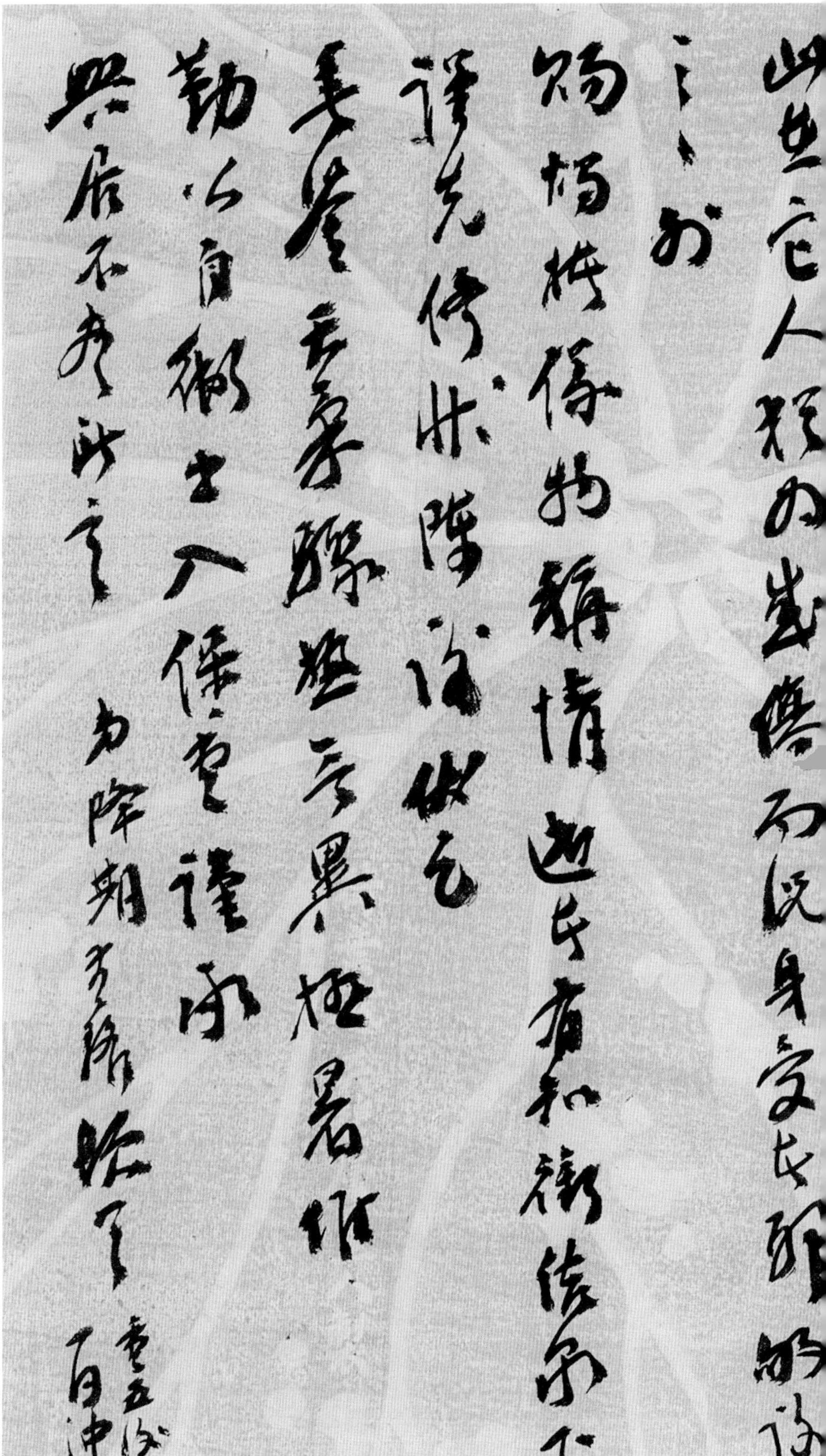

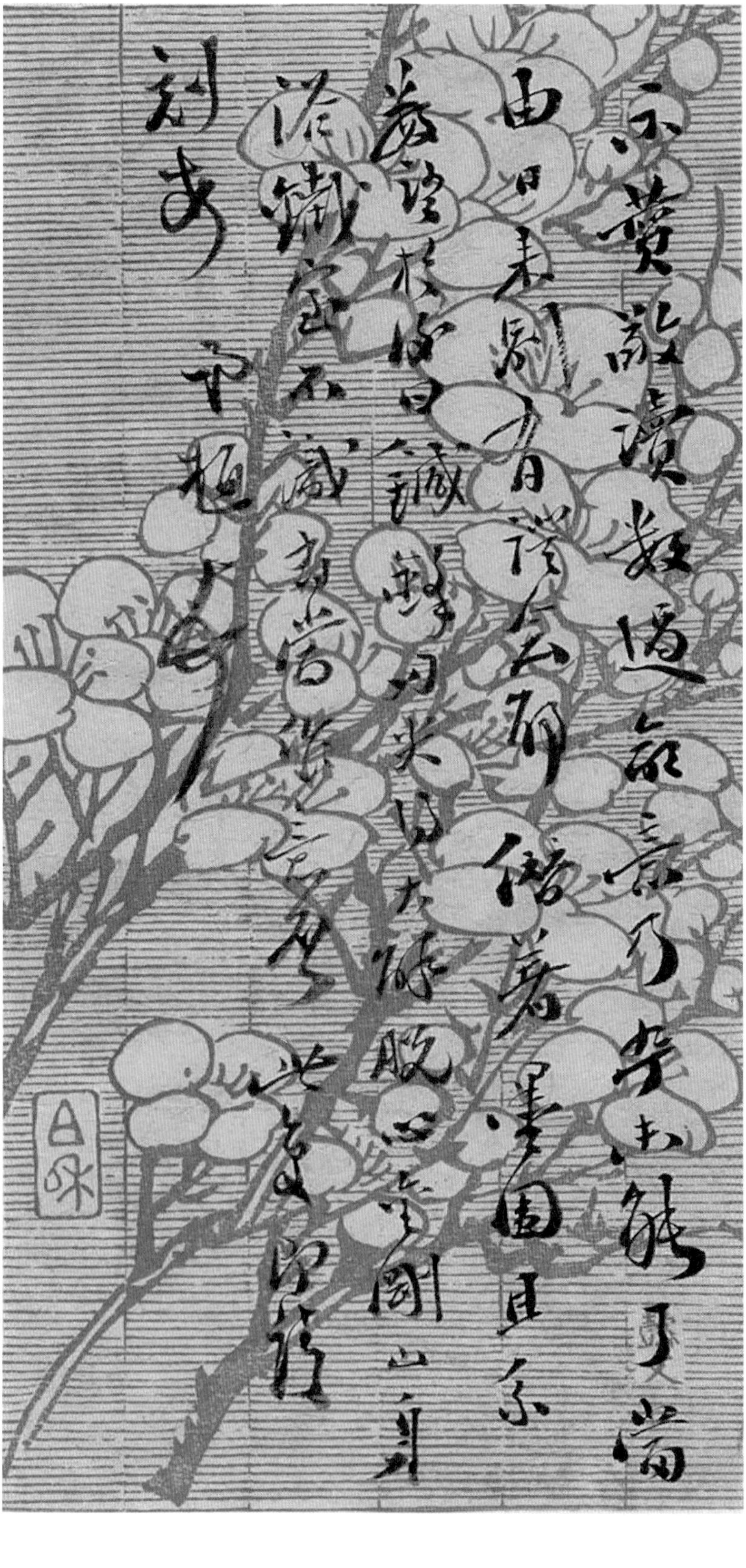

重蓀先生同年閣下：奉
手柬，並承
賜書籍，感謝〻。經韵樓集去歲抵蘇，交帳作為十壹尋
已特致照價出售，悵〻，託於時來
兄不出門，錢願照舊價，於將經集閱取去一函呈
覽也。
簽收是幸。此布，即頌
道復，並福。年小弟繆荃孫頓

余葆章製戶部一切均不照拂又反

夔秋仁兄同年大人閣下　瑣〻尚達

指駁

大教請

年弟[illegible][illegible]

直隸叢書之撰
擬借近稿諸經娓下，石墨四種
楊氏所刻書二種，聊存
清覽。久欲送上，屢多稽遲，遂延至

今日內當奉謁面罄一切手復

敬請

著安

年小弟[illegible]頓首 初吉

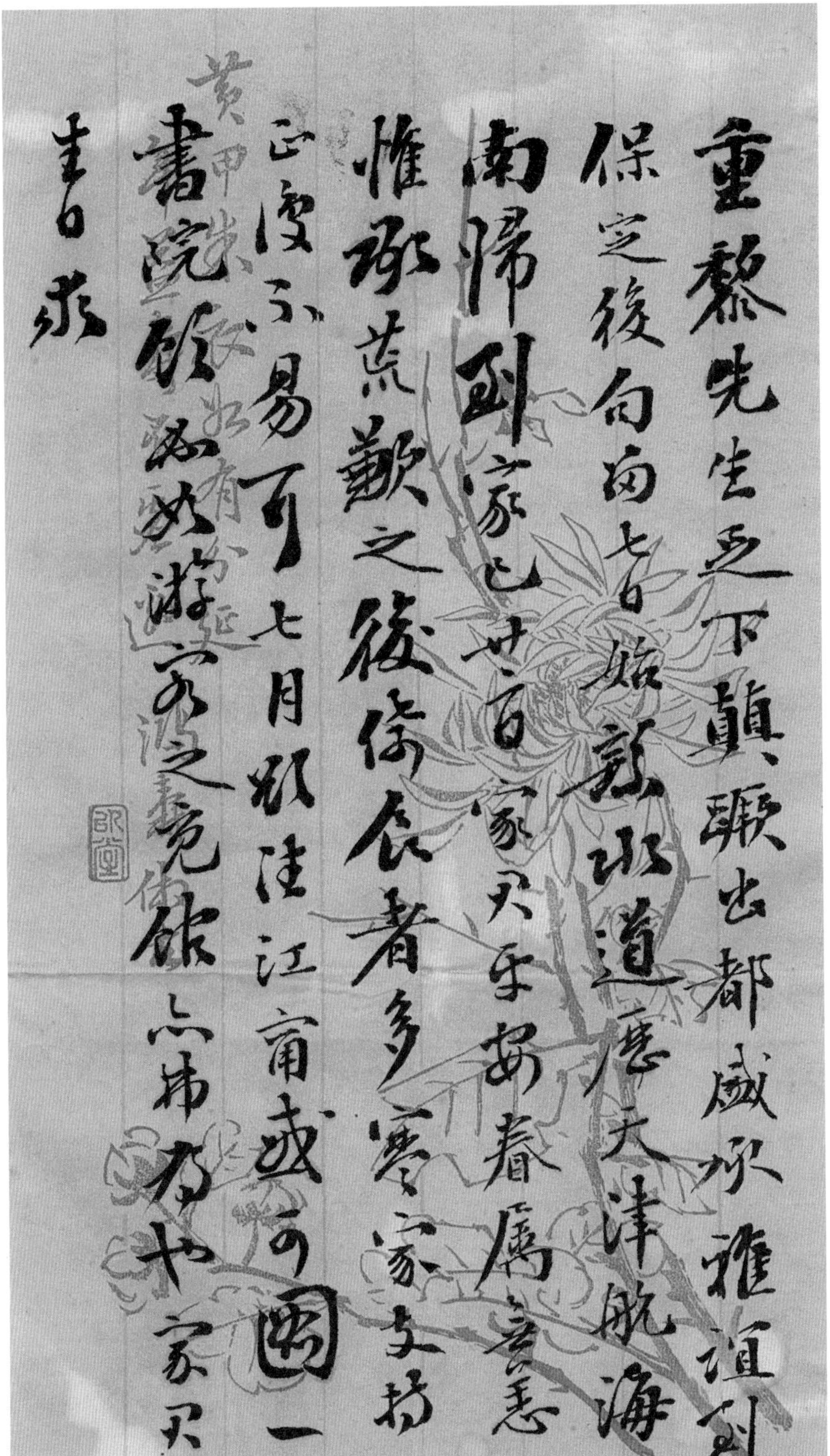
重黎先生足下：頃聞出都，盛暑難道，到保定後旬日始就此道，急天津航海南歸。到家已廿日，家只半安，春屬意志，惟承蒸歎之後，係良者多，寒家支持正復不易。七月擬往江甯，或可圖一書院館以如游之，究館亦何也。家只書承

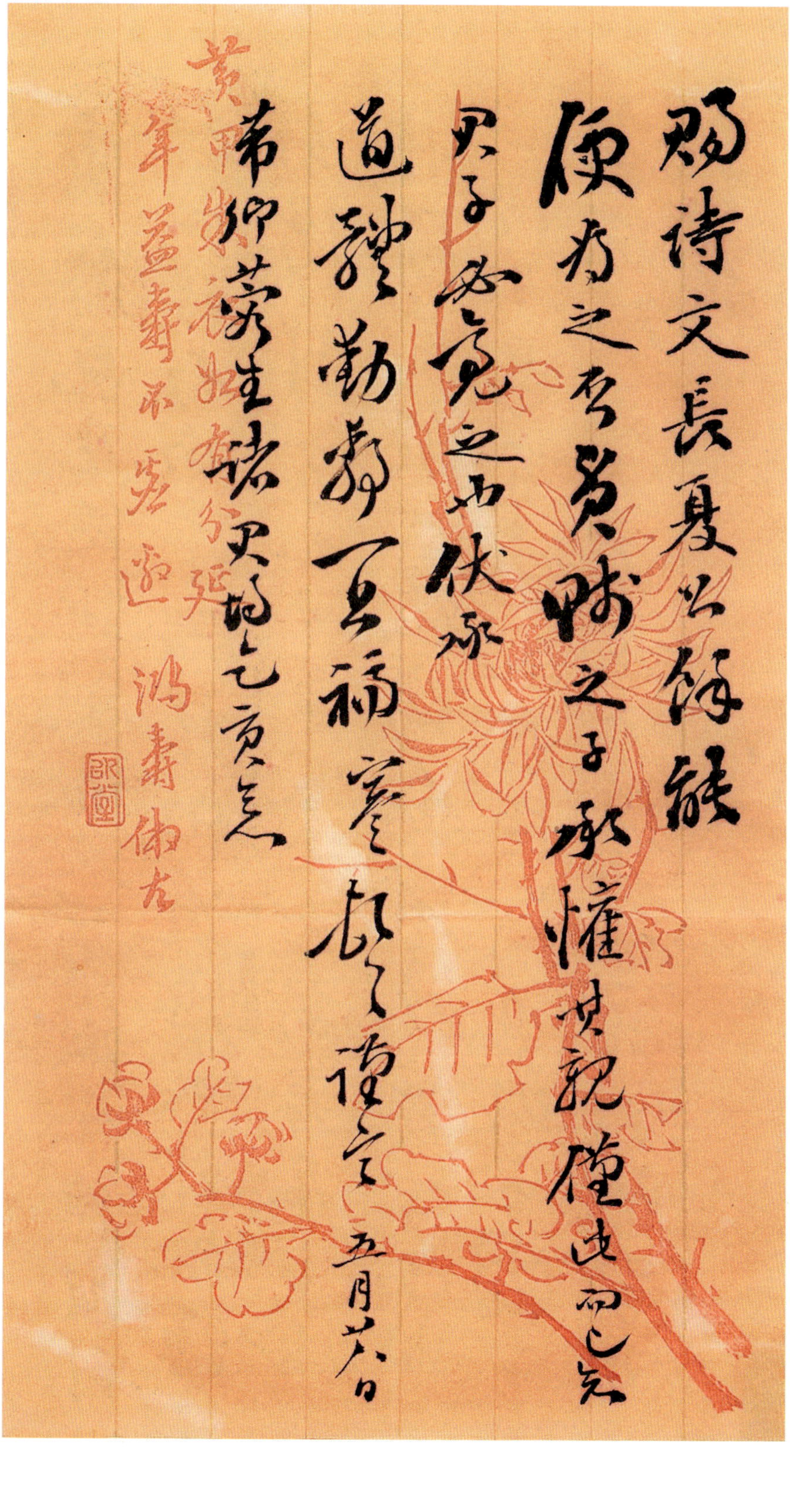

澥槗楊柳故依依絲對東風別
帝畿草色青難歸老鬢馬
頭緇尚戀征衣無心出岫雲何
定到處依人鳥倦飛又是一
番春夢過莫教長負故山薇
丙戌六月將出都門作錄似
澥西先生同年即以志別弟陶濬宣

前承
教言並
惠於潛野术四兩深為感謝 家君藥裏正須此品紉之頗
覺有效現在略紅已毫無痕迹惟頭暈體輭仍如曩時光
京飯後千丁徐步尚須扶人候一月满後再作計較竊謂
家君病根緣藥中條不能拔本塞源 國朝禮書秦氏實為總
匯徒歲曾稍涉獵今當悉心研究迻目議
太后復政之舉旁觀恐難回
天將來
親裁大政 醇邸應如何優異典禮頗難區處求之往史皆係所
生已沒議尊議廟若生存者蓋寡惟漢濮河孝王安帝立數
月而孝德皇生前如何稱謂無聞焉魏陳留王奂莅

王宇之子奐立而燕王蒙清河稱皇考矣燕王薨葉魏志亦
不詳其稱謂將來議禮必清紛歧孔子謂名不正則言不順
必名正而後一切始無踳駁稱謂一節閻係甚鉅竊謂稱皇
帝固皆紕繆即宗皇伯考亦有未安然舍此更無至當
恰好之稱將來必出此途尚乞流覽
閣下三長並擅尤有
卓見望
賜教焉目昨
枉顧失迓殊為歉仄遲遲叩謝並訂
涵鑒此請
奭秋先生尊兄大人大安小弟閻迺升　十八辰

外呈友人致張樵野一書
祈查收於總署發報附呈
附寄為禱又及

爽秋仁兄大人閣下長安就日自春徂冬所見故鄉
諸君子自卿貳以下館閣迴翔曹部供奉清才
博學文采蔚然東箭南金視今猶昔至於淹貫
古今通達時勢職方所掌山川扼塞心手了然
中國强弱之計外夷情僞之端籌之至熟料之
至明付以政權必堪其事者心所儀仰惟
閣下一人在都人事如毛日不暇接未獲從容晤
對盡所欲聞馬首一東周歷大清徒駭兩河上

下游並循濮范而上涉河南江蘇兩省之界答
看舊河復折而東馳抵煙臺觀覽海口計半歲
之中據車箱倚馬鞍以度日苦無少暇以親筆
札音敬疏濶職是之由五月一日恭膺
簡命調撫山東旋於二十七日接篆公事之煩視在都
尤甚而海防河務吏治鹽綱一切事宜均須整
齊布置事體極煩才力甚短顧此失彼竭蹷不
遑早夜自思真不知何以報稱也惟乞

閣下教言時賜爲拙者之助則百朋之賚無以過之自問歉然唯有仰望於人匡其勿逮出自誠意匪託之謙詞也均甫直諒多聞公私之事時有違覆弟每欣然受之况如

閣下之體用兼備

議論所到動合機宜者耶凌君子與均甫力薦之

且云與

閣下至厚觀其所以遊賢否可覩矣近擬招之來

東徐議位置知念附

聞手此敬請

箸安

鄉愚弟張曜頓首

序
揆書獎飾溢分皇皇娓娓竟等昌披隨
姿陸沈金馬正江醴陵所謂雞鶩
有毛不分乃鸞鳳之光采也三數年
後仍擬把臂入林耳說文部首兩冊
聊省 蘭玉撿閱敬上 引覲多未有期又及
漸西居師有道 華頓 十八日申刻

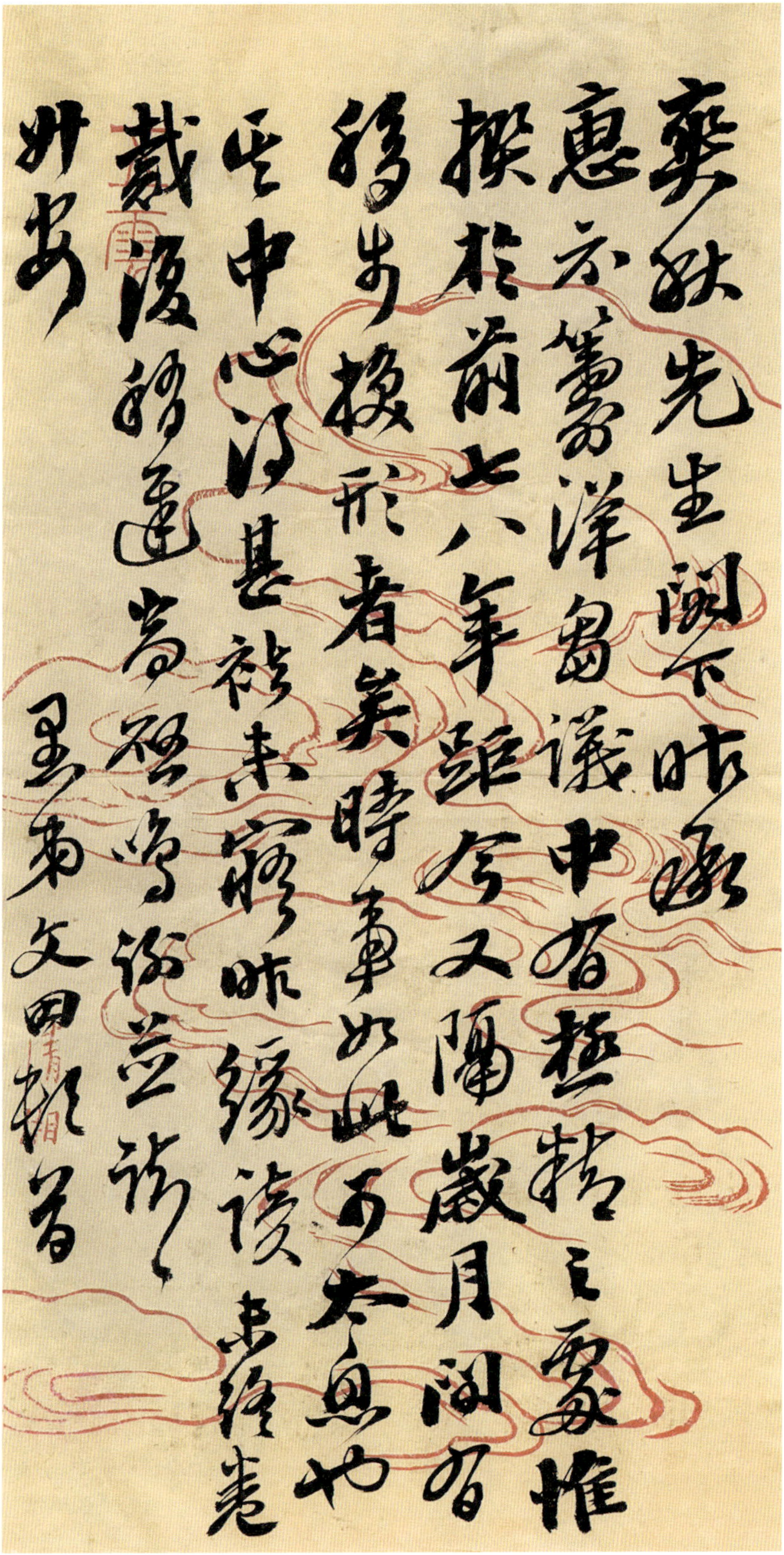
爽秋先生閣下：昨函
惠示纂洋務議，中有極精之處，惟
擬於前七八年，距今又隔歲月，間有
移步換形者矣。時事如此，可太息也。
[illegible]中心[illegible]甚，[illegible]未[illegible]，昨緣[illegible]
裁復稽遲，當[illegible]
[illegible]安。
弟文田頓首

承賜大集，仰佩不待言。頤湛葦

点附名在其中，愧赧為罪也。輙奉圖

民鐵及葬渡事程一冊，匯以云報。欲

公建旗以求勉虞吏，又冀其出段印在

江表也。平行

爽秋吾兄大人秋安　弟彝拜上

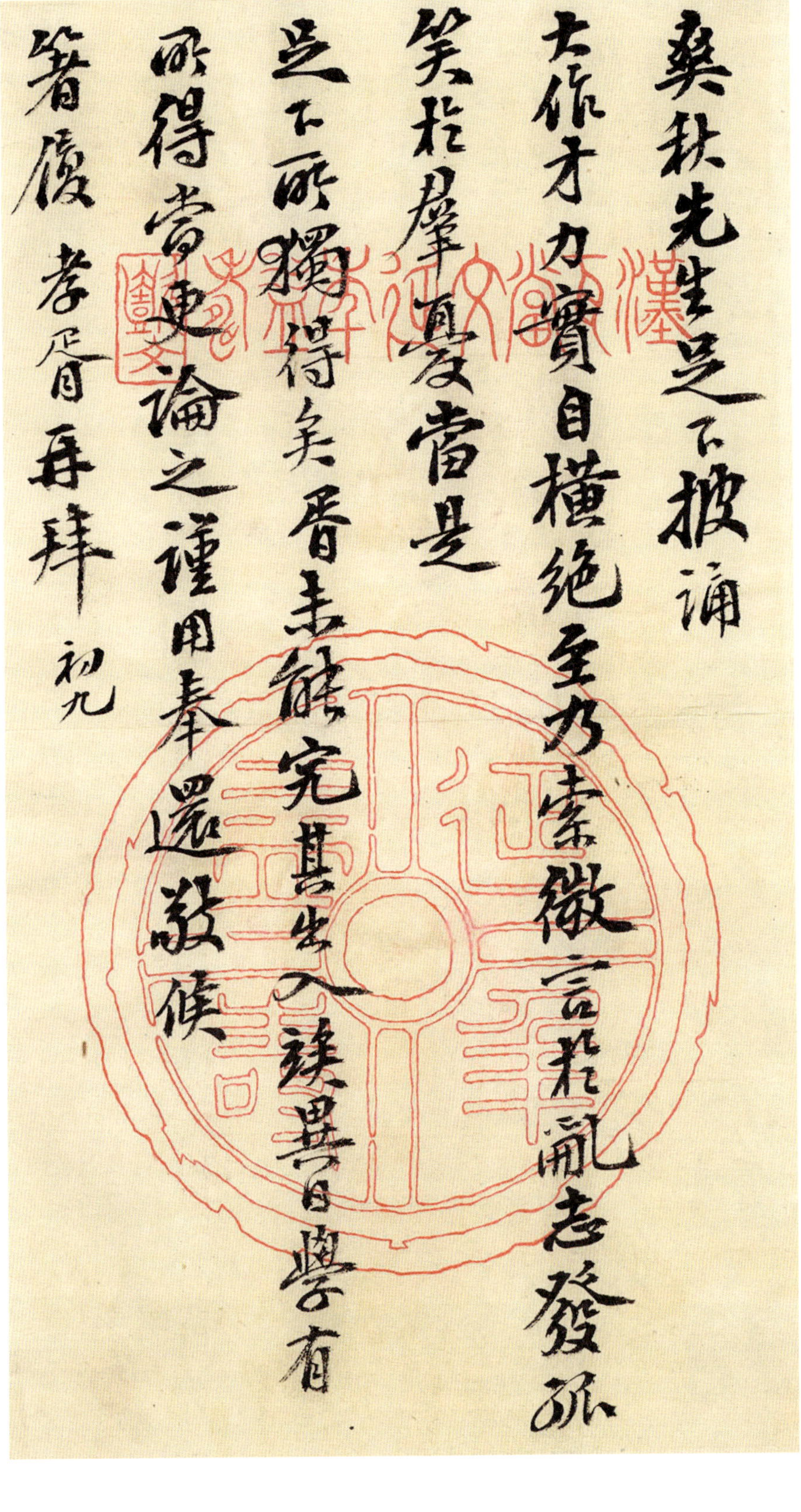

爽秋先生足下披誦
大作才力實自橫絕至乃索微言於亂志發孤
笑於羣賢當是
足下所獨得矣胥未能究其先入之誤異日學有
所得當更論之謹用奉還敬候
箸履　孝胥再拜　初九

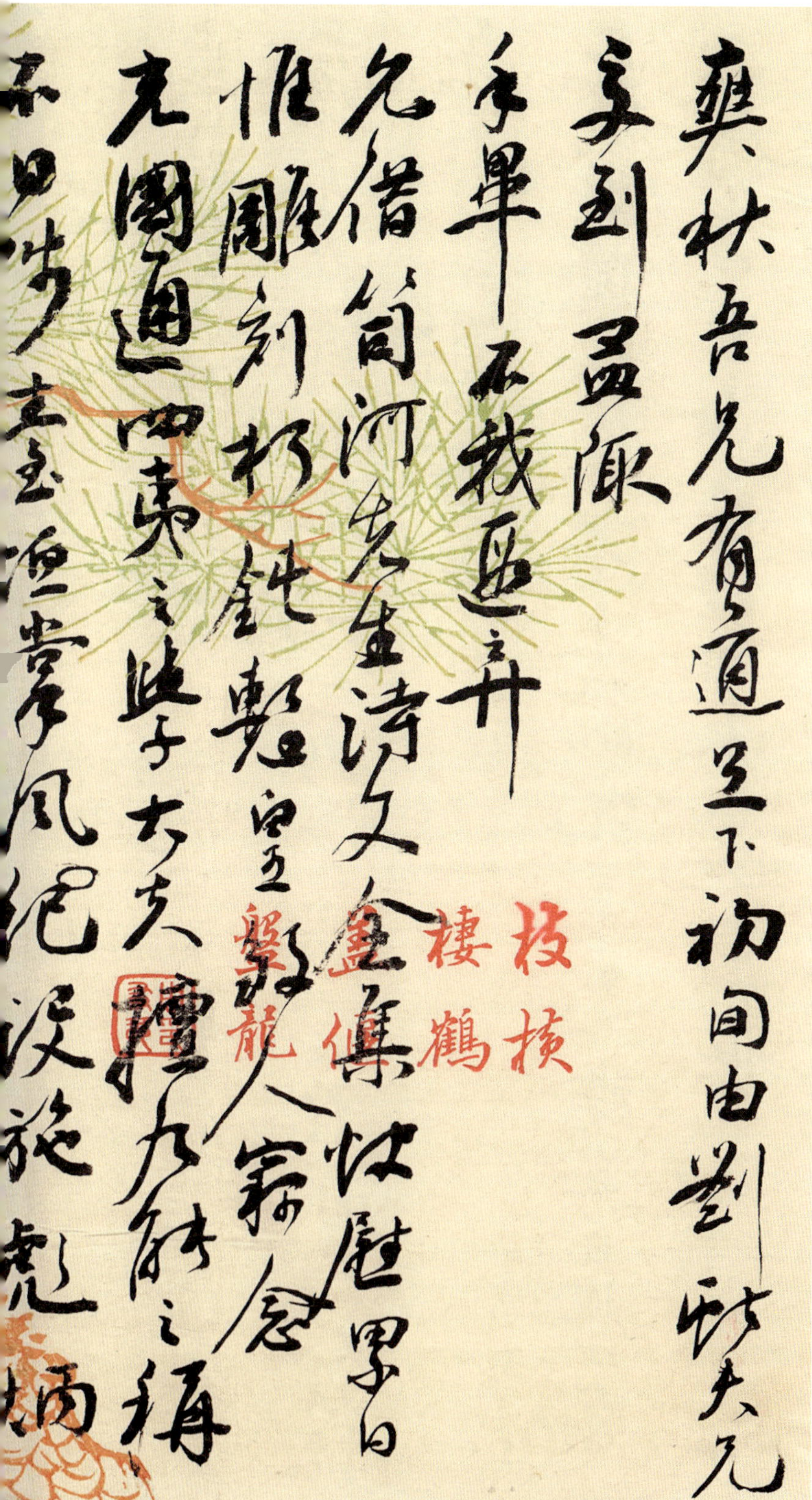

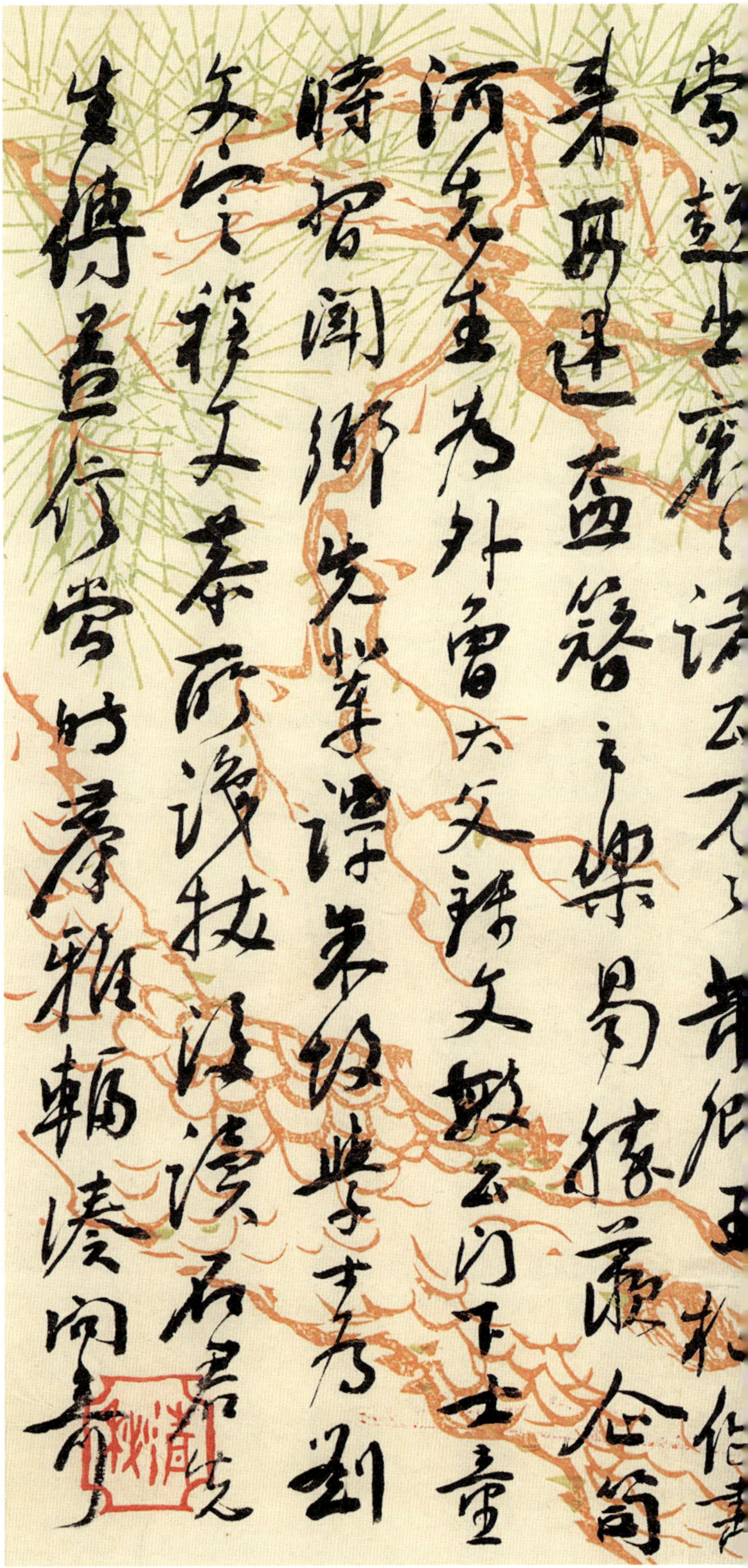

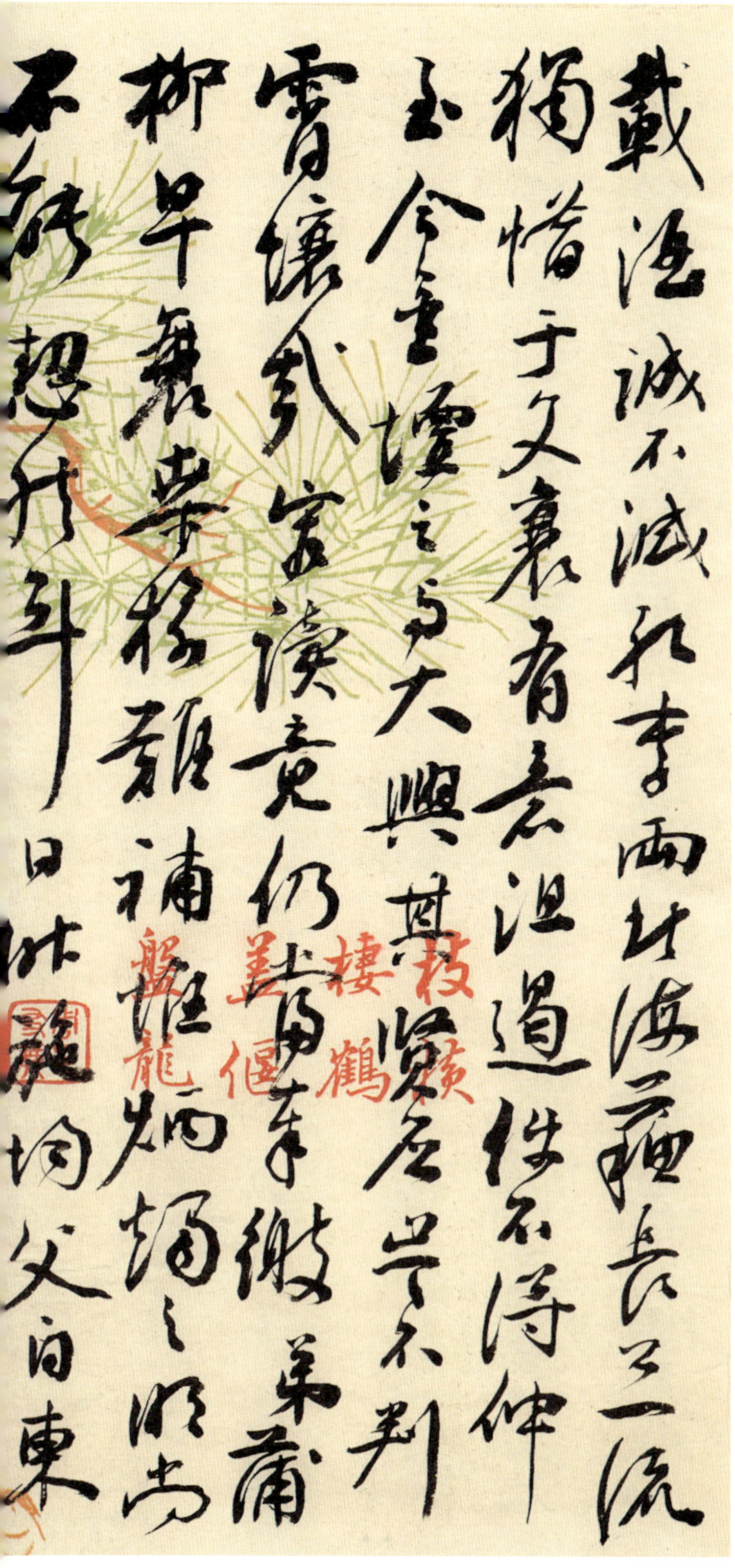

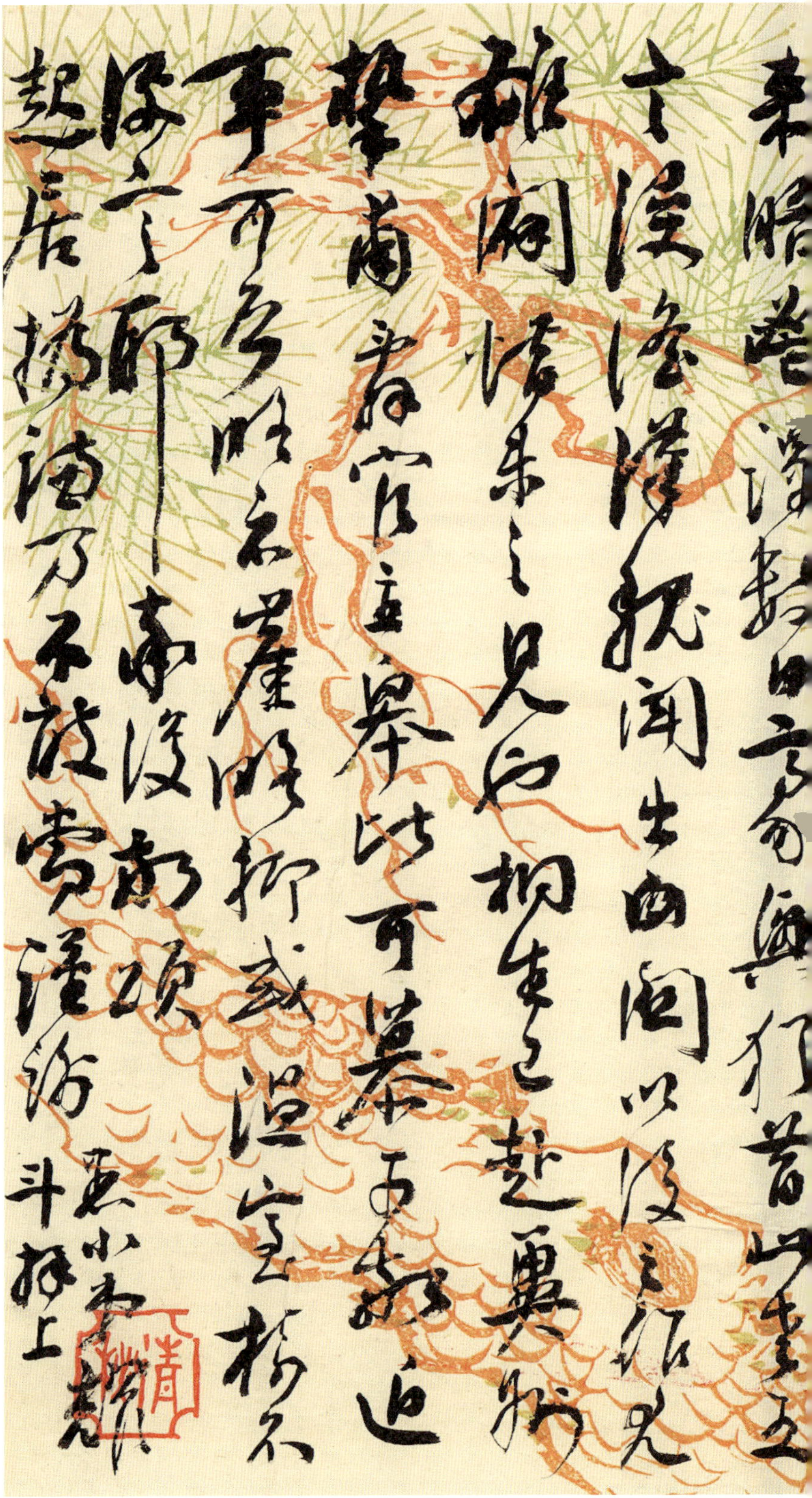

正緒兩卑適張澹卿兄孟得讀郵函

賜擲承文集朱先生集廿本

殊為欣躍寄讀竟來趙再請

着下可弟擬斗南月二十日

刻他文集二百部擬看吾鄉人罕見少書

年前得一部又得王益吾宋元集並以

聞 晤弟煦先述凡

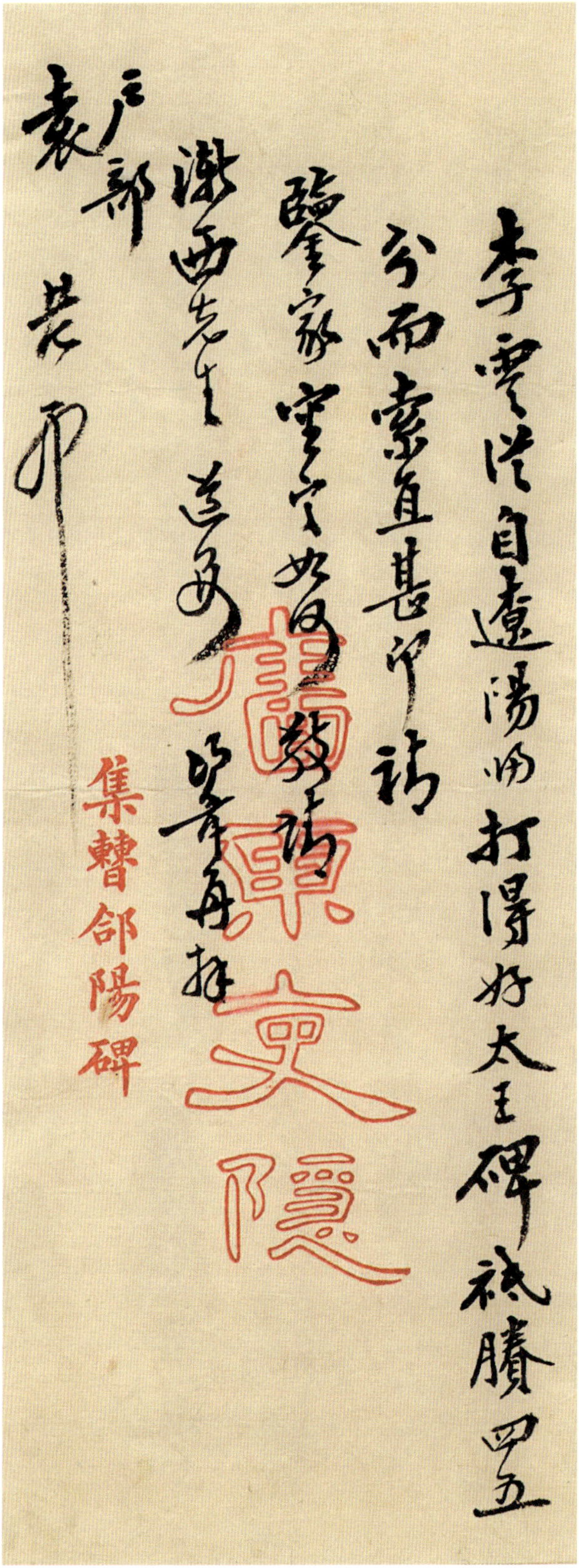
李雲從自遼陽所打得好太王碑，祇賸四五
分，而索直甚昂，請
鑒家審定，如欲請
漸西先生 送去 頌蔚再拜
袁户部 [illegible][illegible]
集轉郃陽碑

承
手示頗有不相爲謀之語實不然也僕於詩學
雖淺獨之其論惟以興趣爲主至於體格
各有門徑挽唐際宋及一切入主出奴之說胷中
無此成見公如大國楚吞五湖三江豈惠鄙所
能益者功力既深自信宜篤必以鄙倍爲可取一
覽之下自可洞悉其所得僕豈能自秘於

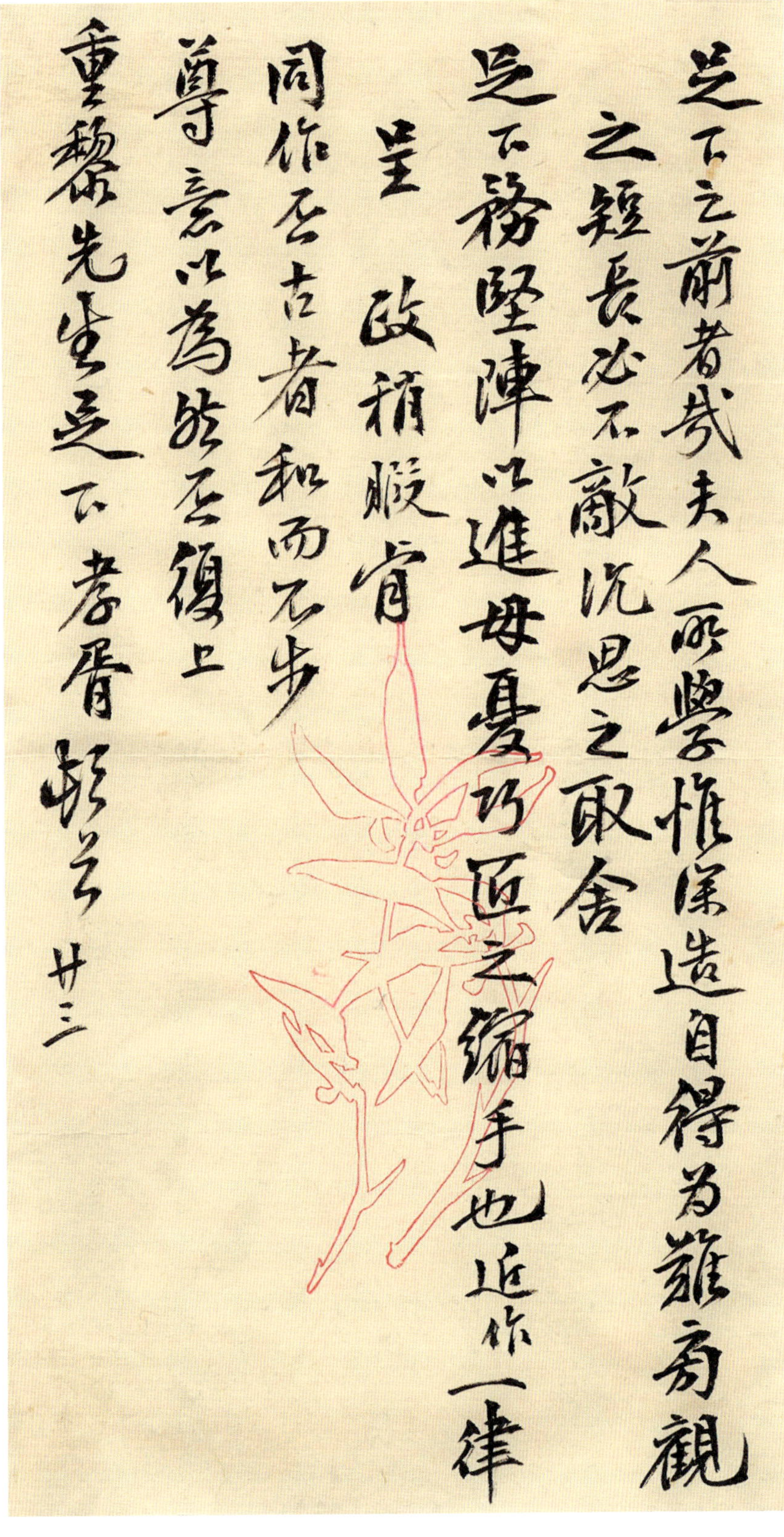

足下之前者哉夫人所學惟深造自得爲難旁觀
之短長必不敵況思之取舍
足下務堅陣以進毋憂巧匠之縮手也近作一律
呈　改　稍暇當
同作否古者和而不步
尊意以爲然否復上
重黎先生足下　孝胥頓首　廿三

宣南洗象迎初伏萬騎千車夾水看法駕舊儀從鹵
簿玉泉新漲試波瀾蒲甘國破封難復莽氏民存業
竟殘留汝南荒遺老在可知有蠱已先寒去年英滅緬甸
六月十六日觀洗象

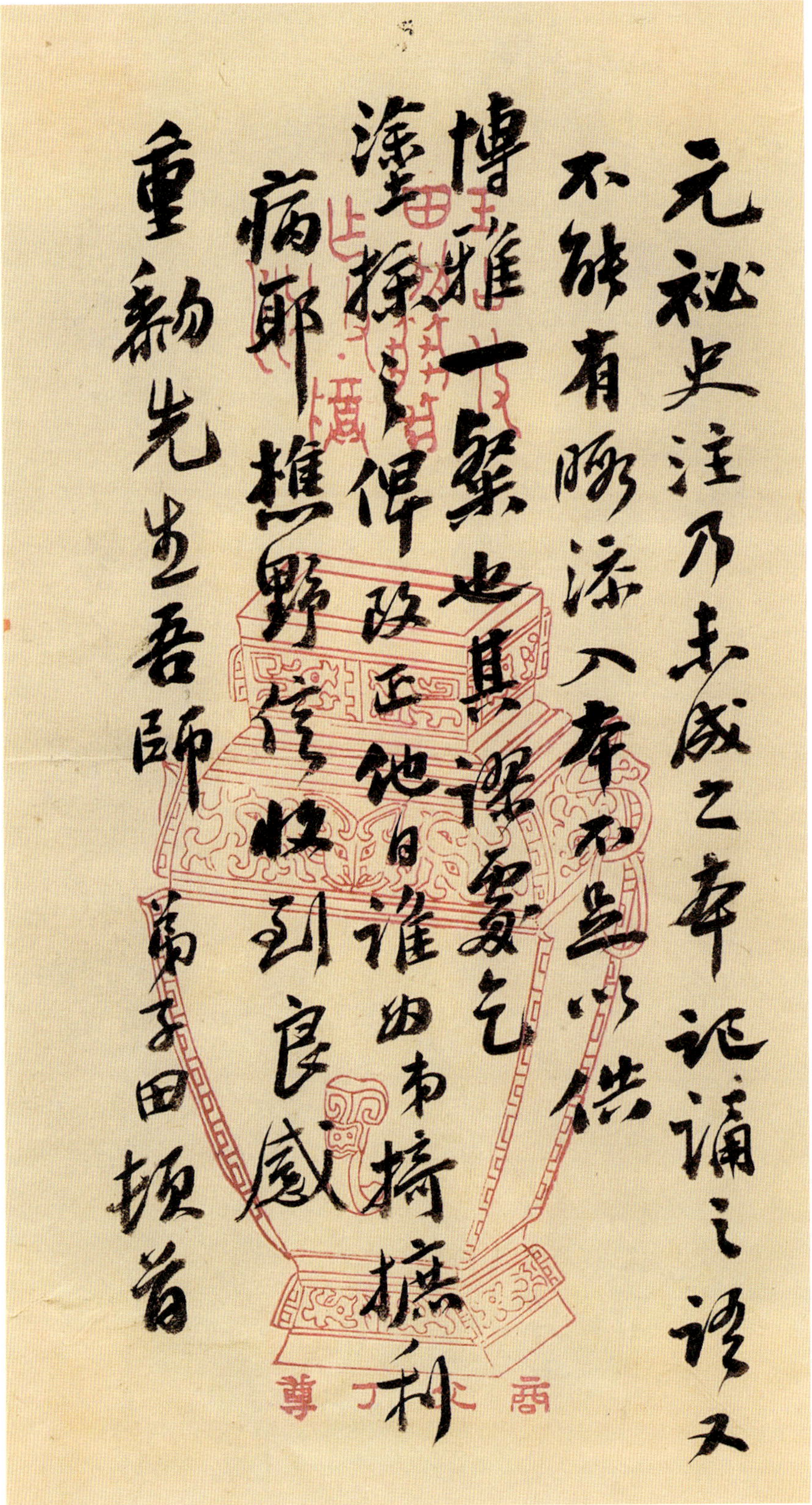

元秘史注乃未成之本，託誦之語，又
不能有隊添入，本不足以供
博雅一粲也。其謬處乞
塗抹之，俾改正。他日誰由布[illegible][illegible]利
痛耶。樵野信收到，良感。
重勳先生吾師
弟子田頓首

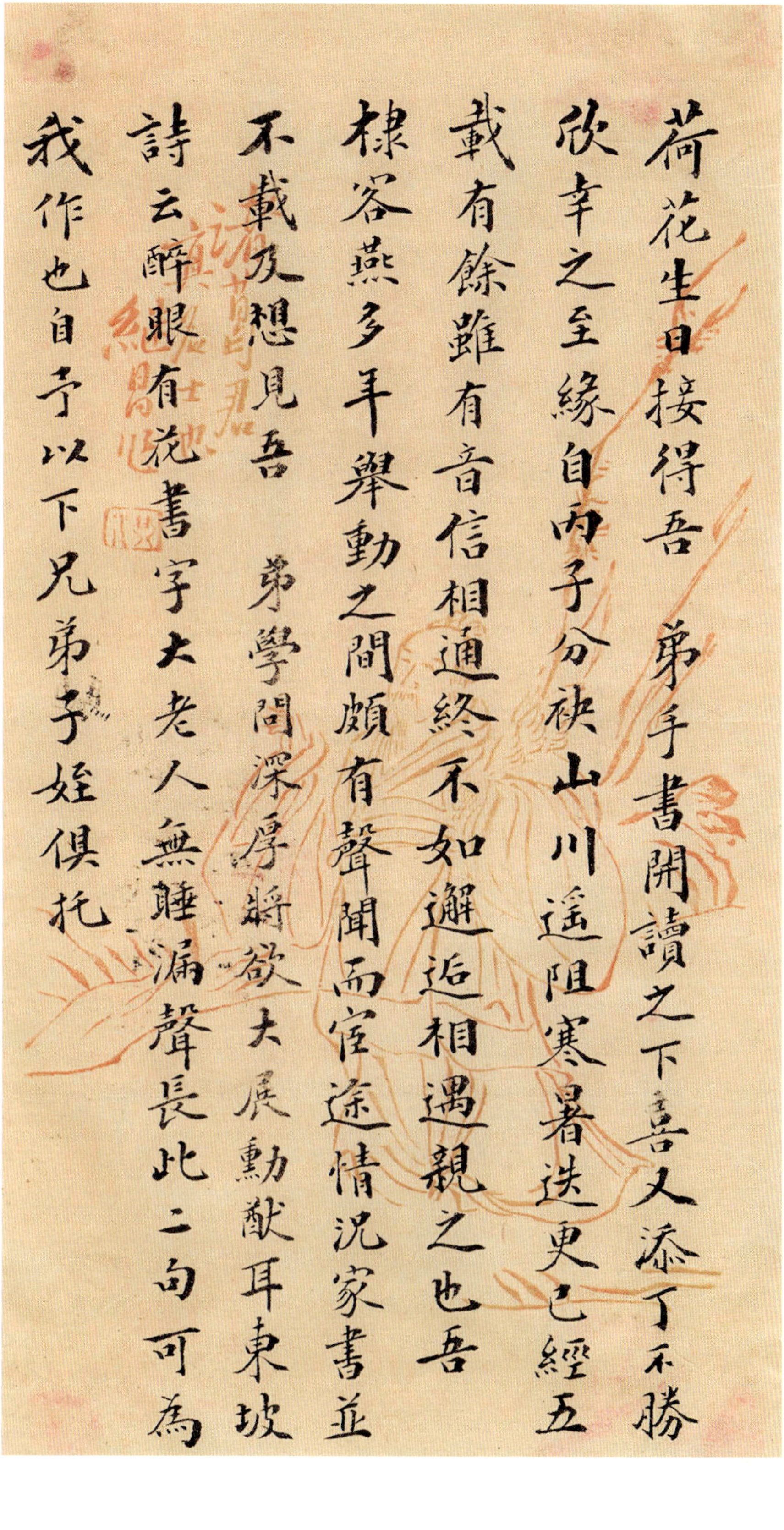

荷花生日接得吾　弟手書開讀之下喜又添丁不勝
欣幸之至緣自丙子分袂山川遥阻寒暑迭更已經五
載有餘雖有音信相通終不如邂逅相遇親之也吾
棣客燕多年舉動之間頗有聲聞而宦途情況家書並
不載及想見吾　弟學問深厚將欲大展動猷耳東坡
詩云醉眼有花書字大老人無睡漏聲長此二句可為
我作也自予以下兄弟子姪俱托

祖蔭闔第平安吾　弟無容遠慮張宗師札到八月朔縣
試據聞台溫兩府置在明春大約十月底可以考我嚴郡
其餘容後再報適來兄讀謄黃今年恭遇
覃恩　先父叔未識可請貤封否吾　弟相為留意儻
修家乘之時亦可載入以光我三房門楣閏中元後三日
署內須接一函專為世大方古香求請開復此中原委略
知一二　蕭品翁已托葉蓁兄致復兄不必備述曦弟三

舅胡綏堂五月間作古張見心七月間喪耦其餘親戚朋
友暨坟塋一切俱無恙可勿念餘難筆罄專此通達
硤秋賢七棣台如面暨
棣媳姪女兒均好
愚大哥澍栴字囑四棣烔書
此函早囑四棣繕就因無便友寄至臨浦局中所
以尚未發出刻值吾棣家報已至經籍舉要三
本皆以分送說及方古香訟事自四月間藩司委

同知何某至桐坐催不得已　蕭邑尊下鄉纔至官
溪孫春苔來見即說某〻有信彼時置若罔聞後由官
溪至梧村過宿次日方吉香專至梧村稟見互相爭辯
以致跪讀謄黃收搨由梧村以轉珠山誰知珠山地保
方某直呈方吉香之信此函托伊寄與鳳岡 李香岑 方茀亭 二
兄收照其中有桐邑錢粮全行蠲免且疊年積欠均從
緩一年等語　蕭邑尊回署將信具稟一并詳出

所以有虢革衣須等批月前方古香看人赴控
上憲俱屬批壞兄想控告　學憲甚屬無益如在省垣
必委杭府即或隨棚經委提調不若吾棣致函於方古
香邀請鄰村董事来邑求復兄與　萊湖從中相爲排
解況吾棣前已有函至署更覺妥當且無不克成何必
控告未知吾　棣意爲何如刻下縣試考畢瀾正案録
取四名現已改名袁繹如果發信與[redacted]明

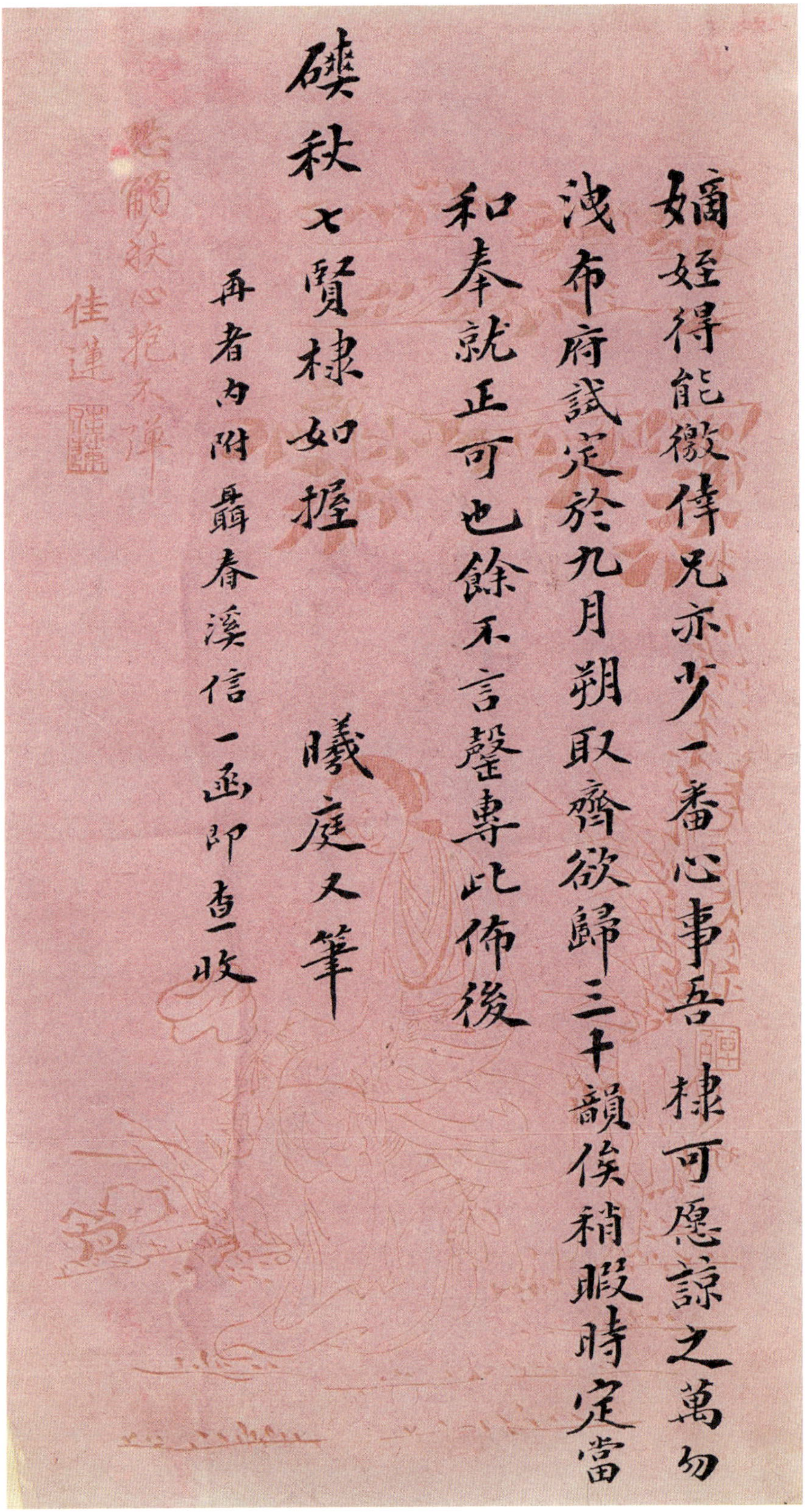
嫡姪得能徼倖兄亦少一番心事吾棣可愿諒之萬匆
浼布府試定於九月朔取齊欲歸三十韻俟稍暇時定當
和奉就正可也餘不言罄專此佈後
礇秋七賢棣如握　　曦庭又筆
再者內附聶春溪信一函即查收

數年來無信存問吾　弟兄之疎嬾夫復何言第弟僻處深山窮
谷中寄書不便　弟亦當諒我也自頃來邑於三哥處閱
弟容秋家報就稔吾　弟考擢章京任職從此素抱得伸
藉以仰副
聖眷曷勝忻慰兄仍客茆坪攷姪業貫。尚覺誠謹。卲姪質地無
他業可就。祇好讀書。五經已成誦。學文粗具形模。五言詩
則就正莘田從舅。新姪膂力強壯。且不喜讀書。願操農業。

兄恩不能免於[illegible]有聯書不[illegible]可好[illegible]學行如[illegible]
愧頽唐，想亦無甚進境矣。諸兄弟近况，具三哥信内，不贅
言。春溪二月初有信，内附頁單，由杭局寄與吾弟渠，囑
筆問訊，曾收到否？遠道宦遊，諸宜珍攝，毋毋。書此不盡所
懷，此致
崍秋七弟 青鑒

正姪等

嬸母夫人前請安

姪女暨諸姪均好

愚四兄 炯 [illegible]

甲申五月二十有三日泐

奐秋仁兄有道閣下前以拔人之手處奚
貢書方深悚仄辱
賜倉卒加訶責爲謝昔日飲蓋之滬并
贈大箸兩冊諸通每承雄鷙櫟
雅閣書寄瀝之滑寄鈎棘之庸言
逢指諸定文近亦方篤定之鑑終子不足
時輟披集中作有一素之作之同好與

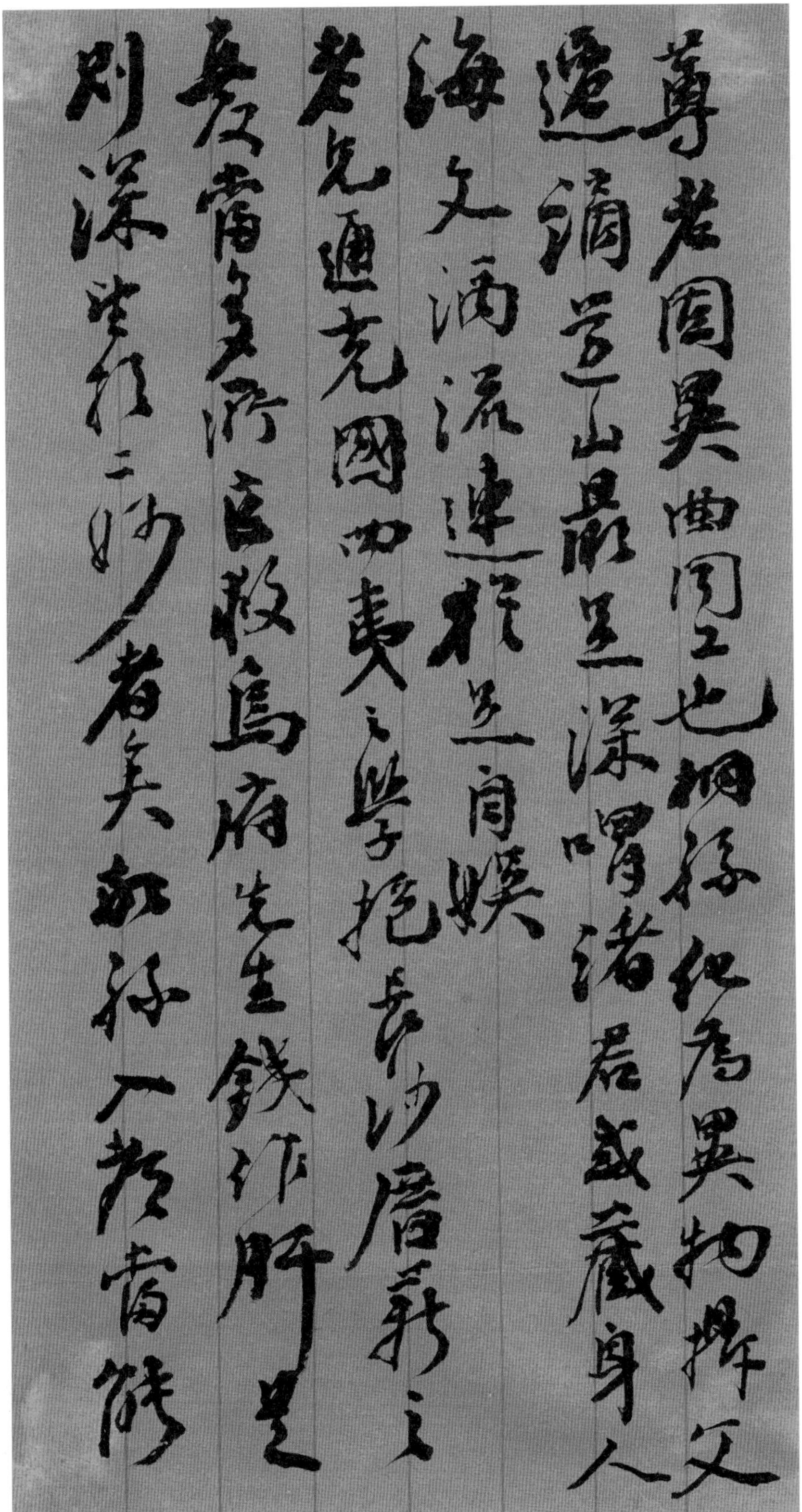
尊老固異曲同工也烟緑紅爲異物撰又
遠滴豈山最足深喟諸君盛藏身人
海文酒流連於足自娛
老先通光國四夷之學挹長沙層新之
在當今爲濟世敬鳥府先生錢作肝是
則深心往往之妙人者矣敢稱一般當能

惠書拜領，敬謝〻。賤內日來宿恙病疲，
為所牽擾，備殊要。姚仲虞所著書
學（子培指資賞鑒）捨賢遺，埘呈
尊覽。所說緒緣〻法極詳，或足正誤。
賓澄手，越偶也。壽詩叙，獻出以書告弟
兄趣，早為之。玉韞玉華名作
爽秋老丈足下　姪廷基頓首

頃澂處函亦閲及此但未言桃潭不知是
高要否也此事竟無消息云高代者初聞
或有此擬議耳桃潭蓋是舊學儒者
汪綸宇此亦肌度之峯清息也長者未陣
越縵堂壽詩敘弟卿再三謙讓擬求
大筆爲之於必應允則請長者再決若見允云安
應此時日無多仍必勸之小讓也哉 兩隱

志節收之侯贊述之冒已深作曹郎
推任昉諸孫葛帔練裙為可歎耳
謹禱皇恩清衍并施南後鳴謝敬
問
起居早寒珍重

小弟耀斗謹上　十月望

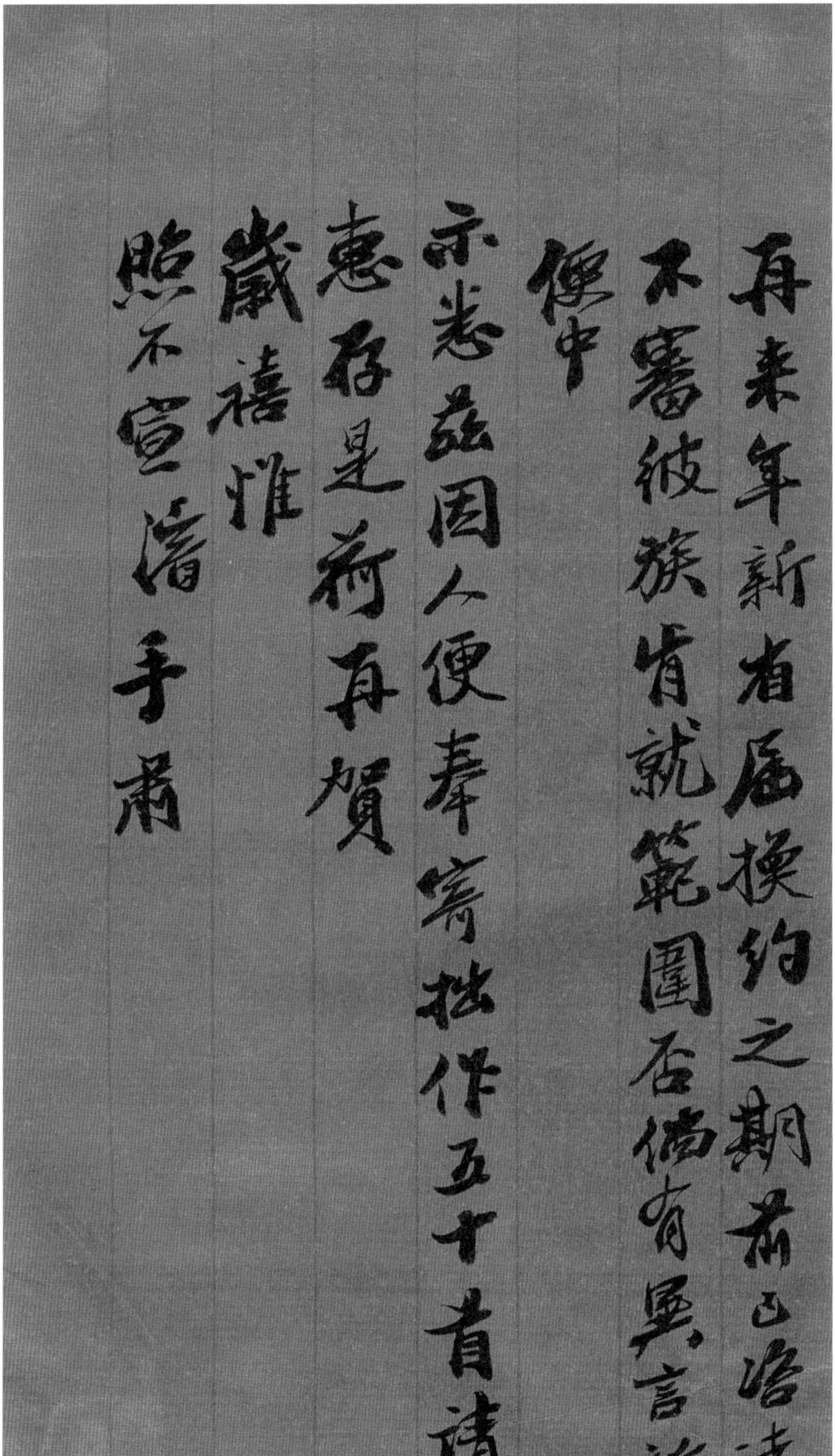

再来年新省屆换约之期前已洽達
不審彼族肯就範圍否倘有異言祈
便中
示悉茲因人便奉寄拙作五十首請
惠存是荷再賀
歲禧 惟
照不宣 濬手肅

重黎尊兄大人閣下除夕由呂庭芷前輩處奉
惠書及
耆隱集　大著全集敬承
興居安燕
道勝學該佩仰無任
近作由醇而肆情喻淵深更於耆隱卷中獲見
先德數篇則坡存嘉祐谷瀰伐檀信乎詩為
家事矣弟一塵未受力不能睞閉户讀書有身世兩忘之

意胡傲軒有向云對人言語唯稱好衍俗文章嬾出奇鄙見並此言語文字無之似更廓絶耳 子壽文竟踈道山再同久病為念

尊作 壽文祭文情真筆老卓然可傳鄙人適冬間小病初愈欲作誄詞心如廢井竟不能就 雲門兄已出都否 晦若主機宜文字月亦不能數見也復頌

箸安並賀

春祺不宣

佩綸頓首 正月十五日燈下

松琴爲劉武慎壻，江督則武慎族叔，較之
曾伯似更親切。未至失所，周崔敘復例
或可援，而松琴情節較重，非絕有力者
不能引之。
執事當不憚其煩也。
著祺。又叩

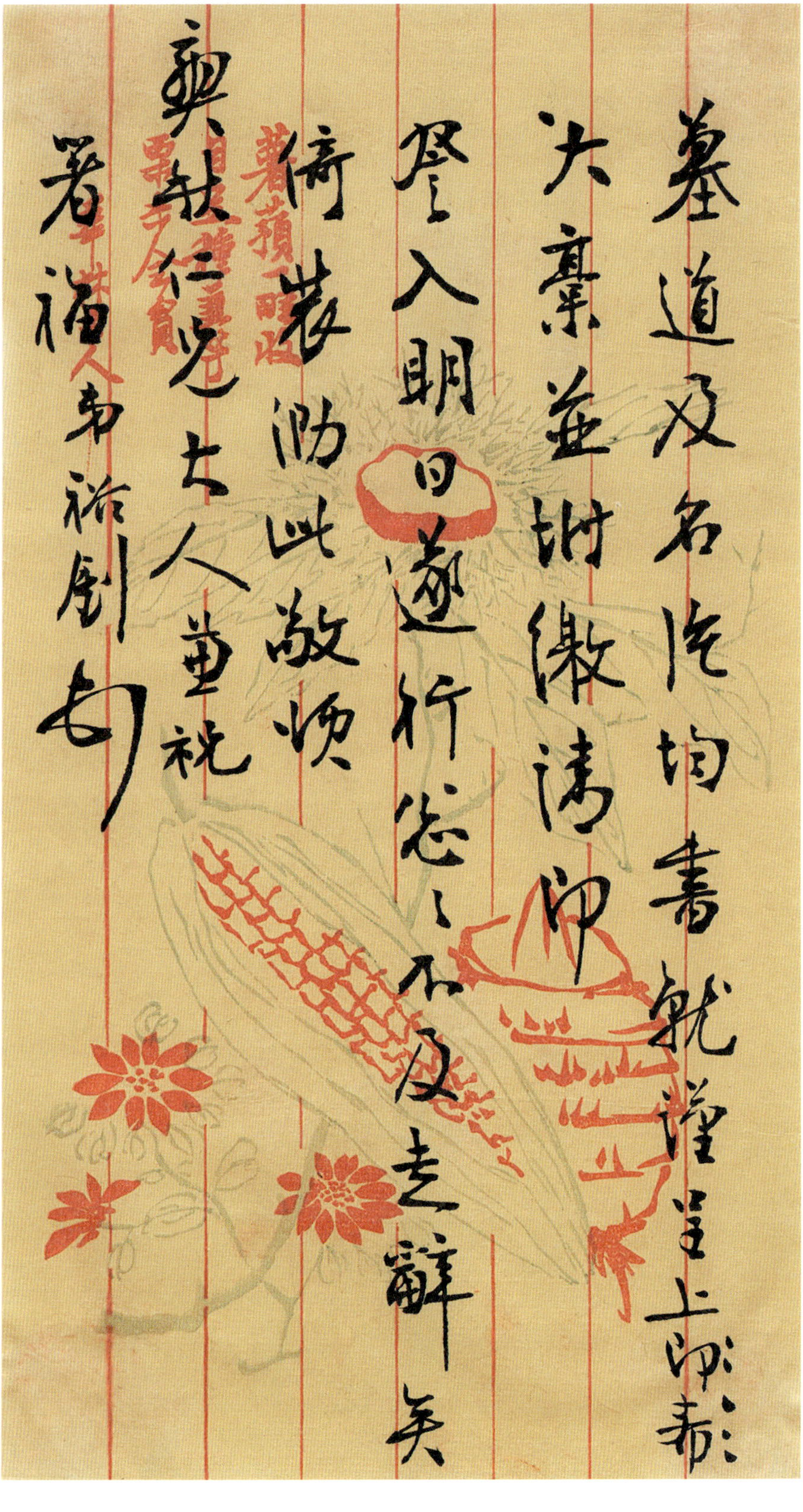

墓道及名茂均書就，謹呈上，即希
大稟並附繳，請即
登入明日遞行，恐不及走辭矣。
倚裝匆此，敬頌
輿杜仁兄大人萬祉
著福。弟裕釗頓首

爽秋仁兄大人閣下頃展除夕前一日

手答并

大箸八卷耆隱集一册雒誦一周龔定盦復起定

當避席蓋龔能學昌黎學雙井其光怪頗類之

其雄奇萬不能及也

執事時時參以内典音義遂覺狉虚背上物非俗

囊中所有耳煙台簡師其

規畧一束譯垣能

示我温樹香弟又有任城之行新得小雨游
霽當稍減惟黄塵盪空仍自厫風得意也此間詩人如
李文石金敹青黎獻臣見
大集哀然頗覺汗下而下走則益局促長日消棋不唯
官大好吟詩并不敢作詩矣知
注附聞專請
台安諸惟
藹照不宣　　愚弟許振禕頓首

承
惠高厚蒙采謝、文山夫子
惟阿魯耕大人推依采佳柔諒
屢阿、旗實詢敢每
閱、國禮拜後
典、翁先生同年　有道

前日承
枉顧失迎，罪甚。辱
示新詩五古四章，今日始細讀，沈鬱深
摯，而出以名雋，平野廣山，前此刻正宜此
清絕，誠爲善讀此耳。何其力追乎四
靈也。題未題間兩讀，沈痛乃爾，遂足言矣。二
讀善此經寸簷云，讀深入理深，我馬策不能道
……當日前部人兵南和詩未改……

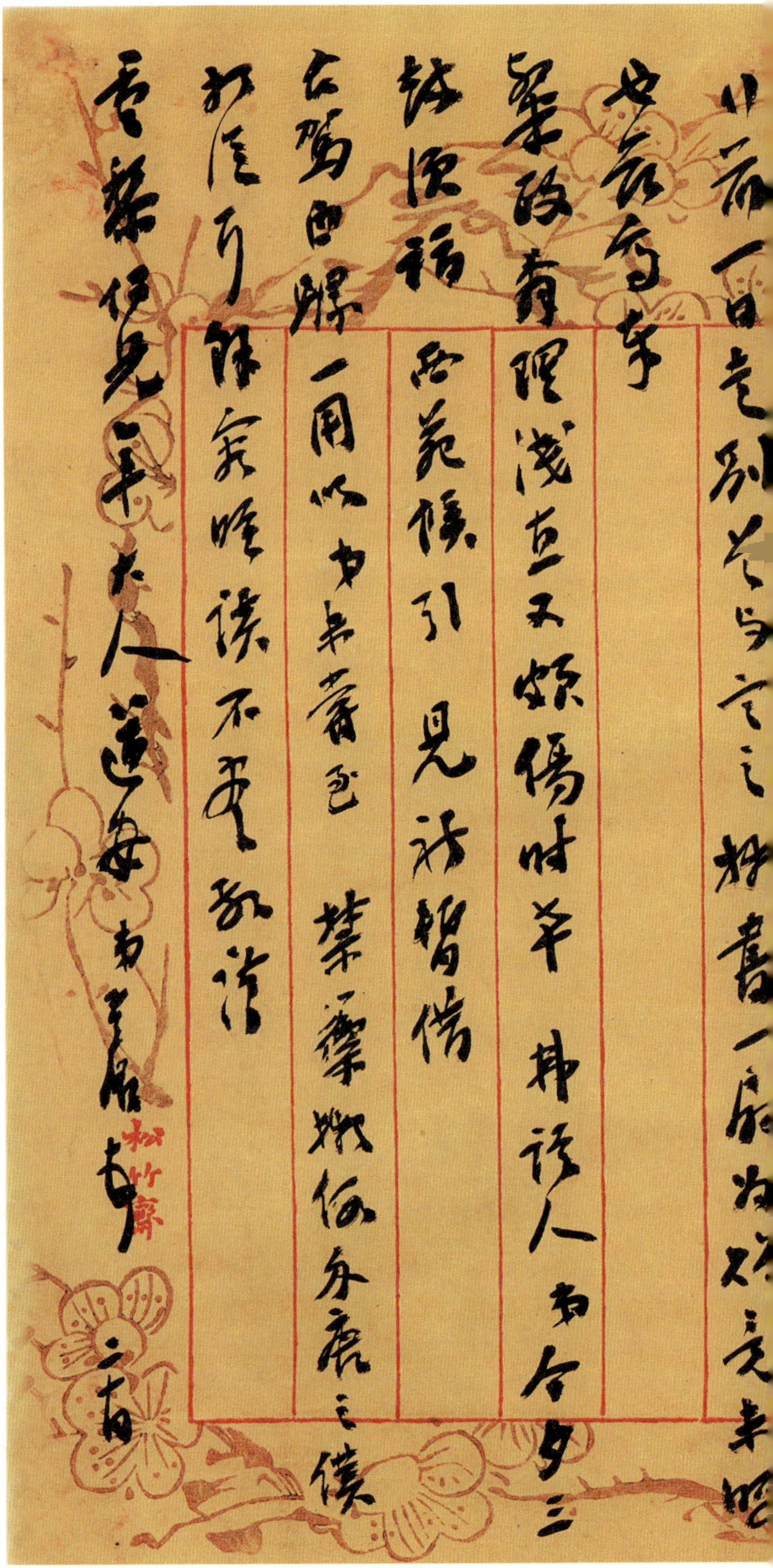

青蒓崇效寺僧

過移表子餞別師蓋鄉伯論將聰雨席同諸公

作二首

南來奉使大鴻臚萬里帰來見白髮五十叢

親人子少九卿高榻近時無新葉入勁宜持

向孤檻雛霜郭階能看見　朝廷宣急治

不啓蘭采念西湖

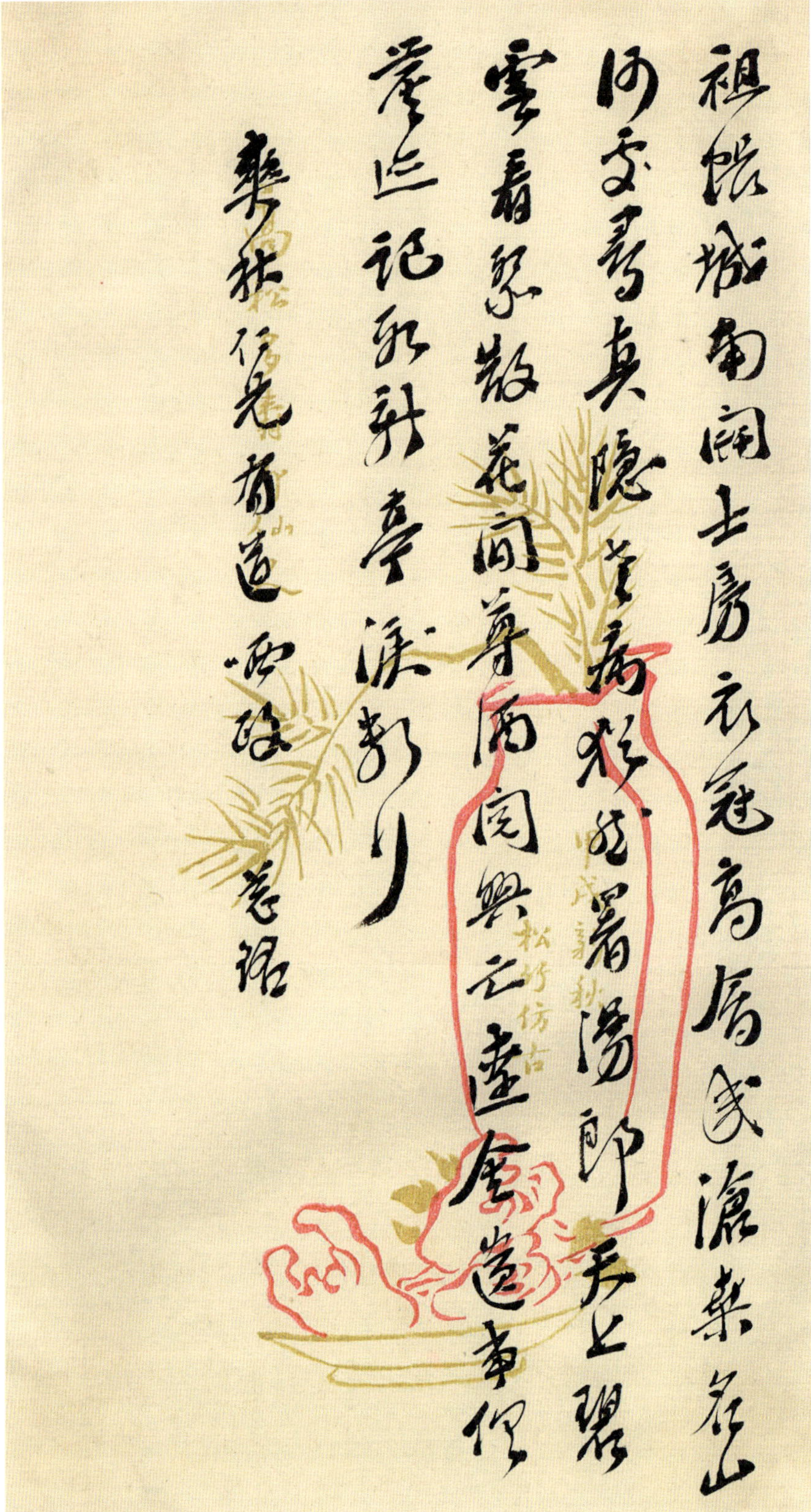

祖憐城南閒士房衣冠高居戲濃桑花山
何受壽真隱翁壽賤看湯郎手上璟
雲看聚散花間尊酒同與之遠金茗而侍
叢近記取新春溪影丿
桑秋仁兄有道　頓首　慈銘

爽秋仁兄大人閣下辱荷
惠書慰譬勤勤以實嘗精氣毋屑之細務而勉待大事之至弟
不敏不足當大事惟夙懔先師曾文正勤敬二字之訓不
敢將事紆玩昔陶八州運甓出入暇或默規竹頭木屑卒
收實効是細務未為不可稽覈且由細而大實入德之始
特不顧以繩己者苛之人耳而亦足見
閣下愛弟之摯拳拳於書辭間也
執事閣識遠謨見重當軸授以譯署劇職方謂可

攄其素藴
丕濟時艱而
閣下以爲局促郎曹無臨民之責專決之任并謝北檔房差
不受思以所得顧方姚梅諸先生之緒畧於他日者由臺
諫擢外秩見之實用敷之經世蔚之爲文詞以傳之於無
窮行見大邑通都
勳名爛然所設施不尤偉哉乃
閣下言適日度用過奢若引爲憾昔文正師供京職度用誠

節即出督師餉之家者亦非贍而胡羅楊李諸公踵起者
則度用又甚恢廓豪傑胸致自具一種豁達氣象與醇謹
者雖異趣而皆不詭於正
閣下度用恢廓誠豪傑建名立業之發凡也南城内外諸君
子貞識浩氣挫折不砭操其忠亮足取儇於天下而亦甚
願請君子蔑聲譽善韜晦毋流於激而尤願與諸君子遇
者善調護之毋更斲以斧斤芟夷其根株則
國家之福也荷

愛之深縷覆
左右統希
詧詧並請
台安不備

愚弟許振禕頓首

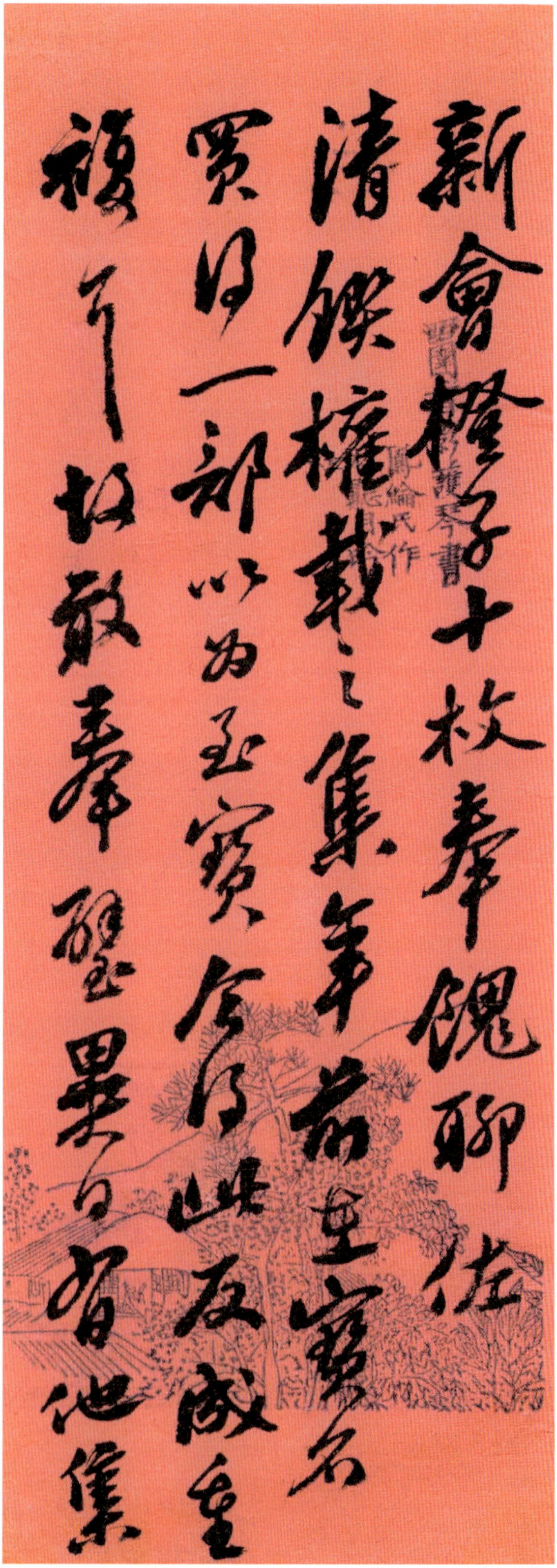
新會橙子十枚奉餽聊佐
清供權載之集[illegible][illegible]寶名
買得一部以為至寶今得此可成全
[illegible]行故敢奉[illegible]畢其有他集

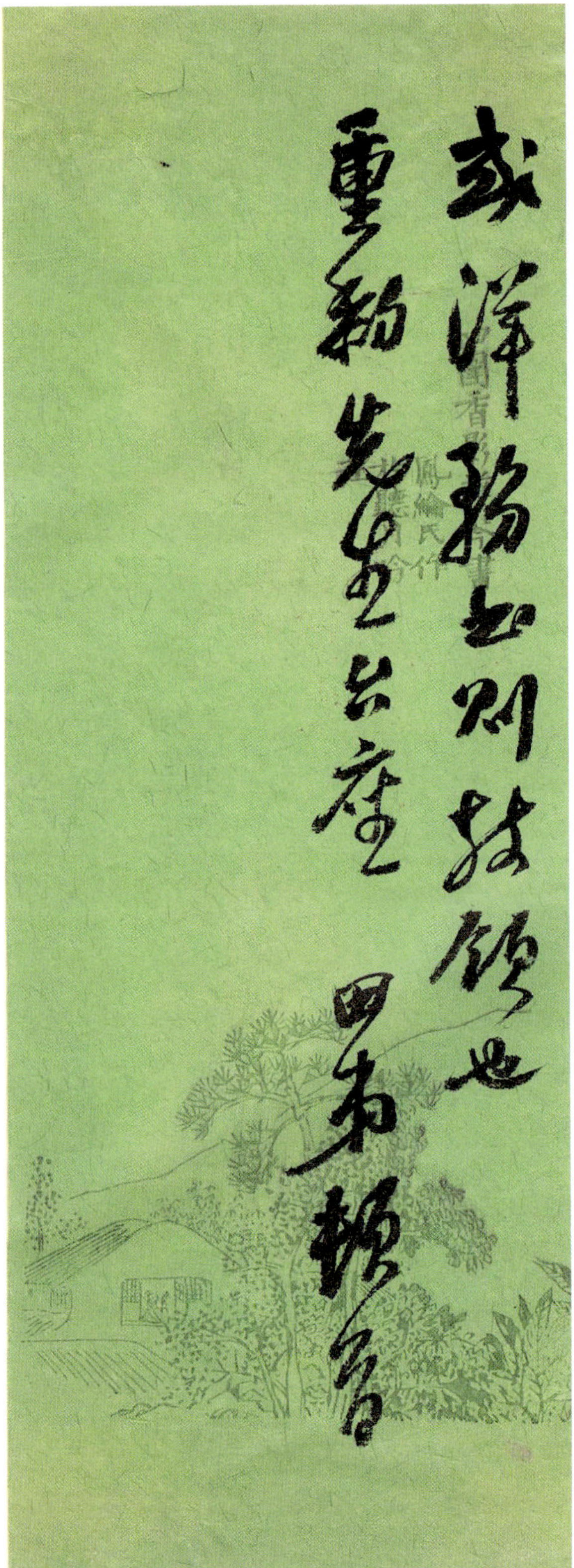

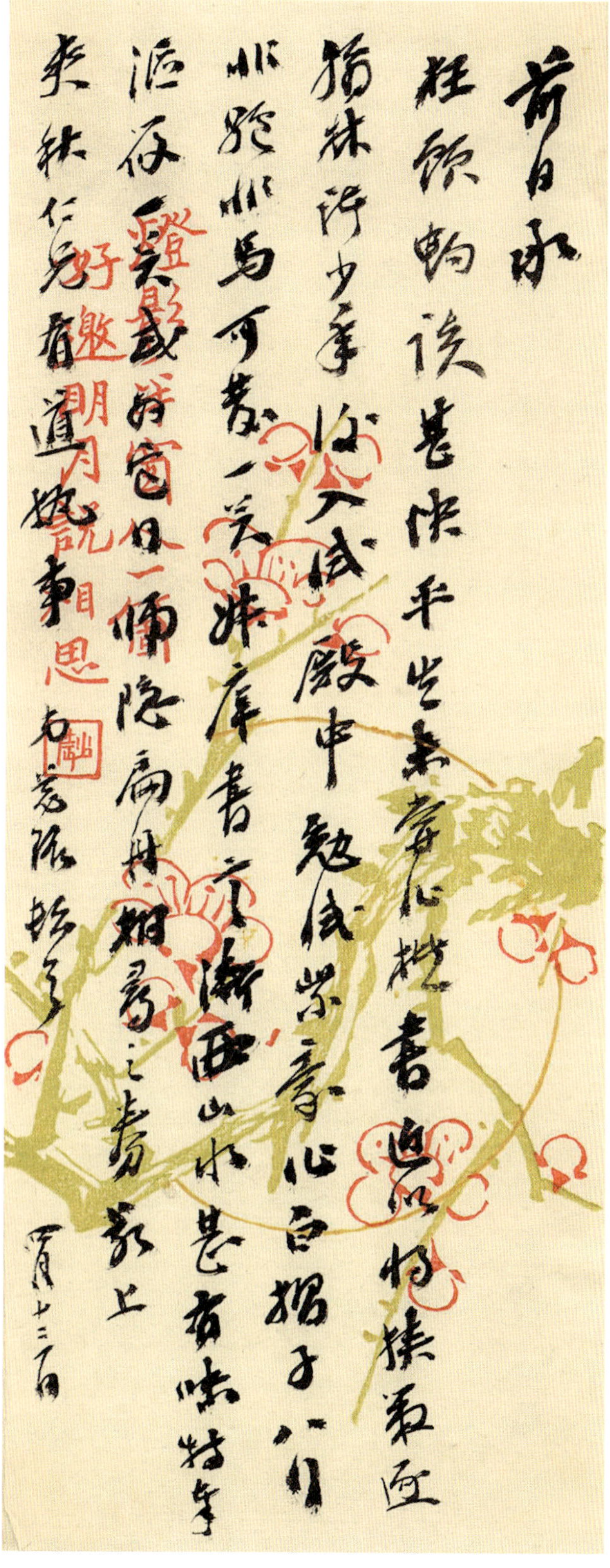

前日承
枉顧暢談甚快平生未嘗見此書真得撲面
猗林許少年以入試殿中魁然崇高心目獨子八月
北路北馬可發一笑昨應書言澥西山水甚有味特寄
滬存吳叔彥宜日一歸隱扇冊頻蒙：：賞敬上
來秋仁兄大人道姚事　弟方蔘頓首
十月十二日

公黎老弟同年先生如手箋楮均達　樵野少卿同年念及吾
嘆至展下
深賸譯意人事清和欽念無已兄所寄書人　算成存
物業物已謝形寫自情多江昨有人自白下
來云錫財幸　先親左薛廬終日以煙霞中人
罕見其面秋風下第不知有出山之志否　蒙淮上
宦嵩親去年來近歲　師方老人壽之年甚多

從容秋集談宴亦社友朋屬之從容皆無一所出又不
可舟分坐而寬來者之見之彭剡醵三百餅金
以子宝供兩歇子共歸計已決後相見与為一期
錯目再當奉告 大約以二三十人華此事想不為難 大旨具子雲書中矣
清暇為於吳越耆舊宓經已購小篆樵隸氏本 學本淮南叔草刻 8
字本邊公學隸第一林大字本蘇齋本廠本 奉回懇罝為購求損擬
筆丈華不回不多述此頌
嵐生夫人仉孫均念 兄皆隨時候之不能謀從老也程不有只餘一个三十餘錢通恐餒而之筆不能免之
勛祉 年小兄譚獻頓 十月望日

公黎老弟同年仰支七月改乃樸並屬達
覽棣垣遥俟吾弟已遲所言柱襟懷德
觀采宗日
動定何似新有述造否壯年積學自期遠匠
松楳履祭何當並舉引騁長懷？一病衰遲
西報啟慶文字結習積而之無狂哉肯仰支
遺文搜得箋紙集似未也告歸補不任露鈔
事又非付之寫人殊耽之予告
望之當此我求索也春曉貲病待之親壇文此
主人近日過從殊甚、兄晨生已逢所文雖步不勝
已成坐困於而歸骨故山園氣所于悔但惜東皺
仰古寸道不周老大浮靡本根氣著已當木落
秋空徒付諸千駛月運而已當何意于身淺一文
辭以付託但以為之桑仲子之流可耳草木諸兄
以適無令且適有列耳目之笑不容以青皆自

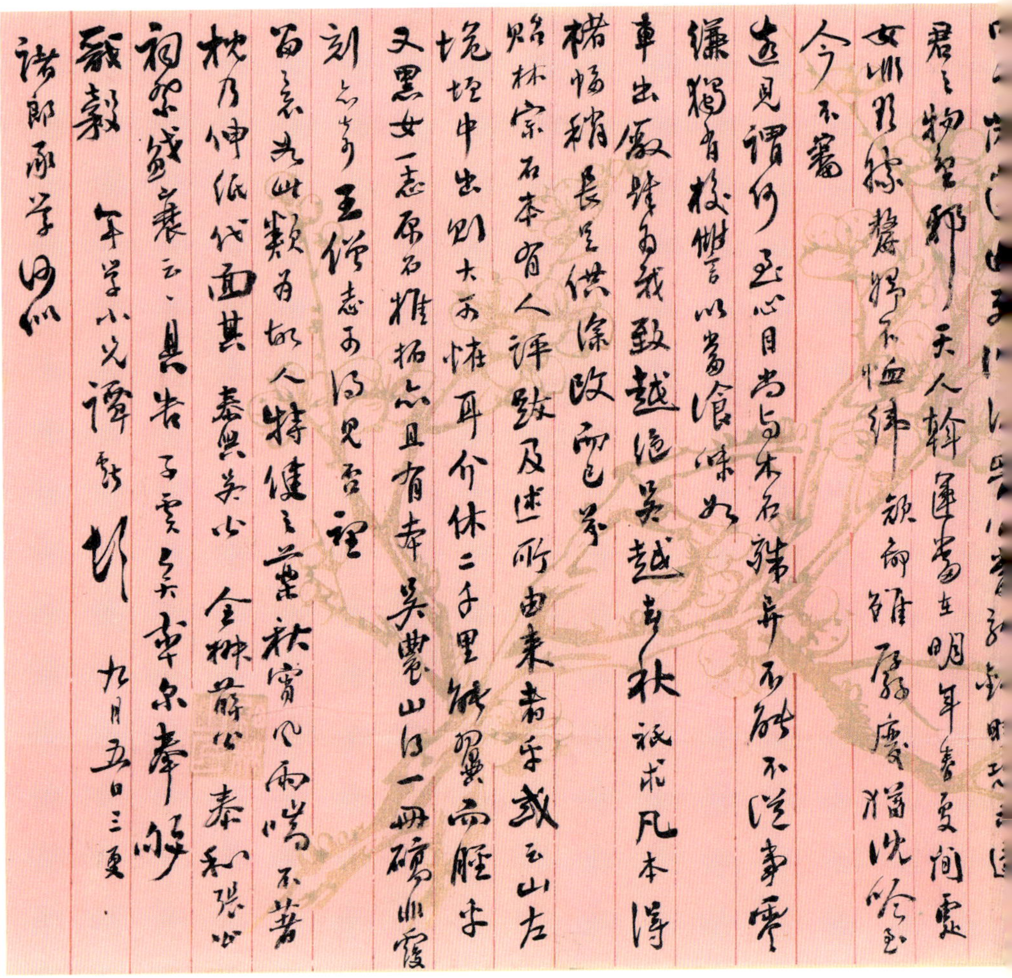

君之物望耶，天人韓運當在明年春夏間，靈
女冰雪綠髮，獨不恤緯，祇郁雖厚，廢猶沈吟也
今不需
遠見謂何，丞心目尚無不石，殊异不能不從事。雲
鑠獨有枝，繼以為澹洗如
車出，徽諱自我，致越絕吳越春秋，祇求凡本得
楷暢，稍長足供深改也。第
路林宗石本，有人評致及述所由來者乎？或云山左
墝埆中出，則大不惟耳。介休二千里，饑饉而腥亦
又黑女一志，原石椎拓亦且有奉，吳豐山白一冊，碑帖霞
刻之，並王僧志，可得見否？理
留意，比此類爲故人特健之藥。秋宵風雨，嘗不著
枕，乃伸紙代面，其 泰興吳公、金壇蔣公、泰和張公
祠祭錢，襄之具告 子雲矣。專泐奉候
箴穀
年學小兄譚獻頓首 九月五日三更
諸郎承學

台安惟
道自衛諸希
亮詧

愚弟許振禕頓首

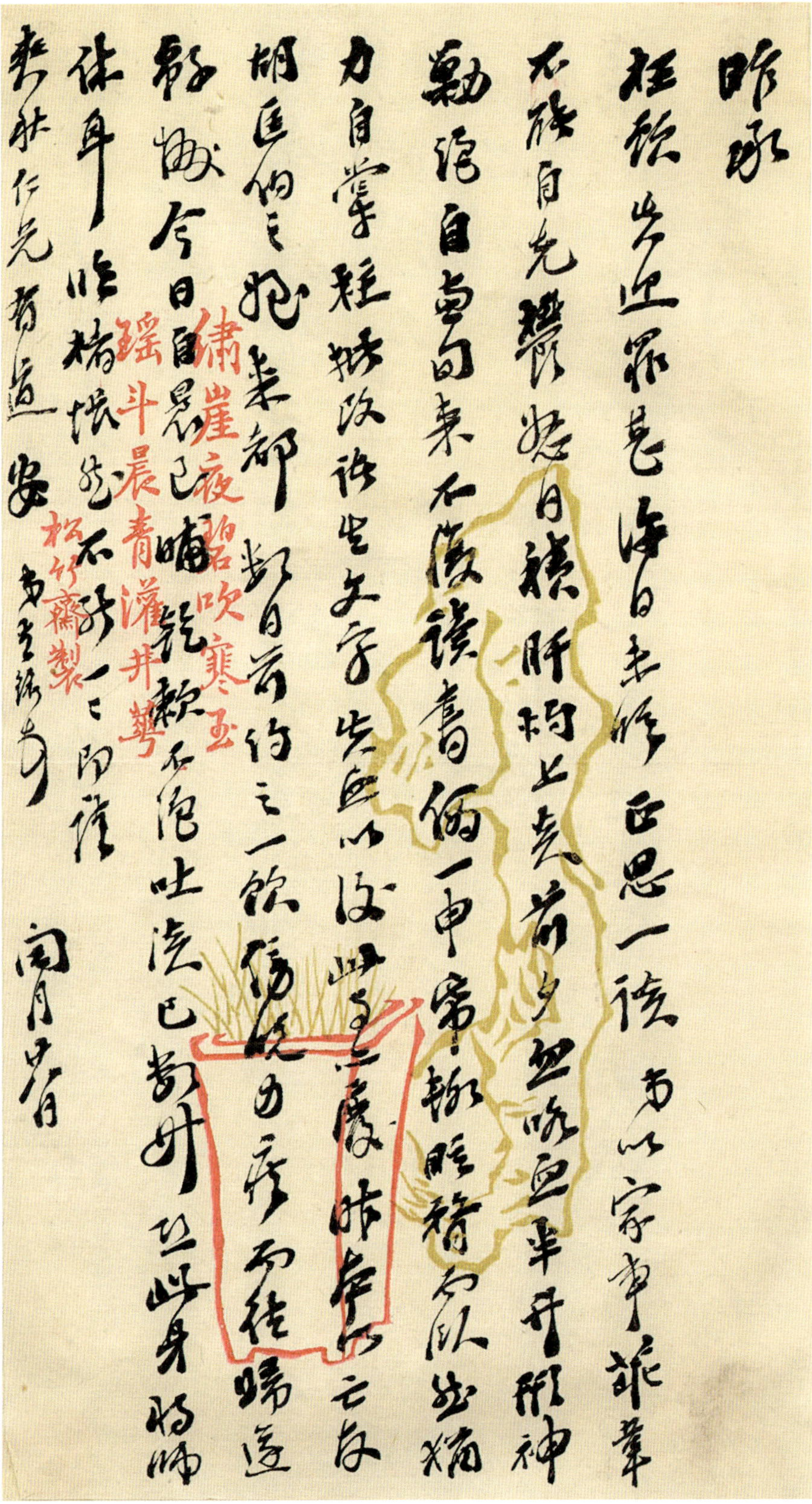
松竹齋製

礪秋先生執事不面幾年得奉秋初
手教並
賜書摺疊老筆槎牙想見
嶙峋風采特欲揮灑者見賤之作乃別爲作
書此鄙耶耳祗每以扇
書所作字不稱詩也 琴生太守已爲致意否 繹署
三年薦刻者

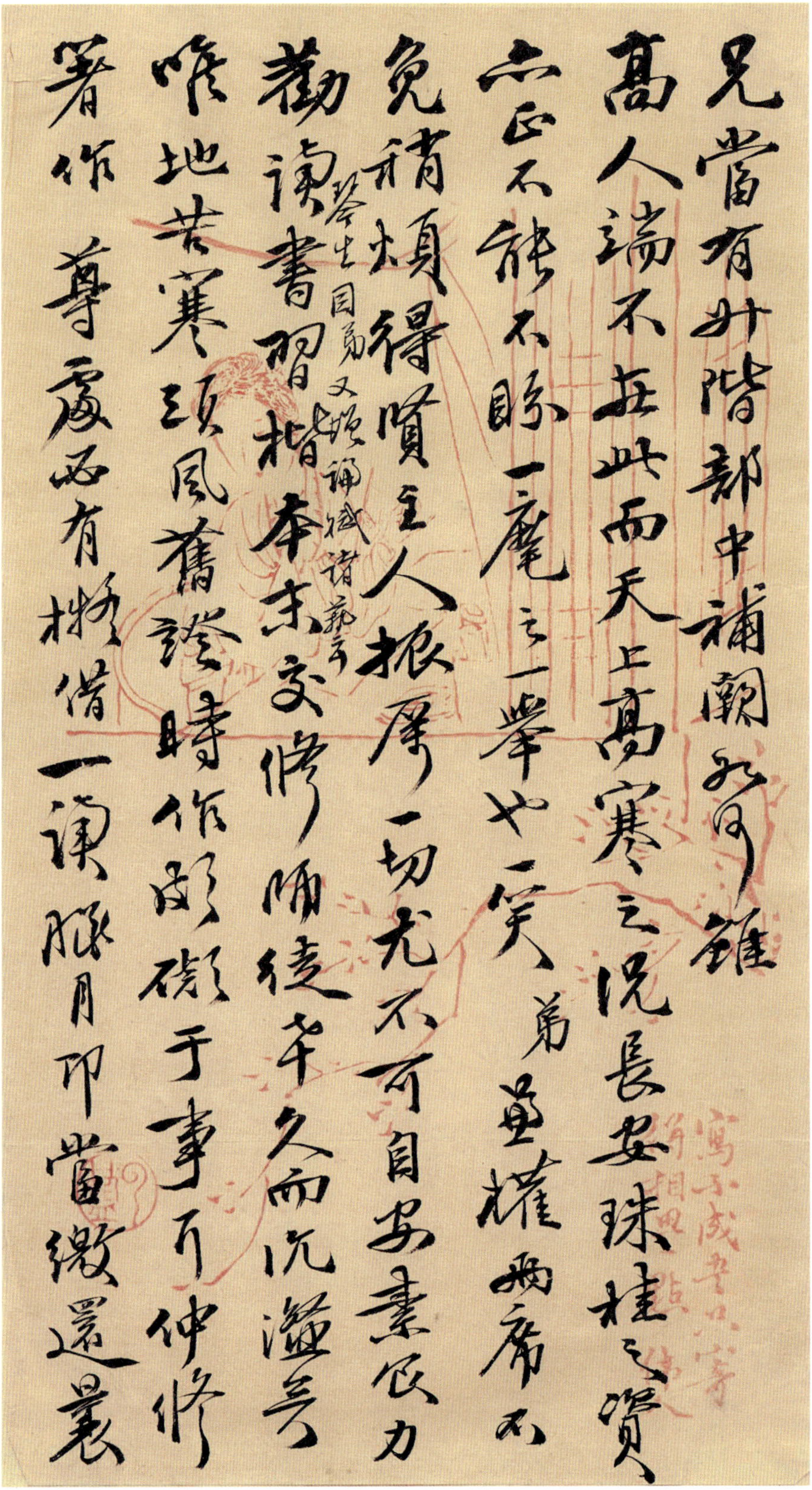

兄當有廿階部中補闕外可雖
高人端不在此而天上高寒之況長安珠桂之貴
亦正不能不賒一塵之一舉之一笑 弟雖權兩席不
免稍煩得賢主人振厲一切尤不可自安素食力
勸讀書習楷本末交修循循積久而沉潛之
唯地苦寒頭風舊發時作頭痛于事不伸修
著作 尊處必有樸借 一讀 勝月即當繳還最
琴生同勉 文嫂均請 諸兄並好

從得復堂詩詞如花農先生於學多通，乞試言其略。當從入京訪之，前京師有道從不出，惜未此老。亡潛諸君不及一一，近況如何，無時不來往於襄陽中，襄緣十年來，諸君撥冗作都爲一集（大作蒙多多家藏），開作以序，并之展閱。復如擇鄰，惟中多以湯爲感。回覆不綠，專其可復中。時惠藏文，此請

且易龍泓棣十年

兒子述祖侍叩

楊惺吾因年復隨黎使星出洋，曾其所刊楷法溯源共四之

再展重陽日

著安

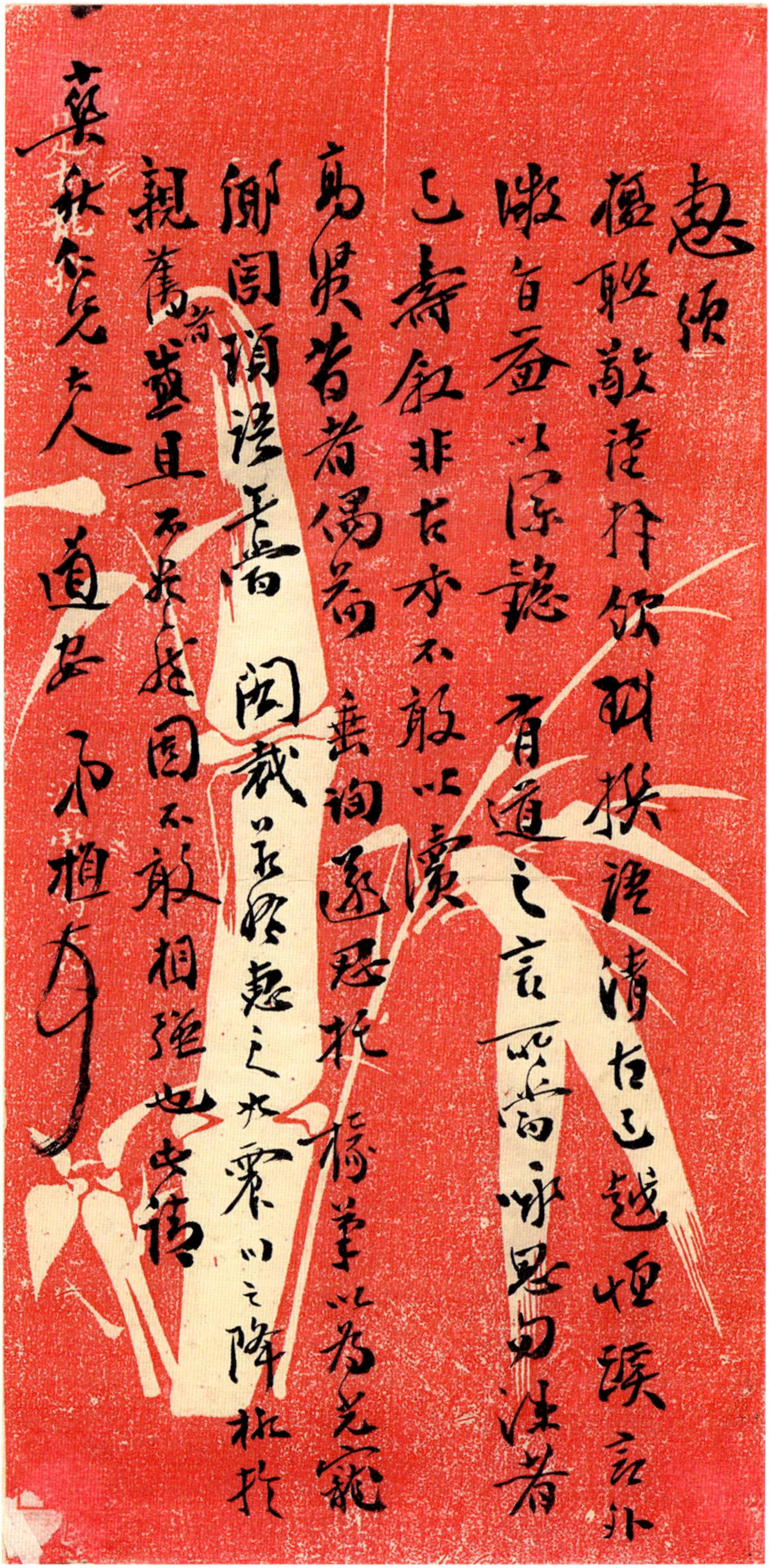

歲寒相見盍山曲輦下重逢興不孤 君正爲郎袁四爾（君方遷户部江西司員外）

我將有事滂三閭誼驅越縵知無忝（君與李蒓客郎中唱酬甚夥郎中自號越縵） 閭道湘靈定

有徒訊戟乘槎齊出處百年身世自蘧蘧 桑根一老植風義容

我疏狂振我貧一自河汾今兩載三年京洛又緇塵因 君更憶譚

經隊此日都爲愴笛鄰（君詩及桑根師與治山諸老） 好去天南招楚魂顧菴祠下薦秋

蘋（祭事畢將東歸） 湘中之役等寵以詩敬答二章錄就

爽秋先生正之

蒿盦弟馮煦

蒿盦

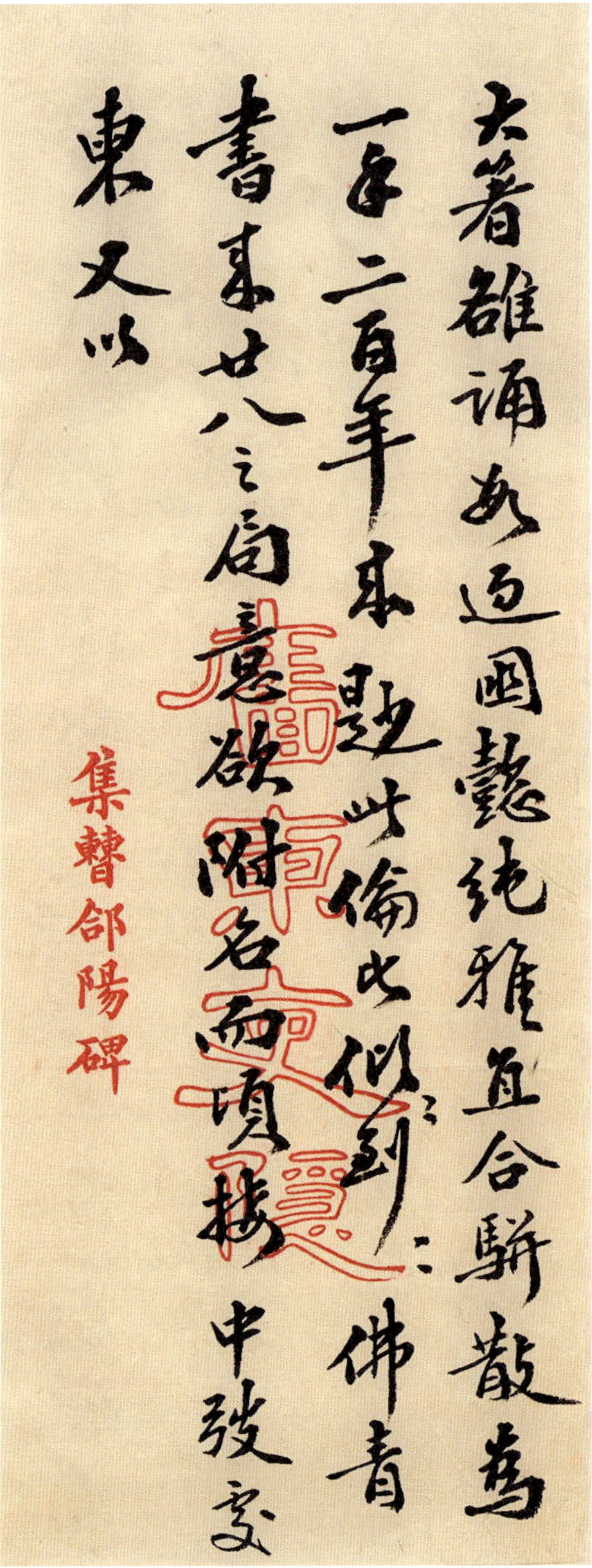

大著雖誦妙逈國懿純雅直合駢散為
一家二百年來題此倫比似〻劉〻佛青
書來廿八〻間意欲附名而傾據中弢叟
東又以

集韓郃陽碑

尊名詩首殆兩歧耶 鄙意廿奈一句既有
執事則廿八載經讓不佞與佛青作東
而我
七友主為賓似亦兩得 不諱

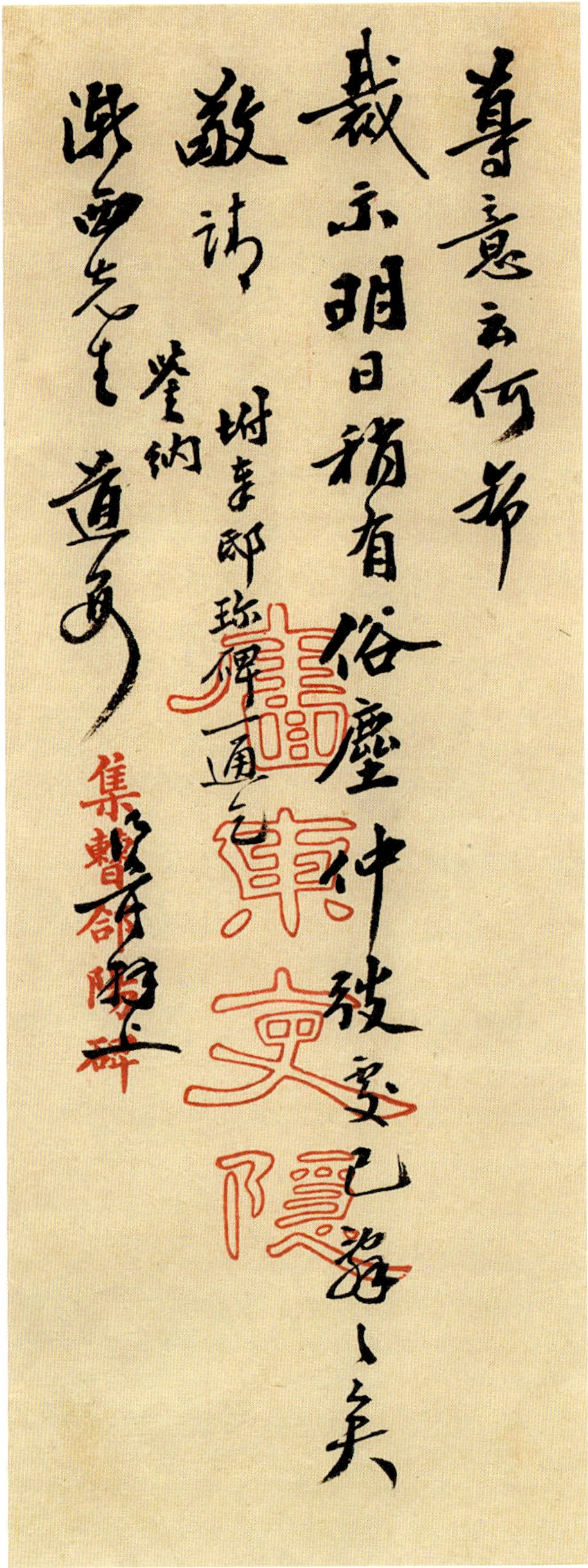
尊意云何耶
裁示。明日補有俗塵，仲弢處已發之矣。
敬請
坿來即琛傳一通，乞
鑒納
漸西先生
蔚頓首

長者新購渤海藏真帖二套，此
假一閱，明早奉繳。
重黎老丈　炬綏真頓首
袁老爺　　送呈

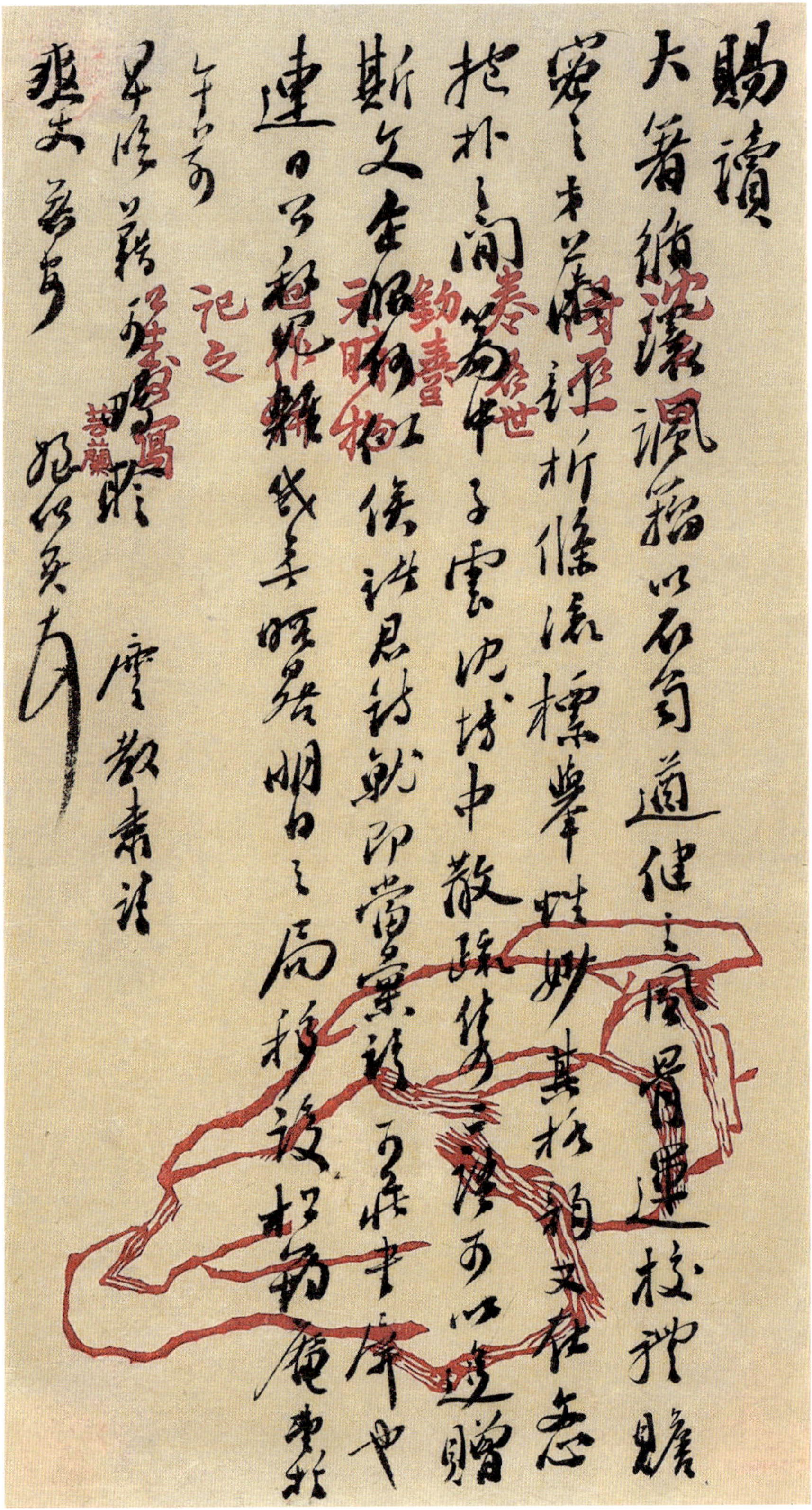

再拜敬讀謹錄一通寄

蘇

手書即裝像後謝、

重黎仁丈同年有道

國瑾頓首

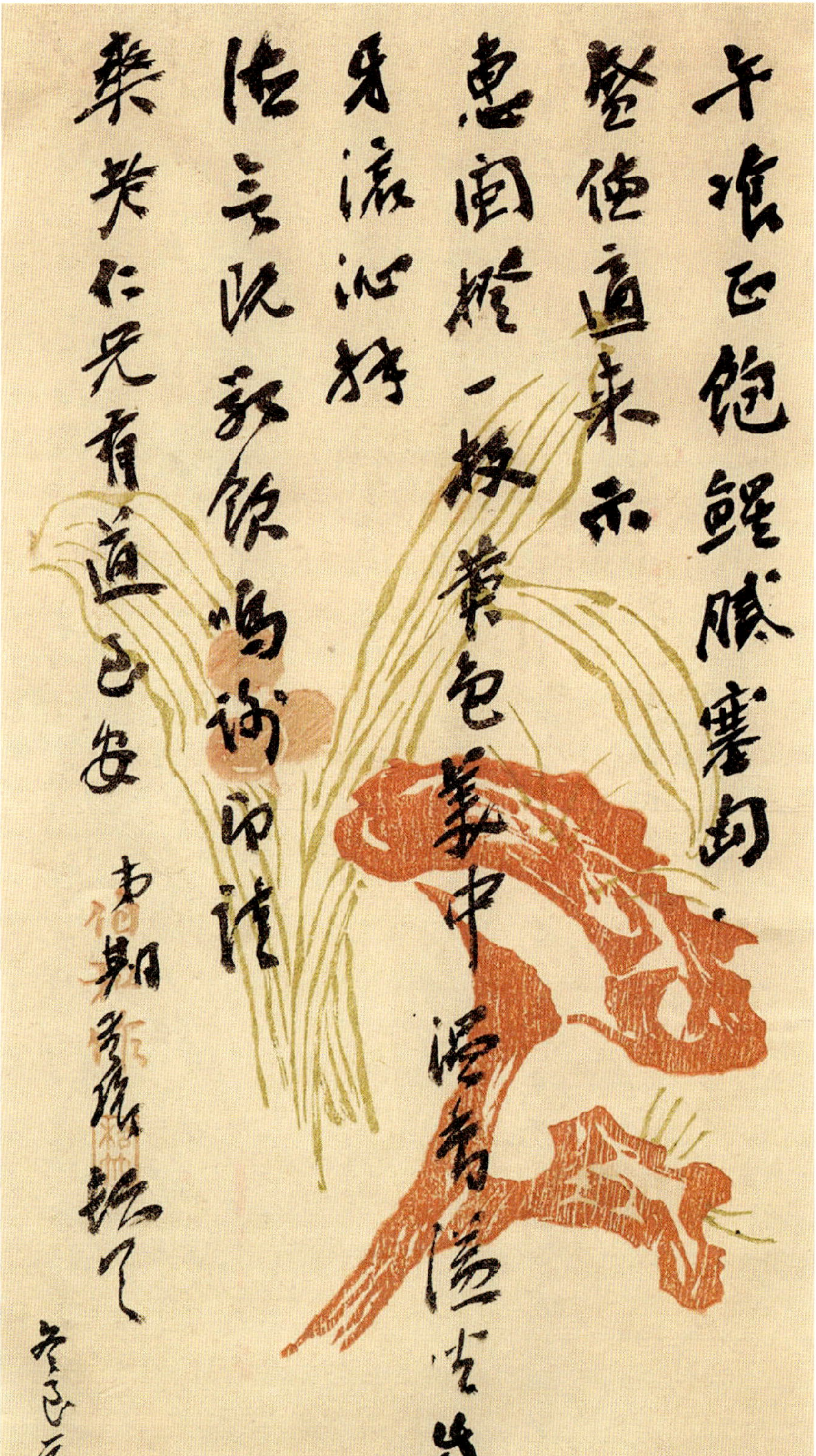

午飡已飽鰋脍塞肉，發使適來示
惠園橙一枚，黄包裹中漫香溢出當
手，讓沁特
佳之況。新飯偶詠可讀。
爽秋仁兄有道，已安。
弟期慈銘頓首
癸巳四月

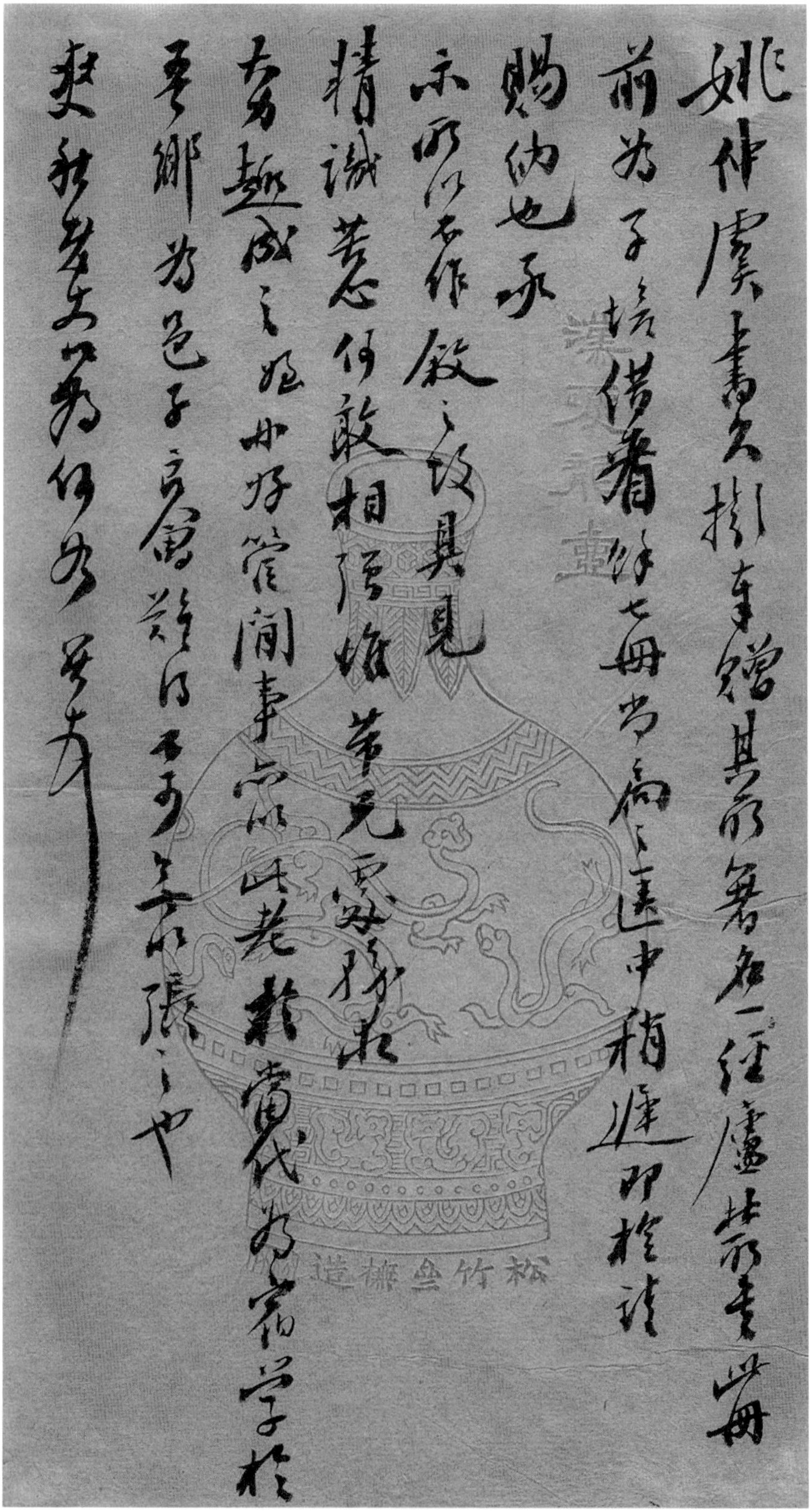

姚仲虞書，久擬奉贈其所著《廣經廬叢書》，每
前為子培借看，計七冊，當爲之速申精繕，即檢請
賜收也。承
示所作敍，具見
精識，甚慰。何敢相隱，惟第冗案殊甚，
旁趣成之。此好管閒事而又無此老，孰當代為宿學於
吾鄉，為邑子言，曾欲何不可，又張之也。
來教甚是，爲何如耳，不具

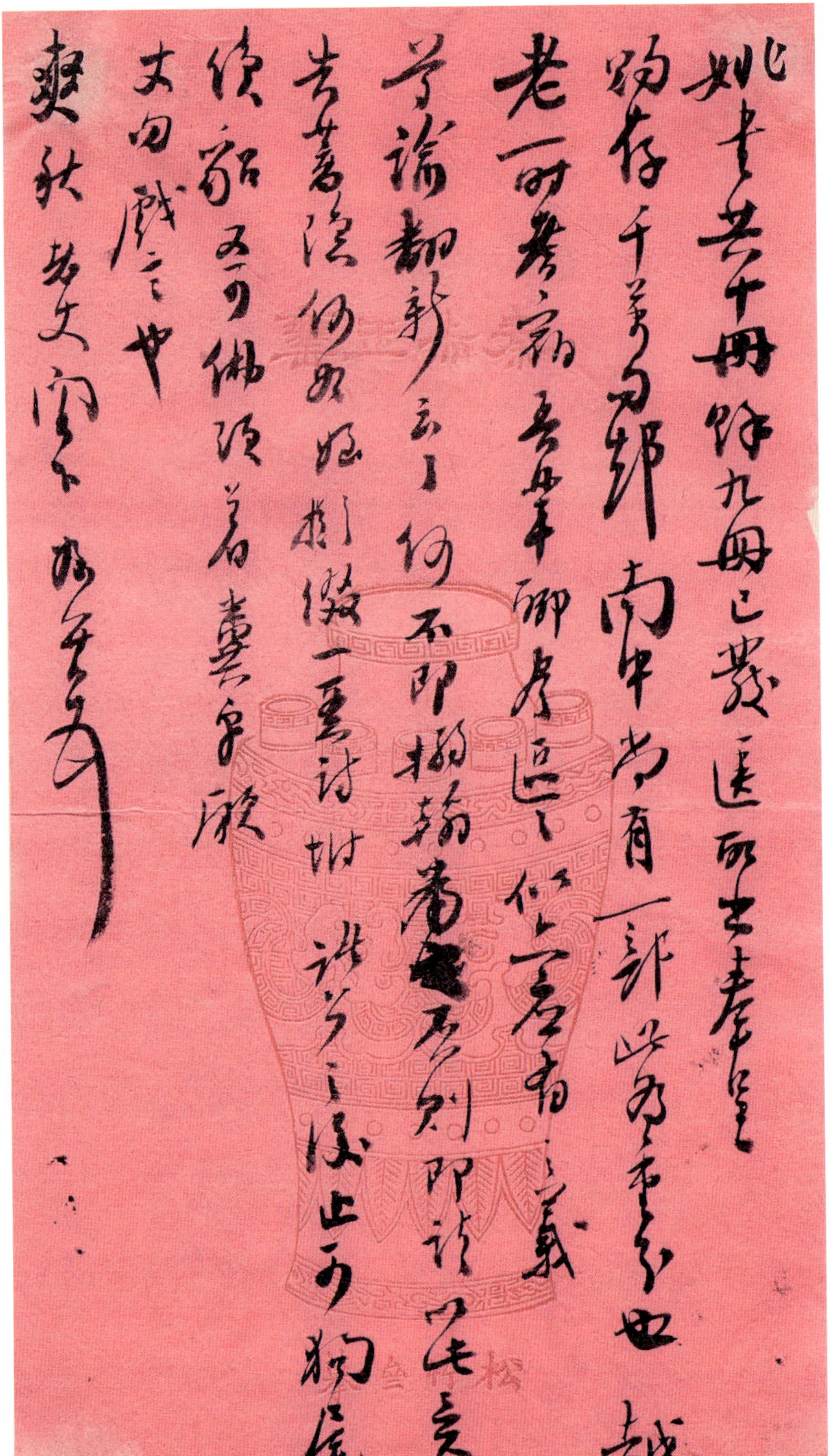
兆老共千四册，價九兩，已發還（?）所出書底（?）
均存于萧山鄭南中，尚有一部，此乃中秋也。越
老一函，舊刻吾年卿居（?）區區，任宫（?）君之義。
學諭翻新云（?）一何，不即搁翰，應遵，別即論明，實亦
吉（?）嘉論何如？姑別繳一通，詩付諸之後，止可狗尾
續貂，又可佩服，名（?）書要（?）[illegible]
大白（?）戲屢之也。
爽秋老兄賓（?）[illegible] 紹箕頓首

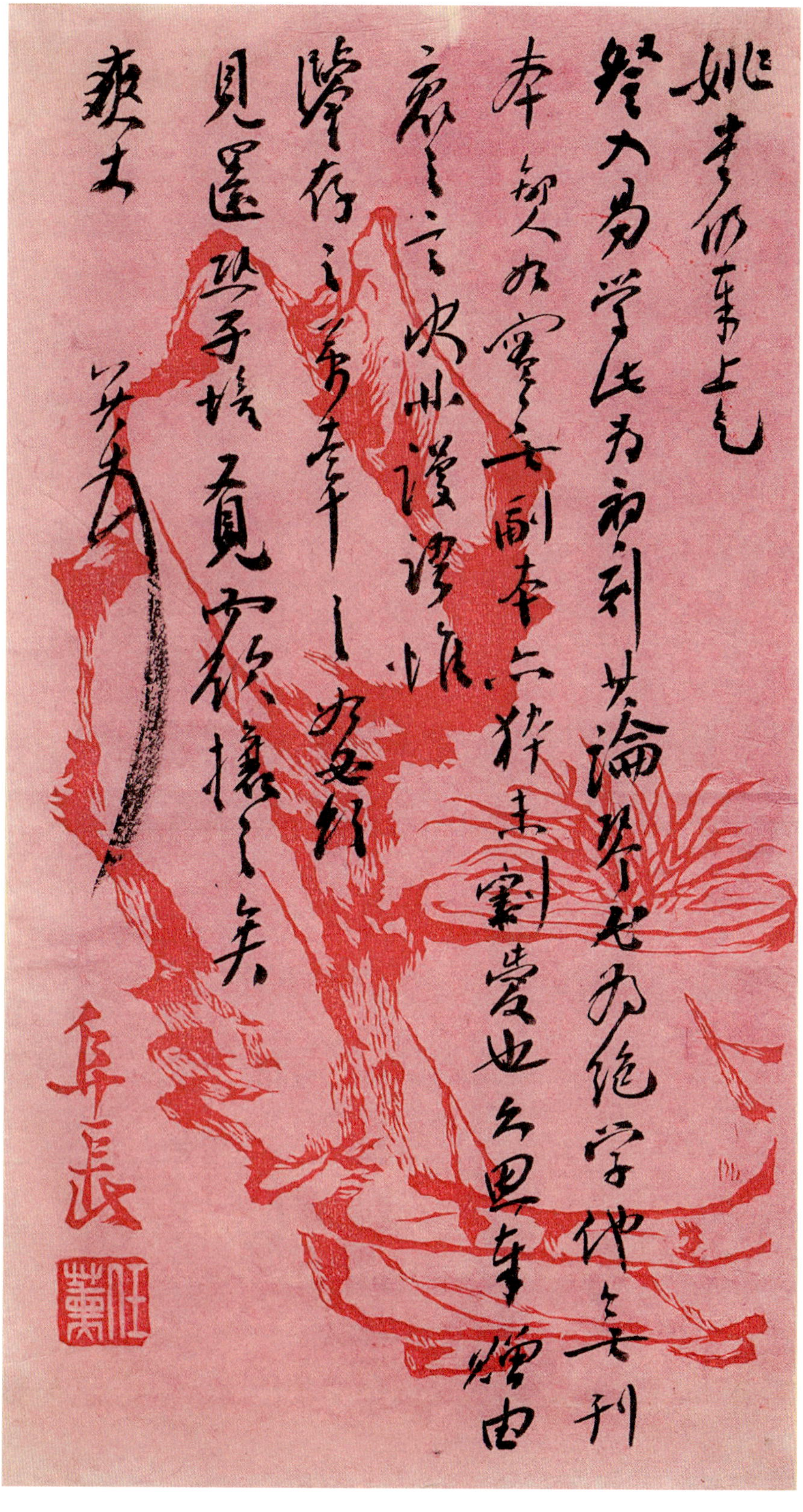

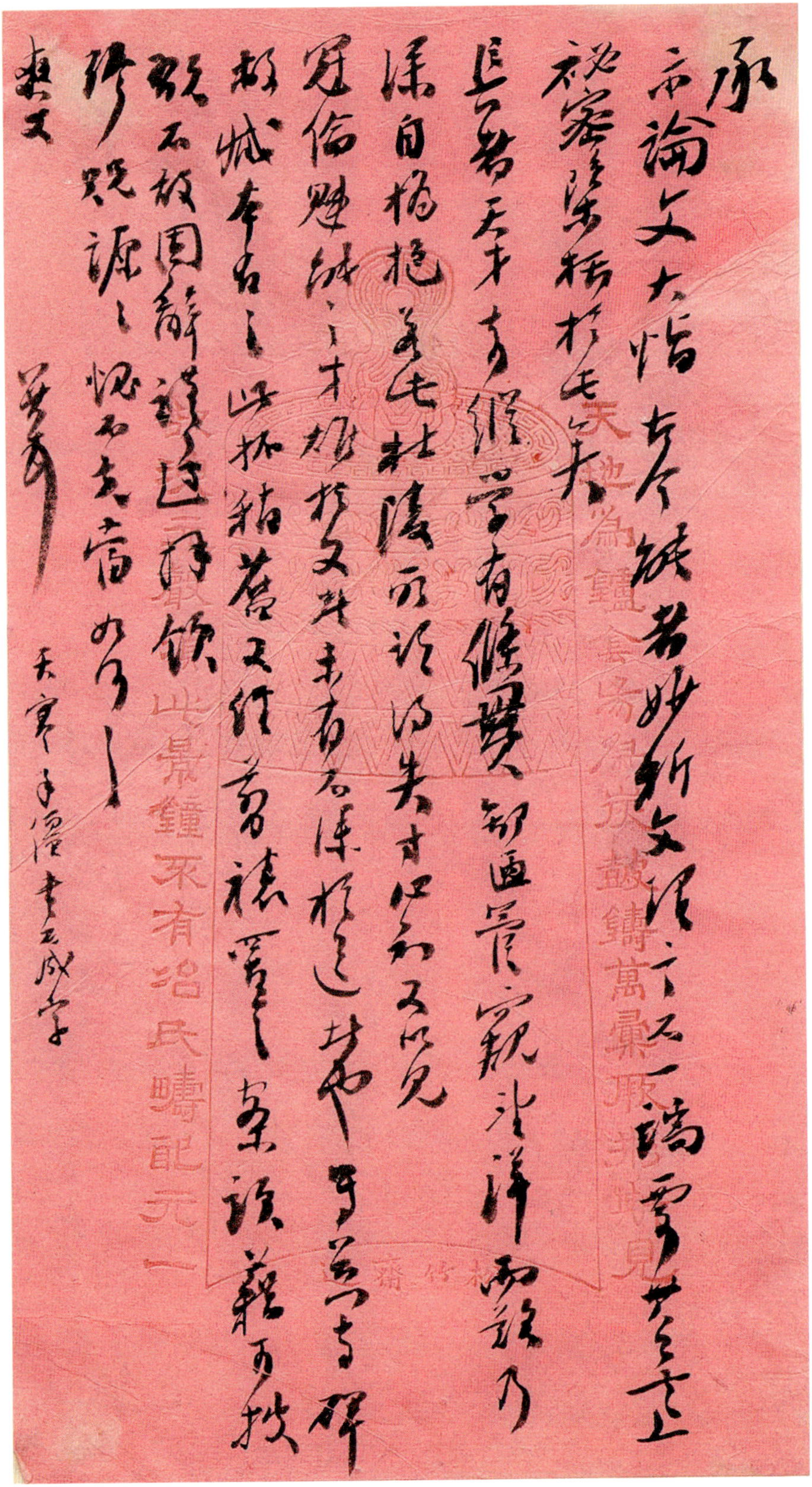

尊作筆意高邁，組織柔滑，走險絕
倫，桐只亦當退避三舍，何論騃子
手札所云，毋乃通兩，又蒙獎引，拔擢西蜀韶護
手此復，即請
爽兄先生年大人早安
年小弟陸新頓首

松竹

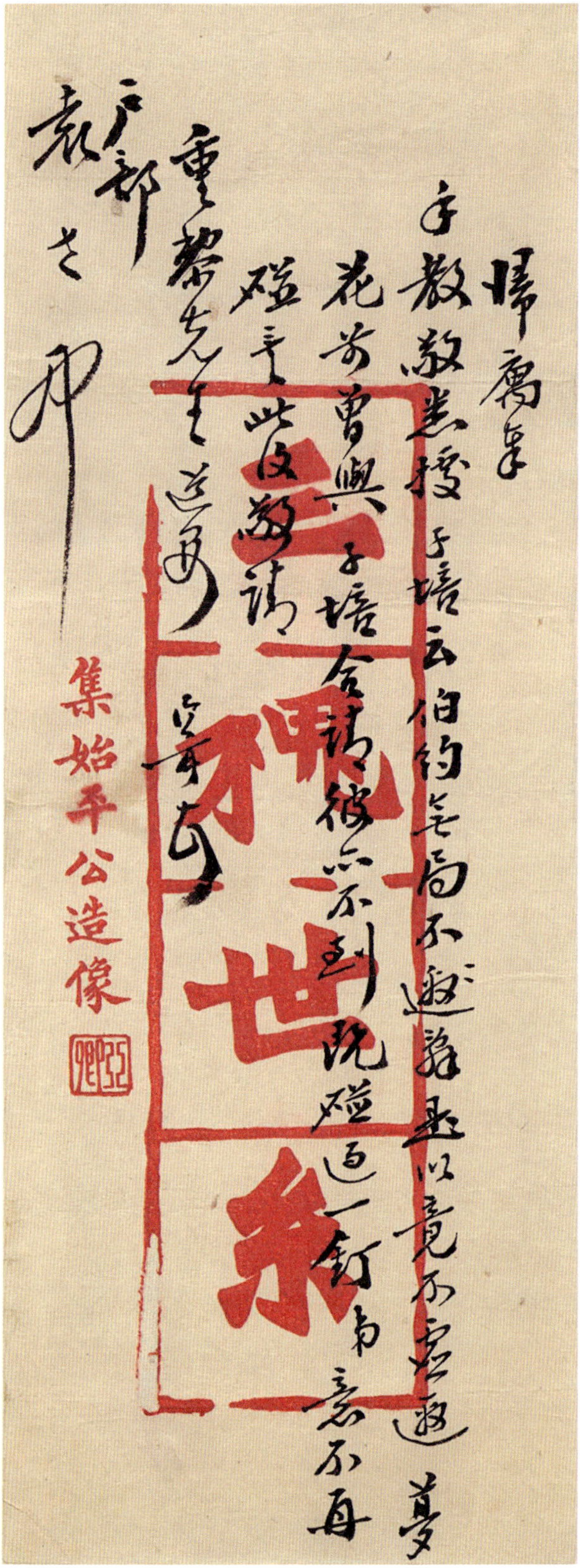
集始平公造像

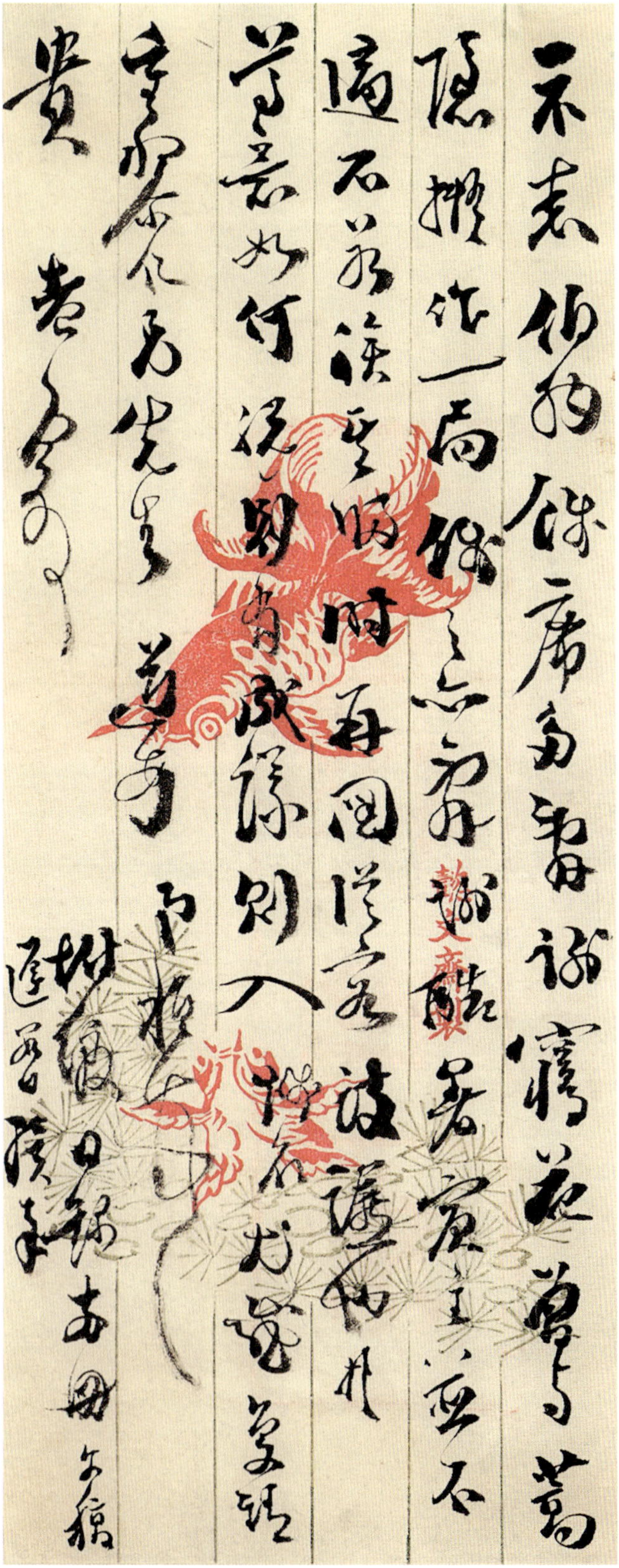

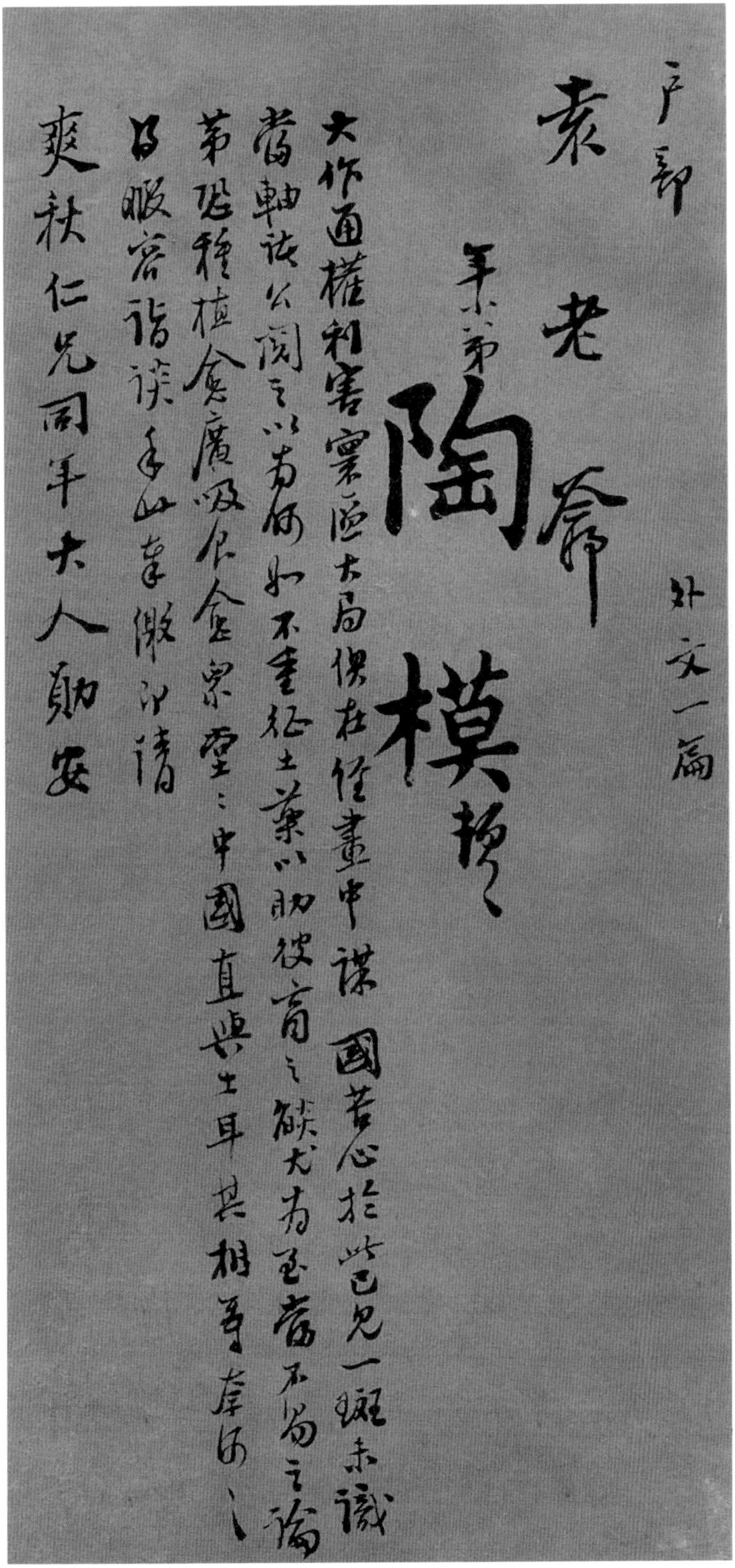

户部

外文一篇

袁老

年小弟陶模頓首

大作通權利害實屬大局，僕在任畫中謀 國苦心於此已見一斑，未識
當軸諸公聞之以為何如。不重征土藥以助彼商之缺，尤為至當不易之論。
第恐種植愈廣，吸食愈衆，坐令中國直與土耳其相等，奈何奈何。
日暇容詣談，手此奉繳，即請
爽秋仁兄同年大人勛安

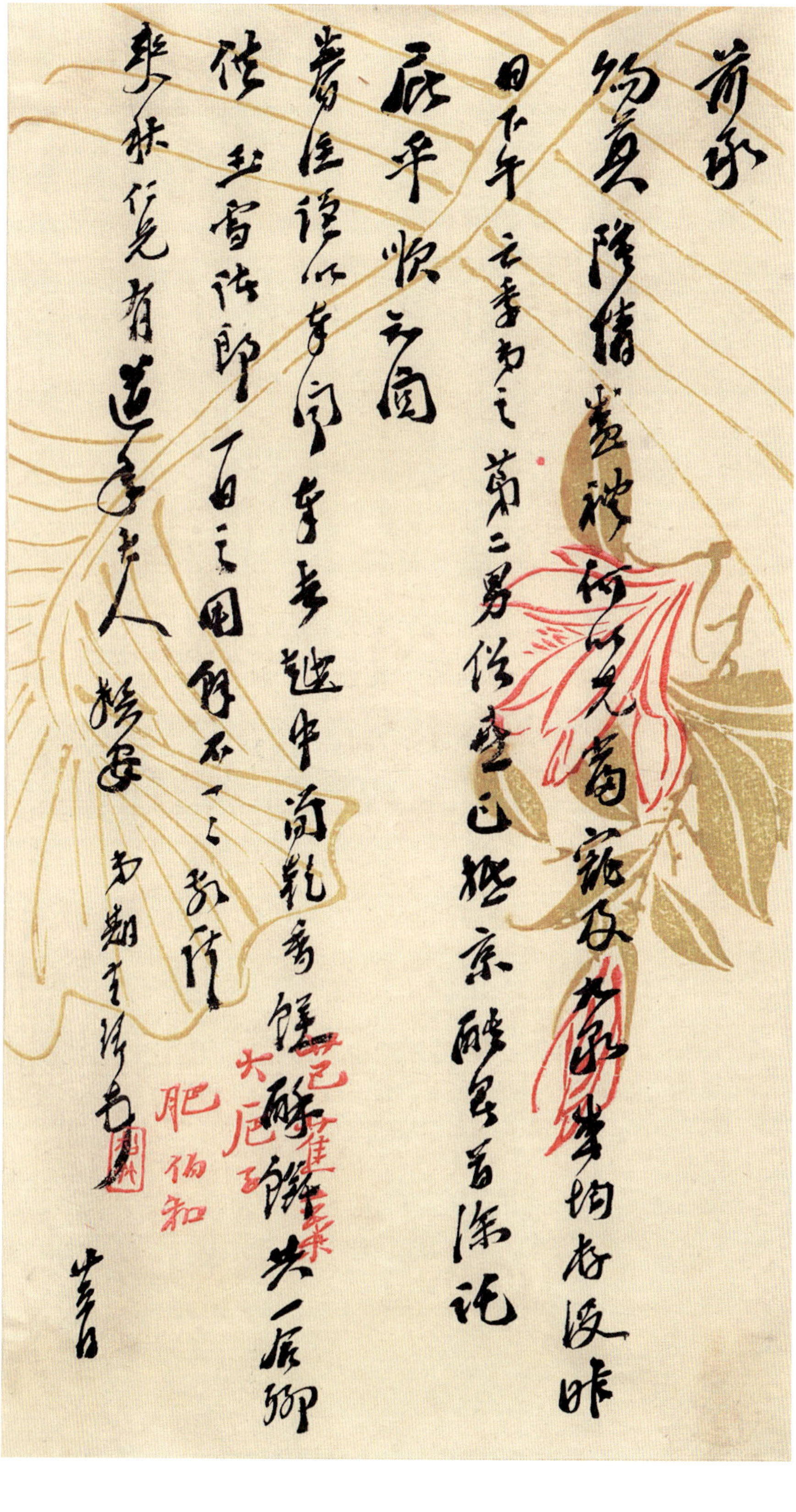

前承
惠貺，隆情盛被，何以克當。竊及大駕準均存，後昨
日下午六點半鐘，第二男信藏已抵京，雖是蒼涼託
庇平順，亦圖
眷注，謹以奉聞。弟本擬申謝，茲乾奉餞，酬餘共一辰卿
信玉雪法師百之因，餘不一一。敬請
樂秋仁兄有道年老人鈞安。弟期生張元頓首
廿三日

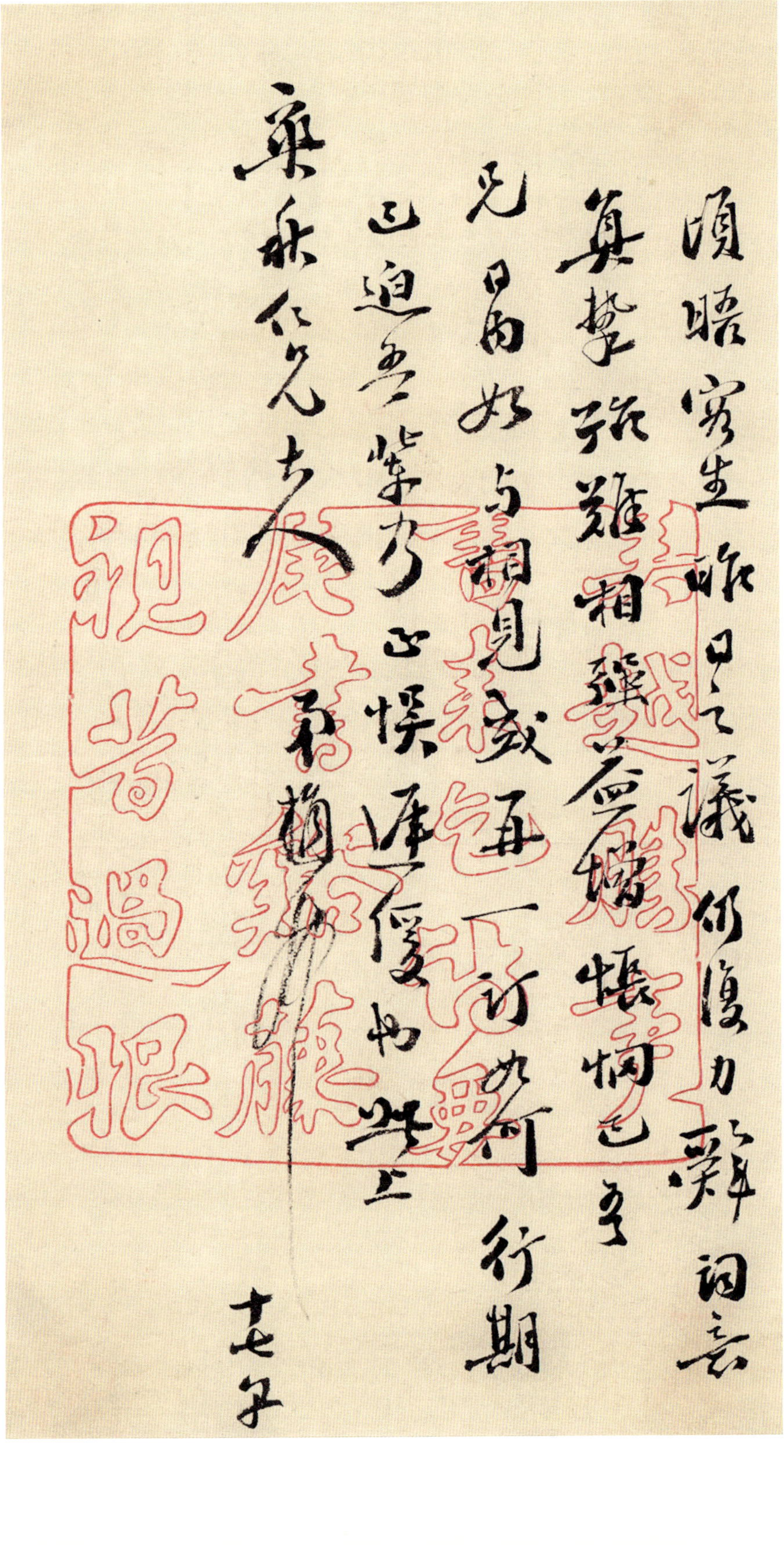

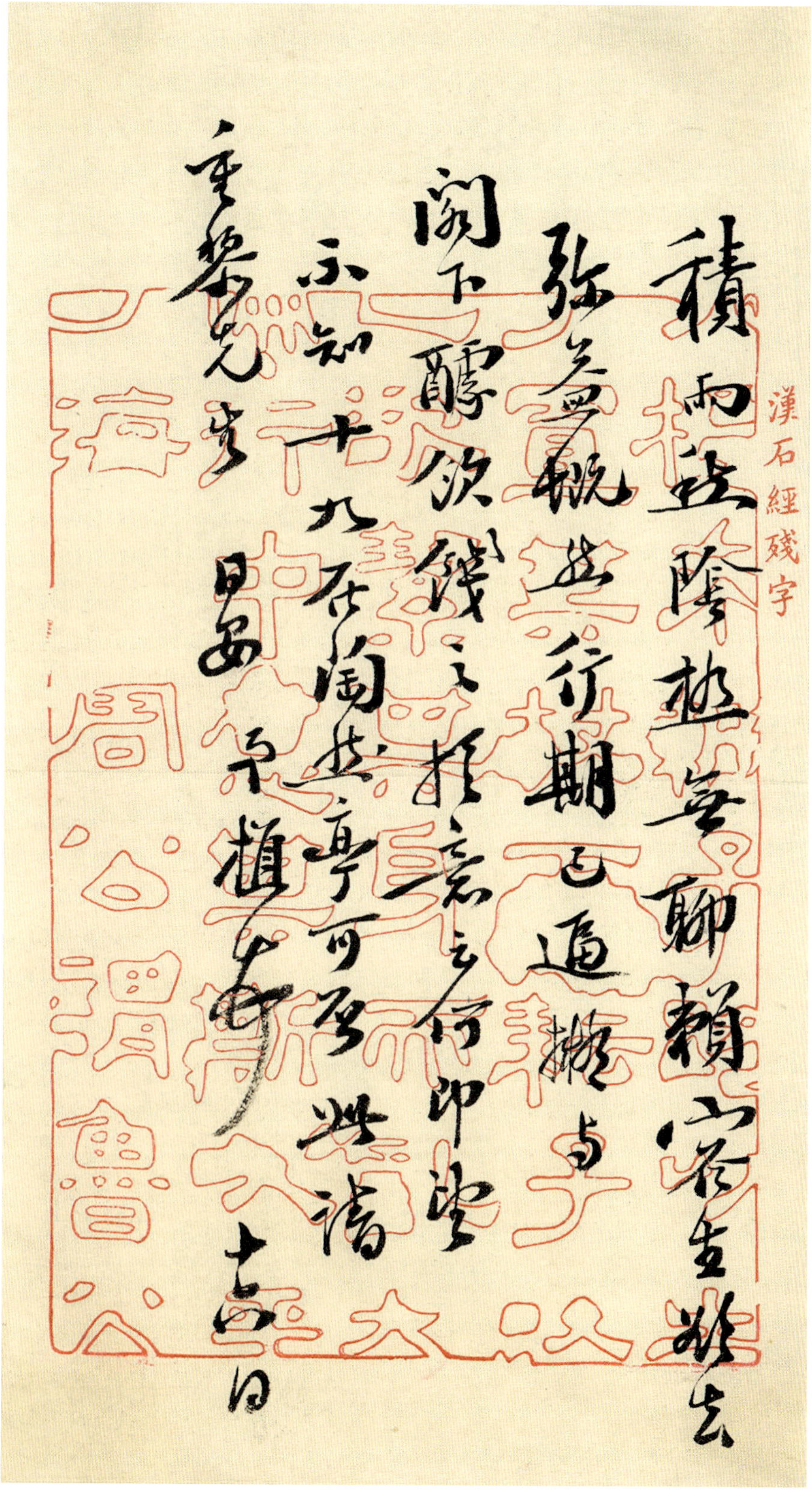

漢石經殘字

積雨甚陰熱無聊頓寤生悲去
弥至無賴然行期已逼撫与
閣下醪飲餞之推意之何印深
示知十九在蘭亭可否準請
日安　不植　十六日
重黎兄先生

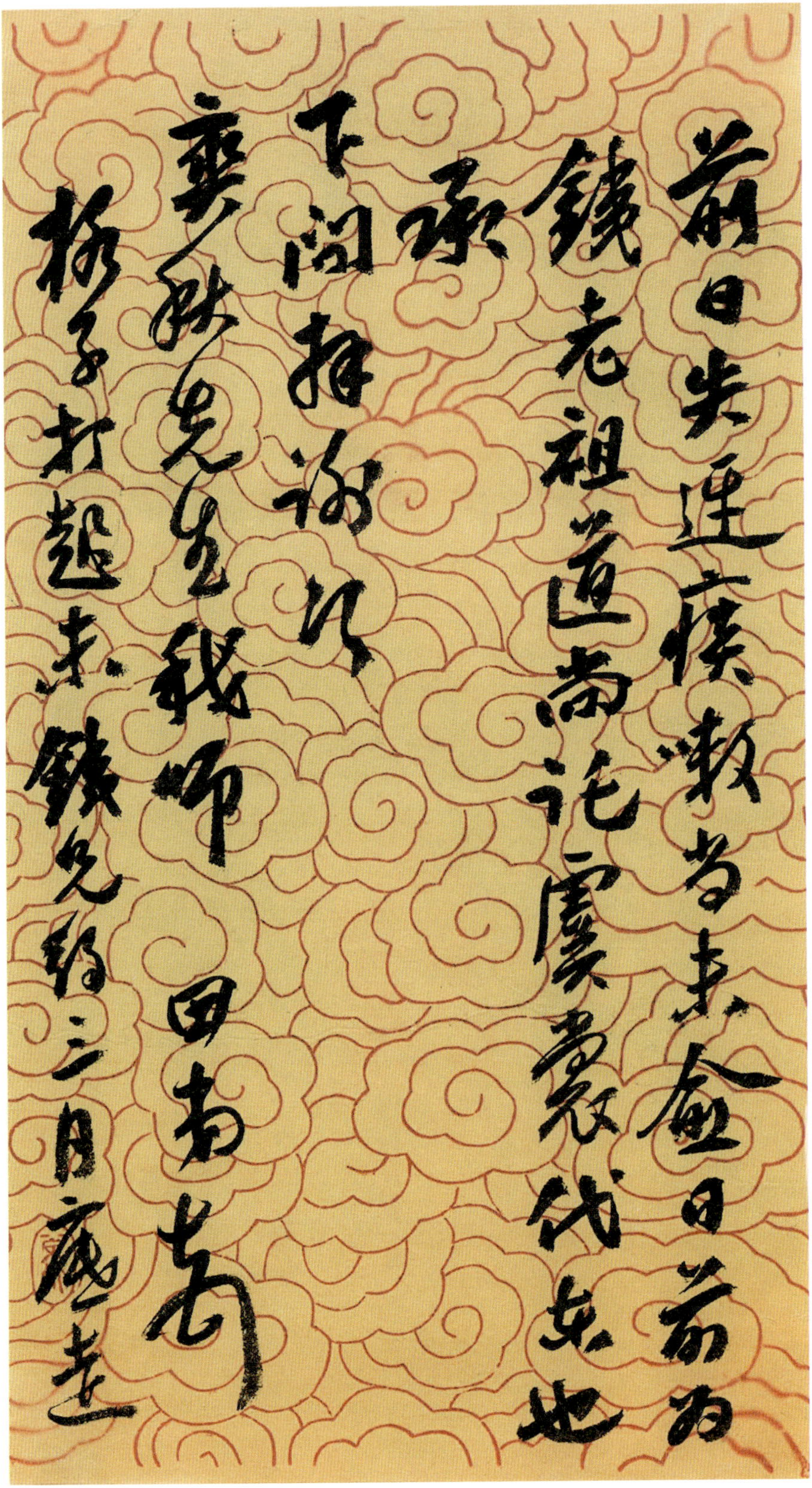

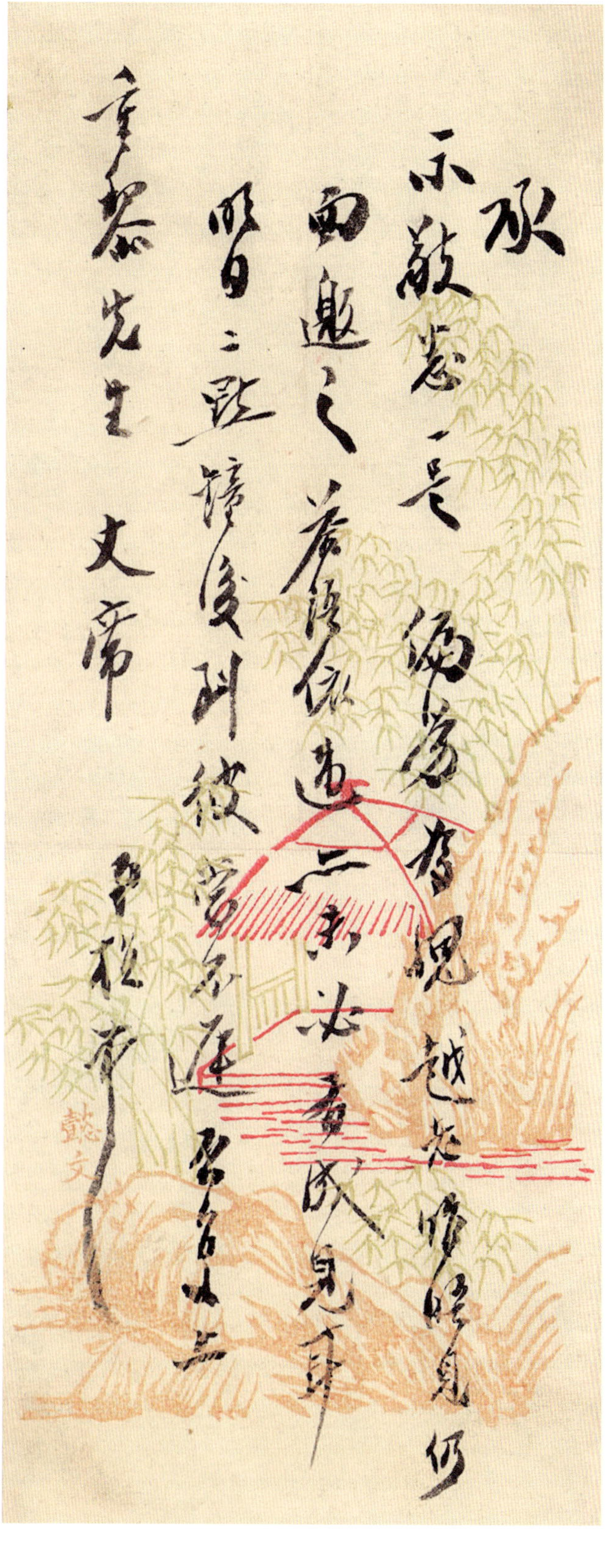

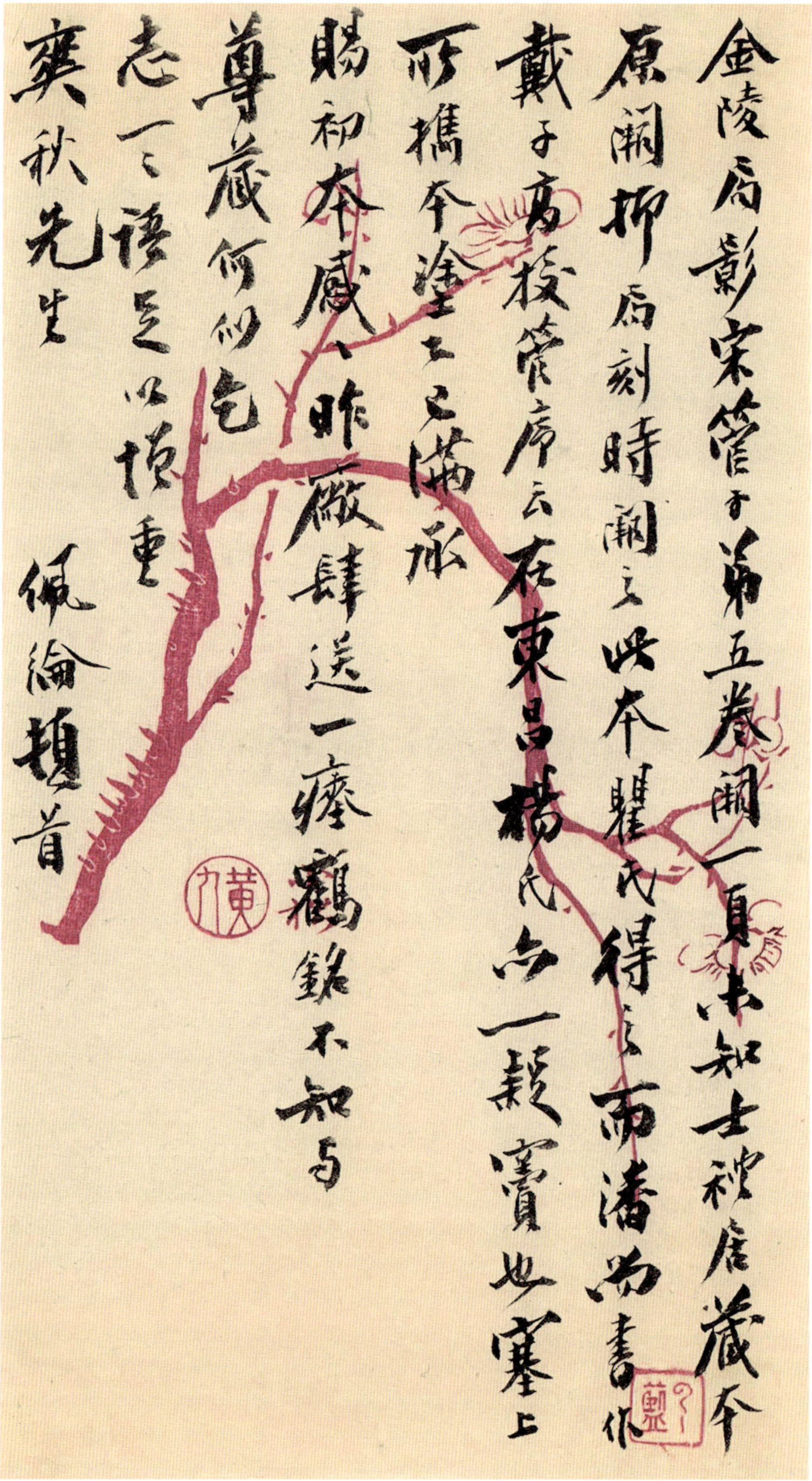
金陵局影宋管子第五卷闕一頁，去知士禮居藏本原闕，抑局刻時闕之。此本瞿氏得之，而潘爲書作戴子高校管序云在東昌楊氏，亦一殘賓也。塞上所攜本塗之已滿，承賜初本，感感。昨薇叔送一瘞鶴銘，不知与尊藏何似？乞志之。諸足以增重

爽秋先生

佩綸頓首

三年久別，極思一接
言笑，以慰飢渴。承
台從屢過敝居，弟亦一謁
尊處，自未見，故託花間致意。如
枉顧，乞先示期，當在舍拱候也。
新詩拜讀，愧拙甚不能和，業奉何似，俟面盡。
爽秋尊兄大人左右
佩綸頓首　六月二日

十八日申刻奉請
台從至鐵輔光趙祠陪 華農先生包
便車早臨出署暮安
爽秋尊兄先生左右
佩綸頓首

題家藏趙希遠伯驌仙山樓閣長卷

鄜州兄弟南班英，早侍光堯騎玉京。差似有唐大小李，北宗獨擅丹青名。此圖寫自蓬源畢畫精，藏衡贗出千里嘗見畫苑收藏難與輝，豪興尤傑。磅礴樓場三丈長，翠闌迴繞山中央。樓閣萬重隱山出，雲霧破動瑤花香。紅碎碧霞正參開，綰星冠村裳自韡映金支，鸞鶴王母軿翠球英蓉玉華

佩芬女史摹南樓老人本

松竹齋

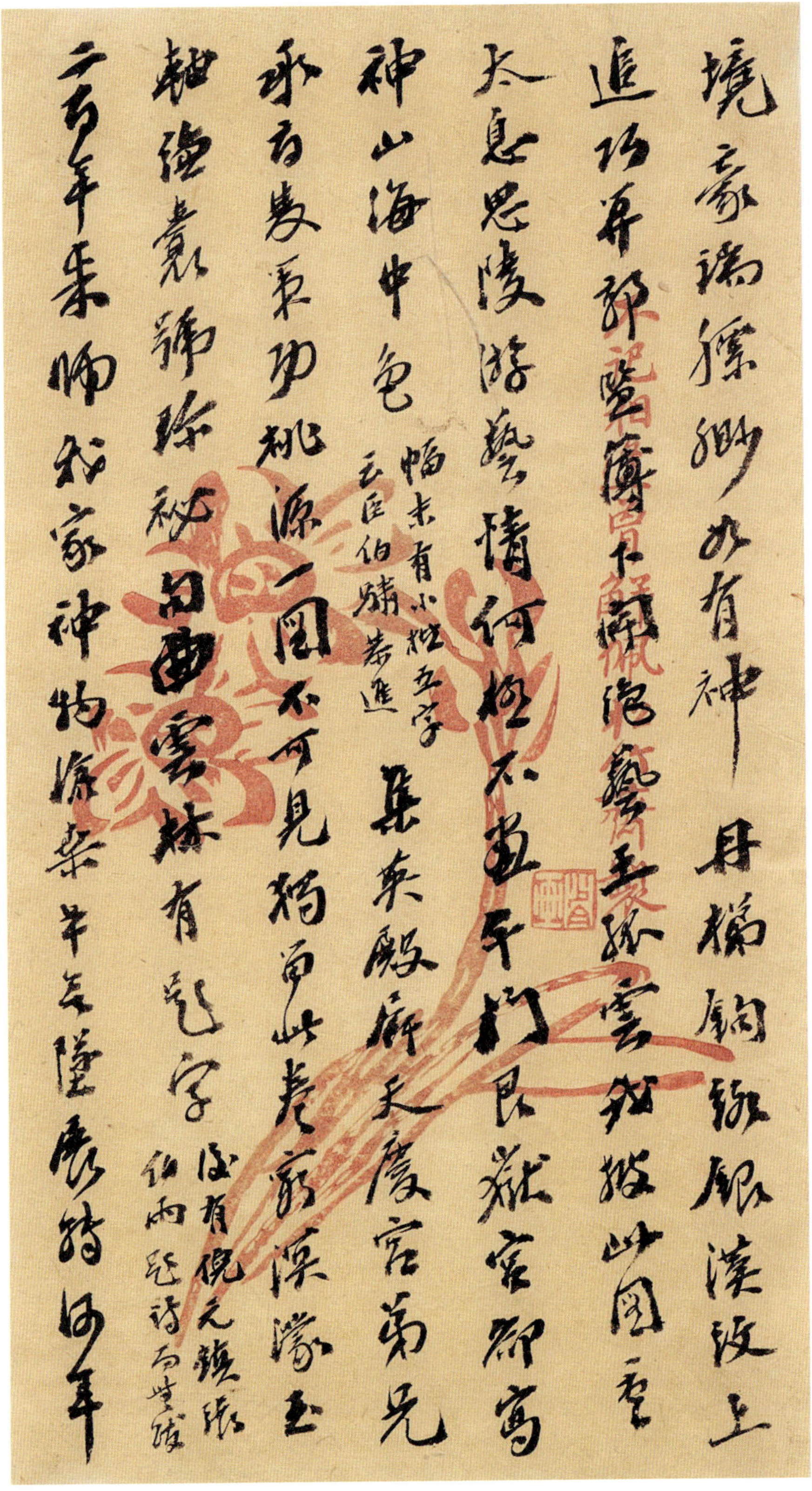

太息思陵游藝情何極不啻千門艮嶽宮闕寓
幅末有小楷五字云臣伯驌恭進
後有倪元鎮張伯雨題詩
六百年來惟我家神物流傳半在隆慶時何年

易貨郎樹陵行商亦迷花 彥中猶思追大津舍

還向吾家清機堂 同年

年輝兆季甫乎攜出旅如身

修竹以環玉筆商易去近有人物色之

已蒙惠借允千里仙山樓閣圖妙冊

季氏清機堂有藏本見汪柯玉珊瑚網

乘秋作君道一笑

孝張

印蓋

松竹齋

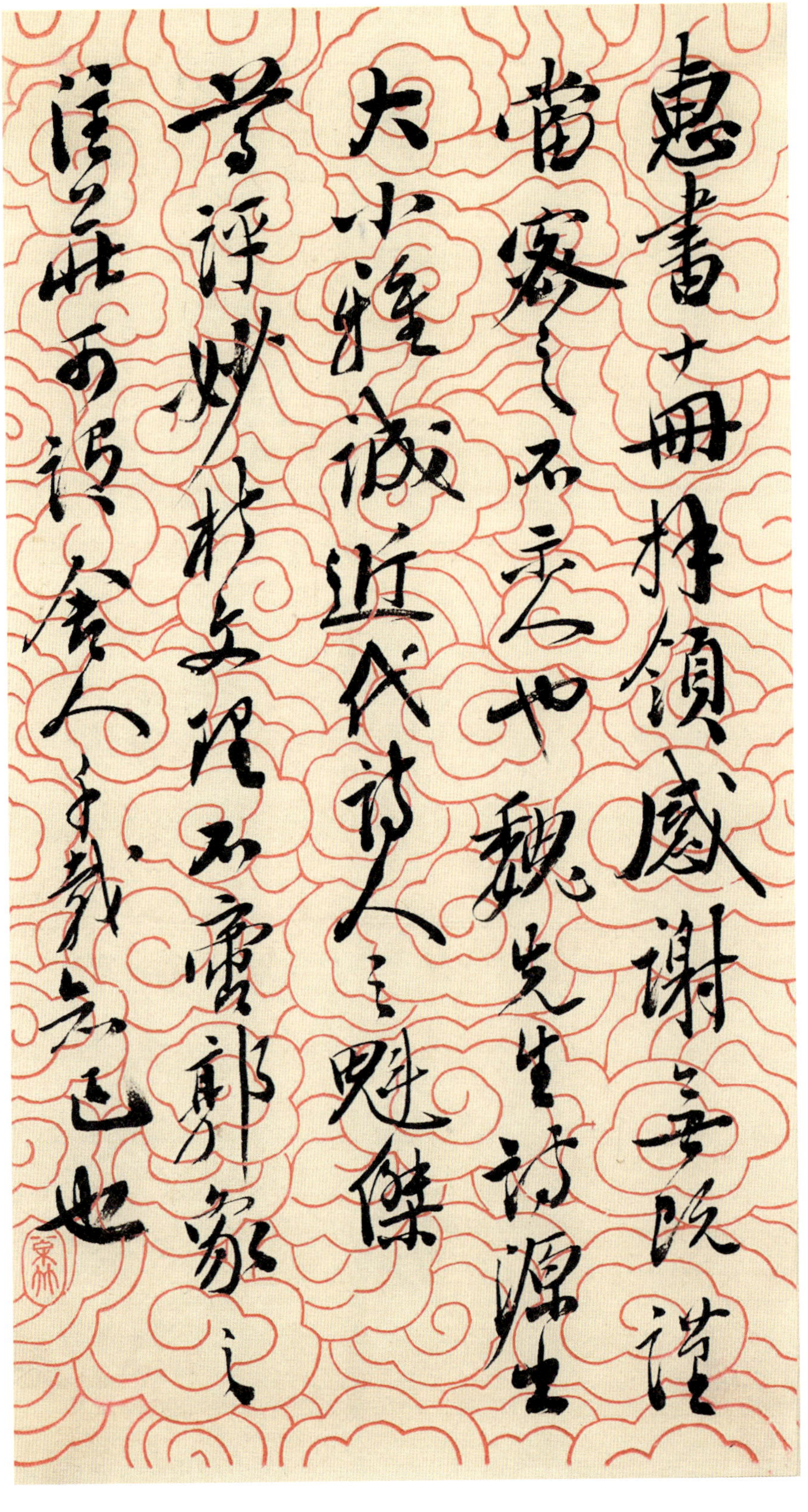
惠書十冊拜領感謝無既謹
當寶之石秃也魏先生詩源出
大小雅識近代詩人之魁傑
第評妙於文理不屬郭家之
注莊可謂今人千載知己也

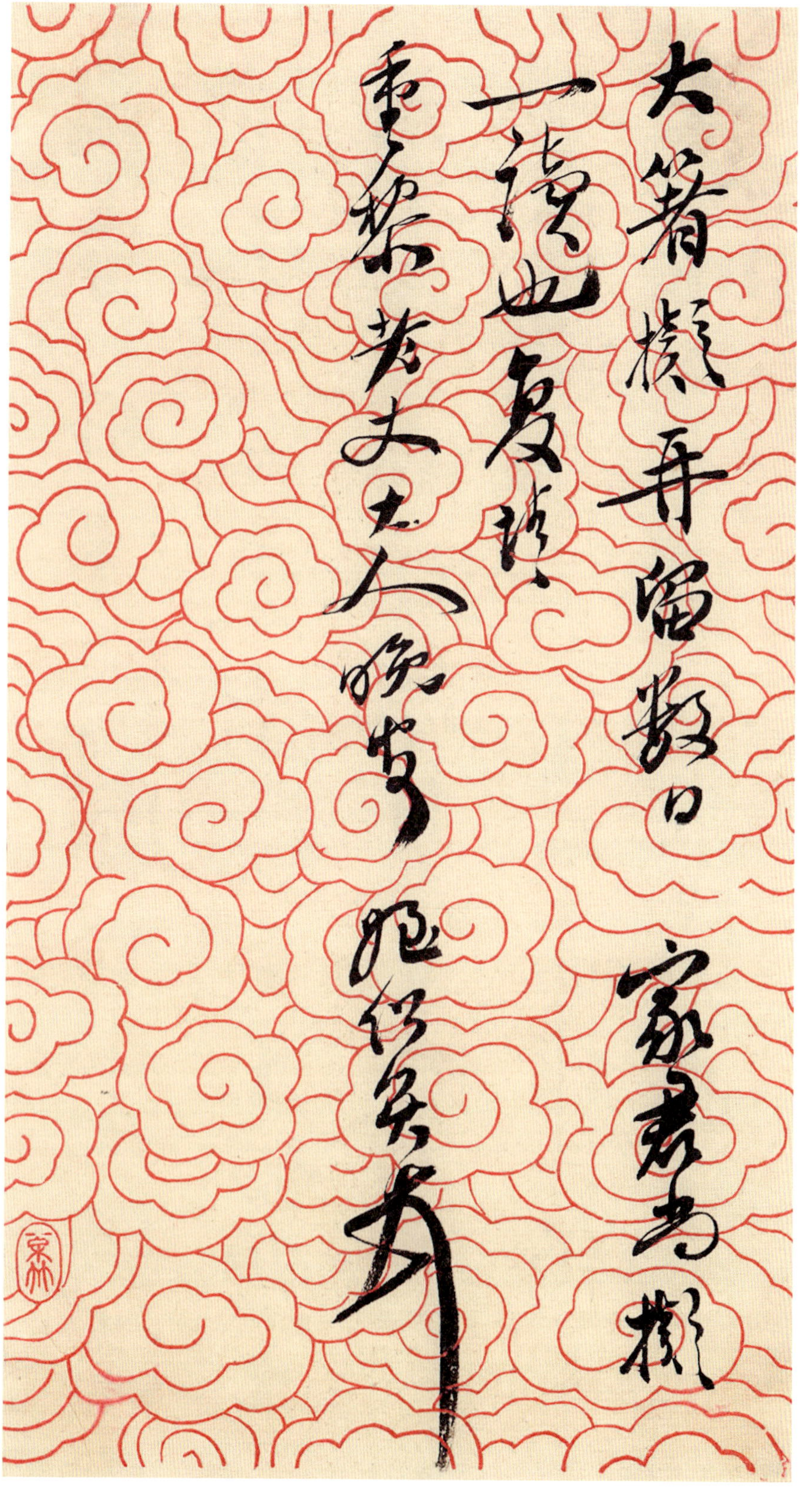
大箸擬再留數日　家書擬
一讀也　復請
[illegible]翁老大人晚安　[illegible]

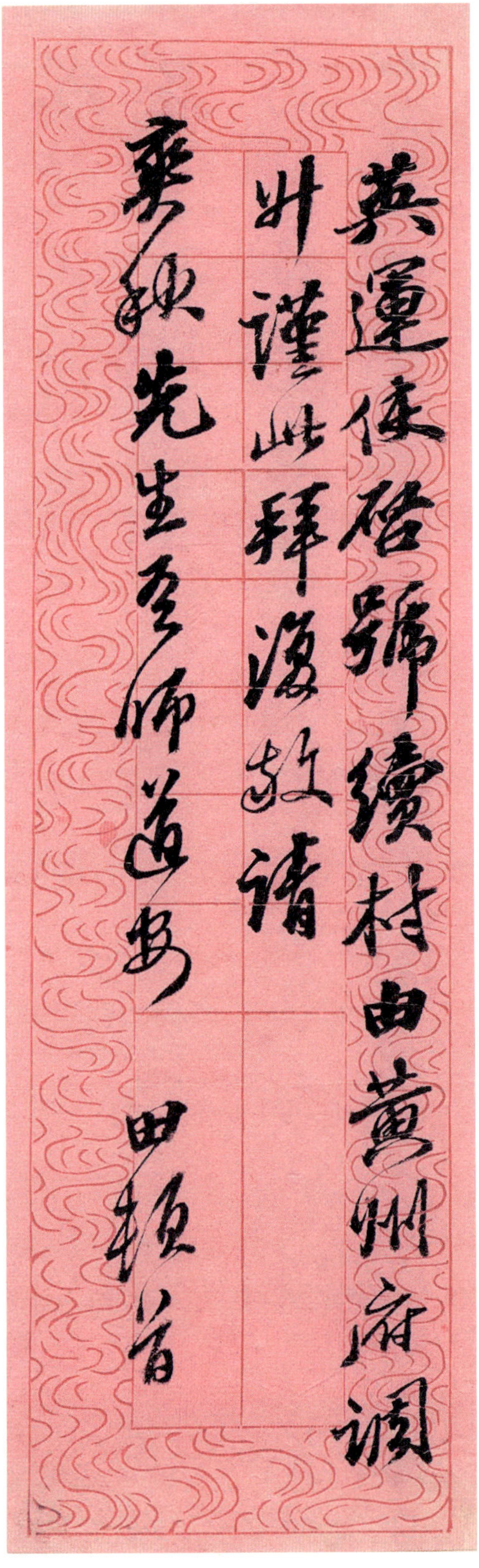
莫還係啓歸續村由莒州府調
升謹此拜復敬請
爽秋先生吾師道安
田頓首

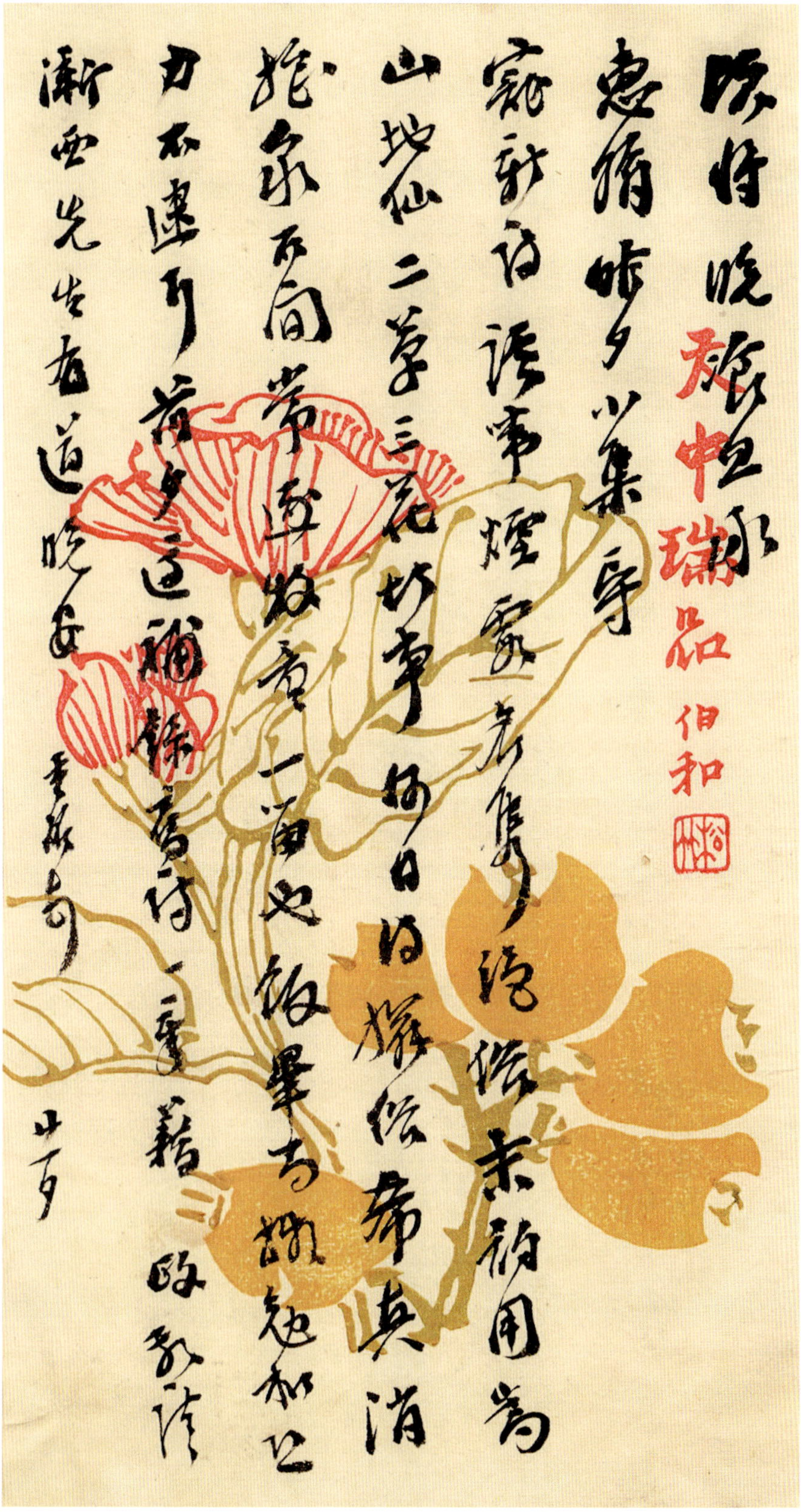

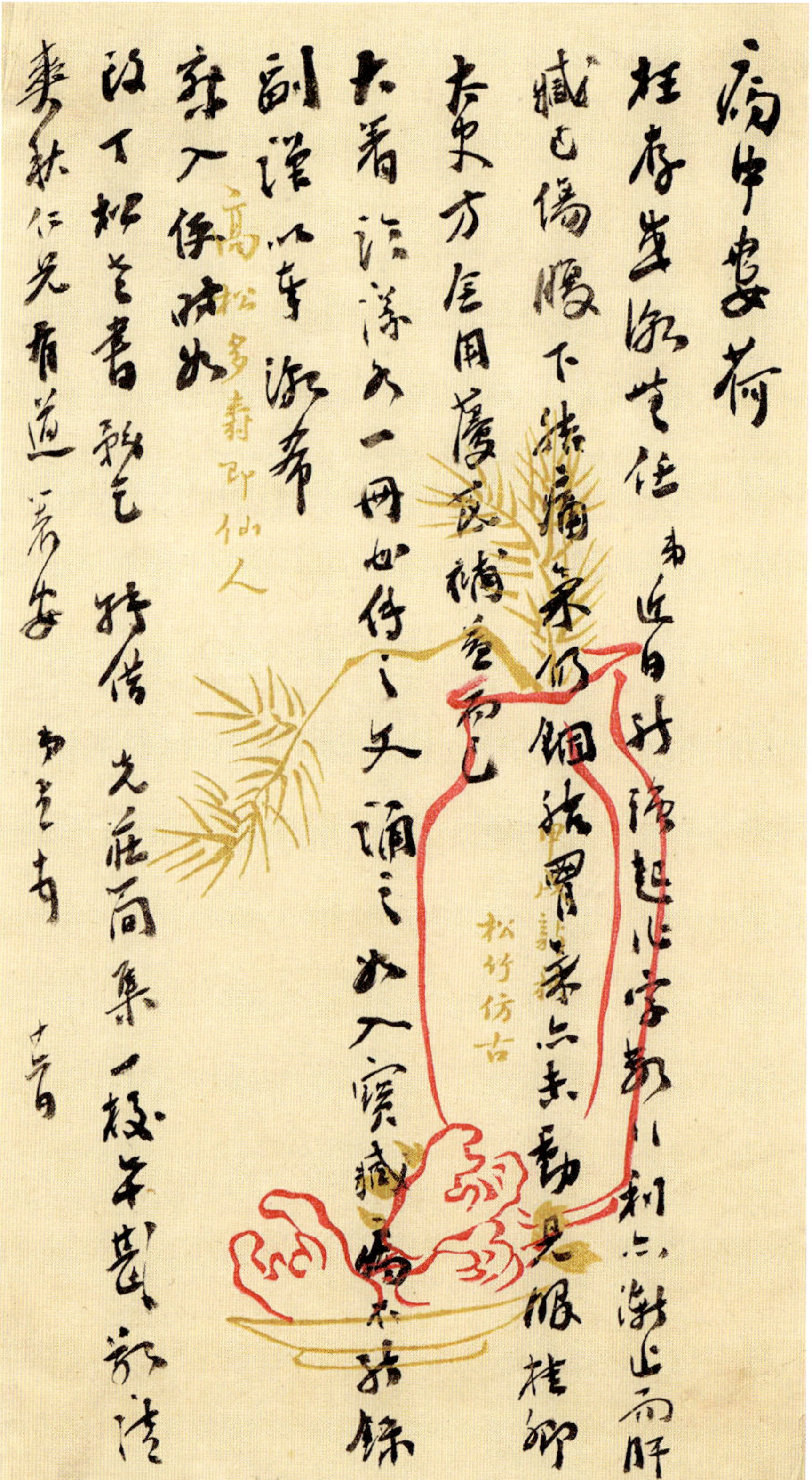
松竹仿古
高松多壽即仙人

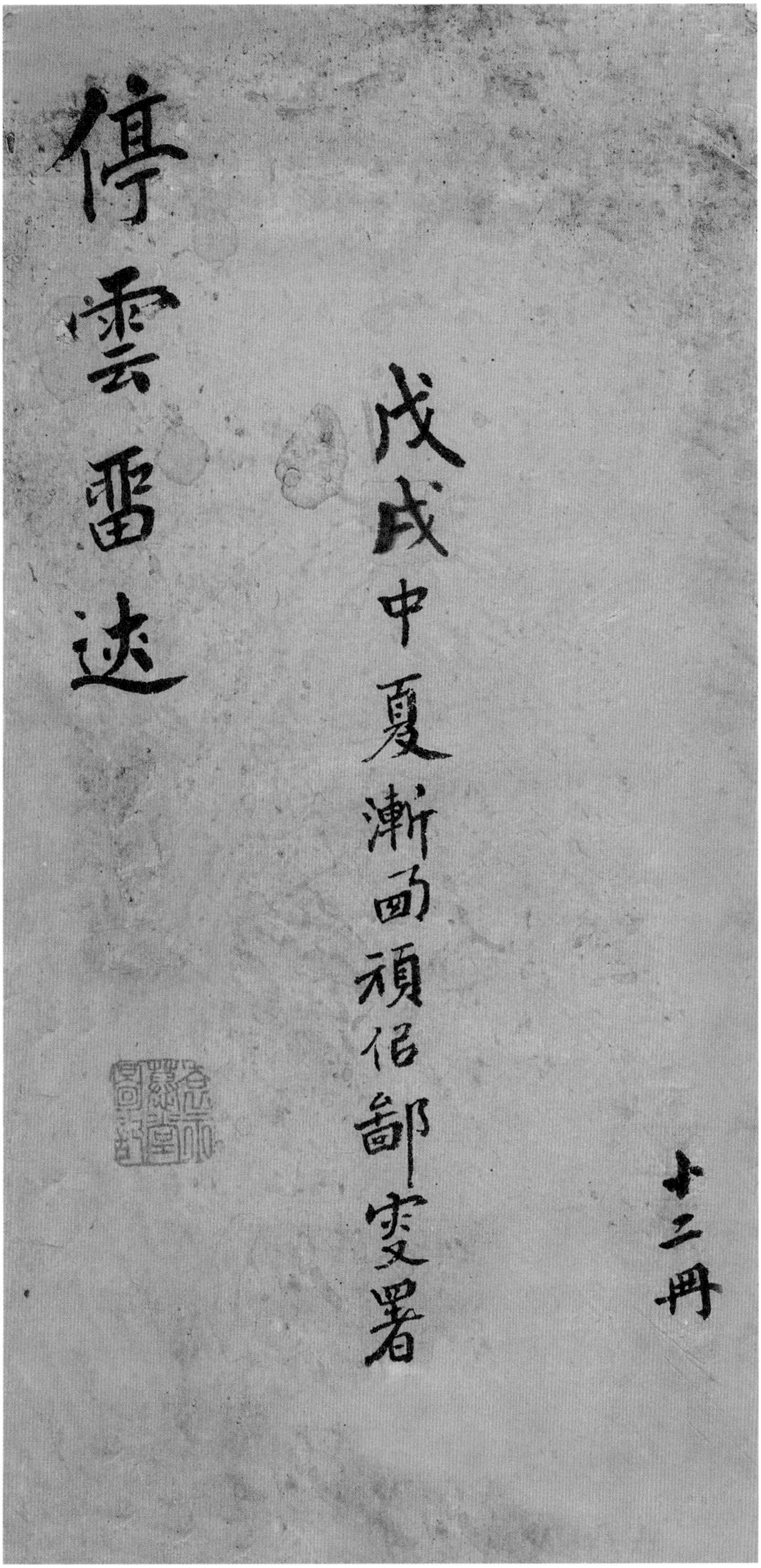

停雲留迹

戊戌中夏漸西頑侶鄗叜署

十二冊

爽秋世兄閣下前捧
尊詩陳義極峻讀披遍後在王介甫黃魯
直之間尤喜近論益遠欽佩無似正欲復右
第二書又來所以期勉不才甚切自愧自懼
老何以克當此譽思因百得偉晚風洩之
陰復綵　日月先後二十年來憂森頃禱可
求而不言其意護余以吾　君吾相所以護

紫霞氏

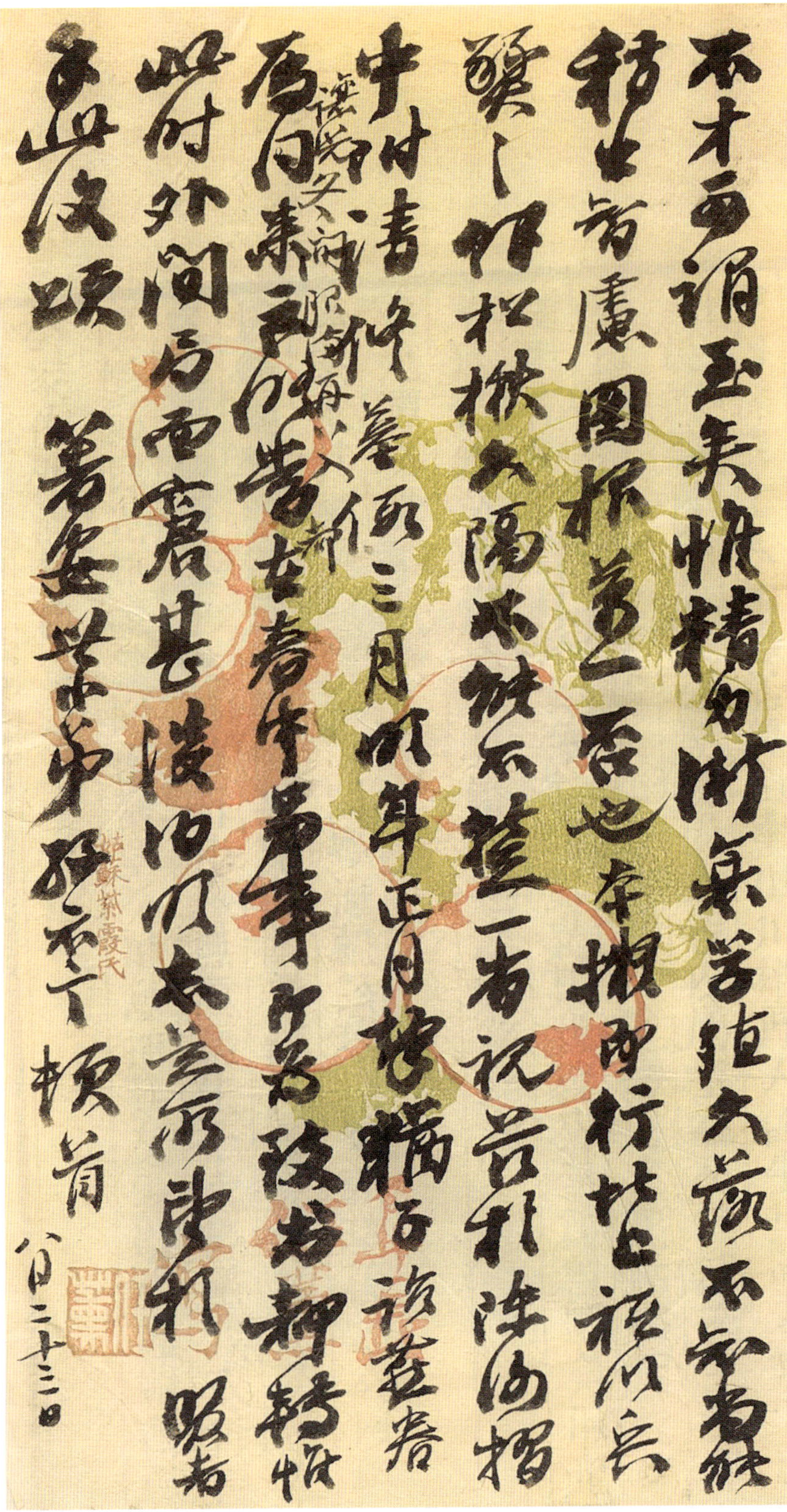

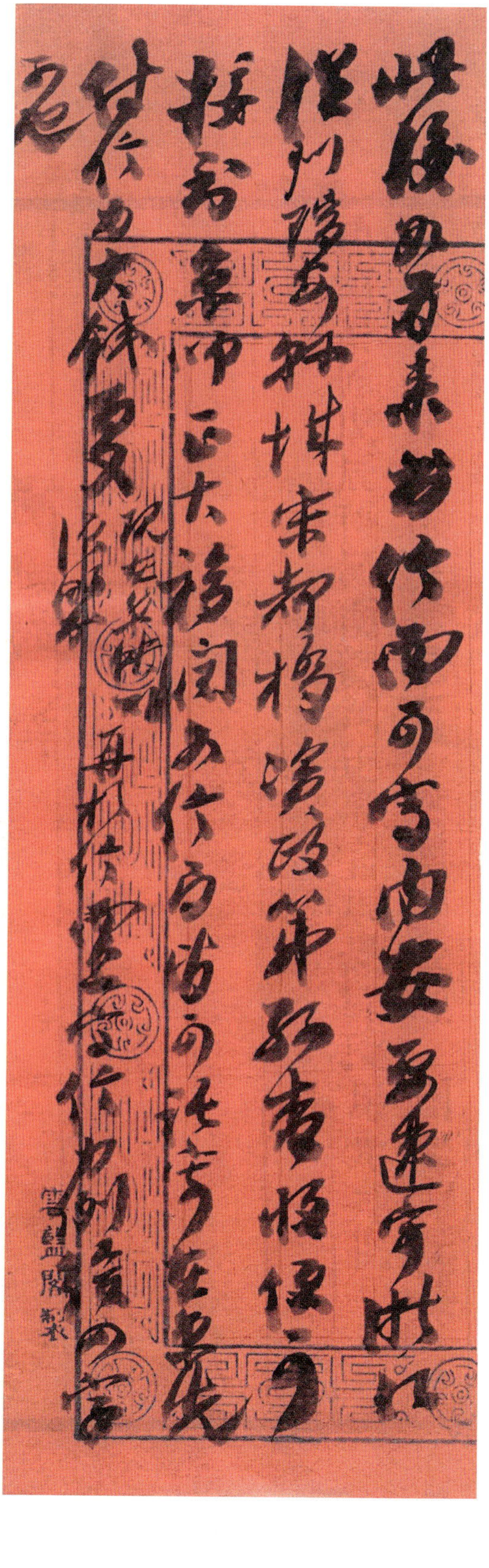

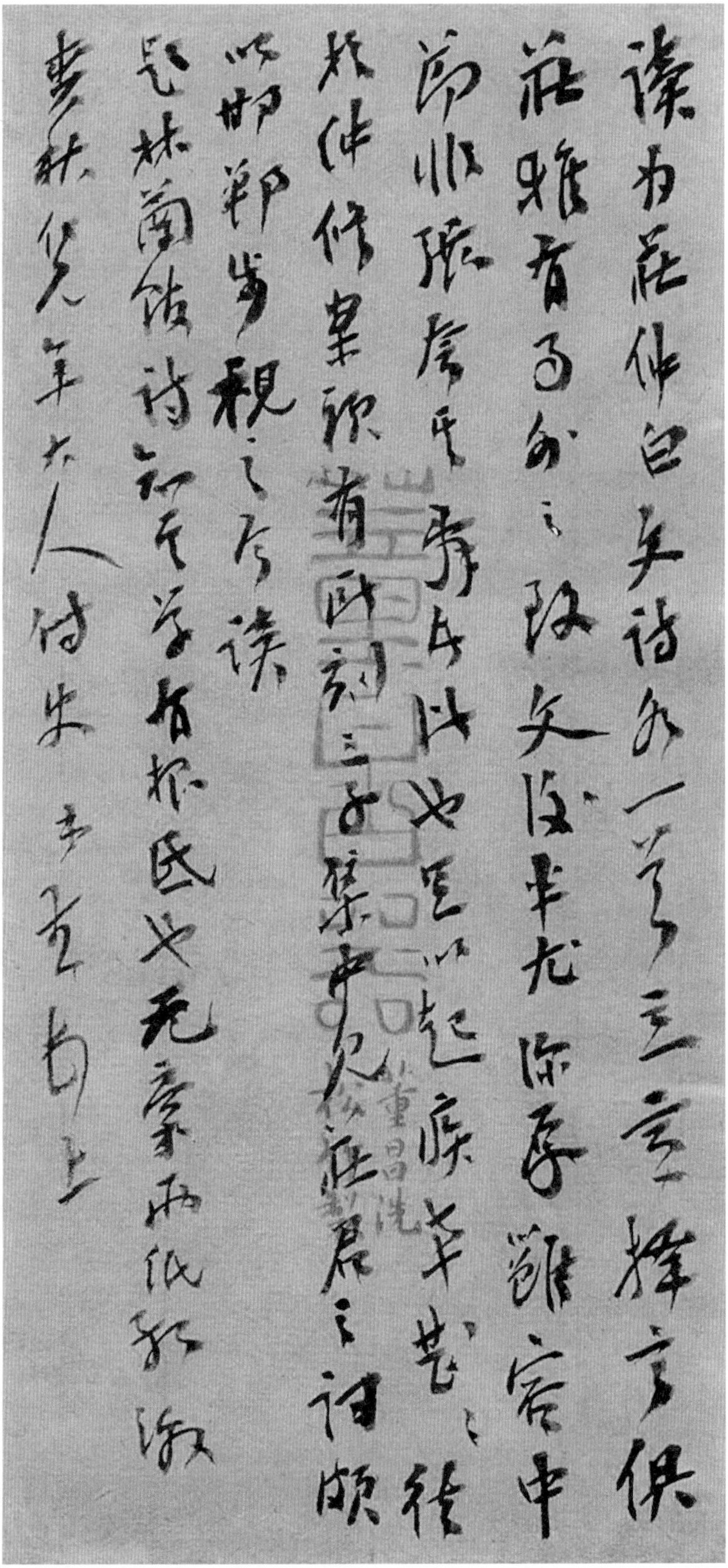

早間方隨
旌從發回，麾撥尚有顧之回頭，已不及撫
麾詳告以為
大直應不難追逐，追逐遊息，息未嘗須承
惠示備荷
垂飭之件，三年於小敘姻屬之鳴謝，易勝惶恐
南復敬請
垂察，仁兄有道年大人簡安，弟方洛頓首
初平廿七日

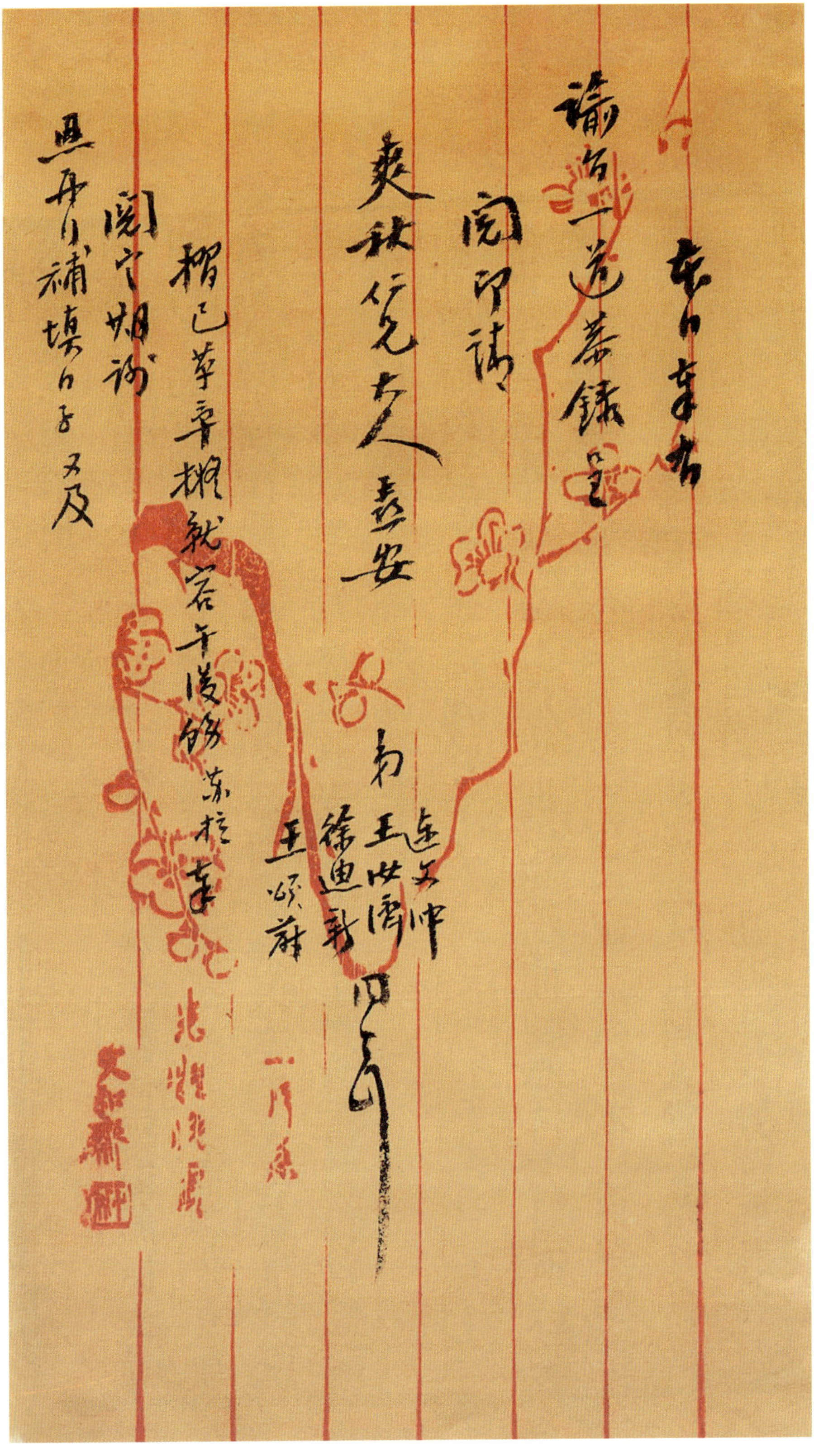

留覽　方勉弟已見一面，因道子猶不含
勉弟屢請病假，退讓之風，真其師法，其
實曷嘗有病哉。周武壯盛傳　國史本
傳可否
轉託鈔示，至叩！至叩！遂比將盛年營田諸件
薈萃成編，擬作本傳，冠諸卷端，俾國
付梓也。石印合肥壽序，現將告成，
公共。趙野侍郎下號如何寫，挪一篇是

昆弟六人
共買山地
建初元年
造此冢地
大吉

送君京國去帝影各天涯不識塵沙劫風中可聚花亭今留
敝屣于百談架坫　禁苑春芳滿寥寥勝多卿
兩年相聚前劫此積愁隱隱天邊雁飛飛小亡頭亂
握手望京笑傲去湖舟未布從前志慚今年來救
要浮周中外撐航萬里遁君留仙閣北手以海天東那
得一尊同清宵仔細問聞何年加請任命今今勉了

未經闇　倚竹存

此友不易得，此時情獨難。任憑車馬趨從，此向長安十年
久相別（余自甲子去京師，至今十載）。手札相自嶺廣寄門外蹀躞
聆教誨
繹清中丞奉送
爽秋仁兄大人北上，藉以當面晤談
即正。　中白莊棫未定草

朱絲闌　倚竹齋

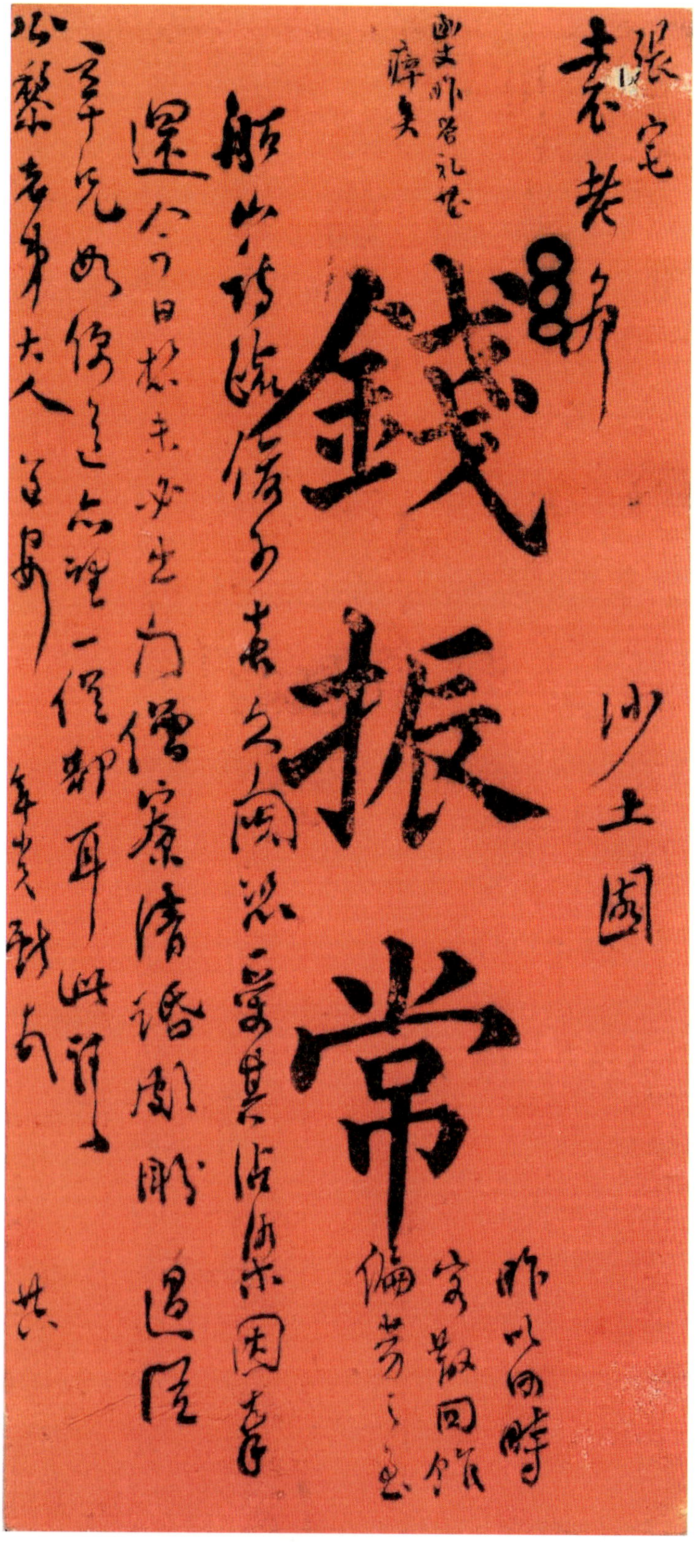
錢振常

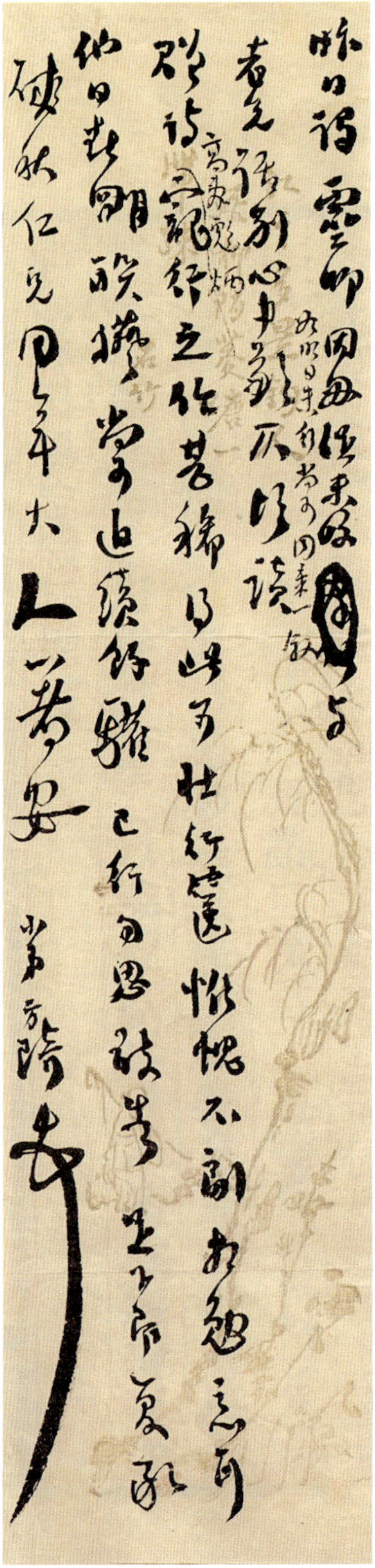

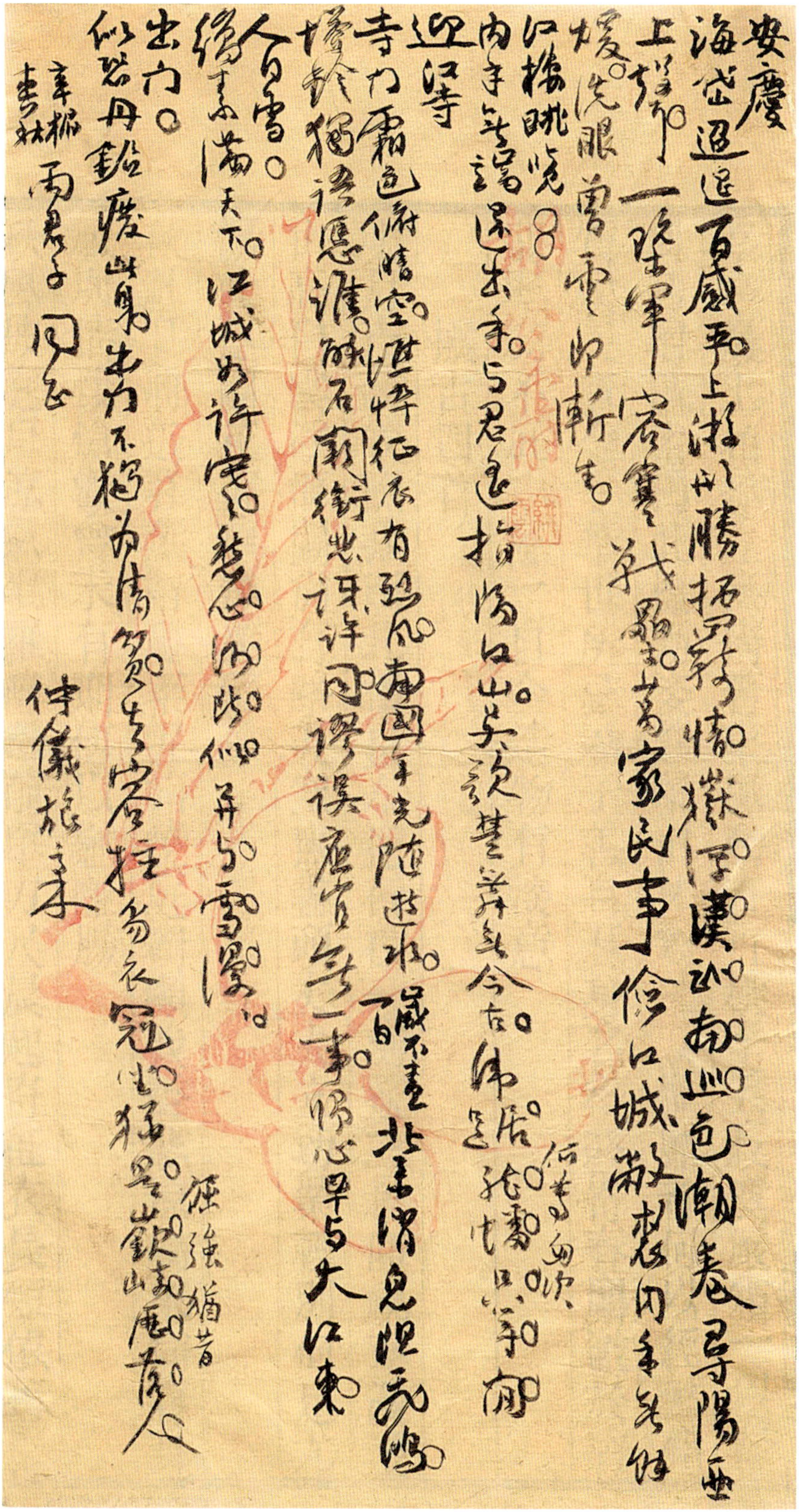

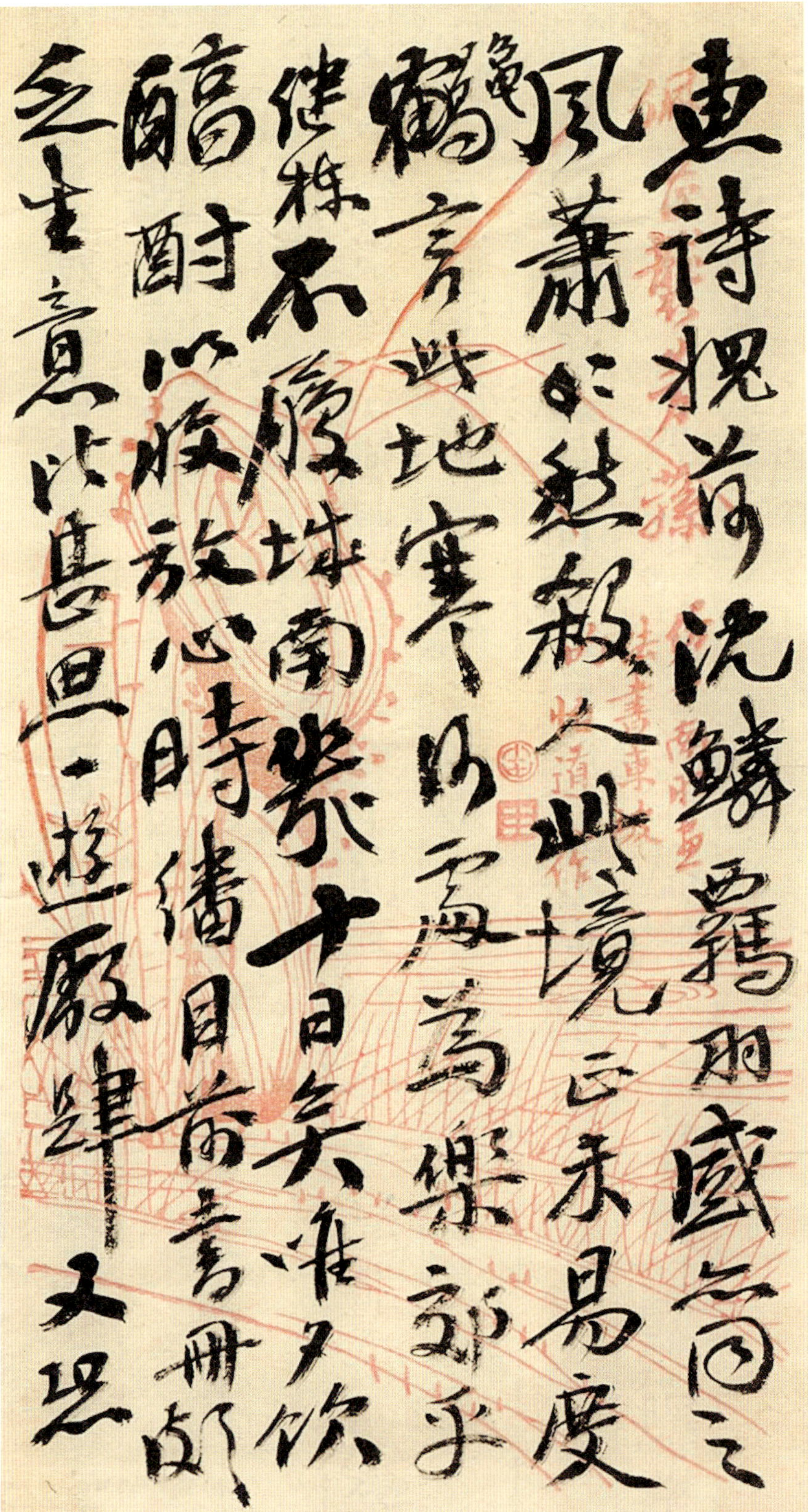

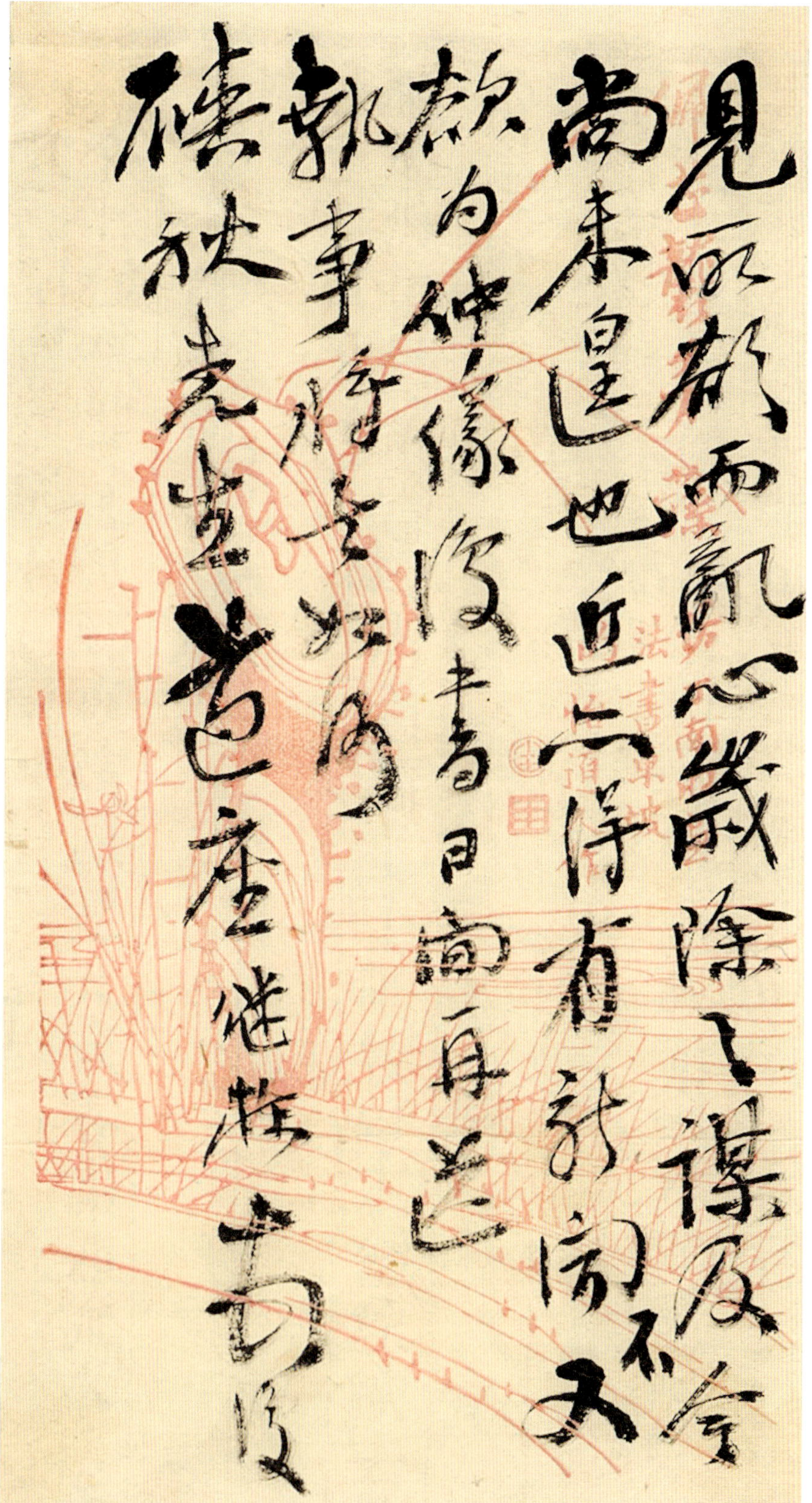
見所教而亂心幾除了謀及今
尚未呈匠也匠亦得有許闊不大
款為仲像作書日論再之
執事除去此圖
穆秋先生道座從此古句復

前夕
高軒辱過補[illegible]深懃快序
惠書獲拜
新什高秀奇發字絕浮埃刻畫榮縟實增赧悚過承
諭降溢等過常既厠
撫塵辱垂鑒悉謹當重賡以志歡忱拙唱打油嘔引蹁躚復上
爽秋仁兄先生講席　慈銘頓首

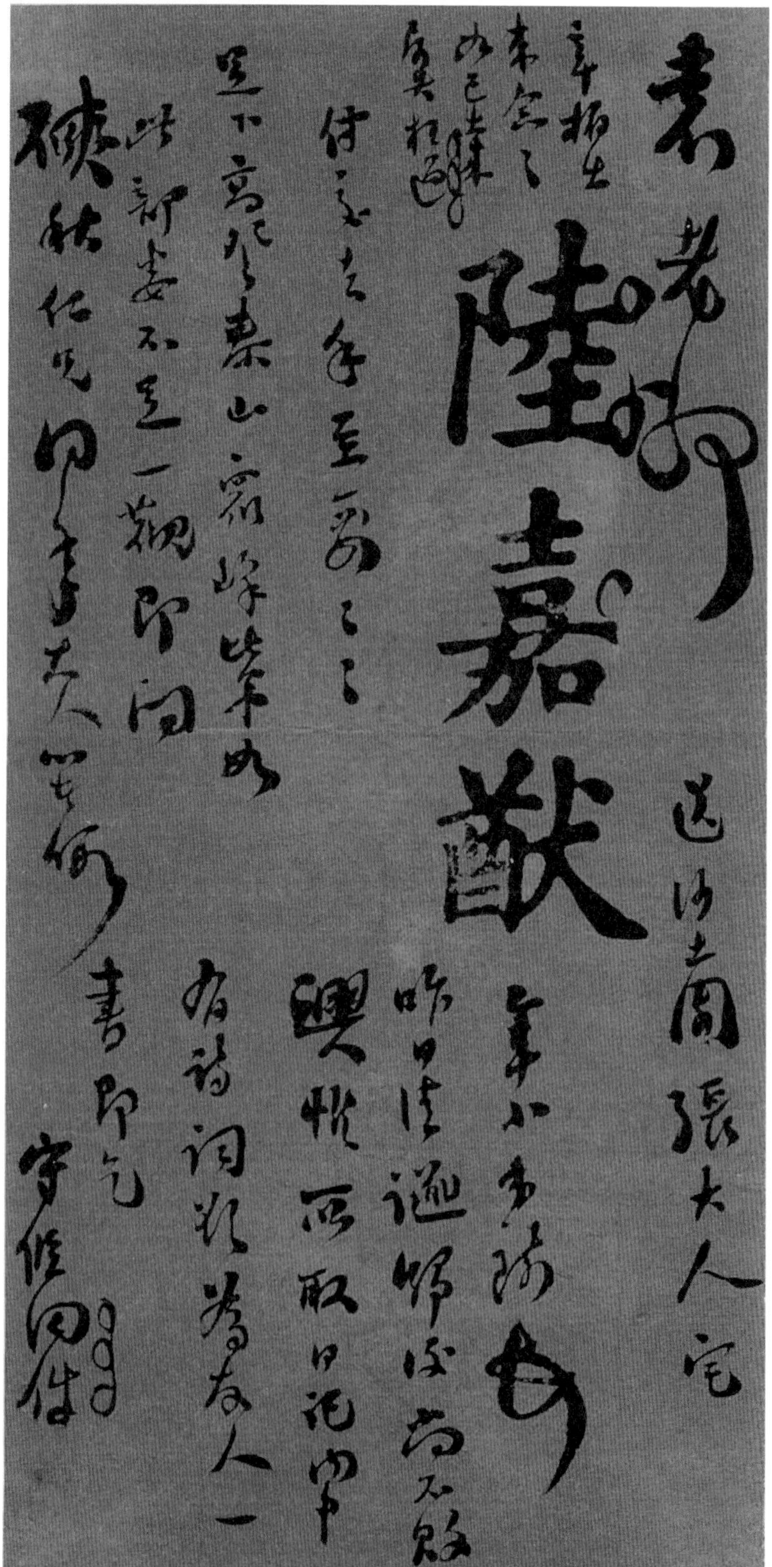

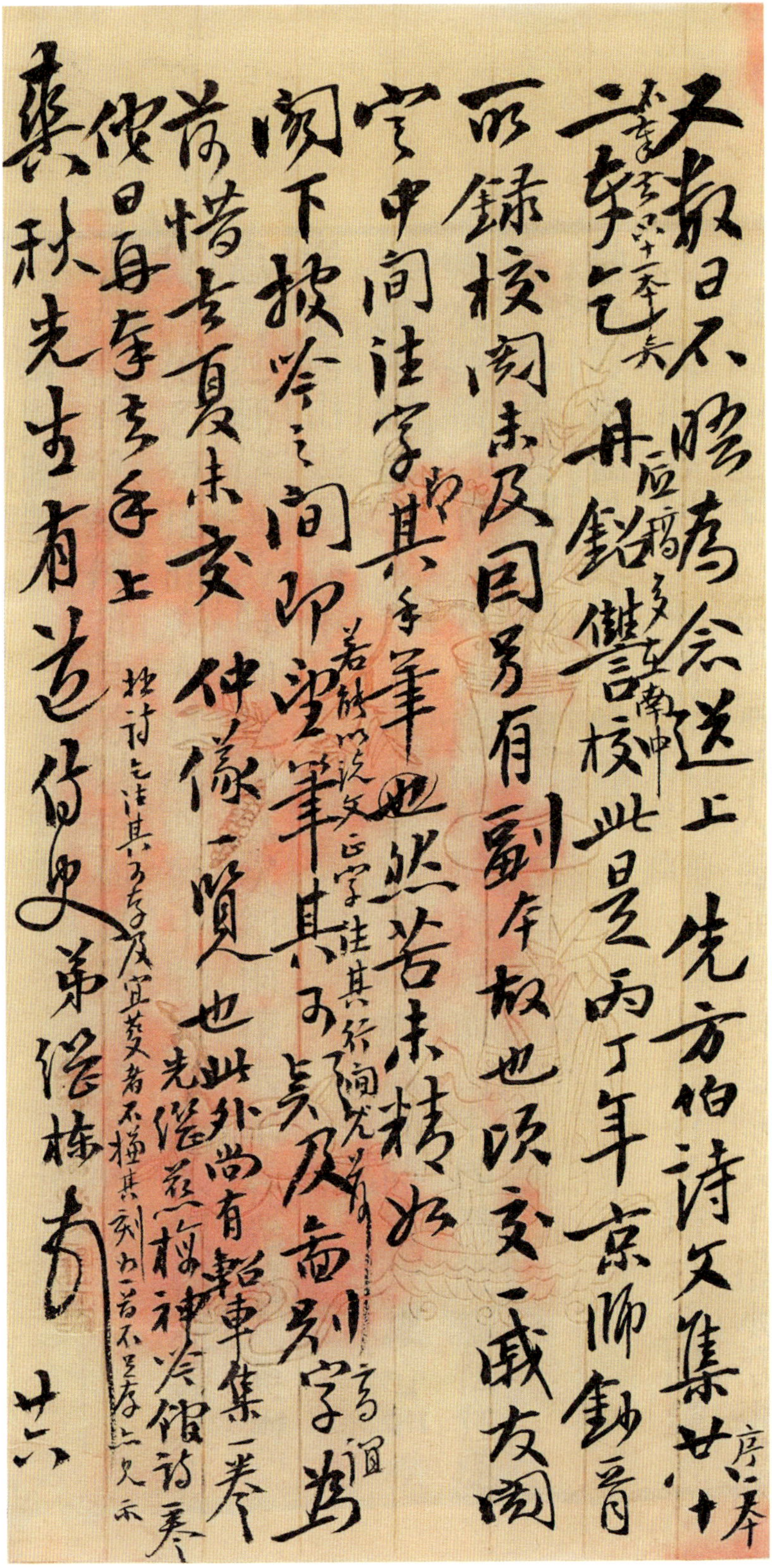

大叔日不晤，爲念。送上先方伯詩文集廿十（序一本）二本（共十一本，十卷），乞丹（後稿）鉛（多）讎（南中）校。此是丙丁年京師鈔胥所錄，校閱未及，因另有副本故也。頃交一戚友閱定，中間注字，其（的）手筆也，然若未精，如閣下披吟之間，即望筆其（若能以説文正字，注其行下間，尤爲）上，及眉（?）別字（高誼）爲荷。惜去夏未交仲儀一覽也。此外尚有《韜軒集》一卷、（先從兄）《梅神吟館詩》一卷，俟日再奉手上（擬討乞注其可存及宜芟者，不擬其刻，如一首不足存，亦乞見示）。

爽秋先生有道侍史

弟繼棟頓首　廿六

原本目録全抄題目並標一簡目如此未果當留名
文集（原本文集四卷三字）尚欲加卷一○若干（模式印不必分卷某卷第幾）卷二○若干卷三三集若干
以爲可如此向無詩文集善本可仿家藏者又不
記憶之爲我斟酌之作詢氏大抵稍加精審則
必須廿五千錢一千字爲數故不盡而刻劇當不佳
下根此事殊未能即知如何手復達
硤秋先生座右　繼楙手狀　別集書楙二字是否
寫書人亦難得如法者又欵

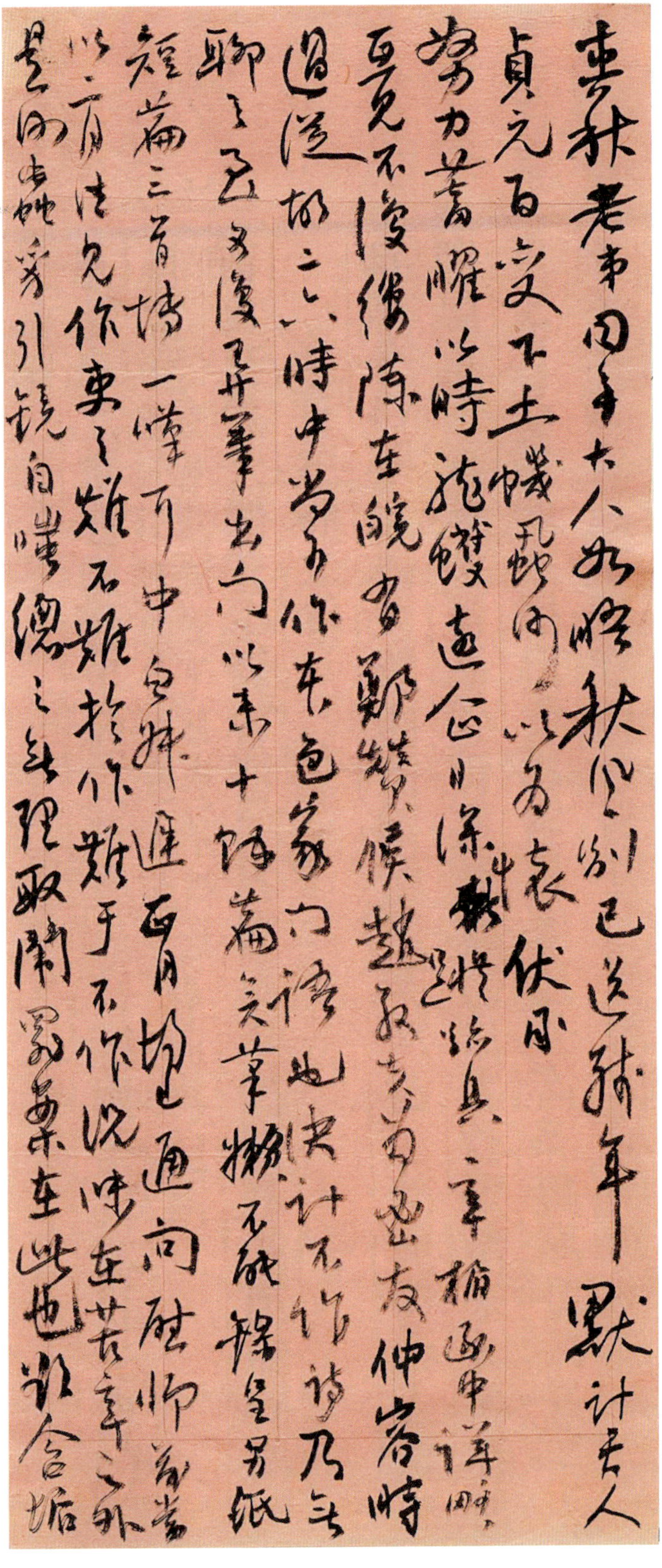

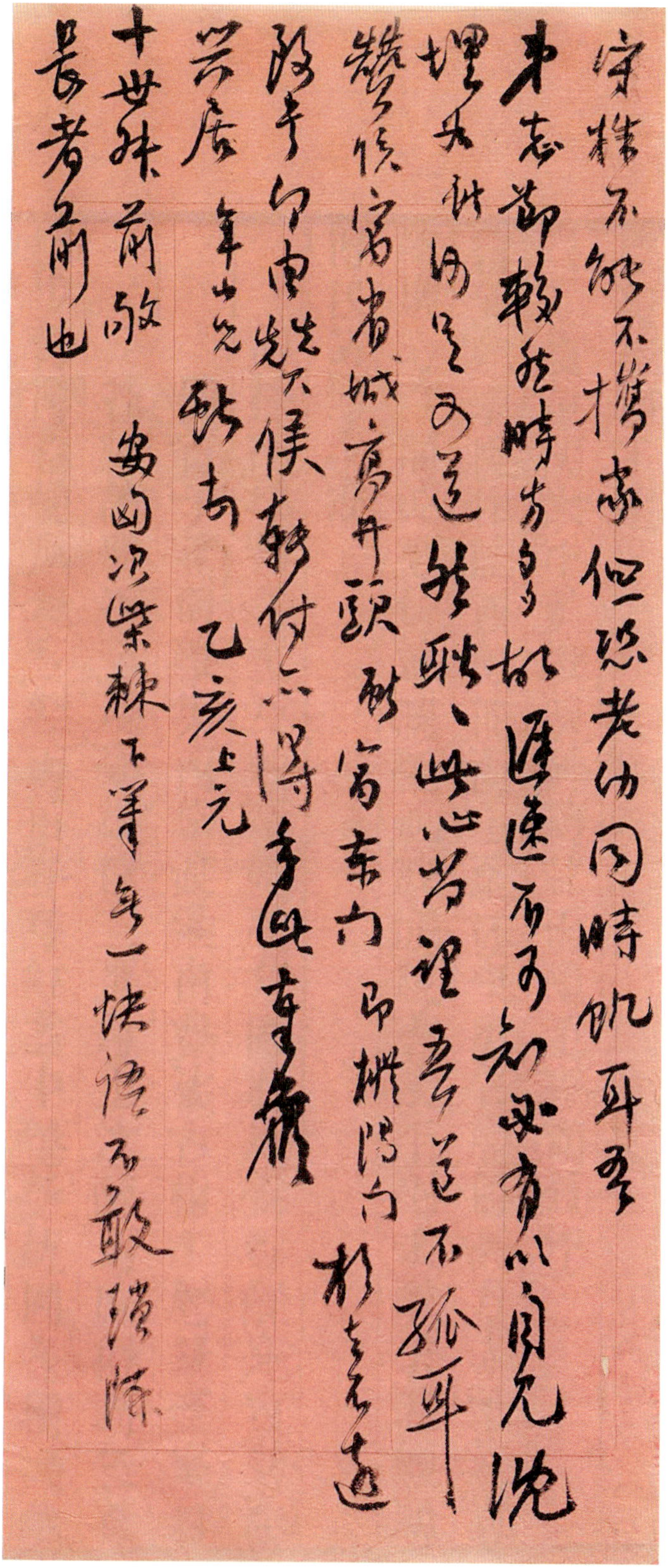
守拙不能不携家，但恐老幼同時飢耳。要
未志節輟於時者多故，遲速而可知[illegible]兄說
理無[illegible]之道能默，無心守理，無道不辭耳。
饑[illegible]僕寓省城，爲丹訣所[illegible]寓東內，即[illegible]於是遂
致書於[illegible]先生，僕來轉付，亦得手迹，幸甚。
芳居 年小兄 [illegible] 乙亥上元
安[illegible]宗棟下 [illegible]一快語，不敢[illegible]
十世孫 [illegible]敬
長者之前也

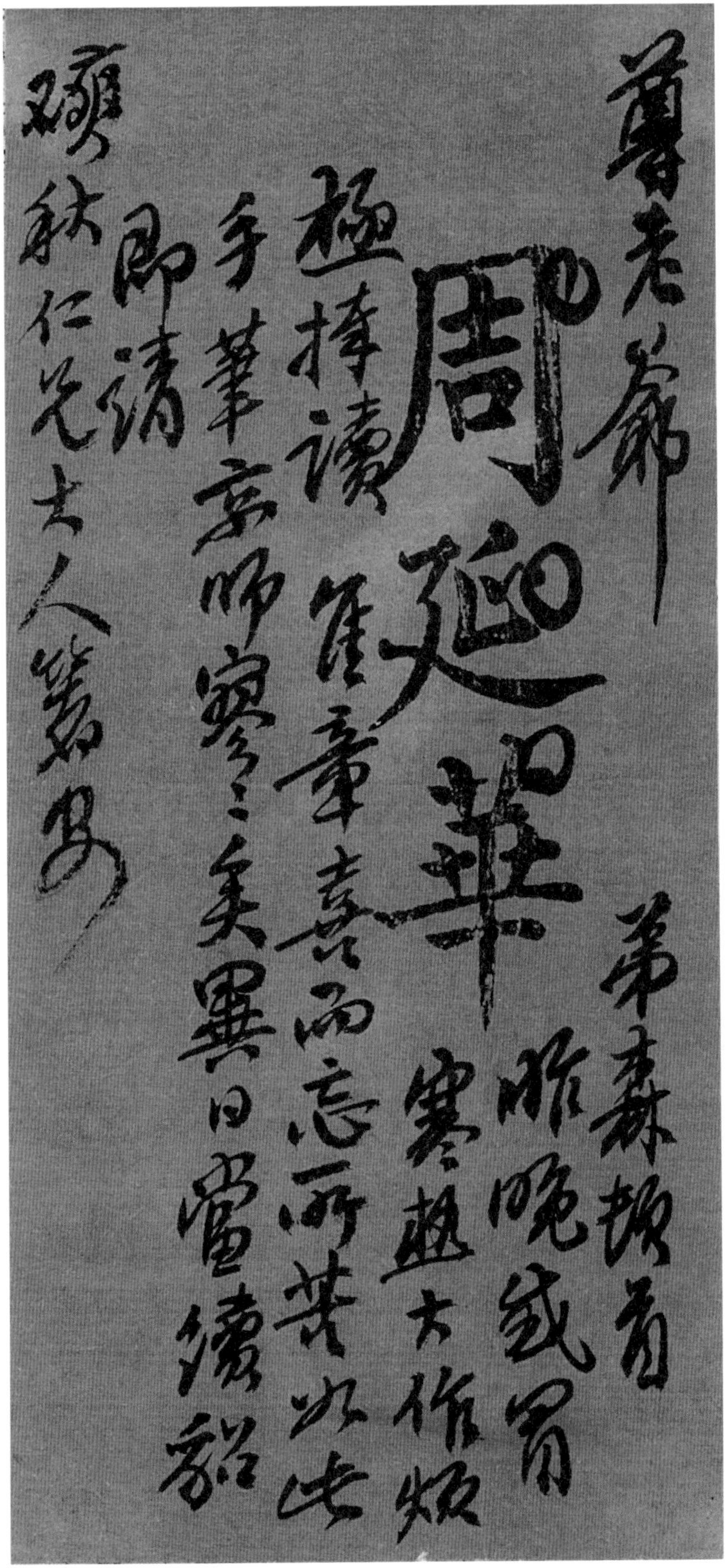
尊老爺
周迴華
弟森頓首
昨晚錢罔
寒趣大作煩
極捧讀
佳章喜而忘所苦以此
手筆京師寥寥矣異日當續貂
即請
瓛秋仁兄大人鑒安

春耕老弟閣下：別後情事具還伯之梧函
中，外具白。厥不甘殿後，舜學措來書，進向學之道。
老弟逸才，厚積以之福，精研以宗，白黑揆以及物，
勿似鄙人之盛興衰，暮年乃能寸成也。感佩以十月望
後勝吳下，尉病軀不能從慫恿。然兒來神未弱，初
氣若窮搖，其徵不能全。在我本草木，我此而語
耶。忘別趣識。伏惟
籌祉。年兄啟禀。
十月廿日

依依楊柳忽又經秋遙憶閩河空勞馳素比維

旅祉增綏

時祺迪吉為慰為頌蔽者風光堪資進步正是及時當做

之了不能如弟輩老死牖下自甘廢棄也昔穀卿在五帝

時嫌其年少及武帝嫌其年老未之能漸頓白矣方今

聖主當陽英俊同出弟等居鄉坐之中安享無了之福

豈不甚幸李合拜兄閩海甯人也在弟處契合近在

從程衙行吾於兄一諾之以便後通信也都中大不易居然

是倏々希語其與書閒雖汝人日來諧庾向中與
足下書篋於接如對故人春明舊夢回首天涯此生亦見
不復遠游也外仲修行一械泚時設々年來即來
起居並希
珍重
爽秋仁兄大人閣下
莊棫頓首
七月望日

破秋仁兄大人閣下前月十六日奉 小箋想達
蓀詧連接五月朔暨二十二日
手示拜悉惟
入直薇省退主芸館勞勩可知 尊恙喉疮初早霍然 貴體素嫌陰虛
北方風燥煤薰尤宜 慎衛勿生 焦煩時餌 涼潤之品爲是弟入夏仍不健
如松之健藥爐茗碗亦無濟耳 報興寺殿工底稿殘籍奉呈仙經幢梵塔各
詩施工重建之記將來還乞
鴻撰也承 購犀籍五二十九種之富感謝之至惟 皇清文穎武古書應者石蒼
詩選笪重光集各種彼雖斷之余仍戀之也 留意徐之圖之耶 丈處登直然
已在杭緞楚後有所購於 循吾艱初 耶丈必不拒也 未匯兄五月诣來行六 尊名
下句只蓊水俱發皆當由門行之轉匯都云云 初伊只亦爭血欽 程芾卿兄凡來
尚倒縱迎之 入夏以向少而星異海氛如何之 [illegible]
大事 惟
垂鑒 弟丙[illegible]上 六月二日

慣遲作答愛書來 松茂室製

上蔡偏誦蘭陵書以秦相業堪

胡盧典午空國談蒙莊神州一

擲如亡羊人言古人之書未易

讀我道諸公正坐讀未熟苟能

探索得元珠何至天斜傾鼎餗

我愛　袁君慷慨負奇氣爲

君書此有深意聖賢事業治平

資數語推尋盡于是吁嗟乎漆

園傲吏世莫識孫卿萬言空爾

爲丈夫腰無丈二組高談王霸

将安施我頗

袁君感此益淬

砥雪抱蘭襟匹曾史不須説劍

坐廢三千人更莫著錄橫非十

二子

礇秋先生屬書荀卿莊叟書中語　既詩相報

作此奉答

太原温紹棠初草

拙刻宋六九種今年南中又刻
安壽劉熊舊館壇士華碑大
行明年二三月方能寄奉以呈
足下喜之自當奉贈不必議價
如貴友要拓減五百印的之
讀大集古茂淵懿欽佩之至

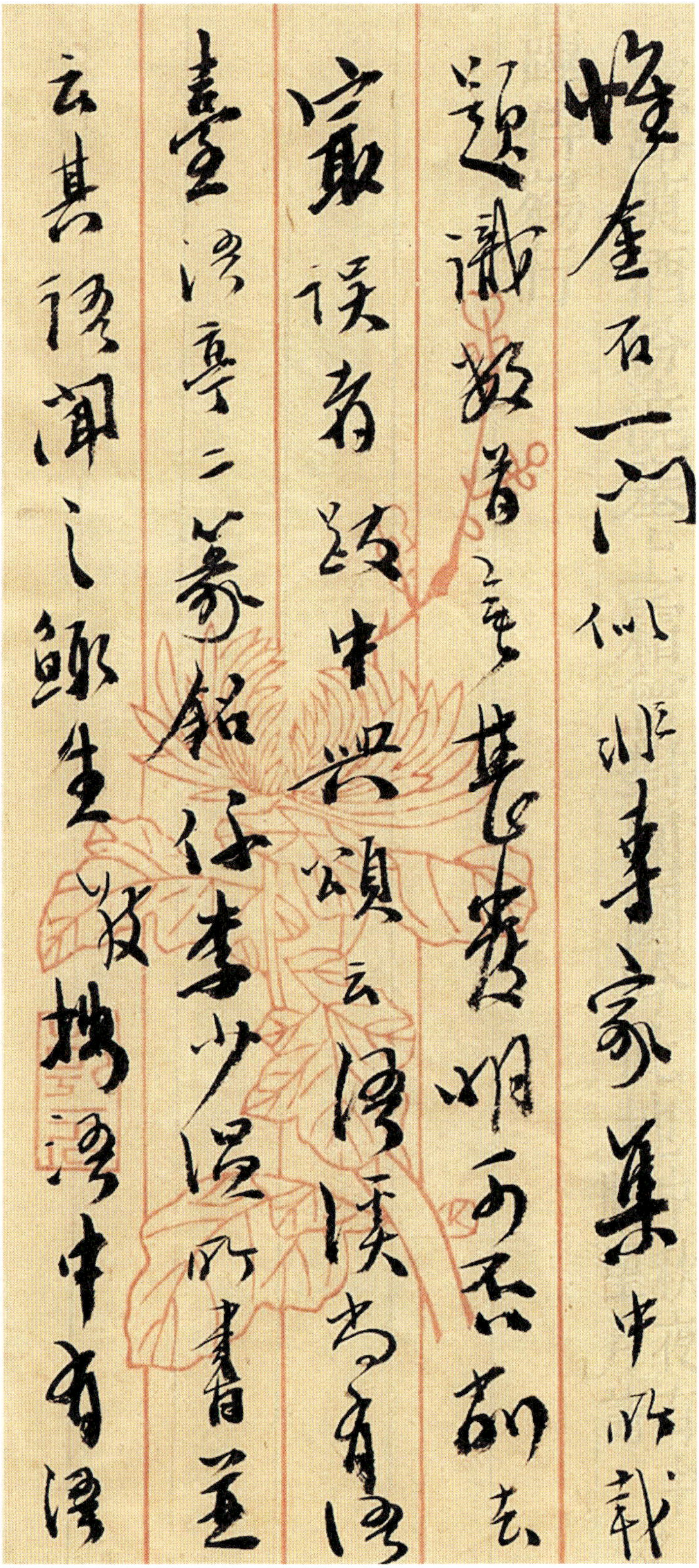
快雪石一門似非東家集中所載
題識數番之年甚精明可否刪去
宋取侯有跋中興頌云浯溪東有峿
臺浯亭二篆銘係李少溫所書蓋
云其得聞之鄉生以拔楊溪中有溪

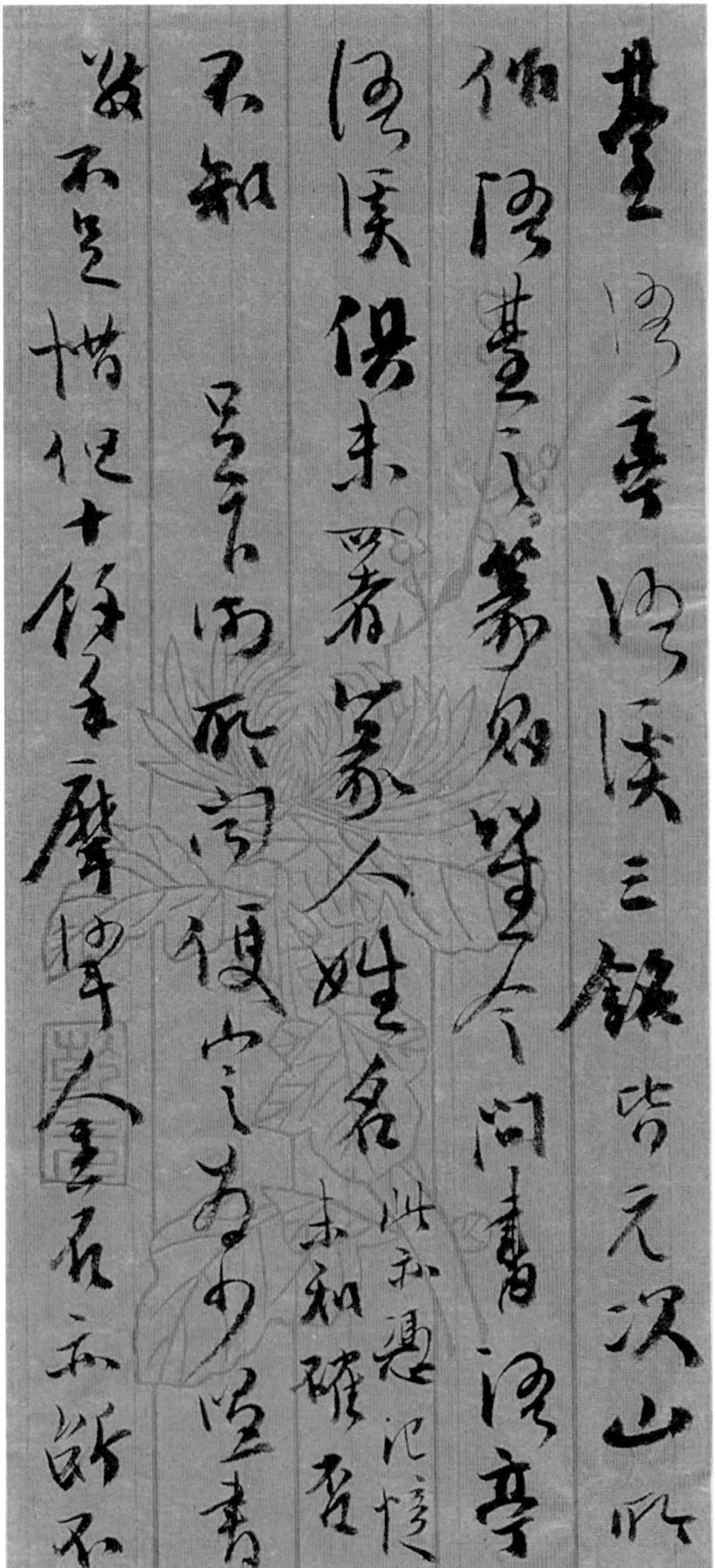

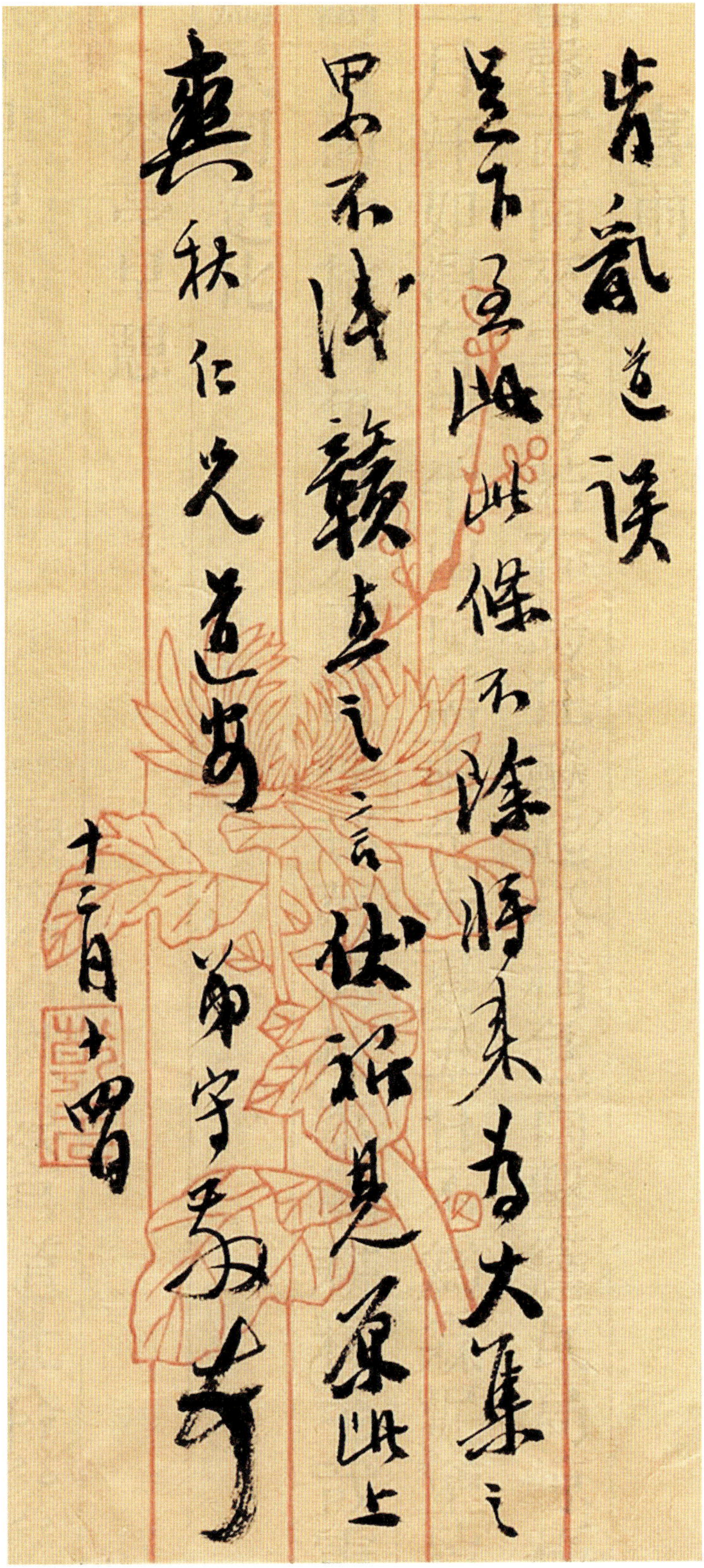

拜讀

大作感慨係之亦作一篇率答不及　元詩之氣味

深厚也茲以示人適日性手乞秘之此頌

懊秋先生一百福

蒙拜上

廿日

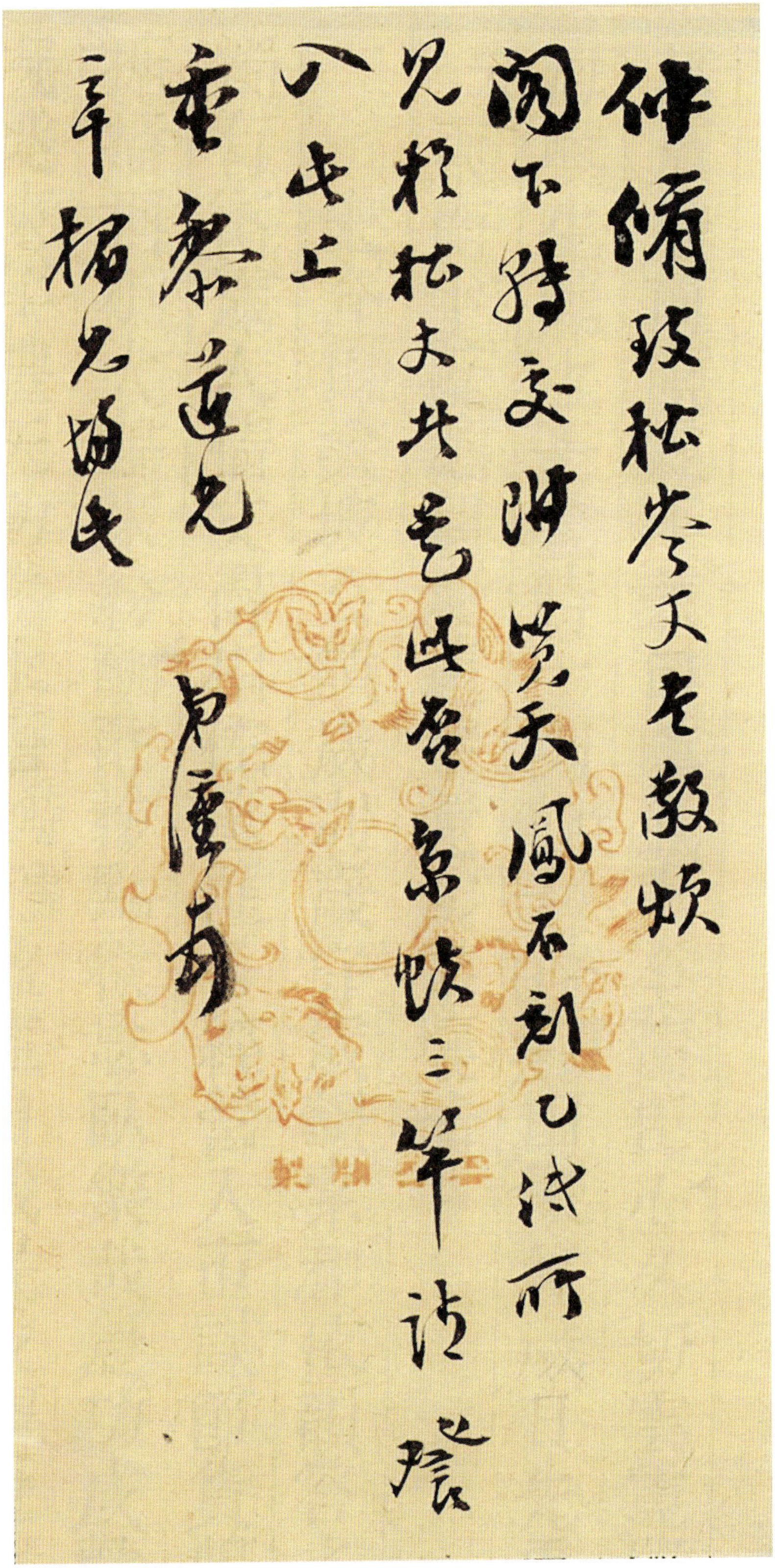

爽秋仁兄大人閣下奉七月旨

手示雙行密字讀之入古如　情既可感書札亦可傳惟

獎飾逾恒令人惶愧無地耳

兄課讀之餘每月入直幾次博爾仲瀛來言十年之期尚可補闕

不知有無花樣可以捐免捐若之條候、前近日閣中頒給誥軸章

程稍為更通此後軸有較多于前不知能於中稍得津潤否并求

請五品封軸並費若干示知即查明確數　示知因有人託詢也程嚴

那到杭兄至適弟抱恙未晤遲日往省之返丑矣前錢雪叔之書均

已在都售去不知確否　代購之本扇面前月中書列塾歷煥

閣校快、明會典八卷面之背尚是明代官印文件裱褙明集神不常墨

也新刻各孝家鄉省性眼帳俩於康殊足珍也　吳蓮洋集　閣校十卷本今

購有十二卷本　吳也購得之　史白遺稿有歙縣忠錄二卷　閣中奏疏一一

十卷此書十八卷因殘缺劃去目録改為十二卷　正蒙初藁本十七卷今僅十五卷目録挖去之痕顯然尚在　思辨録刻本也佳惜曾[?]譌向以昔估家點缺處每每改頭換面　今北人亦居然如北宋汴京有顏子貨一笑然厥肆究屬販書之雲　兄既留京与兒一到看已勝芳借此尋還求　立意前者之目有同但兄在都買者有　弟在杭在滬買者恐兄不盡知有所見購特將訪目　另呈兄目讀　便抄寄好託二購書處仍乞　向正當處商量自當隨時繳完　前奉許桐廬殘志刻本索得之惜僅四之一特寄去年行歷以為榮歸後填條之券　方鄉鳳集亦購得之抄寫本欲　兄如欲藏當寫一本去年上　妹歸兄近況尚好　吳小坡來云如是但為蘇[?]今年又欠五个月來信　張仲甫丈月之十九作古老成凋謝可惜也　事此佈請

大安　諸希

垂詧　弟丙頓首　月廿六

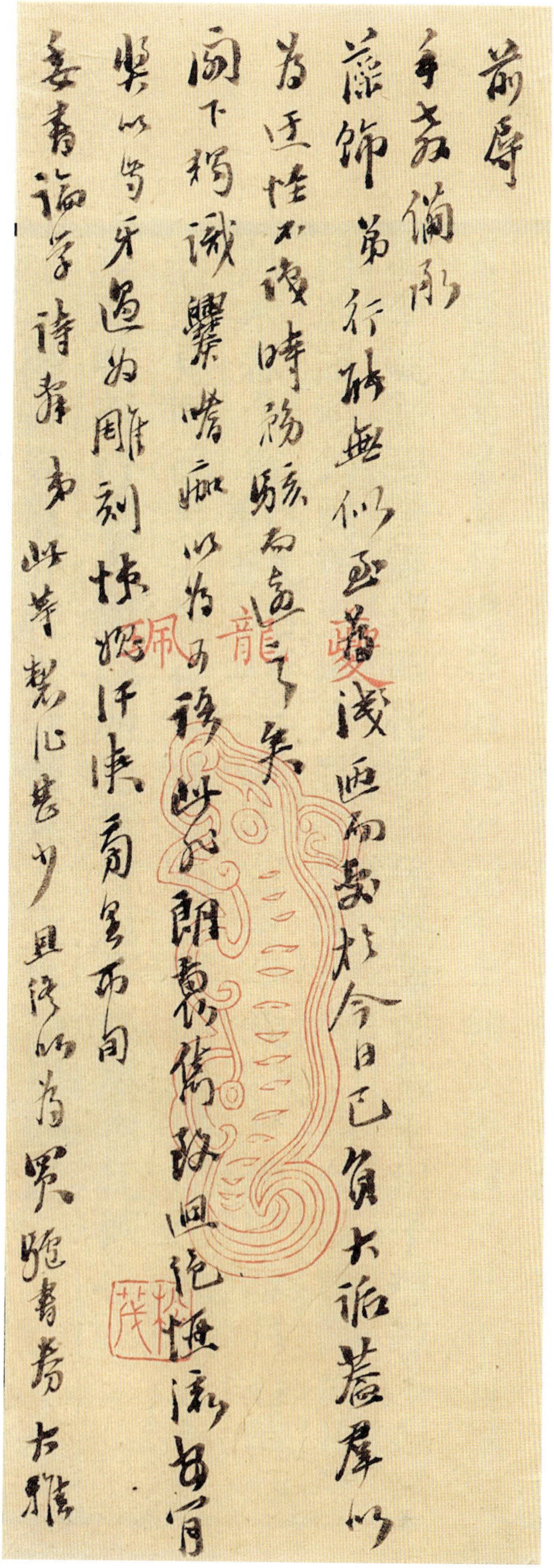

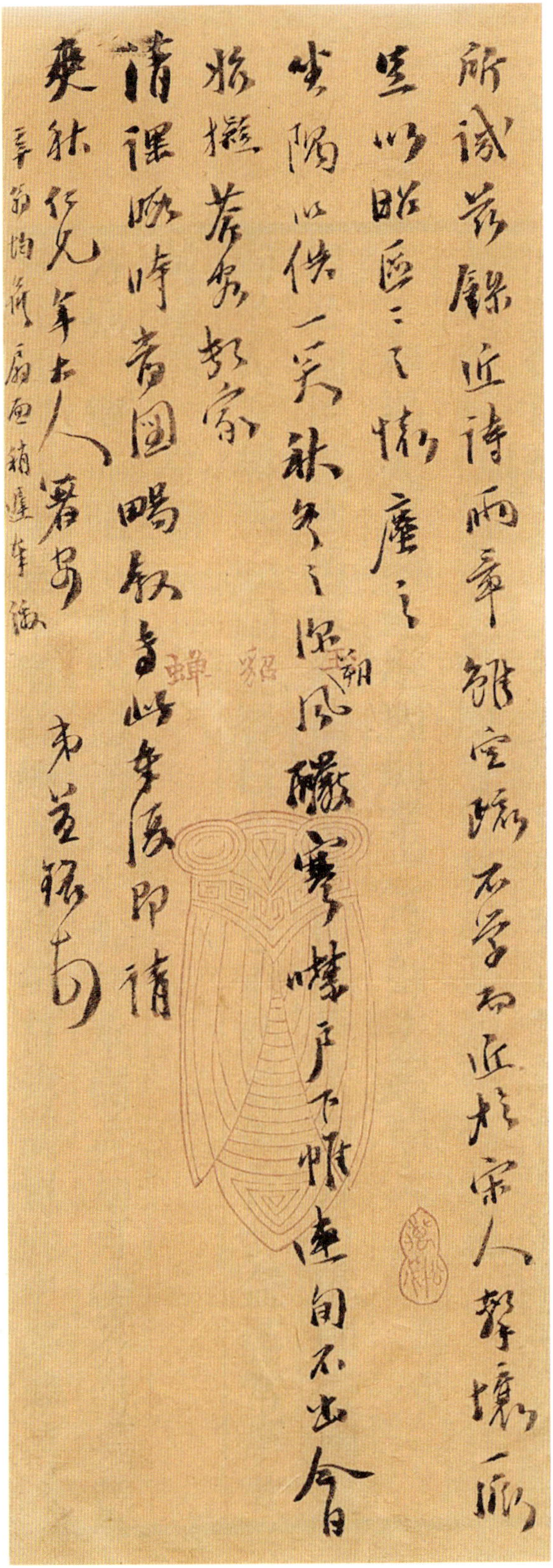

袁昶友朋書札·李慈銘書札（八十八）

枉顧值他出，有失迎候，罪過罪過。於
鑒諒。江亭歸來，欲作一歌佑事，
敗意屬稿，復輟著屢矣。欲就
先生求一安心法，幸
教之。弟紹棠拜上
礫秋先生閣下
廿一日

此等事　承示知，常問之矣。

付之一笑者耶？　馳公亦要有命方可為之，真林

惜抱亦次積數十年功夫，方可仰企萬一。惟

有勉（世所可）勉而已。負屬之人以足貴，特數

十年來逝負之夫太多，故此類道長

下一笑。西牢火之

〇〇〇昨日翰卷

先好而以虛名受你於閱歷

乏言也，然亦萬類自古如斯

春風又復鐵扣年華，聞吾兄以堪閲有孫，有兩孫之承歡，此可不至寂寞現
在兩孫人數既多，而俞又嫌不如此方之接寬廣也。揚州大局目下下坊傷偷安，當不
能按實着把，卯爽秋之不深知，前今匠舍身手，總有瘡痍，不過總算十堪，然民
氣究屬未靖，且覓衣食甚難，匠不可沒承矣，真憂也。吾兄曠世逸才，保重身
體，又長妹也，此人誠為手本頗知用世，謝自知保壽，今年又嫁一女，亦屬不堪言
自己卻不肯舒展，終日甜睡，實任壽神，身體尚胜，如相比于年僅八齡，差絕
人意。是近年以中聊自排遣，要如一時不生牙日，據有行來者，卻緩年不觀詩
亦不做，無那人或為之佳，令人增可以為何如。我輩此後，有許多名目，了任矣。誌
為亦佳。春暖祗可。木樾頓首
仲修仁兄足下　首十五日書于湘南書屋

朱絲闌　倚竹齋

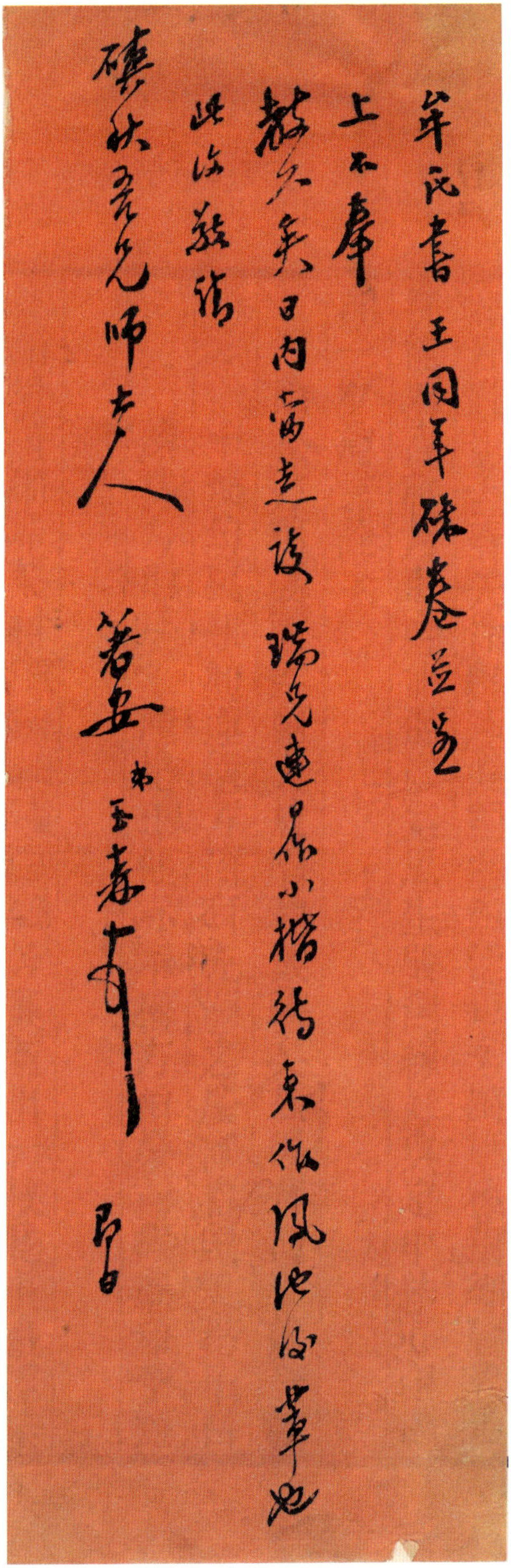
碩秋吾兄師大人
弟玉森頓首

拜讀
大作感懷身世抗論古昔
類情指事洞見胸臆蓋不獨詞章
之工而已佩服並似得暇當奉詣
縱談也
爽秋先生有道　紹棠　拜上

奉呈票貲二千千係繳楊君雙鈞本直乞　檢入隋書地
理志補注為吳氏卓信撰　卓信何氏字何師人潛研堂
集中有徐仲圃東晉南北朝輿地表之序不詳其名二者
並以奉質吳徐之書見過否草此敬頌
爽秋仁兄同年大人　著祉　弟景澂手

奠秋仁兄大人如手。別後於十六日抵滬，二十日到
杭。吾兄碌碌途次，不耐勞頓，致困憊。
委寄各件已分別送達，中處昨晤陸先生大人於十三日
稿於心境不懷，世[illegible]久於拋回湘，[illegible]兒之請[illegible]
深秋矣，春事也向總乞所聞，想彼我相得近
時日來無[illegible]已樹還對歸。[illegible]舟中處[illegible]拙兒
其破我有所損假也。[illegible]像碌日對返力請問
家慈[illegible]閣久而未減，遠[illegible]足[illegible]殊[illegible]多[illegible]兩[illegible]

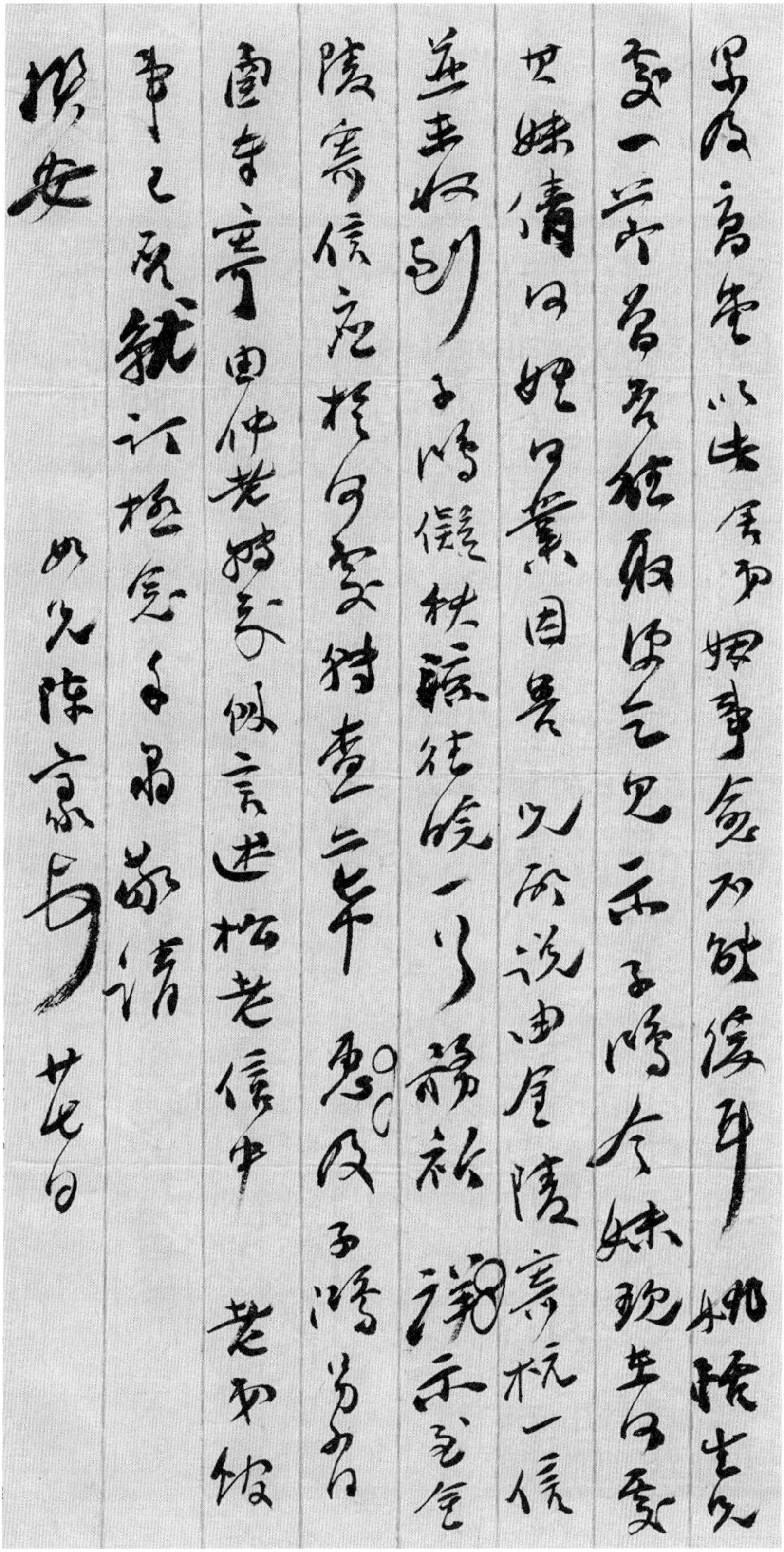

題自書指頭書二絶有小序

庚午十月兒室夜磨墨展紙方欲揮擢李素山在旁曰君能口書否遂試之又曰能左書閉眼書否又試之左僅成字閉眼者比左稍勝又曰能指書否余曰口而左腕兩閉書皆筆戲也若指書則無筆烏得而成乎古人或有以第五指爪蘸墨作花卉山水於此非工於筆不可得中朝嘗百年來以書畫名者何限指畫有高且園朱滄齋姜東阜數人而張水屋四雁雨峯並兼書貞交

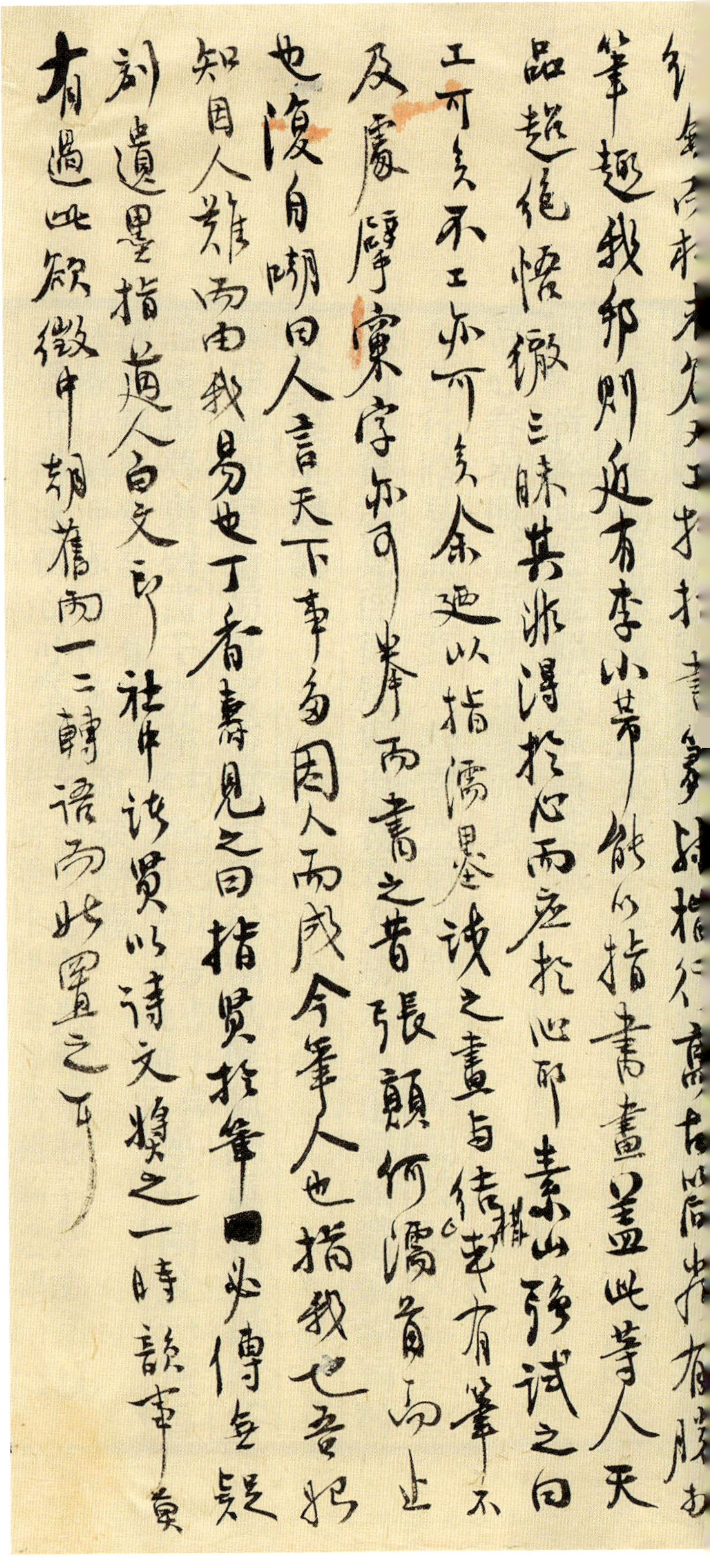
[illegible]
筆趣我郵則近有李小芾能以指書畫蓋此等人天
品超絶悟徹三昧其派得於心而應於心耶素山孫試之曰
工可矣不工亦可矣余廼以指濡墨淺之畫与徒指有筆不
及處擘窠字亦可捧而書之昔張顛何濡首而止
也復自嘲曰人言天下事多因人而成今筆人也指我也吾奴
知因人難而由我易也丁香壽見之曰指貫於筆必傳無疑
剞遺墨指道人白文印社中詩賢以詩文狀之一時談事萸
有過此歟徽中胡舊雨一二轉語而此置之耳

學書漫費廿年功亂抹縱橫尚未工粗
識毫錐爲何物指頭濡墨覓神通
屈曲渾如屋漏痕瘦肥長短各天真心之
所發手之用不禿平生技也多

右韓鮮使臣金君小棠名奭準作
乙亥秋日嚴瀨椒人記

爽秋仁弟足下入夏以來公私繁碎前
藍洲旋浙奉到
手書遂至久稽作答頃展
惠緘猥以戚適斷絃重辱
慰問感
情詞之周摯媿
獎譽之過情展誦之餘良深銘泐就維
聲華洋溢

造詣精純引企
喬暉至深忭慰浙中雨暘時若農事有
秋惟臺洋忽起波瀾閩浙毘連綢繆
未雨沿海口門紛錯控扼之要殊費周
章刻下雖粗有端倪未敢自信有把握
也耑泐奉謝順頌
台安唯
鑒不具　愚兄期楊昌濬頓首

承書借孔彪[illegible]甚集鈎各種，仍未盡
搨出，僅得三本。張表、王純是[illegible]所刻
者壽爲葉東卿刻，印舊本不留傳也。
觀之太公碑，另奉呈
又
覽，即希笑納。此覆
爽秋道兄著安
弟守敬頓首

朽木瞑餬生花寥尉拜

君孫貺貽我佩何毛錐子安足用

兹敬呵洪壁龍髯友使我至此

斯敦都諒集削觚裁績矩昌黎

先塵失訝復謝不宣

硤秋先生閣下 弟健樵謹狀

良友今春尤再奉長箋
古右傳至曲非可言盡伏承
研精道味本末兼修青紫兼帶從容辰
以臥生平窮究之理著不違道體從何業西術
日益夢術箸華似亦瑣矣乃以家譜闡里先論語
孟子茲于其人從家龜占節位西文要料及此第恐西
則錫命中仍不強耳　從家譜闡里先聖孔子　嫠侯壁不
此次以為亞細亞之人也
道西人一字自守古學士無見亦罕先生此清皇道設莊一不

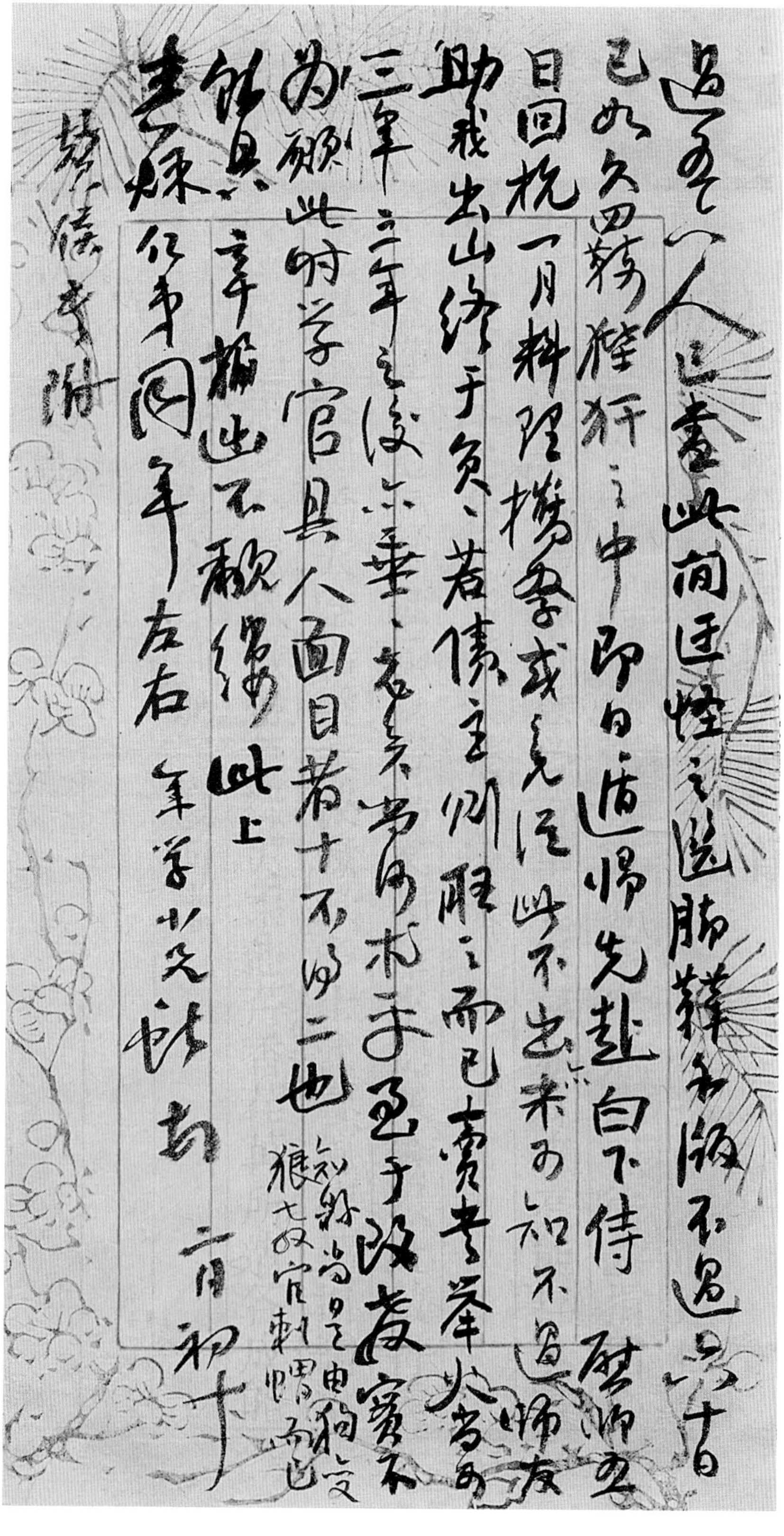

過子之人書此間匡姪之遊勝韓不同不過六十日
已如久田穫狂狷之中即自當遄歸先赴白下侍歷游西
日回杭一月料理機務或竟從此不出未可知不當過師友
助我出山緣于負若儀主則照之而已壽賁者華大當
三年二年之後亦垂老矣無用求矣于段茂寶不
[illegible]
為顧此時學官具人面目若十不必二也
能具章撫邀不願緣此上
老姊行事同年左右　年學小弟頓首　二月初十
楚儀吾附

真秋仁兄大人閣下：拜陵一別，歲序如積，清風朗月，思詠為勞。
去夏有都門來者，道
足下闊執入轂，以了用莊子兩字，而點甚為撫胥，繼與家
達外至之事
吴達入自不屑介介也，仲父[illegible]
手書情詞眈摯，入海中如褱者，可謂至不足比數者矣。垂示
虛衷推挹，愈久而不去懷，毋乃昌歜羊棗
嗜有所偏耶？感炸無似。褱一官羈滯，但有沈浮，時局愈

雖思得山僻小邑避囂養拙與休殘黎稍有所賴亡
似竟不可得仰復何言皖中同志寥寥懷衷不展久矣
去冬
仲儀兄來此此空谷者聞人足音跫然而喜矣
伊又居與襄近可共晨夕惟旅況支持大不易易從事
筆研固可鄉口然襄即前車之鑒也爲嘆奈何聞
左右授徒師門館課之暇嘗可
潛心大業時文楷法直以餘力了之明春即有禮闈自
可償前失也南鴻有便望

時示教字近作必多能

見示否　薛慕淮閣已得教習甚慰　閣傳到爲期尚遠

但渠已夠可奉　毋讀書以需鄉會翱翔小試自

是須堅之也頃諸有行來　襄亦祇以此告之手此奉復

右部季鼎

順請

大安諸惟

愛鑒不具　　愚弟鄭襄首

光緒紀元正月三十日謹泐上

紫薇山館製

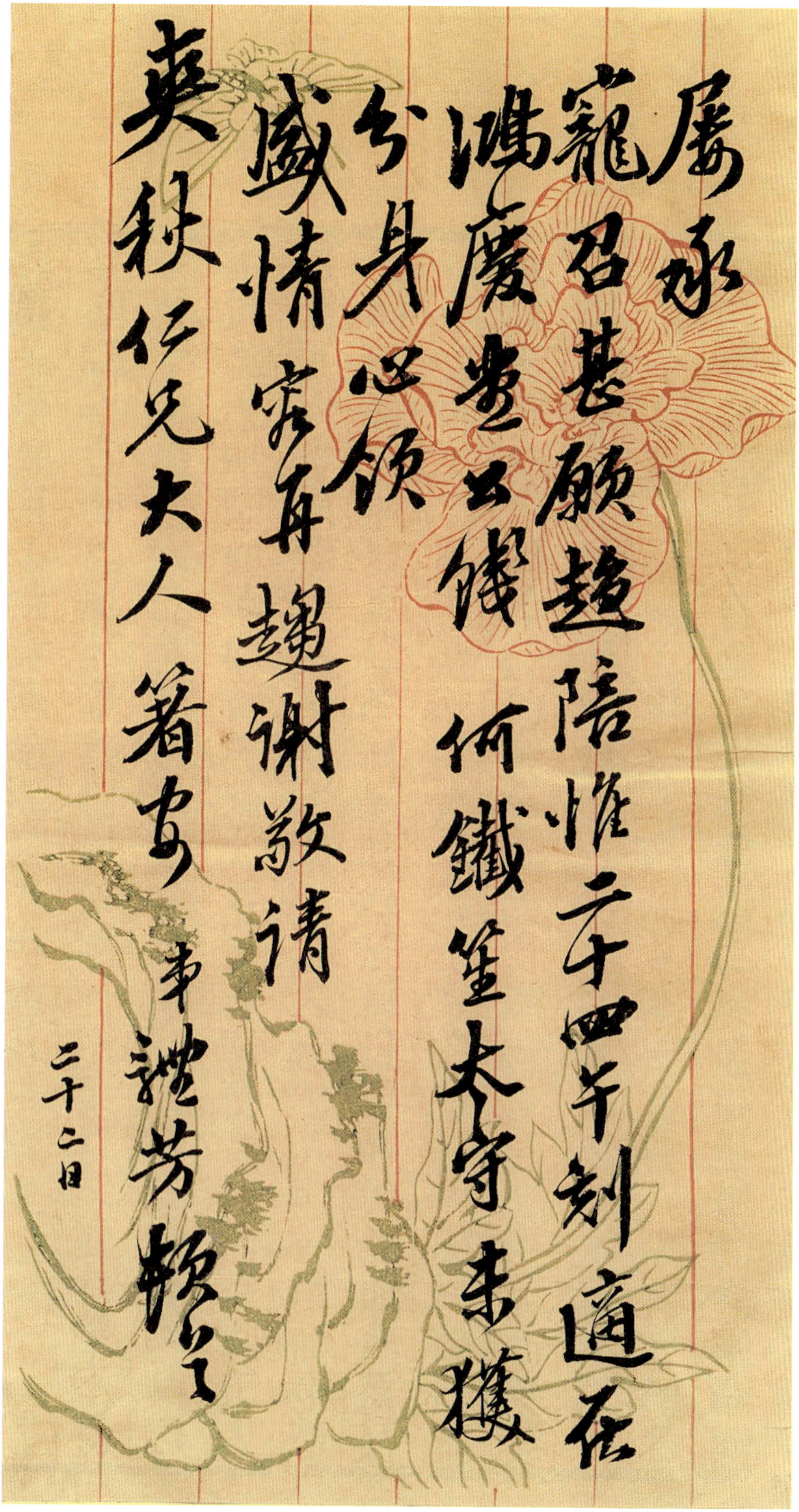

屢承
寵召，甚顧趨陪。惟二十四午刻適在
鴻慶堂公餞何鐵笙太守，未獲
分身，心領
盛情，容再趨謝。敬請
奭秋仁兄大人箸安。弟譚芳頓首
二十二日

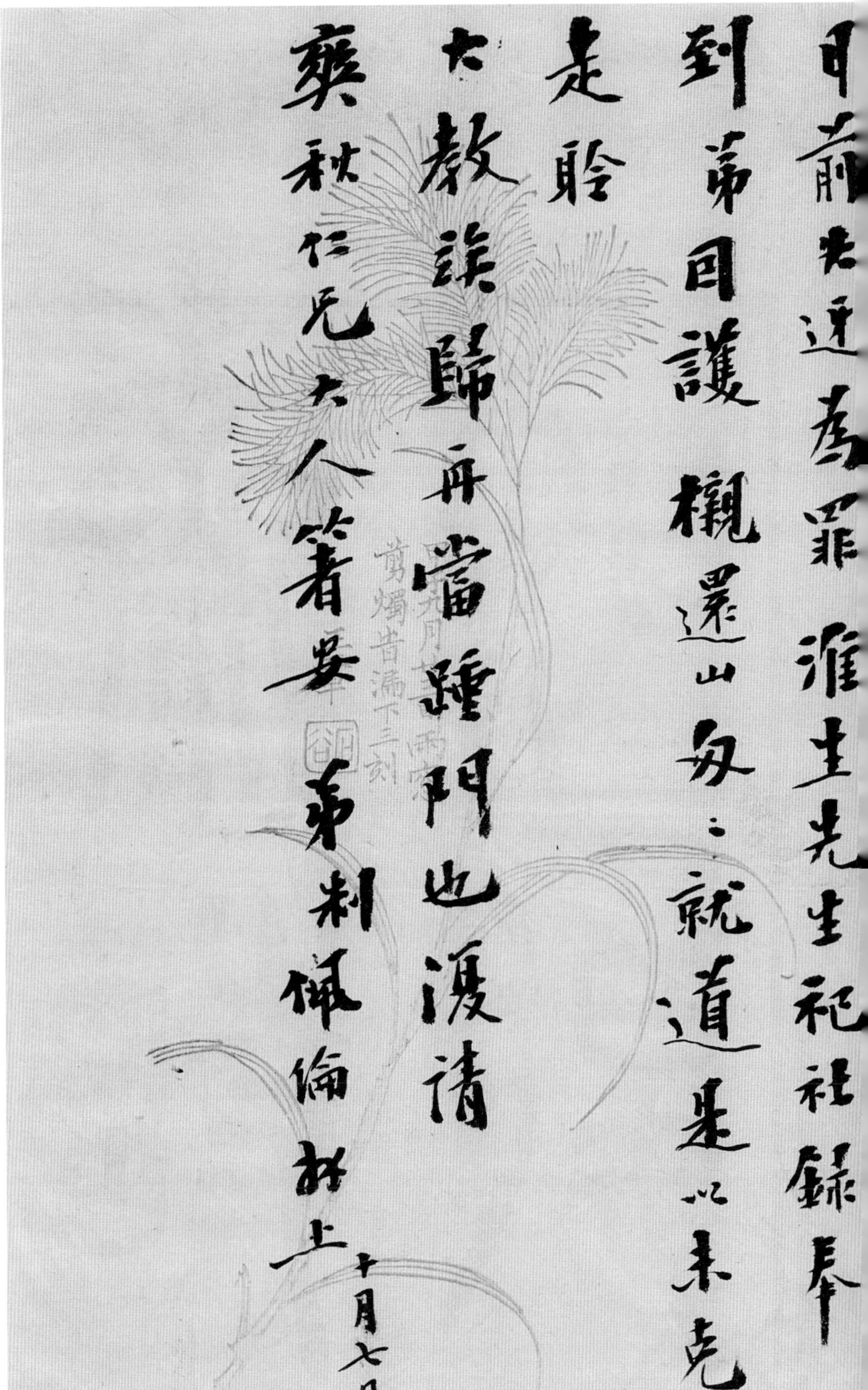

日前先送為罪淮生先生祀社録奉
到弟因護櫬還山匆匆就道是以未克
走聆
大教許歸再當踵門也復請
爽秋仁兄大人箸安　弟制佩綸頓首　十月七日

早間已函致百生言初九吾
兄入署
大札今晚再送去午間不
惠時以贊肩兩人能否想有保儒則
兄之況不及
弼漢

中黎仁兄經席台福
大著並序
教之於心窮刪謂者於古人中求之者獨何足張以
真詮於靈徵
海藏之業深再頌
賜來華讀之汗顏拿下汗者然病頹廢一至

松竹

所知恨去月不平買此

親循候拙花

去集中離晚陽人吏無虧之愧漢者又顧爾生

平安居之方寸望稹不能奉承謹此佛膝畧

照想

調攝得宜前屬老一康云樓至禧樹頭條胡同

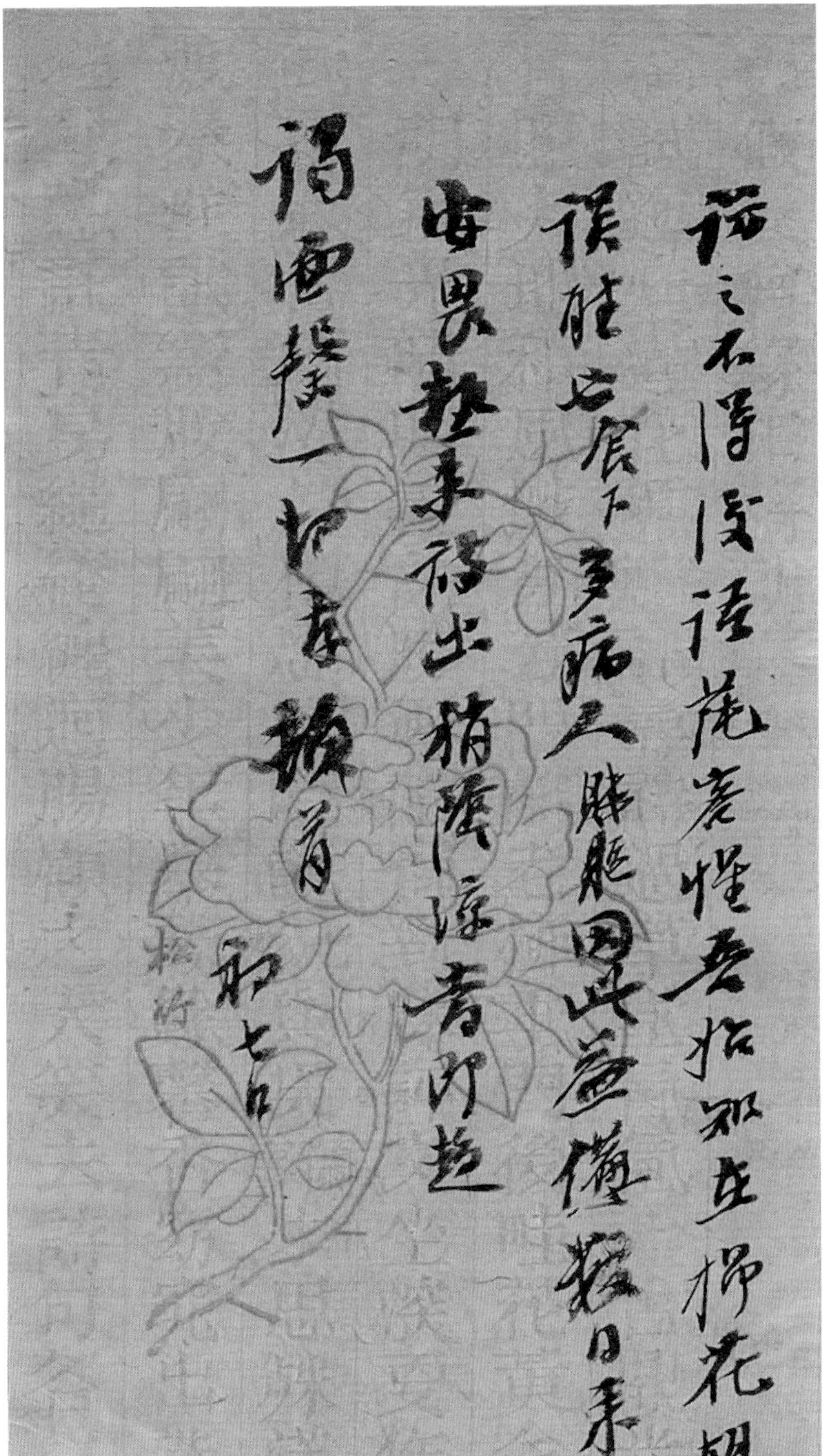
初七日

爽秋仁兄大人閣下：冬月接奉

賜函，藉悉

旅祉安康為頌。都中近日局面雖新，其實諸君先後亡不下同年

是君何罪象也。本日就彩辰，凡百無計，擾心惟家計。鄙弟無告

歲暮，一家萬邊之氣而竟無此款，未發八月之薪，小説用光等

知我亦當代為設法，要準寄款以終極耶。

閣下不安再投於便史也。人生不過數十寒暑，一誤再誤以至乎

今日，年將及五十，即使康健，遲暮之傷亦不可耐，況病疲不一

存以後之歲月一人論之亦不知吾何其子高亦有可之師也尚

復能聞友而予下丑可卯——伯陽之門雖說秘本亦猶知之不

徹而亦好從事章地而喧於自適安於自宗

足下何以自遣耶惟矜

足下竟成歸來東征日拄杖相從話別條二十年時可知矣

幸矣卅初解即請

旅安 順頌

新禧

十二月四日 弟莊棫頓首

鈞簡室

承
示新詩詠諷精深，勇詞典核，真學人之辭，非同浮藻也。佩服〻〻。樸次
肉官可王字樸五字似太直而露，不謂憶帳即粉網，都元亦尚未以為確蘇
中郎仍為龐亂困謨，若說亦當類而質之也。復請
爽秋仁兄大人著安　弟蕢頓首

手書敬悉。具見
虛懷下問，猶表盈善。弟昨油簿
大箸拙詩數首，尺牢臣擬送質，因從玉不果，稿奇撰　澂皆
而兄之餘論，不足一笑也。專復，敬請
爽秋仁兄大人撰安　弟蕢頓首

尚白尚赤各有所以然之故是即理也然夏尚白□□赤者周亦示別無有尚白者是即禮也民可使由之不可使知之故聖人治天下以禮不以理以禮不以理此無弊之道也且如君臣無獄父子無獄若是者何也曰禮所不得爭也禮所不得爭故以無獄絕之也使不以禮而以理則固有是非曲直在矣設也君父非而臣子是君父曲而臣子直將奈何是故聖人治天下以禮不得已而以理何也天下之人而皆從吾禮則固善矣不幸而有不合于禮且大悖乎禮者不得不以理斷之此古治獄之官所以名之曰理也禮者治之于未訟之前理者治之于既訟之後也然而遇君臣父子之獄則仍不言理而言禮也舍禮而言理是使天下多訟也且禮者天下無一人不可以遵行而理則能明之者鮮矣孔子曰麻冕禮也今也純儉吾從衆此在聖人則可耳使舉天下之人而使之斟酌乎理以定從違則必有得而有失矣幸而從純之儉可也不幸而從拜下之泰將奈何不如一槩繩之以禮爲無弊也夫天理二字已見于樂記非宋儒杜撰然聖人治天下以禮不以理理者不得已而用之治獄舍禮言理是治獄矣治天下非治獄也以治獄者治天下而人倫之變滋矣鄙見如此竊附于尊説之後 樾記

臺事紀詞十二首

臺地原稱毗舍耶臺灣本名毗舍耶金人兵敗匿山阿

……人所
廻元匿此縫腰善甲為樣植蕃以善走存排紗所以竹籠束腰合細
薩鼓番童繫背謌薩鼓宜乃銅器為捧荷
美好貓兒未嫁番女勝悅仙已嫁番女漆頭鬘齒更爭妍
箭裙遮下懸烏布裸前幅謂之下遮鼻口簫琴信手牽
婚姻以鼻簫口琴相合名曰牽手
都盧國轆語難諳為說唐人各杜皆番呼漢人為唐人
風灾懽飲每一節臺人以風一節則颶風一次險雖沙綫早安排船忌擱淺
多暖少寒氣候偏春花冬菊蔗圍田耕男
饁俗純樸鳥語音占大有年番以鳥音占吉凶

娑婆洋大海天寬（語出佛經）鹿耳鯤身百尺闌皆地名

昔日番酋作互市琉球日本与荷蘭皆國名

覆開難更着驪難朱一貴鄭成功顏思齊劉香老祇自

迷寰海共鶩天子詔將軍鏖戰七澳西地名

盡獲金戟耀營門謗海何須萬馬屯驅逐游

冕置郡縣歸入版圖設置郡縣後衆番翼戴聖人恩

後英美比近通商各國名五口權全有定章五口通商

添設權全大臣第一毒流鴉片土東臺灣二府志咬𠺕吧本輕捷善鬥紅毛製鴉片煙誘

使吸之遂疲羸受金銀無數出重洋黃鴻臚漏巵疏言之最詳

制其國遂為所據

主通譯奴先壯路入洋涇未尊滬上能通西人語言文字

者官吏皆畏之

如蛇蝎可嘆也

底事甘心工媚鬼狂童淫女迷朝昏

戲園妓館最多徹夜燈火不絕

聞説日兵擾遼黎 日本兵擾臺 王師南下振金鼙

近日輪船由鎮江疊次載兵赴臺李制軍也 知不是中原敵

駐泉州潘方伯駐鳳山大營有數十壘

戰艦軍資仗泰西日本所常克虜伯砲鐵甲艦船皆向泰西各國所借

難容鼾息卧榻前澳門香港閩省浙甯京口漢鎮滬上煙臺津門俱有洋樓彙報

徒煩一紙傳上海有彙報局專探中外各國消息內地奸民多數譯轉

勞上將逞戈鋋

高飛安南識遠超皆同名早知西溯奉　皇朝倭

人踞有田橫島終比三秦一炬銷

橫錫未定草

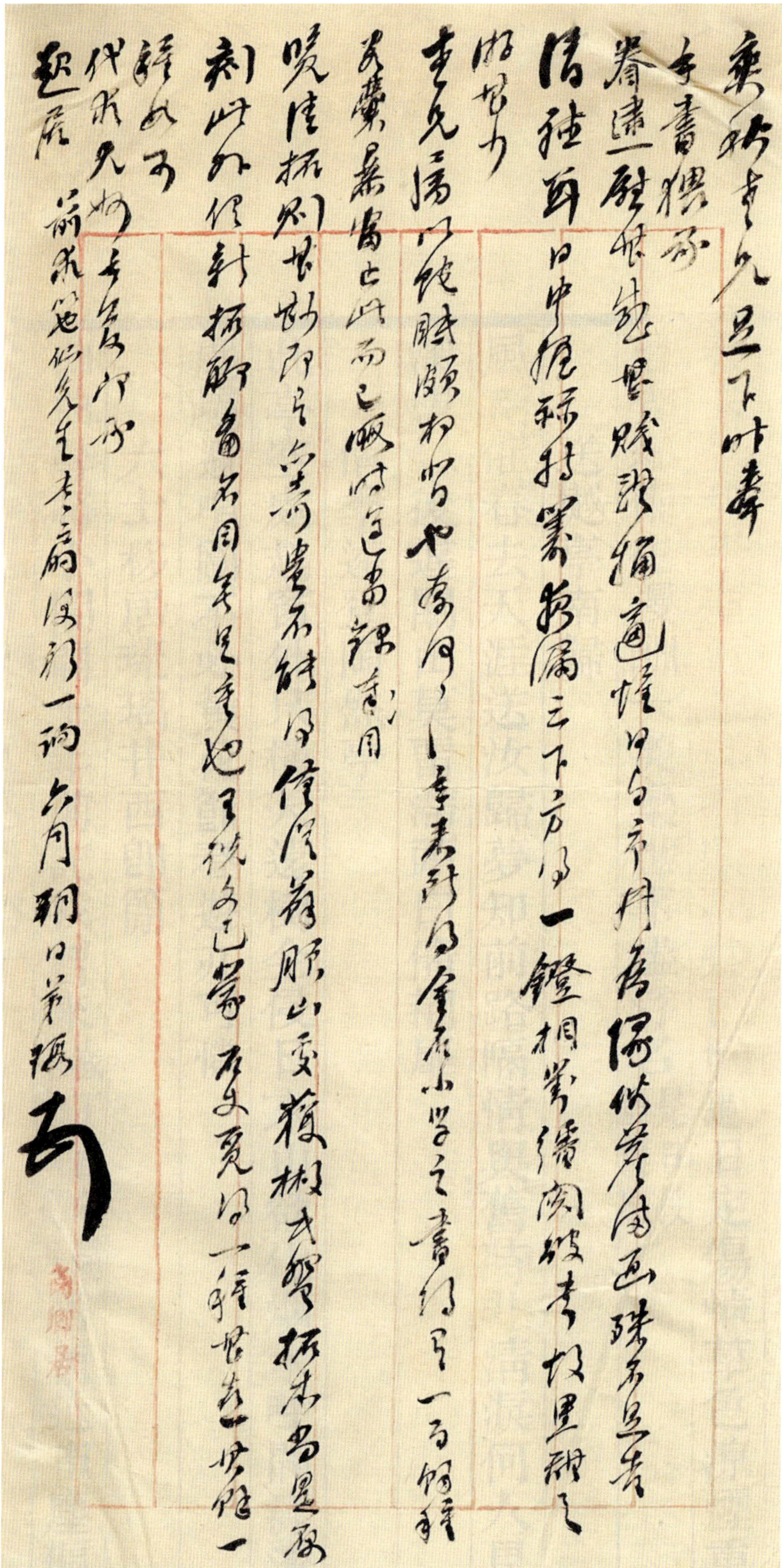

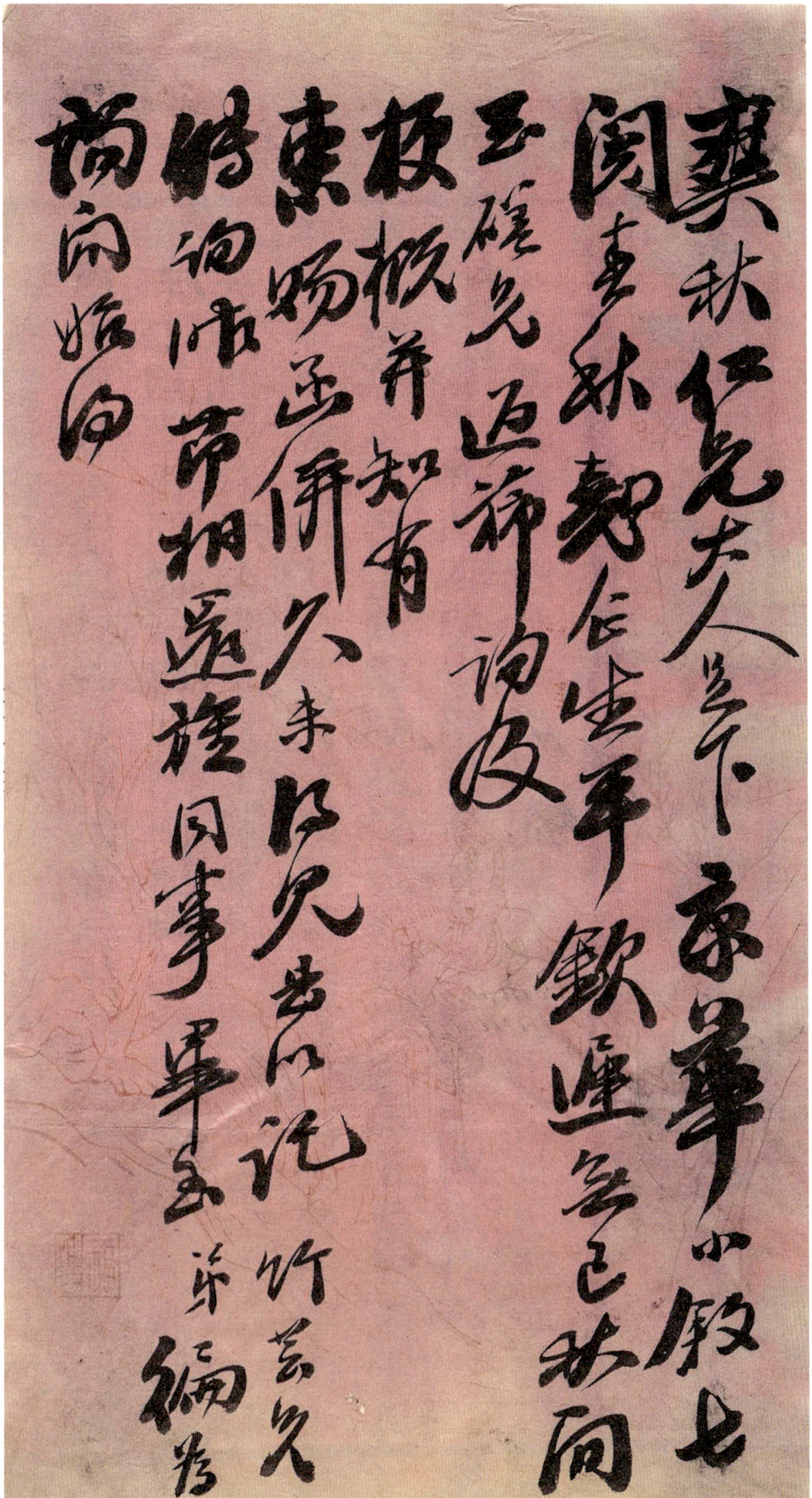

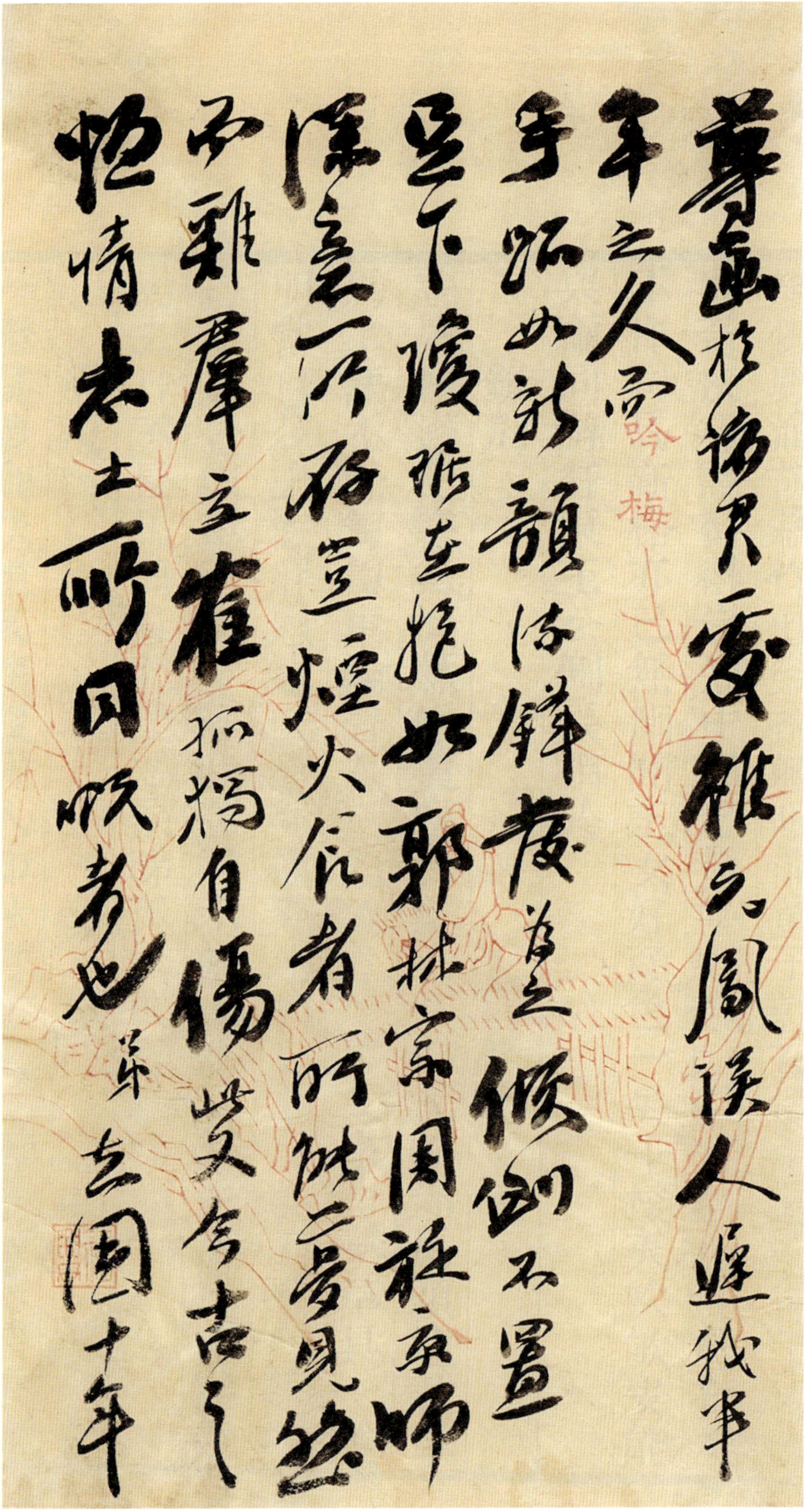
尊畫擬俟君一變雅與風流人還我事
年之久命
手跡如新韻清鮮發羞之倏倒不置
足下豫張去挽如郭林宗困于京師
謀遂一只身豈煙火食者所能一旦見恕
而難羣之雀孤獨自傷此又今古之
恨情志士所同慨者也 弟 袁園十年

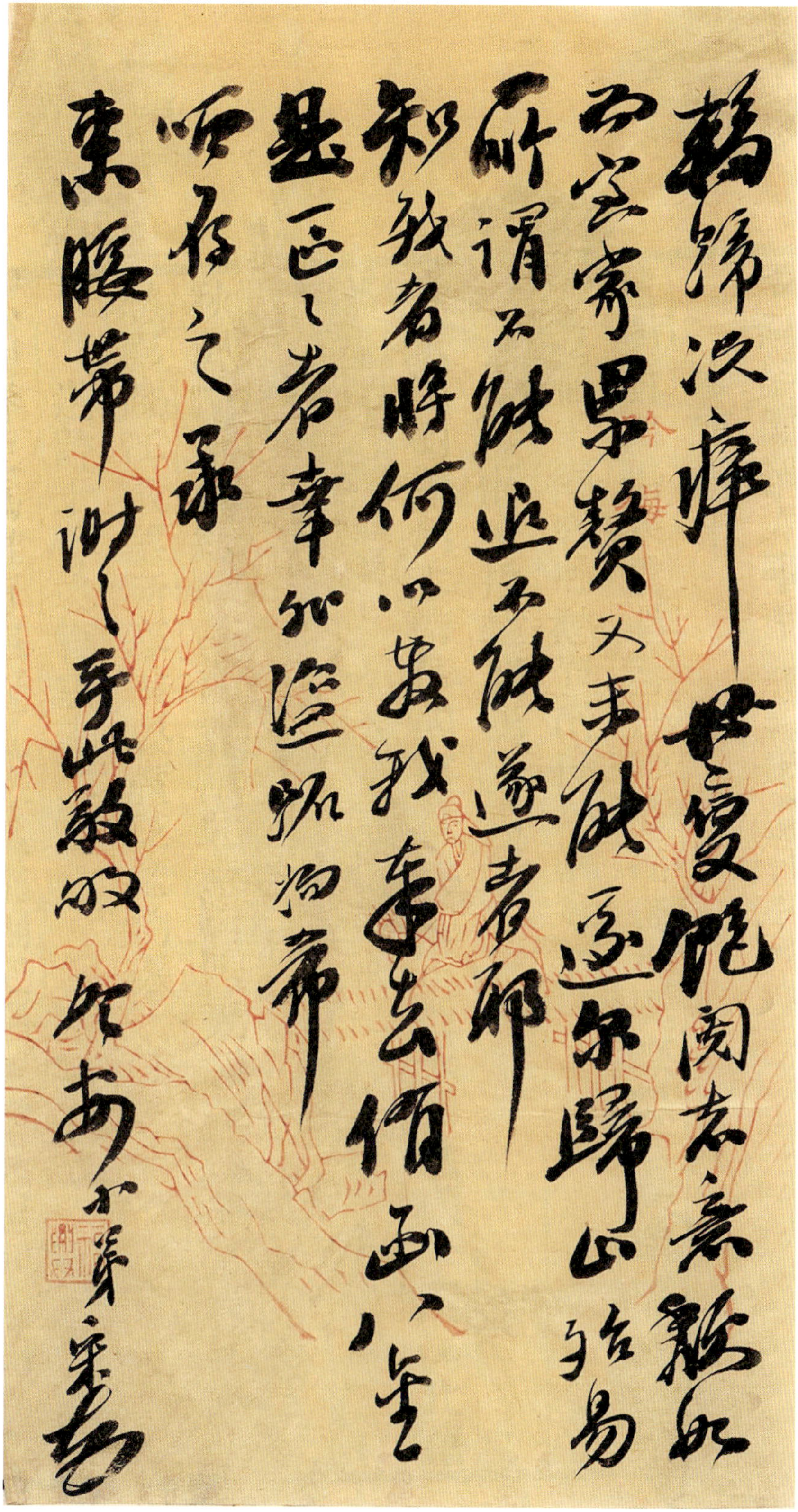

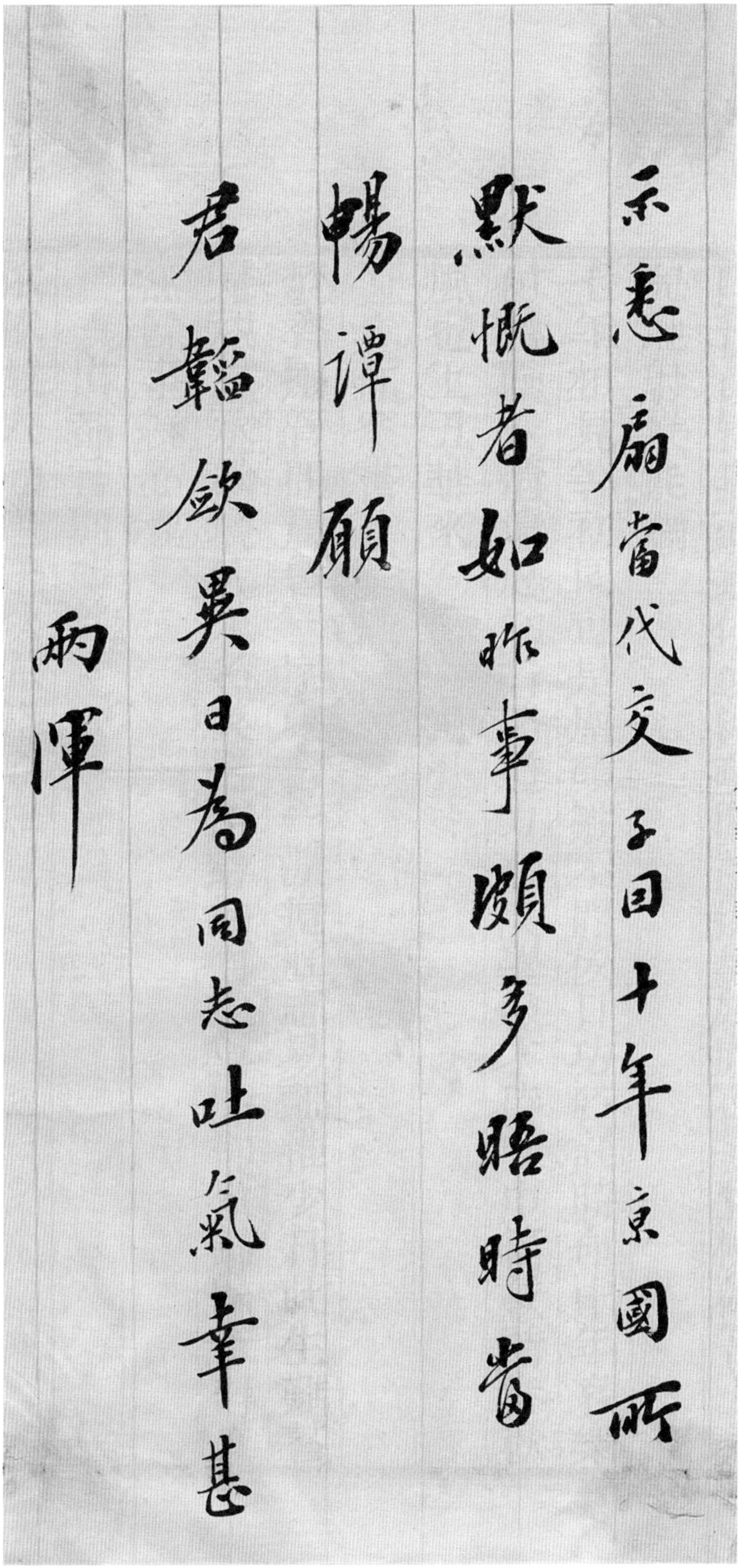

示悉扇當代交子固十年京國所
默慨者如昨事頗多晤時當
暢譚　顧
君韜欽異日為同志吐氣幸甚
兩渾

九十春光趂萬花錦繡堆知松樹天獨一訖酣共石
丈蟠鑄人間萬年飛日灌木相看盡如故等閒歲
暮向冰晨霜晝寒傳誰也　巑岏翠雲起尺便乞
吞　九華蔡河飛去盟共老松探任滴受風雨逢萊
占春家早暖玉生煙一峯換那時快觀噴徂徠洞天
系霧　松石　如此名花甚托根不到春風埜樹麗影耀
秋清共菱芰爭托霜栽未須拓以艷冷芳寒長蹄
價誼閬玉筆看素顏紅暈佳人醉也　風流更無窮
媚對秋風數筆冰御正西金状訊遊踪趂三五良夜盈
盈畫屏滿般翠決紅些脂千一盞露珠個西話相思個

儂知者芳若翠嬛藏春詞玉人醉未離如龍遊騰影漾
虛庭透香霧游砌鸚哥慢呼試茗倩情人扶和愁睡
夜來慣醉對湛陰半榻倩妝喬眉　春風鎮吹柳夢醒詠
臉雲印枕瘦腰何意外詠破春慵正亭午天氣分明儂
紅闌畔愛客酬歌坐花底奇依庭笑啓鼻花來碧天如
水　藤花貍奴　酒醒寒生記鏡奩畫暝那個人面菱鏡不
勝慵逗釵鳳輕顫殷勤素黛細酌輔靨紅酥縱衣組玉簟
笑撚課閑十九字玲瓏題編　多情美爾變徵笑青蓮學士
桑花點儂討好趣檀心拓花別樣藍遊傾城信詩第一下立金盤
芙花踐延襟意之送盼春來並頭開滿　牡丹

爽秋賢兄大人足下去年春初拜經籍纂詁之
惠夏間又得
手書碩、赤印哉若歲月侵尋遂易寒暑
懷人歲暮時念曷已吾
兄到内閣衙門想已年餘昔魏默深龔定菴
皆於官内閣時深究本朝掌故魏之聖武記
龔之掌故鍾里諸考皆錦卓絶吾
兄昔日所必香禱得於衆人之外者矣磨勘苛細

致失上駟非盛世所宜有今首議者已多才推也
君來歲作朝陽鳴鳳彼吳縣者上游頗望嚴州
修志文獻無徵
君又未歸何從措手宋董弅嚴陵集吾鄉朱述
之曾藏宋刊本已燬於兵都門書多尚能覓見也
否近輯國朝睦州詩略已得百餘人詩三百餘首思為
書院諸生徵文考獻之先導惟苦耳目所及無多
裝而

雲藍閣製

珂里傳作尤少
足下欲記所及倘有可作
録示者以速爲妙試館另建書院以儲舊樓
上所經史集諸書亦有千餘卷惜肄業諸生
尚未能於讀法中互文意以開示也何、北湖
碧岑獲隽可喜
珂里惟一葉君耳　弟宗源瀚頓首
台候多福不備

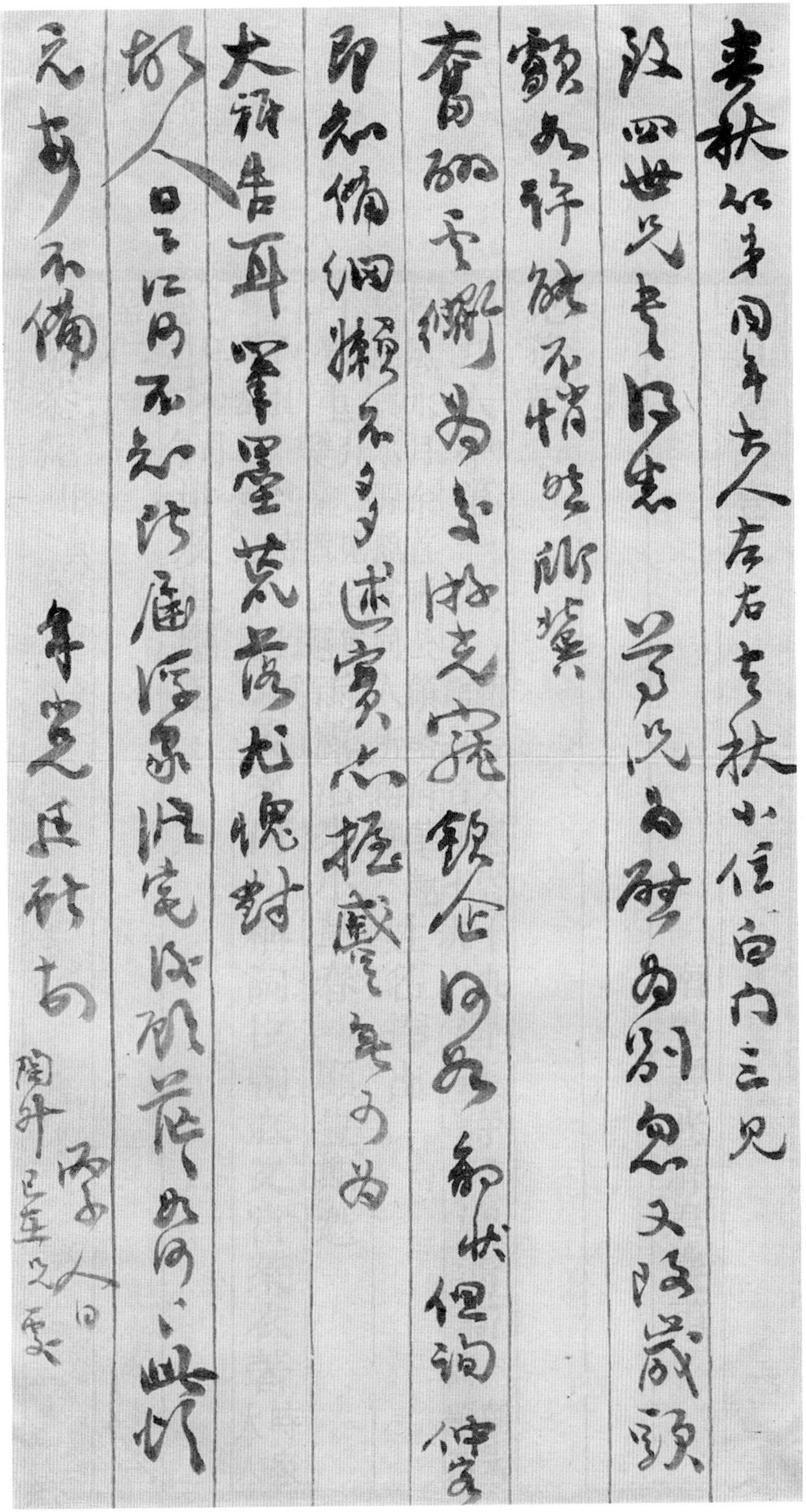

黃彭年頓首覆

爽秋先生執事鳳閣

文典潛精

宇量高雅傾風仰鏡心結志懸百里關河久

稽良覿素乏根柢之實中眉每悵其何階

昔呂向釋文選嘗招呂延濟劉良張銑李

周翰更爲訓詁李玉監校諸經亦上書請

令杜鎬崔頤正孫奭同加校刊良以事關著

述必萃中熟本原之士司之文前是王

依栖[illegible]以薄才典籍 鐵輔雅蔑衆

杜棨、鉛筆同椽而竊企

綴學每懷

昭月之掇會分校各人遂以

秀德博辯達於 合肥相國渡極 勞予玉初為

之先容伏承

報章不我遐棄又辱

嘉貺抄詩高藻瑩以瑤華 申詠反復更增勞

結偶成和篇聊紓中軫愧乏荊璧以答

隨珠東風解凍願紀

鴻來葵藿翹

旭彌益縈仰聞徑相違敬希
眷顧臨穎不任馳思餘詳玉初復函諸惟
鑒詧
彭年頓首、、十二月二十二日

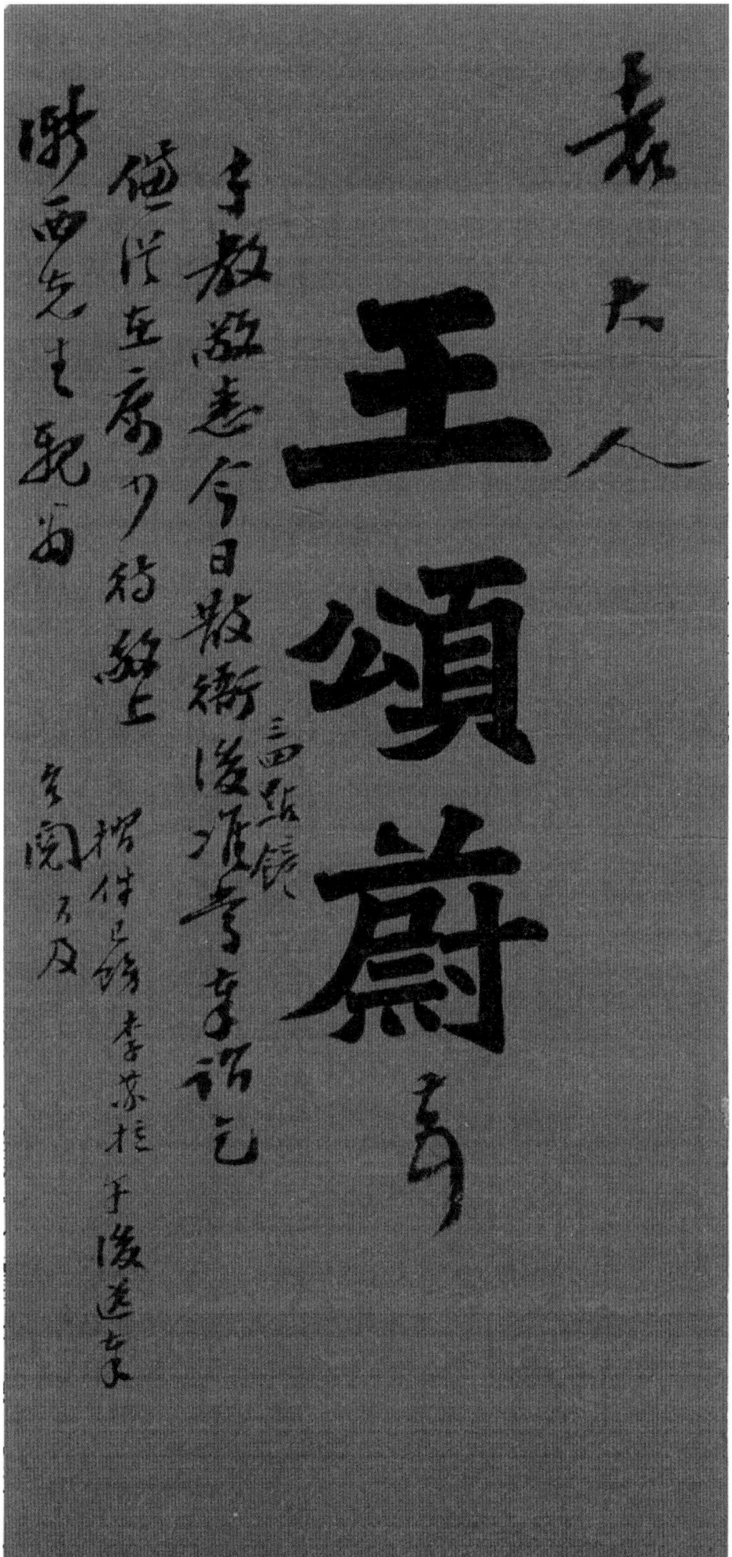
袁大人
王頌蔚

次韻奉和
爽秋先生郢乞 正之
隆陰欻季馭朝霜若暮雰卉零剛蟲蟄鷙疇能持大鈞
神龍盡思蟄尺蠖安可伸鯨齒白如雪出海千為群
雀鶡闇天時詎辨上與旻層冰滌已堅飲鶴何處川
纚縱脫龍樊結巢長松根病翮心自惜嘯侶情每勤
伊祁近堯基政悶而民醇叢樹翳樓閣碧澗幽含
春側聞丹穴鳳浴水不浴渾德枚耀奇字華采騰軒〻
高調叶簫韶終彩靈禽園暫餓竹米苞 聖瑞誰為
言可刻星次爵乙鼻烏遙開蜀玄倉莨箐沃豕笑

苓根裴裒不輕下喜奮思呈文甚原備丹瀜邑遊

時也素琴寫此意求友相彼真長風颯然至高下濤

瀉泫滄洲繪滿壁昕夕容垂緇卷軸山石間天樂如

衡门客来無雜語古義恒互陳雅稱鳳偕鶴守寒

棲相鄰同聲幸早應一曲傳心神

黄彭年未定稿

奕秋仁弟大人閣下：自前年得讀
華函，情詞佳妙，兄獲珠璣，至今猶在行篋，
每於批覽默坐，開緘展誦，不啻如與
故人晤對。比想
功深元度，
喜下開祠，危如遠歟，極次今不異昔，花之黑海登
岸無期，又承頒德，而思返進退維艱，
知己何以教我。專此，敬請
先生春安，舊隸伊付頓首

抱孫五世兄忘食饑餘多所意於不通問已年一
保諒老人性情不輕周旋世故耳　惟有白亟
元積厚流光於斯搢紳間之不勝縷羅茲乘
北上之便附此致頌
撰安　除候
鴻釐日以為敬譚

□恒頓首

十二月初十
凍河

多日不面，復惠瑜縻。手翰來時，恰值外出，
未獲裁答，悵悵無盡。先集古均通說曾
屬書南方刷印，因刻字間無便，寄來續匯奉
貽。予也風雲幻海，無非生涯，佳節即瞬，晚悅
然無比。十一日有靖芝諸君之約，未卜踏尉，
此時可候圖晤。再頌手綏。
頌秋仁兄先生
繼棟首拜狀

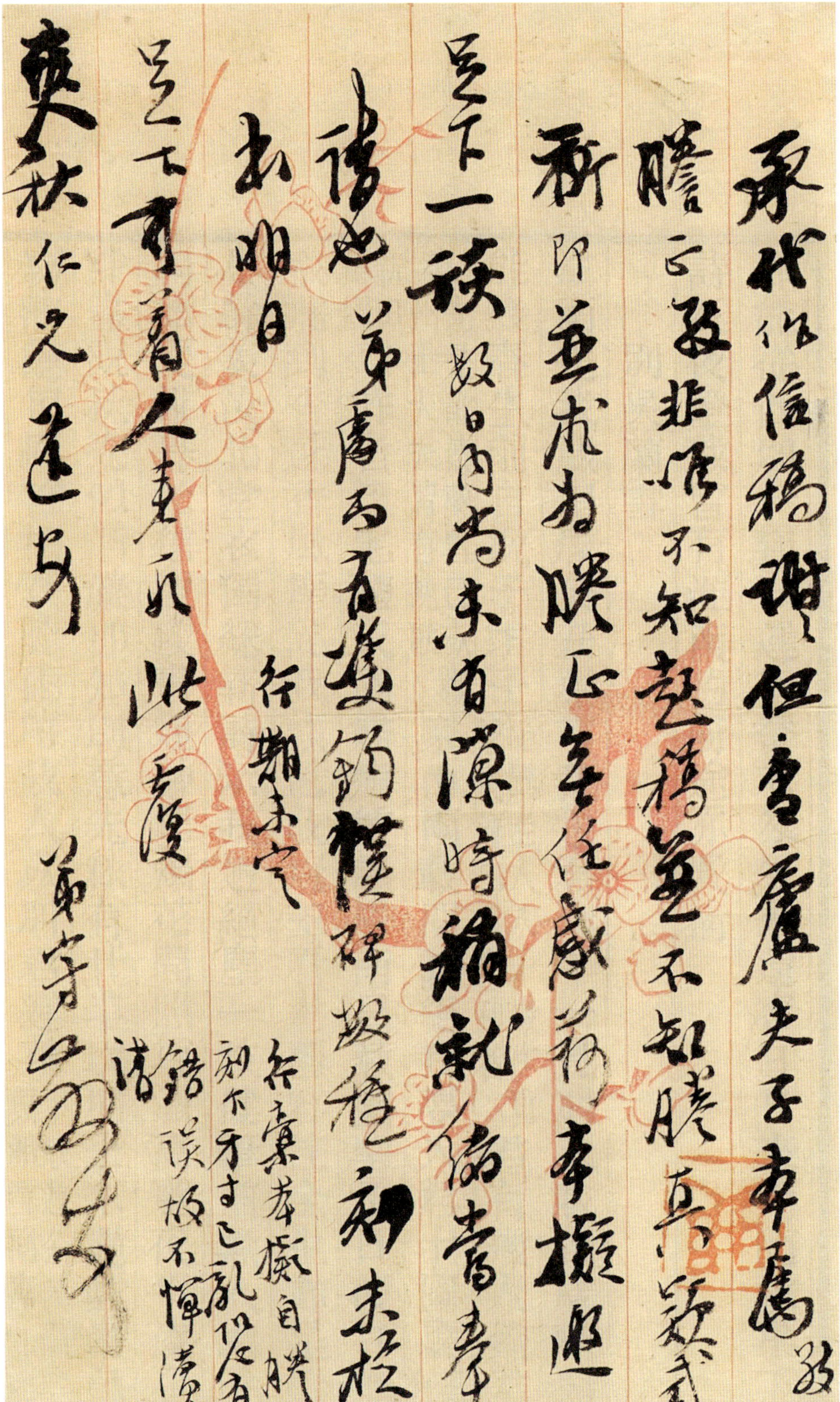

承代作信稿，謝謝。但書廬夫子本屬致
謄正發，非惟不知其稿，並不知謄真[illegible]
新，即並求爲謄正，至佐感荷。本擬趨
足下一談，數日內尚未有暇時，稍俟敝處書來
讀也。弟處所有漢銅鏡碑拓數種，初未[illegible]
出，明日　　行期未定
足下有人來取此復
爽秋仁兄大人達安
弟守敬頓首
行豪草擬，自恨
初不才，寸已亂，但今者
錯誤，故不憚瀆
請[illegible]

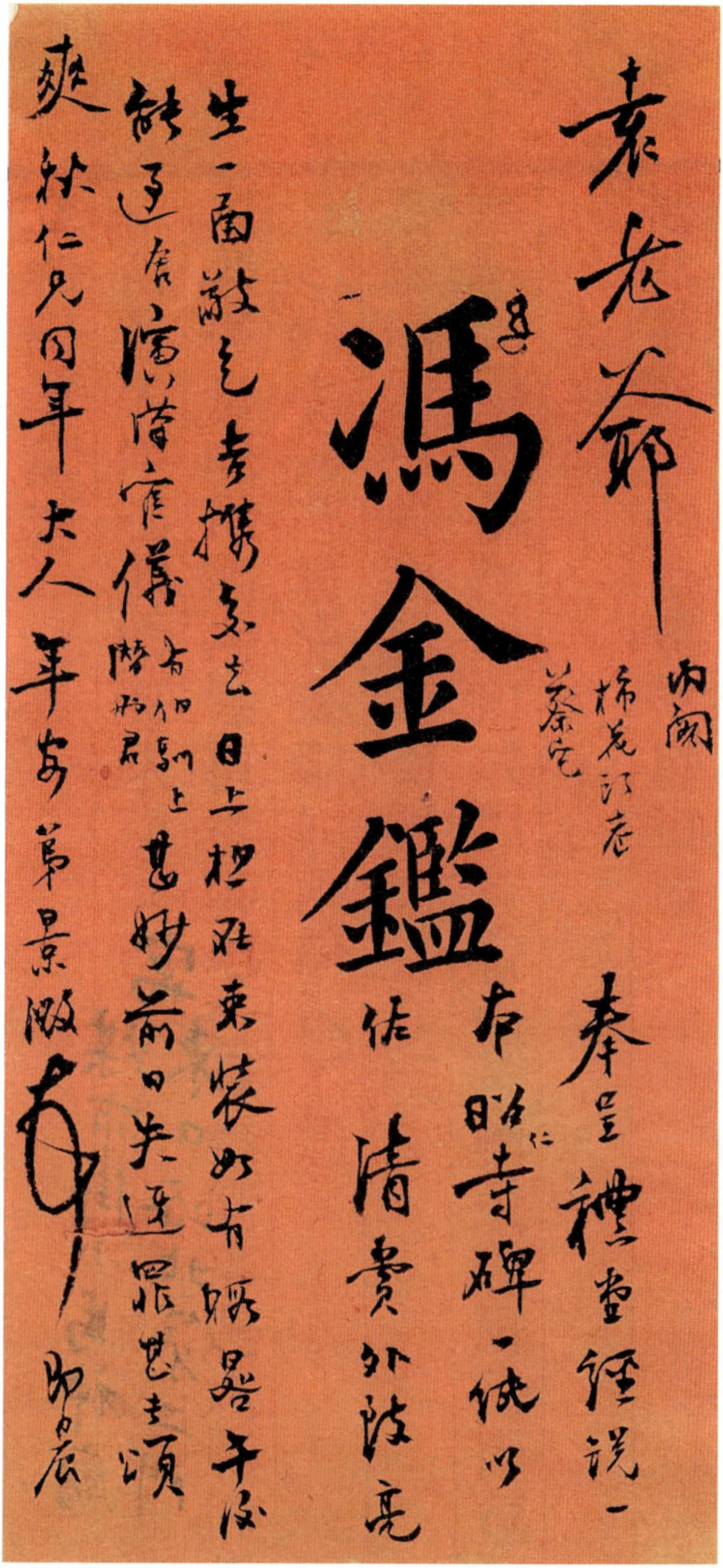
袁老爺 內閣
椦花河沿 蔡宅
馮金鑑
奉呈禮堂經說一
本昭仁寺碑一紙以
佐 清賞外該亮
生一函敬乞
能送去 有加剳上 陸丞君
甚好前日失送罷甚是煩
爽秋仁兄同年大人年安 弟景淑頓首 初九辰

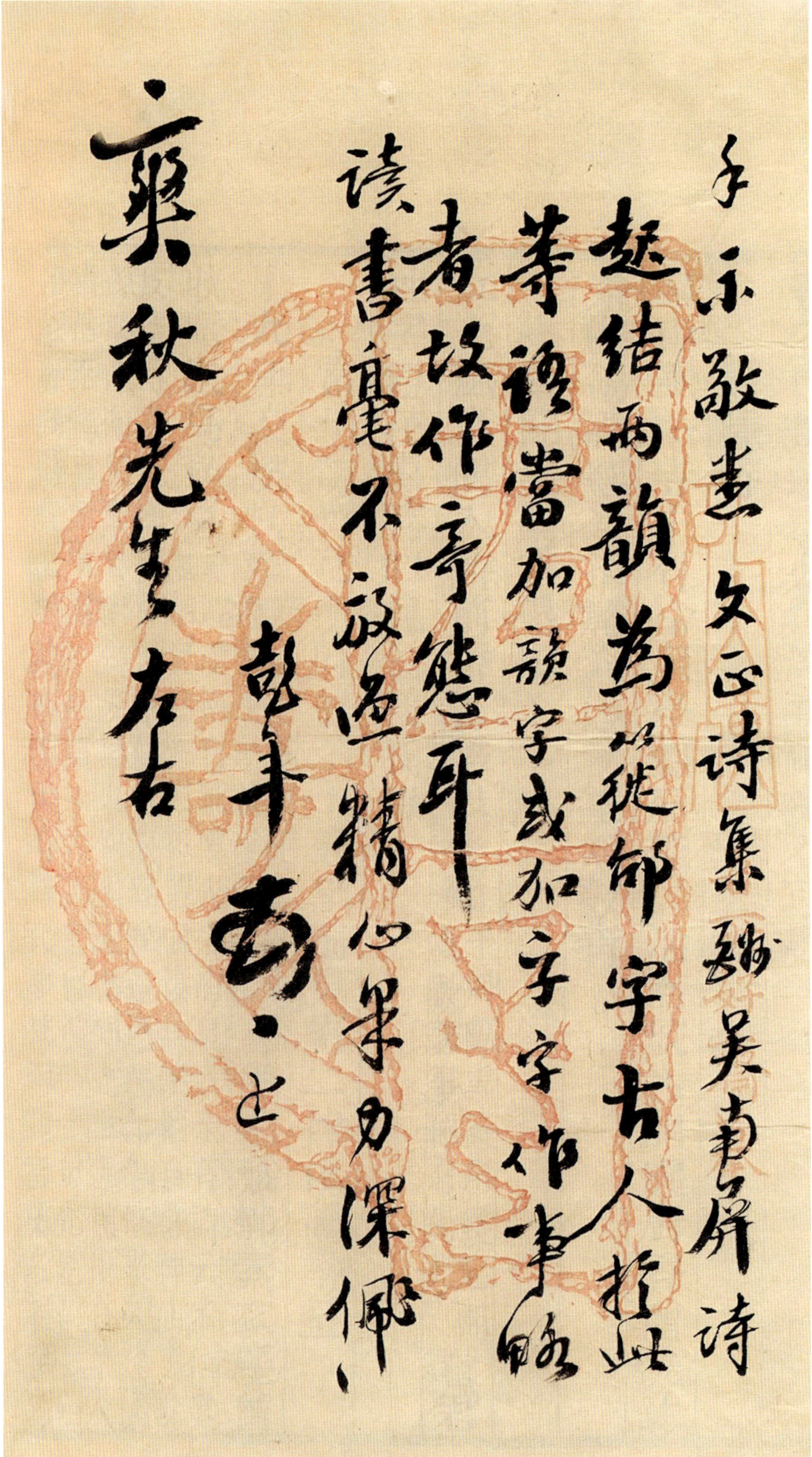
手示敬悉文正詩集跋吳南屏詩
趁結兩韻為以從郤字古人於此
等語當加韻字或加字字作串略
者故作奇態耳
讀書毫不放過精心果力深佩
彭年頓首上
爽秋先生左右

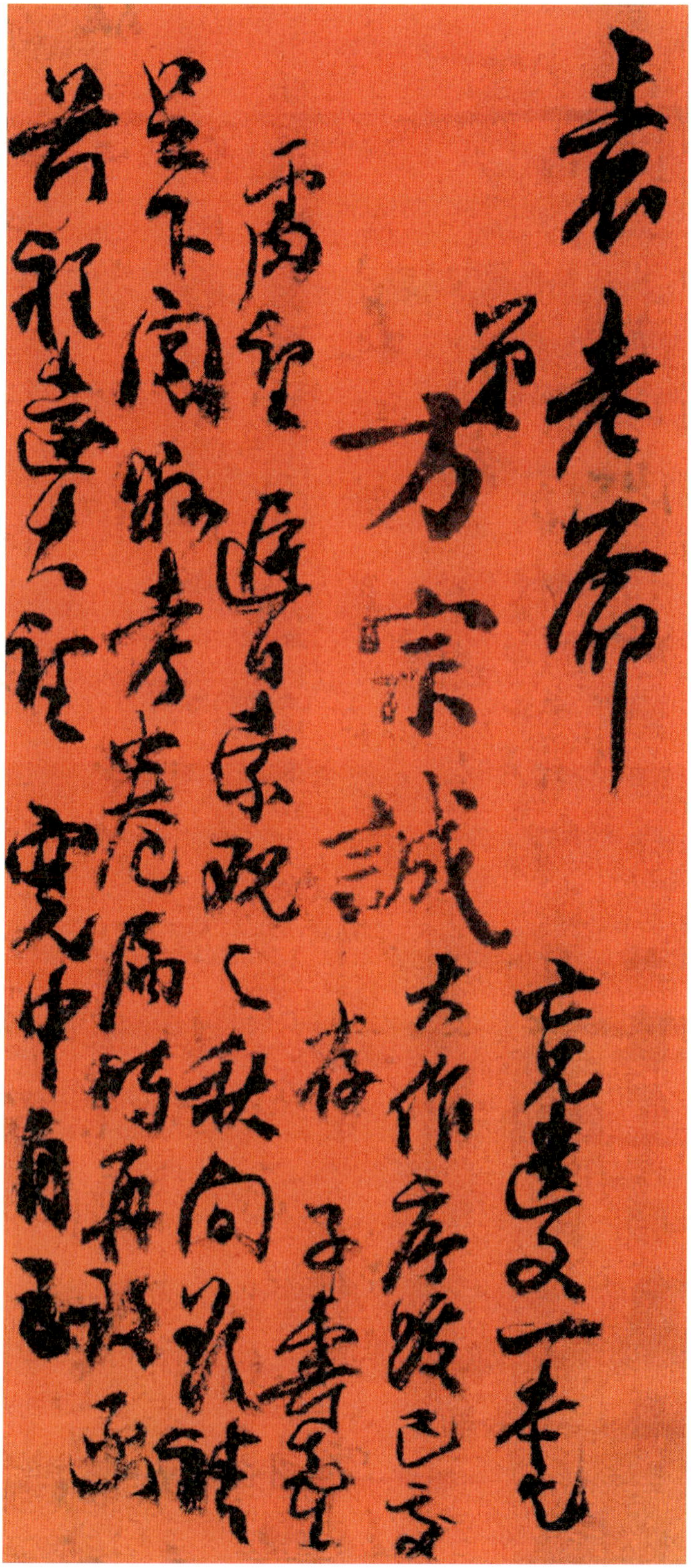

冀秋仁兄閣下臨蕤知
祖生先我著鞭歡喜無量落落塵海中得
清才黼黻子瞻之頌諒為不虛固不獨吾鄉增光為可賀也弟
樗櫟下材誠宜擯斥惟是老女待字殊乏因緣李子言歸不堪
勢利習日促赴津門整謀安硯詎來年再為馮婦矣留滯
周南將及兩月囊橐金盡落寞無顏十丈輭紅無從插脚更
無可與話言者行旅之（全之矣）費尚無所出未知
閣下能助我一臂否道義之交不欲言利
惠子知我故一商之此上順賀
大喜并頌
翰元也一
弟鴻　　廿六日

爽秋尊兄大人左右前知春閏之

捷不勝快慰滿擬握談不遠改

稽載賀

至好知必諒之前月得

陽書備荷

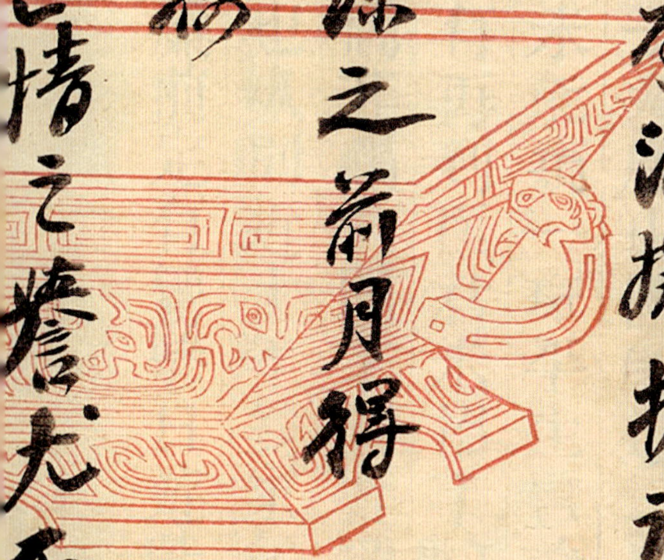

注存多乃已情之惓惓尤不敢當嚴

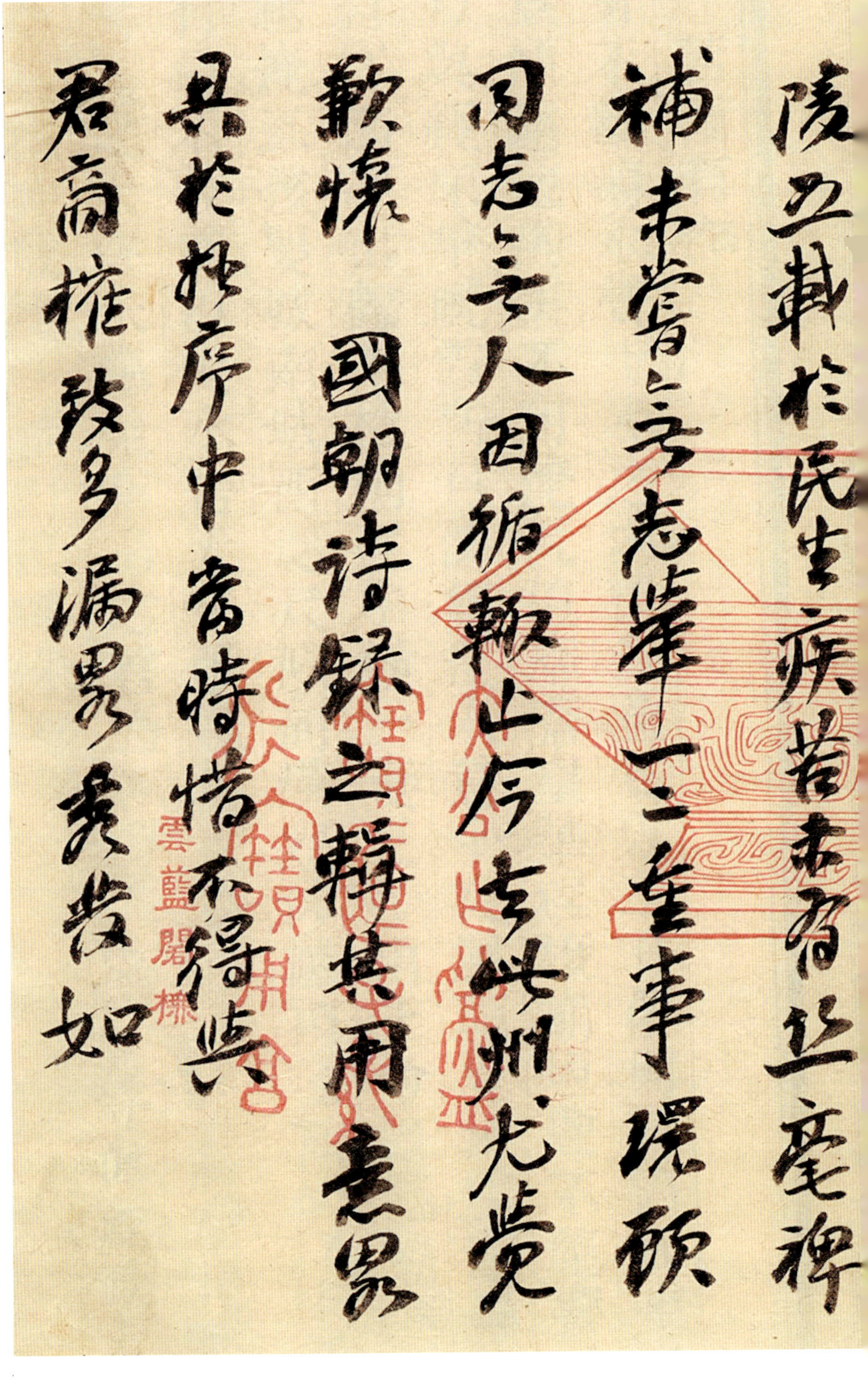
陵五載於民生疾苦未有絲毫裨
補未嘗之志早一二生事環顧
同志之人因循輒止吾此州尤覺
歉懷。國朝詩録之輯，其用意畧
具於杜序中，當時惜不得與
君商榷，致多漏畧。其若如

珂里尚未收乃數人文與獻兩浙所
徵粗書其凡本待再輯
閣下倘有意搜（廣）博取再為續編
瀚維古巖猶所助共成此舉也
府志已成屢承倪姚方毛之書在巖
絕不可得　嫉寧之文南宋天鈔存之封弓白山賦昭
[illegible]書中有三[illegible]寺[illegible]別後叢刻

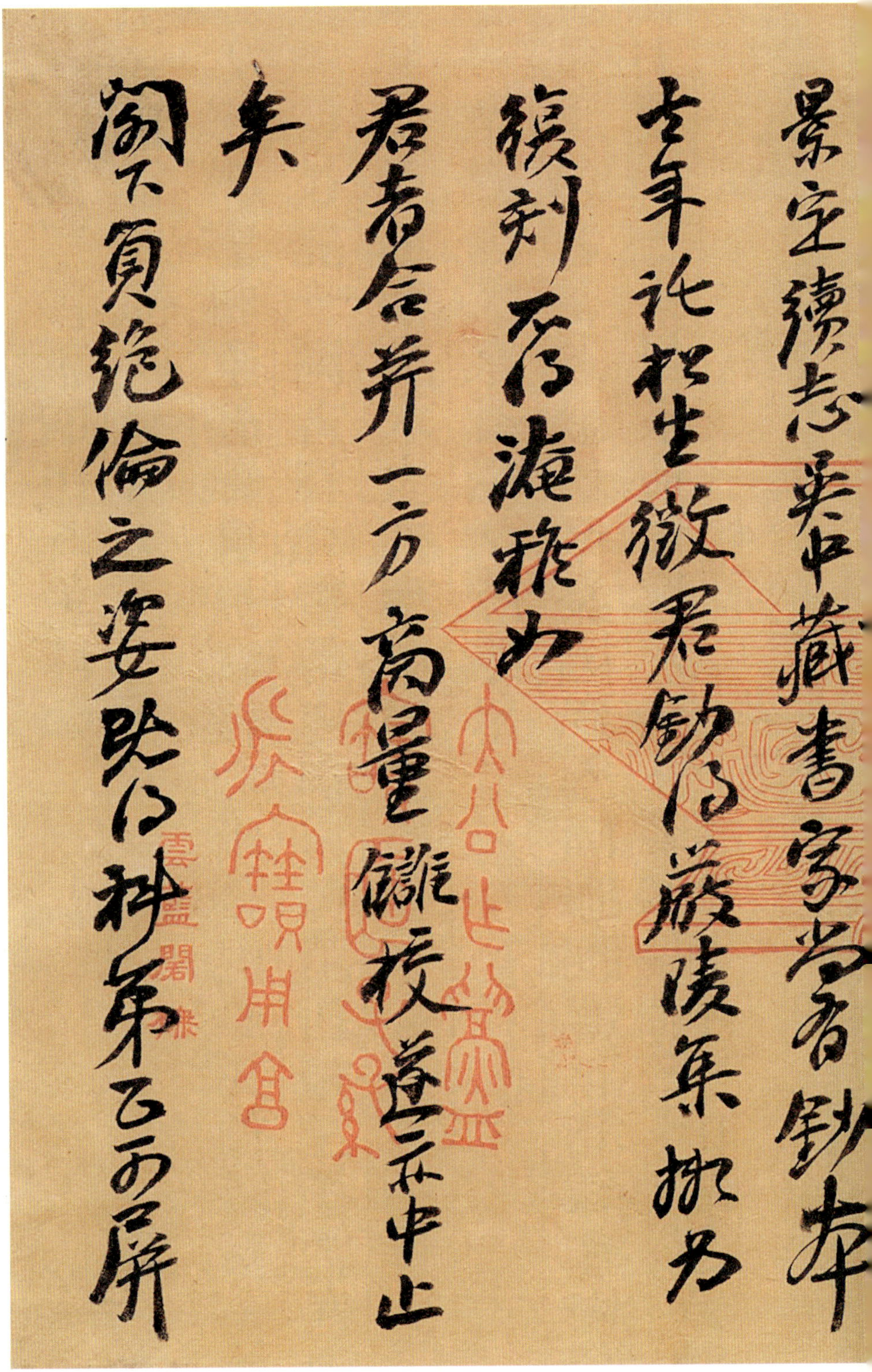

景定德志吴中藏書家尚鈔本
七年託松生徵君鈔得嚴陵集擬為
須刻不得遂雅如
君者合并一方高量鑑校遂未中止
矣
閣下負絕倫之姿既得科第乃不屑

棄一切專意學問。如惜抱之論學，
義理、考據、詞章三途。爲文亦然。入經
濟。以配德行、言語、政事、文學四科。
而要因攸共貫。必以義理爲主。然後考
據之事。浩博無涯涘。讀書不能
不從訓詁入門。要求祇入門必

由之徑。而尚非安身立命之所。詞章所以自成名者也。經濟也多識前言往行。國故朝章。世數者閣下皆已涉其藩（愧甚未能也）籬。乃觀政多暇。窮源溯流。博觀約取。知所向其方矣。卻意近人之所師法者。莫如曾文正。其所設施。皆自學問中出，而尤能善處艱困危難之境。時同世並，觀記易明。因其書，其門生故吏刊其遺書，已刊者奏議、詩文雜著（藏於書坊，皆有之）、大事記、年譜，未刊者求闕齋弟子記、師訓、學案。記其足以興起來哲，似尚遠出阮文達之上。

閣下亦嘗取而觀之否。弟廣其先君入仕

孫驂，頻年困於薄書，其間一途大已絶望。

諸郎以未償之志，屬之朋好，以冀有所啓明。

閣下倘不以為狂悖，進而牖之，為幸何如。弟

舊中小休，中秋後進省，倘其時得一圖晤，庶慰飢渴。

行卷手數，多有將意，鄙人亦薄護、竟統惟

鑒存，即頌

台祺萬福。弟宗源瀚頓首　七月廿五日

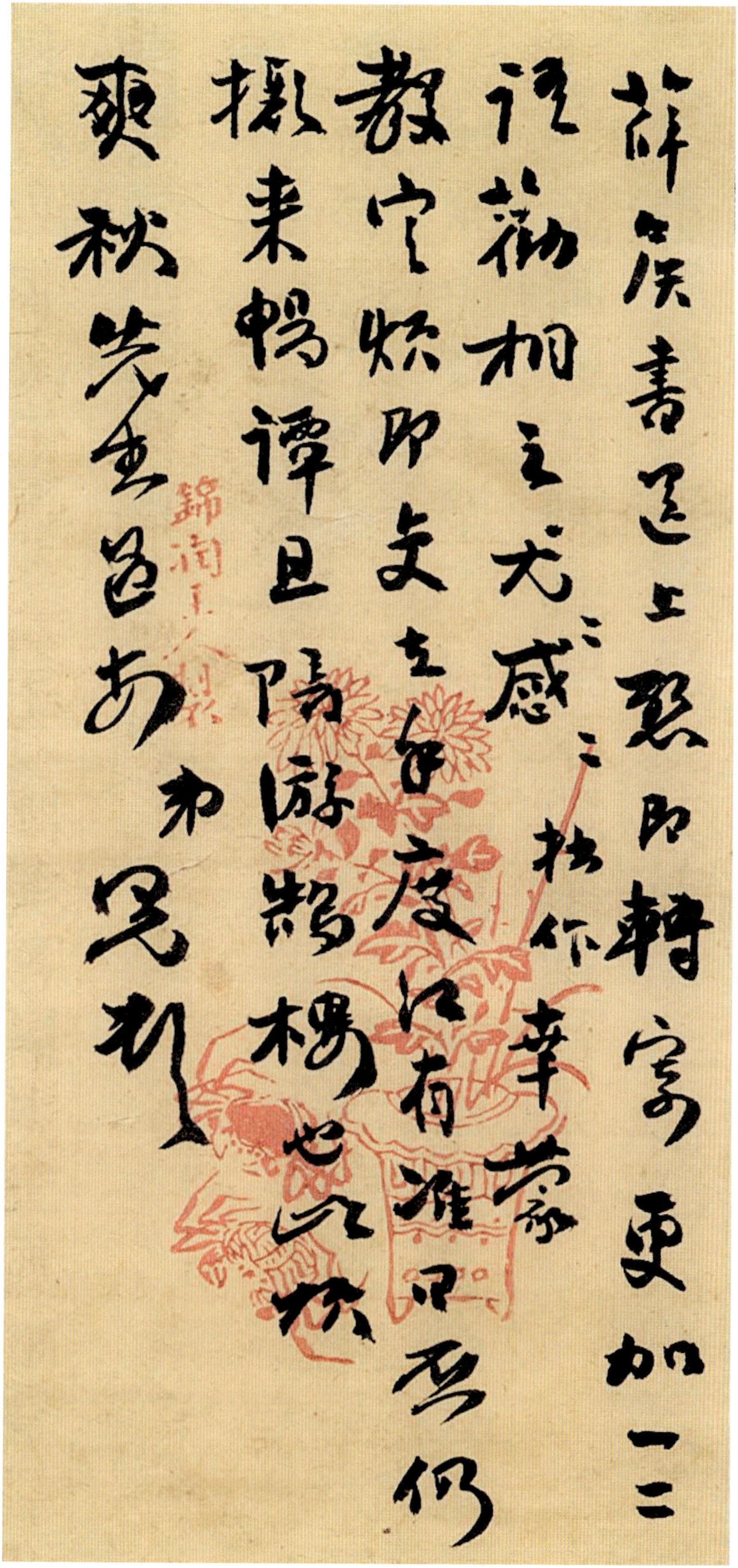

許侯書送上，娶即轉寄，更加一二
語觸相之，尤感感。拙作幸蒙
教定，煩即交去。年度江有淮口召何
攝來暢譚，且陽游鶴樓也，然
爽秋先生道安　弟冕札

爽秋賢兄大人閣下前辱
枉存獲親
道範並讀
大集益諗為學宗旨傾倒曷任別後馳思正不知行
踪已抵何所適承
手報藉悉番輪便捷早稅竹西　歐陽公亦允繼粟
廩人慰留

賢者聞之感慰還鄉無事度又
回棹邗江蝻孽萌生夲未害稼而滂沱甘雨又[illegible]應
禱而興逆計江北淮南已可無旱蝗之慮矣幸甚
来書拳〻垂注不鄙其老朽不才而推許過當實覺
愧悚無地大經因循利祿踐履多疎固非可與語
道者而何敢自託於聞人乎敬謝敬謝高材遲兄
前有書来曾經泐復並於函便重為說項不卜於

事有濟否宦海茫茫一入即難超拔可歎也兄次

肅復敬請

升安統祈

惠照不備

愚弟王大經頓首

謝君賠一函當作咨乎持行即于杜商
東南社由城隍衢以盛行，西塘
鎮周如山董原據下封今早能不
似不隆大而患也六

重蓀仁兄大人足下：播別後又將兩月，遙維
起居綏吉為頌。沿江一帶遺燼燒而焚之，
月中寄來揚州，吾圖保明前託敬事於念一函，為字七
如日有之者，又地未敢不代急懷，誠欲托上，愛之也。見臺封時
從而代達，郵寄守令與事向，各冬証，望一言力日我所敢于
君家以同族為之彼即進之，亦以二印外生，林子比仲宮南來
課而能以此路一函之全清時，即于送訪，梅方伯在此十年矣
然大妻何以有更易哥能，陳門亦不甚難，而仲家及所念說
頂時祉
太夫人光尊之不可也。勿此再頌即祈
著安
　　　　　　　　弟蕭某頓首

示遂附翁不另，子哄處姻子乎哄外原遂守之，社日乎同足下即可作那人矣

常熟廿班長秋以卯正廿班次户部在東吏部次

甘服色以前服現至二十七日內似是補褂或是常服

所未詳也附件一本摺出回字等

覓一件來時弟適紀生會特遣圍人持札奉陵即請

晨安　弟常年頓　十四

沙士之翰林仁兄

户部

袁若卿

未登泥後膛鎗
林明登後膛鎗
司乃脱後膛鎗
刀頭短燕飛來福鎗　以上均用自來子
長短無來福兵鎗　槍頭長燕飛來福鎗
硝磺各樣火藥　銅帽　以上均用銅帽
俱全倘有合用之件再奉圖樣　開煤礦挖河造物各机器
現存洋火藥壹千桶計二百五十担　地亞士洋行

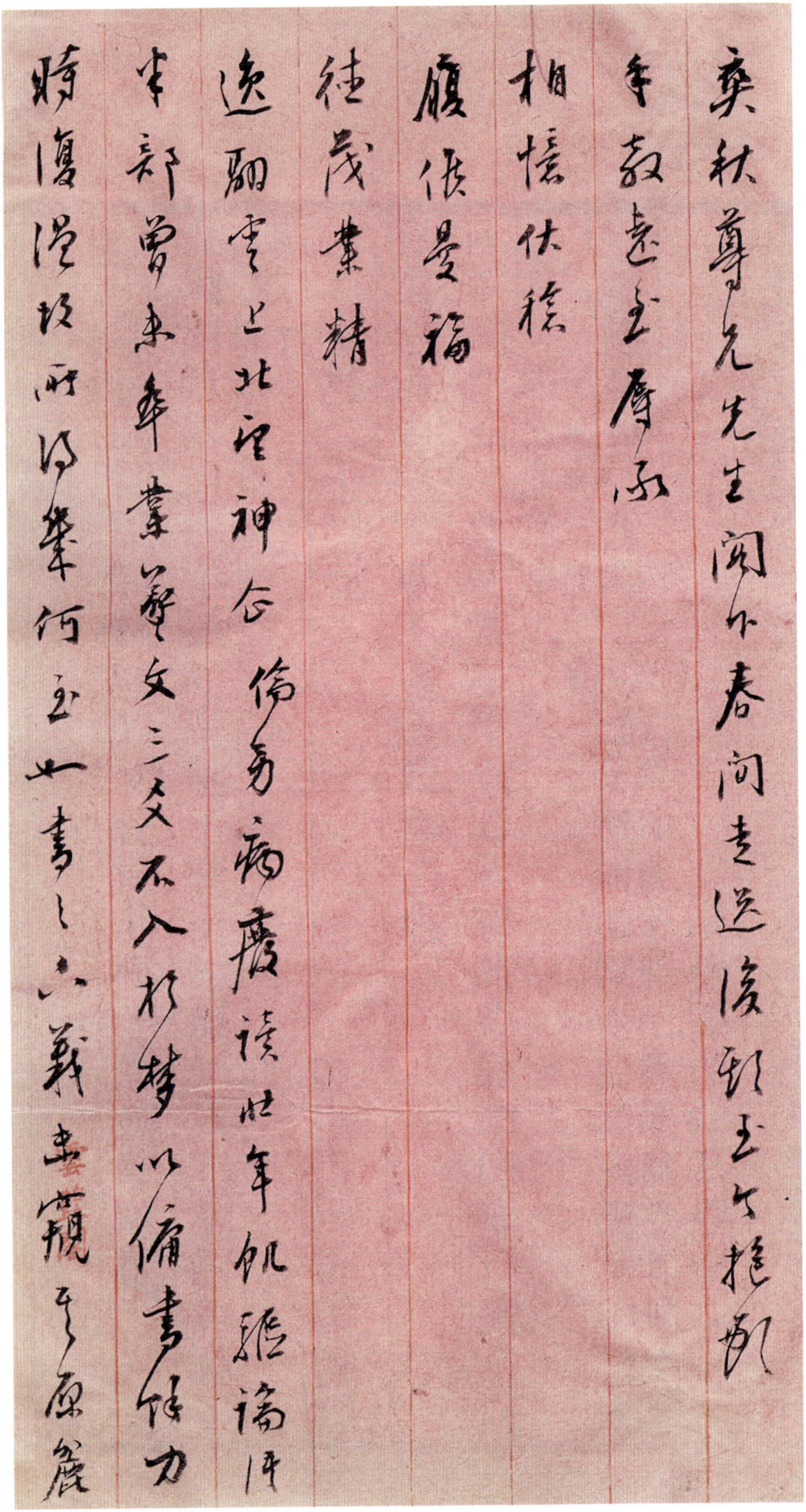

奕秋尊兄先生閣下：春間走送後，歸至□推凱
手教遠至，屢承
相念。伏維
履候曼福，
德茂業精，
遠騁雲上，北望神合。倫多病廢讀，卅年飢驅，論詩
半部，曾來年業篆文，三交不入於夢，以備書録力
時復灤攻，所得集何至也。書之亦蓋□□觀予原展

寫汲碑但一無獨而須出層櫺花不自茗遂來謝後
手我編手不能圓作
來書欲得橫幅因須之旦就
正否欲奉商從事請僕兼日之以狀
命令之所為來耶壽穀以維兹年校文簿扞卷謀
食難蘇不能得為所授日就蓋廣自斯頌析難往
琱護
來書所刊奉與忤并　寧雖然羊去所白挽

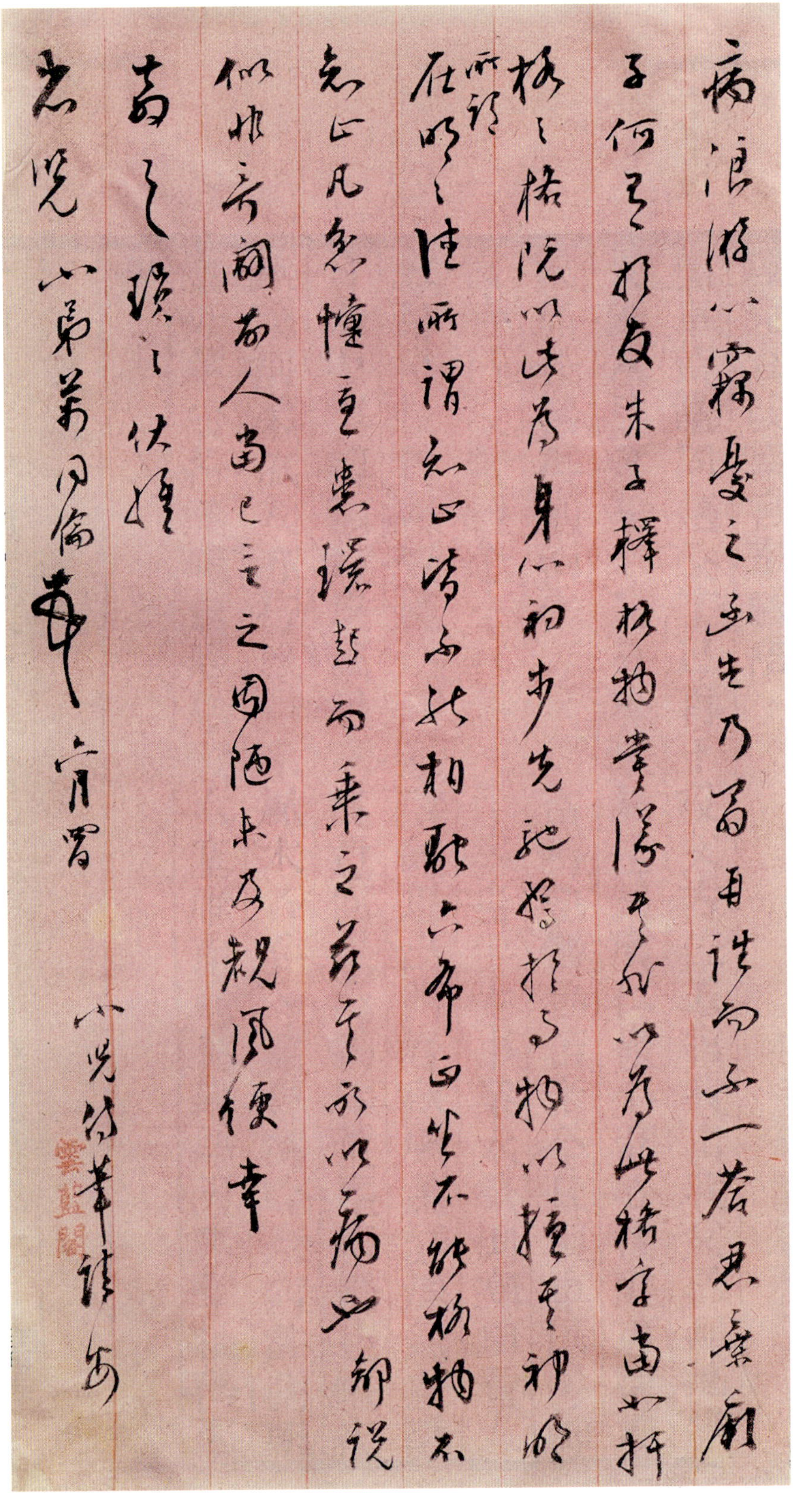

爽秋尊兄大人閣下去歲
南宮高捷欣附同末得
分從蹤跡尚稽肅賀頃奉
手翰敬悉
儷寓維揚
起居迪吉式符私祝鄙人從子錫堅頭白有
期差可告
慰此請著安諸希亮察上剡

厚望殊殷〻
祖船詠詩
清興書後不幾葉書家多生精貴全不
感緒為史目所從耳把晤匪遙容再面
餘言面布順
大喜祺請
台安

愚弟劉履芬頓首

雲盦

四月廿日

爽秋仁兄大人閣下：接奉
手書，並承
藥方，感
摯愛之懇，拳拳是銘。所示處既飲訖，
起居勝福。良有微恙，齒病之來，病在肝經，肝
不藏神，故每於勞頓即發，而肝病尤養不平。
生苦無消遣之法，心長才短，罔遇事多憂，此次
乞請歸里，或者屏棄百務，調養一半年，未遲

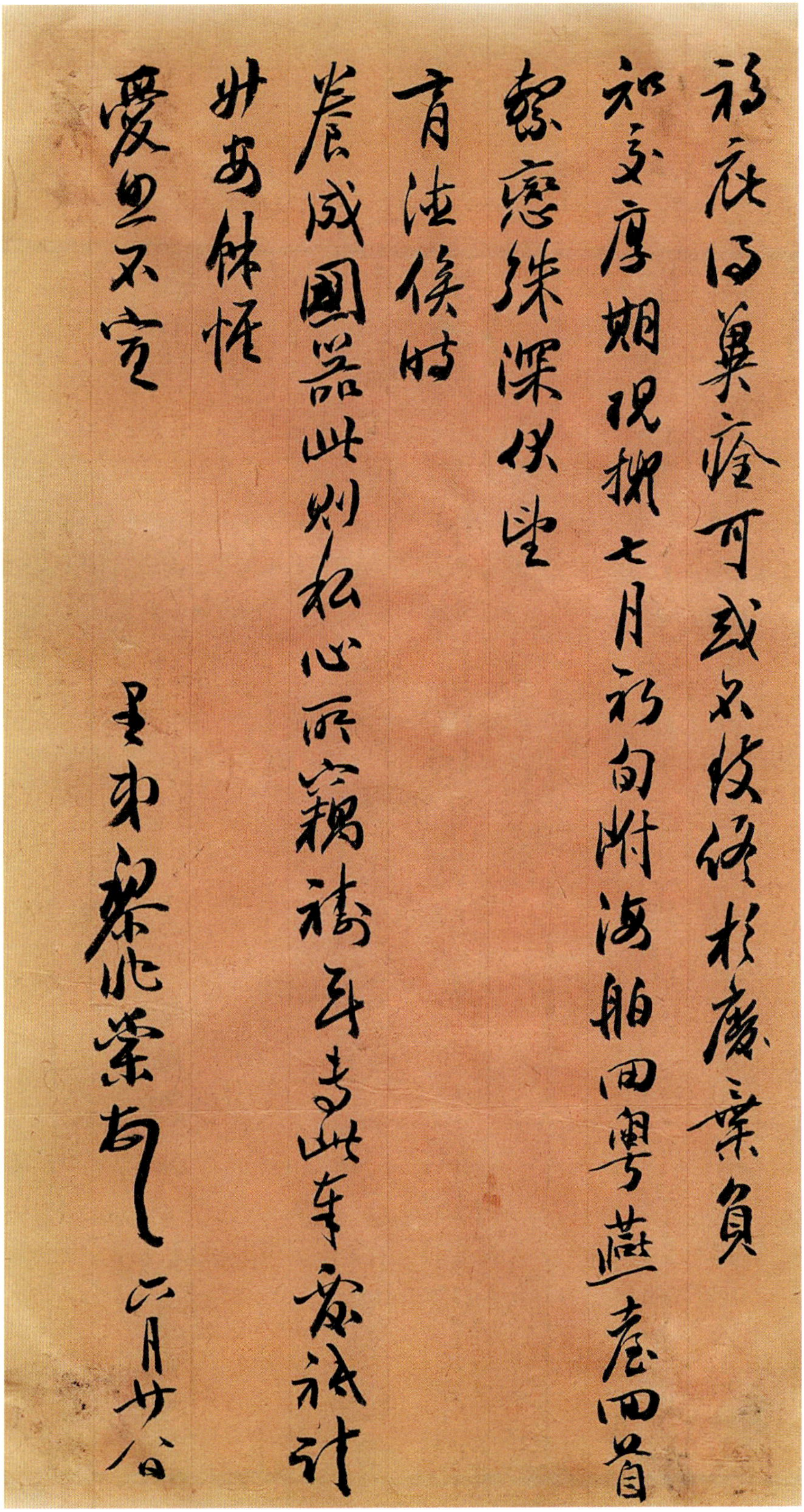

爽秋仁兄同年大人　廿七日奉到

手教具荷

垂注拳拳感銘弟鈍拙性成謬膺繁劇自去

秋奉委之始立即馳書敬孫招延相助敬孫識達才

長舊所深契其受人重寄冰上一變直至冬杪始

行到津即如京師部務甫了又將馳赴河間

殊令人有愛博不專之憾諸所設施得失勞佚

頗無定期（以上言事）近（近下當缺一日字）以迎送之煩感觸暑熱遂致瘧疾數

之中忽見咯血，而客使絡繹相繼而來，祗可暫力求息肩，爲靜養調攝之計。師相垂憫，未許交卸，僅允請假一月，委員代理，現已謝絕案牘，偃息調養，日來咯血已止，杜門卻暑，不至再受煩熱，應可月間漸可復元，再定行止。屢承摯愛，瑣屑附陳。黎提刑書早經送去，復函附上，祈譽入。風便匆匆，敬言爲盼。敬請箸安，不莊一。小弟王炳燮頓首。廿八

風雨歸舟

賡叔仁兄同年大人閣下日昨五疊奉
手書知
文旆已抵郡門
瀛眷從來並慰岑寂
尊意以大局爲累惟懷想長安居大
不易此猶爲君常言之也君
兄之學芳懶淵吉色古處保無懷一

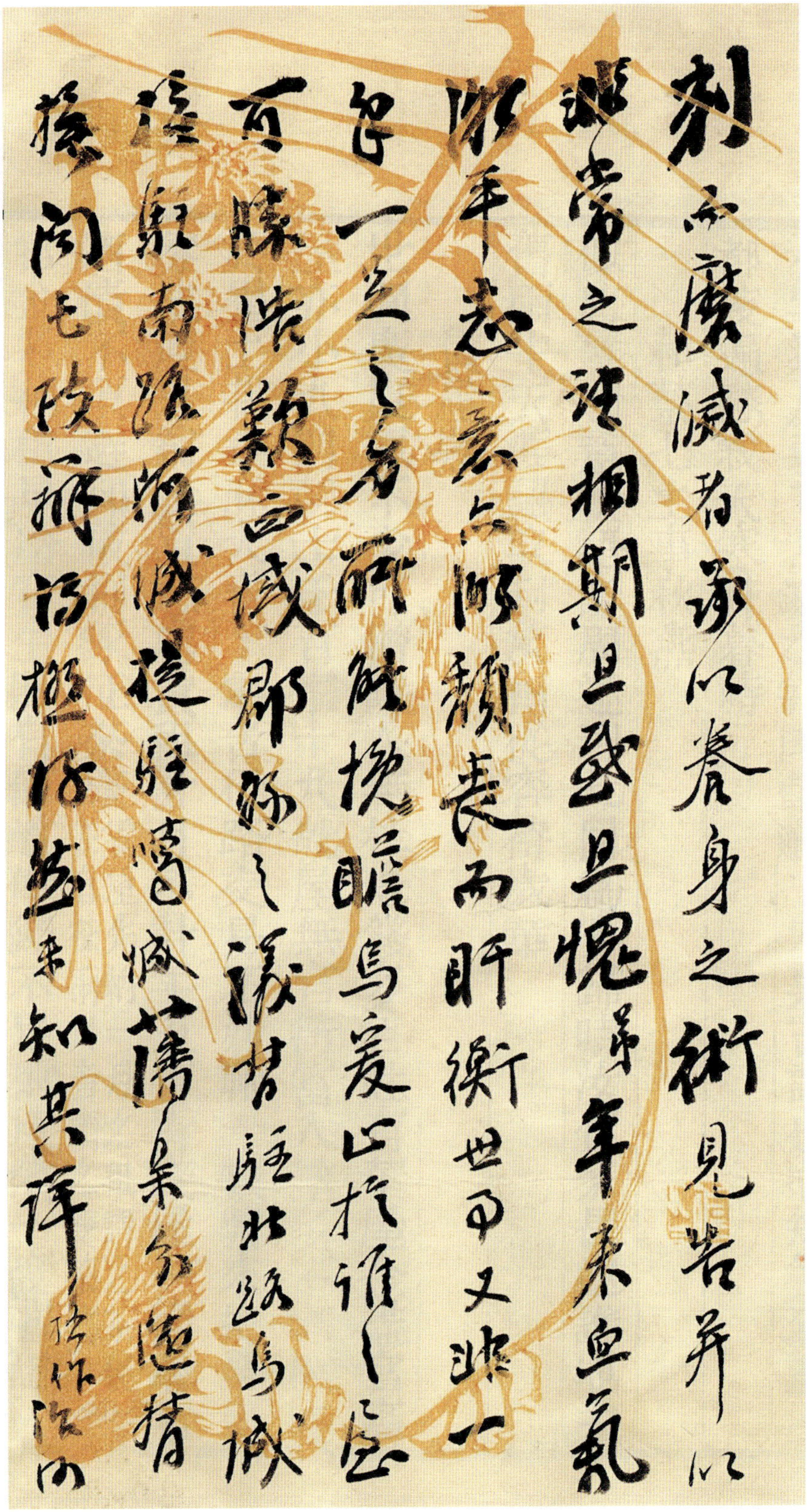

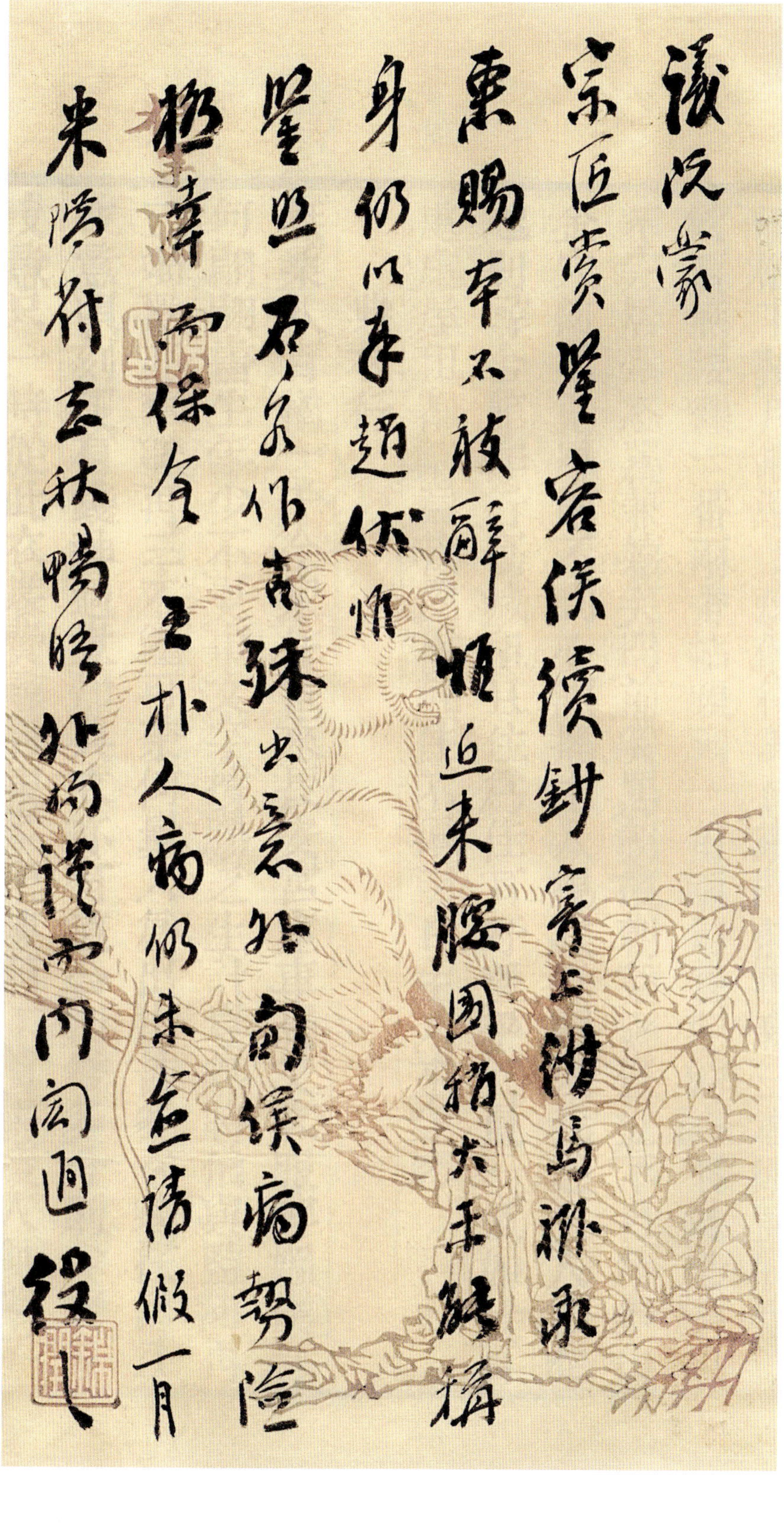

議政家
宗匠賫呈容侯續鈔賫上謝島詠來
惠賜本不被辭頃近來腰圍稍大手艱稱
身仍以來遊依作
墨照不容作書殊出意外旬誤痛勢陰
極幸而保全至朴人病仍未差請假一月
米陽荷玄秋暢頤外務謹而内閣迴役

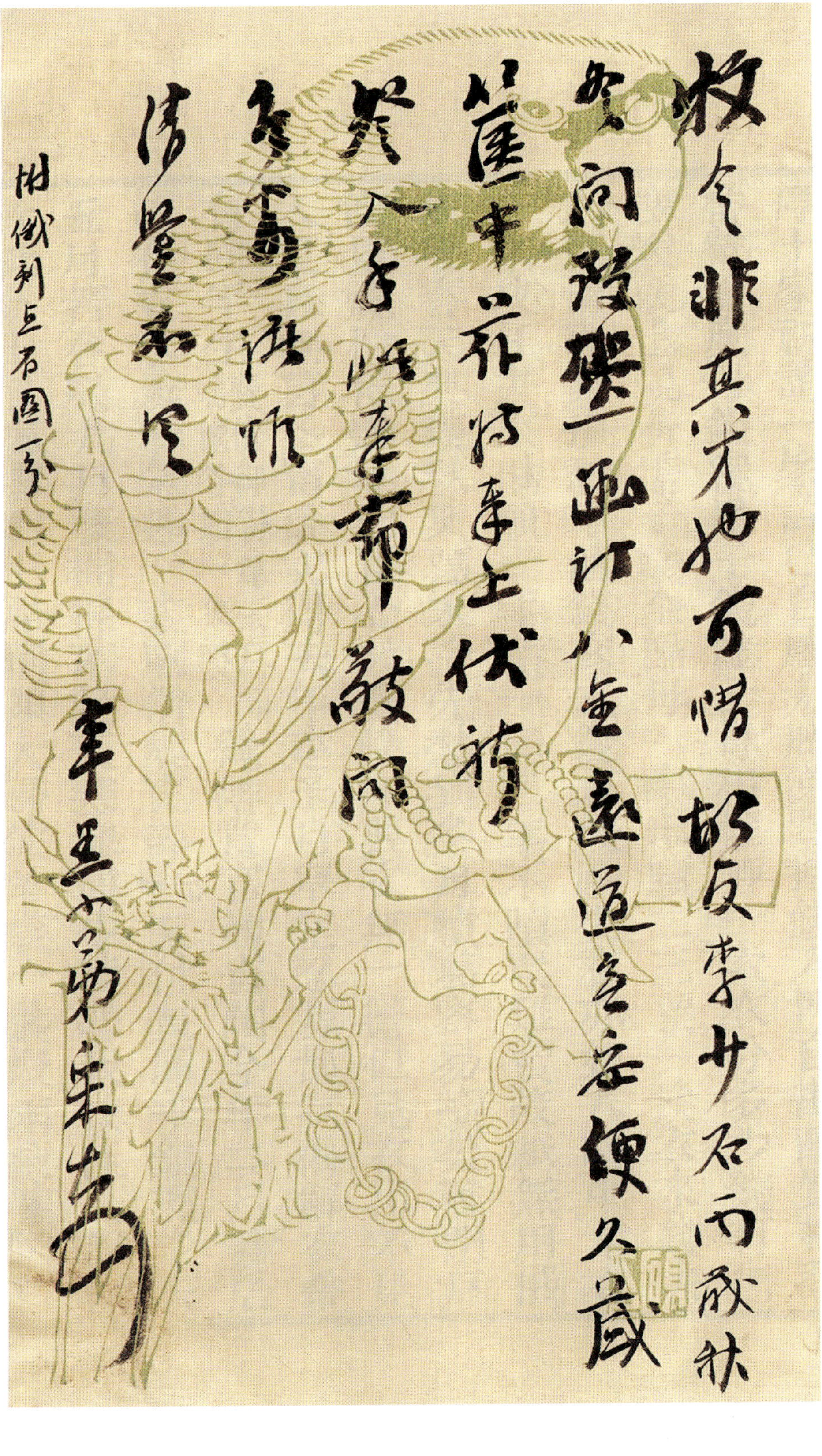
收气非其才地可惜 故友李廿石丙戌秋
所向陸續一函訂八金 袁道之字便久藏
篋中昇作將來上伏祈
察入年 此李節敬問
冬安 諸惟
清鑒不宣
年愚弟朱采上言
附俄刻上石圖一分

奕秋仁兄大人閣下：前月赴都，未悉
尊處何所，匆匆不及奉候，深以為歉。昨承
惠椷並鄉賢録，具領一切。比惟
起居多福為頌。弟向有不寐之病，前年在臺灣
時竟五六十餘晝夜目不交睫，四月中旬忽然復
發，雜投醫藥一月有餘，卒無大效，不得已乞請
開缺，免誤公事，此則實情，並無別故。現在杜門
靜養兩月有餘，仍未大愈。據醫者云病源在肝

有兆棠所能為者，現擬先行歸里安心調治
二三年後，備能銳意再作出山之計，此則私心竊計
未知能如願否也。蒲柳先衰，既負
國恩，並負
知己厚期，夙夜以思，殊增愧疚。中未赴省於朱
吳諸君皆未晤，亮生素佩，惜匆遽未及一晤。
耑此奉覆，祗請
升安，不宣
愚弟黎兆棠頓首　七月廿日

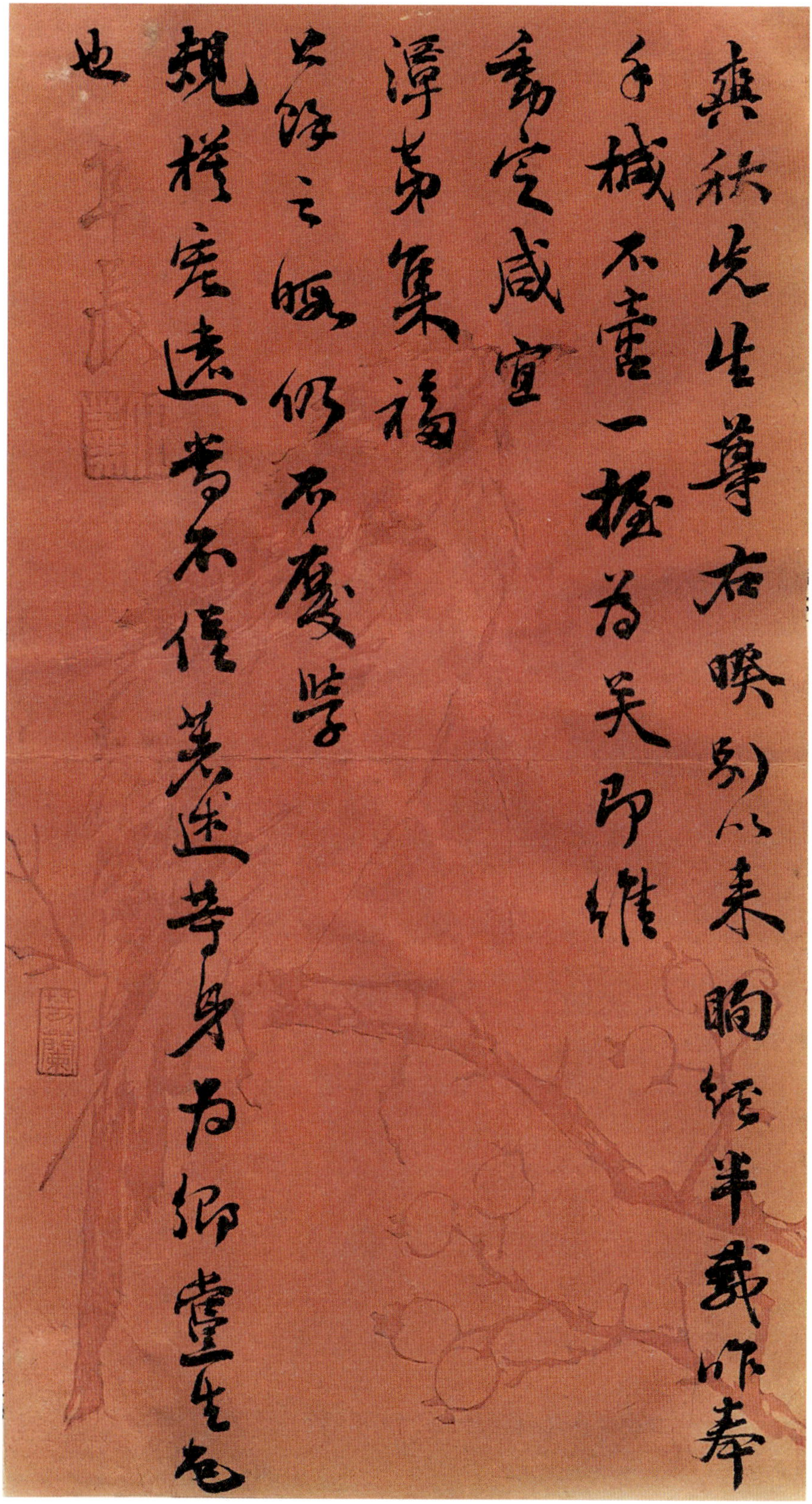

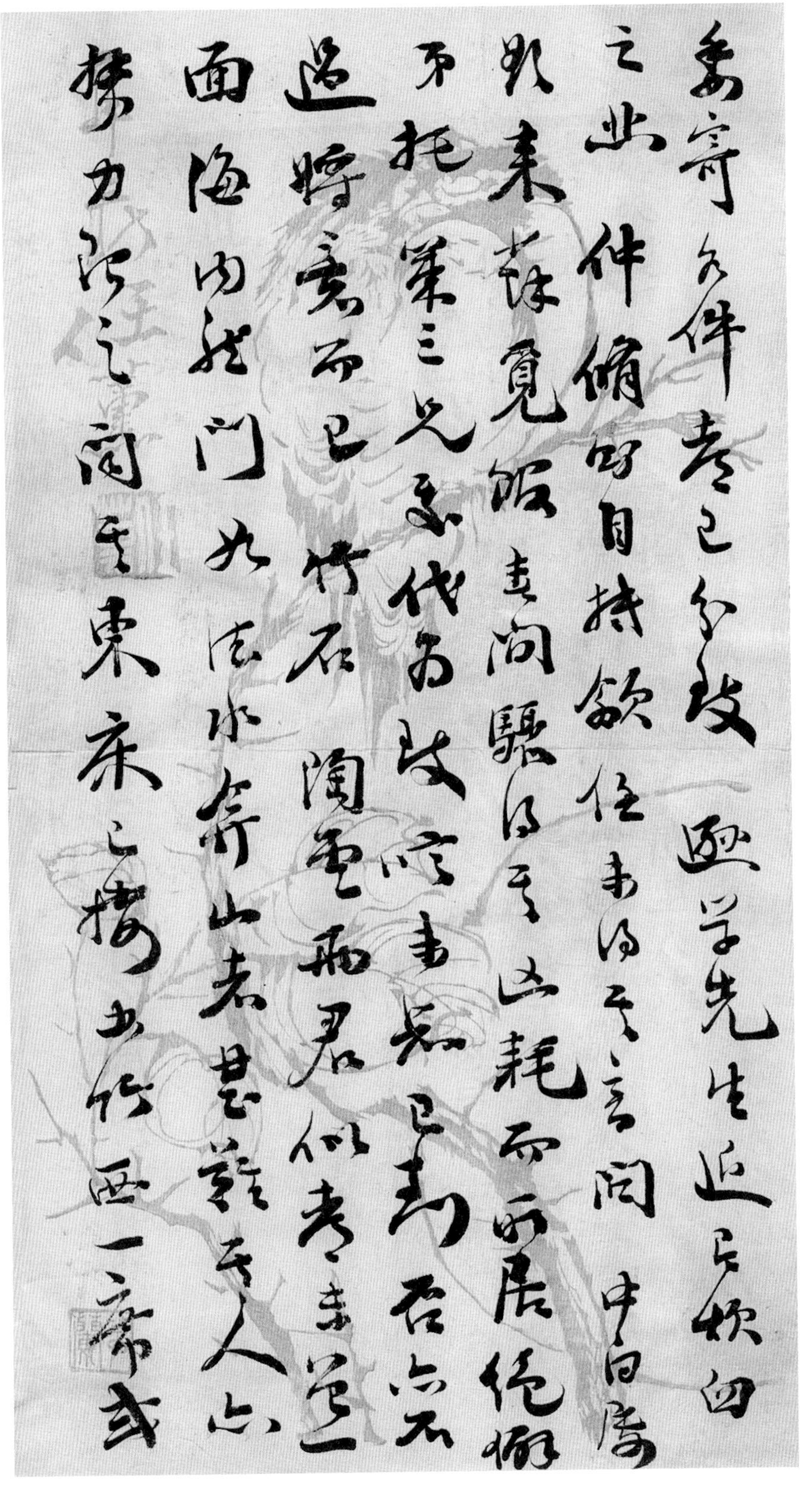
承寄各件[illegible]已收[illegible]學先生近已[illegible]白
之此件備明目[illegible]欲往未得[illegible]間中白[illegible]
則來[illegible]覓[illegible]向[illegible]此耗[illegible]居[illegible]
不[illegible]第三次[illegible]代爲收[illegible]書已[illegible]否亦不
過[illegible]而已竹石[illegible]君似[illegible]
面海内[illegible]門[illegible]山者甚難其人亦
[illegible]力[illegible]之間[illegible]東床之[illegible]上[illegible]西一席或

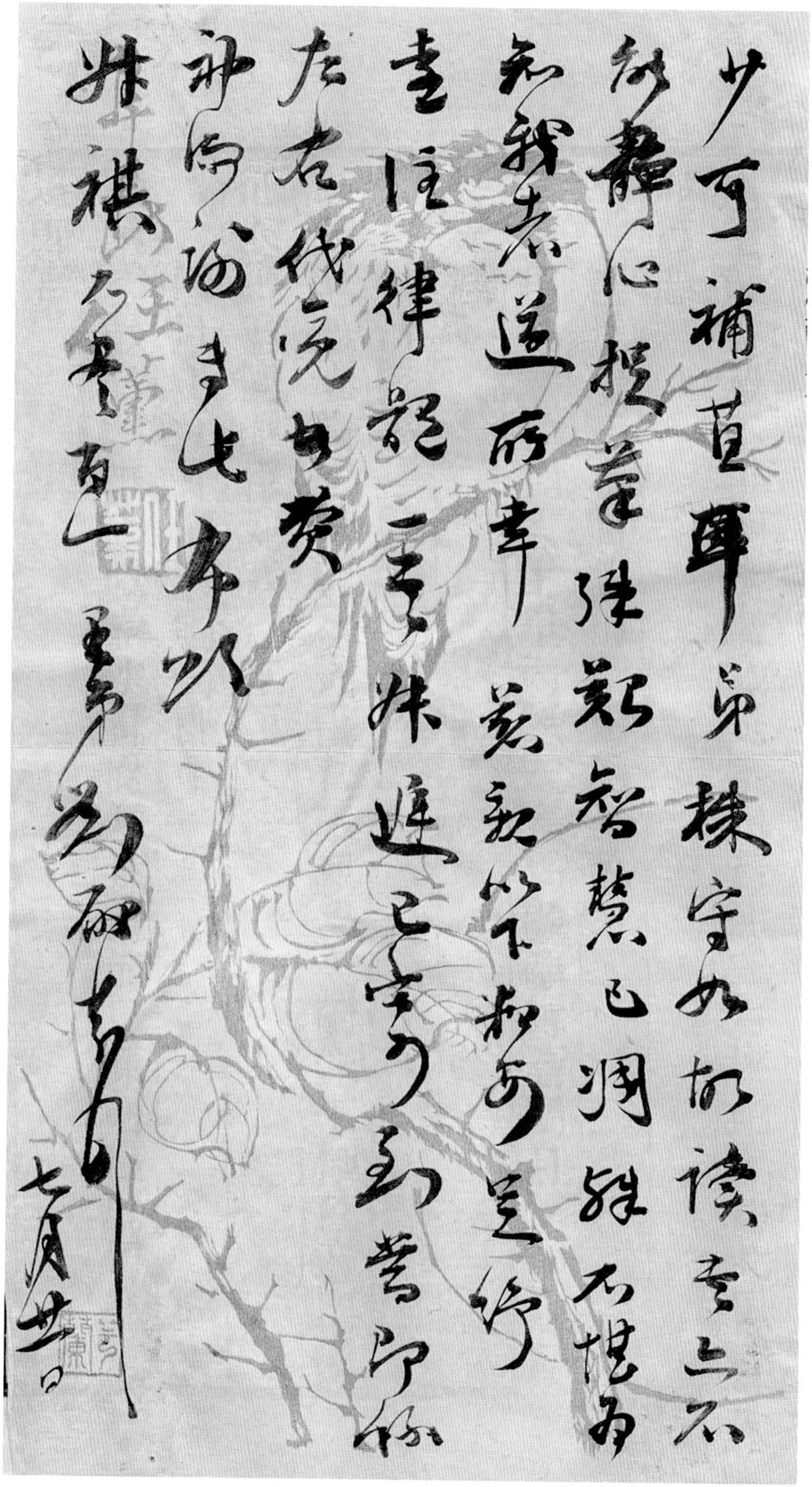

宗後學遂奉書

磢秋先生座右：昔者里居，每與王璞丈縱論當世賢才，璞丈必及

先生景仰之忱，固非一日矣。今春得識

荊州，快慰不能已。六月初都門小住，復承

眷眷之誼，所以待不肖者，皆出尋常交際之外，既已感且愧

矣。昨讀

與璞丈書，獎借逾量，愈令人無地容身。懦鈍之質，正不

忘何以副
厚望也遂在都臨行又為他事羈絆初十始上車十一搭
米船十三午前抵津連接李秋翁河間來函諄切招
往而館中積務不能不一為清理璞丈事冗病深又難
遽離二十後王賡虞侍郎入京璞丈迎送一切城鄉
往返又感暑熱咳血至二十餘日痰中常紅連日未已
遂輩力請息肩至是始決定上稟暫由宋澄川刺史
代理一月為期於二十五日交印內邊一切悉如其舊

外邊事務賴　澄公主持　璞丈得以一心調養於此精
神充足病根全去非兩三月之功不爲　遂爲之不勝憂
慮也疊接河間函催擬乘此少暇前往一行馮氏抗
議爲友人借去俟索歸即行寄上　黎提刑函早經
送回津沽旬息庶竟無看書工夫近匿薛林雲
太守要便得洋務密奏多稾鈔校一二頗有可觀是
李君桂林以年來出如出示知嘉祇之事天禝上見邑　舉世之議然矣
如買奏之案要證已獲供認不諱竊爲言者危之多
邑籽種之貲不敷甚鉅賴都門諸君子陸續捐助然

得敷衍過去　禹濤太史經募之款不少亦災黎之厚幸

也近想

造詣彌醇撰述彌精凡得於心行於身以致用於世者正

不可限量者

欽佩不自滿假鐘無所知識無所成就如不肖者猶

殷勤炤○問印此一端已足令人師法令而後常被 ○晉切己自用之事皆剔益卷

教澤或得少進於道皆

先生之賜也　都門新刻二曲先生集盡一

賻覽。遂生平極佩二先生之行事，讀其書，身心印為之啟

然加二先生書，印病不能實抑，猶愧矣。世對注似有詞病

慎竊謂國初諸學，真摯如二先生者，實為巨擘。世人者

謂其係信陸王，遂置其堅苦力行於不顧，殊為荒謬。

卓見以為何如？西山衍義、瓊山補，度已熟，後有以世道為

先生今銓暫屈閒曹，然乘此博覽精究，老其才者，正所

以大其用也。伏維

為斯世斯民加意珍重，以慰瞻企。不宣。遂再拜

游桂先生閣下　謝

六月廿八日

爽秋仁兄同年大人閣下：初十前肅奉一緘，諒已達
覽。昨奉
惠書，欣悉
著祺納吉。
譚祕均綏為慰。蔽孫兄於十二日回津，來函業已交閱，承
索小兒文字。渠自幼善病，不免姑息視之，一向放棄，無可呈
政，殊堪愧也。聚提刑月初南下，劉崑圃觀察閱有請告之說，
知已日稀識（？）也。

尊諭此間雨澤稍多秋成減色幸天已晴霽自此不雨尚可期六七分年歲江淮大水米價翔貴皖浙山水大發民居多被沖失災害尤不細也津直同僚同志惟東明朱瑞符莫撫李鑑堂兩君才行卓異弟所嚴事餘未可一二概也承囑懌太守函件擬就附覽未識可用否尚希裁奪敬此肅復祗請

道安不一

年愚弟王炳燮頓首

小兒侍叩

真秋老兄足下：前由妹夫將寄一函，知已遞
覽。翊(?)由妹夫寄呈
備寫生之辦(?)會館，想徹覽，有東園(?)序，稱(?)向日所
甲戌新運寄到一函，其中呈曲賓有書院(?)目呈
數十里(?)並已回賦花卉數卷，其識已呈據稿(?)
不及多為詩寄，或重書見復寄呈，抑將即題
概(?)有再當代為致之先生者。
閩中自兄函於前月作古，閩係中風，先罹甚實(?)
之可傷，老局一席(?)，大約伊之女夫得其接替，居(?)
前館(?)本(?)前後(?)

代購遼寧叢書[illegible]甫吾兄處[illegible]請

留拜文選讀何寓兄生刻見擘古樓、樊榭[illegible]

識一書，如見予觀待伯

想彼此一節如當不可言。又劉慈庭、方伯海

東、金名、存閣、何寓兄所刻各種，心儀其人

彩之殊方慶以璜可奉還，未免太累身可來

知之

見示謝，必之為我代為續頓

敬候近安

四弟小兄霞頓首 三月初六日

穠秋先生座右：十四日奉十一手教，並前寄二種，敬悉。丁書價擲還，其何以安。愚不敢自私

稼意，謹識勿讓。沂郡賑務皆請君切治，爲人何力之有。繁文過譽，當愧恥莫名。積穀既錄

六年在清爲四省傷臣之痛，不能在此主持。弟維各籌如何，所示天河已豐年，何以採買

一歲天河秋收極豐，沂屬今歲糧多，穀賤傷農，今若使其價值略高，不若爲積穀也。並義倉

久已其[illegible]之，今即儲其中，以開井爲宜。往太早，恐未能出也。先妣葬事於十大故百日內外，今當擇

服而不親，冀緣甚縮[illegible]，許爲多[illegible]律，何以當不能決。近日縣試，擇老騐費院，弟未能

離此以更向矣。七月杪申江寄來，以弟之踈[illegible]，婦女生此已爲失農之雜，諸公所以[illegible]

衣學力阻之，謂棉衣不思多收，可乘此之一薑，當爲秋分擬一稿，寄於報上，愛其皆許可印之。

乘此算數等全在律[illegible]一久，[illegible]不識[illegible]，原札及寄稿呈覽。再擬程附

呈。算術書局寄來[illegible]，是否[illegible]再修飾繕發也。此中無他奇，惟陰用西人[illegible]

以藝北洋鐵机營洋，不可時藝試帖不取，因家報在。高明以爲何如，不吝

全書本甚[illegible]，劃此李觀瀾先生所著鄉[illegible]正誤極佳，[illegible]與體丈所得次翻刻[illegible]

閔李先生爲兵部司官，可否乞便中一訪其人，並詢及內中目可能以間[illegible]義學[illegible]

兄中平復，敬啟

仁安，不盡萬一。宗後學[illegible]遂再拜上　九月廿二申刻

九月廿四到

爽秋仁兄大人執事：前接

惠函，如承瓊玉，拭目要過，香溫心脾，畢者韓潢握手

匆匆星離，思扣

洪鐘法鼓，畫餅仰企

蓬島於邑，荒多夫默然，番者猶可與論五味聞韶樂

者，猶可與諏八音手古莫，寒歎離兒，侶雨明月桂

于燕山之北，黑雲遮于牛渚之東，禍與拱璧俱冰述

侶木琫紛判，傷已頃嵤，猶思總響長安，傾談稷

下證舊聞于

日下，購殘簡于淹中，雨黑裘敝，黃金將罄，欲訪

琴客于山陰，懇餞釣師于淮汭，神山咫尺，飄風引回，抑

又悲己雖噭然，波潭雖懸，蝶夢猶迴，襟褱將穿，魚書

不滅，靈臺了印，弱水何息，區區數忱，茲焉滷結，緩無

呆翼，如見故人，還坐

清塵，昌能言論，飛去如火，諸惟爲

學珍，懋不宣。　愚弟張祁學者　六月廿日

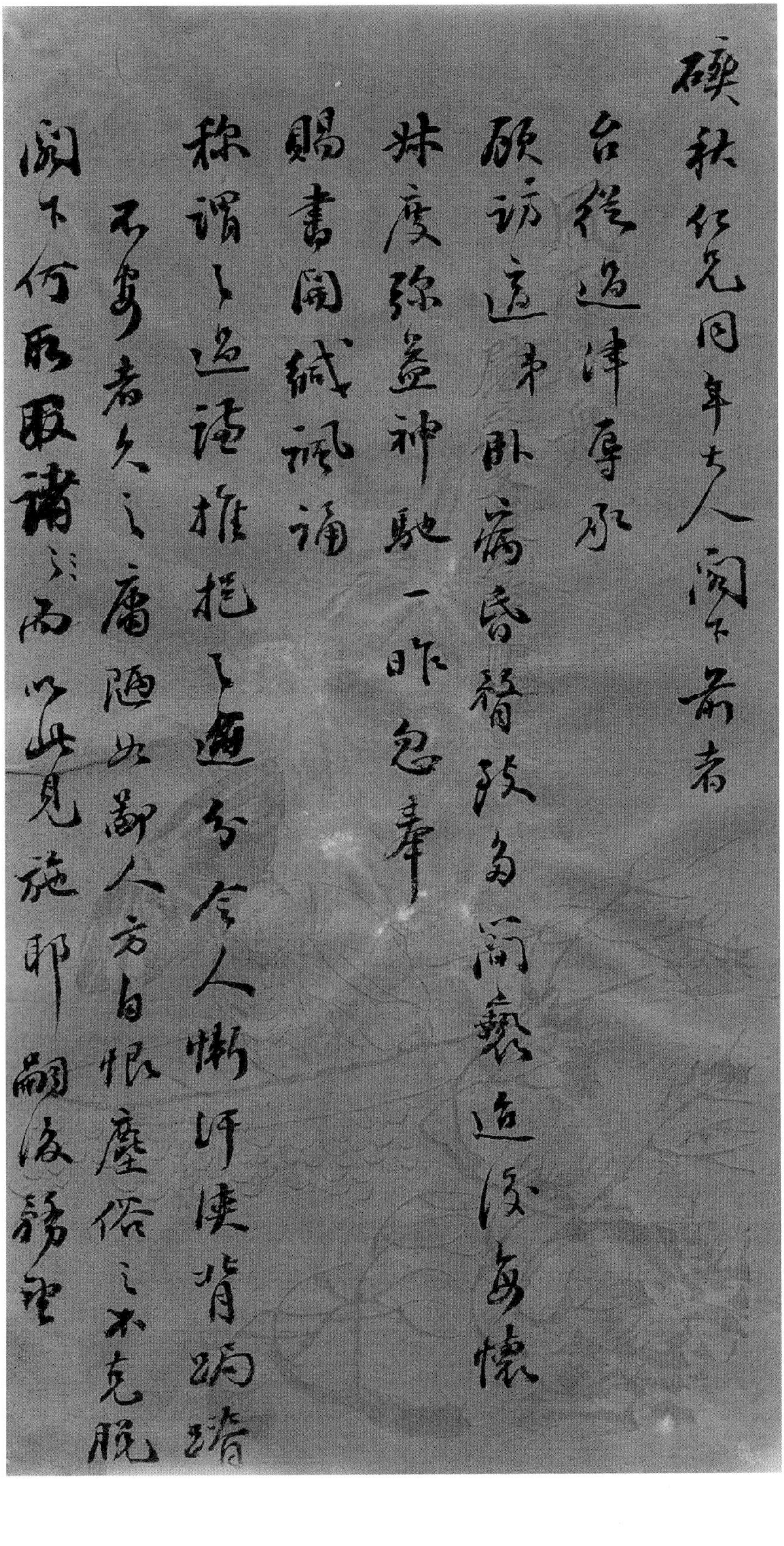
礥秋仁兄同年大人閣下：前者
台從過津，辱承
顧訪。適弟卧病昏瞀，致多簡褻，追維無懷。
殊度弥益神馳。昨忽奉
賜書，開緘諷誦，
稱謂之過謙，推挹之過分，令人惭汗浹背，踧踖
不安者久之。庸陋如鄙人，方自恨塵俗之不克脫，
閣下何所取諸而以此見施耶？嗣後務望

敘其仰挹之度，平其抑降之稱，庶使愛者免蹈
道情之秘，而
旋者亦不至傷慕人之哲也。萬禱萬禱。弟病後痰嗽
不已，至今未離湯藥，元氣尚未全復，見愛者多
謂平日積勞所致，必須靜養，無與經手事，有不
能遽了者，祇可耐煩以冀藏事，後再請息肩也。
垂注之殷，倍益心感，尤切書紳。
瀛眷至都，廣居金華客館，想近日

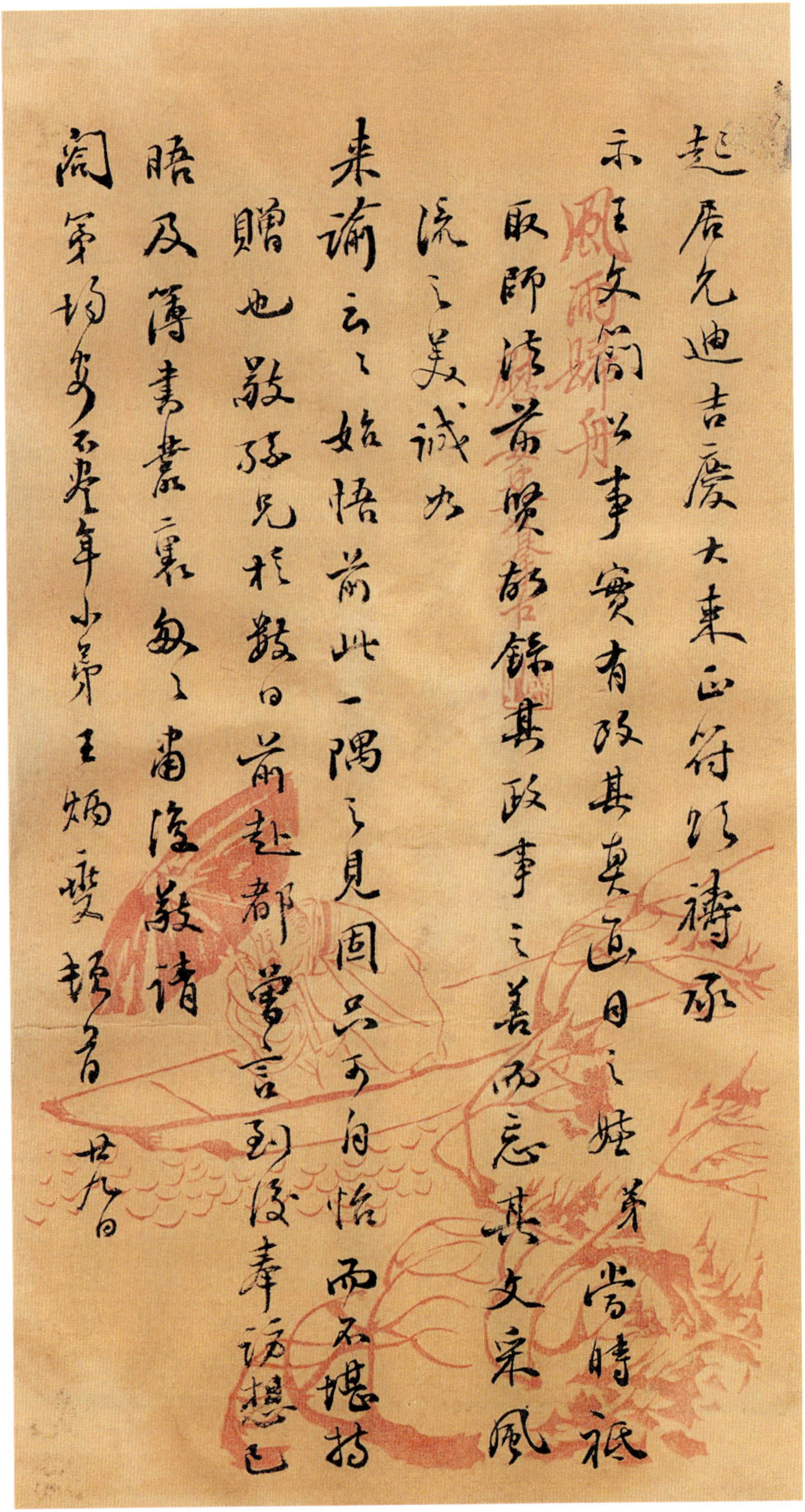
起居允迪，吉慶大來，正符頌禱。承
示王文簡公事實，有改其奠區日之娃，弟當時祇
取師法前賢，故錄其政事之善，而忘其文采風
流之美識也。
来諭云云，始悟前此一隅之見，固只可自怡，而不堪持
贈也。敬備兄於敬日前赴都，曾言到後奉謁，想已
晤及。簿書叢叢，冗冗，匆匆，尚從敬請
閣第均安，不具。年小弟王炳燮頓首。廿九日

礎秋先生座右：兩奉
惠書，備悉
摯愛若谷之懷，彌益欽佩。遂於十二日回津，往返匝月，碌碌
報命有稽，函以為歉。河間之行，固無足為全局重輕，
然十數函昔日見招，何忍峻拒。微特鄙人不能不去，即
璞文亦無不去之理。刻養病期內，事務較簡，維暫
離而無妨於津事乎？　璞文愛
公書教甚具，說重勞

閎注伏堪惶悚遂此遊係至景州蓋總局在州城也區區
効綿薄裨萬一於吴李二公規畫之精事機之順頗足為
有心人告三四月間田荒人疫今疫者予丹藥死亡漸少荒者予籽
種秋收在即九州縣皆有十分年景此成效之顯著者
也當初擬就二三萬金現成之款辦畢了事而地廣人眾係
以款餉不繼為憂今幸京外捐輸源源不絕連清米雜糧牛
馬開井河間一郡共得五十餘萬金災黎感激涕零僉謂
二百年來從無如此之普賑此實惠之及民者也至屬積

欠錢糧歷來不能全數皆作帶徵至有十餘年以前者尚
待此後帶徵實則無補於國徒滋索擾耳　今奉
諭旨奏明十三府州屬光緒二三年民欠及緩帶徵正雜
各項全行豁免其各災區全境村莊本年上忙一律全免實
勝於豫省之藉歉並連此元氣之可復者也賑撫類有盈
餘尚有別項可籌　吳清卿擬辦積穀二十萬石方憾斂舊制
太覺散漫雖乃好許好人今擬總儲庫內常年不出借專備
大荒緩急又擬為天河二郡立一善堂將無歸婦孺收養

而略教之，此之若後之結束者也。現在賑事將竣，積穀之當
尚待經營。清翁以少君病劇，息促入京，諸公欲屬鄗人在
北襄成其美。璞丈不日回任，病體未復，亦不能不盡我區區之忱。
是之秋，遽舍几筵，抱禮出山，已為天地間之罪人，今屆服闋
祔廟，如後妥諸孫子，此心愈難自安，是以決擬回南一行，
高明以為何如？趙雲湄工部由吳橋回都，遂至景州，已未及晤
面。尚有郭小琴中翰留住津門，屢次往返，頗覺和藹可
親。大抵辦賑一事，○叱緊要在親查戶口，○速發錢糧，○無官氣○

多同志。不涉黨派之私。不泥古人之法。全在因時制宜。又能忍苦耐勞。不做面子。已為十分美備。因承

垂詢，謹陳梗概。馮氏抗議可刻者已入《顯志堂集》。中允家子中之比部

現在日下此等刷本甚多，可就近索取。鈔本二十七篇。皆未刻者。

尊論批駁導竅，既足匡正，且俗鄙儒之見，乃以閉眼奉行

如之華盛頓之術，祇可于西新造之國。招商買米以省

南漕，不如開京東水利。稻田尤為不利之論，山左或代嗜稻為

救時良策。然關丁一事，遠不如前，舍人以信而治人，無治法矣

陳詩以通上下終不如投匭上書之妙私家之論易于詞暢
官府以事艱于變通尤為遠閡之譯馮氏生平最服膺
林故其注意之論多與亭林相似然統觀抗議自以至
終於君德之要本中之本所謂關雎麟趾之意猶闕焉
未詳
尊旨別勒一書以為龜鑑正不可少倘得
椽筆補之則盡美矣而又盡善也
執事毋多讓焉官牘私議行篋中所帶甚少如馮氏比者本

亦寥寥。回南後樓檢舊鈔。當次第奉寄。陽明先生年
譜不必寫，自謹受
教。庭訓格言十冊已奉到，費
神神。至附呈書值二金，計重二斤十一兩，如不敷，祈
示再寄。李秋翁屬道景仰之忱。永定河漫口，端揆委
秋翁馳往撫卹，重九前發。薛琳芝要優鈔孝子類
多先以兩冊呈
覽，覽後幸付回，寄擲並入。秋以來，志氣昏惰，竟有旬

日中未閱一書黃陶菴先生云一日不看書則面目可憎
語言無味如遂之蹐蹶從事而兩失豈僅可憎無
味已耶言之益以自歎也賤體稍適聊以告
慰秋風漸高惟
加意節宣不吝指南幸甚禱甚
宗後學遂再拜　戊寅八月廿八戌刻
前云如有袁務鈔本亦見　便閱為感

爽秋仁棣大人惠鑒：六月初旬接
手示，並詩草復寸緘，如當未徹
聽。又手墨并詩稿
垂念家於文復
虔悵下問，具若無若履之，雖量所得已微，
學業精進，欣佩萬悠。荒陋如弟，才屬能有所得，從此禪
寫性就，諍無取及。偽君者之以寒
昔之爲大抵泊附外奇經之村洋安之外，如大學衍義及其學

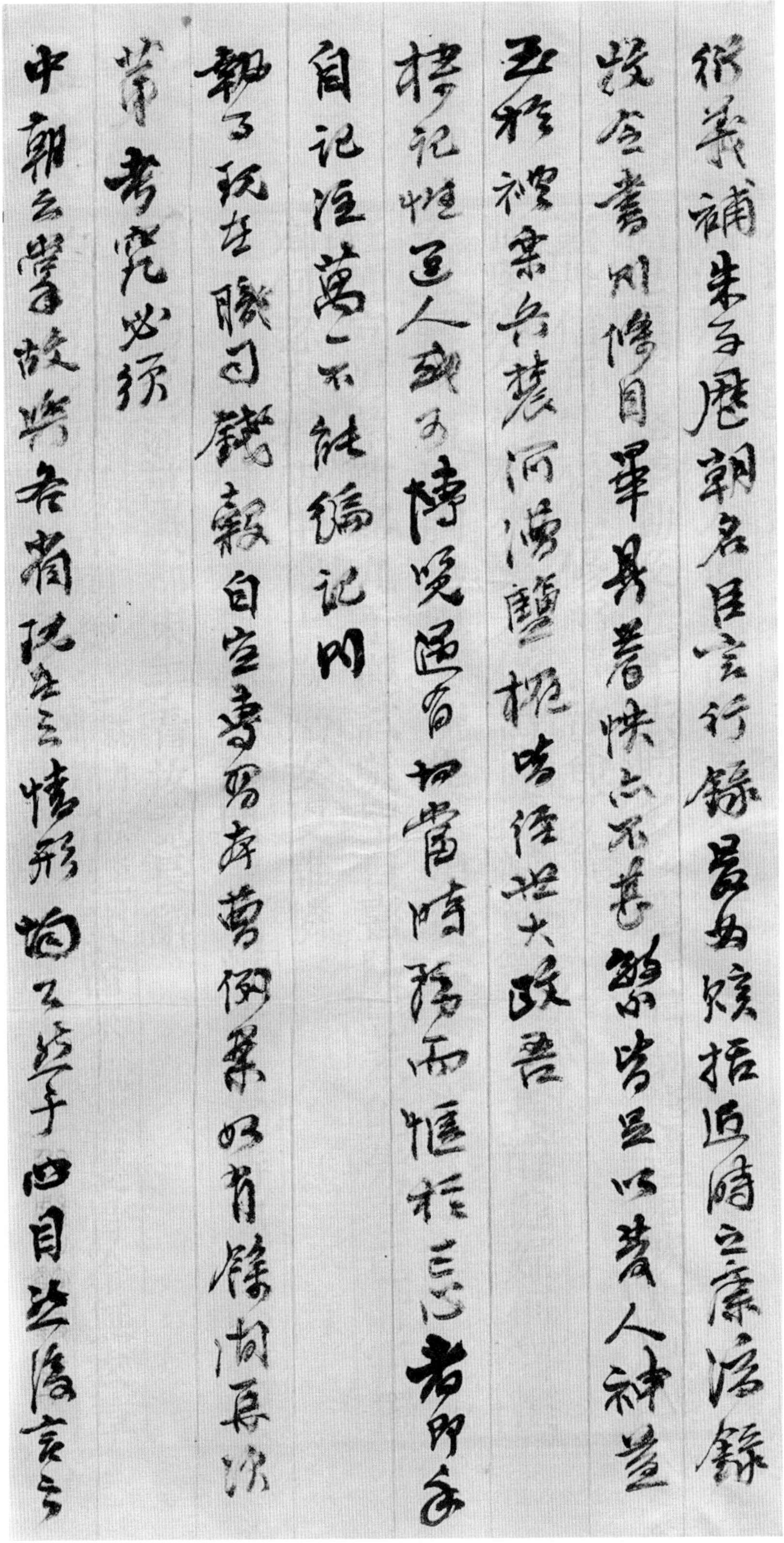

御義補朱子歷朝名臣言行錄最爲賅括近時之康濟錄
政叢書所傳自畢其書快亦不甚繁皆足以益人神智
五種遺規集名裴河漕鹽概皆經世大政書
採記性道人錢氏傳習通考切當時務而恆存之者即手
自記注萬不能編記門
類了現在勝國錢穀自宜專寫存案例案以備隨時閒覽
常考究必須
中朝之掌故與各省現在之情形均不能了于心目者隨言之

無不當行之無不宜尊用以稱博洽所冀隨以宜推廣則似
非淺鮮補也至於中西交涉不求在隨時專守法條萬緒
之識而不昧驚遠以洗我本國自來撓亂於世以治政事
為本分設事以上而專言譯求彼國之強捐匪之人以為出
無能治而中外視作為梯榮階官之橋梁文辭發者設若殊
立贊一詞矣累年以來不合時宜案與坐以吾
積能不至實恐吾衰殘猶在抗手試一思之令勉赴而知
近似四方吾輩之屬訪佈以聞痊然知實故也

亦及樸臣作宰與東號令方存之不知孰勝數此君言者
不及兩三人收官本不易因收馮觀齋者行已邑多存其甚極
大兄半生惜未遠到之將何藥生太史莫佳非兄吾
樸與之朝夕相勝時能一日千里為勝難與老且四月以後精
神扶草而行眠食尚幸如舊惟聽日歎今年因吾腸病
荒精神然長心已覺甚天已極熱望久陈鴻為祈
[illegible]之[illegible]請
勛安並頌
潭祉 如兄寶時 頓
七月廿九日 諸兒隨叩

爽秋仁兄同年大人執事兩奉

惠書敬諗

道履清嘉

潭第均吉爲慰袁信均已寄交　庭訓格言存候敬兑

回署面交也承

示杭議跋語於經世大要洞見本原曷勝欽佩憶校邠

此作係庚申辛酉間避地西山時館於鄧論而成大樹

先生赴申江第時大病愈後至滬大樹快示此議記号

四十二篇。致覈之謹。文筆之潔。固甚可喜。而於經世
第一要義。蓋未之及。殆難免於古賢無頭學問之
譏。有無問主人文字數篇。專補其所未及。文雖不
邃。理實勝之。今
大箸中乃一一究及
高識偉論。實獲我心。清卿太史温潤縝栗。體用兼
優。儕輩中實未多覯也。弟月來謝事靜養。病勢
大減。飲食增進。辱承

愛注堪以告
歷專此肅覆祗請
著安詳惟
珍重不一

年愚弟王炳燮頓首

初八日

昨宴賓看醪甚嘉館直悤悤極耿塗金
不甚惬意　尊處六經洲染奉呈
法眼　筆之於冊現送呈　書如有以秘本
尚望一瓶不吝　十九日午刻以一鐘為半西山遊記呈是日携來一談
踪跡蓋前承兄示羅未詹持錾拍得為樂幸不遠逐萬不
身遠此頌
礪秋先生老兄農部　弟繼棟手泐上

昨奉緻古注耕寀子敢到前日借伯通書李游
慈仁得瞻頤閣兩先生祠字淨頤祠塵洽
鎮挈篤金蟾而閣祠為安人避主於東夾玉堂
横博局令人氣塞歸來編者張石洲先生所
為二先生年譜石子得石卜
閣下有無此本可見示留此询
亥秋先生吾兄近祉　弟石經棟謹候

固不必徑定為
唐代物要可珍
貴光緒戊寅冬

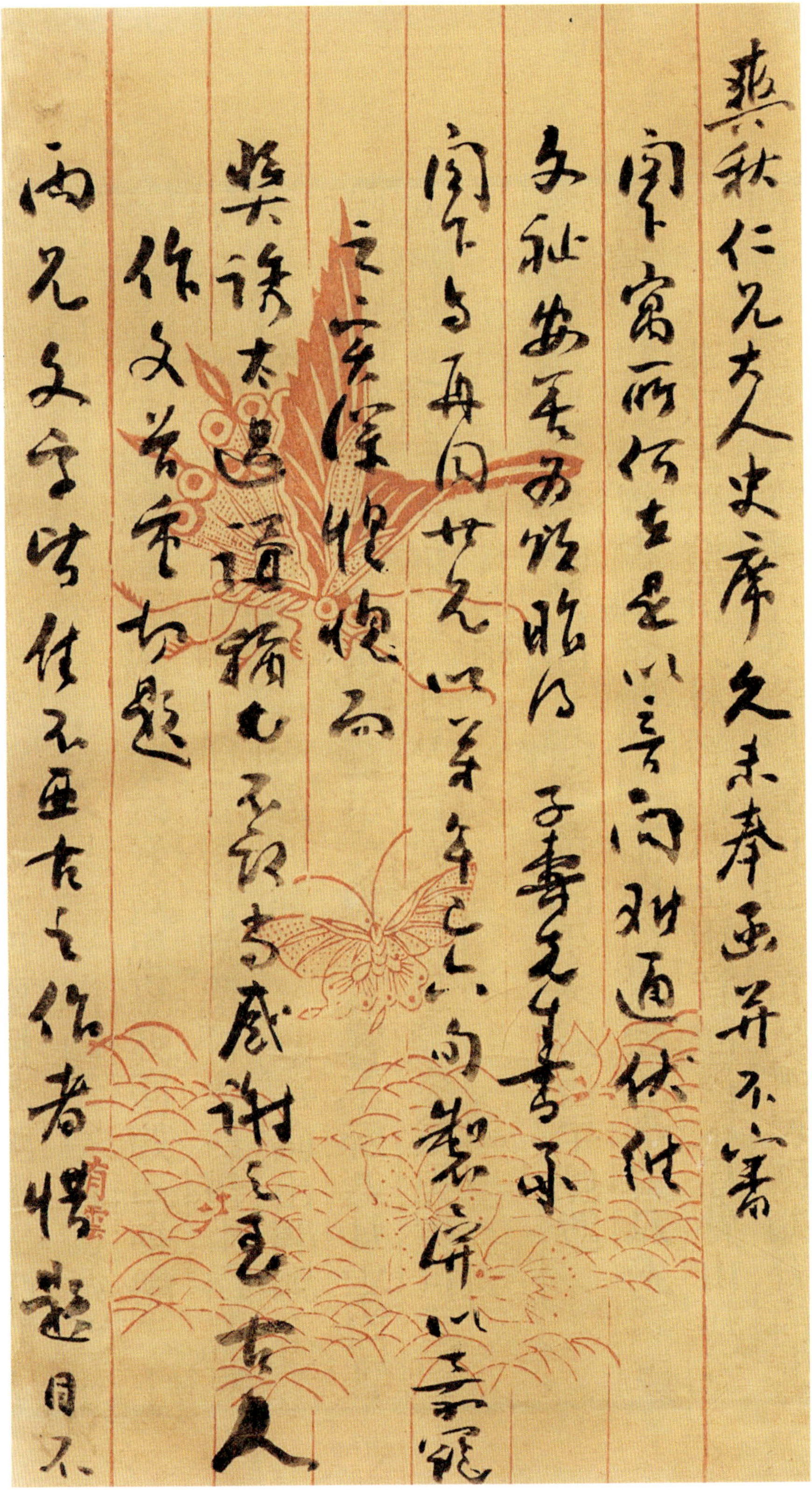
爽秋仁兄大人史席：久未奉函，并不審
閣下寓所何在，是以音問欠通。伏維
文祉安吉，為頌。昨晤子壽先生，書示
閣下與再同廿兄以弟年七十，為製屏以壽
言，實深惶愧。而
獎譽太過，讀稱也不敢當，感謝之至。古人
作文若無切題，
兩兄文字皆佳，不亞古之作者，惜題目不

稿未免與文不切，敬煩
傑作可歟。中以事多，每大可
進此件業日新又新，宗法老而愈成，前年
正擬拜懷叢，中年許以良緣寫幾出料
年偶爾見面云云是嗣力據論為發揮一
款，乎似又把造兩尊書秋出章中稅良以
積較已京明，寫相差反之又篤合事
畢即可請繹情矣。小兒前有信來云

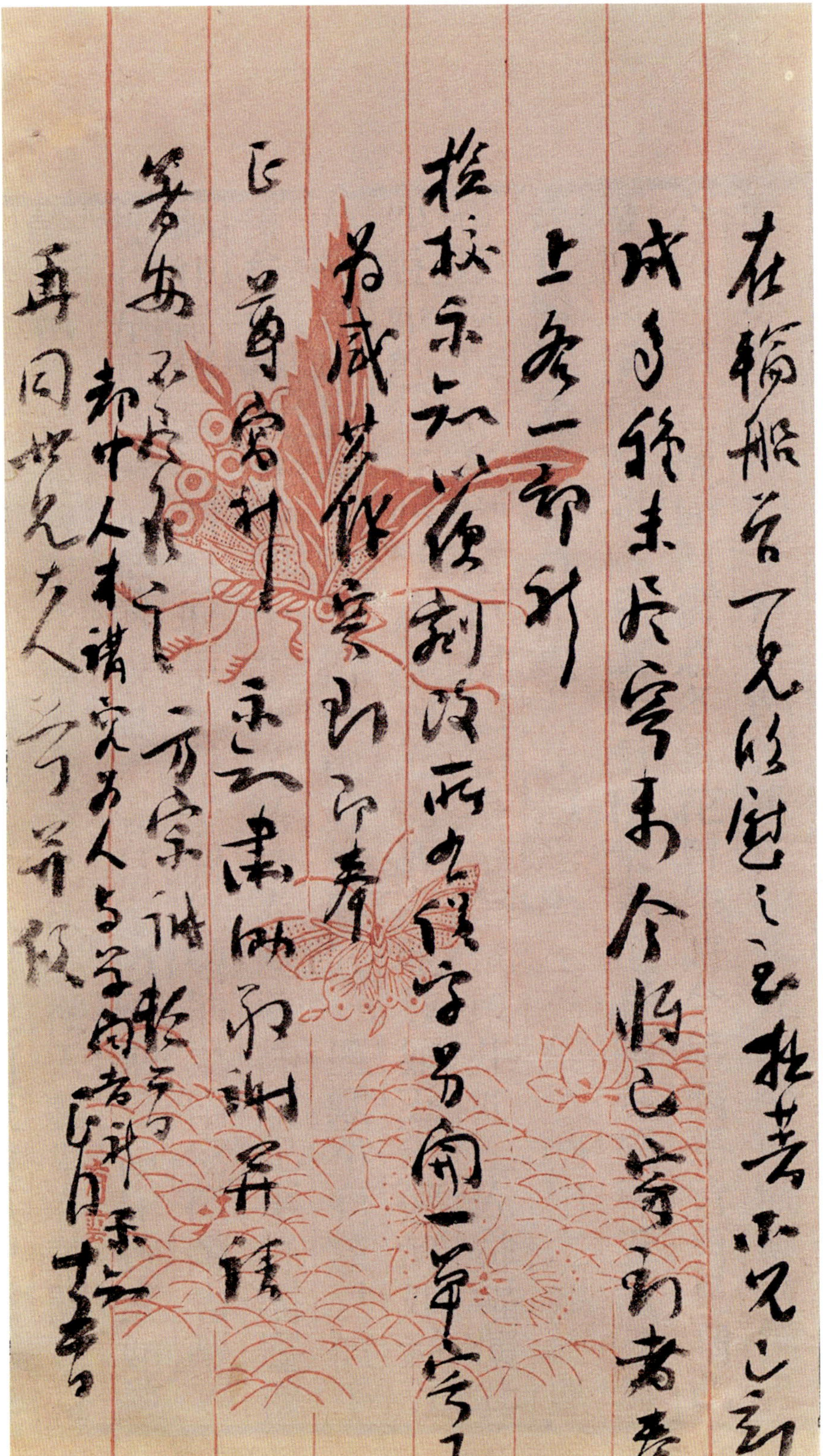

爽秋賢弟大人足下得六月廿八日
手書知兄前論學術風節之弊并所以捄正之術
猶在
記憶具見
足下向道之切憂深思遠超軼流俗甚休甚休安
定高平為學宗旨在於積誠感物
足下所論是矣即敝郡元豐九先生之學以兢省
物欲為體以彌綸世變為用其大要亦在積誠

以感物耳葉水心論次諸儒以兢省物欲彌綸世
變歧為二派似未達淵源之正也操切擊斷以立
威武此為無本之學其受病隱微處正坐不能用
誠心感物耳安定高平景行有志歐文忠寬簡之
政亦豈易幾
足下相期殊厚懼不克副慚惶而已京師人海素絲
歧路昔賢所歎
足下秊少有志行所望韜光葆璞裕此遠謨以待大昌

儒效兄雖衰老猶拭目竢之江南連得透雨蝗孽
多絜除秋成可望稍追守官不職之愆兄秉陸如恒
公事尚稱平順惟近有室人之戚白頭傷逝心緒殊
不佳耳手此布覆即頌
箸安諸惟
雅鑒不宣
愚兄期孫衣言頓首

爽秋同年仁仲大人閣下小住蓮壺重聯
雅序辱承
台飫珍饌正羨彰之瓊瑶廼復
頒賜扇箑圖拜仁揚袖底之風攻借
他山之石
情文備至欣感交深獻歲發臨懷思益篤祗維
祥開首祚
調禔心兆

農部日襄御勉華之丕煥

皇州春早拜

醽醁之恩領指班

鼎壯再啟鏡臺兄篤毓懷勳魚符作彼覲茅檐之帶

北待何年更換龍衣緬

梅閣之香清喜今節正呈藍練手肅布祈祗請

大安並賀

年祉不一　年姻小兄沈鎔經頓首

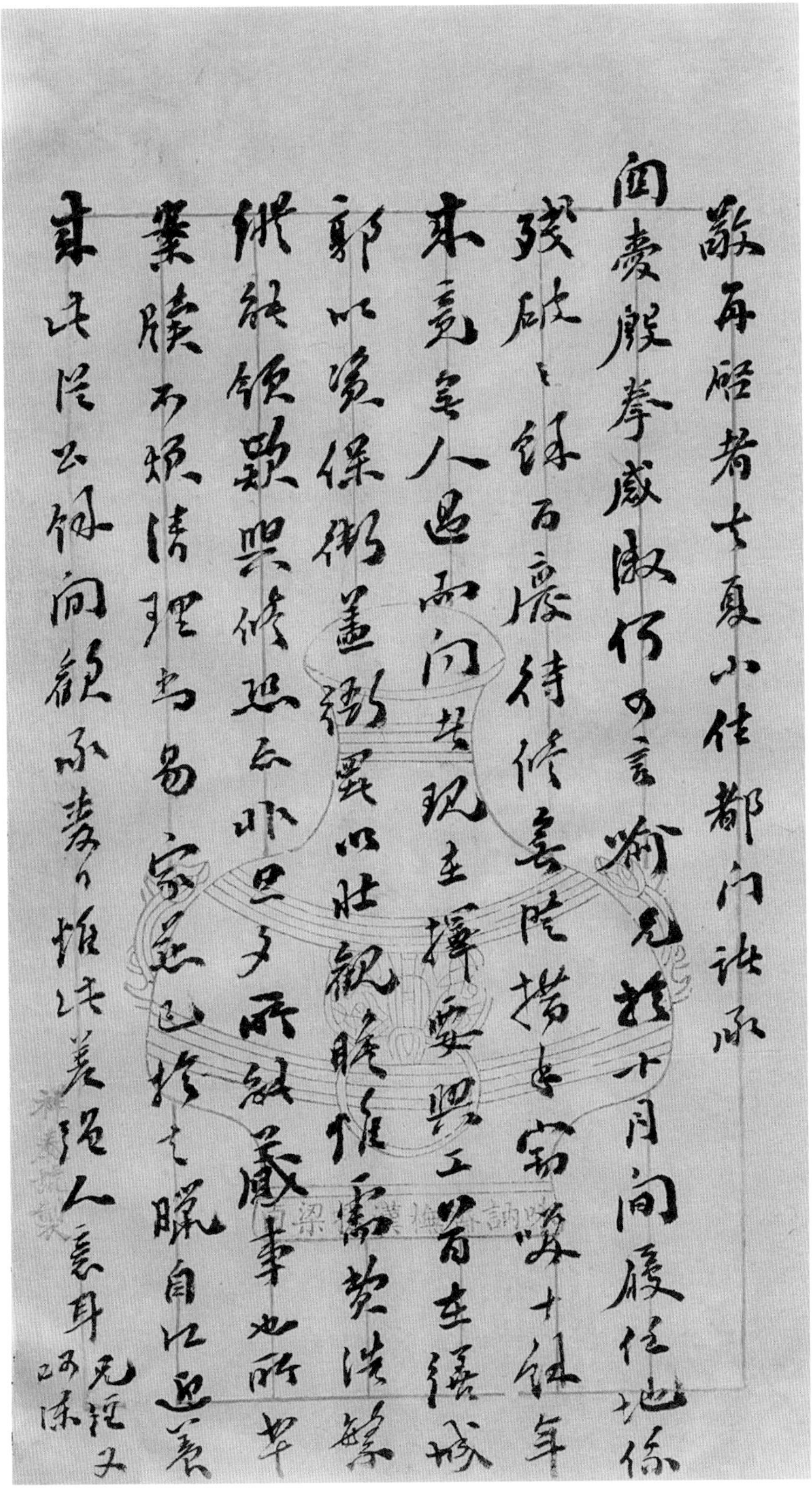
敬再啓者，七夏小住都門，訪承
閣麥殷拳，感取何可言喻。兄於十月間履任，地係
殘破之餘，百廢待修，甚費措手。當此喪亂十餘年
未竟之人，返而向其現在擇要興工，首在繕城
郭以資保衛，蓋繕嚴以壯觀瞻，推儒者諸繁
纖無領歟，與修返亦非兄所能盡事也。所舉
業牘不煩清理，出品家返於之曬，自江運蓑
未悉以何向，欲承步拍，想能美語人言耳。
兄經又叩

爽秋尊兄大人足下丙子夏在家鄉得知
高捷嗣是跋涉六七千里乃得到官，以後又無
日不在塵牘之中京洛舊游恍在天上而雙魚之
落乎人間者亦罕矣不意
足下乃執訊而與之書，詞鄭重既萬不敢當甚也
辱其名於
行卷之中以為之光寵鄙人之慚愧固不待言而
叢之受人讀之四益

足下固已自得之矣敬佩〻〻
高才積學宜在玉堂而事須有不得然者
觀政餘閑日事著述亦人生至樂之境也欽羨
無量比聞長安銀穀皆貴其況味輟輟作館何
如東如雞栖馬如狗想亦無之而不可也輦轂
之下英流所集爾邇日風氣又復何如時以爲念
弟爲郡近二年矣天下事及之而後知履之而後
難至此始深自知其才不足以臨一郡而息許多

旻念在京十餘年不免舉債今衙與清卿思仍
歸去謀作一館就乎性之所近亦日其心之所安然
一日未歸不敢自信其不戀棧也若棧之不可戀
則方寸中自凜之而并非精生所能信也
足下愛我知我其鑒之乎抑笑之乎大哭重承
遠及渠名心未已而體氣似强實弱異日相見
教々川中湊蓀畫爲章 止潛未有書來出京時
往宿寓中話別爲我手寫驛程條々在目殊不可忘

可莊嚴撰以世家膺　殊寵造物必有意於其間

晤時乞爲謀伎壹奉々々意尤感率復敬請

文安諸惟

亮察　戊寅十月四日愚弟陳彝頓首

景桂道兄得晤談甚快比近
道履日益 兹有藏書楊多人其中有無彭云
楊石經考文提要 錢氏四種 漢隸精含 嚴氏
弟因校禁爾雅注經注集證 擬假一讀如尊有石
經考文提要 錢氏爾雅釋地四篇注及通雅鉉
三書即此已足之致 貴友有可假者更望謀
之 餘容晤謝 手上
培秋先生講席 王弟經楷 頓首 初八

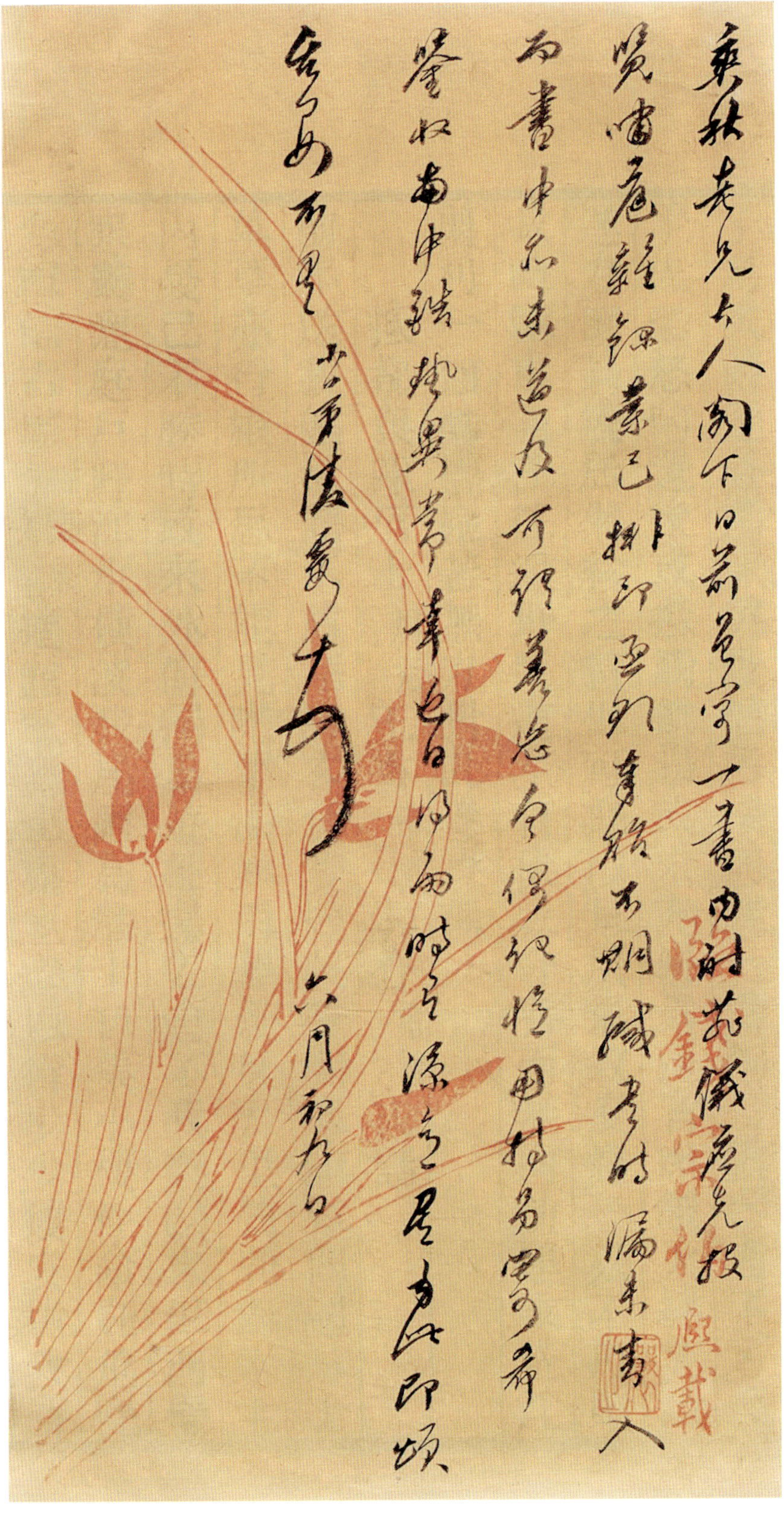

昌　直忱尤感

非讀

霞示種種情節　僕早已知其梗概

厚意居處無不以爲心感　僕惸勞而

甚患疲不能自捨雖有槐根蟻藕

靡雖宴不獨勝於他所不覺者寄仍從

爲我靄靄靡靡之不責人太平刑措也正是在此

奉覆　並謝　千萬拜禱　此上

東秋年兄老夫子閣下　之洞

[illegible][illegible]

爽秋仁兄大人閣下：

手示頌悉。鶡冠子自是偽書，於其中有要亂世之君子數語，讀之一字一淚，似亦不可廢之作也。苟探實不敢當，人人患本在好為人師，說本之一年所知一二者而終耶，以從事於此，權纂辭王。搞通數條，何日光臨，並當聆教。順請著安。

弟子謝增頓首　十七日

毛詩疏大字本，浙局細價售，向何日可寄到，念之。

又甲集尤當賜之，五子條在列前，依本韓非之言云莊子所撰，於今特申此更正。

葵生仁兄大人閣下 昨承翰到兵清交拿諭緣 廿七日

為蔡學使寔欲先容 厭肆已言於一德也 直 廿六日

則與伯謙書矣 大約此人一諾利得已勿不已焉又

之謀道也 亦已而不已焉 故君子于小人 所有身錢也

能用其謹周之才力為一專於學 則得矣 所謂風雲際離合不正也

廿七日來諭 遇客而去後 文示甚帖 藉而歸

請代如此布答復

著安不一 弟頓首 廿二日

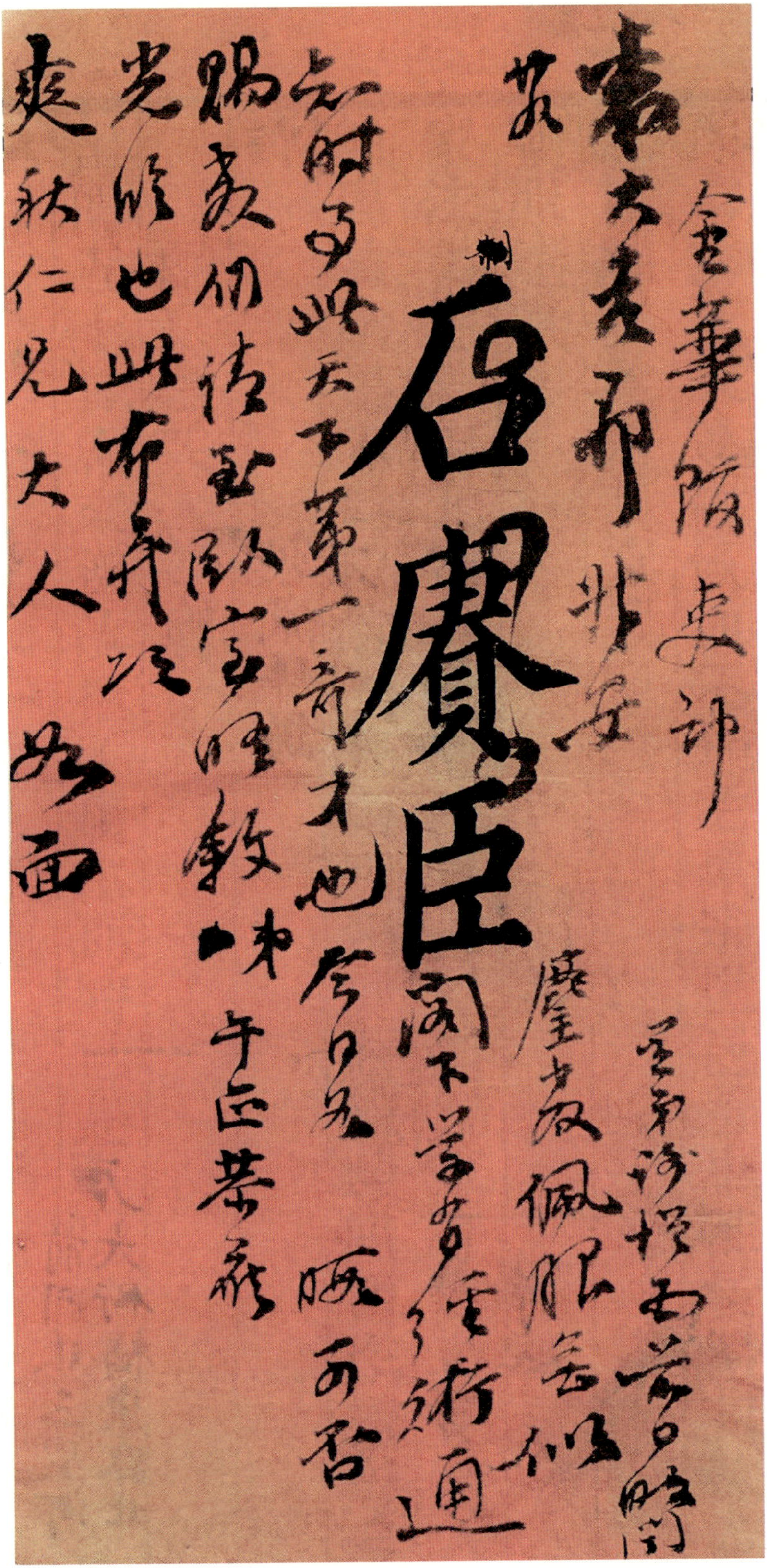

爽
炜仁兄大人閣下：前聞意濟川世兄説已就吳濤
之館，旋又香翁來云尚未進館，未知何日前往
柳弟就他館，祈再夜以便趨談。弟擬已定
今經自閉户讀書，課而忘死，惟每月須十天為
與盖之居祈道州，一寸時光一寸節，光陰而惜也，一歎
而此十天必須趨庭，肆一卷亦不同之三策耳。留
鄉今吾信已而天不與我，命也，守道為人，不必求什
也。聞弟却世氣遠拋，惟吾孫且進，照心不暮及其

若知此何人哉其言行共相反也吾師欽念而已
大字訪綜淑尚內經把年內必到一到行
文下統宗被謂價 內經派 初十外可否 過康 邊談
謹呈新說并墨蹟藏香八件 弟館錦離遠
此先藍蒙系視之也陸冬季济伏惟珍重
手此布肊順順
文安 星弟謝墉頓首 十月初七日
弟懷 辯 易小學 叔未知前人良近時人是有此誤著錄
許復尤幸

集遺山詩三首，以題兒子集後

百感中來不悵往，直將憂患送華顛。西風白髮三千丈，滄海橫流二十年。壁月瓊枝春夢裏，鬢絲禪榻落花前。乾坤一劍無人識，四海聲名值幾錢。

萬古詩人嘔肺肝，遺山詩境最高寒。銅駝荊棘千年後，絕壁嫏嬛子細看。世路羊腸乃爾難，亂來史筆亦燒殘

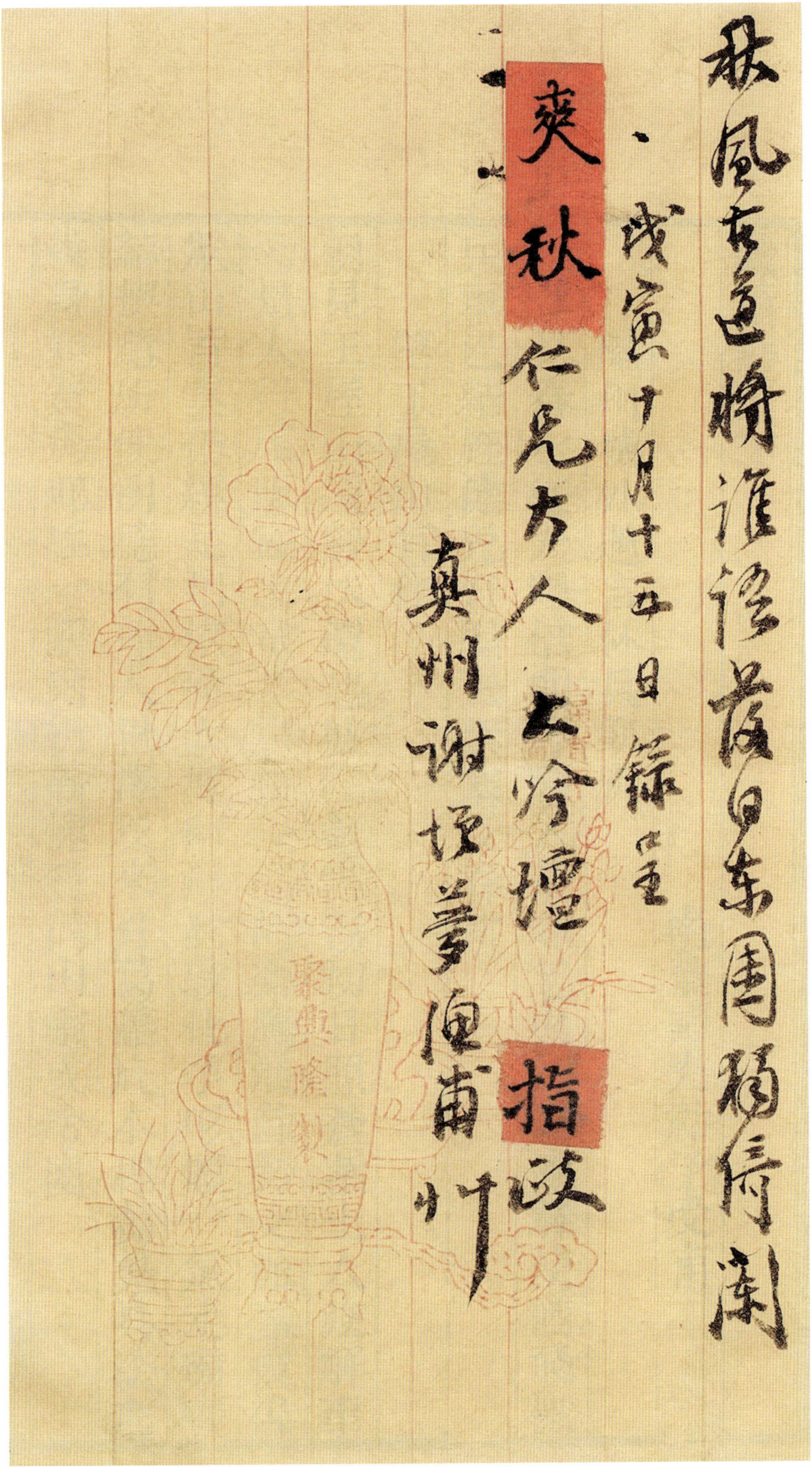

秋風古道崎嶇修竹白雲圍獨倚闌

戊寅十月十五日錄呈

爽秋仁兄大人大吟壇指政

真州謝增夢漁甫艸

六祖壇經直截了當，借舊板爲之，連本前湾音少谷
學士同年重雕，現已刻成，校對甚佳，紙板皆
嘗又徵本箱，賞印十部，分送善知識，素知
閣下精通內典，謹奉贈一部，伏祈 莞存。昨本已函
致滬局委員外甥婿李運判，囑其代爲
大學毛詩匡謬，因本局在此局子校一次，也再寫
學函致葛未遲兄處用印，其由局本寄京大部呈禮記匡
謬，祈從內不必提及，本局未按遂此也，外敘

借筆氏沈氏遺書二種印行

者。又 玉 帶回備帋十日定推章趙此役

閣下如須換出，弟處有此傳，可來借去。又今早

有友人來云：曾文正公文編已賣完，寶森堂尚

有此書，而寶森堂新到四川小學書數種，大佳，何不

往觀之也。手此布臆，即請

著安不一。小弟謝增頓首

燮烌仁兄大人閣下　戊寅十月初五日

首用之書方輿紀要四函，需暇啟。弟有摘本，精鈔已序刊刻。

爽秋仁兄大人閣下：昨奉手書，敬聆壹是。潘伯寅侍郎之

婿往安徽歸，則喪矣，惜也。並非讀壇經，所不讀他經也。承

示蔣本[illegible]前半已刻，方與[illegible]當刻，[illegible]出坊一[illegible]。凡

[illegible]要同，則可付一炬，古之人有行之者，但刻工不可入以

本摘抄本

撰之說也。前日丁夏西安[illegible]書稿裝一大箱，三十分寄[illegible]

賜[illegible]復元，當[illegible]乎。東[illegible]將書籍拾出，送一查[illegible]

繕清單一[illegible] 政如 備[illegible]計允交下一單

以便查出時順便取出為[illegible]

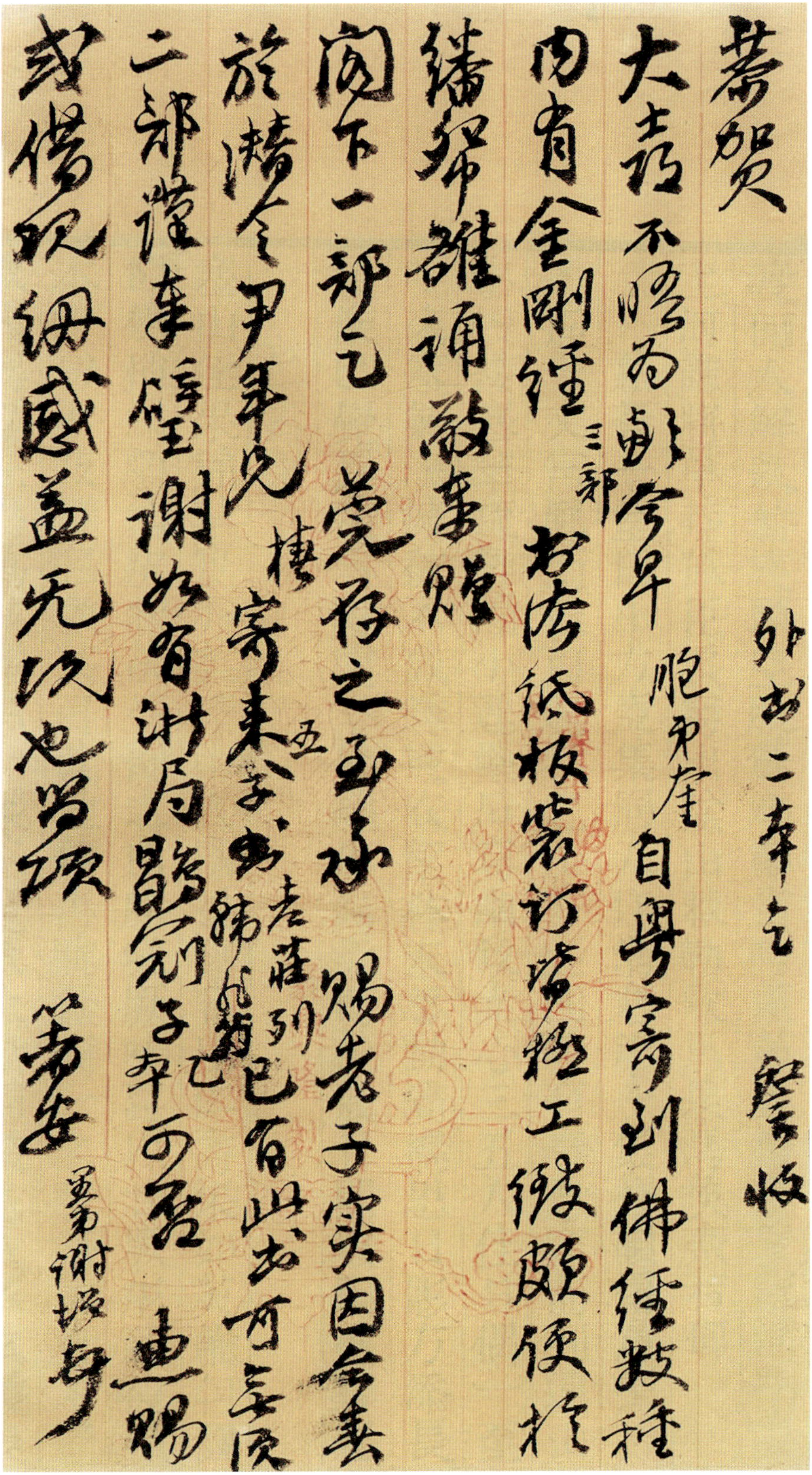
蓉賀
大吉 不暇爲郵令早 胞弟 自粵寄到佛經數種
内有金剛經三部 均係紙板裝訂甚極工緻便於
繙繹雖補敝案頭
閣下一部乞 覽存之至祈 賜老子實因舍妹
於潘令尹手見 棲寄來五字書 趙吉莊列 已有此書可否
二部謹奉璧謝 如有浙局影刻子本可否 惠賜
或借觀爲感 並無以也 留頌
著安 愚弟謝增頓首
外封二本乞 鑒收

蘗秋先生座右：月前奉

手答，仰荷

開示，慮遠思精，可勝欽佩。金石印二字已蒙改歛節略。

六冊俟一番經費整齊，現擬于增澳專管官富燒鍋

七項內籌撥。〇伯相均已許可，陶士洋藥捐由歲有六千金，

始可籌成，刊校有把握矣。惟理吳清卿等十七人，鄧小琴、

辛定甫、鄧都人為總董，尚有副董三人，本地律董二人（即云董義富），不設

采錢有成數也。定額經費百五，仍須貴元再行足額

天津人情偷惰險猾固也，然河間情形亦未見甚好。然
謂河間可教養，天津皆不可施，亦不甚然。今設數局則人
手不及，耳目更難周到。現雖合併，其間仍係分開，所有
差司也。專責久任，聯絡本地，實為保安關鍵。刻下雖有
五六人互辦，能協可久之人
當意中如有足以勝任又能持久者，須可
賜示商訂。津河二郡，稍固之城以為界，亦有不須築堤之處，
責成多然。我國為正辦，能先求厥後無能有影人者

輩不爲牧令。以試于一隅中之一隅。亦未嘗不可。以孫園誌耕
作十五六歲者中亦多務竟矣。總之無持久之人集以任
理難錄收功爲之奈何
弟亦以貧病醫藥皆採本名言。我不同嘗廢。亦
以儒行而爲也。今天下賢者知病而不下藥。合誤刺這方藥雜投。不賢者竟妄
如此病其何日瘳乎。月來公私冗冗之餘刻刻之暇家書久
未發寄
寫函亦遲遲。幸望顧何可了。今擬明日寄往吾鄉再行圖

北菁存洋務書札

在巴黎仙即寄天津東門外斜街廣仁堂王君取下寄上海

飭交米市胡同江陰會館內袁宜甫先生常下寄上海指點

璟文十分勉強張家子息迫於飢再遷矣於何矣

李菊澗先生訪得其人否朔風發寒小惟

濟道自愛以咸言常錫為禱　宗後學遂再拜

十一月初十倚裝呵手此紙作林

此信得覽可以不必回看花樣貼出也

月初懷子翁待人交好　至常知已在徐君處領有見字矣

昨日暢談，迫於日暮，而入內料檢藥物，而
隨從已行，甚悵然也。頃拜
手書，家
惠珍制膏帖，敬謝敬謝。
友朋相愛，莫收算難之功，而獺浮所任已成，空質脈腦惡
穀與可搜藥從矣。
盡心而已。今日所以不遣使者，致坐事已並及搏勞
沒者編爲不安，即請
爽秋先生著安。弟期悲綿頓首
秋分日

陳阜人先生白虎通疏證精審完密

出餘姚武進之右，近於友人許見之，深

為欽服，茲荷

見貽，感佩奚似，容再詣謝。專請

穰秋仁兄同年大人箸安

弟鳴鑾頓首　二十日

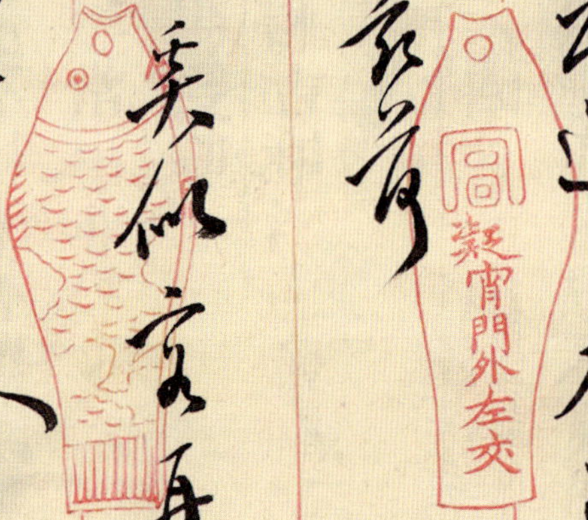

同交魚符

唐制左者進內右者在外左交之左也

兩罍軒藏

來詩陳義甚高，非所敢承。
日錄藉識中游西山前後記，備與如曠
如之勝。他日摘鈔出冊，兩間勤于傳也。錄
中他件似不免有犯多言之戒，不如字中所如
雲亭甚佳，錄懷談樂春園摺，盛意上
碩秋先生吾兄文席　弟經棟

爽秋長兄知己前輩
道鑒：碌碌久不相叙，甚。弟因七兄姻事擱於甬内，
赴滬所託攀古樓彝器款識○、東瀛貞石志○、滂
喜齋叢書，聞必爲弟覓取一分，或須先行寄
貲否？乞即
示知。尊處近好，諒否？擬再請之，借以知爲幸。
此外遞○○、敝處舊快已滂喜齋叢書中吳郡金石目○、兩雅訂○、歸元
當年一卿弟兄過面有京畿金石考○、輶軒使的

種最難遇，爲鐵柚即此亦難物，亦難得，則匯遲即今歲
又不能寄矣。兩罍軒〇、〇古鏡一書，并百漢碑硯齋縮此件京師未必有
本，皆來年之沈字編，訪此二物，價並不昂，亦請
不惜擔負得運先給以價，隨時即
示，是所至禱。此頌
賜書或寄姚覲元轉交，或逕寄上海滬度
星張丹翁尚書得具所本，作者所付所以安寄
起居不盡。弟清秋要頓首　十月初三日

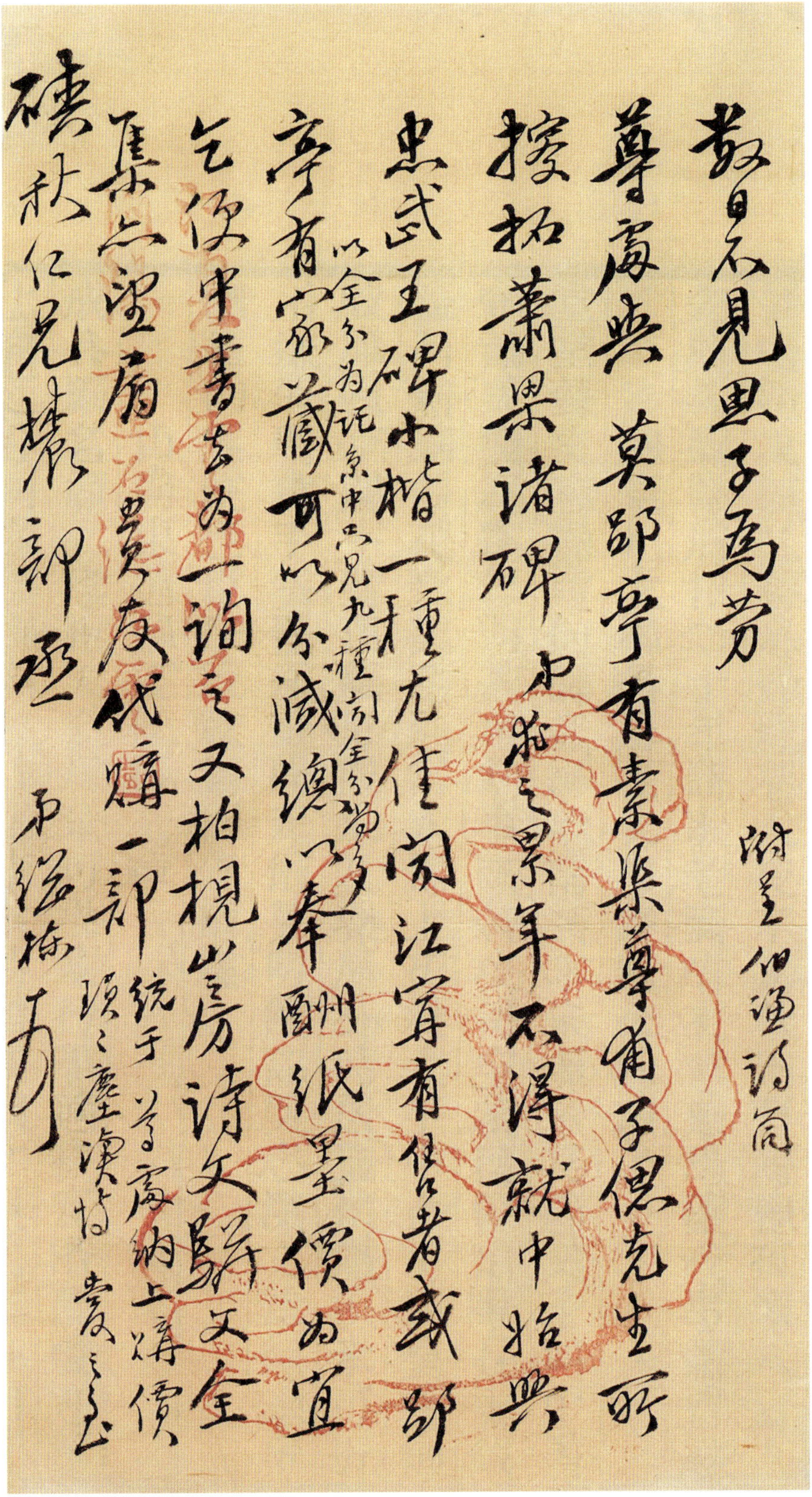

附呈伯潛詩簡

數日不見，思子爲勞。

尊寓與莫郘亭有素，渠尊甫子偲先生所搜拓蕭梁諸碑，中於梁年不得就中拓與忠武王碑小楷一種尤佳，聞江寧有售者，或郘亭有家藏，可以分贈，以奉酬紙墨價爲宜。以全分爲託，京中只見九種，聞全分當多。乞便中書去爲一詢之。又柏梘山房詩文駢文全集亦望屬黃友代購一部，統于尊寓納上價項。瑣瑣塵瀆，費心之至。

爽秋仁兄棣節座

弟繼棟頓首

損惠晉徵士集兼承頒貴無已寓齋
前所集 伯諭太史皆有詩今以錄呈
屬和日來新寒鞠花盡放亦補作
二詩尚未脫藁續再送祈
斧斤 手復即謝並詢

道履動定百宜　弟繼棟上

碩秋仁兄揆長部閣下

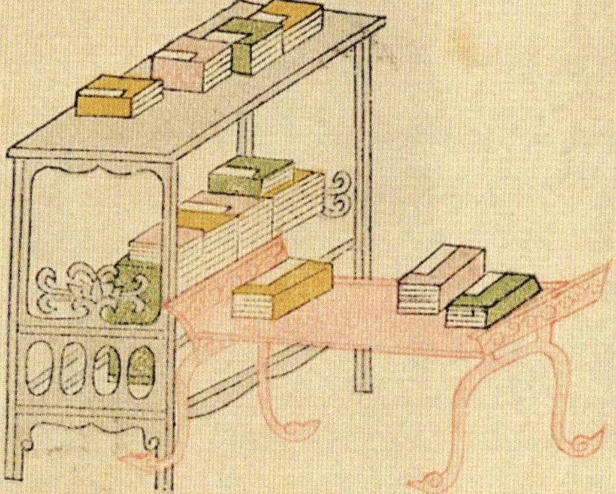

雪後小集更讀

蘋秋、松琴兩君新製，因疊前韻奉以就正

西山一夜失翠微，晴窗曉見殘雪飛。相逢不醉花且笑，麴生將

詡食言肥。薄醪市脯亦笑隸，德量狂聽則所稀。未須絕管倩清弱，

但欲文字先療饑。松琴詩伯興最逸，連朝貽玖輝蓬扉。

桐廬更繼槐廳起，琪花交映冰雪霏。清才況有西供奉，長城

勉日將合圍。屋予何敢望旗鼓，頗念同澤歌無衣。骯髒既具

請先歃，敢策駑駘隨鞭鞿。看君登壇更拔幟，鳴鐃毋遽金

師歸。

葉澤重草

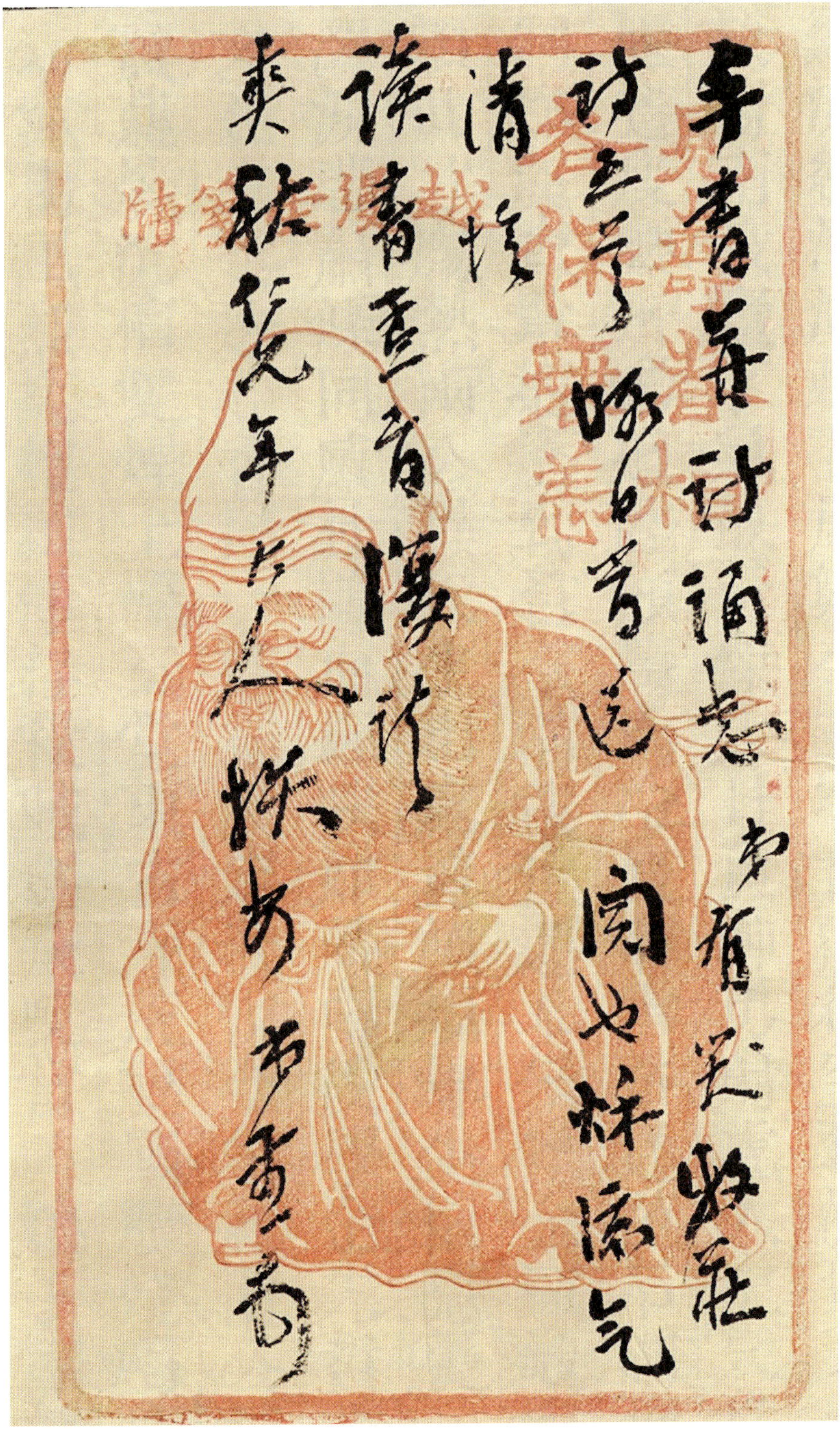

王務有言禍從口出（傳名士銘本此）匯直禍鄰養生之（用參同契三語）
賊用之（老子上篇第六）不勤綿綿以息我師隹（李漢隱逸）先歸
于無極少言
姚姒之人壽命累百（四語有至理）隨日作息（皇本素問靈樞第七十二篇）陰陽
和協根荄（長沙說文）于亦神棲其宅啇（東坡偈語）今孫法
視與漏刻多睽

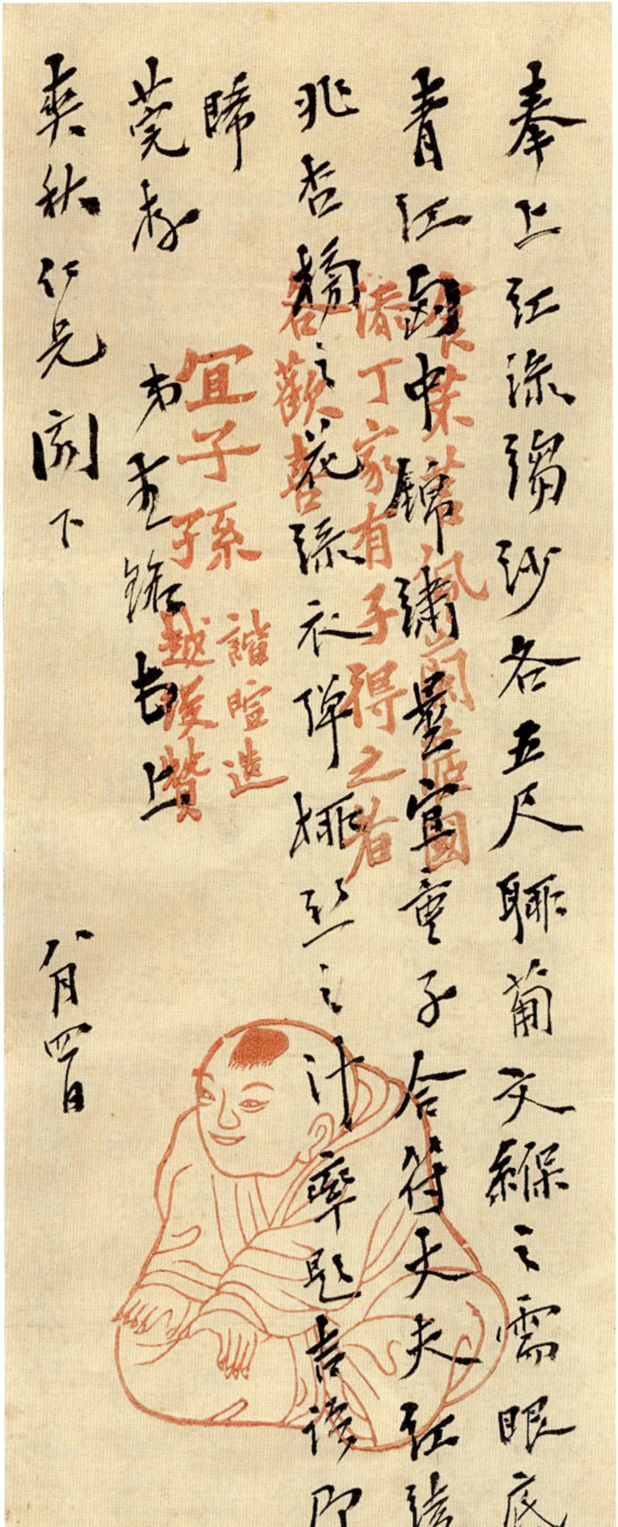

奉上紅滌綢紗各五尺，賺葡萄文繡之需，眼底
青紅，盡由錦繡，豈宜童子合符丈夫。紅綾
兆杏，橘縠（?）綵衣，俾娜玩之，汁摩睺（?）吉祥所
歸。
莞存。
弟慈銘頓首
爽秋仁兄閣下
八月四日

袁大老爺 官印昶 初七日

年小弟王炳燮專奉

上書一箱一隻祈 查收又路菜四色程儀一函伏望 莞納幸甚病卧不能奉答負疚良深敬請

爽秋仁兄同年大人安

送紫竹林安記客棧

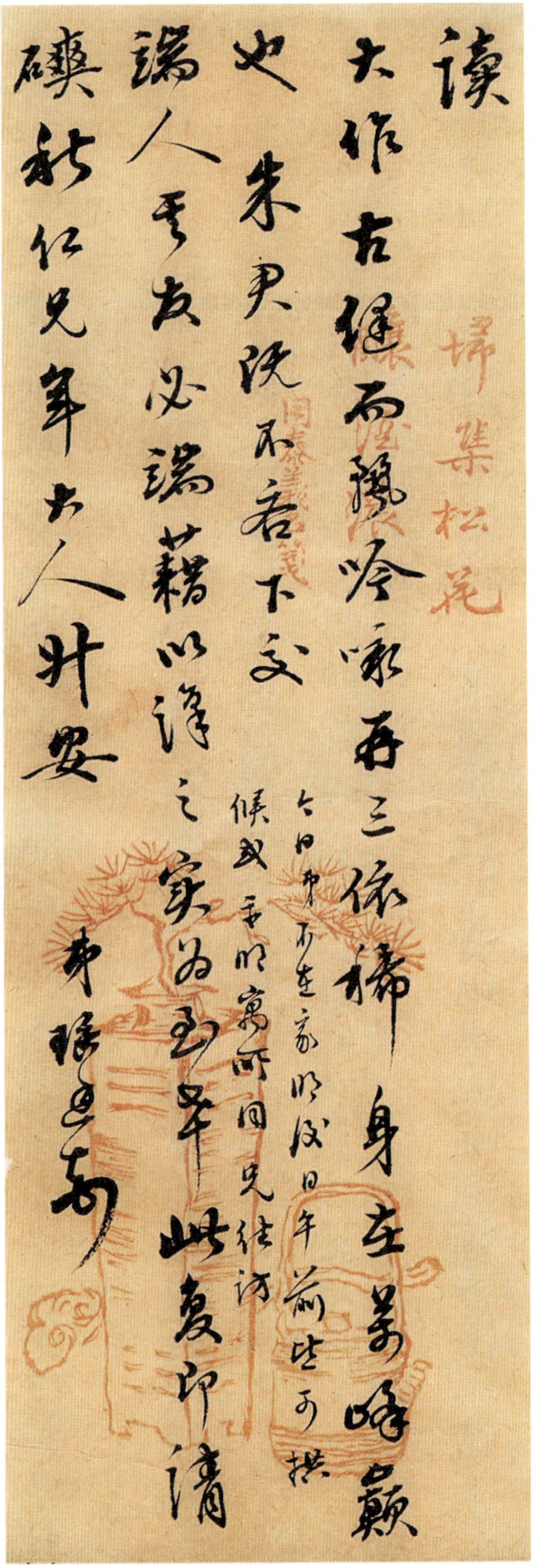

春秋老弟同年大人足下：疊承手書，省[illegible]林木[illegible]，惟步兵之集，寧鮮能以仕宦終於何[illegible]。思及還朝者[illegible]，[illegible]海内男子耳目向往，[illegible]生於氏矣。吾春秋大備[illegible]膺識，用此[illegible]言無疑，[illegible]者[illegible]雪[illegible]家，京師[illegible]人海，師友[illegible]，[illegible]復有此[illegible]盡否。中自論[illegible]人世[illegible]，[illegible]其遇著周旋通曉，及其所論，成日書冠[illegible]君[illegible]佳[illegible]。幸[illegible]本此事以[illegible]如嘆者引至[illegible]中輟，[illegible]道[illegible]，作長官，若在[illegible]案[illegible]良知，共[illegible]，又其一也。奈何[illegible]自[illegible]筆樹訊，不盡萬一，此頌籌祺，[illegible]願言。年如[illegible]

如弟[illegible]頓首

七月二十日安期樓下書。官[illegible]安[illegible]期[illegible]

六月有[illegible]輔[illegible]手[illegible]已達[illegible]時[illegible]向訊

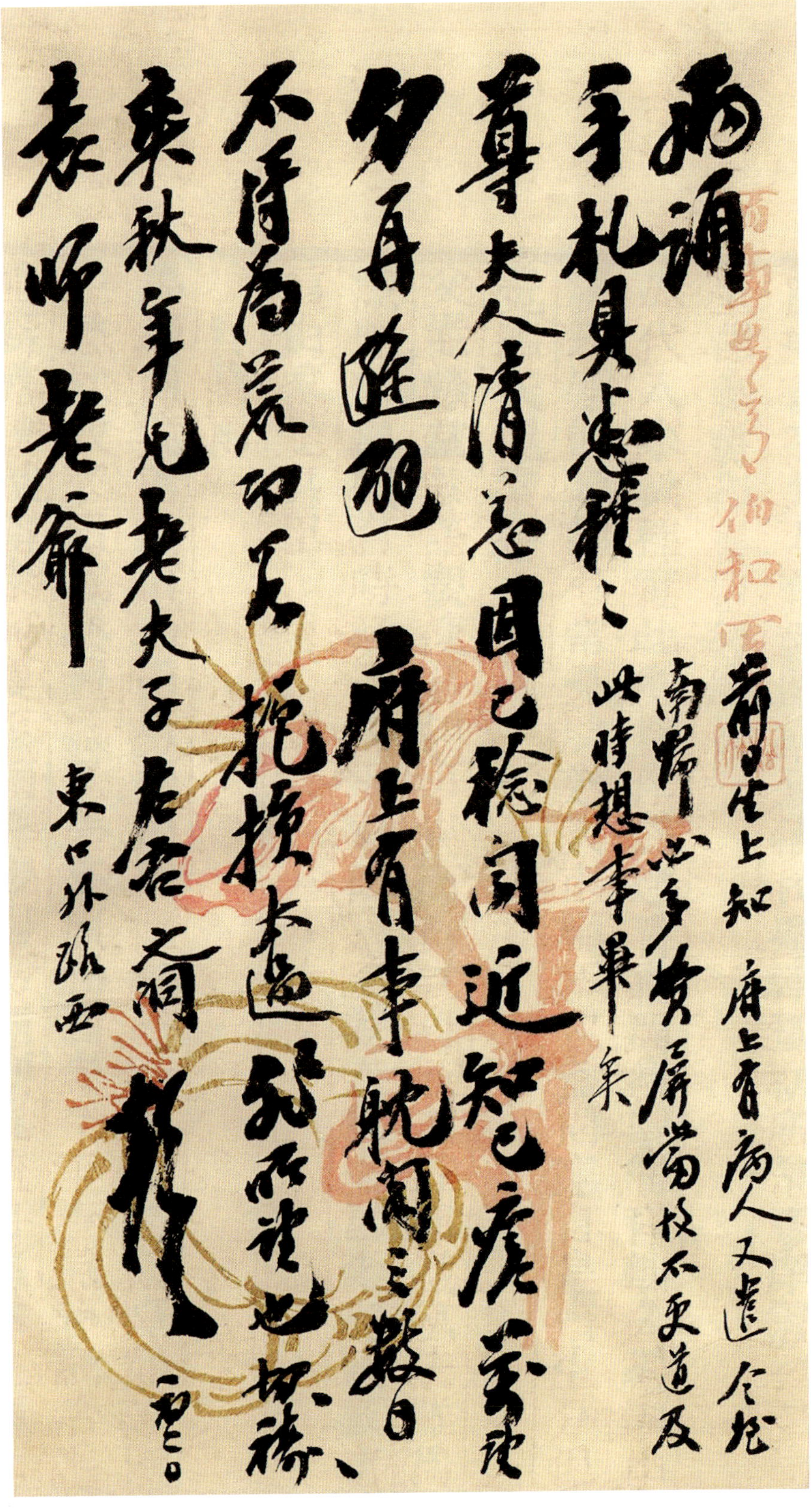

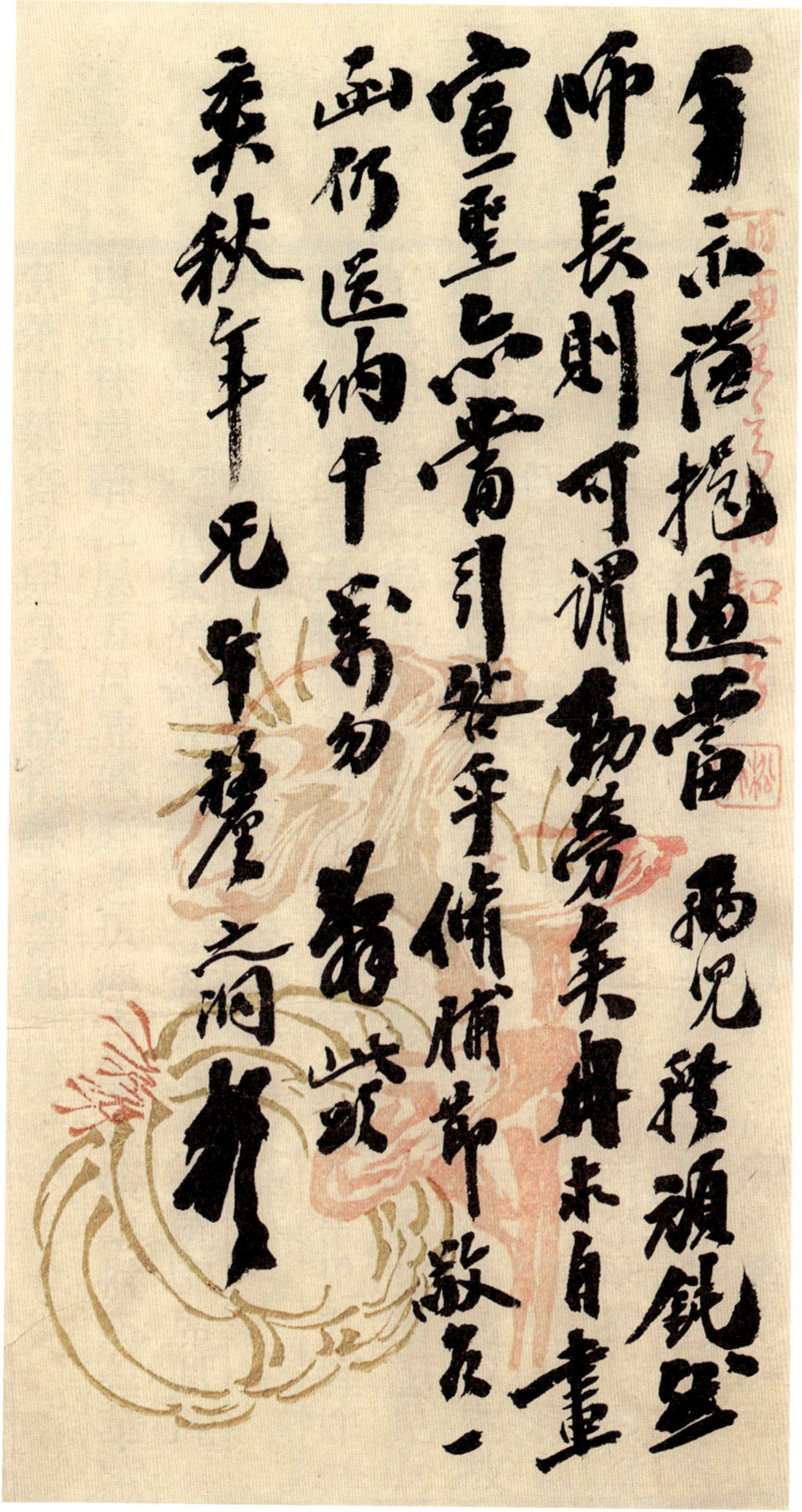

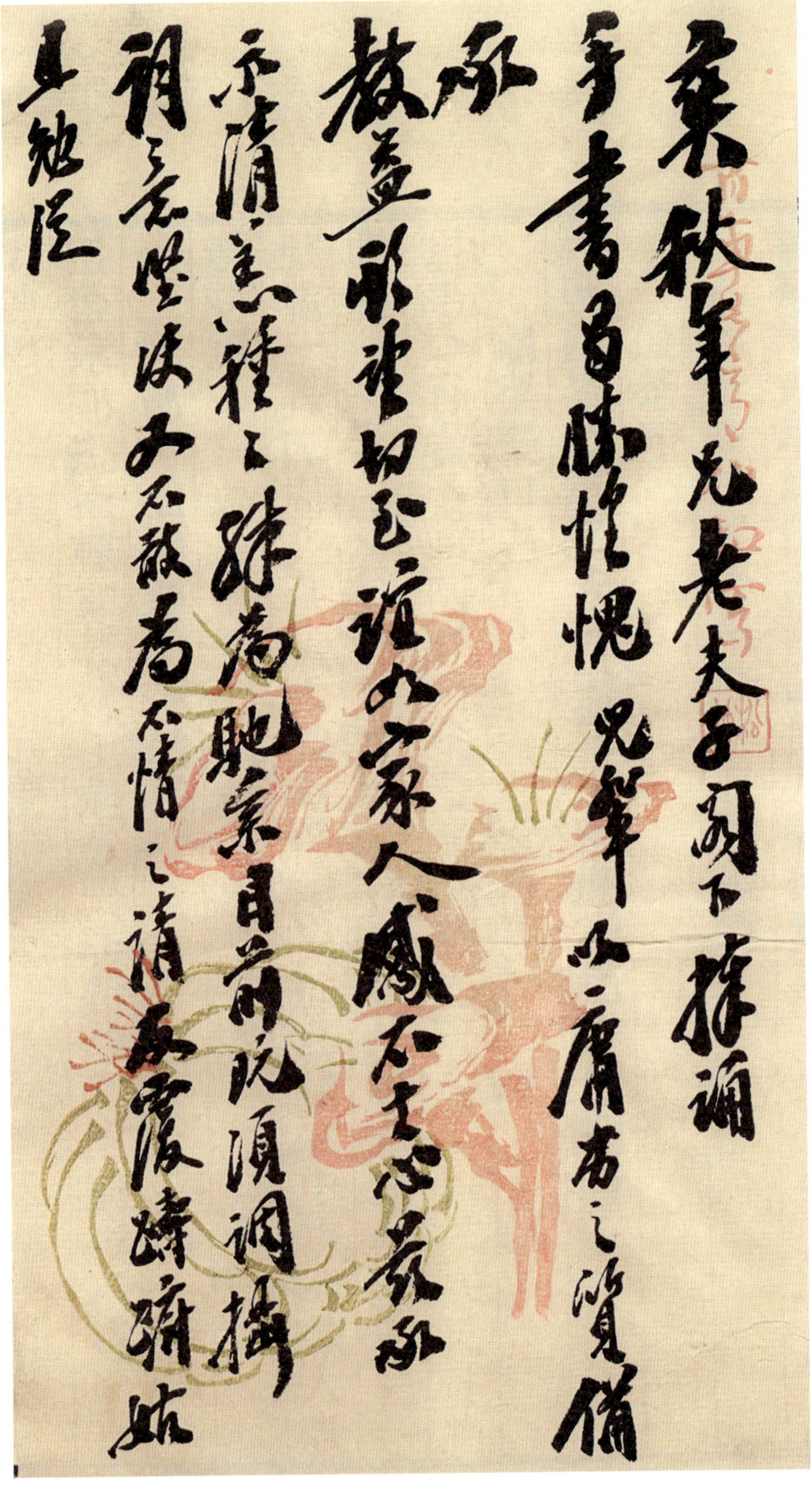

尊命謹即
靜心弥衛賊兇筆無受
教之福祇自顧恨千以後張至積知綱學
每因請益儀年來神思悦遇事
香背與病來危篤以讀先哲殘篇備忘之石
下文
直承以来　餘惶

伯和寫

賢者之屬想當不少，尚希
鑒存爲荷。日內少間當奉
繳，面談。手書敬
謝，即頌
著祺，不悉。之洞頓首　廿日

子[illegible]書呈

自鳳丸安神膏百合粉
精製印泥六錢令兄子襪領此
收并謝
秉秋年兄 大安
敬候四千

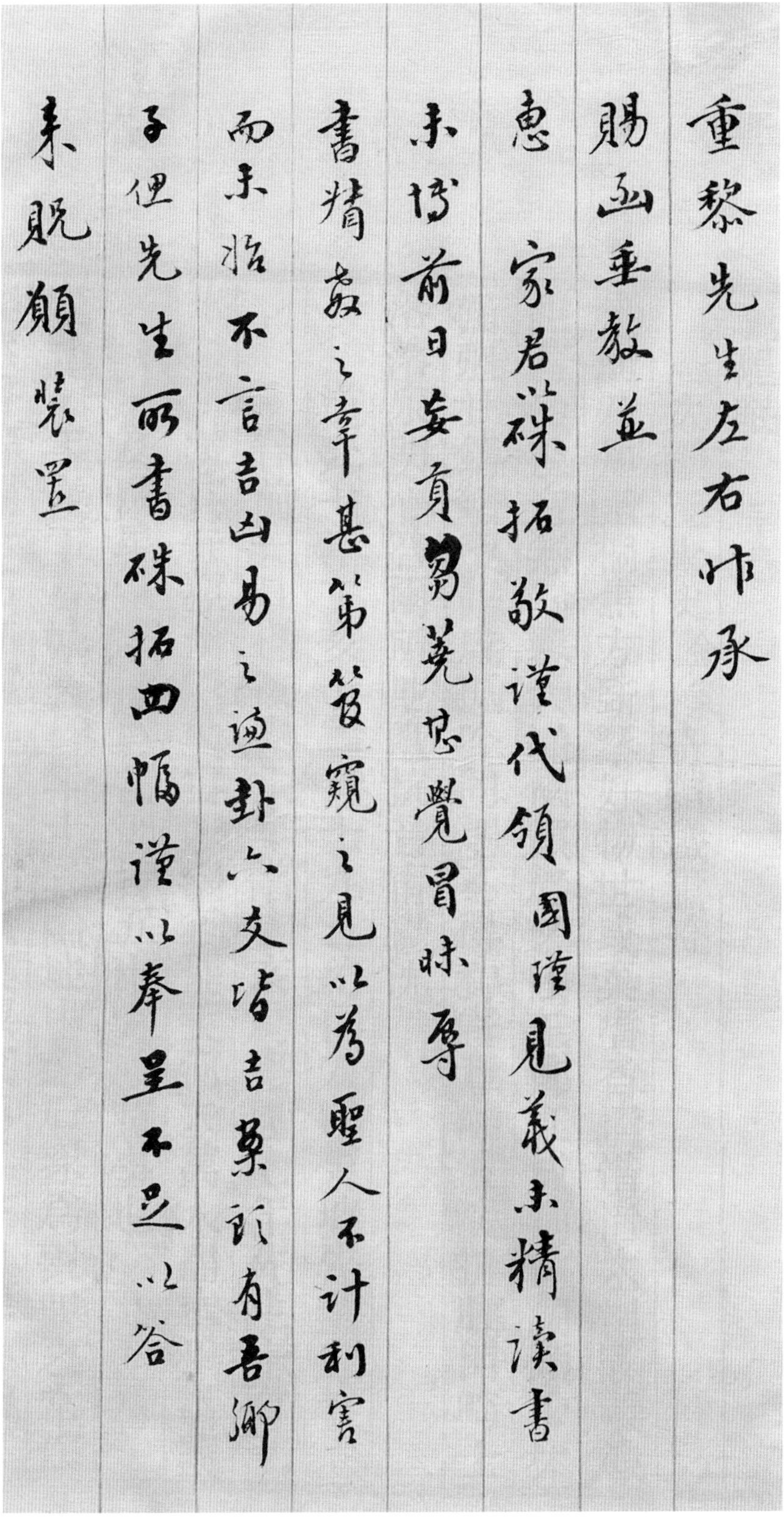
重黎先生左右昨承
賜函垂敎並
惠家君碑拓敬謹代領國瑾見義未精讀書
未博前日妄貢芻蕘忽覺冒昧辱
書精覈之章甚第發窺之見以爲聖人不計利害
而未始不言吉凶易之謙卦六爻皆吉葉誼有吾鄉
子偲先生所書碑拓四幅謹以奉呈不足以答
來貺顧[illegible]置

座右時備

省覽如何來復敬謝即請

道安　國瓚頓首

襄秋先生足下：前以睇子攬揆之辰，
吉語佳刻，
賜函命兒子代謝，頃聞奉
書復已
獎飾，慙愧無已。時局方艱，
尊論明鼓擂箭，識爲可慮，新語泰之
三陽潛伏三陰之下，以在上位之君子待小
人之法，以家居下位而有言責者陽氣不伸

陰將何長為目前支持乎點者以為固保
身之智言之必患之許國之忠比干即不剖
心為秉其維清寧乎君子所值之時所處之
地亦有所宜不必一端不必于之畢謹志之
畢何亦各異其職守其分而已
至論諸某某云諸人分擾內地開警以職
本原之計但民旅難於桐安有司難於給
來亦係實情而內地田宅無不有主饑饉

廣子遺親族鄉鄰皆圖隱占誰肯以有
主之田業付諸播荒　先予古秦專以營田
爲子初議原冊繳絕無產及開除後繳產
者最痛心絕產塞之甚哉撥之人情親
族鄉鄰究屬切近必舍切近者而付諸
渺不相涉之人理既不合情必難安故當時
雖經兵燹之後民氣未蘇亦未敢驟直刑
驅而使之議畔也當語穆先仍宜邊蔬至

旅人出外謀生，但冀覓業許覓位之大難同
於齊民，則旅人之生計、地方之民情兩無
妨礙。不知
尊見以爲然否。志書嫩次脱稿，約有七
八成。完者實在搜采不及，在不能無遺
恨者。院課經史，或者課宜教以實用之學。
窮鄉習者用熟於經史，惜教者本無根
柢，恐誤學徒耳。　玉初椿臨論政弟頓首

爽秋老兄年 先生 邑局中鶴紫一新近掃
除萬卷樓啟窗可瞰西山居然大美
修曆
遠道秋分已過雨亦仍濃被災之區甚
已不少然水既究勝旱荒爲田作稻中總
天心本難知以人之意只好捱往後耳
手復 修頌
並祝不宣 彭年頓首

袁昶藏

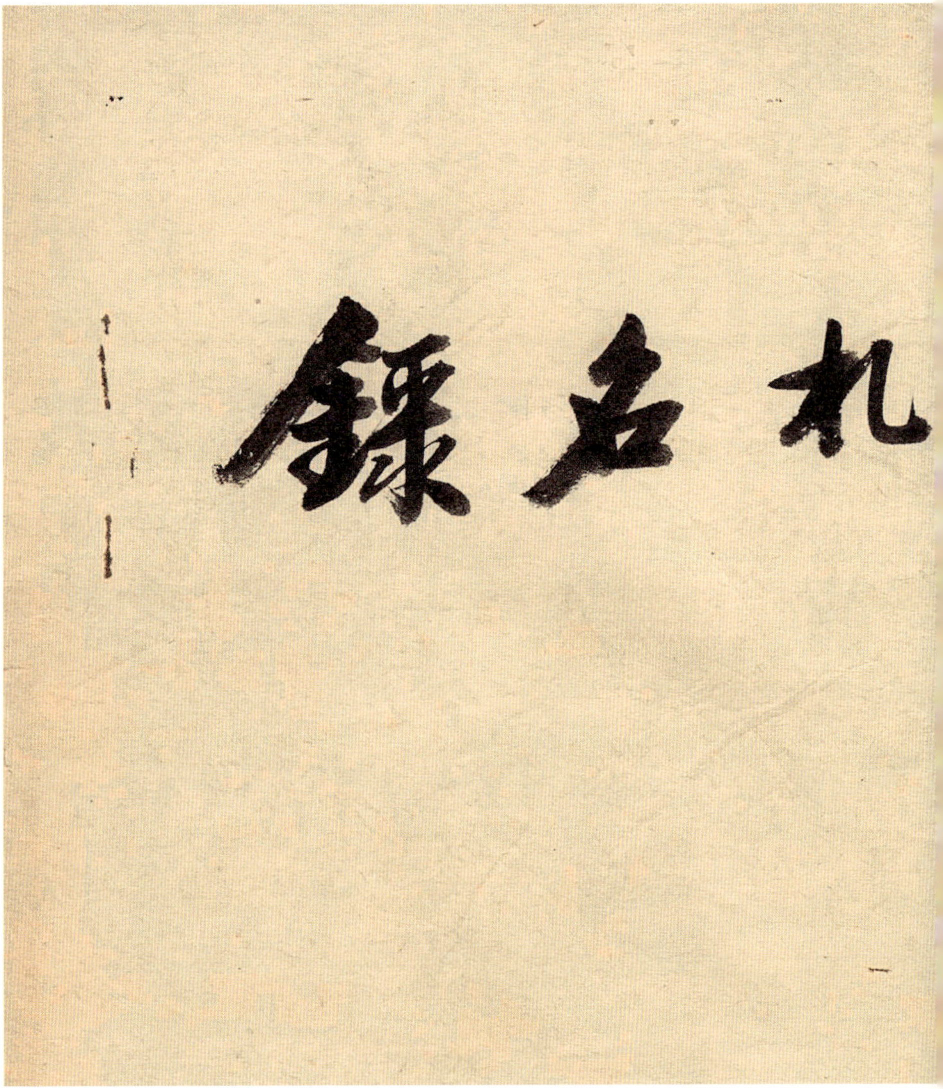
札名録

劉履芬
應寶時
又
典
馮煦
張文虎
孫詒讓
又
丁丙
淩霞
陳豪

楊昌濬
應寶時
陳豪
節
雨
卯履平
吳安業
淩霞
恒
宗源瀚
鄭襄

王炳
緑棻
增
譚獻
增
恒
延釐
宗源瀚
祁
陳豪

凌雲

丙燿

凌雲

戴望

劉壽曾

莊棫

楊長年

錢振常

吴昆田

丙

鄭襄

又

莊棫

寶清

高行篤

孫詒讓

張王亞

譚獻

宗斤

宗源瀚

沈曾植

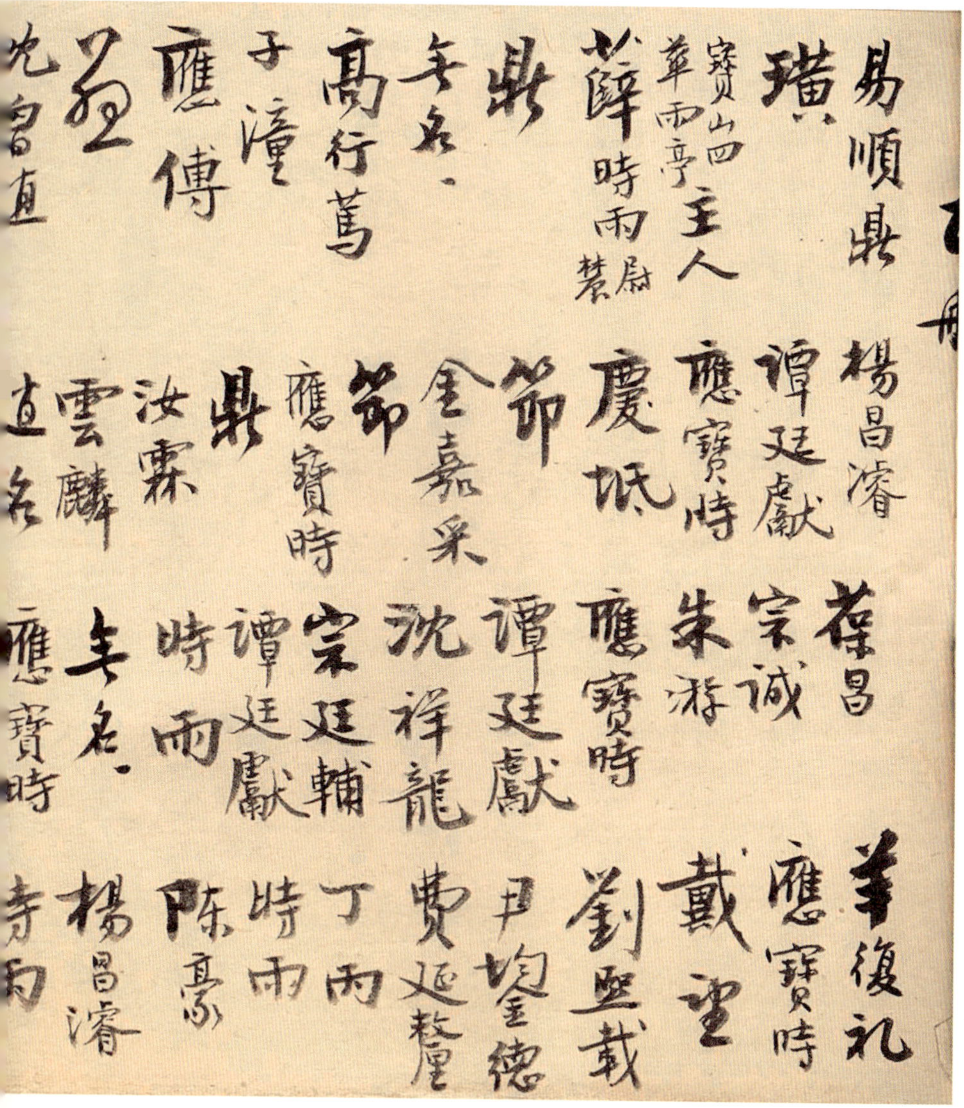

易順鼎
璜、
寶山四華雨亭主人
薛時雨
鼎
年名、
高行篤
子潼
應傳
光曾直

楊昌濬
譚廷獻
應寶時
慶㤠
節
金嘉采
節
應寶時
鼎
汝霖
雲麟
直名

蔡昌
宗诚
朱游
應寶時
譚廷獻
沈祥龍
宗廷輔
譚廷獻
時雨
年名、
應寶時

華復礼
應寶時
戴望
劉熙載
尹鑑德
費延釐
丁雨
時雨
陳豪
楊昌濬

孫
張鳴珂
李文田
蔣節
應寶時
天縣
無名、
補生
應寶時
又
譚廷獻

蔡昌
應寶時
譚廷獻
楊昌濬
孫詒讓
應寶時
宗彦
譚廷獻
激
華復礼
陈豪
應寶時

凌霄
錫綬
丁丙
康
時雨
譚廷獻
張鳴珂
宗源瀚
璜
凌霄
吴昆田
增
笨

時雨

王先謙
李文田
又
又
福詵
李文田
又
王頌蔚
李慈銘
呂耀斗
曹廷杰
吴大澂
李文田

李慈銘
譚廷獻
紱佐
王頌蔚
李慈銘
李文田
譚廷獻
張權
張蔭桓
子澄
沈曾植同

王懿榮
李慈銘
寄
慶祗
李經田
李慈銘
張謇
黃紹箕
王仁堪
王頌蔚
又

又
王先謙
李慈銘
黄紹箕二
曾紀澤
瑾
朱一新
李慈銘
馮煦
黄體芳
黄紹箕

馮煦
沈曾植
沈曾植
宜侉
寶廷
鴻禨
陳彝
錢齡
慶坻
祥
聯沅
王懿榮

李慈銘
又
王頌蔚
葉昌熾
張蔭桓
黎庶昌
王頌蔚
李慈銘
又
黎庶昌
張蔭桓

陶濬宣
國瑾
譚廷獻
許景澄
國瑾
潘衍桐
李慈銘
王頌蔚
李慈銘
又
許景澄

李慈銘
李文田
沈曾植
張蔭桓
又
陸潤庠
薛時雨
李慈銘
譚廷獻
沈曾植
華
又

國瑾
李慈銘
又
沈曾植
雲
遂
沈曾桐植
王頌蔚
陸潤庠
李慈銘
又
又
又

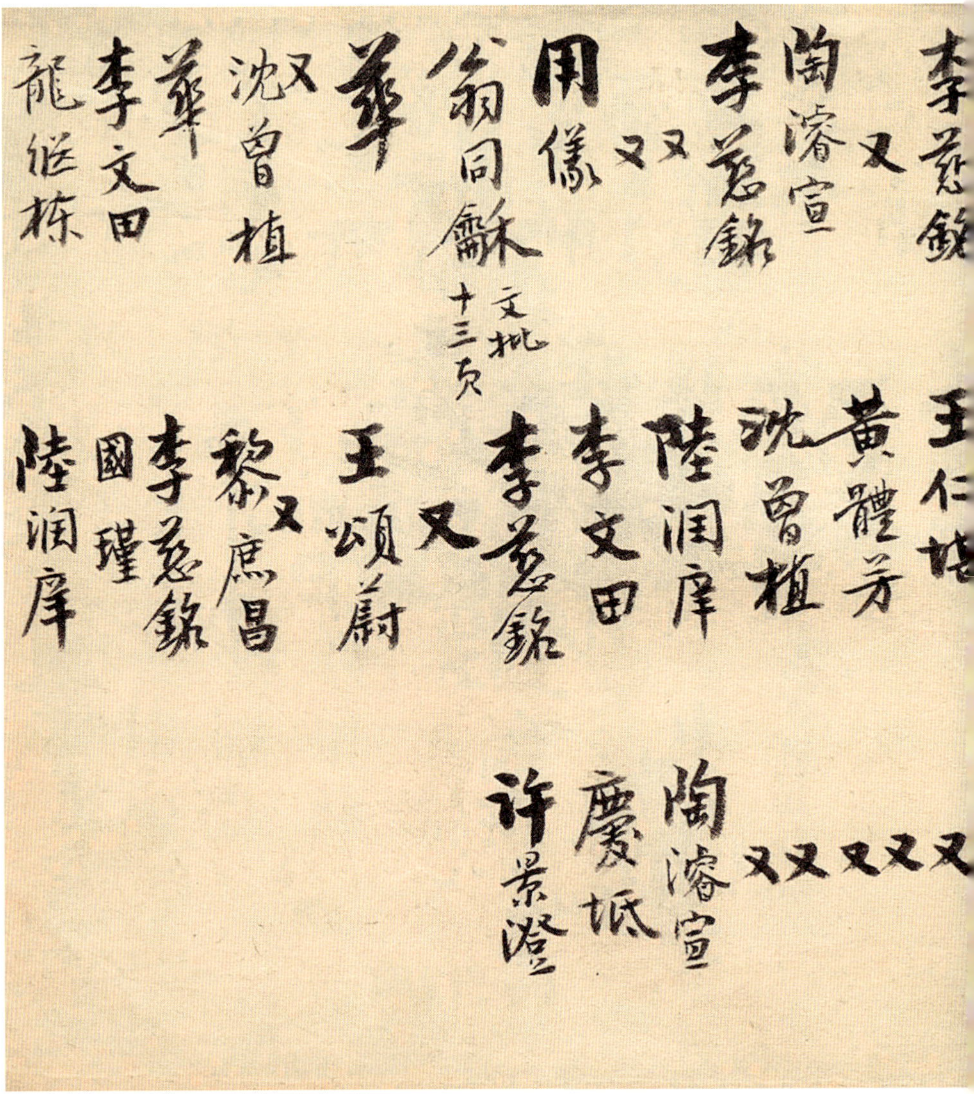
李慈銘
陶濬宣 又
李慈銘
又
又
用儀
翁同龢 十三頁 文批
華
沈曾植 又
李文田
龍繼棟
王仁堪
黄體芳
沈曾植
陸潤庠
李文田
李慈銘
又
王頌蔚
黎庶昌 又
李慈銘
國瑾
陸潤庠
又又又又又
陶濬宣
慶坻
許景澄

戊册

存

李慈銘

張之洞

存

王先謙

李慈銘

宗源瀚

李慈銘

譚廷獻

勞乃宣

許振禕

楊昌濬

又

周壽昌

遂

宗源瀚

汪鳴鑾

李慈銘

周壽昌

槐廬

遂

龍繼棟

李慈銘

周壽昌

徐用儀

張佩綸

龍繼棟 詩

朱之榛

龍繼棟

費延釐

年名

李慈銘

又

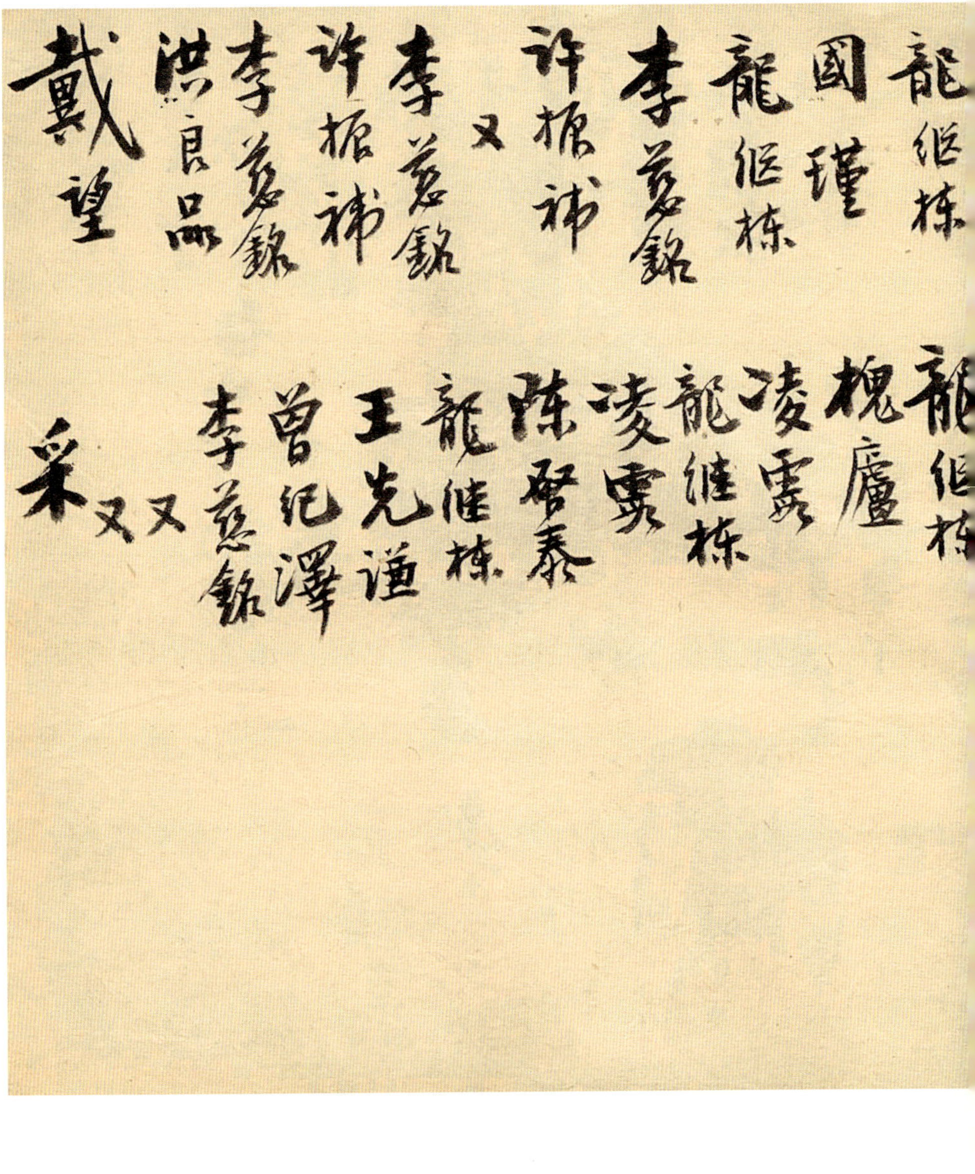

龍繼棟
國瑾
龍繼棟
李慈銘
許振禕
又
李慈銘
許振禕
李慈銘
洪良品
戴望

龍繼棟
槐廬
凌霞
龍繼棟
凌霞
陳晉泰
龍繼棟
王先謙
曾紀澤
李慈銘
又
又
采

己册

李慈銘

又

馮煦

又

采

最

薛福成

無名、

薛福成

朱之榛

丁丙

楊文瑩

譚廷獻

楊文瑩

顧雲

龍繼棟

又詩

李慈銘

沈曾植

又

朱之榛

李慈銘

譚廷獻

費延釐

李慈銘

王頌蔚詩

李慈銘詩

徐用儀

樊增祥

樹聲

薛福成

李慈銘

應寶時
采
存
龍繼棟
張謇
周壽昌
譚廷獻
李慈銘
又
楊文瑩
錢齡
李慈銘

又詩
樊增祥
李慈銘
繆荃孫
丁丙
繆荃孫
景山松
遂
朱一新
國瑾
黃體芳
遂
沈曾植
又
又詩
薛時雨

庚卅

沈曾桐 子封

國瑾

左宗棠

沈曾桐

樊增祥

遜

黎泰

樊增祥

朱之榛

道鎔

丁丙

凌霞

楊文瑩

張佩綸

樊增祥

許景澄

樊增祥

蕭穆

易順鼎

黃體芳

時雨

蕭穆

李慈銘

朱一新

李慈銘

國瑾

子潼

國瑾

又

楊守敬

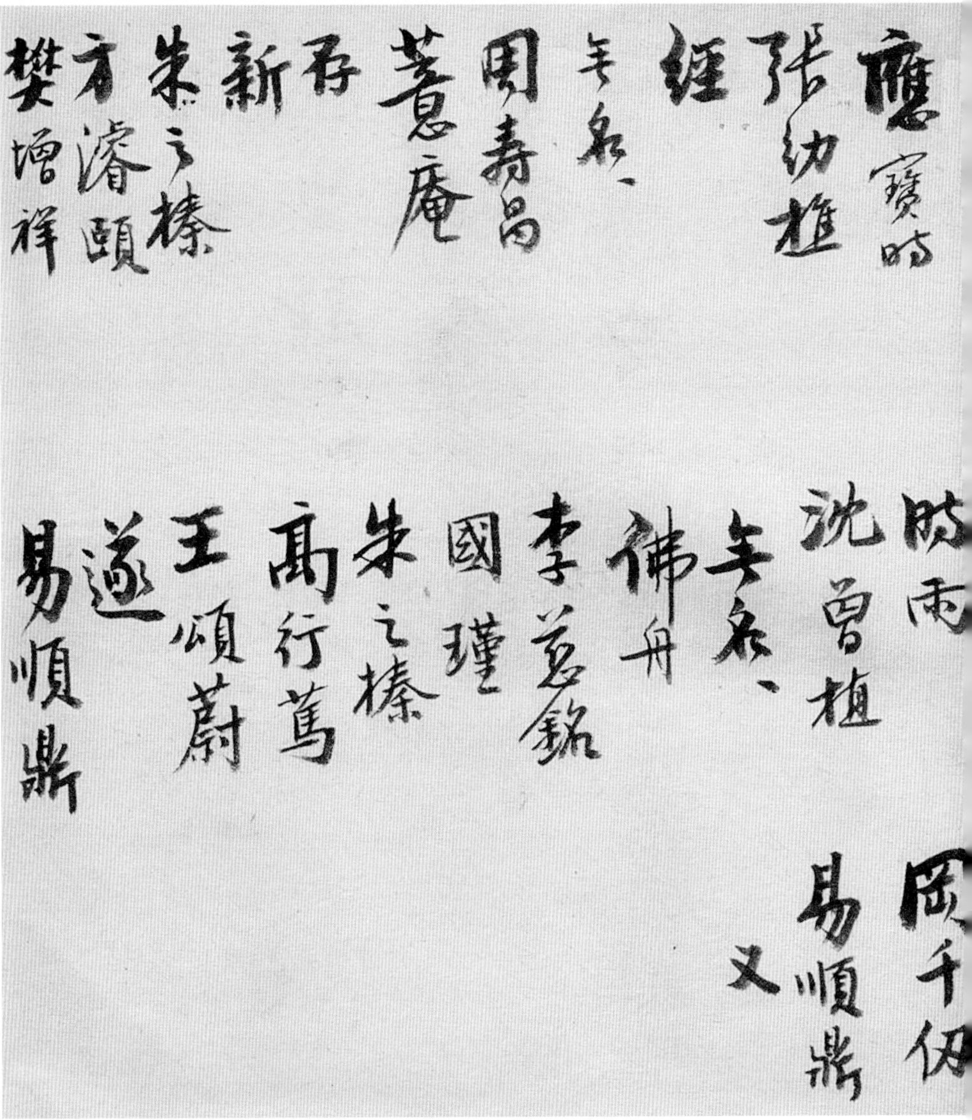

應寶時
張幼樵
經
年系、
周壽昌
薏庵
存
新
朱之榛
方濬頤
樊增祥

時雨
沈曾植
年系、
佛舟
李慈銘
國瑾
朱之榛
高行篤
王頌蔚
遜
易順鼎

[illegible]千仞
易順鼎
文

趙銘
萬同倫
洪良品
又
閻敬銘
薛福成
朱之榛
高行篤
凌霄

子潼
趙銘
朱福詵
朱名
程頌藩
李慈銘
趙銘
又
又

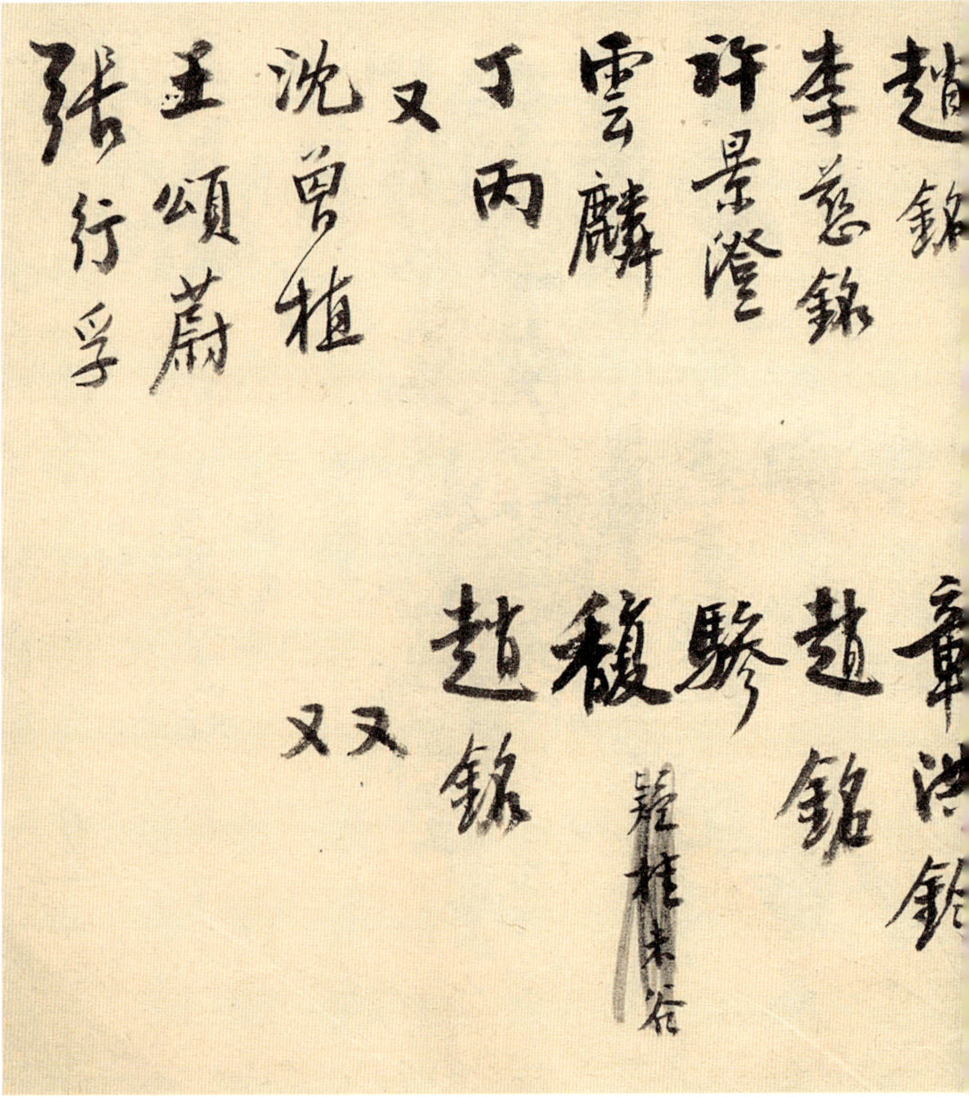
趙銘
李慈銘
許景澄
雲麟
丁丙
又
沈曾植
王頌蔚
張行孚
趙銘
又又

趙録
又
年系二
王屋
年系、
驂
丁丙
朱之榛
凌雲
羅豐祿

易順鼎 詩
又
王先謙
又 詩
鴻機
岡千仞
王先謙
又 詩
瑾
華
中島雄
薛福成

趙録
王頌蔚
又
王先謙
王頌蔚
遹
凌雲
年系、
王頌蔚
馥

驗
〻
趙銘
〻洞
趙銘
周玉山
又名二
王先謙
吳品珩
丁丙

李慈銘
寶謹
王先謙
華
又又
張謇
華
又名一
李慈銘
遂
又

王先謙
寶謙
譚廷獻

癸卅

趙銘
采
李慈銘
張裕釗
薛福成
李慈銘
華 詩
張蔭桓
李慈銘

龍繼棟
曾紀澤
雲麟
李慈銘
閻敬銘
李名、
沈曾植
趙銘
王先謙 詩

楊文瑩
采
計維瀚
張謇 詩
適
張謇
沈曾植
張謇
李文田

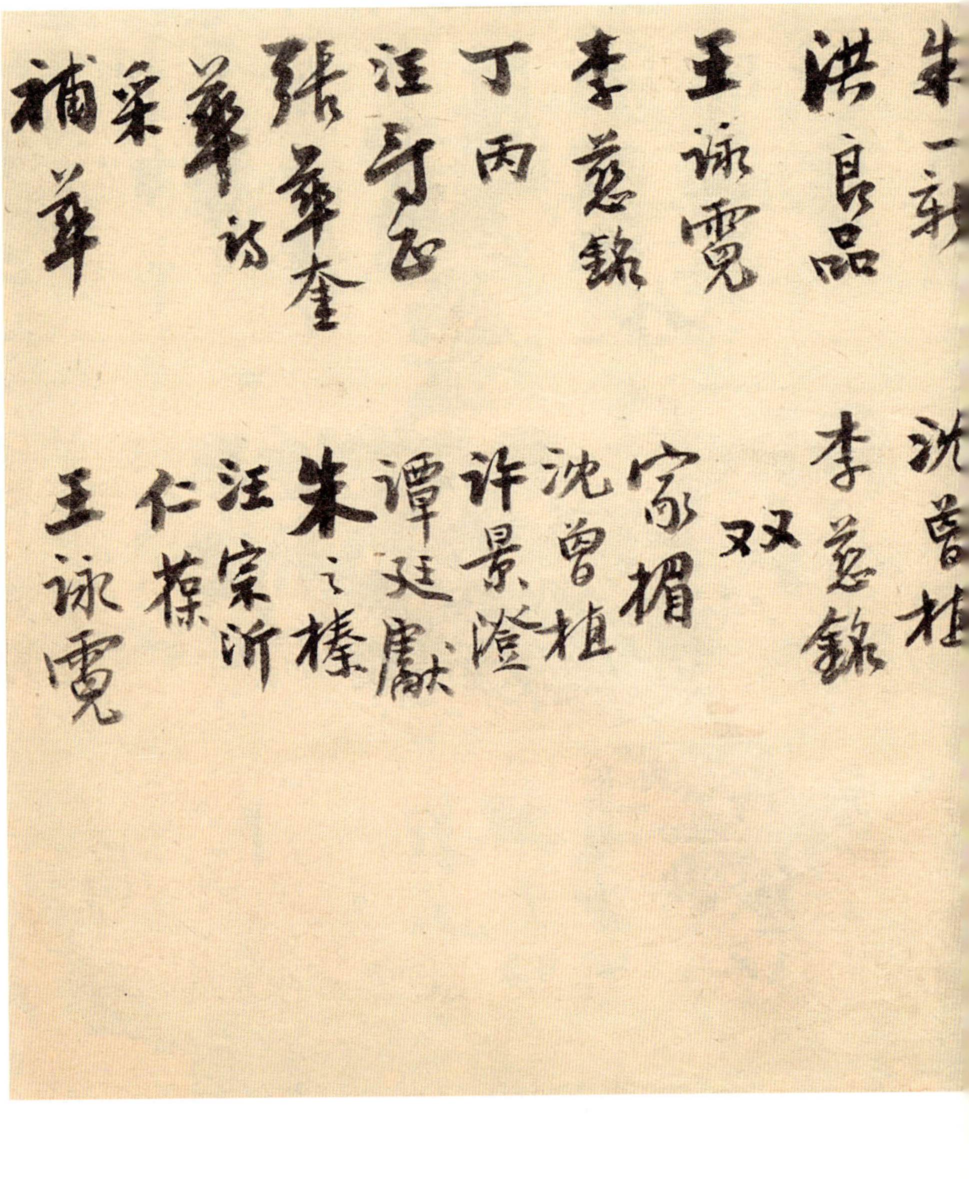
朱一新
洪良品
王詠霓
李慈銘
丁丙
汪鳴鑾
張華奎
華詩
采
補華

沈曾植
李慈銘
双
家楣
沈曾植
許景澄
譚廷獻
朱之榛
汪宗沂
仁榛
王詠霓

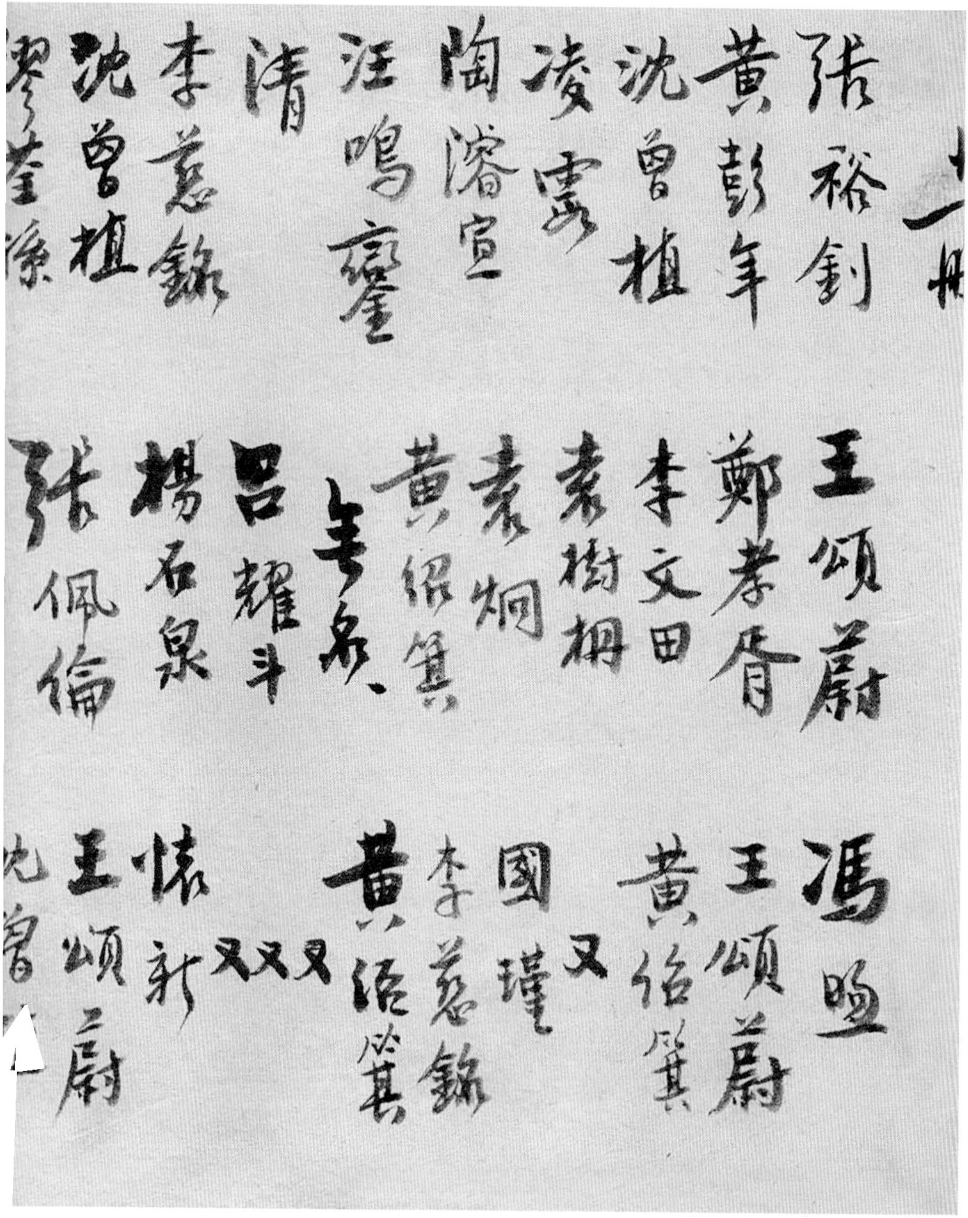

一冊

張裕釗
黃彭年
沈曾植
凌霞
陶濬宣
汪鳴鑾
清
李慈銘
沈曾植

王頌蔚
鄭孝胥
李文田
袁樹桐
袁炯
黃紹箕
年系、
呂耀斗
楊石泉
張佩綸

馮煦
王頌蔚
黃紹箕
又
國瑾
李慈銘
黃紹箕
又又又
憔新
王頌蔚

汪鳴鑾
張謇
陶濬宣
閻迺竹
張曜
王頌蔚
李文田
陳彝
鄭孝胥
呂耀斗
又

張[illegible]
許振禕
國瑾
李慈銘
又
許振禕
李文田
李慈銘
譚儀
譚獻
李慈銘
龍湛霖
沈曾植

陳[illegible]
李慈銘
沈曾植
又
李文田
沈曾植
張佩綸
又
又
李慈銘 詩
黄紹箕
李文田
李慈銘
又

孫衣言
李慈銘　又
莊棫
方琦
譚廷獻
龍繼棟
李慈銘
方琦
龍繼棟
譚廷獻　又
森

許景澄
陳豪
金小宗　朝鮮使臣
楊昌濬
楊守敬
龍繼棟
譚廷獻
鄭襄
黃體芳
張佩綸
年名、
存
莊棫

許景澄　沈鎔經
黃彭年　陳彝　又
方宗誠　龍繼棟
鴻
宗源瀚　張之洞
兕　謝增
王士經　又
常　又
萬同倫　又
劉履芬　又
黎兆棠　袁遂
王炳燮　李慈銘
梁　汪鳴鑾
黎兆棠　龍繼棟
劉蔭棠　凌霞

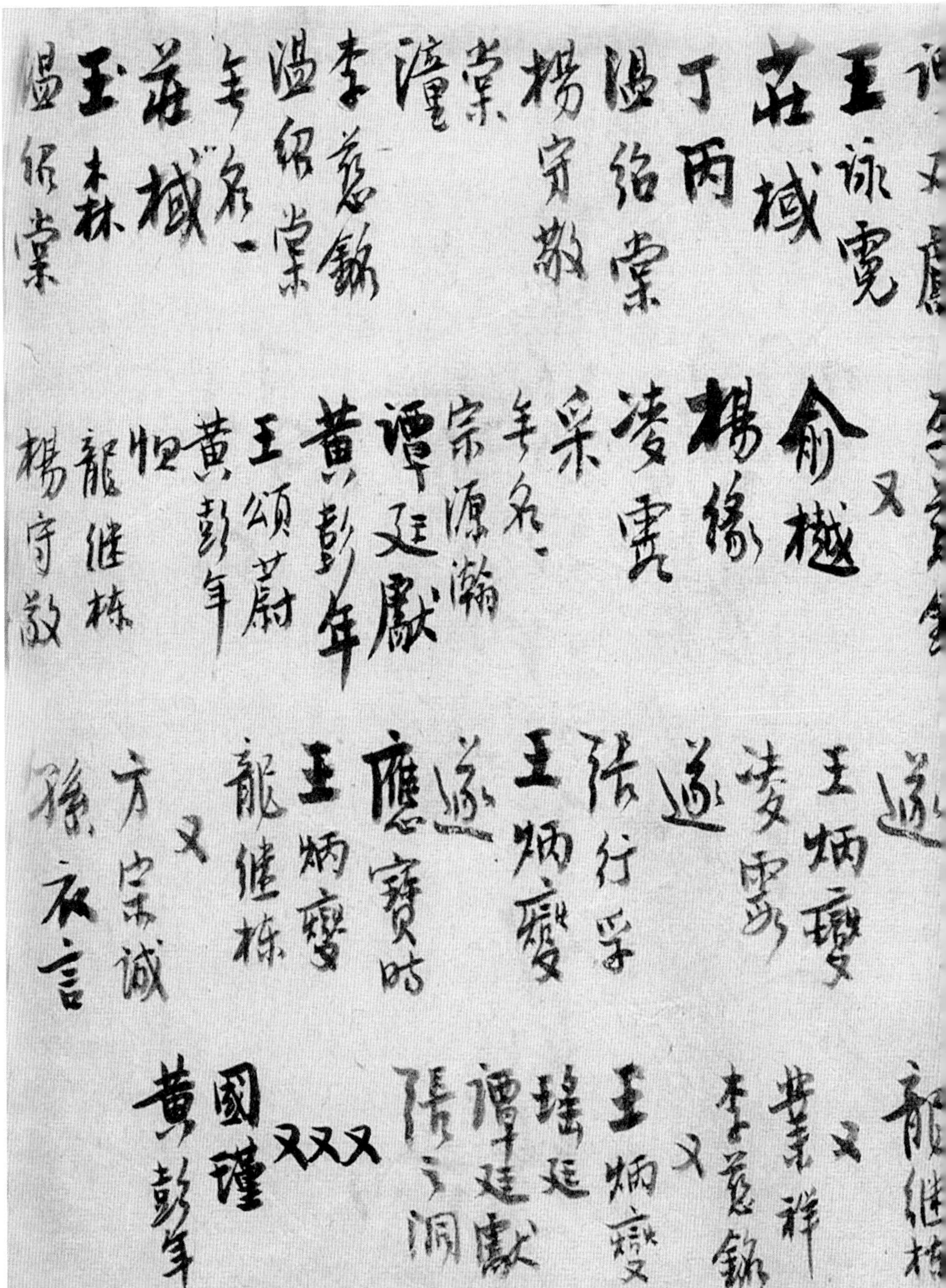
又
王詠霓
在域
丁丙
温紹棠
楊守敬
棠
瀍
李慈銘
温紹棠
年名一
菲域
玉森
温紹棠

又
俞樾
楊緒
凌霞
呆
年名、
宗源瀚
譚廷獻
黄彭年
王頌蔚
黄彭年
恒
龍繼棟
楊守敬

遂
王炳燮
凌霞
遂
張行孚
王炳燮
遂
應寶時
王炳燮
龍繼棟
又
方宗誠
孫衣言

龍繼棟
又
葉祥
又
李慈銘
王炳燮
瑤廷
譚廷獻
張之洞
又又又
國瑾
黄彭年

作者小傳（六）

陳　豪

見第一册。

陳　彝

見第二册。

丁　丙

見第一册。

方宗誠

見第一册。

馮　煦

見第一册。

黄國瑾

見第二册。

黄彭年

（一八二三—一八九〇），字子壽，號陶樓，晚號更生、遯翁，貴州貴筑人。道光二十七年進士，選翰林院庶吉士，散館授編修。曾入四川總督駱秉章幕府，參贊軍機。主講關中書院、蓮池書院。歷官陝西按察使、權布政使，改江蘇布政使，卒於湖北布政使任上。爲官清正，政聲卓著。曾應直隸總督李鴻章聘，纂輯《畿輔通志》，成書三百卷。另著有《陶樓文鈔》十四卷、《陶樓詩鈔》四卷外二卷、《陶樓雜著》四種等。

黃紹箕

見第二册。

黃體芳

見第二册。

金奭準

（一八三一—一九一五），字姬保，號小棠、墨指道人。祖籍善山（今屬韓國慶尚北道龜尾市）。曾任譯官。作爲朝鮮使臣多次出使清朝。官至僉知中樞府事。師從李尚迪、金正喜等人。工書法，能詩，詩作見録於《大東詩選》《海客詩鈔》等。爲六橋詩社成員。編有《藕船精華録》《湖海詩鈔》等，著有《紅藥樓詩初集》《懷人詩録》《孝里齋逸集》等。

黎兆棠

生平不詳。

李慈銘

見第二册。

李文田

見第二册。

凌霞

見第一册。

劉履芬

見第一册。

龍繼棟

見第二册。

吕耀斗

見第二册。

繆荃孫

見第三册。

潘　存

見第三册。

濮子潼

見第一册。

沈曾植

見第一册。

沈鎔經

見第四册。

孫衣言

見第一册。

譚　獻

見第一册。

陶　模

（一八三五—一九〇二），字方之，浙江秀水人。同治進士。纍遷至陝西布政使、護理陝西巡撫。光緒十七年，任新疆巡撫。在羅布淖爾北築蒲昌城，南設屯防局。時英俄侵略帕米爾，簡練軍實，嚴密防守。建議停捐例，汰冗員，禁止士大夫吸食洋煙，設算學、藝學科目，廢武舉，變操法，擇勳舊子弟遊學各國，培植工藝等。二十六年調兩廣總督。二十八年病逝，謚勤肅。後人輯有《陶勤肅公奏議遺稿》。

陶濬宣

見第二冊。

陶方琦

（一八四五—一八八四），字子縝，號湘湄，一號蘭當，浙江會稽人。光緒二年進士，選庶吉士，授編修，曾任湖南學政。晚清學者。學有本末，汲汲於古，博通經史，治《易》鄭注、《詩》魯故、《爾雅》漢注、《淮南子》，又習《大戴禮記》，工駢文詩詞。著有《淮南許注異同詁》四卷、《許君年表》一卷、《韓詩遺説補》一卷、《漢孳室文鈔》四卷、《湘麋閣遺詩》四卷、《蘭當詞》二卷等。

萬同倫

見第四冊。

汪鳴鑾

見第三冊。

王炳燮

見第一冊。

王大經

生卒年不詳，字倫表，號石袍，又號待庵居士、廬皋逸史，江蘇東臺人。輯有《中十場志》，著有《石袍集》《自怡集》等。

王頌蔚

見第二冊。

王詠霓

見第五册。

温紹棠

生平不詳。

謝　增

（一八一三—一八八〇），字普齋，號夢漁，江蘇儀徵人。道光二十八年以舉人任宿遷縣教諭，道光三十年中一甲第三名進士，由翰林院編修補授江西道御史。咸豐八年任順天鄉試外簾監試御史，咸豐九年因順天鄉試舞弊案，以失職降三級留任。起復後歷任吏科給事中、順天鄉試同考、查倉給事中、兵科掌印給事中、户科掌印給事中等。

許景澄

見第二册。

許振褘

見第三册。

閻迺升

生平不詳。

楊　緣

生平不詳。

楊昌浚

見第一册。

楊守敬

見第一册。

應寶時

見第一冊。

俞　樾

（一八二一—一九〇七），字蔭甫，號曲園，浙江德清人。道光三十年進士。官至河南學政。三十八歲罷歸，僑寓蘇州。先後主講蘇州紫陽、上海求志、德清清溪、歸安（今吴興）龍湖等書院。晚年講學杭州詁經精舍達三十餘年，培養人才甚多。清末著名學者、經學家。學問淵博，對群經、諸子、文字訓詁、小説、筆記等，多所究心。一生著述極多。所著《群經平議》《諸子平議》《古書疑義舉例》最爲著名，是乾嘉學派後期的代表著作。能詩詞，工篆、隸，又重視小説戲曲，强調教育的作用。曾總辦浙江書局，精刻子書二十二種，倡議江、浙、揚、鄂四書局分刻二十四史。所著各書輯爲《春在堂全書》。

袁　炯

字羲庭，浙江瑞安人。生平不詳。曾輯鄉邦耆舊詩作爲《桐溪耆隱集》一卷，收姜肇堜等詩一百五十餘首。

袁　遂

見第二冊。

袁樹枏

生卒年不詳，字梁卿，湖北黄岡人。工程營士兵，共進會會員，武昌起義時曾參加陽夏之戰。生平見《湖北省志人物志稿》。

張　謇

見第二冊。

張　曜

（一八三二—一八九一），字朗齋，號亮臣，浙江錢塘人。早年在河南固始興辦團練，參與鎮壓捻軍及太平天國，歷署知縣、知府、道員，咸豐十一年擢陞河南布政使。隨左宗棠平定陝甘後，率部於哈密屯田。光緒三年配合劉錦棠等收復南疆諸城。光緒六年駐阿克蘇，幫辦軍務。光緒十年率部入關，十二年調山東巡撫，督辦河工，十三年奉命襄辦海軍。卒贈太子太保，謚勤果。自少從戎，不廢書史，纂訂《山東軍興紀略》十二卷。

張佩綸

見第三册。

張行孚

見第四册。

張裕釗

見第五册。

張之洞

見第三册。

鄭　襄

見第一册。

鄭孝胥

（一八六〇—一九三八），字蘇戡，號太夷，福建閩縣人。光緒八年舉人，官内閣中書。十七年，任駐日使館書記官，後陞任神户、大阪總領事。甲午戰争後回國，歷任總理各國事務衙門章京、京漢鐵路南段總辦兼漢口鐵路學堂校長、廣西邊防大臣，安徽、廣東按察使，湖南布政使等。辛亥革命後，以遺老自居，寓上海海藏樓，常與遺老輩相唱和。僞滿洲國建立後，任國務總理兼陸軍大臣和文教部總長。清末閩派詩首領，與陳衍標榜『同光體』。有《海藏樓詩》及日記若干卷行世。

朱　采

見第三册。

朱懷新

（一八五〇—一八九八），字逸甫，號苗生，浙江義烏人。光緒十五年進士，曾任工部都水司主事、直隸州知府，因忤上意，被貶廣東，先後任順德知縣、鎮平知縣。撰有《惜餘芳館文稿》《詩稿》《詞稿》。著名學者朱一新弟。

莊　棫

見第一册。

宗源瀚

見第一册。

□　常

生平不詳。

□　鴻

生平不詳。

□　森

生平不詳。

□　棠

生平不詳。

□　祥

生平不詳。

□瑶廷

生平不詳。

□玉森

生平不詳。

書札索引

本索引，以書札首字的漢語拼音音節爲序，姓氏未詳者以□表示。前面的中文數字如『壹』爲新分册的册序號，後面的數字爲本書新分册的頁碼。

G

H

M

P

T

X

Z

作者小傳索引

本索引，以書札作者首字的漢語拼音音節爲序，姓氏未詳者以□表示。前面的中文數字如『壹』爲册序號，後面的數字爲本書的頁碼。

M		
叁	繆荃孫	二二一
P		
叁	潘存	二二一
貳	潘衍桐	二四九
壹	濮子潼	二九九
Q		
壹	錢應溥	二九九
壹	錢振常	二九九
壹	邱心坦	三〇〇
貳	瞿鴻機	二四九
S		
肆	沈鎔經	二〇九
壹	沈祥龍	三〇〇
貳	沈曾桐	二五〇
壹	沈曾植	三〇〇
貳	施補華	二五〇
壹	宋斤	三〇〇
壹	孫衣言	三〇一
壹	孫詒讓	三〇一
T		
壹	譚獻	三〇一
叁	唐景崧	二二一
陸	陶模	三八一
陸	陶方琦	三八二
貳	陶濬宣	二五〇
壹	天黥主臣	三〇一
貳	鐵齡	二五一
貳	屠寄	二五一
W		
肆	萬同倫	二〇九
叁	汪鳴鑾	二二二

X

Y

Z

陸	□祥	三八六
伍	□　適	二五六
壹	□葆昌	三〇八
壹	□丙爟	三〇八
壹	□補生	三〇八
肆	□佛舟	二一二
壹	□緑□	三〇八
肆	□啓泰	二一三
伍	□仁葆	二五六
壹	□汝霖	三〇八
陸	□瑶廷	三八七
陸	□玉森	三八七
壹	□雲麟	三〇八

《國家圖書館藏未刊稿叢書》總目

日記編

書札編

金石題跋編

國家圖書館未刊石刻題跋輯録　盧芳玉　整理

小蓬萊閣金石目　（清）黄　易　著　盧芳玉　整理

題贊手卷編

明渤海孫氏積善堂題贊手卷　田曉春　整理

中法漢學研究所編

燕京傳薪録

——中法漢學研究所未刊稿研究

孫　俊　程天舒　林世田等　編著

著作編

周易注疏校勘記（全二册）（清）阮　元　總纂

讀相臺五經隨筆（全二册）（清）周廣業　著

經義述聞（全九册）（清）王引之　著

經義考異　（清）方　邁　著

國語解訂譌（外三種）

國語解訂譌　（清）孔繼涵　孔廣栻　輯校

白虎通義校稿　（清）吴　騫　輯

古小學書鈎沈　（清）陳　鱣　輯

聲系　（清）陳　鱣　著

説文解字考異（全五册）（清）姚文田　輯

四庫全書表注（全二册）（清）李文田　著

登樓雜記（全三册）（清）錢　泳　著

蛾術編（全十册）（清）王鳴盛　著

籀鄦簃雜著（全三册）（清）王仁俊　著